བོད་ལྗོངས་སློབ་གྲྭ་ཆེན་མོའི་སློབ་གཞི།

བོད་རང་སྐྱོང་ལྗོངས་སློབ་གཞི་ཞིབ་བཤེར་ཨུ་ལྷན་གྱིས་ཞིབ་བཤེར་མཛད།

༄༅། །རྩོམ་རིག་རྣམ་བཤད།།

སྟོབས་རྒྱལ་གྱིས་བརྩམས།

མི་རིགས་དཔེ་སྐྲུན་ཁང་།

རྩོམ་སྒྲིག་གསལ་བཤད།

གཅིག ཐེངས་འདིའི་བོད་ཡིག་ཆེད་ལས་སློབ་གཞི་ནི་“བསམ་པའི་དཔལ་ཡོན་འཛུགས་སྐྲུན”གྱི་དགོངས་དོན་བཞིན་རྩོམ་སྒྲིག་བྱས་པ་ཡིན་ཞིང་། ཐེངས་འདིར་རྩོམ་སྒྲིག་བྱས་པའི་སློབ་གཞིའི་ནང་《བོད་ཀྱི་རྩོམ་རིག་ལོ་རྒྱུས་》དང་། 《རྩོམ་རིག་རྣམ་བཤད་》《བརྗོད་སྤྱོད་རྣམ་བཤད་》《རྩོམ་རིག་གཤིབ་བསྡུར་རིག་པ་》《དམངས་རྩོམ་རྣམ་བཤད་》《ཉེ་རྩོམ་གཅེས་བསྒྲིགས་》《བོད་ཀྱི་བར་རྩོམ་གཅེས་བསྒྲིགས་》《དེང་རྩོམ་གཅེས་བསྒྲིགས་》《གྲུབ་མཐའ་》《ལེགས་སྦྱར་བརྗོད་འཇུག་སྒོ་》《སློབ་འཁྲིད་བོད་ཡིག་སློབ་ཐབས་》《བོད་ཀྱི་རོལ་དབྱངས་ལོ་རྒྱུས་》བཅས་སློབ་གཞི་བཅུ་གཉིས་ཡོད།

གཉིས། ཐེངས་འདིའི་སློབ་གཞི་རྩོམ་སྒྲིག་བྱེད་སྐབས་ནང་དོན་དང་། རྣམ་པའི་ཐད་བོད་ཀྱི་སྲོལ་རྒྱུན་རིག་གནས་ཀྱི་སྙིང་བཅུད་ལེན་གང་ཐུབ་བྱ་བའི་རྨང་གཞིའི་ཐོག་རྒྱལ་ཁབ་ཕྱི་ནང་གི་སྔོན་ཐོན་ཉམས་མྱོང་དང་། ལེགས་ཆ་ལེན་གང་ཐུབ་བྱས་ཏེ་སྲོལ་རྒྱུན་དང་། དེང་རབས་ཀྱི་འབྲེལ་བ་མཚོན་གང་ཐུབ་དང་། སློབ་གཞིའི་ཚན་རིག་རང་བཞིན་དང་། བེད་སྤྱོད་རང་བཞིན། དུས་རབས་རང་བཞིན་མཚོན་གང་ཐུབ་བྱས་ཡོད་པས། སློབ་གཞི་འདི་དག་མཐོ་རིམ་སློབ་གྲྭ་ཁག་གི་བོད་སྐད་ཡིག་རྩོམ་རིག་ཆེད་ལས་དང་ཐད་ཀར་འབྲེལ་བ་ཡོད་པའི་ཆེད་ལས་དང་། རིག་ཚན་ཁག་ནང་སྤྱོད་ཆོག་པ་མ་ཟད། ཡིག་སྦྱིང་སློབ་ཁྲིད་དང་། རང་སྦྱོང་རྒྱུགས་ལེན་གྱི་སློབ་གཞིར་ཡང་སྤྱད་ཆོག

གསུམ། ཐེངས་འདིའི་སློབ་གཞི་རྩོམ་སྒྲིག་བྱེད་སྐབས་མར་ཁེ་རིང་ལུགས་ཀྱི་མཛུབ་ཁྲིད་འོག་ཆེད་ལས་ཀྱི་རྨང་གཞིའི་གཞུང་ལུགས་དང་། རྨང་གཞིའི་ཤེས་བྱ། རྨང་གཞིའི་རྩལ་ནུས་བཅས་གཙོ་གནད་དུ་བཟུང་སྟེ་སློབ་

གཞིའི་ནང་ལྷ་བ་ཡང་དག་པ་དང་། གསོ་སྐྱོང་གི་དམིགས་ཡུལ་དང་ཁ་མི་འགྲིལ་བ་བཅས་ཀྱི་བླང་བྱ་བཏོན་ཡོད། འོན་ཀྱང་སྒྲིག་པ་པོའི་ཆུ་ཚད་མི་འདང་བའམ། ཡང་ན་ཐོག་མའི་འདུན་པ་བཞིན་མ་བྱུང་བའི་ཞན་ཆ་དང་། ཆད་ལུས་མི་ཉུང་བ་ཞིག་ཡོད་སྲིད་པས། སློབ་ཆེན་སློབ་གཞིའི་སྦྱུས་ཚད་དང་། ཡང་སྐྱོས་བོད་སྐད་ཡིག་གི་སློབ་གཞིའི་འཛུགས་སྐྲུན་ཡག་པོ་ཡོང་ཕྱིར་རྒྱ་ཆེའི་མཁས་དབང་དང་། སློག་པ་པོ་ནས་རྩ་ཆེའི་དགོངས་འཆར་ལྷུག་རྩོལ་ཡོང་བར་རེ་སྐོན་ཞུ་བཞིན་ཡོད།

བཞི། སློབ་གཞི་རྩོམ་སྒྲིག་བྱེད་སྐབས་སློབ་གཞི་དང་། རིག་ཚན་སོ་སོའི་ཁྱད་ཆོས་གཙོ་བོར་བཟུང་པ་ལས། རྩོམ་སྒྲིག་གི་རྣམ་པ་གཅིག་གྱུར་ཡོང་གྱུར་བླང་བྱ་བཏོན་མེད།

ལྔ། སློབ་གཞི་འདི་དག་ནི་བོད་ལྗོངས་སློབ་གྲྭ་ཆེན་མོའི་བོད་རིག་པའི་ཚན་ཁག་དང་སྒྱུ་རྩལ་ཚན་ཁག་གཉིས་ནས་རྩོམ་སྒྲིག་འགན་འཁུར་བཞེས་པ་དང་། སློབ་གྲྭ་ཆེད་མངགས་སྲོལ་རྒྱུན་སློབ་གཞིའི་རྩོམ་སྒྲིག་ལྷན་ཁང་བཙུགས་ཏེ་མཇུབ་ཁྲིད་དང་། ཞིབ་བཤེར་གྱི་འགན་འཁུར་བ་དང་ཆབས་ཅིག་གོང་འོག་མཐུན་འགྲིག་གི་ལས་དོན་བྱས་ཡོད།

དྲུག སློབ་གཞིའི་སྦྱུས་ཚད་འགན་ལེན་ཡོང་ཆེད་ཚན་ཁག་དང་། སློབ་གྲྭས་སྔ་རྗེས་སུ་ཞིབ་བཤེར་བཟོ་བཅོས་བྱས་རྗེས་སློབ་གཞི་འཛུགས་སྐྲུན་གྱི་དགོས་འདུན་བཞིན་ཕྱོངས་དང་ཞིང་ཆེན་རིམ་པའི་སློབ་གཞིའི་ཞིབ་བཤེར་བྱས་ཏེ་རིག་པའི་ལྷ་བ་དང་། གཞུང་ལུགས་ཀྱི་སྦྱུས་ཚད་འགན་ལེན་ཡོང་གང་ཐུབ་བྱས་ཡོད།

བདུན། ཐེངས་འདིའི་སློབ་གཞི་རྩོམ་སྒྲིག་གི་ལས་དོན་ནང་བོད་ཀྱི་སློབ་གསོ་དང་། ཞིབ་འཇུག་ལས་རིགས་ཁག་གི་བོད་རིག་པའི་མཁས་དབང་རྣམ་པའི་ཤུགས་ཆེའི་རྒྱབ་སྐྱོར་དང་། གུང་གོའི་མཐོ་སློབ་དཔེ་སྐྲུན་ཁང་གི་རྒྱབ་སྐྱོར་ཐོབ་པར་སྙིང་དབུས་ནས་ཐུགས་རྗེ་ཆེ་ཞུ་རྒྱུ་ཡིན།

གླེང་གཞི།

བོད་རིགས་ཀྱི་རྩོམ་རིག་སྒྱུ་རྩལ་འཕེལ་རྒྱས་འགྲོ་བའི་བརྒྱུད་རིམ་ནང་དུ་མི་རབས་སྔ་མ་རྣམས་ཀྱིས་རྩོམ་རིག་སྒྱུ་རྩལ་གྱི་ནང་དོན་ལ་གཞིགས་ཏེ་དེའི་ངོ་བོ་དང་། ཁྱད་ཆོས། ནུས་པ་སོགས་ཕྱོགས་གང་ཅིའི་ཐད་ཀྱི་ཆོས་ཉིད་བཙལ་ཡོད་ལ། རྩོམ་རིག་སྒྱུ་རྩལ་ལ་འཛིན་པའི་ལྟ་བ་གང་མང་ཞིག་བཏོན་ཡོང་ནའང་དེ་དག་གཅིག་སྡུད་ཀྱིས་དེབ་ཐེར་ཞིག་གྲུབ་མེད་པར་ཁ་འཐོར་དུ་གནས་ཡོད། དེས་ན་ཚན་རིག་དང་མཐུན་པའི་སྒོ་ནས་རྩོམ་རིག་སྒྱུ་རྩལ་གྱི་ཁྱད་ཆོས་ལ་གཞིགས་ཏེ་རྩོམ་རིག་གི་རིགས་པའི་གཞུང་ལུགས་ཁྱབ་ཆེ་བ་ཞིག་ངེས་པར་དུ་གྲུབ་པ་བྱ་རྒྱུ་ནི་ཁ་ཚ་དགོས་གཏུགས་ཀྱི་གནས་སུ་མཆིས་ལ་སྐོང་ཆ་འདི་ངེས་པར་དུ་ཁ་གསབ་བྱེད་དགོས་པ་ཞིག་ཡིན།

མིའི་རིགས་ཀྱི་འཇིག་རྟེན་འགོ་ཚུགས་ཏེ་སྨྲ་ཤེས་དོན་གོ་བའི་དུས་ནས་བཟུང་སྐད་བརྡ་གསལ་བའི་ཐ་སྙད་ཀྱི་མིང་ཚིག་བྱུང་ཞིང་། དེ་ལ་སྦྱོར་བ་སྙན་པ་དང་མི་སྙན་པའི་དབྱེ་བ་རང་ཤུགས་སུ་ཆགས་པ་ནི་གོར་མ་ཆགས། དེའི་ཕྱིར་སྙན་ངག་དང་སྒྲ་རིག་པའི་གཞུང་ཞེས་པ་དངོས་སུ་མེད་ནའང་ངོ་བོའི་ཤེས་བྱ་མང་པོ་ཞིག་ གནའ་དུས་ནས་བྱུང་བ་དང་། དེའི་འཕེལ་རྒྱས་འགྲོ་བའི་ལོ་རྒྱུས་ཀྱང་མི་རིགས་གཞན་དང་འདྲ་བར་བོད་རིགས་ལ་ཡང་ཡོད་པ་ཞིག་ཡིན། མི་རིགས་གང་ཞིག་ཡིན་ནའང་ཆེས་ཐོག་མའི་རྩོམ་རིག་གི་ནང་ནས་དར་སྤྱོས་ནི་སྙན་ངག་ཡིན་ཞིང་། སྐབས་དེར་རྩོམ་རིག་གི་རིགས་པའི་གཞུང་ལུགས་ཞེས་པའང་སྙན་ངག་གི་གཞུང་ལ་གོ་བ་ཡིན།

དཔེར་ན། ནུབ་ཕྱོགས་ཀྱི་རྒྱལ་ཁབ་ཏུ་རྩོམ་རིག་གི་རིགས་པའི་གཞུང་

ལུགས་ཨང་དང་པོ་དེ་ནི་ ཕོ་ལའ་ཐུ་(སྤྱི་ལོའི་སྔོན་427 – 347)《ཕོ་ལའ་ཐུའི་རྩོམ་རིག་སྒྱུ་རྩལ་སྐོར་གྱི་བཀའ་མོལ་ཕྱོགས་བསྒྲིགས་》ཞེས་པ་དང་། ཡའ་ལི་སི་ཏོ་ཐའ་(སྤྱི་ལོའི་སྔོན་384 – 322)ཡིས་མཛད་པའི་《སྙན་ངག་རིག་པ་》དང་ཧ་ལའ་སི་ཡིས་(སྤྱི་ལོའི་སྔོན་65 – 8)མཛད་པའི་《སྙན་ངག་གི་སྒྱུ་རྩལ་》ཞེས་པ་དེ་དག་ཡིན་ལ་མི་རྣམས་ཀྱིས་དེ་དག་ལ་འཛམ་གླིང་གི་ཆེས་ཐོག་མའི་རྩོམ་རིག་གི་རིགས་པའི་གཞུང་ལུགས་ཡིན་ཞེས་བརྗོད། བོད་རིགས་ཀྱི་རྩོམ་རིག་སྒྱུ་རྩལ་ནང་དུ་ཡང་སྙན་ངག་གི་གཞུང་དེ་འཕེལ་རྒྱས་ཤུགས་ཆེར་ཕྱིན་ཞིང་། རྒྱ་གར་གྱི་སྙན་ངག་དང་དེའི་རིགས་པའི་གཞུང་ལུགས་རྣམས་བོད་རང་ཉིད་ཀྱི་རིག་གནས་ཀྱི་ཁྱད་ཆོས་དངོས་དང་ཟུང་འབྲེལ་བྱས་པའི་རྐྱེན་གྱིས་བོད་ཀྱི་རིགས་པའི་གཞུང་ལུགས་ཀྱི་མ་ལག་གལ་ཆེན་ཞིག་ཏུ་གྱུར་བ་རེད། འོན་ཏེ་རྩོམ་རིག་རིགས་པའི་གཞུང་ལུགས་འཕེལ་རྒྱས་འགྲོ་བའི་ནང་དུ་རིམ་བཞིན་སྙན་ངག་ནི་རྩོམ་རིག་གི་རིགས་པའི་གཞུང་ལུགས་ནང་དུ་རྩོམ་རིག་གི་ལུས་མི་འདྲ་བ་ཞིག་དང་ཞིབ་དཔྱད་བྱེད་པའི་ཡུལ་ཆུང་ངུ་ཞིག་ཏུ་འགྱུར་བ་ལས། རྩོམ་རིག་གི་རིགས་པའི་གཞུང་ལུགས་དེ་སྙན་ངག་གི་གཞུང་ལ་གོ་ཐུབ་པ་ཞིག་མ་ཡིན། དཔེར་ན། རྩོམ་རིག་ཅེས་པའི་ཐ་སྙད་དེར་ཐོག་མར་ལོ་རྒྱུས་དང་། ཚན་རིག་གི་བརྩམས་དེབ་སོགས་གང་ལྟར་དེབ་ཐེར་དུ་འཁོད་པ་ཞིག་ཡིན་ཕྱིན་ཚང་མར་རྩོམ་རིག་ཅེས་བརྗོད་པ་དང་། དེ་རྗེས་འགྱུར་བ་ངེས་ཅན་ཞིག་ཕྱིན་ཏེ་བརྩམས་ཆོས་ཁོ་ནར་གནའ་རྩོམ་དང་། བར་རྩོམ། དེང་རྩོམ་སོགས་ཀྱི་དབྱེ་བ་ཡོད་ལ། ད་ལྟའི་དུས་སྐབས་སུ་ཚན་རིག་གི་དེབ་ཐེར་ཞིག་ལ་རྩོམ་རིག་གི་དཔེ་དེབ་ཅེས་བརྗོད་ན་དགོད་བྲོའི་རྒྱུ་རྟ་འགྲོ་བ་ཞིག་ཡིན། དེས་ན་ད་ལྟ་འཛམ་གླིང་གི་ཤེས་བྱ་ཀུན་ཕན་ཚུན་སྤེལ་རེས་དང་བསྡུ་ལེན་བྱས་པ་བརྒྱུད་དེ་སྔོན་ཐོན་ཅན་དང་ཆ་ཚང་ཞིག་ཏུ་འཕེལ་རྒྱས་དང་གསར་བསྐྲུན་བྱས་ཏེ་མིའི་རིགས་ཀྱི་ཤེས་བྱའི་ཕུང་པོ་གཅིག་ཏུ་འདྲེས་པར་བརྩོན་ལེན་བྱེད་པའི་སྐབས་འདིར་བོད་རིགས་ཀུང་རང་རེའི་མེས་པོའི་ཤུལ་བཞག་ལ་འདོད་བློ་ཚིམས་ནས་

མི་སྟོད་པར་སྟོན་གྱི་ཕུལ་བྱུང་གི་འབྲས་བུ་རྣམས་རྒྱུན་འཛིན་བྱས་ཁར་སྟོན་ཐོན་ཚུར་ལེན་དང་། མེད་པ་གསར་གཏོད། མི་འདད་ང་ཁ་སྐོང་བཅས་བྱས་ཏེ་ཤེས་བྱ་ཐམས་ཅད་ཞིབ་རྒྱས་དང་འཕྲུས་ཚང་དུ་གཏོང་རྒྱུ་ནི་དུས་རབས་ཀྱིས་གནང་བའི་འོས་འགན་ཡིན་ལ་ངེས་པར་དུ་སྒྲུབ་དགོས་པ་ཞིག་ཀྱང་ཡིན།

བོད་རིགས་ཀྱི་རྩོམ་རིག་འཕེལ་རྒྱས་ཀྱི་ལོ་རྒྱུས་ནང་དུ་རང་མི་རིགས་ཀྱི་ཁྱད་ཆོས་ལྡན་པའི་སྒྱུ་རྩལ་གྱི་ལྟ་བ་གང་མང་ཞིག་ཆགས་ཡོད་ལ། དེ་དག་ཀྱང་འགའ་རེས་ནི་གཞུང་ལུགས་ཀྱི་སྟེང་ནས་གསལ་བཤད་བྱས་ཡོད་ལ། འགའ་རེས་ནི་མཁས་པའི་ལྷུགས་རྩོམ་དུ་ཐར་ཐོར་དུ་གནས་པ་དང་། འགའ་རེས་ནི་རིམ་བཞིན་སྲོལ་རྒྱུན་གྱི་ལྟ་བ་ཞིག་ཏུ་གྱུར་ཡོད་པ་རེད། དེ་དག་ནི་མཁས་པ་སྔ་མ་དག་གིས་རྒྱུན་རིང་གི་ལག་ལེན་ཁྲོད་དུ་བསམ་གཞིགས་མཛད་པའི་འབྲས་བུ་ཡིན་རྗེན་རྩོམ་རིག་ཞིབ་འཇུག་གི་སྐབས་སུ་རང་མི་རིགས་ཀྱི་སྒྱུ་རྩལ་ལྟ་བར་བརྩི་འཛོག་དང་དེ་ལས་ངེས་དོན་གསར་པ་ཞིག་འཚོལ་རྒྱུ་ནི་ཆེས་གལ་ཆེ་བ་ཞིག་ཡིན། དེ་མིན་བོད་ཀྱི་རྩོམ་རིག་གི་ཁྲོད་དུ་ཆོས་ལུགས་ཀྱི་ལྟ་བ་འོ་ཆུ་བཞིན་འདྲེས་ཡོད་ལ་སྐབས་འགར་རྩོམ་རིག་གི་སྲོག་ལྟ་བུར་གྱུར་ནས་གོ་གནས་གལ་ཆེན་ཞིག་བཟུང་ཡོད། དེས་ན་ང་ཚོས་ཆོས་ལུགས་ནི་སྟོང་དད་དང་བསླུ་བྱེད་ཁོ་ནར་བརྩི་བའི་ལྟ་ཚུལ་དོར་ནས། ཆོས་ལུགས་དེ་ཡང་དུས་རབས་ངེས་ཅན་ཞིག་གི་ནང་བྱུང་བའི་མི་རྣམས་ཀྱི་བསམ་བློའི་འཛིན་སྣང་ཤིག་གམ་མི་རིགས་རང་གི་མཚན་ཉིད་རིག་པ་ཞིག་དང་སྲོལ་རྒྱུན་ཞིག ཡང་ན་ཤེས་པར་བྱ་བའི་རྣམ་གྲངས་ཤིག་ཏུ་བརྩིས་ནས་ཆོས་དང་། ཆོས་མིན་གྱི་དབྱེ་བ་གསལ་པོ་ཕྱེ་རྒྱུ་དང་ཆོས་ལུགས་ཀྱིས་རྩོམ་རིག་གི་རྣམ་པ་འཕེལ་རྒྱས་དང་ནང་དོན་ཕུན་སུམ་ཚོགས་སུ་བཏང་བའི་རྨང་གཞིའི་སྟེང་ཆོས་ལུགས་དང་རྩོམ་རིག་གི་འབྲེལ་བ་དང་། ཁྱད་ཆོས་སོགས་ལ་ཞིབ་དཔྱད་བྱེད་དགོས་པ་རེད་ལ། ཡང་ངེས་པར་དུ་དེང་རབས་ཀྱི་རྩོམ་རིག་འཕེལ་རྒྱས་ཀྱི་གནས་ཚུལ་ལ་ཞིབ་འཇུག་བྱས་པའི་རྨང་གཞིའི་སྟེང་བོད་ཞི་བའི་བཅིངས་འགྲོལ་ཚུན་གྱི་རྩོམ་རིག་གསར་རྩོམ་ལག

ལེན་དངོས་ལས་བྱུང་བའི་ཉམས་མྱོང་གསར་པ་རྣམས་སྤྱི་བསྡོམས་བྱས་ནས། དེང་རབས་བོད་ཀྱི་རྩོམ་རིག་བྱ་འགུལ་ལས་བརྟན་པའི་གནད་དོན་གསར་པ་རྣམས་ལ་འགྲེལ་བཤད་བྱ་དགོས་པ་རེད། དེང་རབས་བོད་ཀྱི་རྩོམ་རིག་ནི་ཕྱི་ནང་གི་རྩོམ་རིག་གསར་རྩོམ་གྱི་རྣམ་པ་དང་རྩོམ་ཐབས་སྣ་ཚོགས་ལ་སློབ་སྦྱོང་དང་རྩོམ་རིག་གི་ལྷབས་རྒྱུན་མང་པོའི་ཤན་ཞུགས་ལ་བརྟེན་ནས་བྱུང་བས་དེང་རབས་ཀྱི་རྩོམ་རིག་རིགས་པའི་གཞུང་ལུགས་ཡང་གནད་དོན་འདི་ལས་གཡོལ་ཐྱོལ་བྱས་ན་མི་འགྲིག་པས་དུས་རབས་ཀྱི་བསམ་བློ་ལྡན་པའི་དེང་རབས་ཀྱི་རྩོམ་རིག་རིགས་པའི་གཞུང་ལུགས་ཤིག་ཆགས་གྲུབ་བྱེད་དགོས་པ་རེད། དེ་ལྟར་དེབ་ཐེར་འདིའི་ནང་དུ་རྩོམ་རིག་རིགས་པའི་གཞུང་ལུགས་ཀྱི་ཐ་སྙད་དང་མཚན་ཉིད་འགའ་རེ་ཕྱིའི་རྒྱལ་ཁབ་དང་མི་རིགས་གཞན་གྱི་མཁས་པའི་ལུང་འགའ་རེ་བེད་སྤྱོད་བྱས་པ་ཙམ་ལས་དཔེར་བརྗོད་ཕལ་ཆེ་བ་ནི་བོད་རིགས་ཀྱི་རྩོམ་པ་པོའི་བརྩམས་ཆོས་ལས་བརྟན་ཞིང་བོད་རིགས་ཀྱི་རྩོམ་རིག་སྒྱུ་རྩལ་གྱི་འཕེལ་ཕྱོགས་དང་ཁྱད་ཆོས་གཙོ་བོར་བཟུང་སྟེ་རྩོམ་འབྲི་བྱས་པ་ཞིག་ཡིན་ཀྱང་ཁོ་བོའི་རིག་གནས་ཆུ་ཚད་དམའ་བ་དང་ལྟ་རྒྱ་དང་ཐོས་རྒྱ་ཆུང་བར་བརྟེན་སྔོན་བྱོན་མཁས་དབང་དམ་པ་རྣམས་ཀྱིས་རྩོམ་རིག་སྒྱུ་རྩལ་བསམ་གྱིས་མི་ཁྱབ་པ་ཞིག་མཛད་ཡོད་ཀྱང་། དོན་བཟང་རོ་བཅུད་སྨྱོང་བའི་སྐལ་བས་དབེན་ཞིང་། ཟབ་ཅིང་ཡངས་ལ་རྙོག་བྲལ་བདུད་རྩིའི་རྒྱ་མཚོར་མཚར་དུ་དངར་བའི་དྲི་ལྡན་མེ་ཏོག་སྣ་ཚོགས་རྣམ་པར་བཞད་ཅིང་། མདངས་དང་བཟོ་དབྱིབས་གྲངས་ལས་འདས་པའི་ཁྱད་ཆོས་གཅིག་ཏུ་འཚོགས་པར་དེ་དག་གི་ཁྱད་ཆོས་འབྱེད་པའི་སྣང་བ་རྙེད་དཀའ་ལ། རྩོམ་རིག་གི་རིགས་པའི་གཞུང་ལུགས་ཀྱི་ཆུ་ཚད་ཞན་པའི་དབང་གིས་དེབ་ཐེར་འདིའི་ནང་ནོར་འཁྲུལ་དང་འགལ་འཛོལ་ཡོང་སྲིད་པས་གཟུར་གནས་དཔྱོད་ལྡན་རྣམས་ཀྱིས་དགོངས་འཆར་དང་ཡོ་བསྲང་གནང་རྒྱུའི་རེ་བ་སྙིང་ཐག་པ་ནས་ཞུ་བ་ལགས་སོ།།

སྨྲས་པ།

རྩོམ་རིག་སྒྱུ་རྩལ་གཞུང་ལུགས་ཕ་མཐའ་ནི་ཡས་ཤིང་།།
དབང་རྒྱལ་བདག་འདྲའི་བློ་ངོར་གསོང་བ་ནི་དཀའ་ཡང་།
ད་ལྟའི་དུས་དང་འཚམས་པའི་རྩོམ་གཞུང་གི་བསྟན་བཅོས།
སྨག་རུམ་ལག་འཇུ་བྱེད་པའི་རྣམ་ཚུལ་ནི་སྤངས་ནས།།
གནད་འགྲེལ་འོད་སྣང་སྤྲང་རྩིའི་ཟེགས་མ་ནི་ཙམ་ཞིག།
གཞུང་ལུགས་གླིང་བའི་ཁྲུལ་གྱིས་སྒྲོན་ཆུང་འདི་སྤར་རོ།།

དཀར་ཆག

ལེའུ་དང་པོ། རྩོམ་རིག་གི་ངོ་བོའི་སྐོར།

ས་བཅད་དང་པོ། རྩོམ་རིག་རྣམ་བཤད་རིག་པའི་ངོ་བོ་དང་ཁྱད་ཆོས་སྐོར།

དང་པོ། སྤྱི་བཤད།

རྩོམ་རིག་གི་རིགས་པའི་གཞུང་ལུགས་སམ་རྩོམ་རིག་སྒྱུ་རྩལ་རིག་པ་དེ་ནི་རྩོམ་རིག་ལ་ཞིབ་འཇུག་བྱེད་པའི་ཚན་རིག་ཅིག་ཡིན་ཞིང་། རྩོམ་རིག་གི་རིགས་པའི་གཞུང་ལུགས་ནི་རྩོམ་རིག་སྒྱུ་རྩལ་གྱི་ལག་ལེན་དངོས་ཀྱི་ཉམས་མྱོང་ལ་ཕྱོགས་བསྡོམས་བྱས་ནས་བྱུང་བ་ཞིག་ཡིན་པ་དང་། རྩོམ་རིག་གི་རིགས་པའི་གཞུང་ལུགས་ལ་ཞིབ་འཇུག་བྱེད་རྒྱུ་དེ་ཡང་རྩོམ་རིག་ལོ་རྒྱུས་ཀྱི་དཔྱད་གཞིའི་ཡིག་ཆ་དང་ཞིབ་ཕྲའི་བརྩམས་ཆོས་ལ་དབྱེ་ཞིབ་བྱེད་རྒྱུ་དང་ཁ་བྲལ་ཐབས་མེད། གལ་ཏེ་སྔར་ཡོད་ཀྱི་རྩོམ་རིག་སྒྱུ་རྩལ་གྱི་ལག་ལེན་དངོས་ཀྱི་ཉམས་མྱོང་ཕྱོགས་བསྡོམས་མ་བྱས་ཚེ་རྩོམ་རིག་གི་རིགས་པའི་གཞུང་ལུགས་དེའང་ཐོན་མི་སྲིད་པ་ཞིག་རེད། མི་རིགས་གང་ཞིག་གི་རྩོམ་རིག་སྒྱུ་རྩལ་འཕེལ་རྒྱས་འགྲོ་བའི་བརྒྱུད་རིམ་ནང་དུ་རྩོམ་རིག་སྒྱུ་རྩལ་གྱི་ལག་ལེན་དེ་ཕྱོགས་གཅིག་ནས་མི་རབས་གཅིག་ནས་གཅིག་བར་རྒྱུད་འཛིན་པའི་རྨང་གཞི་དང་། ཕྱོགས་གཞན་ཞིག་ནས་དུས་རབས་རིམ་བྱུང་དུ་འཕོ་འགྱུར་ཡང་བྱུང་ཡོད་ལ་མུ་མཐུད་ནས་རྒྱུན་འཛིན་དང་འཕོ་འགྱུར་འགྲོ་བའི་བརྒྱུད་རིམ་ནང་དུ་ཉམས

མྱོང་གསོག་འཛོག་དང་། ཐུན་མོང་གི་ཆོས་ཉིད་འགའ་ཞིག་གྲུབ་ཡོད་པ་མ་ཟད། ཉམས་མྱོང་སྙིང་པ་དང་ཆོས་ཉིད་སྙིང་པའི་རྨང་གཞིའི་ཐོག་ཏུ་ཉམས་མྱོང་གསར་པ་ཁ་གསབ་དང་ཆོས་ཉིད་གསར་པར་ཞིབ་དཔྱད་བྱས་པ་ལས་ཐུན་མོང་གི་རང་བཞིན་ལྡན་པའི་ཆོས་ཉིད་ཞིག་གྲུབ་པར་བྱེད་ཀྱི་ཡོད། དེར་བརྟེན་རྩོམ་རིག་གི་རིགས་པའི་གཞུང་ལུགས་ཡང་རང་བཞིན་དུ་རྩོམ་རིག་སྒྱུ་རྩལ་གྱི་ལག་ལེན་དངོས་ཀྱི་ཉམས་མྱོང་ལ་བརྟེན་ཏེ་འཕེལ་རྒྱས་དང་ཕུན་སུམ་ཚོགས་སུ་འགྲོ་ཡི་ཡོད་ལ། དུས་རབས་ཀྱི་འགྱུར་ལྡོག་ལ་གཞིགས་ཏེ་མུ་མཐུད་ནས་རྩོམ་རིག་གི་རིགས་པའི་གཞུང་ལུགས་ཀྱི་ནང་དོན་གསར་པ་ཁ་སྣོན་བྱེད་པ་དང་། མ་ལག་གསར་པ་ཞིག་གྲུབ་པའམ་ཆགས་འགྲོ་ཡི་ཡོད་པ་ལས་གནའ་རབས་ནས་བཟུང་འགྱུར་མེད་རང་གནས་ཀྱི་རྩོམ་རིག་གི་རིགས་པའི་གཞུང་ལུགས་ཤིག་མེད་དོ།།

རྩོམ་རིག་སྒྱུ་རྩལ་གྱི་ལག་ལེན་དང་ལས་འགུལ་ཐོན་པ་ནས་བཟུང་རྩོམ་རིག་གི་སྣང་ཚུལ་ལ་གདེང་འཛོག་དང་ལྟ་ཚུལ་བཏོན་རྒྱུ་དེ་འགོ་ཚུགས་ཤིང་། དེ་འང་མིའི་རིགས་ཀྱི་འཛིག་རྟེན་འགོ་ཚུགས་ཏེ་སྨྲ་ཤེས་དོན་གོ་བའི་དུས་ནས་བཟུང་སྐད་བརྡ་གསལ་བའི་ཐ་སྙད་ཀྱི་མིང་ཚིག་བྱུང་ཞིང་། སྐབས་དེ་དུས་རིགས་པའི་གཞུང་ལུགས་ཞེས་པ་དངོས་སུ་མེད་ནའང་ངོ་བོའི་ཤེས་བྱ་མང་པོ་ཞིག་གནའ་དུས་ནས་བྱུང་ཟིན། དེས་ན་ངག་ལམ་དུ་གནས་པ་ཙམ་དང་གདོད་མའི་རང་བཞིན་ཅན་ནི་ད་ལྟའི་རིག་གནས་འཕེལ་བའི་མྱུ་གུ་ཙམ་ལས་དབྱེ་བ་དང་མཚན་ཉིད་ངེས་པ་ཅན་གྱི་བསྟན་བཅོས་སུ་གྲུབ་མེད་པ་དང་དུས་རབས་རིམ་བྱུང་ནང་མི་རབས་དུ་མའི་འབད་བརྩོན་དང་མུ་མཐུད་རྒྱུན་འཛིན་དང་འཕོ་འགྱུར་བྱས་ཡོད་རྐྱེན་རིམ་བཞིན་མཚན་ཉིད་ངེས་པ་ཅན་གྱི་བསྟན་བཅོས་སུ་གྲུབ་ཡོད་པ་ལྟར། རྩོམ་རིག་སྒྱུ་རྩལ་གྱི་ལག་ལེན་དང་འཕེལ་རྒྱས་ལ་གཞིགས་ཏེ་རྩོམ་རིག་སྒྱུ་རྩལ་གྱི་སྣང་ཚུལ་མང་པོ་ཞིག་ལ་རིགས་པའི་གཞུང་ལུགས་ཀྱི་ཐོག་ནས་འགྲེལ་བཤད་དང་ར་སྤྲོད་བྱེད་དགོས་པ་དང་། རྩོམ་རིག

གི་རིགས་པའི་གཞུང་ལུགས་ཀྱི་ཐོག་ནས་ཉམས་མྱོང་ཕྱོགས་བསྡོམས་དང་གོང་མཐོར་གཏོང་བའི་དགོས་པའང་ཐུབ་བར་བརྟེན། རྩོམ་རིག་གི་སྣང་ཚུལ་འདྲ་མིན་ལ་ཞིབ་འཇུག་དང་རྣམ་བཤད་བྱེད་པའི་རྩོམ་རིག་གི་རིགས་པའི་གཞུང་ལུགས་དེ་ཐུབ་བ་རེད། ལོ་རྒྱུས་ཀྱི་དུས་རབས་རིམ་བྱུང་དུ་སོ་སོའི་ལོ་རྒྱུས་ཀྱི་ཆ་རྐྱེན་ལས། རྩོམ་རིག་སྒྱུ་རྩལ་གྱི་ངོ་བོ་དང་། ཁྱད་ཆོས་དང་རྩ་བའི་ཆོས་ཉིད་ལ་ཚད་གཞི་མི་འདྲ་བའི་སྒོ་ནས་ཕྱོགས་བསྡོམས་དང་གཅིག་སྡུད་བྱས་པ་ལས་རྩོམ་རིག་གི་རིགས་པའི་གཞུང་ལུགས་དེ་གྲུབ་ཡོད་པ་རེད། འོན་ཏེ། སྤྱི་ཚོགས་ཀྱི་ལམ་ལུགས་མི་འདྲ་བའི་ནང་དུ་རྩོམ་རིག་གི་རིགས་པའི་གཞུང་ལུགས་ལ་སྤྱི་ཚོགས་ཀྱི་རང་བཞིན་ལྡན་ཡོད་ལ་སྤྱི་ཚོགས་ཀྱི་ལམ་ལུགས་ངེས་ཅན་ཞིག་གི་ལངས་ཕྱོགས་དང་ལྟ་ཚུལ་གཞིར་བཟུང་ནས་རྩོམ་རིག་གསར་རྩོམ་དང་རྩོམ་རིག་ལས་འགུལ་གྱི་ཉམས་མྱོང་ཕྱོགས་བསྡོམས་བྱས་ནས་ཕན་ཚུན་འབྲེལ་བ་ཡོད་པའི་རྩ་བའི་རིག་པ་དང་། རྩ་དོན་འགའ་ཞིག་ཆགས་པ་དེ་ནི་རྩོམ་རིག་གི་རིགས་པའི་གཞུང་ལུགས་ཡིན། དུས་རབས་མི་འདྲ་བ་སོ་སོའི་ནང་རྩོམ་རིག་གི་རིགས་པའི་གཞུང་ལུགས་ཀྱི་བརྩམས་དེབ་ཇི་སྙེད་ཅིག་བྲིས་ཡོད་ལ་ཕོ་ཚོས་བཤུ་གཞོག་གྲལ་རིམ་གྱི་ལངས་ཕྱོགས་གཞིར་བཟུང་སྟེ་སེམས་གཙོ་སྨྲ་བའི་རིང་ལུགས་དང་གཟུགས་འདས་རིག་པའི་ལྟ་ཚུལ་ལ་བརྟེན་ནས་རྩོམ་རིག་གི་སྣང་ཚུལ་ལ་ཞིབ་འཇུག་བྱས་ཏེ་རྩོམ་རིག་དེ་དབང་སྒྱུར་གྲལ་རིམ་གྱི་ཁེ་ཕན་སྲུང་སྐྱོབ་བྱེད་པའི་ལག་ཆ་ཞིག་ཏུ་འགྱུར་བར་བྱེད་ཀྱི་ཡོད། མ་ཁེ་སེ་རིང་ལུགས་ཀྱི་རྩོམ་རིག་གི་རིགས་པའི་གཞུང་ལུགས་ནི། ཚན་རིག་དང་མཐུན་པའི་སྒོ་ནས་རྩོམ་རིག་གསར་རྩོམ་གྱི་ཉམས་མྱོང་ཕྱོགས་བསྡོམས་བྱས་པ་ཞིག་དང་། རྩོམ་རིག་སྒྱུ་རྩལ་གྱི་ཆོས་ཉིད་གསལ་བཤད་བྱས་པ་ཞིག་རེད། དེས་ན་རྩོམ་རིག་གི་ལོ་རྒྱུས་ལ་ཞིབ་འཇུག་བྱེད་དགོས་ན་ངེས་པར་དུ་རྩོམ་རིག་གི་རིགས་པའི་གཞུང་ལུགས་ཀྱིས་སློབ་སྟོན་བྱེད་དགོས་པ་མ་ཟད། རྩོམ་རིག་གི་སྐྱོན་ཡོན་བརྗོད་པའི་འབྲས་བུས་གཞི་འཛིན་ས་བྱས་ན་གཞི་ནས་ཡང་དག་པའི་སྒོ་ནས་རྩོམ་རིག

འཕེལ་རྒྱས་འགྲོ་བའི་བརྒྱུད་རིམ་ཤེས་རྟོགས་ཐུབ་པ་དང་། རྩོམ་རིག་གི་རིགས་པའི་གཞུང་ལུགས་རྩོམ་རིག་སྒྱུ་རྩལ་གྱི་ལག་ལེན་དངོས་ཀྱི་ཉམས་མྱོང་ལ་ཕྱོགས་བསྡོམས་བྱས་ནས་བྱུང་བ་ཞིག་ཡིན་པ་དང་། རྩོམ་རིག་གི་རིག་པའི་གཞུང་ལུགས་ལ་ཞིབ་འཇུག་བྱེད་རྒྱུ་དེའང་རྩོམ་རིག་གི་ལོ་རྒྱུས་ཀྱི་དཔྱད་གཞིའི་ཡིག་ཆ་དང་ཞིབ་ཕྲའི་བརྩམས་ཆོས་ལ་དབྱེ་ཞིབ་བྱེད་རྒྱུ་དང་ཁ་བྲལ་ཐབས་མེད་པ་མ་ཟད། གཞུང་ལུགས་དེ་དག་ཡང་དག་པ་ཞིག་ཡིན་མིན་དང་། རྩོམ་རིག་སྒྱུ་རྩལ་གྱི་ཆོས་ཉིད་དང་མཐུན་ཡོད་མེད་ཡང་སྤྱི་ཚོགས་ཀྱི་ལག་ལེན་དང་རྩོམ་རིག་སྒྱུ་རྩལ་གྱི་ལག་ལེན་དངོས་བརྒྱུད་དེ་བརྟར་ཤ་གཙོད་རྒྱུ་དེ་རེད། དེ་ནི་བློ་མཐུན་མའོ་ཙེ་ཏུང་གིས་གསུངས་པ་བཞིན་"འཛིག་རྟེན་ཐོག་དངོས་འབྲེལ་གྱི་རིགས་པའི་གཞུང་ལུགས་ནི་གཅིག་མ་གཏོགས་ཡོད་པ་མ་རེད། དེ་ནི་ཕྱི་རོལ་ཡུལ་གྱི་དོན་དངོས་ལས་བཏོན་ཏེ་སླར་ཡང་ཕྱི་རོལ་ཡུལ་གྱི་དོན་དངོས་ཐོག་ནས་ར་སྤྲོད་བྱུང་བའི་རིགས་པའི་གཞུང་ལུགས་དེ་རེད། དེ་མིན་པའི་རིགས་གང་དང་གང་ཡིན་ནའང་ང་ཚོས་བཤད་པའི་རིགས་པའི་གཞུང་ལུགས་ལ་བརྩི་ཐུབ་ཀྱི་མ་རེད།"(《མའོ་ཙེ་ཏུང་གསུང་རྩོམ་གཅེས་བསྡུས》དེབ་གསུམ་པའི་ཤོག་གྲངས་49ལ་གསལ་)ཅེས་གསུངས་ཡོད་པ་རེད། མ་ཁེ་སི་རིང་ལུགས་དང་མའོ་ཙེ་ཏུང་གི་དགོངས་པ། ཏེང་ཞའོ་ཕིང་གི་རིགས་པའི་གཞུང་ལུགས་"མཚོན་བྱེད་གསུམ་"གྱི་གལ་ཆེའི་དགོངས་པ་ནི་རྩོད་སྒྲུབ་ཀྱི་དངོས་གཙོ་སྨྲ་བ་དང་ལོ་རྒྱུས་ཀྱི་དངོས་གཙོ་སྨྲ་བ་གཞིར་བཞག་པ་ཡིན་ལ། རྨང་གཞིའི་དེའི་ཐོག་ནས་རྩོམ་རིག་གི་ལག་ལེན་གྱི་ཉམས་མྱོང་ཕྱོགས་བསྡོམས་བྱས་ཏེ། རྩོམ་རིག་སྒྱུ་རྩལ་གྱི་ཆོས་ཉིད་གསལ་བཤད་མཛད་ཡོད། མ་ཁེ་སི་རིང་ལུགས་ཀྱི་རྩོམ་རིག་སྒྱུ་རྩལ་གྱི་རྩ་བའི་རིག་པ་སྤྱིར་ཁག་གསུམ་དུ་དབྱེ་ཆོག་པ་སྟེ།

གཅིག རྩོམ་རིག་དང་སྤྱི་ཚོགས་ཀྱི་འཚོ་བའི་འབྲེལ་བ། དེའི་ནང་དུ་རྩོམ་རིག་དང་ཆབ་སྲིད། དཔལ་འབྱོར་དང་སྤྱི་ཚོགས་ཀྱི་འདུ་ཤེས་འཛིན་སྟངས་གཞན་གྱི་འབྲེལ་བ་དང་། དེ་མིན་སྤྱི་ཚོགས་ཀྱི་འཕེལ་རྒྱས་དང་རྩོམ་

རིག་སྒྱུ་རྩལ་འཕེལ་རྒྱས་ཀྱི་འབྲེལ་བ་དང་། རྩོམ་རིག་སྒྱུ་རྩལ་ཉིད་ཀྱི་རྒྱུད་འཛིན་དང་འཕེལ་རྒྱས། མི་རིགས་ཁག་གི་རྩོམ་རིག་སྒྱུ་རྩལ་བར་གྱི་ཕན་ཚུན་ཤུགས་རྐྱེན་སོགས་ཀྱི་གནད་དོན་ཡིན་པ་དང་། དེའི་གཙོ་བོའི་གནད་དོན་ནི་རྩོམ་རིག་སྒྱུ་རྩལ་གསར་རྩོམ་བྱེད་པའི་ཆོས་ཉིད་ལ་ཞིབ་འཇུག་དང་གསལ་བཤད་བྱེད་པའི་སྐོར་ལ་ཡིན།

གཉིས། རྩོམ་རིག་སྒྱུ་རྩལ་གསར་རྩོམ་བྱེད་པའི་ཆོས་ཉིད་ཀྱི་གནད་དོན་སྐོར་ཡིན་སྟེ། དཔེར་ན། རྩོམ་རིག་སྒྱུ་རྩལ་གྱི་གཟུགས་བརྙན་དང་། དཔེ་མཚོན་གྱི་རང་བཞིན་དང་། གསར་རྩོམ་གྱི་བྱ་ཐབས་དང་། དེ་མིན་རྩོམ་རིག་སྒྱུ་རྩལ་གྱི་བརྗོད་གཞིའི་གྲུབ་ཆ་དང་ཕན་ཚུན་གྱི་འབྲེལ་བའི་སྐོར་བཅས་རེད།

གསུམ། རྩོམ་རིག་གི་སྐྱོན་ཡོན་བརྗོད་པའི་སྤྱིའི་ཆོས་ཉིད་སྐོར་བཅས་ཡིན། གནད་དོན་གསུམ་པོ་དེ་དག་ནི་ཕན་ཚུན་འབྲེལ་བ་དམ་ཟབ་ཡོད་ལ་ཡང་མི་འདྲ་བའི་ཕྱོགས་ཀྱང་ཡོད་པ་ཞིག་ཡིན་ནོ།།

འཛམ་གླིང་སྤྱིའི་རྩོམ་རིག་རིགས་པའི་གཞུང་ལུགས་ཀྱི་ལོ་རྒྱུས་ལ་གཞིགས་ན་རྩོམ་རིག་རིགས་པའི་གཞུང་ལུགས་ཀྱི་དཔྱད་བརྗོད་བྱ་ཡུལ་ཁག་བཞི་ཙམ་དབྱེ་ཡོད། དེ་ནི་ཨ་རིའི་དེང་རབས་ཀྱི་རྩོམ་རིག་སྒྱུ་རྩལ་སྨྲ་བའི་དབང་པོ་ཨ་ཕོ་ལའ་མུ་སིས《མེ་ལོང་དང་སྒྲོན་མེ་》ཞེས་པའི་ནང་དུ"རྩོམ་རིག་གི་ཆོས་བཞི"ཞེས་པའི་གྲགས་གཏམ་ཞིག་བཏོན་ཡོད། ཁོང་གིས་གསུངས་དོན"སྒྱུ་རྩལ་གྱི་བརྩམས་ཆོས་གང་ཡང་རུང་རེ་རེར་གནད་བཞི་དང་འབྲེལ་ཡོད་ལ། ཚགས་ཞིབ་པའི་གཞུང་ལུགས་ཕལ་ཆེ་བ་གྲུབ་ཆ་བཞི་པོ་འདི་དག་ལ་དབྱེ་བ་ཕྱེ་ནས་མི་རྣམས་ལ་གོ་བརྡ་གསལ་པོ་སྤྲོད་ཀྱི་ཡོད་པ་སྟེ། གྲུབ་ཆ་དང་པོ་ནི་བརྩམས་ཆོས་ཏེ་སྒྱུ་རྩལ་གྱི་བརྩམས་ཆོས་རང་ཉིད་ཡིན། བརྩམས་ཆོས་ནི་མིས་མཛད་པ་ཞིག་ཡིན་ཕྱིར། གྲུབ་ཆ་གཉིས་པ་ནི་རང་བཞིན་དུ་རྩོམ་མཁན་ཏེ་སྒྱུ་རྩལ་པ་རང་ཉིད་ཡིན། གསུམ་པ་ནི་སྤྱིའི་འདོད་ཚུལ་ལྟར་ན་བརྩམས་ཆོས་ནི་དངོས་ཤུགས་གང་རུང་གིས་དངོས་ཡོད་ཀྱི་བྱ་དངོས་བརྗོད་བྱ་བྱས་ཏེ་ཡུལ་གྱི་

རྣམ་པའམ་དེར་འབྲེལ་གྱི་དངོས་པོ་རྣམས་མཚོན་པ་དང་ཚུར་སྣང་བྱས་པ་ཞིག་ཡིན། དེས་ན་གྲུབ་ཆ་གསུམ་པ་ནི་མི་སྣ་དང་། བྱེད་སྟངས། བསམ་བློ། ཡིད་འགྱུར། དངོས་པོ་དང་དོན་གནད། ཡང་ན་ཚོར་ཤེས་ལས་དགར་བའི་རང་བཞིན་གྱིས་གྲུབ་པ་ཞིག་སྟེ། རྒྱུན་གཏན་"རང་བྱུང་"ཞེས་པའི་ཐ་སྙད་སྤྱར་ཡོད་ནའང་ང་ཚོས་དེ་ལས་ཁྱབ་ཆེ་བ་"འཛིག་རྟེན་"ཞེས་སྦྱོར་རྒྱུ་ཡིན། མཐར་གྲུབ་ཆ་བཞི་པ་སྟེ་ཀློང་བ་བྱེད་མཁན་ཉིད་ཡིན། དེ་ནི་དེ་ལ་ཉན་མཁན་ནམ་ཀློག་མཁན་ཡིན་ཏེ་བརྩམས་ཆོས་ཉིད་ཁོ་ཚོའི་དོན་དུ་བརྩམས་ལ། མིན་ཡང་ཁོ་ཚོའི་ཡིད་ཕྱོགས་པར་ངེས"ཞེས་གསུངས་ཡོད་པ་རེད། བོད་རིགས་ཀྱི་རྩོམ་རིག་ལོ་རྒྱུས་ཐོག་ཏུ《བྱང་ཆུབ་ལམ་རིམ་ཆེན་མོ》སོགས་བོད་ཀྱི་གཞུང་ཚད་ལྡན་དག་ཏུ་ཐོ་མོ་ནས་རྩོམ་པ་པོའི་ཆེ་བ་དང་། བརྩམས་པའི་བསྟན་བཅོས་ཀྱི་ཆེ་བ། དེ་ལ་འཆད་ཉན་ཇི་ལྟར་བྱ་བའི་རྣམ་པ་གསུམ་དུ་གསུངས་ཡོད་པའང་རྩོམ་པ་པོ་དང་། བརྩམས་ཆོས། དེ་འཆད་ཉན་བྱེད་མཁན་གྱི་གྲུབ་ཆ་བཅས་གསལ་པོར་གསུངས་ཡོད་པ་རེད། གོང་གསལ་རྩོམ་རིག་གི་ཆོས་བཞི་པོ་སྟེ། བརྩམས་ཆོས་དང་རྩོམ་པ་པོ། འཛིག་རྟེན། ཀློག་པ་པོ་བཅས་ཀྱི་འབྲེལ་བའི་སྐོར་ཙམ་ཟད་འགྲེལ་ན"འཛིག་རྟེན་"ནི་སྤྱི་ཚོགས་ཀྱི་འཚོ་བར་བསྟན་ཞིང་། སྤྱི་ཚོགས་ཀྱི་འཚོ་བ་ནི་རྩོམ་རིག་སྒྱུ་རྩལ་གྱི་འབྱུང་ཁུངས་ཤིག་ཡིན། འོན་ཀྱང་སྤྱི་ཚོགས་ཀྱི་འཚོ་བ་དངོས་ནི་བརྩམས་ཆོས་མིན་ལ་སྤྱི་ཚོགས་ཀྱི་འཚོ་བ་ཇི་བཞིན་དུ་ཟློད་བྱེད་ལ་བྲངས་པ་དེའང་བརྩམས་ཆོས་མིན། སྤྱི་ཚོགས་ཀྱི་འཚོ་བའི་རྒྱུ་ཆ་དེ་དག་རྩོམ་པ་པོའི་བློ་གྲོས་དང་སྒྱུ་རྩལ་གྱི་གསར་གཏོད་བྱས་པ་བརྒྱུད་ནས་བརྩམས་ཆོས་ངོ་མ་ཞིག་ཆགས་ཀྱི་ཡོད།

དེས་ན་བྱེད་སྒོ་ཀུན་གྱི་ཐོག་མ་ནི་རྩོམ་པ་པོའི་གསར་རྩོམ་ཉིད་ཡིན། རང་རེའི་བོད་ལ་མཚོན་ནའང་ཚད་ལྡན་མཁས་པ་དག་གིས་ཐོ་མོ་ནས་བསྟན་བཅོས་གང་འཆད་ཀྱང་ཐོག་མར་རྩོམ་པ་པོའི་ཆེ་བ་དང་བརྩམས་པའི་བསྟན་བཅོས་ཀྱི་ཆེ་བ་སོགས་ལ་དམིགས་པ་དང་། རྩོམ་པ་པོ་དེ་ཚད་མར་མི་འགྱུར་ན

བརྩམས་པའི་བསྟན་བཅོས་ལའང་བདེན་པ་ཡང་དག་ཏུ་མི་མཐོང་བའི་སྲོལ་རྒྱུན་གྱི་ལྟ་བ་ཞིག་བསྟན་བཅོས་སྤྱི་ལ་ཁྱབ་ཡོད་པ་རེད། མཁས་དབང་དགེ་འདུན་ཆོས་འཕེལ་གྱིས"རྩོམ་པའི་ཡོན་ཏན་དངོས་ནི། རང་གི་སྔ་མའི་བག་ཆགས་དང་རྩོམ་པ་པོའི་གཤིས་ལུགས་ལ་རགས་ལས་པ་ཡིན"ཞེས་རྩོམ་པ་པོ་དང་བརྩམས་ཆོས་གཉིས་ཀྱི་འབྲེལ་བའི་སྐོར་གསུངས་ཡོད། "བརྩམས་ཆོས"ནི་ཅུང་ཟད་རྙོག་དྲ་ཆེ་བའི་མ་ལག་ཅིག་ཡིན་ཞིང་། དེ་ལས་རྩོམ་ལུས་དང་སྐད་ཆ། སྒྲིག་གཞི། གཤིས་ཉམས་སོགས་ནི་བརྩམས་ཆོས་གྲུབ་ཚུལ་གྱི་ནང་དོན་གལ་ཆེ་དག་ཡིན་ལ། བརྩམས་ཆོས་རྣམ་པའི་ཕྱོགས་ཀྱི་གནད་དོན་རྣམས་རྩོམ་རིག་ཞིབ་འཇུག་སྐབས་ཀྱི་གནད་དམ་པར་བཞག་ཡོད་པ་རེད། "ཀློག་པ་པོ"ནི་བརྩམས་ཆོས་རོལ་སྤྱོད་བྱེད་མཁན་དེ་ཡིན་པ་དང་གལ་སྲིད་ལྟ་ཀློག་བྱེད་མཁན་མེད་ཚེ་དེ་ནི་ཕན་པ་མེད་པའི་ཤོག་ཧྲུལ་དང་འདྲ་བ་ཞིག་ཡིན། བརྩམས་ཆོས་ནི་ལྟ་ཀློག་བྱེད་མཁན་གྱི་ཆེད་དུ་བྲིས་པ་དང་། བརྩམས་ཆོས་ཀྱི་དགོངས་དོན་དང་རིན་ཐང་བྱེད་ནུས་སོགས་མཐར་གཏུགས་ན་ལྟ་ཀློག་བྱེད་མཁན་བརྒྱུད་ནས་མངོན་དགོས་པ་རེད། དེས་ན་ཀློག་མཁན་ནི་བརྩམས་ཆོས་ཞིབ་འཇུག་གི་ལྟེ་བར་འཛིན་ཅིང་། ཀློག་མཁན་གྱིས་ཀྱང་རང་ཉིད་ཀྱི་ཤེས་བྱའི་རྨང་གཞི་དང་སྒྱུ་རྩལ་གྱི་ཀློ་སྦྱོང་མི་འདྲ་བར་བརྟེན་ནས་འགྲེལ་ཚུལ་ཡང་མི་འདྲ་བ་བྱུང་སྲིད་པས་དེ་ནི་རང་དབང་ཆེ་ཞིང་གསར་གཏོད་ལྡན་པའི་བྱ་བ་ཞིག་ཡིན།

དེ་ལྟར་འཛིག་རྟེན་ཏེ་སྤྱི་ཚོགས་ཀྱི་འཚོ་བ་མེད་ན་རྩོམ་རིག་གི་བརྩམས་ཆོས་བྲི་བའི་རྒྱུ་མེད་ལ། རྩོམ་པ་པོ་མེད་ན་བརྩམས་ཆོས་ཟེར་བ་ཡང་མེད་པས་བརྩམས་ཆོས་དཔྱད་སྦྱོང་ཟེར་བ་གང་ན་ཡོད། ཡང་དེ་བཞིན་དུ་བརྩམས་ཆོས་མེད་ན་རྩོམ་པ་པོ་ཟེར་བའི་མིང་ཙམ་ཡང་སྒྲོག་དཀའ་ལ། བརྩམས་ཆོས་ཀྱི་དཔྱད་སྦྱོང་མེད་ན་རྩོམ་པ་པོའི་གསར་རྩོམ་གྱི་ལས་ཀ་ཡང་དོན་མེད་དུ་འགྱུར་ངེས་ཡིན་པས་རྩོམ་རིག་གི་ཆོས་བཞི་པོ་དེ་དག་ནི་ཕན་ཚུན་འབྲེལ་བ་དམ་ཞིང་

ཉུས་པ་ཐོན་རེས་བྱེད་པའི་མ་ལག་གཅིག་ཏུ་གྱུར་ཡོད་པ་རེད། དེ་མིན་མིའི་རིགས་ཀྱི་རྩོམ་རིག་ནི་འཕེལ་རྒྱས་ཀྱི་བརྒྱུད་རིམ་ལྡན་པ་ཞིག་ཡིན་ལ། དུས་རབས་སོ་སོར་ཡང་རྣམ་པ་མི་འདྲ་བ་རེ་ཡོད་པས། རྩོམ་རིག་གི་རྒྱུན་འཛིན་དང་འཕེལ་རྒྱས་སོགས་ཀྱི་ཆོས་ཉིད་ལ་ཞིབ་འཇུག་ཡང་བྱེད་དགོས། དེ་ལྟར་རྩོམ་རིག་རྣམ་བཤད་རིག་པས་ཞིབ་འཇུག་བྱེད་པའི་ཡན་ལག་སྟེ། 1. རྩོམ་རིག་གི་ངོ་བོ། 2. རྩོམ་རིག་གསར་རྩོམ་བྱེད་པའི་བརྒྱུད་རིམ། 3. རྩོམ་རིག་གི་བརྩམས་ཆོས། 4. རྩོམ་རིག་རོལ་སྤྱོད་དང་སྐྱོན་ཡོན་བརྗོད་རྒྱུའི་སྐོར། 5. རྩོམ་རིག་གི་འཕེལ་རྒྱས་དང་རྒྱུད་འཛིན་གསར་གཏོད་སྐོར་ལ་དཔྱད་ཞིབ་བྱ་རྒྱུ་དེ་རྩ་བའི་ལས་འགན་དུ་གྱུར་ཡོད་པ་རེད།

གཉིས་པ། རྩོམ་རིག་གི་ངོ་བོའི་སྐོར།

《རྩོམ་རིག་རྣམ་བཤད་》ནི་རྩོམ་རིག་ཆེད་ལས་ཀྱི་རིགས་པའི་གཞུང་ལུགས་ཀྱི་རྨང་གཞིའི་ཤེས་བྱ་ཞིག་ཡིན་པ་དང་དེའི་ཞིབ་འཇུག་བྱེད་པའི་གནད་དོན་ནི་རྩོམ་རིག་གི་རྩ་བའི་རིག་པ་དང་། རྩོམ་རིག་སྒྱུ་རྩལ་གྱི་ཆོས་ཉིད་ལ་ཞིབ་འཇུག་བྱེད་རྒྱུ་དེ་ཡིན་པ་མ་ཟད། ཚད་མཐོའི་རིགས་པའི་གཞུང་ལུགས་ཀྱིས་ཐོག་ནས་གཅིག་སྤྱད་བྱ་རྒྱུ་བརྒྱུད་དེ། རྩོམ་རིག་གི་རྩ་བའི་ཆོས་ཉིད་རྣམས་ཕྱོགས་བསྡོམས་དང་གསལ་སྟོན་བྱེད་དགོས་པ་རེད། རྩོམ་རིག་སྒྱུ་རྩལ་གྱི་རིག་པ་ཞེས་པ་ནི་རྩོམ་རིག་ལ་ཞིབ་འཇུག་བྱེད་པའི་ཚན་རིག་ཅིག་ཡིན་ཞིང་དེ་ལ་རྩོམ་རིག་གྱི་རིག་པའི་གཞུང་ལུགས་དང་། རྩོམ་རིག་གི་ལོ་རྒྱུས། རྩོམ་རིག་གི་སྐྱོན་ཡོན་བརྗོད་པ་བཅས་ཕྱོགས་གསུམ་འདུས་ཡོད་པ་རེད།

རྩོམ་རིག་སྒྱུ་རྩལ་རིག་པའི་ཕྱོགས་གསུམ་པོ་དེ་ནི་ཕན་ཚུན་འབྲེལ་བ་ཡོད་པ་དང་ཕན་ཚུན་ཧོང་འཛིན་བྱེད་པ་ཞིག་རེད། རྩོམ་རིག་གི་ལོ་རྒྱུས་ལ་ཞིབ་འཇུག་བྱེད་དགོས་ན་རྩོམ་རིག་རིགས་པའི་གཞུང་ལུགས་ཀྱིས་སློབ་སྟོན་བྱེད་

དགོས་པ་མ་ཟད། རྩོམ་རིག་གི་སྐྱོན་ཡོན་བརྗོད་པའི་འབྲས་བུ་གཞི་འཛིན་ས་བྱས་ན་གཞི་ནས་ཡང་དག་པའི་སྒོ་ནས་རྩོམ་རིག་འཕེལ་རྒྱས་འགྲོ་བའི་བརྒྱུད་རིམ་ཤེས་རྟོགས་བྱེད་ཐུབ་ཀྱི་རེད། རྩོམ་རིག་གི་རིགས་པའི་གཞུང་ལུགས་ནི་རྩོམ་རིག་སྒྱུ་རྩལ་གྱི་ལག་ལེན་དངོས་ཀྱི་ཉམས་མྱོང་ཕྱོགས་བསྡོམས་བྱས་ནས་བྱུང་བ་ཞིག་ཡིན་པ་དང་། རྩོམ་རིག་གི་རིགས་པའི་གཞུང་ལུགས་ལ་ཞིབ་འཇུག་བྱེད་རྒྱུ་དེའང་རྩོམ་རིག་ལོ་རྒྱུས་ཀྱི་དཔྱད་གཞིའི་ཡིག་ཆ་དང་། ཞིབ་ཕྲའི་བརྩམས་ཆོས་ལ་དབྱེ་ཞིབ་བྱེད་རྒྱུ་དང་ཁ་བྲལ་ཐབས་མེད་པ་ཞིག་ཡིན་ཞིང་གལ་ཏེ་ཕྱར་ཡོད་ཀྱི་རྩོམ་རིག་སྒྱུ་རྩལ་གྱི་ལག་ལེན་དངོས་ཀྱི་ཉམས་མྱོང་ཕྱོགས་བསྡོམས་མ་བྱས་ཚེ་རྩོམ་རིག་གི་རིགས་པའི་གཞུང་ལུགས་དེ་ཡང་ཐོན་མི་སྲིད་པ་ཞིག་ཡིན། རྩོམ་རིག་གི་སྐྱོན་ཡོན་བརྗོད་རྒྱུ་ནི་རྩོམ་རིག་གི་རིགས་པའི་གཞུང་ལུགས་ཀྱི་རྩ་དོན་བེད་སྤྱད་ནས་རྩོམ་པ་པོ་དང་བརྩམས་ཆོས་ལ་དབྱེ་ཞིབ་དང་། གསར་རྩོམ་གྱི་ཉམས་མྱོང་ཕྱོགས་བསྡོམས་བྱས་ནས་གསར་རྩོམ་འཕེལ་རྒྱས་ཡོང་བར་སྐུལ་འདེད་གཏོང་རྒྱུ་དེ་རེད།

རྩོམ་རིག་གི་ལོ་རྒྱུས་ནི་རྩོམ་རིག་ལོ་རྒྱུས་ཀྱི་ལག་ལེན་དངོས་ཀྱི་ཉམས་མྱོང་ལས་འདོན་སྤྲོད་བྱས་པའི་དཔྱད་གཞིའི་ཡིག་ཆ་རྣམས་ཕྱོགས་སྡུད་བྱས་ཏེ། རྩོམ་རིག་གི་འཕེལ་རྒྱས་དང་དེའི་ལྟོག་མེད་ཀྱི་ཆོས་ཉིད་ལ་ཞིབ་འཇུག་བྱེད་རྒྱུ་དེ་ཡིན་ལ་རྩོམ་རིག་གི་ལོ་རྒྱུས་ནི་རྩོམ་པ་པོའི་བརྩམས་ཆོས་གཙོ་གནད་དུ་བཟུང་བ་ཞིག་ཡིན་པ་མ་ཟད། རྩོམ་པ་པོ་དང་བརྩམས་ཆོས་དེ་རྩོམ་རིག་གི་ལོ་རྒྱུས་འཕེལ་རྒྱས་འགྲོ་བའི་བརྒྱུད་རིམ་ནང་གི་གནས་བབ་དང་ནུས་པར་ཞིབ་འཇུག་བྱས་ཏེ། རྩོམ་པ་པོ་དང་བརྩམས་ཆོས་དེ་དག་ལ་ལོ་རྒྱུས་ཀྱི་གདེང་འཇོག་ངེས་ཅན་ཞིག་བྱེད་ཀྱི་ཡོད་པ་རེད།

རྩོམ་རིག་གི་རིགས་པའི་གཞུང་ལུགས་ནི་རྩོམ་རིག་གི་ལོ་རྒྱུས་ནས་འདོན་སྤྲོད་བྱས་པའི་སྒྱུ་རྩལ་གྱི་ཉམས་མྱོང་དེ་གཞི་འཛིན་ས་བྱས་ཏེ། རྩོམ་རིག་དང་སྤྱི་ཚོགས་ཀྱི་འཚོ་བའི་འབྲེལ་བའི་ནང་དུ་བྱུང་བའི་སྒྱུ་རྩལ་གྱི་ཆོས་ཉིད་སྣ་

ཚོགས་ལ་ཞིབ་འཇུག་བྱེད་རྒྱུ་དེ་ཡིན། འཛམ་གླིང་ཐོག་གི་མི་རིགས་གང་དང་གང་ཞིག་ཡིན་ནའང་དེའི་ཐོག་མའི་རྩོམ་རིག་སྒྱུ་རྩལ་ནང་གི་བརྩམས་ཆོས་ནི་སྙན་ངག་ཡིན་ལ། ཐོག་མའི་རྩོམ་རིག་གི་རིགས་པའི་གཞུང་ལུགས་ཡང་སྙན་ངག་སྐོར་གྱི་གཞུང་ལུགས་དེ་ཡིན། དེང་རབས་ཚན་རིག་གིས་རྩོམ་རིག་གི་རིགས་པའི་གཞུང་ལུགས་དེ་ནི་གནའ་རབས་ཀྱི་སྙན་ངག་གི་གཞུང་ལུགས་འཕེལ་རྒྱས་དང་ཕུན་སུམ་རྫོགས་སུ་བཏང་ནས་བྱུང་བ་ཞིག་ཡིན། རིགས་པའི་གཞུང་ལུགས་གང་ཞིག་ཡིན་ཡང་མེད་པ་ནས་ཡོད་པ་དང་། གཏིང་མི་ཟབ་པ་ནས་ཟབ་པ། ཆ་མི་ཚང་བ་ནས་ཆ་ཚང་བ་སོགས་སུ་འཕེལ་རྒྱས་འགྲོ་བ་ཞིག་ཡིན་ལ། དེ་དག་ཐམས་ཅད་མི་རྣམས་ཀྱི་དངོས་པོའི་འཚོ་བ་དང་བསམ་བློའི་འཚོ་བ་བཅས་དང་འབྲེལ་བ་དམ་པོ་ཡོད་པ་མ་ཟད། ལག་ལེན་གྱི་ཁྲིད་ནས་དར་རྒྱས་གོང་འཕེལ་བྱུང་བ་ཞིག་རེད། སྙན་ངག་གི་རིགས་པའི་གཞུང་ལུགས་དེ་ཡང་དེ་དང་འདྲ་བར་དང་ཐོག་ངལ་རྩོལ་ལས་སྒྲ་གདངས་བྱུང་བ་དང་། སྒྲ་གདངས་ཀྱི་འགྲོས་དེ་ནི་དབྱངས་ཡིན་ལ། སྐད་ཆ་བྱུང་བའི་རྗེས་སུ་དབྱངས་དེ་ལ་ཚིག་སྦྱར་བས་གླུ་དང་སྙན་ངག་བྱུང་ཞིང་ཡི་གེ་བྱུང་རྗེས་ཡིག་ཐོག་གི་སྙན་ངག་བྱུང་བ་དང་། རིམ་གྱིས་གླུ་པ་དང་སྙན་ངག་མཁས་པ་རྣམས་བྱུང་བ་རེད། བོད་ལ་ཆ་མཚོན་ན། ཐོག་མར་བོད་རང་གི་ཁྱད་ཆོས་ལྡན་པའི་གླུ་ཡོད་པ་དང་། གླུ་དེ་དག་ནི་བོད་རིགས་མང་ཚོགས་ཀྱི་ཐོན་སྐྱེད་ངལ་རྩོལ་གྱི་ལག་ལེན་ཁྲིད་ནས་བྱུང་བ་མ་ཟད། ལོ་རྒྱུས་ཀྱི་དུས་སྐབས་སོ་སོར་འཕེལ་རྒྱས་བྱུང་སྟེ། རྣ་བར་སྙན་ཞིང་ཡིད་དབང་འཕྲོག་པ་དང་། ཉམས་དང་འགྱུར་བ་དུ་མ་དང་ལྡན་པ། རྒྱན་སྣ་ཚོགས་པས་སྤྲུག་པའི་རྩོམ་རིག་གི་རྣམ་པ་ཞིག་ཏུ་གྱུར་ཏེ་བོད་རིགས་མང་ཚོགས་ཀྱི་ནང་དུ་ས་ཁྱབ་རྡོ་ཁྱབ་ཏུ་འཕེལ་རྒྱས་ཕྱིན་ཡོད་པ་རེད། འོན་ཏེ། བོད་རིགས་ཀྱི་རྩོམ་རིག་སྒྱུ་རྩལ་གྱི་ཉམས་མྱོང་ཕྱོགས་བསྡོམས་དང་རང་རིགས་ཀྱི་ཁྱད་ཆོས་ལྡན་པའི་རྩོམ་རིག་གི་རིགས་པའི་གཞུང་ལུགས་ཤིག་གྲུབ་མེད་པ་དང་། ད་དུང་སྙན་ངག་གི་རིགས་པའི་གཞུང་ལུགས་

དེ་ཁོ་ན་ཙམ་ལས་སྤྱིར་ཁྱབ་ཆེ་བའི་རིགས་པའི་གཞུང་ཞིག་ཏུ་འཕེལ་རྒྱས་ཕྱིན་མེད་པ་རེད།

རྩོམ་རིག་གི་སྐྱོན་ཡོན་བརྗོད་རྒྱུ་ནི། རྩོམ་རིག་རིགས་པའི་གཞུང་ལུགས་ཀྱི་མཛུབ་ཁྲིད་འོག་ཏུ་རྩོམ་པ་པོའི་བརྩམས་ཆོས་དང་། རྩོམ་རིག་གི་བསམ་པའི་ཐབས་རྒྱུན་སོགས་ལ་དཔྱད་གཏམ་དང་གདེང་འཇོག་བྱེད་རྒྱུ་དེ་ཡིན་ལ་ཡང་རྩོམ་རིག་གི་སྐྱོན་ཡོན་བརྗོད་རྒྱུ་དེ་ནི་རྩོམ་རིག་གི་རིགས་པའི་གཞུང་ལུགས་ལག་ལེན་དང་ཙ་དོན་བེད་སྤྱོད་བྱས་པ་ཞིག་ཡིན་པ་མ་ཟད། དེ་དང་ཆབས་ཅིག་རྩོམ་རིག་གི་རིགས་པའི་གཞུང་ལུགས་ཀྱི་ནང་དོན་ཁ་སྐོང་དང་ཕུན་སུམ་ཚོགས་སུ་བཏང་སྟེ། རྩོམ་རིག་གི་རིགས་པའི་གཞུང་ལུགས་འཕེལ་རྒྱས་འགྲོ་རྒྱུར་སྐུལ་འདེད་ཀྱི་ནུས་པ་ཐོན་གྱི་ཡོད་པ་རེད།

གསུམ་པ། རྩོམ་རིག་གི་ཐོག་མའི་འབྱུང་རྩའི་སྐོར།

རྩོམ་རིག་གི་ལོ་རྒྱུས་ཐོག་ཏུ་རྩོམ་རིག་དེ་ཇི་ལྟར་བྱུང་བ་དང་། ཇི་ལྟར་འཕེལ་རྒྱས་སོང་བ་སོགས་ནི་ཆོས་ཉིད་ཀྱི་རང་བཞིན་ལྡན་པའི་ལས་འགུལ་ཞིག་ཡིན་པ་མ་ཟད། ལོ་རྒྱུས་ངེས་གཏན་ཞིག་གི་ཁོངས་སུ་གཏོགས་པ་ཞིག་ཡིན། རྩོམ་རིག་གི་ལོ་རྒྱུས་ཐོག་ཏུ་རྩོམ་རིག་གི་འབྱུང་རྩའི་སྐོར་ལ་ལྟ་ཚུལ་མི་འདྲ་བ་སྣ་ཚོགས་ཤིག་མཆིས་པ་དེར་འགྲེལ་ཚུལ་ཡང་མི་འདྲ་བ་མང་པོ་ཞིག་བྱུང་ཡོད། དེར་བརྟེན་འདིར་ལྟ་ཚུལ་མི་འདྲ་བ་དེ་དག་ཕན་ཚུན་བསྡུར་ཞིབ་ཅིག་བྱས་ཏེ་ཞིབ་འཇུག་བྱས་ཚེ་རྩོམ་རིག་གི་འབྱུང་རྩ་གསལ་འདོན་བྱ་རྒྱུར་རོགས་རམ་གྱི་ནུས་པ་མི་ཆུང་བ་ཞིག་ཐོན་ཐུབ།

རྩོམ་རིག་གི་འབྱུང་རྩའི་གནད་དོན་དེ་ནི་མིའི་རིགས་ཀྱི་ཆེས་ཐོག་མའི་རྩོམ་རིག་གི་ལས་འགུལ་དང་ཆེས་ཐོག་མའི་དཔལ་འབྱོར་དང་འབྲེལ་བ་ཡོད་པའི་གནད་དོན་ཞིག་ཡིན། མི་རྣམས་ཀྱིས་དུས་ཚོད་རིང་པོའི་ནང་དུ་རྩོམ་རིག

གི་ཐོག་མའི་འབྱུང་རྩའི་སྐོར་ཞིབ་དཔྱད་སྣ་ཚོགས་བྱས་ཡོད་པ་མ་ཟད། ལྟ་ཚུལ་མི་འདྲ་བའི་རིགས་པའི་གཞུང་ལུགས་ཀྱང་སྣ་ཚོགས་ཤིག་གྲུབ་ཡོད། དེ་དག་གི་ནང་ནས་གཙོ་བོའི་ལྟ་ཚུལ་མི་འདྲ་བ་འགའ་ཞིག་ཡོད་པ་སྟེ།

གཅིག ལད་ཟློས་བྱས་པ་ལས་རྩོམ་རིག་བྱུང་བ་ཡིན་ཟེར།

ལད་ཟློས་བྱས་པ་ལས་རྩོམ་རིག་བྱུང་བ་ཡིན་ཞེས་པའི་ལྟ་ཚུལ་དེ་ནི་ལོ་རྒྱུས་ཐོག་ཏུ་རྟག་པར་མཐོང་རྒྱུ་ཡོད་པའི་རྩོམ་རིག་གི་སྣང་ཚུལ་ཞིག་ཡིན། ནུབ་ཕྱོགས་ཀྱི་རྩོམ་རིག་ལོ་རྒྱུས་ཐོག་ཏུ་ལྟ་ཚུལ་དེས་ཆེས་གལ་ཆེ་བའི་གནས་བབ་ཅིག་བཟུང་ཡོད། གནའ་བོའི་ཞི་ལའི་མཚན་ཉིད་རིག་པ་མཁས་ཅན་ད་མོ་ཁི་ལི་ཐེ་སིས་ལྟ་ཚུལ་དེ་གསལ་པོར་བཏོན་ཡོད། ཁོང་གིས་གསུངས་དོན་“ཆེས་གལ་ཆེ་བའི་ལས་ཀ་འགའ་ཞིག་ང་ཚོས་དུད་འགྲོར་ལད་ཟློས་བྱས་པ་མ་ཟད། དུད་འགྲོའི་སློབ་ཕྲུག་བྱེད་དགོས་ངེས་ཡིན། མི་རྣམས་ཀྱིས་འབུ་སྲོམ་ལས་རས་འཐགས་དང་གོས་ཚེམས་སྟངས་ཤེས་པ་དང་། བྱ་ཁྲུག་ཏ་ནས་ཁང་པ་བཟོ་སྟངས་ཤེས་པ། ངང་པ་དང་བྱ་རི་སྐྱེགས་སོགས་གཞས་གཏོང་མཁན་ནས་ང་ཚོས་གཞས་གཏོང་སྟངས་ཤེས་པ་རེད”ཅེས་དང་“མིའི་སྐད་བརྡ་ནི་རང་བྱུང་ཁམས་ཀྱི་འགྱུར་ཁྲུག་ལ་ལད་ཟློས་བྱས་པ་ཡིན། སྒྲ་དབྱངས་ནི་རླུང་གི་ལད་ཟློས་ཡིན”ཞེས་གསུངས། དེའི་རྗེས་སུ་ཡ་ལི་སྟོ་ཏོ་ཐ་ཡིས་མཛད་པའི《སྙན་ངག་རིག་པ》ཞེས་པའི་ནང་དུ་སྔ་མཐུད་རིག་པས་ཁྲུངས་སྐྱེལ་བྱས་ཡོད་པ་སྟེ“ལད་ཟློས་ཀྱི་ནུས་པ་ནི་མི་རྣམས་ཀྱི་ལྷན་སྐྱེས་ཀྱི་ཤེས་པ་ལས་བྱུང་བ་དང་། མིས་ཐོག་མར་སློབ་སྦྱོང་བྱེད་པ་དེའང་ལད་ཟློས་ཀྱི་གོ་རིམ་ཞིག་ཡིན། ལད་ཟློས་དེ་མིའི་ལྷན་སྐྱེས་ཀྱི་ཤེས་པ་ཞིག་ཡིན་པའི་ཆ་ནས་བཤད་ན་ཆུང་བའི་དུས་ནས་མངོན་པར་མཚོན་བཞིན་ཡོད་”ཅེས་དང་“ཕྱིར་བཏང་ནས་བཤད་ན། སྙན་ངག་གི་འབྱུང་རྩ་ནི་རྒྱུ་རྐྱེན་གཉིས་ལས་གྲུབ་ཡོད་པ་དང་། དེ་དག་ནི་མི་རྣམས་ཀྱི་རང་བཞིན་ལས་བྱུང་བ་ཡིན་”རྒྱུ་རྐྱེན་དེ་གཉིས་ནི“གཅིག་ནི་ལད་ཟློས་དང་། གཉིས་ནི་སྒྲ་གདངས་ཀྱི་ཚོར་བ་དང་དལ་སྙོད་ཀྱི་ཚོར་བ་དེ་ཡིན་”

དེ་དག་ནི་མིའི་རང་བཞིན་ལས་བྱུང་བ་ཞིག་ཡིན། མི་འདྲ་བའི་ས་ནི་དབྱིབས་བཟོའི་སྒྱུ་རྩལ་ནི"ཆོས་མདོག་དང་བཟོ་ལྟར་ལད་ཟློས་བྱས་པ་དང"རོལ་མོ་ནི"སྐད་གདངས་ལ་ལད་ཟློས་བྱས་པ" སྙན་ངག་ནི"སྐད་ཆ་དང་སྒྲ་གདངས། དལ་ཉོད་ལ་ལད་ཟློས་བྱས་པ་ཞིག་ཡིན"ཞེས་གསུངས་པ་དེ་དག་ནས་རྩོམ་རིག་གི་འབྱུང་རྩ་ནི་ལད་ཟློས་བྱས་པ་ལས་བྱུང་བ་ཞིག་ཡིན་ཞེས་པའི་ལྟ་ཚུལ་དེ་གྲུབ་ཡོད་པ་རེད། རང་བྱུང་ཁམས་ལ་ལད་ཟློས་བྱས་ནས་བྱུང་བ་ཞིག་ཡིན་ཞེས་པ་དེར་རྒྱུ་མཚན་ངེས་ཅན་ཞིག་ལྡན་ཡོད། གནའ་རབས་ཀྱི་རྩོམ་རིག་དེ་དག་ལ་ལད་ཟློས་ཀྱི་རང་བཞིན་ཡོད་པ་མ་ཟད། འཕེལ་རྒྱས་ཆེ་ཆེར་ཕྱིན་ཡོད་པའི་དེ་རིང་ཡང་སྒྱུ་རྩལ་འགའ་རེ་ལ་ལད་ཟློས་ཀྱི་རང་བཞིན་ཡོད་པ་ཞིག་ཡིན། ཡིན་ནའང་ཡ་ལི་སྟི་ཧྲོ་ཐ་ཡིས་ལད་ཟློས་བྱེད་པ་ནི་ལྷན་སྐྱེས་ཀྱི་ཤེས་པ་ལས་བྱུང་བ་ཡིན་ཟེར་འགྲེལ་བཤད་བྱས་པ་ལས་ལད་ཟློས་ནི་མི་རྣམས་ཀྱི་ཐོག་མའི་ལག་ལེན་དང་ཐོན་སྐྱེད་ངལ་རྩོལ་ལས་བྱུང་བ་ཞིག་ཡིན་པའི་སྐོར་དང་འབྲེལ་བ་བྱས་མེད་པ་རེད།

གཉིས། རྩེད་འཇོ་ལས་རྩོམ་རིག་བྱུང་བ་ཡིན་ཟེར་བ།

རྩེད་མོ་ལས་རྩོམ་རིག་བྱུང་བ་ཡིན་ཟེར་བའི་ལྟ་བ་འདི་ཐོག་མར་དུས་རབས་བཅོ་བརྒྱད་པའི་སྐབས་འཇར་མན་གྱི་མཁས་པ་ཁང་ད་ཞེས་པས་བཏོན་གནང་བ་དང་ཁང་ད་ཡི་ལྟ་བ་ལྟར་ན། རྩོམ་རིག་སྒྱུ་རྩལ་ནི་ཡིད་སྤྲོས་ཀྱི་ནུས་པ་ལས་བྱུང་བའི་རང་དབང་གི་བྱ་འགུལ་ཞིག་ཡིན། སྙན་ངག་ནི"ཡིད་སྤྲོས་ནུས་པའི་རང་དབང་གི་རྩེད་མོ་ཡིན""རོལ་མོ་ནི་ཚོར་ཤེས་ཀྱི་རྩེད་མོའི་སྒྱུ་རྩལ་ཡིན"སྒྱུ་རྩལ་དེ་རང་དབང་ལྡན་པ་ཞིག་ཡིན་པར་འདོད་ལ། དེའི་ཆ་ནས་སྒྱུ་རྩལ་དང་རྩེད་མོ་གཉིས་ལ་མཚུངས་ཆོས་ངེས་ཅན་ཞིག་ཡོད་པར་བསམ། སྒྱུ་རྩལ་ནི་རྩེད་མོ་ལས་བྱུང་ཞིང་སྒྱུ་རྩལ་དང་རྩེད་མོ་གཉིས་ཀས་མི་ལ་བདེ་བ་སྟེར་ཐུབ་པོ། ཕྱིས་སུ་འཇར་མན་གྱི་ཞི་ལ་ཟེར་བ་དང་དབྱིན་ཇིའི་མཁས་པ་སི་ཕེང་སེད་རྣམ་གཉིས་ཀྱིས་འཛིན་སྐྱོང་དང་རྒྱས་བཤད་འཕེལ་རྒྱས་སུ་བཏང་ནས

བཞེད་རྒྱུན་ཞིག་ཆགས་པ་དང་། བཞེད་རྒྱུན་འདིའི་ལྟ་བ་གཙོ་བོ་ནི། སྒྱུ་རྩལ་གྱི་ཐོག་མའི་འབྱུང་ཁུངས་དེ་རྩེད་མོ་ཡིན་པར་འདོད་པ་དང་། དེས་ནུབ་ཕྱོགས་ཀྱི་རྩོམ་རིག་གི་ལོ་རྒྱུས་ཐོག་ཏུ་ཤུགས་རྐྱེན་གཉིང་ཟབ་ཅིག་བཞག་ཡོད་པ་རེད། ཞི་ལ་ཡིས་ལད་ཟློས་ཀྱི་གྲུབ་ཆ་ནི་མེད་ན་མི་འགྲིག་པའི་གྲུབ་ཆ་ངེས་ཅན་ཞིག་ཡིན་ཀྱང་རྩོམ་རིག་སྒྱུ་རྩལ་འབྱུང་བའི་ནུས་པ་དངོས་དེ་མ་ཡིན། ལད་ཟློས་ཀྱི་རྒྱབ་ཕྱོགས་སུ་ད་དུང་ནུས་པ་ཟླ་མ་ཞིག་ཡོད་པ་སྟེ། རྩེད་འཛོ་ཡིན། དེར་བརྟེན་སྒྱུ་རྩལ་འབྱུང་བའི་ནུས་པ་གཙོ་བོ་དེ་རྩེད་འཛོ་ཡིན་ལ། རྩེད་འཛོ་ལ་བརྟེན་ནས་རྩོམ་རིག་བྱུང་བ་ཞིག་ཡིན། མི་རྣམས་དུད་འགྲོའི་ཁོངས་ལས་ཁ་བྲལ་རྗེས་མཛེས་རྒྱན་དང་རྩེད་འཛོ་ལ་དགའ་བ་ནི་རྩོམ་རིག་འབྱུང་བའི་གཞི་དེ་ཡིན་ཞེས་བརྗོད་ཚུལ་དེ་རིགས་ནི་ཕལ་ཆེ་བའི་དངོས་ཁམས་རིག་པ་དང་སེམས་ཁམས་རིག་པའི་ཕྱོགས་ནས་ཞིབ་འཇུག་བྱས་ཤིང་། གནའ་རབས་མིའི་སྤྱི་ཚོགས་ཀྱི་ལག་ལེན་དེས་རྩོམ་རིག་སྒྱུ་རྩལ་ལ་བྱུང་བའི་ཤུགས་རྐྱེན་དང་། ནུས་པར་མཐོང་ཆེན་བྱས་མེད། སི་པིང་སེད་ཀྱིས"སྒྱུ་རྩལ་དང་རྩེད་མོ་ཚང་མ་ནུས་ཤུགས་ལྷག་མ་ཕྱིར་བཏོན་པའི་རྣམ་པ་ཞིག་ཡིན།"མཛེས་དཔྱོད་ཀྱི་སྤྱོང་ཚོར་ནི་རྩེད་མོས་བསླང་བའི་ཚོར་བ་ལས་བྱུང་བ་དང་། རྩེད་མོ་ལ་མཚོན་ན་འཚོ་བའི་སྐྱེལ་སྟངས་ཐད་ཀྱི་དགོས་མཁོ་ལ་གཞིགས་ན་མེད་དུ་མི་རུང་བ་ཞིག་མིན་ཕྱིར་རང་ཉིད་ཀྱི་ངོས་ནས་དམིགས་ཡུལ་གང་ཡང་མེད་པ་དང་། སྒྱུ་རྩལ་གྱི་འབྱུང་ཁུངས་རྩེད་མོ་ཡིན་པར་འདོད་པ་དང་ཐ་ན་ངལ་རྩོལ་གྱི་འབྱུང་ཁུངས་ཀྱང་རྩེད་མོ་ཡིན་པར་འདོད་དོ།།

གསུམ། ལྷ་པ་དང་མོ་པའི་ལག་ལེན་ལས་རྩོམ་རིག་བྱུང་བ་ཡིན་ཟེར་བ།

རིགས་པའི་གཞུང་ལུགས་འདི་ནི་དབྱིན་ཇིའི་མིའི་རིགས་པ་མཁས་ཅན་ཨད་ད་ཧ•ཐ་ལ་ཡིས་བཏོན་གནང་བ་དང་། དེ་རྗེས་མཁས་པ་ཁག་གཅིག་གིས་རྒྱབ་སྐྱོར་བྱས་ཡོད་པ་རེད། ཁོ་ཚོའི་ངོས་འཛིན་དུ་མིའི་རིགས་ཀྱི་ཆེས་ཐོག་མའི་རྩོམ་རིག་སྒྱུ་རྩལ་ནི་གནའ་རབས་མི་རྣམས་ཀྱིས་ལྷ་ཕེབས་མཁན་གྱི་ལག

ལེན་ནང་ནས་བྱུང་བ་ཞིག་ཡིན་ཞེས་བརྗོད། སྐབས་དེར་མི་རྣམས་ཀྱིས་རང་བྱུང་གི་ཁོར་ཡུག་དང་རང་གི་འཚོ་བ་དང་བདེ་འཇགས་ཀྱི་ཆེད་དུ་ནམ་ཡང་གཅན་གཟན་གདུག་པོ་སྣ་ཚོགས་ལ་འགོག་རྒོལ་དང་། རང་བྱུང་ཁམས་ཆེན་པོ་ཇི་ལྟར་གྲུབ་པ་དང་ཉི་ཟླ་སྐར་གསུམ་དང་། རི་ཆུ། ཆར་རླུང་དང་། གློག་ཐོག་སོགས་ལ་ངོས་འཛིན་བྱེད་ཐབས་མེད་པ་དང་། དེ་དག་ནི་མི་རྣམས་ཀྱིས་གླུ་ངར་མི་གཤོང་བའི་གསང་བ་ཞིག་ཡིན་པ་དང་། གདོད་མའི་མི་རྣམས་ཀྱིས་དེ་དག་དངངས་སྐྲག་གིས་ལྷ་རུ་བཀུར་བ་དང་། མི་རྣམས་ཀྱིས་རི་དྭགས་རྔོན་པར་འགྲོ་བ་དང་ཡང་ན་དོན་སྙིང་ལྡན་པའི་ལས་ཀ་ཅི་བྱས་ཀྱང་རང་གི་བསམ་དོན་བདེ་བླག་ངང་འགྲུབ་པའི་ཆེད་དུ་རང་གི་བསམ་བློའི་རྒྱབ་རྟེན་ལྷ་དེ་དག་ལ་བཙོལ་བ་དང་། ལྷ་དེ་དག་ལ་མཆོད་བསྟོད་བྱས་ན་ཐུགས་དགྱེས་ཤིང་རང་ཉིད་ལ་གྲོགས་བྱེད་པར་བསམ་པས། ལྷ་ལ་མཆོད་བསྟོད་བྱེད་པའི་སྲོལ་དེ་བྱུང་བ་དང་རིམ་བཞིན་གདོད་མའི་ཆོས་ལུགས་ཀྱི་རྣམ་པ་དེ་གྲུབ་པ་མ་ཟད། དེ་རྗེས་ཆེད་ལས་ཀྱི་ལྷ་པ་དང་མོ་པ་སོགས་བྱུང་བ་དང་། ལྷ་པ་དང་མོ་པ་དེ་དག་ནི་གདོད་མའི་སྤྱི་ཚོགས་ནང་དུ་རང་བྱུང་ཁམས་ཀྱི་སྣང་ཚུལ་ལ་འགྲེལ་བཤད་བྱེད་མཁན་དང་། དབང་ཤུགས་ཆེ་ཤོས་སུ་གྱུར་བ་དང་། ཁོ་ཚོའི་མོ་ཚིག་དང་རི་མོ། ལྷ་ཕེབས་གསོལ་བསྟོད་ཀྱི་ཚིག་དང་ལག་ལེན་གྱི་ནང་ནས་རྩོམ་རིག་བྱུང་བ་ཞིག་ཡིན་པ་དང་། རྩོམ་རིག་གི་ཐོག་མའི་འབྱུང་གཞི་དེ་ཡིན་ཞེས་གསུངས་ཡོད། མོ་བཤད་ནི་གླུད་པའི་འགུལ་བསྐྱོད་ལས་ཐོན་པ་སྟེ། རྩོམ་པ་པོའི་རྩོམ་གྱི་བསམ་གཞིགས་ལས་བྱུང་བའི་ངལ་རྩོལ་གྱི་འབྲས་བུ་ཡིན་སྙམ་པ་དང་། དེ་ཡིན་པའི་དབང་དུ་བཏང་ན་ཤེས་ཡོན་ཅན་གྱི་སྤྱི་ཚོགས་འདུ་ཤེས་དང་མཛེས་འཛིན་གྱི་ལྟ་བ་དང་སྐབས་དེའི་ཐུན་མོང་གི་འདུ་ཤེས་ཚུར་མཐོང་པ་ཡིན་པས། རྩོམ་པ་པོའི་རྩོམ་རིག་འབྱུང་བར་རྨང་གཞིའམ་སྟོན་འགྲོའི་ཆ་རྐྱེན་བསྐྲུན་པ་ཞིག་ཡིན། མར་ཁེ་སིས《འཇར་མན་གྱི་འདུ་ཤེས་འཛིན་སྟངས་》ཞེས་པར་དངོས་པོའི་ངལ་རྩོལ་དང་གླུད་པའི་ངལ་རྩོལ་རིགས་གཉིས་བྱུང་བ་

དང་མཉམ་དུ་“དེར་བསྟུན་པའི་བསམ་བློ་པ་སྟེ། གྲྭ་པའི་ཐོག་མའི་རྣམ་པ་བྱུང་ཞིང་། ” “དེ་དག་ནི་གྲལ་རིམ་དེའི་དགེ་མཚན་ལྡན་ཞིང་ཕྱོགས་བསྟུས་ཀྱི་ནུས་པ་ཡོད་པའི་བསམ་བློ་པ་ཞིག་ཡིན་”ཞེས་གསུངས་པ་ལྟར་རོ།

བཞི། ཆོས་ལུགས་ལས་རྩོམ་རིག་བྱུང་བ་ཡིན་ཟེར་བ།

དུས་རབས་བཅུ་དགུ་པའི་མཇུག་དང་དུས་རབས་ཉི་ཤུ་པའི་དུས་འགོར་ནུབ་ཕྱོགས་རྒྱལ་ཁབ་ཀྱི་མཁས་པ་ཁག་གཅིག་གིས་“རྩོམ་རིག་སྒྱུ་རྩལ་གྱི་ཐོག་མའི་འབྱུང་རྩ་མཐའ་དག་ནི་ཆོས་ལུགས་ཀྱི་བྱེད་སྒོ་ཡིན་”ཞེས་བརྗོད། བོད་ཀྱི་སྤྱི་ཚོགས་ཀྱང་མི་རིགས་གཞན་དང་འདྲ་བར་དུས་ཡུན་ཤིན་ཏུ་རིང་བའི་སྤྲ་མི་ནས་རིམ་བཞིན་གནའ་རབས་ཀྱི་མི་དང་། མི་གསར་པ། ཟླ་སྒོའི་དུས་རབས། ཤེས་སྒོང་ས་ཀྱི་དུས་རབས། ཤེས་རིག་ལྡན་པའི་དུས་རབས་བཅས་གདོད་མའི་སྤྱི་ཚོགས་ཀྱི་འཕེལ་རིམ་དེ་བརྒྱུད་མྱོང་བ་དང་རང་རེའི་མེས་པོ་རྣམས་ཀྱིས་རྩི་ཏོག་ཤིང་ཏོག་ལ་སོགས་པའི་མ་སྦྱོས་ལོ་ཏོག་ཟ་བ་དང་། གོས་སུ་ཤིང་ལོ་དང་རི་དྭགས་ཀྱི་པགས་པ་སོགས་གྱོན་པ་ཡིན་པས་སྤྱི་ཚོགས་ཀྱི་ཐོན་སྐྱེད་ཆུ་ཚད་ཏ་ཅང་དམའ་བ་དང་རང་བྱུང་ཁམས་ཀྱི་འགྱུར་ལྡོག་སྣང་ཚུལ་དེ་དག་ཏ་མ་གོ་བར་འཇིགས་སྣང་དང་བཅས་པའི་དད་པ་སྐྱེས་པར་བརྟེན། ལྷ་ཀླུ་གཉན་བཙན་གྱི་རིགས་མང་པོ་རིམ་འཁྲུངས་ཐོན་པ་དང་། ལྷ་དེ་དག་ལ་གསོལ་བ་སྨོན་ལམ་འདེབས་པ་དང་མཆོད་བསྟོད་བྱས་ན། དེ་དག་གིས་རང་ཉིད་ལ་རོགས་རམ་དང་སྲུང་སྐྱོབ་བྱེད་པའི་སྟོན་འདུན་དང་ཡིད་ཆེས་སྐྱེས་པར་བརྟེན། གདོད་མའི་ཆོས་ལུགས་དེ་བྱུང་བ་རེད། གདོད་མའི་ཆོས་ལུགས་དེ་ནི་གདོད་མའི་མི་རྣམས་ཀྱིས་རང་བྱུང་ཁམས་ལ་འཛིན་པའི་ལྟ་བ་ཞིག་ཡིན་པ་དང་། ལྟ་བ་དེའི་རྨང་གཞིའི་ཐོག་ནས་རང་གི་རྒྱལ་ཕམ་གྱི་ཉམས་མྱོང་དང་བསླབ་བྱ་རྣམས་དང་འབྲེལ་ཏེ་རང་བྱུང་ཁམས་ཀྱི་ཆོས་ཉིད་ལ་འགྲེལ་བཤད་བརྒྱབ་སྟབས་གདོད་མའི་རྩོམ་རིག་བྱུང་བ་རེད། སྒྲུང་དང་ལྡེའུ་གཉིས་ནི་གདོད་མའི་རྩོམ་རིག་མི་འདྲ་བ་གཉིས་ཡིན་ལ། རྩོམ་རིག་མི་འདྲ་བ་དེ་གཉིས་ཀྱི་རྨང་

གཞིའི་ཐོག་ནས་གོང་འཕེལ་དུ་སོང་བའི་བོན་པོའི་ཆོས་ལུགས་ཡང་བོད་གདོད་མའི་སྲི་ཚོགས་ཀྱི་ཆོས་ལུགས་ཤིག་རེད། དེས་འཇིག་རྟེན་ཁམས་ཀྱི་དངོས་པོ་ཡོད་དོ་ཅོག་ལ་ལྷ་འདྲེ་ཞུགས་ཡོད་པར་འདོད་ཅིང་། འདོད་ཚུལ་དེ་ལ་བརྟེན་ནས་ཆུ་ལྷ་དང་། ཡུལ་ལྷ། མེ་ལྷ། རླུང་ལྷ། ལུས་ལྷ། ཕོ་ལྷ། དགྲ་ལྷ་སོགས་ལྷ་ཇི་སྙེད་ཅིག་ཐོན་པ་དང་། རི་བོ་ལ་མཚོན་ན་སྲིད་པ་ཆགས་པའི་ལྷ་དགུ་སོགས་ཡོད་པར་འདོད། དེ་དག་ནི་ཡབ་འོ་དེ་གུང་རྒྱལ་དང་། སྲས་ཡར་ལྷ་ཤམ་པོ། གཉན་ཆེན་ཐང་ལྷ། ཇོ་བོ་འཁྱོག་ཆེན། རྨ་ཆེན་སྤོམ་ར། ཇོ་བོ་གཡུ་རྒྱལ། ཤེའུ་མཁའ་རི། ཞོག་ལྷ་ཕྱུག་པོ། གཉོད་སྦྱིན་གངས་བཟང་བཅས་ཡིན་ལ། དེའི་ཁར་བོད་ཀྱི་གངས་རི་དང་རྫ་རི་ཙུང་མཐོ་པོ་ཇོ་བོ་མཆིམས་ལྷ་དང་། ཇོ་བོ་ངེས་གསུམ། ཇོ་བོ་གཡའ་སྣང་། ཇོ་བོ་ལྷ་བཙས་བཅས་བཞི་བསྣན་པས། རྫེའི་མགུར་ལྷ་བཅུ་གསུམ་ཟེར་བ་དེ་གྲུབ་པ་རེད། རྫེའི་མགུར་ལྷ་ཟེར་དགོས་པའི་རྒྱུ་མཚན་ནི་ལྷ་དེ་རྣམས་སྔོན་ཆད་སུས་ཀྱང་བདག་གིར་བཟུང་མེད་པའི་བོད་རིགས་ཐུན་མོང་གིས་མཆོད་བསྟོད་བྱེད་པའི་ལྷ་ཡིན་ནའང་བོད་ཡུལ་གངས་རི་རྩེ་དགུའི་ཕྲོངས་འདི་ཏུ་རྫེ་སློན་གྱི་ཁྱད་པར་བྱུང་བ་ནས་བཟུང་། རྫེ་བོས་རང་གི་ཆབ་སྲིད་ཀྱི་དབང་ཤུགས་དང་མངའ་ཐང་གི་ཆེ་བ་ལ་བརྟེན་ནས་རང་ཉིད་ལྷ་སྲུ་གཉན་བཙན་སོགས་ཀྱི་སྤྲུལ་པ་ཡིན་པར་སྨྲོས་པ་རེད།

༤། རྩོམ་རིག་གི་འབྱུང་རྩ་ནི་བརྩེ་དུང་ཚུར་སྣང་དང་བརྒྱུད་བསྒྲགས་བྱེད་པ་ལས་བྱུང་བ་ཞིག་ཡིན་ཟེར།

ལྟ་ཚུལ་དེ་ནི་སེམས་ཁམས་རིག་པའི་ཕྱོགས་ནས་རྩོམ་རིག་གི་སྣང་ཚུལ་ལ་དཔྱད་ཞིབ་བྱས་པ་ཞིག་ཡིན། ཁོ་ཚོས་བརྩེ་དུང་ཚུར་སྣང་བྱ་རྒྱུ་ནི་མིའི་རིགས་ལ་ཐོག་མ་ནས་ཡོད་པའི་རང་གཤིས་ཤིག་ཡིན་ཟེར། དགའ་སྐྱོ་དང་། ཁོང་ཁྲོ། སྤྲོ་བ་སོགས་ནི་མི་གཅིག་ལ་ཡོད་པའི་རང་བཞིན་དེ་ཡིན་པ་དང་། དེ་དག་ལ་བརྟེན་ནས་བྱུང་བའི་བརྩེ་དུང་མཚོན་པར་བྱེད་སྐབས་སྐད་སྒྲ་དེ་གླུ་དབྱངས་ཡིན་པ་དང་། སྐད་ཆ་དེ་བརྩམས་ཆོས་ཡིན་པ་དང་། གཟུགས་པོའི་འགུལ་

བསྐྱོད་དེ་ཞབས་བྲོ་ཡིན་ཞེས་དང་། དེར་བརྟེན་ཁོ་ཚོས་ཐོག་མའི་རྩོམ་རིག་ནི་གདོད་མའི་མི་རྣམས་ཀྱི་བརྩེ་དུང་མཚོན་པ་ཡིན་པར་ངོས་འཛིན་བྱས་ཡོད་པ་རེད། ད་དུང་རྩོམ་རིག་སྒྱུ་རྩལ་གྱི་འབྱུང་རྩ་ནི་མི་སྒེར་གྱི་རང་སེམས་ནང་བྱུང་བའི་ཚོར་བ་དེ་དག་མི་གཞན་ལ་བརྒྱུད་བསྒྲགས་བྱེད་པའི་འདོད་སེམས་ལས་བྱུང་བ་ཞིག་ཡིན་ཟེར། སྙན་ངག་པ་ཝེ་ཚའི་ཡིས་“ཀླ་ཀློའི་དུས་ཀྱི་མི་རྣམས་ལ་ཆ་བཞག་ན། དེ་དག་གིས་སྒྱུ་རྩལ་ལ་སྐུལ་ཤུགས་གཅིག་ལས་མ་ངེས་ཏེ། དེ་ནི་ཁོ་ཚོས་སྒྱུ་རྩལ་གྱི་རྣམ་པ་ལ་བརྟེན་ནས་ཕན་ཚུན་དབར་ནང་གི་ཚོར་འདུ་བརྗེ་རེས་བྱེད་པའི་དགོས་མཁོ་འདིའི་བྱེད་ནུས་ཀྱིས་སྒྱུ་རྩལ་གྱི་བྱུང་བ་དང་འཕེལ་རྒྱས་ལ་སྐུལ་འདེད་ཐེབས་པ་ཡིན་”ཞེས་གསུངས་ལ། ཐོ་འར་སི་ཐ་ཡིས་“མི་ཞིག་གིས་རང་ལ་སྐྱོང་ཚོར་འབྱུང་བའི་ཚོར་འདུ་དེ་མི་གཞན་ཞིག་ལ་སྟོན་དགོས་ཚེ་ཐོག་མར་རང་གི་སེམས་ཁམས་སུ་ཚོར་འདུ་དེ་ཡང་བསྐྱར་གསོ་བར་བྱེད་དགོས་པ་མ་ཟད། ཕྱིའི་རྣམ་པ་མཚོན་སྟངས་ངེས་ཅན་ཞིག་ལ་བརྟེན་ནས་ཕྱིར་མཚོན་དགོས། མཚོན་སྟངས་དེ་ལ་སྒྱུ་རྩལ་གྱི་མཚོན་སྟངས་ཟེར་”ཞེས་སྒྱུ་རྩལ་གྱི་ཐོག་མའི་འབྱུང་གཞི་ནི་ཚོར་འདུ་དང་བརྩེ་དུང་བརྗེ་རེས་བྱེད་པའི་དགོས་མཁོ་ལས་བྱུང་བའི་འདོད་ཚུལ་བཀོད་ཡོད་པ་རེད།

༤ ངལ་རྩོལ་ལས་རྩོམ་རིག་བྱུང་བ་ཡིན།

“ངལ་རྩོལ་གྱིས་མིའི་རིགས་གསར་བསྐྲུན་བྱས་པ་དང་། ངལ་རྩོལ་གྱིས་མིའི་རིགས་ཀྱི་རྩོམ་རིག་སྒྱུ་རྩལ་གསར་བསྐྲུན་བྱས་པ་རེད།”ཅེས་པ་ལྟར། འགྲོ་བ་མིའི་སྤྱི་ཚོགས་གྲུབ་པ་དང་དེ་འཕེལ་རྒྱས་འགྲོ་བའི་གོ་རིམ་ཡོད་ཚད་ངལ་རྩོལ་དང་ཁ་བྲལ་མི་ཐུབ། བོད་རིགས་ཀྱི་རྩོམ་རིག་ཡང་དེ་ལས་མ་འདས《ཐང་ཡིག་སྡེ་ལྔ་》དང་《རྒྱལ་རབས་གསལ་བའི་མེ་ལོང་》《མཁས་པའི་དགའ་སྟོན་》སོགས་ནས་བོད་ཁ་བ་ཅན་གྱི་ཡུལ་གྲུ་ཐམས་ཅད་དང་པོ་ཆུས་བཀང་ཡོད་པ་ལ་རིམ་བཞིན་སྐམ་ས་བྱུང་བ། དཔེར་ན《ཐང་ཡིག་སྡེ་ལྔའི་》ནང་“སྲིད་པའི་སྒོ་ང་ཕྱུགས་རྣམས་ཀུན་ཏུ་རྫོལ༎ སྲིད་པའི་མི་དང་ཕྱུལ་སོང་སྣ་ཚོགས་བྱུང་༎

འདམ་དང་རྫོད་གཉེར་སྐྱེས་པའི་མི་ཡང་བྱུང་”ཞེས་པ་བཞིན་མིའི་འགྲོ་བ་དར་བའི་འགོ་ཚུགས་ལ། དེའི་སྐབས་ཀྱི་མི་རྣམས་ནི་བྱིས་བློའི་ཚད་དུ་གནས་ལ་གདོད་མའི་མེས་པོ་རྣམས་ཀྱིས་དང་ཐོག་སྐད་ཆ་ཡང་བཤད་མི་ཤེས་པས་ན། ཝན་ཏུ་ངལ་རྩོལ་བྱེད་པ་ལ་ཡིད་ཀྱི་འདོད་ཚུལ་དང་བསམ་པའི་འཆར་སྒོ་སོགས་ཕན་ཚུན་བརྗེ་རེས་དང་གོ་བརྡ་སྤྲོད་ཐབས་ཤིག་ངེས་པར་ཡོད་དགོས་པས་ན་རིམ་བཞིན་སྐད་ཀྱིས་གདངས་ཐོན་པ་རེད། སླུ་ཞབས་ལུའུ་ཤུན་གྱིས“དེ་དུས་ཤིང་སྡོང་ཁུར་སྐབས་དེའི་ནང་གི་མི་ཞིག་གིས་ཧད་ཡོ། ཧད་ཡོ། ཞེས་སྒྲ་འབྱིན་པ་ནི་གསར་རྩོམ་ཞིག་ཡིན། དེ་རྒྱུན་འཛིན་བྱས་ན་རྩོམ་རིག་ཡིན་ཞིང་། དེ་བས་ན་ཁོ་ནི་རྩོམ་པ་པོ་ཞིག་ཡིན་པ་མ་ཟད། རྩོམ་རིག་པ་ཡང་ཡིན”ཞེས་གསུངས་སོ། དེ་ལྟར་ན། གདོད་མའི་མི་རྣམས་ཀྱི་ངག་ལས་བྱུང་བའི་སྒྲ་དེ་ནི་གདོད་མའི་དུས་ཀྱི་རྩོམ་རིག་ཅིག་ཡིན་པ་དང་དེ་ནི་གདོད་མའི་མི་རྣམས་ཀྱི་ངག་ཐོག་གི་རྩོམ་རིག་ཅིག་རེད། འདིའི་དུས་མེས་པོ་རྣམས་ཀྱིས་རང་བྱུང་ཁམས་དང་རི་དྭགས་གཅན་གཟན་ལ་དབང་བསྒྱུར་ཐུབ་མེད་ནའང་མིའི་འགྲོ་བའི་བར་ཕན་ཚུན་དགྲ་ཟླར་མི་འཛིན་པར་ཚང་མ་མཉམ་དུ་སྤྱི་ཚོགས་ཀྱི་ངལ་རྩོལ་ལ་ཞུགས་ཏེ་ཟས་མཉམ་ཟ་དང་སྡུག་མཉམ་སྐྱོང་བྱེད་ཀྱི་ཡོད་པ། དཔེར་ན་《རྒྱལ་པོ་བཀའི་ཐང་ཡིག་》ལས

“ནོར་རྫས་ལ་སོགས་ཆགས་འཛིན་བསམ་པ་མེད།།
དོགས་འཚེའི་གནོད་འཇོམས་གསོད་པའི་བསམ་པ་མེད།།
རང་བཞིན་ཐུགས་ཀྱིས་སེམས་ཅན་རྣམས་དོག་ཉུང་།།
དམག་དང་འཁྲུག་རྩོད་ཚོང་དང་ཁེ་ཁྲམ་མེད།།
རང་སེམས་བཟང་པོ་དགའ་སྤྲོ་རྩེད་སླུ་བྱེད།།
རང་བཞིན་བཟང་པོ་བདེ་འགྲོ་སྨོམས་པའི་དུས”ཞེས་བཀོད་ཡོད་པ་རེད།

རྩོམ་རིག་སྐྱུ་རྩལ་གྱི་འབྱུང་རྩ་ནི་ངལ་རྩོལ་ཡིན་ཞེས་པར་རྒྱུ་མཚན་འདི་འདྲ་འགའ་ཞིག་མཐོང་སྟེ།

1. གདོད་མའི་རྩོམ་རིག་འབྱུང་བའི་ཆ་རྐྱེན་ནས་བལྟས་ཚེ་ངལ་རྩོལ་གྱིས་རྩོམ་རིག་ལ་དགོས་ངེས་ཀྱི་སྔོན་འགྲོའི་ཆ་རྐྱེན་བསྐྲུན་ཡོད།

རྩོམ་རིག་ནི་སྤྱི་ཚོགས་ཀྱི་འཚོ་བ་དེ་མི་རྣམས་ཀྱི་ཀླད་པའི་ནང་ཤར་བའི་ཐོན་དངོས་ཤིག་ཡིན། དེར་བརྟེན་མིའི་ཀླད་པ་དང་ཚོར་ཤེས་ཀྱི་དབང་པོ་འཕེལ་རྒྱས་ཕྱིན་པ་དེ་ནི་རྩོམ་རིག་གི་སྔོན་འགྲོའི་ཆ་རྐྱེན་ཞིག་ཡིན། དེ་དང་ཆབས་ཅིག་རྩོམ་རིག་ནི་སྐད་ཆའི་སྒྱུ་རྩལ་ཡིན་པ་དང་། སྐད་ཆ་མེད་ཚེ་རྩོམ་རིག་ཡང་མེད། མིའི་རིགས་ཀྱི་སྐད་ཆ་གསར་ཐོན་བྱུང་བ་དེ་ནི་རྩོམ་རིག་གི་སྔོན་འགྲོའི་ཆ་རྐྱེན་ཞིག་ཡིན། དེས་ན་མིའི་བསམ་པ་དང་སྐད་ཆ་ཇི་ལྟར་བྱུང་བ་ཡིན་ཞེ་ན། དེ་ནི་རྒྱུན་རིང་གི་ཐོན་སྐྱེད་ངལ་རྩོལ་བྱེད་པའི་བརྒྱུད་རིམ་ནང་རིམ་བཞིན་གྲུབ་པ་དང་འཕྲུས་ཚད་དུ་ཕྱིན་པ་ཞིག་ཡིན་ལ། ཐོག་མར་ངལ་རྩོལ་དང་དེ་རྗེས་སྐད་ཆ་བྱུང་བ་ཞིག་ཡིན། དེར་བརྟེན་ངལ་རྩོལ་གྱིས་རྩོམ་རིག་གསར་ཐོན་བྱུང་བར་དགོས་ངེས་ཀྱི་སྔོན་འགྲོའི་ཆ་རྐྱེན་བསྐྲུན་ཡོད་པ་རེད།

2. གདོད་མའི་རྩོམ་རིག་བྱུང་བའི་རྒྱུ་རྐྱེན་ལ་བལྟས་ཚེ། གདོད་མའི་མིའི་རིགས་ཀྱི་ཐོན་སྐྱེད་ངལ་རྩོལ་ནང་དུ་ཐོན་པའི་དགོས་མཁོ་དེ་ཐོག་མའི་རྩོམ་རིག་བྱུང་བའི་རྒྱུ་རྐྱེན་ཡིན། སྐབས་དེ་དུས་མི་རྣམས་ཚོགས་པ་དང་ཚོགས་པ་བྱས་ཏེ་གནས་སྡོད་བྱེད་པ་མ་ཟད། སྟབས་བདེའི་ལག་ཆར་བརྟེན་ནས་ངལ་རྩོལ་དང་སྟབས་བདེའི་སྐད་ཆར་བརྟེན་ནས་ཕན་ཚུན་བརྩེ་དུང་བརྗེ་རེས་བྱེད་ཀྱི་ཡོད་པ་རེད། ཐུན་མོང་གི་ངལ་རྩོལ་བྱེད་པའི་བརྒྱུད་རིམ་ནང་དུ་དགོས་མཁོ་ལ་གཞིགས་ཏེ་ལས་ཀའི་ནུས་པ་མཐོར་འདེགས་དང་། བརྩེ་དུང་བརྗེ་རེས་བྱེད་པ། སོ་ལེགས་ལ་རྟེན་འབྲེལ་བྱེད་པ་སོགས་ཀྱི་དགོས་མཁོས་ཐོག་མའི་རྩོམ་རིག་སྒྲུ་རྩལ་གྱི་ལས་འགུལ་དེ་བྱུང་བ་ཡིན།

3. གདོད་མའི་རྩོམ་རིག་གི་ནང་དོན་ལ་བལྟས་ཚེ། ཐོན་སྐྱེད་ངལ་རྩོལ་ནི་རྩོམ་རིག་གིས་ཐད་ཀར་རྩོམ་འབྲི་བྱ་ཡུལ་དེ་ཡིན།

ངལ་རྩོལ་ནི་གདོད་མའི་མི་རྣམས་ཀྱིས་འཚོ་བའི་ནང་དོན་གཙོ་བོ་དེ་ཡིན་

པ་དང་། དེར་བརྟེན་གདོད་མའི་རྩོམ་རིག་དེ་དག་གིས་གདོད་མའི་ཐོན་སྐྱེད་ངལ་རྩོལ་གྱི་འཚོ་བ་དེ་རྩོམ་རིག་གི་ནང་དོན་དང་འབྲི་ཡུལ་གཙོ་བོ་དེ་ཡིན།

4. གདོད་མའི་རྩོམ་རིག་གི་རྣམ་པ་གྲུབ་སྟངས་ལ་བལྟས་ཚེ། མིའི་རིགས་ཀྱི་ཆེས་ཐོག་མའི་རྩོམ་རིག་གི་རྣམ་པ་དང་སྐབས་དེའི་ཐོན་སྐྱེད་ངལ་རྩོལ་དང་འབྲེལ་བ་དམ་པོ་ཡོད་པ་ཞིག་ཡིན།

མིའི་རིགས་ཀྱི་ཆེས་ཐོག་མའི་རྩོམ་རིག་གི་རྣམ་པ་ནི་གླུ་ཡིན་ཞིང་། དང་ཐོག་གླུ་དང་། རོལ་མོ། ཞབས་བྲོ་གསུམ་ནི་གཞི་གཅིག་ཏུ་འབྲེལ་བའི་རྣམ་པ་ཞིག་ཏུ་གྲུབ་པ་ལས་རང་ཚུགས་སུ་ཡོད་པ་མ་ཡིན། ངལ་རྩོལ་ལས་རྩོམ་རིག་བྱུང་བ་ཡིན་ཞེས་པའི་ལྟ་ཚུལ་དེ་དག་མདོར་བསྡུས་ན་ཨེན་ཁེ་སིས《སྤྲེ་མི་ནས་མིར་འགྱུར་བའི་གོ་རིམ་ཁྲོད་ངལ་རྩོལ་གྱིས་ཐོན་པའི་བྱེད་ནུས》ཟེར་བའི་རྣམ་བཤད་དང་། ཕུ་ལེ་ཁན་ནོ་ཕུ་ཡིས་མཛད་པའི《སྒྱུ་རྩལ་གྱི་རྣམ་བཤད་》ཞེས་པའི་ནང་བརྗོན་པའི་“ངལ་རྩོལ་ནི་སྒྱུ་རྩལ་གྱི་ཡར་སྔོན་དུ་བྱུང་”ཞེས་པའི་ལེགས་བཤད་དང་། མར་ཁེ་སིའི《1844ལོའི་དཔལ་འབྱོར་རིག་པ་དང་མཚན་ཉིད་རིག་པའི་ཕྱག་བྲིས》ཞེས་པའི་ནང་“ངལ་རྩོལ་གྱིས་མཛེས་སྡུག་གསར་བསྐྲུན་བྱས་པ་ཡིན་”ཞེས་མཛེས་དཔྱོད་ཀྱི་འབྱུང་བའི་སྐོར་གསལ་བཤད་བྱས་ཡོད་ལ། དེ་མིན་ངལ་རྩོལ་གྱི་གོ་རིམ་ཁྲོད་དུ་འགྱུར་ཁུགས་དང་། བྲོ་གར། གླུ་དབྱངས་སོགས་གནས་པ་གཞིར་བཟུང་ནས་དཔྱད་བརྗོད་བྱས་པ་ཞིག་ཡིན་ལ། རིག་པ་དེ་དག་གིས་རྩོམ་རིག་སྒྱུ་རྩལ་གྱི་འབྱུང་གཞིའི་ཐོག་མ་ངལ་རྩོལ་ལས་བྱུང་བ་དེ་སྒྲུབ་པ་ཡིན་ནོ།།

1. མ་ཁེ་སེ་རིང་ལུགས་ཀྱི་རྩོམ་རིག་སྒྱུ་རྩལ་གྱི་རྩ་བའི་རིག་པ་སྤྱིར་ཁག་ཅི་ཙམ་ལ་བསྡུས་ཚོག་པ་ཡིན་ནམ།

2. རྩོམ་རིག་གི་རྩ་བའི་ཆོས་བཞི་ཞེས་པ་ཅི་འདྲ་ཡིན་ནམ། དེ་དག་གི་འབྲེལ་བར་གོ་བ་ཇི་ལྟར་ལེན་དགོས་སམ།

3. རྩོམ་ རིག་ རིགས་ པའི་ གཞུང་ ལུགས་ དང་ རྩོམ་ རིག་ གི་ སྐྱོན་ ཡོན་ བརྗོད་ པའི་ འབྲེལ་བ་ཅི་ཡིན་ནམ།

4. རྩོམ་རིག་གི་ཐོག་མའི་འབྱུང་རྩའི་སྐོར་ལྟ་ཚུལ་མི་འདྲ་བ་གང་དང་གང་ཡོད།

5. ངལ་རྩོལ་ལས་རྩོམ་རིག་བྱུང་བ་ཡིན་ཞེས་པའི་རྩ་བའི་རྒྱུ་མཚན་གང་ཡིན་ནམ།

ས་བཅད་གཉིས་པ། རྩོམ་རིག་ནི་སྤྱི་ཚོགས་ཀྱི་འཚོ་བ་ཚུར་སྣང་བྱས་པ་ཞིག་ཡིན།

རྩོམ་རིག་ནི་རྣམ་པ་མང་ཞིང་ནང་དོན་ཕུན་སུམ་ཚོགས་པོ་ཞིག་ཡིན་ལ་རྩོམ་རིག་གི་རྣམ་པ་ཅི་འདྲ་ཞིག་ཡིན་ཀྱང་དེའི་ནང་དུ་བསམ་བློ་དང་བརྩེ་དུང་ངེས་ཅན་ཞིག་འདུས་ཡོད་ལ། ལེགས་ཉེས་སྤྱངས་བླང་གི་ཆ་དང་དགའ་སྐྱོ་བསྟོད་སྨད་ཀྱི་འདུ་ཤེས་ངེས་ཅན་ཞིག་ཡོད་པས། རྩོམ་རིག་ནི་སྤྱི་ཚོགས་ཀྱི་འདུ་ཤེས་འཛིན་སྟངས་ཀྱི་རིགས་ཤིག་ཡིན་པ་དང་"སྤྱི་ཚོགས་ཀྱི་འཚོ་བ་ངེས་ཅན་ཞིག་མིའི་རིགས་ཀྱི་ཀླད་པའི་ནང་ཚུར་སྣང་བའི་ཐོན་དངོས་ཤིག་རེད།" གདོད་མའི་སྤྱི་ཚོགས་ཀྱི་རྩོམ་རིག་ནི་གདོད་མའི་མི་རྣམས་ཀྱིས་ཐོན་སྐྱེད་ངལ་རྩོལ་བྱེད་པའི་གོ་རིམ་ནང་དང་། རང་བྱུང་ཁམས་ལ་འཐབ་རྩོད་བྱེད་པའི་ནང་འཕེལ་རྒྱས་བྱུང་བ་ཞིག་རེད། 《སྲིད་པ་ཆགས་གླུ》ཞེས་པའི་ནང་དུ་རང་བྱུང་ཁམས་ཀྱི་སྣང་ཚུལ་གཞིར་བཞག་སྟེ། འཆར་ཡན་གྱི་བསམ་བློ་དང་རྩེད་མཚར་གྱི་ཉམས་ལ་བརྟེན་ནས་གདོད་མའི་མི་རྣམས་ཀྱི་བསམ་བློའི་འདུ་ཤེས་མཚོན་པར་བྱས་ཡོད། དེའི་ནང་དུ། རི་མཐོ་བ། ལམ་ཀྱོག་པ། ས་བདེ་བ་ལ་སོགས་པའི་རྒྱུ་མཚན་དང་འདབ་ཆགས་སོགས་ཀྱི་ཟེ་སྒྲུ་སོགས་ཇི་ལྟར་བྱུང་ཚུལ། གནམ་ས་གཉིས་ཁ་དབྱེ་མཁན་སུ་ཡིན་པ། ཕོ་མོ་གཉིས་ཀྱི་རྟགས་འབྱེད་མཁན་སུ་ཡིན་པ་སོགས་རང་བྱུང་ཁམས་ཀྱི་གནས་ཚུལ་ལ་འགྲེལ་བཤད་བྱས་ཡོད། དེ་མིན་ཏ་དང་རྐྱང་བྱུང་ཚུལ། ནས་ཀྱི་ས་བོན་བྱུང་ཚུལ། སྐར་མ་སྨིན་དྲུག་གི་གཏམ་རྒྱུད་སོགས་ཐོན་སྐྱེད་ངལ་རྩོལ་དང་གནམ་གཤིས་རིག་པ་ལ་འབྲེལ་བ་ཡོད་པའི་ངག་རྒྱུན་དང་། རྗེ་གཉའ་ཁྲི་བཙན་པོ་དང་གྲི་གུམ་བཙན་པོ་སོགས་

ཀྱི་ལོ་རྒྱུས་དང་། ཕྱུར་རྒྱལ་གོང་གི་མངའ་མཛད་རྣམས་ཀྱི་ལོ་རྒྱུས་སོགས་ཡོད་པ་དེ་དག་གིས་བོད་གངས་ཅན་གྱི་རྩོམ་རིག་གྲུབ་པ་དང་གདོད་མའི་རྩོམ་རིག་དེ་དག་གིས་གདོད་མའི་མི་རྣམས་ཀྱི་འཚོ་བ་དང་འདུ་ཤེས་འཛིན་སྟངས་དེ་མཚོན་པར་བྱས་ཡོད་པ་རེད།

རྩོམ་རིག་སྒྱུ་རྩལ་ལ་སྤྱི་ཚོགས་ཀྱི་འདུ་ཤེས་འཛིན་སྟངས་གཞན་དང་ཐུན་མོང་གི་སྤྱིའི་ཆོས་ཉིད་ལྡན་ཡོད་པ་ཞིག་ཡིན་ལ། ཡང་རྩོམ་རིག་སྒྱུ་རྩལ་གྱི་འབྱུང་གཞི་དང་འཕེལ་རྒྱས་འགྲོ་བའི་བརྒྱུད་རིམ་ནང་སྤྱི་ཚོགས་ཀྱི་འདུ་ཤེས་འཛིན་སྟངས་གཞན་དང་མི་འདྲ་བར་དམིགས་བསལ་གྱི་རང་བཞིན་ལྡན་ཡོད་པ་ཞིག་ཀྱང་ཡིན། ང་ཚོས་རྩོམ་རིག་སྒྱུ་རྩལ་གྱི་བརྩམས་ཆོས་ཤིག་ལྟ་ཀློག་བྱེད་སྐབས་དེས་ང་ཚོའི་འདྲེན་བྱེད་ལམ་དུ་འཚོ་བའི་མཛེས་རིས་ཕུན་སུམ་ཚོགས་པོ་ཞིག་སྟོན་གྱི་ཡོད་པ་དང་། རྩོམ་རིག་སྒྱུ་རྩལ་གྱིས་གཟུགས་བརྙན་བརྒྱུད་ཏེ་སྤྱི་ཚོགས་ཀྱི་འཚོ་བ་དེ་མཚོན་པར་བྱེད་ཀྱི་ཡོད་པ་མ་ཟད། ཡང་རྩོམ་རིག་སྒྱུ་རྩལ་གྱིས་སྤྱི་ཚོགས་ཀྱི་འཚོ་བར་ཤུགས་རྐྱེན་ངེས་ཅན་ཞིག་ཐེབས་ཡོད་པས། དེ་ནི་རྩོམ་རིག་སྒྱུ་རྩལ་གྱི་ཆེས་རྩ་བར་གྱུར་བའི་ངོ་བོ་ཡིན་ལ། སྤྱི་ཚོགས་ཀྱི་འདུ་ཤེས་འཛིན་སྟངས་གཞན་དང་མི་འདྲ་བའི་དམིགས་བསལ་གྱི་ཁྱད་ཆོས་དང་ཆོས་ཉིད་ཅིག་ཀྱང་ཡིན། དོན་སྙིང་དེའི་ཐོག་ནས་གླེང་ན། སྒྱུ་རྩལ་གྱི་གཟུགས་བརྙན་མེད་ན་རྩོམ་རིག་སྒྱུ་རྩལ་ཡང་ཡོང་མི་ཐུབ་པ་དེ་ཡིན། གནད་དོན་དེའི་ཐད་མི་རྣམས་ཀྱི་ལྟ་ཚུལ། ལང་ཕྱོགས། གྲུབ་མཐའ་མི་འདྲ་བའི་དབང་གིས་ལོ་རྒྱུས་ཀྱི་དུས་རབས་རིམ་བྱུང་དུ་འགྲེལ་ཚུལ་མི་འདྲ་བ་ཡོད་རྐྱེན་ལྟ་ཚུལ་ཡང་མི་འདྲ་བ་ཞིག་གྲུབ་ཡོད་པ་དང་། རིགས་པའི་གཞུང་ལུགས་ཀྱི་ཐོག་ནས་རྩོད་གླེང་མང་དག་ཅིག་ཀྱང་བྱས་ཡོད། རྩོད་གླེང་དང་ལྟ་ཚུལ་དེ་དག་གི་སྙིང་པོ་མཐར་གཏུགས་ན་སྤྱི་ཚོགས་ཀྱི་འཚོ་བ་དང་རྩོམ་རིག་སྒྱུ་རྩལ་གྱི་འབྲེལ་བར་གོ་ལེན་དང་ངོས་འཛིན་ཇི་ལྟར་བྱེད་དགོས་པའི་གནད་དོན་དེ་ཡིན། རྩོམ་རིག་གི་གནད་དོན་ནི་གནད་དོན་མང་པོ་དང་འབྲེལ་བ་ཡོད་སྟེ། རྩོམ་རིག་སྒྱུ་རྩལ་གྱི་

ནང་རྐྱེན་ཆོས་ཉིད་དང་ཕྱི་རོལ་ཡུལ་གྱི་ཆོས་ཉིད་དང་འབྲེལ་བ་ཡོད་ལ། རྩོམ་རིག་དང་ཆབ་སྲིད་ཀྱི་འབྲེལ་བ། རྩོམ་རིག་སྒྱུ་རྩལ་དང་མང་ཚོགས་ཀྱི་འབྲེལ་བ། རྩོམ་རིག་སྒྱུ་རྩལ་དང་ཏང་གི་འབྲེལ་བ་སོགས་ཡོད་རུང་ཆེས་རྩ་བར་གྱུར་བའི་གནད་དོན་ནི་རྩོམ་རིག་སྒྱུ་རྩལ་དང་སྤྱི་ཚོགས་ཀྱི་འཚོ་བའི་བར་གྱི་འབྲེལ་བ་དེ་ཡིན་རྐྱེན་འདིར་རྩོམ་རིག་སྒྱུ་རྩལ་གྱི་རྩ་བའི་གནད་དོན་འདིའི་ཐད་དཔྱད་པ་རགས་ཙམ་བྱེད་རྒྱུ་ཡིན།

དང་པོ། སྤྱི་ཚོགས་ཀྱི་འཚོ་བ་ནི་རྩོམ་རིག་སྒྱུ་རྩལ་གྱི་འབྱུང་ཁུངས་ཡིན།

རྩོམ་རིག་གི་བརྩམས་ཆོས་ནང་དུ་གཟུགས་བརྙན་སྣ་མང་མཆིས་ལ་སྤྱི་ཚོགས་ཀྱི་འཚོ་བའི་འཕེལ་རྒྱས་ལ་གཞིགས་ཏེ་འཕོ་འགྱུར་ཡང་འགྲོ་ཡི་ཡོད། འོན་ཏེ། ཁྱད་པར་ཁྲི་སྟོང་ཡོད་པའི་སྒྱུ་རྩལ་གྱི་སྣང་བརྙན་དེ་དག་ནི་འཚོ་བ་དངོས་ཀྱི་ནང་ནས་བྱུང་བ་དང་། སྤྱི་ཚོགས་ཀྱི་འཚོ་བ་དེ་རྩོམ་པ་པོ་རྣམས་ཀྱི་ཀླད་པའི་ནང་འཆར་ཏེ་བྱུང་བའི་ཐོན་ཟས་ཤིག་ཡིན། དེ་ལྟར་རྩོམ་རིག་སྒྱུ་རྩལ་གྱི་འབྱུང་གཞི་ནི་སྤྱི་ཚོགས་ཀྱི་འཚོ་བ་དེ་ཡིན་པ་དང་། རྩོམ་རིག་གསར་རྩོམ་ནི་སྤྱི་ཚོགས་ཀྱི་འཚོ་བའི་ནང་ཐོན་པའི་བྱ་དངོས་རྣམས་སྙིང་བསྡུས་དང་གདམ་གསེས་བྱས་པ་ལས་བྱུང་བ་ཞིག་ཀྱང་རེད། རྩོམ་རིག་སྒྱུ་རྩལ་ནི་མི་རྣམས་ཀྱིས་སྤྱི་ཚོགས་ཀྱི་འཚོ་བར་ངོས་འཛིན་དང་སྤྱི་ཚོགས་ཀྱི་འཚོ་བ་མཚོན་པར་བྱེད་པའི་རྣམ་པ་ཞིག་ཡིན་པ་དང་། དེ་ནི་སྤྱི་ཚོགས་ཀྱི་འདུ་ཤེས་འཛིན་སྟངས་ཞིག་ཡིན་རྐྱེན་འདུ་ཤེས་འཛིན་སྟངས་གཞན་རྣམས་དང་འདྲ་བར་སྤྱི་ཚོགས་ཀྱི་འཚོ་བ་དེ་རང་ཉིད་ཀྱིས་མཚོན་པར་བྱེད་ཡུལ་གཙོ་བོ་ཞིག་ཏུ་བརྩིས་ཡི་ཡོད། བློ་མཐུན་མའོ་ཙེ་ཏུང་གིས་རྩོམ་རིག་སྒྱུ་རྩལ་གྱི་འཕེལ་རྒྱས་དངོས་ལ་གཞིགས་ཏེ་གསུངས་དོན་"རྩོམ་རིག་དང་སྒྱུ་རྩལ་གྱི་རིགས་རྣམས་ཀྱི་འབྱུང་ཁུངས་དེ་ཡང་སྙིང་གནས་བྱུང་བ་རེད་ཟེར་ན། འདུ་ཤེས་ཀྱི་རྣམ་པ་ཡིན་པའི་

རིག་རྩལ་གྱི་རྩོམ་རིག་ཚང་མ་སྤྱི་ཚོགས་ཀྱི་འཚོ་བ་ངེས་ཅན་ཞིག་མིའི་རིགས་ཀྱི་ཀླད་པར་ཤར་ནས་བྱུང་བ་ཞིག་རེད། གསར་བརྗེའི་རིག་རྩལ་ནི་མི་དམངས་ཀྱི་འཚོ་བ་དེ་གསར་བརྗེའི་རྩོམ་པ་པོ་རྣམས་ཀྱི་ཀླད་པར་ཤར་ནས་བྱུང་བ་ཞིག་རེད། དེ་ནི་རང་བྱུང་གི་རྣམ་པའི་རིགས་གཅིག་དང་རགས་ཙམ་ཞིག་ཡིན་ནའང་དེ་ཚོ་ནི་ཆེས་ཡིད་དབང་འཕྲོག་པ་དང་། ཆེས་ཕུན་སུམ་ཚོགས་པ། ཆེས་གཞི་རྩར་གྱུར་པ་བཅས་ཤིག་ཡང་རེད། དེའི་ཐོག་ནས་བཤད་ན། དེ་ཚོས་རྩོམ་རིག་དང་སྒྱུ་རྩལ་ཡོད་ཚད་ཀྱི་འབྱུང་ཁུངས་བླངས་ན་རྫོགས་རྒྱུ་མེད་པ་དང་སྤྱད་ན་ཟད་མཐའ་མེད་པ་ཉག་ཅིག་རེད། དེ་འབྱུང་ཁུངས་ཉག་ཅིག་ཡིན་པའི་རྒྱུ་མཚན་ནི་འབྱུང་ཁུངས་དེ་རང་མ་གཏོགས་འབྱུང་ཁུངས་གཞན་ཞིག་ཡོད་མི་སྲིད་པས་བྱས་པ་རེད་”(《ཡན་ཨན་རིག་རྩལ་བཞུགས་མོལ་ཚོགས་འདུའི་ཐོག་གི་གཏམ་བཤད་》《མའོ་ཙེ་ཏུང་གསུང་རྩོམ་གཅེས་བཏུས་》དེབ་གསུམ་པའི་ཤོག་གྲངས་120－121བར་གསལ་)ཅེས་འཚོ་བ་དང་རྩོམ་རིག་གི་འབྲེལ་བའི་སྐོར་གནད་དུ་འཕིགས་པ་ཞིག་གསུངས་ཡོད་ལ། རྩོམ་རིག་གསར་རྩོམ་བྱེད་སྐབས་ཡང་སྤྱི་ཚོགས་ཀྱི་འཚོ་བར་བརྟེན་དགོས་པ་དང་དེ་གཉིས་ནི་ཁ་བྲལ་ཐབས་མེད་པ་ཞིག་ཡིན་པའི་གསལ་བཤད་གཏིང་ཟབ་པོ་ཞིག་གནང་ཡོད་པ་རེད། སྤྱི་ཚོགས་ཀྱི་འཚོ་བ་ནི་རྩོམ་རིག་སྒྱུ་རྩལ་གྱི་རྒྱུ་ཆའི་གཏེར་མཛོད་ལྟ་བུ་ཞིག་ཡིན་པ་དང་། རྩོམ་པ་པོའི་ཀླད་པ་ནི་ལས་སྣོན་གྱི་བཟོ་གྲྭ་ཁང་ལྟ་བུ་ཞིག་ཡིན། གལ་སྲིད་འཚོ་བ་དངོས་ཀྱི་རྒྱུ་ཆ་དེ་མེད་ན་རྒྱུ་དངོས་གང་ཡང་བཟོ་མི་ཐུབ་པ་ལྟར་རོ། རྩོམ་རིག་གསར་རྩོམ་བྱེད་རྒྱུ་དེ་སྤྱི་ཚོགས་ཀྱི་འཚོ་བ་དངོས་དང་ཁ་བྲལ་ཚེ་དེ་ནི་འབྱུང་ཁུངས་མེད་པའི་ཆུ་དང་། རྩ་བ་མེད་པའི་ཤིང་ལྟ་བུར་འགྱུར་འགྲོ་བ་དེ་ཡིན།

རྩོམ་རིག་བརྩམས་ཆོས་ཀྱི་བརྗོད་དོན་ལ་བསམ་གཞིགས་དང་ནང་དོན་ལ་བལྟས་ན་བརྩམས་ཆོས་དེ་དག་གིས་བརྗོད་པར་བྱ་བའི་ནང་དོན་ཕུན་སུམ་ཚོགས་ཤིང་རྙོག་འཛིང་ཆེ་བ། དབྱེ་བ་ཕྲི་སྟོང་མང་པོ་ཡོད་པ་དང་། རྩོམ་གྱི་

ཉམས་འགྱུར་རམ་རྩོམ་ཚུལ་ཐད་ལ་ཡང་རྣམ་པ་སྣ་ཚོགས་དང་། འགྱུར་ལྡོག་ཁྲི་སྟོང་མང་པོ་ཕྱིན་ཡོད་རུང་གང་ལྟར་དེ་དག་ཚང་མ་ནི་སྤྱི་ཚོགས་ཀྱི་འཚོ་བ་ངེས་ཅན་ཞིག་རྩོམ་པ་པོའི་ཀླད་པར་ཤར་བའི་འབྲས་བུ་ཡིན་ལ། བརྗོད་དོན་དེ་དག་ཡང་འཚོ་བ་དངོས་ཀྱི་ནང་ནས་བྱུང་བ་ཞིག་ཡིན། བརྩམས་ཆོས་ཀྱི་འབྱུང་གཞི་ནི་སྤྱི་ཚོགས་ཀྱི་འཚོ་བ་དངོས་དེ་ཡིན་པ་དང་། རྩོམ་པ་པོས་འཚོ་བའི་སྣང་ཚུལ་དེ་དག་གཅིག་སྡུད་དང་། དཔེ་མཚོན་གྱི་རང་བཞིན་ལྡན་པའི་སྒོ་ནས་ལེགས་བསྒྲིགས་བྱས་ཏེ་གསར་བསྐྲུན་བྱས་ཡོད་རྐྱེན་རྩོམ་རིག་གི་ཐོག་ནས་མཚོན་པའི་འཚོ་བ་དེ་སྤྱིར་བཏང་གི་འཚོ་བ་དངོས་ལས་ཚད་མཐོ་བ་དང་། ནུས་ཤུགས་ཆེ་བ། གཅིག་སྡུད་ཀྱི་རང་བཞིན་ཆེ་བ། དཔེར་འོས་པ། ཕྱུགས་བསམ་དང་མཐུན་ཆེ་བ་ཞིག་ཡིན་ཙང་དེར་ཡོངས་ཁྱབ་ཀྱི་རང་བཞིན་རྒྱ་ཆེ་བ་ཞིག་ལྡན་ཡོད་པ་རེད། འཚོ་བ་ནི་ཕུན་སུམ་ཚོགས་ཤིང་རྙོག་འཛིང་ཆེ་བ་དང་། བརྩམས་ཆོས་འབྲི་བའི་རྒྱུ་ཆ་ཡང་མང་པོ་ཞིག་ཡོད་རུང་། རྩོམ་རིག་གསར་རྩོམ་བྱེད་པ་ནི་དོན་ཇི་མ་ཇི་བཞིན་དང་པར་ལེན་བྱེད་པ་ལྟ་བུ་མ་ཡིན་པར་རྩོམ་པ་པོས་སྒྱུ་རྩལ་གྱི་དོན་བསྡུ་བའམ་རབ་བཏགས་བྱས་ཏེ་བརྗོད་དོན་ལྟེ་བའི་བསམ་བློར་གཞིགས་ཏེ་བརྗོད་བྱ་གསལ་བར་སྟོན་པ་ཞིག་རེད། འཁྲབ་གཞུང་དང་། བརྩམས་སྒྲུང་སོགས་ཀྱིས་ང་ཚོའི་མིག་ལམ་དུ་མི་དང་མིའི་དབར་གྱི་འབྲེལ་བ་རྙོག་འཛིང་ཆེ་ལ་སྣ་མང་ཚོགས་པ་ཞིག་བསྟན་གྱི་ཡོད་ལ། རྩོམ་པ་པོས་མི་སྣ་མི་འདྲ་བའི་གཤིས་རྒྱུད་དང་། ལས་དབང་། བསམ་བློའི་འཁྱེར་ཕྱོགས། གོམས་གཤིས། ཕྱིའི་ཆ་བྱད་སོགས་རྩོམ་འབྲི་བྱས་ཡོད་རྐྱེན་རྒྱུན་གཏན་འཚོ་བའི་ནང་གི་འགལ་བའི་དངོས་གཞི་ཕྱོགས་བསྒྲིགས་སམ་གཅིག་སྡུད་བྱས་ཡོད་པ་དེ་རེད།

བརྩམས་ཆོས་ནང་གི་སྒྱུ་རྩལ་ལས་བསྐྲུན་པའི་གཟུགས་བརྙན་དེ་དག་གི་འབྱུང་གཞི་ནི་སྤྱི་ཚོགས་ཀྱི་འཚོ་བ་དེ་ཡིན་པ་དང་། འོན་ཏེ་སྤྱི་ཚོགས་ཀྱི་འཚོ་བ་ཁོ་ན་ཡིན་ཞེས་བརྗོད་པ་ཙམ་གྱིས་འགྲིག་པ་ཞིག་མ་ཡིན། ད་དུང་རྩོམ་རིག་སྒྱུ་

རྩལ་གྱི་ངོ་བོ་དང་ཁྱད་ཆོས་ལ་རྣམ་བཤད་གསལ་པོ་ཞིག་བྱེད་ཐུབ་མེད། འོ་ན་རྩོམ་རིག་སྒྱུ་རྩལ་གྱི་ངོ་བོ་དང་ཁྱད་ཆོས་ཅི་ཞིག་ཡིན་ཞེ་ན། དེ་ནི་རྩོམ་རིག་སྒྱུ་རྩལ་གྱིས་སྤྱི་ཚོགས་ཀྱི་འཚོ་བའི་ནང་ནས་མཚོན་པར་བྱེད་ཡུལ་གཙོ་བོ་ནི་མི་སྣ་ཡིན་ལ། དུས་རྒྱུན་དུ་ཡང་རྩོམ་རིག་སྒྱུ་རྩལ་ནི་མིའི་རིག་པ་ཞིག་ཡིན་ཞེས་པའི་རྒྱུ་མཚན་ཡང་དེར་ཐུག་མཁས་པ་མང་པོས་འདི་ལྟར་ཞིག་གསུངས་སྒྲོང་བ་སྟེ། རྩོམ་པ་པོས་བརྩམས་ཆོས་ག་ཚོད་བྲིས་ཡོད་མེད་དེ་གྲུབ་འབྲས་ཀྱི་ཚད་བཟུང་ས་ཞིག་མ་ཡིན། རྩོམ་པ་པོ་ཞིག་གི་བརྩམས་ཆོས་ཀྱི་གྲངས་འབོར་མང་པོ་མེད་ཀྱང་དེས་བརྩམས་ཆོས་ཀྱི་ནང་དུ་བསྐྲུན་པའི་མི་སྣ་དག་གིས་དུས་ཡུན་རིང་པོའི་ནང་དུ་རྩོམ་རིག་གི་གྲལ་སྟར་ནང་གནས་བབ་ཅིག་བཟུང་ཡོད་ཚེ་དེ་ནི་ལེགས་གྲུབ་བྱུང་བ་ཞིག་ཡིན་ཞེས་པའི་རྒྱུ་མཚན་ཡང་དེ་ག་ཡིན། དེར་བརྟེན་རྩོམ་པ་པོས་ངེས་པར་དུ་མི་འདྲ་མིན་གྱི་གཟུགས་བརྙན་བསྐྲུན་པ་དང་དུས་མཚུངས་ཁོ་ཚོའི་གཤིས་ཀ་རང་ཚུགས་རང་བཞིན་དུ་སྐྱེ་སྟོབས་ཀྱི་ནུས་པ་ལྡན་ཞིང་། རང་ཉིད་ཀྱི་གཤིས་ཀ་ལྟར་གཏམ་སྨྲོད་དང་། ལས་དབང་དེ་རང་ཉིད་ཀྱི་གཤིས་ཀར་གཞིགས་ནས་འཕེལ་རྒྱས་གཏོང་བ། ཁོ་ཚོའི་བསམ་པའི་ཡུལ་ཁམས་དང་བཅེ་དུང་། དགའ་སྐྱོ་འཛུམས་ཐྲལ། ཕྱིའི་རྣམ་ཚུལ་དང་མི་དང་མིའི་དབར་གྱི་འབྲེལ་བ་སོགས་རྩོམ་འབྲི་བྱ་དགོས་པ་དང་། རྩོམ་པ་པོས་ཞིབ་ཕྲ་བ་དང་ཚོར་སྣང་ཕྱོགས་བསྡུས་བྱས་པའི་མིའི་མཛེས་ཆོར་སློང་ཐུབ་པའི་འཚོ་བའི་རྣམ་པ་འགོད་རྒྱུ་ཡིན་པ་དེ་ཡང་ཤ་ཁྲག་རྒྱས་པ་དང་ཇི་མ་ཇི་བཞིན་གསོན་ཉམས་ངོད་པོའི་སྒྱུ་རྩལ་གྱི་རྣམ་པ་བསྐྲུན་རྒྱུ་དེ་རེད།

མི་སྣའི་གཟུགས་བརྙན་བསྐྲུན་པ་དང་ཁོ་ཚོའི་ལས་དབང་མཚོན་པར་བྱེད་པའི་བརྩམས་ཆོས་དེ་དག་གི་འབྱུང་གཞི་ནི་སྤྱི་ཚོགས་ཀྱི་འཚོ་བ་དངོས་ཡིན་པ་དེ་ཐེ་ཚོམ་ཟ་མི་དགོས་པ་ཞིག་ཡིན། འོན་ཏེ་རྩོམ་རིག་མང་པོ་ཞིག་ནི་གཟུགས་མེད་གྲིབ་བཟོ་དང་རབ་བཏགས་བྱས་པ་ཞིག་ཡིན་པ་མ་ཟད། བརྩམས་ཆོས་དེའི་ནང་གི་མི་སྣ་དག་ད་ལྟའི་འཚོ་བ་དངོས་ཀྱི་ནང་དུ་ཁོ་ཚོའི་

ཐེམ་ཐོ་དང་སྟོད་གནས། ཁྲིམ་རྒྱུད་སོགས་བཅལ་འཚོལ་མི་ཐུབ་ལ། གནད་དོན་དེ་དག་འབྱུང་བའི་ཞིབ་ཕྲའི་དུས་ཚོད་དང་ས་ཁུལ་ཀྱང་གཏན་འཁེལ་བ་ཞིག་འཚོལ་མི་ཐུབ། དེ་ལྟར་བརྩམས་ཆོས་དེའི་ཡོངས་ཁྱབ་འཚོ་བ་དངོས་ཡིན་ཞེས་ཇི་ལྟར་བརྗོད་ཐུབ་བམ་ཞེ་ན་བརྩམས་ཆོས་གསར་རྩོམ་བྱེད་རྒྱུ་ནི་རབ་བརྟགས་བྱེད་རྒྱུ་དང་ཁ་བྲལ་ཐབས་མེད་པ་ཞིག་ཡིན་པ་དང་། གང་ལྟར་རབ་བརྟགས་ཅི་འདྲ་ཞིག་བྱས་ཡོད་རུང་དེ་དག་ཚང་མར་འཚོ་བའི་རྨང་གཞི་མེད་པ་ཞིག་གཏན་ནས་མ་ཡིན་པར་དེ་ནི་རྩོམ་པ་པོས་དངོས་ཡོད་འཚོ་བའི་ནང་གི་གནད་དོན་འཕོར་ཆེན་ཞིག་ལ་དབྱེ་འབྱེད་དང་མཉམ་སྒྲིལ། ཕྱོགས་སྡུད། སྤྱིགས་ངོར་བཅུད་ལེན་དང་། གཟུགས་བཀོད་བསམ་གཞིགས་ལ་བརྟེན་ནས་གྲུབ་པར་བྱས་པ་ཞིག་ཡིན། དཔེར་ན། བརྩམས་སྒྲུང་རིང་གྲས《གཙུག་གཡུ་》ཞེས་པའི་ནང་གི་མི་སྣ་གཙོ་བོ་དཔལ་ལྡན་ལ་མཚོན་ན། དེ་ནི་རྩོམ་པ་པོས་ཁྱོན་ཡོངས་ནས་རབ་བརྟགས་ཀྱིས་བསྐྲུན་པའི་མི་སྣ་ཞིག་ཡིན་ཀྱང་དེར་འཚོ་བའི་རྨང་གཞི་ཧ་ཅང་བརྟན་པོ་ཞིག་ཡོད་པ་རེད། བརྩམས་སྒྲུང་འདིའི་རྩོམ་པ་པོ་དཔལ་འབྱོར་མཆོག་ནས་འདི་ལྟར་གསུངས་པ་སྟེ"བརྩམས་སྒྲུང་འདིའི་ནང་གི་གཙོ་བོའི་མི་སྣ་རྣམས་ནི་ལོ་རྒྱུས་ཐོག་ཏུ་དངོས་སུ་བྱུང་བའི་གང་ཟག་སུ་ལའང་དམིགས་པ་མ་ཡིན་ཡང་། ལོ་རྒྱུས་ཐོག་ཏུ་མི་སྣ་དེ་གྲས་བྱུང་མ་མྱོང་བ་མ་ཡིན་ལ་བྱུང་བ་རེ་གཉིས་ཙམ་ཡང་མ་ཡིན་"ཞེས་གསུངས། དེ་ལྟར་རྩོམ་པ་པོ་རང་ངོས་ཀྱི་སྤྱི་ཚོགས་ཀྱི་འཚོ་བ་དེ་དག་ལ་ཟབ་འཇུག་དང་རྟོག་ཞིབ། རྒྱུས་མངའ་གཏིང་ཟབ་ཅིག་བྱུས་མེད་ཚེ་《གཙུག་གཡུ་》ཞེས་པའི་བརྩམས་སྒྲུང་འདི་ལྟ་བུ་ཞིག་རྩོམ་འབྲི་བྱེད་མི་ཐུབ་པ་དེ་ཡིན།

གཉིས་པ། རྣམ་པ་མི་འདྲ་བའི་བརྩམས་ཆོས་ཡོད་དོ་ཅོག་སྤྱི་ཚོགས་ཀྱི་འཚོ་བ་མཚོན་པར་བྱས་པ་ཞིག་ཡིན།

1. ལྷ་འདྲེ་དང་བདུད་རྒྱལ་སོགས་མཚོན་པའི་རྩོམ་རིག་དེ་དག་གི་འབྱུང་གཞི་ཡང་སྤྱི་ཚོགས་ཀྱི་འཚོ་བ་དེ་ཡིན།

ལྷ་འདྲེ་དང་བདུད་རྒྱལ་སོགས་མཚོན་བྱེད་གཙོ་བོར་བྱས་པའི་བརྩམས་ཆོས་ཤིག་ལ་མཚོན་ན་ཡང་བརྩམས་ཆོས་དེའི་ནང་ནས་གསལ་བའི་བརྗོད་དོན་དང་གནད་དོན་དེ་དག་ད་ལྟའི་འཚོ་བའི་ནང་གནས་མེད་པ་ཞིག་ཡིན་རུང་དེ་དག་གི་འབྱུང་གཞི་ནི་སྤྱི་ཚོགས་ཀྱི་འཚོ་བའི་ནང་ནས་བྱུང་བ་དང་། སྤྱི་ཚོགས་ཀྱི་འཚོ་བ་དེ་ཐད་ཀར་མིན་པར་འཁྱོག་བརྗོད་དམ་ཀྱག་ཀྱོག་གི་སྒོ་ནས་མཚོན་པར་བྱས་པའི་རྣམ་པ་ཞིག་ཡིན། དཔེར་ན《གླིང་གེ་སར་རྒྱལ་པོའི་སྒྲུང་》ནང་དུ་གླིང་གེ་སར་རྒྱལ་པོ་ལྷའི་སྲས་པོའི་གཟུགས་སུ་བཀོད་པ་དང་། ཁོང་གི་མགོན་སྐྱབས་སུ་ཁམས་གསུམ་དབང་དུ་བསྡུར་བའི་མངོན་ཤེས་དྲུག་ལྡན་གྱི་ལྷ་མོ་ཨ་ནེ་གོང་སྨན་རྒྱལ་མོ་གནས་པ། ཁོང་གི་དགྲ་ཕྱོགས་སུ་འཇིགས་སུ་རུང་བའི་བདུད་མགོ་དགུ་ཅན་ཡོད་པར་མ་ཟད། སྒྲུང་གི་ནང་ཐ་ན་ཏ་དང་འདབ་ཆགས་སོགས་ཀྱིས་kyང་མི་སྐད་སྨྲ་ཐུབ་ལ་ཆོ་འཕྲུལ་སྣ་ཚོགས་སྟོན་ཐུབ་པ་སོགས་རྟོག་པ་འཆར་ཡན་རིང་ལུགས་ཀྱི་རྩོམ་ཐབས་ལ་བརྟེན་ནས་གསོན་ཉམས་དོད་ཅིང་ཡིད་དབང་འཕྲོག་ཐུབ་པ་ཞིག་བཀོད་ཡོད་པ་རེད། སྒྲུང་དེབ་དེའི་ནང་ནས་ང་ཚོས་གནའ་རབས་བོད་ཀྱི་སྤྱི་ཚོགས་ཀྱི་ངོ་བོའི་ཕྱོགས་ནས་སྐབས་དེའི་ཟང་ཟིང་དུ་གྱུར་པའི་སྤྱི་ཚོགས་ཀྱི་རྣམ་པ་དང་། གདུག་རྩུབ་ཀྱི་དབང་ཤུགས་ངན་པ། མང་ཚོགས་ཀྱི་འཚོ་བ་དེ་དཀའ་སྡུག་དང་ཉམ་ཐག་གི་གནས་སུ་ལྷུང་བ་དང་། ཡང་མི་རྣམས་ཀྱི་བློ་བདེ་བག་ཕེབས་དང་ཞི་བདེའི་ངང་ནས་འཚོ་བ

སྐྱེལ་བ་དང་། ཉམ་ཆུང་བྱམས་ཀྱིས་སྐྱོང་བ། བཙན་པོ་གཉའ་ནས་གནོན་པ་མ་ཟད། རྒྱལ་ཁབ་ལ་སྲུང་སྐྱོབ་དང་མི་དམངས་ལ་དགའ་ཞེན་བཅས་བྱེད་ཐུབ་པའི་མཆོག་གྱུར་གྱི་དཔའ་བོ་ཞིག་འབྱུང་བར་རེ་འདོད་བྱེད་པའི་འདུན་པ་གསལ་མཚོན་བྱས་ཡོད་པ་དེ་མཐོང་ཐུབ།

ཡོ་རྒྱུས་ཀྱི་སྙན་རྩོམ་དེའི་ནང་དུ"བདུད་མ་རུངས་པ་ཐམས་ཅད་དབང་འདུལ་ཁ་གནོན་དང་། དབང་ཤེད་ཅན་གྱི་གཉའ་ནས་མནན། ཉམས་ཐག་པ་རྣམས་བྱམས་ཀྱིས་སྐྱོང་། མགོ་ནག་མི་རྣམས་བདེ་ལ་འགོད་རྒྱུ"ཟེར་བའི་ཚིག་འབྲུ་ཐུང་ཐུང་དེ་ནི་གླིང་གེ་སར་མི་ཡུལ་དུ་ཡོང་བའི་དམིགས་ཡུལ་ཡིན་ལ《གླིང་གེ་སར་རྒྱལ་པོ》ཞེས་པའི་ཡོ་རྒྱུས་ཀྱི་སྙན་རྩོམ་རིང་པོ་དེའི་བརྗོད་བྱའི་རྩ་བའི་དོན་གྱི་སྙིང་པོ་ཡང་ཡིན། སྙན་རྩོམ་དེའི་ནང་དོན་དང་བརྗོད་བྱ་རྙོག་འཛིང་ཆེ་ནའང་དམིགས་ཡུལ་གཅིག་ལས་མེད་པ་དེ་ནི་མི་སེར་གྱི་དོན་དུ་གནོད་འཚེ་སེལ་རྒྱུ་དེ་རང་ཡིན། དེ་ལྟར་དྲང་བདེན་དང་བཟང་པོ། རྫུན་མ་དང་ངན་པའི་དབར་གྱི་འཐབ་རྩོད་དེ་ཐིག་དཀར་པོ་ཞིག་ལྟར་གེ་སར་གྱི་སྒྲུང་ཁྲོད་ཡོངས་སུ་ཁྱབ་ཡོད་པ་མ་ཟད། བརྩམས་སྒྲུང་དེའི་ནང་དུ་ཆོས་སྐེ་དང་བདུད་སྐེ་ཞེས་པའི་ཐ་སྙད་གཉིས་བཀོད་ཡོད་ལ། ཐ་སྙད་དེ་གཉིས་ཀྱིས་དོན་དངོས་ཐོག་ལེགས་ཉེས་མཚོན་པར་བྱས་ཤིང་། བཟང་པོར་བསྟགས་བརྗོད་དང་ངན་པར་དམའ་འབེབས། དྲང་བདེན་དང་བཟང་པོ། མཛེས་སྡུག་ལ་རེ་འདོད་བྱེད་པའི་འདུན་པ་དེ་བརྩམས་སྒྲུང་གི་བརྗོད་བྱ་གཙོ་བོར་གྱུར་ཡོད་པ་རེད།

གེ་སར་རྒྱལ་པོའི་སྒྲུང་ནང་གི་གཡུལ་འགྱེད་རིམ་བྱུང་ལ་བལྟས་ཚེ། དེ་དག་ནི་ཡོ་རྒྱུས་ཀྱི་ཐོག་མི་རིགས་ནང་ཁུལ་ཕན་ཚུན་བཙན་གནོན་དང་། འཁྲུག་རྩོད་བྱེད་པའི་རྩ་བ་མེད་པ་བཟོ་ཕྱིར་དངོས་སུ་བཤམས་སྤྱོང་བའི་དམག་འཐབ་འགའ་ཞིག་ཕྱོགས་བསྡུས་ཀྱིས་དེའི་རྒྱལ་ཁ་དང་། ཕྱུལ་བྱུང་དཔའ་བོ་རྣམས་ཀྱི་དཔེར་འོས་པའི་དགེ་མཚན་གཅིག་ཏུ་བསྡུས་ཏེ་ཚུར་སྣང་བྱས་པ་ཞིག་ཡིན་པ་མ་ཟད། དེ་དག་ཕྱོགས་བསྡུས་བྱས་ན་ཁག་གསུམ་ལ་དབྱེ་ཆོག་པ་སྟེ།

དང་པོ་ནི་བོད་ཀྱི་མཚོ་བོད་ས་མཐོར་གནས་པའི་ཚོ་པ་ཁག་གཅིག་སྒྱུར་ཡོང་ཕྱིར་གཡུལ་འགྱེད་རིམ་པར་བྱས་པའི་སྐོར་དང་། གཉིས་པ་ནི་བོད་ཀྱི་སྔོ་ནུབ་དང་། ནུབ་བྱང་རྒྱ་ཆེའི་ས་ཁུལ་དུ་སྐབས་དེའི་ཁྲིམ་མཚོས་རྒྱལ་ཁབ་ཀྱི་གནའ་བོའི་མི་རིགས་དང་དམག་འཐབ་འགའ་ཞིག་བྱས་པའི་སྐོར། གསུམ་པ་ནི་བོད་ཀྱི་སྔོ་ནུབ་དང་། ནུབ་བྱང་རྒྱ་ཆེའི་ས་ཁུལ་དུ་སྐབས་དེའི་སྲུན་ཟླའི་མི་རིགས་དང་གཡུལ་འགྱེད་བྱས་པའི་སྐོར་བཅས་རེད། དཔེར་ན་《གླིང་གེ་སར་རྒྱལ་པོ་》ནི་དུས་རབས་བཅུ་པ་ཙམ་ལ་ལོ་རྒྱུས་ཐོག་དངོས་སུ་བྱུང་བའི་མི་སྣ་ཞིག་ཡིན་པར་དཔྱད་གཞིའི་ཡིག་རིགས་ཁག་ནས་ར་སྤྲོད་བྱེད་ཐུབ་པ་ཡིན་རུང་བརྩམས་སྒྲུང་གི་བརྗོད་དོན་དང་ཁྱད་པར་ཆེན་པོ་ཡོད་པ་ཞིག་ཡིན། གླིང་སྒྲུང་ནང་གི་《བདུད་འདུལ་》ལྟ་བུར་མཚོན་ན། དེ་ནི་སུམ་པ་ཡི་ཤེས་དཔལ་འབྱོར་གྱིས་ཞིབ་འཇུག་བྱས་པར་གཞིགས་ན། དེ་ནི་ལྷ་སའི་བྱང་ངོས་ཀྱི་གནམ་མཚོ་ཕྱུག་མོའི་ཕྱོགས་སུ་ཡོད་པའི་གྲོ་བ་ནང་ཚན་གྱི་སའི་ཆར་གཏོགས་པ་གུ་རུ་དང་མོན་རུའི་མཚམས་སུ་སྐྱེས་པའི་མི་སྟོབས་རྩལ་ཅན་ཞིག་ཡིན་རུང་བརྩམས་སྒྲུང་གི་ནང་དུ་རྩོམ་པ་པོས་སྤྱིར་བཏང་གི་མིའི་ཁྱད་ཆོས་ཚང་བའི་གཟུགས་བརྙན་ཇི་མ་ཇི་བཞིན་དུ་བཀོད་འབྲི་མི་བྱེད་པར་འགྲོ་བ་མི་ལས་འདས་པའི་སེམས་ཅན་འཇིགས་རུང་བ་ཞིག་ཏུ་བརྗོད་དོན་ཅི་ཡིན་ཟེར་ན《སུམ་པ་དྲིས་ལན་》དུ"བདུད་ཀླུ་བཙན་ཞེས་པའི་མི་དེ་འདམ་གཞུང་རྫོང་ནས་སྐྱེས་རྗེས་ཀོང་པོ་ཡུལ་ལ་སོང་སྟེ་དུག་ཆུའམ་འཐོམ་ཆུ་ཟེར་བ་མི་སུས་འཐུང་ན་སྨྱོ་བར་འགྱུར་བ་ཞིག་ཡོད་པ་དང་དེ་འཐུང་བ་དང་ཆབས་ཅིག་ཡུལ་དེའི་རྒྱ་མཚོ་དང་དམེ་མཚོ་སོགས་མཚོ་ཆུང་གསུམ་ཡོད་པ་དེའི་ཆུ་རྒྱུན་གཅིག་ཏུ་འདུས་པ་ལ་རྐྱེན་བྱས་ནས་མི་ཡུལ་གྱི་བདུད་དུ་གྱུར་པར"གསུངས་ཀྱང་དེ་ནི་དམངས་ཁྲོད་ཀྱི་ལྟ་སྒྲུང་ཙམ་ལས་བདུད་ཀྱི་མིང་དུ་འབོད་པའི་རྒྱུ་མཚན་དངོས་མ་ཡིན། རྒྱུ་མཚན་དངོས་ནི།

༡. བདུད་ཀླུ་བཙན་ཞེས་པ་དེ་དཔའ་རྩལ་ཆེ་ཞིང་ཉེ་འཁོར་གྱི་རྒྱལ་ཕྲན་རྣམས་ཀྱི་མི་དམར་གསོད་དང་རྒྱུ་ནོར་འཕྲོག་བཅོམ་བྱེད་པ་དང་། ཤ་བ་སོགས་རི་

དྭགས་སྣ་ཚོགས་བསད་ནས་ཤ་ཁྲག་ཡོངས་སུ་སྤྱད་ཅིང་། རྭ་དང་རུས་པ་མཁར་དུ་སྤུངས་པ་སོགས་སྡིག་པའི་ལས་སྣ་ཚོགས་བྱས་པའི་རྐྱེན་གྱིས་དམངས་ཁྲོད་གཏམ་རྒྱུད་ནང་གི་མིའི་ཚེ་སྲོག་ལ་གནོད་པ་བྱེད་པའི་བདུད་མ་རུངས་པ་དང་འདྲ་བ་རེད་ཅེས་རྒྱུ་མཚན་དུ་བྱས་ནས་བདུད་ཟེར། ༢. སེམས་ཅན་སྐྱེ་འགྲོ་མང་པོའི་སྲོག་བླངས་ནས་ཤ་ཁྲག་སོགས་ཀྱི་མཆོད་པ་འབུལ་ཞིང་། བཙན་པོན་དང་བདུད་པོན་སོགས་ལ་དད་ཅིང་། སྐྱེ་འགྲོའི་ཤ་ཁྲག་ལ་ཡོངས་སྤྱོད་པ་དང་། བགེགས་ལ་གྲོགས་བྱེད་པ། བདུད་དང་གཉེན་སྒྲིལ་བ། གཞན་པའི་སྐྱེ་འགྲོ་ཡོངས་ལ་གནོད་འཚེ་བྱེད་པའི་བདུད་དགའ་རབ་དབང་ཕྱུག་དང་། ཤ་བཟའ་ཧོར་མོ། བཙན་རྗེ་སོགས་ལྷ་རུ་བསྟེན་པའི་ཆ་ནས་བདུད་དུ་འབོད་པ་རེད། དེ་ནི་མི་ནས་བདུད་དུ་གྱུར་བའི་གོ་རིམ་དེ་ཡིན། ༣. དགེ་འདུན་ཆོས་འཕེལ་གྱིས་སྔོན་དུས་བོད་པ་རྣམས་ཀྱི་གོམས་སྲོལ་དང་མོས་པ་སོགས་གསུང་སྐབས་རྒྱལ་པོའི་རྫུ་འཕྲུལ་གྱིས་ཤིང་ཐམས་ཅད་དམག་ཏུ་འགྱུར། རྡོ་ཐམས་ཅད་རྟར་འགྱུར། དེ་ཐམས་ཅད་ཆུ་ཆེན་རྐྱ་ཆུའི་སྟེང་ནས་རྩྭ་འཇག་མ་གཅིག་གི་ཟམ་པ་བྱས་ནས་སོང་བྱ་བ་ལ་སོགས་ལོ་གཅིག་ལ་བསླབ་དགོས་པ་རྣམས་ཉིན་གཅིག་ལ་སླབ། མི་སྟོང་གིས་བྱ་དགོས་པ་རྣམས་མཛུབ་མོ་གཅིག་གིས་བྱས་པ་སོགས་ངོ་མཚར་ཏར་ཆེན་པོའི་གཏམ་རྒྱུད་སྨྲས་ན། བློན་པོ་རྣམས་ཅི་བས་ངོ་མཚར་བསྐྱེས་ནས་འཁོར་གྱི་ནང་དུ་ཨུར་སྒྲ་དང་། བཞད་གད་དང་མིག་ཆུ་འདོན་པ་མང་དུ་འོང་། ཏའི་ལོ་ལ་བཙན་པོ་འོན་ཅན་དེ་ན་བཞུགས། གར་ལོག་གི་ཕོ་ཉས་ཕྱག་འཚལ། ཟ་མོང་དང་། བ་ལང་མང་པོ་ཕྱག་ཏུ་ཕུལ། སྟོད་སྨད་ཀྱི་རྐུན་མ་བཏུལ་སོགས་སྨྲས་ཚེ། མིའི་ལོ་རྒྱུས་ས་སྟེང་དུ་བྱུང་བ་ཡིན་པ་ཤེས་ནས། ཉན་མཁན་གྱི་བློན་པོ་ཚང་དུ་འགྲོ་སྐབས་ཐམས་ཅད་ཀྱིས་ཐུ་མ་བདམས་ནས་གཅིག་ལས་གཅིག་ངོ་མཚར་ཆེ་བའི་གཏམ་རྒྱུད་སྤེལ་བའི་ཐབས་ལ་འབད་ཅེས་གསུངས་པ་ལྟར་རོ། ཁོས་རྟག་ཏུ་རྐུན་ཇག་གི་འགོ་གཙོ་བྱས་ནས་མི་རྣམས་ལ་རྐུ་འཕྲོག་གསོད་བཅོམ་གྱི་གནོད་འཚེ་མང་པོ་བཏང་བས།

དེའི་མིང་ལ་བདུད་ཟེར། དེ་ལྷ་སའི་བྱང་ངོས་ཀྱི་འདམ་ཞེས་པའི་ས་ཆར་ཕྱིན་ནས། རི་དྭགས་གསོད་པ་དང་རྐུ་འཕྲོག་སོགས་བྱས་ཏེ་ས་དེར་བསྡད། ཤ་བའི་རྭ་དང་རུས་པས་མཁར་བརྩིགས་ནས་བསྡད་པའི་ས་དེ་ལ་ཤ་ར་གནམ་རྫོང་ཟེར། དེའི་སྐབས་བོད་ཁ་འཐོར་གྱི་དུས་ཡིན་སྟབས། ཁོས་འཁོར་མང་པོ་བསྡུས་ཏེ་སྡེ་ཆེན་ཞིག་ཆགས། ཁོས་སྡེ་ཆེན་དེའི་རྒྱལ་པོ་བྱས་ཏེ་གཞན་ལ་དམག་འཇུག་བྱས། སྐབས་ཤིག་མདོ་ཁམས་གླིང་ཡུལ་དུ་སླེབས་ཏེ། གེ་སར་བཙུན་མོ་མེ་བཟའ་འབྲུམ་སྐྱིད་དང་། ནང་མི་གཉིས་འཕྲོག་པའི་རྐྱེན་གྱིས་གེ་སར་དཔུང་བརྟེགས་ཏེ་གཡུལ་འགྱེད་བྱས་ཏེ་བདུད་རྒྱལ་བསད། སྡེ་འབངས་མངའ་འོག་ཏུ་བསྡུས་པའི་ཡུན་ལ་ལོ་གཉིས་དང་ཟླ་བ་གསུམ་འགོར་ཟེར་རོ། དེ་མིན《འཇང་གླིང་གཡུལ་འགྱེད་》འཇང་ཡུལ་ནི་ཡུན་ནན་ཞིང་ཆེན་གྱི་ཁོངས་སུ་གཏོགས་པ་དང་སྤར་སྟོབས་འབྱོར་ཆེ་ཡང་། བོད་ཆོས་རྒྱལ་གྱི་དུས་སུ་བོད་རྒྱལ་གྱིས་དབང་དུ་བསྡུས། བོད་སིལ་བུར་འཐོར་བའི་དུས་སུ་བོད་ལ་རྐུན་ཇག་སོགས་བརྙས་གཅེར་སྣ་ཚོགས་བྱས་པའི་དབང་གིས་འཇང་གླིང་གཡུལ་འགྱེད་བྱུང་བ་རེད།

《སྟག་གཟིགས་ནོར་རྫོང་》《སྟག་གླིང་གཡུལ་འགྱེད་》སྟག་གཟིག་ནི་ཕྱི་རྒྱལ་གྱི་སྐད་ཡིན་གཤིས་འབྲི་ལུགས་སྣ་ཚོགས་ཡོད་དེ། སྟག་གཟིགས། ཏ་ཟིག ཏ་ཞིག་ཅེས་བྲིས་པ་ཡོད་ཀྱང་། དེང་སང་ཐུར་ཆི་དང་དབྱི་ལང་སོགས་སུ་ངོས་འཛིན་བྱེད་སྲོལ་ཡོད་སྐད། གནའ་དུས་རྒྱལ་ཁབ་ཕྱུག་པོ་སྟོབས་དང་ལྡན་པ་ཞིག་ཡིན་གཤིས། སྟག་གཟིག་ནོར་གྱི་རྒྱལ་པོ་ཟེར། བོད་ཆོས་རྒྱལ་གྱི་དུས་སུ་བོད་ལ་བཙན་འཛུལ་དུ་མ་བྱས་ཀྱང་མཐར་གཡུལ་ཕམ་སྟེ་བོད་རྒྱལ་ལ་དཔྱ་ཁྲལ་འབུལ་དགོས་བྱུང་། བོད་ཁ་འཐོར་གྱི་དུས་སུ། བོད་ཀྱི་སྲིད་ཉམས་ཤིང་ཁ་འཐོར་དུ་སོང་བ་ཤེས་ནས། བོད་ལ་རྐུན་ཇག་སོགས་གནོད་པ་བྱས་ན་ཡང་། དེའི་སྐབས་སུ་དབུས་གཙང་དུ་སྡེ་དཔོན་སྟོབས་ལྡན་དམག་ཤུགས་ཅན་མེད་གཤིས། དབུས་གཙང་གི་ཆེ་འགོ་འགས་གླིང་གེ་སར་རྒྱལ་པོ་གདན་ཞུ་བྱས་པ

སོགས་ཀྱི་རྒྱན་བྱས་ཏེ། སྟག་གླིང་གཡུལ་འགྱེད་བྱུང་བ་དང་། སྟག་གཟིག་ནོར་རྫོང་བཅོམ་སྐོར་རྒྱལ་ཁ་བླངས་ཡོད་པ་རེད། དེ་མིན་《ཧོར་གླིང་གཡུལ་འགྱེད་》དང་《མོན་གླིང་གཡུལ་འགྱེད་》སོགས་ཡོད་དོ། བོད་ཀྱི་ལོ་རྒྱུས་ཀྱི་རྣམ་ཚུལ་ལ་བལྟས་ཆེ། རྒྱལ་པོ་གླང་དར་ལྷ་ལུང་དཔལ་གྱི་རྡོ་རྗེས་བཀྲོངས་པའི་ཕྱི་ལོར་བུ་འོད་སྲུང་དང་ཡུམ་བརྟན་གཉིས་སྐྱེས་རྗེས། བཙུན་མོ་ཆེ་ཆུང་གི་བུ་གཉིས་སྲིད་དབང་བཟུང་རྒྱུར་མ་འཆམ་པར་འོད་སྲུང་ཕྱོགས་ཁག་གིས་གཡོ་རུ་དང་། ཡུམ་བརྟན་ཕྱོགས་ཁག་གིས་དབུས་རུ་བཟུང་སྟེ་དེ་ལ་ཆེ་སྲིད་དང་ཆུང་སྲིད། མང་ཚན་དང་ཉུང་ཚན། གསེར་པ་དང་གཡུ་པ། ཤ་ཟན་དང་རྩམ་ཟན་ཟེར་བའི་ཕྱོགས་ཁག་གཉིས་སུ་གྱེས་པ་རྣམས་ཕན་ཚུན་ལོ་ཉི་ཤུ་རྩ་བརྒྱད་རིང་ནང་འཁྲུག་བྱས། སྤྱི་ལོ་869ལོར། བོད་ཡོངས་སུ་ལོ་རྒྱུས་ཐོག་གཞི་རྒྱ་ཆེ་ཤོས་ཀྱི་ཞིང་པའི་གྱེན་ལོག་བྱུང་སྟེ། རྒྱལ་པོ་གཉའ་ཁྲི་བཙན་པོ་དང་། སྲོང་བཙན་སྒམ་པོའི་གདུང་རྒྱུད་ཀྱིས་བོད་ལ་དབང་སྒྱུར་བྱེད་པའི་དུས་རབས་མཇུག་སྒྲིལ་བ་ཞིག་བཟོས་པ་དང་། བོད་ས་གནས་སུ་རྗེ་དཔོན་ཚན་པ་བཅུ་གཅིག་གིས་ས་ཁུལ་དུམ་བུར་བཅད་ནས་དབང་སྒྱུར་བྱས་པ་དང་། ཚན་པ་ཁག་གཅིག་འོག་གཅིག་ལ་མི་འདུས་པར་དམག་འཁྲུག་ཡུན་རིང་བྱས་པ་དེས་བོད་ས་གནས་ཀྱི་ཞིང་འབྲོག་ཐོན་སྐྱེད་ལ་གནོད་འཚེ་ཚབས་ཆེན་བཟོས་པ་དང་། བོད་ས་གནས་ཡོངས་རྫོགས་སིལ་བུར་འཐོར་ཏེ། སྤྱི་ལོ་1231ལོ་བར་ལོ་གྲངས་393རིང་གཅིག་གྱུར་བྱུང་མེད་པ་རེད། དེ་ལྟར《གླིང་གེ་སར་རྒྱལ་པོའི་སྒྲུང་》ནང་དུ་མི་རྣམས་ས་གནས་བཅད་བཟུང་གི་སྡང་ཚུལ་ལ་ཞེན་པ་ལོག་ཅིང་གཅིག་གྱུར་གྱི་རྣམ་པ་གསར་པ་ཞིག་ཡོང་བར་མཐའ་གཅིག་ཏུ་རེ་འདོད་བྱེད་པའི་འདུན་པ་དེ་གཅིག་སྟུད་ཀྱིས་མཚོན་པར་བྱས་ཡོད་པ་མ་ཟད། རྩོད་འཐབ་ཀྱིས་འཁྲུག་ཏེ་ཟང་ཟིང་དུ་གྱུར་བའི་སྤྱི་ཚོགས་ཀྱི་ངོ་བོ་དང་། ངལ་རྩོལ་པ་རྣམས་རྒྱལ་ཁབ་གཅིག་གྱུར་མངོན་དུ་བྱུང་བར་འདོད་མོས་བྱེད་པའི་བསམ་བློའི་བརྩེ་དུང་དེ་མཚོན་པར་བྱས་ཡོད་པ་རེད《གླིང་གེ་སར་རྒྱལ་པོའི་སྒྲུང་》གི་བརྗོད་བྱ་

རྣམས་བོད་མི་དམངས་ཀྱི་གནའ་བོའི་ལོ་རྒྱུས་ཙམ་དུ་མ་ཟད། བོད་གནའ་རབས་ཀྱི་ཐོན་སྐྱེད་བྱེད་སྟངས་དང་འཚོ་བའི་གོམས་སྲོལ། ཆབ་སྲིད་དང་། དཔལ་འབྱོར། དམག་དོན་བཅས་ཀྱི་གནས་ཚུལ་མཚོན་པའི་མི་ཚད། བོད་གནའ་རབས་ཀྱི་རིག་གནས་སྒྱུ་རྩལ་དང་ལུས་རྩལ་འགྲན་བསྡུར། ཐ་ན་སྐྱིད་འདུས་ཀྱི་ཆང་སྟོན་དང་། འཆི་བྲལ་གྱི་གཤིན་རྫོངས་སོགས་མཚོན་པར་བྱས་ཡོད་ཀྱིན། གེ་སར་གྱི་སྒྲུང་དེ་ནི་བོད་གནའ་བོའི་བྱུང་བ་གསལ་བའི་མེ་ལོང་ལྟ་བུ་ཞིག་ཏུ་གྱུར་ཡོད་པ་རེད།

རྟོག་པ་འཆར་ཡན་རིང་ལུགས་ཀྱི་འོག་འགྱུ་ལ་བརྟེན་ནས་བརྩམས་པའི་བརྩམས་སྒྲུང་ཅི་འདྲ་ཞིག་ཡིན་རུང་ཐོག་མར་འཚོ་བ་དངོས་ཀྱི་དོན་དངོས་རེ་གཉིས་རྨང་གཞི་བྱས་ཏེ་རྩོམ་པ་པོས་རང་གི་འཆར་སྣང་དང་བློ་གྲོས་ལས་གསར་རྩོམ་བྱས་པ་ཞིག་ཡིན་པ་ལས་རང་སྣང་གང་དྲན་དུ་རྩོམ་འབྲི་བྱས་པ་ཞིག་མ་ཡིན། དཔེར་ན《ནུབ་ཕྱོགས་སུ་གནས་སྐོར་ཕྱིན་པའི་རྣམ་ཐར》ཞེས་པའི་ནང་གི་སུན་ཨུའུ་ཁུང་དང་ཀྲུའུ་པ་ཅེ་ལྟ་བུ་འཚོ་བ་དངོས་ཀྱི་ནང་དུ་མེད་པ་ཞིག་རེད། ཡིན་ནའང་བཀས་བཀོད་རྒྱུད་འཛིན་གྱི་སྤྱི་ཚོགས་ནང་དུ་ཞིང་པའི་དཀའ་སྡུག་དང་ཉམས་ཐག་གི་འཚོ་བ་སྐྱེལ་ཚུལ་དང་ཞིང་པས་འོས་ལངས་བྱས་ཏེ་འཐབ་རྩོད་བྱེད་པ་སོགས་རྩོམ་པ་པོས་མཐོང་ཐོས་བྱུང་བ་དེ་དང་དམངས་ཁྲོད་ཀྱི་གཏམ་རྒྱུད་འགའ་རེས་རྨང་གཞི་བྱས་ཐོག་རང་ཉིད་ཀྱི་འཆར་སྣང་དང་འོག་འགྱུ་ལ་བརྟེན་ནས་སྒྲུང་དེ་ལྟར་ཞིག་གསར་བསྐྲུན་བྱས་པ་རེད།

རྩོམ་པ་པོ་ཆུང་དུས་ནས་ལྷ་སྒྲུང་ལྟ་བུའི་ཡ་མཚན་གྱི་སྒྲུང་ཉན་རྒྱུར་ཤིན་ཏུ་དགའ་པོ་ཡོད་པ་མ་ཟད། དམངས་ཁྲོད་དུ་ཡོད་པའི་ཡ་མཚན་གྱི་སྒྲུང་བསྡུ་རུབ་བྱེད་པ་དང་། འདྲི་སྒྲུང་ལྟ་བུའི་དེབ་བལྟ་ཀློག་བྱེད་རྒྱུར་ཡང་ཏ་ཙང་དགའ་པོ་ཡོད་ཀྱིན་རྩོམ་པ་པོར《ནུབ་ཕྱོགས་སུ་གནས་བསྐོར་ཕྱིན་པའི་རྣམ་ཐར》ཞེས་པའི་སྒྲུང་དེབ་གསར་རྩོམ་བྱེད་རྒྱུར་རྨང་གཞི་ཏ་ཙང་ལེགས་པོ་ཞིག་ཡོད་པ་དང་། གལ་སྲིད་རྩོམ་པ་པོར་འཚོ་བའི་རྨང་གཞི་དེ་ལྟར་ཕུན་སུམ

ཚོགས་པོ་ཞིག་མེད་ན་གནའ་དུས་ཀྱི་ལྷ་སྒྲུང་སྐད་གྲགས་དེ་ལྟར་ཡོད་པ་ཞིག་ཡང་ཡོང་མི་ཐུབ་པོ། མ་ཁེ་སིས"ལྷ་སྒྲུང་ག་རེ་ཡིན་ནའང་འོག་འགྱུ་བེད་སྤྱོད་དང་འོག་འགྱུ་བརྟེན་ཐབས་བྱས་ནས་རང་འབྱུང་ཁམས་ཀྱི་སྟོབས་ཤུགས་འདུལ་ཐབས་དང་། རང་བྱུང་ཁམས་ཀྱི་སྟོབས་ཤུགས་དབང་དུ་བསྒྱུར་ཐབས། རང་བྱུང་ཁམས་ཀྱི་སྟོབས་ཤུགས་དེ་གཟུགས་སུ་འགོད་ཐབས་བཅས་བྱས་པ་ཞིག་རེད། དེར་བརྟེན་རང་བྱུང་ཁམས་ཀྱི་སྟོབས་ཤུགས་དེ་ཚོ་དངོས་སུ་དབང་དུ་བསྒྱུར་ཐུབ་པ་བྱུང་བ་དང་ཆབས་ཅིག་ལྷ་སྒྲུང་དེ་ཚོ་ཡང་མེད་པར་འགྱུར་རྒྱུ་རེད་"(མ་ཁེ་སིས་མཛད་པའི་《དཔལ་འབྱོར་རིག་པའི་སྐོར་གྱི་མ་ཟིན་ཐྲག་བསྡུར་མའི་གླེང་གཞི》ལ་གསལ་)ཅེས་གསུངས་པ་ལྟར་རྟོག་པ་འཆར་ཡན་རིང་ལུགས་ཀྱི་རྩོམ་རྩལ་དང་རང་གི་ཕུན་སུམ་ཚོགས་པའི་འོག་འགྱུ་ལ་བརྟེན་ནས་མི་སྣའི་གཟུགས་བརྙན་བསྐྲུན་པ་དང་། དཔོག་པར་དཀའ་བའི་ཡུལ་ཁམས་ཀྱི་མཛེས་རིས་ཤིག་བསྐྲུན་ཡོད་ཀྱང་དེ་དག་ཚང་མར་འཚོ་བའི་རྨང་གཞི་མེད་པ་ཞིག་གཏན་ནས་མ་ཡིན་པར་དེ་ནི་སྐྱེ་ཚོགས་ཀྱི་འཚོ་བ་དེ་མི་རྣམས་ཀྱི་མ་འོངས་པའི་རེ་འདོད་ལ་གཞིགས་ནས་མཚོན་པར་བྱས་པ་ཞིག་ཡིན། དཔེར་ན་རི་མོ་མཁན་ཞིག་ལ་ཆ་མཚོན་ན་ཁོས་བྲིས་པའི་གདོན་འདྲེའི་གཟུགས་དབྱིབས་དེ་འཚོ་བ་དངོས་ཀྱི་ནང་དུ་མཐོང་མི་ཐུབ་ལ་ར་སྤྲོད་ཡང་བྱེད་ཐབས་བྲལ་བ་རེད། ཡིན་ནའང་། རི་མོ་མཁན་དེས་མིའི་གཟུགས་དབྱིབས་དེ་རྨང་གཞི་བྱས་ཏེ་གདོན་འདྲེ་ལ་མིག་གསུམ་འབྲི་བའམ་མགོ་བཞི་འབྲི་བ། ཡང་ན་མགྲིན་པ་རིང་ཙམ་འབྲི་བ་དང་། ཡང་ན་རྐང་པ་བཞི་ལྤ་འབྲི་བ་ལྟ་བུ་གང་ལྟར་ཁོ་པར་ཡང་མིའི་གཟུགས་དབྱིབས་ལ་རབ་བརྟགས་བྱེད་པའི་འཛིན་ཐང་དེ་ཙམ་ལས་མེད་པ་བཞིན་ལྷ་འདྲེ་དང་བདུད་རྒྱལ་སོགས་མཚོན་པར་བྱས་པའི་བརྩམས་ཆོས་དེ་དག་ལ་ཡང་སྐྱེ་ཚོགས་ཀྱི་འཚོ་བའི་རྨང་གཞི་མེད་པ་ཞིག་གཏན་ནས་མ་ཡིན་ནོ།

2. རི་དྭགས་གཅན་གཟན་དང་། རྩ་ཤིང་མེ་ཏོག་རི་ཆུ་དང་ཡུལ་ལྗོངས་སོགས།

རང་བྱུང་ཁམས་ཀྱི་སྣང་ཚུལ་མཚོན་པའི་བཙམས་ཆོས་དེ་དག་གི་འབྱུང་གཞི་ཡང་སྤྱི་ཚོགས་ཀྱི་འཚོ་བ་དེ་ཡིན།

རྩོམ་རིག་སྒྱུ་རྩལ་གྱི་ལོ་རྒྱུས་ཐོག་ཏུ་ང་ཚོས་བཙམས་ཆོས་འདི་འདྲ་འགའ་ཞིག་མཐོང་ཐུབ་པ་སྟེ། རང་བྱུང་ཁམས་ཀྱི་སྣང་ཚུལ་རྩོམ་འབྲི་བྱས་པའི་བཙམས་ཆོས། དཔེར་ན། རི་དྭགས་དང་གཅན་གཟན། རྩི་ཤིང་། རྩྭ། མེ་ཏོག་རི་ཆུ། ཡུལ་ལྗོངས་སོགས་མཚོན་པར་བྱས་པའི་བཙམས་ཆོས་དེ་དག་ཡང་རྐྱེན་མེད་དུ་འབྱུང་བ་ཞིག་མ་ཡིན་པར་དེ་དག་ནི་སྤྱི་ཚོགས་ཀྱི་འཚོ་བའི་ནང་ནས་འབྱུང་བ་མ་ཟད། སྤྱི་ཚོགས་ཀྱི་འཚོ་བ་དེ་ཚུར་སྣང་བྱས་པ་ཞིག་ཡིན། མ་གཞི་རི་དྭགས་དང་གཅན་གཟན་ལ་སྤྱི་ཚོགས་ཀྱི་རང་བཞིན་ལྡན་མེད་པ་ཞིག་ཡིན་ཡང་མི་རྣམས་ཀྱིས་གཏམ་རྒྱུད་དང་སེམས་ཅན་གྱི་རྗེད་གཞི་འགའ་རེ་ལ་གཞིགས་ནས་སྤྱི་ཚོགས་ཀྱི་འཚོ་བའི་ནང་གི་འགལ་བའི་དངོས་གཞི་དེ་ཐེར་འདོན་དང་ཟུར་ཟ་བྱེད་ཀྱི་ཡོད་རྐྱེན། དེར་འཚོ་བའི་རྨང་གཞི་བརྟན་པ་དང་མི་རྣམས་ལ་བདེན་དོན་འགའ་ཞིག་གསལ་འདོན་བྱེད་ཀྱི་ཡོད་པ་རེད། ལྷག་པར་དུ་བོད་རིགས་ཀྱི་རྩོམ་རིག་ནང་རྩོམ་སྲོལ་དེ་རིགས་ སྤར་ནས་དར་ཁྱབ་ཆེ་ལ་ཕུན་སུམ་ཚོགས་པ་དང་། རི་དྭགས་དང་སྐྱེ་དངོས་སོགས་མིའི་སྣང་བརྙན་དུ་བསྒྱུར་ཏེ་ཐད་ཀར་སྤྱི་ཚོགས་ཀྱི་འཚོ་བའི་ནང་ནས་མཚོན་པར་བྱེད་ཡུལ་གཙོ་བོ་མི་སྣ་ལ་བསྟོད་བསྔགས་དང་སྐྱོན་བརྗོད་བྱེད་པའི་ནུས་པ་ཐོན་གྱི་ཡོད། དཔེར་ན། 《ཆུ་ཤིང་བསྟན་བཅོས》《བྱ་མགྲིན་སྔོན་མོའི་རྟོགས་བརྗོད》《བྱ་སྤྲེལ་གཏམ་རྒྱུད》《གཏམ་པད་མའི་ཚལ་གྱི་ཟློས་གར》《ཚར་ཤུལ་གྱི་ནགས་ཚལ》《མེ་ཏོག་ལྡུམ་རའི་ནང་གི་གླུ་གཞས》ལྟ་བུ་མང་དག་གཅིག་ཡོད་པ་དེ་ཚེ་སྐྱེ་དངོས་དང་སེམས་ཅན་གྱི་གནས་ཚུལ་ལ་རབ་བརྟགས་བྱས་པ་མ་གཏོགས་རྩོམ་པ་པོས་བརྗོད་པར་འདོད་པའི་བློ་ནི་སྤྱི་ཚོགས་འཚོ་བའི་ནང་གི་གང་ཟག་མིའི་སྤྱོད་ཚུལ་ལ་དམིགས་པ་ཞིག་ཡིན་རྐྱེན་སྤྱི་ཚོགས་ཀྱི་འཚོ་བའི་རྨང་གཞི་ཏ་ཅང་བརྟན་ལ་སྤྱི་ཚོགས་ཀྱི་འཚོ་བ་དངོས་དང་འབྲེལ་བ་དམ་ཟབ་ཡོད་

པ་ཞིག་ཡིན།

རིག་རྩལ་གྱི་བརྩམས་ཆོས་ཇི་འདྲ་ཞིག་ཡིན་རུང་དེ་དག་གི་འབྲི་སྟངས་དང་འབྲས་བུ་མི་འདྲ་བ་ཡོད་པ་སྟེ། ཡག་པོ་ཡོད་ལ་སྡུག་པོ་ཡོད་པ། བདེན་པ་ཡོད་ལ་རྫུན་མ་ཡོད་པ། འགའ་རེ་གཉིང་ཟབ་ལ་འགའ་རེ་གཉིང་ཟབ་པོ་མེད་པ། འགའ་རེ་འཚོ་བ་ཇི་བཞིན་འབྲི་བ་དང་། འགའ་རེས་རབ་བརྟགས་དང་འཕྲུལ་སྣང་གི་རྣམ་པ་སྤྱོད་པ་སོགས་ཡོད། འོན་ཀྱང་རྣམ་པ་དང་ངོ་བོ། འབྲས་བུ་བཅས་གང་འདྲ་ཞིག་བྱུང་མིན་ལ་མི་ལྟོས་པར་དེ་དག་ཚང་མ་ནི་སྤྱི་ཚོགས་ཀྱི་འཚོ་བ་ངེས་ཅན་ཞིག་རྩོམ་པ་པོའི་བསམ་པར་ཤར་ནས་བྱུང་བ་ཤ་སྟག་ཡིན། དཔེར་ན། དུས་རབས་བཅོ་བརྒྱད་ནང་བྱུང་བའི་《སློམ་ཆེན་དང་ཇ་ཅིག་གི་གཏམ་རྒྱུད་》ཞེས་པ་དེའི་རྩོམ་པ་པོ་ནི་བློ་བཟང་ཚུལ་ཁྲིམས་ཡིན་པ་དང་། ཁོང་ནི་པཎ་ཆེན་དྲུག་པ་དཔལ་ལྡན་ཡེ་ཤེས་ཀྱི་སློབ་མ་དང་། པཎ་ཆེན་བདུན་པ་བསྟན་པའི་ཉི་མ་ལགས་ཀྱི་ཡོངས་འཛིན་སྔ་མ་ཡིན། ཁོང་ནི་ཤེས་རྒྱ་ཆེ་ལ་ཡིད་གཞུང་པའི་ཆོས་པ་ཚུལ་ལྡན་ཞིག་ཡིན་ཞིང་། ཁོང་གིས་རྟག་ཏུ་སྒོག་ཟ་ཁོག་རུལ་གྱི་སེར་སྐྱ་དཔོན་རིགས་ཚོར་ཁོང་ཁྲོ་ཆེན་པོ་བྱེད་པ་མ་ཟད། དེ་ཚོར་ཁ་བརྫུང་གཏོང་གི་ཡོད་རྐྱེན་དཔོན་ངན་ཟ་ཟམ་ཅན་ཚོས་ཞེ་འཁོན་གྱིས་མཐའ་འབུད་བཏང་བས་ཁོང་ཡོངས་འཛིན་ལས་གནས་ལས་ཐལ་ཏེ་རི་ཁྲོད་དབེན་པ་ཞིག་ཏུ་ཕེབས་དགོས་བྱུང་བ་རེད། དེ་ལྟར་ཁོང་ཡོངས་འཛིན་ཆེན་པོ་ཞིག་ནས་དབེན་གནས་སློམ་ཆེན་ཞིག་ཏུ་འགྱུར་ཐོག་ཆབ་སྲིད་ཀྱི་ཐོབ་ཐང་ཡང་ཉམས་ཞན་དུ་སོང་། དེའི་དབང་གིས་དཔོན་ངན་ཟ་ཟམ་ཅན་ཚོའི་བྱེད་སྟངས་ལ་སུན་འབྱིན་དང་རང་གི་འདོད་དོན་མ་གྲུབ་པའི་སྐྱོ་ཤས་མཚོན་ཕྱིར་གཞིས་རྩེའི་ཤར་ངོས་ལྕགས་ཐང་བྲག་སྐྱ་ཞེས་པར་མཚམས་ལ་བཞུགས་པའི་བར་གསེང་དུ《སློམ་ཆེན་དང་ཇ་ཅིག་གི་གཏམ་རྒྱུད་》ཞེས་པ་དེ་རྩོམ་འབྲི་མཛད་ཡོད་པ་རེད། ང་ཚོས་གཏམ་རྒྱུད་དེའི་ནང་ནས་རྩོམ་པ་པོ་རང་ཉིད་ཀྱི་འཚོ་བའི་སྟེང་དུ་བྱུང་བའི་འགལ་རྐྱེན་དང་སྐབས་དེའི་སྤྱི་ཚོགས་ནང་གནས་པའི་

དཔོན་ངན་ཚོའི་བྱེད་སྟངས་དེ་རྣམས་སྒྱུ་རྩལ་གྱི་ཐོག་ནས་ཟ་ར་སེར་སྒྱུ་དང་བྱི་བ་སྨུག་ཆུང་གི་གཟུགས་སུ་བཀོད་པ་དང་། སྒྲུང་ནང་གི་སློམ་ཆེན་ནི་རྩོམ་པ་པོ་རང་ཉིད་ཀྱི་འཚོ་བ་དེ་རྨང་གཞི་བྱས་ཏེ་བྲིས་པ་ཞིག་ཡིན་པ་གསལ་པོར་མཐོང་ཐུབ་པ་ཞིག་ཡིན་ལ་སྐབས་དེའི་སྤྱི་ཚོགས་ནང་དཔོན་ངན་ཚོས་གཅིག་ལ་གཅིག་རྟེན་བྱས་ཏེ་ངན་སྤྱོད་མཁྲིགས་བཟུང་དང་བཟང་པོ་མཐའ་ལ་འབུད་པའི་ཉེས་སྤྱོད་ལ་སྣུན་འབྱིན་དང་། སློམ་ཆེན་གྱིས་གདུག་རྩུབ་ཀྱི་དབང་ཤུགས་ངན་པར་མི་འཛེམས་པར་འཐབ་རྩོད་བྱེད་ཕོད་པའི་སྙིང་སྟོབས་དེ་མངོན་པར་བྱས་ཡོད་པ་མ་ཟད། ཕྱོགས་གཞན་ཞིག་ནས་གཞུང་དྲང་ཞིང་བདེན་པའི་རྒྱབ་ཏུ་ལངས་ཏེ་མ་ཉུང་པའི་བྱ་ངན་སྤྱོད་ངན་ལ་འཐབ་རྩོད་བྱེད་ཕོད་པའི་མི་མི་ཉུང་བ་ཞིག་གནས་ཡོད་པ་ཡང་གསལ་མངོན་བྱས་ཡོད་པ་རེད། སྐབས་དེའི་དབང་སྒྱུར་གྲལ་རིམ་གྱི་ཁྲིད་དུ་སློག་ཟ་ཀུ་རྒྱག་གི་སྲོལ་ངན་རྒྱུན་ཆགས་སུ་འགྱུར་བ་དེ་གསལ་མངོན་དང་། ཕྱོགས་གཞན་ཞིག་ནས་གཏམ་རྒྱུད་དེས་མ་བྱིན་ལེན་པ་ནི་ཆེས་ཐ་ཤལ་གྱི་སྤྱོད་ལམ་ཞིག་ཡིན་པས་ཅིས་ཀྱང་སྤོང་དགོས་པའི་མི་ཆོས་ཀུན་སྤྱོད་ཀྱི་རྩ་དོན་གསལ་བཤད་དང་། མིའི་སྤྱོད་བཟང་གི་ལྟ་བ་མངོན་པར་བཅས་བྱས་ཡོད་པ་རེད། དཔེར་ན། རྣམ་གྲོལ་གྱིས་བརྩམས་པའི་《ཚར་ཤུལ་གྱི་ནགས་ཚལ་》ཞེས་པའི་བརྩམས་སྒྲུང་དེའི་ནང་རྩོམ་པ་པོས་ལོ་བཅུའི་དུས་ཟིང་ནང་གང་ཅར་གནོད་སྐྱོན་ཚབ་ཆེན་བྱུང་བའི་གནས་ཚུལ་དངོས་དེ་འབྱུང་རྐྱེན་བྱས་པ་དང་། སྐབས་བཅུ་གཅིག་པའི་ཀྲུང་ཡུ་ཆང་འཛོམ་གྲོས་ཚོགས་ཐེངས་གསུམ་པའི་ཐོག་བསམ་བློའི་སློབ་སྟོན་གྱི་མཛད་ཕྱོགས་དང་། དཔལ་འབྱོར་འཛུགས་བསྐྲུན་གྱི་མཛད་ཕྱོགས་ལ་གནས་ཚུལ་དངོས་དང་མཐུན་པའི་གཏན་འབེབ་གསར་པ་དང་། རྒྱལ་ཡོངས་ཀྱི་ལས་ཀའི་ལྟེ་གནད་དེ་དེང་རབས་ཅན་བཞི་མངོན་དུ་འགྱུར་བའི་འཛུགས་བསྐྲུན་ཐོག་འཛོག་དགོས་དོན་དང་ལྷག་པར་“མི་བཞི་ངན་རེངས”ཀྱི་སྤྱོད་ངན་འོག་ཏུ་ཉམས་དགའ་བའི་ཡུལ་ལྗོངས་དང་འཛུགས་སྐྲུན་གང་ཅར་གཏོར་བཤིག་བྱས་པའི་གནས་ཚུལ་ཚུར་

སྣང་དང་། དུས་མཚུངས་“གཡོན་ཐལ”ཀྱི་བསམ་པའི་ལྕགས་སྒྲོག་དང་དུག་སྐྱོན་ཐོག་ཆེ་བས་དུས་བབ་གསར་པའི་འཛུགས་སྐྲུན་བྱེད་པའི་ནང་དུ་གནས་པའི་མི་འདྲ་མིན་གྱི་རྣམ་འགྱུར་མཚོན་པར་བྱས་ཡོད། དེ་ལྟར་བོད་རིགས་ཀྱི་རྩོམ་རིག་ལོ་རྒྱུས་ཐོག་ཏུ་སྲོག་ཆགས་གཏམ་རྒྱུད་ཀྱི་རྣམ་པ་ཅན་གྱི་བརྩམས་སྒྲུང་ཇེ་ཆེར་འཕེལ་བའི་རྒྱུ་མཚན་ནི་རྩོམ་པ་པོས་སྤྱི་ཚོགས་འཚོ་བའི་ནང་གི་འགལ་བ་དང་ལོ་རྒྱུས་ཀྱི་དོན་རྐྱེན་སོགས་གསལ་པོར་མཐོང་ཡང་ཐད་ཀར་དཔྱད་གཏམ་བརྗོད་ན་ཆབ་སྲིད་དང་སྤྱི་ཚོགས་ཀྱི་དངོས་ཡོད་ཐད་སྟབས་མི་བདེ་བ་དང་ཁྲིབ་སྲིལ་བྱེད་རྒྱུར་གནོད་པས་སྲོག་ཆགས་ཀྱི་གཟུགས་སུ་བཀོད་ནས་རང་གི་འདོད་དོན་བཤད་ན་གཏམ་རྒྱུད་གསོན་ཉམས་ལྡན་ཞིང་ཀློག་མཁན་གྱི་ཡིད་དབང་འཕྲོག་པའི་མཐུ་ལས་མི་ཚད་མ་ལ་སློབ་གསོ་ཐེབས་པའི་དམིགས་ཡུལ་འགྲུབ་པར་མ་ཟད། བརྩམས་སྒྲུང་གི་སྒྱུ་རྩལ་གྱི་ནུས་པ་ཡང་དེ་བས་ལེགས་པར་ཐོན་ཐུབ་པོ།

དེ་མིན་ཡུལ་ལྗོངས་ཀྱི་མཛེས་རིས་དང་རི་ཆུ་སོགས་འབྲི་སྐབས་དེ་ཁོ་ན་ཁེར་རྐྱང་དུ་རྩོམ་འབྲི་བྱས་པ་ཞིག་མ་ཡིན་པར་རྩོམ་པ་པོས་ཡུལ་ལྗོངས་ལ་བསྔགས་བརྗོད་བྱས་པ་དང་དུས་མཚུངས་འཚོ་བའི་ནང་གི་གནད་དོན་ངེས་ཅན་ཞིག་ལ་བསྔགས་བརྗོད་དམ་ཟུར་ཟ་བྱེད་ཀྱི་ཡོད་རྐྱེན་བརྩམས་ཆོས་དེ་དག་ཡང་སྤྱི་ཚོགས་ཀྱི་འཚོ་བ་དང་འབྲེལ་བ་དམ་ཟབ་ཅིག་ཡོད་པ་རེད། དཔེར་ན། ཤེལ་དཀར་གླིང་པ་མི་འགྱུར་ལྷུན་གྲུབ་ཀྱིས་རྒྱ་གར་རྡོ་རྗེ་གླིང་དུ་1911ལོར་སྐབས་དེར་ཕྱི་རྒྱལ་དུ་ཡོད་པའི་བོད་རིགས་རྣམས་རང་གི་ཕ་ཡུལ་ལ་གཅེས་འཛིན་བྱེད་པའི་སེམས་ཤུགས་ཉམས་ཤིང་བསམ་པ་གྲུ་ནང་དུ་མི་ཚུད་སྟབས་རྒྱལ་དབང་སྐུ་ཕྲེང་བཅུ་གསུམ་གྱིས་ཁོང་ལ་ལྷ་ས་དྲན་པའི་སྙན་རྩོམ་ཞིག་བྲི་དགོས་རྒྱུའི་སྐུལ་མ་གནང་བ་ལྟར《དཔལ་གྱི་ཆོས་འཁོར་ལྷ་ས་དྲན་གླུ》ཞེས་པ་རྩོམ་གནང་མཛད། ཁྱོན་ཤོ་ལོ་ཀ་46ཡོད། དཔེར་ན།

“ཁྲུང་ཁྲུང་ངང་པ་མང་པོ་རྩེ་དགའི་གནས་

ཆིལ་ཆིལ་རླབས་ཀྱི་ཕྲེང་བ་མཁལ་ལ་འཁྱོ་
ལྷང་ལྷང་སྤྲོག་པའི་ཆུ་ཆེན་སྐྱིད་ཆུ་ནི་
དལ་དལ་གཡས་སུ་བསྐོར་བའི་ལྷ་ས་དྲུན་
གསོང་གསོང་ས་གཞི་ཡངས་ཤིང་ཁོད་སྙོམས་པར་
ལྗང་ལྗང་རྩ་དང་ཤིང་ནགས་ཕྲེང་བས་སྤྲས་
འཚེར་འཚེར་ཉི་ཟླའི་ཕྱོན་ལམ་བདེ་བ་དང་
རྣམ་རྣམ་བཀྲག་མདངས་ལྡན་པའི་ལྷ་ས་དྲུན་
ཨུན་ཨུན་སྨུག་པ་བསངས་པའི་དུས་མེད་པ་
ཇུབ་ཇུབ་འཐིབས་པ་འདི་འདྲ་མ་ཡིན་པར་
བསིལ་བསིལ་དགུན་དུས་ཏྲོ་ལ་དབྱར་གྲང་ཞིང་
མཚེར་མཚེར་མཛེས་རྒྱན་སྤྲས་པའི་ལྷ་ས་དྲུན་
དེ་དེ་ལྷ་སའི་གནས་ལུགས་བསམ་བཞིན་དུ་
ཅེར་ཅེར་མིག་གིས་ཕྱོགས་དེའི་ནམ་མཁའ་ལ་
ཧྲིག་ཧྲིག་ལྟ་བཞིན་མགྲིན་པའི་སྐད་སྒྲུག་ནས་
ཧོག་ ཧོག་ སྒྲ་ ཡང་ འབྱིན་ པའི་ ཚུལ་ འདིར་ གཟིགས” ཞེས་ པར་ མཚོན་ན།

རྩོམ་པ་པོས་ཚད་གཞི་ངེས་ཅན་ཞིག་གི་ཐོག་ནས་རང་ཡུལ་ལ་བསྟགས་བརྗོད་དང་མི་ཡུལ་ལ་སུན་འབྱིན་བྱས་ཡོད་པ་མ་ཟད། རྩོམ་པ་པོ་རང་ཉིད་ཕ་ཡུལ་དུ་དེ་མ་ཉིད་ལ་སླེབས་ན་ཅི་མ་རུང་སྙམ་པའི་འདུན་པ་དེ་གསལ་མཚོན་བྱས་ཡོད་པ་རེད།

3. ལོ་རྒྱུས་ཀྱི་ནང་དོན་མཚོན་པའི་རྩོམ་རིག་དེ་དག་གི་འབྱུང་གཞི་ཡང་སྐྱེ་ཚོགས་ཀྱི་འཚོ་བ་དེ་ཡིན། བརྩམས་ཆོས་འགའ་རེས་ནི་གནའ་རབས་ཀྱི་རྩོམ་རིག་ལས་བརྩམས་སྒྲིག་བྱས་པ་དང་། ཡང་ན་ལོ་རྒྱུས་ཀྱི་དཔྱད་གཞིའི་ཡིག་རིགས་འགའ་རེས་གཞིར་བཟུང་ཏེ་རྩོམ་འབྲི་བྱས་པའི་བརྩམས་ཆོས་དེ་དག་གི་

འབྱུང་གཞི་ནི་གནའ་རབས་ཀྱི་བརྩམས་ཆོས་དང་དཔྱད་གཞིའི་ཡིག་རིགས་དེ་དག་ཡིན་པ་ལས་སྤྱི་ཚོགས་ཀྱི་འཚོ་བ་ནི་བརྩམས་ཆོས་དེ་དག་གི་འབྱུང་གཞི་མ་ཡིན་ཞེས་སྨྲས་ན། དེ་ནི་མ་འགྲིག་པ་ཞིག་ཡིན་པ་གསལ་པོར་མཆིས། གནའ་རབས་ཀྱི་རྩོམ་རིག་དང་དཔྱད་གཞི་དེ་དག་ནི་འདས་ཟིན་པའི་དུས་རབས་ཀྱི་ནང་དུ་རྩོམ་པ་པོས་སྐབས་དེའི་སྤྱི་ཚོགས་ཀྱི་འཚོ་བ་དངོས་ལ་སྙིང་བསྡུས་དང་གདམ་གསེས་བྱས་པ་ལས་བྱུང་བ་ཞིག་ཡིན། དེ་ལྟར་ལོ་རྒྱུས་ཀྱི་དཔྱད་གཞིའི་ཡིག་རིགས་རྣམས་ནི་སྐབས་དེའི་སྤྱི་ཚོགས་ཀྱི་གནས་ཚུལ་རྩོམ་འབྲི་བྱས་པ་དང་། དཔྱད་གཞི་དེ་དག་གི་འབྱུང་གཞི་ནི་སྐབས་དེའི་སྤྱི་ཚོགས་ཀྱི་འཚོ་བ་དངོས་དེ་ཡིན་པ་དང་ཉེ་ལམ་གནའ་རབས་ཀྱི་བརྩམས་ཆོས་ལ་བཙོས་སྒྲིག་བྱེད་པ་དང་ལོ་རྒྱུས་ཀྱི་དཔྱད་གཞིའི་ཡིག་རིགས་འགའ་རེ་ལ་གཞིགས་ཏེ་གསར་རྩོམ་བྱེད་པའི་དམིགས་ཡུལ་ནི། གཅིག་ནས་སྐབས་དེའི་ལོ་རྒྱུས་ཀྱི་འཚོ་བ་མཚོན་པར་བྱེད་པ་དང་། གཉིས་ནས་ལོ་རྒྱུས་ཐོག་གི་སྤྱི་ཚོགས་ཀྱི་འཚོ་བ་དེ་བསྐྱར་དུ་མི་རྣམས་ཀྱི་མིག་ལམ་དུ་གསལ་སྟོན་བྱེད་རྒྱུ་དེ་ཡིན་པ་དང་། ཕྱོགས་གཞན་ཞིག་ནས་བརྩམས་ཆོས་དེ་དག་ནི་དེ་རིང་གི་དགོས་མཁོར་གཞིགས་ཏེ་བཙོས་སྒྲིག་དང་གསར་རྩོམ་བྱེད་པའི་དམིགས་ཡུལ་ནི་དེང་གི་སྤྱི་ཚོགས་ཀྱི་འཚོ་བའི་སྐུལ་སྐྱོད་ལས་བྱུང་བ་ཞིག་ཡིན་རྐྱེན། བརྩམས་ཆོས་དེ་གྲུས་ལ་ཚད་གཞི་ངེས་ཅན་ཞིག་གི་ཐོག་ནས་ད་ལྟའི་དུས་བབ་ཀྱི་རེ་འདོད་དང་དུས་རབས་ཀྱི་སྙིང་སྟོབས་མང་ཉུང་མི་ལྡོས་པ་ཞིག་མཉམ་བསྲེས་བྱས་ཡོད་པ་རེད། འོན་ཀྱང་གནའ་རབས་ཀྱི་བརྩམས་ཆོས་བཙོས་སྒྲིག་དང་ལོ་རྒྱུས་ཀྱི་དཔྱད་གཞིའི་ཡིག་རིགས་ལ་གཞིགས་ཏེ་གསར་རྩོམ་བྱས་པའི་ལོ་རྒྱུས་ཀྱི་འཁྲབ་གཞུང་དང་བརྩམས་སྒྲུང་གསར་རྩོམ་བྱེད་པའི་རྨང་གཞི་ནི་ལོ་རྒྱུས་ལ་ཞིབ་འཇུག་བྱེད་རྒྱུ་དང་། ལོ་རྒྱུས་ཀྱི་ངོ་བོ་དང་ཆོས་ཉིད། ལོ་རྒྱུས་ཐོག་གི་མི་སྣའི་སེམས་ཁམས་དང་བརྗེ་དུང་། ལས་དབང་དང་འཚོ་བའི་རྣམ་པ་སོགས་ལ་ཞིབ་འཇུག་བྱེད་རྒྱུ་དེ་ཡིན་པས་རྩོམ་པ་པོས་གསར་རྩོམ་བྱེད་སྐབས་སྐབས་དེའི་ལོ་རྒྱུས་ཀྱི་གནས་ཚུལ་དངོས་དང་ཅི་ནས

ཀྱང་མཐུན་པར་བྱེད་དགོས་པ་ལས་བརྩམས་ཆོས་དེ་དག་དེང་རབས་ཅན་དུ་མི་འགྱུར་བར་བྱེད་དགོས། དེ་འདྲ་ཞིག་མ་བྱས་ཚེ་ལོ་རྒྱུས་ཀྱི་གནས་ཚུལ་དངོས་ལ་འཁྲུག་བཤད་བྱེད་པའི་འདམ་རྫབ་ཏུ་ལྷུང་བ་དང་ལོ་རྒྱུས་དངོས་ལ་གཙིགས་མཐོང་མི་བྱེད་པའི་ལམ་ཡན་ཐོག་ཏུ་བསྐྱོད་རྒྱུར་སྔོན་འགོག་བྱེད་དགོས་པ་རེད།

མདོར་ན། མིའི་རིགས་ཀྱི་སྤྱི་ཚོགས་ནི་མུ་མཐུད་ནས་མདུན་བསྐྱོད་དང་འཕེལ་རྒྱས་འགྲོ་བཞིན་ཡོད་པ་མ་ཟད། མི་རྣམས་ཀྱི་འཚོ་བ་ཡང་ཆེས་ཕུན་སུམ་ཚོགས་ཤིང་རྣམ་པ་མི་འདྲ་བར་བརྟེན་རྩོམ་རིག་སྒྱུ་རྩལ་ཡང་དེ་དང་མཚུངས་པར་བརྗོད་གཞི་དང་། བརྗོད་དོན། ཉམས་འགྱུར་སོགས་སྣ་མང་ཞིག་ཐོན་ཡོད་པ་རེད། དེ་ལྟར་དུས་རབས་གང་ཞིག་དང་། བརྗོད་དོན་གང་ཞིག་ཡིན་རུང་ཚང་མ་ནི་སྤྱི་ཚོགས་ཀྱི་འཚོ་བ་ཚུར་སྣང་བྱས་པ་ཤ་སྟག་ཡིན་ལ། སྤྱི་ཚོགས་ཀྱི་འཚོ་བ་ནི་རྩོམ་རིག་གསར་རྩོམ་གྱི་འབྱུང་ཁུངས་ཉག་ཅིག་ཡིན་ཞེས་པའི་རྒྱུ་མཚན་ཡང་དེ་ཡིན་ནོ།

རྩོམ་རིག་ནི་སྤྱི་ཚོགས་ཀྱི་འཚོ་བ་ངེས་ཅན་ཞིག་མིའི་རིགས་ཀྱི་སྐད་པའི་ནང་ཚུར་སྣང་བའི་ཐོན་དངོས་ཤིག་ཡིན་པ་དང་། དེ་ནི་མི་རྣམས་ཀྱི་དམིགས་བསལ་བྱ་འགུལ་གྱི་རྣམ་པ་ཞིག་ཡིན་པ་མ་ཟད། བྱ་འགུལ་དེ་དག་གི་དམིགས་བསལ་ཐོན་དངོས་ཤིག་ཀྱང་ཡིན། བོད་རིགས་ཀྱི་རྩོམ་རིག་དེ་དག་ཡང་བོད་རིགས་ཀྱི་འདུ་ཤེས་འཛིན་སྟངས་ཤིག་དང་། སྤྱི་ཚོགས་ཀྱི་འཚོ་བ་ངེས་ཅན་ཞིག་བོད་རིགས་ཀྱི་སྐད་པའི་ནང་ཚུར་སྣང་བའི་ཐོན་དངོས་ཤིག་རེད། དེར་བརྟེན་ང་ཚོས་རྩོམ་རིག་ལ་ཞིབ་འཇུག་བྱེད་སྐབས་ཡང་། རྩོམ་རིག་རང་སྟེང་ནས་ཁེར་རྐྱང་དུ་ཞིབ་འཇུག་བྱེད་མི་རུང་བར་བོད་ཀྱི་སྤྱི་ཚོགས་རྙིང་པའི་གནས་ཚུལ་དང་ལོ་རྒྱུས་ཀྱི་འབྱུང་རྐྱེན་དང་རྩོམ་རིག་དེ་དག་འབྱུང་བའི་སྤྱི་ཚོགས་ཀྱི་འཚོ་བ་དང་ཟུང་འབྲེལ་བྱས་ནས་ཞིབ་འཇུག་བྱེད་དགོས་པ་ཞིག་ཡིན།

གསུམ་པ། སེམས་གཙོ་རིང་ལུགས་ཀྱིས་རྩོམ་པ་པོའི་རང་ངོས་ཀྱི་འདུ་ཤེས་”དང་“རིག་པའི་སློང་བརྡོལ་བ་”“ལས་རྒྱུ་འབྲས་ལ་བརྟེན་ནས་བྱུང་བ་”དང་ཡང་ན་“ལྷ་ཡིས་གནང་བ་”ཞེས་པའི་ལྟ་ཚུལ་གྱི་སྐོར།

མི་རྣམས་ཀྱིས་རྩོམ་རིག་སྒྱུ་རྩལ་གྱི་ངོ་བོའི་ཐད་ངོས་འཛིན་བྱེད་རྒྱུ་དེ་ནི་འགལ་བ་དང་རྩོད་གླེང་དང་འཐབ་རྩོད་བྱ་རྒྱུ་བརྒྱུད་དེ་རྒྱུན་ཆད་མེད་པར་གཏིང་ཟབ་ཅན་དུ་འགྱུར་བཞིན་ཡོད་ལ། སྤྱི་ཚོགས་ཀྱི་འཚོ་བ་དང་རྩོམ་རིག་སྒྱུ་རྩལ་གྱི་འབྲེལ་བའི་ཐད་ལྟ་ཚུལ་ཤིན་ཏུ་མང་ཞིང་རྙོག་འཛིང་ཅན་ཞིག་ཡིན། འོན་ཏེ་ང་ཚོས་ལྟ་ཚུལ་དེ་དག་གི་སྙིང་པོ་མཐར་གཏུགས་ན་སེམས་གཙོ་རིང་ལུགས་ཀྱི་རྩོམ་རིག་གི་ལྟ་ཚུལ་དང་དངོས་གཙོ་རིང་ལུགས་ཀྱི་རྩོམ་རིག་གི་ལྟ་ཚུལ་ཞེས་ཁག་གཉིས་སུ་དབྱེ་ཆོག་པ་མ་ཟད། སེམས་གཙོ་རིང་ལུགས་ཀྱི་ནང་དུ་ཡང་མི་འདྲ་བའི་ལྟ་ཚུལ་གཉིས་གྲུབ་ཡོད་པ་སྟེ། རང་སྣང་སེམས་གཙོ་རིང་ལུགས་དང་ཕྱི་ཡུལ་སེམས་གཙོ་རིང་ལུགས་ཡིན།

སེམས་གཙོ་རིང་ལུགས་ཀྱིས་རང་སྣང་གི་འདུ་ཤེས་དང་སེམས་ཁམས་དེ་ད་ཡོད་འཇིག་རྟེན་གྱི་འབྱུང་གཞི་ཞིག་ཡིན་པར་ངོས་འཛིན་བྱེད་ཀྱི་ཡོད་རྐྱེན། རྩོམ་རིག་སྒྱུ་རྩལ་ནི་རང་ངོས་འདུ་ཤེས་ཀྱི་འགྲུལ་བསྐྱོད་ལས་བྱུང་བའི་ཐོན་རྫས་ཤིག་ཡིན་ཞིང་། དེ་ནི་རྩོམ་པ་པོའི་“སྐྱེས་སྟོབས་ཤེས་རབ”“རང་ངོས་ཀྱི་སེམས་ཁམས་དང་རང་ངོས་ཀྱི་རྟོག་པ་ལས་བྱུང་བ”“རིག་པའི་སློང་བརྡོལ་བ”ལས་བྱུང་བ་ཞིག་ཡིན་པར་ངོས་འཛིན་མཁན་འཛར་མན་གྱི་ཁང་དའ་སོགས་ཡོད་པ་མ་ཟད། ཁྲིའུ་ཁྲོན་སྦེ་ཚུན་གྱིས་ཚབ་བྱས་པའི་ཤར་ཕྱོགས་པའི་རིག་པ་སྨྲ་བ་རྣམས་ཀྱིས་ཀྱང་གོང་སྨོས་ཀྱི་གཞུང་ལུགས་དེ་འཕེལ་རྒྱས་སུགས་ཆེར་

བཏང་ཡོད། ཁོང་གིས《ཡིད་སྐྱོའི་མཚོན་རྟགས》ཞེས་པའི་ནང་དུ་རྩོམ་པ་པོའི་རང་ངོས་ཀྱི་འདུ་ཤེས་ཁོ་ན་ལས་རྩོམ་རིག་གསར་རྩོམ་གྱི་ཆོས་ཉིད་ལ་ཞིབ་འཇུག་གནང་ཞིང་། ཁོང་གིས་རྩོམ་རིག་སྒྱུ་རྩལ་ནི་མིའི་མི་ཚེའི་“ཡིད་སྐྱོ་བའི་མཚོན་རྟགས”ཤིག་ཡིན་ཞེས་ངོས་འཛིན་གནང་བ་མ་ཟད་“ཡིད་སྐྱོ་བ”ཞེས་པ་དེ་ནི་སྤྱི་ཚོགས་ཀྱི་འཚོ་བའི་ལག་ལེན་ལས་བྱུང་བའི་ཐོན་རྫས་ཤིག་མ་ཡིན་པར་དེ་ནི་མིའི་རིགས་ཀྱི་ཐོག་མའི་རང་གཤིས་ལས་བྱུང་བ་ཞིག་ཡིན་པ་དང་། དེ་ནི་མི་སྐྱེས་མ་ཐག་ནས་རང་ངོས་ལ་སྔར་ནས་ཡོད་བཞིན་པའི་སེམས་ཁམས་ཀྱི་འདུ་ཤེས་ཤིག་ཡིན། ཕྲུ་གུ་བཙས་མ་ཐག་ཏུ་ངུ་འབོད་ཐེངས་དང་པོ་དེ་ནི་ཁོང་ཡིད་སྐྱོ་བའི་རང་གཤིས་ཀྱི་མཚོན་ཚུལ་ཡིན་ལ། ངོ་བོའི་ཕྱོགས་ནས་བལྟས་ཚེ་ཆེས་དངོས་ཡོད་ཀྱི་སྒྱུ་རྩལ་དེ་ཡིན“ཕྲུ་གུར་འོ་མ་བསྟུན་རྗེས་གཉིད་དུ་ཡུར་བ་དང་། གཉིད་ཁུག་རྗེས་ཞལ་ངོས་ནས་བགད་མོའི་མདངས་འཕྱུར་བ་དེ་མིའི་རིགས་ཀྱི་སྔན་ཚིག་དང་། མི་རིགས་ཀྱི་སྒྱུ་རྩལ་ཡིན”ཞེས་བརྗོད་ཡོད་པ་རེད་ལ། དེ་མིན་རང་བྱུང་ཁམས་དང་མིའི་རིགས་ཀྱི་སྤྱི་ཚོགས་ཀྱི་འབྱུང་གཞི་ནི་གནམ་བསྐོས་གནས་ལུགས་དང་ལས་རྒྱུ་འབྲས་ཡིན་པར་ངོས་འཛིན་བྱས་ཞིང་། རྒྱུ་མཚན་དེ་ར་གཞིགས་ནས་རྩོམ་རིག་གི་སྣང་ཚུལ་ལ་ཞིབ་འཇུག་བྱས་ཏེ། རྩོམ་རིག་སྒྱུ་རྩལ་གྱི་ཞིབ་འབྲི་བྱས་པའི་བྱ་དངོས་དེ་དག་ནི་དངོས་པོའི་ཕྱུང་པོ་ལ་ལད་མོ་བྱས་པ་ཁོ་ན་ལས་མ་འདས་ཞེས་པའི་འདོད་ཚུལ་འཛིན་མཁན་ཡང་ཡོད། ཐོ་ལ་ཐུ་ཡིས་ཉལ་ཁྲི་ཞིག་ལ་དཔེ་བཞག་ཏེ། ཉལ་ཁྲི་ཞིག་ལ་མཚོན་ན་ཁག་གསུམ་ཡོད་པ་སྟེ“གཅིག་ནི་རང་བྱུང་ཁམས་ཀྱི་ནང་དུ་ཐོག་མ་ནས་ཡོད་པ་དེ་ཡིན་ཞིང་། ངའི་བསམ་བློར་དེ་ནི་ལྷ་ཡིས་གསར་བསྐྲུན་བྱས་པ་ཞིག་ཡིན། གཉིས་ནི་ཤིང་བཟོ་མཁན་གྱིས་བསྐྲུན་པ་དེ་ཡིན། གསུམ་ནི་རི་མོ་མཁན་གྱིས་གསར་བསྐྲུན་བྱས་པ་དེ་ཡིན”ཞེས་གསུངས་པ་དང་། ལྷ་ཡིས་གསར་བསྐྲུན་བྱས་པའི་ཉལ་ཁྲི་ནི“འདུ་ཤེས་ནང་ཡོད་པའི་བཟོ་དབྱིབས”དེ་ཡིན་ལ། དེ་ནི་རང་བྱུང་ཁམས་ནང་ཐོག་མ་ནས་གནས་ཡོད་པའི་ཉལ་ཁྲི་དེ་ཡིན་ཞིང་། ཤིང་

བཟོ་མཁན་གྱིས་བཟོས་པའི་ཉལ་ཁྲི་དེ་ནི་"འདུ་ཤེས་ནང་ཡོད་པའི་བཟོ་དབྱིབས"དེར་ལད་ཟློས་བྱས་ཏེ་གསར་བསྐྲུན་བྱས་པའི་དངོས་པོའི་ཕྱུང་པོ་ཡི་ཉལ་ཁྲི་ཞིག་ཡིན་པ་དང་། རི་མོ་མཁན་གྱིས་བྲིས་པའི་ཉལ་ཁྲི་དེ་ནི་ཤིང་བཟོ་མཁན་གྱིས་བཟོས་པའི་ཉལ་ཁྲི་ལ་ལད་མོ་བྱས་ཏེ་བྲིས་པ་ཞིག་ཡིན་རྐྱེན། རི་མོ་མཁན་གྱིས་ལད་ཟློས་བྱས་པ་དེ་ནི་"རང་བྱུང་ཁམས་དང་རིམ་གྲལ་གསུམ་གྱི་ཁྱད་པར་ཡོད་པ་ཞིག་ཡིན"ཞེས་བརྗོད་ཡོད་ལ། འཛིག་རྟེན་དང་བརྩམས་ཆོས་གཉིས་ཀྱི་འབྲེལ་བའི་སྐོར་ལ་ཕོ་ལ་ཐུ་ཡིས་འཛིག་རྟེན་གྱི་བྱ་དངོས་རིགས་གསུམ་ཡོད་པར་འདོད་དེ། གཅིག་ནི་མི་འགྱུར་བརྟན་པའི་བདག་ཉིད་ཀྱི་དོན་དམ་པའི་འདུ་ཤེས་སམ་བདེན་པར་གྲུབ་པའི་ཆོས་ཏེ་རྟོག་པས་འཛིན་པ་ལས་ཚོར་ཤེས་དང་སྦྱོང་གོམས་ལ་མི་མངོན་པ་ཞིག་དང་། རིགས་གཉིས་པ་ནི་རིགས་དང་པོ་ཚུར་སྣང་བ་སྟེ། དེ་ནི་དབང་ཤེས་ཀྱིས་ཟིན་པའི་འཛིག་རྟེན་གྱི་བྱ་དངོས་ཡོད་དོ་ཅོག་ཡིན། རིགས་གསུམ་པའང་རིགས་གཉིས་པའི་ལད་མོ་སྟེ། དཔེར་ན་མེ་ལོང་ནང་གི་གཟུགས་བརྙན་དང་སྒྱུ་རྩལ་བརྩམས་ཆོས་ནང་ཞིབ་ཏུ་བྲིས་པའི་གཏམ་རྒྱུད་ལྟ་བུ་དེ་ལྟར་རིགས་འགྲེ་ན། སྒྱུ་རྩལ་ནི་"དོན་དམ་འདུ་ཤེས་ཀྱི་འཛིག་རྟེན་དང་"བར་ཆོད་གསུམ་ཡོད། དེ་བས་སྒྱུ་རྩལ་ནི"གཟུགས་བརྙན་གྱི་གཟུགས་བརྙན"དང་། ལད་མོའི་ལད་མོ་ཡིན་པར་འདོད་ལ། འདི་ལྟར་ལད་མོའི་ལྟ་ཚུལ་པོ་ནའི་དབང་དུ་སོང་ནས་ཁོང་གི་ལྟ་བ་མཐར་ཐུག་ནི་སྒྱུ་རྩལ་གྱི་དངོས་ཡོད་ཀྱི་རང་བཞིན་དེ་ཁས་མི་ལེན་ནོ།

བོད་ཀྱི་ནང་པ་སངས་རྒྱས་པའི་ཆོས་ལུགས་ཀྱི་ནང་དུ་ཡང་ལས་འབྲས་ལ་བརྟེན་ནས་འབྱུང་བའམ་ཡང་ན་ལྷ་ཡིས་གནང་བ་ཞེས་པའི་འདོད་ཚུལ་དེ་བོད་རིག་པའི་ཁྱབ་ཁོངས་ནང་དུ་ཤུགས་རྐྱེན་ཆེན་པོ་ཡོད་པ་མ་ཟད། དོན་དངོས་འགའ་ཞིག་ལ་དེང་རབས་ཀྱི་ཚན་རིག་ཐོག་ནས་ཀྱང་ཡོད་མེད་ཀྱི་འགྲེལ་བཤད་བྱེད་མི་ཐུབ་པས་གནས་སྐབས་བཏང་སྙོམས་སུ་འཇོག་པ་ལས་ཐབས་གཞན་དབེན། དཔེར་ན། གླིང་གེ་སར་རྒྱལ་པོའི་སྒྲུང་པའི་རིགས་ལ་དབྱེ་ན།

བཤད་ན་རྫོགས་རྒྱུ་མེད་པའི་བབས་སྒྲུང་གི་རིགས་དང་། བྲིས་ན་ཚར་རྒྱུ་མེད་པའི་འབྲི་སྒྲུང་གི་རིགས། གང་འདོད་གསལ་ལེར་ཤར་བའི་ཕབ་སྒྲུང་གི་རིགས། ཕ་ཚ་བྲུས་སྤྲེལ་བའི་བརྒྱུད་སྒྲུང་གི་རིགས། ད་དུང་ཐོས་སྒྲུང་དང་། བསླབ་སྒྲུང་། ཐང་སྒྲུང་། གཏེར་སྒྲུང་བཅས་མང་པོ་ཞིག་ཡོད་པ་ལས་དེ་དག་གི་ནང་ནས་བབས་སྒྲུང་གི་རིགས་དང་ཕབ་སྒྲུང་གི་རིགས་སོགས་ལ་དབྱེ་ཞིབ་བྱེད་དཀའ་བ་ཞིག་ཏུ་གྱུར། དཔེར་ན། བབས་སྒྲུང་གི་རིགས་ལ་མཚོན་ན་དེ་ནི་དུས་ཡུན་རིང་པོའི་ནང་གེ་སར་སྒྲུང་ལ་དད་འདུན་ཆེ་བ་དང་གོང་མ་ལྷ་དང་གེ་སར་ལ་གསོལ་མཆོད་བཟློག་མེད་བྱས་པའི་རྐྱེན་གྱིས་རྨི་ལམ་ཞིག་དང་ཡང་ན་རྒྱུ་རྐྱེན་གཞན་ཞིག་ལ་བརྟེན་ནས་གློ་བུར་དུ་ཀློ་སྒོ་ཕྱེ་སྟེ་གེ་སར་རྒྱལ་པོའི་སྒྲུང་ལ་ཐོགས་རྒྱུ་མེད་པ་ཞིག་ཏུ་གྱུར་པའི་རིགས་ལ་ཟེར། སྒྲུང་མཁན་དེ་ཚོ་ནི་གླིང་གེ་སར་རྒྱལ་པོའི་སྒྲུང་ནང་གི་དཔའ་བརྟུལ་ཞིག་གི་སྤྲུལ་པ་ཡིན་ཟེར། སྒྲུང་ཤོད་འགོ་ཚུགས་སྐབས་ཀྱི་ཐུན་མོང་གི་ཁྱད་ཆོས་ནི། ཀློ་རིག་གཅིག་ཏུ་བསྒྲིམས་སྟེ་མཆོད་པའི་གཞི་ཐམས་ཅད་ལ་གསོལ་འདེབས་སྨོན་ལམ་མཛད་པ་དང་། ཛ་ཕུད་དང་ཆང་ཕུད་ཡོངས་སུ་རྫོགས་ནས་ཤོད་པའི་འགོ་བཙམས་ཆོ། ཡིག་ཐོག་ལ་བལྟས་ནས་འདོན་པ་དང་གཉིས་སུ་མ་མཆིས་སོ། དེ་མིན་ཕབ་སྒྲུང་གི་རིགས་ལ་མཚོན་ན་ཡང་དེ་ནི་ཡུན་རིང་བསགས་པའི་ཐུགས་ཀྱི་ཐབས་ཤེས་སོགས་ལ་བརྟེན་ནས་གློག་འགྱུར་གཟུགས་བརྙན་གྱི་བར་ཕབ་པར་བརྟེན་ནས་བཤད་པའི་སྒྲུང་ལ་ཟེར། པྲ་སྒྲུང་ཞེས་པ་ཡང་རང་གི་ཅི་བསམ་ཐམས་ཅད་གློག་འགྱུར་གཟུགས་བརྙན་གྱི་རི་མོར་བརྟེན་ནས་བཤད་པ་ལ་ཟེར། སྒྲུང་པའི་ཁྱད་ཆོས་ནི། སྔོན་ལ་ལྷ་རྣམས་ལ་གསོལ་འདེབས་ཀྱི་ཞལ་འདོན་ལེགས་པར་སྒྲུབ་རྗེས་སྡེར་མ་གཙང་མ་ཞིག་གི་ནང་དུ་ནས་འབྲུ་གང་སྤུངས་པའི་སྟེང་དུ་ཟངས་ལས་གྲུབ་པའི་མེ་ལོང་ཞིག་བཙུགས་ཏེ་སྒྲུང་པའི་ཞལ་ངོ་མེ་ལོང་ལ་བལྟས་ནས་བཤད་པའི་ཁྱད་ཆོས་ཤིག་ཡིན། འགའ་རེས་དཀར་ཡོལ་ནང་དུ་དྭངས་ཤིང་གཙང་བའི་ཆུ་གང་བླུགས་ཏེ་དཀར་ཡོལ་ནང་དུ་གཟིགས་ནས་སྒྲུང་བཤད་

པ་དང་། ཡང་འགའ་ཞིག་གིས་རང་གི་སེན་མོའི་སྟེང་ངམ་ཤོག་སྟོང་ཞིག་གི་ཐོག་ཏུ་བལྟས་ནས་གླུ་བཤད་པའང་ཡོད་ཅེས་གླུ་བཤད་པའང་ཡོད་ཟེར། ཁོ་ཚོས་གླུང་པ་རང་གི་ཕབ་གླུང་གི་མི་ལོང་དེ་དང་ཁ་བྲལ་ན་གླུང་ལེའུ་གཅིག་ཀྱང་བཤད་མི་ཐུབ་ལ་རང་གི་ཡིད་ལ་གླུང་གི་དོན་ཅི་ཡང་མེད་ཟེར། མི་ཕལ་པས་བལྟས་ཚེ་རང་གི་གཟུགས་བརྙན་ལས་གཞན་ཅི་ཡང་མི་མཐོང་། གླུང་པ་ཏན་པོ་ཚོའི་ངག་རྒྱུན་ལ་གཞིགས་ན་སྔོན་བསགས་ཀྱི་ལས་འབྲས་མེད་ན་མེ་ལོང་ནང་དུ་ཚེ་གང་བལྟས་ཀྱང་རང་གི་གཟུགས་བརྙན་ལས་གཞན་ཅི་ཡང་མི་མཐོང་ཟེར་རོ།

འབྲི་གླུང་གི་རིགས་ནི་ཡི་གེ་ངེས་ཅན་ཤེས་པའི་ཆ་རྐྱེན་ལ་བརྟེན་ཏེ་ཆུང་དུས་ནས་གེ་སར་གླུང་ལ་དགའ་ཞེན་ཆེ་ཞིང་དད་འདུན་ཕྱོད་མེད་ཀྱིས་བརྩོན་འགྲུས་སམ་ཡང་ན་སྔགས་གྱུར་གྱི་སྟོབས་ཤུགས་ཤིག་ལ་བརྟེན་ནས་རིམ་གྱིས་གླུང་དཔེ་གསར་རྩོམ་བྱེད་ཤེས་པ་ལ་ཟེར། ཁོང་ཚོས་གསུངས་པ་ལྟར་ན་གླུང་མ་བྲིས་པའི་སྔོན་དུ་རང་གི་བསམ་བློའི་ནང་དུ་གླུང་གི་ནང་དོན་དང་གོ་རིམ་ཅི་ཡང་མེད་མོད། སྨྱུ་གུ་ཤོག་ཐོག་ཏུ་བཞག་པ་ན་རང་གིས་བཤད་མི་ཤེས་པའི་སྟོབས་ཤུགས་ཤིག་གིས་སྨྱུ་གུ་རང་དབང་མེད་པར་འགུལ་བའི་ཚོར་སྣང་ཤར་ཞིང་བྲིས་ཚར་རྗེས་བསམ་བློའི་ནང་སྤྲར་བཞིན་སྟོང་པར་གྱུར་ཞེས་ཟེར་རོ།

འདིའི་ཕྱོགས་ལ་རྒྱལ་ཁབ་ཕྱི་ནང་གི་མཁས་པ་རྣམས་ལ་བཞེད་དགོངས་མི་འདྲ་བ་སྣ་ཚོགས་མཆིས་པ་གཅིག་ཏུ་བསྡུས་ན་ཁག་ལྔ་ཡོད་པ་སྟེ།

1. གླུང་པ་རང་ཉིད་ཀྱི་སྐྱེས་སྟོབས་ཀྱི་ཤེས་རབ་དང་ཡོ་དུ་མར་གླུང་འཆད་ཉན་བྱས་པའི་ཉམས་མྱོང་ལ་བརྟེན་ནས་བཤད་པར་འདོད།

2. གླུང་པར་རྨི་ལམ་ཡ་མཚན་ཅན་རྨིས་པ་ལ་བརྟེན་ནས་གསར་རྩོམ་བྱས་པར་འདོད།

3. གླུང་བཤད་ཀྱིན་བཤད་ཀྱིན་རང་ཉིད་ཀྱང་རང་གིས་གསར་རྩོམ་བྱེད་པའི་སྒྱུ་རྩལ་གྱི་ཁམས་སུ་ཞུགས་པ་ལ་རང་དབང་མེད་པར་གྱུར་ཞིང་གླུང་ལྷུག་པར་བཤད་ཤེས་པར་གྱུར་ཟེར།

4. སྒྲུང་པ་ལ་ལས་སྔོན་ལས་ཀྱི་དབང་གིས་རང་ཤུགས་སུ་གྲུབ་པ་ཡིན་ཞེས་ཀྱང་ཟེར།

5. འགའ་རེས་ལྷ་འདྲེ་ཁོག་ཞུགས་ཀྱི་རྣམ་པ་དང་འདྲ་ཟེར་རོ།

མདོར་ན་གོང་གསལ་ལྟ་ཚུལ་དེ་དག་ལ་ཚང་མར་བདེན་པའི་ཕྱོགས་རེ་ཡོད་ཀྱང་། འགའ་རེས་ནི་སྐྱོ་བོ་ཁྲིད་འཕགས་ཅན་རྣམས་ཀྱི་མ་གཏོགས་མི་མང་ཆེ་བས་སྒྲུབ་དཀའ་བ་ཞིག་ཡིན་རྐྱེན་སྤྱི་ཡོངས་ཀྱི་ངོས་ནས་བརྗོད་ན་སྤྱི་ཚོགས་ཀྱི་འཚོ་བ་ནི་རྩོམ་རིག་སྒྱུ་རྩལ་གྱི་འབྱུང་གཞི་ཡིན་ཞེས་པ་ནི་དེ་བས་རྒྱུ་མཚན་དང་བདེན་པ་ཡོད་པ་ཡིན་ནོ།

---

1. སྤྱི་ཚོགས་ཀྱི་འཚོ་བ་ནི་རྩོམ་རིག་སྒྱུ་རྩལ་གྱི་འབྱུང་ཁུངས་ཡིན་ཞེས་པའི་གོ་དོན་གང་ཡིན།

2. ལྷ་འདྲེ་དང་བདུད་རྒྱལ་དང་རི་དྭགས་གཅན་གཟན་སོགས་མཚོན་བྱེད་གཙོ་བོར་བྱས་པའི་བརྩམས་ཆོས་དེ་དག་གི་འབྱུང་གཞི་ནི་སྤྱི་ཚོགས་ཀྱི་འཚོ་བ་ཡིན་ནམ།

3.《གླིང་གེ་སར་རྒྱལ་པོའི་སྒྲུང་》གི་རྩོམ་པ་པོའི་མཛེས་དཔྱོད་ཀྱི་ཕྱུགས་འདུན་ཅི་འདྲ་ཡིན་ནམ།

4. ལོ་རྒྱུས་ཀྱི་ནང་དོན་མཚོན་པའི་བརྩམས་ཆོས་དེ་དག་གི་འབྱུང་གཞི་དེ་སྤྱི་ཚོགས་ཀྱི་འཚོ་བ་ཡིན་ནམ།

5. སེམས་གཙོ་རིང་ལུགས་ཀྱི་"ལས་རྒྱུ་འབྲས་ལ་བརྟེན་ནས་བྱུང་བ"དང་ཡང་ན"ལྷ་ཡིས་གནང་བ"ཡིན་ཞེས་པའི་ལྟ་ཚུལ་དེར་གོ་བ་ཇི་ལྟར་ལེན་དགོས་སམ།

6. ཅོ་ལ་བྲུ་ཡིས་འཇིག་རྟེན་དང་བརྩམས་ཆོས་གཉིས་ཀྱི་འབྲེལ་བའི་སྐོར་ལྟ་ཚུལ་མི་འདྲ་བ་གསུམ་བརྟན་ཡོད་པ་དེས་ཕྱོགས་གང་ཞིག་བཀག་ཡོད་དམ།

7.《གླིང་གེ་སར་རྒྱལ་པོའི་སྒྲུང་》མཁན་རིགས་མི་འདྲ་བ་གང་དང་གང་ཡོད་དམ།

ས་བཅད་གསུམ་པ། རྩོམ་རིག་གི་དངོས་ཡོད་རང་བཞིན་དང་ཕྱོགས་ལྷུང་གི་རང་བཞིན་སྐོར།

དང་པོ། དངོས་ཡོད་ཀྱི་རང་བཞིན་སྐོར།

རྩོམ་རིག་གི་དངོས་ཡོད་རང་བཞིན་ཞེས་པ་ནི་རྩོམ་རིག་སྒྱུ་རྩལ་བརྩམས་ཆོས་ནང་གི་སྒྱུ་རྩལ་གྱི་གཟུགས་བརྙན་དེ་སྤྱི་ཚོགས་ཀྱི་འཚོ་བའི་ཚད་གཞི་ཅི་ཙམ་མཐུན་ཐུབ་མིན་ལ་འཇོག་དགོས་པ་ཞིག་ཡིན། དངོས་ཡོད་ཀྱི་རང་བཞིན་གསལ་པོ་ཞིག་ཤེས་རྟོགས་བྱེད་དགོས་ན་ངེས་པར་དུ་ཐོག་མར་ཅི་འདྲ་ཞིག་ལ་འཚོ་བའི་དངོས་ཡོད་རང་བཞིན་ཞེས་དང་། ཅི་འདྲ་ཞིག་ལ་སྒྱུ་རྩལ་གྱི་དངོས་ཡོད་རང་བཞིན་ཞེས་བརྗོད་པ་དང་དེ་གཉིས་ཀྱི་འབྲེལ་བ་ཇི་ལྟར་ཡིན་མིན་གྱི་གནད་དོན་དེ་གསལ་རྟོགས་བྱེད་དགོས།

འཚོ་བའི་དངོས་ཡོད་རང་བཞིན་དང་སྒྱུ་རྩལ་གྱི་དངོས་ཡོད་རང་བཞིན་ཞེས་པ་ནི་ཐ་སྙད་མི་འདྲ་བ་གཉིས་ཡིན་ལ། ཐ་སྙད་དེ་གཉིས་ལ་མི་འདྲ་བའི་ཕྱོགས་ཡོད་པ་ཙམ་མ་ཟད་འབྲེལ་བ་ཡང་དམ་ཟབ་ཡོད་པ་ཞིག་ཡིན།

1. རྩོམ་རིག་གི་དངོས་ཡོད་རང་བཞིན་དེ་རྩོམ་རིག་གསར་རྩོམ་བྱེད་པའི་ནང་གི་གལ་ཆེའི་དོན་སྙིང་སྐོར།

རྩོམ་རིག་སྒྱུ་རྩལ་གྱི་དངོས་ཡོད་རང་བཞིན་ཞེས་པ་ནི་རྩོམ་རིག་སྒྱུ་རྩལ་གྱི་གཟུགས་བརྙན་དེ་སྤྱི་ཚོགས་ཀྱི་འཚོ་བ་དངོས་དང་ཇི་ལྟར་མཐུན་པར་བྱས་ཡོད་མེད་ཀྱི་ཚད་གཞི་དེ་ར་དམིགས་པ་ཞིག་ཡིན་ལ། རྩོམ་རིག་གསར་རྩོམ་བྱེད་པའི་ནང་དུ་ཡང་ཆེས་གལ་ཆེ་བའི་གནད་དོན་ཞིག་ཡིན་པ་མ་ཟད། དོན་དངོས་

ཐོག་རྩོམ་རིག་སྒྱུ་རྩལ་གྱི་གོ་སྐབས་ཀློ་འགུག་གི་ནུས་པ་དང་སྒྱུ་རྩལ་གྱི་སྐྱེས་སྟོབས་ནུས་པ་དང་འབྲེལ་བ་ཡོད་པའི་གནད་དོན་ཞིག་ཡིན།

བཙམས་ཆོས་ཀྱིས་མི་རྣམས་ཀྱི་ཡིད་དབང་འཕྲོག་ཐུབ་པ་དང་། སེམས་འགུལ་ཐེབས་པ། ཀློབ་གསོ་ཐོབ་པ་བཅས་བྱེད་དགོས་ན་ཐོག་མར་དངོས་ཡོད་ཀྱི་རང་བཞིན་རྩོམ་འབྲི་བྱས་ཏེ་མི་རྣམས་ཀྱིས་དེར་བློ་མོས་ཡིད་ཆེས་སྐྱེད་ཐུབ་པ་ཞིག་བྱེད་དགོས། བཙམས་ཆོས་ཤིག་ལ་མཚོན་ན། བཙམས་ཆོས་དེའི་ནང་བརྗོད་པའི་དོན་ནམ་གཟུགས་བརྙན་སོགས་ཀློག་པ་པོ་རྣམས་ཀྱིས་དེ་ནི་རབ་བརྟགས་དང་ཟུར་བཟོ་བྱས་པ་ཞིག་ཡིན་པ་གསལ་པོར་ཤེས་ཀྱི་ཡོད་ཙང་དེ་ནི་མངོན་སུམ་དུ་བྱུང་བ་ཞིག་ཡིན་སྙམ་པའི་ཡིད་ཆེས་བྱེད་ཐུབ་པ་ཅམ་མ་ཟད། ད་དུང་བཙམས་ཆོས་ཀྱི་བརྗོད་དོན་ལ་སེམས་འགུལ་ཐེབས་པ་དང་། མིག་ཆུ་གཏོང་བ། དགའ་འཛོད་བྱེད་པ་དེའི་ནང་ནས་བརྒྱུད་བསྒྲགས་བྱས་པའི་འཚོ་བའི་བདེན་དོན་རྣམས་དང་ལེན་བྱེད་ཀྱི་ཡོད་པ་རེད། དེ་ནི་བཙམས་ཆོས་ཀྱི་དངོས་ཡོད་ཀྱི་སྟོབས་ཤུགས་སམ་ནུས་པ་དེ་ཡིན། དངོས་ཡོད་ཀྱི་རང་བཞིན་ལྡན་མེད་པའི་བཙམས་ཆོས་ཤིག་ལ་མཚོན་ན་ཀློག་པ་པོ་རྣམས་ཀྱིས་བཙམས་ཆོས་དེ་ནི་གཟུགས་མེད་གྲིབ་བཟོ་བྱས་པ་ཞིག་ཡིན་པ་གསལ་རྟོགས་བྱུང་བ་མ་ཟད། བརྗོད་དོན་དེ་ཡང་ཟུར་བཟོ་བྱས་པ་ཞིག་ཡིན་པར་གསལ་རྟོགས་བྱུང་ཏེ། མི་རྣམས་ཀྱིས་དང་ལེན་བྱེད་ཀྱི་མེད། བཙམས་ཆོས་དེ་གྲས་ཡར་ཐོན་གྱི་ལྟ་ཚུལ་ཅི་འདྲ་ལྡན་ཡོད་པ་དང་རྩོམ་པ་པོའི་འདུན་པ་དང་དཀའ་ལས་ཇི་ལྟར་རྒྱབ་ཡོད་ཙང་བཙམས་ཆོས་དེས་མི་རྣམས་བློ་མོས་ཡིད་ཆེས་སྐྱེད་ཐུབ་པ་ཞིག་ཡོང་མི་ཐུབ།

རྩོམ་རིག་གི་དངོས་ཡོད་རང་བཞིན་དེ་སྒྱུ་རྩལ་གྱི་གོ་སྐབས་ཀློ་འགུག་གི་ནུས་པ་དང་འབྲེལ་བ་ཡོད་པའི་གནད་དོན་ཞིག་ཡིན་ལ། སྒྱུ་རྩལ་གྱི་སྐྱེས་སྟོབས་ནུས་པ་དང་འབྲེལ་བ་ཡོད་པའི་གནད་དོན་ཞིག་ཀྱང་ཡིན། དངོས་ཡོད་ཀྱི་རང་བཞིན་ལྡན་པའི་བཙམས་ཆོས་ཤིག་ཡིན་ཚེ་དེས་ཀློག་པ་པོ་རྣམས་ཀྱི་བསམ་བློའི་

བཅོ་གདུང་ལ་འགུལ་བསྐྱོད་ཐེབས་པ་དང་། འཚོ་བའི་ནང་གི་གནད་དོན་མང་པོ་ཞིག་ལ་བསམ་གཞིགས་དང་བསྒྱུར་ཞིབ་བྱེད་པའི་ནུས་པ་ཐོན་ཐུབ་པ་མ་ཟད། མི་རབས་མང་པོའི་སེམས་ཁམས་ནང་དུ་གནས་ཐུབ་པ་དང་། རྒྱུན་རིང་གི་སྒྱུ་རྩལ་གྱི་སྐྱེས་སྟོབས་ནུས་པ་ཐོན་ཐུབ་ལ། དངོས་ཡོད་ཀྱི་རང་བཞིན་ལྡན་མེད་པ་ཞིག་ཡིན་ཚེ། བཅམས་ཆོས་དེར་མི་རྣམས་ཀྱིས་བློ་མོས་དང་ཡིད་ཆེས་མི་བྱེད་པ་མ་ཟད། མཐར་གཏུགས་དུས་ཚོད་ཀྱི་དབང་གིས་རང་བཞིན་དུ་ནུབ་འགྲོ་ཡི་ཡོད་པ་རེད།

བཅམས་ཆོས་ཀྱི་དངོས་ཡོད་རང་བཞིན་དེ་རྩོམ་རིག་གསར་རྩོམ་བྱེད་རྒྱུར་ཆེས་གལ་ཆེ་བའི་དོན་སྙིང་ལྡན་ཡོད་རྐྱེན་རྩོམ་རིག་གི་ལོ་རྒྱུས་ཐོག་ཏུ་བྱུང་བའི་ཕྱུལ་བྱུང་གི་རྩོམ་པ་པོ་དང་ཕྱུལ་བྱུང་གི་རྩོམ་རིག་རིགས་པའི་གཞུང་ལུགས་དཔྱད་བརྗོད་མཁས་དབང་དག་གིས་རྩོམ་རིག་གི་དངོས་ཡོད་རང་བཞིན་ལ་ཐོར་ནས་གཙིགས་ཆེན་བྱེད་ཀྱི་ཡོད་པ་རེད། འོན་ཏེ་ང་ཚོས་རྩོམ་རིག་གསར་རྩོམ་བྱེད་པའི་ནང་དུ་རྩོམ་རིག་གི་དངོས་ཡོད་རང་བཞིན་ལ་མཐོང་ཆེན་བྱེད་དགོས་རྒྱུར་ནན་བཤད་བྱ་དགོས་ལ། ཡང་དངོས་ཡོད་ཀྱི་རང་བཞིན་དེ་བཅམས་ཆོས་ཁྱོན་ཡོངས་ཀྱི་རིན་ཐང་ལ་གདེངས་འཛོག་བྱེད་རྒྱུ་མ་ཡིན་པ་དེ་ཡང་ཤེས་རྟོགས་བྱེད་དགོས་པ་ཞིག་ཡིན། བཅམས་ཆོས་ཀྱི་རིན་ཐང་ནི་དངོས་ཡོད་ཀྱི་རང་བཞིན་ལྡན་དགོས་པ་མ་ཟད། ད་དུང་བརྗོད་དོན་ཡང་དག་ལ་མཛེས་ཆོར་གྱི་ནུས་པ་ཐོན་པ་ཞིག་ཡིན་དགོས། རྩོམ་རིག་གསར་རྩོམ་བྱེད་རྒྱུའི་ངོས་ནས་བཤད་ན་དངོས་ཡོད་ཀྱི་རང་བཞིན་གལ་ཆེ་བ་ཞིག་ཡིན་རུང་དངོས་ཡོད་ཀྱི་རང་བཞིན་ལྡན་པ་ཙམ་གྱིས་འགྲིག་པ་ཞིག་མ་ཡིན། རྒྱུ་མཚན་ནི་དངོས་ཡོད་ཀྱི་རང་བཞིན་ནང་དུ་ད་དུང་བཟང་ངན་དང་ལེགས་ཉེས། ཕན་ཡོད་དང་ཕན་མེད་ཀྱི་གནད་དོན་ལྡན་ཡོད་པ་ཞིག་ཡིན་རྐྱེན། ང་ཚོས་རྩོམ་རིག་ལ་དཔྱད་ཞིབ་བྱེད་སྐབས་དངོས་ཡོད་ཀྱི་རང་བཞིན་དེ་ཁོ་ན་ཉིད་བཅམས་ཆོས་ཀྱི་སྐྱོན་ཡོན་བརྗོད་པའི་ཚད་འཛིན་གྱི་ཁྲི་ཤིང་ལྟ་བུ་ཞིག་ཏུ་བརྩི་རྒྱུ་མེད་པ་

དེ་ཡིན།

2. འཚོ་བའི་དངོས་ཡོད་ཀྱི་རང་བཞིན་དང་སྒྱུ་རྩལ་གྱི་དངོས་ཡོད་རང་བཞིན་སྐོར།

འཚོ་བའི་དངོས་ཡོད་ཀྱི་རང་བཞིན་ཞེས་པ་ནི་མི་རྣམས་ཀྱིས་རང་སྣང་ཡུལ་ཅན་གྱི་འདུ་ཤེས་ལ་བརྟེན་ནས་འགྱུར་ལྡོག་འགྲོ་བཞིན་པའི་ཕྱི་རོལ་ཡུལ་དུ་གནས་པའི་འཚོ་བའི་དོན་དངོས་རྣམས་ཡིན་ལ། ཡང་འཚོ་བའི་དངོས་ཡོད་ཅེས་པ་ནི་ལོ་རྒྱུས་ཀྱི་དུས་རབས་རིམ་བྱུང་དུ་བྱུང་བའི་མི་རྣམས་ཀྱི་འཚོ་བ་དང་ད་ལྟའི་དངོས་ཡོད་འཚོ་བ་དེ་དག་ཚུད་ཡོད་པ་དང་། དངོས་གཙོ་རིང་ལུགས་ཀྱི་ལྟ་ཚུལ་ཐོག་ནས་བལྟས་ན། ཕྱི་རོལ་ཡུལ་དུ་གནས་པའི་རང་བྱུང་ཁམས་ཀྱི་འཚོ་བ་མཐའ་དག་ནི་འཚོ་བའི་དངོས་ཡོད་རང་བཞིན་ལ་ངོས་འཛིན་བྱེད་ཀྱི་ཡོད་པ་དང་། དེའི་ནང་དུ་སྤྲོ་བུར་དུ་བྱུང་བའི་འཚོ་བ་དང་། རང་བཞིན་དུ་གྲུབ་པའི་འཚོ་བ། གནས་ཚུལ་ངོ་མ་དང་རྫུན་བཟོ་བྱས་པ། མཛེས་སྡུག་དང་མཛེས་སྡུག་མ་ཡིན་པ། ཡང་དག་པ་དང་ཡང་དག་མ་ཡིན་པའི་འཚོ་བའི་སྣང་ཚུལ་མཐའ་དག་ཚུད་ཡོད་པ་ཞིག་ཡིན། དེ་ནི་ཨུ་རུ་སུའི་གྲགས་ཅན་རྩོམ་པ་པོ་ཀོར་ཀིས་གསུངས་པ་བཞིན་“དངོས་ཡོད་ཅེས་པ་ནི་ལེགས་པོ་ཞིག་ཡིན་ལ་ཡང་ལེགས་པོ་མ་ཡིན་པ་ཞིག་ཀྱང་ཡིན། དངོས་ཡོད་ཁོ་ནར་ཆོས་གཞི་མི་འདྲ་བའི་ཁྲ་ཐིག་རེ་ཕྲེར་ཡོང་གི་ཡོད་རྐྱེན་དེས་མི་རྣམས་ཀྱི་འདོད་བློ་ཁེངས་པ་ཞིག་ཡོང་མི་ཐུབ། གལ་སྲིད་ཡང་དག་ཅིང་འོད་ཟེར་ལྡན་པའི་ཁྲ་ཐིག་ཅིག་བསྟན་ཡོད་ཚེ་དེ་ནི་ཡང་དག་པ་ཞིག་ཡིན་ལ། ཡང་དེའི་ནང་དུ་སྨུག་ནག་གི་ཁྲ་ཐིག་ཅིག་བསྟན་ཡོད་ཚེ་དེ་ནི་ཡང་མ་དག་པ་ཞིག་ཡིན་པ་མ་ཟད། དེས་མི་རྣམས་ཀྱི་སྦྲོ་བ་འཕེལ་ཐུབ་པ་ཞིག་ཡང་མ་ཡིན་”(《རྩོམ་རིག་གི་སྐོར་གླེང་བ་》ཞེས་པའི་ཤོག་གྲངས་297ལ་གསལ་)གསུངས། མདོར་བསྡུས་ཏེ་གླེང་ན་དངོས་ཡོད་ཀྱི་འཚོ་བ་ནི་ཡངས་ཤིང་རྒྱ་ཆེ་བ་ཞིག་དང་ཕུན་སུམ་ཚོགས་པོ་ཞིག་ཡིན་རྐྱེན་དངོས

ཡོད་ཀྱི་འཚོ་བ་དེ་ནི་སྒྱུ་རྩལ་གྱི་དངོས་ཡོད་རང་བཞིན་གྲུབ་པར་བྱེད་པའི་ཐླང་ས་ན་རྗོགས་མཐའ་མེད་པའི་འབྱུང་ཁུངས་ཉག་གཅིག་ཡིན།

སྒྱུ་རྩལ་གྱི་དངོས་ཡོད་རང་བཞིན་ཞེས་པ་ནི་རྩོམ་པ་པོས་འཚོ་བ་དངོས་ཀྱི་ རྨང་གཞིའི་ཐོག་ནས་གསར་བསྐྲུན་བྱས་པ་ཞིག་དང་དེས་སྤྱི་ཚོགས་ཀྱི་འཚོ་བའི་ ཆོས་ཉིད་དང་ངོ་བོ་གསལ་སྟོན་བྱེད་ཐུབ་པའི་སྒྱུ་རྩལ་གྱི་གཟུགས་བརྙན་དེ་ཡིན་ ལ། སྤྱིར་བཏང་ཐོག་བརྩམས་ཆོས་དེ་དག་གིས་འཚོ་བ་དངོས་ཀྱི་གཟུགས་ བརྙན་དེ་ཇི་མ་ཇི་བཞིན་དང་གསོན་ཉམས་ལྡན་པ་ཞིག་ཡིན་དགོས་པ་སྟེ། བརྩམས་ཆོས་ནང་དུ་གསལ་བའི་མི་སྣའི་གཟུགས་བརྙན་དང་ཡུལ་ལྗོངས་ སོགས་འཚོ་བ་དངོས་དང་མཉམ་དུ་འབྲེལ་ཏེ་མཚོན་པར་བྱེད་དགོས་པ་མ་ཟད། སྒྱུ་རྩལ་གྱི་གཟུགས་བརྙན་གསར་དུ་བསྐྲུན་པ་དེ་དག་འཚོ་བ་དངོས་དང་ཧ་ཅང་ འདྲ་བ་ཞིག་ཡོང་ཐུབ་པ་བྱ་རྒྱུ་སྟེ། འཚོ་བའི་གཏན་ཚིག་རིགས་པ་དང་མཐུན་ པར་བྱས་ནས་འཚོ་བའི་ངོ་བོ་དང་ཆོས་ཉིད་གསལ་སྟོན་བྱེད་ཐུབ་པ་བྱ་དགོས།

སྒྱུ་རྩལ་གྱི་དངོས་ཡོད་རང་བཞིན་དེ་ནི་འཚོ་བ་དངོས་ཀྱི་ནང་ནས་བྱུང་བ་ ཞིག་དང་། དངོས་ཡོད་ཀྱི་འཚོ་བ་དེ་ནི་རྩོམ་པ་པོས་སྒྱུ་རྩལ་གྱི་དངོས་ཡོད་རང་ བཞིན་གསར་བསྐྲུན་བྱེད་པའི་རྒྱུ་ཆ་ཞིག་ཡིན། དེ་ལྟར་དངོས་ཡོད་ཀྱི་འཚོ་བའི་ རྒྱུ་ཆ་དང་ཁ་བྲལ་ཚེ་སྒྱུ་རྩལ་གྱི་དངོས་ཡོད་རང་བཞིན་ཡང་ཡོང་ཐབས་བྲལ་བ་ ཞིག་ཡིན།

ཕྱོགས་གཞན་ཞིག་ནས་སྒྱུ་རྩལ་གྱི་དངོས་ཡོད་རང་བཞིན་དེ་དོན་ངོ་མའི་ ཐོག་ཏུ་དངོས་ཡོད་ཀྱི་འཚོ་བའི་རང་བཞིན་དེ་དང་མཚུངས་པའམ་ཁྱད་མེད་ པར་མཉམ་པ་ཞིག་མ་ཡིན། སྒྱུ་རྩལ་གྱི་དངོས་ཡོད་རང་བཞིན་དེ་ནི་རྩོམ་པ་ པོས་འཚོ་བ་དངོས་ཀྱི་ནང་ནས་རྒྱུ་ཆ་གདམ་གསེས་དང་། ལས་སྟོན། བསྒྱུར་ བཀོད་བྱས་པའི་འབྲས་བུ་ཞིག་ཡིན་ལ། དེ་དག་གི་ནང་ནས་འཚོ་བའི་བྱ་ དངོས་འགའ་ཤས་གསལ་པོར་མཚོན་གྱི་ཡོད་རུང་། འཚོ་བའི་གདོང་རིས་ངོ་མ་ དེ་མ་ཡིན་པར་དེ་ནི་འཚོ་བ་དངོས་ལས་ཚད་མཐོ་བ་དང་། གཅིག་སྡུད་ཆེ་བ།

དཔེ་མཚོན་གྱི་རང་བཞིན་ལྡན་པ། ཕུགས་བསམ་ཅན་དུ་འགྱུར་བ། དེ་བས་མཛེས་སྡུག་ལྡན་པ་ཞིག་ཏུ་སྒྱུར་ཡོད་པ་དེ་ཡིན།

དཔེར་ན། སྐུ་ཞབས་ལུའུ་ཤུན་གྱི་གྲགས་རྩོམ་《སྨྱོན་པའི་ཉིན་ཐོ་》ཞེས་པའི་ནང་དུ་སྨྱོན་པ་དང་འདྲ་བའི་མི་སྣའི་གཟུགས་བརྙན་ཞིག་གསར་བསྐྲུན་བྱས་ཡོད་པ་རེད། སྨྱོན་པ་དང་འདྲ་བའི་མི་སྣའི་གཟུགས་བརྙན་དེར་སྐུ་ཞབས་ལུའུ་ཤུན་ལ་གསོན་དཔེ་ཞིག་ཡོད་ལ། གསོན་དཔེ་དེ་ནི་སྐུ་ཞབས་ལུའུ་ཤུན་རང་ཉིད་ཀྱི་སྤུན་མཆེད་ཅིག་ཡིན་པ་སྟེ། ཁོང་ནི་ས་ཕྱོགས་གཞན་ཞིག་ཏུ་སྡོད་ཀྱི་ཡོད་རུང་གློ་བུར་དུ་ལས་གྲོགས་ཀྱིས་ཀློག་གསོད་བྱེད་རྗེས་བྱེད་ཀྱི་འདུག་ཅེས་ཕེ་ཅིན་དུ་གབ་ཡོལ་བྱེད་པར་ཡོང་བ་དང་། ཕེ་ཅིན་དུ་སླེབས་རྗེས་ཡང་དོགས་པས་ཁེངས་བཞིན་པར་ག་དུས་ཡིན་རུང་མི་གཞན་གྱིས་ཁོང་ལ་རྗེས་དེད་དང་གསོད་རྗེས་བྱེད་ཀྱི་འདུག་སྙམ་བཞིན་གནས་པ་དང་། ཉིན་ཞིག་ཞོགས་པ་སྔ་པོ་ནས་ལུའུ་ཤུན་གྱི་ཁྲིད་དུ་ཡོང་སྟེ་དེ་རིང་ང་གསོད་པར་ཁྲིད་ཀྱི་རེད་ཅེས་ཡིད་སྐྱོ་བའི་ངང་ནས་བཤད་པ་དང་། ལུའུ་ཤུན་གྱིས་སྨན་ཁང་དུ་ཁྲིད་པའི་ལམ་བར་དུ་མི་མདའ་འཕྱིར་བའི་ཉེན་རྟོག་པ་མཐོང་རྗེས་གློ་བུར་དུ་གདོང་མདོག་འགྱུར་བཞིན་མིག་གཉིས་ཀྱང་ཞེད་སྣང་སྐྱེད་དགོས་པ་ཞིག་ཏུ་སྒྱུར་ཡོད་ལ་དེའི་སྐབས་སུ་སྨྱོན་པའི་སྣང་ཚུལ་ལས་ལྷག་པ་ཞིག་ཏུ་གྱུར་བ་དང་ལུའུ་ཤུན་གྱིས་ཁོང་གྲོང་གསེབ་ཏུ་བསྐྱལ་རྗེས་ནད་གཞི་ཡང་རིམ་གྱིས་དྲག་སྐྱེད་བྱུང་བ་རེད། སྐུཞབས་ལུའུ་ཤུན་གྱི་《སྨྱོན་པའི་ཉིན་ཐོ་》ཞེས་པའི་བརྩམས་ཆོས་དེར་དངོས་ཡོད་འཚོ་བའི་ནང་ནས་གཞི་འཛིན་ས་ཞིག་མེད་ཚེ་སྨྱོན་པའི་གཟུགས་བརྙན་དེ་ཡང་ཡོང་མི་ཐུབ་པ་ཞིག་ཡིན། འོན་ཏེ་བརྩམས་སྒྲུང་ནང་གི་སྨྱོན་པ་དང་འདྲ་བའི་གཟུགས་བརྙན་དེ་ནི་འཚོ་བ་དངོས་ཀྱི་ནང་དུ་གནས་པའི་མི་སྣའི་འཚོ་བ་དེ་ཐོ་འགོད་བྱས་པ་ཙམ་མ་ཡིན་པར་བཀས་བཀོད་རྒྱུད་འཛིན་གྱི་སྤྱི་ཚོགས་ལ་ཁྲོན་ཡོངས་ནས་ཞིབ་འཇུག་གཏིང་ཟབ་བྱས་རྗེས་གསར་དུ་བསྐྲུན་པ་ཞིག་ཡིན་པ་མ་ཟད། འཚོ་བ་དངོས་ལ་གདམ་གསེས་དང་། སྙིགས་དོར་བཅུད་ལེན།

ལས་སྟོན་དང་བསྒྱུར་བཀོད་བཅས་བྱས་པ་ལས་བྱུང་བའི་འབྲས་བུ་ཞིག་ཡིན་ལ། སྨྱོན་པ་དང་འདྲ་བའི་གཟུགས་བརྙན་དེ་སྒྱུ་རྩལ་གྱིས་གཅིག་སྡུད་བྱས་པའི་འབྲས་བུ་ཞིག་ཡིན་རྐྱེན་འཚོ་བ་དངོས་ལས་དེ་བས་སྙིང་སྡུད་ཆེ་བ་དང་། དཔེ་མཚོན་ལྡན་པ། མཛེས་རིག་གི་དོན་སྙིང་དེ་བས་ཆེ་ཆེར་ལྡན་པ་ཞིག་ཏུ་གྱུར་ཡོད་པ་རེད། དེར་བརྟེན་སྨྱོན་པ་དང་འདྲ་བའི་གཟུགས་བརྙན་དེར་མ་གཞི་འཚོ་བ་དངོས་ཀྱི་ནང་ནས་གསོན་དཔེ་ཡོད་པ་ཞིག་ཡིན་རུང་བརྩམས་སྒྲུང་ནང་ནས་གསལ་བའི་གཟུགས་བརྙན་དེར་འཚོ་བ་དངོས་ཀྱི་ནང་ནས་གཞི་འཛིན་ས་ཡོད་ལ། འཚོ་བ་དངོས་ཀྱི་ནང་དུ་གནས་པའི་སྨྱོན་པ་དེའི་གཟུགས་བརྙན་ཡང་མ་ཡིན། དེ་ནི་སྒྱུ་རྩལ་གྱི་དངོས་ཡོད་རང་བཞིན་དེ་ཡིན་པ་དང་། མི་རྣམས་ཀྱིས་བརྩམས་ཆོས་ལྟ་ཀློག་བྱེད་སྐབས་དངོས་དངོས་རྫུན་རྫུན་དང་ཡིན་ལ་མ་ཡིན་པའི་ཚོར་སྣང་གཏིང་ཟབ་ཞིག་སྐྱེད་ཐུབ་ཀྱི་ཡོད་པ་དེ་ནི་འཚོ་བའི་དངོས་ཡོད་རང་བཞིན་དེ་རྨང་གཞི་བྱས་ཐོག་སྒྱུ་རྩལ་གྱི་དངོས་ཡོད་རང་བཞིན་དུ་བསྒྱུར་ཐུབ་པའི་འབྲས་བུ་ཞིག་ཡིན། དེ་ལྟར་དངོས་ཡོད་ཀྱི་འཚོ་བའི་རང་བཞིན་དང་སྒྱུ་རྩལ་གྱི་དངོས་ཡོད་རང་བཞིན་ཞེས་པའི་ཐ་སྙད་དེ་གཉིས་ལ་མི་འདྲ་བའི་ཕྱོགས་ཡོད་པ་ཙམ་མ་ཟད་འབྲེལ་བ་ཡང་ཡོད་པ་ཞིག་ཡིན།

དངོས་ཡོད་ཀྱི་འཚོ་བའི་རང་བཞིན་ནི་ཕྱི་རོལ་ཡུལ་དུ་གནས་པའི་ཞིབ་ཕྲའི་འཚོ་བའི་སྣང་ཚུལ་མཐའ་དག་ཡིན་ལ་མི་རྣམས་ཀྱིས་རང་ངོས་འདུ་ཤེས་ལ་བརྟེན་ནས་འགྱུར་ལྡོག་འགྲོ་བཞིན་པའི་ཕྱི་རོལ་ཡུལ་གྱི་འཚོ་བའི་བྱ་དངོས་དེ་དག་ཡང་ཡིན། སྒྱུ་རྩལ་གྱི་དངོས་ཡོད་རང་བཞིན་ཞེས་པ་ནི་རྩོམ་པ་པོ་དང་སྒྱུ་རྩལ་པ་རྣམས་ཀྱིས་རང་ངོས་ཀྱི་ངོས་འཛིན་ལ་གཞིགས་ཏེ་འཚོ་བའི་སྣང་ཚུལ་ཁག་ལ་བསྡྲིགས་བཅད་བཟར་གསུམ་བྱས་ཏེ་སྤྱི་ཚོགས་ཀྱི་འཚོ་བའི་ནང་ཡོད་ཀྱི་ཆོས་ཉིད་དང་ངོ་བོ་རྣམས་མངོན་སུམ་གསལ་རྗེན་དུ་མཚོན་པར་བྱས་པའི་སྒྱུ་རྩལ་གྱི་གཟུགས་བརྙན་དེ་ཡིན། དངོས་ཡོད་ཀྱི་འཚོ་བ་དང་སྒྱུ་རྩལ་གྱི་དངོས་ཡོད་རང་བཞིན་ནི་འཚོ་བའི་དངོས་ཡོད་རང་བཞིན་གྱི་རྨང་གཞི་དེ་ཡིན།

གཉིས་ནས་སྒྱུ་རྩལ་གྱི་དངོས་ཡོད་རང་བཞིན་དེ་ནི་འཚོ་བའི་དངོས་ཡོད་རང་བཞིན་དང་མཚུངས་པའམ་ཁྱད་མེད་པ་ཞིག་མ་ཡིན། སྒྱུ་རྩལ་གྱི་དངོས་ཡོད་རང་བཞིན་ནི་རྩོམ་པ་པོས་འཚོ་བའི་དངོས་ཡོད་རང་བཞིན་ལ་གདམ་གསེས་དང་། ལས་སྣོན། ཞུན་བཏར་དང་བསྒྱུར་བཀོད་བྱས་ཏེ་བྱུང་བའི་འབྲས་བུ་ཞིག་ཡིན།

གཉིས་པ། ཕྱོགས་ལྷུང་གི་རང་བཞིན་སྐོར།

རྩོམ་རིག་གི་ཕྱོགས་ལྷུང་རང་བཞིན་ནི་རྩོམ་པ་པོའི་འཇིག་རྟེན་ལྟ་ཚུལ་དང་། ལངས་ཕྱོགས། ཕུགས་བསམ། དགའ་སྐྱོ་དང་། ད་ལྟའི་འཚོ་བར་འཛིན་པའི་རྣམ་འགྱུར་སོགས་བརྩམས་ཆོས་ལས་མཚོན་པར་བྱས་ཡོད་པ་དེ་ཡིན་ལ། རྩོམ་པ་པོས་འཚོ་བར་ངོས་འཛིན་བྱེད་ཚུལ་དང་གདེང་འཇོག་བྱེད་ཚུལ་མི་འདྲ་བར་བརྟེན་བརྩམས་ཆོས་ལ་རང་བཞིན་དུ་ཕྱོགས་ལྷུང་མི་འདྲ་བ་རེ་ཡོད་པ་མ་ཟད། དེ་དག་ལ་ཡང་སྔོན་ཐོན་དང་རྗེས་ལུས་ཀྱི་དབྱེ་བ་ཡོད་པ་ཞིག་ཡིན།

མ་ཁེ་སི་རིང་ལུགས་ཀྱི་རྩོམ་རིག་གི་རིགས་པའི་གཞུང་ལུགས་ལྟར་ན་རྩོམ་རིག་གི་བརྩམས་ཆོས་དེ་ནི་སྤྱི་ཚོགས་ཀྱི་འཚོ་བ་དེ་རྩོམ་པ་པོའི་སེམས་ལ་ཚུར་སྣང་བའི་ཐོན་དངོས་ཤིག་རེད། ཚན་རིག་དང་མཐུན་པའི་ཚོད་གཏམ་འདིས་རྩོམ་རིག་གི་བརྩམས་ཆོས་ཐམས་ཅད་ཀྱི་ནང་དོན་གསལ་པོར་བསྟན་པ་མ་ཟད། རྩོམ་རིག་སྒྱུ་རྩལ་གྱི་སྤྲོག་གི་ནང་དོན་ཡང་གསལ་པོར་བསྟན་པ་རེད། རྩོམ་རིག་གི་བརྩམས་ཆོས་ནི་ཕྱི་རོལ་ཡུལ་གྱི་འཇིག་རྟེན་གྱི་འཚོ་བའི་སྣང་ཚུལ་ཞིག་ཡིན་ན། རྩོམ་རིག་གི་བརྩམས་ཆོས་ནང་དོན་ཡང་དངོས་ཡོད་ཀྱི་འཚོ་བ་རྨང་གཞི་བྱས་པ་ཞིག་ཡིན་ལ། དངོས་ཡོད་ཀྱི་འཚོ་བ་དེ་ཡང་རྩོམ་རིག་བརྩམས་ཆོས་ཀྱི་ནང་དོན་གྲུབ་པའི་རྒྱུ་རྐྱེན་གལ་ཆེན་ཞིག་ཏུ་གྱུར་པ་རེད། ཡིན་ནའང་

རྩོམ་རིག་གི་བརྩམས་ཆོས་དང་དེས་མཚོན་པར་བྱ་བའི་ཡུལ་གཉིས་ཀྱི་བར་ལ་མཚུངས་རྟགས་རྒྱག་མི་རུང་སྟེ། རྩོམ་རིག་གིས་མཚོན་པར་བྱས་པའི་འཚོ་བ་ནི་མེ་ལོང་ནང་ལ་གཟུགས་བརྙན་ཤར་བ་ལྟར་ཕྱི་རོལ་ཡུལ་གྱི་དངོས་པོ་ཐམས་ཅད་འདྲ་བཤུས་བྱས་པ་ཞིག་མ་ཡིན་པར་རྩོམ་པ་པོའི་སྐྱད་པའི་རྩོལ་བ་ལ་བརྟེན་ནས་ལས་སྟོན་བྱེད་དགོས། རྒྱུ་མཚན་དེའི་དབང་གིས་རྩོམ་པ་པོས་རང་གི་ལྟ་ཚུལ་དང་བསམ་ཚུལ་གྱི་འཁྱེར་སོ་གཞིར་བཞག་སྟེ་འཚོ་བ་ལ་དབྱེ་ཞིབ་དང་། གསལ་བཤད། གདེང་འཛོག་བཅས་བྱེད་དགོས་ལ། འཚོ་བའི་ནང་གི་སྣང་ཚུལ་གང་དག་ལེགས་པ་དང་བཟང་བས་དགའ་ཞེན་བྱེད་དགོས་ལ། གང་དག་མི་བཟང་བས་སྡང་སེམས་བྱེད་པ་སོགས་ལེགས་ཉེས་སྤང་བླང་གི་ཆ་དེ་སྟོན་གྱི་ཡོད་པས་རྩོམ་རིག་གི་བརྩམས་ཆོས་ནང་དུ་རང་སྣང་གི་བསམ་པའི་བརྩེ་དུང་དེ་འདྲེས་ཡོད་པ་རེད། རྒྱུ་མཚན་དེའི་དབང་གིས་རྩོམ་རིག་གི་བརྩམས་ཆོས་ནང་དུ་ཕྱི་རོལ་ཡུལ་གྱི་དངོས་ཡོད་ཀྱི་འཚོ་བ་འདུས་ཡོད་པ་མ་ཟད། རྩོམ་པ་པོའི་རང་སྣང་གི་འཚོ་བའི་ལྟ་ཚུལ་དང་འཚོ་བ་དེར་བཅངས་པའི་བརྩེ་དུང་ཡང་འདུས་ཡོད་པས་རྩོམ་རིག་གི་བརྩམས་ཆོས་ཀྱང་ཕྱི་རོལ་ཡུལ་དང་རང་སྣང་གི་ལྟ་བ་གཉིས་ཟུང་དུ་འབྲེལ་ནས་བྱུང་བ་ཞིག་རེད།

རྩོམ་རིག་གི་ཕྱོགས་ལྷུང་རང་བཞིན་དང་རྩོམ་པ་པོའི་འཛིག་རྟེན་ལྟ་ཚུལ་ནི་འབྲེལ་བ་ཤིན་ཏུ་ཟབ་པ་ཞིག་ཡིན། རྒྱུ་མཚན་ནི་བརྩམས་ཆོས་གང་ཞིག་ཡིན་རུང་དེའི་ནང་དུ་ཡུལ་གྱི་གནས་ལུགས་འགོད་པ་དང་གསར་དུ་བསྐྲུན་པ། ཡུལ་གྱི་ཕྱོགས་དང་ཡིད་ཀྱི་ཕྱོགས། སྒྱུ་རྩལ་གྱི་གཟུགས་རྣམ་ཐད་རང་སྣང་དང་གཞན་ངོས། ད་ལྟའི་ངང་ཚུལ་དང་ཕུགས་བསམ། འདུ་ཤེས་སོགས་ཚུད་ཡོད་པ་དང་མཐར་གཏུགས་ནས་བཤད་ན་དེ་རྣམས་སྤྱི་ཚོགས་ཀྱི་འཚོ་བ་ངེས་ཅན་ཞིག་རྩོམ་པ་པོའི་བློ་ཡུལ་དུ་འཆར་བའི་འབྲས་བུ་ཡིན་ལ། བརྩམས་ཆོས་རང་ཐོག་ནས་མཚོན་ན་ཡང་རྩོམ་པ་པོའི་འདུ་ཤེས་དང་། ཡིད་ཀྱིས་གཙོ་ཁྲིད་ཀྱི་ནུས་པ་འདོན་པ་ཙམ་དུ་མ་ཟད་བརྩམས་ཆོས་ཀྱི་ངོ་བོ་གཏན་ལ་འཁེལ་གྱི་ཡོད་

པ་དེ་འདང་རྩ་བའི་ལྟ་སྟངས་གཞན་ཞིག་སྟེ། འཇིག་རྟེན་ལྟ་ཚུལ་གྱིས་གསར་རྩོམ་གྱི་ཕྱོགས་ལྷུང་རང་བཞིན་གཏན་འཁེལ་བྱེད་པ་དེ་ཡིན། སྤྱི་ཚོགས་ཀྱི་ལམ་ལུགས་མི་འདྲ་བའི་ནང་དུ་རྩོམ་པ་པོའི་འདུ་ཤེས་དང་ཡིད་ལ་སྤྱི་ཚོགས་དང་དུས་རབས་ཀྱི་རྟགས་ཐམ་འཁེལ་ཡོད་པས། བརྩམས་ཆོས་སོ་སོའི་ཡིད་ཡུལ་ལའང་རང་གི་ངོ་བོ་དང་ཕྱོགས་ཞེན་བྱ་ཡུལ་རེ་ཡོད་པ་རེད། རྒྱུན་གཏན་རྩོམ་རིག་གི་སྤྱི་ཚོགས་རང་བཞིན་ཞེས་བརྗོད་པ་ནི་བརྩམས་ཆོས་ཀྱི་ནང་དུ་གསལ་བའི་སྤྱི་ཚོགས་ཀྱི་ལམ་ལུགས་དང་ཡང་ན་སྤྱི་ཚོགས་ཀྱི་ཚོགས་པ་ངེས་ཅན་ཞིག་གི་ལངས་ཕྱོགས་དང་ལྟ་ཚུལ། རྣམ་འགྱུར། འདུ་ཤེས། དགའ་ཕྱོགས་སོགས་ཀྱི་ཡིད་ཤེས་ལ་ཟེར་བ་དང་། དེ་ནི་རྩོམ་པ་པོའི་འཇིག་རྟེན་ལྟ་ཚུལ་དང་གསར་རྩོམ་གྱི་བྱ་ཐབས་སོགས་དང་འབྲེལ་བ་དམ་ཟབ་ཡོད་པ་ཞིག་ཡིན།

རྩོམ་རིག་གི་བརྩམས་ཆོས་ནི་ཕྱི་རོལ་ཡུལ་གྱི་གནས་ལུགས་དངོས་རྣམས་རྩོམ་པ་པོའི་བློ་ཡུལ་དུ་འཆར་བའི་འབྲས་བུ་ཡིན་ཞིང་། བློ་ཡུལ་དུ་འཆར་བ་ཞིག་ཡིན་ཕྱིན་ཕྱི་རོལ་ཡུལ་གྱི་གནས་ལུགས་དངོས་དང་རྩོམ་པ་པོའི་ཡིད་ཤེས་ཏེ་ཕྱོགས་གཉིས་འཛོམས་དགོས་པ་རེད་ལ། རྩོམ་པ་པོ་རྣམས་ཀྱང་སྤྱི་ཚོགས་ཤིག་གི་ཁོངས་སུ་གཏོགས་པ་དང་། སྤྱི་ཚོགས་ཀྱི་གནས་ཐབ་ངེས་ཅན་ཞིག་ལ་བརྟེན་ནས་འཚོ་གནས་དང་སྤྱི་ཚོགས་དེའི་ཁེ་ཕན་སྲུང་དགོས་མཁན་ཞིག་རེད། དེས་ན་རྩོམ་པ་པོའི་འཇིག་རྟེན་ལྟ་ཚུལ་གྱི་རྐྱེན་པས་གསར་རྩོམ་བྱེད་པའི་སྐབས་སུ་སྤྱི་ཚོགས་དེ་རང་གི་ལང་ཕྱོགས་དང་། ལྟ་ཚུལ། དགོས་འདུན། རེ་དོན་བཅས་དང་མཐུན་པར་བརྩམས་གཞི་བདམས་པ་དང་། བརྩམ་བྱའི་མི་ཡི་གནས་ལུགས་འགོད་པ། བརྗོད་དོན་གཙོ་བོ་གཏན་ལ་འཁེལ་བ། འཚོ་བར་དཔྱད་གཞི་དང་གདེང་འཛོག་བྱེད་པ་སོགས་ཀྱི་ལམ་ནས་སྤྱི་ཚོགས་དེ་རང་གི་ཁེ་ཕན་སྒྲུབ་ཐབས་བྱེད་ཀྱི་ཡོད། གོར་ཀིས། "རྩོམ་རིག་ནི་སྤྱི་ཚོགས་ཀྱི་གྲལ་རིམ་དང་ཚོགས་པ་དག་གི་ཡིད་ཤེས་རྣམ་འགྱུར་ཏེ། འདུ་ཤེས་དང་། བསམ་པའི་འཆར་སྒོ། སྒྲུབ་སེམས། རེ་དོན་སོགས་གཟུགས་རྣམ་དུ་བཀོད་ནས་མཚོན་

པར་བྱེད་པ་ཞིག་ཡིན་པ་དང་དེས་གྲལ་རིམ་གྱི་འབྲེལ་བའི་གནས་ཚུལ་རྣམས་
ཤེས་ཆོད་ཤིན་ཏུ་མྱུར་པོའི་སྒོ་ནས་ཇི་མ་ཇི་བཞིན་དུ་མཚོན་པར་བྱེད་དོ་”(《ལུ་
ཧུ་སུའི་རྩོམ་རིག་སྒྲུ་རྩལ་གྱི་ལོ་རྒྱུས》ཞེས་(སྔོན་འགྲོའི་གླེང་གཞི་)ཞེས་པར་
གསལ་)ཞེས་གསུངས་ཡོད་པ་རེད།

རྩོམ་རིག་གི་སྤྱི་ཚོགས་རང་བཞིན་ནི་སྤྱི་ཚོགས་ཀྱི་འཐབ་རྩོད་ཀྱི་སྐོར་ཐད་
ཀར་གླེང་བའི་བརྩམས་ཆོས་ཀྱི་ནང་ནས་མཐོང་རྒྱུ་ཡོད་པ་ཙམ་དུ་མ་ལགས་པར་
སྤྱི་ཚོགས་ཀྱི་འཐབ་རྩོད་ཐད་ཀར་གླེང་མེད་པའི་བརྩམས་ཆོས་ནང་ནས་ཀྱང་
མང་ཉུང་ལ་མ་བལྟོས་པ་ཞིག་མཐོང་རྒྱུ་ཡོད། གོང་གསལ་བརྩམས་ཆོས་ཕྱི་མ་
དེ་གྲས་ཀྱི་ནང་དུ་སྤྱི་ཚོགས་འཐབ་རྩོད་ཀྱི་སྐོར་ཐད་ཀར་གླེང་མེད་ཀྱང་རྩོམ་པ་
པོས་རང་གི་བརྩེ་དུང་དང་། དགའ་ཕྱོགས་སོགས་བརྩམས་ཆོས་འདིའི་ནང་དུ་
འཐིམ་པར་བྱས་ཡོད་པས་བརྩམས་ཆོས་ལ་དུས་རབས་ཀྱི་རང་བཞིན་དང་སྤྱི་
ཚོགས་རང་བཞིན་གྱི་རྟགས་ཐམ་རེ་རང་ཤུགས་སུ་འཁེལ་ཡོད། སྤྱི་ཚོགས་ཁག་
ཚང་མས་རྩོམ་རིག་སྒྲུ་རྩལ་ལ་བརྟེན་ནས་སྤྱི་ཚོགས་དེ་རང་གི་ཁེ་ཕན་སྒྲུབ་པ་
དང་སྲུང་སྐྱོབ་བྱེད་ཀྱི་ཡོད་པ་རེད།

རྩོམ་རིག་བརྩམས་འབྲས་ཀྱི་མཚོན་ཚུལ་ནི་རྙོག་དྲ་ཤིན་ཏུ་ཆེན་པོ་ཞིག་
ཡིན། བརྗོད་བྱའི་ནང་དོན་མི་འདྲ་བ་དང་། རྩོམ་ཚུལ་མི་འདྲ་བ། གསར་
རྩོམ་གྱི་དམིགས་ཡུལ་མི་འདྲ་བ་བཅས་ཀྱི་རྐྱེན་པས་བརྩམས་ཆོས་ཀྱི་ཕྱོགས་ལྷུང་
རང་བཞིན་ཡང་དཔེར་ན། བརྩམས་ཆོས་འགའ་ཞིག་ལ་ཕྱོགས་ལྷུང་རང་
བཞིན་མངོན་གསལ་དོད་པོ་ཡོད་མོད། འོན་ཀྱང་རི་ཆུ་སོགས་བརྗོད་གཞིར་
བྱས་པའི་སྙན་ཚིག་དང་མེ་ཏོག་དང་བྱིའུ་སོགས་འབྲི་གཞིར་གྱུར་པའི་རི་མོར་
ཕྱོགས་ལྷུང་གི་རང་བཞིན་གསལ་པོ་མཐོང་རྒྱུ་མེད་པ་ལྟ་བུ་རེད།

བརྩམས་ཆོས་ཀྱི་ཕྱོགས་ལྷུང་རང་བཞིན་ནི་རྩོམ་པ་པོའི་སྤྱི་ཚོགས་ཀྱི་
ལངས་ཕྱོགས་དང་ཆབ་སྲིད་ཀྱི་ལྟ་ཚུལ་རྣམས་བརྩམས་ཆོས་ཀྱི་ནང་ནས་ཇི་ལྟར་
མཚོན་པ་དང་། བརྩམས་ཆོས་ཀྱི་འཚོ་བ་དང་མི་ཡི་གནས་ཚུལ་རྩོམ་འགོད་

བྱེད་སྐབས་རྩོམ་པ་པོས་དེ་དག་ལ་དགའ་སྣང་གི་རྣམ་འགྱུར་ཅི་བཟུང་བ་དེ་ཡིན་ལ། རྩོམ་པ་པོ་ཚང་མས་ལངས་ཕྱོགས་ངེས་ཅན་ཞིག་གི་ཐོག་ནས་འཚོ་བའི་གནས་ལུགས་ལ་བལྟ་ཞིབ་དང་། བརྩམས་གཞི་འདེམ་པ། མི་ཡི་གཟུགས་རྣམ་འགོད་པ་བཅས་ལ་བརྟེན་ནས་བརྩམས་ཆོས་གང་གི་ནང་དུའང་རྩོམ་པ་པོའི་དགའ་སྣང་འཁོད་ཡོད་པས་ཕྱོགས་ལྷུང་གི་རང་བཞིན་ངེས་ཅན་ཞིག་མེད་པ་མ་ཡིན་པར། ཕྱོགས་ལྷུང་གི་རང་བཞིན་དེ་རིགས་ལ་ལ་མངོན་གསལ་དུ་མཐོང་རྒྱུ་ཡོད་པ་དང་། ལ་ལ་ཅུང་སྐོག་འགྱུར་དུ་གནས་པ་དེ་ཡིན། ཨེན་ཁེ་སིས“ངའི་བསམ་པར་ཕྱོགས་ལྷུང་རང་བཞིན་ཞེས་པ་དེ་བྱ་བའི་འབྱུང་ས་བྱུང་ཚུལ་གྱི་ཐོག་ནས་རང་ཤུགས་སུ་མངོན་རྒྱུ་ཡོད་པ་ཞིག་ལས། དམིགས་བཀར་ཆེད་སྨོས་བྱེད་དགོས་པ་ཞིག་མིན་ནོ་སྙམ”ཞེས་གསུངས་པ་དང་། བརྩམས་ཆོས་ཀྱི་ཕྱོགས་ལྷུང་རང་བཞིན་དེ་འཚོ་བའི་རྣམ་ཚུལ་དངོས་དང་ཁ་མ་བྲལ་བར་རྩོམ་འགོད་བྱ་རྒྱུ་དང་། དགའ་སྣང་ཟུང་སྦྲེལ་བྱས་ཐོག་སྒྱུ་རྩལ་གྱི་གཟུགས་བརྙན་ལ་བརྟེན་ནས་དེ་དོན་རང་ཤུགས་སུ་མཚོན་པར་བྱེད་ཀྱི་ཡོད་རྐྱེན་བརྩམས་ཆོས་དེ་དག་ལ་རྩོམ་པ་པོའི་འཛིག་རྟེན་ལྟ་ཚུལ་གྱི་ཁྲིད་སྟོན་བྱེད་ཀྱི་ཡོད་པ་མ་ཟད། རྩོམ་པ་པོ་རང་ངོས་ཀྱི་ལྟ་ཚུལ་ཡང་ཤིན་ཏུ་གསལ་པོ་ཞིག་མཚོན་གྱི་ཡོད་པ་རེད།

1. དངོས་ཡོད་ཀྱི་རང་བཞིན་དེ་རྩོམ་རིག་གསར་རྩོམ་བྱེད་པའི་ནང་གི་གལ་ཆེའི་དོན་སྙིང་ཅི་ཡིན་ནམ།

2. སྒྱུ་རྩལ་གྱི་དངོས་ཡོད་རང་བཞིན་ཞེས་པའི་གོ་དོན་གང་ཡིན།

3. འཚོ་བའི་དངོས་ཡོད་རང་བཞིན་དང་སྒྱུ་རྩལ་གྱི་དངོས་ཡོད་རང་བཞིན་གཉིས་ཀྱི་པན་ཚུན་འབྲེལ་བ་དང་ཁྱད་པར་སྐོར། བརྩམས་ཆོས་ཤིག་དཔེར་བཞག་ནས་དབྱེ་ཞིབ་བྱ་དགོས།

4. བརྩམས་ཆོས་ཀྱི་ཕྱོགས་ལྷུང་རང་བཞིན་གྱི་གོ་དོན་གང་ཡིན་ནམ།

5. ཕྱོགས་ལྷུང་རང་བཞིན་དང་རྩོམ་པ་པོའི་འཇིག་རྟེན་གྱི་ལྟ་ཚུལ་གཉིས་ཀྱི་འབྲེལ་བ་གང་ཡིན་ནམ།

ས་བཅད་བཞི་པ། རྩོམ་རིག་གིས་སྤྱི་ཚོགས་ཀྱི་འཚོ་བ་ཚུར་སྣང་བྱེད་པའི་དམིགས་བསལ་གྱི་ཁྱད་ཆོས་སྐོར།

རྩོམ་རིག་གསར་རྩོམ་གྱི་འབྱུང་གཞི་ནི་སྤྱི་ཚོགས་ཀྱི་འཚོ་བ་དེ་ཡིན་པ་དང་རྩོམ་རིག་ནི་སྤྱི་ཚོགས་ཀྱི་འཚོ་བ་དེ་རྩོམ་པ་པོའི་བསམ་བློར་འཆར་བ་དང་། དེ་ནི་ཕྱི་རོལ་གྱི་བྱ་དངོས་སོ་སོའི་གཟུགས་དང་སྒྲ། དྲི། རོ། རེག་བྱ་བཅས་འདོད་པའི་ཡུལ་ལྔའི་མངོན་ཚུལ་ཅི་རིགས་པ། ཡུལ་ཅན་རང་གི་དབང་པོ་ལྔའི་ཚོར་ནུས་ལ་བརྟེན་ནས་རང་རེའི་བསམ་པའི་ནང་འཆར་སྣང་སྣ་ཚོགས་ཡང་སྐོར་སྐྱར་སྐོར་དུ་བྱུང་ཞིང་འཆར་སྣང་དེ་རིགས་ལ་སླར་ཡང་དབྱེ་གསེས་མཐའ་དཔྱོད་བྱས་ནས་ཕྱི་རོལ་གང་ཞིག་དེའི་མངོན་ཚུལ་འཁྲུལ་མེད་ཅིག་བསམ་པར་འཆར་བ་ལས་བྱུང་བའི་སྐོར་གླིང་ཟིན་པ་དང་། འོན་ཏེ་སྤྱི་ཚོགས་ཀྱི་འཚོ་བ་ནི་རྩོམ་རིག་སྒྱུ་རྩལ་གྱི་འབྱུང་ཁུངས་ཡིན་པ་མ་ཟད། ད་དུང་ཆབ་སྲིད་དཔལ་འབྱོར་རིག་པ་དང་། ཁྲིམས་ལུགས་རིག་པ། ལོ་རྒྱུས་རིག་པ། སློབ་གསོའི་རིག་པ་སོགས་སྤྱི་ཚོགས་ཀྱི་ཚན་རིག་ཁྲོན་ཡོངས་ཡང་སྤྱི་ཚོགས་ཀྱི་འཚོ་བ་དེ་ཚུར་སྣང་བྱས་པ་ཞིག་ཡིན། རྩོམ་རིག་སྒྱུ་རྩལ་དང་སྤྱི་ཚོགས་ཚན་རིག་གི་ཐུན་མོང་གི་ངོ་བོ་ཤེས་རྟོགས་བྱུང་བ་ཙམ་གྱིས་འགྲིག་པ་ཞིག་མ་ཡིན་པར་དེ་དག་གི་ཐུན་མོང་གི་རང་བཞིན་དང་། བྱེ་བྲག་གི་རང་བཞིན། དམིགས་བསལ་གྱི་རང་བཞིན་ལ་ཡང་ངོས་འཛིན་བྱ་དགོས་པ་ཞིག་ཡིན། བློ་མཐུན་མའོ་ཙེ་ཏུང་གིས"དངོས་པོའི་འགུལ་བསྐྱོད་ཀྱི་རྣམ་པ་སོ་སོར་ཆ་བཞག་ན་དེ་དང་དེ་མིན་འགུལ་བསྐྱོད་ཀྱི་རྣམ་པ་སོ་སོའི་བར་གྱི་ཐུན་མོང་གི་གནད་དེར་ངེས་པར་དུ་དོ་སྣང་བྱེད་དགོས་ཀྱི་རེད། ཡིན་ནའང་དེ་བས་ཀྱང་གལ་ཆེ་བ་གཅིག་དང་ང་

ཚོས་བྱ་བ་དང་དངོས་པོ་ཤེས་པ་བྱེད་ཡས་ཀྱི་ཐང་གཞི་ཡིན་པ་ཞིག་ནི་དེའི་ཁྱད་པར་གྱི་གནད་ལ་ངེས་པར་དུ་དོ་སྣང་བྱེད་དགོས་པ་རེད། ཡང་བསྐྱར་བཤད་ན། དེ་དང་འགྲུལ་བསྐྱོད་ཀྱི་རྣམ་པ་གཞན་དག་བར་གྱི་ངོ་བོའི་ཐོག་གི་ཁྱད་པར་ལ་དོ་སྣང་བྱེད་དགོས་པ་དེ་རེད། གནད་དེར་དོ་སྣང་མ་བྱས་ན་བྱ་བ་དང་དངོས་པོ་སོ་སོའི་དབྱེ་བ་ཕྱེ་ཐུབ་ཀྱི་མ་རེད། (《འགལ་བའི་རྣམ་བཤད་》《མའོ་ཙེ་ཏུང་གི་གསུང་རྩོམ་གཅེས་བསྡུས་》དེབ་དང་པོའི་ཤོག་གྲངས་502ལ་གསལ་) ཅེས་གསུངས་ཡོད་པ་རེད། སྤྱི་ཚོགས་ཀྱི་ཚན་རིག་དང་རང་བྱུང་ཁམས་ཀྱི་ཚན་རིག་དེ་འཕེལ་རྒྱས་འགྲོ་མགྱོགས་པ་དང་། རིག་ཚན་ཡང་མང་དུ་ཕྱིན་ཏེ་དེ་དག་གི་དབྱེ་བ་ཞིབ་ཕྲ་དང་གཏིང་ཟབ་ཅན་དུ་འགྱུར་བཞིན་ཡོད་པ་དང་། དེ་ནི་མི་རྣམས་ཀྱིས་བྱ་དངོས་ཀྱི་ཁྱད་ཆོས་ལ་གཞིགས་ཏེ་ཞིབ་འཇུག་གཏིང་ཟབ་བྱས་པའི་འབྲས་བུ་ཞིག་ཡིན། དེར་བརྟེན་ང་ཚོས་རྩོམ་རིག་སྨྱུ་རྩལ་དང་སྤྱི་ཚོགས་ཚན་རིག་གི་ཐུན་མོང་རང་བཞིན་ལ་ཞིབ་འཇུག་བྱས་པ་དང་ཆབས་ཅིག་ངེས་པར་དུ་རྩོམ་རིག་སྨྱུ་རྩལ་གྱི་དམིགས་བསལ་གྱི་རང་བཞིན་ལ་ཡང་ཞིབ་འཇུག་བྱ་དགོས་པ་ཞིག་ཡིན།

དང་པོ། མཚོན་བྱེད་ཀྱི་ཡུལ་མི་འདྲ་བ།

རྩོམ་རིག་སྨྱུ་རྩལ་དང་དེ་མིན་སྤྱི་ཚོགས་ཚན་རིག་གིས་མ་གཞི་ཚང་མས་སྤྱི་ཚོགས་ཀྱི་འཚོ་བ་དེ་མཚོན་པར་བྱེད་ཀྱི་ཡོད་རུང་དེ་དག་གི་ཞིབ་འཇུག་དང་མཚོན་པར་བྱེད་ཡུལ་ལ་ནི་དབྱེ་བ་ཡོད། སྤྱི་ཚོགས་ཚན་རིག་གིས་སྤྱི་ཚོགས་ཀྱི་འཚོ་བའི་རྣམ་པ་དེ་ཁག་འགའ་ཞིག་ཏུ་བགོས་ཏེ་ཞིབ་འཇུག་བྱེད་ཀྱི་ཡོད་པ་མ་ཟད། སྤྱི་ཚོགས་འཚོ་བའི་ནང་གི་ཕྱོགས་འགའ་ཞིག་གི་འབྲེལ་བ་དང་ནང་ཡོད་ཀྱི་ཆོས་ཉིད་ཚུར་སྣང་བྱེད་རྒྱུ་དེ་རེད། དཔེར་ན། སྤྱི་ཚོགས་རིང་ལུགས་ཚན་རིག་གིས་གཙོ་བོའི་ཞིབ་འཇུག་བྱེད་ཡུལ་ནི་སྤྱི་ཚོགས་འཕེལ་རྒྱས་འགྲོ་བའི་ཆོས

ཉིད་ལ་དམིགས་པ་ཞིག་དང་། ཆབ་སྲིད་དཔལ་འབྱོར་རིག་པ་ནི་ཆེད་མངགས་སྤྱི་ཚོགས་ཀྱི་དངོས་པོའི་རྒྱུ་ཆ་དང་། ཐོན་སྐྱེད། དེ་མིན་དངོས་ཟས་བགོ་བཤའ་བྱེད་པའི་ཆོས་ཉིད་ལ་ཞིབ་འཇུག་བྱེད་རྒྱུ་དེ་ཡིན་པ་དང་། ཁྲིམས་ལུགས་རིག་པ་ནི་སྤྱི་ཚོགས་ཀྱི་འཚོ་བའི་ནང་གི་མི་འདྲ་བའི་ཁྲིམས་ལུགས་ལ་ཞིབ་འཇུག་བྱས་ཏེ་གཏན་འབེབས་བྱེད་རྒྱུ་དང་། སློབ་གསོའི་རིག་པ་ནི་སློབ་གསོའི་དམིགས་ཡུལ་དང་ལས་འགན། ཐབས་ཤེས་བཅས་ལ་ཞིབ་འཇུག་བྱེད་རྒྱུ་དེ་ཡིན། རྩོམ་རིག་སྒྱུ་རྩལ་གྱིས་རྩོམ་འབྲི་དང་མཚོན་པར་བྱ་ཡུལ་གཙོ་བོ་ནི་སྤྱི་ཚོགས་འཚོ་བའི་ནང་གི་མི་ཡིན་པ་དང་མི་སྣ་དེ་རྩོམ་འབྲི་བྱེད་ཡུལ་གཙོ་བོར་གཞིགས་ཏེ་སྤྱི་ཚོགས་ཀྱི་འཚོ་བ་ཧྲིལ་པོ་དེ་ཚུར་སྣང་བྱེད་ཀྱི་ཡོད་པ་དང་། དེ་ནི་སྤྱི་ཚོགས་ཀྱི་འབྲེལ་བ་ཧྲིལ་པོའི་སྤྱི་བསྡོམས་ནི་མི་ཡིན་པའི་རྐྱེན་གྱིས་རེད། རྩོམ་རིག་སྒྱུ་རྩལ་གྱི་བརྩམས་ཆོས་ནང་དུ་མི་དང་མིའི་དབར་གྱི་རྙོག་འཛིང་ཆེ་བའི་འབྲེལ་བ་དེ་རྩོམ་འབྲི་བྱེད་ཀྱི་ཡོད་པ་མ་ཟད། མིའི་ཕྱི་ཚུལ་གྱི་ཆ་བྱད་དང་ཁྱད་ཆོས། མི་སྣའི་སེམས་ཁམས་ཀྱི་འགྱུལ་བསྐྱོད། དགའ་ཕྱོགས་དང་གོམས་གཤིས། གཟུགས་དབྱིབས། རྐང་པའི་འདེགས་འཛུག བགད་མོ་དགོད་སྟངས། སྐད་ཆ་ཤོད་སྟངས་ཀྱི་ཡ་མཚན་ཅན་གྱི་རྣམ་འགྱུར་སོགས་མིག་ལམ་དུ་མཐོང་ཐུབ་པ་ལྟར་གྱི་སྒྱུ་རྩལ་གྱི་གཟུགས་བརྙན་བསྐྲུན་པ་དང་དུས་མཚུངས་སྤྱི་ཚོགས་ཁྱོན་ཡོངས་ཀྱི་སྤྱིའི་འཕེལ་ཕྱོགས་དང་། གོམས་གཤིས། རང་བྱུང་ཁམས་ཀྱི་མཛེས་རིས་ཕུན་སུམ་ཚོགས་པོ་ཞིག་རྩོམ་འབྲི་བྱེད་ཀྱི་ཡོད། དེ་ལྟར་རྩོམ་པ་པོ་སུ་ཞིག་གིས་ཀྱང་སྤྱི་ཚོགས་ཀྱི་འཚོ་བའི་ཁོང་གཏོགས་ཁག་འགའ་ཞིག་ཏུ་བགོས་ཏེ་དེ་ནི་རང་ཉིད་ཀྱིས་བརྩམས་ཆོས་ནང་ནས་མཚོན་བྱེད་གཙོ་བོ་ཞིག་ཏུ་མི་བརྩི་བར་སྤྱི་ཚོགས་ཀྱི་འཚོ་བའི་ནང་གི་མི་སྣ་དེ་གཙོ་བོར་བཞག་ཏེ་སྤྱི་ཚོགས་ཧྲིལ་པོའི་འཚོ་བ་དེ་གང་ཐུབ་ཀྱིས་མཚོན་པར་བྱེད་ཀྱི་ཡོད། དེ་ནི་རྩོམ་རིག་སྒྱུ་རྩལ་གྱིས་སྤྱི་ཚོགས་ཀྱི་འཚོ་བ་མཚོན་པར་བྱེད་པའི་དམིགས་བསལ་གྱི་ཆོས་ཉིད་དེ་ཡིན།

རྩོམ་རིག་སྒྱུ་རྩལ་གྱི་དམིགས་བསལ་རང་བཞིན་ཞེས་པ་ནི་རྩོམ་རིག་བརྩམས་ཆོས་ལས་བསལ་བའི་དམིགས་བསལ་གྱི་རང་བཞིན་དེ་ཡིན་ཞིང་སྒྱུ་རྩལ་དང་། ཚན་རིག་མཚན་ཉིད་རིག་པ། ཀུན་སྤྱོད་སོགས་ནི་སྤྱི་ཚོགས་ཀྱི་འདུ་ཤེས་ཡིན་པ་དང་། ཚང་མ་དངོས་ཡོད་འཚོ་བ་མཚོན་པ་ཞིག་ཡིན་རུང་སྒྱུ་རྩལ་གྱི་དངོས་ཡོད་མཚོན་སྟངས་མི་འདྲ་ཞིང་། དེས་ཚན་རིག་དང་འདྲ་བར་ངོན་སྤྱི་དང་། སྤྱི་འགྲོས། རིགས་པའི་གཞུང་ལུགས་བཅས་ལ་བརྟེན་ནས་དངོས་ཡོད་གནས་ཚུལ་མཚོན་པ་དེ་འདྲ་མ་ཡིན་པར། གསོན་ཉམས་ལྡན་པ་དང་། ཞིབ་ཕྲ། མི་སེམས་མགུ་བ་བཅས་ཀྱི་སྒྱུ་རྩལ་གྱི་གཟུགས་བརྙན་ལ་བརྟེན་ནས་དངོས་ཡོད་འཚོ་བ་མཚོན་པར་བྱེད་པ་དེ་རེད། དེ་ནི་སྒྱུ་རྩལ་དང་སྤྱི་ཚོགས་ཀྱི་འདུ་ཤེས་འཛིན་སྟངས་གཞན་གྱི་དབར་མི་འདྲ་བའི་ས་དེ་ཡིན་པ་དང་། སྒྱུ་རྩལ་གྱི་དམིགས་བསལ་གྱི་ཁྱད་ཆོས་དེ་ཡིན། གསོན་ཉམས་ལྡན་པ་དང་མི་སེམས་མགུ་བའི་སྒྱུ་རྩལ་གྱི་གཟུགས་བརྙན་ཞིག་མེད་ཚེ་དེ་སྒྱུ་རྩལ་གྱི་རིགས་སུ་མི་འགྲོ་ལ་མི་སེམས་ལ་གཡོ་འགུལ་ཐེབས་པའི་སྒྱུ་རྩལ་གྱི་ནུས་ཤུགས་ཀྱང་ཐོན་མི་སྲིད། སྒྱུ་རྩལ་པ་དངོས་འབྲེལ་ཞིག་ཡིན་ཕྱིན་གསོན་ཉམས་ལྡན་པ་དང་། ཞིབ་ཕྲ། མི་སེམས་མགུ་བའི་སྒྱུ་རྩལ་གྱི་གཟུགས་བརྙན་གསར་སྐྲུན་བྱེད་ཐུབ་པས་མི་ཚད་གཟུགས་བརྙན་དེ་རིགས་དཔེ་མཚོན་ཅན་དུ་འགྱུར་བ་བྱས་ནས་དཔེ་མཚོན་ཅན་དུ་བསྒྱུར་བའི་ཞིབ་ཕྲའི་གཟུགས་བརྙན་ལ་བརྟེན་ནས་འཚོ་བ་མཚོན་ཐུབ་པ་ཞིག་བྱེད་དགོས། དཔེར་ན། དུས་རབས་བཅུ་དགུ་པའི་ནང་བྱུང་བའི་ཕ་རན་སིའི་དངོས་ཡོད་རིང་ལུགས་ཀྱི་རྩོམ་པ་པོ་པའར་ཀྲ་ཁེ་ཡིས་བརྩམས་པའི《མི་ཡུལ་གྱི་དགོད་བྲོ་བའི་ཟློས་གར》ཞེས་པའི་ནང་དུས་རབས་བཅུ་དགུ་པའི་ཕ་རན་སིའི་སྤྱི་ཚོགས་དེ་ཟློས་གར་གྱི་འཁྲབ་སྟེགས་ཆེན་པོ་ཞིག་ཏུ་བསྒྲིས་ཏེ། སྐབས་དེའི་ཕ་རན་སིའི་སྟེ་མང་རྙོག་འཛིང་ཅན་གྱི་མ་རྩ་རིང་ལུགས་ཀྱི་སྤྱི་ཚོགས་དེ་བརྩམས་སྒྲུང་ནང་ནས་ཕྱིན་ཡོངས་དང་ཞིབ་ཕྲ། རྒྱ་ཆེ་ཞིང་གཏིང་ཟབ་ཀྱིས་མཚོན་པར་བྱས་ཡོད་པ་དང་། རྩོམ་པ་པོས་བརྩམས

སྒྲུང་དཀའ་བཅུ་གོ་དྲུག་གི་ནང་དུ་མི་སྣ་མི་འདྲ་བ་སུམ་སྟོང་ལྷག་ཙམ་གྱི་གཟུགས་བརྙན་གསར་སྐྲུན་གནང་བ་དང་། དཔེ་དེབ་སྤྱིའི་མིང་ལ《མི་ཡུལ་གྱི་དགོད་བྲོ་བའི་ཟློས་གར་》ཞེས་བརྗོད་ལ། དེ་ཡང་ཁག་གསུམ་དུ་དབྱེ་ཡོད་པ་སྟེ《གོམས་སྲོལ་ཞིབ་འཇུག་》《མཚན་ཉིད་རིག་པ་ཞིབ་འཇུག་》《དབྱེ་ཞིབ་ཞིབ་འཇུག་》བཅས་ཡོད་པ་དང་། རྩོམ་པ་པོས་རྩོམ་རིག་བརྩམས་ཆོས་ཀྱིས་འཚོ་བ་དེ་གཅིག་གྱུར་གྱི་རང་བཞིན་དང་ཁྱོན་ཡོངས་ཀྱི་རང་བཞིན་ལྡན་དགོས་པ་ཞིག་ཡིན་པའི་ནན་བཤད་ཀྱང་གནང་ཡོད་པ་རེད།

རྩོམ་རིག་སྒྱུ་རྩལ་གྱིས་སྤྱི་ཚོགས་ཀྱི་འཚོ་བ་ཚུར་སྣང་བྱེད་རྒྱུ་དེར་སྤྱི་ཡོངས་ཀྱི་རང་བཞིན་ལྡན་ཡོད་ཅེས་པ་ནི་བརྩམས་ཆོས་ཚང་མའི་ནང་སྤྱི་ཚོགས་ཀྱི་འཚོ་བ་དེ་མ་ལུས་ཀུན་འདུས་ཀྱིས་མཚོན་པར་བྱས་ཡོད་ཅེས་ཞུས་པ་མ་ཡིན་པར་དེ་ནི་བརྩམས་ཆོས་དེ་དག་གི་ནང་དུ་སྤྱི་ཚོགས་ཀྱི་འཚོ་བ་དེ་ཕན་ཚུན་འབྲེལ་ཡོད་ཀྱི་སྤྱི་ཡོངས་ཀྱི་རང་བཞིན་ལྡན་པའི་སྒོ་ནས་མཚོན་པར་བྱས་ཡོད། དཔེར་ན། བརྩམས་སྒྲུང་ཐུང་གྲས་ཤིག་ལ་མཚོན་ན་དེའི་ནང་སྤྱི་ཚོགས་ཀྱི་འཚོ་བའི་ནང་གི་གནད་དོན་འགའ་རེ་རྩོམ་འབྲི་བྱས་ཡོད་ལ། དེས་རང་བཞིན་དུ་མི་རྣམས་ཀྱི་འཚོ་བའི་ཕྱོགས་འགའ་ཞིག་མཚོན་པར་བྱས་ཡོད་པ་དང་། འཚོ་བའི་ཕྱོགས་འགའ་ཞིག་དེ་ཡང་ཕན་ཚུན་འབྲེལ་བ་ཡོད་ལ་དཀྱུས་གཅིག་ཏུ་འབྲེལ་བའི་གོང་བུ་བཞིན་བརྩམས་ཆོས་དེའི་ནང་དུ་རྩོམ་འབྲི་བྱས་ཡོད་པ་དེ་ཡིན།

གཉིས་པ། མཚོན་བྱེད་ཀྱི་རྣམ་པ་མི་འདྲ་བ།

རིག་རྩལ་ཞེས་པ་ནི་གཟུགས་སུ་འགོད་པའི་སྒྱུ་རྩལ་གྱི་གཟུགས་བརྙན་གསར་བཟོ་བྱེད་པའི་སྒྱུ་རྩལ་ཞིག་རེད། བརྩམས་སྒྲུང་གང་ཞིག་ལ་ཡང་གཟུགས་བརྙན་གྱི་མ་ལག་གཅིག་ཡོད་ལ། དེའི་སྙིང་པོ་ནི་མི་སྣའི་གཟུགས་བརྙན་བསྐྲུན་རྒྱུ་དེ་ཡིན། གཟུགས་བརྙན་ཞེས་པ་ནི་འཚོ་བའི་ཁྱད་ཀྱི་བྱ་དངོས

ཀྱི་གཟུགས་དབྱིབས་དང་རྣམ་པ་གང་རུང་ཞིག་མིག་ཤེས་ཀྱི་མཐོང་རྒྱུ་ཡོད་པ། སྣ་ཤེས་ཀྱི་མནམ་རྒྱུ་ཡོད་པ། ལུས་ཤེས་ཀྱིས་རེག་རྒྱུ་ཡོད་པ། ཡིད་ཤེས་ཀྱིས་ཚོར་རྒྱུ་ཡོད་པའི་རང་བཞིན་ལྡན་པ་ཞིག་ལ་བཤད་པ་ཡིན་ལ། རྩོམ་རིག་སྒྱུ་རྩལ་གྱི་གཟུགས་བརྙན་ཡང་དེ་དང་འདྲ་བའི་འདུ་ཤེས་ཤིག་སྟེར་ཐུབ་པ་བྱེད་ཀྱི་ཡོད་པ་རེད།

མིའི་རིགས་ཀྱི་ཐོན་སྐྱེད་འཐབ་རྩོད་དང་གྲལ་རིམ་འཐབ་རྩོད་སོགས་སྤྱི་ཚོགས་ཀྱི་ལག་ལེན་ནང་དུ་མི་འདྲ་བའི་ཤེས་ཡོན་གཉིས་འཕེལ་རྒྱས་བྱུང་ཡོད་པ་སྟེ། ཚན་རིག་དང་རྩོམ་རིག་སྒྱུ་རྩལ་ཡིན། ཚན་རིག་ལ་ཡང་སྤྱི་ཚོགས་ཀྱི་ཚན་རིག་དང་རང་བྱུང་གི་ཚན་རིག་གཉིས་སུ་དབྱེ་ཡོད་པ་རེད། རྩོམ་རིག་སྒྱུ་རྩལ་གྱི་ནང་དུ་སྒྱུ་རྩལ་གྱི་འགྲུབ་བྱེད་མི་འདྲ་བ་དང་། ཀློག་པ་པོ་དང་གཟིགས་མོ་བ་རྣམས་ཀྱི་མྱོང་ཚོར་མི་འདྲ་བར་བརྟེན་སྤྱིར་བཏང་ཐོག་སྐད་ཆའི་སྒྱུ་རྩལ་（རྩོམ་རིག་）སྒྲ་སྐྱེད་སྒྱུ་རྩལ་（རོལ་མོ་）དབྱིབས་བཟོའི་སྒྱུ་རྩལ་（རི་མོ་བཀོ་བཟོ་དང་འཛིམ་བཟོ་）ཕྱོགས་བསྡུས་ཀྱི་སྒྱུ་རྩལ་ལམ་ཡང་ན་མཉམ་འདྲེས་ཀྱི་སྒྱུ་རྩལ་（ཟློས་གར་གློག་བརྙན་）བཅས་སུ་དབྱེ་ཀྱི་ཡོད་པ་རེད། ཚན་རིག་དང་རྩོམ་རིག་སྒྱུ་རྩལ་གྱི་རྩ་བའི་ཁྱད་པར་ནི་གཟུགས་བརྙན་ལ་བརྟེན་ནས་སྤྱི་ཚོགས་ཀྱི་འཚོ་བ་མཚོན་པར་བྱེད་དགོས་པ་རེད། ཚན་རིག་དང་རྩོམ་རིག་སྒྱུ་རྩལ་གྱིས་ཚུར་སྣང་བྱེད་ཡུལ་གྱི་ཐད་ལ་དེར་ཐུན་མོང་གི་ཁྱད་ཆོས་ལྡན་ཡོད་པ་སྟེ། དེ་གཉིས་པོས་ཁྱོན་ཡོངས་ནས་དངོས་ཡོད་ཀྱི་གནས་ཚུལ་ཕུན་སུམ་ཚོགས་པོ་ཞིག་ཤེས་རྟོགས་དང་ཁོང་ཚུད་བྱེད་དགོས་པ་མ་ཟད། དངོས་ཡོད་གནས་ཚུལ་གྱི་རྟོག་འཛིན་ཆེ་བའི་སྣང་ཚུལ་བརྒྱུད་དེ་དབྱེ་འབྱེད་དང་ཞིབ་འཇུག་བྱས་ནས་ཚོར་སྣང་གི་ཤེས་རྟོགས་ནས་རྗེས་དཔག་གི་ཤེས་རྟོགས་སུ་འཕུར་བསྐྱོད་བྱེད་རྒྱུ་དེ་གྲུབ་པར་བྱེད་ཀྱི་ཡོད།

འོན་ཏེ་དེ་གཉིས་ཀྱི་བར་ལ་ངོ་བོའི་ཐད་ནས་ཁྱད་པར་ཡོད་པ་ཞིག་ཡིན། ཚན་རིག་གིས་སྣང་ཚུལ་དེ་དག་ངོས་འཛིན་གྱི་ལམ་སྟོན་མཁན་ལྟ་བུ་ཞིག་ཏུ

བརྩི་བ་དང་། ཚོར་ནང་གི་ཤེས་རྟོགས་ནས་རྗེས་དཔག་གི་ཤེས་རྟོགས་སུ་འཕུར་བསྐྱོད་བྱེད་རྒྱུ་དེ་ལེགས་གྲུབ་བྱུང་རྗེས། གསོན་ཉམས་ལྡན་ལ་ཞིབ་ཕྲའི་ཚོར་སྣང་གི་དཔྱད་གཞི་རྣམས་བསྒྱུར་གྱི་ཡོད་པ་རེད། རྩོམ་རིག་སྒྱུ་རྩལ་ནི་དེ་དང་གཏན་ནས་མི་འདྲ་བ་སྟེ། བྱ་དངོས་མཚོན་པར་བྱེད་པའི་བརྒྱུད་རིམ་ནང་ཐོག་མཐའ་བར་གསུམ་དུ་གསོན་ཉམས་ལྡན་པའི་ཚོར་སྣང་གི་དཔྱད་གཞི་དེ་དག་དོར་བའམ་བསྒྱུར་གྱི་མེད་པ་རེད།

ཚན་རིག་ནི་སྤྱི་མཚན་གྱི་རྣམ་པ་བེད་སྤྱོད་དང་ཚོད་དཔག་དང་རྟོག་བཟོ་བྱེད་པའི་རིགས་རམ་དང་ར་སྤྲོད་ཡོང་བའི་ཐབས་ཤེས་ལ་བརྟེན་ནས་རིགས་འདེད་ཀྱིས་བརྟར་ཤ་གཅོད་པ་བཅས་བྱས་ཏེ། ཚུར་སྣང་བྱེད་ཡུལ་དེ་དག་སྤྱི་འགྲོས་དང་། གཏན་སྲོལ་དང་ངེས་སྲོལ། རྩ་བའི་རིག་པ་བཅས་ཕྱོགས་བསྡུས་ཀྱི་ཐོག་ནས་བྱ་དངོས་ཀྱི་ངོ་བོ་དང་ཆོས་ཉིད་གསལ་སྟོན་བྱེད་ཀྱི་ཡོད་པ་རེད། སྒྱུ་རྩལ་གྱིས་ཚུར་སྣང་བྱེད་ཡུལ་དེ་དག་གཟུགས་བརྙན་ལ་བསྒྱུར་ཏེ། གསོན་ཉམས་དོད་པའི་སྒྱུ་རྩལ་གྱི་གཟུགས་བརྙན་ཐོག་ནས་སྤྱི་ཚོགས་ཀྱི་འཚོ་བའི་ངོ་བོ་དང་ཆོས་ཉིད་གསལ་སྟོན་བྱེད་ཀྱི་ཡོད་པ་རེད། ཚན་རིག་ནི་ཡང་ནས་ཡང་དུ་ཚོད་ལྟ་བྱས་ཆོག་ལ་བསྐྱར་ནས་བསྐྱར་དུ་ཚོད་ལྟ་བྱས་ཆོག་པ་ཞིག་ཡིན། རྩོམ་རིག་སྒྱུ་རྩལ་གྱི་གཟུགས་བརྙན་ནི་དེ་དང་གཏན་ནས་མི་འདྲ་བ་སྟེ། སྒྱུ་རྩལ་གྱི་གཟུགས་བརྙན་དེ་དག་ནི་སྤྱི་ཚོགས་ཀྱི་འཚོ་བའི་ནང་གནས་པའི་མི་དང་འདྲ་བར་དུས་ཚོད་ཐུང་བའི་མི་ཚེའི་འགྲོ་ལམ་ནང་ཚེ་སྲོག་ཐེངས་གཅིག་ལས་ཐོབ་མི་ཐུབ་ལ་བླ་སྲོག་གི་མེ་ལྕེ་ཡང་ཐེངས་གཅིག་ལས་འབར་མི་ཐུབ་པ་དང་། ནམ་ཞིག་མེ་ལྕེ་དེ་ཤི་རྗེས་བསྐྱར་དུ་སྤར་མི་ཐུབ་པ་ལྟར་རོ། དཔེར་ན། 《གཙུག་གཡུ་》ཞེས་པའི་ནང་གི་གཙོ་བོའི་མི་སྣ་དཔལ་ལྡན་ནི་དཔལ་ལྡན་རང་ཡིན་པ་ལས། བརྩམས་ཆོས་ཀྱི་ནང་དུ་དཔལ་ལྡན་བསྐྱར་ བཟློས་བྱས་ཏེ་ཐོན་ཆེ། དེ་ནི་རང་མཚན་ཁྱད་ཆོས་ཀྱི་སྒྱུ་རྩལ་གྱི་ཆོས་ཉིད་དང་རྒྱབ་འགལ་བྱས་པ་མ་ཟད། མངོན་གསལ་དོད་པོས་བཀྲ་བཤུས་དང་འདྲ་བཟོ་བྱས་པ་ལས་སྒྱུ་རྩལ་གསར་

རྩོམ་བྱས་པ་ཞིག་མ་ཡིན། དེར་བརྟེན་རྩོམ་རིག་སྒྱུ་རྩལ་གྱི་གཟུགས་བརྙན་མཐའ་དག་ནི་ནམ་ཡང་རྣམ་པ་གསར་རྐྱང་དང་ཐུན་མོང་མ་ཡིན་པའི་གསར་རྩོམ་གྱི་རང་བཞིན་ལྡན་དགོས་པ་ཞིག་ཡིན་ནོ།

རྩོམ་རིག་གི་བརྩམས་ཆོས་ཤིག་ཡིན་ཕྱིན་དེས་མི་རྣམས་ཀྱི་སེམས་ཁམས་སུ་ཡུན་རིང་གནས་ཐུབ་མིན་དང་དུས་ཡུན་རིང་པོའི་ནང་དུ་ནུས་པ་ཐོན་ཐུབ་མིན་གྱི་འགག་རྩའི་གནད་དོན་ནི་བརྩམས་ཆོས་དེའི་ནང་དུ་སྒྱུ་རྩལ་གྱི་གཟུགས་བརྙན་གསར་སྐྲུན་བྱས་པ་དེ་དག་ལེགས་གྲུབ་བྱུང་མིན་དང་། སྒྱུ་རྩལ་གྱི་གཟུགས་བརྙན་དེ་དག་ལ་མི་རིགས་ཀྱི་ཁྱད་ཆོས་ལྡན་ཞིང་དུས་རབས་ཀྱི་སྙིང་སྟོབས་མཚོན་པ་དང་། སྤྱི་ཚོགས་ཀྱི་བསམ་བློའི་དོན་སྙིང་ལྡན་པའི་དཔེ་མཚོན་གྱི་གཟུགས་བརྙན་གསར་བསྐྲུན་བྱེད་རྒྱུར་རགས་ལས་པ་ཞིག་ཡིན། 《གླིང་གེ་སར་རྒྱལ་པོའི་སྒྲུང་》ལ། གནའ་རབས་དང་། དེང་རབས། རང་རྒྱལ་དང་། ཕྱི་རྒྱལ། དུས་རབས་རིམ་བྱུང་དང་ལོ་རྒྱུས་ཀྱི་ཆུ་རྒྱུན་རིང་པོའི་ནང་དུ་མི་རྣམས་ཀྱིས་དགའ་ཞེན་དང་སྤྲོ་སེམས་རབ་ཏུ་འཕེལ་ཐུབ་པའི་རྒྱུ་རྐྱེན་གཙོ་བོ་ཞིག་ནི་བརྩམས་སྒྲུང་དེའི་ནང་དུ་ལྷ་ཡུལ་ནས་མི་ཡུལ་དང་། ཀླུ་ཡུལ་ནས་དམྱལ་བ་སོགས་ཀྱི་ནང་དུ་མཚན་ཡོད་ལ་ཐོབ་ཐང་ཡང་ཡོད་པའི་མི་སྣའི་གཟུགས་བརྙན་སུམ་སྟོང་ལྷག་ཙམ་ཞིག་གི་སྒྱུ་རྩལ་གྱི་གཟུགས་བརྙན་གསར་སྐྲུན་བྱས་ཡོད་པ་དེ་ནི་ད་ལམ་འཛམ་གླིང་གི་རྩོམ་རིག་ལོ་རྒྱུས་ཐོག་ཏུ་ཤིན་ཏུ་མཐོང་དཀོན་པའི་གནས་སུ་མཆིས་ལ《གླིང་གེ་སར་རྒྱལ་པོའི་སྒྲུང་》ཁྱོན་ཡོངས་ཀྱི་གནས་ཚུལ་ད་དུང་ང་ཚོས་ཤེས་རྟོགས་བྱེད་ཐུབ་མེད་པ་མ་ཟད། བརྩམས་སྒྲུང་ཁྱོན་ཡོངས་ཀྱི་ནང་དུ་སྒྱུ་རྩལ་གྱི་གཟུགས་བརྙན་ཁྱོན་བསྡོམས་ཅི་ཙམ་གསར་སྐྲུན་བྱས་ཡོད་མེད་ནི་དེ་བས་ཀྱང་ཤེས་རྟོགས་བྱེད་ཐུབ་མེད། ད་ལམ་ཕྱོགས་བསྒྲིགས་བྱས་ཟིན་པའི་གནས་ཚུལ་ལ་བལྟས་ཚེ། སྒྱུ་རྩལ་གྱི་གཟུགས་བརྙན་དེ་ད་ལྟའི་གྲངས་ཚད་ལས་བརྒལ་རྒྱུ་ཡིན་པ་ནི་གདོན་མི་ཟའོ། དཔེར་ན《མོན་གླིང་གཡུལ་འགྱེད་》《འཇང་གླིང་གཡུལ་འགྱེད་》《ཨ་ཁྲག་གཟི་

རྫོང་》《སོག་སྟོད་ཅང་ཤེས་ཧ་རྫོང་》སོགས་ཀྱི་ནང་དུ་མཚན་ཡོད་ལ་ཐོབ་ཐང་ཡོད་པའི་མི་སྣ་དངོས་སུ་ཐོན་པ་ཉིས་བརྒྱ་ལྷག་ཙམ་ཡོད་པ་དང་། 《གྲུ་གུའི་ག་རྫོང་》ཞེས་པའི་ནང་དུ་མི་སྣ་ཆིག་སྟོང་ལྷག་ཙམ་ཞིག་གིས་གཟུགས་བརྙན་གསར་བསྐྲུན་བྱས་ཡོད་པ་རེད། 《གླིང་གེ་སར་རྒྱལ་པོའི་སྒྲུང་》ནང་གི་སྒྲུ་རྩལ་གྱི་གཟུགས་བརྙན་དེ་དག་ སྤྱིར་མི་འདྲ་བ་ཁག་གསུམ་དུ་དབྱེ་ཆོག་པ་སྟེ། གཅིག་ལྷ་ཀླུ་གཉན་བཙན་སོགས་ཀྱི་གཟུགས་བརྙན་དེ་དག་ཡིན་ཞིང་། གཟུགས་བརྙན་དེ་རིགས་ནི་མཐོན་འཕགས་གཤམ་གནོན་གྱི་ཚུལ་བཞིན་འགྲོ་བ་རྣམས་ཀྱིས་ལས་དབང་ལ་ཁ་ལོ་བསྒྱུར་པ་མ་ཟད། འདུས་ཟིན་པ་དང་། ད་ལྟ། མ་འོངས་ཀྱི་གནས་ཚུལ་མཐའ་དག་རྟོགས་ཐུབ་ཀྱི་ཡོད་པ་རེད། བརྩམས་སྒྲུང་ནང་དུ་སྒྲུ་རྩལ་གྱི་གཟུགས་བརྙན་དེ་རིགས་ཀྱི་བྱ་སྤྱོད་འཕྲི་སྐབས་བབ་བསླིང་ལྡན་པ་དང་། ཚིག་སྦྱོར་སྙན་ཞིང་བརྗིད་ཉམས་ལྡན་པ། བསྔགས་བརྗོད་ཕུན་སུམ་ཚོགས་པ་སོགས་སྤྱིར་གཏན་འཁེལ་བའི་རྣམ་གཞག་ཅིག་ཏུ་གྲུབ་ཡོད་པར་བརྟེན་གཟུགས་བརྙན་དེ་རིགས་ལ་ལྷའི་སྤྱི་ཡོངས་ཀྱི་རང་བཞིན་ཆེ་ཆེར་ལྡན་པ་ལས་བྱེ་བྲག་གི་རང་བཞིན་ཉུང་ལ། འཚོ་བའི་ཉམས་འགྱུར་དང་རྒྱང་ཐག་རིང་ཞིང་མི་རྣམས་ལ་དད་སེམས་སྐྱེ་པ་ལས་མཇལ་མི་ཐུབ་པ་དང་། གོ་བ་ཙམ་ལས་ཤེས་རྟོགས་བྱེད་མི་ཐུབ་པ་ལྷ་བུའི་ཚོར་སྣང་ཞིག་སྐྱེ་ཡི་ཡོད་པ་རེད།

གཉིས་པ། བདུད་རྒྱལ་གྱིས་གཙོ་བོར་བྱས་པའི་འདྲེ་དང་དེ་མིན་བདུད་དང་བདུད་བློན་དང་བདུད་ཀྱི་དམག་དཔོན་སོགས་ཡིན་ལ། དེ་དག་གི་ནང་དུ་ཡང་ཁྱད་ཆོས་མི་འདྲ་གཉིས་ཡོད་པ་སྟེ་《བདུད་འདུལ་》ནང་གི་བདུད་རྒྱལ་ཀླུ་བཙན་ལྟ་བུར་བདུད་ཀྱི་རང་བཞིན་ལྡན་པ་ལས་མིའི་ཁྱད་ཆོས་ཀྱི་རང་བཞིན་ལྡན་མེད་པ་དང་། 《ཧོར་གླིང་གཡུལ་འགྱེད་》ནང་གི་གུར་དཀར་རྒྱལ་པོ་དང་《མོན་གླིང་གཡུལ་འགྱེད་》ནང་གི་ཤིང་ཁྲི་རྒྱལ་པོ་སོགས་བརྩམས་སྒྲུང་གི་ནང་དུ་དེ་དག་བདུད་ཀྱི་སྤྲུལ་པ་ཡིན་ཟེར། ནན་བཤད་ཡང་ནས་ཡང་དུ་བྱས་ཡོད་

ཀྱང་ཁོ་ཚོའི་བྱ་སྤྱོད་རྩོམ་འབྲི་བྱེད་པའི་སྐབས་སུ་དོན་དངོས་རྩོམ་འབྲི་བྱེད་པའི་ཐབས་ཤེས་བེད་སྤྱོད་བྱས་ཡོད་རྐྱེན་འཚོ་བའི་དངོས་ཡོད་རང་བཞིན་དང་ཐག་ཉེ་བ་མ་ཟད། འཚོ་བའི་ཉམས་འགྱུར་གཏིང་ཟབ་པོ་ཞིག་ལྡན་ཡོད་པ་རེད། ཁོ་ཚོའི་གཟུགས་བརྙན་ཐོག་ཏུ་བདུད་ཀྱི་སྤྱིའི་རང་བཞིན་ལྡན་ལ། བྱེ་བྲག་གི་རང་བཞིན་ཡང་ལྡན་ཡོད་པ་རེད།

གསུམ་པ། གེ་སར་རྒྱལ་པོས་གཙོ་བྱས་པའི་བོད་རིགས་ཀྱི་དཔེ་མཚོན་གྱི་གཟུགས་བརྙན་དེ་དག་ཡིན། ཁོ་ཚོ་ནི་འཛིག་རྟེན་མི་ཡུལ་དུ་འཚོ་གནས་བྱས་ཤིང་ཤ་ཁྲག་ལྡན་པའི་མི་སྣའི་གཟུགས་བརྙན་ཡིན་ལ་གཟུགས་བརྙན་གསར་སྐྲུན་དང་རྩོམ་འབྲི་བྱེད་རྒྱུའི་ཐད་གྲུབ་འབྲས་ཁྱད་དུ་འཕགས་པ་ཞིག་ཐོབ་ཡོད། གཟུགས་བརྙན་དེ་རིགས་ཡང་སྤྱིར་བཏང་ཁག་གསུམ་དུ་དབྱེ་ཆོག་པ་སྟེ།

1. གླིང་གེ་སར་རྒྱལ་པོས་གཙོ་བྱས་པའི་གླིང་རྒྱལ་གྱི་དཔའ་བོ་སུམ་ཅུ་དང་དཔའ་མོ་སུམ་ཅུ་དང་། དེ་མིན་དཔའ་མཛངས་ལྡན་ལ་དམག་རྒྱག་མཁས་པ་དང་སྲུང་སྐྱོང་དོད་ལ་བློ་གྲོས་ལྡན་པའི་དཔའ་བོ་དང་། སྟེ་ཤོག་ཁག་གི་འགོ་གཙོ་སོགས་ཀྱི་གཟུགས་བརྙན་དེ་དག་ཡིན།

2. ལས་རིགས་ཁག་མི་འདྲ་བ་བྱེད་མཁན་གྱི་གཤམ་འོག་མང་ཚོགས་ཀྱི་གཟུགས་བརྙན་དེ་དག་ཡིན་ཞིང་། དེའི་ནང་དུ་འབྲོག་པ་དང་ཞིང་པ། བྲན་གཡོག མོ་པ། སྐར་རྩིས་པ། སྔགས་ཆེན། སྨན་པ། བཟོ་རིགས་བྱེད་མཁན་དང་། སྲུང་པོ་དང་། འཁྲམ་པོ་སོགས་གང་ལྷར་བོད་རིགས་ཀྱི་གནའ་བོའི་སྤྱི་ཚོགས་ནང་གནས་པའི་མི་འདྲ་མིན་སྣ་ཚོགས་ཀྱི་གཟུགས་བརྙན་རྣམས་བརྩམས་སྒྲུང་དེའི་ནང་ནས་སྤྱིར་ཆ་ཚང་བར་གསལ་མཚོན་བྱས་ཡོད།

3. ཁྲོ་ཐུང་གིས་གཙོ་བྱས་པའི་མགོ་གཉིས་མའི་མི་སྣའི་གཟུགས་བརྙན་དེ་དག་ཡིན་ཞིང་མི་སྣ་དེ་གྲས་ཏ་ཅང་ཉུང་ངུ་ཞིག་ཡིན་རུང་བརྩམས་སྒྲུང་ཁྱོན་ཡོངས་ཀྱི་ནང་དུ་གནས་ཡོད་པ་མ་ཟད། ཡིག་ཚོགས་ཡང་མང་པོ་བཟུང་ཡོད་པ་རེད་ལ། སྒྱུ་རྩལ་གྱི་སྒྲིག་བཀོད་བྱེད་སྟངས་ཀྱི་ངོས་ནས་བརྗོད་ཚེ། མི་སྣ་དེ་

རིགས་ཀྱི་བྱ་སྤྱོད་དེས་བཙམས་སྒྲུང་གི་བྱུང་རིམ་འཕེལ་རྒྱས་དང་སྐུལ་འདེད་གཏོང་བ། བཙམས་སྒྲུང་གི་དཔེ་དེབ་གོང་འོག་འབྲེལ་མཐུད་བྱེད་རྒྱུར་ཆེས་གལ་ཆེ་བའི་ནུས་པ་ཐོན་ཡོད་པ་རེད།

དེ་མིན་དམག་ཏ་དང་། འདབ་ཆགས། རི་དྭགས། རྩ་ཤིང་དང་རི་ཆུ་སོགས་ལ་ཡང་མིའི་རང་བཞིན་དུ་རབ་བཏགས་བྱས་ཏེ། དེ་དག་གིས་དྲང་བདེན་དང་དགེ་བ། ཡང་ན་ཉེས་པ་དང་ངན་པའི་ཚབ་བྱས་ཡོད་པ་མ་ཟད། གཤིས་རྒྱུད་ཀྱི་ཁྱད་ཆོས་མངོན་གསལ་དོད་པོ་ཞིག་ཏུ་གསར་སྤྲུན་བྱས་ཡོད་པ་རེད་ལ། སྐྱེ་དངོས་ཀྱི་རང་བཞིན་དང་སྤྱི་ཚོགས་ཀྱི་རང་བཞིན། ཞེན་ཆགས་ཀྱི་རང་བཞིན་སོགས་ཟུང་འབྲེལ་བྱས་ཏེ་སྒྱུ་རྩལ་གྱི་མཚོན་བྱེད་ནུས་པ་ཁ་སྟོན་བྱས་ཡོད་པ་དང་། དེ་དག་ནི་བཙམས་སྒྲུང་གི་ནང་དུ་མེད་ན་མི་འགྲིག་པའི་སྒྱུ་རྩལ་གྱི་གཟུགས་བརྙན་ཞིག་ཏུ་གྱུར་ཡོད་པ་རེད། བཙམས་སྒྲུང་ཁྱོན་ཡོངས་ཀྱི་ནང་དུ་སྒྱུ་རྩལ་གྱི་གཟུགས་བརྙན་གསར་སྤྲུན་བྱས་ཡོད་པ་དེ་དག་གི་ནང་དུ་དྲང་ཕྱོགས་ཀྱི་མི་སྣའི་གཟུགས་བརྙན་ནི་ཆེས་ཁྱད་དུ་འཕགས་པ་ཞིག་བྱུང་ཡོད་པ་རེད་ལ། མི་སྣ་དེ་དག་གི་གཟུགས་བརྙན་ཐོག་ཏུ་དུས་རབས་ཀྱི་སྙིང་སྟོབས་དང་། མི་རིགས་ཀྱི་སེམས་ཁམས་དང་ཁྱད་ཆོས་བཙོ་སྦྱངས་བྱས་ཡོད་པ་མ་ཟད། སྤྱི་ཚོགས་འཚོ་བའི་ནང་གི་ཡར་ཐོན་དང་དྲང་བདེན། མཛེས་དཔྱོད་ཀྱི་ལྟ་ཚུལ་དང་བྱ་སྤྱོད་མཚོན་པར་བྱས་ཡོད་པ་དང་། གནའ་བོའི་བོད་རིགས་ཀྱི་ཕྱུགས་བསམ་དང་འདུན་པ་སོགས་མི་སྣ་དེ་དག་ལ་རེ་བཙལ་བྱས་ཡོད་པ་རེད། དེར་བརྟེན་དྲང་ཕྱོགས་ཀྱི་མི་སྣ་དེ་དག་བདུད་རྒྱལ་དང་ལྷ་ཀླུ་གཉན་བཙན་སོགས་ཀྱི་གཟུགས་བརྙན་ལས་དེ་བས་ཀྱང་སྒྱུ་རྩལ་གྱི་ཡིད་འགུགས་ནུས་ཤུགས་ཆེ་ཆེར་ཐོན་ཡོད་པ་རེད། བོད་གནའ་རབས་ཀྱི་སྤྱི་ཚོགས་ཀྱི་གནས་ཚུལ་དེ་དག་སྒྱུ་རྩལ་གྱི་གཟུགས་བརྙན་དེ་དག་ལ་བརྟེན་ནས་མཚོན་པར་བྱས་པ་ཞིག་ཡིན། གལ་སྲིད་སྒྱུ་རྩལ་གྱི་གཟུགས་བརྙན་དེ་དག་མེད་ཚེ《གླིང་གེ་སར་རྒྱལ་པོའི་སྒྲུང་》གཏམ་ཡང་ཡོང་མི་ཐུབ་པོ།

རྩོམ་རིག་སྒྱུ་རྩལ་དང་སྤྱི་ཚོགས་ཚན་རིག་གི་རྣམ་པའི་ཐད་ཚུར་སྣང་བྱེད་ཚུལ་གཏན་ནས་མི་འདྲ་བ་ཞིག་ཡིན། སྤྱི་ཚོགས་ཚན་རིག་གིས་སྤྱི་མཚན་གྱི་ཐ་སྙད་བེད་སྤྱད་ཏེ་རྣར་ཤ་གཅོད་པ་དང་། རིགས་འདེད་བྱེད་པ། དབྱེ་ཞིབ་དང་ཕྱོགས་བསྡུད་བྱེད་པ་དེ་རིགས་པའི་གཞུང་ལུགས་ཀྱི་རྣམ་པའི་ཐད་ནས་སྤྱི་ཚོགས་ཀྱི་འཚོ་བའི་ནང་ཡོད་ཀྱི་ཆོས་ཉིད་རང་བཞིན་དེ་ཚུར་སྣང་བྱེད་ཀྱི་ཡོད་པ་རེད། རྩོམ་རིག་སྒྱུ་རྩལ་གྱིས་ཞིབ་ཕྲའི་གཟུགས་བརྙན་བསྐྲུན་པའི་ཐབས་ཤེས་ལ་བརྟེན་ཏེ་སྤྱི་ཚོགས་འཚོ་བའི་ནང་གི་མི་སྣ་དང་བྱ་དངོས་ཁོར་ཡུག་སོགས་ཞིབ་ཕྲ་དང་གསོན་ཉམས་ངོད་པའི་སྒོ་ནས་རྩོམ་འབྲི་བྱས་ཏེ་སྒྱུ་རྩལ་གྱི་གཟུགས་བརྙན་བསྐྲུན་པའི་ཐབས་ཤེས་ལ་བརྟེན་ནས་སྤྱི་ཚོགས་ཀྱི་འཚོ་བ་དེ་ཚུར་སྣང་བྱེད་ཀྱི་ཡོད་པ་རེད། ཕུ་ལེ་ཁང་ནོར་ཕུ་ཡིས“སྒྱུ་རྩལ་མཁན་གྱིས་གཟུགས་བརྙན་ལ་བརྟེན་ཏེ་རང་གི་བསམ་བློ་དེ་མཚོན་པར་བྱེད་ཀྱི་ཡོད་པ་དང་། སྲིད་དོན་བརྗོད་པ་པོ་ཡིས་གཏན་ཚིགས་རིག་པར་བརྟེན་ནས་རིགས་འདེད་ཀྱིས་རང་གི་བསམ་བློ་དེ་ར་སྤྲོད་བྱེད་ཀྱི་ཡོད་པ་རེད། གལ་སྲིད་རྩོམ་པ་པོ་ཞིག་གིས་གཟུགས་བརྙན་བེད་སྤྱོད་མི་བྱེད་པར་གཏན་ཚིགས་རིག་པས་རིགས་འདེད་བྱས་ན……དེ་ནི་སྒྱུ་རྩལ་མཁན་ཞིག་མ་ཡིན་པར་སྲིད་དོན་བརྗོད་པ་པོ་ཞིག་ཡིན”ཞེས་གསུངས་པའི་རྒྱུ་མཚན་ཡང་དེ་ཡིན་ལ། ཡང་ཀོར་ཀིས“སྒྱུ་རྩལ་གྱི་བརྩམས་ཆོས་ནི་རྒྱས་བཤད་བྱ་རྒྱུ་དེ་མ་ཡིན་ལ། དེ་ནི་གཟུགས་བརྙན་དང་མཛེས་རིས་བརྒྱུད་དེ་འཚོ་བ་དངོས་དེ་རྩོམ་འབྲི་བྱ་དགོས་པ་ལས་སྲིད་དོན་བརྗོད་རྒྱུ་དེ་ལས་ཀའི་གཙོ་གནད་དུ་འཛོག་རྒྱུ་མེད”(《རྩོམ་རིག་སྒྱུ་རྩལ་གྱི་དཔྱད་རྩོམ་འདེམས་སྒྲིག》ཅེས་པའི་ཤོག་གྲངས་123ལ་གསལ་)ཞེས་གསུངས་པ་ལྟར་རོ། མདོར་བསྡུས་ཏེ་བརྗོད་ན། རྩོམ་རིག་ནི་སྤྱི་ཚོགས་ཀྱི་འདུ་ཤེས་འཛིན་སྟངས་ཤིག་ཡིན་པ་དང་སྟེང་གི་བཀོད་པའི་ཁྱབ་ཁོངས་ཀྱི་ཆ་ཤས་ཤིག་ཡིན་ཞིང་སྤྱི་ཚོགས་ཀྱི་འཚོ་བ་ངེས་ཅན་ཞིག་མིའི་རིགས་ཀྱི་ཐྭད་པའི་ནང་དུ་ཤར་པ་ལས་བྱུང་བ་ཞིག་ཡིན། དངོས་གཙོ་རྩོད་སྒྲུབ་རིག་པས་ངོས

འཛིན་བྱས་པར་སྤྱི་ཚོགས་ཀྱི་གནས་པ་དེས་སྤྱི་ཚོགས་ཀྱི་འདུ་ཤེས་གཏན་འཁེལ་བྱེད་པས་རྩོམ་རིག་གི་བརྩམས་ཆོས་ནི་འདུ་ཤེས་འཛིན་སྟངས་ཤིག་ཡིན་པར་བརྟེན་དེ་ར་སྤྱི་ཚོགས་ཀྱི་འཚོ་བ་ངེས་ཅན་ཞིག་གིས་ཚོད་འཛིན་བྱེད་ཀྱི་ཡོད་པ་རེད། རྩོམ་པ་པོས་རྩོམ་རིག་གི་བརྩམས་ཆོས་ཕྱུལ་བྱུང་ཞིག་འབྲི་དགོས་ན་ད་ཅང་གལ་འགངས་ཆེ་བའི་ཆ་རྐྱེན་ཞིག་ནི་ངེས་པར་དུ། རྩོམ་རིག་གི་ཆེས་རྒྱ་ཆེ་བ་དང་ཆེས་ཕུན་སུམ་ཚོགས་པའི་འབྱུང་ཁུངས་འབའ་ཞིག་ཏེ་མི་དམངས་མང་ཚོགས་ཀྱི་མི་ལྟར་ཚ་བའི་འཐབ་རྩོད་ནང་དུ་བསྐྱོད་ནས་འཚོ་བར་ལྟ་ཞིབ་དང་ཉམས་ལེན། ཞིབ་འཇུག་བཅས་བྱས་ཏེ་རྩོམ་རིག་སྒྱུ་རྩལ་གསར་རྩོམ་བྱ་དགོས་ཤིང་། དེ་ལྟར་བྱས་ཚེ་རྩོམ་རིག་གི་བརྩམས་ཆོས་ལ་དུས་སྐབས་དེ་རང་གི་རང་བཞིན་དང་དངོས་ཡོད་ཀྱི་རང་བཞིན་ལྡན་པ་ཞིག་ཡོང་ཐུབ། དེས་དུས་སྐབས་སོ་སོའི་ འཚོ་ བ་ མཚོན་ པར་ བྱེད་ པ་ ནི་ གསོན་ ཉམས་ ལྡན་ པ་ དང་ ཞིབ་ ཕྲ། ཕྱོགས་བསྡུད་བཅས་ཡིན་པའི་འཚོ་བའི་དཔེ་རིས་འབྲི་བ་བརྒྱུད་ནས་དངོས་སུ་འགྲུབ་པ་ ཡིན་ པས་ འདི་ ནི་ རྩོམ་ རིག་ དང་ འདུ་ ཤེས་ འཛིན་ སྟངས་ གཞན་ གྱི་ དབར་མི་འདྲ་བའི་ངོ་བོའི་ཐད་ཀྱི་དམིགས་བསལ་གྱི་ཁྱད་ཆོས་དེ་ཡིན།

གསུམ་པ། ཤུགས་རྐྱེན་དང་རྒྱུས་པ་མི་འདྲ་བ།

རྩོམ་རིག་གི་ཁྱད་ཆོས་གཅིག་ནི་གཙོ་བོ་མི་རྣམས་ཀྱི་བརྩེ་དུང་གི་ཡུལ་ཁམས་རྩོམ་འབྲི་བྱས་ཡོད་རྐྱེན་སློག་པ་པོའི་བརྩེ་དུང་གི་ཡུལ་ཁམས་ལ་འགུལ་སྐྱོད་ཤུགས་ཆེར་གཏོང་གི་ཡོད་པ་དང་། སྤྱིར་ལེགས་གྲུབ་བྱུང་བའི་བརྩམས་ཆོས་ཤིག་གིས་མི་རབས་གཅིག་དང་ཡང་ན་མི་རབས་འགའ་ཤས་ལ་བག་ཆགས་གཏིང་ཟབ་ཅིག་འཇོག་གི་ཡོད། མི་རྣམས་ཀྱིས་བརྩམས་ཆོས་ལ་སྤྲོ་སྣང་ལྡན་པའི་ངང་བལྟ་བའི་རང་བཞིན་གྱི་དགོས་འདུན་ནི་ཕྱོགས་མང་པོའི་ཐད་ནས་ཡིན་པ་སྟེ། རྩོམ་རིག་གི་སྐད་ཆ་སྙན་འཇེབས་ལྡན་པ་དང་། རྩོམ་རིག་གི་ཡིད་

དབང་འགྱུག་ཤུགས། བརྩམས་ཆོས་རྩིལ་པོའི་ནང་དུ་གནས་པའི་བསམ་པའི་ཆགས་སྟང་གི་སྟོབས་ཤུགས་སོགས་ཡིན། རྩོམ་རིག་དང་སློག་བརྙན་སོགས་བལྟ་སྐབས་དེའི་ནང་དུ་སྒྲོ་སྣང་དང་ངལ་གསོ་ཡོང་ཕྱིར་བལྟ་བ་དང་། འོན་ཀྱང་བལྟ་སློག་བྱེད་པའི་བརྒྱུད་རིམ་ནང་དུ་ཆགས་སྟང་འདྲ་མིན་གྱི་སློབ་གསོའི་ནུས་པ་མི་ཤུང་བ་ཞིག་ཐོན་གྱི་ཡོད། དཔེར་ན། བགད་མོ་དགོད་པ་དང་ཡང་ན་ངུ་ཤོར་བ་དེ་དག་ནི་བརྩེ་དུང་གི་ཡུལ་ཁམས་ལ་འགྱུལ་སྐྱོད་བྱུང་བའི་མཚོན་རྟགས་ཤིག་ཡིན། ཆབ་སྲིད་ཚོགས་འདུ་ཡོང་རྒྱུར་བསྐུལ་སློང་ཡང་སེ་བྱེད་དགོས་པ་དང་། སློག་བརྙན་བལྟ་བར་འགྲོ་དགོས་ཞེས་བསྐུལ་སློང་བྱེད་མི་དགོས་པར་ད་དུང་སྦྲ་སེ་ཉོས་ནས་འཚང་ཁ་བཤིག་བཤིག་ཏུ་འགྲོ་གི་ཡོད་པ་དེའང་མཚོན་རྟགས་ཤིག་ཡིན། མུ་འབྲེལ་བརྙན་འཁྲིན་འཁྲབ་ཚན་ཤེན་ཏུ་རིང་ཡང་མུ་མཐུད་བལྟ་གི་ཡོད་པ་རེད། རྩོམ་པ་པོས་བརྩེ་དུང་ལ་བརྟེན་ནས་སྨུག་ཁྲིས་བྱུས་ཡོད་པ་སྟེ། 《ཁང་ཆེན་དམར་པོའི་རྨི་ལམ་》ཡི་རྩོམ་པ་པོས "དོན་མེད་གཏམ་གྱིས་ཡོངས་སུ་ཁེངས་ཀྱང་། སྐྱོ་ཞིང་སྡུག་པའི་མཆི་མས་ཁྲིས"ཟེར་བ་དང་། ལའོ་ཧྲེས《ཊ་མོང་ཞང་ཚེ་》ཞེས་པ་འབྲི་སྐབས"སྨྱུག་རྩེ་ནས་ཁྲག་དང་མཆི་མ་ལྷུང་བྱུང་"ཞེས་གསུངས་པ་དེ་དག་ལས་རྟོགས་ཐུབ་པོ།

བཞི་པ། ཕྱོགས་མང་པོའི་ཐད་ནས་སྤྱི་ཚོགས་ཀྱི་འཚོ་བ་ཚུར་སྣང་བྱས་ཚོག་པ།

བརྩམས་ཆོས་ནང་དུ་དུས་ཚོད་ཀྱི་ཐད་ལ་མི་རབས་ཁ་ཤས་ཀྱི་གནས་ཚུལ་ཁྲིས་ཆོག་ལ། ལོ་སྟོང་ཕྲག་ཁ་ཤས་ཀྱི་གནས་ཚུལ་ཀྱང་ཁྲིས་ཆོག་པ་ཞིག་ཡིན་པ་དང་། ཡུལ་དུས་ཀྱི་ཚོད་འཛིན་ཡང་མེད་པར་གནམ་ས་གང་དུ་ཡང་ཕྱིན་ཆོག་པ་ཞིག་ཡིན། གཏིང་ཟབ་པོའི་ཐོག་ནས་མི་རྣམས་ཀྱི་སེམས་ཁམས་ཀྱི་འགྱུལ་

སྐྱིད་སྡིབ་ཆོག་ལ། ཡང་མིའི་སྤྱི་ཚུལ་གྱི་རྣམ་པའི་ཐོག་ནས་སེམས་ཁམས་མཚོན་པར་བྱས་ནའང་འགྲིག་པ་ཞིག་ཡིན་ནོ།

❦❦❦❦❦❦❦❦❦❦❦❦❦❦❦❦❦❦❦❦❦❦❦❦❦❦❦❦❦❦❦❦❦❦

1. རྩོམ་རིག་དང་འདུ་ཤེས་འཛིན་སྟངས་གཞན་གྱི་དབར་མི་འདྲ་བའི་རྩ་བའི་ཁྱད་པར་གང་ཡིན་ནམ།

2. སྤྱི་ཚོགས་ཚན་རིག་དང་བཙམས་ཆོས་གཉིས་ཀྱི་ཞིབ་འཇུག་དང་རྩོམ་འབྲི་བྱ་ཡུལ་ཐད་ལ་རྩ་བའི་ཁྱད་པར་གང་ཡོད་དམ། བཙམས་ཆོས་ཤིག་དཔེར་བཀོད་ནས་གསལ་བཤད་བྱ་དགོས།

3. བཙམས་ཆོས་ཀྱི་འཚོ་བ་ཚུར་སྣང་བྱེད་པའི་རྣམ་པ་གཙོ་བོ་དེ་གང་ཡིན་ནམ།

4. ཕྱོགས་མང་པོའི་ཐད་ནས་སྤྱི་ཚོགས་ཀྱི་འཚོ་བ་ཚུར་སྣང་བྱས་ཆོག་ཅེས་པའི་གོ་དོན་གང་ཡིན་ནམ།

ས་བཅད་ལྔ་པ། རྩོམ་རིག་གི་སྤྱི་ཚོགས་ཀྱི་ནུས་པའི་སྐོར།

རྩོམ་རིག་སྒྱུ་རྩལ་གྱི་འབྱུང་གཞི་ནི་སྤྱི་ཚོགས་ཀྱི་འཚོ་བ་དེ་ཡིན་པ་དང་། ཡང་སྤྱི་ཚོགས་ཀྱི་འཚོ་བའི་འཕེལ་རྒྱས་དང་བསྟུན་ཏེ་རྩོམ་རིག་སྒྱུ་རྩལ་ཡང་འཕེལ་རྒྱས་འགྲོ་བཞིན་ཡོད་པ་མ་ཟད། སྤྱི་ཚོགས་ཀྱི་འཚོ་བར་ནུས་པ་ཆེན་པོ་ཞིག་ཐོན་གྱི་ཡོད་པ་རེད།

རྩོམ་རིག་སྒྱུ་རྩལ་ནི་སྤྱི་ཚོགས་ཀྱི་འདུ་ཤེས་འཛིན་སྟངས་ཤིག་ཡིན་པ་དང་། དེས་སྤྱི་ཚོགས་ཀྱི་འཚོ་བར་ཐད་ཀར་ནུས་པ་མི་འདོན་པར་དེ་ནི་མི་རྣམས་ཀྱི་བསམ་བློའི་བརྩེ་གདུང་དང་སྙིང་སྟོབས་སོགས་ལ་ནུས་པ་ཐོན་ཞིང་མི་རྣམས་ཀྱིས་རང་ངོས་བསྒྱུར་བཀོད་དང་རང་ཉིད་ཀྱི་མཐའ་འཁོར་དུ་གནས་པའི་ཁོར་ཡུག་བསྒྱུར་བཀོད་བྱེད་ཐུབ་ལ་སྤྱི་ཚོགས་ཀྱི་འཚོ་བ་འཕེལ་རྒྱས་འགྲོ་རྒྱུར་ཤུགས་རྐྱེན་ཆེན་པོ་ཡོད་པ་རེད།

དང་པོ། རྩོམ་རིག་གི་ངོས་འཛིན་དང་ཤེས་རྟོགས་ཀྱི་ནུས་པའི་སྐོར།

རྩོམ་རིག་སྒྱུ་རྩལ་གྱིས་སྤྱི་ཚོགས་ཀྱི་འཚོ་བར་ཕྱོགས་མང་པོའི་ཐད་ཀྱི་ནུས་པ་ཐོན་པ་དང་། ལོ་རྒྱུས་ཀྱི་དུས་རབས་རིམ་བྱུང་དུ་བསམ་བློ་མཁས་ཅན་དང་རྩོམ་རིག་སྒྱུ་རྩལ་གྱིས་དཔྱད་བརྗོད་མཁས་ཅན་རྣམས་ཀྱིས་རྩོམ་རིག་སྒྱུ་རྩལ་གྱི་སྤྱི་ཚོགས་ལ་ཡོངས་ཁྱབ་ཀྱི་ནུས་པ་ཐོན་ཐུབ་པར་ངོས་འཛིན་གནང་ཡོད་པ་རེད། མི་རྣམས་ཀྱི་རྒྱུན་གཏན་གྱི་འཚོ་བའི་ནང་དུ་རྩོམ་རིག་སྒྱུ་རྩལ་གྱི་བརྩམས་ཆོས་ནི"མི་རྣམས་ཀྱི་འཚོ་བའི་སློབ་དེབ"ལྟ་བུ་ཞིག་ཡིན་ཟེར་བ་མ་ཟད། དེ་ནི་མི་

རྣམས་ཀྱི་བསམ་པའི་རྒྱགས་ཕྱེ་ཡག་ཤོས་ཤིག་ཡིན་ཞེས་བརྗོད་ཀྱི་ཡོད་པ་དང་། བསམ་པའི་རྒྱགས་ཕྱེ་ཡག་ཤོས་ཤིག་ཡིན་ཞེས་བརྗོད་དོན་ནི་རྩོམ་རིག་གིས་མི་རྣམས་ཀྱི་བསམ་པའི་དགོས་མཁོ་རྒྱ་ཆེ་ཞིག་སྐོང་ཐུབ་ཀྱི་ཡོད་པ་དང་། རྩོམ་རིག་ལྟ་ཀློག་བྱས་པ་བརྒྱུད་དེ་མི་རྣམས་ཀྱི་སྤྱི་ཚོགས་ཀྱི་ཤེས་ཡོན་དང་ལོ་རྒྱུས་ཀྱི་ཤེས་ཡོན། འཚོ་བའི་ཤེས་ཡོན་བཅས་ཕུན་སུམ་ཚོགས་པོ་ཞིག་ཤེས་རྟོགས་བྱེད་ཐུབ་ལ་འཚོ་བར་ལྟ་ཞིབ་དང་ངོས་འཛིན་བྱེད་པའི་ནུས་པ་གོང་མཐོར་གཏོང་བ་དང་བསམ་བློའི་ཚུ་ཚད་མཐོ་རུ་གཏོང་བ། ཀུན་སྤྱོད་ཡ་རབས་ཅན་དུ་འགྱུར་བ་དང་མཛེས་རིག་གི་ལྟ་ཚུལ་གསོ་སྐྱོང་བྱེད་ཐུབ་པ་བཅས་བྱུང་སྟེ། སྤྱི་ཚོགས་འཚོ་བའི་ནང་གི་བཟང་ངན་དང་བདེན་རྫུན། མཛེས་སྡུག་དང་མཛེས་སྡུག་མ་ཡིན་པར་དབྱེ་འབྱེད་བྱེད་ཐུབ་པ་ཡོང་གི་ཡོད་པས་རེད། སྤྱི་ཚོགས་ཀྱི་ལག་ལེན་དངོས་ནས་རྩོམ་པོར་འཚོ་བའི་སྙིང་ཚོར་བྱུང་ཏེ་རིམ་གྱིས་རྩོམ་རིག་གསར་རྩོམ་བྱེད་པའི་འདུན་པ་བཟང་པོ་ཞིག་སྐྱེ་ཡི་ཡོད་པ་དང་། རྩོམ་པ་པོའི་ངོས་འཛིན་དེ་འཚོ་བའི་ཕྱི་ཚུལ་ལ་ངོས་འཛིན་བྱེད་པ་ནས་རིམ་གྱིས་དོན་གྱི་ངོ་བོ་དང་ཆོས་ཉིད་ལ་ངོས་འཛིན་བྱེད་འགོ་བཙུགས་ཐོག་གཟུགས་བཀོད་བསམ་གཞིགས་ཀྱི་ནུས་པ་འདོན་སྤེལ་བྱས་ཏེ་མཚོན་བྱེད་གཅིག་ཏུ་བསྡུ་བའམ་སྙིང་བསྡུས་ཀྱི་དཔེར་འོས་སུ་འགྱུར་བ་བྱས་ནས་སྒྱུ་རྩལ་གྱི་ཐོག་ནས་གཟུགས་བརྙན་གསར་བསྐྲུན་བྱས་ཏེ་རང་ཉིད་ཀྱི་བརྩམས་ཆོས་དེ་འགྲུབ་པ་བྱེད་དགོས། ཡིན་ནའང་རྩོམ་རིག་སྒྱུ་རྩལ་གྱི་བརྩམས་ཆོས་ཀྱི་འོས་འགན་དངོས་གནས་དེ་ད་དུང་འགྲུབ་མེད་པས། རྩོམ་རིག་སྒྱུ་རྩལ་གྱི་བརྩམས་ཆོས་ནི་སྤྱི་ཚོགས་ཀྱི་བྱ་དངོས་ནས་ཚུར་འབྱུང་བ་དང་། རྩོམ་རིག་དེ་ངེས་པར་དུ་སྤྱི་ཚོགས་ཐོག་ཏུ་ཕར་སླེབས་ཏེ་སྤྱི་ཚོགས་ལ་ཞབས་འདེགས་ཞུས་ཏེ་བརྩམས་ཆོས་ཀྱི་ནུས་པ་ཆེས་ཆེར་ཐོན་པ་བྱ་རྒྱུ་དེ་རེད། དེ་ལྟར་མ་བྱས་ཚེ་འདུ་ཤེས་ཀྱི་རྣམ་པ་མཚོན་པའི་རྩོམ་རིག་སྒྱུ་རྩལ་དེས་ཆབ་སྲིད་དང་དཔལ་འབྱོར་གྱི་རྨང་གཞིར་ཕན་ནུས་ཆེན་པོ་ཞིག་ག་ལ་ཐོན་ཐུབ། རྩོམ་རིག་ནི་འཚོ་བ་དངོས་ནས་འབྱུང་བ་དང་ཡང་སྤྱི་

ཚོགས་ཀྱི་འཚོ་བའི་ནང་རང་གི་ནུས་པ་རྒྱ་ཆེར་འདོན་སྤེལ་བྱ་རྒྱུ་དེ་ནི་རྩོམ་རིག་སྒྱུ་རྩལ་དང་སྤྱི་ཚོགས་འཚོ་བའི་བར་གྱི་རྩོད་སྒྲུབ་ཀྱི་འབྲེལ་བར་ཁྲོན་ཡོངས་ནས་གོ་ལེན་ཇི་ལྟར་བྱེད་པའི་གནད་དོན་དེ་རེད།

རྩོམ་རིག་སྒྱུ་རྩལ་གྱིས་གསོན་ཉམས་ལྡན་པའི་གཟུགས་བརྙན་གྱི་ཐོག་ནས་མི་རྣམས་ཀྱི་མིག་ལམ་དུ་སྤྱི་ཚོགས་ཀྱི་འཚོ་བ་དངོས་དེ་ཞིབ་ཕྲའི་གཟུགས་བརྙན་དང་མཛེས་པའི་དཔེ་རིས་ལྟ་བུ་ཞིག་གསལ་འདོན་བྱས་ཡོད་པ་མ་ཟད། ལོ་རྒྱུས་དུས་རིམ་སོ་སོའི་ནང་བྱུང་བའི་ཆབ་སྲིད་ཀྱི་འགྱུར་བ་དང་། དཔལ་འབྱོར་གྱི་ལམ་ལུགས། ཡུལ་སྲོལ་དང་འདྲིས་པའི་གོམས་གཤིས་དང་རང་བྱུང་ཁམས་ཀྱི་མཛེས་སྡུག་ཡུལ་ལྗོངས་བཅས་མཚོན་པར་བྱས་པ་དང་། སྤྱི་ཚོགས་ཀྱི་ལམ་ལུགས་མི་འདྲ་བའི་ནང་མི་རྣམས་ཀྱི་འཚོ་བར་འཛིན་པའི་འདུ་ཤེས་དང་། བསམ་བློའི་འཆར་སྣང་། སེམས་ཁམས་སོགས་མཚོན་པར་བྱས་ཏེ་རིག་རྩལ་གྱི་རྩོམ་རིག་བརྒྱུད་དེ་མི་རྣམས་ཀྱིས་སྤྱི་ཚོགས་ཀྱི་འཚོ་བའི་ཤེས་ཡོན་དང་། འདས་ཟིན་པའི་ལོ་རབས་ནང་བྱུང་བའི་ལོ་རྒྱུས་ཀྱི་ཤེས་ཡོན་མང་པོ་ཞིག་ཤེས་རྟོགས་བྱུང་ཏེ་རང་ཉིད་ཀྱི་ལྟ་རྒྱ་ཆེ་རུ་འགྲོ་བ་དང་མི་རྣམས་ལ་སྤྱི་ཚོགས་ཀྱི་ཤེས་ཡོན་ཕུན་སུམ་ཚོགས་པ་ཞིག་འདོན་སྤྲོད་བྱེད་ཀྱི་ཡོད་པ་མ་ཟད། འཚོ་བར་ཡང་དག་པའི་སྒོ་ནས་ངོས་འཛིན་བྱེད་པ་དང་བརྟག་དཔྱད་བྱེད་པ། བླང་དོར་གྱི་གནད་ཇི་བཞིན་རྟོགས་པར་བྱེད་པའི་ནུས་པ་ཐོན་ལ་རང་ངོས་ཀྱི་འཇིག་རྟེན་ལྟ་བ་ཡང་དག་པ་ཞིག་འཛུགས་རྒྱུར་རོགས་རམ་བྱེད་པ་དང་། རྩོམ་རིག་ནང་བརྗོད་པའི་དོན་ཚན་འགའ་ཞིག་ལ་གཞིགས་ཏེ་དེ་ལས་འདས་པའི་དོན་མང་པོར་བསམ་གཞིགས་བྱས་ཏེ་སྤྱི་ཚོགས་ཀྱི་འཚོ་བར་རང་ཉིད་ཀྱི་བརྟག་དཔྱད་བྱེད་པའི་ནུས་པ་གསོ་སྐྱོང་བྱེད་ཐུབ་ཀྱི་རེད། ང་ཚོས་གནའ་རབས་ཀྱི་བྲན་གཡོག་སྤྱི་ཚོགས་དང་བཀས་བཀོད་རྒྱུད་འཛིན་གྱི་སྤྱི་ཚོགས། མ་རྩ་རིང་ལུགས་ཀྱི་སྤྱི་ཚོགས། ཕྱིའི་རྒྱལ་ཁབ་ཀྱི་སྤྱི་ཚོགས་ཀྱི་འགྱུར་བའི་ཕྱོགས་དང་དཔལ་འབྱོར་གྱི་འཕེལ་རྒྱས་དང་། དུས་རབས་ཀྱི་སྙིང་སྟོབས། མི་སྣའི་སེམས་ཁམས།

ཡུལ་སྲོལ་དང་འདྲེས་པའི་གོམས་གཤིས་སོགས་ལ་ངོས་འཛིན་དང་ཤེས་རྟོགས་བྱེད་རྒྱུར་ནུས་པ་ཆེན་པོ་ལྡན་ཡོད་པ་རེད། དེ་ཡང་ཨུ་རུ་སུའི་གྲགས་ཅན་རྩོམ་པ་པོ་ཀོར་ཀིས“རྩོམ་རིག་སྒྱུ་རྩལ་ནི་དུས་རབས་ཀྱི་འཚོ་བ་དང་བསམ་བློའི་ལོ་རྒྱུས་དེ་རང་ཡིན་”(《རྩོམ་རིག་སྒྱུ་རྩལ་སྐོར་གླེང་བ་》ཤོག་གྲངས་15ལ་གསལ་)ཞེས་གསུངས་པའི་རྒྱུ་མཚན་ཡང་དེ་ག་ཡིན་པ་དང་། ཨེན་ཀི་སིས་གསུང་དོན་“པ་འར་ཀྲ་ཁེ་ཡི་མཛད་པའི་《མི་ཡུལ་གྱི་དགོད་བྲོ་བའི་ཟློས་གར་》ཞེས་པའི་ནང་ནས་ང་ལ་ཤེས་རྟོགས་བྱུང་བའི་ཤེས་ཡོན་ནི་སྐབས་དེར་ཡོད་པའི་ལོ་རྒྱུས་རིག་པ་མཁས་ཅན་དང་དཔལ་འབྱོར་རིག་པ་མཁས་ཅན། སྡོམས་རྩིས་རིག་པ་མཁས་ཅན་བཅས་ལས་རིགས་དེའི་ཐོག་ལས་ག་བྱེད་མཁན་ཚང་མའི་ས་ནས་རྟོགས་པའི་ཁྱོན་ཡོངས་ཀྱི་ཤེས་ཡོན་དང་བསྡུར་ཀྱང་དེ་བས་མང་བ་ཞིག་ཤེས་རྟོགས་བྱུང་”(《དབྱིན་ཇིའི་འབྱོར་ལྡན་གྲལ་རིམ་》《མ་ཁེ་སི་དང་ཨེན་ཁེ་སིའི་གསུང་རྩོམ་》དེབ་བཅུ་པའི་ཤོག་གྲངས་686)ཅེས་གསུངས་ཡོད་པ་དང་། ཡང་ཨེན་ཀི་སིས་དབྱིན་ཇིའི་དངོས་ཡོད་རིང་ལུགས་ཀྱི་རྩོམ་པ་པོ་ཧ་ཀིན་སི་སོགས་ཀྱིས“སོ་སོ་རང་ཉིད་ཀྱིས་ཁྱད་དུ་འཕགས་ལ་གསོན་ཉམས་དོད་པའི་སྒོ་ནས་རྩོམ་འབྲི་མཛད་པའི་དེབ་ཐེར་ཁག་གི་ནང་འཛམ་གླིང་ཐོག་གི་ཆབ་སྲིད་དང་སྤྱི་ཚོགས་ཀྱི་བདེན་དོན་གསལ་སྟོན་བྱས་ཡོད་པ་དེ་དག་ནི་སྲིད་ཚོང་པ་དང་སྲིད་དོན་རྫོད་པ་པོ། ཀུན་སྤྱོད་མཁས་པ་སོགས་ལས་རིགས་དེའི་ཐོག་ལས་ག་བྱེད་མཁན་གྱིས་གསལ་སྟོན་བྱས་པའི་བདེན་དོན་མཉམ་དུ་བསྡོམས་པ་ལས་ཀྱང་མང་བ་ཡོད་དོ།” (《མར་ཁེ་སི་དང་ཨེན་ཀེ་སིའི་གསུང་རྩོམ་འདེམས་བསྡུས་》དེབ་བཞི་པའི་ཤོག་གྲངས་463)ཞེས་གསུངས་པ་དེ་དག་ནས་ང་ཚོར་རྒྱུ་མཚན་འདི་འདྲ་ཞིག་གསལ་སྟོན་བྱས་ཡོད། རྩོམ་རིག་སྒྱུ་རྩལ་གྱིས་ཞིབ་ཕྲ་དང་ཚོར་སྣང་སྐྱེ་ཐུབ་པའི་སྒྱུ་རྩལ་གྱི་གཟུགས་བརྙན་བརྒྱུད་དེ་འཚོ་བའི་མཛེས་རིག་དེ་མཚོན་པར་བྱས་ཡོད། དེར་བརྟེན་ཕུལ་བྱུང་གི་བརྩམས་ཆོས་ཤིག་ལ་དངོས་ཡོང་རང་བཞིན་གྱི་ཚད་གཞི་ངེས་ཅན་ཞིག་ལྡན་ཡོད་ལ། མི་རྣམས་ཀྱི་

འཚོ་བར་ངོས་འཛིན་བྱེད་རྒྱུར་རོགས་རམ་དང་འཚོ་བའི་གདོང་རིས་ངོ་མའི་ཕྱོགས་འགའ་ཞིག་ཀྱང་གསལ་སྟོན་བྱས་ཡོད་པ་མ་ཟད། སྤྱི་ཚོགས་ཚན་རིག་གཞན་གྱིས་འགྲུབ་མི་ཐུབ་པའི་བྱ་དངོས་མང་པོ་ཞིག་ལ་དམིགས་བསལ་གྱི་ནུས་པ་ཐོན་ཐུབ་ཀྱི་ཡོད་པ་རེད། རྩོམ་རིག་སྒྱུ་རྩལ་གྱི་བརྩམས་ཆོས་ནང་ནས་མི་རྣམས་ཀྱིས་ལོ་རྒྱུས་ཀྱི་གནས་ཚུལ་དངོས་ཇི་མ་ཇི་བཞིན་ཤེས་རྟོགས་བྱེད་ཐུབ་པ་ཞིག་མ་ཡིན་རུང་དུས་རབས་དེའི་ནང་གི་འཚོ་བ་དེ་དག་ཞིབ་ཕྲ་དང་གསོན་ཉམས་དོད་པ། མི་མི་འདྲ་བའི་གཟུགས་བརྙན་དང་གཤིས་རྒྱུད་མི་འདྲ་བའི་སྣང་ཚུལ་སོགས་ལ་ངོས་འཛིན་དང་ཤེས་རྟོགས་ཡོང་ཐུབ་པ་དེ་ཡིན།

ཡང་དག་པའི་བརྩམས་ཆོས་ཤིག་གིས་ཀློག་པ་པོ་རྣམས་ཀྱིས་འཚོ་བར་ངོས་འཛིན་ཇི་ལྟར་བྱེད་པའི་ཚུ་ཚད་གོང་མཐོར་གཏོང་ཐུབ་པ་མ་ཟད། འཚོ་བར་ལྟ་ཚུལ་ཅི་འདྲ་ཞིག་འཛིན་དགོས་པ་དང་། རྒྱུན་གཏན་འཚོ་བའི་ནང་དུ་གང་ཞིག་ཁས་ལེན་དགོས་པ་དང་། གང་ཞིག་ལ་དགའ་ཞེན་བྱེད་དགོས་པ། གང་ཞིག་ལ་འཁོན་སེམས་བྱེད་པ། གང་ཞིག་ལ་བརྩི་བཀུར་དང་ངོ་རྒོལ་བྱེད་དགོས་པ་སོགས་ཀྱི་ངོས་འཛིན་གསལ་པོ་བྱུང་ཏེ། མི་རྣམས་རྫོངས་གཉིད་ལས་སད་དེ་སེམས་ཤུགས་འཕེལ་བ་དང་། བདེན་དོན་གསལ་རྟོགས་བྱེད་ཐུབ་པ། ཐ་ན་དགའ་སྐྱིད་ཀྱི་དུས་སྟོན་ལ་སྤྲོ་སེམས་ཆེར་ཆེར་འཕེལ་བ་དང་། དཀའ་ངལ་གྱི་མདུན་དུ་སེམས་ཤུགས་འཕེལ་བར་གྱུར་ཏེ་བྱ་བ་ལེགས་གྲུབ་ཡོང་བ་དང་། སྤྱོད་ཚུལ་ཡང་དག་པའི་གཞི་སོགས་ཀྱང་རྩོམ་རིག་གི་ནུས་པ་ལས་ཐོན་ཐུབ། རྩོམ་པ་པོས་རྩོམ་རིག་སྒྱུ་རྩལ་གྱི་གཟུགས་བརྙན་སྣ་ཚོགས་ཤིག་བསྐྲུན་པ་དང་དུས་མཚུངས་མི་སྣ་དེ་དག་གི་དགའ་སྤྲོ་འཇོམས་ཐལ་དང་། མི་སྣའི་སེམས་ཁམས་ཀྱི་འགྱུལ་བསྐྱོད་དང་གཤིས་རྒྱུད། ལས་དབང་སོགས་གསོན་ཉམས་དོད་པོ་ཞིག་བྲིས་ཡོད་རྐྱེན་ཀློག་པ་པོས་ལྟ་ཀློག་བྱེད་སྐབས་ལ་ལ་ངུ་བྲོ་ཞིང་ལ་ལ་རྒོད་བྲོ་བ། འཚམས་རེ་འཚབ་ཤ་ལངས་པ། འཚམས་རེ་འཇིགས་གཡེར་བ་སོགས་རྣམ་འགྱུར་ཅི་རིགས་འབྱུང་བ་དེ་དག་བརྒྱུད་ནས་ཀློག་པ་པོའི་

སེམས་ཁམས་སུ་ཤུགས་རྐྱེན་ངེས་ཅན་ཞིག་ཐེབས་ཀྱི་ཡོད།

བརྩམས་ཆོས་གསར་རྩོམ་བྱེད་པ་དེ་རྩོམ་པ་པོས་གནད་དོན་མང་པོར་གཞིར་བཟུང་ཏེ་མི་རྣམས་ཀྱི་སྙིང་སྟོབས་འཕེལ་ཐབས་བྱེད་པ་དང་། ཞུལ་བྱུང་བརྩམས་ཆོས་ཤིག་གིས་མི་རྣམས་ལ་དེ་སྔོན་གྱི་སྤྱི་ཚོགས་ཇི་ལྟར་ཞིག་བྱུང་བ་དང་། སྤྱི་ཚོགས་དེའི་ནང་གྲགས་ཅན་མི་སྣ་གང་བྱུང་ཡོད་དང་། མི་དང་མིའི་དབར་གྱི་འབྲེལ་བ་དང་འདུ་ཤེས་ཅི་འདྲ་ཡོད་མེད་རྟོགས་ཐུབ་པ་མ་ཟད། སྐབས་དེའི་སྤྱི་ཚོགས་ཀྱི་རྣམ་པ་དང་། གྲལ་རིམ་གྱི་འདུ་ཤེས་སོགས་མི་རྣམས་ཀྱི་ཡིད་དུ་བག་ཆགས་གཏིང་ཟབ་ཅིག་བྱུང་སྟེ། ཁོ་ཚོས་ཆ་རྐྱེན་ཅི་འདྲ་ཞིག་གི་འོག་ཏུ་མི་སྣ་ཇི་ལྟར་ཐོན་པ་དང་། གནད་དོན་ཅི་འདྲ་ཡོང་བ། མི་འགའ་རེའི་འཚོ་བ་དེ་ལྟར་སྐྱོ་བ་དང་། འགའ་རེས་བྱ་བ་ངན་པ་དེ་ལྟར་བྱས་ཀྱང་དགོས་ངེས་ཀྱི་ཉེས་ཆད་མི་ཐོག་པའི་རྒྱུ་མཚན་ཅི་ཡིན་ནམ། ཇི་ལྟར་བྱས་ཏེ་མི་རྣམས་ཀྱི་འཚོ་བ་ཇེ་ལེགས་སུ་གཏོང་ཐུབ་པ་སོགས་ཀྱི་གནད་དོན་འཚོལ་ཞིབ་དང་། བསམ་གཞིགས་བྱེད་ཐུབ་པ་དང་། སྤྱི་ཚོགས་ཀྱི་བྱ་དངོས་ཅི་འདྲར་བསྡུགས་བརྗོད་བྱེད་དགོས་པ་དང་། ཅི་འདྲར་དམའ་འབེབས་བྱེད་དགོས་པ་བཅས་ཤེས་རྟོགས་བྱུང་སྟེ་མི་རྣམས་ཀྱི་བསམ་པའི་རྣམ་པ་ལ་འགྱུར་ལྡོག་ཡོང་བའི་ནུས་པ་ཐོན་ཐུབ།

ཞུལ་བྱུང་བརྩམས་ཆོས་ཤིག་གིས་མི་རྣམས་ཀྱི་སྤྱི་ཚོགས་ཀྱི་འཚོ་བར་འཛིན་པའི་ངོས་འཛིན་གོང་མཐོར་གཏོང་ཐུབ་ལ། ཡིན་མིན་དབྱེ་འབྱེད་དང་ཀུན་སྤྱོད་སོགས་ལ་ཡང་སློབ་གསོའི་ནུས་པ་ཆེན་པོ་གཏོང་ཐུབ་པ་མ་ཟད། སྤྱི་ཚོགས་ནང་གི་མི་རྣམས་ཀྱི་འཚོ་བའི་སྤྱོད་གོམས་དང་། ཉམས་མྱོང་བཟང་པོར་ཕྱོགས་བསྡོམས་དང་དབྱེ་ཞིབ་བྱས་ཏེ་ལེགས་སྤེལ་ཉེས་འགོག་དང་། བླང་དོར་གྱི་གནད་ལ་མིག་གཉིས་རྫོངས་པའི་དུ་ཞག་གིས་མ་འགྲིབ་པར་དཀར་གསལ་འོད་སྣང་གི་ལམ་སྟོན་པ་ལྟ་བུའི་ནུས་པ་ཐོན་གྱི་ཡོད།

རྩོམ་རིག་སྒྱུ་རྩལ་གྱི་མི་འདྲ་བའི་ནུས་པ་སྣ་ཚོགས་ཡོད་པ་དེ་དག་མདོར་

བསྡུས་ན་སྤྱིར་ཁག་གསུམ་དུ་དབྱེ་ཆོག་པ་སྟེ། དེ་ནི་ངོས་འཛིན་གྱི་ནུས་པ་དང་། སློབ་གསོའི་ནུས་པ། མཛེས་དཔྱོད་ཀྱི་ནུས་པ་བཅས་ཕྱོགས་གསུམ་པོ་དེ་ཡིན་ཞིང་དེ་དག་གསུམ་པོ་ནི་ཁ་བྲལ་དུ་གནས་པ་ཞིག་མ་ཡིན་པར་འབྲེལ་བ་དམ་ཟབ་ཡོད་ལ་གཅིག་ལ་གཅིག་རྟེན་གྱི་ནུས་པ་འདོན་སྤེལ་བྱེད་ཀྱི་ཡོད། རྩོམ་རིག་སྒྱུ་རྩལ་ཡང་འདུ་ཤེས་འཛིན་སྟངས་གཞན་དང་འདྲ་བར་དེར་ངོས་འཛིན་གྱི་ནུས་པ་ཆེན་པོ་ཡོད་པ་མ་ཟད། སློབ་གསོའི་རང་བཞིན་ཆེན་པོ་ལྡན་ཡོད་པ་ཞིག་ཡིན།

རྩོམ་རིག་སྒྱུ་རྩལ་གྱི་བརྩམས་ཆོས་ནང་དུ་རྩོམ་པ་པོས་ཕྱི་རོལ་གྱི་གནད་དོན་ལ་གཞིགས་ཏེ་ད་ལྟའི་འཚོ་བ་མཚོན་པར་བྱས་པ་ཙམ་ཞིག་མ་ཡིན་པར། དེ་ནི་སྤྱི་ཚོགས་ཀྱི་ཕྱུགས་བསམ་དང་མཛེས་རིག་གི་ལྟ་ཚུལ་ངེས་ཅན་ཞིག་ལ་བརྟེན་ནས་རྩོམ་པ་པོས་འཚོ་བར་འཛིན་པའི་རྣམ་འགྱུར་དང་གདེང་འཇོག་སོགས་ཡང་མཚོན་པར་བྱས་ཡོད། དེ་ལྟར་རྩོམ་རིག་སྒྱུ་རྩལ་གྱི་བརྩམས་ཆོས་ཀྱིས་ཕྱོགས་མང་པོའི་ཐོག་ནས་མི་རྣམས་ལ་སྤྱི་ཚོགས་ཀྱི་ཤེས་ཡོན་དང་མི་ཚེ་སྐྱིལ་ཚུལ་གྱི་ཤེས་ཡོན་མང་པོ་ཞིག་ཐོབ་རྒྱུར་རོགས་རམ་བྱེད་པ་དང་། མི་རྣམས་ཀྱི་འཚོ་བའི་ཉམས་མྱོང་ཕུན་སུམ་ཚོགས་སུ་འགྲོ་བ་དང་། མི་རྣམས་ཀྱི་སྤྱི་ཚོགས་ཀྱི་ཆོས་ཉིད་འགའ་ཞིག་ཤེས་རྟོགས་གཏིང་ཟབ་ཏུ་འགྲོ་རྒྱུ་བཅས་ལ་ནུས་པ་ཐོན་གྱི་ཡོད། རྩོམ་རིག་སྒྱུ་རྩལ་ལ་ངོས་འཛིན་གྱི་ནུས་པ་ཡོད་པ་དེ་ནི་རྩོམ་རིག་སྒྱུ་རྩལ་གྱི་སྤྱི་ཚོགས་ཀྱི་འཚོ་བ་དངོས་དེ་མངོན་གསལ་དོད་པོས་མཚོན་པར་བྱས་པ་དང་། རྒྱ་ཆེ་གཏིང་ཟབ་ཀྱི་སྒོ་ནས་སྤྱི་ཚོགས་དང་མིའི་འཚོ་བ་རྩོམ་འབྲི་བྱས་ཡོད་པ་རེད།

འཚོ་བ་ནི་མཐའ་ཡས་ཤིང་སྣ་མཐའ་མི་མངོན་པ། གནའ་དེང་གི་འཚོ་བ། ཕྱི་རྒྱལ་དང་རང་རྒྱལ་སོགས་ཀྱི་འཚོ་བ་སོགས་དཔོག་པར་དཀའ་བ་ཞིག་ཡོད་པ་དང་། རྩོམ་རིག་སྒྱུ་རྩལ་ནི་འཚོ་བ་དེ་དག་ལ་ལྟ་ཞིབ་བྱེད་པའི་རྒྱང་ཤེལ་ལྟ་བུ་ཞིག་ཡིན།

འཚོ་བའི་ཉམས་མྱོང་ཕུན་སུམ་ཚོགས་པོ་མེད་པའི་ཀློག་པ་པོ་ཞིག་ལ་ཆ་མཚོན་ན། རྩོམ་རིག་སྒྱུ་རྩལ་གྱིས་ཁོང་ཚོར་ཡུ་མཐའ་མི་མངོན་པའི་འཚོ་བ་རྒྱ་ཆེ་ཞིག་བསྟན་ཏེ་གཞན་དེང་གི་འཚོ་བ་མི་འདྲ་བའི་ཤེས་ཡོན་དང་ཉམས་མྱོང་ཕུན་སུམ་ཚོགས་པོ་ཞིག་ཤེས་རྟོགས་བྱེད་ཐུབ་རྒྱུ་ཡིན་པ་དང་དེ་མིན་འཚོ་བའི་ནང་གི་བདེན་རྫུན་དང་། ཕྱི་ཚུལ་དང་ངོ་བོ་སོགས་མཉམ་དུ་འབྲེལ་ཡོད་པར་བརྟེན་རྩོམ་རིག་སྒྱུ་རྩལ་གྱིས་འཚོ་བའི་ཆོས་ཉིད་གསལ་རྟོགས་ཡོང་བ་དང་འཚོ་བའི་བདེན་དོན་འཚོལ་རྙེད་ཡོང་རྒྱུར་རོགས་རམ་གྱི་ནུས་པ་ཐོན་གྱི་ཡོད། མདོར་ན། རྩོམ་རིག་སྒྱུ་རྩལ་གྱི་ནང་འཚོ་བ་དེ་དངོས་འབྲེལ་དང་། རྒྱ་ཆེ་བ། གཏིང་ཟབ་པོ་བཅས་ཀྱི་སྒོ་ནས་མཚོན་པར་བྱས་ཡོད་པ་དེ་ནི་རྩོམ་རིག་སྒྱུ་རྩལ་གྱི་ངོས་འཛིན་ནུས་པའི་འབྱུང་རྐྱེན་དེ་ཡིན།།

གཉིས་པ། རྩོམ་རིག་གི་སློབ་གསོའི་ནུས་པའི་སྐོར།

རྩོམ་རིག་སྒྱུ་རྩལ་གྱིས་མི་རྣམས་ཀྱི་བསམ་པའི་བརྩེ་དུང་ལ་བག་ཆགས་ཆེན་པོ་ཡོད་པ་དང་། མི་རྣམས་ཀྱི་བསམ་པའི་རྟུལ་ཐལ་སེལ་བ། མི་རྣམས་ཀྱིས་འཚོ་བར་བསྒྱུར་བཀོད་བྱས་ཏེ་དཔའ་ངར་དང་སྤོབས་ཤུགས་འཕེལ་དུ་འཇུག་གི་ཡོད་པ་དེ་ནི་རྩོམ་རིག་སྒྱུ་རྩལ་གྱི་སློབ་གསོའི་ནུས་པ་དེ་ཡིན། རྩོམ་རིག་སྒྱུ་རྩལ་ལ་སློབ་གསོའི་ནུས་པ་ལྡན་ཡོད་པའི་རྒྱུ་མཚན་ནི་རྩོམ་པ་པོས་སྤྱི་ཚོགས་ཀྱི་འཚོ་བ་དེ་ཡང་དག་པ་དང་དངོས་ཡོད་ཀྱི་སྒོ་ནས་མཚོན་པར་བྱེད་ཀྱི་ཡོད་ལ་དེ་དག་གི་ནང་དུ་ཡང་རྩོམ་པ་པོས་སྤྱི་ཚོགས་ཀྱི་འཚོ་བ་དང་ཆབ་སྲིད། བསམ་བློ་དང་། ཀུན་སྤྱོད་སོགས་ལ་གདེང་འཇོག་བྱས་ཡོད། དེར་བརྟེན་ཀློག་པ་པོས་བརྩམས་ཆོས་ལྷ་ཀློག་བྱེད་སྐབས་མདུན་དུ་མེ་ལོང་ཡོད་པ་བཞིན་དུ་བརྩམས་ཆོས་དེའི་ནང་གི་དྲང་ཕྱོགས་དང་ལོག་ཕྱོགས་མི་སྣའི་འཚོ་བ་རྣམས་ཤེས་རྟོགས་བྱུང་རྟེང་སོ་སོའི་འཚོ་བ་སྐྱེལ་ཚུལ་ལ་ལྟ་ཞིབ་བྱས་ཏེ་སོ་སོའི་བྱ་སྤྱོད་

ལ་མཇུག་བཀྲིད་ཀྱི་ནུས་པ་ཐོན་གྱི་ཡོད་པ་རེད།

རྩོམ་རིག་སྒྱུ་རྩལ་གྱིས་མི་དམངས་མང་ཚོགས་ཀྱི་རེ་འདོད་དང་ཁེ་ཕན་མཚོན་པར་བྱས་ཡོད་ཕྱིན་དེས་རང་བཞིན་དུ་སྤྱི་ཚོགས་ལ་ཡང་དགེ་མཚན་ལྡན་པའི་ཕན་ནུས་ཆེན་པོ་ཞིག་ཐོན་གྱི་ཡོད། དེར་བརྟེན་རྩོམ་རིག་གི་མ་ཐར་ཡང་ཕན་ནུས་འདི་འདྲ་འགའ་ཞིག་ཐོན་གྱི་ཡོད་པ་སྟེ། མང་ཚོགས་ཀྱི་དཔའ་ངར་ལ་སྐུལ་སློང་བྱེད་ཐུབ་པ་དང་། མི་དམངས་མང་ཚོགས་ཀྱི་སྙིང་སྟོབས་འཕེལ་ཐུབ་པ། མཐུན་སྒྲིལ་དང་བློ་གཅིག་སེམས་གཅིག་གི་སྒོ་ནས་དེང་རབས་ཅན་མངོན་འགྱུར་བྱེད་པ་དང་།

སྤྱི་ཚོགས་རིང་ལུགས་ཀྱི་ཚད་མཐོའི་དངོས་པོའི་དཔལ་ཡོན་དང་བསམ་པའི་དཔལ་ཡོན་འཛུགས་བསྐྲུན་བྱ་རྒྱུ་བཅས་ཀྱི་ཐད་ཡར་སྐུལ་བ་ཞིག་བྱེད་ཐུབ་པ་དང་གཅིག་མང་ཚོགས་རྣམས་ཀྱི་ཡང་དག་པའི་སྒོ་ནས་སྤྱི་ཚོགས་དང་མི་ཚེ་སྐྱིལ་ཚུལ་ལ་ངོས་འཛིན་བྱས་ནས་ཁོང་ཚོས་མཛེས་སྡུག་དང་། ལེགས་ཉེས་བཟང་ངན་བཅས་དབྱེ་འབྱེད་བྱེད་པའི་གོ་རྟོགས་གོང་མཐོར་གཏོང་བ་དང་། རྗེས་ལུས་དང་སྒྲིད་ལུག་བག་ཁྲམ་གྱི་སྤྱི་ཚོགས་སྣང་ཚུལ་ལ་འཐབ་རྩོད་བྱེད་ཐུབ་པ་དང་གཉིས། མི་དམངས་ཀྱི་བསམ་པའི་ཡུལ་ཁམས་དང་ཀུན་སྤྱོད་མཐོར་འདེགས་དང་། བསམ་པའི་འཚོ་བ་ཕུན་སུམ་ཚོགས་སུ་བཏང་སྟེ། ཁོང་ཚོ་ལུས་སེམས་གཉིས་བདེ་ཡོང་བར་ཡར་སྐུལ་བྱེད་རྒྱུ་དང་གསུམ་བཅས་ཡིན།

ཨུ་རུ་སུའི་རྩོམ་པ་པོ་ཀོར་ཀིས་རྩོམ་རིག་སྒྱུ་རྩལ་གྱི་སློབ་གསོའི་ནུས་པར་ཚད་མཐོའི་མཐོང་ཆེན་གནང་ཞིང་ཁོང་གིས་བརྩམས་སྒྲུང་《སློག་པ་པོ་》ཞེས་པའི་ནང་དུ“རྩོམ་རིག་སྒྱུ་རྩལ་གྱི་དམིགས་ཡུལ་ནི་མི་རྣམས་ཀྱིས་རང་ཉིད་ཤེས་རྟོག་ཡོང་ཕྱིར་རོགས་རམ་བྱ་རྒྱུ་དེ་ཡིན་ལ། མི་རྣམས་རང་བློ་རང་འཁེལ་གྱི་བསམ་པ་གོང་མཐོར་གཏོང་བ་དང་། བདེན་དོན་འཚོལ་ཞིབ་བྱེད་པའི་རེ་འདོད་ལ་སྐུལ་མ་གཏོང་བ། མི་དང་མིའི་དབར་གྱི་ཐ་ཤལ་གྱི་གོམས་སྲོལ་ལ་འཐབ་རྩོད་བྱེད་ཐུབ་པ་དང་། ཁོ་ཚོས་ཆེས་བླ་ན་མེད་པའི་མཛེས་སྡུག་གི་སྙིང་

སྟོབས་དེས་རང་ཉིད་ཀྱི་འཚོ་བར་དཔའ་ངར་སྐྱེད་དུ་འཇུག་དགོས་པ་དེ་རེད” ཅེས་གསུངས་པའི་དོན་ཡང་རྩོམ་རིག་སྒྱུ་རྩལ་གྱི་སློབ་གསོའི་ནུས་པའི་སྐོར་ལ་རྒྱས་བཤད་གནང་བ་ཞིག་ཡིན།

དཔེར་ན། བོད་ཀྱི་ལེགས་བཤད་ལྟ་བུར་ཆ་མཚོན་ན་རྩོམ་པ་པོས་འཚོ་བའི་ཁྲོད་ཀྱི་སྣང་ཚུལ་སྣ་རིགས་ཕྲུས་ཚོགས་ལ་འཛིན་པའི་ལྟ་ཚུལ་ཐུན་མོང་མ་ཡིན་པ་དེ་མཚོན་པར་བྱས་ཡོད་པ་མ་ཟད། ལེགས་བཤད་ལྟ་ཀློག་བྱས་པ་བརྒྱུད་མི་རྣམས་ཀྱིས་སྤྱི་ཚོགས་ལ་ངོས་འཛིན་བྱ་རྒྱུའི་བློ་སྒོ་འབྱེད་ཐུབ། 《ས་སྐྱ་ལེགས་བཤད་》ལ་མཚོན་ན་སློབ་གསོའི་ནུས་པ་ཆེན་པོ་ལྡན་ཡོད་ཅིང་རྩོམ་པ་པོས་དུས་ཡུན་རིང་པོའི་ནང་གི་ལག་ལེན་གྱི་ཉམས་མྱོང་དང་། འཚོ་བའི་ཉམས་མྱོང་། ལོ་རྒྱུས་ཀྱི་ཉམས་མྱོང་། སྤྱི་ཚོགས་ཀྱི་ཉམས་མྱོང་བཅས་ལ་ཞིབ་དཔྱད་ནན་ཏན་བྱས་ནས་ཚིག་ཉུང་དོན་ཟབ་ཀྱིས་སྤྱི་སྡོམ་ཕྱུག་ལེན་མཛད་པ་དང་། དཔེར་ན།

“ཕན་དང་མི་ཕན་མི་དཔྱོད་ཅིང་། བློ་དང་ཐོས་པ་མི་སྒྲུབ་པར། སྟོ་འགྲང་འབའ་ཞིག་དོན་གཉེར་བ། སྤུ་མེད་པ་ཡི་ཕག་པ་ཡིན”ཞེས་པར་མཚོན་ན། མིའི་མི་ཚེ་སྐྱེལ་ཚུལ་མི་འདྲ་བ་གཉིས་ཡོད་པ་ལས་གཅིག་ཤོས་ནི་མི་ཚེ་ལ་དོན་ཡོད་པར་བྱེད་པ་དེ་ཡིན། དེ་ལས་མི་ཚེ་དོན་ཡོད་པར་བྱེད་སྐབས་ན་ཐོག་མར་སྤྱང་བླངས་ཕྱིན་ཅི་མ་ལོག་པར་འབྱེད་པའི་རྣམ་དཔྱོད་དག་པའི་བློ་ཤེས་དུ་གལ་ཆེ་བ་ཡིན་པ་དང་རྟག་ཏུ་རིག་པའི་གནས་ལ་སྦྱང་བརྩོན་གྱིས་རང་གི་ཤེས་རབ་གོང་འཕེལ་གཏོང་དགོས་པ་ཡིན། མི་ཚེའི་སྙིང་པོ་མི་མཐོང་བ་དང་། མི་ཚེའི་སྙིང་པོ་མི་སྒྲུབ་པ། ཉིན་ལྟར་སྟོ་གྲོད་པ་གང་འགྲངས་བར་བྱ་རྒྱུ་ཁོ་ན་ཙམ་ཤེས་ཤིང་དེ་ཁོ་ན་ཙམ་དོན་དུ་གཉེར་བར་བྱེད་པའི་རང་བཞིན་དུ་གྲུབ་ན་སྐྱེ་བོ་དེ་རྣམས་ནི་ལུས་ལ་སྤུ་མེད་པའི་ཁྱད་པར་ཙམ་ལས་དོན་དུ་ནི་དུད་འགྲོ་ཕག་པ་རང་ཡིན་ཞེས་མིའི་མི་ཚེ་སྐྱེལ་ཚུལ་ལ་བླང་དོར་གྱི་ནུས་པ་ཆེན་པོ་ཐོན་ཡོད་པ་ཞིག་ཡིན། རྩོམ་རིག་སྒྱུ་རྩལ་གྱིས་བསམ་བློའི་ཕྱོགས་ལྷུང་དེ་མཚོན་གྱི་ཡོད་པར་

བརྟེན་སྒྲིར་ན་དེས་རིགས་པས་ཐག་གཅོད་པའམ་རྩོད་བཤད་ཀྱི་ཐབས་ཤེས་དང་གཞུང་ལུགས་སྟོང་བཤད་མ་བྱས་པར་རྩོམ་པ་པོས་བྱ་དངོས་དང་མི་སྣའི་གཟུགས་བརྙན་ལ་བརྟེན་ནས་མཚོན་པར་བྱེད་ཀྱི་ཡོད་སྐབས་མི་རྣམས་ལ་ཤུགས་རྐྱེན་གཏིང་ཟབ་བཏང་ཐོག་མིའི་བྱ་སྤྱོད་དང་སྙིང་སྟོབས་ལ་འགྱུར་བ་གཏོང་བ་དང་། བསམ་བློའི་བརྩེ་དུང་དང་། གཤིས་རྒྱུད། ཀུན་སྤྱོད། སེམས་ཁམས་སོགས་ལ་ཤུགས་རྐྱེན་ཆེན་པོ་ཞིག་ཐེབས་ཀྱི་ཡོད་ལ། ཏན་ཏིས་གཞོན་དར་ཚང་མར་ཚད་མི་འདྲ་བའི་སློབ་གསོ་ཡང་གཏོང་གི་ཡོད། རྩོམ་རིག་སྒྱུ་རྩལ་ལ་བྱ་དངོས་ངོས་འཛིན་དང་སློབ་གསོའི་ནུས་པ་ལྡན་ཡོད་ལ་མཛེས་ཆོར་གྱི་ནུས་པ་ཡང་ལྡན་ཡོད་པ་རེད།

གསུམ་པ། རྩོམ་རིག་གི་མཛེས་དཔྱོད་ཀྱི་ནུས་པའི་སྐོར།

བརྩམས་ཆོས་ཀྱི་མཛེས་དཔྱོད་ཀྱི་རང་བཞིན་བརྗོད་པར་ཐོག་མར་“མཛེས་དཔྱོད་”ཅེས་པའི་གོ་དོན་གསལ་པོར་ཤེས་དགོས་ཀྱང་མཛེས་དཔྱོད་ཅེས་པར་ཀུན་གྱི་བློ་ངོར་འཚམས་ཤིང་བཞེད་པ་མཐུན་པའི་མཚན་ཉིད་ཅིག་ད་ལྟའི་བར་དུ་བཞག་མེད་ནའང་སྤྱིར་མཛེས་དཔྱོད་ཅེས་པ་ནི་མིའི་རིགས་ཀྱིས་ཕྱིའི་ཡུལ་ལ་དམིགས་པའི་རྟོག་པ་ཁྱད་པར་བ་ཞིག་སྟེ། མཛེས་པའི་ཆོས་ལ་ཡིད་ཕྱོགས་ནས་སྤྲོང་ཞིང་དཔྱོད་པའི་བྱ་བ་ཞིག་ཡིན། དེ་ཡང་བརྩམས་ཆོས་ཉིད་མཛེས་དཔྱོད་ཅིག་ཏུ་འགྱུར་བ་ནི་ཚད་མཐོ་བའི་སྤྲོང་རྟོག་ཤིག་ལས་བྱུང་བ་དང་དེ་ནི་ཁེ་ཕན་མངོན་སུམ་པ་ལ་མི་དམིགས་པར་དེ་ལ་སྤྲོང་བ་བྱས་ནས་ཡིད་ཚིམ་ཞིང་བདེ་བ་སྐྱེར་བའི་རང་བཞིན་ཁོ་ན་ཡིན། ཧན་མིའི་རྒྱལ་ཁབ་ཀྱི་དཔྱད་བརྗོད་པ་པའོ་རན་ཧེ་ཉིད་“བྱ་དངོས་གང་ཡང་རུང་བར་ང་ཚོས་རྟོག་ཞིབ་བྱེད་ཚེ་དོན་དངོས་དང་གཞུང་ལུགས། མཛེས་དཔྱོད་གསུམ་གྱི་ཐབས་ལམ་ལ་བརྟེན་དགོས་ཏེ་དོན་དངོས་ཀྱི་ལྟ་བས་ནགས་ཚལ་ལ་བལྟ་མཁན་ཞིག་

ཡིན་ན་ཁོང་གིས་ནགས་ཚལ་གྱིས་ས་ཁྲུལ་དེའི་བདེ་འཛགས་ལ་ཕན་ཐོགས་ཡོད་མེད་དང་། ཡང་ན་ནགས་ཚལ་གྱི་བདག་པོས་ཅི་ལྟར་ཤིང་ཆའི་རིན་ཐང་གཞལ་བ་སོགས་འདྲི་རྒྱུ་ཡིན་པ་དང་། སྐྱེ་དངོས་རིག་པ་བ་ཞིག་གིས་ཚན་རིག་གི་ལམ་ནས་སྐྱེ་དངོས་དེ་དག་གི་སྲོག་ཤུགས་སོགས་ལ་འཚོས་དང་མཐུན་པའི་ཞིབ་དཔྱད་བྱེད་པར་ཡིད་ཕྱོགས་པ་དང་ནགས་ཚལ་དེའི་ཕྱིའི་མཛེས་སྡོངས་ཁོ་ན་མ་གཏོགས་གཞན་གྱི་དམིགས་པ་མེད་པ་ཞིག་ལ་མཚོན་ན། མཛེས་པའི་རྟོག་པ་ཞིག་གམ་སྒྱུ་རྩལ་གྱི་ལྟ་བས་གཞལ་ཏེ་ནགས་ཚལ་དེའང་མཛེས་པའི་ཆ་ཤས་སུ་བཞག་ནས་ཅི་འདྲ་ཡིན་པར་བསམ་བློ་གཏོང་བཞིན་ཡོད་” ཅེས་གསུངས་པ་ལྟར་མཛེས་པར་དཔྱོད་པའི་རྟོག་པ་སྐྱེས་པ་ནི་མཛེས་པའི་ཡུལ་ཅན་གྱི་རྟོག་རྩལ་གཉིས་ཀ་ལ་རག་ལས་ཏེ། ཡུལ་གང་ཞིག་ཡིན་རུང་མཛེས་པར་དཔྱོད་པའི་ཡུལ་དུ་འགྱུར་དགོས་ན་དེ་ཉིད་ཀྱི་དངོས་ཡོད་ཁེ་ཕན་བསྒྱུར་ནས་བལྟ་དགོས། དེ་ཡང་གསལ་པོར་བཤད་ན་ཡུལ་དེའི་མཛེས་པར་སྣང་བའི་ཁྱད་ཆོས་དུ་མ་ལྡན་པའི་ཁར་འཇུག་མཁན་གྱིས་ཀྱང་མཐོང་རྩལ་ཁྱད་པར་བ་ལ་བརྟེན་ན་ཡུལ་དེའི་དངོས་ཡོད་ཀྱི་ཁེ་ཕན་ལས་བཀལ་ནས་ཡུལ་དེ་ཉིད་མཛེས་པར་དཔྱོད་པའི་ཡུལ་དུ་འདྲེན་ཐུབ་པ་ཡིན། གལ་ཏེ་ཡུལ་གྱི་བྱ་དངོས་དེའི་ཡོད་པ་ལ་གཙོ་བོར་དམིགས་ན། མཛེས་པར་དཔྱོད་པའི་ཡུལ་དེའང་བཀོལ་སྤྱོད་ཀྱི་མཁོ་བ་བསྒྲུབ་པའི་རྐྱེན་དུའང་གྱུར་འགྲོ། དཔེར་ན། ད་ལྟ་བོད་བརྒྱུད་ནང་བསྟན་དང་འབྲེལ་བའི་གནའ་བོའི་སྐུ་བརྙན་དང་ཐང་ག་སོགས་ལ་ཚོང་པ་རྣམས་ཀྱིས་སྒོར་ཁྲི་མང་པོ་སྤྲོད་ཀྱི་ཡོད་པ་དང་། ཚོང་པ་དེ་རྣམས་ནང་པའི་བསྟན་པ་ལ་དད་འདུན་ཆེ་བ་མིན་ལ་སྐུ་བརྙན་ལ་སྦྱོང་བ་ཐོབ་ནས་ཡིད་དབང་འཕྲོག་པའང་ག་ལ་ཡིན། དེ་ནི་གཙོ་བོ་སྒོར་མོ་དང་ཁེ་གཉེར་གྱི་ཆེད་དུ་ཡིན་པ་ལས་མཛེས་དཔྱོད་ཀྱི་ཡུལ་དུ་གྱུར་མེད་པ་ལྟ་བུ་རེད། གཞན་ཡང་སྐད་ཆའི་སྒྱུ་རྩལ་ནི་བརྗོས་དཀྲོལ་དང་རོལ་དབྱངས་བཞིན་དུ་སུས་ཀྱང་མཐོང་ཐོས་སུ་འདྲེན་ཐུབ་པ་ཞིག་མིན་པར། ཐོག་མར་སྐད་དང་རི་མོ་ལ་བྱུང་བ་དང་དེ་ནས་བརྗོད་དོན་

རེ་རེ་བ་དེ་རྒྱུད་ལ་དྲང་ནས་རོ་སྦྱོང་དགོས་པ་ལགས་ན། ཡི་གེ་དེ་མ་བྱུང་པ་ཞིག་ལ་ཤོག་རྩལ་འགའ་དང་མེ་ཁ་གསོ་སྤྱོད་ཙམ་དུ་གྱུར་ལ། དེ་བཞིན་དུ་རྩོམ་ཡིག་ལ་འཇུག་པའི་ནུས་པ་ཡོད་པ་ཞིག་ལ་མཚོན་ནའང་། དེ་ལས་བདེ་སྡུག་གི་ཚོར་བ་དང་གོ་རྟོགས་སོགས་ཀྱི་གསོས་སུ་གྱུར་པ་ལས་བཟའ་འཐུང་མི་ཚོག་ལ་སྤྱོད་ཀྱང་མི་ཚོག་པ་ཤ་སྟག་ཡིན་པས། མཛེས་པར་དཔྱོད་མཁན་དེས་ངེས་པར་དུ་བཀོལ་སྤྱོད་ཀྱི་ཁེ་ཕན་དང་བར་ཐག་ཕྱེས་ནས་མཛེས་པའི་ཡུལ་ལ་འཇུག་དགོས་པ་རེད། རྩོམ་རིག་སྒྱུ་རྩལ་ནི་མི་རྣམས་ཀྱི་དངོས་ཡོད་ཀྱི་མཛེས་རིག་ལ་ངོས་འཛིན་བྱེད་པའི་གལ་ཆེའི་རྣམ་པ་ཞིག་ཡིན་པ་དང་། རང་བྱུང་ཁམས་དང་སྤྱི་ཚོགས་ཀྱི་འཚོ་བའི་ནང་དུ་མཛེས་སྡུག་གི་ཕྱོགས་སྣ་ཚོགས་པ་ཞིག་གནས་པ་དེ་དག་རྩོམ་པ་པོས་མཛེས་རིག་གི་ལྟ་ཚུལ་ངེས་ཅན་ཞིག་ལ་གཞིགས་ཏེ། མདོར་བསྡུས་དང་ཕྱོགས་བསྒྲིགས་བསྐྱར་དུ་གསར་བསྐྲུན་བྱས་པ་བཅས་བརྒྱུད་དེ་མཛེས་ཤིང་ཡིད་དུ་འོང་བ་དང་། གསོན་ཉམས་ལྡན་པའི་སྒྱུ་རྩལ་གྱི་གཟུགས་བརྙན་དེ་རྣམས་རྩོམ་རིག་སྒྱུ་རྩལ་ནང་གི་མི་སྣའི་བྱ་སྤྱོད་དང་། ལས་དབང་། རྣམ་པ་མི་འདྲ་བའི་འཚོ་བ་སོགས་ཀྱི་སོ་སོའི་བསམ་བློའི་བརྩེ་དུང་སོགས་ལ་བག་ཆགས་སྣ་ཚོགས་ཤིག་འཇིན་པ་དང་། མཛེས་སྡུག་དང་སྙིགས་རོ། ངོ་ཚ་ཁྲེལ་དགོད་སོགས་ཀྱི་སློབ་གསོ་ངེས་ཅན་ཞིག་ཐོབ་ཐུབ་ཀྱི་ཡོད།

རྩོམ་རིག་སྒྱུ་རྩལ་གྱི་ངོས་འཛིན་ནུས་པ་དང་། སློབ་གསོའི་ནུས་པ། མཛེས་དཔྱོད་ཀྱི་ནུས་པ་བཅས་ཀྱི་དབར་ལ་འབྲེལ་བ་དམ་ཟབ་ཡོད་ཅིང་། བསམ་བློ་ནི་བཙམས་ཆོས་ཀྱི་བླ་སྲོག་ལྟ་བུ་ཞིག་ཡིན་པས་རྩོམ་རིག་སྒྱུ་རྩལ་ནང་ནས་མཚོན་པའི་བསམ་བློ་དེ་ནི་གང་ཟག་མིའི་བླ་སྲོག་ལྟ་བུ་ཞིག་ཡིན་དགོས།

དེར་བརྟེན། རྩོམ་པ་པོས་མཚོན་པར་བྱ་རྒྱུའི་སྤྱི་ཚོགས་ཀྱི་སྙིང་དོན་དེ་དང་བཙམས་ཆོས་ནང་ཁྲིས་པའི་བྱ་དངོས་དེ་དག་ནི་ག་དུས་ཡིན་རུང་མཉམ་དུ་འབྲེལ་ཡོད་པ་དང་། རྩོམ་རིག་སྒྱུ་རྩལ་གྱི་སློབ་གསོའི་ནུས་པ་ཡང་རང་བཞིན་ངང་དེ་དང་མཉམ་དུ་འབྲེལ་བ་ཡོད་པ་ཞིག་ཡིན་པ་ལས་ཁ་བྲལ་དུ་གནས་པ་

ཞིག་མ་ཡིན། ཀློག་པ་པོས་བརྩམས་ཆོས་ལྟ་ཀློག་བྱེད་སྐབས་ཀྱི་བསམ་བློའི་འཕྱིར་ཕྱོགས་དེ་སྤྱིར་བཏང་གི་གནས་ཚུལ་འོག་ཏུ་ཆབ་སྲིད་སྙན་སྒྲོན་གྱི་གསུང་བཤད་ཉན་སྐབས་དང་མི་འདྲ་བ་ཞིག་ཡིན་ཞིང་། ཁོ་ཚོས་བརྩམས་ཆོས་ལྟ་ཀློག་བྱེད་སྐབས་གཅིག་ནས་ངལ་གསོ་དང་སྒྲོ་སྣང་འཕེལ་བྱེད་དང་གཉིས་ནས་བརྩམས་ཆོས་དེའི་ནང་ནས་ཤེས་ཡོན་ཞིག་རྟོག་ཐབས་བྱེད་ཀྱི་ཡོད་པ་རེད། དེས་ན་བརྩམས་ཆོས་ནང་གི་མི་སྣའི་བྱ་སྤྱོད་དང་ལས་དབང་སོགས་ཀྱིས་ཀློག་པ་པོའི་བསམ་བློ་དེ་རང་བཞིན་ངང་ཚུར་བཀུག་སྟེ་འགུལ་བསྐྱོད་གཏོང་བ་མ་ཟད། གནད་དོན་དེ་དག་ལ་ཡང་ནས་ཡང་དུ་བསམ་གཞིགས་བྱེད་ཀྱི་ཡོད་པར་བརྟེན། བསམ་བློའི་ཐོག་རང་བཞིན་གྱིས་ངོས་འཛིན་དང་སློབ་གསོའི་ནུས་པ་ཐོན་གྱི་ཡོད། རྩོམ་རིག་སྒྱུ་རྩལ་གྱི་སློབ་གསོའི་ནུས་པ་དང་ངོས་འཛིན་གྱི་ནུས་པ་དེ་མཚན་ཉིད་རིག་པ་དང་སྤྱི་ཚོགས་ཚན་རིག་གཞན་དང་མི་འདྲ་བའི་གནད་ནི་དེས་སྒྱུ་རྩལ་གྱི་གཟུགས་བརྙན་ལ་བརྟེན་ནས་བསམ་བློ་མཚོན་པར་བྱས་པ་ཞིག་ཡིན་པས་མི་རྣམས་རང་ཉིད་དངོས་སུ་མཛེས་ལྗོངས་ཁུལ་དུ་སླེབས་པ་དང་། མི་དེའི་སྐད་ཆ་དངོས་སུ་ཐོས་པ་དང་། མི་དེ་དངོས་སུ་མཐོང་བ་ལྟ་བུའི་ཚོར་སྣང་སྐྱེ་ཡི་ཡོད་པ་དང་ཆབས་ཅིག་མི་རྣམས་ལ་སེམས་འགུལ་ཡང་ཐེབས་ཐུབ་ཀྱི་ཡོད་པས་དེ་ནི་རྩོམ་རིག་སྒྱུ་རྩལ་གྱི་སློབ་གསོའི་ནུས་པ་དེ་ཡིན་ནོ། རྩོམ་རིག་སྒྱུ་རྩལ་གྱི་སློབ་གསོའི་ནུས་པ་དང་ངོས་འཛིན་གྱི་ནུས་པ་དེ་ཡང་མཛེས་དཔྱོད་ཀྱི་ནུས་པར་བརྟེན་ནས་འགྲུབ་དགོས་པ་ཞིག་ཡིན་པ་དང་། མི་རྣམས་ཀྱིས་བརྩམས་ཆོས་ལ་སྒྲོ་སྣང་ལྡན་པའི་ངང་བལྟ་བའི་རང་བཞིན་གྱི་དགོས་འདུན་བཅངས་པ་དེ་ནི་ཕྱོགས་མང་པོའི་ཐད་ནས་ཡིན་པ་སྟེ། རྩོམ་རིག་གི་སྐད་ཡིག་སྙན་འཛེབས་ལྡན་པ་དང་། རྩོམ་རིག་སྒྱུ་རྩལ་གྱི་ཡིད་དབང་འགུགས་ཤུགས། རྩོམ་རིག་བརྩམས་ཆོས་ཧྲིལ་པོའི་ནང་དུ་གནས་པའི་བསམ་པའི་ཆགས་སྣང་གི་སྟོབས་ཤུགས། ཐ་ན་བརྩམས་ཆོས་ཤིག་གི་ནང་ནས་རྩོམ་པ་པོས་གསར་རྩོམ་བྱ་སྐབས་བརྗོད་བྱ་སྙན་ཆ་དོད་པོ་ཞིག་ཡོང་ཐབས་བྱེད་པ་དེ་ཡང་ཚུད་ཡོད།

དེར་བརྟེན། གནའ་རབས་དང་། དེང་རབས། གུང་གོ་དང་། ཕྱི་རྒྱལ་གྱི་སྒྱུ་རྩལ་གྱི་བླ་སྤྲོག་མི་ཐུབ་པར་ཡུན་དུ་གནས་ཤིང་ཉམས་པ་མེད་པའི་བརྩམས་ཆོས་གྲགས་ཅན་དག་ལ་གོང་གསལ་གྱི་གནད་དོན་གསུམ་པོ་དེ་རྣམས་ལྡན་ཡོད། མ་གཞི་རྩོམ་རིག་སྒྱུ་རྩལ་གྱི་ངོས་འཛིན་ནུས་པ་དང་སློབ་གསོའི་ནུས་པ། མཛེས་ཆོར་གྱི་ནུས་པ་བཅས་ཕྱོགས་གསུམ་པོར་འབྲེལ་བ་དམ་ཟབ་ཡོད་ཅིང་ཁ་བྲལ་ཐབས་མེད་པ་ཞིག་ཡིན། འོན་ཏེ་དེ་དག་ལ་ཡང་ནང་གི་ཁྱད་པར་ངེས་ཅན་ཞིག་ཡོད་ཅིང་། དེའང་ཞིབ་ཕྲའི་བརྩམས་ཆོས་ཀྱི་ནང་དུ་བརྗོད་དོན་མི་འདྲ་བ་དང་རྣམ་པ་མི་འདྲ་བ། རྩོམ་པ་པོ་སོ་སོས་རྩོམ་རིག་གི་ཉམས་འགྱུར་དང་བློ་ཕྱོགས། མཚོན་ཚུལ་བཅས་མི་འདྲ་བའི་དབང་གིས་གནད་དོན་དེ་ནི་ཤིན་ཏུ་རྙོག་འཛིང་ཆེ་བ་ཞིག་ཡིན། དཔེར་ན། བརྩམས་ཆོས་འགའ་ཤས་ཀྱི་བསམ་བློའི་ཕྱོགས་ལྷུང་དེ་ཡང་དག་པ་དང་། མངོན་གསལ་དོད་པ། འཚོ་བའི་བྱ་དངོས་འགའ་ཞིག་མཚོན་པར་བྱས་ཡོད་པ་དེ་དག་དོན་སྙིང་ཆེན་པོ་ལྡན་ཡོད་པ་ཞིག་ཡིན་རུང་། སྒྱུ་རྩལ་གྱི་ཉམས་འགྱུར་དང་ཐབས་ཤེས་ཅུང་ཞན་པ་ཞིག་ཡིན་པ་དང་། བརྩམས་ཆོས་དེ་གྲས་ལ་ང་ཚོས་སྒྱུ་རྩལ་གྱི་ཐོག་མ་འདང་བའི་ཕྱོགས་དེ་མཐོང་དགོས་པ་མ་ཟད། སློབ་གསོ་དང་ངོས་འཛིན་གྱི་ནུས་པའི་ཕྱོགས་དེ་མཐོང་བ་བྱས་ཏེ་ཁས་ལེན་དགོས་པ་དང་། བརྩམས་ཆོས་འགའ་ཤས་ཀྱི་ནང་སྤྱི་ཚོགས་ཀྱི་འཚོ་བའི་གལ་ཆེའི་ནང་དོན་མཚོན་པར་བྱས་མེད་ལ་ངོས་འཛིན་གྱི་ནུས་པ་དང་། སློབ་གསོའི་ནུས་པ་ཡང་ལྡན་ཡོད་ཅེས་བརྗོད་མི་ཐུབ་པ་ཞིག་ཡིན་རུང་དེས་གསོན་ཉམས་དོད་པོའི་སྣ་ནས་རང་བྱུང་ཁམས་ཀྱི་ཡུལ་ལྗོངས་དང་སྤྱི་ཚོགས་འཚོ་བའི་ནང་གི་ཕྱོགས་ཁ་ཤས་ཀྱི་ཉམས་འགྱུར་མཚོན་པར་བྱས་ཡོད་རྐྱེན་མི་རྣམས་སྤྲོ་སྣང་འཕེལ་ཐུབ་པ་ཞིག་ཡོང་ཐུབ་པ་དེ་ཡང་ཁས་ལེན་དགོས་པ་ཞིག་རེད། རྩོམ་པ་པོ་མེལ་མེའི་ཡིས་བརྩམས་པའི་《ཀར་མན་》ཞེས་པར་ཆ་མཚོན་ན་དེ་ནི་སྒྱུ་རྩལ་གྱི་རང་བཞིན་དེ་བསམ་བློའི་རང་བཞིན་ལས་ཆེ་བ་ཡོད་པའི་བརྩམས་ཆོས་ཤིག་ཡིན། འོན་ཏེ་སུ་ཞིག་

གིས་ཀྱང་དེ་བརྩམས་ཆོས་སྐད་གྲགས་ལྡན་པ་ཞིག་མ་རེད་ཅེས་ཤོད་ཐུབ་ཐབས་མེད། གལ་ཏེ་ང་ཚོས་བརྩམས་ཆོས་དེའི་བསམ་བློའི་རང་བཞིན་ལ་དཔྱེ་ཞིབ་ཅིག་བྱས་ཚེ་དེ་ནི་"མི་ཡི་ཚེ་སྲོག་རྩ་བ་ཆེ། གཏན་གྲོགས་བརྩེ་དུང་དེ་ལས་ལྷག།
རང་དབང་དོན་དུ་འཆི་གྱུར་ན། དེ་གཉིས་དོར་བ་བློ་འཁྱུད་མེད།"ཅེས་པའི་སྙན་ཚིག་ཤོ་ལོ་ཀ་དེ་ཡིན་པར་ངོས་འཛིན་བྱས་ཆོག། དེ་བཞིན《གཞོན་ནུ་ཟླ་མེད་ཀྱི་གཏམ་རྒྱུད》ལྟ་བུར་མཚོན་ན་འང་བརྩམས་ཆོས་འདིའི་མཛེས་རིག་གི་རིན་ཐང་ནི་བསམ་བློའི་རིན་ཐང་ལས་མཐོ་བ་ཡོད་པའི་གྲགས་ཅན་གྱི་བརྩམས་ཆོས་ཤིག་ཡིན།

རྩོམ་རིག་སྒྱུ་རྩལ་གྱི་བརྩམས་ཆོས་གཅིག་ལ་སྒྱུ་རྩལ་གྱིས་མི་རྣམས་ཡིད་འགུགས་ཐུབ་པའི་སྟོབས་ཤུགས་ཤིག་མེད་ཚེ། དེས་མི་རྣམས་ལ་མཛེས་སྡུག་གི་ཚོར་སྣང་ཞིག་འབྱིན་མི་ཐུབ་པ་མ་ཟད། མི་རྣམས་ཀྱིས་བརྩམས་ཆོས་དེ་བལྟ་ཀློག་བྱེད་མི་འདོད་པར་བརྟེན་རྩོམ་རིག་གི་ངོས་འཛིན་ནུས་པ་དང་སློབ་གསོའི་ནུས་པ་ནི་ཤོད་ཐབས་བྲལ། དེས་ན་རྩོམ་རིག་གི་ངོས་འཛིན་ནུས་པ་དང་སློབ་གསོའི་ནུས་པ་ནི་མཛེས་དཔྱོད་ཀྱི་ནུས་པར་བརྟེན་ནས་གྲུབ་དགོས་པ་ཞིག་ཡིན་པ་དང་། མཛེས་དཔྱོད་ཀྱི་ནུས་པ་ཡང་ཁེར་རྐྱང་དུ་གནས་ཐུབ་པ་ཞིག་མ་ཡིན་པར་ངེས་པར་དུ་ངོས་འཛིན་དང་སློབ་གསོའི་གྲུབ་ཆ་ཡོད་དགོས་པ་ཞིག་ཡིན།

མདོར་ན། རྩོམ་རིག་སྒྱུ་རྩལ་གྱི་ངོས་འཛིན་ནུས་པ་དང་། སློབ་གསོའི་ནུས་པ། མཛེས་དཔྱོད་ཀྱི་ནུས་པ་བཅས་ནི་ཕན་ཚུན་འབྲེལ་བ་ཡོད་པ་དང་། ཕན་ཚུན་བརྟེན་ནས་གནས་པ་ཞིག་ཡིན་པ་དང་། དེ་དག་གི་འབྲེལ་བ་ནི་རྩོད་སྒྲུབ་ཀྱི་གཅིག་གྱུར་ཞིག་ཡིན་ནོ།

1. རྩོམ་རིག་གི་ངོས་འཛིན་ནུས་པའི་གོ་དོན་ཅི་ཡིན་ནམ།
2. རྩོམ་རིག་གི་སློབ་གསོའི་ནུས་པའི་གོ་དོན་ཅི་ཡིན་ནམ།
3. མཛེས་དཔྱོད་ཅེས་པར་གོ་ལེན་དཔྱེ་ཞིབ་ཅི་ལྟར་བྱེད་དགོས་སམ།

ལེའུ་གཉིས་པ། གསར་རྩོམ་གྱི་སྐོར།

རྩོམ་རིག་གསར་རྩོམ་ནི་བསམ་བློའི་རྩོལ་བ་ཁྱད་པར་ལས་བྱུང་བའི་འབྲས་བུ་ཞིག་ཡིན་རྐྱེན་ཤེས་པར་བྱ་བའི་གནད་གཞན་དང་མི་འདྲ་བ་ཞིག་ཡིན། མིའི་རིགས་ཀྱི་འཚོ་བའི་ནང་རྒྱུན་གཏན་དངོས་པོའི་རྩོལ་བྱུང་དང་བསམ་བློའི་རྩོལ་བྱུང་གི་འཚོ་བ་གཉིས་ཡོད་ཅིང་། དངོས་པོའི་རྩོལ་བ་ཞེས་པ་ནི་མིའི་རིགས་ཀྱི་འཚོ་གནས་བྱེད་པའི་རྨང་གཞིའམ་སྤྱི་ཚོགས་དང་ལོ་རྒྱུས་འཕེལ་རྒྱས་འགྲོ་བའི་སྒྲུལ་ཤུགས་གཙོ་བོ་དེ་ཡིན་པ་དང་། བློ་བྱུང་གི་རྩོལ་བ་ནི་མིའི་རིགས་ཀྱིས་རང་ཉིད་ཀྱི་ཡིད་བློའི་རེ་སྐུལ་བསྒྲུབ་པའི་ཆེད་དུ་རང་བྱུང་དང་སྤྱི་ཚོགས་ལ་སེམས་རྩོལ་བགྱིས་པ་ཡིན་ཏེ། དཔེར་ན། ཤེས་པར་བྱ་བའི་ཐོས་བསམ་སྒོམ་གསུམ་དང་མཁས་པའི་བྱ་བ་འཆད་རྩོད་རྩོམ་གསུམ་ལ་སོགས་སྤྱི་ཚོགས་ཀྱི་ཐོན་སྐྱེད་ནུས་པའི་འཕེལ་རྒྱས་ལ་བརྟེན་ནས་རིམ་བཞིན་ལུས་རྩོལ་དང་སེམས་རྩོལ་གྱི་དབྱེ་བ་བྱུང་བ་བཞིན་ནོ།

ས་བཅད་དང་པོ། བརྩམས་ཆོས་གསར་རྩོམ་བྱེད་པའི་བརྒྱུད་རིམ་སྐོར།

རྩོམ་པ་པོའི་བརྩམས་ཆོས་ལ་ཡང་དག་པའི་སྒོ་ནས་ངོས་འཛིན་དང་ཤེས་རྟོགས་བྱེད་དགོས་ན། ང་ཚོས་རྩོམ་པ་པོས་ལེགས་གྲུབ་བྱུང་ཟིན་པའི་བརྩམས་ཆོས་ལ་ཞིབ་འཇུག་བྱ་དགོས་པ་མ་ཟད། ད་དུང་རྩོམ་པ་པོས་བརྩམས་ཆོས

ལེགས་སྒྲུབ་མ་བྱུང་གོང་དུ་བསམ་གཞིགས་ཀྱི་བརྒྱུད་རིམ་དང་ཁྱད་ཆོས་སོགས་ལ་ཞིབ་འཇུག་བྱེད་དགོས་པ་ཞིག་ཡིན། འོན་ཏེ། རྩོམ་པ་པོ་མི་འདྲ་བར་བསམ་གཞིགས་བྱེད་སྟངས་མི་འདྲ་བ་རེ་ཡོད་རྐྱེན་དེ་ནི་ཙུང་རྙོག་འཛིང་ཆེ་བ་ཞིག་ཡིན། འོན་ཀྱང་ང་ཚོས་ཁོ་ཚོའི་རྩོམ་རིག་གསར་རྩོམ་གྱི་བརྒྱུད་རིམ་ནང་ནས་ཆོས་ཉིད་འགའ་ཤས་ཡང་ཕྱོགས་བསྡོམས་བྱེད་ཐུབ་པ་ཞིག་ཡིན།

དང་པོ། གསར་རྩོམ་ལ་ངེས་པར་དུ་ཡོད་དགོས་པའི་ཆ་རྐྱེན།

1. འཚོ་བའི་མྱོང་གོམས་གཏིང་ཟབ་ཅིག་ཡོད་དགོས།

རྩོམ་རིག་ནི་སྤྱི་ཚོགས་ཀྱི་འཚོ་བའི་ཕྱོགས་ག་གེ་མོ་ཞིག་མཚོན་པར་བྱེད་ཀྱི་ཡོད་རྐྱེན། སྤྱི་ཚོགས་ཀྱི་འཚོ་བ་ནི་རྩོམ་རིག་གིས་ཚུར་སྣང་བྱ་ཡུལ་དེ་ཡིན། དེར་བརྟེན་རྩོམ་པ་པོ་ཞིག་ལ་མཚོན་ན་འཚོ་བའི་མྱོང་གོམས་ཕུན་སུམ་ཚོགས་ཤིང་རྒྱང་གཞི་བརྟན་པོ་ཞིག་ཡོད་དགོས་པ་མ་ཟད། སྤུ་མཐུད་འཚོ་བར་ཟབ་འཇུག་བྱས་ཏེ་མྱོང་གོམས་ཕུན་སུམ་ཇེ་ཚོགས་དང་གསོག་འཇོག་གང་མང་བྱས་ཚེ་རྩོམ་རིག་གསར་རྩོམ་གྱི་ལས་ཀ་བྱེད་ཐུབ་པ་ཞིག་ཡིན།

རྩོམ་རིག་གི་ལོ་རྒྱུས་ཐོག་ཏུ་བྱུང་བའི་ཆེས་ཕུལ་བྱུང་གི་གྲགས་རྩོམ་དེ་དག་ནི་དུས་ཡུན་རིང་པོའི་ནང་དུ་འཚོ་བ་གསོག་འཇོག་དང་གྲབས་ཤོམ་བྱས་པ་ལས་བྱུང་བ་ཞིག་ཡིན། དཔེར་ན་《ཁང་ཆེན་དམར་པོའི་རྨི་ལམ་》ཞེས་པར་རྩོམ་འབྲི་བའི་དུས་ཚོད་ལོ་བཅུ་འགོར་བ་དང་། སྔོན་འཁྲི་ཐེངས་བདུན་བྱས། པ་འར་ཀྲ་ཁེ་ཡིས་བྲིས་པའི་《གྲོང་ཚོའི་སྨན་པ་》ཞེས་པ་ལོ་བདུན་བེད་སྤྱོད་བྱས། ཆི་ཁོའོ་ཕུ་ཡི་《ཆོས་དཔོན་གཙོ་བོ་》ཞེས་པར་ལོ་ངོ་སུམ་ཅུ་སོ་བདུན་བེད་སྤྱོད་བྱས། ཡུས་གོ་ཡི་《ཡིད་སྐྱོ་བའི་འཇིག་རྟེན་》ཞེས་པ་ལོ་ཉི་ཤུ་བེད་སྤྱོད་བྱས།

ཨ་སླི་ལོ་ཧྲ་ཡི་《སྨྱོ་བ་ལྷ་བུའི་ལོ་ལན་》ཞེས་པ་ལོ་སུམ་ཅུ་བེད་སྤྱོད་བྱས། ཛོ་ལའ་ཡི་《ལྷུང་ཀུང་མ་ཁ་འར་གྱི་ཁྲིམ་རྒྱུད་》ཞེས་པར་ལོ་ཉི་ཤུ་ཙ་ལྔ་བེད་སྤྱོད་བྱས། ཀ་ཏ་ཡི་《ཕུ་ཧྲི་ཏའ་》ཞེས་པ་ལོ་དྲུག་ཅུའི་རིང་རྩོམ་འབྲི་མཛད། ཀོ་མོ་རུའུ་ཡིས་《ཧྲུས་ཡོན་》རྩོམ་དངོས་སུ་འབྲི་སྐབས་ཉིན་གཅིག་ལས་འགོར་མེད་ཀྱང་། བསམ་བློའི་ནང་གྲབས་སྙོམ་བྱས་ནས་ལོ་ཉེར་གཅིག་ཕྱིན་ཡོད་པ་རེད། གོང་སྨོས་དེ་དག་ནས་རྩོམ་པ་པོ་རྣམས་མ་གཞི་ལྷ་ཚུལ་དང་ལངས་ཕྱོགས་མི་འདྲ་བ་མ་ཟད། བརྩམས་ཆོས་ཀྱི་ཕྱུས་ཚད་དང་གྲུབ་འབྲས་མཐོ་དམན་སྣ་ཚོགས་ཡོད་རུང་ཁོང་རྣམས་པས་དུས་ཡུན་རིང་པོའི་ནང་དུ་བསམ་གཞིགས་བྱས་ནས་ལེགས་སྒྲུབ་བྱུང་བ་ཞིག་ཡིན་པ་དེ་གཅིག་གྱུར་ཡིན། དེ་དག་ནི་ཁོང་ཚོས་དུས་ཡུན་རིང་པོའི་ནང་དུ་རྒྱུ་ཆ་གསོག་འཇོག་དང་ཆེས་ཕུན་སུམ་ཚོགས་པའི་རྒྱུ་ཆ་དེ་དག་ལ་སྐྱར་ནས་བསྐྱར་དུ་གདམ་གསེས་དང་ཧུར་བརྩོན་ཆེན་པོས་འཕྲི་སྣོན་བྱས་པའི་བརྒྱུད་རིམ་ཞིག་ཡིན།

ཆེས་ཕུན་སུམ་ཚོགས་པའི་འཚོ་བའི་མྱོང་གོམས་དེ་དག་ནི་སྒྱུ་རྩལ་གྱིས་ལས་སྣོན་བྱེད་པའི་རྨང་གཞི་དེ་ཡིན། ཨ་རིའི་སྒྲུང་གཏམ་མཁས་པ་ཧེང་ལི་ཀྲན་སུ་སིས་“ཁྱོད་ཀྱིས་དངོས་ཡོད་འཚོ་བ་ལ་ཤེས་ཚོར་མེད་ཚེ། ཁྱེད་ཀྱིས་སྒྲུང་གཏམ་ལེགས་པོ་ཞིག་གསར་རྩོམ་བྱེད་མི་ཐུབ”ཅེས་གསུངས་པ་བཞིན་འཚོ་བ་ནི་རྩོམ་རིག་གསར་རྩོམ་བྱེད་པའི་འབྱུང་ཁུངས་འབའ་ཞིག་ཡིན་པས་བྱུང་རིམ་ཉིང་སྟུད་དང་། བློ་ཁོག་ཆེན་པོས་བསམ་ཚོད་དང་རྟོག་བཟོ་བྱེད་སྟངས་ཀྱང་འཚོ་བའི་ཉམས་མྱོང་དང་མྱོང་ཚོར་གྱི་རྨང་གཞི་བྱེད་དགོས། ལྷང་མེང་གིས“ང་ཚོས་བཤད་པའི་རྫུན་མ་ཞེས་པ་ནི་ཁུངས་མེད་ལུང་མེད་ཀྱིས་རྫུན་བཟོ་བྱས་པ་ཞིག་མིན་པར་འཚོ་བ་དངོས་ཀྱི་རྨང་གཞིའི་འོག་གོང་འཕེལ་བཏང་བ་ཞིག་རེད།”ཅེས་གསུངས། བསམ་ཚོད་དང་རྟོག་བཟོ་ནི་ངེས་པར་དུ་ཕུན་སུམ་ཚོགས་པའི་འཚོ་བའི་གསོག་འཇོག་གིས་སྣོན་འགྲོའི་ཆ་རྐྱེན་བྱེད་དགོས། རྒྱ་ཆེ་ལ་གཏིང་ཟབ་པའི་སྤྱི་ཚོགས་ཀྱི་འཚོ་བའི་ཤེས་བྱ་མེད་པ་དང་ཉམས་མྱོང་མེད་

པའི་མི་ཞིག་གིས་བསམ་བློ་ཇི་ལྟར་བཏང་རུང་ཚུལ་དང་མཐུན་པའི་རྩོམ་རིག་གསར་རྩོམ་བྱེད་ཐབས་མེད་པ་དེ་ཡིན། གསར་རྩོམ་བྱེད་མཁན་ཞིག་ཡིན་ཚེ། གཅིག་ནས་འཚོ་བ་ལ་དགའ་ཞེན་ཚད་མེད་དང་། འཚོ་བ་དངོས་ནང་དུ་ཞུགས་ཐུབ་པ་དང་དངོས་ཡོད་འཚོ་བའི་ནང་གི་བྱ་དངོས་དང་མི་ཚང་མར་བསམ་ཤེས་བྱེད་ཐུབ་པ་ཞིག་ཡིན་དགོས། གཉིས་ནས་ཁོ་པ་ནི་བསམ་རྩོད་དང་རྟོག་བཟོ་བྱེད་མཁས་པ་ཞིག་ཡིན་དགོས་ཏེ། མི་གཞན་གྱིས་མི་བསམ་པ་ཁོས་བསམ་ཐུབ་པ་དང་མི་གཞན་གྱིས་མི་དྲན་པ་ཁོས་དྲན་ཐུབ་པ། འཚོ་བའི་ནང་དུ་དོན་རྐྱེན་དང་ཐུགས་སྐབས་བསམ་བློ་གཏོང་སྟངས་དང་གོ་བ་ལེན་སྟངས་ཀྱང་མི་གཞན་དང་མི་འདྲ་བ་ཞིག་ཡིན་དགོས།

2. སྔོན་ཐོན་གྱི་འཇིག་རྟེན་ལྟ་ཚུལ་ཞིག་ཡོད་དགོས་པ།

ལོ་རྒྱུས་ཐོག་གི་རྩོམ་རིག་མཁས་ཅན་དག་ནི་རླབས་ཆེན་གྱི་བསམ་བློ་མཁས་ཅན་ཞིག་ཀྱང་ཡིན། ཁོ་ཚོས་བརྩམས་གནང་བའི་ཡུལ་བྱུང་གི་བརྩམས་ཆོས་ནང་དུ་ཆེས་མཐོའི་ཕྱོགས་བསམ་ཞིག་མཚོན་པར་བྱེད་ཀྱི་ཡོད་པ་མ་ཟད། རྒྱ་ཆེའི་མང་ཚོགས་ཀྱི་རེ་འདོད་མཚོན་པར་བྱེད་ཀྱི་ཡོད་རྐྱེན་དེ་ནི་སྔོན་ཐོན་གྱི་འཇིག་རྟེན་ལྟ་ཚུལ་དང་འབྲེལ་བ་ཡོད་པ་ཞིག་ཡིན། གཤམ་དུ་རྩོམ་རིག་གསར་རྩོམ་བྱ་ཐབས་དང་འཇིག་རྟེན་ལྟ་ཚུལ་གྱི་འབྲེལ་བའི་སྐོར་ལ་ཞིབ་དཔྱད་རྒྱུས་ཙམ་བྱེད་དགོས་རྐྱེན་འདིར་ས་བཅད་མ་སྟོང་པའི་ཚུལ་གྱིས་འདི་ཙམ་གྱིས་འཐུས་པར་བྱས་སོ།

3. སྒྱུ་རྩལ་གྱི་བྱང་ཚད་དང་ཐབས་རྩལ་ངེས་ཅན་ཞིག་ཡོད་དགོས་པ།

རྩོམ་པ་པོ་ཞིག་གི་ངོས་ནས་བརྗོད་ཚེ་ངེས་པར་དུ་མི་གཞན་དང་མི་འདྲ་བའི་རིག་གནས་དང་འཚོ་བའི་ཤེས་ཡོན་རྒྱ་ཆེ་ཕུན་ཚོགས་ཤིག་ཡོད་དགོས་པ་མ་ཟད། ད་དུང་བརྟག་དཔྱད་དང་དབྱེ་འབྱེད་བྱེད་ཐབས་དང་སྒྱུ་རྩལ་གྱི་ཐུས་འགོད་དང་བསམ་གཞིགས་བྱེད་ཐབས་བཅས་རྟོགས་དགོས་ལ། གཟུགས་བརྟན་གྱི་རྣམ་པ་བརྒྱུད་དེ་རང་ངོས་ཀྱི་འཚོ་བར་འཛིན་པའི་ལྟ་ཚུལ་རྣམས་

མཚོན་པར་བྱས་ཏེ་“བདེན་དོན་རྣམས་གཟུགས་བརྙན་དུ་བསྒྱུར་ཐུབ་པའི” ཐབས་རྩལ་ཞིག་ཡོད་དགོས། ཐབས་རྩལ་ཞེས་པ་ནི་རྩོམ་པ་པོས་རྩོམ་ཡིག་དངོས་སུ་འབྲི་སྐབས། མི་སྣའི་ཕྱིའི་རྣམ་པ་དང་། ཀུན་སྤྱོད། ནང་སེམས་ཁམས་དང་རྟོག་པ་ཞིབ་འབྲི་བྱེད་ཚུལ། དཔེ་སྦྱོར་ཚུལ། བསྡུས་ནས་བརྗོད་པ་སོགས་ཏེ་མཚོན་པར་བྱ་བའི་ཡུལ་དེ་དག་གང་ལ་གང་འཚམས་ཀྱི་སྒོ་ནས་མཚོན་པར་བྱེད་པ་དང་ཐབས་དང་རྩལ་ཡོད་དོ་ཅོག་ལ་དམིགས་པ་ཞིག་ཡིན། རྩོམ་པ་པོས་རིག་གནས་དང་། ལོ་རྒྱུས་ཀྱི་ཤེས་ཡོན། དེང་རབས་སྤྱི་ཚོགས་ཀྱི་འཚོ་བའི་ཤེས་ཡོན་དང་རང་རིགས་ཀྱི་རྩོམ་རིག་ལ་སློབ་སྦྱོང་དང་དུང་མི་རིགས་གཞན་དང་ཕྱི་རྒྱལ་གྱི་རྩོམ་རིག་ཀྱང་གང་ལ་གང་འཚམས་ཤེས་སྦྱོང་དགོས་པ་རེད། ཏེ་ཀོར་གྱིས《མཛེས་རིག》ཅེས་པའི་ནང་དུ“གལ་སྲིད་སྒྱུ་རྩལ་མཁན་གྱི་དམིགས་ཡུལ་ནི་དོན་དངོས་འཚོ་བ་འདྲ་བཤུས་བྱེད་རྒྱུ་ཡིན་ན་ལས་ཀ་དེ་ནི་མཐོལ་པ་ཞིག་རེད། རྒྱུ་མཚན་ནི་སྒྱུ་རྩལ་པའི་དམིགས་ཡུལ་གཙོ་བོ་ནི་བྱ་དངོས་འདྲ་བཤུས་བྱེད་རྒྱུ་དེ་མིན་པར་དཔེར་འོས་གསར་བཞེངས་བྱེད་རྒྱུ་དེ་ཡིན་པ་མཚོན་ཡོད”ཅེས་གསུངས་པ་ལྟར་རོ《སྙན་ངག་མེ་ལོང》ནང་དུ

“རང་བཞིན་གྱིས་གྲུབ་སྤོབས་པ་དང་།
མང་དུ་ཐོས་པ་དྲི་མེད་དང་།
མངོན་པར་སྦྱོར་བ་མི་དམན་པ།

སྙན་ངག་ཕུན་སུམ་ཚོགས་པའི་རྒྱུ”ཞེས་བྱུང་བ་ལྟར། མིའི་བློ་ནུས་སམ་རིག་པ་ལ་ཁྱད་པར་ཆེ་བ་ཀུན་ལ་གསལ་བ་ལྟར། རང་བཞིན་གྱིས་གྲུབ་པའི་སྤོབས་པ་ནི་རང་བཞིན་གྱིས་རིག་པ་གསལ་ཞིང་རྩོམ་ལེགས་པོ་ཡོང་བའི་ལྷན་སྐྱེས་ཀྱི་ཤེས་རབ་ལ་ཟེར་ཞིང་འཆད་རྩོད་རྩོམ་གསུམ་སོགས་ཀྱི་ཤེས་པ་གང་ཡང་རུང་ལྷན་སྐྱེས་ཀྱི་རྩལ་མེད་ན་སྦྱང་བརྩོན་བྱས་ནས་ཡོང་དཀའ་ལ་མི་མང་པོ་ཞིག་རྩོམ་པ་པོ་ཕུལ་བྱུང་ཞིག་བྱེད་འདོད་ཡོད་ཀྱང་རྩོམ་པ་པོ་ཕུལ་དུ་བྱུང་བ་ནི་ཉུང་ཤས་ཙམ་ཡིན་པ་མངོན་སུམ་དུ་གྲུབ་པ་ཞིག་ཡིན། མང་དུ་ཐོས་པ་དྲི་མ་མེད་པ

ནི། སྤྱང་སྟོབས་ཀྱིས་ཐོབ་པའི་སྐད་ངག་གི་རྒྱུ་སྟེ་དེ་ཡང་སྐད་ངག་བཟང་པོ་བརྩམས་འདོད་ན། ཕྱིར་བཏང་གི་ཤེས་བྱ་དང་སྐད་ངག་གི་ཤེས་བྱ་མེད་དུ་མི་རུང་བ་སྟེ། སྐད་ཡིག་དང་ཚིག་རྒྱན། རྩོམ་རིག་གི་གཞུང་ལུགས། མཛེས་དཔྱོད་རིག་པ་སོགས་ལ་སྦྱང་བ་དང་གཞན་རྩོམ་གྱི་ལེགས་ཆ་དང་ཉམས་མྱོང་སོགས་བླངས་དགོས་པ་རེད་ལ། དེ་སེམས་པ་དང་བསམས་པ་ལ་མངོན་པར་སྦྱོར་བའི་བསྟོན་འགྲུས་ནི་སྐད་ངག་ཕུན་སུམ་ཚོགས་པོ་ཡོང་བའི་རྒྱུ་ཆ་མེད་དུ་མི་རུང་བའི་གྲས་ཤིག་ཡིན་ནོ།

གཉིས་པ། གསར་རྩོམ་བརྒྱུད་རིམ་གྱི་རྩ་བའི་ལྷུ་ཚིགས་སྐོར།

1. ཐོག་མའི་དཔྱད་གཞི་གསོག་འཛོག་བྱ་རྒྱུའི་སྐོར།

རྩོམ་པ་པོའི་འཚོ་བའི་མྱོང་གོམས་དེ་ནི་སྤྱི་ཚོགས་ཀྱི་འཚོ་བར་ཟབ་འཇུག་བྱས་པ་མ་ཟད། ད་དུང་ཧུར་བརྩོན་ཆེན་པོས་འཚོ་བ་དེ་དག་ལ་བརྟག་དཔྱད་དང་། ཞིབ་འཇུག་འཚོ་བར་ཉམས་ལེན་དང་དབྱེ་ཞིབ་བཅས་བྱས་ཚེ་རང་གི་འཚོ་བའི་མྱོང་གོམས་ཕུན་སུམ་ཚོགས་པོ་ཞིག་ཡོང་ཐུབ་པོ། རྩོམ་པ་པོས་ཁྲིམས་ཁང་གིས་ཇི་ལྟར་བྱས་ཏེ་ཁྲིམས་གཅོད་བྱེད་པ་དང་། རྒྱལ་དོན་ཚོགས་འདུ་ཇི་ལྟར་འཚོགས་པ། རྒྱལ་པོའི་འཚོ་ལུགས་ཇི་ལྟར་ཡིན་པའི་རྩོམ་འབྲི་བྱས་ཏེ་དེ་དག་ལོ་རྒྱུས་ཀྱི་གནས་ཚུལ་དངོས་དང་རྒྱབ་འགལ་མི་བྱེད་པར་དངོས་ཡོད་ཀྱི་ཐོག་ནས་མཚོན་པར་བྱེད་སྙམ་ན་ངེས་པར་དུ་ལོ་རྒྱུས་ཀྱི་དཔྱད་གཞིའི་ཡིག་རིགས་ཁག་སློབ་སྦྱོང་བྱེད་དགོས་པ་རེད། རྩོམ་རིག་གི་ལོ་རྒྱུས་ཐོག་ཏུ་ཉམས་མེད་དུ་གནས་པའི་གྲགས་རྩོམ་དེ་དག་ལ་བལྟས་ཚེ། ཁོ་ཚོར་འཚོ་བའི་མྱོང་གོམས་ཕུན་སུམ་ཚོགས་ལ་འཚོ་བའི་ཕྱོགས་དེ་དག་ལ་རྒྱུས་མངའ་ཤིན་ཏུ་གཏིང་ཟབ་པོ་ཡོད་པ་དེ་མཚོན་ཐུབ། རྩོམ་པ་པོའི་རྒྱ་ཆེ་ཞིང་ཕུན་སུམ་ཚོགས་པའི་འཚོ་བའི་ཉམས་ལེན་དང་ཐོག་མའི་དཔྱད་གཞི་བསྡུ་རུབ་དང་གསོག་འཛོག་བྱ་

རྒྱུ་དེ་ནི་བརྩམས་ཆོས་ལེགས་གྲུབ་ཡོང་བའི་རྩ་བའི་རྨང་གཞི་དེ་ཡིན།

ང་ཚོས་འདིར་བརྗོད་པའི་རྩོམ་པ་པོའི་འཚོ་བའི་མྱོང་གོམས་ཞེས་པ་ནི་ཐོག་མར་རྩོམ་པ་པོའི་ཐད་ཀའི་འཚོ་བའི་ཉམས་མྱོང་དེར་བརྗོད་པ་ཡིན། དཔེར་ན། ཐོའོ་འར་སི་ཐ་ཡིས་མཛད་པའི་《ན་གཞོན་》ཞེས་པའི་བརྩམས་ཆོས་ནི་རང་ཉིད་ཀྱི་རྣམ་ཐར་གྱི་རྣམ་པའི་ཐོག་ནས་བྲིས་པ་དང་། དེ་དག་ནང་རྩོམ་པ་པོ་ལོ་ཆུང་དུས་ཀྱི་འཚོ་བ་རྣམས་སྒྱུ་རྩལ་གྱིས་གཅིག་སྡུད་བྱས་ནས་བྱུང་བ་ཞིག་ཡིན《སྒྲོམ་ཆེན་དང་ཛ་ཅིག་གི་གཏམ་རྒྱུད་》ཡང་རྩོམ་པ་པོ་རང་ངོས་ཀྱི་འཚོ་བའི་ཉམས་མྱོང་ལ་གཞིགས་ནས་བྲིས་པ་ཞིག་ཡིན། ཕྱོགས་གཞན་ཞིག་ནས། རྩོམ་པ་པོའི་འཚོ་བའི་ཉམས་མྱོང་ཞེས་པ་ནི་ཐད་ཀར་མ་ཡིན་ཡང་མཐོང་ཐོས་མྱོང་གསུམ་དང་བརྟག་དཔྱད་བྱེད་པ་སོགས་བརྒྱུད་ནས་ཐོབ་པའི་འཚོ་བའི་མྱོང་གོམས་ལ་བརྗོད་པ་ཡིན། དེ་ཡང་ཅུང་ཟད་ཞིབ་ཙམ་བརྟག་ན། རྩོམ་པ་པོས་རྒྱུ་ཆ་བསྡུ་ཚུལ་ལ་རྣམ་པ་བཞི་ཡོད་དེ་རང་ཤུགས་ཀྱིས་རྙེད་པ་དང་། བསམ་གཞིགས་ལས་རྒྱུ་ཆ་འཚོལ་བ། མངོན་གསུམ་མྱོང་བ་ལས་ཐོབ་པ་དང་། དཔེ་དེབ་ཁག་ལས་ཐོབ་པ་སོགས་ཡོད།

རང་ཤུགས་ཀྱིས་རྙེད་པ་ནི་རྩོམ་པ་པོས་ནམ་རྒྱུན་སྤྱི་ཚོགས་ཀྱི་འཚོ་བའི་མཐོང་བ་དང་ཐོས་པ་མྱོང་བ་སོགས་བསམ་བཞིན་དུ་སེམས་ལ་མ་བཟུང་ནའང་མ་ཤེས་མི་མངོན་པའི་ཚུལ་གྱིས་བློ་ངོར་འཁོར་བ་དེར་ཟེར་ལ། རྩོམ་པ་པོ་གསར་རྩོམ་ལ་དངོས་སུ་ཞུགས་སྐབས་དེ་དག་ཡང་མཆོན་པར་བྱ་བའི་རྒྱུ་ཆ་ཞིག་ཏུ་འགྱུར་ཐུབ་པ་དེ་ཡིན།

བསམ་གཞིགས་ལས་རྒྱུ་ཆ་བཙལ་འཚོལ་བྱེད་པ་དེ་ནི་རྩོམ་པ་པོས་རང་ཉིད་ཀྱི་དགོས་པ་དང་དམིགས་ཡུལ་ཞིག་མཆོན་ཕྱིར་སྤྱི་ཚོགས་འཚོ་བའི་ནང་ནས་རྒྱུ་ཆ་འཚོལ་བ་དེར་ཟེར་ལ། མངོན་སུམ་མྱོང་བ་ནི་ཡུལ་དེར་རྩོམ་པ་པོ་རང་ཉིད་དངོས་སུ་ཞུགས་ཤིང་རང་ངོས་ཀྱི་མྱོང་བ་ལས་ཐོབ་པའི་རྒྱུ་ཆ་དེ་དག་ཡིན་པ་མ་ཟད། དཔེ་དེབ་ལྟ་ཀློག་བྱེད་པ་ལས་ཐོབ་པའི་མྱོང་བ་ནི་སྔོན་བྱོན་

མཁས་དབང་དམ་པའི་གསུང་སྣ་ཚོགས་ལས་ཐོབ་པའི་ཤེས་བྱ་དེའང་གསར་
རྩོམ་གྱི་རྒྱུ་ཆར་འགྱུར་ཐུབ་པ་དེ་ཡིན། དཔེར་ན་《ཆུ་ངོགས་གཏམ་རྒྱུད་》ཀྱི་
རྩོམ་པ་པོ་ཧྲི་ནའི་ཨན་གྱིས་སུང་རྒྱལ་རབས་སྐབས་ཀྱི་ཞིང་པའི་འོས་ལངས་ཀྱི་
འཐབ་རྩོད་མཐོང་མྱོང་ཡོད་པ་མ་རེད། དེས་ན་དེབ་ཐེར་དེ་ཁོང་གིས་ཇི་ལྟར་
བྱས་ཏེ་བརྩམས་པ་ཞིག་ཡིན་ཟེར་ན། དེ་ནི་ལོ་རྒྱུས་ཀྱི་བརྗོད་བྱ་ཞིག་བྲི་ཚེ་རྩོམ་
པ་པོར་ཆེས་ཕུན་སུམ་ཚོགས་པའི་ལོ་རྒྱུས་ཀྱི་ཤེས་བྱ་ཡོད་དགོས་པ་མ་ཟད།
དཀའ་བ་སྤྱད་ནས་དེ་དག་ལ་ཞིབ་འཇུག་བྱེད་དགོས་ལ། མི་རབས་གོང་མ་
རྣམས་ཀྱིས་བཞག་པའི་རྗེས་ཤུལ་གྱི་ཡིག་ཚགས་དང་དཔྱད་གཞིའི་ཡིག་རིགས་
སོགས་ནས་བརྩམས་སྙུང་ནང་གི་མི་སྣ་གཙོ་བོ་གནས་པའི་དུས་སྐབས་དེའི་ནང་
གི་སྤྱི་ཚོགས་ཀྱི་སྣང་ཚུལ་དང་འཚོ་བར་ཞིབ་འཇུག་བྱས་པ་དང་ཆབས་ཅིག་ད
དུངས་ཆ་དེ་གར་བསྐྱོད་ནས་ཡུལ་ལྗོངས་དང་ས་གཤིས། དམག་འཐབ་བྱེད་
ཡུལ། དེ་གནས་མི་རྣམས་ཀྱི་ངག་རྒྱུན་དང་སྔོད་ཚུལ་སོགས་ལ་ཞིབ་འཇུག་བྱེད་
དགོས་པ་རེད། དཔེར་ན《མི་ལའི་མགུར་འབུམ་》ཕྱོགས་བསྒྲིགས་བྱེད་སྐབས་
གཙང་སྨྱོན་གྱིས་མགུར་མ་རེ་རེའི་ཕྱིར་ཡང་མངའ་རིས་དང་། དབུས་གཙང་།
དྭགས་པོ་ཀོང་པོ་སོགས་ལ་ཡང་ཡང་ཕེབས་ཏེ་དཀའ་བ་དུ་མ་སྤྱད་ཏེ་ཞིབ་
འཇུག་ཡང་ཡང་བྱས་ཏེ་བསྒྲིགས་པ་ཞིག་ཡིན། མི་ལ་རས་པའི་རྣམ་ཐར་ནི་
རྩོམ་པ་པོས་མི་ལ་སྐུ་གཤེགས་ནས་ལོ་ངོ་སུམ་རྒྱའི་ཕྱིས་སུ་བྲིས་པ་ཞིག་ཡིན་རུང་
ང་ཚོས་བརྩམས་ཆོས་དེ་ལྟ་ཀློག་བྱེད་སྐབས་རྩོམ་པ་པོ་སངས་རྒྱས་རྒྱལ་མཚན་ནི་
མི་ལ་རས་པ་དང་དུས་རབས་གཅིག་ཏུ་གནས་པའམ། ཡང་ན་ཁོང་ནི་མི་ལ་
རས་པའི་སློབ་མ་ཞིག་ཡིན་ནམ་སྙམ་པའི་ཚོར་བ་གཏིང་ཟབ་ཞིག་ཡོང་ཐུབ་པ
ནི་ཁོང་གིས་བརྟག་དཔྱད་དང་ཞིབ་འཇུག་གཏིང་ཟབ་བྱས་པ་ལས་ཐོབ་པའི་
འབྲས་བུ་ཞིག་ཡིན། དེ་ལྟར་རྩོམ་རིག་གསར་རྩོམ་གྱི་རྒྱུ་ཆ་ངོ་མ་ནི་རྩོམ་པ་པོའི་
ཤེས་རྒྱུད་ཀྱིས་དམ་པོར་བཟུང་ཞིང་ཡིད་དབང་དྲག་ཏུ་གཡོ་མྱོང་བའི་གཟུང་བ་
རྣམས་ཡིན་ཞིང་། དེ་ནི་མགོ་བའི་དུས་ལ་བབས་ཚེ་ཐད་ཀར་ཏུ་གསར་རྩོམ་ལ་

འདྲེན་ཐུབ། ཟིན་བྲིས་དང་བརྗེད་ཐྱང་ལྟ་བུ་ཤེས་རྒྱུད་ལ་མི་བརྗེད་པར་ཉར་ཚིས་ཡོད་ནའང་དེ་དག་ཤེས་རྒྱུད་ལ་མ་འགྱུར་ན་ཤོག་བུར་གནས་པའི་རྒྱུ་ཆ་དེས་གསར་རྩོམ་གྱི་སྐབས་སུ་གོ་ཆོད་དཀའ་འོ། རྩོམ་པ་པོ་ཞིག་གི་འཚོ་བའི་མྱོང་གོམས་གཏིང་ཟབ་པ་དང་། འཚོ་བའི་ཉམས་མྱོང་ཕུན་སུམ་ཚོགས་པོ་ཇི་འདྲ་ཡོད་མེད་དེ་ནི་ཚད་གཞི་ངེས་ཅན་ཞིག་གི་ཐོག་བརྩམས་ཆོས་ལེགས་གྲུབ་ཐུབ་ཐུབ་མིན་གྱི་འགག་རྩའི་གནད་དོན་ཞིག་ཡིན་ལ། ལྷག་པར་དུ་འཚོ་བའི་ནང་དོན་གསོང་ཆེ་བའི་བརྩམས་སྒྲུང་རིང་གྲས་ཤིག་ལ་མཚོན་ན། དེ་དག་ནི་རྩོམ་པ་པོའི་འཚོ་བའི་ཉམས་མྱོང་དང་སྤྱི་ཚོགས་ཀྱི་ཉམས་མྱོང་ཆེས་ཕུན་སུམ་ཚོགས་པོ་ཡོད་པའི་རྩོམ་པ་པོའི་སོར་རྩེ་ལས་འཁྲུངས་པ་ཞིག་ཡིན། རྒྱུ་མཚན་ནི་བརྩམས་སྒྲུང་རིང་གྲས་ནང་བརྗོད་བྱ་ཕུན་སུམ་ཚོགས་ཤིང་རྙོག་འཛིང་གི་ཁྱོན་ས་མི་ཚེའི་སྐྱིད་སྡུག་དང་མི་སྣའི་ལས་དབང་། སྤྱི་ཚོགས་ཁྲོད་ཡོངས་ཀྱི་རྣམ་པ་པ་དེ་དག་མཚོན་པར་བྱེད་ཀྱི་ཡོད་པ་རེད། དེར་བརྟེན་རྩོམ་པ་པོ་རང་ཉིད་ཀྱི་འཚོ་བའི་ལོ་རྒྱུས་དེ་སྐབས་བདེ་བ་དང་རྒྱུས་མངའ་ཆེར་མེད་པ། འཚོ་བའི་ཉམས་མྱོང་གཏིང་ཟབ་མེད་ཚེ་བརྩམས་སྒྲུང་རིང་གྲས་འབྲི་རྒྱུ་དེ་ཤིན་ཏུ་ཁག་པ་ཞིག་ཡིན། དཔེར་ན། རྩོམ་རིག་གི་འཐབ་ཕྱོགས་ཐོག་ཏུ་ནུས་པ་ཐོག་མར་མངོན་པའི་རྩོམ་པ་པོ་ཞིག་གིས་བརྩམས་ཆོས་དང་པོ་དེ་སྤེལ་རྗེས་མི་རྣམས་ཧ་ལས་དགོས་པ་ཞིག་བཟོ་བ་དང་། ད་དུང་འཕྲལ་མར་སྐད་གྲགས་ཡོད་པའི་མཁས་པའི་གྲལ་དུ་སླེབས་པ་ཡང་ཡོད། འོན་ཀྱང་མཁས་པའི་མིང་གྲགས་ཐོབ་རྗེས་རྒྱུན་མཐུད་བྱེད་མི་ཤེས་པར་རིམ་བཞིན་ཉམས་རྒུད་དུ་འགྲོ་བའི་མི་སྣ་ཡང་ཡོད་པ་ཞིག་ཡིན། དེའི་རྒྱུ་མཚན་གང་ཡིན་ཞེས་ན། ཆེས་གལ་ཆེ་བའི་རྒྱུ་མཚན་ཞིག་ནི་ཁོང་གིས་གསོག་འཇོག་བྱས་པའི་འཚོ་བའི་ཉམས་མྱོང་དང་། འཚོ་བའི་དཔྱད་གཞི་དེ་ཙམ་ལས་མེད་རྐྱེན་འཚོ་བའི་མཛོད་ཁང་དེ་མགྱོགས་མྱུར་དུ་ཇོགས་ཟིན་པ་རེད། དེ་རྗེས་རྩོམ་པ་པོ་དེ་ཡིས་ཆེས་དབུལ་བའི་བསམ་གཞིགས་ལ་བརྟེན་ནས་ཧྲུན་བཟོའི་བརྩམས་སྒྲུང་རྩོམ་པ་དང་།

ཡང་ན་གླིང་སྒོལ་དང་བརྩེ་དུང་འདོན་སྤེལ་བྱ་རྒྱུའི་ཐབས་ཤེས་སོགས་ལ་བརྟེན་གྱི་ཡོད་རྐྱེན། སྤྱི་ཚོགས་ཀྱི་འཚོ་བ་དངོས་དང་དེ་བས་རྒྱང་ཐག་རིང་དུ་ཕྱིན་ཡོད་པ་རེད། འཚོ་བའི་ཉམས་མྱོང་ཕུན་སུམ་ཚོགས་ཤིང་བྱང་ཚད་མཐོ་བའི་རྩོམ་པ་པོ་ཀུན་རབས་ཤིག་ལ་མཚོན་ནའང་། གལ་ཏེ་ཁོང་གིས་རང་ལ་རྒྱུས་མངའ་ཡོད་པའི་འཚོ་བ་དེ་དག་ཁྲིས་ཚར་བ་དང་། ཡང་འཚོ་བ་དངོས་ཀྱི་ནང་ནས་མུ་མཐུད་རྒྱུ་ཆ་གསར་པ་དང་ལེན་དང་ཞིབ་འཇུག་མ་བྱས་ཚེ། བརྩམས་ཆོས་འབྲི་རྒྱུ་མཚམས་འཇོག་བྱེད་ཀྱི་ཡོད་པ་དང་། གལ་སྲིད་ཞུ་ཚུགས་རྒྱབ་སྟེ་བརྩམས་ཆོས་ཁྲིས་ན་ཡང་མི་གཉིས་ཀྱི་ཁྲིས་པའི་བརྩམས་ཆོས་ལྟར་ཁྱད་པར་ཆེ་ཏུ་འགྲོ་ཡི་ཡོད། དེར་བརྟེན་རྩོམ་པ་པོ་ཞིག་གིས་འཚོ་བར་ལྟ་ཞིབ་དང་མྱོང་ཚོར་གཏིང་ཟབ་མི་བྱེད་པ། འཚོ་བའི་ཁྱོན་ཡོངས་ལ་ཟབ་འཇུག་བྱེད་པ་དང་། རྟོག་ཞིབ་བྱེད་པ་གཉིས་ཟུང་འབྲེལ་དང་། རང་གི་རྣ་བར་ཐོས་པ་དང་རང་གི་ཉམས་ལེན་དངོས་ཟུང་འབྲེལ་བྱེད་མི་ཐུབ་ཚེ་བརྩམས་ཆོས་མང་པོ་ཞིག་ཁྲིས་ཡོད་པའི་དབང་དུ་བཏང་ནའང་དེ་དག་ཕལ་ཆེ་བ་མཐར་ཕམ་པའི་དཔེ་མཚོན་ཞིག་ལས་ཡོང་མི་ཐུབ་བོ།

2. རྟོག་ཞིབ་ཉམས་ལེན་དང་སྒྱུ་རྩལ་གྱི་རྟོག་པ་རྙེད་པ།

རྩོམ་པ་པོས་མི་དང་མིའི་དབར་གྱི་འབྲེལ་བ་རྒྱ་ཆེ་ཞིང་གཏིང་ཟབ་པ། མི་རྣམས་ཀྱི་སྤྱོད་ཚུལ་དང་བརྩེ་དུང་སོགས་ལ་རྒྱུས་མངའ་དང་ཤེས་རྟོགས་ཟབ་པོ་ཐུབ་པ་དང་རང་ཉིད་ཀྱི་བརྩམས་ཆོས་འབྲི་ཡུལ་དེ་དག་ལ་ངོས་འཛིན་གཏིང་ཟབ་པོ་ཞིག་ཡོད་ཚེ། རང་ཉིད་ཀྱིས་བརྩམས་ཆོས་འབྲི་སྐབས་དེ་དག་ཐོགས་པ་མེད་པར་བེད་སྤྱོད་བྱེད་ཐུབ་ཀྱི་ཡོད། རྩོམ་པ་པོ་ལ་ཚོར་ཤེས་རྐྱེན་ལ་རྟོག་ཞིབ་ཞིབ་ཚགས་བྱེད་པའི་ནུས་པ་དང་ཆ་རྐྱེན་ལྡན་ཡོད་ཚེ་གཞི་ནས་མི་ཞིག་གི་གདོང་དབྱིབས་དང་། མིག་བལྟ་བྱེད་སྟངས། སྐད་ཆ་དང་ཕྱག་རྒྱ་སོགས་ཤེས་པ་མ་ཟད། མི་སྣའི་སེམས་ཁམས་ཀྱི་འགྱུལ་བསྐྱོད་དང་འགྱུར་བ་སོགས་ཤེས་ཐུབ། དེར་བརྟེན། ཞུ་ཏུ་སུའི་རྩོམ་པ་པོ་ཆེ་ཁ་ཕུ་ཡིས་ཡོད་ཚད་ལ་ལྟ་ཞིབ་

དང་། ཡོད་ཚད་ལ་དོ་སྣང་བྱེད་རྒྱུ་ནི་རྩོམ་པ་པོའི་རང་སྐལ་གྱི་བྱེད་སྒོའམ་འཁུར་བབ་བྱེད་སྒོ་ཡིན་པར་ལྟ་དགོས་པ་དང་ཁོང་གི་ངོས་འཛིན་དུ་“རྩོམ་པ་པོས་ངེས་པར་དུ་རང་ཉིད་མིག་རྗེ་ཞིང་ཚོར་ཤེས་སྐྱེན་པ་ཞིག་ཏུ་སྦྱོང་བརྡར་བྱས་ནས་ནམ་ཡང་མཚམས་འཇོག་མི་བྱེད་པའི་ལྟ་ཞིབ་པ་མཁས་ཅན་ཞིག་ཆགས་དགོས་” ཞེས་དང་ “ལྟ་ཞིབ་བྱ་རྒྱུ་དེ་ནི་སོ་སོའི་གོམས་གཤིས་ཤིག་ཏུ་འགྱུར་བ་བྱ་དགོས་”ཞེས་གསུངས་ཡོད་པ་རེད། དེ་འདྲ་ཞིག་མ་ཡིན་ཚེ་མ་གཞི་རྩོམ་པ་པོ་རང་ཉིད་ཀྱི་འཚོ་བ་འགའ་རེ་བརྒྱུད་སྤྱོང་བ་དང་། མི་སྣ་འགའ་ཞིག་དང་འབྲེལ་འདྲིས་བྱེད་སྤྱོང་བ་ཞིག་ཡིན་ནའང་ལྟ་ཞིབ་བྱེད་པའི་གོམས་གཤིས་མེད་ན། དེ་ཡང་ལག་རྗེས་བྲག་ལ་འཛོགས་པའི་དཔེ་བཞིན་ལས་མི་ཡོང་ངོ། རྩོམ་པ་པོས་ཞིབ་ཕྲའི་སྒོ་ནས་འཚོ་བར་ལྟ་ཞིབ་བྱེད་པ་དང་ཆབས་ཅིག་ཡང་ཁོར་ཡུག་ངེས་ཅན་ཞིག་གི་ཆ་རྐྱེན་འོག་ཏུ་མི་སྣས་བྱེད་སྲིད་པའི་ཕྱུག་རྒྱུ་དང་སེམས་ཁམས་ཀྱི་འགྱུལ་བསྐྱོད་སོགས་ལ་ཉམས་ལེན་བྱེད་དགོས། དེ་འདྲ་བྱས་ཚེ་རྩོམ་འབྲི་བྱེད་སྐབས་མི་སྣའི་འཚོ་བ་དང་མི་སྣ་སོགས་ཀྱི་ཕྲད་ཆོས་རྣམས་གསོན་ཉམས་དོད་པོས་མཚོན་ཐུབ་ཀྱི་ཡོད། པ་འར་ཀྲ་ཁེ་ཡིས“ངས་ཉིན་གང་ང་རང་གིས་འབྲི་བའི་མི་སྣ་དེ་དག་གི་འཚོ་བ་སྐྱིལ་གྱི་ཡོད་”ཅེས་གསུངས་པ་དང་ཕུ་ལུ་པེ་ཡིས་ཏ་བཞིན་ནས་ཤིང་གསེབ་ཏུ་བསྐྱོད་སྐབས་“སོ་སོ་རང་ཉིད་ནི་ཏ་དང་རླུང་ཡིན་པའི་ཚོར་སྣང་སྐྱེ་”ཡི་འདུག་ཅེས་བརྗོད་ཡོད་པ་རེད། ཉམས་མྱོང་ཡོད་པའི་རྩོམ་པ་པོ་རྣམས་ཀྱི་གདུས་ཡིན་རུང་འཚོ་བ་དངོས་ཀྱི་ཁྲོད་དུ་ཡོད་པའི་མི་སྣ་ལ་བརྟག་པ་དང་རྒྱུས་ལོན་པ་བྱེད་པའི་ཐད་ལ་དུས་ཚོད་དང་སེམས་ཤུགས་མི་ཉུང་བ་ཞིག་བཀོལ་སྤྱོད་བྱེད་ཀྱི་ཡོད་པ་རེད།

མདོར་ན། གསར་རྩོམ་བརྒྱུད་རིམ་གྱི་གོམ་པ་དང་པོ་དེ་རྩོམ་པ་པོས་འཚོ་བ་དངོས་ལ་ཟབ་འཇུག་དང་། འཚོ་བར་ལྟ་ཞིབ་དང་ཉམས་ལེན་བྱེད་པ་མ་ཟད། འཚོ་བའི་དཔྱད་གཞི་བསྡུ་རུབ་དང་གསོག་འཇོག་རྒྱ་ཆེ་ཞིག་བྱེད་པའི་དུས་རིམ་དེ་ཡིན། དུས་རིམ་དེའི་ཁྲད་ཆོས་གཙོ་བོ་ནི་རྩོམ་པ་པོས་མཚམས་རེ་

མ་སྐྱུལ་རང་མོས་ཀྱིས་གསོག་འཇོག་བྱེད་པ་དང་། མཚམས་རེ་ཚོར་ཤེས་འདི་ཡིན་གང་ཡིན་མེད་པར་བསྒྱུ་རུབ་བྱེད་པ་དང་། རྩོམ་པ་པོ་རང་ཉིད་ཀྱིས་ཀྱང་དཔྱད་གཞི་དེ་དག་གི་ནང་ནས་གདམ་གསེས་བྱས་ནས་དོན་སྙིང་ལྡན་པའི་བྱ་བ་ཞིག་ཡོང་ཐུབ་རྒྱུ་ཡང་ཤེས་ཀྱི་མེད། རྩོམ་པ་པོའི་ཀླད་པའི་ནང་དུ་ཡོད་པའི་གསར་རྩོམ་གྱི་ཐོག་མའི་རྒྱུ་ཆ་དེ་དག་ཆ་ཚང་མ་ཡིན་ལ། དོན་སྙིང་དེ་ཙམ་མེད་པའི་ཅག་ཅོག་གི་བྱ་བ་ཤ་སྟག་ཡིན་པ་མ་ཟད། དེ་ཡང་ཕལ་ཆེ་བ་ནི་རྩོམ་པ་པོར་སེམས་འགུལ་ཆེན་པོ་ཐེབས་པ་དང་ཡང་ན་ཁོང་ཁྲོ་སོགས་ཀྱིས་རྐྱེན་ལས་བྱུང་བའི་འཚོ་བའི་སྣང་ཚུལ་དག་ཡིན་ནོ། དེ་མིན་རྒྱུ་ཆ་ཕུན་སུམ་ཚོགས་པོ་ཡོད་པ་དང་གསར་རྩོམ་གྱི་གཞི་རྩའི་མཐུན་རྐྱེན་འཛོམས་ཡོད་ནའང་ད་དུང་ངེས་པར་དུ་སྒྱུ་རྩལ་གྱི་རྟོག་པ་ཞིག་སྐྱེད་དགོས། དེ་ནི་ཧེ་ཀོར་གྱིས་གསུང་པ་བཞིན"རྟོག་བློ་སྐྱེད་པའི་མཆོག་ནི་རིགས་མི་མཐུན་ལས་མཐུན་ཆོས་དང་མཐུན་པ་ལས་ཁྱད་པར་རིག་པ་དེ་ཡིན"རྩོམ་པ་པོས་ནམ་རྒྱུན་སུས་ཀྱང་མཐོང་ཆོས་སུ་འགྱུར་བའི་བྱ་དངོས་སྤྱིར་བཏང་བ་ལས་རིག་པ་ཕྲ་མོས་དཔྱད་དེ་གཞན་གྱིས་མི་མཐོང་བའི་དོན་སྙིང་ཟབ་པོ་དང་ཁྱད་ཆོས་གསར་པ་ཞིག་མཐོང་ཏེ་རང་དབང་མེད་པར་གསར་རྩོམ་གྱི་འདུན་པ་ཞིག་སྐྱེད་པ་ནི་ང་ཚོས་འདིར་བརྗོད་པའི་སྒྱུ་རྩལ་གྱི་རྟོག་པ་སྐྱེད་པ་ཞེས་ཟེར། དཔེར་ན་སྟོན་མཇུག་ཏུ་ཤིང་ལོ་རྣམས་སེར་པོ་འགྱུར་བ་དང་ལོ་མ་རྣམས་ས་ལ་ཟག་ཅིང་དེ་དག་དྲི་བཞོན་རླུང་གིས་གང་སར་འཁྱེར་འགྲོ་བ་མཐོང་སྐབས་དེ་ནི་དུས་ཀྱི་རང་བྱུང་གི་འགྱུར་བ་ཙམ་དང་ནམ་རྒྱུན་སུས་ཀྱང་མཐོང་སྣང་དུ་གྱུར་བ་ཞིག་ཡིན་རུང་དེ་ལས་གཉེན་ཉེ་དུ་འཛོམས་པ་ཡང་འདི་བཞིན་དུ་འདུས་པའི་ཐ་མ་ཁ་བྲལ་དགོས་པའི་བློ་སྐྱེད་ཟབ་པོ་ཞིག་བྱུང་བ་ལྟར་རོ། གལ་སྲིད་མཐོང་ཐོས་དྲན་པའི་སྣང་ཚུལ་ལ་སྙིང་ཚོར་གཏན་ནས་མེད་པར་གཞན་གྱི་རྗེས་ཟློས་སུ་འབྲངས་ན་གསར་རྩོམ་བྱས་པ་དེར་ཡིད་དབང་འཕྲོག་པའི་ནུས་པ་མེད་ལ། དེ་ནི་དོན་ངོ་མའི་སྒྱུ་རྩལ་གྱི་རྟོག་པ་སྐྱེད་པའང་མིན་ནོ།

སྒྱུ་རྩལ་གྱི་རྟོག་བློ་དེ་མཚམས་རེ་གློ་བུར་དུ་སྐྱེ་ཞིང་རྣམ་པ་གསར་པ་ཅན་ཞིག་ཡིན་ཏེ། རྩོམ་པ་པོས་བསམ་གཞིགས་ཡུན་རིང་བྱས་པ་ལས་གློ་བུར་དུ་རྟོག་པ་གསར་པ་ཞིག་སྐྱེས་པ་དང་། འགའ་རེ་ནི་སྔར་གྱི་མཐོང་སྣང་གི་བྱ་དངོས་དེ་དག་ལ་འགྱུར་བ་མེད་ནའང་དེ་ལ་གོ་བ་ཟབ་མོ་དང་ནང་དོན་གསར་པ་རྙེད་པ་དེ་ཡིན། བརྩམས་ཆོས་གསར་རྩོམ་ལ་རྒྱུ་ཆ་ཅམ་ཡོད་པས་མི་ཆོག་པར་ད་དུང་ཁྱད་པར་བའི་རྟོག་པ་ཞིག་རྙེད་པ་བྱེད་རྒྱུ་ནི་ཤིན་ཏུ་གལ་ཆེ་བའི་གནད་དམ་པ་ཞིག་ཡིན། ཁྱད་པར་བའི་རྟོག་པ་དེ་མ་རྙེད་ན། གཅིག་ནས་རྩོམ་རིག་གསར་རྩོམ་གྱི་ལས་ལ་ཞུགས་རྒྱུར་སྤྲུལ་སློང་བྱེད་མི་ཐུབ་ལ། གཉིས་ནས་བྱ་དངོས་གང་ཡང་རུང་བ་མཐོང་བ་དང་ཐོས་པ་ཙམ་ལས་དེ་ལས་གཏིང་ཟབ་པའི་དགོངས་དོན་གསར་པ་ཞིག་རྙེད་མི་ཐུབ་པོ།

3. རྩོམ་པ་པོའི་གསར་རྩོམ་ལ་འཇུག་པའི་བསམ་བློའི་ཀུན་སློང་།

རྩོམ་པ་པོས་གང་ཞིག་གི་ཆེད་དུ་གསར་རྩོམ་བྱེད་པའི་བསམ་བློ་དེ་ནི་རྩོམ་རིག་གསར་རྩོམ་ལ་སྐྱུལ་འདེད་བྱེད་པའི་ནུས་པ་སྟོབས་དང་ལྡན་པ་ཞིག་ཡིན། མ་གཞི་རྩོམ་རིག་གསར་རྩོམ་བྱེད་རྒྱུ་དེ་ནི་འཚོ་བའི་རྒྱུ་ཆ་དང་སྒྱུ་རྩལ་གྱི་རྟོག་པ་སོགས་ལ་བརྟེན་དགོས་ན་ཡང་གསར་རྩོམ་གྱི་ཀུན་སློང་ཅི་འདྲ་ཞིག་ཡོད་ན་དེས་བརྩམས་ཆོས་ཁྱོན་ཡོངས་ཀྱི་ལྟ་བ་དང་དགོངས་པ་དེ་གཅིག་མཐུན་ཞིག་ཡོང་གི་ཡོད་པ་རེད། གསར་རྩོམ་གྱི་ཀུན་སློང་ནི་བརྩམས་ཆོས་ཀྱི་ཐོག་མའི་སྐབས་སུ་དངོས་སུ་བཤད་ཡོད་པ་དང་། མ་བཤད་ཀྱང་ཤུགས་ན་ཡོད་པ། ཀུན་སློང་དེ་ལ་ཡང་བཟང་ངན་དང་མཆོག་དམན། གནས་སྐབས་དང་། གཏན་གྱི་འདུན་མ་སོགས་ཡོད་རུང་དེས་གང་ལྟར་གསར་རྩོམ་གྱི་བརྒྱུད་རིམ་ཡོངས་ལ་སྐུལ་འདེད་ཀྱི་ནུས་པ་མི་ཆུང་བ་ཞིག་ཐོན་གྱི་ཡོད་པ་རེད།

བོད་ཀྱི་སྔོན་བྱོན་མཁས་པའི་བསྟན་བཅོས་མང་པོར་བསྟན་བཅོས་རྩོམ་པའི་རྒྱུའི་ཀུན་སློང་དྲུག་དང་རྩོམ་པ་པོའི་ཡོན་ཏན་བཞི་འཛོམས་དགོས་པའི་ནན་བཤད་མཛད་ཡོད། རིན་ཆེན་གསུམ་གྱི་གཏམ་གྱི་སྦྱོར་བ་ལས་“རིག་ལམ

ཕྲ་མོ་འབྱེད་པའི་རྣམ་དཔྱོད་དང་། གཞུང་ལུགས་གདམས་པར་ཤར་བའི་ཉམས་ལེན་དང་། ཚིག་སྦྱོར་རྩལ་ལ་མཁས་པའི་ངག་གི་དཔལ། ས་སྟེང་འདི་ན་རིན་ཆེན་རྣམ་གསུམ་སྣང་”ཞེས་པ་ཡོན་ཏན་གསུམ་པོ་གང་རུང་གིས་ཀུན་སློང་མ་དག་ན་གཞན་ཕན་ཆུང་བས་བསམ་པ་བཟང་བ་གལ་ཆེ་བ་དང་། 1. སེམས་ཅན་རྣམས་ཁམས་དང་མོས་པ་སྣ་ཚོགས་པའི་ཕྱིར་ཁ་ཅིག་གི་དོན་དུ་འགྱུར་རོ་སྙམ་པ། 2. ཆོས་ཀྱི་དོན་ཀུན་ཏུ་རྒྱས་པར་འགྱུར་རོ་སྙམ་པ་དང་། 3. དོན་རྣམ་པར་དབྱེ་བར་བྱ་བའི་ཕྱིར་རོ་སྙམ་པ་དང་། 4. དོན་འཐོར་བ་རྣམས་བསྡུ་བར་བྱ་བའི་ཕྱིར་རོ་སྙམ་པ། 5. དོན་ཟབ་མོ་རྣམས་གསལ་བར་བྱ་བའི་ཕྱིར་རོ་སྙམ་པ་དང་། 6. ཚིག་འབྲུ་མཛེས་པས་མཛེས་པ་བསྐྱེད་པར་བྱའོ་སྙམ་པའམ། བདག་དང་འདྲ་བའམ་བདག་པས་ཡོན་ཏན་ཆུང་བ་རྣམས་ཀྱིས་ཀྱང་བསྟན་བཅོས་བརྩམ་རུང་ན་བདག་གིས་ཅིའི་ཕྱིར་བརྩོམ་མི་ནུས་སྙམ་པ་ལྟ་བུ1. ང་རྒྱལ་མེད་པ། 2. སེམས་ཅན་རྣམས་ཀྱིས་དོན་གང་ལ་སྙོངས་པ་དེ་བསལ་བར་འདོད་པའི་སྙིང་རྗེ། 3. སེམས་ཅན་རྣམས་དོན་བདེ་བླག་ཏུ་ཤེས་པར་འདོད་པའི་བྱམས་པ་དང་། 4. རང་གཞན་གྱི་དགེ་རྩ་བསྐྱེད་པའི་ཕྱིར་བསྟན་བཅོས་བརྩམས་ཞེས་འབྱུང་བའང་ལྟ་མཁན་གྱི་རྒྱུད་འཚོས་པ་དང་རང་ལ་གོམས་པའི་ཕྱིར་ཏེ། བོད་ཀྱི་བསྟན་བཅོས་རྩོམ་པའི་གོམས་སྲོལ་ཁྱད་དུ་འཕགས་པ་ཞིག་ཡིན་ལ། བཟང་ངན་གྱི་དབྱེ་བ་ཤེས་པ། སྤང་བླང་གི་རྩལ་ལ་མཁས་པ་སོགས་ཀྱིས་ཀུན་སློང་བཟང་པོས་བརྩམས་ཆོས་རྩོམ་པ་ལ་འཇུག་པ་དེའོ།

གསུམ་པ། སྒྲུ་རྩལ་གྱི་རྟུས་འགོད་སྐོར།

1. སྒྲུ་རྩལ་གྱི་རྟུས་འགོད་བྱེད་པའི་དོན་སྙིང་དང་ནང་དོན་སྐོར།

རྩོམ་པ་པོས་མི་རྣམས་སེམས་འགུལ་ཚད་མེད་ཐེབས་པའི་འཚོ་བའི་རྒྱུ་ཆ

དེ་དག་བསྒྱུར་བཀོད་བྱས་ཏེ་མི་རྣམས་སེམས་འགུལ་ཆེས་ཆེར་ཐེབས་ཐུབ་པའི་རྩོམ་རིག་སྒྱུ་རྩལ་གྱི་བརྩམས་ཆོས་ཤིག་ཆགས་སྒྲུབ་བྱེད་སྐབས་དེའི་ནང་དུ་ངེས་པར་དུ་སྒྱུ་རྩལ་གྱི་ཧུས་འགོད་ཡོད་དགོས་པ་ཞིག་ཡིན་ལ། སྒྱུ་རྩལ་གྱི་ཧུས་འགོད་ནི་དཀའ་ཚེགས་ཆེ་ལ་གསར་བསྐྲུན་གྱི་རང་བཞིན་ལྡན་པའི་བརྒྱུད་རིམ་ཞིག་ཡིན། རྩོམ་པ་པོས་འཚོ་བའི་མྱོང་ཚོར་ནས་བསམ་གཞིགས་བྱེད་པ་དང་། བསམ་གཞིགས་བྱེད་པ་ནས་སྤྱི་ཚོགས་ཀྱི་དོན་སྙིང་ཞིག་འཚོལ་རྙེད་ཐུབ་པ་ནས་རྩོམ་རིག་གི་གཟུགས་བརྙན་ཆགས་སྒྲུབ་བྱེད་པའི་བརྒྱུད་རིམ་ཧྲིལ་པོ་དེ་ཡིན། རྩོམ་པ་པོས་འཚོ་བའི་མྱོང་གོམས་ཕུན་སུམ་ཚོགས་པོ་ཞིག་གསོག་འཇོག་བྱས་ཡོད་པ་མ་ཟད། དེར་ཉམས་ལེན་དང་དཔྱད་ཞིབ་བཅས་བྱས་རྗེང་བརྩམས་ཆོས་ཀྱི་ཐོག་མའི་བརྗོད་བྱ་ཆགས་སྒྲུབ་བྱེད་པ་ནས་བཟུང་སྒྱུ་རྩལ་གྱི་ཧུས་འགོད་བྱེད་པའི་དུས་རིམ་སུ་སླེབས་ཡོད་ལ། བརྗོད་བྱ་གྲུབ་པ་དང་མུ་མཐུད་ཞུན་བཏར་བྱས་ཏེ་གཏིང་ཟབ་ཅན་དུ་འཕེལ་རྒྱས་གཏོང་བའི་བརྒྱུད་རིམ་ནང་དུ་རྩོམ་པ་པོས་བརྗོད་བྱའི་དགོས་མཁོར་བསྟུན་ནས་དཔྱད་གཞི་འདོར་ལེན་དང་ཞུན་བཏར་བྱེད་པ། མི་སྣའི་གཟུགས་བརྙན་བསྐྲུན་པ། བྱུང་རིམ་འཕེལ་རྒྱས་གཏོང་བ་བཅས་བྱས་ཏེ་སྒྲིག་གཞིའི་རྣམ་པ་ངེས་ཅན་ཞིག་ལ་བརྟེན་ནས་དོན་དེ་དག་མཚོན་པར་བྱེད་ཀྱི་ཡོད་པ་རེད། འདིའི་ནང་བརྗོད་བྱ་གཙོ་བོ་ཞུན་བཏར་བྱ་རྒྱུ་དང་གཏིང་རིམ་ཕྱོགས་སུ་འཕེལ་རྒྱས་གཏོང་རྒྱུ་གཉིས་ལྷུ་ཚིགས་གཙོ་བོ་ཞིག་ཡིན།

རྩོམ་པ་པོས་སྒྱུ་རྩལ་གྱི་ཧུས་འགོད་བྱེད་པའི་དུས་ཚོད་དེ་ནི་རྩོམ་རིག་གསར་རྩོམ་གྱི་ཛ་དྲག་ཆེ་བའི་དུས་སྐབས་ཤིག་ཡིན། དེའི་ནང་དུ་རྩོམ་པ་པོས་འཚོ་བའི་རྒྱུ་ཆར་ཡང་ནས་ཡང་དུ་བསམ་གཞིགས་བྱས་ཏེ་འཚོ་བ་དེ་དག་གི་ནང་དུ་གནས་པའི་སྤྱི་ཚོགས་དང་དུས་རབས་ཀྱི་དོན་སྙིང་ལ་ངེས་འཛིན་གཏིང་ཟབ་བྱས་ཏེ། དཔེ་མཚོན་ཅན་དུ་བསྒྱུར་བའི་ཐབས་སྤྱོད་དེ་མི་སྣ་གསར་བསྐྲུན་དང་། དུས་རབས་དེའི་ཁྱད་ཆོས་དང་འཚོ་བའི་འཕེལ་ཕྱོགས་དང་རྩོམ་པ་པོའི་

ཕྱུགས་བསམ་སོགས་མཚོན་པར་བྱ་དགོས་པ་རེད། རྩོམ་པ་པོས་སྒྱུ་རྩལ་གྱི་རྟུས་འགོད་བྱེད་སྟངས་ནི་ཆེས་རྙོག་འཛིང་ཆེ་བའི་གནད་དོན་ཞིག་ཡིན་རུང་རྩོམ་པ་པོ་འགའ་ཞིག་གི་ཉམས་མྱོང་ལ་གཞིགས་ནས་ང་ཚོས་ཚོས་ཉིད་ལྡན་པའི་དོན་འགའ་རེ་ཕྱོགས་བསྡོམས་བྱེད་ཐུབ་པ་ཞིག་ཡིན།

①རྩོམ་པ་པོར་འཚོ་བའི་ནང་གི་བྱ་དངོས་དང་མི་སྣ་འགའ་རེ་ལ་སེམས་འགུལ་ཐེབས་ནས་རྩོམ་རིག་གསར་རྩོམ་བྱེད་པའི་འདུན་པ་སྐྱེས་པ་ནས་བཟུང་ཁོང་གིས་འཚོ་བ་དེ་དག་བསྐྱར་ནས་བསྐྱར་དུ་ཞིབ་དཔྱད་དང་འདོར་ལེན། གདམ་གསེས་བྱས་ཏེ་བརྗོད་བྱ་གཙོ་བོ་གཏན་འཁེལ་བྱེད་ཀྱི་ཡོད་པ་དང་།

②དུས་ཡུན་རིང་པོའི་ནང་བསམ་བློའི་ནང་དུ་ཡོད་པའི་འཚོ་བའི་སྣང་ཚུལ་དེ་དག་གློ་བུར་དུ་གནད་དོན་ཞིག་གི་རྐྱེན་བྱས་ཏེ་གཟུགས་བརྙན་ཞིག་གྲུབ་ཡོང་བ་དང་དེ་རྗེས་གདམ་གསེས་དང་ཁུན་བཏར་བྱས་ཏེ་བརྩམས་ཆོས་ཤིག་གྲུབ་ཀྱི་ཡོད་པ་རེད། དཔེར་ན《སླར་སོས》ཞེས་པའི་བརྩམས་སྒྲུང་དེ་ཐོག་མར《ཁེ་ཉེ་ཡི་སྒྲུང་》ཞེས་པ་དེ་ཡིན་ཞིང་དེས་ཐོའོ་འར་སི་ཐའ་ལ་སེམས་འགུལ་ཆེན་པོ་ཐེབས་པ་མ་ཟད། རྩོམ་རིག་གསར་རྩོམ་གྱི་འདུན་པ་ཆེན་པོ་ཞིག་སྐྱེས་ཡོད་པ་རེད། འོན་ཀྱང་1889ལོ་ནས་འགོ་བཙུགས་ནས་1899ལོར་གཞི་ནས་བྲིས་ཚར་བའི་རྒྱུ་མཚན་ནི། ཁོང་གིས་དུས་ཡུན་རིང་པོ་དེའི་ནང་དཀའ་བ་སྤྱད་དེ་སྒྱུ་རྩལ་གྱི་རྟུས་འགོད་གསར་པ་འཚོལ་ཞིབ་བྱེད་པའི་བརྒྱུད་རིམ་དེ་ཡིན།

2. སྒྱུ་རྩལ་གྱི་རྟུས་འགོད་བྱེད་ཐབས་སྐོར།

རྩོམ་པ་པོའི་གོམས་གཤིས་མི་འདྲ་བའི་རྐྱེན་གྱིས་སྒྱུ་རྩལ་གྱི་རྟུས་འགོད་བྱེད་ཐབས་མི་འདྲ་བ་སྣ་ཚོགས་ཡོད་པ་ཞིག་ཡིན། འགའ་རེས"བསམ་པའི་ཟིན་བྲིས"(སེམས་ནང་བཀོད་པའི་ཟིན་བྲིས)རྒྱབ་པ་དང་འགའ་རེས་བསམ་བློའི་ནང་གནས་ཚུལ་གཅིག་དྲན་པ་དང་དེ་ཟིན་ཐོར་བཀོད་པ་དང་དེ་རྗེས་བསམ་པ་དང་ཡང་ཟིན་བྲིས་འགོད་པ་དང་། འགའ་རེས་བརྩམས་ཆོས་མ་བྲིས་གོང་ལ"རྩ་འཛིན"ཞིག་བྲིས་པ་དང་རྩ་འཛིན་དེར་གཞིགས་ནས་རྩོམ་འབྲི་

བྱེད་ཀྱི་ཡོད་པ་རེད། དཔེར་ན་ཛ་ལའ་ཡིས་སྔོན་ལ་སྒྲུང་གཏམ་གྱི་རྩ་འཛིན་འབྲི་བའི་གོམས་གཤིས་ཡོད་ལ། ཁོང་གིས་དེར་"འཚོ་བའི་ཡིག་ཆ"ཅེས་བརྗོད་པ་དང་དེའི་ནང་དུ་ཚགས་པར་བཏུབ་པ་དང་། གླིང་སྲོལ་གྱི་ཟིན་བྲིས་དང་ལྟ་ཞིབ་བྱས་པའི་ཟིན་བྲིས་ནས་དེ་མིན་དཔེ་དེབ་གཞན་ནས་བཤུས་པའི་དུམ་བུ་རེ་གཉིས་སོགས་ཡོད་པ་རེད།

པའ་འར་ཀྲ་ཁེ་ཡིས་བརྩམས་ཆོས་བྲི་སྐབས་ཟིན་བྲིས་གཏན་ནས་མི་རྒྱག་པ་མ་ཟད། དེབ་ཐེར་དང་ཞིབ་འཇུག་གི་དཔྱད་གཞི་སོགས་གང་ཡང་མི་དགོས། ཁོང་གིས་རྩོམ་འགོ་མ་ཚུགས་གོང་ནས་བསམ་བློའི་ནང་གྲྭ་སྒྲིག་ཚང་མ་བྱས་ཟིན་ནོ། པ་འར་ཀྲ་ཁེ་ཡིས་བརྩམས་སྒྲུང་རིང་གྲས་འབྲི་བའི་བརྒྱུད་རིམ་ནང་དུ་གཅིག་ནས་རྩོམ་འབྲི་བ་དང་། གཉིས་ནས་བཟོ་བཅོས་ཀྱང་བྱེད་ཀྱི་ཡོད་པ་མ་ཟད། འགའ་རེས་ཐེངས་བཅོ་ལྔ་བཅུ་དྲུག་བཟོ་བཅོས་བྱས་རྗེང་གཞི་ནས་བརྩམས་ཆོས་དེ་གྲུབ་པར་བྱེད་ཀྱི་ཡོད་པ་རེད།

ཀའོ་རྐྱོའོ་ཧྭ་ཡིས་བྲིས་པའི་《ཧྲུས་ཡོན་》ཞེས་པའི་སྒྲོག་བརྙན་དེ་འབྲི་སྐབས་ཁོང་གིས་གསུངས་དོན"ཧྲུས་ཡོན་གྱི་མི་ཚེ་གཅིག་གི་ལོ་རྒྱུས་དེ་གར་སྙིགས་ཐོག་འཁྲབ་པར་ཅི་འདྲ་འབྲི་རྒྱུའི་ཐད་དུས་ཚོད་རིང་པོའི་ནང་བསམ་བློ་བཏང་བ་དང་དངོས་སུ་འབྲི་རྒྱུར་གཏན་འཁེལ་རྗེས་ཡང་སྒྱུ་གྲུ་མི་འགྲུལ་བར་གཟའ་འཁོར་གསུམ་ལྷག་ཙམ་རིང་བསམ་བློ་བཏང་བ་ཡིན། དངོས་སུ་འབྲི་སྐབས་ཉིན་གཅིག་གི་དུས་ཚོད་ནང་ཧྲུའུ་ཡོན་གི་མི་ཚེ་རྣལ་པོ་བྲིས་ཚར་སོང་"ཞེས་གསུངས་ལ་ཐོག་མར་ཐློས་གར་དེ་ཁག་གཉིས་སུ་བགོས་ཏེ་འཁྲབ་ཚན་ལྔ་རེ་འབྲི་རྩིས་ཡོད་ཀྱང་བྲིས་པའི་བརྒྱུད་རིམ་ནང་འཁྲབ་ཚན་ལྔའི་ནང་བྲིས་ཚར་སོང་། འཁྲབ་ཚན་གྱི་གནད་བསྡུས་འདི་ལྟར་བཀོད་ཡོད་པ་སྟེ།

1. འདས་མཆོད་བྱེད་པ་–གཙོ་བོའི་མི་སྣ་དྲུག་གི་མཚན་བཀོད་–མང་ཚོགས།
2. ཧྲུའུ་ཡོན་གྱིས་ཊ་ཆོལ་བྱེད་པ་མི་སྣ་བཞིའི་མཚན་བཀོད།
3. ཡུལ་འཁྱམས་སུ་འགྲོ་བ་མི་སྣ་བརྒྱད་བཀོད།

4. ཡིད་སྐྱོ་ཞིང་རེ་ཐག་ཆོད་པ་མི་སྣ་བརྒྱད་ – མང་ཚོགས།
5. གཙང་པོར་མཚོངས་ཏེ་ལྡིབས་པ་ – མང་ཚོགས།

སྤྱིར་བཏང་ནས་བཤད་ན། བརྩམས་སྒྲུང་རིང་གྲས་འདྲི་སྐབས་ཀྱི་རྩ་འཛིན་གཤམ་གསལ་དེ་དག་ཡིན།

①མི་སྣའི་རེའུ་མིག་བཟོ་བ། དེའི་ནང་མི་སྣའི་གཉིས་རྒྱུད་དང་འབྲུང་ཁུངས། ཕྱི་ཚུལ་གྱི་ཁྱད་ཆོས་དང་སློབ་སྦྱོང་གི་ཆ་ཚད། གཉིས་རྒྱུད་འཕེལ་རྒྱས་ཀྱི་བརྒྱུད་རིམ་དང་མི་སྣ་དེ་བརྩམས་ཆོས་ནང་གི་གནས་བབ་སོགས་འབྲི་བ།

②སྒྲུང་གཏམ་གྱི་ནང་དོན་གཙོ་བོ། ཞིབ་ཕྲའི་སྒོ་ནས་གཙོ་བོའི་མི་སྣ་དེ་དག་གི་ཕན་ཚུན་འབྲེལ་བ་དང་། འགལ་བ། སྒྲུང་གཏམ་གྱི་བརྗོད་བྱ་གཙོ་བོའི་འཕེལ་རིམ་དང་། གཙོ་བོའི་ཁོར་ཡུག་སོགས་བྲི་བ་དང་། དམིགས་ཡུལ་ནི་རྩོམ་འབྲི་བྱེད་པའི་བརྒྱུད་རིམ་ནང་དུ་གནད་དོན་དེ་དག་ཆད་ལུས་མི་འགྲོ་བའི་ཆེད་དུ་ཡིན།

③ནང་དོན་འཁོད་ཚུལ་དང་བཀོད་སྒྲིག་བྱེད་ཐབས། འདིའི་ནང་ཕྱོགས་གང་ཞིག་ནས་གཟུགས་བརྙན་ཅན་དུ་བསྒྱུར་ཏེ་བརྩམས་ཆོས་ཀྱི་བརྗོད་བྱ་གཙོ་བོ་གསལ་འདོན་བྱེད་པ་དང་། མི་སྣ་གཙོ་བོ་དེ་དག་གིས་བརྗོད་བྱ་གཙོ་བོ་མཚོན་པར་བྱེད་སྐབས་ཐོན་པའི་ནུས་པ་སོགས་ཚུད་ཡོད། དེ་མིན་ནང་དོན་རྣམས་ས་བཅད་དུ་བགོ་བ་དེ་ཡང་གལ་ཆེ་བ་ཞིག་ཡིན། ཁང་པ་རྒྱག་པར་སྔོན་ལ་ས་བཀྲ་འགོད་པ་དང་དེ་རྗེས་ཨར་ལས་བྱེད་དགོས་པ་ལྟར་བརྩམས་ཆོས་གཅིག་འབྲི་བར་ཡང་བརྗོད་བྱའི་སྙིང་དོན་གཏན་འཁེལ་རྗེས་སྔོན་ལ་གནད་བསྡུས་ཤིག་འགོད་པ་ནི་ས་བཀྲ་འགོད་པ་ལྟར་ཡིན། གནད་བསྡུས་ལེགས་པོ་ཞིག་བཀོད་ན་དེས་བསམ་གཞི་མི་འཁྲུག་པ་དང་ཆད་ལུས་མི་ཡོང་བའི་ཆེད་དུ་ཡིན་ནོ།

བཞི་པ། རིག་སྒྲིང་བརྗོད་པའི་སྐོར།

རྩོམ་རིག་གསར་རྩོམ་གྱི་བརྒྱུད་རིམ་ནང་དུ་རིག་སྒྲིང་བརྗོད་པ་ཞེས་པ་ནི་རྟོག་པ་སྒྲིག་འགྱུར་བའི་མཚོན་ཚུལ་གལ་ཆེ་བ་ཞིག་ཡིན། དེ་ཡང་ཨ་རིའི་སེམས་ཁམས་རིག་པ་མཁས་ཅན་ལྷེ་ལི་ཀྲན་སྨུའུ་ཌེས་མིའི་རྟོག་པའི་སྐོར་ལ་དབྱེ་ཞིབ་མཛད་དེ། དང་པོ་ནི་གོ་རིམ་ལྡན་ཞིང་གཏན་ཚིགས་དང་མཐུན་ལ་རིག་པས་དཔོག་ཐུབ་པའི་རང་རྟོགས་ཀྱི་འདུ་ཤེས་དང་། གཉིས་པ་ནི་གཏན་ཚིགས་ལས་འགལ་ཞིང་གསལ་པོ་མ་ཡིན་ལ་རྗེས་དཔོག་གི་ཤེས་པ་མ་ཡིན་པའི་རྟོག་པ་སྒྲིག་འགྱུར་པ་གཉིས་ལས་གྲུབ་པ་ཡིན། དེ་ཡང་གཏན་ཚིག་ལས་འགལ་ཞིང་གསལ་པོ་མ་ཡིན་ལ་རྗེས་དཔོག་གི་ཤེས་པ་མ་ཡིན་པའི་རྟོག་པ་ཞེས་པ་ནི་གསར་བཏོད་ཀྱི་རང་བཞིན་ལྡན་ཞིང་ཐོལ་བྱུང་དུ་སྐྱེས་པའི་རིག་སྟོབས་ཁྱད་པར་བ་ཞིག་ཡིན་ནོ།

1. རིག་སྒྲིང་བརྗོད་པ་ཞེས་པའི་གོ་དོན་འགྲེལ་བ།

རིག་སྒྲིང་བརྗོད་པ་ཞེས་པའི་ཐ་སྙད་འདི་ནི་གནའ་བོའི་ཞི་ལའ་ཡི་ཡི་གེའི་ནང་དུ་བྱུང་བ་དང་དེའི་གོ་དོན་ནི་ལྷའི་དགོངས་པ་སྒྱུ་རྩལ་མཁན་ལ་བརྒྱུད་སྤྲོད་བྱས་རྗེས་རྩོམ་རིག་བྱུང་བ་ཡིན་ཞེས་པའི་དོན་ཡིན་ལ་རིག་སྒྲིང་བརྗོད་པ་ཞེས་པའི་བསམ་བློའི་སྣང་ཚུལ་འདི་ལ་ཆེས་སྔ་མོ་ཞིག་ནས་དཔྱད་པ་གང་མང་མཛད་ཡོད་པ་སྟེ། གནའ་བོའི་ཞི་ལའ་ཡི་མཚན་ཉིད་རིག་པ་བ་ཕོ་ལའ་ཐོ་ཡིས་ལྷས་རྗེས་སུ་གནང་བ་དང་སྔ་མའི་བག་ཆགས་ལ་རགས་ལས་ཚུལ་བཤད་ཡོད་པ་དང་དེའི་རྗེས་སུ་འཛར་མན་གྱི་མཁས་པའི་དབང་པོ་ཁང་ཏེ་ཡིས་སྐྱེས་སྟོབས་ཀྱི་ཤེས་རབ་ཁྱད་དུ་འཕགས་པ་ལས་བྱུང་བ་སོགས་གཙོ་བོར་བཤད་ནས་སྦྱོང་གོམས་དང་འཚོ་བ་ལས་ཐོན་པའི་ཆ་དེ་སྣང་མེད་དུ་བཞག་ཡོད་པ་རེད། རྩོམ་པ་པོ་མང་པོ་ཞིག་གི་རྩོམ་རིག་གསར་རྩོམ་གྱི་ཉམས་མྱོང་ལ་བལྟས་ཚེ། རིག་

སློང་བརྗོད་པ་བ་ནི་དངོས་སུ་གནས་པའི་སེམས་ཁམས་ཀྱི་སྣང་ཚུལ་ཞིག་ཡིན། རིག་སློང་བརྗོད་པ་བ་ཞེས་པ་ནི་སྐྱེས་སྟོབས་ཀྱི་ཤེས་རབ་ཅན་ཁོ་ནའི་དབང་དུ་གྱུར་པ་མ་ཡིན་ལ། ལྷས་རྗེས་སུ་གནང་བའང་མ་ཡིན་པར་དེ་ནི་རྩོམ་པ་པོའི་ཕུན་སུམ་ཚོགས་པའི་འཚོ་བའི་མྱོང་བ་དང་། རྒྱ་ཆེ་བའི་ཤེས་རྟོགས། གཏིང་ཟབ་པའི་བསམ་གཞིགས། སྒྱུ་རྩལ་ལ་ནང་བྱན་ཆུད་པའི་རྨང་གཞི་ལ་བརྟེན་ནས་རྩོམ་པ་པོར་སྤྲེས་དབང་དུ་གནས་ཚུལ་གཅིག་ཕྲད་པ་དང་དེར་བརྟེན་ནས་གསར་རྩོམ་གྱི་འདུན་པ་དྲག་པོ་ཞིག་སྐྱེ་བ་མ་ཟད། གསར་རྩོམ་གྱི་ནུས་པ་ཆེན་པོ་ཞིག་འདོན་སྤེལ་བྱེད་ཐུབ་པའི་སེམས་ཁམས་ཀྱི་སྣང་ཚུལ་ཞིག་ཡིན། དེར་བརྟེན"འབད་པས་ཡུན་རིང་ཉེར་བསགས་ཤིང་བློ་བུར་གསལ་བའི་རྟོག་པ་མཆོག"ཅེས་བརྗོད་པ་བཞིན་རྩོམ་པ་པོའི་འཚོ་བའི་མྱོང་སོམས་དང་། དཀའ་ཚོགས་ཆེ་བའི་གསར་སྐྲུན་གྱི་རང་བཞིན་ལྡན་པའི་ངལ་རྩོལ་དེ་དག་ནི་རིག་སློང་བརྗོད་པའི་སྔོན་འགྲོའི་ཆ་རྐྱེན་ཞིག་ཡིན།

རྩོམ་པ་པོའི་ཟླད་པའི་ནང་དུ་འཚོ་བའི་ཉམས་མྱོང་དང་། བྱ་དངོས་དང་མི་སྣ་སོགས་འདྲ་མིན་སྣ་ཚོགས་ཤིག་དང་བསམ་བློའི་བཅེ་དུང་སྣ་ཚོགས་གསོག་འཇོག་བྱས་ཡོད་ལ། དེ་དག་ལ་བརྟེན་ནས་བསམ་ཚུལ་མི་འདྲ་བ་སྣ་ཚོགས་ཤིག་ཀྱང་གསོག་འཇོག་བྱས་ཡོད་པ་རེད། དེ་དག་ནི་དཔེར་ན། མཛོད་ཁང་ནང་དུ་མེ་ཤིང་སྐམ་པོ་དང་སྣུམ་སོགས་སྤུངས་པ་དང་འདྲ་བར་ཉིན་ཞིག་བློ་བུར་དུ་མེ་སྟག་ཞིག་སླེབས་ཚེ་འཕྲལ་དུ་མེ་ཕུང་ཆེན་པོ་ཞིག་ཏུ་གྱུར་འགྲོ་བ་དང་འདྲ་བར་རིག་པའི་སློང་བརྗོད་ཡང་དེ་དང་འདྲ་བ་ཞིག་ཡིན། བོད་ཀྱི་བརྩམས་ཆོས་མང་པོའི་མཇུག་ཏུ"ཇ་ཡུན་ཙམ་ལ་འཕྲལ་མར་སྦྱར"ཞེས་པ་དང"ཐུན་མཚམས་རེ་གཉིས་ལ་ཟློགས་པར་བྱས་སོ"ཟེར་བའང་རིག་པའི་སློང་བརྗོད་པའི་མཚོན་ཚུལ་ཞིག་ཡིན།

2. རིག་སློང་བརྗོད་པའི་ཁྱད་ཆོས་སྐོར།

རིག་སློང་བརྗོད་པ་བ་ནི་གསར་བཏོད་ཀྱི་རང་བཞིན་ལྡན་ཞིང་ཐོལ་བྱུང་དུ

སྐྱེས་པའི་རིག་སྟོབས་ཁྱད་པར་བ་ཞིག་ཡིན་རྐྱེན་དེར་ཁྱད་ཆོས་མི་འདྲ་བ་འགའ་ཤས་ཡོད་པ་སྟེ། དེར་སློ་བུར་གྱི་རང་བཞིན་དང་བརྗོད་སླ་བའི་རང་བཞིན། ཚོར་འདུ་ཤུགས་དྲག་པའི་རང་བཞིན། བསྒྱུར་ བློས་ཀྱི་རང་བཞིན་མི་ལྡན་པ་བཅས་ཀྱི་ཁྱད་ཆོས་སྣ་ཚོགས་པ་ཞིག་ཡིན། སློ་བུར་གྱི་རང་བཞིན་ལྡན་ཡོད་ཅེས་པ་ནི། རིག་སྣང་བརྗོལ་བ་ཞེས་པ་ནི་མ་བོས་མགྲོན་པོ་བཞིན་རྟག་ཏུ་བསམ་ཡུལ་ལས་འདས་པའི་གནས་ཚུལ་འོག་དུས་ངེས་མེད་དུ་སློ་བུར་དུ་བྱུང་བ་ཞིག་ཡིན་རྐྱེན་རྩོམ་པ་པོ་རང་ངོས་ནས་དུས་གང་ཞིག་ཏུ་རིག་སྣང་བརྗོལ་མིན་ཚོད་དཔག་བྱེད་མི་ཐུབ་པས་དེར་སྔེས་དབང་གི་རང་བཞིན་མངོན་གསལ་དོད་པོ་ཡོད་པ་ཞིག་ཡིན་ལ། དེ་ཡང་འཚོ་བའི་ཉམས་མྱོང་ཕུན་སུམ་ཚོགས་ཤིང་རྒྱ་ཆེ་བའི་ཤེས་རྟོགས། གཏིང་ཟབ་པའི་བསམ་གཞིགས། དགའ་ཚོགས་ཆེ་བའི་གསར་བསྐྲུན་གྱི་ངལ་རྩོལ་ལ་ཞུགས་མཁན་གྱི་རྩོམ་པ་པོར་རིག་སྣང་བརྗོལ་བའི་གོ་སྐབས་ཡོད་པ་ལས། དེ་མིན་རྩལ་ཡོན་གཉིས་མེད་དང་སྒྲིད་ལུགས་ཀྱི་རང་བཞིན་ཆེ་བའི་རྩོམ་པ་པོར་རིག་སྣང་བརྗོལ་བའི་གོ་སྐབས་ནམ་ཡང་རྙེད་དཀའ་བ་ཞིག་ཡིན་ནོ།

བརྗོད་སླ་བའི་རང་བཞིན་ལྡན་ཡོད་ཅེས་པ་ནི་རིག་སྣང་བརྗོལ་བ་ནི་སློ་བུར་དུ་བྱུང་བ་ཞིག་ཡིན་ལ་ཡང་མགྱོགས་མྱུར་དུ་བརྗེད་འགྲོ་བའི་ཁྱད་ཆོས་ལྡན་ཡོད་རྐྱེན་རྩོམ་པ་པོས་དུས་གང་ཞིག་ཏུ་རིག་སྣང་བརྗོལ་བ་དང་། ཡང་རིག་པའི་སྣང་བརྗོལ་རྗེས་བརྗེད་མི་འགྲོ་བའི་ཚོད་འཛིན་ཀྱང་བྱེད་མི་ཐུབ་པས་རྩོམ་པ་པོས་རྟག་ཏུ་གསར་རྩོམ་གྱི་གྲ་སྒྲིག་བྱེད་དགོས་པ་མ་ཟད། ནམ་ཞིག་རིག་སྣང་བརྗོལ་རྗེས་རྩོམ་པ་པོས་ཕྱི་རོལ་ཡུལ་གྱི་འགོག་རྐྱེན་མཐའ་དག་ཁྱད་གསོད་བྱས་ཏེ། བློ་སེམས་གཅིག་ཏུ་བསྒྲིལ་ནས་གསར་རྩོམ་གྱི་ལས་ལ་བརྩོན་ཏེ་གོ་སྐབས་མི་ཤོར་བར་དམ་བཟུང་བྱེད་རྒྱུ་དེ་ཡིན། དེ་འདྲ་མ་བྱས་ཚེ་རིག་པའི་སྣང་བརྗོལ་ནའང་མགྱོགས་མྱུར་དུ་བརྗེད་འགྲོ་བའི་ཁྱད་ཆོས་ལྡན་ཡོད་རྐྱེན་གསར་རྩོམ་ལ་ནུས་པ་ཅི་ཡང་ཐོན་མི་ཐུབ་བོ།

ཚོར་འདུ་ཤུགས་དྲགས་པའི་རང་བཞིན་ལྡན་ཡོད་ཅེས་པ་ནི། རིག་སྐྱོང་བརྩོལ་བའི་སྟོན་དུ་རྩོམ་པ་པོར་སྙམ་པ་རྒྱ་འདོད་ལྟར་གྱི་བསམ་བློའི་བརྩེ་དུང་རབ་ཏུ་འཕེལ་ཞིང་འཆར་སྣང་ཕུན་སུམ་ཚོགས་ལ། རང་དབང་མེད་པར་གསར་རྩོམ་གྱི་འདུན་པ་དྲག་པོ་ཞིག་སྐྱེད་ཀྱི་ཡོད་པ་མ་ཟད། དེའི་སྐབས་རྩོམ་པ་པོར་རྩོམ་ཡིག་གིས་ཚུར་བསྐུལ་བའི་སྣང་བ་ཞིག་སྐྱེར་བ་དང་ཧ་ལམ་བརྩམས་ཆས་དེ་མ་ཕྲིས་ན་ཐབས་མེད་པའི་ཚོར་སྣང་ཤུགས་དྲག་པོ་ཞིག་སྐྱེས་ཏེ་གསར་རྩོམ་གྱི་དབྱིངས་སུ་ཚུད་ཀྱི་ཡོད། རྩོམ་པ་པོའི་བསམ་བློའི་བརྩེ་དུང་དེ་ཡང་ཕྱིར་དུ་རྒྱུགས་པའི་ཐབ་ཆུ་བཞིན་ཚོར་འདུ་ཤུགས་དྲག་ཏུ་འཕེལ་བའི་འགྲོས་དང་བསྟུན་ནས་སྨྱུར་ཞིང་འགོག་པ་མེད་པར་བརྩམས་ཆོས་འགྲུབ་ཐུབ་པའི་རང་བཞིན་ལྡན་ཡོད་པ་དེ་ཡིན།

བསྐྱར་ཟློས་ཀྱི་རང་བཞིན་ལྡན་མེད་པ་ཞེས་པ་ནི་རྩོམ་པ་པོས་རྩོམ་རིག་གསར་རྩོམ་གྱི་བརྒྱུད་རིམ་ནང་དུ་ཐེངས་གཅིག་ལས་བསྐྱར་ཟློས་ཀྱི་རང་བཞིན་ལྡན་མེད་པ་སྟེ། རྩོམ་པ་པོ་གཅིག་གི་གཟུགས་སྐེད་དུ་བརྗོད་དོན་གཅིག་མཚུངས་ཡིན་པའི་རིག་སྐྱོང་ཐེངས་གཉིས་བརྩོལ་མི་ཐུབ་ལ། རྩོམ་པ་པོ་གཉིས་ཀྱི་གཟུགས་སྐེད་དུ་བརྗོད་དོན་གཅིག་མཚུངས་ཀྱི་རིག་སྐྱོང་བསྐྱར་ཟློས་ཡང་བྱེད་མི་ཐུབ་པ་དེ་ནི་རྩོམ་པ་པོ་མི་འདྲ་བ་གསར་རྩོམ་གྱི་རང་བཞིན་མི་འདྲ་བར་རེ་ཡོད་ལ། རྩོམ་པ་པོ་གཅིག་ལ་མཚོན་ནའང་དུས་སྐབས་སོ་སོར་བརྩམས་ཆོས་མི་འདྲ་བ་རེ་འབྱུང་སྲིད་པ་ལྟར་བརྩམས་ཆོས་མི་འདྲ་བར་རིག་པའི་སྐྱོང་བརྩོལ་ཡང་མི་འདྲ་བ་རེ་ཡོད་པ་ལས་གལ་སྲིད་དེར་བསྐྱར་ཟློས་ཀྱི་རང་བཞིན་ལྡན་ཡོད་ཚེ། དེ་ནི་བརྒྱ་བཤུས་དང་འདྲ་བཟོ་བྱས་པ་ཞིག་ཡིན་པ་ལས་རིག་རྩལ་གསར་བསྐྲུན་བྱས་པ་ཞིག་མ་ཡིན་ནོ།

ལྔ་པ། རྩོམ་འབྲི་དངོས་སུ་བྱེད་པ།

སྒྱུ་རྩལ་གྱི་རྟུས་འགོད་ཚར་རྗེས་རྩོམ་པ་པོས་སྒྱུ་གྲུ་འགྲུལ་ཏེ་བརྩམས་ཆོས་བྲིས་འགོ་བཙུགས་ཀྱི་ཡོད། དེའི་སྐབས་གང་ཐུབ་ཅི་ཐུབ་ཀྱིས་སྒྱུ་རྩལ་གྱི་རྒྱུ་ཚད་གོང་མཐོར་བཏང་ནས་སྒྱུ་རྩལ་གྱི་མཚོན་ཚུལ་མཐའ་དག་བེད་སྤྱད་ནས་གཟུགས་བརྙན་གསར་བསྐྲུན་བྱས་ཏེ་རང་ཉིད་ཀྱི་བརྩམས་ཆོས་དེ་གྲུབ་པར་བྱེད་ཀྱི་ཡོད་པ་མ་ཟད། གོ་རིམ་འདིའི་ནང་དུ་རྩོམ་པ་པོས་དུས་རབས་ཀྱི་ཚད་མཐོའི་ཕྱོགས་སུ་ཁ་གཏད་དེ་སྤྱི་ཚོགས་ཀྱི་འཚོ་བ་དེ་མཚོན་པར་བྱེད་དགོས། རྩོམ་པ་པོས་རྩོམ་འབྲི་དངོས་སུ་བྱེད་སྐབས་དེ་སྔོན་རྟུས་འགོད་བྱས་ཟིན་པ་འགའ་ཞིག་དོར་འགྲོ་བ་དང་། གསར་པ་འགའ་ཞིག་ཁ་སྣོན་བྱེད་པ། ལྷག་པར་དུ་མི་སྣའི་གཤིས་རྒྱུད་འཕེལ་རྒྱས་ཀྱི་གཏན་ཚིགས་དང་མི་མཐུན་པ་རྣམས་དོར་དགོས་པ་རེད། ཨུ་རུ་སུའི་རྩོམ་པ་པོ་ཕུ་ཞི་ཅིན་གྱིས་“བུ་མོ་ཏ་ཀྱི་ཡ་ནས་ང་ལ་རྩེད་མོ་རྩེད་སོང་། ཁོང་མོ་གཞན་གྱི་བག་མར་འགྲོ་བ་ངའི་ཡིད་ལ་འཁོར་མ་བྱུང་”ཞེས་གསུངས་པ་ལྟར་རྩོམ་པ་པོའི་ཡིད་ཀྱི་འདོད་པ་དང་བརྩམས་པའི་བསྟན་བཅོས་གཉིས་བར་རྒྱུན་དུ་འགལ་བ་ཡོང་གི་ཡོད་པས་རྩོམ་པ་པོས་མི་སྣའི་གཤིས་རྒྱུད་ཀྱི་འཕེལ་འགྲོས་དང་བསྟུན་གང་ཐུབ་བྱེད་དགོས་པ་ལས། མི་སྣའི་གཤིས་རྒྱུད་དང་ལྡོག་འགལ་གྱི་བྱ་བ་བྱེད་རུ་བཅུག་རྒྱུ་མེད་པ་རེད། དེ་མིན་བརྗོད་བྱེད་ཀྱི་ཚིག་སྦྱོར་དང་ཐབས་རྩལ་སྤེལ་སྟངས་ཀྱི་གནད་དོན་ཞིག་ཡོད་པ་སྟེ། དེ་ནི་ཡིད་ལ་འཆར་བའི་གཟུགས་བརྙན་དེ་དག་ཡི་གེའི་ལམ་ནས་མཚོན་པར་བྱེད་དགོས་པ་དང་། རྩོམ་པ་པོ་རང་ཉིད་ཀྱི་ཡིད་ལ་འགོ་འཛུག་ཙུང་ཟད་ཆ་ཚང་བའི་གཟུགས་བརྙན་ཞིག་གྲུབ་ཡོད་ནའང་ཤར་ཤར་ཡི་གེའི་གཟུགས་སུ་ཐོན་རྒྱུ་ནི་ཆེས་ཤིན་ཏུ་དཀའ་བ་ཞིག་ཡིན། རྒྱུན་གཏན་“ཚིག་སྦྱོར་ཚུལ་ལ་

མཁས་པའི་ངག་གི་དཔལ་”ཞེས་མཁས་པའི་རིན་པོ་ཆེའི་ཡོན་ཏན་རྣམ་གསུམ་གྱི་གྲས་སུ་འཇོག་དགོས་པའི་རྒྱུ་མཚན་ཡང་དེ་ཡིན། དོན་སྙིང་དེའི་ཐོག་ནས་ཕ་རན་སིའི་གྲགས་ཅན་རྩོམ་པ་པོ་པའ་འར་ཀྲ་ཁེ་ཡིས་“ཐ་མ་རྐང་གཅིག་ཁར་བཙུགས་ནས་གླིང་གར་བསྐྱོད་དུས་ཡིད་ལ་སྐྱོ་བའི་ཟློས་གར་བདུན་བརྒྱད་ཙམ་འཆར་རྒྱུ་ནི་ལས་སླ་པོ་ཞིག་ཡིན་” “འོན་ཀྱང་གསར་རྩོམ་གྱི་གྲྭ་སྒྲིག་དང་བརྩམས་ཆོས་གྲུབ་པའི་བར་དུ་བསྒྲུབ་རྒྱུ་མང་པོ་དང་དཀའ་གནད་སྣ་ཚོགས་ཡོད། ཤེས་རབ་ཅན་འགའ་རེས་མ་གཏོགས་དཀའ་གནད་འདི་ཁྱད་གསོད་བྱེད་མི་ཐུབ། བརྩམས་ཆོས་ཤིག་ཧུས་འགོད་བྱེད་རྒྱུ་ནི་ཆེས་སླ་ནའང་ངག་གི་དཔལ་དུ་འགྲེམས་རྒྱུ་ནི་ཤིན་ཏུ་དཀའ་འོ་ཞེས་གསུངས་པ་ལྟར་རོ། བརྩམས་ཆོས་ཀྱི་མཚོན་བྱར་གྱུར་པའི་མི་རེ་རེའི་རྣམ་པ་དང་གཤིས་རྒྱུད། རྟོག་པའི་རིམ་པ་སྣ་ཚོགས་ཤིག་ཡོད་ལ། དོན་དག་ཀྱང་རྒྱུ་གཅིག་ལ་འབྲས་བུ་མི་གཅིག་པ། འབྲས་བུ་གཅིག་ལ་རྒྱུ་མི་གཅིག་པ་སོགས་རྒྱུ་འབྲས་མང་པོ་ཡོད་པས། ཡིད་ལ་འཆར་བའི་རི་ཆུ་དང་མི་དང་བྱ་བའི་འགྱུར་ལྡོག་ཕྲ་ཞིང་ཕྲ་བ་དེ་བདེན་ཡོད་དང་ལེགས་པར་བརྗོད་རྒྱུ་དེ་ཡང་ལས་སླ་པོ་ཞིག་གཏན་ནས་མ་ཡིན། འཇར་མན་གྱི་རྩོམ་པ་པོ་ཀ་ཏའ་ཡི་ཚེ་མཇུག་ཏུ་རང་ཉིད་ཀྱི་རིག་རྩལ་ཉམས་མྱོང་ཕྱོགས་བསྡོམས་བྱེད་པའི་ཚེ་གསུངས་དོན་“སྒྱུ་རྩལ་གྱི་ཚེ་སྲོག་དངོས་ནི་བྱ་དངོས་ཁྱད་པར་བ་རེ་གཉིས་ཁོང་དུ་ཆུད་པ་དང་ཞིབ་བརྗོད་བྱེད་རྒྱུ་དེ་རེད་”ཅེས་དང་“ཁྱད་པར་བ་རེ་གཉིས་ཞིབ་ཏུ་བརྗོད་པའི་སྐབས་སུ་བབ་པ་ན་མི་རྣམས་ཀྱིས་“རྩོམ་འབྲི་”ཞེས་འབོད་པའི་བྱ་བ་དེ་ཡང་འགོ་ཚུགས་པ་ཡིན་ནོ་”ཞེས་གསུངས་པ་ལྟར་རོ།

དྲུག་པ། སྒྱུ་རྩལ་གྱི་བདེན་པའི་སྐོར།

རྩོམ་རིག་གསར་རྩོམ་ཅི་འདྲ་ཞིག་ཡིན་རུང་དེའི་ནང་ལ་སྤྱི་ཚོགས་འཚོ་

བའི་ནང་གི་གནད་དོན་འཐོར་ཆེན་ཞིག་མཚོན་པར་བྱེད་ཀྱི་ཡོད་རྐྱེན་དེ་ལ་བདེན་མི་བདེན་དང་སྲིད་སྟངས་ཀྱི་གནད་འབྱེད་རྒྱུ་ནི་ཤིན་ཏུ་གལ་ཆེ་བ་ཞིག་ཡིན། བརྩམས་ཆོས་ཀྱི་ནང་དུ་བདེན་དོན་ཞིག་མཚོན་པར་བྱེད་པ་དང་ཡང་ན་བདེན་པའི་ངེས་ཤེས་འཇོངས་རྒྱུ་ནི་བརྩམས་ཆོས་ཀྱི་བརྗོད་དོན་ཤེས་རྟོགས་དང་མཛེས་དཔྱོད་ཀྱི་རིན་ཐང་གཞལ་བའི་གནད་དམ་པ་ཞིག་ཡིན་ལ། གནའ་རབས་ནས་བཟུང་སྒྱུ་རྩལ་པ་དང་གཞུང་ལུགས་སྨྲ་བ་རྣམས་ཀྱིས་སྒྱུ་རྩལ་གྱི་བླ་སྲོག་ལྟ་བུར་བརྩི་བཞིན་ཡོད་པ་རེད། ཕ་རན་སིའི་རྩོམ་པ་པོ་བའར་ཀྲ་ཁེ་ཡིས་"གསར་རྩོམ་གྱི་མཛེས་པས་ས་སྙིང་ཀུན་ཁྱབ་ཅིང་ཉམས་པ་མེད་པའི་གསང་བ་ནི་བདེན་པ་ཉིད་ཡིན་ནོ"ཞེས་གསུངས་ཡོད། ཚང་མས་ཤེས་གསལ་ལྟར་རྩོམ་རིག་སྐབས་སུ་བརྟན་པའི་བདེན་པ་ནི་འཚོ་བའི་བདེན་པ་དང་མི་འདྲ་ལ། ཚན་རིག་གི་བདེན་པ་དང་ཡང་མི་འདྲ་བར་དེ་ནི་སྒྱུ་རྩལ་གྱི་བདེན་པ་སྟེ་མཛེས་པར་དཔྱོད་པའི་བདག་ཉིད་ཅན་དུ་གྱུར་བའི་བདེན་པ་ཁྱད་པར་བ་ཞིག་ཡིན། སྒྱུ་རྩལ་གྱི་བདེན་པ་ནི་འཚོ་བའི་དོན་སྙིང་ཤེས་རྟོགས་བྱས་པ་དེ་མཚོན་པར་བྱེད་ཀྱི་ཡོད། རང་བྱུང་དང་སྤྱི་ཚོགས་ཀྱི་ཕྱིའི་དངོས་པོ་དང་ནང་གི་བློ་ཁམས་ཁྱད་དུ་འཕགས་པ་དང་། ཐ་ཤལ་ཉམས་དམས་པ། ངེས་པ་དང་མ་ངེས་པ། བདེན་པ་དང་རྫུན་མ་སོགས་ནི་འཚོ་བའི་བདེན་པ་དངོས་ཡིན་ལ། དེ་ནི་རྩོམ་རིག་གསར་རྩོམ་བྱེད་པའི་དཔེ་གཞི་འམ་མགོ་བའི་རྒྱུ་ཆ་ཡིན་པ་ལས་སྒྱུ་རྩལ་གྱི་བདེན་པ་ནི་འཚོ་བའི་བདེན་པ་ལས་ཚད་མཐོ་བ་ཞིག་སྟེ། རྩོམ་པ་པོས་ཁྱོན་ཡོངས་ནས་སྤྱི་ཚོགས་ཀྱི་འཚོ་བར་རྟོག་ཞིབ་ཟབ་མོ་བྱས་པའི་རྨང་གཞིའི་སྟེང་རྩ་བར་གྱུར་པའི་དོན་རྣམས་ཤེས་རྟོགས་དང་མཐར་བཞུ་སྦྱང་དང་སྒྲིག་བསྡུད་ཀྱིས་སྤྱི་ཚོགས་འཚོ་བའི་ངོ་བོའི་ཕྱོགས་རྣམས་གསལ་འདོན་བྱེད་ཀྱི་ཡོད་པས་འཚོ་བའི་བདེན་པ་ལས་ཚད་མཐོ་ཞིང་བདེན་པའི་རྟོག་པ་རྒྱ་ཆེན་པོ་ཞིག་འཆར་ཐུབ་པ་དེ་ཡིན། དེ་མིན་ཉམས་ཚུལ་གྱི་རྟོག་བཟོའི་རང་བཞིན་ནི་སྒྱུ་རྩལ་གྱི་བདེན་པའི་ཕྱིའི་ཁྱད་ཆོས་ཡིན། རྩོམ་རིག་སྒྱུ་རྩལ་ནི་འཚོ་བ་དངོས་ཇི་བཞིན་

ད་འདྲ་བཤུས་བྱས་པ་ཞིག་མ་ཡིན་པར། རྩོམ་པ་པོས་མངོན་སུམ་དང་བདེན་པར་མཐོང་བའི་འཚོ་བ་ལ་གདམ་གསེས་དང་ལས་སྒྲོན། རྟོག་བཟོ་སོགས་ཀྱི་ཐབས་ལ་བརྟེན་ནས་གསར་དུ་རྩོམ་པ་དེ་ཉིད་བདེན་པར་སྣང་བ་དང་གཟུགས་འགྱུར་བ་གང་རུང་ཡོད་དེ། དངོས་ཡོད་ཀྱི་མཐོང་སྣང་དང་འཕྲུལ་རྟོག་གི་འཆར་བརྙན་གཉིས་གཞི་གཅིག་ཏུ་སྦྱར་བ་དཔེར་ན《གླིང་གེ་སར་རྒྱལ་པོའི་སྒྲུང་》ལྟ་བུར་མཚོན་ན། ཡུམ་འགོག་བཟའ་ལྷ་མོ་དང་མི་བཟའ་འབུམ་སྐྱིད་ལྟ་བུ་ནི་དངོས་ཡོད་འཚོ་བའི་ནང་གི་བུད་མེད་ཕལ་མོ་ཆེ་དང་མཐུན་ཞིང་མངོན་སུམ་བདེན་པའི་གཟུགས་བརྙན་ཤ་སྟག་ཡིན་ལ། གེ་སར་རྒྱལ་པོ་དང་བདུད་ཀླུ་བཙན། ལྷ་འདྲེ་སོགས་བློ་ཡུལ་ལས་འདས་པར་བརྗོད་ཡོད་ནའང་དེ་དག་གིས་དགའ་སྐྱོ་ཆགས་སྡང་སོགས་མིའི་ཚུལ་དང་ཀུན་ནས་མཐུན་པར་བྲིས་ཡོད་རྐྱེན་གློག་པ་པོའི་ཡིད་དབང་ཅིག་ཅར་འཕྲོག་ནས་ཀློག་འདོད་ཀྱི་བློ་ངོམས་པ་མེད་པ་ཞིག་སྐྱེ་བཞིན་ཡོད་ལ། སྒྱུ་རྩལ་གྱི་བདེན་པ་ཞིག་ཀྱང་རང་བཞིན་དུ་རྟོགས་ཀྱི་ཡོད་པ་རེད། སྐུ་ཞབས་ལུའུ་ཞུན་གྱིས"རྫུན་ལས་བདེན་པ་རྙེད"ཟེར་བའི་དོན་སྙིང་ཡང་དེ་ཡིན། གཞན་ཡང་ཡུལ་ཆོས་ཀྱི་འོས་འབབ་དང་འགལ་ཡང་མི་རྣམས་ཀྱི་ཚོར་འདུའི་རྟེན་འབྲེལ་དང་མཐུན་ན་ཀློག་མཁན་རྣམས་སྤྲོ་སེམས་ཆེན་པོས་འཇུག་ངེས་ཏེ། དཔེར་ན། བོད་རིགས་ཀྱི་ལྷ་མོའི་བསྟན་བཅོས《སྣང་སའོད་འབུམ་གྱི་རྣམ་ཐར་》ཞེས་པའི་ནང་དུ་གནའ་རབས་བོད་རིགས་བུད་མེད་རྣམས་ཀྱིས་མནར་གཅོད་དང་སྡུག་བསྔལ་ཚད་མེད་མྱོང་དགོས་པ་མ་ཟད། ཐ་ན་དགེ་བའི་ལས་འབའ་ཞིག་སྟེ་ཆོས་ལ་ཞུགས་པའི་རང་དབང་ཡང་མེད་པ་དེ་མཚོན་ཡོད་པ་དང་། ཉམས་ཚུལ་འདི་ལྟ་བུའི་སྐབས་ལ་འདས་ལོག་བྱེད་པ་ནི་གནས་སྐབས་སྡུག་བསྔལ་གྱིས་བཅིངས་པ་ལས་གྲོལ་ཅིང་མཐར་ཕྱུག་གི་འདུན་པ་འགྲུབ་ཐུབ་པའི་ཐབས་ལམ་གཅིག་པུ་དེ་ཡིན། འདས་ལོག་ནི་སྨྲ་བསམ་བརྗོད་མེད་ཀྱི་ཡུལ་ལ་མི་སྲིད་པ་ཞིག་ཡིན་ནའང་རྒྱ་ཆེ་བའི་ཀློག་པ་པོས་སྐྱོ་སྡུག་དང་སྙིང་རྗེ་ཕང་སེམས་ཚད་མེད་སྐྱེས་པའི་སྐབས་འདིར་སྣང་སའོད

འབྲུམ་འདས་ཡོག་བྱེད་དུ་བཙུག་པ་ནི་ལྷ་མཁན་གྱི་དམིགས་ཡུལ་འགྲུབ་ཅིང་སྐྱོ་ངལ་ལས་དབུགས་དབྱུང་བར་བྱས་ཡོད་པས་འདི་ལས་སློག་མཁན་ལ་བདེན་པའི་ངེས་ཤེས་བསྐྱེད་ཅིང་སྒྱུ་རྩལ་གྱི་ནུས་པ་རྒྱ་ཆེར་ཐོན་ཡོད་པ་རེད།

དེ་མིན་སྒྱུ་རྩལ་གྱི་བདེན་པ་དང་ཚན་རིག་གི་བདེན་པ་གཉིས་ཀྱི་ཁྱད་པར་ནི་སྒྱུ་རྩལ་གྱི་བདེན་པ་ནི་རྩོམ་པ་པོ་རང་ཉིད་ཀྱི་བསམ་བློ་འཇུག་པ་དང་རྟོག་བཏགས་ཀྱི་མཛོས་ཆོས་ལྡན་པ་ཞིག་དང་། ཚན་རིག་གི་ལམ་ན་མཚོན་བྱ་དེ་ཡུལ་ཅན་རང་ཉིད་དང་སོ་སོར་ཡོད་པའི་ཡུལ་རྐྱང་རྐྱང་ཞིག་ཏུ་འཛིན་པ་ལས་དེ་ལ་དཔྱད་པ་པོའི་ཚོར་འདུ་མི་འདྲེས་པ་དེ་རྩ་བའི་ བླངས་བྱ་ཞིག་ཡིན་ནོ།

1. གསར་རྩོམ་ལ་ངེས་པར་དུ་ཡོད་དགོས་པའི་ཆ་རྐྱེན་ཅི་ཡོད།
2. རྩོམ་པ་པོའི་འཚོ་བའི་སྦྱོང་གོམས་ཞེས་པའི་གོ་དོན་གང་ཡིན།
3. རྩོམ་པ་པོས་རྒྱུ་ཆ་བསྡུ་རྩོལ་ལ་རྣམ་པ་མི་འདྲ་བ་གང་དང་གང་ཡོད།
4. རྟོག་ཞིབ་དང་ཉམས་ལེན་ཞེས་པའི་གོ་དོན་གང་ཡིན།
5. སྒྱུ་རྩལ་གྱི་རྟོག་བློ་སྙིང་ཅེས་པའི་གོ་དོན་གང་ཡིན་ནམ།
6. གསར་རྩོམ་ལ་འཇུག་པའི་བསམ་བློའི་ཀུན་སློང་ཞེས་པའི་གོ་དོན་ཅི་ཡིན་ནམ།
7. སྒྱུ་རྩལ་གྱི་རྟུས་འགོད་བྱེད་ཐབས་མི་འདྲ་བ་གང་ཡོད་དམ།
8. རིག་སློང་བརྩོལ་ཞེས་པའི་གོ་དོན་གང་ཡིན། དེར་ཁྱད་ཆོས་མི་འདྲ་བ་གང་ཡོད་དམ།
9. སྒྱུ་རྩལ་གྱི་བདེན་པ་ཞེས་པའི་གོ་དོན་གང་ཡིན།

ས་བཅད་གཉིས་པ། གཟུགས་བཀོད་བསམ་གཞིགས་དང་བསམ་བློའི་བཀོད་ཤུགས་སྐོར།

དང་པོ། གཟུགས་བཀོད་བསམ་གཞིགས་ཀྱི་སྐོར།

རྩོམ་པ་པོས་གཟུགས་བཀོད་བསམ་གཞིགས་བྱེད་པའི་རྨང་གཞི་ནི་རྩོམ་པ་པོས་སྤྱི་ཚོགས་ཀྱི་འཚོ་བའི་རྣམ་པར་སྒྱུ་རྩལ་གྱིས་རྟོག་ཞིབ་བྱེད་རྒྱུ་དེ་ཡིན་པ་མ་ཟད། རྩོམ་རིག་གསར་རྩོམ་བྱེད་པར་དམིགས་སུ་ལྡན་པའི་བསམ་གཞིགས་བྱ་ཐབས་ཞིག་ཀྱང་རེད། མར་ཁེ་སིའི་གསུངས་ཚུལ་ལྟར་ན་དེ་ནི་སྒྱུ་རྩལ་ལྡན་པའི་ངང་ནས་ཕྱི་རོལ་ཡུལ་གྱི་འཛིག་རྟེན་ངོས་འཛིན་དང་། སྟངས་འཛིན། མངོན་པར་བྱེད་པ་བཅས་ཀྱི་ཆེད་དུ་ལྡན་པའི་བྱ་ཐབས་ཤིག་རེད་ཅེས་གསུངས་ཡོད་པ་དང་། རྩོམ་པ་པོས་གཟུགས་བཀོད་བསམ་གཞིགས་བྱས་པའི་མཐའ་མ་ནི་ཞིབ་ཕྲ་བ་དང་ཚོར་སྣང་གིས་ཕྱོགས་བསྡུས་བྱས་པའི་མིའི་མཛེས་ཚོར་སྤྱོད་ཐུབ་པའི་འཚོ་བའི་རྣམ་པ་འགོད་རྒྱུ་དེ་ཡིན་པ་དང་། འཚོ་བའི་རྣམ་པ་རེ་རེ་བཞིན་བསྐྱར་དུ་ཐོན་པ་དང་དབྱེ་འབྱེད་བྱེད་པ། མཉམ་དུ་སྒྲིལ་བ། བསྐྱར་དུ་གསར་རྩོམ་བྱེད་པ་བཅས་ཤིག་ཡིན་དགོས། དཔེར་ན་1921ལོར《པེ་ཅིང་ཚོགས་པའི་ཚགས་པར་གྱི་ཟུར་གསལ་པར་ངོས》རྩོམ་སྒྲིག་པ་སུན་ཕུ་ཡོན་གྱིས་སྐུ་ཞབས་ལུའུ་ཤུན་ལ་ཚགས་པར་ཐོག་ཏུ་བསྟུད་མར་འགོད་པའི་བརྩམས་སྒྲུང་འཕྲིང་ཡིག་ཤིག་གསར་རྩོམ་གནང་རོགས་ཞུས་པར་ཁོང་གིས་ཞལ་བཞེས་གནང་ཞིང་། ཉིན་དེའི་དགོང་མོ་དེ་རང་ལ་ཁོང་གི་རྩོམ་འབྲིའི་སྣང་འཆར་རབ་ཏུ་འཕེལ་ནས《ཨ་Qཡི་རྣམ་ཐར》ཞེས་པ་དེའི་ལེའུ་དང་པོ་དེ་བྲིས་གནང་

བ་རེད། ལུའུ་ཤུན་གྱིས་འབྲི་རྩོམ་མྱུར་ཚད་མགྱོགས་པོ་དེ་འདྲ་གནང་ཐུབ་པ་ནི་ཨ་Qཞེས་པའི་མི་སྣ་དེའི་གཟུགས་བརྙན་སྔ་ས་ནས་རྩོམ་པ་པོའི་དགོངས་པའི་ནང་དུ་གསོན་རྫེན་དུ་གནས་ཡོད་པས་རེད། ཁོང་གིས་ཨ་Qཡི་གཟུགས་བརྙན་དེ་ངའི་སེམས་པའི་ནང་དུ་ཕལ་ཆེར་དུས་ཡུན་ལོ་མང་གནས་ཡོད་ཀྱང་དེ་སྔ་ང་ལ་མི་དེ་འབྲི་སྙམ་པའི་བསམ་ཚུལ་གཏན་ནས་མེད། བརྩམས་སྒྲུང་འབྲི་རྒྱུའི་སྐོར་གླེང་བའི་རྐྱེན་གྱིས་དོན་དེ་གློ་བུར་དུ་བསམ་བློར་འཁོར་བྱུང་ཞེས་གསུངས་ཡོད་པ་རེད། ལུའུ་ཤུན་གྱིས་སྤྱི་ཚོགས་ཀྱི་འཚོ་བའི་ནང་ནས་ཐོབ་པའི་དཔེ་རིས་དེ་དང་དེ་ལ་སོགས་པ་རྣམས་ཁོང་གི་དགོངས་པའི་ནང་དུ་དབྱེ་འབྱེད་དང་། མཉམ་སྒྲིལ། བསྐྱར་དུ་གསར་རྩོམ་གནང་བའི་བྱ་རིམ་བརྒྱུད་མི་སྣ་ཨ་Qདང་མི་སྣ་གཞན་དག་གི་གཟུགས་བརྙན་དེ་ཁ་གསལ་བ། ཆ་ཚང་བར་གྲུབ་ཐུབ་པ་བྱུང་ཡོད་པ་རེད། གཟུགས་བཀོད་བསམ་གཞིགས་བྱེད་པའི་འཚོ་བའི་དཔེ་རིས་དེ་ནི་ཉིན་དེ་རང་ལ་སྙེས་དབང་དུ་བྱུང་བའི་ཆགས་སྣང་གི་བསམ་ཚུལ་དྲག་པོ་དེ་དང་སྦྲགས་ནས་གྲུབ་པ་ཞིག་ཡིན། སྐུ་ཞབས་ལུའུ་ཤུན་གྱིས"དགའ་བའི་དགོད་སྒྲ་དང་ཁྲོ་བའི་ངན་སྨྲས་ལས་བརྩམས་ཆོས་གྲུབ་པ་ཡིན"ཞེས་དང་"ཞེ་འཁོན་བྱེད་ཐུབ་ལ་དགའ་ཞེན་ཡང་བྱེད་ཐུབ་ཚེ་རྩོམ་རིག་འབྲི་རྩོམ་བྱེད་ཐུབ་པ་ཡིན"ཞེས། གསུངས་ཡོད་ལ། ཀའོ་ཀྱོ་རུ་ཡིས"རྩོམ་པ་པོའི་ཆགས་སྣང་གི་བསམ་ཚུལ་དེ་ཇི་ཙམ་གྱིས་ཤུགས་དྲག་ཆེ་བ་དང་ཇི་ཙམ་གྱིས་རྒྱ་ཁྱབ་ཆེ་ན་བརྩམས་བྱའི་ཕན་འབྲས་ཀྱང་དེ་ཙམ་གྱིས་ཤུགས་དྲག་ཆེ་བ་ཡོང"ཞེས་གསུངས་པ་དང་། ཆགས་སྣང་གི་བསམ་ཚུལ་འཕེལ་བས་ན་རྩོམ་པ་པོ་སྒྲུང་བྱའི་ཚོར་བ་སྐྱེན་པའི་ཁྲོད་དུ་གནས་ཐོག་དེ་ལ་བརྟེན་ནས་འཚོ་བའི་ནང་གི་གཟུགས་བརྙན་མགྱོགས་མྱུར་དུ་ཡིད་འཛིན་བྱེད་ཐུབ་པ་དང་། གཞན་ཡང་ཆགས་སྣང་གི་བསམ་ཚུལ་འཕེལ་བ་ལས། རྩོམ་པ་པོའི་རྩོམ་སེམས་རྒྱས་ཏེ་དུས་རྒྱུན་རང་གི་སེམས་ནང་ཉར་ཚགས་བྱས་ཡོད་པའི་འཚོ་བའི་འཆར་སྣང་ཐམས་ཅད་སྤྲུལ་སྒྱུར་གྱིས་མཉམ་སྒྲིལ་དང་། བསྐྱར་དུ་གསར་རྩོམ་བྱེད་པ་བརྒྱུད་ནས

དེ་བས་གཅིག་སྒྱུར་དང་། དེ་བས་ལེགས་པ། དེ་བས་ཤུགས་དྲག་ཆེ་བ་བཅས་ཀྱི་འཚོ་བའི་དཔེ་རིས་ཤིག་འགོད་ཐུབ་པ་ཡོང་རྒྱུ་དེ་རེད། དཔེར་ན་བརྩམས་སྒྲུང་《རི་བོ་མཐོན་པོའི་འོག་གི་མེ་ཏོག་ཕྲེང་བ་》ཞེས་པའི་རྩོམ་པ་པོ་ལི་ཚུན་པའོ་ཡིས"དཔའ་བོ་ཚོའི་ལུས་སེམས་ལ་དམག་སའི་མེ་ལྕེས་བྱབས་འབྲུས་བྱས་པའི་དབང་དུ་བཏང་ན་ངའི་སེམས་པར་སྐུ་གཤེགས་དཔའ་བོ་ཚོའི་ཁྲག་ཐྲོན་གྱིས་འབྲུ་བརྡར་ཆེན་པོ་བྱས་པ་ཞིག་ཡིན། དམག་སའི་ཐོག་གི་དཔའ་བོའི་མི་སྣ་དག་ནི་དགུང་སྔོན་དབྱིངས་ཀྱི་རྣམ་པར་བཀྲ་བའི་སྐར་ཚོགས་དང་འདྲ་ཞིང་། ཁོ་ཚོའི་བསྟོད་པར་འོས་པའི་བྱས་རྗེས་ཀྱིས་ང་ལ་སེམས་འགུལ་དང་སློབ་གསོ་གཏོང་བ་ཡིན་ལ། ང་རང་ཉིད་ཀྱིས་མཚོན་ཆ་ལག་ཏུ་བླངས་ནས་དཔའ་ངར་ཆེན་པོས་དམག་འཐབ་བྱ་རྒྱུར་སྐུལ་མའང་གཏོང་བས་ཞ་ཚན་ཆེ་བའི་དམག་སའི་ས་ཁྲུང་ནང་དང་། ནགས་ཚལ་སྟུག་པོའི་གུར་གྱི་ནང་ཆེམས་ཆེམས་འབར་བའི་ཡང་ལའི་བཞུ་འོད་འོག་བཅས་ལ་ངས་མིག་ཞགས་འཕོར་བཞིན་དུ་རྩོམ་འབྲིའི་ཤོག་བུ་བཀྲམ་ནས་རྒྱུན་མི་ཆད་པར་བྲིས་པ་ཡིན"ཞེས་གསུངས་པ་ལྟར། ཤུགས་དྲགས་ཆེ་བའི་ཆགས་སྣང་གི་བསམ་ཚུལ་གྱིས་གཟུགས་བཀོད་བསམ་གཞིགས་བྱ་རྒྱུར་སྐུལ་འདེད་ཀྱི་ནུས་པ་ཐོན་པ་གསལ་བཤད་བྱས་ཡོད་པ་རེད།

གཅིག་བརྟེན་གཅིག་དྲན་དང་བློ་ཡུལ་དུ་འཆར་བ། འཆར་སྒོ་དང་སྟོང་བསམ་བཅས་ནི་གཟུགས་བཀོད་བསམ་གཞིགས་ཀྱི་བྱེད་ཕྱོགས་ཤིག་ཡིན། གཅིག་བརྟེན་གཅིག་དྲནདང་། བློ་ཡུལ་ཏུ་ཤར་བ་དང་འཆར་སྒོ་བཅས་ནི་མི་རྣམས་ཀྱི་སེམས་ཁམས་འགུལ་བསྐྱོད་བྱེད་པའི་རྣམ་པ་ཞིག་ཡིན། དེའང་བྱ་དངོས་ག་གེ་མོ་ཞིག་ང་ཚོའི་འདྲེན་བྱེད་ལམ་དུ་གསལ་བ་དང་། ཡང་ན་གནས་ཚུལ་ག་གེ་མོ་ཞིག་བསམ་བློར་འཆར་བའི་སྐབས་སུ་རང་བཞིན་དུ་དེ་དང་འབྲེལ་བ་ཡོད་པའི་བྱ་དངོས་གཞན་ཞིག་ཀྱང་དྲན་གྱི་ཡོད་པ་རེད། བསམ་པའི་འགུལ་བསྐྱོད་དེ་རིགས་ལ་གཅིག་བརྟེན་གཅིག་དྲན་ཞེས་བརྗོད་པ་དང་། གཅིག་བརྟེན་གཅིག་དྲན་ནི་སྒྲུ་རྩལ་གྱིས་གཅིག་སྒྱུར་བྱེད་པའི་སྔོན་འགྲོའི་ཆ་རྐྱེན་མེད་

ན་མི་འགྲིག་པ་ཞིག་དང་དགོས་གལ་ཆེ་བ་ཞིག་ཡིན། ཕྱོགས་གཞན་ཞིག་ནི་རྟོག་བཟོའི་བསམ་གཞིགས་ཏེ། མེད་པ་ཡོད་པར་བཟོ་བ་དང་། ཇི་མ་དེ་གཟུགས་འགྱུར་བ་སོགས་བྱེད་དགོས་རྒྱུན་རྩོམ་པ་པོ་རང་ཉིད་ཡང་སྤྲོག་ཆགས་གཞན་བྱ་དང་དུད་འགྲོར་འགྱུར་བའི་རྟོག་པ་དང་དེའི་ཕྱོགས་ལ་སེམས་བསྐྱེད་དགོས་པ་དེ་ཡིན། རྒྱའི་གནའ་རབས་ཀྱི་མཁས་པ་ལེའུ་ཞའོ་ཡིས"རི་བོར་འཛེགས་སྐབས་སེམས་སུ་རི་ཡིས་ཁེངས། རྒྱ་མཚོར་བལྟ་སྐབས་བློ་ཁར་མཚོ་མོ་འཕྱུར"ཞེས་གསུངས་པའང་མཐོང་སྣང་གི་དངོས་པོ་འདི་འཕྲོས་ནས་ཡུལ་གཞན་ཞིག་འཆར་བ་སྟེ་སྣང་ཚུལ་རེ་རེ་བཞིན་སྤྲུལ་ཞིང་མཐུད་པར་བྱེད་པའི་བསམ་གཞིགས་བྱེད་ཐབས་ཤིག་ཡིན།

གནའ་དུས་དང་། དེང་དུས། ཀྲུང་གོ་དང་། ཕྱི་རྒྱལ་གྱི་རྩོམ་རིག་གི་ལོ་རྒྱུས་གོང་འཕེལ་འགྲོ་བའི་ལོ་རྒྱུས་ཀྱི་ཐོག་ནས་དངོས་ར་འཕྲོད་པར། གཟུགས་བཀོད་བསམ་གཞིགས་ནི་རྩོམ་རིག་གསར་རྩོམ་བྱེད་པར་ཏ་ཅང་གལ་འགངས་ཆེ་ལ་དོན་སྙིང་ལྡན་པ་ཞིག་ཡིན། རྩོམ་པ་པོས་གཟུགས་བཀོད་བསམ་གཞིགས་བྱེད་མཁས་པོ་བྱུང་ན་གཞི་ནས་མདོག་དང་། དྲི། སྒྲ། རོ་བཅས་མངོན་སུམ་གསལ་བའི་སྒྱུ་རྩལ་གྱི་གཟུགས་བརྙན་འགོད་ཐུབ་པ་དང་། མང་ཚོགས་ཀྱི་ལྷ་འདོད་ཞིང་ཉན་སྤྲོ་བའི་རྩོམ་རིག་གི་བརྩམས་ཆོས་འབྲི་ཐུབ་པ་ཡོང་བས་ཡིན། དཔེར་ན། རྟོགས་དཀའ་བའི་གཞུང་དོན་ཟབ་པོ་དེ་གཟུགས་བརྙན་དུ་ཐོན་པར་བྱས་པ་མི་རྟག་པ་ནི་ཡོད་པ་ཐམས་ཅད་ཀྱི་རང་བཞིན་ཡིན་པ་ཐད་ཀར་གོ་དཀའ་ན་དེ་ལ་སྲིད་པའི་ཕུན་ཚོགས་མི་རྟག་པ་རྩ་མགོའི་ཟིལ་པ་དང་། ལང་ཚོ་མི་རྟག་པ་དབྱར་ཁའི་མེ་ཏོག་གཉེན་ཉེ་མི་རྟག་པ་ཚོང་འདུས་ཀྱི་མགྲོན་པོ་ཞེས་དཔེས་མཚོན་པར་བྱས་ཚེ་གཟུགས་བརྙན་བཞིན་ཡིད་ལ་གསལ་པོར་ངེས་ཐུབ་པ་དང་དོན་ཡང་བདེ་བླག་ཏུ་རྟོགས་ཐུབ་པ་ལྟར་རོ། དེས་ན་གཟུགས་བཀོད་བསམ་གཞིགས་མེད་ཚེ་རྩོམ་རིག་གསར་རྩོམ་ཁས་མི་ལེན་པ་རང་ཡིན། མའོ་ཙེ་ཏུང་གིས"སྙན་ཚིག་འབྲི་བར་གཟུགས་བཀོད་བསམ་གཞིགས་སྤྱོད་དགོས"

ཞེས་སྟོན་གནང་བ་དང་། ཀཱའུ་ཨེན་ལིས་"རིག་རྩལ་གྱི་ཁྱད་ཆོས་ནི་གཟུགས་བཀོད་བསམ་གཞིགས་བྱེད་པ་བརྒྱུད་ནས་འཚོ་བ་མཚོན་པར་བྱེད་པ་ཞིག་ཡིན་"ཞེས་དང་། ཡང་ཁོང་གིས་"གཟུགས་བརྙན་བརྒྱུད་ཚེ་གཞི་ནས་བསམ་བློ་མཚོན་པར་བྱེད་ཐུབ་"ཅེས་གསུངས་ཡོད་པ་རེད།

མཛེས་དཔྱོད་རིག་པའི་ལྟ་ཚུལ་གཞིར་བཟུང་ན། དངོས་པོ་གང་ཡང་རུང་མཛེས་སྡུག་ནི་ཡུལ་གྱི་སྙིང་དུ་གྲུབ་པའི་ཁྱད་ཆོས་དང་། སེམས་ཀྱི་ཁྱད་པར་ལས་བཏགས་པའི་ཁྱད་ཆོས་གཉིས་ཡོད་པ་སྟེ། མཐོང་སྣང་དུ་གྱུར་པའི་དངོས་པོ་གང་ཡིན་རུང་དེ་ལ་དངོས་པོ་རང་ཐོག་ཏུ་གྲུབ་པའི་མཛེས་མི་མཛེས་དང་བཟང་ངན་གྱི་ཁྱད་པར་དང་། བློ་ཡིས་ཞེན་པས་བཏགས་པའི་མཚན་མ་ནི་སེམས་སྙིང་གི་ཞེན་ཕྱོགས་གིས་ཡུལ་ལ་མཛེས་མི་མཛེས་དང་། བཟང་ངན་དུ་མཐོང་བ་སྟེ་མཛེས་མི་མཛེས་ཀྱི་མཚན་མ་མི་གཅིག་པ་རེ་འཛིན་གྱི་ཡོད་པ་རེད། ཀྲུང་གོའི་མཛེས་དཔྱོད་རིག་པ་མཁས་ཅན་ལི་ཞང་ཧེ་ཡིས་"ཕྱི་རོལ་དོན་གྱི་དངོས་པོའི་སྙིང་དུ་མཛེས་སྡུག་དང་མི་སྡུག་གི་ཁྱད་ཆོས་ཡོད་པ་ཡིན། མཛེས་སྡུག་གི་ཚོར་བ་ནི་ཕྱི་དོན་གྱི་མཛེས་སྡུག་དམིགས་རྐྱེན་བྱས་ཤིང་། ནང་སེམས་ཀྱི་བཟོ་བཅོས་བྱས་པའི་སྐྱོང་ཚོར་ཞིག་རེད་"ཅེས་དང་། "མི་རྣམས་ཀྱི་མཛེས་སྡུག་གི་ཚོར་བ་ནི་ནང་སེམས་ཀྱི་ཐོན་དངོས་ཤིག་ཡིན་པ་མ་ཟད། ཕྱི་རོལ་དོན་སྙིང་དུ་གྲུབ་པའི་ཁྱད་ཆོས་ཀྱི་བྱེད་ལས་ཀྱང་ཡིན་"ཞེས་དང་། "སྤོང་པོ་གཅིག་ལ་རི་མོ་མཁན་དང་ཤིང་བཟོ་མཁན་སྐྱེ་དངོས་མཁས་པ་གསུམ་གྱི་མཐོང་སྣང་མི་འདྲ་"ཞེས་གསུངས་པ་དང་། ནང་བསྟན་ཆོས་ལུགས་ནང་དུ་ཡང་《བྱང་ཆུབ་སེམས་འགྲེལ་》ལས།

"ཤེས་པ་ཐ་དད་རབ་འདུག་སྟེ།

ཡིད་འོང་གཟུགས་ནི་གང་ཡིན་པ།

དེ་ཉིད་གཞན་ལ་གཞན་དུ་སྣང་"ཞེས་པ་དང་། 《ཐེག་བསྡུས་》ལས་"དངོས་གཅིག་ཡིད་ནི་ཐ་དད་ཕྱིར་དོན་མ་འགྲུབ་འདོད་པ་ཡིན་"ཞེས་དང་

ཀུན་མཁྱེན་གྲུབ་མཐའ་ཆེན་མོར། མདོ་ལས་རྣམ་པར་ཤེས་པ་མི་མཐུན་པའི་རྒྱུ་མཚན་ཉིད་ཤེས་པས་ནི། དཔེར་ན། ཡི་དྭགས་དང་མི་དང་ལྷ་རྣམས་ཀྱིས་དངོས་པོ་གཅིག་ལ་རྣམ་པར་རིག་པ་ཐ་དད་པ་མཐོང་བ་ལྟ་བུ་ཞེས་དངོས་པོ་གཅིག་ལའང་ཡིད་ཀྱི་རྣམ་པར་རིག་པའི་བག་ཆགས་སད་ལུགས་མི་འདྲ་བས། དོན་སྣང་ཐ་དད་པས་ཡིད་མང་བའི་ཕྱིར་དང་ཞེས་གསུངས་པའི་མཛེས་དཔྱོད་ཀྱི་ལྟ་བ་འདི་ནི་དེང་སང་དར་ཁྱབ་ཆེ་བའི་མཛེས་དཔྱོད་ཀྱི་ལྟ་ཚུལ་དང་ཤིན་ཏུ་མཐུན་པ་ཞིག་ཡིན། དཔེར་ན། རང་རྒྱལ་གྱི་སྦྲ་འཆམ་བྱེད་ཡུལ་པེ་ཏའི་ཏའའི་མཚོ་ཁུག་ལ་མཚོན་ན་དེ་ནི་མི་རྣམས་ཀྱིས་ངོས་འཛིན་དང་སྣངས་འཛིན་བྱུང་བཟིན་པའི་ཕྱི་རོལ་ཡུལ་གྱི་དངོས་པོ་ཞིག་རེད། འོན་ཀྱང་མི་མི་འདྲ་བ་སོ་སོར་ངོས་འཛིན་བྱེད་སྟངས་གཏན་ནས་མི་འདྲ་བ་རེ་ཡོད་པ་སྟེ། ས་ཁམས་རིག་པ་བས་པེ་ཏའི་ཏའའི་མཚོ་ཁུག་དེ་གསལ་བཤད་བྱེད་སྐབས་ཚན་རིག་གི་ལྟ་སྟངས་ཀྱི་ཐོག་ནས་ཚན་རིག་གི་སྐད་ཆ་དང་གྲངས་སྤྱོད་པ་སྟེ་པེ་ཏའི་ཏའི་མཚོ་ཁུག་ནི་པོ་ཧོ་རྒྱ་མཚོའི་ཁོངས་སུ་གཏོགས་པ་དང་། པོ་ཧེ་རྒྱ་མཚོ་ནི་ཞིང་ཆེན་ལེའོ་ནིང་དང་། ཧོ་པེ། ཐན་ཅུང་དང་གྲོང་ཁྱེར་ཐན་ཅིན་བཅས་ཀྱི་དབར་དུ་གནས་ཤིང་། དེའི་རྒྱ་ཁྱོན་ལ་སྤྱི་ལེ་གྲུ་བཞི་མ་ཁྲི་ཚོ་དགུ་དང་བདུན་སྟོང་ཡོད་པ། དེའི་ཆ་སྙོམས་ཀྱི་གཏིང་ཟབ་སྤྱི་ཁྲི་ཉི་ཤུ་རྩ་དྲུག་ཡིན་ཞིང་དེ་ནས་ཤའ་དང་། ཉིག་སྲིན། ཉ་རྟོང་ཏའ་བཅས་ཐོན་པ་ཡིན་ཞེས་ཤོད་པ་དང་ཡང་ཚོས་ལུགས་པས་པེ་ཏའེ་ཏའི་རྒྱ་མཚོ་ནི་མཚོ་ལྷས་ཁ་ལོ་བསྒྱུར་བའི་རྒྱ་མཚོ་ཞིག་ཡིན་པར་ངོས་འཛིན་བྱེད་པ་རེད། རྩོམ་རིག་པས་ནི་སྒྱུ་རྩལ་གྱི་རྣམ་པ་དཔྱད་ནས་པེ་ཏའི་ཏའི་མཚོ་ཁུག་དེ་མཚོན་པར་བྱེད་ཀྱི་ཡོད། དཔེར་ན། རྩོམ་པ་པོ་ཡང་མོ་ཡིས་བྲིས་པའི་《གཞོན་ནུའི་ལང་ཚོའི་གླུ་དབྱངས》ཞེས་པའི་ནང་དུ“ཏའོ་ཅིང་གིས་འགྲམ་གྱི་བྱེ་ཐང་དུ་ལང་བ་དང་སྦྲ་བ་རབ་ཏུ་འཕེལ་བའི་ངང་ཁ་གཡེང་མིག་གཡེང་མེད་པར་རྒྱ་མཚོ་ཆེན་པོར་བལྟ་བཞིན་ཡོད། སྔ་དྲོར་ནམ་མཁའ་དྭངས་ཤིང་གནམ་གཤིས་ལེགས་པ་དང་གནམ་མཐར་སྤྲིན་དཀར་སྦྲབ་པོ་ཐར་

ཐོར་མཁྲིགས་པ། མཚོ་མོའི་ཆུ་ནི་ཨ་སྔོན་ནམ་མཁའ་ལྟར་སྔོ་ཞིང་དྭངས་ལ་གོས་དཀར་ཇི་བཞིན་དཀྲུལ་འོད་ཆེམས་ཆེམས་དུ་འཕྲོ་བཞིན་ཡོད། ཁྲ་སིམས་དཔེན་པོའི་གཉིད་དུ་བཞུགས་པ་ལྟ་བུའི་མཚོ་མོ་དེ་ཉིད་ཀྱི་ཁ་ན། ཐག་རིང་གི་སར་རླུང་གཡོའི་རས་དཀར་བཀལ་བའི་ཉ་གྲུ་དུ་མ་རླུང་བུ་དང་སྦྲགས་ནས་བསྐྱོད་བཞིན་ཡོད། བརྗོད་ཉམས་ལྡན་ལ་ཡངས་ཤིང་རྒྱ་ཆེ་བའི་མཚོ་མོ་དེ་ཉིད་ཀྱི་མདུན་དུ་ཉིན་ཤས་རིང་དམ་དྲག་གིས་གནས་སུ་གྱུར་བའི་ལིན་ཏའོ་ཅིང་གི་སྙིང་ཁ་དེ་རིམ་བཞིན་སྟོད་པར་གྱུར་རོ”ཞེས་བྲིས་ཡོད།

གོང་གསལ་དཔེ་དེ་ཡི་ཐོག་ནས་མཐོང་ཐུབ་པར་མདུན་མ་དེ་ལྷག་འགྱུར་གྱི་ཚན་རིག་གི་ཐ་སྙད་ལ་བརྟེན་ནས་རྒྱ་མཚོར་ངོས་འཛིན་བྱེད་པ་དང་རྗེས་མ་དེས་ཞིབ་ཕྲའི་འཚོ་བའི་དཔེ་རིས་ལ་བརྟེན་ནས་རྒྱ་མཚོའི་རྣམ་པ་དྲངས་པ་ཞིག་ཡིན། གནད་བསྡུས་ཀྱིས་བཤད་ཚེ་གཟུགས་བཀོད་བསམ་གཞིགས་ནི་ཞིབ་ཕྲའི་ཚོར་སྣང་གི་འཚོ་བའི་དཔེ་རིས་རིམ་པ་སྐོར་ཆགས་ལ་བརྟེན་ནས་བསམ་གཞིགས་བྱེད་པ་ཞིག་ཡིན།

གཉིས་པ། བསམ་བློའི་བཀོད་ཐུགས་ཀྱི་སྐོར།

བསམ་བློའི་བཀོད་པ་ནི་ངལ་རྩོལ་གྱི་བརྒྱུད་རིམ་ནང་དུ་འཕེལ་རྒྱས་བྱུང་བ་ཞིག་ཡིན་ལ། དེ་ནི་མིའི་རིགས་ཀྱི་བསམ་པའི་འགྱུལ་བསྐྱོད་བྱེད་པའི་དམིགས་བསལ་གྱི་ཁྱད་ཆོས་ཤིག་ཡིན། མི་རྣམས་ཀྱི་རང་འབྱུང་ཁམས་བསྒྱུར་བཀོད་བྱེད་པའི་ངལ་རྩོལ་གྱི་ནང་དུ་ངལ་རྩོལ་མ་བྱས་ཀྱི་གོང་དུ་མི་རྣམས་ཀྱིས་ངལ་རྩོལ་གྱི་འབྲས་བུ་བློ་ཡུལ་ལ་ཤར་ཐུབ་པ་བྱེད་དགོས། དེ་འདྲ་བྱས་ཚེ་རང་ཉིད་ཀྱིས་ལས་ཀ་བྱེད་པའི་དམིགས་ཡུལ་ཤེས་ཐུབ་ལ། བློ་ཡུལ་ཏུ་འཆར་བའི་མདུན་ལམ་དེ་ལ་གཞིགས་ཏེ་བྱ་སྤྱོད་ཀྱང་སྤེལ་ཐུབ། མི་རྣམས་ཀྱིས་བསམ་ཚོད་བྱས་ཏེ་འཚོ་བ་དངོས་ཀྱི་ནང་དུ་མེད་པའི་བྱ་དངོས་ཀྱི་གཟུགས་བརྙན་བསྐྲུན་གྱི་

ཡོད་པ་མ་ཟད། གསར་རྩོམ་དང་། ཚན་རིག་གསར་གཏོད། ལག་རྩལ་གསར་བཅོས་བཅས་མཐའ་དག་ལ་གསར་བསྐྲུན་གྱི་རང་བཞིན་ལྡན་པའི་བསམ་བློའི་བཀོད་པ་བྱ་རྒྱུ་དེ་ནི་སྔོན་འགྲོའི་ཆ་རྐྱེན་ཞིག་རེད། གསར་བསྐྲུན་གྱིས་རང་བཞིན་ལྡན་པའི་བསམ་བློའི་བཀོད་པའི་དམིགས་བསལ་གྱི་རྣམ་པ་ཞིག་ནི་འཚོ་བའི་འདུན་པ་དང་ཟུང་འབྲེལ་བྱེད་ཐུབ་པ་ཞིག་ཡིན་པ་དང་། ཡང་མ་འོང་པར་ཁ་ཕྱོགས་ཐུབ་པའི་བསམ་པའི་བཀོད་པ་དེ་ནི་འཕྲུལ་སྣང་དང་འཆར་སྒོ་དེ་ཡིན། གསར་བསྐྲུན་གྱིས་རང་བཞིན་ལྡན་པའི་བྱ་དངོས་མང་པོ་ཞིག་ནི་རྟག་ཏུ་འཕྲུལ་སྣང་དང་འཆར་སྒོར་བརྟེན་ནས་བྱུང་འགྲོ་ཚུགས་པ་ཞིག་ཡིན། དཔེར་ན། གནམ་གྲུ་གསར་གཏོད་དང་། འཛིག་རྟེན་མཁའ་བསྐྱོད། ལྷ་སྒྲུང་དང་ཚན་རིག་གི་འཆར་སྒོའི་སྒྲུང་སོགས་ཚང་མ་ནི་འཕྲུལ་སྣང་ལ་བརྟེན་ནས་བྱུང་བ་ཞིག་ཡིན་པ་ལྟ་བུའོ།

བརྩམས་ཆོས་གསར་རྩོམ་བྱེད་སྐབས་ཀྱི་བསམ་བློའི་བཀོད་པ་དང་། འཕྲུལ་སྣང་སོགས་ནི་རྩོམ་པ་པོ་རྣམས་ལ་འཚོ་བ་དངོས་ཀྱི་ནང་ནས་མྱོང་ཚོར་བྱུང་བའི་ཉམས་མྱོང་དེ་དག་གཟུགས་བཀོད་བསམ་གཞིགས་བྱེད་པའི་རྩ་བའི་རྒྱུ་ཆར་འགྱུར་བ་དང་དེ་རྗེང་ངེས་པར་དུ་གཅིག་བརྟེན་གཅིག་དྲན་དང་། བསམ་བློའི་བཀོད་པ། འཕྲུལ་སྣང་བཅས་ལ་བརྟེན་ནས་སོ་སོས་ཤེས་ཚོར་བྱུང་བའི་བྱ་དངོས་དང་ཤེས་ཚོར་མ་བྱུང་བའི་བྱ་དངོས་མཉམ་བསྲེས་བྱས་ཏེ་བསམ་ཚོད་བྱེད་པའི་སྒྱུ་རྩལ་གྱི་འཛིག་རྟེན་ཁམས་སུ་འཕུར་བསྐྱོད་བྱས་ཏེ། རྩོམ་པ་པོའི་བསམ་བློའི་བརྩེ་དུང་དང་སྤྱི་ཚོགས་ཀྱི་བྱ་དངོས་མཚོན་པར་བྱེད་པ་དེ་ཡིན། གཟུགས་བཀོད་བསམ་གཞིགས་བྱེད་པ་དང་ཆབས་ཅིག་བསམ་པའི་བཀོད་ཤུགས་ལ་སྦྱོང་བརྡར་བྱེད་དགོས་པ་མ་ཟད། བསམ་བློའི་བཀོད་པའི་ནུས་པར་ཤིན་ཏུ་སྣང་ཆེན་བྱེད་དགོས་པ་ཞིག་ཡིན། ཀོར་ཀིས"བསམ་པའི་བཀོད་པ་ནི་གཟུགས་བརྙན་གསར་བསྐྲུན་བྱེད་པའི་རྩོམ་རིག་སྒྱུ་རྩལ་གྱི་ཆེས་ངོ་བོར་གྱུར་བའི་ཐབས་ཤེས་ཀྱི་གྲུས་ཤིག་རེད། བསམ་པའི་བཀོད་པས་རྒྱུ་ཆར་ཞིབ་འཇུག

དང་གདམ་གསེས་བྱེད་པའི་བྱ་རིམ་ལེགས་སྒྲུབ་བྱེད་ཀྱི་ཡོད་པ་མ་ཟད། མཐར་རྒྱུ་ཆ་རྣམས་གསོན་རྫེན་དང་། སྒྲུབ་པ་དང་དགག་པའི་དོན་སྙིང་ལྡན་པའི་དཔེ་མཚོན་ཅན་དུ་བསྒྱུར་རྒྱུ་དེ་ཡིན་" ཞེས་གསལ་བཤད་གནང་ཡོད་ལ། མཛེས་རིག་མཁས་དབང་ཧེ་གོར་གྱིས་"ཆེས་ཁྱད་དུ་འཕགས་པའི་སྒྱུ་རྩལ་གྱི་འཛིན་ཐང་ནི་བསམ་པའི་བཀོད་པ་རེད་"ཅེས་གསུངས་པ་དང་། ཀྲུང་གོའི་གནའ་རབས་ཀྱི་གཞུང་ལུགས་མཁས་པ་ལྰུའུ་ཤེ་ཡིས་རྩོམ་པ་པོའི་བསམ་པའི་བཀོད་པ་བྱེད་པའི་སྐོར་གསུངས་སྐབས" རྩོམ་པ་པོས་གཟུགས་བཀོད་བསམ་གཞིགས་བྱེད་འགོ་བརྩམས་པ་ནས་ཕྱོགས་མང་པོའི་ཐད་ཀྱི་བསམ་པའི་བཀོད་པ་ཕུན་སུམ་ཚོགས་པོ་བྱེད་དགོས་ཤིང་། བསམ་པའི་བཀོད་པར་བརྟེན་ནས་རྩོམ་པ་པོས་མཐོན་པོའི་རི་བོའི་སྟེང་གི་མཛེས་ལྗོངས་མཐོང་ཐུབ་པ་དང་སེམས་ཉིད་ཕྱོགས་བཞི་མཚམས་བརྒྱད་ནས་བྱ་བ་དང་དངོས་པོའི་རྣམ་པ་ཞར་བས་གསལ་བ་དང་ཆ་ཚང་བ་མཐོང་ཐུབ་ལ་བྱ་བ་དང་དངོས་པོའི་གནས་ལུགས་ཀྱང་ཞར་བས་གསལ་ཞིང་ཡང་དག་པ་མཐོང་ཐུབ་པ་ཡིན་" ཞེས་གསུངས་ཡོད། ལིའུ་ཞའོ་ཡིས་ཀྱང་"རྩོམ་པ་པོས་གཟུགས་བཀོད་བསམ་གཞིགས་བྱེད་པའི་དུས་སུ་སེམས་ཉིད་ས་ཐག་ཤིན་ཏུ་རིང་པོའི་སར་རྒྱུ་ཆོག་པ་ཡིན། དུས་ཚོད་ཀྱི་ཐོག་ནས་བཤད་ན་དེས་ལོ་སྟོང་ཕྲག་ཡན་གྱི་གནས་ཚུལ་ལ་བསམ་བློ་གཏོང་ཆོག་པ་དང་། བར་སྣང་ཁམས་ཀྱི་ཐད་ནས་བཤད་ན་དེས་ལེ་བར་ཁྲི་ཁྲག་གི་ཕ་རོལ་གྱི་ས་ཕྱོགས་སུ་བལྟ་ཆོག་པ་ཡིན། དེས་སྐད་ཆིག་འབྲི་བསམ་པའི་སྐབས་སུ་རྣ་བར་འཕྲུལ་མར་སྙན་འཇེབས་ལྡན་ལ་དྲངས་ཤིང་གསལ་བའི་སྒྲ་དབྱངས་སྒྲོག་པ་དང་། ས་གཞི་ཆེན་པོའི་རྣམ་པ་སྒྲོ་རུ་འཆར་སྐབས་མིག་གི་མདུན་དུ་ཆྲུང་དང་སྤྲིན་གྱི་འཕོ་འགྱུར་དང་མཚར་སྡུག་བརྗིད་ཉམས་ལྡན་པའི་སྣང་ཚུལ་འཆར་བ་ཡིན་ཞེས་གསུངས་ཡོད། དེ་དག་ནས་ང་ཚོས་མཐོང་ཐུབ་པར་མིག་མདུན་ནས་ཤེས་ཚོར་བྱུང་བ་མ་ཡིན་པའི་བྱ་བ་དང་དངོས་པོའི་རིགས་དག་སེམས་ཁམས་སུ་མངོན་ཐུབ་པ་བྱེད་པའི་བསམ་གཞིགས་བྱེད་སྟངས་དེ་རིགས་

ཉི་བསམ་པའི་བཀོད་པ་ཡིན། དེའང་ཁྱོད་ཀྱིས་ཁ་བས་ཁེངས་པའི་ས་གཞིའི་སྟེང་ནས་རྐང་རྗེས་སྐར་གཅིག་མཐོང་བའི་སྐབས་སུ་ཁྱེད་ཀྱིས་རྐང་རྗེས་དེ་ནི་མི་ཞིག་གིས་ས་ཕྱོགས་གང་ནས་ཡོང་སྟེ་བཞག་པ་ཡིན་པ་དང་། ཐང་གཤོང་ནས་ཡོང་བའམ། ཡང་ན་ནགས་ཚལ་ནས་ཡོང་བ་དང་། མི་དེ་ས་ཕྱོགས་གང་དུ་བསྐྱོད་པ་དང་། མི་དེ་སྐྱེས་པའམ་ཡང་ན་བུད་མེད་ཡིན་ནམ། ཡང་ན་རྒན་གཞོན་ཡིན་པ་སོགས་ཀྱི་བསམ་ཚོད་བྱེད་སྲིད་པ་ལྟར་ཡིན། རྩོམ་པ་པོས་སྙུ་རྩལ་གྱི་རྟོགས་ཞིབ་བྱས་པའི་རྒྱུད་གཞིའི་ཐོག་ཏུ་ཆགས་སྣང་བསམ་ཚུལ་གྱི་སྒྱུལ་མའི་འོག་རང་ཉིད་ནས་ཐོས་སྒྲོང་རྟུང་མིག་གི་མདུན་དུ་མེད་པའི་བྱ་དངོས་དག་ཏ་ལམ་མིག་མདུན་དུ་ཡོད་པ་ལྟར་སེམས་ཁམས་སུ་མངོན་ཐུབ་ཐབས་བྱས་ཐོག་སྙུ་རྩལ་གྱི་ཐད་དངོས་ཡོད་གནས་ཚུལ་དང་མཐུན་པར་བྱེད་དགོས་པའི་དགོས་འདུན་ལྟར་རང་ཉིད་ནས་མཐོང་སྒྲོང་མེད་པའི་འཚོ་བའི་དཔེ་རིས་གསར་འབྲི་བྱེད་དགོས་ཤིང་། དེ་རྗེས་གསོན་ཉམས་ལྡན་པའི་སྐད་ཆར་བརྟེན་ནས་ཀློག་པ་པོའི་སྤྱན་སྔར་འདྲེན་དགོས་པ་བཅས་དེ་རྣམས་ནི་སྙུ་རྩལ་གྱི་བསམ་པའི་བཀོད་པ་བྱེད་པའི་བྱ་རིམ་ཡིན་པ་དང་། བསམ་པའི་བཀོད་པ་བྱས་ཚེ་གཞི་ནས་རྩོམ་རྩལ་ལ་བརྟེན་ནས་སྐྲོག་གྱུར་གྱི་རིགས་ལ་གཟུགས་དབྱིབས་དང་ཁ་མདོག་ཆགས་སྣང་གི་བསམ་ཚུལ་བཅས་སྤྲོར་ཐུབ་པ་དང་། བསམ་པའི་བཀོད་པ་བརྒྱུད་ཚེ། གཅིག་ནས་བྱ་དངོས་ཕྱིར་བཏང་བ་རྣམས་མཚར་ལ་དངར་བ་ཞིག་ཏུ་གྱུར་ནས་སྙུ་རྩལ་གྱི་ཐུན་མོང་མ་ཡིན་པའི་གསར་བསྐྲུན་གྱི་རང་བཞིན་མཚོན་ཐུབ་ལ། གཉིས་ནས་སྙུ་རྩལ་གྱི་གཟུགས་བརྙན་དེ་ཕུན་སུམ་ཚོགས་ལ་རྣམ་པར་བཀྲ་བ་དང་། འཚོ་བ་དངོས་ལས་དེ་བས་གཅིག་སྡུད་དང་། དེ་བས་ཤུགས་དྲག་ཆེ་བ། དེ་བས་བསམ་འདུན་དང་མཐུན་པ་བཅས་ཀྱི་འཚོ་བའི་དཔེ་རིས་འབྲི་ཐུབ་རྒྱུ་ཡིན།

གསུམ་པ། སྤྱི་མཚན་གྱི་བསམ་གཞིགས་དང་གཟུགས་བཀོད་བསམ་གཞིགས་ཀྱི་འབྲེལ་བའི་སྐོར།

གཟུགས་བཀོད་བསམ་གཞིགས་དང་སྤྱི་མཚན་བསམ་གཞིགས་ཀྱི་གསང་གནད་གསལ་སྟོན་བྱེད་པར་ངེས་པར་དུ་ལུས་ཁམས་རིག་པ་དང་། སེམས་ཁམས་རིག་པ། མཚན་ཉིད་རིག་པ། ཚན་རིག་གི་ཚོད་ལྟ་སོགས་ཕྱོགས་མང་པོའི་ཐད་ནས་གཅིག་སྡུད་ཀྱིས་ཞིབ་འཇུག་བྱེད་དགོས་པ་རེད། ཚན་རིག་གིས་ཞིབ་འཇུག་བྱས་པ་བརྒྱུད་ནས་ཐོབ་པའི་གྲུབ་འབྲས་འགའ་ཞིག་གིས་གཟུགས་བཀོད་བསམ་གཞིགས་བྱེད་ཚུལ་དང་དེ་གནས་པར་ཚན་རིག་གི་རྨང་གཞི་ལེགས་པོ་ཞིག་བཏིང་ཡོད་པ་རེད། 1981ལོར་ནོ་བེ་འར་ཚན་རིག་གི་བྱ་དགའ་ཐོབ་མཁན་སྤྲུ་ཞབས་སི་ཕེ་ལི་ཡིས་མིའི་ཀླད་རྩར་ཞིབ་འཇུག་བྱས་པའི་གྲུབ་འབྲས་ཀྱིས་ར་སྤྲོད་བྱས་པར། མིའི་ཀླད་ཆེན་གཡས་ཕྱོགས་དུམ་ཕྱེད་དེས་གཙོ་བོ་དོ་དམ་དང་འཆར་སྣང་སོགས་ཀྱི་ལས་ཀ་བྱེད་པ་དང་། མཐོང་སྣང་དང་ཕྱི་རོལ་ཡུལ་གྱི་བྱ་དངོས་རྣམས་འབྲི་བའི་ནུས་པ་ལྡན་ཡོད་པ་དང་། དེ་ལ་ཚོར་སྣང་གི་ཀླད་ཆེན་དང་ཡང་ན་རོལ་དབྱངས་ཀྱི་ཀླད་ཆེན་ཞེས་བརྗོད་ལ། གཡོན་གྱི་དུམ་ཕྱེད་དེས་གཙོ་བོ་རྟེས་དཔག་དང་། གཏན་ཚིགས་དང་དབྱེ་ཞིབ་ཀྱི་རང་བཞིན་ལྡན་པའི་འགུལ་བསྐྱོད་བྱེད་ཀྱི་ཡོད་པ་དེར་རྟེས་དཔག་གི་ཀླད་ཆེན་ཞེས་བརྗོད། ཕྱོགས་དེ་གཉིས་འཕེལ་རྒྱས་འགྲོ་བའི་ཚད་གཞི་མི་འདྲ་བར་བརྟེན་ནས་མི་རྣམས་ལ་རིག་སྟོབས་ཀྱི་ཕྱོགས་ལྷུང་དང་ཁྱད་པར་མི་འདྲ་བ་རེ་གྲུབ་པ་ཡིན། དེ་བས་དོ་སྣང་བྱེད་དགོས་པ་ཞིག་ནི། མིའི་རིགས་ཀྱི་ཆེས་རྙོག་འཛིང་ཆེ་བའི་བྱ་དངོས་མང་པོ་ཞིག་ནི་ཀླད་ཆེན་གཡས་དུམ་ཕྱོགས་ལ་བརྟེན་ནས་བསམ་གཞིགས་བྱེད་ཀྱི་ཡོད་ཅེས་གསུངས་ལ། པ་ཝུ་ལོ་ཝུ་ཡིས་ཚད་མཐོའི་

ཀླད་རྩའི་འགྲུལ་བསྐྱོད་རིག་པ་ཞེས་པའི་ནང་དུ་ཡང་ཀླད་རྩའི་མཚོན་བརྡ་མི་འདྲ་བ་གཉིས་ལ་བརྟེན་ནས་མི་རྣམས་ཀྱི་རྒྱུན་གཏན་བསམ་གཞིགས་བྱེད་ཚུལ་དེ་ར་སྒྱུ་རྩལ་གྱི་རྣམ་ཚུལ་དང་བསམ་གཞིགས་ཀྱི་རྣམ་ཚུལ། བར་གནས་ཀྱི་རྣམ་ཚུལ་ཞེས་རིགས་ཆེན་པོ་གསུམ་དུ་དབྱེ་བའི་འདོད་ཚུལ་བཏོན་ཡོད་པ་རེད། མིའི་རིགས་ཀྱི་བསམ་གཞིགས་བྱེད་པའི་རྣམ་པ་མི་འདྲ་བ་ཅི་ཙམ་ཡོད་མེད་ཐད་ད་ལམ་རྩོད་གཞི་ཡོད་པ་ཞིག་ཡིན་རུང་རྩ་བའི་ཐོག་ནས་བཤད་ན། གཟུགས་བཀོད་བསམ་གཞིགས་དང་སྤྱི་མཚན་གྱི་བསམ་གཞིགས་བྱེད་ཐབས་གཉིས་པོ་ནི་ཡོངས་ཁྱབ་ཏུ་གནས་པའི་བསམ་གཞིགས་བྱེད་ཚུལ་མི་འདྲ་བ་གཉིས་ཡིན་ལ། འཕེལ་རྒྱས་འགྲོ་བའི་བརྒྱུད་རིམ་ནང་དུ་དེ་གཉིས་ནི་ཕན་ཚུན་ཁ་གཏད་ལངས་པ་དང་ཡང་ན་གཅིག་ཚབ་གཅིག་གིས་བྱེད་པའང་མ་ཡིན་པར་ཕན་ཚུན་སྐུལ་འདེད་དང་ཕན་ཚུན་ནུས་པ་ཐོན་རེས་བྱེད་པ་ཞིག་ཡིན།

གཟུགས་བཀོད་བསམ་གཞིགས་དང་སྤྱི་མཚན་དུ་གྱུར་པའི་བསམ་གཞིགས་བྱེད་སྟངས་གཉིས་ངོས་འཛིན་ཇེ་ཟབ་ཅན་དུ་འགྱུར་བའི་ཐབས་ཤེས་ཡང་མི་འདྲ་བ་ཞིག་ཡིན་ལ། ཚོར་སྣང་གི་ཤེས་རྟོག་ནས་རྗེས་དཔག་གི་ཤེས་རྟོག་ཅན་དུ་འགྱུར་བའི་ཐབས་ཤེས་ཀྱང་མི་འདྲ་བ་ཞིག་ཡིན། གཟུགས་བཀོད་བསམ་གཞིགས་ཀྱིས་ཞིབ་ཕྲའི་བྱ་དངོས་དང་། ཚོར་སྣང་གི་རྒྱུ་ཆ་རྣམས་བསྒྱུར་གྱི་མེད་པ་མ་ཟད། བྱ་དངོས་ནང་ཡོད་ཀྱི་ཆོས་ཉིད་རྣམས་ལ་གཅིག་སྡུད་བྱས་ཏེ་སྤྱི་མཚན་གྱི་མཚན་ཉིད་དུ་བསྒྱུར་བ་དང་། དེ་དག་ལ་རིག་པས་བརྡར་ཤ་བཅད་དེ་གཏན་འབེབས་བྱེད་ཀྱི་མེད་པར་དཔྱད་གཞི་དེ་དག་གི་ནང་ནས་གདམ་གསེས་དང་། གསོན་ཉམས་དོད་པ། བྱ་དངོས་ཀྱི་ངོ་བོའི་ཕྱོགས་བཅས་མཚོན་པར་བྱེད་ཀྱི་ཡོད་པ་རེད། གཟུགས་བཀོད་བསམ་གཞིགས་བྱེད་པའི་ཐོག་མའི་དུས་རིམ་དུ་རྩོམ་པ་པོའི་ཀླད་པའི་ནང་དུ་འཆར་བའི་འཚོ་བའི་དཔེ་རིས་ནི་ཙུང་ཐོན་ཆེ་ལ་ཛ་ཛོར་མང་བ་ཞིག་ཡིན་ཏེ། སྒྱུག་སྤྲ་བའི་རིགས་དང་ལེགས་པའི་རིགས་མཉམ་དུ་གནས་པ་དང་། རྫུན་མ་དང་ངོ་མ་མཉམ་དུ་

གནས་པ། སློགས་རོ་དང་སློང་བཅུད་མཉམ་དུ་གནས་པ། ཕྱི་ཚུལ་དང་ངོ་བོ་མཉམ་དུ་གནས་པ་བཅས་ཡིན། དེའི་དུས་སུ་རྩོམ་པ་པོའི་སྣད་པའི་ནང་གི་འཚོ་བའི་དཔེ་རིས་དེའང་དེ་ཙམ་ཆ་ཚང་པོ་དང་ཁ་གསལ་ཞིག་མེད་པ་དང་། དབྱིབས་གཞི་དེ་ཙམ་གཏན་འཁེལ་དང་གསལ་པོ་བྱུང་མེད། གཟུགས་བཀོད་བསམ་གཞིགས་འཕེལ་རྒྱས་འགྲོ་བ་དང་སྦྲགས་ནས་རྩོམ་པ་པོའི་བསམ་པའི་བཀོད་པའི་འདབ་གསོག་དེ་འཚོ་བའི་བརྟེན་གཞི་ནས་བརྒྱངས་ཏེ་འཕུར་བསྐྱོད་ཀྱིས་སྣད་པའི་ནང་དུ་དྲན་འཆར་མང་དག་བྱུང་བའི་འཚོ་བའི་དཔེ་རིས་དེ་དག་ལ་བསྡུར་བ་དང་། གདམ་གསེས་དང་ཕྱོགས་བསྡུས། བསྒྱུར་བ། མཐུད་སྦྱོར། གསར་སྤོན། བསྒྱུར་བཅོས། གསར་འབྲི་སོགས་བྱེད་པའི་སྒྱུ་རྩལ་གྱི་ལས་སྣོན་བྱས་ཁར་སློགས་དོར་བཅུད་ལེན་དང་། རྫུན་བསྒྱུར་བདེན་འཛིན། འདི་ནས་དེ་ཤེས། ཕྱི་ནས་ནང་ཤེས་པ་བཅས་ཀྱི་ལས་ཀ་བྱས་པ་བརྒྱུད་གཟུགས་བཀོད་བསམ་གཞིགས་དེ་གཉིས་བྱང་ཆུབ་པའི་ཕྱོགས་སུ་འཕུར་བསྐྱོད་བྱ་ཐུབ་པ་ཞིག་བྱེད་དགོས། སྐབས་དེར་རྩོམ་པ་པོའི་སྣད་པའི་ནང་གི་འཚོ་བའི་དཔེ་རིས་དེ་ཁ་གསལ་བ་དང་། ཆ་ཚང་བ། གཅིག་སྡུད་བཅས་ཆགས་ནས་སྔེ་མང་གཅིག་གྱུར་དང་བརྟན་ཞིང་ཕུན་སུམ་ཚོགས་པའི་སྒྱུ་རྩལ་གྱི་གཟུགས་བརྙན་གྲུབ་པ་ཡིན། དེ་ནི་ཕྱོགས་བསྡུས་ཅན་ལ་བསྒྱུར་བ་དང་བྱེ་བྲག་ཅན་ལ་བསྒྱུར་བ་གཉིས་གཅིག་གྱུར་བྱེད་པའི་བྱ་རིམ་ཞིག་ཡིན། དེའང་ཕྱོགས་གཅིག་ནས་ཕན་མེད་དང་ཕལ་པའི་རིགས་རྣམས་དོར་ནས་གཟུགས་བརྙན་གྱིས་འཚོ་བའི་ངོ་བོ་དང་ཆོས་ཉིད་ཕྱོགས་བསྡུས་བྱ་བ་དང་། ཕྱོགས་གཞན་ཞིག་ནས་འཚོ་བ་དེ་ཉིད་ཀྱི་ཞིབ་ཕྲ་དང་རང་གཤིས་ལྡན་པའི་དམིགས་བསལ་གྱི་ཁྱད་ཆོས་དོར་ན་མི་འགྲིག་པ་ཞིག་ཡིན། མའོ་ཏུན་གྱིས"འཚོ་བའི་དཔྱད་གཞིའི་རྒྱུ་ཆར་དབྱེ་འབྱེད་དང་ཕྱོགས་བསྡུས། གདམ་གསེས་བཅས་བྱེད་པ་དང་། བརྩམས་བྱའི་བསམ་བློའི་སྙིང་དོན་གཏན་འཁེལ་བྱེད་པར་གཙོ་བོར་གཏན་ཚིགས་རིག་པ་དང་མཐུན་པའི་བསམ་གཞིགས་བྱ་རྒྱུ་དེས་ནུས་པ་ཐོན་པ་

ཡིན་ལ། དེ་དང་སྦྲགས་ནས་གཟུགས་བཀོད་བསམ་གཞིགས་ཀྱང་ཡོད་པ་ཡིན། དཔེ་མཚོན་ཁོར་ཡུག་ནང་གི་དཔེ་མཚོན་གྱི་མི་སྣ་བསྐྲུན་པ་དང་། མི་སྣའི་གཤིས་རྒྱུད་དང་ཞིབ་ཕྲའི་གྲུབ་བྱེད་ཁག་འབྲི་བ། སྤྱི་ཚོགས་ཀྱི་འཚོ་བ་དང་བརྩམས་བྱའི་ནང་གསལ་མི་སྣ་གཙོ་བོའི་བྱེད་སྒོ་སྤྱིལ་ཡུལ་ཞིབ་ཕྲ་འབྲི་བ་སོགས་ནི་གཙོ་བོ་གཟུགས་བཀོད་བསམ་གཞིགས་བྱ་རྒྱུ་དེས་ནུས་པ་ཐོན་པ་ཞིག་ཡིན། འོན་ཀྱང་གཏན་ཚིགས་རིག་པ་དང་མཐུན་པའི་བསམ་གཞིགས་བྱ་རྒྱུའང་གནས་ཡོད་པ་རེད།" ཅེས་གསུངས། རྩོམ་པ་པོས་འཚོ་བར་ཟབ་འཇུག་བྱས་པ་ནས་བརྩམས་ཆོས་སྐྲུན་པར་བྱེད་པའི་བརྒྱུད་རིམ་ནང་དུ་བསམ་གཞིགས་བྱེད་པའི་བར་གྱི་ཕྱོགས་ཚང་མའི་ཐད་གཟུགས་བཀོད་བསམ་གཞིགས་བྱ་དགོས་པ་ཡིན་ལ། དེ་དང་སྦྲགས་ནས་གཏན་ཚིགས་རིག་པ་དང་མཐུན་པའི་བསམ་གཞིགས་བྱ་རྒྱུ་དེ་དང་ཡང་ཁ་བྲལ་ཐབས་མེད་པ་ཞིག་ཡིན་ནོ།

1. གཟུགས་བཀོད་བསམ་གཞིགས་ཞེས་པའི་གོ་དོན་གང་ཡིན་ནམ།

2. གཟུགས་བཀོད་བསམ་གཞིགས་དང་སྤྱི་མཚན་བསམ་གཞིགས་གཉིས་ཀྱི་འབྲེལ་བ་དང་ཁྱད་པར་ཅི་འདྲ་ཡིན་ནམ།

3. བསམ་བློའི་བཀོད་ཤུགས་ཞེས་པའི་གོ་དོན་གང་ཡིན་ནམ།

ས་བཅད་གསུམ་པ། གསར་རྩོམ་དེ་དཔེ་མཚོན་ཅན་དུ་བསྒྱུར་དགོས།

སྤྱི་ཚོགས་ཀྱི་འཚོ་བ་ནི་རྩོམ་རིག་གསར་རྩོམ་བྱེད་པའི་འབྱུང་ཁུངས་ཞིག་ཅིག་ཡིན་ནའང་འཚོ་བ་ནི་སྒྱུ་རྩལ་མ་ཡིན་ལ། དོན་དངོས་སྣ་ཚོགས་གནས་ཡོད་པ་དེ་དག་ཀྱང་བརྩམས་ཆོས་འབྲི་བའི་གཞི་ཡིན་པ་ལས་འབྲི་བྱ་དངོས་དེ་མ་ཡིན་པ་མ་ཟད། རྩོམ་རིག་སྒྱུ་རྩལ་གྱི་ཐོག་ནས་མཚོན་པར་བྱས་པའི་སྤྱི་ཚོགས་ཀྱི་འཚོ་བ་དེ་དང་འཚོ་བ་དངོས་དེ་བསྡུར་ཞིབ་ཅིག་བྱས་ཆོ། དེ་ནི་རྒྱ་མཚོའི་ནང་གི་ཆུ་ཐིགས་ཙམ་ཞིག་ཡིན། ཧེ་ཀེར་གྱིས"ལད་མོ་བྱེད་རྒྱུ་ཁོ་ནར་བརྟེན་ཚེ་རྩོམ་རིག་སྒྱུ་རྩལ་གྱིས་གང་ལྟར་རང་བྱུང་ཁམས་དང་འགྲན་སྡོད་བྱེད་མི་ཐུབ་ལ། སྒྱུ་རྩལ་གྱིས་རང་བྱུང་ཁམས་དང་འགྲན་སྡོད་བྱས་ན། དེ་ནི་འབུ་ཆུང་གིས་སྦྲུ་འགྲོ་བྱས་ཏེ་གླང་ཆེན་ལ་རྗེས་འདེད་བྱས་པ་དང་འདྲའོ"(ཧེ་ཀེར་གྱི《མཛེས་རྩལ་རིག་པ་》ཞེས་པ་དེབ་དང་པོའི་ཤོག་གྲངས་51ལ་གསལ་)ཞེས་གསུངས། འོན་ཏེ་མི་རྣམས་ཀྱིས་འཚོ་བར་འདོད་བློ་ཁེངས་ནས་མི་སྡོད་པར་ད་དུང་རྩོམ་རིག་སྒྱུ་རྩལ་ལ་རེ་བཙོལ་བྱེད་པའི་རྒྱུ་མཚན་ནི་རྩོམ་རིག་སྒྱུ་རྩལ་དེ་དཔེ་མཚོན་ཅན་དུ་བསྒྱུར་ཡོད་རྐྱེན་དོན་དངོས་ཐོག་འཚོ་བ་དངོས་ལས་ཆད་མཐོ་བ་དང་། གཅིག་སྡུད་ཀྱི་རང་བཞིན་རྒྱ་ཆེ་བ་ཞིག་ཡོད་པའི་རྐྱེན་གྱིས་རེད། དེ་ལྟར་ང་ཚོས་དཔེ་མཚོན་ཅན་དུ་བསྒྱུར་བར་བྱེད་པའི་གོ་དོན་དང་། དཔེ་མཚོན་ཅན་དུ་བསྒྱུར་བར་བྱེད་པའི་རྩ་བའི་ཆོས་ཉིད་དང་། དཔེ་མཚོན་ཅན་དུ་བསྒྱུར་སྐབས་སྒྱུ་རྩལ་གྱི་བྱེད་ཐབས་བེད་སྤྱོད་བྱེད་རྒྱུ་བཅས་ཀྱི་ཐད་ལ་ཤེས་རྟོགས་དང་ངོས་འཛིན་བྱེད་དགོས་པ་ཞིག་ཡིན།

དང་པོ། དཔེ་མཚོན་ཅན་དུ་བསྒྱུར་བར་བྱེད་པའི་གོ་དོན།

དཔེ་མཚོན་ཞེས་པ་ནི་རྩོམ་མཁན་རྣམས་ཀྱི་སྒྱུ་རྩལ་གསར་བསྐྲུན་གྱི་ལས་ལ་བཤད་པ་ཡིན་ཏེ། འཚོ་བའི་ནང་གི་རང་གཟུགས་དུ་མ་ལ་རྟོག་ཞིབ་དང་། གཟུང་འཛིན། ཉམས་ལེན། ཤེས་རྟོག་ཉམས་ཚོད་ལྡན་པའི་རྨང་གཞིའི་སྟེང་དུ་གསར་བསྐྲུན་གྱི་རང་བཞིན་ལྡན་པའི་སྒོ་ནས་སྒྱུ་རྩལ་གྱིས་ཕྱོགས་བསྡུས་དང་ཉིང་བསྡུས། ལས་སྣོན། བཟོ་བཅོས་བཅས་བྱས་ཏེ་མི་སྣའི་རང་གཤིས་བྱེ་བྲག་པ་དང་རང་གཤིས་ཐུན་མོང་བ་དེ་ཐོར་ལས་མངོན་པར་གསལ་བ། ཐོར་ལས་ཀྱི་ཉམས་པ། ཐོར་ལས་གཏིང་ཟབ་པར་གྱུར་ཅིང་། ཐོར་ལས་ཕུན་སུམ་ཚོགས་པའི་གཅིག་འདུ་ཞིག་ཡོང་ཐུབ་པ་བྱེད་རྒྱུ་དེ་ནི་དཔེ་མཚོན་ཅན་དུ་བསྒྱུར་རྒྱུར་རག་ལས་པ་ཡིན་པས་དཔེ་མཚོན་ཅན་དུ་བསྒྱུར་རྒྱུ་དེ་ནི་སྒྱུ་རྩལ་གྱི་དཔེ་མཚོན་གསར་བཟོ་བྱེད་པའི་ཐབས་ལམ་ཉག་གཅིག་དང་རིག་རྩལ་གསར་རྩོམ་བྱེད་པའི་རྩ་བའི་ཆོས་ཉིད་ཅིག་ཡིན།

དཔེ་མཚོན་ཅན་དུ་ཇི་ལྟར་བསྒྱུར་བར་བྱེད་དགོས་ཞེ་ན། དེ་ནི་རྩོམ་པ་པོས་དཔེ་མཚོན་དང་དཔེ་མཚོན་དེ་ཙམ་མ་ཡིན་པའི་འཚོ་བའི་རྒྱུ་ཆ་དག་ལ། རྩོམ་རིག་སྒྱུ་རྩལ་གྱི་དམིགས་བསལ་ཆོས་ཉིད་ལ་གཞིགས་ཏེ་གདམ་གསེས་དང་། གཅིག་སྡུད། རབ་བཏགས། དྭངས་སྙིགས་ཕྱེ་བ། འཆར་སྒོ་དང་གཟུགས་བཀོད་བསམ་གཞིགས་བཅས་ཀྱི་ཐོག་ནས་སྒྱུ་རྩལ་གྱི་གཟུགས་བརྙན་དུ་བསྒྱུར་བའི་བརྒྱུད་རིམ་དེར་དཔེ་མཚོན་ཅན་དུ་བསྒྱུར་བ་བྱེད་པ་ཞེས་བརྗོད་པ་ཡིན་ལ། དོན་དངོས་ཐོག་སྤྱི་ཚོགས་ཀྱི་འཚོ་བའི་སྣང་ཚུལ་མང་པོ་ཞིག་ལ་གཅིག་སྡུད་དང་དཔེ་མཚོན་གྱི་རང་བཞིན་ལྡན་མེད་པ་མ་ཟད། དཔེར་འོས་ཀྱི་བྱ་དངོས་དང་དཔེར་འོས་ཀྱི་བདེན་དོན་ཞིག་མཚོན་པར་བྱེད་མི་ཐུབ་པས་དཔེར་འོས་ཀྱི་བྱ་དངོས་མཚོན་ཕྱིར་སྒྱུ་རྩལ་གྱིས་དོན་བསྡུ་བྱེད་དགོས་པ་རེད།

ཀོར་ཀིས"སྣང་ཚུལ་རྣམས་ངེས་པར་དུ་དཔེ་མཚོན་ཅན་དུ་བསྒྱུར་དགོས། བྱ་དངོས་ཆུང་ངུ་ཞིག་ཡིན་ཡང་ཚབ་བྱེད་ཀྱི་རང་བཞིན་ལྡན་པའི་བྱ་དངོས་དེ་དག་གནད་དོན་ཆེན་པོ་ཞིག་དང་དཔེ་མཚོན་གྱི་བྱ་དངོས་ཞིག་ཏུ་རྩོམ་འབྲི་བྱེད་དགོས་ངེས་ཤིག་ཡིན། དེ་ནི་རྩོམ་རིག་སྒྱུ་རྩལ་གྱི་ལས་འགན་ཡིན་ནོ"(《གཞོན་ནུ་རྩོམ་པ་པོ་དང་གླིང་མོལ་གནང་བ》《རྩོམ་རིག་སྒྱུ་རྩལ་གྱི་དཔྱད་རྩོམ་འདེམས་བསྒྲིགས》ཅེས་པའི་ཤོག་གྲངས307ལ་གསལ་)ཞེས་གསུངས་པ་དང་། དཔེ་མཚོན་ཅན་དུ་བསྒྱུར་བར་བྱེད་པར། གཅིག་ནས་ངེས་པར་དུ་འཚོ་བ་དངོས་ཀྱི་ཐོག་མའི་རྒྱུ་ཆ་དེ་རྨང་གཞིར་འཛིན་དགོས་པ་དང་། འཚོ་བ་དངོས་གཞིར་བཟུང་སྟེ་སྟེ་མང་ཕུན་སུམ་ཚོགས་པའི་འཚོ་བར་སྒྱུ་རྩལ་གྱིས་གཅིག་སྡུད་བྱས་ཏེ། གནད་དོན་ཆེན་པོ་ཞིག་ཏུ་འགྱུར་ཐུབ་པ་བྱ་དགོས་ལ། འཚོ་བའི་སྣང་ཚུལ་ཆུང་ངུ་དེ་དག་ཡང་ལས་སྔོན་དང་བཙོ་སྦྱངས། བསྒྱུར་བཀོད་བྱས་ནས་གྲུབ་པར་བྱེད་དགོས་པ་དེ་རེད། གལ་སྲིད་འཚོ་བ་དངོས་དང་ཁ་བྲལ་ཚེ་གནད་དོན་ཆུང་ངུ་དེ་དག་ཆེན་པོ་ཞིག་ཏུ་འགྱུར་བ་དང་། དཔེ་མཚོན་གྱི་རང་བཞིན་ལྡན་པ་ཞིག་ཏུ་འགྲུབ་མི་ཐུབ་པ་དེ་ཡིན།

གཉིས་ནས་དཔེ་མཚོན་ཅན་དུ་བསྒྱུར་བར་བྱེད་དགོས་པ་རེད། ཀྲོ་མཐུན་མའོ་ཙེ་ཏུང་གིས་རྩོམ་རིག་སྒྱུ་རྩལ་གྱི་དཔེ་མཚོན་ཅན་དུ་བསྒྱུར་བར་བྱེད་པའི་ཆོས་ཉིད་ལ་ཞིབ་འཇུག་གཏིང་ཟབ་གནང་སྟེ་གསུངས་དོན།"མིའི་རིགས་ཀྱི་སྤྱི་ཚོགས་ཀྱི་འཚོ་བ་ནི་རྩོམ་རིག་དང་སྒྱུ་རྩལ་གྱི་འབྱུང་ཁུངས་ཉག་ཅིག་དང་། རྩོམ་རིག་དང་སྒྱུ་རྩལ་གྱིས་འགྲན་མི་ཐུབ་པའི་ནང་དོན་ཡིད་དབང་འཕྲོག་ཞིང་ཕུན་སུམ་ཚོགས་པོ་ཡོད་པ་ཅིག་ཡིན་ནའང་མི་དམངས་ཀྱི་འདོད་པ་དེ་མིའི་རིགས་ཀྱི་སྤྱི་ཚོགས་ཀྱི་འཚོ་བས་མ་གང་བར་རྩོམ་རིག་དང་སྒྱུ་རྩལ་ལ་རེ་བ་བྱེད་ཀྱི་ཡོད་པ་རེད། དེའི་རྒྱུ་མཚན་གང་ཡིན་ཟེར་ན། དེ་གཉིས་ཀ་ཡག་པོ་ཡིན་ནའང་རིག་རྩལ་གྱི་རྩོམ་རིག་ཐོག་ནས་མཚོན་པའི་འཚོ་བ་དེ་སྤྱིར་བཏང་གི་འཚོ་བ་དངོས་ལས་ཡང་ཚད་མཐོ་བ་དང་། ནུས་ཤུགས་ཆེ་བ། གཅིག་སྡུད་ཀྱི་རང་

བཞིན་ཆེ་བ། དཔེར་འོས་པ། ཕུགས་བསམ་དང་མཐུན་ཆེ་བ་བཅས་བྱེད་ཐུབ་པ་མ་ཟད། བྱེད་དགོས་པ་ཅིག་ཡང་ཡིན་པར་བརྗེན། དེར་ཡོངས་ཁྱབ་ཀྱི་རང་བཞིན་དེ་བས་ཀྱང་ཆེ་བ་ཞིག་ཡོད་པའི་རྐྱེན་གྱིས་རེད། གསར་བརྗེའི་རིག་རྩལ་དེས་འཚོ་བ་དངོས་གཞིར་བཟུང་ནས་མི་མི་འདྲ་བ་སྣ་ཚོགས་ཀྱི་རྣམ་པ་གསར་བསྐྲུན་བྱས་ནས་མང་ཚོགས་ཀྱི་ལོ་རྒྱུས་གོང་དུ་འཕེལ་བར་རོགས་རམ་བྱེད་དགོས་ཀྱི་རེད། དཔེར་ན། ཕྱོགས་གཞན་ཞིག་ནས་མི་རྣམས་བཀྲེས་ལྟོགས་དང་གྲང་འཁྱག་གཉའ་གནོན་བཅས་མྱོང་དགོས་ཀྱི་ཡོད་པ་རེད། ཕྱོགས་གཅིག་ནས་མི་ལ་བཤུ་གཞོག་དང་མིས་མི་ལ་གཉའ་གནོན་བྱེད་པའི་དོན་དངོས་དེ་ཚོ་ག་ས་གར་ཡོད་པ་ཡིན་ཙང་མི་རྣམས་ཀྱིས་ཡང་འཆར་ཅན་གྱི་གནས་ཚུལ་གཅིག་ལ་བརྩི་ཡི་ཡོད་པ་རེད། རིག་རྩལ་གྱིས་དུས་རྒྱུན་གྱི་སྣང་ཚུལ་དེ་རྣམས་གཅིག་ལ་སྡུད་ནས་དེའི་ནང་གི་འགལ་བ་དང་འཐབ་རྩོད་གཉིས་དཔེ་མཚོན་ལ་འགྱུར་བ་བྱས་ནས་རྩོམ་རིག་དང་ཡང་ན་སྒྱུ་རྩལ་གྱི་རྩོམ་རིག་བཟོས་ན་མི་དམངས་མང་ཚོགས་སྐྱོངས་གཉིད་ནས་སད་པ་དང་། སེམས་འགུལ་ཐེབས་ནས་ངར་སྐྱེ་བ་ཞིག་བྱེད་ཐུབ་པ་དང་། མི་དམངས་མང་ཚོགས་ཀྱིས་མཐུན་སྒྲིལ་དང་འཐབ་རྩོད་བྱས་ནས་རང་གི་ཁོར་ཡུག་གི་གནས་ཚུལ་སྒྱུར་བཀོད་བྱེད་རྒྱུར་སྐུལ་མ་བྱེད་ཐུབ་པ་ཡོང་གི་རེད།”(《ཡན་ཨན་རིག་རྩལ་བཞུགས་མོལ་ཚོགས་འདུའི་ཐོག་གི་གཏམ་བཤད་》《མའོ་ཙེ་ཏུང་གི་གསུང་རྩོམ་གཅེས་བཏུས་》དེབ་གསུམ་པའི་ཤོག་གྲངས་122－123ལ་གསལ་) ཅེས་གསུངས་ཡོད་པ་འདི་ནི་ཚན་རིག་གི་ཐོག་ནས་དཔེ་མཚོན་ཅན་དུ་བསྒྱུར་བར་བྱེད་པའི་ཆོས་ཉིད་ཕྱོགས་བསྡོམས་བྱས་པ་ཞིག་དང་། གནད་དུ་འཕིགས་པའི་སྒོ་ནས་དཔེ་མཚོན་ཅན་དུ་བསྒྱུར་བར་བྱེད་པའི་ངོ་བོ་དང་ཉིང་ཁུ་གསལ་སྟོན་བྱས་པ་ཞིག་ཀྱང་ཡིན།

རྩོམ་རིག་གསར་རྩོམ་བྱེད་རྒྱུའི་ངོས་ནས་བཤད་ན་དཔེ་མཚོན་ཅན་དུ་བསྒྱུར་རྒྱུ་དེ་ཡོད་ནའང་འགྲིག་ལ་མེད་ནའང་འགྲིག་པའི་གནད་དོན་ཞིག

གཏན་ནས་མ་ཡིན་པར། དཔེ་མཚོན་ཅན་དུ་བསྒྱུར་རྒྱུ་དེ་ནི་རྩོམ་རིག་གསར་རྩོམ་མཐའ་དག་གི་རྩ་བའི་ཆོས་ཉིད་དེ་ཡིན། ང་ཚོས་ཤེས་གསལ་ལྟར། རྩོམ་རིག་གསར་རྩོམ་གྱི་རྩ་བའི་ལས་འགན་ནི་དམིགས་བསལ་དང་གསོན་ཉམས་ངོད་པའི་སྒྱུ་རྩལ་གྱི་གཟུགས་བརྙན་བརྒྱུད་དེ་སྤྱི་ཚོགས་འཚོ་བའི་ནང་གི་ངོ་བོ་དང་ཆོས་ཉིད་ཀྱི་ཕྱོགས་འགའ་ཤས་མཚོན་པར་བྱེད་རྒྱུ་དེ་རེད་ལ་སྙིག་པ་པོ་རྣམས་ཀྱིས་མཛེས་ཚོར་སློང་ཐུབ་པ་མ་ཟད། སློབ་གསོ་ཐེབས་ནས་འཚོ་བར་བསྒྱུར་བཀོད་བྱེད་པའི་དཔའ་སྟོབས་སྐྱེ་རུ་འཇུག་དགོས་པ་རེད། དེས་ན་རྩོམ་པ་པོས་ཅི་འདྲ་བྱས་ཏེ་ལས་འགན་དེ་ལེགས་སྒྲུབ་བྱ་དགོས་ཤེ་ན། དེ་ནི་དཔེ་མཚོན་ཅན་དུ་བསྒྱུར་བའི་བྱེད་ཐབས་ལ་བརྟེན་དགོས་པ་རེད། སྤྱི་ཚོགས་ཀྱི་འཚོ་བའི་རང་བཞིན་ནི་རྒྱ་ཆེ་ཞིང་གཏིང་ཟབ་པ་དང་། ལོ་རྒྱུས་དུས་རིམ་སོ་སོའི་ནང་འགྱུར་ལྡོག་མང་བ་དང་། གནས་ཚུལ་མང་པོ་མཉམ་དུ་འབྲེལ་ཞིང་འཕེལ་རྒྱས་འགྲོ་བ། སྐྱིས་སྟོབས་ཀྱི་དཔལ་འབར་བའི་བྱ་དངོས་སྣ་ཚོགས་པ་ཞིག་ཡིན་ཏེ། འཚོ་བ་ནི་ཕུན་སུམ་ཚོགས་ལ་བློས་དཔག་དཀའ་བ་མ་ཟད། འགལ་བ་མང་ཞིང་རྙོག་འཛིང་ཆེ་བ་ཞིག་ཡིན་པས། རྩོམ་པ་པོས་འཚོ་བའི་རྒྱུ་ཆ་ཅུང་ཤས་ཤིག་བླངས་ནས་འཚོ་བའི་ངོ་བོ་དང་ཆོས་ཉིད་དེ་མཚོན་པར་བྱེད་ཐུབ་པ་ཞིག་མ་ཡིན། རྩོམ་པ་པོས་ཇི་ལྟར་བྱས་ཏེ་རང་ཉིད་ཀྱི་ལས་འགན་དེ་འགྲུབ་པར་བྱེད་དགོས་ཤེ་ན། འཚོ་བའི་སྣང་ཚུལ་དེ་དག་རང་ངོས་ཀྱི་འཆར་སྣང་དང་གོ་ལེན་དབྱེ་ཞིབ་ལ་གཞིགས་ཏེ་གདམ་གསེས་དང་། རབ་བཏགས། འཚོ་བའི་ངོ་བོར་གྱུར་བའི་རང་བཞིན་རྣམས་གཅིག་སྡུད་བྱེད་དགོས་པ་རེད། མ་གཞི་བརྩམས་ཆོས་གསར་རྩོམ་ལ་བརྗོད་གཞི་དང་གྲུབ་མཐའ་མི་འདྲ་བ། ཉམས་ཁྱད་མི་འདྲ་བ་སོགས་ཡོད་རུང་གང་ལྟར་ངེས་པར་དུ་དཔེ་མཚོན་ཅན་དུ་བསྒྱུར་ཚེ་གཞི་ནས་འཚོ་བ་དེ་སྒྱུ་རྩལ་གྱི་བརྩམས་ཆོས་ཤིག་ཏུ་བསྒྱུར་ཐུབ་པ་དེ་ཡིན། རྩོམ་པ་པོ་རྣམས་ཀྱི་འཚོ་བའི་མྱོང་གོམས་དང་བསམ་བློ་མི་འདྲ་བ། དཔེ་མཚོན་ཅན་དུ་བསྒྱུར་བར་བྱེད་པའི་ཚད་གཞི་གཏིང་ཟབ་ཡོད་དང་རྒྱ་ཁྱོན་

མི་འདྲ་བ་སྣ་ཚོགས་ཡོད་པ་རེད། འོན་ཏེ་གསར་རྩོམ་དཔེ་མཚོན་ཅན་དུ་བསྒྱུར་བར་བྱེད་རྒྱུ་དེ་ནི་རྩོམ་པ་པོ་ཚང་མས་འབད་བརྩོན་དང་ཞིབ་དཔྱོད། བརྩམས་ཆོས་གསར་རྩོམ་བྱེད་པའི་རྩ་བའི་ཆོས་ཉིད་ཡིན་པའི་རྐྱེན་གྱིས་རེད།

རྩོམ་རིག་དཔེ་མཚོན་ཅན་དུ་བསྒྱུར་བར་བྱེད་པའི་གནད་དོན་དེ་ནི་རྩོམ་པ་པོས་དཔེ་མཚོན་གྱི་རང་བཞིན་ལྡན་པའི་སྒྱུ་རྩལ་གྱི་གཟུགས་བརྙན་གསར་བསྐྲུན་བྱེད་ཐུབ་མིན་དང་འབྲེལ་བ་ཡོད་པ་ཞིག་ཡིན་ལ། རྩོམ་རིག་སྒྱུ་རྩལ་གྱིས་གཏིང་ཟབ་པོའི་སྒོ་ནས་སྤྱི་ཚོགས་ཀྱི་འཚོ་བ་ཚུར་སྣང་བྱེད་ཐུབ་མིན་དང་འབྲེལ་བ་དམ་ཟབ་ཡོད་པ་མ་ཟད། མི་རྣམས་ཀྱི་མཛེས་དཔྱོད་ཀྱི་རེ་བ་བསྐོང་ཐུབ་མིན་དང་། མི་རྣམས་ལ་སློབ་གསོ་དང་། ཁོ་ཚོས་སྤྱི་ཚོགས་ཀྱི་ཁོར་ཡུག་སྒྱུར་བཀོད་བྱེད་རྒྱུར་སྐུལ་འདེད་བྱེད་ཐུབ་མིན་དང་འབྲེལ་བ་ཡོད་པ་ཞིག་ཡིན། དེར་བརྟེན་དཔེ་མཚོན་ཅན་དུ་བསྒྱུར་བའི་ཐབས་ཤེས་དེ་ནི་རྩོམ་རིག་སྒྱུ་རྩལ་གསར་རྩོམ་བྱེད་སྐབས་སྣང་ཆུང་གཏན་ནས་བྱེད་མི་རུང་བའི་ཆེས་གལ་ཆེ་བའི་གནད་དོན་ཞིག་ཡིན་ནོ།

གཉིས་པ། དཔེ་མཚོན་ཅན་དུ་བསྒྱུར་བའི་རྩ་བའི་རེ་འདུན་གྱི་སྐོར།

དཔེ་མཚོན་ཅན་དུ་བསྒྱུར་བ་ཞེས་པ་ནི་ཚིག་ཕུན་སུམ་ཚོགས་པ་དང་། གསོན་ཉམས་དོད་པ། དམིགས་བསལ་གྱི་བྱེ་བྲག་རང་བཞིན་ཐོག་ནས་གྲུབ་པར་བྱས་པ་ཞིག་ཡིན་པ་མ་ཟད། དུས་རབས་ངེས་ཅན་ཞིག་གི་སྤྱི་ཚོགས་འཚོ་བའི་ནང་གི་ངོ་བོའི་ཕྱོགས་འགའ་ཞིག་གཏིང་ཟབ་པོས་སྒྱུ་རྩལ་གྱི་གཟུགས་བརྙན་ཐོག་ནས་མཚོན་པར་བྱེད་དགོས་པ་རེད། དཔེ་མཚོན་ཅན་དུ་བསྒྱུར་བར་བྱེད་པའི་དམིགས་ཡུལ་ནི་དཔེ་མཚོན་གྱི་གཟུགས་བརྙན་གསར་བསྐྲུན་བྱེད་པ་དང་། ཡང་ན་དཔེ་མཚོན་གྱི་རང་བཞིན་ལྡན་པའི་གཟུགས་བརྙན་གསར་བསྐྲུན་བྱེད་རྒྱུ་དེ་ཡིན་སྟབས་དཔེ་མཚོན་ཅན་དུ་བསྒྱུར་བར་བྱེད་པའི་

རྒྱུད་རིམ་གྱི་ནང་དུ་བྱེ་བྲག་གི་རང་བཞིན་དང་། ཕྱོགས་བསྡུས་རང་བཞིན་གྱི་རི་བ་འདི་གཉིས་མི་འདོན་ཐབས་མེད་ཡིན། རྒྱུ་མཚན་ནི་བྱེ་བྲག་གི་རང་བཞིན་ལྡན་པར་བྱས་ཚེ། སྒྱུ་རྩལ་གྱི་གཟུགས་བརྙན་དེ་ཕུན་སུམ་ཚོགས་ལ་གསོན་ཉམས་དོད་པ། དམིགས་བསལ་གྱི་རང་བཞིན་ལྡན་པ་ཞིག་ཡོང་ཐུབ་པ་དང་། ཕྱོགས་བསྡུས་ཀྱི་རང་བཞིན་ལྡན་པ་ཞིག་བྱུང་ཚེ། སྒྱུ་རྩལ་གྱི་གཟུགས་བརྙན་དེས་གཏིང་ཟབ་པོའི་སྒོ་ནས་དུས་རབས་ངེས་ཅན་ཞིག་གི་སྤྱི་ཚོགས་ཀྱི་ངོ་བོའི་ཆོས་ཉིད་མཚོན་ཐུབ་པ་དེ་ཡིན། འོན་ཏེ། བྱེ་བྲག་དང་ཕྱོགས་བསྡུས་བྱེད་རྒྱུ་དེ་གཉིས་ནི་ཁ་བྲལ་ཐབས་མེད་པར་གཅིག་གྱུར་བྱེད་ཐུབ་པ་ཞིག་ཡིན། དེ་ར་བརྟེན་དཔེ་མཚོན་ཞེས་པ་ནི་ག་དུས་ཡིན་རུང་མངོན་གསལ་དོད་པོའི་བྱེ་བྲག་གི་རང་བཞིན་དང་། སྤྱི་ཚོགས་ཀྱི་སྟོབས་ཤུགས་ངེས་གཏན་ཞིག་གི་ཐུན་མོང་རང་བཞིན་གཉིས་ཕན་ཚུན་བྲལ་ཐབས་མེད་པའི་གཅིག་འདུའི་ཕུང་པོ་ཞིག་ཏུ་གྱུར་བར་བྱེད་རྒྱུ་དེ་ཡིན། འདིར་གསལ་བཤད་བྱེད་བདེ་བའི་ཕྱིར་གནད་དོན་དེ་གཉིས་ཁག་བགོས་ཀྱི་གླེང་མོལ་ཞུ་བ་ལགས་སོ།

1. རང་གཤིས་བྱེ་བྲག་ཅན་དུ་བསྒྱུར་དགོས།

དཔེ་མཚོན་ལྡན་པ་ཞིག་ཡིན་ཕྱིན་ཐོག་མར་བྱེ་བྲག་གི་རང་བཞིན་ལྡན་པ་ཞིག་ཡིན་དགོས་ལ། དཔེ་མཚོན་ཅན་དུ་བསྒྱུར་བར་བྱེད་རྒྱུ་ཡང་ཐོག་མར་རང་གཤིས་བྱེ་བྲག་ཅན་དུ་བསྒྱུར་རྒྱུར་ནན་བཤད་བྱེད་དགོས་ངེས་ཤིག་ཡིན། བྱེ་བྲག་ཅན་དུ་བསྒྱུར་རྒྱུ་ཞེས་པ་ནི་རྩོམ་པ་པོས་འཚོ་བའི་རྒྱུ་ཆ་རྣམས་ལ་གཞིགས་ཏེ། དཔེ་མཚོན་གྱི་གཟུགས་བརྙན་གསར་སྐྲུན་བྱེད་པ་དང་ཆབས་ཅིག་གང་ཐུབ་ཅི་ཐུབ་ཀྱིས་གཟུགས་བརྙན་དེ་གསོན་ཉམས་ལྡན་ལ་མངོན་གསལ་དོད་པོས་རང་གཤིས་བྱེ་བྲག་ཅན་དུ་བསྒྱུར་བར་བྱེད་རྒྱུ་དེ་རེད། འཚོ་བ་དངོས་ཀྱི་ནང་དུ་མི་དང་མི་མི་འདྲ་བ་དང་དངོས་པོ་མི་འདྲ་བར་དེ་དག་ཚང་མར་བྱེ་བྲག་གི་རང་བཞིན་ལྡན་པ་ཞིག་ཡིན། འོན་ཀྱང་མ་གཞི་དེ་དག་ཚང་མར་བྱེ་བྲག་གི་རང་བཞིན་ལྡན་ཡོད་པ་ཞིག་ཡིན་ནའང་ཧག་པར་དེ་ཚོ་མངོན་གསལ་དོད་པོ་

ཞིག་མེད་པ་མ་ཟད། མི་རྣམས་ཀྱིས་ཀྱང་དེ་དག་གི་ཁྱད་པར་གསལ་པོ་ཞིག་མཐོང་མི་ཐུབ། རྩོམ་པ་པོས་དུས་ཡུན་རིང་པོའི་ནང་དུ་མི་སྣ་དང་བྱ་དངོས་ལ་བརྟག་དཔྱད་ཞིབ་མོ་དང་དཔྱེ་ཞིབ་གཏིང་ཟབ་མཛད་དེ་དེ་དག་གི་བྱེ་བྲག་གི་རང་བཞིན་ཤེས་རྟོགས་བྱེད་དགོས་པ་དེ་ཡིན། གོང་ཞུས་བཞིན། སྒྱུ་རྩལ་གྱི་གཟུགས་བརྙན་ལེགས་གྲུབ་བྱུང་ཐུབ་མིན་དང་དཔེ་མཚོན་གྱི་རང་བཞིན་ཅན་དུ་བསྒྱུར་ཐུབ་མིན་ནི་ཕྱོགས་བསྡུས་ཅན་ལ་བསྒྱུར་བར་བྱེད་པ་དང་། བྱེ་བྲག་ཅན་ལ་བསྒྱུར་བ་བྱེད་པ་དེ་གཉིས་གཅིག་གྱུར་བྱེད་པའི་གནས་ཚུལ་ལ་རགས་ལས་པ་ཞིག་ཡིན། རྩོམ་པ་པོས་ཕྱོགས་གཅིག་ནས་གང་སར་ཚོར་བ་སྐྱེན་པོས་མིག་ལྟ་བ་དང་། འཚོ་བའི་གནས་ཚུལ་ཕྱོགས་ཡོངས་མཐོང་ཐུབ་པ་བྱས་ཏེ། གཟུགས་བརྙན་གྱི་ཐོག་ནས་སྤྱི་ཚོགས་ཀྱི་ནང་དོན་གཏིང་ཟབ་ལ་རྒྱ་ཆེ་བ་ཞིག་ཕྱོགས་བསྡུས་བྱ་དགོས་པ་དང་། ཕྱོགས་གཞན་ཞིག་ནས་ཐུན་མོང་མ་ཡིན་པའི་ཞིབ་བརྟག་བྱས་ཏེ་ཕྱོགས་བསྡུས་ཅན་ལ་བསྒྱུར་བར་བྱེད་པ་དང་བྱེ་བྲག་ཅན་ལ་བསྒྱུར་བར་བྱེད་པ་དེ་གཉིས་ཟུང་འབྲེལ་དམ་ཟབ་བྱེད་དགོས། དེ་ནི་བློ་མཐུན་མའོ་ཙེ་ཏུང་གིས"འགལ་བའི་ཡོངས་ཁྱབ་ཀྱི་རང་བཞིན་དང་འགལ་བའི་ཁྱད་པར་གྱི་རང་བཞིན་གཉིས་བར་གྱི་འབྲེལ་བ་ནི་འགལ་བའི་སྤྱིའི་རང་བཞིན་དང་བྱེ་བྲག་རང་བཞིན་བར་གྱི་འབྲེལ་བ་རེད། འགལ་བའི་སྤྱིའི་རང་བཞིན་ནི་འགལ་བ་དེ་གོ་རིམ་ཚང་མའི་ནང་ལ་ཡོད་པ་མ་ཟད། གོ་རིམ་ཚང་མའི་འགོ་ནས་མཇུག་བར་ཁྱབ་ནས་བསྡད་ཡོད་པ་རེད། ཡིན་ནའང་སྤྱིའི་རང་བཞིན་དེ་བྱེ་བྲག་གི་རང་བཞིན་ཐམས་ཅད་ཀྱི་ནང་ལ་འདུས་ཡོད་པས་བྱེ་བྲག་གི་རང་བཞིན་མེད་"ཅེས་དང་། ཡང་གོང་གིས"སྤྱིའི་རང་བཞིན་དང་བྱེ་བྲག་གི་རང་བཞིན། བཅོས་མེད་དང་བཅོས་བཅས་ཀྱི་གནས་ལུགས་དེ་ནི་བྱ་བ་དང་དངོས་པོའི་འགལ་བའི་གནད་དོན་གྱི་ཉིང་ཁུ་ཡིན་པས། དེ་མ་ཤེས་ན་རྩོད་སྒྲུབ་རིག་པ་བརླག་པ་དང་ཁྱད་མེད" (《འགལ་བའི་རྣམ་བཤད》《མའོ་ཙེ་ཏུང་གི་གསུང་རྩོམ་གཅེས་བསྡུས》དེབ་དང་པོའི་ཤོག་གྲངས་521ལ་གསལ་) ཅེས་

གསུངས་ཡོད་པ་རེད། དཔེ་མཚོན་ཞེས་པ་དེ་ནི་ཐུན་མོང་གི་རང་བཞིན་དང་། བྱེ་བྲག་རང་བཞིན་གྱི་འགལ་ཟླའི་གཅིག་གྱུར་ཞིག་རེད། བྱེ་བྲག་རང་བཞིན་མེད་ན་ཐུན་མོང་གི་རང་བཞིན་མཚོན་ཐབས་བྲལ་ཞིང་། མི་སྣའི་གཟུགས་བརྙན་ལ་མཚོན་ན། དེ་སྤྱི་འགྲོས་ཅན་དང་དོན་སྤྱི་ཙམ་དུ་འགྱུར་ཏེ་མི་སྣའི་གཟུགས་བརྙན་ལེགས་པོ་ཞིག་གྲུབ་ཐབས་མེད། ཐུན་མོང་གི་རང་བཞིན་མེད་པ་སྟེ་སྤྱི་ཚོགས་ངེས་གཏན་ཞིག་གི་ངོ་བོ་མཚོན་ཐུབ་པ་ཞིག་མ་བྱུང་ན་སྤྱི་ཚོགས་ཀྱི་དོན་སྙིང་གཏིང་ཟབ་པོ་ཞིག་ཡོང་མི་སྲིད་པ་དེ་རེད། དཔེར་ན། ལོ་མ་ཀྲུལ་ཁབ་ཀྱི་བསམ་བློ་མཁས་ཅན་སྐུ་ཞབས་ཞི་ས་ལའོ་ཡིས་བརྩམས་པའི་《རྒྱ་ཆ་བསྒྱུ་ལེན་བྱེད་པའི་སྐོར་》ཞེས་པའི་དེབ་ཐེར་ནང་དུ་འདི་འདྲ་ཞིག་བཀོད་ཡོད་པ་སྟེ། སྤྱི་ལོའི་སྔོན་གྱི་དུས་རབས་ལྔ་པའི་ནང་ཤེ་ཞིའི་རི་མོ་མཁས་ཅན་སྐུ་ཞབས་ཀྲོའུ་ཁེ་ཞི་སི་ཡིས་གཏམ་རྒྱུད་ནང་གི་མཛེས་མ་སི་པ་ཏ་ཀྲུལ་པོའི་བཙུན་མོ་ཏའི་ཚ་ཡི་སྐུ་པར་འབྲི་ཕྱིར་ཁོང་གིས་གྲོང་ཁྱེར་ནང་གི་མཛེས་མ་ཚང་མ་བསྡུ་རུབ་བྱས་ཏེ་ཏའི་ཚ་ཡི་སྐུ་པར་འབྲི་བའི་དཔེ་དབྱིབས་བྱེད་རྒྱུའི་རེ་འདུན་བཏོན་པ་དང་། དེ་རྗེས་གྲོང་ཁྱེར་དེའི་ནང་གི་མཛེས་མ་ཡོངས་རྫོགས་བསྡུ་རུབ་བྱས་ཏེ་ཁོང་ལ་འདེམས་སུ་བཅུག་པ་དང་ཁོང་གིས་མཛེས་མ་དེ་དག་གི་ནང་ནས་ཤིན་ཏུ་མཛེས་པའི་བུ་མོ་ལྔ་བདམས་པ་མ་ཟད། མཛེས་མ་དེ་དག་གི་ལུས་སྟེང་ནས་ཤིན་ཏུ་མཛེས་པའི་ཕྱོགས་རེ་རེ་བླངས་ཤིང་དེ་དག་མཉམ་བསྲེས་ཀྱིས་བཙུན་མོ་ཏའི་ཚ་ཡི་སྐུ་པར་བྲིས། འོན་ཏེ། སྐུ་པར་བྲིས་ཚར་རྗེས་ཀྱི་འབྲས་བུ་ནི་བྱེ་བྲག་གི་རང་བཞིན་མེད་པའི་སྤྱིར་བཏང་གི་མཛེས་མ་ཞིག་ཏུ་གྱུར་ཡོད་པ་དང་། བྱེ་བྲག་གི་རང་བཞིན་ནི་མཉམ་བསྲེས་བྱེད་པའི་ནང་དུ་བརླག་ཟིན་པ་རེད་ཅེས་བཀོད། དེ་ལྟར་ངེས་པར་དུ་བྱེ་བྲག་གི་རང་བཞིན་བརྒྱུད་ཚེ་སྒྱུ་རྩལ་གྱི་གཟུགས་བརྙན་དེར་བྱེ་བྲག་གི་རང་བཞིན་མངོན་གསལ་དོད་པོ་ཞིག་ཡོང་ཐུབ་པ་མ་ཟད། སྒྱུ་རྩལ་གྱི་གཟུགས་བརྙན་དེ་གསོན་ཉམས་ལྡན་པ་དང་། སྐྱེས་སྟོབས་ཀྱི་ནུས་པ་ལྡན་པ། ཤ་ཁྲག་ལས་གྲུབ་པ་དང་། འཚོ་བའི་ཉམས་འགྱུར་གྱིས་ཕྱུག་པ་ཞིག

ཡོང་ཐུབ་པ་ཞིག་ཡིན། འོན་ཏེ་དཔེ་མཚོན་གྱི་རང་གཤིས་མངོན་གསལ་དུ་གཏོང་རྒྱུ་དེ་ནི་དཔེ་མཚོན་ཅན་དུ་གཏོང་བའི་ གླང་བྱ་དང་དམིགས་ཡུལ་ཉག་ཅིག་མ་ཡིན། ཞྭད་མེད་པ་དང་མངོན་པར་གསལ་བའི་རང་གཤིས་ཀྱིས་མཚོན་པའི་ངོ་བོ་དེ་ད་དུང་གཏིང་ཟབ་ཅན་དུ་གཏོང་དགོས་པ་དེ་ཡང་དམིགས་ཡུལ་དང་གླང་བྱ་ཞིག་ཡིན་པས། དེ་མེད་ཚེ་དཔེ་མཚོན་དེ་ཕུན་སུམ་ཚོགས་པོ་ཞིག་ཡོང་མི་ཐུབ་ལ། མི་སྣའི་གཟུགས་བརྙན་གྱི་རང་གཤིས་དེ་ཅི་འདྲའི་མངོན་གསལ་ཆེ་ཡང་"ཐ་ཤལ་དུ་གྱུར་པའི་རང་གཤིས་ཅན"ཞིག་དང་"ཉེས་ཚོགས་སུ་གྱུར་པའི་རང་གཤིས་ཅན"ཞིག་ལས་སྒྱུ་རྩལ་དཔེ་མཚོན་གྱི་མཐོ་ཚད་ཞིག་ཏུ་སླེབས་མི་ཐུབ་པོ། དེ་ལྟར། གཅིག་ནས་རང་གཤིས་མངོན་གསལ་ཅན་དེའི་ནང་ཐུན་མོང་གི་ཁྱད་ཆོས་དང་བསམ་པའི་འཛིན་སྟངས་ཤིག་སྟེ། གཤིས་རྒྱུད་ཐུན་མོང་བ་ཞིག་བསྟན་པ་དང་། གཉིས་ནས་རང་གཤིས་བྱེ་བྲག་པ་དང་ཐུན་མོང་བ་གཉིས་གཅིག་སྡུད་བྱས་པའི་སྒྱུ་རྩལ་དཔེ་མཚོན་གྱི་རང་བཞིན་ལ་བརྟེན་ནས་སྤྱི་ཚོགས་འཚོ་བའི་ངོ་བོའི་ཕྱོགས་འགའ་དང་། དེ་མིན་ལོ་རྒྱུས་འཕེལ་རྒྱས་ཀྱི་ཆོས་ཉིད་འགའ་མཚོན་པར་བྱ་རྒྱུ་དེ་ཡིན། དེ་ལྟར་བྱས་ཚེ་མི་སྣའི་རང་གཤིས་དེ་མངོན་གསལ་དོད་ཅིང་གསོན་ཉམས་ལྡན་པ་ཞིག་ཡོང་ཐུབ་པ་དེ་ཡིན།

2. གཅིག་སྡུད་བྱེད་དགོས་པ།

རྩོམ་པ་པོས་དཔེ་མཚོན་གྱི་གཟུགས་བརྙན་དེ་གསོན་ཉམས་དོད་ལ་དམིགས་བསལ་གྱི་ཁྱད་ཆོས་ལྡན་པའི་བྱེ་བྲག་གི་རང་བཞིན་ཞིག་ཏུ་རྩོམ་འབྲི་བྱེད་ཀྱི་ཡོད་པ་རེད། འོན་ཏེ། བྱེ་བྲག་གི་རང་བཞིན་ཆེད་དུ་བྱེ་བྲག་གི་རང་བཞིན་ཁོ་ན་རྩོམ་འབྲི་བྱེད་པའི་བྱེད་ཐབས་དེ་ཡང་མི་འགྲིག་པ་ཞིག་ཡིན། ཡང་དག་པའི་བྱེད་ཐབས་དེ་ནི་བྱེ་བྲག་གི་རང་བཞིན་བརྒྱུད་དེ་སྤྱི་ཡོངས་ཀྱི་རང་བཞིན་མཚོན་པར་བྱེད་རྒྱུ་དེ་རེད། དེར་བརྟེན་གཅིག་སྡུད་བྱེད་རྒྱུ་ནི་དཔེ་མཚོན་ཅན་དུ་བསྒྱུར་བར་བྱེད་པའི་བྱེད་ཐབས་ཀྱི་ནང་མེད་ན་མི་འགྲིག་པའི་ཕྱོགས་གཅིག་ཡིན་པ་གསལ་པོར་མཆིས། རྩོམ་རིག་གསར་རྩོམ་བྱེད་པའི་ངོས་

ནས་བཤད་ན། ཕྱིར་བཏང་གི་བྱ་དངོས་དེ་དག་བྱ་དངོས་གཏིང་ཟབ་དང་མངོན་གསལ་དོད་པོ་ཞིག་ཏུ་བསྒྱུར་བ་དང་། དཔེ་མཚོན་ཅན་དུ་བསྒྱུར་བ། བྱ་བ་ཆུང་ཆུང་རྣམས་བྱ་དངོས་ཆེན་པོ་ཞིག་ཏུ་བསྒྱུར་བ། དཔེ་མཚོན་གྱི་རང་བཞིན་དེ་ཙམ་མི་ལྡན་པའི་བྱ་དངོས་དང་འཚོ་བའི་ངོ་བོ་དང་ཆོས་ཉིད་འབྲེལ་བ་བྱེད་རྒྱུ་བཅས་ཀྱི་ཐད་ལ་གཅིག་སྡུད་བྱེད་ཐབས་བརྒྱུད་དགོས་པ་ཞིག་ཡིན།

གཅིག་སྡུད་བྱེད་དགོས་ཞེས་པ་ནི། དམིགས་བསལ་གྱི་ཁྱད་ཆོས་ལྡན་པའི་འཚོ་བའི་སྣང་ཚུལ་གྱི་ཕྱོགས་འགའ་ཤས་ལ་སྒྱུ་རྩལ་གྱིས་བསྒྱུར་བཀོད་བྱས་ཏེ། འཚོ་བའི་སྣང་ཚུལ་དེ་དག་གཏིང་ཟབ་པོའི་སྒོ་ནས་འཚོ་བའི་ངོ་བོ་དང་ཆོས་ཉིད་མཚོན་པར་བྱེད་པའི་ཚད་དུ་མཐོར་འདེགས་བྱེད་དགོས་པ་དང་། སྣང་ཚུལ་དེ་དག་གིས་སྤྱི་ཚོགས་ཀྱི་ངོ་བོའི་ཕྱོགས་འགའ་ཞིག་ཚུར་སྣང་བྱེད་ཐུབ་པའི་ཆ་ཚད་དུ་སླེབས་པ་བྱེད་དགོས།

གཅིག་སྡུད་བྱེད་པའི་བརྒྱུད་རིམ་ནི་ཐོག་མར་རྩོམ་པ་པོས་འཚོ་བའི་གཏིང་ཟབ་པོའི་ཕྱོགས་སྟོག་འདོན་དང་མཚོན་པར་བྱ་བའི་བརྒྱུད་རིམ་དང་འབྲེལ་བ་ཡོད་པའི་གནད་དོན་ཞིག་ཡིན།

གཅིག་སྡུད་བྱེད་རྒྱུ་འདིར་དོ་སྣང་བྱེད་དགོས་པའི་གནད་དོན་གཉིས་ཡོད་པ་སྟེ། གཅིག་སྒྱུ་རྩལ་གྱི་གཅིག་སྡུད་བྱེད་རྒྱུ་དེ་དང་ཚན་རིག་གི་སྤྱི་མཚན་དུ་འགྱུར་བ་བྱེད་པ་དེ་གཉིས་དབྱེ་འབྱེད་བྱེད་དགོས་པ་ཞིག་ཡིན། ཚན་རིག་གི་སྤྱི་མཚན་ཏུ་འགྱུར་བར་བྱེད་པ་དེ་ནི་སྣང་ཚུལ་འགའ་རེ་ལ་བསྡུར་ཞིབ་དང་། དབྱེ་འབྱེད་བཅས་བྱས་ཏེ་དེའི་ནང་ནས་སྤྱི་མཚན་ཏུ་འགྱུར་བའི་ཕྱོགས་ཚུར་བཏོན་པ་དང་། དེར་ཐ་སྙད་ཅིག་བཏགས་ཏེ་རང་བྱུང་ཁམས་དང་འཚོ་བའི་ངོ་བོ་དང་ཆོས་ཉིད་མཚོན་པར་བྱས་པ་ཞིག་ཡིན། སྒྱུ་རྩལ་གྱིས་གཅིག་སྡུད་བྱེད་རྒྱུ་དེ་ནི་མ་གཞི་འཚོ་བའི་ངོ་བོ་དང་ཆོས་ཉིད་མཚོན་པར་བྱེད་པ་ཞིག་ཡིན་རུང་དེས་ཐོག་མཐའ་བར་གསུམ་དུ་འཚོ་བ་དངོས་ཀྱི་ནང་ནས་བྱུང་བའི་ཞིབ་ཕྲའི་ཚོར་སྣང་དང་། གསོན་ཤམས་ལྡན་པའི་རྣམ་པ་དེ་དོར་ཀྱི་མེད་པ་རེད།

སྒྱུ་རྩལ་གྱིས་གཅིག་སྤྱོད་ཅན་དུ་བསྒྱུར་བར་བྱེད་རྒྱུ་དེ་ནི་འཚོ་བའི་ངོ་བོ་དང་ཆོས་ཉིད་དེ་འཚོ་བའི་སྣང་ཚུལ་ནང་ནས་སྤྱི་མཚན་བཏོན་རྒྱུ་དེ་མ་ཡིན་པར་དེ་ནི་ཞིབ་ཕྲའི་འཚོ་བའི་སྣང་ཚུལ་བརྒྱུད་དེ་འཚོ་བའི་ཆོས་ཉིད་དང་ངོ་བོ་མཚོན་པར་བྱེད་དགོས་པ་རེད། གཉིས་པ། གཅིག་སྤྱོད་ཅན་དུ་བསྒྱུར་བར་བྱེད་པ་དང་བྱེ་བྲག་ཅན་དུ་བསྒྱུར་བར་བྱེད་རྒྱུ་དེ་གཉིས་ཟུང་འབྲེལ་བྱེད་དགོས་པ་རེད། གཅིག་སྤྱོད་ཅན་དུ་བསྒྱུར་བར་བྱེད་པ་དང་བྱེ་བྲག་ཅན་དུ་བསྒྱུར་བར་བྱེད་པ་དེ་གཉིས་ཁ་བྲལ་དུ་གནས་པའི་བྱ་རིམ་ཞིག་མ་ཡིན་པ་མ་ཟད། འབྲེལ་བ་ཤིན་ཏུ་དམ་ལ་ཁ་བྲལ་དུ་མི་རུང་བ་ཞིག་ཡིན་པ་དང་བྱེད་ཐབས་དེ་གཉིས་ནི་མཉམ་དུ་ལེགས་གྲུབ་བྱ་དགོས་པ་ཞིག་ཡིན་ལ། དེ་གཉིས་ཀྱི་གལ་འགངས་ཆེ་བ་དང་འགག་རྩའི་གནད་དོན་ནི་དམིགས་བསལ་གྱི་ཁྱད་ཆོས་ལྡན་པའི་བྱ་དངོས་རྣམས་དམ་འཛིན་བྱེད་དགོས་པ་དེ་རེད།

མདོར་ན། དཔེ་མཚོན་ཞེས་པར་མངོན་གསལ་དོད་པོའི་བྱེ་བྲག་གི་རང་བཞིན་ཅན་དུ་བསྒྱུར་དགོས་པ་དང་། ཕྱོགས་གཞན་ཞིག་ནས་མངོན་གསལ་དོད་པོའི་བྱེ་བྲག་གི་རང་བཞིན་དེ་བརྒྱུད་གྲལ་རིམ་དང་རིམ་གྲས་ངེས་གཏན་ཞིག་གམ་ཡང་ན་མི་ཁག་གཅིག་གི་ཐུན་མོང་གི་ངོ་བོའི་ཁྱད་ཆོས་མཚོན་པར་བྱེད་དགོས་པ་རེད། དུས་རིམ་མི་འདྲ་བ་དང་གྲལ་རིམ་མི་འདྲ་བ། རྩོམ་པ་པོ་མི་འདྲ་བར་བརྟེན་དཔེ་མཚོན་ཅན་དུ་བསྒྱུར་བར་བྱེད་པའི་བྱེད་ཐབས་ཡང་མི་འདྲ་བ་རེ་བེད་སྤྱོད་བྱས་ཏེ་དཔེ་མཚོན་གྱི་གཟུགས་བརྙན་གསར་བསྐྲུན་བྱེད་ཀྱི་ཡོད་པ་རེད།

གསུམ་པ། དཔེ་མཚོན་ཅན་དུ་བསྒྱུར་བའི་སྒྱུ་རྩལ་གྱི་བྱེད་ཐབས་སྐོར།

དཔེ་མཚོན་ཅན་དུ་བསྒྱུར་བར་བྱེད་རྒྱུ་ནི་འཚོ་བ་དངོས་ནས་བྱུང་བའི་རྒྱུ་ཆར་སྒྱུ་རྩལ་གྱིས་ལས་སྣོན་བྱེད་རྒྱུ་ཡིན་པར་བརྟེན། ངེས་པར་དུ་སྒྱུ་རྩལ་གྱིས་

ལས་སྟོན་བྱེད་པའི་བྱེད་ཐབས་འགའ་ཤས་བེད་སྤྱོད་བྱེད་དགོས་པ་དང་། སྒྱུ་རྩལ་གྱི་བྱེད་ཐབས་བེད་སྤྱོད་བྱེད་རྒྱུ་དང་ཁ་བྲལ་ཚེ་དཔེ་མཚོན་ཅན་དུ་བསྒྱུར་མི་ཐུབ་པ་དེ་ཡིན། གནའ་རབས་ནས་བཟུང་རྩོམ་པ་པོ་རྣམས་ཀྱིས་ལག་ལེན་དངོས་ཀྱི་ནང་ནས་དཔེ་མཚོན་ཅན་དུ་བསྒྱུར་བར་བྱེད་པའི་སྒྱུ་རྩལ་གྱི་བྱེད་ཐབས་མི་འདྲ་བ་སྣ་ཚོགས་བེད་སྤྱོད་བྱེད་ཀྱི་ཡོད་པ་སྟེ། གདམ་གསེས་དང་། གཅིག་སྡུད། དཔེ་དོན་སྦྱར་བ། བསམ་ཡན་དང་བསམ་བློའི་བཀོད་པ། ཕན་ཚུན་བསྡུར་ཞིབ། གཟུགས་མེད་གྲིབ་བཟོ། རབ་བཏགས། འཆར་སྣ་སོགས་ཀྱི་སྒྱུ་རྩལ་གྱི་བྱེད་ཐབས་བེད་སྤྱོད་བྱེད་ཀྱི་ཡོད་པ་རེད།

1. གདམ་གསེས་དང་གཅིག་སྡུད་བྱེད་པ།

དཔེ་མཚོན་ཅན་དུ་བསྒྱུར་བར་བྱེད་རྒྱུ་ནི་འཚོ་བ་དངོས་ཀྱི་རྒྱུ་ཆར་ལས་སྟོན་བྱེད་རྒྱུ་དེ་ཡིན་ལ། མི་སྣ་ཞིག་ལ་མཚོན་ན་ཡང་དཔེ་མཚོན་ཅན་དུ་བསྒྱུར་བར་ཐོག་མར་དཔེ་གཟུགས་ཤིག་ཡོད་དགོས་པ་དང་། རྩོམ་པ་པོ་རྣམས་ཀྱིས་དཔེ་གཟུགས་འདེམས་པའི་བྱེད་ཐབས་ཡང་མི་འདྲ་བ་སྣ་ཚོགས་པ་ཞིག་ཡོད། སླུ་ཞབས་ལུའུ་ཤུན་གྱིས"རྩོམ་པ་པོས་མི་སྣའི་དཔེ་གཟུགས་ལེན་ཐབས་ཐད་ལ་བྱེད་ཐབས་མི་འདྲ་བ་གཉིས་ཡོད་པ་སྟེ། གཅིག་ནི་ཆེད་མངགས་མི་གཅིག་ཁོ་ན་བེད་སྤྱོད་བྱེད་ཀྱི་ཡོད་པ་དང་། དེའི་གཏམ་གླེང་དང་སྤྱོད་ཚུལ་ནི་བཤད་མི་དགོས་པ་ཞིག་ཡིན་པ་མ་ཟད། ཐ་ན་དམིགས་བསལ་གྱི་གཤིས་ཀ་ཆུང་གྲས་དང་གོས་ཀྱི་ཁྱད་ཆོས་སོགས་ཀྱང་འགྱུར་ལྡོག་གཏོང་གི་མེད་པ་རེད། གཉིས་པ་ནི་མི་སྣ་སྣ་ཚོགས་མཉམ་བསྲེས་བྱས་ཏེ་མི་གཅིག་ཆགས་པ་བཟོ་ཡི་ཡོད་པ་རེད། ངས་སྤྱིར་ནས་ད་བར་བྱེད་ཐབས་གཉིས་པ་དེ་བེད་སྤྱོད་བྱེད་ཀྱི་ཡོད"(《ལུའུ་ཤུན་གྱི་གསུང་འབུམ》དེབ་དྲུག་པའི་ཤོག་གྲངས422 – 423བར་གསལ་)ཅེས་གསུངས། དེས་ན"ཆེད་མངགས་ཀྱི་མི་གཅིག་བེད་སྤྱོད"བྱས་ནའང་འདྲ་ཡང་ན"མི་སྣ་སྣ་ཚོགས་མཉམ་བསྲེས་ཀྱིས་མི་གཅིག་ཆགས་པ་བཟོས"ནའང་འདྲ། གང་ལྟར་དེ་དག་ཚང་མར་ངེས་པར་དུ་སྒྱུ་རྩལ་གྱིས་གདམ་གསེས་བྱེད་

པའི་ཐབས་ཤེས་སྤྱོད་དགོས་པ་རེད། མི་སྣ་སྣ་ཚོགས་མཉམ་བསྡེས་བྱས་ཏེ་མི་གཅིག་ཆགས་པ་བྱེད་པར་མི་མི་འདྲ་བ་རྣམས་ཀྱི་དམིགས་བསལ་གྱི་གཏམ་གླེང་དང་སྤྱོད་ཚུལ། སེམས་ཁམས། གོམས་གཤིས་སོགས་མི་སྣ་དཔེ་མཚོན་ཅན་དུ་བསྒྱུར་བར་བྱེད་པའི་རྒྱུ་ཆ་བྱས་ཏེ་དེར་“སྒྱུ་རྩལ་གྱི་ཐོག་ནས་གདམ་གསེས་དང་གཅིག་སྡུད་བྱེད་དགོས་པ་རེད། ཡང་ཆེད་མངགས་མི་གཅིག་བེད་སྤྱོད་བྱེད་པ་དེ་ཡང་གདམ་གསེས་དང་གཅིག་སྡུད་གང་ཡང་མ་བྱས་པར་མི་གཅིག་གི་མི་ཚེ་ཧྲིལ་པོའི་གནས་ཚུལ་ཞིབ་ཅིང་ཕྲ་བ་ཟིན་བྲིས་བྱེད་རྒྱུ་དེ་གཏན་ནས་མ་ཡིན། བརྩམས་ཆོས་གཅིག་གི་ནང་དུ་མི་ཚེ་ཧྲིལ་པོ་ལྟ་ཞོག་ཉིན་གཅིག་གི་གནས་ཚུལ་གཅིག་ཀྱང་མ་ལུས་པར་ཐོ་འགོད་བྱེད་རྒྱུ་དེ་ཡང་ཤིན་ཏུ་དཀའ་བ་ཞིག་ཡིན། དེར་བརྟེན། དེ་ཡང་རང་གི་འཚོ་བའི་ནང་རྒྱུན་གཏན་མཐོང་བ་དང་འབྲེལ་འདྲིས་ཡོད་པའམ་རྒྱུས་མངའ་ཅུང་ཆེ་བའི་མི་ཞིག་གི་གཤིས་ཀ་དང་བྱེད་ཚུལ། སོས་ལུགས། སྐད་ཆ་ཤོད་སྟངས་དེ་རྨང་གཞི་བྱས་ཐོག་དེ་རྗེས་མི་འདྲ་མིན་སྣ་ཚོགས་ཀྱི་ཁྱད་ཆོས་གཅིག་ཏུ་སྡུད་དེ་མི་གཅིག་གི་གཟུགས་སྟེང་ལ་སྒྱུར་དགོས་པ་དང་། སྒྱུ་རྩལ་གྱི་ཐོག་ནས་གདམ་གསེས་དང་གཅིག་སྡུད་བྱས་ཏེ་དཔེ་མཚོན་ཅན་དུ་བསྒྱུར་དགོས་པ་རེད།

དཔེ་མཚོན་ཅན་དུ་བསྒྱུར་བར་བྱེད་པའི་བྱ་རིམ་གྱི་ནང་དུ་གདམ་གསེས་བྱེད་པའི་བྱེད་ཐབས་དང་གཅིག་སྡུད་བྱེད་པའི་བྱེད་ཐབས་གཉིས་པོ་ནི་རྟག་པར་མཉམ་དུ་བེད་སྤྱོད་བྱེད་ཀྱི་ཡོད་པ་རེད། རྩོམ་པ་པོས་འཚོ་བའི་མ་དཔེའི་ནང་ནས་དམིགས་བསལ་གྱི་ཁྱད་ཆོས་ལྡན་པའི་འཚོ་བའི་སྣང་ཚུལ་འགའ་ཞིག་གདམ་གསེས་བྱེད་ཀྱི་ཡོད་པ་དང་། འཚོ་བའི་སྣང་ཚུལ་དེ་དག་ནི་ཁ་ཐོར་དང་ཆ་མི་ཚང་བ་ཞིག་ཡིན་པས། གལ་སྲིད་དེ་དག་ལ་སྒྱུ་རྩལ་གྱིས་གཅིག་སྡུད་མ་བྱས་ན་སྒྱུ་རྩལ་གྱི་གཟུགས་བརྙན་ཆ་ཚང་བ་ཞིག་འགྲུབ་ཐུབ་ཐབས་མེད། གྲགས་ཅན་རྩོམ་པ་པོ་གོར་ཀི་དང་སྐུ་ཞབས་ལུའུ་ཤུན་རྣམ་གཉིས་ཀྱིས་རྒྱུན་དུ་གདམ་གསེས་དང་གཅིག་སྡུད་བྱེད་པའི་བྱེད་ཐབས་དེ་གཉིས་ནི་མཉམ་དུ་ལག་

ལེན་གནང་གི་ཡོད་པ་རེད། ཀོར་ཀིས་འདི་ལྟར་གསུངས་པ་སྟེ། "གལ་ཏེ་རྩོམ་པ་པོ་ཞིག་གིས་ཚོང་པ་དང་དཔོན་པོ། བཟོ་པ་བཅས་སོ་སོའི་མི་གྲངས་ནི་བྲུ་ནས་ལྔ་བཅུ་འམ། བརྒྱ་ཕྲག་ཁ་ཤས་ཀྱི་གཟུགས་ཐོག་ནས་ཁོ་ཚོ་རང་སོ་སོའི་ཁྱད་ཆོས་ཐུན་མོང་མ་ཡིན་པ་རྣམས་དང་། འདོད་ཞེན་དང་། དགའ་ཕྱོགས། ལུས་ཀྱི་སྤྱོར་བ། ཡིད་ཀྱི་དད་མོས། ངག་གི་སྨྲ་ལུགས་སོགས་གཅིག་ཏུ་བསྡུས་རྗེས་སླར་ཡང་ཚོང་པ་གཅིག་དང་། དཔོན་པོ་གཅིག་བཟོ་པ་གཅིག་གི་ལུས་ཐོག་ཏུ་ཕར་སྤྲུར་ཐུབ་ཚེ། རྩོམ་པ་པོ་དེས་བྱེད་ཐབས་འདི་བེད་སྤྱོད་དེ་དཔེ་མཚོན་གྱི་མི་སྣ་ཞིག་གསར་སྐྲུན་བྱེད་ཐུབ་པ་མ་ཟད། དེ་ནི་སྒྱུ་རྩལ་འཕྲུལ་མེད་ཅིག་རེད་"(《ངས་ཇི་ལྟར་བྱས་ཏེ་རྩོམ་འབྲི་རྒྱུ་སློབ་སྦྱོང་བྱས་པའི་སྐོར་གླེང་བ་》《རྩོམ་རིག་སྒྱུ་རྩལ་སྐོར་གླེང་བ་》ཅེས་པའི་ཤོག་གྲངས་160ལ་གསལ་)ཅེས་གསུངས་ཡོད་པ་རེད། ང་ཚོས་སྒྱུ་རྩལ་གྱི་ཐོག་ནས་དོན་བསྡུ་བ་དང་གདམ་གསེས་བྱེད་སྐབས་ཐོག་མར་དོན་བསྡུ་བར་བྱེད་པའི་ཁོངས་གཏོགས་དང་གཞི་རྒྱ་ཆེན་པོ་ཡོད་དགོས་པ་དང་དེ་རྗེས་བརྩམས་བྱའི་འདུན་པ་དང་མཐུན་པར་མཚོན་ཚུལ་ཐུན་མོང་མ་ཡིན་པ་རྣམས་མི་གཅིག་གི་གཟུགས་སྟེང་དུ་སྤྲུར་ཏེ་མི་སྣ་དེ་དཔེ་མཚོན་ཅན་དུ་བསྒྱུར་བར་བྱེད་དགོས་པ་རེད།

འདིར་དོ་སྣང་བྱེད་དགོས་པ་ཞིག་ནི་གཅིག་སྡུད་ཀྱི་བྱེད་ཐབས་དེ་སྟབས་བདེ་དང་འགྱུར་མེད་ཀྱི་སྒོ་ནས་མཉམ་བསྲེས་བྱེད་རྒྱུ་མ་ཡིན་པར། དེ་ནི་སྒྱུ་རྩལ་གྱིས་བསྡུ་རུབ་དང་གཅིག་སྡུད་བྱེད་རྒྱུ་དེ་ཡིན་རྐྱེན་དེར་གསར་སྐྲུན་གྱི་རང་བཞིན་ཆེས་ཆེར་ལྡན་ཡོད་པ་ཞིག་ཡིན། གདམ་གསེས་དང་གཅིག་སྡུད་བྱེད་པའི་སྒྱུ་རྩལ་གྱི་བྱེད་ཐབས་དེ་ནི་དཔེ་མཚོན་ཅན་དུ་བསྒྱུར་བར་ཆེས་གལ་ཆེ་བའི་དོན་སྙིང་ལྡན་ཡོད་པ་ཞིག་ཡིན། དཔེ་མཚོན་གྱི་གཟུགས་བརྙན་དང་དཔེ་མཚོན་གྱི་རང་བཞིན་ལྡན་པའི་གཟུགས་བརྙན་མང་པོ་ཞིག་ནི་གདམ་གསེས་དང་གཅིག་སྡུད་བྱེད་པའི་བྱེད་ཐབས་ལ་བརྟེན་ནས་གསར་སྐྲུན་བྱས་པ་ཞིག་ཡིན་དཔེར་ན། བརྩམས་སྒྲུང་《སློན་འདུན་ཞུ་བ་》ཞེས་པའི་ནང་གི་མི་སྣ་གཙོ་

བོ་ཤང་ལིངས་སའོ་ཡི་དཔེ་མཚོན་གྱི་གཟུགས་བརྙན་གསར་བསྐྲུན་བྱེད་པའི་བྱ་རིམ་གྱི་ནང་དུ་སྐུ་ཞབས་ལུའུ་ཤུན་གྱིས་གདམ་གསེས་དང་གཅིག་སྡུད་བྱེད་པའི་བྱེད་ཐབས་གཉིས་པོ་བེད་སྤྱོད་བྱས་ཡོད་པ་གསལ་པོར་མཐོང་ཐུབ་པ་ཞིག་ཡིན། 《སྐུ་ཞབས་ལུའུ་ཤུན་གྱི་བརྩམས་སྒྲུང་ནང་གི་མི་སྣ》ཞེས་པའི་དེབ་ནང་དུ་ཪྫ་སྤྱོད་བྱས་པར་གཞིགས་ན། ཤང་ལིང་སའོ་འདས་ཁའི་གཟུགས་དབྱིབས་དེ་ནི་རྩོམ་པ་པོ་ཉིད་ཀྱི་ཁྱིམ་མཚེས་ཨ་མའི་གཟུགས་དབྱིབས་དེ་དཔེར་བླངས་ཡོད་པ་དང་། བུད་མེད་སྐྱར་དུ་མནའ་མར་ཕྱིན་ན་ཤི་བའི་རྗེས་སུ་ཕུང་པོ་དུམ་བུར་གཏུབ་པ་སོགས་ཀྱི་ཞིབ་ཕྲའི་བརྗོད་དོན་རྣམས་ནི་ཏན་ཨ་མ་ཞེས་པའི་གནས་ཚུལ་དེ་ཚུར་བླངས་པ་དང་། ཤང་ལིང་སའོ་ཡི་ཕྲུ་གུ་སྤྱང་ཀིས་བཟས་པའི་བྱུང་རིམ་རྣམས་ནི་གནའ་བོའི་བང་སོ་བལྟ་མཁན་ཞིག་ལ་བྱུང་བའི་གཏམ་རྒྱུད་ལ་གཞིགས་ནས་རྩོམ་འབྲི་བྱས་པ་ཡིན་ཞེས་འཁོད་ཡོད། དེ་ལྟར་ལུའུ་ཤུན་གྱིས་གདམ་གསེས་བྱས་པའི་རྒྱང་གཞིའི་ཐོག་ཏུ་སྒྲུ་རྩལ་གྱིས་གཅིག་སྡུད་བྱས་ཡོད་ལ། དེའི་ནང་དུ་བསམ་བློའི་བཀོད་པ་དང་གཟུགས་མེད་གྲིབ་བཟོ་བྱས་ཡོད་པ་ཡང་ཚུད་ཡོད་པ་དང་། བྱུང་རིམ་དེ་དག་བརྒྱུད་དེ་ཤང་ལིང་སའོ་ཡི་གཟུགས་བརྙན་དེ་གསར་སྐྲུན་བྱེད་ཐུབ་པ་བྱུང་བ་རེད།

2. བསམ་ཡན་དང་གཟུགས་མེད་གྲིབ་བཟོ།

རྩོམ་པ་པོར་འཚོ་བ་དངོས་ཀྱི་ནང་ནས་བྱུང་བའི་རྒྱུ་ཆ་དེ་དག་ལ་ཆ་ཚང་གི་རང་བཞིན་མི་ལྡན་པ་དང་གཅིག་སྡུད་ཀྱི་རང་བཞིན་མེད་པ། གསོན་ཉམས་ཀྱི་རང་བཞིན་དང་། གཏིང་ཟབ་ཀྱི་རང་བཞིན་ལྡན་མེད་པ་ཞིག་ཡིན་པ་མ་ཟད། གལ་སྲིད་རྩོམ་པ་པོས་རྒྱུ་ཆ་དེ་རང་ལ་གཞིགས་ཏེ་དཔེ་མཚོན་ཅན་དུ་བསྒྱུར་བའི་ལས་ཀ་བྱས་ཚེ་དེའི་ནང་དུ་འཚོ་བའི་ནང་དོན་དང་འབྲེལ་ཆགས་པའི་བྱ་རིམ་མི་འདང་བའི་གནས་ཚུལ་དེ་ཚོར་སྣང་སྐྱེ་ཐུབ་པ་ཞིག་ཡིན་ཏེ། རྩོམ་པ་པོས་དཔེ་མཚོན་ཅན་དུ་བསྒྱུར་ཕྱིར་བསམ་ཡན་དང་གཟུགས་མེད་གྲིབ་བཟོ་བྱེད་པའི་བྱེད་ཐབས་དེ་བེད་སྤྱོད་མི་བྱེད་རང་བྱེད་ཡིན། སེམས་ཁམས་

རིག་པའི་ལྷ་ཚུལ་ལྟར་ན། བསམ་ཡན་ཞེས་པ་ནི་ཡུལ་གྱི་སྣང་རིས་སམ་ཡང་ན་ཉམས་མྱོང་གཞིར་བྱས་ཀྱི་སྟེང་དུ་གཟུགས་བརྙན་གསར་པ་ཞིག་གསར་བཟོ་བྱེད་པའི་རྟོག་པའི་གོ་རིམ་ལ་བཤད་པ་ཡིན་ཏེ། དེའི་ནང་དུ“བསྐྱར་བཟོ”དང“གསར་བཟོ”ཡི་རིགས་གཉིས་འདུས་ཡོད་པ་རེད། བསྐྱར་བཟོའི་བསམ་ཡན་ནི་སྐད་ཆ་ཞིབ་ཏུ་འབྲི་བའམ་དཔེ་རིས། ཨང་རྟགས། མཚན་མ་བཅས་ཀྱི་བརྡ་སྤྲོད་པ་ལ་བརྟེན་ནས་དེ་དག་དང་མཐུན་པའི་གཟུགས་བརྙན་གསར་པ་ཞིག་བསྐྱར་བཟོ་བྱ་རྒྱུ་དེ་ཡིན་ཞིང་། “གསར་བཟོའི་བསམ་ཡན”ནི་དམིགས་པ་དང་ལས་འགན་ངེས་ཅན་ཞིག་གཞིར་བྱས་ཏེ། གླད་པའི་ནང་གི་འབྲེལ་ཡོད་ཀྱི་སྣང་རིས་ལ་བརྟེན་ནས་གཟུགས་བརྙན་གསར་པ་ཞིག་གསར་དུ་བཟོ་རྒྱུ་དེ་ཡིན་ནོ། བསམ་ཡན་དང་གཟུགས་མེད་གྲིབ་བཟོ་བྱེད་པའི་བྱ་རིམ་བརྒྱུད་ཚེ་གཞི་ནས་དོན་དངོས་ནང་མི་འདང་བའི་ཕྱོགས་རྣམས་ལ་ཁ་གསབ་བྱས་ཏེ་གཟུགས་བརྙན་ཆ་ཚང་བའི་མ་ལག་ཤིག་ཆགས་ཐུབ་པ་མ་ཟད། འཚོ་བའི་ནང་ཁ་ཐོར་དུ་གནས་པའི་བྱ་དངོས་རྣམས་འབྲེལ་ཐུབ་པ་དང་། གཏིང་ཟབ་པོའི་སྙོ་ནས་འཚོ་བའི་ངོ་བོ་དང་ཆོས་ཉིད་རྣམས་གསལ་མཚོན་བྱེད་ཐུབ་པ་ཡོང་རྒྱུ་དེ་རེད།

ང་ཚོས་འདི་ལྟར་བརྗོད་ཆོག་པ་སྟེ། བསམ་ཡན་དང་གཟུགས་མེད་གྲིབ་བཟོ་བྱེད་པའི་བྱེད་ཐབས་འདིས་འཚོ་བའི་རང་གཟུགས་དེ་སྒྱུ་རྩལ་གྱི་དཔེ་མཚོན་དུ་བསྒྱུར་བར་བྱེད་པ་དང་། མཐོར་འདེགས་སུ་གཏོང་བའི་ནང་མེད་དུ་མི་རུང་བའི་མཚམས་སྦྱོར་བྱེད་མཁན་ཞིག་ཡིན་ལ། བསམ་ཡན་དང་གཟུགས་མེད་གྲིབ་བཟོའི་བྱེད་ཐབས་འདི་ནི་དཔེ་མཚོན་ཅན་དུ་བསྒྱུར་བར་བྱེད་པའི་བྱ་ཐབས་ནང་དམིགས་བསལ་ཀྱི་ཁྱད་ཆོས་ལྡན་ཡོད་པ་ཞིག་ཡིན།

རྩོམ་པ་པོས་འཚོ་བའི་ནང་དུ་གནས་པའི་ལེགས་པའི་ཕྱོགས་དང་མཛེས་སྡུག་གི་ཕྱོགས་རྣམས་གང་ཐུབ་ཀྱིས་བསྡུ་རུབ་དང་མཉམ་བསྲེས་བྱ་རྒྱུ་དེ་ནི་ལས་འགན་གཙོ་བོ་ཞིག་མ་ཡིན་པར་རྩོམ་པ་པོ་རང་ཉིད་ཐོག་མར་གསར་བསྐྲུན་བྱེད་

མཁན་ཞིག་ཡིན་དགོས། དེར་བརྟེན་རྩོམ་པ་པོ་ཞིག་ལ་ཆ་མཚོན་ན་བསྟུ་རྩུབ་དང་གདམ་གསེས་བྱས་པ་ཁོ་ནས་བརྩམས་ཆོས་ཕུལ་བྱུང་ཞིག་འབྱུང་དཀའ་ལ་དཔེ་མཚོན་ཅན་གྱི་གཟུགས་བརྙན་ཡང་བསྐྲུན་མི་ཐུབ་པས་ངེས་པར་དུ་རྩོམ་པ་པོའི་བསམ་ཡན་དང་རྟོགས་བཟོ་ལ་བརྟེན་ཏེ་འཚོ་བའི་རྒྱུ་ཆ་དང་། བསམ་བློའི་བརྗེ་དུང་མཉམ་དུ་འབྲེལ་བར་བྱས་ཚེ་གཞི་ནས་དཔེ་མཚོན་གྱི་གཟུགས་བརྙན་དང་ཡང་ན་དཔེ་མཚོན་གྱི་རང་བཞིན་ལྡན་པའི་གཟུགས་བརྙན་ཞིག་གསར་བསྐྲུན་བྱེད་ཐུབ་པ་ཡོང་རྒྱུ་དེ་རེད། ཞང་སེང་གིས"སྒྲུང་གཏམ་ནི་འཚོ་བའི་དངོས་ཡོད་གཞིར་བཟུང་ནས་བྱུང་མོད། འོན་ཀྱང་དེ་ནི་རྫུན་མ་ཞིག་ཡིན་ཅིང་། དེ་ནི་སྒྲུང་གཏམ་གྱི་ཁྱད་ཆོས་ཆེས་གཙོ་བོ་རེད། དངོས་ཡོད་མེད་ན་སྒྲུང་གཏམ་མེད་ལ། རྫུན་མ་མེད་ན་ཡང་སྒྲུང་གཏམ་མེད"ཅེས་དང་། "ང་ཚོས་སྒྲུང་གཏམ་ལ་སྒྲུང་གཏམ་ཞེས་མིང་འདོགས་དགོས་པ་ཅི་ཡིན་ཞེ་ན་སྒྲུང་གཏམ་ལས་གྲུབ་པའི་གཞི་རྩའི་བྱ་ཐབས་ཤིག་ནི་རྟོག་བཟོ་བྱེད་པ་དེ་རེད"ཅེས་གསུངས་ཡོད་པ་རེད་ལ། ཁོང་གིས་རྟོག་བཟོའི་བྱེད་སྟངས་སྐོར་ལ་ཡང་"ང་ཚོས་བཤད་པའི་རྫུན་མ་ཞེས་པ་ནི་ཁུངས་མེད་ལུང་མེད་ཀྱིས་རྫུན་བཟོ་བྱས་པ་ཞིག་མིན་པར་འཚོ་བ་དངོས་ཀྱི་རྨང་གཞིའི་འོག་གོང་འཕེལ་དུ་བཏང་བ་ཞིག་རེད་"ཅེས་གསུངས་ཡོད་པ་རེད།

རྩོམ་རིག་གསར་རྩོམ་གྱི་ལག་ལེན་དངོས་ནས་འཚོ་བའི་སྣང་ཚུལ་རྣམས་དཔེ་མཚོན་ཅན་ལ་བསྒྱུར་བར་བསམ་ཡན་དང་གཟུགས་མེད་གྲིབ་བཟོ་བྱེད་རྒྱུ་དེ་ནི་མེད་ན་མི་འགྲིག་པའི་གལ་ཆེའི་གྲུབ་ཆ་ཞིག་ཡིན་པའི་ར་སྤྲོད་བྱས་ཡོད་པ་རེད། སྐུ་ཞབས་ལུའུ་ཤུན་གྱི་བརྩམས་སྒྲུང་《སྨོན་འདུན་ཁུ་བ་》ཞེས་པར་མཚོན་ན། རྩོམ་པ་པོས་ཁྲིམ་མཆོས་ཨ་མའི་གཟུགས་དབྱིབས་དང་། ཧན་ཨ་མ། བང་སོ་ལྷ་མཁན་གྱི་མི་དེའི་བྱུང་བ་ཁོ་ན་མཉམ་བསྲེས་བྱས་པ་ལས་བརྩམས་སྒྲུང་འདི་ཡོང་མི་ཐུབ་ལ། ཤང་ལིང་སའོ་ཡི་གཟུགས་བརྙན་དེ་གསར་བསྐྲུན་བྱེད་མི་ཐུབ། རྩོམ་པ་པོས་གསར་རྩོམ་བྱེད་པའི་བྱ་རིམ་ནང་དུ་རང་

ཉིད་ཀྱི་བསམ་ཡན་དང་གཟུགས་མེད་གྲིབ་བཟོའི་བྱེད་ཐབས་ལ་བརྟེན་པ་དང་། རྒྱུན་གཏན་འཚོ་བའི་ནང་དུ་འཕྲད་པའི་ཀྲུང་གོའི་བུད་མེད་མང་པོ་ཞིག་གི་ལས་དབང་རྣམས་མཉམ་དུ་འབྲེལ་བར་བྱས་ཏེ། དཔེ་མཚོན་གྱི་མི་སྣ་དེ་གསར་བསྐྲུན་བྱས་པ་ཞིག་ཡིན། དེ་ལྟར་བསམ་ཡན་དང་གཟུགས་མེད་གྲིབ་བཟོ་བྱེད་རྒྱུ་དེ་ཡང་འཚོ་བ་དངོས་དེ་རྨང་གཞིར་འཛིན་དགོས་པ་དང་། འཚོ་བའི་གཏན་ཚིགས་རིག་པར་ཡང་དོ་སྣང་བྱེད་དགོས་པ་ཞིག་ཡིན་པ་ལས་གང་དྲན་དྲན་ཞིག་མ་ཡིན་ནོ།

3. རབ་བཏགས་དང་འཆར་སྣ།

རྩོམ་པ་པོར་འཚོ་བ་དངོས་ཀྱི་ནང་ནས་ཐོབ་པའི་དམིགས་བསལ་གྱི་ཁྱད་ཆོས་ལྡན་པའི་བྱ་དངོས་དང་རྒྱུ་ཆ་འགའ་ཞིག་ཤིན་ཏུ་ཆུང་བ་ཞིག་ཡིན་ལ། བྱ་དངོས་ཀྱི་ངོ་བོ་དེ་ཡང་ཤིན་ཏུ་ཆུང་བའི་རྒྱུ་ཆ་དེ་དག་དང་མཉམ་དུ་འབྲེལ་ཡོད་པར་བརྟེན་ཤིན་ཏུ་ཆུང་བའི་བྱ་དངོས་དེ་དག་ཆེན་པོ་ཞིག་ཏུ་བསྒྱུར་བ་མ་ཟད། བྱ་དངོས་དེ་དག་གི་ངོ་བོའི་ཁྱད་ཆོས་མངོན་གསལ་དོད་པོས་མཚོན་པ་བྱེད་ཕྱིར་རབ་བཏགས་དང་འཆར་སྣའི་བྱེད་ཐབས་དེ་ནི་དཔེ་མཚོན་ཅན་དུ་བསྒྱུར་བ་བྱེད་པའི་ནང་རྟག་ཏུ་སྤྱོད་པའི་སྒྱུ་རྩལ་གྱི་ཐབས་ཤིག་ཡིན།

སྔན་ངག་གི་ནང་དུ་རྟག་པར་དཔེ་རྒྱན་དང་གཟུགས་རྒྱན་སོགས་བེད་སྤྱོད་དེ་རྩོམ་པ་པོའི་རེ་འདོད་མཚོན་པར་བྱེད་ཀྱི་ཡོད་ལ། དེའི་ནང་དུ་ཡང་རབ་བཏགས་དང་འཆར་སྣའི་རྣམ་པ་སྤྱོད་ཀྱི་ཡོད་པ་རེད། དཔེར་ན་ཁྱོད་ལུས་པད་མའི་འདྲི་ཤིང་། གསུང་དབྱངས་ཁུ་བྱུག་གདངས་སྙན། མཁྱེན་དཔྱོད་ནམ་མཁའི་ཀློང་ཡངས་ཞེས་པ་དང་། ཡང་ལུས་མཆོག་ཟླ་བའི་འབྲི་ཤིང་། གསུང་དབྱངས་འབྲུག་སྒྲའི་རོལ་མོ། ཞེས་པ་ལྟ་བུ་བེད་སྤྱོད་བྱས་ཏེ་རྩོམ་པ་པོའི་རེ་འདོད་གང་ལེགས་ཀྱིས་མཚོན་པར་བྱེད་ཀྱི་ཡོད་པ་རེད། དཔེར་ན། དམངས་གཞས་འདི་འདྲ་ཞིག་ཡོད་དེ།

སེམས་པ་སྐྱོ་བའི་སྐད་ཆ།

རི་མ་འདབས་སུ་བཤད་པས།

རི་བོ་ས་རྫེ་ཡིན་ཀྱང་།

དབྱེ་ཡིས་ལྷོག་ལྷོག་གནང་བྱུང་ཞེས་པར་མཚོན་ན་དེར་རབ་བཏགས་ཀྱི་རྣམ་པ་ཤིན་ཏུ་གསལ་པོ་ཞིག་ཡོད་པ་སྟེ། སེམས་སྡུག་དེས་རི་བོ་རྣམས་ཀྱང་སེམས་འགྱུལ་ཐེབས་པ་དང་གདུང་སེམས་མཉམ་སྐྱེའི་བསམ་པ་བྱུང་ཏེ་མགོ་བོ་ལྷོག་ལྷོག་བྱེད་ཀྱི་འདུག་ཅེས་པའི་ཚད་གཞི་ཞིག་ཏུ་རབ་བཏགས་བྱས་ཡོད་པ་དེ་ཡིན།

《བདུད་འདུལ་》ནང་གི་བདུད་ཀླུ་བཙན་ཟེར་བ་ནི་ལྷ་སའི་བྱང་ངོས་ཀྱི་གནམ་མཚོ་ཕྱུག་མོའི་ཕྱོགས་སུ་ཡོད་པའི་གྲེ་བ་ནང་ཚན་གྱི་སའི་ཆར་གནོགས་པ། གུ་རུ་དང་མོན་རུའི་ས་མཚམས་སུ་སྐྱེས་པའི་མི་སྟོབས་རྩལ་ཅན་ཞིག་ཡིན་པ་དང་། ཕོས་རྐུན་ཇག་གི་འགོ་གཙོ་བྱས་ཏེ་མི་རྣམས་ལ་རྐུ་འཕྲོག་དང་གསོད་བཅོམ་གྱི་གནོད་འཚེ་མང་པོ་བཏང་བས། དེའི་མིང་ལ་བདུད་ཟེར། ཕོས་ལྷ་སའི་བྱང་ངོས་ཀྱི་འདམ་ཟེར་བའི་ས་ཆར་ཕྱིན་ནས་རི་དྭགས་གསོད་པ་དང་བརྐུ་འཕྲོག་སོགས་བྱས་ཏེ་བསྡད་པའི་ས་དེ་ལ་ཤ་ར་གནམ་རྫོང་ཟེར་བ་དང་། ཕོས་འཁོར་མང་པོ་བསྡུས་ཏེ་སྡེ་ཆེན་ཞིག་ཆགས། ཕོས་སྡེ་ཆེན་དེའི་རྒྱལ་པོ་བྱས་ཏེ་གཞན་ལ་དམག་འཇུག་བྱས་པ་དང་། སྐབས་ཤིག་མདོ་ཁམས་གླིང་ཡུལ་དུ་སླེབས་ཏེ་གེ་སར་གྱི་བཙུན་མོ་མེ་བཟའ་འབྲུམ་སྐྱིད་དང་ནང་མི་གཉིས་འཕྲོག་པའི་རྐྱེན་གྱིས་གེ་སར་གྱིས་དཔུང་བཏེགས་ཏེ་གཡུལ་འགྱེད་བྱས་ཏེ་བདུད་རྒྱལ་བསད། སྡེ་འབངས་མང་འོག་ཏུ་བསྡུས་པའི་ཡུན་ལ་ལོ་གསུམ་དང་ཟླ་བ་གསུམ་འགོར་བ་དེ་ནི་ལོ་རྒྱུས་ཀྱི་དོན་དངོས་དང་འཚོ་བའི་རང་གཟུགས་ངོ་མ་དེ་ཡིན། བརྩམས་སྒྲུང་གི་ནང་དུ་རྩོམ་པ་པོས་རབ་བཏགས་ཀྱི་སྒོ་ནས་སངས་རྒྱས་ཆོས་ལུགས་ཀྱི་ནང་དུ་བརྗོད་པའི་བདུད་ཀྱི་ཁྱད་ཆོས་ཆ་ཚང་ལྡན་པའི་གཟུགས་བརྙན་ཞིག་ཏུ་གསར་བཟོ་བྱས་ཡོད། སྒྲུང་གི་ནང་དུ"བདུད་ནག་ཀླུ་བཙན་རྐོད་པོ་དེ་གཟུགས་ཆེ་བ་རི་བོ་ལྟ་བུ། ལུས་གཅིག་ལ་མགོ་དགུ་ཡོད་པ།

མགོ་ལ་རྣ་ཅོ་བརྒྱད་སྐྱེས་ཡོད་པ། ཁྲོས་ན་ལུས་ལ་ལྕགས་ཐིགས་ནག་པོས་ཁྱབ་པ། དུག་སྦྲུལ་ནག་པོ་དགུ་ཡིས་སྐེད་ལ་འཁྲིལ་བ། རྐང་ལག་ལ་ལྕགས་ཀྱི་ཐེར་མོ་དགུ་བཞི་སུམ་ཅུ་སོ་དྲུག་གི་ལྕགས་སྐྲ་ལྷར་ཡོད་པ། ཁ་ནས་དུ་བའི་མེ་རི་འཁྲིལ་ཞིང་འབར་བ། སྣ་ནས་དུག་རླུང་འཚུབ་མ་གཡོ་བ། དུག་སྤྲིན་ནག་པོའི་དཀྱིལ་ན་འགྲིང་བ” ཞེས་རབ་བཏགས་དང་ཤུད་བརྗོད་ཀྱི་ཐབས་ལ་བརྟེན་ནས་རྩོམ་འབྲི་མཛད་པ་ཞིག་ཡིན་ནོ།

རབ་བཏགས་དང་འཆར་སྣང་གཉིས་ཀྱི་འབྲེལ་བ་ནི་ཤིན་ཏུ་དམ་པ་ཞིག་ཡིན་ལ། དེ་གཉིས་ཀྱི་ནུས་པ་ཡང་ཕལ་ཆེར་འདྲ་བ་སྟེ། འཚོ་བའི་ངོ་བོའི་ཁྱད་ཆོས་འགའ་ཞིག་མངོན་གསལ་དོད་པོས་མཚོན་པར་བྱེད་རྒྱུ་དེ་ཡིན། འོན་ཏེ་བྱེད་ཐབས་འདི་གཉིས་ལ་མི་འདྲ་བའི་ཕྱོགས་ཡང་ཡོད། གལ་སྲིད་རབ་བཏགས་བྱེད་རྒྱུ་དེ་ནི་སྤྱིར་བཏང་ཐོག་འཚོ་བ་དངོས་ཀྱི་རྣམ་པ་དང་གཏན་ཚིགས་རིག་པ་དང་ཁ་མི་བྲལ་བ་ཞིག་ཡིན་ན། འཆར་སྣང་གི་བྱེད་ཐབས་དེ་ནི་འཚོ་བ་དངོས་ཀྱི་རྣམ་པ་དང་འཚོ་བའི་གཏན་ཚིགས་རིག་པ་དེར་བསྒྱུར་བཀོད་དང་། ཚད་ལས་བརྒལ་བར་བྱས་ཏེ་འཚོ་བའི་ནང་གནས་མེད་པའི་ཡ་མཚན་གྱི་གཟུགས་བརྙན་གསར་བསྐྲུན་བྱེད་པ་ཞིག་ཡིན། དཔེར་ན《གླིང་གེ་སར་རྒྱལ་པོའི་སྒྲུང》ནང་དུ་ཁམས་གསུམ་དབང་དུ་བསྒྱུར་བའི་མངོན་ཤེས་དྲུག་ལྡན་གྱི་ལྷ་མོ་ཨ་ནེ་གོང་སྨན་རྒྱལ་མོ་དང་། གླིང་གེ་སར་རྒྱལ་པོའི་དམག་འཐབ་ལ་མཁས་པའི་ཡོན་ཏན་དང་། ངོ་མཚར་བློ་ལས་འདས་པའི་རྫུ་འཕྲུལ་སོགས་དང་ཁོང་གི་དགྲ་ཕྱོགས་སུ་འཛིགས་སུ་རུང་བའི་བདུད་མགོ་དགུ་ཅན་དང་། ཐ་ན་སྒྲུང་དེབ་ནང་འདབ་ཆགས་སོགས་ཀྱི་ཀྱང་མི་སྐད་སྨྲ་ལ་ཆོ་འཕྲུལ་སྣ་ཚོགས་བརྟན་ཐུབ་པ་སོགས་དཔོག་པར་དཀའ་བའི་ཡུལ་ལྗོངས་དང་བྱ་དངོས་ཧ་སྐྱེད་ཅིག་གསར་བསྐྲུན་བྱས་ཡོད་པ་དེ་དག་ནི་འཆར་སྣང་གི་བྱེད་ཐབས་ལ་བརྟེན་ནས་བྱུང་བ་ཞིག་ཡིན། འཆར་སྣང་གི་བྱེད་ཐབས་དེ་ནི་འཆར་ཡན་རིང་ལུགས་ཀྱི་བརྩམས་ཆོས་ནང་དུ་བེད་སྤྱོད་དེ་བས་ཀྱང་མང་པོ་བྱེད་ཀྱི་ཡོད་པ

རེད། དཔེར་ན། 《གླིང་གེ་སར་རྒྱལ་པོའི་སྒྲུང་》ནང་“དེ་ནས་སྤྲུལ་མགོའི་འདབས་སུ་ས་བཟུང་ནས་བཞུགས་ཤིང་། ལ་ཁའི་ཤ་ཕོ་རྐང་བཟུང་བྱས། མགོ་ཡི་དུང་རྭ་གནད་དུ་བླངས། རྐོད་པོ་རྗེ་ཡི་བཤད། རྐང་དཀར་ཞགས་པས་བཟུང་། ལ་ཡན་གྱི་རི་དྭགས་ཚམས་ལ་ཐབས། ཤ་ཡི་རྩིག་པ་བརྩིགས། མགོ་བོ་ཡི་ར་བ་བསྐོར། ཁྲག་གི་མཚོ་མོ་བསྐྱིལ། ལྷུང་ཡན་གྱི་མགྲོན་པོ་བཙོན་ལ་འཇུག མི་ཤ་ཟས་སུ་ཟོས། མི་ཁྲག་སྐོམ་དུ་འཐུང་། མི་སྤགས་གདན་དུ་བཏིངས། མི་རོ་ཐང་དུ་བཀྲམ། ལྷ་འདྲེ་ཡིན་ཀྱང་ཡིད་ཆད། སྲིན་པོ་ཡིན་ཀྱང་ཁམས་ལོགས། སྡེ་བརྒྱད་ཡིན་ཀྱང་འཇིགས་ཞུམ་མེ་ཞིག་བྱས་ནས་བཞུགས་སོ།”ཞེས་དང་། ཡང་“ཚ་ཞང་འདན་མ་སྤྲུལ་མགོ་འདབས་སུ་སླེབས་ནས་ཡར་བལྟས་ཚེ། མི་ལྤགས་ཀྱི་གུར་ཕུབ། རྒྱུ་མའི་ཚོན་ཐག་འཐེན། མི་རོ་དང་རྟ་རོའི་རགས་བརྩིགས་ཏེ། སྲིན་ཡུལ་ལང་ཀ་པུ་རུ་ལས་ཀྱང་འཇིགས་ཆེ་བ་ཞིག་བྱས་ནས་བཞུགས་པ་མཐོང་། དང་པོ་ཚ་ཞང་འདན་མ་དེའི་ཐུགས་དགོངས་ལ། གདོང་ཆོས་འཕེན་ནག་པོའི་གདོང་རྒྱུད་ལ་འདི་འདྲའི་མི་ཞིག་སྐྱེ་ལུགས་ལ་ཡོད་སྙམ་སྟེ་སྐྱོ་བར་འདུག་བར་དུ་བསམ་བློ་ཞིག་བཏང་སྟེ་ད་ལྟ་གླིང་ཡུལ་གྱི་མི་ཐམས་ཅད་དུས་ཅིག་ཏུ་ཟོས་ནའང་ཤ་ལྤགས་འདི་ཙམ་མི་ཡོང་དེ་ཕྱིར་སྟག་རོང་གི་མི་བཅུ་བཞི་ལས། འདི་ཟོས་ཟེར་བའི་ངེས་པ་སུ་ལ་མེད། ཐམས་ཅད་ཟོས་པ་རེད་ཅེས་གླིང་པས་བཤད་འདུག་སྟེ། ཐམས་ཅད་ཟོས་ཚར་ན་རང་རེ་ལྟག་དོན་མེད་གཏམ་དེ་ཚོའང་བདེན་པར་མི་འདུག མི་རོ་དང་རྟ་རོ་འདི་ཚོ་འང་འདི་ཡིན་གྱི་བདག་པོ་མེད་པའི་མི་རྟ་འདི་འདྲ་ཡོང་དོན་མེད། དེ་སྒྱུ་མའི་སྤྲུལ་པ་ཡིན་པ་ཐེ་མི་ཚོམ”(《འབྲུངས་སྐོར་》ཞེས་པའི་ཤོག་གྲངས་106དང་ཤོག་གྲངས་116ལ་གསལ་)ཅེས་རྩོམ་འབྲི་བྱས་ཡོད་པ་དེ་དག་ནི་གླིང་གེ་སར་རྒྱལ་པོའི་ངོ་མཚར་བློ་ལས་འདས་པའི་རྫུ་འཕྲུལ་ལ་བསྔགས་བརྗོད་དང་མངོན་གསལ་དོད་པོ་ཡོང་ཕྱིར་འཆར་སྒོའི་རྣམ་པའི་ཐོག་ནས་རྩོམ་འབྲི་བྱས་པ་ཞིག་ཡིན། གོང་དུ་ང་ཚོས་དཔེ་མཚོན་ཙམ་དུ་བསྒྱུར་བར་བྱེད་པའི་བྱེད་ཐབས་

གལ་ཆེ་བ་དང་རྟག་ཏུ་བེད་སྤྱོད་དང་རྒྱུན་གཏན་མཐོང་ཐུབ་པའི་གནད་དོན་འགའ་ཞིག་གི་སྐོར་གླེང་ཟིན་པ་ཡིན། འོན་ཏེ། དཔེ་མཚོན་ཅན་དུ་བསྒྱུར་བར་བྱེད་པའི་སྒྱུ་རྩལ་གྱི་བྱེད་ཐབས་ག་རེ་བེད་སྤྱོད་བྱེད་ཀྱི་ཡོད་དམ་ཞེ་ན། དེ་ནི་ཁོ་ཚོས་གསར་རྩོམ་བྱེད་པའི་བརྗོད་དོན་དང་རྣམ་པ་མི་འདྲ་བ་དང་འབྲེལ་བ་དམ་ཟབ་ཡོད་པ་མ་ཟད། རྩོམ་པ་པོ་ཉིད་ཀྱི་རྩོམ་རིག་གསར་རྩོམ་བྱེད་སྐབས་ཀྱི་ཐུན་མོང་མ་ཡིན་པའི་བྱེ་བྲག་གི་རང་བཞིན་དང་འབྲེལ་བ་དམ་ཟབ་ཡོད་པ་ཞིག་ཡིན། དེར་བརྟེན་དཔེ་མཚོན་ཅན་དུ་བསྒྱུར་བར་བྱེད་པའི་སྒྱུ་རྩལ་གྱི་བྱེད་ཐབས་དེ་ཡང་རྩོམ་རིག་གི་རྣམ་པ་མི་འདྲ་བ་དང་། བརྗོད་དོན་མི་འདྲ་བ། ཉམས་འགྱུར་མི་འདྲ་བ། གསར་རྩོམ་གྱི་བྱེད་ཐབས་མི་འདྲ་བ་ལ་གཞིགས་ཏེ་སྒྱུ་རྩལ་གྱི་བྱེད་ཐབས་ཡང་མི་འདྲ་བ་རེ་ཡོད་པ་ཡིན་ནོ།

1. དཔེ་མཚོན་ཅན་དུ་བསྒྱུར་བའི་གོ་དོན་ཅི་འདྲ་ཡིན་ནམ།
2. དཔེ་མཚོན་ཅན་དུ་བསྒྱུར་བའི་རྩ་བའི་རེ་འདུན་གང་ཡིན་ནམ།
3. བསམ་ཡན་དང་གཟུགས་མེད་གྲིབ་བཟོ་ཞེས་པའི་གོ་དོན་གང་ཡིན།

ས་བཅད་བཞི་པ། གསར་རྩོམ་བྱ་ཐབས་དང་འཇིག་རྟེན་ལྷ་ཚུལ་གྱི་འབྲེལ་བའི་སྐོར།

རྩོམ་པ་པོས་ཡང་དག་པའི་སྙོ་ནས་སྤྱི་ཚོགས་ཀྱི་འཚོ་བ་མཚོན་པར་བྱེད་པ་དང་། དཔེ་མཚོན་གྱི་མི་སྣའི་གཟུགས་བརྙན་གསར་བསྐྲུན་བྱེད་པར་རང་ཉིད་ཀྱི་འཚོ་བའི་སྒྲུང་གོམས་ཕུན་སུམ་ཚོགས་པོ་ཞིག་གསོག་འཇོག་བྱེད་དགོས་པ་མ་ཟད། འཇིག་རྟེན་ལྷ་ཚུལ་སྔོན་ཐོན་ཅན་ཞིག་གི་ཁྱད་སྟོན་ཡང་ཡོད་དགོས་པ་རེད། རྩོམ་འབྲི་དངོས་སུ་བྱེད་པའི་བརྒྱུད་རིམ་ནང་དུ་གཟུགས་བཀོད་བསམ་གཞིགས་བྱ་རྒྱུ་དེ་བེད་སྤྱོད་བྱེད་དགོས་ལ་དཔེ་མཚོན་ཅན་དུ་འགྱུར་བའི་ཆོས་ཉིད་ཡང་རྟོགས་དགོས་པ་དང་། ད་དུང་གསར་རྩོམ་བྱེད་པའི་ཐབས་ཤེས་དང་སྒྱུ་རྩལ་གྱི་ཇུས་འགོད་སོགས་ཀྱི་བྱུང་རྩལ་ངེས་ཅན་ཞིག་ཁོང་དུ་ཆུད་པར་བྱེད་དགོས། དེར་བརྟེན་ང་ཚོས་རྩོམ་རིག་སྒྱུ་རྩལ་གྱི་བརྩམས་ཆོས་གསར་རྩོམ་བྱེད་པའི་ཆོས་ཉིད་ལ་ཞིབ་འཇུག་བྱེད་དགོས་ལ། འཇིག་རྟེན་ལྷ་ཚུལ་དང་རྩོམ་རིག་གསར་རྩོམ་བྱ་ཐབས་དེས་རྩོམ་རིག་གསར་རྩོམ་བྱེད་པའི་ནང་གི་གནས་བབ་དང་ནུས་པ། དེ་གཉིས་དབར་གྱི་འབྲེལ་བ་བཅས་ལ་ཡང་ཞིབ་འཇུག་བྱེད་དགོས་པ་ཞིག་ཡིན། གནད་དོན་དེ་དག་ཤེས་རྟོགས་ཡང་དག་པ་ཞིག་བྱེད་པར་རྩོམ་རིག་ལོ་རྒྱུས་ཐོག་ཏུ་བྱུང་བའི་རྩོམ་རིག་གི་གསར་རྩོམ་བྱ་ཐབས་མི་འདྲ་བར་ཞིབ་འཇུག་བྱ་རྒྱུ་དེ་ནི་རྩོམ་རིག་གསར་རྩོམ་གྱི་ལོ་རྒྱུས་ལ་ཕྱོགས་བསྡོམས་དང་། རྩོམ་རིག་གསར་རྩོམ་འཕེལ་རྒྱས་ཀྱི་ཆོས་ཉིད་ཤེས་རྟོགས་བྱ་རྒྱུར་རོགས་རམ་བྱེད་ཐུབ་པ་མ་ཟད། ང་ཚོས་རྩོམ་རིག་གསར་རྩོམ་བྱེད་པའི་གཙོ་བོའི་ཁྲིད་ཆོས་གསལ་འདོན་དང་དར་སྤེལ་བྱ་རྒྱུར་ཡང་དགེ་མཚན་ལྡན་པའི་བྱ་བ་

ཞིག་ཡིན།

དང་པོ། འཛིག་རྟེན་ལྟ་ཚུལ་དང་རྩོམ་རིག་གསར་རྩོམ་བྱ་ཐབས།

འཛིག་རྟེན་ལྟ་ཚུལ་ཞེས་པ་ནི་མི་རྣམས་ཀྱིས་རང་བྱུང་ཁམས་དང་སྤྱི་ཚོགས་ཀྱི་ཁོངས་གཏོགས་ཆབ་སྲིད་དང་། དཔལ་འབྱོར། རིག་གནས་བཅས་ལ་འཛིན་པའི་རྩ་བའི་ལྟ་ཚུལ་དེ་རེད། མི་རྣམས་ཀྱི་བསམ་བློའི་འདུ་ཤེས་དང་བྱ་སྤྱོད་ཐམས་ཅད་ནི་འཛིག་རྟེན་ལྟ་ཚུལ་དང་འབྲེལ་བ་དམ་ཟབ་ཡོད་པ་མ་ཟད། འཛིག་རྟེན་ལྟ་ཚུལ་དེས་མི་རྣམས་ཀྱི་འཚོ་བའི་རྣམ་འགྱུར་ཐག་གཅོད་བྱེད་པ་དང་། བསམ་པའི་བྱ་སྤྱོད་ཡོད་ཚད་ལ་མཛུབ་ཁྲིད་ཀྱི་ནུས་པ་ཐོན་གྱི་ཡོད། རྩོམ་པ་པོ་ཞིག་གི་ངོས་ནས་བཤད་ན། འཛིག་རྟེན་ལྟ་ཚུལ་དེས་ད་ལྟའི་དངོས་ཡོད་ཀྱི་འཚོ་བར་འཛིན་པའི་ལྟ་ཚུལ་དང་རྣམ་འགྱུར་ཐག་གཅོད་བྱེད་ཀྱི་ཡོད་ལ་དེས་འཛིན་པའི་སྒྱུ་རྩལ་གྱི་ལྟ་ཚུལ་དང་རྣམ་འགྱུར་ལ་ཤུགས་རྐྱེན་ཆེན་པོ་ཡོད་པ་དང་། རྩོམ་རིག་གསར་རྩོམ་བྱེད་པའི་བྱ་སྤྱོད་ལ་སློབ་སྟོན་ཡང་བྱེད་ཀྱི་ཡོད་པ་རེད།

རྩོམ་པ་པོ་རྣམས་ཀྱིས་སྤྱི་ཚོགས་ཀྱི་འཚོ་བ་མཚོན་པར་བྱེད་པ་དང་། རྩོམ་རིག་གསར་རྩོམ་བྱེད་པའི་ཚེ་ཐོག་མར་གང་ཞིག་ལ་བལྟ་གས་བརྗོད་དང་། གང་ཞིག་ལ་ངོ་རྒོལ་དང་སྲུན་འབྱིན་བྱེད་པའི་གནད་དོན་ཞིག་ཡོད་པ་དང་། འཚོ་བ་ནི་རྒྱ་ཆེ་ཞིང་ཕུན་སུམ་ཚོགས་པ་དང་། འགལ་བ་སྣ་ཚོགས་གནས་པ་ཞིག་ཡིན་རྐྱེན་འཚོ་བ་དངོས་ཀྱི་ནང་ནས་རྩོམ་པ་པོས་བྱ་དངོས་ག་རེར་བལྟ་གས་བརྗོད་བྱེད་དང་། ག་རེར་ངོ་རྒོལ་བྱེད་པའི་གནད་དོན་དེ་ཐག་གཅོད་བྱེད་དགོས་པ་རེད། དེ་ནི་ཐོར་ནས་ད་བར་རྩོམ་པ་པོ་ཚང་མར་ཐུག་པའི་གནད་དོན་ཞིག་ཡིན་པ་དང་། གནད་དོན་ནི་བསམ་བློའི་ཕྱོགས་ལྟང་དང་། འཛིག་རྟེན་ལྟ་ཚུལ་དང་འབྲེལ་བ་ཡོད་པ་ཞིག་རེད།

རྩོམ་རིག་གསར་རྩོམ་བྱེད་སྐབས་བརྗོད་བྱ་གདམ་གསེས་དང་སྙིང་བསྡུས་ཇི་ལྟར་བྱེད་པ་དང་། མི་སྣའི་གཟུགས་བརྙན་ཇི་ལྟར་བསྐྲུན་རྒྱུ་སོགས་ཀྱི་ཐད་འཇིག་རྟེན་ལྟ་ཚུལ་གྱིས་ཚོད་འཛིན་བྱེད་ཀྱི་ཡོད་ལ་སློབ་སྟོན་གྱི་ནུས་པ་ཡང་ཐོན་གྱི་ཡོད་པ་རེད། རྒྱུ་མཚན་ནི་འཇིག་རྟེན་འདིའི་ཐོག་རྒྱུ་རྐྱེན་གང་ཡང་མེད་པའི་དགའ་ཞེན་ཞིག་མེད་ལ། རྒྱུ་རྐྱེན་གང་ཡང་མེད་པའི་སྡང་སེམས་ཤིག་ཀྱང་མེད་པ་མ་ཟད། རྩོམ་རིག་སྒྱུ་རྩལ་གྱི་བརྩམས་ཆོས་ནི་ཕྱི་རོལ་ཡུལ་གྱི་གནས་ལུགས་དངོས་རྣམས་རྩོམ་པ་པོའི་བློ་ཡུལ་དུ་འཆར་བའི་འབྲས་བུ་ཡིན་ཞིང"བློ་ཡུལ་དུ་འཆར་བ"ཞིག་ཡིན་ཕྱིན་དེར་རང་བཞིན་དུ་ཕྱི་རོལ་གྱི་གནས་ལུགས་དངོས་དང་རྩོམ་པ་པོ་རང་ངོས་ཀྱི་ལྟ་ཚུལ་གཉིས་འཛོམས་དགོས་པ་རེད། རྩོམ་པ་པོའི་འཇིག་རྟེན་ལྟ་ཚུལ་ནི་སྐྱེ་དུས་ནས་ཡོད་པ་ཞིག་མ་ཡིན་པར་དེ་ནི་སྤྱི་ཚོགས་ཀྱི་ལག་ལེན་དངོས་ནང་རིམ་བཞིན་ཆགས་པ་ཞིག་ཡིན་ལ། ལོ་རྒྱུས་ཀྱི་ཆ་རྐྱེན་གྱིས་ཚོད་འཛིན་ཡང་བྱས་ཡོད་པ་རེད། ལོ་རྒྱུས་ཀྱི་དུས་སྐབས་མི་འདྲ་བའི་དབང་གིས་རྩོམ་པ་པོ་གནས་པའི་ཡུལ་གྱི་ཆ་རྐྱེན་དང་ཁོར་ཡུག་མི་འདྲ་བ་དང་ལྷག་པར་རང་ངོས་ཀྱི་ལྟ་ཚུལ་དང་། དཔལ་འབྱོར་གྱི་ཆ་རྐྱེན་སོགས་མི་འདྲ་བར་བརྟེན་འཇིག་རྟེན་ལྟ་ཚུལ་ཡང་མི་འདྲ་བ་རེ་ཡོད་པ་རེད།

དུས་རབས་མི་འདྲ་བའི་ནང་དཔལ་འབྱོར་གྱི་རྨང་གཞི་དང་རིམ་གྲས་མི་འདྲ་བས་མིའི་བསམ་བློར་ཚོད་འཛིན་བྱེད་པ་དང་ཁ་ལོ་བསྒྱུར་གྱི་ཡོད་པ་མ་ཟད། བསམ་བློའི་ངོས་འཛིན་གྱི་ཚུ་ཚད་དང་ཚན་རིག་དང་རིག་གནས་འཕེལ་རྒྱས་ཀྱི་ཚུ་ཚད་ཀྱང་མི་འདྲ་བ་དེ་བཞིན་དུ་མི་རྣམས་ཀྱི་འཇིག་རྟེན་ལྟ་ཚུལ་ཡང་ཁྱད་པར་ཆེན་པོ་ཡོད་ཅིང་། དུས་རབས་གཅིག་གི་ནང་དུ་འཚོ་གནས་བྱེད་པའི་མི་རྣམས་ལ་མཚོན་ན་ཡང་མི་རྣམས་ཀྱི་སྤྱི་ཚོགས་ཀྱི་གནས་བབ་མི་འདྲ་བ་དང་། འཚོ་བའི་ལོ་རྒྱུས་མི་འདྲ་བར་བརྟེན་འཇིག་རྟེན་ལྟ་ཚུལ་ལ་ཡང་ཁྱད་པར་ཡོད་པ་མ་ཟད། ཐ་ན་ཙ་བའི་ཁྱད་པར་ཡང་ཡོད། དེར་བརྟེན་རྩོམ་པ་པོ་གཅིག་གི་འཇིག་རྟེན་ལྟ་ཚུལ་ལ་དཔྱེ་ཞིབ་བྱེད་སྐབས་ངེས་པར་དུ་དུས་རབས་

དང་། རིམ་གྲས་ཀྱི་ཆ་རྐྱེན་སོགས་ལ་བསམ་གཞིགས་བྱེད་དགོས་པ་ལས་དུས་རབས་དང་རིམ་གྲས་ཀྱི་དབྱེ་བ་དེ་མཉམ་བསྲེས་བྱེད་མི་རུང་།

རྩོམ་རིག་གསར་རྩོམ་ཇི་ལྟར་བྱ་རྒྱུ་དེ་རྩོམ་པ་པོས་སྤྱི་ཚོགས་ཀྱི་འཚོ་བར་རང་ངོས་ཀྱི་ལྟ་ཚུལ་དང་སྒྱུ་རྩལ་གྱི་ལྟ་ཚུལ། མཛེས་རིག་གི་ལྟ་ཚུལ། དེ་མིན་རྩོམ་རིག་སྒྱུ་རྩལ་གྱི་སྤྱི་ཚོགས་ཀྱི་གནས་བབ་དང་ནུས་པ་སོགས་ལ་ལྟ་ཚུལ་མི་འདྲ་བ་འབྱུང་སྲིད་པར་བརྟེན་རང་ཉིད་ཀྱི་འཛིག་རྟེན་ལྟ་ཚུལ་དེས་རང་གི་བརྗོད་པར་བྱ་བའི་བརྩམས་ཆོས་ལ་སློབ་སྟོན་དང་ཚོད་འཛིན་བྱེད་པའི་ནུས་པ་ལྡན་ཡོད་པ་རེད། དེ་ཡང་གསར་རྩོམ་གྱི་བརྗོད་གཞི་དང་འཕེལ་རིམ། མཐའ་ཡི་མཇུག་འབྲས། མི་སྣའི་གཟུགས་བརྙན་བཅས་ཅི་འདྲ་བསྐྲུན་པ་སོགས་མ་གཞི་རྩོམ་པ་པོའི་ཤེས་རིག་གི་ཚུ་ཚད་དང་རྩོམ་རྩལ། འཚོ་བའི་མྱོང་གོམས་སོགས་དང་འབྲེལ་བ་དམ་ཟབ་ཡོད་པ་ནི་སྨོས་ཅི་དགོས། འོན་ཏེ་བསམ་བློའི་ལྟ་ཚུལ་དེ་རྩ་བར་གྱུར་པ་མ་ཟད། རང་ངོས་ཀྱི་ངོས་འཛིན་དང་བྱ་དངོས་ལ་འཛིན་པའི་རྣམ་འགྱུར་དང་ཡང་འབྲེལ་བ་དམ་ཟབ་ཡོད།

རྩོམ་པ་པོ་སུ་འདྲ་ཞིག་ཡིན་རུང་དེའི་འཛིག་རྟེན་ལྟ་ཚུལ་ནི་འགྱུར་མེད་སོར་གནས་ཞིག་མ་ཡིན་པར་འཕེལ་རྒྱས་དང་འགྱུར་བ་འགྲོ་གི་ཡོད་པ་དེ་དག་ནི་བསམ་བློའི་འགལ་བ་དང་འཐབ་རྩོད་ལས་བྱུང་བའི་འབྲས་བུ་ཡིན་ཞིང་། གལ་ཏེ་བསམ་བློའི་འགལ་བ་དང་། འཐབ་རྩོད་མེད་ན་འཛིག་རྟེན་ལྟ་ཚུལ་ལ་ཡང་འཕེལ་རྒྱས་དང་འགྱུར་བ་ཡོང་མི་སྲིད། གནའ་རབས་ཀྱི་རྩོམ་པ་པོ་ཕལ་ཆེ་བའི་འཛིག་རྟེན་ལྟ་ཚུལ་ནི་སྔོ་མང་འདྲེས་འཛོང་གི་འགལ་བས་ཁེངས་པ་ཞིག་ཡིན་པ་དང་། ཁོ་ཚོའི་མཚན་ཉིད་རིག་པའི་ལྟ་ཚུལ་དང་ཆབ་སྲིད་ཀྱི་ལྟ་ཚུལ། ཆོས་ལུགས་ཀྱི་ལྟ་ཚུལ། མཛེས་རིག་གི་ལྟ་ཚུལ་སོགས་ཀྱང་མི་འདྲ་བ་ཡོད་ཅིང་། ལྟ་ཚུལ་དེ་དག་གི་ངོ་བོའི་ཕྱོགས་ནས་བལྟས་ན་ཡང་སྔོན་ཕྱིན་དང་རྗེས་ལུས། ཡང་མི་དག་པའི་གྲུབ་ཆ་བཅས་ཟུང་དུ་འབྲེལ་ནས་གནས་ཡོད། དཔེར་ན། ཨུ་རུ་སུའི་གྲགས་ཅན་རྩོམ་པ་པོ་ཐོ་འར་སི་ཐེ་ཡི་མཚན་ཉིད་རིག་པའི་ལྟ་ཚུལ་ནི་

སྤྱིར་དངོས་ཡོད་རིང་ལུགས་ཀྱི་ལྟ་ཚུལ་ཞིག་ཡིན། ཁོང་གིས་ཆབ་སྲིད་ཀྱི་ཐོག་ཏུ་རྟོང་གོང་མའི་སྲིད་དབང་སྙེར་གཙོད་བྱེད་པའི་ལམ་ལུགས་དང་མ་རྩའི་རིང་ལུགས་ཀྱི་སྤྱི་ཚོགས་ལ་ངོ་རྒོལ་བྱེད་ཀྱི་ཡོད་པ་དང་། དེ་དང་དུས་མཚུངས་གསར་བརྗེའི་དྲག་ཤུགས་ལ་ཡང་ངོ་རྒོལ་བྱས་ཏེ་ཆོས་ལུགས་དར་སྤེལ་བྱེད་རྒྱུའི་འདོད་ཚུལ་བཏོན་ཡོད་པ་རེད། འགལ་བ་དེ་དག་ནི་གཙོ་བོ་སྐབས་དེའི་ལོ་རྒྱུས་ཀྱི་ཆ་རྐྱེན་དང་རྩོམ་པ་པོ་གནས་པའི་གྲལ་རིམ་གྱི་གནས་བབ་ལས་བྱུང་བ་ཞིག་ཡིན།

རྩོམ་པ་པོས་སྒྱུ་རྩལ་གྱི་གཟུགས་བརྙན་ལ་བརྟེན་ནས་འཚོ་བ་མཚོན་པར་བྱེད་པ་དང་། རྩོམ་རིག་གསར་རྩོམ་དང་དངོས་ཡོད་ཀྱི་འབྲེལ་བ་ཐག་གཅོད་བྱ་རྒྱུའི་ཐད་རྩ་དོན་ངེས་ཅན་ཞིག་ལ་བརྩི་སྲུང་བྱས་ཏེ་རྩོམ་རིག་གསར་རྩོམ་གྱི་བྱ་ཐབས་བེད་སྤྱོད་བྱེད་ཀྱི་ཡོད་པ་རེད། དཔེར་ན། རྩོམ་པ་པོ་འགའ་ཞིག་གི་འཚོ་བ་དངོས་ཀྱི་རྣམ་པ་ལ་གཞིགས་ཏེ་མཚོན་པར་བྱེད་པ་དང་། རྩོམ་པ་པོ་འགའ་ཞིག་གིས་སོ་སོའི་ཕྱུགས་བསམ་དང་རེ་འདོད་ལ་དམིགས་ཏེ་འཚོ་བ་མཚོན་པར་བྱེད་ཀྱི་ཡོད། རྩ་དོན་མི་འདྲ་བའི་རྐྱེན་གྱིས་རྩོམ་རིག་སྒྱུ་རྩལ་གྱི་གཟུགས་བརྙན་གྲུབ་པར་བྱེད་པའི་ཐབས་ཤེས་མི་འདྲ་ལ། བརྩམས་ཆོས་ཉམས་འགྱུར་ཐད་ལ་ཡང་རང་བཞིན་དུ་མི་འདྲ་བའི་ཕྱོགས་དེ་མངོན་གསལ་དོད་པོ་ཡོད་པ་རེད། དཔེར་ན། མདོ་མཁར་ཞབས་དྲུང་ཚེ་རིང་དབང་རྒྱལ་གྱིས་བརྩམས་པའི་《གཞོན་ནུ་ཟླ་མེད་ཀྱི་གཏམ་རྒྱུད་》ལ་མཚོན་ན་མི་སྣ་ཕན་ཚུན་གླིང་མོལ་དང་། ཡུལ་ལྗོངས། བརྗོད་དོན་རྣམས་ཚོགས་བཅད་ལས་གྲུབ་པ་དང་། བྱ་བའི་བརྒྱུད་རིམ་དང་། གཟུགས་བརྙན་དུ་བཀོད་པའི་མི་སྣ་སོ་སོའི་བསམ་བློའི་འཆར་སྒོ་གང་ཡིན་པ་རྣམས་ཚིག་ལྷུག་དང་བཅད་ལྷུག་སྤེལ་མའི་རྩོམ་ཚུལ་གྱི་རྣམ་པ་ལྡན་པ་དང་། སྙན་ངག་གི་རྒྱན་དང་མཐུན་པའི་ཚིགས་བཅད་ཀྱི་རྒྱན་ཅུང་མང་བ། བོད་ཀྱི་གཙུག་ལག་རྒྱ་མཚོ་ཆེན་པོའི་ནང་གི་སྐྱེས་རྟོགས་ཀྱི་དཔལ་འབར་བའི་བརྗོད་སྦྱོར་དང་། མངོན་བརྗོད། གསོན་

ཉམས་ལྡན་པའི་དམངས་ཁྲོད་ཀྱི་གཏམ་དཔེ་སོགས་ཀྱིས་བརྗོད་བྱ་གསལ་བར་བསྟན་ཅིང་། སྙན་ངག་མི་ལོང་གི་བཞེད་གཞུང་ཚད་མར་བཟུང་ནས་མངོན་པར་མཚོན་པར་གནང་ཡོད་པ་རེད་ལ་ཕྱི་རོལ་ཡུལ་དུ་གནས་པའི་འཚོ་བ་དངོས་ལ་ཞིབ་ཕྲའི་གཅིག་སྒྲུད་དང་གནད་དུ་འཕེགས་པའི་རྩོམ་འབྲི་བྱེད་རྒྱུ་དེ་གཙོ་གནད་དུ་བཞག་ཡོད་པ་རེད། དེ་ལྟར་བརྩམས་ཆོས་ནང་ནས་རང་བཞིན་དུ་མཚོན་པར་བྱས་པའི་གནད་དོན་དེས་ལྟ་ཚུལ་ངེས་ཅན་ཞིག་ཚུར་སྣང་བྱས་པ་མ་ཟད། འཚོ་བ་མཚོན་པར་བྱེད་པའི་རྩ་དོན་ཞིག་ཀྱང་ཡིན་པས་དེ་ནི་རྩོམ་རིག་གསར་རྩོམ་གྱི་བྱ་ཐབས་ཞེས་པ་དེ་ཡིན།

རྩོམ་རིག་གསར་རྩོམ་གྱི་ཐབས་ཤེས་ནི་དུས་ཚོད་ཐུང་ངུ་ཞིག་གི་ནང་དུ་གྲུབ་པ་དང་ཆགས་པ་ཞིག་མ་ཡིན་ལ། མི་སྣ་ཁྱད་འཕགས་ཅན་ཞིག་གིས་གཏན་འཁེལ་བྱེད་ཐུབ་པ་ཞིག་ནི་དེ་བས་མ་ཡིན། རྩོམ་རིག་གསར་རྩོམ་གྱི་བྱ་ཐབས་ཤིག་ཐོན་པ་དང་འཕེལ་རྒྱས་གཏོང་རྒྱུ་དེ་ནི་རྩོམ་རིག་སྒྱུ་རྩལ་གྱི་ལག་ལེན་དངོས་ཀྱི་ནང་ནས་དུས་ཡུན་རིང་པོར་ཉམས་མྱོང་གསོག་འཇོག་བྱེད་དགོས་པ་ཞིག་ཡིན། རྩོམ་རིག་སྒྱུ་རྩལ་མཁན་གྲངས་ལས་འདས་པ་ཞིག་གིས་སྙིང་རུས་ཆེན་པོས་འཚོལ་ཞིབ་བྱ་རྒྱུ་དེ་བརྒྱུད་དགོས་པ་དང་། ད་དུང་རྩོམ་རིག་སྒྱུ་རྩལ་གྱི་སྲོལ་རྒྱུན་དང་རྩོམ་པ་པོའི་སྒྱུ་རྩལ་གྱི་བྱུང་ཚད་སོགས་ཕྱོགས་མང་པོའི་ཐད་ཀྱི་གྲུབ་ཆ་ཚུད་ཡོད། ཡང་བསྐྱར་ཞུས་ན་དེ་ནི་རྟག་པར་མི་རབས་གཅིག་གི་འབད་བརྩོན་དང་། ཡང་ན་མི་རབས་འགའ་ཤས་ཀྱིས་མཉམ་དུ་འབད་བརྩོན་བྱས་པ་ལས་བྱུང་བ་ཞིག་རེད། གྲུབ་འབྲས་ལེགས་པོ་ཐོབ་ཡོད་པའི་རྩོམ་པ་པོ་ཞིག་ལ་མཚོན་ནའང་གང་ལྟར་སྔོན་བྱོན་མཁས་དབང་རྣམས་ཀྱིས་བཞག་པའི་རྩོམ་རིག་གསར་རྩོམ་གྱི་ཉམས་མྱོང་མི་འདྲ་བ་རྣམས་ལ་སློབ་སྦྱོང་དང་ཚུར་ལེན་ཏེ། རང་ཉིད་ཀྱི་གསར་རྩོམ་བྱེད་པའི་འགྲོ་ལམ་གྱི་འགོ་ཚུགས་ས་བྱེད་པ་དང་ཆབས་ཅིག་སོ་སོའི་སྤྱི་ཚོགས་ཀྱི་ལྟ་ཚུལ་དང་། ཆབ་སྲིད་ཀྱི་ལྟ་ཚུལ། མཛེས་རིག་གི་ལྟ་ཚུལ་དང་སྒྱུ་རྩལ་གྱི་ལྟ་ཚུལ་ལ་གཞིར་བཟུང་ནས

དེ་སྔོན་གྱི་གསར་རྩོམ་ཉམས་མྱོང་ལ་བསྡུར་བཀོད་བྱེད་ཀྱི་ཡོད་པ་རེད། སྔོན་ཐོན་གྱི་གསར་རྩོམ་བྱེད་ཐབས་ཅི་འདྲ་ཞིག་ཡིན་རུང་དེ་དག་ཚང་མ་ནི་རྒྱུན་འཛིན་དང་གསར་གཏོད་བྱེད་པའི་ནང་ནས་བྱུང་བ་དང་། འཕེལ་རྒྱས་ཕྱིན་པ་ཤ་སྟག་ཡིན་ལ་ཡང་རྩོམ་པ་པོས་གསར་རྩོམ་གྱི་བྱེད་ཐབས་དེ་རིགས་ཞིབ་ཐྲའི་བེད་སྤྱོད་བྱེད་སྐབས་རང་བཞིན་དུ་རྩོམ་པ་པོའི་འཇིག་རྟེན་ལྟ་ཚུལ་གྱིས་ཚོད་འཛིན་དང་ལག་ལེན་དངོས་ཀྱི་ཉམས་མྱོང་ལ་ཤུགས་རྐྱེན་ཡོད་པ་ཞིག་ཡིན་པས་དེ་དང་འདྲ་བར་འགྱུར་ལྡོག་ཡང་འགྲོ་ཡི་ཡོད་པ་རེད།

གཉིས་པ། འཇིག་རྟེན་ལྟ་ཚུལ་དང་རྩོམ་རིག་གསར་རྩོམ་བྱ་ཐབས་ཀྱི་འབྲེལ་བའི་སྐོར།

འཇིག་རྟེན་ལྟ་ཚུལ་ཞེས་པ་ནི་མི་རྣམས་ཀྱི་ཕྱི་རོལ་ཡུལ་གྱི་འཇིག་རྟེན་དང་རང་བྱུང་ཁམས་དང་མིའི་རིགས། སྤྱི་ཚོགས་ཀྱི་རྩ་བའི་ལྟ་ཚུལ་དེ་ཡིན་པ་དང་། རྩོམ་པ་པོས་གསར་རྩོམ་བྱེད་པའི་བརྒྱུད་རིམ་ནང་དུ་ཐོག་མཐའ་བར་གསུམ་དུ་འཇིག་རྟེན་ལྟ་ཚུལ་གྱིས་ཚོད་འཛིན་དང་བཀོལ་སྤྱོད་མི་བྱེད་རང་བྱེད་ཡིན་པ་མ་ཟད། འཇིག་རྟེན་ལྟ་ཚུལ་གྱི་མཇུབ་ཁྲིད་འོག་ཏུ་གཞི་ནས་གསར་རྩོམ་བྱེད་ཐབས་ཀྱི་རང་གི་དགེ་མཚན་ལྡན་པའི་ནུས་པ་དེ་འདོན་སྤེལ་བྱེད་ཀྱི་ཡོད་པ་རེད། རྩོམ་རིག་སྒྱུ་རྩལ་གྱི་ལོ་རྒྱུས་ཐོག་ཏུ་འཇིག་རྟེན་ལྟ་ཚུལ་གྱི་མཇུབ་ཁྲིད་དང་རྩ་བ་ནས་ཁ་བྲལ་བའི་གསར་རྩོམ་གྱི་བྱེད་ཐབས་ཤིག་ཡོད་མི་སྲིད་ལ་གནས་ཐབས་ཡང་མེད་པ་ཞིག་ཡིན།

གསར་རྩོམ་གྱི་བྱེད་ཐབས་ཞེས་པ་ནི་འཚོ་བ་ཚུར་སྣང་དང་མཚོན་པར་བྱེད་པའི་རྩ་དོན་ནམ་གལ་ཆེའི་སྒྲུབ་ཆ་ཞིག་ཡིན་རྐྱེན་དེ་ནི་བསམ་བློའི་སློབ་སྦྱོང་འགའ་ཞིག་དང་ཁ་བྲལ་འགྲོ་ཐབས་གཏན་ནས་མེད་པ་ཞིག་ཡིན། རྩོམ་པ་

པོ་ཞིག་གིས་གསར་རྩོམ་བྱེད་ཐབས་ཅི་འདྲ་ཞིག་བེད་སྤྱོད་དེ་རྩོམ་འབྲི་བྱས་པ་ཞིག་ཡིན་ནའང་དེའི་ནང་དུ་ཁོང་གི་སྒྱུ་རྩལ་གྱི་བྱང་ཚད་དང་འཚོ་བའི་ལག་ལེན་དངོས་ཀྱི་ཤུགས་རྐྱེན་ཡོད་པ་ཞིག་ཡིན་རུང་གང་ལྟར་ནུས་པ་ཆེ་ཤོས་ཐོན་མཁན་ནི་རྩོམ་པ་པོའི་འཇིག་རྟེན་གྱི་ལྟ་ཚུལ་དེ་རང་ཡིན།

བོད་འདིར་སྔ་དུས་ནས་རྩོམ་རིག་སྒྱུ་རྩལ་གྱི་དཔེ་ཆ་མི་ཉུང་བ་ཞིག་གསར་རྩོམ་བྱས་ཡོད་པ་དེ་དག་སྤྱིར་བཏང་ཁག་གཉིས་སུ་དབྱེ་ཆོག་པ་སྟེ། དགོན་སྡེ་ཁག་གི་མཐོ་རིམ་གྲྭ་པ་ཚོས་བྲིས་པའི་བརྩམས་ཆོས་ཕལ་ཆེ་བ་ནི་སངས་རྒྱས་ཆོས་ལུགས་དང་འབྲེལ་བ་དམ་ཟབ་ཡོད་ཅིང་དེ་དག་ནང་ཆོས་ལུགས་ཀྱི་མཚན་ཉིད་རིག་པ་གོ་སླ་བར་འགྲེལ་བཤད་བྱེད་པ་དང་། ཡང་ན་དགེ་སྡིག་གི་དབྱེ་བ་འབྱེད་ཚུལ་དང་། ཚོགས་བསགས་སྒྲིབ་སྦྱོང་བྱེད་པའི་གནད་མི་རྣམས་ལ་བརྗོད་པ་སོགས་དང་། ཡང་འཇིག་རྟེན་པའི་མཁས་པ་འགའ་རེས་འཚོ་བའི་སྣང་ཚུལ་དངོས་མཚོན་པར་བྱེད་པའི་རྩོམ་རིག་འགའ་ཤས་ཡོད་པ་དེ་དག་ཕལ་ཆེ་བ་ནི་རྒྱལ་པོ་དང་། བཙུན་མོ། རྒྱལ་སྲས་དང་བློན་པོ་སོགས་ཀྱི་བྱེད་ཚུལ་མངོན་པར་བརྗོད་ཡོད་པ་རེད། དེ་ན་རྩོམ་པ་པོའི་འཇིག་རྟེན་ལྟ་ཚུལ་གྱིས་རྐྱེན་པས་སྐབས་དེའི་དབང་བསྒྱུར་ལམ་ལུགས་སྲུང་སྐྱོབ་དང་སྲ་བརྟན་གཏོང་རྒྱུ་དེ་དམིགས་ཡུལ་དུ་བཟུང་བ་ཡིན་ཙང་རིག་རྩལ་གྱིས་གང་བསྒྲུབ་པར་བྱ་བའི་དམིགས་ཡུལ་མཐར་གཏུགས་ན་སྐབས་དེའི་ཆབ་སྲིད་ལམ་ལུགས་ལ་ཞབས་འདེགས་ཞུ་རྒྱུ་དེ་ཡིན་ལ། རྩོམ་རིག་དེ་དག་གི་ནང་ནས་རྩོམ་པ་པོའི་འཇིག་རྟེན་ལྟ་ཚུལ་གྱིས་བརྩམས་ཆོས་དེ་དག་ལ་བསམ་བློའི་ཁྲིད་སྟོན་བྱས་ཡོད་པ་དེ་ཡང་གསལ་པོར་མངོན་ཐུབ་པ་ཞིག་ཡིན། དཔེར་ན། མི་ལ་རས་པ་ནི་དུས་རབས་བཅུ་པའི་ནང་བྱུང་བའི་མི་ཞིག་ཡིན་ཞིང་། དུས་རབས་བཅུ་པའི་དུས་དཀྱིལ་ནི་བོད་སྤྱི་ཚོགས་ཀྱི་བཙན་པོའི་དབང་བསྒྱུར་དེ་རིམ་བཞིན་ཉམས་རྒུད་དུ་འགྲོ་བའི་དུས་སྐབས་ཤིག་རེད། དབང་བསྒྱུར་གྲལ་རིམ་ནང་ཁུལ་གྱི་འགལ་བ་དང་དབང་བསྒྱུར་རྒྱུད་མཁན་གྲལ་རིམ་བར་གྱི་

འགལ་ལ་བ། བོན་པོའི་ཆོས་ལུགས་དང་སངས་རྒྱས་ཆོས་ལུགས་བར་གྱི་འགལ་བ་སྔར་ལས་ཀྱང་ཇ་དྲག་ཆེ་བར་གྱུར་པ་རེད། མི་ལ་རས་པ་ནི་བཀའ་བརྒྱུད་པའི་བསྟན་པའི་སྲོག་ཤིང་ལྟ་བུ་ཞིག་ཡིན་པས། ཁོང་གི་མགུར་གླུའི་ནང་དོན་ཕལ་ཆེ་བ་ནི་བཀའ་བརྒྱུད་པའི་ཆོས་ལུགས་ཀྱི་ལྟ་བ་རེད། ཡིན་ནའང་ཁོང་གིས་སྐབས་དེའི་སྤྱི་ཚོགས་ཀྱི་གནས་ཚུལ་མང་པོ་ཞིག་ཚུར་སྣང་དང་ལུགས་དང་མི་མཐུན་པའི་བྱ་སྤྱོད་དང་གཏམ་བརྗོད་སོགས་ལ་སུན་འབྱིན་དང་དགག་པ་རྒྱབ་ཡོད། འགའ་རེས་རང་ཉིད་བསྟན་པའི་བདག་པོ་ཡིན་ཟེར་ནས་རྒྱ་ནོར་དང་ཞིང་ཁང་གཉེར་བ། རབ་བྱུང་བཙུན་པ་ཡིན་བཞིན་དུ་འཇིག་རྟེན་འཁོར་བར་འབྲུམས་པ། མོ་བོན་རྒྱས་གསུམ་ལ་བརྟེན་ནས་མི་ལ་མགོ་བསྐོར་གཏོང་བ། བླ་མའི་གདམས་ངག་ཡིན་འཚོས་ཀྱིས་བུ་སློབ་ཀྱི་སེམས་རྒྱོངས་པར་བྱེད་པ། བསྟན་པ་འཛིན་སྐྱོང་བྱེད་པར་ཁ་གཡར་ནས་ཁྲམ་པའི་བུ་སློབ་བསྡུ་བ་སོགས་ཀྱི་ངན་མཚང་ཡང་བཀོད་ཡོད་པ་དེ་དག་ལས་རྩོམ་པ་པོའི་འཇིག་རྟེན་གྱི་ལྟ་ཚུལ་གསལ་རྟོགས་བྱེད་ཐུབ་ལ། ལྟ་ཚུལ་ཡང་སྙེ་མང་རྟོག་འཛིང་ཅན་ཡིན་པ་དེ་ཡང་མཐོང་ཐུབ་པ་ཞིག་ཡིན། དཔེར་ན། དུས་རབས་བཅུ་གསུམ་པའི་ནང་བྱུང་བའི《ས་སྐྱ་ལེགས་བཤད》ལ་མཚོན་ན་རྩོམ་པ་པོའི་འཇིག་རྟེན་ལྟ་བ་ལས་རྩོམ་ཡོངས་ལ་ཁྱད་སྟོན་བྱུས་ཡོད་པ་དང་། སྐབས་དེའི་ལོ་རྒྱུས་ཀྱི་ཆ་རྐྱེན་དང་རྩོམ་པ་པོའི་གནས་བབ་ཀྱིས་རྐྱེན་པས་བརྩམས་ཆོས་དེའི་ནང་བླང་དོར་ཕྱོགས་དང་ཕན་ཡོད་ཀྱི་བསླབ་བྱ་མང་པོ་བྱས་ཡོད་ཟུང་སྙིར་དབང་ལམ་ལུགས་ཀྱི་བསམ་བློའི་འཆིང་རྒྱ་དེ་ཡང་གསལ་པོར་མངོན་པ་སྟེ། རང་ཉིད་ཀྱི་དོན་ཇི་ལྟར་འགྲུབ་པར་བྱེད་པ་དང་། བདེ་བར་གནས་ཐུབ་པ་ཡོང་རྒྱུའི་དོན་གཉེར་བ་དང་། དེ་མིན་མང་ཚོགས་ཀྱི་སྟོབས་ཤུགས་ལ་སྣང་ཆུང་དང་། མི་སྙེར་གྱི་ཉུས་པར་མཐོང་ཆེན་བྱེད་པ། མང་ཚོགས་ལ་ཐད་ཀར་ཞབས་འདེགས་ཞུ་ཐུབ་པའི་ཤེས་ཡོན་འགའ་ཞིག་ཡོན་ཏན་ལ་མི་བརྩི་བ་སོགས་ཡོད། དེ་དག་ནི་སྐབས་དེའི་སྤྱི་ཚོགས་ཀྱི་འདུ་ཤེས་དང་། རྩོམ་པ་པོས་ཕྱི་རོལ་ཡུལ་གྱི་བྱ་དངོས

དེ་དག་ལ་རང་ཉིད་ཀྱིས་འཛིན་པའི་ལྟ་ཚུལ་ལས་བྱུང་བ་ཞིག་རེད་ལ། སྐབས་དེའི་ལོ་རྒྱུས་ཀྱིས་འདུ་ཤེས་ཐག་བཅད་པ་ལས་བྱུང་བའི་ཕྱོག་མེད་ཀྱི་འབྲས་བུ་ཞིག་ཀྱང་ཡིན།

རྩོམ་པ་པོས་བརྩམ་པར་བྱ་བའི་བརྩམས་ཆོས་ནང་དུ་གནད་དོན་འགའ་རེ་འདོན་པ་ནི་སྤྱིའི་ཆོས་ཉིད་ཅིག་རེད། དེ་ལྟར་གནད་དོན་ནི་འགལ་བ་ཡིན་པ་དང་། འགལ་བ་དེ་དག་གི་ནང་ནས་གང་ལྟར་རྩོམ་པ་པོས་ཕྱོགས་གཅིག་ཁས་ལེན་པའམ་བསྟུགས་བརྗོད་བྱེད་པ་དང་། ཕྱོགས་གཅིག་ལ་ངོ་རྒོལ་དང་ཡང་ན་ཐེར་འདོན་བྱེད་དགོས་པར་བརྟེན་འགལ་བའི་ཕྱོགས་རྩ་བར་གྱུར་པ་གཉིས་ལ་བརྟག་དཔྱད་དང་དབྱེ་ཞིབ་བྱས་རྗེས་འགལ་བ་དེ་རྣམས་ཐག་གཅོད་བྱེད་དགོས་པ་རེད། འགལ་བ་དེ་དག་ཐག་གཅོད་ལེགས་པོ་ཞིག་བྱེད་པར་མི་མི་འདྲ་བ་རྣམས་ཀྱི་གནས་ཚུལ་ཤེས་པ་དང་། མི་མི་འདྲ་བ་རྣམས་ཀྱི་ཆ་རྒྱུས་ཡོད་པ། བྱ་བ་མི་འདྲ་བ་རྣམས་ཀྱི་ཆ་རྒྱུས་ཡོད་པ་བྱས་ཏེ་དེ་དག་ལ་བརྟག་དཔྱད་དང་ཞིབ་འཇུག་བྱེད་པ་དེ་ཡང་འཇིག་རྟེན་ལྟ་ཚུལ་དང་འབྲེལ་བ་དམ་ཟབ་ཡོད་པ་ཞིག་རེད།

གོང་ཞུས་བཞིན་གནའ་རབས་ཀྱི་རྩོམ་པ་པོའི་འཇིག་རྟེན་ལྟ་ཚུལ་ནི་སྣ་མང་རྟོག་འཛིང་གི་འགལ་བས་ཁེངས་ཤིང་འགལ་བ་དེ་དག་ནི་རང་བཞིན་དུ་གསར་རྩོམ་བྱེད་ཐབས་ཀྱི་ཐད་ནས་ཡང་མངོན་ཐུབ་ཀྱི་ཡོད། ཁོང་ཚོའི་འཇིག་རྟེན་ལྟ་ཚུལ་དེ་སྔོན་ཐོན་ཅན་ཞིག་ཡིན་ན་གསར་རྩོམ་བྱེད་ཐབས་ཡང་སྔོན་ཐོན་ཅན་དེ་རྒྱུན་འཁྱོངས་བྱེད་པ་དང་། འཇིག་རྟེན་ལྟ་ཚུལ་དེ་རྗེས་ལུས་ཅན་ཞིག་ཡིན་ཚེ་གསར་རྩོམ་བྱེད་ཐབས་ཀྱི་ཐད་ལ་ཡང་འདྲ་མིན་གྱི་ཚོད་འཛིན་བྱས་ཡོད་ལ་དེས་རྩོམ་རིག་གསར་རྩོམ་བྱེད་སྐབས་གནོད་འཚེ་ཡོད་པ་ཞིག་ཡིན། ཨུ་རུ་སུའི་རྩོམ་པ་པོ་ཐོ་འར་སི་ཐ་ཡི་འགལ་བ་སྣ་མང་མཆིས་པའི་འཇིག་རྟེན་ལྟ་ཚུལ་དེར་ལེ་ཉིན་གྱིས་གཏིང་ཟབ་པོའི་སྒོ་ནས་དབྱེ་ཞིབ་གནང་མྱོང་ཡོད་པ་དང་། ཐོ་འར་སི་ཐ་ཡིས་ཛ་ཧྲོང་གོང་མའི་སྲིད་དབང་སྐྱེར་གཅོད་བྱེད་པའི་ལམ་ལུགས་

དང་དཔོན་ངན་གྱི་སྡིག་གཞི་དེར་འཁོན་འགྲུས་བྱེད་ཀྱི་ཡོད་ལ། གཡོ་སྒྱུ་ཅན་དང་གཏུམ་དྲག་ཆེ་ཞིང་མི་ཆོས་དང་བྲལ་བའི་ངོ་ཚ་ཁྲེལ་མེད་ཀྱི་སྒྲུ་དྲག་དང་དཔོན་རིགས་མཐའ་དག་ལ་འཁོན་འཛིན་བྱེད་ཀྱི་ཡོད་པ་དང་། དབང་བསྒྱུར་སྤྱོད་མཁན་གྱི་ངལ་རྩོལ་མི་དམངས་དང་། ལྷག་པར་དུ་ཞིང་པ་མང་ཚོགས་ལ་གདུང་སེམས་མཉམ་སྐྱེད་བྱེད་ཀྱི་ཡོད་པ་རེད།

ཁོང་གིས་ཞིང་པའི་ཁྱིམ་ཚང་གི་ལམ་ལུགས་ལ་རེ་འདོད་བཏོན་ཡོད་པ་སྟེ། "རང་མོས་དང་འདྲ་མཉམ་ཡིན་པའི་ཞིང་པའི་སྤྱི་ཚོགས་ཀྱི་འཚོ་བ་ཞིག་གསར་འཛུགས་བྱས་ཏེ། ཉེན་རྟོག་པ་ལྟར་གྱི་གྲལ་རིམ་རྒྱལ་ཁབ་ཀྱི་ཚབ་བྱེད་དགོས" ཞེས་བཀས་བཀོད་རྒྱུད་འཛིན་གྱི་སྤྱི་ཚོགས་དང་མ་རྩ་རིང་ལུགས་ཀྱི་གཉའ་གནོན་འོག་ནས་ཐར་བར་བྱེད་རྒྱུའི་འདུན་པ་དྲག་པོ་བཅངས་ཡོད་པ་རེད། དེ་ལྟར་ཁོང་ལ་སྔོན་ཐོན་ཅན་གྱི་བསམ་བློའི་བརྩེ་དུང་ཞིག་ཡོད་པ་མ་ཟད། དངོས་ཡོད་རིང་ལུགས་ཀྱི་གསར་རྩོམ་བྱེད་ཐབས་བེད་སྤྱོད་དེ་ཧྲ་རྫོང་གོང་མའི་སྲིད་དབང་སྙེར་གཙོད་བྱེད་པའི་ལམ་ལུགས་དང་མ་རྩའི་རིང་ལུགས་ལ་ཡང་སྙིང་རྗེ་མེད་པའི་དགག་རྒྱག་དང་འཚང་འབྱིན་བྱས་ཡོད་པ་དང་། ཕྱོགས་གཞན་ཞིག་ནས་ཁོང་གིས་སྨྲ་བ་ལྟར་གྱི་ཡེ་ཤུའི་ཆོས་ལུགས་ལ་ཡིད་ཆེས་བྱས་ཏེ་བརྒྱུད་བསྒྲགས་བྱེད་ཀྱི་ཡོད་རྐྱེན། བསམ་བློའི་ལྟ་ཚུལ་དེ་རིགས་ནི་དངོས་ཡོད་རིང་ལུགས་ཀྱི་གསར་རྩོམ་བྱེད་ཐབས་དང་འགལ་བར་གྱུར་ལ། རྩོམ་རིག་གསར་རྩོམ་བྱེད་པའི་ནང་དུ་ཡང་དངོས་ཡོད་རིང་ལུགས་ཀྱི་རྩོམ་ཐབས་དང་ཐད་དེ་རྒྱབ་འགལ་དུ་ཕྱིན་ཡོད་པ་རེད། དེ་ནི་ཐོ་འར་སི་ཐ་ཡི་སྣེ་མང་རྙོག་འཛིང་དང་འགལ་བས་ཁེངས་པའི་འཇིག་རྟེན་ལྟ་ཚུལ་དེ་རྩོམ་རིག་གསར་རྩོམ་བྱེད་ཐབས་ཐད་ནས་མཚོན་པ་ཞིག་ཡིན་ནོ།

གོང་སྨོས་གནད་དོན་དེ་དག་ནས་འཇིག་རྟེན་ལྟ་ཚུལ་གྱིས་གསར་རྩོམ་བྱེད་ཐབས་ལ་མཛུབ་ཁྲིད་ཀྱི་ནུས་པ་ཆེན་པོ་ཐོན་གྱི་ཡོད་པ་མ་ཟད། གསར་རྩོམ་གྱི་བྱེད་ཐབས་འདེམས་པ་དང་བེད་སྤྱོད་བྱེད་རྒྱུའི་ཐད་ལ་ཡང་ཤུགས་རྐྱེན

ཆེན་པོ་ཡོད་པ་དེ་ཡིན། ཀློ་མཐུན་མའོ་ཙེ་ཏུང་གིས“ཆབ་སྲིད་དེ་སྒྱུ་རྩལ་ཡིན་པས་ཁྲབ་ཀྱི་མ་རེད་ལ། སྤྱིར་བཏང་གི་འཇིག་རྟེན་ལྟ་ཚུལ་དེ་སྒྱུ་རྩལ་གསར་བསྐྲུན་བྱེད་ཡས་དང་སྒྱུ་རྩལ་སྐོར་གྱི་སྐྱོན་ཡོན་བརྗོད་ཡས་ཀྱི་ཐབས་ཤེས་ཡིན་པས་ཡང་ཁྲབ་ཀྱི་མ་རེད།”ཅེས་དང་། ཡང་ཁོང་གིས“མ་ཁེ་སི་རིང་ལུགས་སློབ་སྦྱོང་བྱེད་རྒྱུ་ནི་ང་ཚོས་རྩོད་སྒྲུབ་ཀྱི་དངོས་གཙོ་སྨྲ་བའི་ལྟ་ཚུལ་གྱི་ཐོག་ནས་འཇིག་རྟེན་ལ་ལྟ་ཞིབ་དང་། སྤྱི་ཚོགས་ལ་ལྟ་ཞིབ། རྩོམ་རིག་དང་སྒྱུ་རྩལ་གྱི་རྩོམ་རིག་ནང་ལ་མཚན་ཉིད་རིག་པའི་ཁྲིད་དེབ་འབྲི་དགོས་ཀྱི་རེད་ཟེར་བ་མིན། མར་ཁེ་སིའི་རིང་ལུགས་ཀྱི་ནང་ལ་དངོས་ཁམས་དང་ཚན་རིག་ནང་གི་ཡོན་ཅིའི་རྣམ་བཤད་དང་ཏན་ཅིའི་རྣམ་བཤད་འདུས་པ་ཙམ་ལས་དེས་དེ་ཚོའི་ཚབ་བྱེད་མི་ཐུབ་པ་ནང་བཞིན་དེའི་ནང་ལ་རིག་རྩལ་གསར་སྐྲུན་ཐད་ཀྱི་དངོས་ཡོད་རིང་ལུགས་འདུས་པ་ཙམ་ལས་དེས་དེའི་ཚབ་བྱེད་ཐུབ་ཀྱི་མ་རེད།”(《ཡན་ཨན་རིག་རྩལ་བཞུགས་མོལ་ཚོགས་འདུའི་ཐོག་གི་གཏམ་བཤད་》དེབ་གསུམ་པ་ཤོག་གྲངས145ལ་གསལ་)ཅེས་གསུངས་པ་དེ་ནི་འཇིག་རྟེན་ལྟ་ཚུལ་དང་གསར་རྩོམ་བྱེད་ཐབས་ཀྱི་ཕན་ཚུན་འབྲེལ་བའི་སྐོར་ཚན་རིག་གི་ཐོག་ནས་སྙིང་བསྡུས་བྱས་པ་ཞིག་ཡིན། དེའི་མཚོན་ཚུལ་གཙོ་བོ་འདི་འདྲ་འགའ་ཞིག་ཡོད་པ་སྟེ།

1. རྩོམ་རིག་སྒྱུ་རྩལ་གྱི་བརྩམས་ཆོས་ནི་སྒྱུ་རྩལ་གྱི་གཟུགས་བརྙན་ལ་བརྟེན་ནས་འཚོ་བ་མཚོན་པར་བྱེད་ཀྱི་ཡོད་པ་ལས། དེས་སྤྱིར་ཚིག་གི་ཐ་སྙད་ལ་བརྟེན་ནས་གཞུང་ལུགས་སྟོང་བཤད་བྱེད་རྒྱུ་དེ་མ་ཡིན་པར་ག་དུས་ཡིན་ནའང་འཚོ་བར་གསར་གཏོད་ཀྱི་རང་བཞིན་ལྡན་པའི་སྒོ་ནས་སྒྱུ་རྩལ་གྱིས་གཅིག་སྡུད་བྱེད་ཀྱི་ཡོད་པ་མ་ཟད། རྩོམ་པ་པོའི་བསམ་བློའི་བརྩེ་དུང་དེ་མི་སེམས་འགུལ་བའི་མཛེས་སྡུག་གི་གཟུགས་བརྙན་བརྒྱུད་ཏེ་མཚོན་པར་བྱེད་ཀྱི་ཡོད་པ་རེད། རྩོམ་པ་པོས་རང་ཉིད་ཀྱི་བསམ་བློའི་བརྩེ་གདུང་དེ་སྒྱུ་རྩལ་གྱི་ཐོག་ནས་གསལ་འདོན་བྱེད་པར་སྟོན་ཐོན་ཅན་གྱི་འཇིག་རྟེན་ལྟ་ཚུལ་ཡོད་པ་ཙམ་གྱིས་འགྲིག་པ་ཞིག་མ་ཡིན་པར་ཡང་སྟོན་ཐོན་གྱི་གསར་རྩོམ་བྱེད་ཐབས

ཡང་ཁོང་དུ་ཆུད་པ་ཞིག་བྱེད་དགོས་པ་རེད། འཚོ་བ་དང་བསམ་བློ་ནི་རྩོམ་རིག་གསར་རྩོམ་བྱེད་སྐབས་སྟོན་འགྲོའི་ཆ་རྐྱེན་ནམ་གཞི་འཛིན་ས་ཞིག་ཡིན་པ་ནི་ཐེ་ཚོམ་གཏན་ནས་བྱེད་མི་དགོས་པ་ཞིག་ཡིན་རུང་། འཚོ་བ་དང་བསམ་བློའི་གནད་དོན་ཐག་གཅོད་བྱུང་རྗེས་བརྩམས་ཆོས་ཤིག་ཐོན་རྒྱུར་འཚོ་བ་དང་བསམ་བློ་གཉིས་ལ་གཞི་འཛིན་དགོས་པ་མ་ཟད། ད་དུང་རྩོམ་པ་པོར་སྟོན་ཐོན་གྱི་ཐོག་ནས་འཚོ་བ་གཅིག་སྡུད་བྱེད་པའི་རྩོམ་རྩལ་ཁོང་དུ་ཆུད་ཡོད་མེད་ལའང་རག་ལས་པ་ཞིག་ཡིན། སྟོན་ཐོན་གྱི་གསར་རྩོམ་བྱེད་ཐབས་ཀྱིས་རྩོམ་པ་པོ་འཚོ་བ་དངོས་ཀྱི་ལག་ལེན་ནང་དུ་ཞུགས་རྒྱུར་སྐུལ་སློང་བྱེད་ཐུབ་པ་མ་ཟད། རྩོམ་པ་པོས་དངོས་ཡོད་དང་། གསོན་ཉམས་དོད་པ་དང་། ཕུན་སུམ་ཚོགས་པ་བཅས་ཀྱི་འཚོ་བ་ཚུར་སྣང་དང་མཚོན་པ་བྱེད་རྒྱུར་རོགས་རམ་གྱི་ནུས་པ་ཐོན་གྱི་ཡོད་པ་རེད། དཔེར་ན《གཞོན་ནུ་ཟླ་མེད་ཀྱི་གཏམ་རྒྱུད་》ཅེས་པའི་རྩོམ་པ་པོ་མདོ་མཁར་ཞབས་དྲུང་ཚེ་རིང་དབང་རྒྱལ་གྱིས་རང་ཉིད་འཚོ་བཞུགས་དུས་ཀྱི་འཁྲུག་ཟིང་ཆེ་བའི་བོད་ཀྱི་སྤྱི་ཚོགས་དེ་བརྩམས་ཆོས་ནང་ནས་གསལ་མཚོན་བྱས་ཡོད་པ་དང་། སྐབས་དེའི་སྤྱི་ཚོགས་ཀྱི་ཆབ་སྲིད་དང་དབང་བསྒྱུར་གྲལ་རིམ་ནང་ཁུལ་གྱི་ཛ་དྲག་འཐབ་རྩོད་དང་ཕན་ཚུན་གཡུལ་འགྱེད་བགྱིས་པ་མངོན་པར་མཚོན་ཡོད་ཅིང་། དབང་བསྒྱུར་གྲལ་རིམ་དེ་དག་གིས་རང་ལ་དབང་བའི་དམིགས་བསལ་གྱི་དབང་ཆར་བརྟེན་ནས་ཡུལ་གྱི་ཆ་ཤས་དུམ་བུར་བཅད་དེ་བདག་གིར་བཟུང་ནས་ས་བདག་གི་མཚན་གསོལ་ཞིང་དབང་བསྒྱུར་གྱི་ཁྲི་ལ་བཞུགས་པ་དང་། མཐར་ཉམས་དམས་སུ་སོང་བའི་རྒྱུ་རྐྱེན་གཙོ་བོ་ནི་ནང་ཁུལ་གྱི་འགལ་བ་དང་། རྒྱལ་འཚོང་ཀུན་ཛག་གི་མི་ངན་འབྱུང་བ་དེ་དག་དང་ཕྱོགས་གཞན་ཞིག་ནས་ཟིང་འཁྲུག་ཐམས་ཅད་ཞི་བར་བྱས་ཏེ་འདོད་པ་ཡིད་བཞིན་དུ་འཛོ་བར་བྱེད་པའི་མཁས་ཤིང་མཛངས་ལ་བྱམས་བརྩེ་ལྡན་པའི་རྒྱལ་པོ་ཞིག་བྱུང་ཏེ་རྒྱལ་ཁམས་གཅིག་གྱུར་དང་འབངས་རྣམས་བདེ་འཇགས་ཀྱི་སྤྱི་ཚོགས་ཤིག་གི་ནང་དུ་སྐྱིད་པའི་འཚོ་བ་རོལ་ཐུབ་པ་

དང་། སྐབས་དེའི་དབང་བསྒྱུར་གྲལ་རིམ་དག་ནི་ཨུ་ཚུགས་དང་ཡོན་ཏན་ཆུང་བ། ཉུས་མཐུ་བྲལ་བ། སྲུས་ཀྱང་གཡོ་ཐྲོལ་གྱིས་ཁྲིད་སླ་བ། མཁས་མཛངས་ཀྱི་ལྟ་བའམ་ཐབས་ཇུས་མེད་པ། ཁྲིམས་མེད་ལུགས་མེད་ཀྱིས་འབངས་རྣམས་ལས་གང་བྱུང་དུ་ཁྲལ་ངན་སྣ་ཚོགས་བསྡུ་བ་དང་མནར་གཅོད་བྱེད་པ་རྣམས་དམར་རྗེན་དུ་མཚང་འབྱིན་པ་བཅས་སྐབས་དེའི་བོད་ཀྱི་སྤྱི་ཚོགས་དེ་གཏིང་ཟབ་པོའི་སྒོ་ནས་མཚོན་པར་བྱས་ཡོད་པ་རེད། གལ་སྲིད་རྩོམ་པ་པོས་གསར་རྩོམ་གྱི་བྱེད་ཐབས་སྟོན་ཐོན་ཅན་ཞིག་བེད་སྤྱོད་བྱས་མེད་ཚེ་ལོ་རྒྱུས་དུས་སྐབས་དེའི་ནང་དུ་གཏམ་རྒྱུད་འདི་འདྲ་བ་ཞིག་ནི་ཡོང་ཐབས་བྲལ་བ་ཞིག་རེད་ལ། བོད་རིགས་ཀྱི་རྩོམ་རིག་ལོ་རྒྱུས་ཐོག་གི་བརྩམས་སྒྲུང་རིང་གྲས་ཀྱི་ལམ་ཚད་ཀྱི་རྗོ་རིང་ལྟ་བུ་ཞིག་ཏུ་དེ་བས་འགྱུར་ཐབས་མེད་དོ། དེར་བརྟེན་བརྩམས་ཆོས་གསར་རྩོམ་དང་སྒྱུ་རྩལ་གྱི་ཚད་གཞི་མཐོ་དམན་སོགས་ནི་རྩོམ་པ་པོས་གསར་རྩོམ་གྱི་ཐབས་ཅི་འདྲ་ཞིག་བེད་སྤྱོད་བྱས་ཡོད་མེད་དང་འབྲེལ་བ་དམ་ཟབ་ཡོད་པ་ཞིག་ཡིན་ནོ།

2. གསར་རྩོམ་གྱི་བྱ་ཐབས་ཁོང་དུ་ཆུད་པ་བྱེད་རྒྱུ་ནི་སྟང་མེད་དུ་འཛོག་མི་རུང་བའི་གནད་དོན་ཞིག་རེད། རྩོམ་རིག་འཕེལ་རྒྱས་འགྲོ་བའི་ལོ་རྒྱུས་ལ་བལྟས་ན། གསར་རྩོམ་གྱི་བྱ་ཐབས་ངེས་ཅན་ཞིག་ཡོད་ཚེ་དེ་ནི་འཇིག་རྟེན་གྱི་ལྟ་ཚུལ་ངེས་ཅན་ཞིག་གིས་ཁྲིད་སྟོན་འོག་ཏུ་བྱུང་བ་ཞིག་ཡིན། རྩོམ་རིག་གི་གཞུང་ལུགས་ལ་ཞིབ་འཇུག་བྱེད་མཁན་མཁས་པ་རྣམས་ཀྱིས་ཕྱོགས་བསྡོམས་བྱས་པ་ལྟར་ན། རྩོམ་པ་པོའི་འཇིག་རྟེན་ལྟ་ཚུལ་གྱི་དུས་རབས་དང་སྤྱི་ཚོགས་ཀྱི་ཁྱད་ཆོས་དེ། རྩོམ་པ་པོ་དེའི་གསར་རྩོམ་གྱི་བྱེད་ཐབས་ཐོག་ཏུ་མངོན་གསལ་གྱིས་མཚོན་ཡོད་པ་སྟེ། དཔེར་ན། དུས་རབས་བཅོ་བརྒྱད་པའི་དུས་མཇུག་དང་དུས་རབས་བཅུ་དགུ་པའི་དུས་འགོར། ཡོ་རོབ་ཁུལ་དུ་དར་ཁྱབ་ཆེ་བའི་འཆར་ཡན་རིང་ལུགས་ཀྱི་རྩོམ་རིག་དེ་ནི་འཛར་མན་དང་། དབྱིན་ཇི། ཕ་རན་སི། དབྱི་ཏ་ལི་བཅས་ལ་ཕྱོགས་ལྷུང་ཡེ་མི་འདྲ་བ་གཉིས་བྱུང་སྟོང་བ

དང་གཅིག་གིས་མ་འོངས་པར་འདུན་མ་བཅོལ་བ་དང་། སྐབས་དེའི་གནས་ཚུལ་ལ་ངོ་རྒོལ་དང་ཕྱུགས་བསམ་འཚོལ་བ་བཅས་ཡིན་ལ། ཅིག་ཤོས་ནི་དེ་ལས་ལྡོག་པའོ། འདི་ནི་དགེ་མཚན་ལྡན་པའི་འཆར་ཡན་རིང་ལུགས་དང་དགེ་མཚན་མེད་པའི་འཆར་ཡན་རིང་ལུགས་གཉིས་སུ་དབྱེ་བའི་གཞི་འཛིན་ས་ཡིན་པར་བཤད། དུས་རབས་མི་འདྲ་བ་དང་སྤྱི་ཚོགས་མི་འདྲ་བའི་རྩོམ་པ་པོ་རྣམས་ཀྱིས་ལག་ལེན་དུ་བསྟར་བའི་གསར་རྩོམ་གྱི་བྱེད་ཐབས་ནི་ཕལ་ཆེར་གཅིག་འདྲ་ཡིན་མོད། འོན་ཀྱང་ཁོ་ཚོས་ཁྲིས་པའི་བརྩམས་ཆོས་ཀྱི་ངོ་བོ་དང་རྣམ་པ། ནུས་པ་བཅས་ལ་མི་འདྲ་ས་མང་པོ་ཡོད། དཔེར་ན། ཚངས་དབྱངས་རྒྱ་མཚོ་དང་མི་ལ་རས་པ་གཉིས་ནི་མགུར་གླུའི་རྩོམ་པ་པོ་ཡིན་པ་དང་། ཁོང་གཉིས་ཀ་སངས་རྒྱས་ཆོས་ལུགས་པ་ཡིན་པའི་ཆ་འདྲ་ན་ཡང་། དུས་རབས་མི་འདྲ་བའི་དབང་གིས། མི་ལ་རས་པའི་མགུར་འབུམ་ནང་གི་མགུར་གླུ་མང་ཆེ་བ་ནི་སངས་རྒྱས་ཆོས་ལུགས་ཀྱི་གྲུབ་མཐའི་ནང་ཚན་བཀའ་བརྒྱུད་པའི་ལྟ་བ་དྲིལ་བསྒྲགས་བྱེད་པ་ཞིག་ཡིན་ལ། ཚངས་དབྱངས་རྒྱ་མཚོའི་མགུར་གླུ་ནི་དེ་ལས་ལྡོག་སྟེ་དངོས་ཡོད་ཀྱི་འཚོ་བ་གཞིར་བཞག་སྟེ། རྩོམ་པ་པོའི་སེམས་ཀྱི་དགའ་སྣང་དང་སྐྱོ་སྡུག། མ་འོངས་པའི་འཚོ་བ་ལ་ཡིད་ཆེས་པའི་འདུན་མ་བཅངས་ཡོད་པ་ཞིག་རེད་ལ། ཁོང་རྣམས་གཉིས་ཀྱི་མགུར་གླུ་དེ་དག་ལས་རྩོམ་པ་པོ་གཉིས་ཀྱི་དངོས་ཡོད་ཀྱི་འཚོ་བ་ལ་འཛིན་པའི་ལྟ་ཚུལ་མི་འདྲ་བ་གཉིས་མཚོན་ཡོད་པ་སྟེ། སྔ་མ་ནི་འཇིག་རྟེན་གྱི་འཁོར་བ་ལ་སྙིང་པོ་མེད་པའི་ལྟ་ཚུལ་འཛིན་གྱི་ཡོད་ལ། ཕྱི་མས་འཁོར་བ་ནི་བདེ་སྐྱིད་ཡིན་པ་དང་། འཚོ་བ་ལ་དགའ་ཞེན་བྱེད་འོས་པའི་འཇིག་རྟེན་ལྟ་ཚུལ་འཛིན་གྱི་ཡོད་པ་རེད།

3. གསར་རྩོམ་གྱི་བྱེད་ཐབས་ལ་རང་ཚུགས་ཀྱི་ནུས་པ་ལྡན་པའི་མཚོན་ཚུལ་ཞིག་ནི། རྩོམ་པ་པོ་འགའ་ཞིག་གི་འཇིག་རྟེན་ལྟ་ཚུལ་ཕྱིར་འདྲ་བའི་འོག་ཏུ་གསར་རྩོམ་བྱེད་ཐབས་མི་འདྲ་བ་བེད་སྤྱད་དེ་རྩོམ་འབྲི་བྱས་པའི་བརྩམས་ཆོས་ལ་ཡང་གྲུབ་འབྲས་ཆེས་ཆེ་བ་ཞིག་ཐོབ་ཀྱི་ཡོད་པ་རེད། ཁོ་ཚོའི་འཚོ་བའི་

ངོས་འཛིན་དེ་སྤྱིར་བཏང་ཐོག་གཅིག་མཚུངས་སུ་གནས་ཡོད་ཀྱང་འཚོ་བ་མཚོན་པར་བྱེད་སྐབས་གཞི་འཛིན་ས་དང་ལྟ་ཕྱོགས་མི་འདྲ་བ། ཐབས་ལམ་མི་འདྲ་བ། མཚོན་ཐབས་མི་འདྲ་བ་བཅས་སྤྱོད་བྱེད་ཀྱི་ཡོད་པས་ངེས་པར་དུ་གཅིག་ལྟར་བཟོ་དགོས་པ་ཞིག་ཀྱང་མ་ཡིན། འཛིག་རྟེན་ལྟ་ཚུལ་དང་གསར་རྩོམ་གྱི་བྱེད་ཐབས་ནི་ཆེས་རྙོག་འཛིང་ཆེ་བའི་འབྲེལ་བ་ཞིག་ཡིན་པ་དང་། གཅིག་ནས་འཛིག་རྟེན་ལྟ་ཚུལ་གྱིས་གསར་རྩོམ་གྱི་བྱེད་ཐབས་ལ་ཚོད་འཛིན་དང་བཀོད་སྒྲིག་བྱེད་ཀྱི་ཡོད་པ་དང་། གཉིས་ནས་གསར་རྩོམ་གྱི་བྱེད་ཐབས་རང་ཉིད་ལ་ཡང་རང་ཚུགས་ཀྱི་ནུས་པ་ལྡན་ཡོད་པ་ཞིག་ཡིན། ཡང་དག་པའི་སྒོ་ནས་གནད་དོན་དེར་གོ་བ་ལེན་པ་དང་ཤེས་རྟོགས་བྱེད་དགོས་ན། ངེས་པར་དུ་རྩོམ་པ་པོ་རེ་རེ་བཞིན་དང་བརྩམས་ཆོས་དེ་དག་ལ་ཞིབ་ཕྲའི་སྒོ་ནས་དབྱེ་འབྱེད་དང་ཞིབ་འཇུག་བྱེད་དགོས་པ་རེད། བློ་མཐུན་མའོ་ཙེ་ཏུང་གིས "མར་ཁེ་སི་རིང་ལུགས་སློབ་སྦྱོང་བྱེད་རྒྱུ་ནི་ང་ཚོས་རྩོད་སྒྲུབ་ཀྱི་དངོས་གཙོ་སྨྲ་བ་དང་། ལོ་རྒྱུས་ཀྱི་དངོས་གཙོ་སྨྲ་བའི་ལྟ་ཚུལ་གྱི་ཐོག་ནས་འཛིག་རྟེན་ལ་ལྟ་ཞིབ་དང་། སྤྱི་ཚོགས་ལ་ལྟ་ཞིབ། རྩོམ་རིག་དང་སྒྱུ་རྩལ་ལ་ལྟ་ཞིབ་བཅས་བྱེད་དགོས་ཀྱི་རེད་ཟེར་བ་ལས་རྩོམ་རིག་སྒྱུ་རྩལ་གྱི་བརྩམས་ཆོས་ནང་ལ་མཚན་ཉིད་རིག་པའི་ཁྲིད་དེབ་འབྲི་དགོས་ཀྱི་རེད་ཟེར་བ་མིན" (《ཡན་ཨན་རིག་རྩལ་བཞུགས་མོལ་ཚོགས་འདུའི་ཐོག་གི་གསུང་བཤད》དེབ་གསུམ་པ། ཤོག་གྲངས 145ལ་གསལ་)ཞེས་གསུངས་ཡོད་པ་དང་། འཛིག་རྟེན་ལྟ་ཚུལ་གྱིས་གསར་རྩོམ་བྱེད་ཐབས་ལ་ཚོད་འཛིན་བྱེད་པའི་ནུས་པ་དེ་ཁས་མི་ལེན་ན་དེ་ནི་མི་འགྲིག་པ་ཡིན་པ་ནི་ཧ་ཅང་གསལ་པོར་མངོན། འོན་ཏེ། འཛིག་རྟེན་ལྟ་ཚུལ་དེས་གསར་རྩོམ་བྱ་ཐབས་ཀྱི་ཚབ་བྱེད་རྒྱུར་རེ་འདོད་བྱེད་པ་དེ་ཡང་གནོད་འཚོ་ཆེན་པོ་ཡོད་པ་ཞིག་ཡིན། རྩོམ་རིག་སྒྱུ་རྩལ་གྱི་བརྩམས་ཆོས་ནང་དུ་མཚན་ཉིད་རིག་པའི་ཁྲིད་དེབ་བརྩམས་པ་དང་། འབོད་ཚིག་ཡོད་འཁྱེར་བྱེད་པ་དང་། ཡང་ན་སྟོམ་ཁྲིམས་ལྟ་བུའི་དོན་ཚན་འགའ་ཞིག་ལ་བརྟེན་པའི་བྱེད་

སྣང་ས་དེ་ལྷ་བུ་ནི་གནོད་འཚེ་ཤིན་ཏུ་ཆེན་པོ་ཡོད་པ་ཞིག་རེད། དེར་བརྟེན། བྱེད་སྣང་ས་དེ་རིགས་ནི་གསར་རྩོམ་བྱེད་ཐབས་ཀྱི་སྤྱིའི་ཆོས་ཉིད་དང་རྒྱབ་འགལ་དུ་གྱུར་པའི་ལུང་འཛིན་རིང་ལུགས་ཀྱི་བྱེད་ཐབས་ཤིག་ཡིན་པ་དང་། བྱེད་སྣང་ས་དེ་རིགས་ཀྱི་འབྲས་བུར་སྤྱི་འགྲོས་ཅན་དུ་འགྱུར་བ་དང་། དོན་སྤྱི་ཙམ་དུ་འགྱུར་བའི་བརྩམས་ཆོས་ཐོན་རྒྱུ་ཙམ་ལས་རྩོམ་རིག་གསར་རྩོམ་གྱི་བྱ་བ་འཕེལ་རྒྱས་འགྲོ་རྒྱུར་གནོད་སྐྱོན་ཆེན་པོ་ཡོད་པ་ཞིག་ཡིན།

1. རྩོམ་པ་པོའི་འཇིག་རྟེན་ལྟ་ཚུལ་ཞེས་པའི་གོ་དོན་གང་ཡིན་ནམ།
2. གསར་རྩོམ་བྱ་ཐབས་ཞེས་པའི་གོ་དོན་ཅི་འདྲ་ཡིན་ནམ།
3. འཇིག་རྟེན་ལྟ་ཚུལ་དང་གསར་རྩོམ་བྱ་ཐབས་གཉིས་ཀྱི་འབྲེལ་བ་ཅི་འདྲ་ཡིན།
4. 《གཞོན་ནུ་ཟླ་མེད་ཀྱི་གཏམ་རྒྱུད་》ནི་བོད་རིགས་ཀྱི་བརྩམས་སྒྲུང་རིང་གྲས་ཀྱི་ལམ་ཚད་ཀྱི་རྫ་རིང་ལྟ་བུ་ཞིག་ཡིན་ཞེས་པའི་རྒྱུ་མཚན་ཅི་ཡིན་ནམ།

ས་བཅད་ལྔ་པ། དངོས་ཡོད་རིང་ལུགས་དང་འཆར་ཡན་རིང་ལུགས་ཀྱི་སྐོར།

རྩོམ་རིག་གསར་རྩོམ་བྱེད་པའི་ལོ་རྒྱུས་ཀྱི་སྟེང་དུ་ཐོར་ནས་གསར་རྩོམ་བྱེད་ཐབས་མི་འདྲ་བ་གཉིས་བྱུང་ཡོད་པ་སྟེ། གཅིག་ནི་དངོས་ཡོད་རིང་ལུགས་ཀྱི་རྩོམ་ཐབས་དང་། ཅིག་ཤོས་ནི་འཆར་ཡན་རིང་ལུགས་ཀྱི་རྩོམ་ཐབས་དེ་ཡིན་ཞིང་། གསར་རྩོམ་བྱེད་ཐབས་མི་འདྲ་བ་དེ་གཉིས་ལ་རིག་པའི་གཞུང་ལུགས་ཀྱི་ཐོག་ནས་ཞིབ་དཔྱད་དང་གསལ་བཤད་བྱེད་རྒྱུ་དེ་ཕྱི་རབས་སུ་བྱུང་བ་ཞིག་ཡིན་རུང་། གང་ལྟར་རྩོམ་ཐབས་དེ་གཉིས་བེད་སྤྱོད་དེ་གསར་རྩོམ་བྱས་པའི་བརྩམས་ཆོས་མི་ཉུང་བ་ཞིག་ཐོར་ནས་ཡོད་པ་ཞིག་ཡིན། བོད་རིགས་ཀྱི་རྩོམ་རིག་ལོ་རྒྱུས་ཐོག་ཏུ་རིག་པའི་གཞུང་ལུགས་ཀྱི་ཐོག་ནས་དངོས་ཡོད་རིང་ལུགས་ཀྱི་རྩོམ་ཐབས་དང་འཆར་ཡན་རིང་ལུགས་ཀྱི་རྩོམ་ཐབས་ཞེས་པའི་ཐ་སྙད་དེ་གཉིས་ལ་གསལ་བཤད་དང་ཞིབ་དཔྱད་མཛོན་གསལ་དོད་པོ་ཞིག་བྱས་མེད་རུང་། རྩོམ་ཐབས་དེ་གཉིས་ལ་བརྟེན་ནས་བརྩམས་པའི་བརྩམས་ཆོས་ཕུན་སུམ་ཚོགས་པོ་ཡོད་པ་མ་ཟད། ཆེས་ཕུལ་དུ་བྱུང་བའི་བརྩམས་ཆོས་ཡང་ཇི་སྙེད་ཅིག་ཡོད།

དང་པོ། དངོས་ཡོད་རིང་ལུགས་ཀྱི་རྩོམ་ཐབས་སྐོར།

རྩོམ་རིག་སྒྱུ་རྩལ་གྱི་ལོ་རྒྱུས་ཐོག་ཏུ་དངོས་ཡོད་རིང་ལུགས་ནི་ཤུགས་རྐྱེན་ཆེ་ཤོས་དང་སྐྱེ་འཕེལ་གྱི་ནུས་ཤུགས་ཆེ་ཤོས་ལྡན་པའི་གསར་རྩོམ་གྱི་བྱེད་ཐབས

ཤིག་ཡིན། དེའི་རྒྱུ་མཚན་ནི་དངོས་ཡོད་རིང་ལུགས་ཀྱི་གསར་རྩོམ་བྱེད་ཐབས་དེ་ནི་སྤྱི་ཚོགས་ཀྱི་འཚོ་བ་དངོས་དང་འབྲེལ་བ་དམ་ཟབ་ཡོད་པ་མ་ཟད། སྒྱུ་རྩལ་གྱི་ཐོག་ནས་སྤྱི་ཚོགས་ཀྱི་འཚོ་བ་མཚོན་པར་བྱེད་པའི་ཆོས་ཉིད་དང་ཤིན་ཏུ་མཐུན་པ་ཞིག་ཡིན་ལ། སྔོན་ཐོན་གྱི་འཛིག་རྟེན་ལྟ་ཚུལ་དང་སྒྱུ་རྩལ་གྱི་བསམ་བློ་ལྡན་པའི་རྩོམ་པ་པོ་རྣམས་ཀྱི་དགོས་མཁོ་དང་ཤིན་ཏུ་མཐུན་པ་ཞིག་ཡིན་པའི་རྐྱེན་གྱིས་རེད།

དངོས་ཡོད་རིང་ལུགས་དེ་རྩོམ་རིག་གི་གསར་རྩོམ་བྱེད་ཐབས་ཤིག་ཏུ་རྩིས་ཡོད་པ་དེས་རྩོམ་པ་པོས་རྩོམ་རིག་གསར་རྩོམ་བྱེད་པའི་རྣམ་འགྱུར་གྱི་ཐད་ལ་ངེས་པར་དུ་དངོས་ཡོད་ཀྱི་འཚོ་བར་ཁ་ཕྱོགས་པ་མ་ཟད། མི་དང་མིའི་བར་གྱི་འབྲེལ་བ་དང་རྙོག་འཛིང་ཆེ་བའི་འགལ་བའི་ནང་ནས་འཚོ་བའི་འགྱུར་ལྡོག་ལ་ངོས་འཛིན་བྱས་ཏེ། སྤྱི་ཚོགས་འཚོ་བའི་ནང་དུ་གནས་པའི་གནད་དོན་དང་དངོས་ཡོད་ཀྱི་འཚོ་བ་དེ་མཚོན་པར་བྱེད་དགོས།

1. དངོས་ཡོད་རིང་ལུགས་ཀྱི་ཐ་སྙད་ངོས་འཛིན་པ།

དངོས་ཡོད་རིང་ལུགས་དེ་རྩོམ་རིག་གསར་རྩོམ་བྱེད་ཐབས་ཞིག་ཏུ་རྩིས་ཏེ། རྩོམ་རིག་འཕེལ་རྒྱས་ཀྱི་ལོ་རྒྱུས་ཐོག་ཏུ་ལོ་ངོ་སྟོང་ཕྲག་ཁ་ཤས་རིང་དུ་འཕེལ་རྒྱས་དང་འགྱུར་ལྡོག་བྱུང་ཡོད་པ་མ་ཟད། ཡང་འཆར་ཡན་རིང་ལུགས་ཀྱི་རྩོམ་ཐབས་དང་མཉམ་དུ་འཕེལ་རྒྱས་བྱུང་ཡོད། འོན་ཏེ་དངོས་ཡོད་རིང་ལུགས་དེ་རྩོམ་རིག་གི་བསམ་པའི་རླབས་རྒྱུན་ཞིག་དང་གྲུབ་མཐའ་ཞིག་ཏུ་རྩིས་པ་ནི་དུས་རབས་བཅུ་དགུ་པའི་དུས་འགོར་ཡོ་རོབ་གླིང་དུ་འཆར་ཡན་རིང་ལུགས་ཀྱི་རྩོམ་རིག་ལ་ངོ་རྒོལ་དང་འཐབ་རྩོད་བྱེད་པའི་རྩོམ་རིག་གི་བསམ་པའི་རླབས་རྒྱུན་ནང་ནས་འཕེལ་རྒྱས་བྱུང་བ་ཞིག་ཡིན་པས། ཐོག་མར་ཡོ་རོབ་གླིང་གི་རྩོམ་རིག་གི་ནང་དུ་དངོས་ཡོད་རིང་ལུགས་ཀྱི་རྩོམ་ཐབས་དེའི་འཕེལ་རྒྱས་ཀྱི་བྱུང་རིམ་ཅི་ཡིན་ལ་བརྟག་དཔྱད་རགས་ཙམ་བྱེད་རྒྱུ་ཡིན།

གནའ་བོའི་ཤི་ལ་ཡི་དུས་རབས་སུ་དངོས་ཡོད་རིང་ལུགས་ཀྱི་རྩོམ་ཐབས་

དེའི་རིགས་པའི་གཞུང་ལུགས་ཀྱི་རྨང་གཞི་དང་རྩོམ་ཐབས་དེའི་སྨྱུ་གུ་ངེས་ཅན་ཞིག་ཐོན་ཡོད་པ་རེད། ཡ་ལི་ཧྲི་ཏོ་ཐ་(སྤྱི་ལོའི་སྔོན་གྱི་ལོ384－322)ནི་གནའ་བོའི་ཤི་ལ་ཡི་མཚན་ཉིད་རིག་པ་རླབས་ཆེན་ཞིག་དང་། རྩོམ་རིག་རིགས་པའི་གཞུང་ལུགས་པ་མཁས་ཅན་ཞིག་ཡིན་ཞིང་། ཁོང་གིས་བརྩམས་པའི《སྙན་ངག་གི་རིག་པ》ཞེས་པའི་ནང་དུ་སྙན་ངག་མཁན་གྱི་རྩོམ་འབྲི་བྱས་པའི་བྱ་དངོས་རྣམས་བྱ་དངོས་ཀྱི་ངོ་བོར་གཞིགས་ཏེ་རྩོམ་འབྲི་བྱ་དགོས་པའི་འདོད་ཚུལ་བཏོན་ཡོད་ལ། ཁོང་གིས་བྱ་དངོས་རྣམས"དེ་ལྟར་ཡོད་དགོས་པའི་རྣམ་པ"དང་ཡང་ན"ངོ་བོ་ངོ་མའི་རྣམ་པ"ལ་གཞིགས་ཏེ་རྩོམ་འབྲི་བྱ་དགོས་ཞེས་གསུངས་ཡོད་པ་ནི་ཆེས་ཐོག་མའི་འཆར་ཡན་རིང་ལུགས་དང་དངོས་ཡོད་རིང་ལུགས་ཀྱི་རྩོམ་ཐབས་ལ་རིགས་པའི་གཞུང་ལུགས་ཀྱི་ཐོག་ནས་གཅིག་སྒྲུབ་བྱས་པ་ཞིག་ཡིན། འོན་ཏེ་རྩོམ་རིག་གི་ཆེད་སྤྱོད་ཐ་སྙད་ཞིག་ཏུ་རྩིས་ཏེ་དངོས་ཡོད་རིང་ལུགས་ཞེས་བེད་སྤྱོད་བྱེད་མཁན་ནི་འཛར་མན་གྱི་ཤི་ལོ(1759－1805)ཡིན། 1795ལོ་ནས1796ལོའི་བར་དུ་རྩོམ་འབྲི་བྱས་པའི《བབ་ཆགས་ཀྱི་ཇི་བཞིན་བརྗོད་པའི་སྙན་ཚིག་དང་ཡིད་འབྱུང་བའི་སྙན་ཚིག་ལ་དཔྱད་པ》ཞེས་པའི་ནང་དུ་ཐོག་མར་རྩོམ་རིག་གི་ལོ་རྒྱུས་ཐོག་ཏུ་གནས་པའི་གསར་རྩོམ་བྱེད་ཐབས་མི་འདྲ་བ་གཉིས་ཀྱི་འཕེལ་ཕྱོགས་ལ་གོ་རིམ་ཡོད་པའི་སྒོ་ནས་རིག་པས་ཁུངས་སྐྱེལ་བྱས་ཡོད་པ་རེད། ཁོང་གིས"བབ་ཆགས་ཀྱི་ཇི་བཞིན་བརྗོད་པའི་སྙན་ཚིག"དང"ཡིད་འབྱུང་བའི་སྙན་ཚིག"ཅེས་པའི་ཐ་སྙད་བེད་སྤྱོད་བྱས་ཏེ་རྩོམ་ཐབས་མི་འདྲ་བ་དེ་གཉིས་ཀྱི་རྩ་བའི་ཕྱོགས་ལྷུང་དེ་གསལ་འདོན་བྱས་ཡོད། བབ་ཆགས་ཀྱི་ཇི་བཞིན་བརྗོད་པའི་སྙན་ཚིག་གི་ཁྱད་ཆོས་ནི"དངོས་ཡོད་ལ་གང་ཐུབ་ཅི་ཐུབ་དང་ཕུན་སུམ་ཚོགས་པའི་སྒོ་ནས་ལད་མོ་བྱེད་དགོས"ཞེས་གསུངས་ལ། ཡིད་འབྱུང་སྐྱེ་བའི་སྙན་ཚིག་གི་ཁྱད་ཆོས་ནི"དངོས་ཡོད་དེ་ཕུགས་བསམ་ཅན་དུ་མཐོར་འདེགས་བྱེད་དགོས"ཞེས་དང་། ཡང་ན"ཕུགས་བསམ་མཚོན་པར་བྱེད་པའམ་ཚུར་སྣང་བྱེད་དགོས"ཞེས་

གསུངས་པ་དང་། རྩོམ་ཐབས་མི་འདྲ་བ་དེ་གཉིས་ཀྱི་སྤྱིའི་ཕྱོགས་ལྷུང་ཐད་ཁོང་གིས་"སྣང་ཚིག་གི་སྐྱེ་སྟོབས་དེར་བརྟེན་ནས་རང་ཉིད་མཚོན་པར་བྱེད་པའི་རྣམ་པ་མི་འདྲ་བ་གཉིས་ཡིན་སྲིད་དོ"ཞེས་གསུངས་ཡོད་པ་མ་ཟད། མི་རྣམས་ཀྱི་བསམ་བློར་གཡོ་འགུལ་ཐེབས་རྒྱུའི་ཐད་ནས་བཤད་ན་གོང་སློས་དེ་"རང་བཞིན་དང་དངོས་ཡོད་ཀྱི་བཅོ་གདུང་ཡིན་ལ་དངོས་དངོས་རྗེན་རྗེན་གྱི་དངོས་ཡོད་དེ་ཡིན"ཞེས་དང་། གཞན་དེས་མི་རྣམས་ལ་སེམས་འགུལ་ཐེབས་བྱེད་ནི་མི་རྣམས་ཀྱི་"འདུ་ཤེས"དང་"ཕུགས་བསམ"དེ་ཡིན་ཞེས་བརྗོད་ཡོད་པ་དེས་གསར་རྩོམ་བྱེད་ཐབས་མི་འདྲ་བ་དངོས་ཡོད་རིང་ལུགས་དང་འཆར་ཡན་རིང་ལུགས་ཀྱི་རྩ་བའི་ཕྱོགས་ལྷུང་དང་ཁྱད་ཆོས་དེ་གསལ་འདོན་རགས་ཙམ་བྱས་ཡོད་པ་རེད། འོན་ཏེ"དངོས་ཡོད་རིང་ལུགས"ཀྱི་ཐ་སྙད་དེ་བཏོན་པ་ཙམ་ལས་དུས་སྐབས་དེའི་རིང་གི་རྩོམ་རིག་སྒྱུ་རྩལ་གྱི་ནང་དར་རྒྱས་བྱུང་མེད་པ་མ་ཟད། ཞི་ལོ་ཡིས་གསུངས་པའི་"དངོས་ཡོད་རིང་ལུགས"དེ་ར་ད་དུང་གནའ་རབས་རིང་ལུགས་ཀྱི་རྟགས་ཐམ་ཤིན་ཏུ་གསལ་བ་ཅིག་ཡོད་ལ། ཕྱིས་སུ་དངོས་ཡོད་རིང་ལུགས་ཀྱི་རྩོམ་ཐབས་དེ་རྩོམ་རིག་རིག་གི་གྲུབ་མཐའ་ཞིག་ཏུ་སྒྱིས་རྗེས་ཀྱི་དངོས་ཡོད་རིང་ལུགས་དེ་དང་ཡང་ཁྱད་པར་ཤིན་ཏུ་ཆེན་པོ་ཡོད་པ་ཞིག་ཡིན།

1850ལོར་ཕ་རན་སིའི་རྩོམ་རིག་སྒྱུ་རྩལ་གྱི་རིགས་པའི་གཞུང་ལུགས་པ་མཁས་ཅན་སྐྱུ་ཞབས་ཤ་ཕུ་ལེ་ཡིས་སྐབས་དེར་འཕེལ་རྒྱས་འགྲོ་བཞིན་པའི་རྩོམ་རིག་གི་རྣམ་པ་གསར་པ་དེར"དངོས་ཡོད་རིང་ལུགས"ཀྱི་རྩོམ་རིག་ཡིན་ཞེས་བརྗོད་པ་མ་ཟད། དེ་རྗེས་1855ལོར་རི་མོ་མཁས་ཅན་ཅེ་འར་ཕེ་ཡིས་རང་ཉིད་ཀྱིས་བྲིས་པའི་རི་མོ་འགྲེམ་སྟོན་བྱས་ཡོད་པ་རེད། དེའི་རྐྱེན་གྱིས་རྩོམ་རིག་གི་ལོ་རྒྱུས་སྟེང་དུ་གྲགས་ཆེ་བའི་"དངོས་ཡོད་རིང་ལུགས་ཀྱི་རྩོད་གླེང་ཆེན་པོ"ཞེས་པ་དེ་བྱུང་བ་དང་། དེ་རྗེས་ཕ་རན་སིའི་རྩོམ་རིག་གི་ལོ་རྒྱུས་ཐོག་ཏུ་མགྱོགས་མྱུར་དུ་འཕེལ་རྒྱས་ཤུགས་ཆེན་ཕྱིན་ཡོད་ལ། རིག་གཞུང་གི་ལས་

རིགས་ཐོག་ཏུ་ཆེས་གལ་ཆེ་བའི་གནས་བབ་ཅིག་ཡང་བཟུང་ཡོད་པ་རེད། དུས་རབས་བཅུ་དགུ་པའི་ལོ་རབས་ལྔ་བཅུའི་ནང་ཕ་རན་སིའི་ཚོམ་རིག་གི་ལོ་རྒྱུས་ཐོག་ཏུ་པ་འར་ཀྲ་ཁེ་ཡིས་གཙོ་བོ་བྱས་པའི་ཆེས་ཕུལ་དུ་བྱུང་བའི་དངོས་ཡོད་རིང་ལུགས་ཀྱི་ཚོམ་པ་པོ་མི་ཉུང་བ་ཞིག་ཐོན་ཡོད་པ་དང་། ཨིན་ཁེ་སིས་“པ་འར་ཀྲ་ཁེ་ཡི་ཆེས་གལ་འགངས་ཆེ་བའི་ཁྱད་ཆོས་དེ་ནི་དངོས་ཡོད་རིང་ལུགས་ཀྱི་རྒྱལ་ཁ་ཐབས་ཆེ་ཤོས་དེ་ཡིན་ནོ་”ཞེས་གསུངས་ཡོད་པ་ལྟར་རོ།

2. དངོས་ཡོད་རིང་ལུགས་ཀྱི་ལོ་རྒྱུས་ཀྱི་འཕེལ་རིམ་སྐོར།

དངོས་ཡོད་རིང་ལུགས་ཀྱི་ཚོམ་རིག་དེ་ལོ་རྒྱུས་འཕེལ་རྒྱས་འགྲོ་བའི་བརྒྱུད་རིམ་ནང་དུ་འཕེལ་རྒྱས་དང་ཕུན་སུམ་ཚོགས་སུ་ཕྱིན་ཡོད་ཁར་དེའི་འཕེལ་ཕྱོགས་མི་འདྲ་བ་མ་ཟད། ལོ་རྒྱུས་ཀྱི་དུས་རིམ་སོ་སོའི་ནང་ཚོམ་རིག་གི་འདུ་ཤེས་མི་འདྲ་བའི་རྐྱེན་གྱིས་དངོས་ཡོད་རིང་ལུགས་ལ་ཡང་ལོ་རྒྱུས་ཀྱི་རྣམ་པ་མི་འདྲ་བ་རེ་ཡོད་པ་རེད།

①གནའ་རབས་ལྷ་སྒྲུང་ནང་གི་དངོས་ཡོད་རིང་ལུགས་དེ་ཡིན།

དངོས་ཡོད་རིང་ལུགས་ཀྱི་ཆེས་ཐོག་མའི་འབྱུང་གཞི་ནི་གནའ་བོའི་ལྷ་སྒྲུང་ནང་གི་སྒྱུ་རྩལ་དེ་ཡིན་ཞིང་དེ་ནི་མིའི་རིགས་ཀྱི་ཆེས་ཐོག་མའི་བསམ་བློའི་འདུ་ཤེས་ཤིག་དང་། སེམས་ཁམས་ཀྱི་འགུལ་བསྐྱོད་དེ་ཡིན། སྤྱི་ཚོགས་ཀྱི་ཐོན་སྐྱེད་ཆེས་ཤིན་ཏུ་ཞན་པའི་གདོད་མའི་སྤྱི་ཚོགས་ཀྱི་ནང་དུ་རང་བྱུང་ཁམས་ཀྱི་སྣང་ཚུལ་ལ་ཚན་རིག་གི་ཐོག་ནས་འགྲེལ་བཤད་བྱེད་པའི་ཆུ་ཚད་དེ་མེད་རྐྱེན་རང་བྱུང་ཁམས་ཀྱི་སྣང་ཚུལ་དང་སྤྱི་ཚོགས་ཀྱི་འགྱུར་བ་སོགས་ལ་འགྲེལ་བཤད་བྱེད་པའི་ལྷ་སྒྲུང་དེ་དག་འབྱུང་ལ། དེ་ནི་མི་རྣམས་ཀྱི་ཆེས་ཐོག་མའི་འཆར་སྣང་གི་ཐོན་དངོས་དང་གཟུགས་བརྙན་གྱིས་ཕྱིར་མངོན་པར་བྱས་པ་ཞིག་ཡིན་རྐྱེན། གནའ་རབས་ལྷ་སྒྲུང་ནང་དུ་དངོས་ཡོད་རིང་ལུགས་འབྱུང་བའི་རྒྱུ་མཚན་དེ་ཡིན་པ་མ་ཟད། དེ་ནི་དངོས་ཡོད་རིང་ལུགས་ཀྱི་ཚོམ་རིག་གསར་རྩོམ་བྱེད་ཐབས་ཀྱི་ཆེས་ཐོག་མའི་འབྱུང་གཞི་ཡང་ཡིན། སྐབས་དེར་

ཐོན་སྐྱེད་ཀྱི་ནུས་ཤུགས་ཤིན་ཏུ་ཞན་པ་དང་། རང་བྱུང་ཁམས་ཀྱི་གནོད་འཚེ་ལས་རྣམ་པར་རྒྱལ་བའི་ནུས་ཤུགས་ཡང་མེད་སྐབས་རང་བྱུང་ཁམས་ཀྱི་གནོད་འཚེ་བྱུང་བའི་ཚུལ་རྣམས་བདུད་དང་ལྷ་སོགས་ཀྱི་གཟུགས་བརྙན་དུ་བཀོད་པ་དང་། འཇིག་རྟེན་ཁམས་ཀྱི་དངོས་པོ་ཡོད་དོ་ཅོག་ལ་ལྷ་འདྲེ་ཞུགས་ཡོད་པར་འདོད་ཅིང་། ཚུལ་དེའི་དབང་གིས་ལྷ་ཡང་དེ་བཞིན་དུ་ཐོན་ཏེ་ལྷ་ཀླུ་གཉན་བཙན་སོགས་ཇི་སྙེད་ཅིག་མཆིས་པ་དང་། དེར་མཆོད་བསྟོད་ཀྱི་ཚིག་སྒྲུབ་པ་དང་གསོལ་འདེབས་བྱས་ན། དེ་དག་གིས་རང་ཉིད་ལ་སྲུང་སྐྱོབ་བྱེད་པ་སོགས་ཀྱི་གདོད་མའི་རྩོམ་རིག་གི་རྣམ་པ་དེ་བྱུང་ཡོད་པ་རེད། སྐབས་དེར་བྱུང་བའི་རྩོམ་རིག་ནང་གི་གཟུགས་བརྙན་དེ་དག་སྐབས་བདེ་བ་དང་ཆ་ཚང་ཞིག་མེད་ཀྱང་། རྩོམ་རིག་སྒྱུ་རྩལ་དང་ངག་རྒྱུན་དེ་དག་ལ་དངོས་གཙོའི་གྲུབ་ཆ་མི་ཉུང་བ་ཞིག་ཡོད་པ་རེད། བོད་རིགས་ཀྱི་རྩོམ་རིག་ལོ་རྒྱུས་དེ་ཡང་མི་རིགས་གཞན་དང་འདྲ་བར་བསྐལ་པ་ཡ་ཐོག་གི་སྤྱི་ཚོགས་དེ་བརྒྱུད་སྦྱོང་བ་དང་། སྐབས་དེར་བྱུང་བའི་གདོད་མའི་ལྷ་སྒྲུང་དང་ངག་རྒྱུན་ཇི་སྙེད་ཅིག་བྱུང་ཡོད་པ་སྟེ་《མ་སང་གི་སྒྲུང་》དང་《མི་རོ་ཙེ་སྒྲུང་》《སྲིད་པ་ཆགས་གླུ》《ཨ་མཚར་མཚར་ལ་མཚར་དགུ》སོགས་བྱུང་ཡོད་པ་དེ་དག་ནི་རང་བྱུང་ཁམས་ཀྱི་སྣང་ཚུལ་ལ་ཆེས་ཐོག་མའི་འགྲེལ་བཤད་བྱས་ཡོད་སྐབས་དེ་དག་ནི་རྩོམ་རིག་གི་ཆེས་ཐོག་མའི་འབྱུང་གཞི་དེ་ཡིན་པ་མ་ཟད། མི་རྣམས་ཀྱི་ཐོག་མའི་བསམ་བློའི་འདུ་ཤེས་དག་ཚུར་སྣང་བྱས་པ་ཞིག་ཡིན། ཨེན་ཁེ་སིས་“བསྐལ་པ་ཡ་ཐོག་ཏུ་ཞི་ལའི་ལྷ་མང་བྱུང་བའི་གདོད་མའི་ཆོས་ལུགས་ཀྱི་བསམ་བློ་ནི་ཞི་ལ་ཡི་སྒྱུ་རྩལ་གྱི་བང་མཛོད་ཙམ་དུ་མ་ཟད། དེའི་འབྱུང་གཞིའི་ཞིང་ས་ཡང་ཡིན་”ཞེས་གསུངས་པ་ལྟར་བོད་རིགས་ཀྱི་རྩོམ་རིག་སྒྱུ་རྩལ་གྱི་འབྱུང་གཞི་ཡང་ཡིན། ཨུ་རུ་སུའི་མཁས་པ་པི་ལིན་སི་ཅི་ཡིས་“སྒྱུ་རྩལ་ནི་ཁེར་ཚུགས་དང་ཁེར་རྐྱང་གིས་འཕེལ་རྒྱས་བྱུང་བ་ཞིག་ནམ་ཡང་མ་ཡིན་པར་དེ་ལས་ལྡོག་ཏེ་དེའི་འཕེལ་རྒྱས་ནི་ནམ་ཡང་འདུ་ཤེས་ཕྱོགས་ཁག་གཞན་དང་དམ་དུ་འབྲེལ་ཡོད་ཅིང་། མི་རིགས་སོ་

སའི་ཁྱིམ་པ་དང་ནུབ་གཉེན་གྱི་དུས་རབས་སུ་སྒྱུ་རྩལ་ནི་མང་ཚོགས་ཀྱི་ཆ་ཤས་འཚོལ་བར་ཆོས་ལུགས་ཀྱི་བསམ་བློ་མཚོན་པ་རེད་”ཅེས་གསུངས་པ་དང་གདོད་མའི་སྤྱི་ཚོགས་སུ་ཆོས་ལུགས་དང་སྒྱུ་རྩལ་གཉིས་ནི་དམ་པོར་འབྲེལ་ཡོད་པ་དེ་ཡིན་ལ། སྒྱུ་རྩལ་དེ་དག་གི་ནང་དུ་ཡང་དངོས་ཡོད་རིང་ལུགས་ཀྱི་རྒྱུ་རྐྱེན་ཚུད་ཡོད་པ་ཞིག་ཡིན། ཀར་ཀིས་གནའ་བོའི་ལྷ་སྒྲུང་སྐོར་ལ་གནད་དུ་འཕེགས་པའི་སྒོ་ནས་བཤད་པ་བྱས་ཡོད་དེ།“ལྷ་སྒྲུང་ནི་གཟུགས་མེད་གྲིབ་བཟོ་བྱས་ནས་བྱུང་བ་ཞིག་ཡིན། གཟུགས་མེད་གྲིབ་བཟོ་ཞེས་པ་ནི་གཏན་འཁེལ་བའི་དངོས་ཡོད་ཀྱི་སྤྱི་ཡོངས་ནང་ནས་རྩ་བའི་དོན་སྙིང་རྣམས་ཚུར་འཐེན་པ་དང་། དེ་དག་གཟུགས་བརྙན་གྱིས་ཕྱིར་མངོན་པར་བྱས་པ་ཞིག་ཡིན། དེ་ལྟར་བྱས་ཚེ་ང་ཚོར་དངོས་ཡོད་རིང་ལུགས་བྱུང་བ་ཞིག་ཡིན་”(《ཨུ་རུ་སུའི་རྩོམ་རིག》ཞེས་པའི་ཤོག་གྲངས་322ལ་གསལ་)ཞེས་གསུངས་པ་དང་། ཡང་ཁོང་གིས་གནའ་རབས་ཀྱི་ལྷ་སྒྲུང་དེ་དག་ནི་རྩོམ་རིག་སྒྱུ་རྩལ་གྱི་ཆེས་ཐོག་མའི་རྣམ་པ་ཡིན་པའི་སྐོར་ལ་“ཕྱིར་བཏང་ནས་བཤད་ན། ལྷ་སྒྲུང་ནི་རང་བྱུང་ཁམས་ཀྱི་སྣང་ཚུལ་ཞིག་ཡིན་པ་མ་ཟད། རང་བྱུང་ཁམས་དང་འཐབ་རྩོད་བྱེད་པ་དང་། རྒྱ་ཆེ་བའི་སྤྱི་ཚོགས་ཀྱི་འཚོ་བ་དེ་སྒྱུ་རྩལ་གྱིས་གཅིག་སྡུད་བྱས་པའི་མཚོན་ཚུལ་ཞིག་ཡིན་”(《ཨུ་རུ་སུའི་རྩོམ་རིག》ཞེས་པའི་ཤོག་གྲངས་337ལ་གསལ་)ཞེས་གསུངས། གནའ་རབས་སུ་བྱུང་བའི་ངག་རྒྱུན་གྱི་ལྷ་སྒྲུང་ཕལ་ཆེ་བ་ནི་མི་རྣམས་ཀྱི་རང་བྱུང་ཁམས་དང་འཐབ་རྩོད་བྱེད་པ་དང་རང་ཉིད་ཀྱི་ལག་གཉིས་པོར་བརྟེན་ནས་རང་བྱུང་ཁམས་བསྒྱུར་བཀོད་བྱེད་པ་དང་། འཚོ་བ་གསར་བསྐྲུན་བྱེད་པའི་སྣང་ཚུལ་རྣམས་གཅིག་སྡུད་ཀྱིས་མཚོན་པར་བྱས་པ་ཞིག་ཡིན། 《སྲིད་པ་ཆགས་གླུ་》ཞེས་པའི་ནང་དུ། རི་མཐོ་བ་དང་། ལམ་ཀྱོག་པ། ས་བདེ་བ་ལ་སོགས་པའི་རྒྱུ་མཚན་དང་། འདབ་ཆགས་ཀྱིས་ཟེ་སྤྲུ་སོགས་ཇི་ལྟར་བྱུང་ཚུལ། གནམ་ས་གཉིས་ཁ་དབྱེ་མཁན་སུ་ཡིན་པ། ཕོ་མོ་གཉིས་ཀྱི་རྟགས་འབྱེད་མཁན་སུ་ཡིན་པ་ལ་སོགས་པའི་སྣང་ཚུལ་སོགས་འགྲེལ་བཤད་བྱས་ཡོད་

པ་རེད། ལྷག་པར་དུ་བོད་རིགས་ཀྱི་རིགས་རྒྱུད་ནི་སྤྲེའུ་དང་བྲག་སྲིན་མོ་གཉིས་འདུས་པ་ལས་བྱུང་བར་བཤད་པ་སོགས་ནི་དངོས་གཙོའི་རང་བཞིན་ཆེ་ཆེར་ལྡན་ཡོད་པ་ཞིག་ཡིན (སྤྲ་མི་ནས་རིམ་བཞིན་གནའ་རབས་ཀྱི་མི་དང་། མི་གསར་པ། ཨ་ཀློའི་དུས་རབས། ཤེས་རྒྱོངས་ཀྱི་དུས་རབས། ཤེས་རིག་ལྡན་པའི་དུས་རབས) གདོད་མའི་དུས་སུ་བྱུང་བའི་ལྷ་སྲུང་དེ་དག་ནི་གངས་ཅན་གྱི་ཡུལ་དུ་འཚོ་བ་རོལ་བའི་གདོད་མའི་མི་རྣམས་ཀྱི་བློ་གྲོས་ལས་བྱུང་བ་དང་། ཁོ་ཚོས་ཐུན་མོང་ཐོག་གསར་བསྐྲུན་བྱས་པའི་རྩོམ་རིག་གི་རྣམ་པ་ཞིག་ཡིན། གནའ་རབས་ལྷ་སྲུང་ནང་གི་མི་སྣའི་གཟུགས་བརྙན་དེ་སྤྱིར་བཏང་ཐོག་ལྷ་མི་ཕྱེད་འཛོམས་ཀྱི་རྣམ་ཚུལ་ཐོག་ནས་གསར་སྐྲུན་བྱས་ཡོད་ཅིང་། ཁོ་ཚོ་ནི་ངལ་རྩོལ་ལ་འཛོན་ཐང་ཆེ་བ་དང་ཡང་ན་ངལ་རྩོལ་གྱི་ལག་ཆ་གང་རུང་གསར་སྐྲུན་བྱེད་མཁན་ཞིག་ཡིན་རྐྱེན། ང་ཚོས་ལྷ་སྲུང་ནང་གི་མི་སྣ་དེ་དག་གི་གཟུགས་བརྙན་ཐོག་ནས་གདོད་མའི་མི་རྣམས་ཀྱིས་ངལ་རྩོལ་བྱེད་པའི་འཚོ་བའི་ལོ་རྒྱུས་དེ་གསལ་ལེར་མཐོང་ཐུབ་པ་ཞིག་ཡིན་པ་མ་ཟད། ཕྱིས་སུ་བྱུང་བའི་ལྷ་འདྲེའི་དབར་གྱི་འཐབ་རྩོད་དེ་དག་ནི་གདོད་མའི་མི་རྣམས་ཀྱིས་སྤྱི་ཚོགས་ཀྱི་འཚོ་བའི་ནང་དུ་རང་བྱུང་ཁམས་ཀྱི་འཐབ་རྩོད་བྱེད་པའི་སྣང་ཚུལ་མཚོན་པར་བྱས་པ་ཞིག་ཡིན་ལ། ངལ་རྩོལ་མི་དམངས་ཀྱིས་བདེ་སྐྱིད་ཀྱི་འཚོ་བར་ཡིད་སྨོན་ཇི་ལྟར་བྱ་བའི་འདུན་པ་དང་ཕུགས་བསམ་དེ་ལྷ་འདྲེའི་གཟུགས་བརྙན་ལ་བརྟེན་ནས་མཚོན་པར་བྱས་པ་ཞིག་ཡིན། ལྷ་སྲུང་གསར་རྩོམ་བྱས་ཡོད་པ་དེས་གདོད་མའི་དངོས་ཡོད་རིང་ལུགས་ཀྱི་ཐོག་མའི་རྣམ་པའམ་རགས་དཔེ་བས་དེ་གྲུབ་པར་བྱས་པ་དང་། དེ་ནི་དངོས་ཡོད་རིང་ལུགས་ཀྱི་ཐོག་མའི་ལོ་རྒྱུས་ཀྱི་རྣམ་པ་ཡིན་པ་མ་ཟད། དུས་སྐབས་དེའི་ནང་དུ་བཙས་པའི་ལྷ་དང་འདྲེ་བདུད་སོགས་ནི་ཁོང་ཚོའི་ཆགས་སྡང་མཚོན་པར་བྱས་པ་ཞིག་དང་། མི་རྣམས་ཀྱིས་རང་བྱུང་ཁམས་ཀྱི་གནོད་འཚེ་ཅི་རིགས་ལ་འཐབ་རྩོད་བྱས་པའི་རྒྱལ་ཁའམ་གྱི་ཉམས་མྱོང་དང་། བསླབ་བྱར་བརྟེན་ནས་རང་བྱུང་ཁམས་ཀྱི་ཆོས་

ཉིད་ལ་འགྲེལ་བཤད་བྱས་ཡོད་སྐབས་གདོད་མའི་རྩོམ་རིག་གི་རྣམ་པ་དེ་བྱུང་བ་ཞིག་ཡིན་ནོ།

②གནའ་དཔེའི་རྩོམ་རིག་ནང་གི་དངོས་ཡོད་རིང་ལུགས་ཀྱི་སྐོར།

བོད་རིགས་ཀྱི་གནའ་དཔེའི་རྩོམ་རིག་ནང་གི་དངོས་ཡོད་རིང་ལུགས་དེ་ནི་སྤྱིར་བཙན་པོ་རིམ་བྱོན་གྱི་དུས་རབས་སུ་བྱུང་བའི་གནའ་དཔེའི་རྩོམ་རིག་དང་། དེ་རྗེས་བོད་སིལ་བུའི་དུས་རབས་དང་དུས་ཕྱིས་སུ་བྱུང་བའི་རྩོམ་རིག་དེ་དག་རྩིས་ཚོག་པ་ཞིག་ཡིན།

གནའ་དཔེའི་དངོས་ཡོད་རིང་ལུགས་དེས་རྩོམ་རིག་འཕེལ་རྒྱས་འགྲོ་བའི་བརྒྱུད་རིམ་ནང་དུ་ཆེས་ཕུན་སུམ་ཚོགས་པའི་ཉམས་མྱོང་གསོག་འཇོག་བྱས་ཡོད་པ་མ་ཟད། རྩོམ་རིག་འཕེལ་རྒྱས་ཀྱི་ལོ་རྒྱུས་ཐོག་ཏུ་ཆེས་གལ་ཆེ་བའི་གནས་བབ་ཅིག་བཟུང་ཡོད་པ་རེད། དུས་རབས་འདིའི་ནང་དུ་རྩོམ་པ་པོས་རྩོམ་འབྲི་བྱས་པའི་རྩོམ་རིག་ཧ་སྒྲེད་ཅིག་ཐོན་ཡོད་ཅིང་། བོད་རིགས་ཀྱི་མི་དང་འཚོ་བ་གཙོ་བོར་བཟུང་སྟེ་རྩོམ་འབྲི་བྱས་པའི་རྣམ་ཐར་དང་། སྒྲུང་གཏམ། ཟློས་གར། རྟོགས་བརྗོད། ལེགས་བཤད། མགུར་གླུ་སོགས་ཐོན་ཡོད་པ་སྟེ《མ་ནི་བཀའ་འབུམ་》《བཀའ་ཆེམས་ཀ་འཁོལ་མ་》《ཏུན་ཧོང་ཡིག་ཚང་》ལས་ཐོན་པའི་མགུར་གླུ་དང་《གླིང་གེ་སར་རྒྱལ་པོའི་སྒྲུང་》《མི་ལ་རས་པའི་མགུར་གླུ》《ས་སྐྱ་ལེགས་བཤད་》སོགས་ཡིན་ཞིང་རྩོམ་རིག་དེ་དག་གི་ནང་དུ་དངོས་ཡོད་རིང་ལུགས་ཀྱི་གྲུབ་ཆ་མི་ཉུང་བ་ཞིག་གསལ་ཡོད་པ་རེད། འོན་ཏེ་རྩོམ་རིག་དེ་དག་ལ་ཆོས་ལུགས་ཀྱི་ནང་དོན་དང་། ལྷ་སྒྲུང་གི་རྣམ་པ། ལོ་རྒྱུས་ཀྱི་མི་སྣ་བཅས་གཅིག་ཏུ་སྡུད་ནས་གྲུབ་པར་བྱས་པ་དེ་ནི་བོད་རིགས་ཀྱི་རྩོམ་རིག་གི་ཐུན་མོང་མ་ཡིན་པའི་ཁྱད་ཆོས་དང་རྩོམ་གཤིས་ཤིག་ཏུ་རྩིས་ཆོག་མི་འགའ་རེས་རྩོམ་རིག་དེ་དག་གི་འབྱུང་རྐྱེན་དང་རྩོམ་རིག་ཁོ་ནར་དབྱེ་ཞིབ་གཟབ་ནན་དང་། སྐབས་དེའི་སྤྱི་ཚོགས་ཀྱི་རྣམ་པ་ལ་ཡང་ཞིབ་འཇུག་བྱས་མེད་པར། ད་ལྟའི་དུས་རབས་སུ་འཕེལ་རྒྱས་འགྲོ་བཞིན་པའི་རྩོམ་རིག་གི་ལྟ་

ཚུལ་དང་འདྲ་ཤེས་ལ་བརྟེན་ནས་གནའ་དཔེའི་རྩོམ་རིག་དེ་ཚོར་དངོས་ཡོད་རིང་ལུགས་ཀྱི་གྲུབ་ཆ་མེད་ཅེས་དང་། རྩོམ་རིག་ཕལ་ཆེ་བ་ནི་དགེ་མཚན་མེད་པའི་འཆར་ཡན་རིང་ལུགས་ཀྱི་རྩོམ་ཐབས་ཤིག་ཡིན་ཞེས་ཚིག་ཐག་གཅོད་པ་ནི་ཤིན་ཏུ་མི་འཐད་པ་ཞིག་ཡིན། དཔེར་ན། 《གླིང་གེ་སར་རྒྱལ་པོའི་སྒྲུང་》ལ་ཆ་མཚོན་ན། གླིང་གེ་སར་རྒྱལ་པོ་དེ་ལྷའི་སྲས་པོའི་གཟུགས་སུ་བཀོད་པ་དང་། ཁོང་ནི་བཙན་པོ་གཉའ་ནས་གནོན་པ་དང་། ཉམས་ཆུང་ཕྲ་མས་ཀྱིས་སྐྱོང་བའི་མགོན་སྐྱབས་སུ་བཀོད་ཡོད་ལ། སྐབས་དེའི་རྩོད་འཐབ་ཀྱིས་འཁྲུག་ཏེ་ཟང་ཟིང་དུ་གྱུར་པའི་སྤྱི་ཚོགས་ཀྱི་ངོ་བོ་དེ་མཚོན་པར་བྱས་ཡོད་པ་མ་ཟད། བོད་རིགས་ཀྱི་ལོ་རྒྱུས་ཐོག་ཏུ་བྱུང་བའི་ཆེས་གལ་ཆེ་བའི་ལོ་རྒྱུས་ཀྱི་གནད་དོན་མང་པོ་ཞིག་སྒྲུང་དེབ་དེའི་ནང་ཕྱོགས་སྟེབ་ཀྱིས་གསལ་མཚོན་བྱས་ཡོད་པ་ཞིག་ཡིན། དུས་རབས་དེའི་ནང་དུ་བྱུང་བའི་རྩོམ་རིག་གི་གཙོ་བོའི་ཁྱད་ཆོས་ནི་སྒྲུང་གི་བརྗོད་དོན་གསལ་ཞིང་ཚགས་དམ་པ། མི་སེམས་འགུལ་ཐུབ་པའི་དཔེ་མཚོན་གྱི་གཟུགས་བརྙན་ལྡན་ལ། ནང་དོན་གཞི་རྒྱ་ཆེ་ཞིང་གཏིང་ཟབ་པ། གསོན་ཉམས་ལྡན་པའི་སྒོ་ནས་སྤྱི་ཚོགས་ཀྱི་འཚོ་བ་དེ་ཚུར་སྣང་བྱས་ཡོད་པ་རེད། ནུབ་ཕྱོགས་ཀྱི་རྩོམ་རིག་བསྐྱར་དར་གྱི་དུས་སྐབས་སུ་དངོས་ཡོད་རིང་ལུགས་ཀྱི་རྩོམ་པ་པོ་མང་པོ་ཞིག་ཐོན་ཡོད་པ་སྟེ། ཏན་ཏིང་དང་ཕུ་ཅ་ཡོ། ཤེས་སི་སྤི་ཡ། གྲི་ཕང་ཐི་སི་སོགས་ཕུལ་བྱུང་གི་རྩོམ་པ་པོ་ཇི་སྙེད་ཅིག་ཐོན་ཡོད་ལ། ཁོ་ཚོས་བརྩམས་ཆོས་ནང་དུ་དཔེ་མཚོན་གྱི་མི་སྣ་ཏ་མུ་ལེ་ཐ། ཨའོ་ས་ལོ། ལི་འར་ཤང་། ཐང་ཇི་ཁ་ཏ་སོགས་བརྒྱུད་དེ་བཀས་བཀོད་རྒྱུད་འཛིན་གྱི་ལམ་ལུགས་ལ་རྟུང་བརྡེག་དང་འགྱུར་ལྡན་གྲལ་རིམ་གྱི་བསམ་བློ་གསར་པར་སྤྲོ་སེམས་ཆེན་པོས་བསྔགས་བརྗོད་བྱས་ཡོད། རྒྱ་རིགས་ཀྱི་རྩོམ་རིག་ལོ་རྒྱུས་ཐོག་ཏུ་ཡང་《ཐོག་བརྩེགས་དམར་པོའི་རྨི་ལམ་》དང་《ཆུ་ངོགས་གཏམ་རྒྱུད་》སོགས་ཐོན་ཡོད་པ་རེད།

③སྔོ་མང་ཕྱོགས་སུ་འཕེལ་རྒྱས་འགྲོ་བའི་དུས་རིམ་ཏེ་མཐའ་དཔྱོད་

དངོས་ཡོད་རིང་ལུགས་ཀྱི་སྐོར།

མཐའ་དཔྱོད་དངོས་ཡོད་རིང་ལུགས་ཞེས་པའི་ཐ་སྙད་དེ་ནི་ཡོ་རོབ་གླིང་ནས་དར་ཡོང་བ་ཞིག་ཡིན། དེ་ཡང་དུས་རབས་བཅུ་དགུ་པའི་དུས་འགོར་ཨོ་ཙུ་གླིང་ཁུལ་དུ་མཐའ་དཔྱོད་དངོས་ཡོད་རིང་ལུགས་ཞེས་པའི་རྩོམ་རིག་དེ་བྱུང་ཞིང་། རྩོམ་རིག་དེའི་མཚན་ཉིད་རིག་པའི་རྨང་གཞི་ནི་ཧེ་གར་གྱིས་བརྩམས་པའི་《རྩོད་སྒྲུབ་རིག་པ་》དང་། ཕེ་འར་པ་ཧ་ཡིས་བརྩམས་པའི་《མི་ཚུལ་རིང་ལུགས་》སོགས་ཡིན། རྩོམ་རིག་དེ་དག་ནི་མ་རྩའི་རིང་ལུགས་ཀྱི་སྤྱི་ཚོགས་ཀྱི་ནང་དུ་གནས་པའི་འགལ་བ་རྣམས་གཉིང་ཟབ་དང་འཐབ་རྩོད་རྣོ་ངར་ཅན་དུ་འགྱུར་བའི་སྣང་ཚུལ་དེ་དག་རྩོམ་རིག་གི་ཐོག་ནས་མཚོན་པར་བྱས་པ་ཞིག་ཡིན་པ་མ་ཟད། རྩོམ་རིག་བསྐྱར་དར་གྱི་རྗེས་སུ་བྱུང་བའི་དངོས་ཡོད་རིང་ལུགས་ཀྱི་སྲོལ་རྒྱུན་རྣམས་རྒྱུན་འཛིན་བྱས་ཤིང་། ལོ་རྒྱུས་ཀྱི་དུས་བབ་གསར་པའི་འོག་ཏུ་འཕེལ་རྒྱས་གསར་པ་བྱུང་བའི་རྩོམ་རིག་གི་སྣང་ཚུལ་ཞིག་ཡིན། མ་རྩ་རིང་ལུགས་ཀྱི་ལམ་ལུགས་དེ་ལེགས་གྲུབ་བྱུང་བ་དང་བཀས་བཀོད་རྒྱུད་འཛིན་གྱི་ལམ་ལུགས་ཉམས་དམས་སུ་ཕྱིན་ཏེ། མ་རྩ་རིང་ལུགས་ཀྱིས་དབང་བསྒྱུར་བྱས་རྗེས་མི་རྣམས་ཀྱིས་ལམ་ལུགས་དེར་དོགས་པ་སྐྱེ་ཞིང་སུ་མཐུད་ངོ་རྒོལ་བྱས་པ་དང་། མ་རྩ་རིང་ལུགས་ཀྱི་ནང་དུ་གནས་པའི་འགལ་བ་དེ་དག་ཡང་ཐེར་ལས་ཇེ་དྲག་ཆེ་རུ་ཕྱིན་ཡོད་པ་རེད། ལོ་རྒྱུས་ཀྱི་ཆ་རྐྱེན་དེའི་དབང་གིས་དངོས་ཡོད་རིང་ལུགས་ཀྱི་བརྩམས་ཆོས་གསར་རྩོམ་བྱེད་རྒྱུར་སྐུལ་འདེད་ཤུགས་ཆེན་བྱུང་ཏེ་མཐའ་དཔྱོད་དངོས་ཡོད་རིང་ལུགས་རྩོམ་རིག་གི་ལོ་རྒྱུས་དུས་རིམ་སུ་འཕེལ་རྒྱས་ཕྱིན་ཡོད་པ་རེད།

"མཐའ་དཔྱོད་དངོས་ཡོད་རིང་ལུགས"ཞེས་པའི་སྒྲ་རྩལ་གྱི་ཐ་སྙད་དེ་ཐོག་མར་ཨུ་རུ་སུའི་གྲགས་ཅན་རྩོམ་པ་པོ་གར་གིས《ཨུ་རུ་སུའི་རྩོམ་རིག་སྒྱུ་རྩལ་》ཞེས་པའི་བརྩམས་དེབ་དེའི་ནང་དུ་བཏོན་ཡོད་པ་རེད། དུས་རབས་བཅུ་དགུ་པའི་ལོ་རབས་སུམ་ཅུའི་རྗེས་སུ་ནུབ་ཕྱོགས་རྒྱལ་ཁབ་ཀྱི་མ་རྩ་རིང་

ལུགས་ཀྱི་ལམ་ལུགས་དེ་རིམ་བཞིན་ཉམས་དམས་སུ་ཕྱིན་ཞིང་། དུས་རབས་དེའི་རིང་དུ་དམངས་གཙོ་རིང་ལུགས་དང་ལེགས་བཅོས་རིང་ལུགས་ཀྱི་བསམ་བློ་ལྡན་པའི་རྩོམ་པ་པོ་མང་པོས་སྐབས་དེའི་སྤྱི་ཚོགས་ཀྱི་ལམ་ལུགས་དེར་དགག་རྒྱག་འཐེར་འདོན་བྱས་ཡོད་པ་མ་ཟད། མ་རྩ་རིང་ལུགས་སྤྱི་ཚོགས་ཀྱི་ངོ་བོའི་ཕྱོགས་འགའ་ཞིག་དང་འབྲེལ་བ་དམ་ཟབ་བྱས་ཡོད་པ་རེད། མ་རྩ་རིང་ལུགས་ཀྱི་ལམ་ལུགས་དེའི་འོག་ཏུ་ལེགས་བཅོས་རིང་ལུགས་ཀྱི་བསམ་བློ་ལྡན་པའི་རྩོམ་པ་པོ་ཤིན་ཏུ་མང་པོ་ཐོན་ཡོད་པ་རེད། དཔེར་ན། པ་འར་ཀྲ་ཁེ་དང་། སི་ཐང་ད྄ཱ། ཡུས་གོ། གོ་ཁ་ལི། ཐོ་འར་སི་ཐ་སོགས་ཕུལ་བྱུང་གི་རྩོམ་པ་པོ་མི་ཉུང་བ་ཞིག་ཐོན་ཡོད། པ་འར་ཀྲ་ཁེ་ཡིས་མཛད་པའི་《མི་ཡུལ་གྱི་དགོད་བྲོའི་ཟློས་གར་》ཞེས་པའི་ནང་ཐར་བྱུང་སྟོང་མེད་པའི་ཆེས་གཞི་རྒྱ་ཆེ་བའི་སྒོ་ནས་དུས་རབས་བཅུ་དགུ་པའི་དུས་རབས་ཕྱེད་ལྷག་ཙམ་རིང་གི་ཕ་རན་སིའི་སྤྱི་ཚོགས་ཀྱི་འཚོ་བ་དེ་ཚུར་སྣང་བྱས་ཤིང་། སྐབས་དེའི་ཕ་རན་སིའི་སྤྱི་ཚོགས་ནང་གི་ཆབ་སྲིད་དང་དཔལ་འབྱོར། ཀུན་སྤྱོད། གཉེན་སྒྲིག། ཁྲིམས་ལུགས། གསར་འགྱུར། རྩོམ་རིག་སྒྱུ་རྩལ་སོགས་དང་། དེ་མིན་སྐུ་དྲག་གི་རིམ་གྲས་དང་དབང་བསྒྱུར་བྱེད་མཁན་མི་སྣ་སོགས་ཀྱི་བྱ་སྤྱོད་དང་སྤྱི་ཚོགས་ཀྱི་འབྲེལ་བ་སོགས་ཐེར་འདོན་དང་དགག་རྒྱག་བྱས་ཡོད་པ་རེད།

མཐའ་དཔྱོད་དངོས་ཡོད་རིང་ལུགས་ཀྱི་རྩོམ་པ་པོའི་འཛིག་རྟེན་ལྟ་ཚུལ་གྱི་སྒྲིག་ཤིང་ནི་འགྱུར་ལྡན་གྲལ་རིམ་གྱི་མི་ཚོས་རིང་ལུགས་དང་རང་དོན་རིང་ལུགས་དེ་ཡིན་ཞིང་། མ་གཞི་རྩོམ་པ་པོ་དེ་དག་གིས་ངན་པའི་ཕྱོགས་སུ་ལྷུང་བའི་སྤྱི་ཚོགས་ཀྱི་ལམ་ལུགས་དང་སྨུན་ནག་གི་སྤྱི་ཚོགས་དེར་སྙིང་རྗེ་མེད་པའི་སྒོ་ནས་ཟུར་ཟ་དང་ཐེར་འདོན་ཤུགས་ཆེན་བྱས་ཡོད་རུང་། ཁོ་ཚོས་ཡང་དག་པའི་སྒོ་ནས་སྤྱི་ཚོགས་ཀྱི་གནད་དོན་དེ་དག་ལ་ངོས་འཛིན་དང་འབྱུང་རྐྱེན་འཚོལ་ཞིབ་བྱེད་ཐུབ་མེད་པ་རེད། ཁོ་ཚོའི་བརྩམས་ཆོས་ནང་དུ་མི་སྣའི་གཟུགས་བརྙན་གསར་བསྐྲུན་བྱས་པ་དེ་དག་ཕལ་ཆེ་བ་ནི་མང་ཚོགས་དང་ཁ་

ཐལ་དུ་གནས་པའི་རང་དོན་རིང་ལུགས་ཀྱི་དཔའ་བོ་དག་ཡིན་ལ། ཁོ་ཚོའི་སྒྱུ་རྩལ་གྱི་བྱུང་ཚད་དང་བསམ་བློའི་ཕྱོགས་ལྷུང་གི་འགྲོ་ལམ་དེ་ཀུ་དོག་པོ་ཞིག་ཡིན་པས་འགལ་བ་དེ་དག་ཆེས་རྣོ་ངར་ཅན་དུ་འགྱུར་ཡོད་པ་རེད། དེ་ནི་མཐའ་དཔྱོད་དངོས་ཡོད་རིང་ལུགས་ཀྱི་རྩོམ་རིག་གི་ཆེས་མངོན་གསལ་དོད་པའི་ཕྱོགས་ལྷུང་ཞིག་ཡིན་པ་དང་། ཁོ་ཚོའི་རྩོམ་རིག་སྒྱུ་རྩལ་གྱི་གྲུབ་འབྲས་དེ་དུས་སྐབས་དེའི་རིང་གི་ཚད་མཐོ་ཤོས་སུ་སླེབས་ཡོད་པ་རེད། བོད་རིགས་ཀྱི་རྩོམ་རིག་ལོ་རྒྱུས་ཐོག་ཏུ་མཐའ་དཔྱོད་དངོས་ཡོད་རིང་ལུགས་ཀྱི་བརྩམས་ཆོས་འདི་དང་འདི་ཅེས་མཁས་པ་སུ་ཞིག་གིས་བརྟན་མེད་ལ། རྩོམ་རིག་གི་བསམ་པའི་རླབས་རྒྱུན་དེའི་རིག་པའི་གཞུང་ལུགས་ལ་ཞིབ་དཔྱད་བྱས་པ་ཞིག་ཡང་མཐོང་རྒྱུ་མེད་མོད། མཐའ་དཔྱོད་དངོས་ཡོད་རིང་ལུགས་ཀྱི་གྲུབ་ཆ་ལྡན་པའི་བརྩམས་ཆོས་མི་ཉུང་བ་ཞིག་ད་ལམ་དངོས་སུ་མཐོང་རྒྱུ་ཡོད། དཔེར་ན《སྤང་ས་འོད་འབུམ་གྱི་རྣམ་ཐར》དང《ཀཱ་ཙིག་གི་གཏམ་རྒྱུད》《གཞོན་ནུ་ཟླ་མེད་ཀྱི་གཏམ་རྒྱུད》སོགས་རྩོམ་ཡིག་ཪེ་སྙེད་ཅིག་ཡོད་པ་དང་། བརྩམས་ཆོས་དེ་དག་གི་ནང་དུ་སྐབས་དེའི་སྤྱི་ཚོགས་ཀྱི་ལམ་ལུགས་ལ་ཟུར་ཟ་དང་ཐེར་འདོན་བྱས་ཡོད་ལ། རྩོམ་པ་པོའི་བསམ་བློའི་བརྩེ་གདུང་དང་དགའ་སྐྱོ་སོགས་བརྒྱུད་བསྒྲགས་བྱས་ཡོད་པ་རེད། འོན་ཏེ་མི་ཚེའི་འགྲོ་ལམ་གྱི་སྙིང་པོ་མཐར་གཏུགས་ན་ཐར་པ་དོན་དུ་གཉེར་བ་སོགས་ཀྱི་བརྗོད་དོན་ལྡན་ཡོད་པ་དེ་དག་ནི་བོད་རིགས་ཀྱི་བརྩམས་ཆོས་ལ་ཡོད་པའི་ཐུན་མོང་མ་ཡིན་པའི་ཁྱད་ཆོས་ཤིག་ཡིན་པ་གོང་དུ་སྨོས་ཟིན་པ་ལྟར་ཡིན་ན་རྩོམ་རིག་དེ་དག་ལ་ཡང་མཐའ་དཔྱོད་དངོས་ཡོད་རིང་ལུགས་ཀྱི་གྲུབ་ཆ་དང་ཁྱད་ཆོས་ལྡན་ཡོད་པ་ཞིག་ཡིན།

3. དངོས་ཡོད་རིང་ལུགས་ཀྱི་ཁྱད་ཆོས་སྐོར།

དངོས་ཡོད་རིང་ལུགས་ནི་རྩོམ་རིག་གསར་རྩོམ་བྱེད་ཐབས་ཤིག་ཡིན་པ་དང་དེའི་རྩ་བའི་ཁྱད་ཆོས་ཅི་ཞིག་ཡིན་པའི་སྐོར་ལ་ལོ་རྒྱུས་ཀྱི་དུས་རབས་མི་འདྲ་བའི་ནང་དུ་བྱུང་བའི་དངོས་ཡོད་རིང་ལུགས་ཀྱི་རྩོམ་པ་པོ་མང་པོས་རང་

ཉིད་ཀྱིས་རྩོམ་རིག་གསར་རྩོམ་བྱས་པའི་ཉམས་མྱོང་དང་། དུས་རབས་མི་འདྲ་བའི་ནང་དུ་བྱུང་བའི་དངོས་ཡོད་རིང་ལུགས་ཀྱི་བརྩམས་ཆོས་ལ་ཞིབ་འཇུག་བྱས་ཏེ་རྩོམ་ཐབས་དེའི་རྩ་བའི་ཁྱད་ཆོས་གསལ་བཤད་བྱས་ཡོད་པ་རེད། པ་འར་ཀྲ་ཁེ་ཡིས"ངས་འཚོ་བའི་ནང་གི་བྱ་དངོས་མང་པོ་ཞིག་འཚོལ་བསྡུད་བྱས་པ་དང་སྒྲོ་སེམས་ཆེན་པོས་བྱ་དངོས་དེ་དག་གི་རྣམ་པ་ཇི་བཞིན་དུ་རྩོམ་འབྲི་བྱེད་ཀྱི་ཡོད།"《མི་ཡུལ་གྱི་དགོད་བྲོ་བའི་ཟློས་གར་》ཞེས་པའི་གླེང་གཞི་ནང་གསལ་)ཞེས་གསུངས་པ་དང་། ཆི་ཁ་ཕུ་ཡིས"དངོས་ཡོད་རིང་ལུགས་ཀྱི་རྩོམ་རིག་གསར་རྩོམ་བྱེད་རྒྱུ་དེ་ནི་བྱ་དངོས་རྣམས་ཀྱི་ངོ་བོར་གཞིགས་ཏེ། འཚོ་བའི་སྣང་ཚུལ་དངོས་དེ་དག་རྩོམ་འབྲི་བྱ་དགོས་ལ། དེའི་ལས་འགན་ནི་ལྷག་བསམ་ཐོལ་མེད་དང་ཆ་རྐྱེན་གང་ཡང་མེད་པར་དངོས་ཡོད་ཀྱི་གནས་ཚུལ་དེ་རང་ཡིན་དགོས་སོ།"(《ཆི་ཁ་ཕུ་ཡི་རྩོམ་རིག་སྒྱུ་རྩལ་གྱི་དཔྱད་རྩོམ་》ཞེས་པའི་ཤོག་གྲངས་53ལ་གསལ་)ཞེས་གསུངས་ལ། ཀོར་ཀིས"དངོས་ཡོད་ཀྱི་ཐོག་ནས་མི་རིགས་ཀྱི་འཚོ་བ་དང་མི་རྣམས་ཀྱི་གནས་ཚུལ་འདྲ་མིན་སྣ་ཚོགས་གནས་ཡོད་པ་དེ་དག་མངོན་གསལ་གསལ་ཇེན་དུ་རྩོམ་འབྲི་བྱ་རྒྱུ་དེ་ནི་དངོས་ཡོད་རིང་ལུགས་ཡིན་ནོ།"(《ངས་ཇི་འདྲ་བྱས་ནས་རྩོམ་ཡིག་འབྲི་རྒྱུ་སློབ་སྦྱོང་བྱས་པའི་སྐོར་གླེང་བ་》ཅེས་པའི་ཤོག་གྲངས་163ལ་གསལ་)ཞེས་གསུངས་ཡོད་པ་རེད། དེ་ལྟར་དུས་རབས་མི་འདྲ་བ་དང་། རྒྱལ་ཁབ་མི་འདྲ་བའི་རྩོམ་པ་པོ་རྣམ་གསུམ་གྱིས་དངོས་ཡོད་རིང་ལུགས་རྩོམ་ཐབས་ཀྱི་རྩ་བའི་ཁྱད་ཆོས་ལ་གོ་ལེན་བྱེད་རྒྱུའི་ཐད་རྩ་བའི་ལྟ་ཚུལ་དེ་གཅིག་མཚུངས་སུ་གནས་ཡོད་པ་ཞིག་ཡིན། ཁོ་ཚོས"རྣམ་པ་ཇི་བཞིན་དུ་རྩོམ་འབྲི་བྱ་བ"དང་ཡང་ན"བྱ་དངོས་ཀྱི་ངོ་བོར་གཞིགས་ཏེ་རྩོམ་འབྲི་བྱ་དགོས་པ"དང་"མངོན་སུམ་གསོན་ཇེན་དང་དངོས་ཡོད་ཀྱིས་རྩོམ་འབྲི་བྱ་དགོས"ཞེས་གསུངས་ཡོད་ནའང་འདྲ་གང་ལྟར་དེ་དག་གི་རྩ་བའི་ཁྱད་ཆོས་ནི་རྩོམ་པ་པོ་རྣམས་ཀྱིས་དངོས་ཡོད་ཀྱི་ཐོག་ཏུ་ཀང་པ་བརྟན་པོར་བཙུགས་པ་དང་། དངོས་ཡོད་ཀྱི་འཚོ་བའི་རྣམ་པར་ལྷག་བསམ་

ཐྲལ་མེད་བྱས་ཏེ། འཚོ་བའི་ངོ་བོར་གཞིགས་ནས་འཚོ་བ་དེ་དག་དངོས་ཡོད་ཀྱིས་མཚོན་པར་བྱ་བ་དང་བསྐྱར་དུ་ཚུར་སྣང་བྱ་དགོས་པ་རེད། ཕྱིས་སུ་ཨེན་ཁེ་སིས“ངས་བལྟས་ན་དངོས་ཡོད་རིང་ལུགས་ཀྱི་དོན་སྙིང་ནི་ཞིབ་ཕྲའི་གནས་ཚུལ་རྣམས་དངོས་ཡོད་ཡིན་དགོས་པ་མ་ཟད། ད་དུང་དཔེ་མཚོན་ཁོར་ཡུག་ནང་གི་དཔེ་མཚོན་གྱི་མི་སྣ་དེ་དངོས་ཡོད་ཀྱིས་བསྐྱར་དུ་ཐོན་པ་བྱེད་དགོས། (《མ་ཁེ་སི་དང་ཨེན་ཁེ་སིའི་གསུང་འབུམ་》དེབ་37པའི་ཤོག་གྲངས་41ལ་) ཞེས་གསུངས་ཡོད་པ་རེད། དེ་ནི་ཨེན་ཁེ་སིས་དུས་རབས་དེའི་ནང་བྱུང་བའི་དངོས་ཡོད་རིང་ལུགས་ཀྱི་རྩོམ་ཐབས་ཀྱི་ཁྱད་ཆོས་ལ་ཚན་རིག་གི་ཐོག་ནས་གཅིག་སྡུད་བྱས་པ་ཞིག་ཡིན། འོ་ན་དངོས་ཡོད་རིང་ལུགས་རྩོམ་ཐབས་ཀྱི་རྩ་བའི་ཁྱད་ཆོས་ཅི་ཞིག་ཡིན་ཞེ་ན།

①བརྩམས་ཆོས་དེར་དངོས་ཡོད་ཀྱི་རང་བཞིན་ལྡན་དགོས་པ།

དངོས་ཡོད་རིང་ལུགས་ཀྱི་རྩོམ་ཐབས་དེས་བརྩམས་ཆོས་ལ་ངེས་པར་དུ་དངོས་ཡོད་ཀྱི་རང་བཞིན་ལྡན་དགོས་པའི་རེ་འདུན་བཏོན་ཡོད་པ་དེར། སྤྱིར་གོ་དོན་མི་འདྲ་བ་གཉིས་ཡོད་པ་སྟེ། རྩོམ་པ་པོས་མིའི་མི་ཚེ་རྟོལ་པོའི་མཛེས་རིས་ཤིག་གསར་བསྐྲུན་བྱེད་པའི་ནང་དུ་དེར་དངོས་ཡོད་ཀྱི་རང་བཞིན་ལྡན་དགོས་པ་དང་། ཕྱོགས་གཞན་ཞིག་ནས་བརྩམས་ཆོས་ཁྲོན་ཡོངས་ཀྱི་བརྗོད་དོན་གྲུབ་པར་བྱེད་པའི་རྒྱུ་རྐྱེན་དང་། ཞིབ་ཕྲའི་བརྒྱུད་རིམ་གྱི་འཚོ་བ་དེ་དག་ལ་ཡང་དངོས་ཡོད་ཀྱི་རང་བཞིན་ལྡན་དགོས་པ་མ་ཟད། དངོས་ཡོད་ཀྱི་འབྲེལ་བའི་ནང་ནས་བརྩམས་ཆོས་དེ་གྲུབ་པར་བྱེད་དགོས་པ་ཞིག་ཡིན། དངོས་ཡོད་རིང་ལུགས་ཀྱི་རྩོམ་ཐབས་དེས་རྩོམ་པ་པོ་རྣམས་ལ་ཕྱི་རོལ་ཡུལ་དུ་གནས་པའི་བྱ་དངོས་རྣམས་ཀྱི་ཁྱད་ཆོས་དང་ངོ་བོ་གཞིར་བཟུང་སྟེ་རྩོམ་འབྲི་བྱ་དགོས་པ་དང་། འཚོ་བའི་གཏན་ཚིགས་རིག་པ་གཞིར་བཟུང་དེ་ཕྱི་རོལ་ཡུལ་གྱི་འཇིག་རྟེན་དེ་དངོས་ཡོད་ཀྱིས་མཚོན་པར་བྱ་དགོས་པ་རེད། བརྩམས་སྒྲུང་ཞིག་ལ་མཚོན་ན་སྒྲུང་གི་བརྗོད་དོན་དང་བརྗོད་གཞི། དེའི་འཕེལ་རྒྱས། མི་སྣའི་

གཟུགས་བརྙན་གྱི་ཕྱི་ཚུལ་གྱི་ཁྱད་ཉམས་དང་སེམས་ཁམས་ཀྱི་འགྱུལ་བསྐྱོད། མི་སྣའི་གཤིས་རྒྱུད་ཀྱི་འཕེལ་གྲིབ། སྐད་ཆ་ཤོད་སྟངས་དང་འགྲོ་ལུགས་ཀྱི་ཉམས་འགྱུར་སོགས་ཀྱང་འཚོ་བ་དངོས་ཀྱི་རྣམ་པར་གཞིགས་ཏེ་རྩོམ་འབྲི་བྱ་དགོས་པ་ཞིག་ཡིན་ལ། བརྩམས་ཆོས་དེ་དག་གིས་མི་རྣམས་ལ་ཚད་མཐོའི་དངོས་ཡོད་དང་མངོན་སུམ་གསལ་རྗེན་གྱི་ཚོར་སྣང་སྐྱེད་ཐུབ་པ་དང་འཚོ་བའི་ཉམས་འགྱུར་ལྡན་ཐུབ་པ་བཅས་ཏེ་ཀློག་པ་པོ་རྣམས་ཀྱིས་དེར་ཡིད་ཆེས་སྐྱེད་ཐུབ་པ་ཞིག་བྱ་དགོས།

དངོས་ཡོད་རིང་ལུགས་ཀྱིས་ཕྱི་རོལ་ཡུལ་གྱི་དངོས་ཡོད་དེ་ཇི་མ་ཇི་བཞིན་དུ་རྩོམ་འབྲི་བྱེད་རྒྱུ་དེ་རང་གི་རྩ་བའི་ཆོས་ཉིད་དང་ཁྱད་ཆོས་སུ་འཛིན་གྱིན་ཡོད་པས་དེར་ཕྱུགས་བསམ་མཆོན་པར་བྱ་དགོས་ཀྱི་ཡོད་དམ་མེད་ཅེ་ན། དེ་ནི་ཡང་དག་པའི་སྒོ་ནས་དངོས་ཡོད་རིང་ལུགས་ལ་གོ་བ་ལེན་དགོས་པའི་གལ་ཆེའི་གནད་དོན་ཞིག་ཡིན། རྩོམ་རིག་སྒྱུ་རྩལ་ནི་མི་རྣམས་ཀྱི་དངོས་ཡོད་ཀྱི་མཛེས་རིག་ལ་གདེང་འཛོག་བྱས་ཡོད་པས་ཚང་མར་གང་ལྟར་ཕྱུགས་བསམ་ཡོད་པ་ཞིག་ཡིན། རྩོམ་པ་པོ་སུ་འདྲ་ཞིག་ཡིན་རུང་དེས་སོ་སོ་རང་ཉིད་ཀྱིས་སྤྱི་ཚོགས་ཀྱི་ཕྱུགས་བསམ་དང་མཛེས་རྩལ་རིག་པའི་ཕྱུགས་བསམ་ལ་གཞིར་བཟུང་སྟེ་དངོས་ཡོད་ལ་ལྟ་ཞིབ་དང་། གདམ་གསེས། དྭངས་སྙིགས་ཕྱེ་བ། ལས་སྒྲོན་བཅས་ཀྱི་ལས་ཀ་བྱས་པ་བརྒྱུད་དེ་བརྩམས་ཆོས་དེ་གྲུབ་པར་བྱེད་ཀྱི་ཡོད་པ་རེད། ལེ་ཉིན་གྱིས"རྩོམ་རིག་སྒྱུ་རྩལ་གྱི་བརྩམས་ཆོས་ནང་དུ་ཆེས་གལ་ཆེ་བའི་གནད་དོན་ཞིག་ཡོད་པ་སྟེ། བརྩམས་ཆོས་དེའི་ནང་དུ་རྩོམ་འབྲི་བྱས་པའི་བྱ་དངོས་ཀྱི་དངོས་ཡོད་རང་བཞིན་དེར་ཀློག་པ་པོ་རྣམས་ཀྱིས་རང་ཉིད་ཀྱི་དབང་རྩ་རེ་རེའི་ཐོག་ནས་ཤེས་རྟོགས་བྱེད་ཐུབ་པ་དང་། གནས་ཚུལ་དེ་དག་ནི་ཏག་ཏག་འདི་ལྟར་བྱས་ཏེ་བྱུང་བ་ཞིག་ཡིན་པའི་ཡིད་ཆེས་སྐྱེད་ཏེ་དེར་ཉམས་ལེན་དང་གླེང་མོལ་བྱེད་ཐུབ་པ་ཞིག་བྱ་དགོས་པ་རེད། པ་བི་ཀྲ་ཡི་དེབ་ཐེར་ནང་ནས(《དམག་ས་》)ངར་གནད་དོན་འདིའི་ཐད་སེམས་འགུལ་ཤིན་

ཏུ་ཆེ་བ་ཞིག་ཐེབས་བྱུང་། དེ་སྔོན་ངས་གནད་དོན་འདི་དག་ནི་དེ་ལྟར་བྱས་ཏེ་བྱུང་བ་ཞིག་ཡིན་པ་ཤེས་རྟོགས་བྱས་ཡོད་ཀྱང་ད་ལྟ་པ་བེ་ཀྲ་ཡིས་དེ་ལྟར་བྱས་ཏེ་བྱུང་བ་ཞིག་ཡིན་པའི་སྐོར་ང་ལ་གསལ་པོ་ཞིག་བཤད་བྱུང་ལ། རྒྱས་བཤད་བྱས་པ་དེ་དག་གིས་ཀྱང་ང་ལ་གོ་སྐོན་བློ་འགུགས་ཀྱི་ནུས་པ་ཐོན་པ་ཞིག་བྱུང་ངོ་”ཞེས་གསུངས་ཡོད་པ་རེད།

མི་རྣམས་ཀྱིས་རྒྱུན་གཏན་དུ་དངོས་ཡོད་ནི་སྒྱུ་རྩལ་གྱི་བླ་སྲོག་ལྟ་བུ་ཞིག་ཡིན་ཞེས་བརྗོད་པ་དང་དོན་བརྗོད་རྩོམ་རིག་གི་ནང་དུ་དངོས་ཡོད་ཀྱི་རང་བཞིན་དང་ཁ་བྲལ་ཚེ་རྩོམ་རིག་ནང་དུ་བསྐྲུན་པའི་མི་སྣའི་སྙིང་སྟོབས་ཉམས་པ་དང་། སྒྱུ་རྩལ་གྱི་ནུས་པ་ཐོན་མི་ཐུབ་པ་མ་ཟད། ཀློག་པ་པོར་སེམས་འགུལ་ཐེབས་པ་དང་། རྗེས་དྲན་སྐྱེད་པ་ཞིག་ནི་དེ་བས་ཀྱང་ཡོང་མི་ཐུབ། བཙམས་སྒྲུང་ལས་གསལ་བའི་གལ་ཆེའི་བྱ་དངོས་དང་། སྤྱི་ཚོགས་ཀྱི་འཕོ་འགྱུར་སོགས་ལ་དངོས་ཡོད་ཀྱི་རང་བཞིན་ལྡན་དགོས་པ་ཞིག་ཡིན་ལ། གལ་ཆེའི་འགྱུར་བ་དེ་དག་མཚོན་པར་བྱ་བའི་ཞིབ་ཕྲའི་གནས་ཚུལ་དག་ལ་ཡང་དངོས་ཡོད་ཀྱི་རང་བཞིན་ལྡན་དགོས་པ་ཞིག་ཡིན། གལ་ཆེའི་འཚོ་བའི་འགྱུར་བ་དེ་དག་ནི་ཞིབ་ཕྲའི་འཚོ་བའི་སྣང་ཚུལ་ཁག་གི་སྤྱི་བསྡོམས་ཤིག་ཡིན་རྐྱེན། ཞིབ་ཕྲའི་འཚོ་བ་དེ་དག་དངོས་ཡོད་དང་ཁ་བྲལ་ཚེ་གལ་ཆེའི་འཚོ་བའི་འཕོ་སྒྱུར་དེ་དག་ལ་ཡང་དངོས་ཡོད་ཀྱི་རང་བཞིན་ལྡན་མི་ཐུབ་པ་ཞིག་ཡིན། དེ་ལྟར་པ་འར་ཀྲ་ཁེ་ཡིས“བཙམས་སྒྲུང་གི་གནས་ཚུལ་ཞིབ་ཕྲ་རྣམས་དངོས་ཡོད་ཞིག་མ་ཡིན་ཚེ་བཙམས་སྒྲུང་དེའི་ནང་ནས་དང་ལེན་བྱེད་དགོས་པའི་དོན་སྙིང་སྤུ་ཙམ་མེད་པ་ཞིག་ཡིན་”ཞེས་གསུངས་(《མི་ཡུལ་གྱི་ཀྲོད་བྲོ་བའི་ཟློས་གར་》ཅེས་པའི་གླེང་གཞི་རུ་གསལ་)ཡོད་པ་རེད།

དངོས་ཡོད་རིང་ལུགས་ནི་སྤྱི་ཚོགས་ཀྱི་འཚོ་བ་དངོས་ཀྱི་ཐོག་ནས་སྤྱི་ཚོགས་ཀྱི་འཚོ་བའི་ནང་དུ་གནས་པའི་བྱ་དངོས་རྣམས་མཚོན་པར་བྱ་དགོས་པ་དང་། གསོན་ཉམས་དོད་པ་དང་། སྐྱེས་སྟོབས་ཀྱི་དཔལ་འབར་བའི་འཚོ་

བའི་མཛེས་རིས་དེ་དག་ཚུར་སྣང་དང་དངོས་ཡོད་ཀྱི་གནས་ཚུལ་ཞིབ་འབྲི་བྱེད་པ་བརྒྱུད་དེ་བྱ་དངོས་ཀྱི་ངོ་བོ་རྣམས་མཚོན་པར་བྱ་དགོས་པ་རེད།

②དཔེ་མཚོན་གྱི་རང་བཞིན་ལྡན་པའི་གཟུགས་བརྙན་གསར་བསྐྲུན་བྱེད་དགོས་པ།

བརྩམས་ཆོས་རྩོམ་འབྲི་བྱེད་པའི་ཚེ་དེར་དངོས་ཡོད་ཀྱི་རང་བཞིན་ལྡན་པར་བྱ་རྒྱུ་དེ་ནི་དངོས་ཡོད་རིང་ལུགས་རྩོམ་ཐབས་ལ་ངེས་པར་དུ་ཡོད་དགོས་པའི་ཆ་རྐྱེན་ཞིག་ཡིན། འོན་ཏེ་ཆ་རྐྱེན་དེ་རང་ལྡན་པ་ཙམ་གྱིས་འགྲིག་པ་ཞིག་མ་ཡིན་པར། ད་དུང་དཔེ་མཚོན་ཁོར་ཡུག་ནང་གི་དཔེ་མཚོན་གྱི་མི་སྣའི་གཟུགས་བརྙན་གསར་བསྐྲུན་བྱེད་རྒྱུ་དེ་ནི་དངོས་ཡོད་རིང་ལུགས་ཀྱི་ཆེས་གལ་ཆེ་བ་དང་རྩ་བའི་ཁྱད་ཆོས་ཤིག་ཡིན། དངོས་ཡོད་རིང་ལུགས་ཀྱི་རྩོམ་ཐབས་དེ་རྩོམ་པ་པོ་རྣམས་ཀྱིས་དཔེ་མཚོན་ཅན་དུ་བསྒྱུར་བར་བྱེད་པའི་སྒྱུ་རྩལ་གྱི་བྱེད་ཐབས་དེ་བེད་སྤྱོད་བྱས་ཏེ། སྤྱི་ཚོགས་ཀྱི་འཚོ་བ་དེ་སྒྱུ་རྩལ་གྱིས་གཅིག་སྡུད་བྱས་ཤིང་གསོན་ཉམས་དོད་པའི་སྒྱུ་རྩལ་གྱི་གཟུགས་བརྙན་གསར་བསྐྲུན་བྱས་ནས་དཔེ་མཚོན་ཁོར་ཡུག་ནང་གི་དཔེ་མཚོན་གྱི་མི་སྣ་དེ་བསྐྲུན་དུ་ཐོན་པར་བྱས་ཏེ་དམིགས་བསལ་ལོ་རྒྱུས་ཀྱི་དུས་རབས་ནང་གི་དངོས་ཡོད་ཀྱི་འབྲེལ་བ་རྣམས་མཚོན་པར་བྱ་དགོས་རྒྱུའི་རེ་བ་བཏོན་ཡོད་པ་རེད། རྩོམ་རིག་སྒྱུ་རྩལ་གྱི་བརྩམས་ཆོས་ནང་དུ་གསོན་ཉམས་དོད་པའི་དཔེ་མཚོན་གྱི་གཟུགས་བརྙན་གསར་བསྐྲུན་བྱེད་རྒྱུ་དེ་ནི་དངོས་ཡོད་རིང་ལུགས་ལ་ངེས་པར་དུ་ཡོད་དགོས་པའི་ཆ་རྐྱེན་ཞིག་ཡིན་པ་མ་ཟད། དེ་གཉིས་ནི་གཅིག་ལ་གཅིག་རྟེན་དུ་གནས་པ་ཞིག་ཡིན། དཔེ་མཚོན་ཅན་དུ་བསྒྱུར་བའི་བྱེད་ཐབས་དེ་དང་ཁ་བྲལ་ཚེ་དངོས་ཡོད་རིང་ལུགས་དེ་ཡང་ཡོང་མི་ཐུབ་པ་ཞིག་ཡིན། དེར་བརྟེན་རྩོམ་པ་པོ་རྣམས་ཀྱིས་ཆེས་ཕུན་སུམ་ཚོགས་པ་དང་། ཆེས་རྙོག་འཛིང་ཆེ་ཞིང་འགལ་བས་ཁེངས་པའི་སྤྱི་ཚོགས་ཀྱི་བྱ་དངོས་རྣམས་ལ་སྒྱུ་རྩལ་གྱིས་གཅིག་སྡུད་བྱས་ཏེ། སྤྱི་ཚོགས་ཀྱི་འཚོ་བའི་སྣང་ཚུལ་བརྒྱུད་ནས་འཚོ་བའི་ངོ་བོ་རྣམས

མཚོན་པར་བྱ་དགོས་པ་རེད།

③དངོས་ཡོད་རིང་ལུགས་ཀྱི་སྒྱུ་རྩལ་གྱི་མཚོན་ཚུལ་ཐད། དངོས་ཡོད་རིང་ལུགས་རྩོམ་པ་པོ་རྣམས་ཀྱིས་འཚོ་བ་མཚོན་པར་བྱེད་སྐབས། ཡིད་རྣལ་དུ་ཕབ་དེ་འཚོ་བ་དེ་ཞིབ་བརྐོས་ཚགས་དཀྲོལ་བྱེད་རྒྱུ་དེ་གཙོ་བོར་འཛིན་ནས་ཕྱི་རོལ་གྱི་བྱ་དངོས་རྣམས་རྩོམ་འབྲི་བྱེད་ཀྱི་ཡོད་པ་རེད། དངོས་ཡོད་རིང་ལུགས་རྩོམ་པ་པོ་རྣམས་ཀྱིས་མ་གཞི་རང་ཉིད་ཀྱི་བརྩམས་ཆོས་ནང་དུ་ཞུགས་འདུན་མཚོན་པར་བྱེད་པ་དང་དཔེ་མཚོན་གྱི་གཟུགས་བརྙན་བསྐྲུན་སྐབས་རང་ཉིད་ཀྱི་བསམ་བློའི་བཀོད་ཤུགས་ལ་རྟེན་ནས་གཟུགས་མེད་གྲིབ་བཟོ་དང་། སྐབས་རེ་རབ་བཏགས་བྱེད་པའི་ཐབས་ཤེས་སྤྱོད་ཀྱི་ཡོད། འོན་ཏེ་མཚོན་ཚུལ་གྱི་ཐབས་ཤེས་དེ་དག་ཚང་མ་ནི་ཕྱི་རོལ་ཡུལ་དུ་གནས་པའི་སྤྱི་ཚོགས་ཀྱི་འཚོ་བ་རྣམས་ཞིབ་ཕྲའི་རྩོམ་འབྲི་བྱེད་རྒྱུ་ལག་ལེན་བྱས་ཏེ་དེ་དངོས་ཡོད་ཀྱིས་ཐོག་ནས་མཚོན་པར་བྱས་པ་ཞིག་ཡིན།

གཉིས་པ། སྤྱི་ཚོགས་རིང་ལུགས་ཀྱི་དངོས་ཡོད་རིང་ལུགས་སྐོར།

"སྤྱི་ཚོགས་རིང་ལུགས་ཀྱི་དངོས་ཡོད་རིང་ལུགས་ཀྱི་རྩོམ་རིག"ཅེས་པའི་ཐ་སྙད་དེ་ནི་1932ལོར་ཨུ་རུ་སུའི་《རྩོམ་རིག་གི་ཚགས་པར》ཞེས་པའི་ཐོག་ཏུ་ཐོག་མར་བཏོན་པ་དང་། དེ་རྗེས་1934ལོར་ཨུ་རུ་སུའི་རྩོམ་པ་པོའི་འདུས་མི་ཚོགས་ཆེན་ཐོག་གཏན་འཁེལ་བྱས་པ་ཞིག་ཡིན་ལ། གོར་ཀིའི་བརྩམས་སྒྲུང་རིང་གྲས《སྐྱེས་མ》ཞེས་པ་དེ་འདོན་སྤེལ་གནང་བ་དང་། དེ་ནི་སྤྱི་ཚོགས་རིང་ལུགས་དངོས་ཡོད་རིང་ལུགས་ཀྱི་བརྩམས་སྒྲུང་ཆེས་ཐོག་མ་དེ་ཡིན་པ་མ་ཟད། ལམ་ཚད་ཀྱི་རྗེ་རིང་ལྟ་བུ་ཞིག་ཡིན། སྤྱི་ཚོགས་རིང་ལུགས་ཀྱི་དངོས་ཡོད་རིང་ལུགས་ཀྱི་གསར་རྩོམ་བྱེད་ཐབས་དེ་ནི་མ་ལེ་སི་རིང་ལུགས་ཀྱི་རིགས་པའི་གཞུང་ལུགས་དེ་རྨང་གཞི་བྱས་པ་ཞིག་དང་། འགྱུར་མེད་གྲལ་རིམ་གྱི་གསར་བརྗེའི་

ལས་དོན་འཕེལ་རྒྱས་གཏོང་རྒྱུ་དེ་སྔོན་འགྲོའི་ཆ་རྐྱེན་དུ་འཛིན་པ་ཞིག་ཡིན་པ་མ་ཟད། ལོ་རྒྱུས་ཐོག་ཏུ་བྱུང་བའི་དངོས་ཡོད་རིང་ལུགས་ཀྱི་རྩོམ་རིག་གི་ཉམས་མྱོང་ཕྱོགས་བསྡོམས་དང་། རྒྱུན་འཛིན་བཅས་བྱས་ཏེ་དར་འཕེལ་བྱུང་བ་ཞིག་དང་། འགྱུར་མེད་གྲལ་རིམ་གྱི་རྩོམ་རིག་ལོ་རྒྱུས་ཐོག་ཏུ་བྱུང་བའི་ཉམས་མྱོང་དེ་དག་དུས་སྐབས་གསར་པའི་ཆ་རྐྱེན་འོག་ཏུ་སྤྱི་ཚོགས་རིང་ལུགས་ཀྱི་སྙིང་སྟོབས་དེ་མཚོན་པར་བྱས་པ་ཞིག་ཡིན། དེར་བརྟེན་དུས་རབས་སྔོན་གྱི་ནང་དུ་བྱུང་བའི་དངོས་ཡོད་རིང་ལུགས་རྩོམ་རིག་གི་གྲུབ་ཆ་དང་རྩོམ་ཐབས་ཀྱི་ཁྱད་ཆོས་དང་བསྒྱུར་ཞིབ་ཅིག་བྱས་ཚེ་དེ་ར་གོང་སྨོས་དང་མི་འདྲ་བར་ཁྱད་པར་ཡོད་པ་ཞིག་ཡིན།

1. གསར་བརྗེའི་འཕེལ་རྒྱས་ཀྱི་དངོས་ཡོད་ལོ་རྒྱུས་ནང་དུ་གནས་པའི་དངོས་ཡོད་འཚོ་བའི་ནང་གི་མི་སྣ་དང་དེ་དག་གི་འབྲེལ་བ་མཚོན་པར་བྱ་དགོས་པ་མ་ཟད། སྤྱི་ཚོགས་རིང་ལུགས་དུས་སྐབས་ནང་གི་འཚོ་བ་གསར་པ་དང་། མི་སྣ་གསར་པའི་གཟུགས་བརྙན་གསར་བསྐྲུན་བྱ་དགོས་པ་དང་། སྤྱི་ཚོགས་ཀྱི་འཚོ་བ་དང་མི་སྣའི་སེམས་ཁམས་དང་། དངོས་ཡོད་ཀྱིས་རྩོམ་འབྲིའི་བྱ་བ་བརྒྱུད་དེ་སྤྱི་ཚོགས་ཀྱི་ངོ་བོའི་ཕྱོགས་རྣམས་མཚོན་པར་བྱ་དགོས་པ་རེད།

2. ལོ་རྒྱུས་ཀྱི་ཞིབ་ཐྲའི་གནད་དོན་རང་བཞིན་ལ་གཙིགས་ཆེན་བྱས་ཏེ། ཡང་དག་པའི་སྒོ་ནས་དངོས་ཡོད་དང་ཕུགས་བསམ་གྱི་འབྲེལ་བ་ཐག་གཅོད་བྱེད་དགོས་པ་དང་། མ་འོངས་པའི་རྒྱང་རིང་གི་དམིགས་ཡུལ་ལ་ཁ་ཕྱོགས་དགོས་པ་རེད། འདས་ཟིན་པའི་དུས་རབས་ནང་བྱུང་བའི་དངོས་ཡོད་རིང་ལུགས་ཀྱི་རྩོམ་ཐབས་དང་སྤྱི་ཚོགས་རིང་ལུགས་དངོས་ཡོད་རིང་ལུགས་ཀྱི་རྩོམ་ཐབས་གཉིས་མི་འདྲ་བའི་ཁྱད་པར་ནི་དངོས་ཡོད་དང་ཕུགས་བསམ་གྱི་འབྲེལ་བ་ཐག་གཅོད་བྱེད་རྒྱུའི་གནད་དོན་དེ་ཡིན་ཞིང་། དེ་སྔོན་དངོས་ཡོད་དང་ཕུགས་བསམ་གཉིས་ཀྱི་འབྲེལ་བ་དེ་ཕན་ཚུན་འགལ་ཟླར་གྱུར་ཡོད་པ་དེ་ཡིན།

3. སྤྱི་ཚོགས་རིང་ལུགས་ཀྱི་རྩ་བའི་ཁེ་ཕན་ལ་གཞིགས་ཏེ་གཟུགས་བརྙན་

གསར་བསྐྲུན་བྱེད་པའི་ནང་དུ་དངོས་ཡོད་ཀྱི་རང་བཞིན་དང་ཕྱོགས་ལྷུང་གི་རང་བཞིན་གཅིག་གྱུར་ཡོང་བ་བྱས་ཏེ་སྤྱི་ཚོགས་རིང་ལུགས་སྙིང་སྟོབས་ཀྱིས་མི་རྣམས་ལ་སློབ་གསོ་གཏོང་དགོས་པ་མ་ཟད། དེ་དང་ཆབས་ཅིག་རྩོམ་པ་པོར་བརྗོད་གཞི་འདེམས་པ་དང་། རྩོམ་རིག་གི་རྣམ་པ་དང་། རྩོམ་རིག་གསར་རྩོམ་བྱེད་རྒྱུའི་ཐད་འགྲོ་ལམ་ཡངས་ཤིང་རྒྱ་ཆེ་བ་ཞིག་གསར་གཏོད་བྱས་ནས་སྤྱི་ཚོགས་རིང་ལུགས་ཀྱི་རྩོམ་རིག་ཕུན་སུམ་ཚོགས་སུ་འགྲོ་རྒྱུར་ལེགས་སྐྱེས་འབུལ་དགོས་པའི་འདོད་ཚུལ་འཛིན་གྱི་ཡོད་པ་རེད།

གསུམ་པ། གནའ་རབས་རིང་ལུགས་དང་རང་བྱུང་རིང་ལུགས་ཀྱི་སྐོར།

1. གནའ་རབས་རིང་ལུགས་ཀྱི་སྐོར།

གནའ་རབས་རིང་ལུགས་ཀྱི་རྩོམ་ཐབས་དེ་དུས་རབས་བཅུ་བདུན་པའི་དུས་འགོར་ཕ་རན་སིའི་རྒྱལ་ཁབ་ཏུ་བྱུང་བ་དང་དེ་རྗེང་ཡོ་རོབ་ས་ཁུལ་དུ་དར་ཁྱབ་བྱུང་བ་མ་ཟད། ཡོ་རོབ་ཁུལ་དུ་དུས་རབས་གཉིས་ལྷག་ཙམ་རིང་དུ་དབང་བསྒྱུར་བྱས་པའི་རྩོམ་རིག་གསར་རྩོམ་བྱེད་ཐབས་ཀྱི་བསམ་པའི་རྣམ་གྲངས་ཤིག་ཡིན། གསར་རྩོམ་བྱེད་ཐབས་དེའི་གཙོ་བོའི་གྲུབ་འབྲས་ནི་ཀློས་གར་གྱི་ནང་དུ་བྱུང་བ་ཞིག་ཡིན་ལ། གསར་རྩོམ་བྱེད་ཐབས་དེའི་གྲུབ་འབྲས་མངོན་གསལ་དོད་པ་དང་། ཚབ་མཚོན་གྱི་རང་བཞིན་ལྡན་པའི་རྩོམ་པ་པོ་ནི་ཕ་རན་སིའི་རྩོམ་པ་པོ་ལ་ཞི་དང་། མོ་ལི་ཨའེ། ཀོ་ནེ་ཡི་སོགས་ཡིན་པ་དང་རྩོམ་ཐབས་དེའི་རིགས་པའི་གཞུང་ལུགས་ཀྱི་ཚབ་མཚོན་མི་སྣ་གཙོ་བོ་ནི་འཛར་མན་གྱི་ པུ་འ་ལོ་(1639 – 1711)ཡིན་ཞིང་། ཁོང་གིས་བརྩམས་པའི་《སྙན་ངག་གི་སྒྱུ་རྩལ་》ཞེས་པ་དེ་ནི་གནའ་རབས་རིང་ལུགས་ཀྱི་རིགས་པའི་གཞུང་ལུགས་

ཀྱི་ཚད་འཛིན་ཁྲིམས་གཞུང་ལྟ་བུ་ཞིག་ཏུ་བརྩི་ཡི་ཡོད་པ་རེད།

གནའ་རབས་རིང་ལུགས་ཀྱི་རྩོམ་ཐབས་དེས་གནའ་རབས་ཀྱི་རྩོམ་རིག་ལ་ལད་ཟློས་བྱ་དགོས་རྒྱུའི་རེ་འདོད་བྱས་ཤིང་། གནའ་བོའི་ཤི་ལ་ཡི་རྩོམ་རིག་དང་གནའ་བོའི་ལོ་མ་ཡི་རྩོམ་རིག་དེ་དག་མ་དཔེ་ཉ་བརྩི་དགོས་པའི་འདོད་ཚུལ་བཏོན་ཡོད་པ་རེད། གནའ་རབས་རིང་ལུགས་ཀྱི་ལྟ་ཚུལ་དུ་གནའ་བོའི་ཤི་ལ་དང་ལོ་མ་ཡི་དུས་རབས་སུ་བྱུང་བའི་རྩོམ་རིག་དེ་དག་གིས་རྩོམ་རིག་སྒྱུ་རྩལ་གྱི་སྟངས་འཛིན་དང་རང་བྱུང་ཁམས་ལ་ལད་ཟློས་བྱ་བའི་རྩ་བའི་རྩ་དོན་རྣམས་མཚོན་པར་བྱས་ཡོད་རྐྱེན། དེས་དུས་ཡུན་རིང་པོའི་ནང་དུ་ཤུགས་རྐྱེན་ཆེན་པོ་ཐེབས་ཐུབ་པ་མ་ཟད། རྒྱུན་རིང་དུ་གནས་ཐུབ་པའི་འདོད་ཚུལ་འཛིན་ཞིང་། དུས་རབས་གང་ཞིག་དང་མི་རིགས་གང་ཞིག་གི་རྩོམ་རིག་སྒྱུ་རྩལ་གྱིས་དེར་སློབ་སྦྱོང་དང་ལད་ཟློས་བྱ་བའི་ཚད་འཛིན་གྱི་མ་དཔེ་ཞིག་ཏུ་བརྩི་དགོས་པའི་ངོས་འཛིན་ཡང་བྱས་ཡོད་པ་རེད། དེར་བརྟེན་ཁོ་ཚོས་གནའ་བོའི་ཤི་ལ་དང་ལོ་མ་ཡི་རྩོམ་རིག་ནང་ནས་བཟོད་བྱ་གདམ་གསེས་དང་། གནའ་རབས་ཀྱི་རིགས་པའི་གཞུང་ལུགས་ནང་ནས་རང་ཉིད་ཀྱི་རིགས་པའི་གཞུང་ལུགས་ཀྱི་ཁུངས་ལུང་བཙལ་འཚོལ་དང་། གནའ་རབས་ཀྱི་རྩོམ་རིག་ནང་ནས་མ་དཔེའི་རང་བཞིན་ལྡན་པའི་བརྩམས་ཆོས་ཁག་ལ་བརྟེན་ནས་གནའ་རབས་རིང་ལུགས་གསར་རྩོམ་བྱེད་ཐབས་ཀྱི་ཚད་གཞི་གཏན་འབེབས་བཅས་བྱས་ཡོད་པ་རེད། འོན་ཀྱང་གནའ་རབས་རིང་ལུགས་ཀྱི་རྩོམ་རིག་ཀྱང་རྩོམ་རིག་བསྐྱར་དར་དུས་ཀྱི་རྩོམ་རིག་དང་འདྲ་བར་སྟོད་རྙིང་པར་ཟས་གསར་པ་ཟླུགས་པ་ཙམ་ཡིན་ཞིང་། གནའ་བོའི་རྒྱན་དགོས་ལ་བརྟེན་ནས་དུས་རབས་གསར་པའི་གནད་དོན་འཁྲབ་སྟོན་བྱས་པ་ཙམ་ཡིན་ལ། དེའི་ནང་མཚོན་པར་བྱ་ཡུལ་གཙོ་བོ་ནི་རྩོམ་པ་པོས་རང་ངོས་ཀྱི་བསམ་བློའི་བརྩེ་དུང་ཚུར་སྣང་བྱས་པ་ཞིག་ཡིན། གནའ་རབས་རིང་ལུགས་ཀྱི་རྩོམ་ཐབས་དེའི་གཙོ་བོའི་ཁྱད་ཆོས་སྤྱིར་ཁག་གསུམ་ཏུ་དབྱེ་ཆོག་པ་སྟེ། གཅིག གནའ་བོའི་ཤི་ལ་དང་ལོ་མ་ཡི་རྩོམ་རིག་ལ་

བཅོ་མཐོང་དང་དར་སྤེལ་བྱས་ནས་ཟློས་རིག་གི་བརྗོད་བྱ་ཕལ་ཆེ་བ་དེ་དག་ལས་གདམས་གསེས་བྱས་ཤིང་། ཟློས་པ་པོ་མོ་ལི་ཨའི་ཕྱད་དེ་ཁྱིངས་ཕལ་ཆེ་བས་ད་ལྟའི་འཚོ་བ་དེ་ཚུར་སྣང་དང་མཚོན་པར་བྱས་མེད། གནའ་རབས་རིང་ལུགས་ཀྱི་ཟློས་རིག་ནང་དུ་གསར་བསྐྲུན་བྱས་པའི་མི་སྣའི་གཟུགས་བརྙན་དེར་སྤྱི་ཡོངས་ཀྱི་རང་བཞིན་ལ་གཙོགས་ཆེན་བྱས་པ་ཙམ་ལས་མི་སྣའི་བྱེ་བྲག་གི་རང་བཞིན་ལ་སྣང་ཆུང་བྱས་ཏེ་རིགས་གཅིག་གི་དཔེ་མཚོན་ཅན་དུ་འགྱུར་རྒྱུར་ནན་བཤད་བྱས་ཡོད་རྐྱེན། མི་སྣའི་གཤིས་རྒྱུད་ལ་ཞུགས་མང་པོའི་ཐད་ཀྱི་ཤ་ཁྲག་གི་འབྲེལ་བ་མེད་པར་ལེགས་ཉེས་ཀྱི་ཆབ་ལྷ་བུ་ཞིག་ཏུ་གྱུར་ཡོད་པ་སྟེ། བཟང་བ་དང་ངན་པ། ལེགས་པོ་དང་ལེགས་པོ་མ་ཡིན་པ་མཚོན་པར་བྱས་པ་ཙམ་ཡིན་ནོ། གཉིས་པ། སྒྱུ་རྩལ་གྱི་རྣམ་པ་དང་མཚོན་ཚུལ་གྱི་ཐད་ལ། ཚད་ལྡན་དུ་འགྱུར་བ་དང་། དཔེ་ཚད་ངེས་པ་ཅན་ཞིག་ཡོད་དགོས་པའི་རེ་བ་བཏོན་ཡོད་ལ། གསར་ཟློས་བྱེད་ཐབས་ཀྱི་རྩ་དོན་འགའ་ཞིག་གཏན་འབེབས་ཡང་བྱས་ཡོད་པ་རེད། ཟློས་རིག་གི་ཟློས་སྤྲངས་སམ་ཟློས་ལུགས་ཀྱི་ཐད་ལ་ཟློས་རིག་གི་རྣམ་པ་མི་འདྲ་བའི་དབྱེ་བ་ཕྱེ་ཡོད་ལ། ཟློས་རིག་གི་ཟློས་ལུགས་གཉིས་སུ་དབྱེ་ཡོད་པ་སྟེ། སྐྱོ་བའི་ཟློས་གར་དང་དགོད་བྲོའི་ཟློས་གར་ཡིན་ལ། དེ་གཉིས་ལ་ཡང་ཚད་མཐོ་དམན་གྱི་དབྱེ་བ་ཡོད་ཅིང་། སྐྱོ་བའི་ཟློས་གར་ལ་ཚད་མཐོའི་ཟློས་ལུགས་དང་། དགོད་བྲོའི་ཟློས་གར་ལ་དམན་པའི་ཟློས་ལུགས་ཞེས་གཏན་འབེབས་བྱས་ཡོད་པ་མ་ཟད། སྐྱོ་བའི་ཟློས་གར་ནང་གི་གཙོ་བོའི་མི་སྣ་དེ་ངེས་པར་དུ་རྒྱལ་པོ་དང་བློན་པོ་ཡིན་དགོས་པ་དང་། དགོད་བྲོའི་ཟློས་གར་ནང་གི་གཙོ་བོའི་མི་སྣ་དེ་སྤྱིར་བཏང་གི་མི་ཕལ་པ་ཡིན་དགོས་ལ། ཟློས་གར་དེ་གཉིས་མཉམ་བསྲེས་ཀྱིས་ཟློས་འབྲི་བྱས་མི་ཆོག་པའི་གཏན་འབེབས་ཡང་བྱས་ཡོད་པ་རེད། ཟློས་གར་ཟློས་རིག་གསར་ཟློས་བྱེད་སྐབས་སུ་ངེས་པར་དུ"གཅིག་གསུམ་རྩ་དོན"(དུས་གཅིག་ཡུལ་གཅིག་དོན་གཅིག)ལ་བརྩི་སྲུང་ནན་ཏན་བྱེད་དགོས་པ་སྟེ། དུས་ཚོད་གཅིག་གྱུར་ཡིན་དགོས་ཞེས་པ་ནི།

བློས་གར་ནང་དུ་བརྗོད་པའི་སྒྲུང་དེ་དག་ཉིན་གཅིག་གི་ནང་དུ་བྱུང་བའི་གནས་ཚུལ་རྩོམ་འབྲི་བྱེད་དགོས་པ་ལས་དེ་ནས་འགལ་མི་ཆོག་པ་དེ་ཡིན། ཡུལ་གཅིག་གྱུར་ཡིན་དགོས་ཞེས་པ་ནི་སྒྲུང་དེ་དག་བྱུང་བའི་ས་ཁྲལ་གཅིག་རང་ལས་གཞན་བྲིས་མི་ཆོག་པ། དོན་གཅིག་གྱུར་ཡིན་དགོས་ཞེས་པ་ནི་སྒྲུང་གི་བརྩམས་བྱའི་དོན་རྣམས་སྡེ་གཅིག་ཁོ་ནའི་ཕྱོགས་སུ་འཕེལ་རྒྱས་གཏོང་དགོས་པ་ལས་སྡེ་མང་ཕྱོགས་སུ་འཕེལ་རྒྱས་བཏང་མི་ཆོག་པ་བཅས་ཡིན། གསུམ་པ། མི་སྣའི་ངག་གི་སྤྱོར་བ་དག་ཀྱང་ངག་སྤྱོར་སྙན་པ་དང་གོ་བདེ་བ་གཉིས་སུ་དབྱེ་ཞིང་། སྒྲོ་བའི་བློས་གར་ནང་གི་མི་སྣའི་སྐད་ངག་དེ་སྙན་པོ་དང་བརྗིད་ཉམས་ཀྱིས་ཁེངས་པ་ཞིག་བེད་སྤྱོད་བྱ་དགོས་པ་དང་དགོད་བྲོའི་བློས་གར་ནང་གི་མི་སྣའི་སྐད་ངག་རྣམས་གོ་བདེ་བ་ཞིག་བེད་སྤྱོད་བྱ་དགོས་པ་ལས། ངག་སྙན་པོ་སྤྱུར་མི་ཆོག་པའི་གདན་འབེབས་ཀྱང་བཟོས་ཡོད་པ་རེད།

གནའ་རབས་རིང་ལུགས་ཀྱི་རྩོམ་ཐབས་དེ་ཡོ་རོབ་ས་ཁྲལ་གྱི་རྩོམ་རིག་སྒྱུ་རྩལ་འཕེལ་རྒྱས་འགྲོ་རྒྱུར་ཤུགས་རྐྱེན་ཤིན་ཏུ་ཆེན་པོ་བྱུང་ཡོད་ལ། རྩོམ་ཐབས་དེ་རང་མ་གཞི་བཀག་རྒྱ་ངེས་ཅན་ཞིག་ཡོད་ཀྱང་དེ་ར་དངོས་ཡོད་རིང་ལུགས་ཀྱི་གྲུབ་ཆ་ངེས་ཅན་ཞིག་ཡོད་པ་མ་ཟད། རྩོམ་རིག་དེ་དག་གི་ནང་དུ་སྐབས་དེའི་སྤྱི་ཚོགས་ཀྱི་འཚོ་བ་དངོས་དང་བཀས་བཀོད་རྒྱུད་འཛིན་ལ་ངོ་རྒོལ་དང་། ཆོས་ལུགས་ཀྱི་སྲིད་དབང་ལ་འཐབ་རྩོད་བྱས་པའི་གནས་ཚུལ་རྣམས་མཚོན་པར་བྱས་ཡོད་ལ། ལྷག་པར་དུ་རྩོམ་ཐབས་དེས་ཆོས་ལུགས་ཀྱི་འཇིག་རྐྱེན་ལྟ་ཚུལ་དང་གནམ་བདག་ཆོས་ལུགས་ཀྱི་སྲིད་དབང་ལ་ངོ་རྒོལ་ཤུགས་ཆེན་བྱས་ཡོད་པ་རེད། ཁོ་ཚོས་རང་བྱུང་ཁམས་ལ་ལད་ཟློས་བྱས་ཏེ་སྐབས་དེའི་སྒྲུ་དྲག་གི་བསམ་བློའི་བརྗེ་དུང་དང་ཕྱུགས་བསམ་མཚོན་པར་བྱས་ཡོད་ལ། གནའ་རབས་རིང་ལུགས་ཀྱི་རྩོམ་པ་པོ་མོ་ལི་ཨ་ཡི་བརྩམས་ཆོས་ནང་དུ་དངོས་ཡོད་རིང་ལུགས་ཀྱི་ཕྱོགས་ལྷུང་འགོ་ཚུགས་པ་དང་དངོས་ཡོད་རིང་ལུགས་ཀྱི་རྩོམ་ཐབས་གསར་དུ་བྱུང་བའི་སྨྱུ་གུ་ལྷ་བུ་ཞིག་ཏུ་གྱུར་ཡོད་པ་རེད།

བོད་རིགས་ཀྱི་རྩོམ་རིག་གི་ལོ་རྒྱུས་ཐོག་ཏུ་རིག་པའི་གཞུང་ལུགས་ཀྱི་ཐོག་ནས་གློས་གར་གྱི་རྩོམ་རིག་ལ་ཚད་མཐོ་དམན་གྱི་དབྱེ་བ་དང་། འབྲི་ཚུལ་དང་བརྗོད་བྱ་སོགས་ཀྱི་ཐད་གདན་འཕེབས་ནན་པོ་ཞིག་བྱས་མེད། ད་ལམ་དངོས་སུ་མཐོང་རྒྱུ་ཡོད་པའི་ལྷ་མོའི་འཁྲབ་གཞུང་ཁག་ལ་བལྟས་ཚེ་གནའ་རབས་རིང་ལུགས་ཀྱི་སྤྱིའི་ཁྱད་ཆོས་དང་ཧ་ལམ་འདྲ་བ་ཞིག་ཡོད་པ་སྟེ། སྐྱོ་བའི་གློས་གར་དེ་གློས་གར་གྱི་རྩོམ་རིག་ནང་ནས་ཚད་མཐོ་བ་ཞིག་ཡིན་པ་གསལ་པོར་མཐོང་ཐུབ་པ་ཞིག་ཡིན་ལ། དེ་དག་གི་བརྗོད་བྱ་དང་གཙོ་བོའི་མི་སྣ་དག་ཀྱང་རྒྱལ་པོ་དང་བློན་པོ་སོགས་ཀྱི་གཟུགས་བརྙན་བསྐྲུན་ཡོད་པ་ཞིག་ཡིན། དཔེར་ན། སྟོན་པ་ཤཀྱ་ཐུབ་པའི་འཁྲུངས་རབས་གཞིར་བཟུང་ནས་རྟོག་བཟོའི་ཐབས་ལས་བརྩམས་པའི་གློས་གར་《ཆོས་རྒྱལ་ནོར་བཟང་》ནང་དུ་ནོར་བཟང་དང་དྲི་ཟའི་བུ་མོ་ཡིད་འཕྲོག་མ་གཉིས་ཀྱི་གཉོམ་གཞིགས་བྲལ་བའི་བརྩེ་དུང་ལ་བརྟེན་ནས་མཛེས་སྡུག་ཡིད་འོང་གི་བསམ་འདུན་མཚོན་པར་བྱས་ཡོད་པ་མ་ཟད། གནམ་ས་དང་། མི་དང་། ལྷ་གཉིས་ཀྱི་བར་ཐག་ཀྱང་བཅལ་ནས་རང་བྱུང་ཁམས་ལས་རྣམ་པར་རྒྱལ་བའི་འདོད་ཚུལ་ཚུར་སྣང་དང་། ཁོང་གཉིས་པོའི་བརྩེ་གདུང་ལ་བསྟོད་བསྔགས་གང་ལེགས་བྱས་ཡོད་པ་རེད། དེ་བཞིན་དུ《འགྲོ་བ་བཟང་མོ་》དང་《དྲི་མེད་ཀུན་ལྡན་》སོགས་ཡོད་པ་དང་། དུས་རབས་དེའི་ནང་དུ་གློས་གར་གྱི་རྩོམ་རིག་སྒྱུ་རྩལ་དེ་ལོ་རྒྱུས་ཀྱི་ཚད་མཐོ་ཤོས་སུ་སླེབས་ཡོད་པ་རེད། རྩོམ་རིག་དེ་དག་ལ་ཡང་དངོས་ཡོད་ཀྱི་རང་བཞིན་ཆེན་པོ་ཡོད་པ་མ་ཟད། བོད་རིགས་ཀྱི་རྩོམ་རིག་སྒྱུ་རྩལ་འཕེལ་རྒྱས་འགྲོ་རྒྱུར་ཤུགས་རྐྱེན་ཆེན་པོ་བྱུང་ཡོད་པ་ཞིག་ཡིན། འོན་ཏེ་ནུབ་ཕྱོགས་ཁུལ་དུ་དར་བའི་གནའ་རབས་རིང་ལུགས་ཀྱི་རྩོམ་ཐབས་དེ་དང་མཚུངས་རྟགས་རྒྱག་མི་ནུང་བར་བོད་རིགས་ཀྱི་རྩོམ་རིག་འཕེལ་རྒྱས་ཀྱི་ལོ་རྒྱུས་དངོས་ལ་གཞིགས་ནས་དབྱེ་ཞིབ་བྱེད་དགོས་པ་ཞིག་ཡིན།

2. རང་བྱུང་རིང་ལུགས་ཀྱི་སྐོར།

རྩོམ་རིག་གི་ལོ་རྒྱུས་ཐོག་ཏུ་རང་བྱུང་རིང་ལུགས་ཀྱི་རྩོམ་སྲོལ་དེ་དུས་རབས་བཅུ་དགུ་པའི་ལོ་རབས་དྲུག་ཅུའི་ནང་དུ་ཕ་རན་སིའི་རྒྱལ་ཁབ་ཏུ་དར་འཕེལ་བྱུང་བའི་རྩོམ་རིག་གི་བསམ་པའི་རླབས་རྒྱུན་ཞིག་ཡིན། རྩོམ་རིག་གི་བསམ་པའི་རླབས་རྒྱུན་དེ་སྦ་རྗེང་དུ་དབྱིན་ཇི་དང་ཕ་རན་སི། སྦྲི་ལི་ཧྲི། ན་ལྦུའི། དབྱི་ཏ་ལི་ཨུ་རུ་སུ་སོགས་སུ་དར་ཁྱབ་བྱུང་ཡོད་པ་རེད། རང་བྱུང་རིང་ལུགས་ཀྱི་རྩོམ་སྲོལ་དེའི་རིག་པའི་གཞུང་ལུགས་ཀྱི་རྨང་གཞི་ནི་ཁྲུང་དུ་ཡི་དོན་དངོས་ཁུངས་སྐྱོལ་རིང་ལུགས་ཀྱི་མཚན་ཉིད་རིག་པ་དང་། ཐ་ན་ཡི་དོན་དངོས་ཁུངས་སྐྱོལ་རིང་ལུགས་ཀྱི་མཛེས་རྩལ་རིག་པ་དེ་ཡིན་པ་མ་ཟད། དེ་རྗེས་ཕྲ་རན་སིའི་རྩོམ་པ་པོ་ཛོ་ལ་ཡིས་གོང་སྨོས་ཀྱི་རིག་པ་དེ་དག་དང་ལེན་དང་ཕྱོགས་བསྡུས་བཅས་བྱས་ཏེ། 《སློས་གར་ཐོག་ཏུ་ཡོད་པའི་རང་བྱུང་རིང་ལུགས་ཀྱི་སྐོར》ཞེས་པའི་དཔྱད་རྩོམ་ཁག་མི་འདྲ་བའི་ནང་དུ་རང་བྱུང་རིང་ལུགས་ཀྱི་རིག་པའི་གཞུང་ལུགས་དེ་བརྒྱུད་བསྒྲགས་དང་དར་སྤེལ་བཅས་བྱས་ཡོད། དེར་བརྟེན་ཛོ་ལ་ནི་རང་བྱུང་རིང་ལུགས་ཀྱི་རིགས་པའི་གཞུང་ལུགས་འདོན་སྤེལ་བྱེད་མཁན་དང་རྨང་གཞི་འདིང་མཁན་ཡིན་ཞེས་ཡོངས་གྲགས་སུ་ཁས་ལེན་བྱེད་ཀྱི་ཡོད། རིགས་པའི་གཞུང་ལུགས་དེར་བརྟེན་ནས་རྩོམ་རིག་གསར་རྩོམ་བྱེད་མཁན་གྱི་ཚབ་མཚོན་མི་སྣ་ནི་ཕ་རན་སིའི་རྩོམ་པ་པོ་ཧྲུང་གུ་འར་སོགས་ཡོད་པ་རེད།

རང་བྱུང་རིང་ལུགས་ཀྱི་རྩ་བའི་ཁྱད་ཆོས་སྤྱིར་ཁག་གསུམ་དུ་བསྡུས་ཆོག་པ་སྟེ། གཅིག་དོན་དངོས་ཁོ་ན་ཇི་བཞིན་དུ་རྩོམ་འབྲི་བྱེད་དགོས་པ་ལས་དཔེ་མཚོན་ཅན་དུ་བསྒྱུར་མི་རུང་བ་དེ་ཡིན།

གཉིས་པ། སྐྱེ་དངོས་རིག་པ་དང་། རྒྱུད་འཛིན་རིག་པ། ན་ལུགས་རིག་པ་བཅས་གཞི་འཛིན་ས་བྱས་ཏེ་མི་ལ་ཞིབ་འཇུག་དང་རྩོམ་འབྲི་བྱ་དགོས་པའི་འདོད་ཚུལ་འཛིན་ཞིང་མིའི་སྤྱི་ཚོགས་ཀྱི་རང་བཞིན་དེ་ཁས་ལེན་མི་བྱེད་པར་སྣང་མེད་དུ་འཇོག་གི་ཡོད་པ་རེད། རང་བྱུང་རིང་ལུགས་ཀྱི་ལྟ་ཚུལ་དུ།

"སྤྱི་ཚོགས་ཀྱི་ཁོར་ཡུག་ནི་གསོན་པོར་གནས་བཞིན་པའི་མི་རྣམས་ཀྱིས་བཅོས་པའི་འབྲས་བུ་ཞིག་ཡིན་རྐྱེན་གསོན་པོར་གནས་པའི་མི་རྣམས་ཀྱིས་ཀྱང་དངོས་ཁམས་དང་རྫས་འགྱུར་གྱི་ཆོས་ཉིད་ལ་གླེང་མེད་དུ་བཅོས་བཀུར་བྱེད་དེ་བྱེད་དགོས་པ་ཡིན། ཆོས་ཉིད་དེ་དག་གིས་བླ་སྒྲོག་ལྡན་པའི་སྐྱེ་དངོས་ལ་ནུས་པ་ཐོན་པ་དང་འདྲ་བར་གསོན་པོར་གནས་པའི་མི་རྣམས་ལ་ཡང་ནུས་པ་ཐོན་གྱི་ཡོད་"ཅེས་ (《ཇོ་ལ་》ཅེས་1965ལོར་པར་བསྐྲུན་བྱས་པའི་ཤོག་ངོས་59ལ་གསལ་)བརྗོད་ཡོད་པ་རེད། དེ་ལྟར་མི་ནི་ཁོར་ཡུག་དང་རྒྱུད་འཛིན་གྱིས་ཐག་གཅོད་བྱེད་ཐུབ་པའི་སེམས་ཅན་ནུས་མེད་ཅིག་ཏུ་བརྩི་ཡི་ཡོད་པ་རེད།

གསུམ་པ། ཕྱི་ཡུལ་རིང་ལུགས་པོ་ན་ཁས་ལེན་བྱེད་པ་ལས་རྩོམ་པ་པོའི་ཕྱོགས་ལྷུང་གི་རང་བཞིན་ཁས་ལེན་བྱེད་ཀྱི་མེད་པ་རེད།

རྩོམ་པ་པོས་བརྩམས་ཆོས་གསར་རྩོམ་ཇི་ལྟར་བྱེད་དགོས་རྒྱུའི་ཐད་ཇོ་ལ་ཡིས་གསུངས་དོན"ནན་བཤད་བྱེད་རྒྱུ་མེད་ལ་རབ་བཏགས་ཡང་བྱེད་རྒྱུ་མེད་པར་དོན་དངོས་ཁོ་ན་ཡིན་དགོས་པ་ཞིག་ཡིན། དེ་ནི་བསྟོད་བསྔགས་བྱེད་འོས་པ་དང་། ཡང་ན་ཟུར་འདོན་བྱེད་དགོས་པའི་དོན་དངོས་ཁོ་ན་ཡིན་དགོས་རྩོམ་པ་པོས་མིའི་རིགས་ཀྱི་ཕུང་པོ་ཡི་ནང་ནས་ག་རེ་རྙེད་པ་དེ་བརྗོད་པ་ཙམ་གྱིས་འགྲིག་པ་ཞིག་ཡིན"ཞེས (《ཇོ་ལ་》ཅེས་པའི་ཤོག་གྲངས་70ལ་གསལ་) བརྗོད་པ་དང་། ད་དུང་ཁོང་གིས་དངོས་ཡོད་རིང་ལུགས་ཀྱི་སློབ་དཔོན་ཆེན་པོ་པ་འར་ཀྲ་ཁེ་དང་། ཁོང་ཉིད་ཀྱི་ཁྱད་པར་སྐོར་གསུངས་སྐབས"ངའི་བརྩམས་ཆོས་ནང་གི་སྤྱི་ཚོགས་ཀྱི་གྲུབ་ཆ་དེ་ཚན་རིག་གི་གྲུབ་ཆའི་ཕྱོགས་མང་པོ་ཡོད་པ་མ་ཡིན། ངའི་ངོས་ནས་བརྗོད་ན་གལ་ཆེ་ཤོས་ནི་རང་བྱུང་རིང་ལུགས་པ་རྣམ་དག་ཅིག་དང་། གཟུགས་ཁམས་རིག་པ་མཁས་ཅན་ཞིག་བྱེད་རྒྱུ་དེ་ཡིན་ལ་ང་ལ་རྩ་དོན་འདི་ཡིན་མེད་པར། (རྒྱལ་པོ་དང་། སྲིད་དབང་། གནམ་བདག་ཆོས་ལུགས་)སྤྱིའི་ཆོས་ཉིད་(རྒྱུད་འཛིན་གྱི་རང་བཞིན། ལྷན་གྱི་གྲུབ་པའི་རང་བཞིན་)ཁོ་ན་ཡོད་པ་ཞིག་ཡིན། ང་ནི་པ་འར་ཀྲ་ཁེ་དང་འདྲ་

བར་མིའི་རིགས་ཀྱི་འཚོ་བའི་ལམ་ལུགས་དེ་ལམ་ལུགས་འདི་འདྲ་ཞིག་མ་ཡིན་པར། དེ་ལྟར་ཞིག་ཡོད་དགོས་ངེས་ཡིན་ཞེས་ཐག་གཅོད་བྱེད་མཁན་ཞིག་མ་ཡིན། ང་ནི་ཆབ་སྲིད་པ་ཞིག་དང་མཚན་ཉིད་རིག་པ་མཁས་ཅན་ཞིག་དང་། ཀུན་སྤྱོད་པ་མཁས་ཅན་ཞིག་བྱེད་འདོད་ཡོད་པ་མ་ཡིན་པར་ཡོན་ཏན་ཅན་ཞིག་བྱས་ན་དེས་འདོད་བློ་ཆོམ་པ་ཞིག་ཡིན་”ཞེས་གསུངས། དོན་དངོས་ཐོག་ཕྱི་ཡུལ་རིང་ལུགས་པ་ལྟད་མེད་ཡིན་པས་རྩོམ་པ་པོ་ཞིག་གནས་མི་ཐུབ་པ་མ་ཟད། རྩོམ་པ་པོ་སུ་འདྲ་ཞིག་ཡིན་རུང་དེར་བསམ་བློའི་ཕྱོགས་ལྷུང་དང་དགའ་སྡང་མངོན་གསལ་དོད་པོ་ཞིག་ཡོད་ལ། དགའ་སྡང་དང་བརྩེ་དུང་ངེས་ཅན་ཞིག་གི་ཐོག་ནས་སྤྱི་ཚོགས་ཀྱི་འཚོ་བ་དེ་མཚོན་པར་བྱེད་ཀྱི་ཡོད་པ་རེད། ང་ཚོས་མཐོང་ཐུབ་པར་རང་བྱུང་རིང་ལུགས་དང་དངོས་ཡོད་རིང་ལུགས་ཀྱི་རྩོམ་ལུགས་དེ་གཉིས་ཕྱི་ཚུལ་གྱི་རྣམ་པའི་ཐོག་ནས་བལྟས་ཆེ་ཏ་ལམ་འདྲ་བ་ཞིག་ཡིན་ཞིང་། དེ་གཉིས་པོས་ཕྱི་རོལ་ཡུལ་དུ་གནས་པའི་དངོས་ཡོད་ཀྱི་འཚོ་བ་མཚོན་རྒྱུར་ནན་བཤད་བྱེད་ཀྱི་ཡོད་རུང་། རྩོམ་ཐབས་དེ་གཉིས་ལ་རྩ་བའི་ཐོག་ནས་ཁྱད་པར་ཡོད་པ་ཞིག་ཡིན། མ་ཁེ་སིས“པ་འར་ཀྲ་ཁེ་ནི་དེ་སྔོན་བྱུང་ཟིན་པའི་ཇོ་ལ་དང་། ཡང་ན་ད་ལྟ་དང་མ་འོངས་པར་བྱུང་བའི་ཇོ་ལ་སུ་འདྲ་ཞིག་ལས་ཀྱང་། དེ་བས་རླབས་ཆེ་བའི་དངོས་ཡོད་རིང་ལུགས་ཀྱི་སློབ་དཔོན་ཆེན་མོ་ཞིག་ཡིན་པར་ངོས་འཛིན་བྱེད་ཀྱི་ཡོད་”ཅེས་གསུངས་ཡོད་པ་རེད། འོ་ན་དངོས་ཡོད་རིང་ལུགས་དང་རང་བྱུང་རིང་ལུགས་རྩོམ་ཐབས་གཉིས་ཀྱི་གཙོ་བོའི་ཁྱད་པར་ཅི་ཞིག་ཡིན་ཞེ་ན།

①དངོས་ཡོད་རིང་ལུགས་ཀྱི་གསར་རྩོམ་བྱེད་ཐབས་དེ་ནི་དོན་དངོས་ཐོག་དངོས་གཙོ་རིང་ལུགས་ཀྱི་བསམ་བློའི་མཇུབ་ཁྲིད་འོག་ཏུ་སྤྱི་ཚོགས་ཀྱི་དོན་སྙིང་ཐོག་ནས་མི་རྣམས་ལ་ངོས་འཛིན་དང་ཞིབ་འཇུག་བཅས་བྱས་ཏེ། ལོ་རྒྱུས་ཀྱི་དོན་སྙིང་ཐོག་ནས་མི་རྣམས་ཀྱི་འཚོ་བ་དེ་རྩོམ་འབྲི་བྱེད་དགོས་རྒྱུའི་འདོད་ཚུལ་འཛིན་གྱིན་ཡོད་ལ། དངོས་ཡོད་རིང་ལུགས་ཀྱིས་བརྩམས་ཆོས་གསར་

རྩོམ་བྱེད་པའི་ནང་དུ་ག་དུས་ཡིན་རུང་དཔེ་མཚོན་གྱི་གཟུགས་བརྙན་བརྒྱུད་དེ་སྤྱི་ཚོགས་འཚོ་བའི་ནང་གི་ཆབ་སྲིད་དང་ཀུན་སྤྱོད་སོགས་ལ་གདེང་འཇོག་བྱས་ཤིང་བསམ་བློའི་ཕྱོགས་ལྷུང་ངེས་ཅན་ཞིག་དང་བརྩེ་དུང་དང་དགའ་སྡང་ངེས་ཅན་ཞིག་མཚོན་པར་བྱེད་ཀྱི་ཡོད་པ་རེད།

རང་བྱུང་རིང་ལུགས་ཀྱི་མཚན་ཉིད་རིག་པའི་རྨང་གཞི་ནི་ཁྲུང་དུ་ཡི་དོན་དངོས་ཁུངས་སྐྱེལ་རིང་ལུགས་དེ་ཡིན་པ་མ་ཟད། ཁོ་ཚོས་སྐྱེ་དངོས་རིག་པའི་ལྟ་ཚུལ་དང་། ཐ་ན་རྒྱུད་འཛིན་རིག་པ་དང་། ན་ལུགས་རིག་པའི་ལྟ་ཚུལ་ཐོག་ནས་མི་རྣམས་ལ་ངོས་འཛིན་དང་། དེ་དག་གི་འབྲེལ་བར་དབྱེ་ཞིབ་བྱ་དགོས་རྒྱུའི་འདོད་ཚུལ་འཛིན་གྱི་ཡོད་པ་མ་ཟད། རྩོམ་པ་པོ་ནི་ཆབ་སྲིད་པ་ཞིག་དང་། ཀུན་སྤྱོད་པ་ཞིག་མ་ཡིན་པར་ཡོན་ཏན་ཅན་ཞིག་ཡིན་དགོས་རྐྱེན། རྩོམ་པ་པོས་སྤྱི་ཚོགས་ཀྱི་འཚོ་བར་ཆབ་སྲིད་དང་ཀུན་སྤྱོད་ཀྱི་ཐོག་ནས་གདེང་འཇོག་བྱེད་རྒྱུར་ངོ་རྒོལ་བྱེད་ཀྱི་ཡོད་པ་དེ་རེད། དེ་ལྟར་རྩོམ་ཐབས་དེ་གཉིས་ཀྱི་མཚན་ཉིད་རིག་པའི་རྨང་གཞི་དང་རྩོམ་ཐབས་ཐད་ལྟ་ཚུལ་གཏན་ནས་མི་འདྲ་བ་རེ་ཡོད་རྐྱེན། སྤྱི་ཚོགས་ཀྱི་འཚོ་བའི་སྣང་ཚུལ་ལ་ཞིབ་འཇུག་དང་ཞིབ་ཕྲའི་རྩོམ་འབྲི་བྱེད་ཐབས་ལ་ཁྱད་པར་ཤིན་ཏུ་ཆེན་པོ་ཡོད།

②དངོས་ཡོད་རིང་ལུགས་ཀྱིས་རྩོམ་རིག་གསར་རྩོམ་བྱེད་པའི་སྐབས་སུ་དངོས་ཡོད་ཀྱི་འཚོ་བར་གཞིར་བཟུང་ཏེ་འཚོ་བ་དེ་མཚོན་པར་བྱེད་དགོས་པ་མ་ཟད། འཚོ་བའི་ཕྱི་ཚུལ་གྱི་རྣམ་པ་དེ་དངོས་ཡོད་ཡིན་དགོས་པ་ཕུད། ད་དུང་ཞིབ་ཕྲའི་རྒྱུད་རིམ་རྣམས་ཀྱང་དངོས་ཡོད་ཡིན་དགོས་པ་དང་། འཚོ་བའི་ཆོས་ཉིད་ལ་གཞིགས་ཏེ་འཚོ་བའི་ངོ་བོ་དེ་མཚོན་པར་བྱེད་ཀྱི་ཡོད་ལ། དེ་མིན་དངོས་ཡོད་རིང་ལུགས་ཀྱི་རྩོམ་ཐབས་དེས་རྩོམ་པ་པོ་རྣམས་ཀྱིས་འཚོ་བ་དངོས་རྣམས་གདམ་གསེས་དང་ཞུན་བཏར་བཅས་བྱས་ཏེ་སྒྱུ་རྩལ་གྱིས་གཅིག་སྡུད་བྱ་བ་དང་། དཔེ་མཚོན་ཅན་དུ་བསྒྱུར་བར་བྱས་ནས་དཔེ་མཚོན་ཁོར་ཡུག་ནང་གི་དཔེ་མཚོན་གྱི་མི་སྣའི་གཟུགས་བརྙན་གསར་བསྐྲུན་བྱེད་རྒྱུར་ནན་བཤད

བྱེད་ཀྱི་ཡོད་པ་རེད། དེས་ན་དཔེ་མཚོན་ཅན་དུ་བསྒྱུར་བར་བྱེད་པའི་བྱ་ཐབས་དེ་ནི་དངོས་ཡོད་རིང་ལུགས་ཀྱི་བླ་སྒྲོག་ལྟ་བུ་ཞིག་ཏུ་གྱུར་ཡོད་པ་རེད། རྩོམ་རིག་གི་མཚོན་པར་བྱས་པའི་འཚོ་བ་དེ་ནི་མེ་ལོང་ལ་གཟུགས་བརྙན་འཆར་བ་ལྟར་ཕྱི་རོལ་ཡུལ་གྱི་དངོས་པོ་འདྲ་བཤུས་བྱེད་རྒྱུ་ཞིག་མ་ཡིན་པར་རྩོམ་པ་པོའི་ཀླད་པའི་རྩོལ་བ་ལ་བརྟེན་ནས་ལས་སྒྲོན་བྱེད་དགོས་རྒྱུའི་ངོས་འཛིན་བྱེད་ཀྱི་ཡོད་པ་རེད། རང་བྱུང་རིང་ལུགས་ཀྱིས་རྩོམ་རིག་གསར་རྩོམ་བྱེད་པའི་ནང་དུ་རྩོམ་པ་པོས་འཚོ་བར་གདམ་གསེས་དང་སྒྱུ་རྩལ་གྱིས་གཅིག་སྡུད་བྱེད་རྒྱུར་ངོ་རྒོལ་བྱེད་ཀྱི་ཡོད། ཁོ་ཚོས་རྩོམ་པ་པོས་རྩོམ་རིག་གསར་རྩོམ་བྱེད་སྐབས་འཚོ་བ་དངོས་ལ་རབ་བཏགས་དང་ལས་སྒྲོན་མི་བྱེད་པར་ཇི་མ་ཇི་བཞིན་དུ་རྩོམ་འབྲི་བྱེད་དགོས་རྒྱུར་ནན་བཤད་བྱེད་ཀྱི་ཡོད། དེ་ལྟར་ཁོང་གིས་“རང་བྱུང་རིང་ལུགས་ནི་པར་ལེན་མཁན་གྱི་ལག་རྩལ་དེ་རང་ཡིན་”ཅེས་གསུངས། རང་བྱུང་རིང་ལུགས་ཀྱི་ཕྱི་ཚུལ་གྱི་རྣམ་པ་ཁོ་ན་གཙོར་བཟུང་བྱས་ཏེ་འཚོ་བའི་ནང་དུ་གནས་པའི་བྱ་དངོས་ཅག་ཅིག་རྣམས་རྩོམ་འབྲི་བྱེད་ཀྱི་ཡོད་པ་རེད།

དངོས་ཡོད་རིང་ལུགས་དང་རང་བྱུང་རིང་ལུགས་རྩོམ་ཐབས་དེ་གཉིས་ཀྱི་རྩ་བའི་ཁྱད་པར་ནི་གཅིག་གི་འཚོ་བའི་ངོ་བོའི་ཕྱོགས་རྣམས་རྩོམ་རིག་གི་ཐོག་ནས་ཚུར་སྣང་བྱེད་དགོས་རྒྱུའི་འདོད་ཚུལ་བཟུང་བ་དང་ཅིག་ཤོས་དེས་འཚོ་བའི་ཕྱི་ཚུལ་གྱི་རྣམ་པ་དེ་དངོས་ཡོད་ཀྱི་ཐོག་ནས་ཇི་བཞིན་དུ་མཚོན་པར་བྱ་རྒྱུའི་འདོད་ཚུལ་འཛིན་གྱི་ཡོད་པ་རེད།

བཞི་པ། འཆར་ཡན་རིང་ལུགས་ཀྱི་རྩོམ་ཐབས་སྐོར།

དང་པོ། འཆར་ཡན་རིང་ལུགས་ཀྱི་གོ་དོན།

འཆར་ཡན་རིང་ལུགས་ཞེས་པའི་ཐ་སྙད་དེ་ནི་ཆེས་རྙོག་འཛིང་ཆེ་བའི་གནད་དོན་ཞིག་ཡིན་ཞིང་། ལོ་རྒྱུས་ཀྱི་དུས་རབས་རིམ་བྱུང་དུ་དཔྱད་བརྗོད་

མཁས་ཅན་རྣམས་ཀྱིས་གཅིག་གྱུར་གྱི་ལྟ་ཚུལ་ཞིག་བྱུང་མེད་པ་མ་ཟད། འཆར་ཡན་རིང་ལུགས་ཀྱི་མཚན་ཉིད་ལ་ཡང་འགྲེལ་ཚུལ་མི་འདྲ་ལ། བཞེད་རྒྱུན་མང་པོ་ཞིག་གནས་ཡོད་རྐྱེན་དེ་ནི་ཆེས་རྙོག་འཛིང་ཆེ་བ་ཞིག་ཡིན། འཆར་ཡན་རིང་ལུགས་ཀྱི་རྩོམ་ཐབས་ཞེས་པའི་ཐ་སྙད་དེར་གོ་དོན་མང་པོ་ལྡན་ཡོད་པ་སྟེ། གཅིག་ནས་རྩོམ་པ་པོས་སྒྱུ་རྩལ་གྱི་ཐོག་ནས་སྤྱི་ཚོགས་ཀྱི་འཚོ་བར་ངོས་འཛིན་དང་མཚོན་པར་བྱེད་པའི་བྱེད་ཐབས་དམིགས་བསལ་ཅན་ཞིག་ཡིན་པར་བརྟེན། དེར་འཆར་ཡན་རིང་ལུགས་ཀྱི་རྩོམ་ཐབས་ཞེས་བརྗོད་པ་དང་། གཉིས་ནས་དུས་རབས་བཅོ་བརྒྱད་པའི་དུས་མཇུག་དང་དུས་རབས་བཅུ་དགུ་པའི་དུས་འགོར་ཡོ་རོབ་རྒྱལ་ཁབ་ཁག་ཏུ་དར་ཁྱབ་ཆེ་བའི་གྲུབ་མཐའ་དང་། རྩོམ་རིག་སྒྱུ་རྩལ་གྱི་བསམ་པའི་རླབས་རྒྱུན་དེར་བརྗོད་ལ། དེ་མིན་གསར་རྩོམ་གྱི་བྱེད་ཐབས་ཤིག་ཏུ་རྩིས་ནའང་འདྲ་ཡང་ན་སྒྱུ་རྩལ་གྱི་གྲུབ་མཐའ་དང་། རྩོམ་རིག་སྒྱུ་རྩལ་གྱི་བསམ་པའི་རླབས་རྒྱུན་ཞིག་ཏུ་རྩིས་ནའང་འདྲ་གང་ལྟར་གསར་རྩོམ་གྱི་བྱེད་ཐབས་དེས་དུས་རབས་མི་འདྲ་བའི་ནང་དང་། རྒྱལ་ཁབ་མི་འདྲ་བའི་ནང་། རྩོམ་པ་པོའི་བརྩམས་ཆོས་མི་འདྲ་བའི་ནང་བཅས་དེ་དག་ཚང་མར་ངོ་བོ་མི་འདྲ་བ་དང་། ཞིབ་ཕྲའི་ཁྱད་ཆོས་མི་འདྲ་བ། བསམ་བློའི་བརྗོད་དོན་དང་མཚོན་ཚུལ་མི་འདྲ་བ་མ་ཟད། སྤྱི་ཚོགས་ཀྱི་ནུས་པ་ཡང་མི་འདྲ་བ་རེ་ཐོན་ཡོད་པ་རེད། དེར་བརྟེན་འཆར་ཡན་རིང་ལུགས་ཞེས་པའི་ཐ་སྙད་དེར་མི་རྣམས་ཀྱི་ལྟ་ཚུལ་མི་འདྲ་བ་རེ་ཡོད་པ་རེད། དེ་ནི་ཨུ་རུ་སུའི་གྲགས་ཅན་རྩོམ་པ་པོ་ཀོར་ཀིས་"འཆར་ཡན་རིང་ལུགས་ལ་མཚན་ཉིད་མང་པོ་ཞིག་བཞག་ཡོད་པ་རེད། འོན་ཏེ་རྩོམ་རིག་སྒྱུ་རྩལ་གྱི་ལོ་རྒྱུས་མཁས་དབང་དག་གིས་མོས་མཐུན་བྱས་པའི་ཡང་དག་པ་དང་། ཆ་ཚང་བའི་མཚན་ཉིད་ཞིག་ནི་ད་ལམ་བྱུང་མེད་པ་མ་ཟད། མཚན་ཉིད་དེ་འདྲ་ཞིག་གཏན་འབེབས་ཡང་བྱེད་མ་ཐུབ་པ་རེད།"ཅེས་གསུངས་པ་ལྟར་རེད། (《རྩོམ་རིག་སྐོར་གླེང་བ་》ཤོག་གྲངས་162) མ་གཞི་གནད་དོན་དེ་འདྲ་ཞིག་ཡིན་རུང་། སྒྱུ་རྩལ་གྱི་མཁས་

དབང་མང་པོ་ཞིག་གིས་ཕྱོགས་མི་འདྲ་བ་དང་། གཞི་འཛིན་ས་མི་འདྲ་བའི་སྒོ་ནས་འཆར་ཡན་རིང་ལུགས་ལ་ཞིབ་འཇུག་དང་། རྣམ་བཤད་གང་མང་ཞིག་བྱས་ཡོད་པར་བརྟེན། དེ་དག་ནི་ང་ཚོས་ཆེས་རྙོག་འཛིང་ལྡན་པའི་གསར་རྩོམ་བྱེད་ཐབས་འདིའི་ངོ་བོ་དང་རྩ་བའི་ཁྱད་ཆོས་ལ་གོ་ལེན་དང་། ཉེས་རྟོགས་བྱེད་རྒྱུར་གལ་ཆེའི་དཔྱད་གཞི་ཞིག་ཡིན། འཛར་མན་གྱི་ཞི་ལོ་ནི་ཡོ་རོབ་ཁུལ་དུ་འཆར་ཡན་རིང་ལུགས་དང་དངོས་ཡོད་རིང་ལུགས་ཀྱི་གསར་རྩོམ་བྱེད་ཐབས་ལ་གོ་རིམ་ཡོད་པའི་སྒོ་ནས་ཞིབ་འཇུག་དང་ཚད་བསྡུར་བྱེད་མཁན་སྔ་ཤོས་དེ་ཡིན་པ་མ་ཟད། གསར་རྩོམ་བྱེད་ཐབས་དེ་གཉིས་ཀྱི་མ་ལག་གི་སྐོར་ལ་རྣམ་བཤད་བྱེད་མཁན་གྱི་མཛེས་རིག་པ་མཁས་ཅན་ཞིག་ཀྱང་རེད། ཁོང་གིས་འཆར་ཡན་རིང་ལུགས་ཀྱི་སྙན་ངག་མཁན་ཚོས་གསར་རྩོམ་བྱེད་པའི་སྐབས་སུ“དངོས་ཡོད་ཀྱི་གནས་ཚུལ་དེ་ཕྱུགས་བསམ་ཅན་དུ་ཡར་རྒྱས་བཏང་བ་ཞིག་རེད་”ཅེས་གསུངས་ཡོད་པ་དང་། འཆར་ཡན་རིང་ལུགས་ཀྱི་སློབ་དཔོན་ཆེན་པོ་ཡུས་གོ་ཡིས“མདོར་བསྡུས་ཏེ་བཤད་ན་འཆར་ཡན་རིང་ལུགས་ཀྱི་མཚན་ཉིད་དངོས་གནས་དེ་ནི་རྩོམ་རིག་སྒྱུ་རྩལ་ཐོག་གི་རང་མོས་རིང་ལུགས་དེ་རང་ཡིན་”ཞེས་གསུངས་(གནའ་རབས་ཀྱི་རྩོམ་རིག་གི་རིག་པའི་གཞུང་ལུགས་ཀྱི་བསྒྱུར་ཡིག་དེབ་གཉིས་པའི་ཤོག་གྲངས121)དེ་ནི་གནའ་རབས་རིང་ལུགས་ཀྱི་སྡོམ་ཁྲིམས་ལ་དམིགས་ཏེ་གསུངས་པ་ཞིག་ཡིན་རུང་། དོན་དངོས་ཐོག་རྩོམ་པ་པོས་གསར་རྩོམ་བྱེད་སྐབས་སུ་བཀག་རྒྱ་མེད་པར་རང་མོས་ཀྱིས་བསམ་བློའི་བརྩེ་གདུང་འདོན་སྤེལ་བྱེད་པའི་དོན་སྙིང་ལ་གསུངས་པ་ཞིག་ཡིན། པེ་ལིན་སི་ཅིས་ཡིས་ངོས་འཛིན་ལྟར་ན“འཆར་ཡན་རིང་ལུགས་ནི་ས་སྟེང་གི་བྱ་དངོས་རྣམས་སྒྱུ་རྩལ་གྱིས་ནམ་མཁའི་དབྱིངས་སུ་ཕྱོ་བསྐྱོད་བྱེད་རྒྱུ་དེ་ཡིན་ལ། དེའི་ཁ་ཕྱོགས་ས་ནི་གང་ལྟར་དངོས་ཡོད་དང་འཚོ་བའི་ཕ་རོལ་དུ་བརྩོན་ལེན་བྱེད་རྒྱུ་དེ་ཡིན་”(《པེ་ལིན་སི་ཅི་ཡི་གསུངས་རྩོམ་གཅེས་བསྡུས་》དེབ་དང་པོའི་ཤོག་གྲངས32ལ་གསལ་)ཞེས་གསུངས་ཡོད་པ་རེད། གོང་དུ་རྩོམ་རིག་གི་གཞུང་

ལུགས་ལ་མངའ་རྟེན་པའི་མཁས་པ་དག་གི་གཏམ་དང་། རྩོམ་པ་པོའི་ཉམས་མྱོང་ལ་གཞིར་བཟུང་ན། འཆར་ཡན་རིང་ལུགས་ཀྱི་སྤྱིའི་ཁྱད་ཆོས་ནི་དངོས་ཡོད་དེ་ཕུགས་བསམ་ཅན་དུ་མཐོར་འདེགས་བྱེད་རྒྱུ་དང་། སོ་སོའི་བསམ་བློའི་འཆར་སྣ་དང་རྟོག་པ་འོག་འགྱུ་ལ་བརྟེན་ནས་གཟུགས་བརྙན་གསར་བསྐྲུན་དང་། རྩོམ་པ་པོའི་ཕུགས་བསམ་གྱི་འཛིག་རྟེན་དང་། རང་ངོས་ཀྱི་བསམ་བློའི་བརྩེ་དུང་འདོན་སྤེལ་བྱེད་རྒྱུ་ཡིན་པ་དེ་གསལ་པོར་མཐོང་ཐུབ་པ་ཞིག་ཡིན། དེར་བརྟེན་འཆར་ཡན་རིང་ལུགས་ནི་རྩོམ་པ་པོའི་འཛིག་རྟེན་ལྟ་རྩལ་ངེས་ཅན་ཞིག་གི་ཁྲིད་སྟོན་འོག་ཏུ། གང་ཐུབ་ཅི་ཐུབ་ཀྱིས་སོ་སོའི་རེ་འདོད་དང་ཕུགས་བསམ་ལ་གཞིགས་ཏེ་སྒྱུ་རྩལ་གྱི་གཟུགས་བརྙན་རྟོག་བཟོ་བྱེད་པ་དང་། སྤྱི་ཚོགས་ཀྱི་འཚོ་བ་གསར་དུ་བསྐྲུར་བསྐྲུན་བྱེད་པའི་གསར་རྩོམ་གྱི་བྱེད་ཐབས་ཤིག་ཡིན་ཞེས་བརྗོད་ཆོག

འཆར་ཡན་རིང་ལུགས་ཀྱི་རྩོམ་པ་པོས་སྤྲོ་སྣང་ཆེན་པོས་ཕུགས་བསམ་གྱི་འཛིག་རྟེན་ལ་བརྩོན་ལེན་དང་དེ་གཙོ་གནད་དུ་བཞག་ཏེ་རྩོམ་འབྲི་བྱེད་ཀྱི་ཡོད་པ་རེད། འོན་ཏེ་ཕུགས་བསམ་ཁོ་ནར་ཡང་མི་འདྲ་བའི་ངོ་བོ་དང་ནུས་པ་ལྡན་པ་ཞིག་ཡིན། ཕུགས་བསམ་འགའ་རེ་ནི་སྔོན་ཐོན་གྱི་བསམ་བློའི་མ་ལག་དང་འབྲེལ་ཡོད་ཚེ་དེས་དངོས་ཡོད་འཕེལ་རྒྱས་འགྲོ་བའི་དགོས་མཁོ་དང་། མི་དམངས་མང་ཚོགས་ཀྱི་ཁེ་ཕན་དང་མཚམས་ཐུབ་པ་ཞིག་ཡིན་རྐྱེན། དགེ་མཚན་ལྡན་པའི་ཕན་ནུས་ཞིག་ཐོན་ཐུབ་པ་དང་། ཡང་ཕུགས་བསམ་དེ་རྙེས་ལུས་དང་ཡང་མི་དག་པའི་བསམ་བློའི་མ་ལག་དང་འབྲེལ་ཡོད་ཡོད་ཚེ། དེས་བྱ་དངོས་འཕེལ་རྒྱས་ཀྱི་ཆོས་ཉིད་དང་མི་དམངས་མང་ཚོགས་ཀྱི་ཁེ་ཕན་དང་རྒྱབ་འགལ་བྱེད་ཀྱི་ཡོད་པ་མ་ཟད། དགེ་མཚན་མེད་པའི་ལྡོག་ཕྱོགས་ཀྱི་ནུས་པ་ཞིག་ཐོན་གྱི་ཡོད་པ་རེད། དེར་བརྟེན། འཆར་ཡན་རིང་ལུགས་ལ་ཡང་ངོ་བོ་གཏན་ནས་མི་འདྲ་བའི་ཕྱོགས་ལྷུང་གཉིས་ཡོད་པ་སྟེ། གཅིག་ནི་དགེ་མཚན་ལྡན་པའི་འཆར་ཡན་རིང་ལུགས་དང་། ཅིག་ཤོས་ནི་དགེ་མཚན་མེད་པའི་

འཆར་ཡན་རིང་ལུགས་དེ་ཡིན།

འཆར་ཡན་རིང་ལུགས་ཀྱི་ངོ་བོའི་ཐོག་ནས་བལྟས་ན་ཕྱུགས་བསམ་རིང་ལུགས་ཀྱི་ཁྱད་ཆོས་མངོན་པར་ལྡན་ཡོད་པ་ཞིག་ཡིན་ལ། མི་སྣའི་གཟུགས་བརྙན་བསྐྲུན་སྐབས་ཡང་བློ་ཕོག་ཆེན་པོས་རྩོམ་པ་པོའི་བསམ་བློའི་བརྩེ་དུང་དང་འཆར་སྣང་ལ་གཞིགས་ཏེ་རབ་བརྟགས་དང་རྟོག་བཟོ་བྱེད་རྒྱུ་དེ་ཡིན། འཆར་ཡན་རིང་ལུགས་ཀྱི་བསམ་པའི་རླབས་རྒྱུན་ནི་དུས་རབས་བཅོ་བརྒྱད་པའི་དུས་མཇུག་ཏུ་རིམ་བཞིན་འཕེལ་ཞིང་། དེ་ནི་ཀླུག་ཀླུག་ཐོན་པའི་ཡིད་ཀྱི་རྣམ་འགྱུར་དང་། ལྷག་བསམ་འཕེལ་བའི་བརྩེ་དུང་གི་ནུས་ཤུགས། རང་སྣང་ཆེ་བའི་འཆར་སྣང་སྣ་ཚོགས། ཁྱད་དུ་མཚར་བའི་སྒྱུ་རྩལ་གྱི་ཁྱད་ཆོས་ལ་བརྟེན་ནས་ཕྱུགས་འདུན་མངོན་པར་བྱེད་པ་ཞིག་ཡིན་ཞེས་པའི་མཚན་ཉིད་ཅིག་བཞག་ན་མི་ཆོག་པ་མི་འདུག་གོ

གཉིས་པ། འཆར་ཡན་རིང་ལུགས་རྩོམ་ཐབས་ཀྱི་ཁྱད་ཆོས་སྐོར།

རྩོམ་རིག་འཕེལ་རྒྱས་ཀྱི་ལོ་རྒྱུས་ནང་དུ་འཆར་ཡན་རིང་ལུགས་ཀྱི་རྩོམ་ཐབས་དེར་མ་གཞི་འཕོ་འགྱུར་མང་པོ་ཕྱིན་ཡོད་རུང་ང་ཚོས་དཔལ་མཚོན་ཚུལ་ཐུན་མོང་བ་འགའ་ཞིག་ཡང་ཕྱོགས་བསྡོམས་བྱས་ཆོག་པ་ཞིག་ཡིན།

1. འཆར་ཡན་རིང་ལུགས་ཀྱི་ངོ་བོའི་ཐོག་ནས་བཤད་ན། དེ་ནི་ཕྱུགས་བསམ་རིང་ལུགས་ཀྱི་གསར་རྩོམ་བྱེད་ཐབས་ཤིག་ཡིན་པ་དང་། དེའི་རྩ་བའི་རེ་བ་ནི་རྩོམ་པ་པོ་ཡི་ཕྱུགས་བསམ་དང་ཕྱུགས་རེའི་ཡུལ་ཁམས་ཀྱི་འཚོ་བ་མངོན་པར་བྱེད་རྒྱུར་ནན་བཤད་བྱེད་ཀྱི་ཡོད་པ་མ་ཟད། འཚོ་བ་དེ་ཕལ་ཆེར་འདི་འདྲ་ཞིག་ཡིན་དགོས་ལ། དེ་ལྟར་ཞིག་དགོས་ངེས་ཡིན་སྙམ་པའི་དགོས་དབང་ལ་བསྟུན་ནས་འཚོ་བ་དེ་ཚུར་སྣང་བྱེད་ཀྱི་ཡོད་པ་རེད། དེར་བརྟེན་འཆར་ཡན་རིང་ལུགས་ཀྱི་བརྩམས་ཆོས་ནང་དུ་རྩོམ་འབྲིའི་གཙོ་གནད་དེ་སྤྲོ་སྣང་ཆེན་པོས་ཕྱུགས་བསམ་གྱི་འཚོ་བར་བརྩོན་ལེན་བྱས་ཏེ། རྩོམ་པ་པོའི་བསམ་བློའི་བརྩེ་དུང་དེ་ཤུགས་ཆེར་མངོན་པར་བྱེད་ཀྱི་ཡོད་པ་རེད།

2. འཆར་ཡན་རིང་ལུགས་ཀྱི་མི་སྣའི་གཟུགས་བརྙན་བསྐྲུན་རྒྱུའི་ཐད། དེས་ཕྱུགས་བསམ་འཛིག་རྟེན་ནང་གི་ཕྱུགས་བསམ་གྱི་མི་སྣ་བསྐྲུན་རྒྱུར་ནན་བཤད་བྱེད་ཀྱི་ཡོད་པ་རེད། ལོ་རྒྱུས་ཀྱི་མི་སྣ་དང་། ཆོས་ལུགས་ཀྱི་བརྗོད་དོན། ལྷ་སྲུང་གི་རྣམ་པའི་ཐོག་དངོས་སྣང་གི་འཚོ་བ་ལས་བརྒལ་ཏེ་མི་སྣའི་གཟུགས་བརྙན་བསྐྲུན་གྱི་ཡོད་པ་རེད་ལ། རྩོམ་འབྲི་བྱེད་པའི་མི་སྣ་དེ་ཕྱུགས་བསམ་ཅན་ལ་འགྱུར་བར་བྱེད་ཀྱི་ཡོད་པ་སྟེ། དཔེར་ན《གླིང་གེ་སར་རྒྱལ་པོའི་སྒྲུང་》ནང་གླིང་གེ་སར་རྒྱལ་པོ་ལྷའི་གཟུགས་སུ་བཀོད་པ་དང་དུས་དེར་འཛིག་རྟེན་མི་ཡུལ་དུ་བདུད་མ་རུང་པས་གནོད་ཚེ་ཅི་གར་བྱེད་ཅིང་གནས་པས་མི་རྣམས་སྡུག་བསྔལ་ལས་སྐྱོབ་ཕྱིར་སྟེང་ཕྱོགས་ལྷ་ཡིས་གེ་སར་རྒྱལ་པོ་འཛིག་རྟེན་མགོ་ནག་མི་ཡི་སྤྱི་དཔོན་དུ་མངགས་པ་དང་། གླིང་གེ་སར་རྒྱལ་པོའི་གཟུགས་བརྙན་དེ་དམག་འཁྲུག་གི་ཁྲོད་དུ་ཞིབ་འབྲི་བྱས་ཤིང་ངོ་མཚར་བློ་ལས་འདས་པའི་རྫུ་འཕྲུལ་དང་། དམག་འཐབ་ལ་མཁས་པའི་ཡོན་ཏན། དགྲ་སྡེ་ཟིལ་གྱིས་གནོན་པའི་དཔལ་རྩལ་སོགས་དང་། ཐ་ན་ངལ་རྩོལ་པ་རྣམས་དམྱལ་བར་ལྷུང་བའི་དབང་དུ་བཏང་ན་ཡང་རྒྱལ་པོ་གེ་སར་ལྷ་བུས་སྐྱབས་ཐུབ་པར་མངོན་སུམ་དུ་བརྗོད་ཅིང་། སྒྲུང་དེབ་ནང་དུ་གེ་སར་རྒྱལ་པོ་དངོས་སུ་གཤིན་རྗེའི་དྲུང་དུ་ཕྱིན་ཏེ་དམྱལ་བར་ལྷུང་བའི་བཙུན་མོ་ཨ་སྟག་ལྷ་མོས་གཙོ་བྱས་པའི་ཤི་པོ་དུང་ཕྱུར་བཅོ་བརྒྱད་ཀྱི་རྣམ་ཤེས་མཐོ་རིས་སུ་དྲངས་པའི་གནས་ཚུལ་སླས་པ་ན། གེ་སར་རྒྱལ་པོ་ནི་འཛིག་རྟེན་གྱི་ཁམས་འདི་ཡི་མཆོག་གྱུར་གྱི་རྒྱལ་པོ་ཞིག་དང་། དམྱལ་ཁམས་བཅོ་བརྒྱད་ལས་སྡུག་བསྔལ་གྱི་རྣམ་ཤེས་མངོན་པར་སྒྲོལ་ཐུབ་པའི་དཔའ་བོ་ཞིག་ཏུ་བཀོད་ཡོད་པ་རེད། འཆར་ཡན་རིང་ལུགས་ཀྱི་གྲགས་ཅན་རྩོམ་པ་པོ་ཡུས་གོ་ཡིས"རྩོམ་རིག་ཉིད་སྤྱིར་བཏང་བའི་མེ་ལོང་ངོས་མཉམ་པ་ཞིག་ཡིན་ན། དེ་ངོས་གཅིག་གམ་དྲང་པོའི་ཕྱོགས་ཀྱི་བྱ་དངོས་མ་གཏོགས་འཆར་མི་ཐུབ་པས་དེ་ནི་རྣམ་པར་བཀྲ་བའི་གཟུགས་བརྙན་ཞིག་མ་ཡིན། རྩོམ་རིག་ནི་སྤུད་ཆེ་བའི་མེ་ལོང་ཞིག་སྟེ། ཁོས་སྤར་གྱི་གཟུགས་བརྙན་དང་མཚོན་

མདངས་རྣམས་ཉམས་པ་མེད་པར་འཆར་བ་མ་ཟད། དེ་རྣམས་ཕྱོགས་གཅིག་ཏུ་བསྡུས་ནས་འོད་ཆུང་ངུ་རྣམས་ཆེན་པོ་དང་འོད་སྣང་དེ་མེ་འོད་དུ་བསྒྱུར་ངེས་སོ།” ཞེས་གསུངས་ཡོད་པ་ལྟར་རྩོམ་པ་པོས་མི་སྣ་དང་ཁོར་ཡུག་སོགས་དངོས་སྣང་ལས་བརྒལ་ཏེ་སྒྱུ་རྩལ་གྱི་འཇིག་རྟེན་མཚར་ཆེ་བ་ཞིག་བསྐྲུན་གྱི་ཡོད་པ་རེད། དེ་ལྟར་འཆར་ཡན་རིང་ལུགས་ཀྱི་རྩོམ་ཐབས་ལ་བརྟེན་ནས་གསར་བསྐྲུན་བྱས་པའི་དཔེ་མཚོན་གྱི་མི་སྣ་དེ་དག་ལ་དངོས་ཡོད་འཚོ་བའི་ཞིབ་ཕྲའི་བྱ་དངོས་རྩོམ་འབྲི་བྱས་ཏེ་འཚོ་བའི་ངོ་བོའི་ཕྱོགས་དེ་སྐྱར་དུ་ཐོན་པར་བྱེད་རྒྱུ་མ་ཡིན་པར་དེ་ནི་ཕུགས་བསམ་གྱི་དངོས་ཡོད་རང་བཞིན་ལ་གཞིགས་ཏེ། བརྒྱུད་ཤུགས་དང་ཀུག་ཀྱོག་སྒྱུ་རྩལ་གསུམ་གྱི་ཐོག་ནས་སྤྱི་ཚོགས་འཚོ་བའི་ཆོས་ཉིད་ཀྱི་རང་བཞིན། ཕྱོག་མེད་ཀྱི་རང་བཞིན་མཚོན་པར་བྱེད་རྒྱུ་དེ་རེད། གླིང་གེ་སར་རྒྱལ་པོ་ལྷ་བུའི་དཔེ་མཚོན་གྱི་མི་སྣ་དེ་དག་གིས་མི་རྣམས་ཀྱི་གདུག་རྩུབ་ཀྱི་རང་བཞིན་ལ་འགོག་རྒོལ་བྱེད་པའི་སྙིང་སྟོབས་འཕེལ་ཐུབ་པ་དང་། འཐབ་རྩོད་ཀྱི་བསམ་བློར་སྐུལ་སློང་བྱེད་ཐུབ་པ་ཡོང་གི་ཡོད་རྐྱེན། དེར་སྒྱུ་རྩལ་གྱི་སྟོབས་ཤུགས་ཆེན་པོ་ཡོད།

3. སྒྱུ་རྩལ་གྱི་མཚོན་ཚུལ་ཐད། འཆར་ཡན་རིང་ལུགས་ཀྱིས་རྟག་པར་འཆར་སྣང་ཡངས་པོའི་རྣམ་པ་དེ་ལག་ལེན་བྱེད་ཀྱི་ཡོད་ལ་ངོ་མཚར་ལྡན་པའི་ཡ་མཚན་གྱི་བརྗོད་བྱ་དེར་བློ་ཁོག་ཆེན་པོས་རབ་བཏགས་དང་རྟོག་བཟོ་ཕུན་སུམ་ཚོགས་པོ་བྱས་ཏེ། ལྷ་སྒྲུང་ལྷ་བུར་བསྒྱུར་གྱི་ཡོད་པ་རེད། དཔེར་ན《གླིང་གེ་སར་རྒྱལ་པོའི་སྒྲུང་》ནང་དུ་ཕྱོགས་གཅིག་ནས་མི་སྣ་དང་ཁོར་ཡུག་སོགས་ཏ་ལས་དགོས་པའི་དོན་རྐྱེན་དང་མཛེས་རིས་ཕུན་སུམ་ཚོགས་པོ་ཞིག་རྩོམ་འབྲི་བྱས་ཡོད་པ་དང་། ཕྱོགས་གཞན་ཞིག་ནས་སྒྲུང་དེབ་ནང་དངོས་ཡོད་རིང་ལུགས་དང་འཆར་ཡན་རིང་ལུགས་ཟུང་འབྲེལ་ཡང་བྱས་ཡོད་པ་རེད། སྐབས་དེའི་བོད་ཀྱི་སྤྱི་ཚོགས་དེ་ནི་ས་ཁུལ་དུམ་བུར་བགོས་ནས་དབང་བསྒྱུར་བྱས་ཤིང་ཚན་པ་ཁག་བར་གཅིག་འོག་གཅིག་ལ་མི་འདུས་པར་དམག་འཁྲུག་

ཡུན་རིང་བྱས་པ་དེས་བོད་ས་གནས་ཀྱི་ཞིང་འབྲོག་ཐོན་སྐྱེད་ལ་ལོ་མང་པོའི་རིང་གནོད་འཚེ་ཚབས་ཆེན་ཕོག་པ་དང་ཆབས་ཅིག་རང་བྱུང་གི་གནོད་འཚེ་དང་། སྤུ་གུ་གཅིག་མཇུག་གཉིས་མཐུད་ཀྱིས་བྱུང་རྐྱེན། རྒྱ་ཆེའི་མི་དམངས་རྣམས་དམག་འཁྲུག་དང་། སྤུ་གུའི་སྡུག་བསྔལ་རྒྱུན་མི་ཆད་པར་མྱོང་དགོས་བྱུང་བ་དང་། དེ་རྗེས་བཀའ་གདམས་པ་དང་། བཀའ་རྒྱུད་པ། ས་སྐྱ་བའི་གྲུབ་མཐའ་དུ་མ་བྱུང་། གྲུབ་མཐའ་ཐ་དད་ཀྱི་རྒྱུ་མཚན་གྱིས་སམ་ཁེ་དབང་འཕྲོག་རེས་བྱེད་པའི་རྒྱུ་མཚན་གྱིས་ཕན་ཚུན་དམག་འཁྲུག་མང་པོ་བྱུང་རྐྱེན། ངལ་རྩོལ་པ་རྣམས་ལྷག་པར་སྡུག་བསྔལ་ལམ་དུ་སྐྱེལ་བ་དང་། ཁོ་ཚོ་ས་གནས་བཅད་བཟུང་གི་སྣང་ཚུལ་ལ་ཞེན་པ་ལོག་ཅིང་། གཅིག་གྱུར་གྱི་རྣམ་པ་གསར་པ་ཞིག་ཡོང་བར་མཐའ་གཅིག་ཏུ་རེ་མོས་བྱེད་པ་སོགས་རྩོད་འཐབ་ཀྱིས་འཁྲུག་ཏེ་ཟང་ཟིང་དུ་གྱུར་བའི་སྤྱི་ཚོགས་ཀྱི་འགལ་ཟླ་དང་། ངལ་རྩོལ་པ་རྣམས་རྒྱལ་ཁབ་གཅིག་གྱུར་མངོན་དུ་བྱུང་བར་རེ་འདོད་བྱེད་པའི་བསམ་པའི་བརྗེ་དུང་དེ་གང་ལེགས་མཚོན་པར་བྱས་ཡོད་ལ། སྒྲུང་དེབ་ནང་ཐོག་མཐའ་བར་གསུམ་དུ་དངོས་ཡོད་རིང་ལུགས་དང་འཆར་ཡན་རིང་ལུགས་ཟུང་འབྲེལ་ཡང་བྱས་ཡོད་པ་རེད། གནའ་རབས་བོད་ཀྱི་སྤྱི་ཚོགས་ཀྱི་ངོ་བོའི་ཕྱོགས་ནས་སྐབས་དེའི་ཟང་ཟིང་དུ་གྱུར་པའི་སྤྱི་ཚོགས་ཀྱི་རྣམ་པ་དང་། གདུག་རྩུབ་ཀྱི་དབང་ཤུགས་ཅན་པ། མང་ཚོགས་ཀྱི་འཚོ་བ་དེ་དཀའ་སྡུག་དང་ཉམ་ཐག་གི་གནས་སུ་ལྷུང་བ་སོགས་ཀྱི་བརྗོད་དོན་བཀོད་ཡོད་པ་དེ་རྣམས་ནི་དངོས་ཡོད་རིང་ལུགས་ཀྱི་ཁྱད་ཆོས་ལྷག་པར་ལྡན་པར་བྱས་པ་ཞིག་རེད་ལ། ཡང་མི་རྣམས་ཀྱི་བློ་བདེ་བག་ཕེབས་དང་ཞི་བདེའི་ངང་ནས་འཚོ་བ་སྐྱེལ་བ་དང་ཉམ་ཆུང་རྣམས་བྱམས་ཀྱིས་སྐྱོང་བ་དང་། བཙན་པོ་གཉའ་ནས་གནོན་པ་མ་ཟད། རྒྱལ་ཁབ་ལ་སྲུང་སྐྱོབ་དང་། མི་དམངས་ལ་དགའ་ཞེན་བཅས་བྱེད་ཐུབ་པའི་མཆོག་གྱུར་གྱི་དཔའ་བོ་ཞིག་འབྱུང་བར་རེ་འདོད་བྱེད་པ་སོགས་ནི་འཆར་ཡན་རིང་ལུགས་ཀྱི་ངོ་བོ་ལྡན་པ་ཞིག་རེད། ཧོར་གྱིས་གླིང་ལ་བཙན་འཛུལ་བྱས་རྗེས་གླིང་གི་ས་ཆ་བཙན་

བཟུང་དང་མི་དམངས་ལ་གནའ་གཏོན་དང་། འབྲུག་མོ་དང་གླིང་གི་རྟེན་གསུམ་དངོས་རྫས་ཀུན་འཕྲོག་བཅོམ་བྱས་པ་སོགས་ནི་སྐབས་དེའི་རྩོད་འཐབ་ཀྱིས་འཁྲུག་ཏེ་ཟང་ཟིང་དུ་གྱུར་པའི་སྤྱི་ཚོགས་ཀྱི་རྣམ་པ་དངོས་བསྟན་པ་དང་། ཁྲི་ཐུང་གིས་རྒྱལ་སྲིད་གཡོ་འཕྲོག་དང་རྒྱལ་ནང་དུ་དམྱལ་ཁྲལ་གྱི་ཁུར་པོ་ཞི་རུ་གཏོང་བ་སོགས་ནི་སྐབས་དེའི་དཔོན་ངན་གྱི་གདུག་རྩུབ་རང་བཞིན་དེ་གསལ་བར་བཀོད་པ་ཞིག་རེད། ལོ་རྒྱུས་ཀྱི་གནས་ཚུལ་དངོས་དེ་དག་གི་མདུན་དུ་མི་རྣམས་ཀྱིས་རང་ཉིད་གདུག་རྩུབ་འདི་དག་ལས་ཐར་ཆེད་ལྷའི་གཟུགས་བརྙན་མང་པོ་བཀོད་ཡོད་པ་དེ་དག་གིས་སྐབས་དེའི་སྤྱི་ཚོགས་ཀྱི་ནང་དུ་མི་རྣམས་ཀྱི་སྙིང་སྟོབས་འཕེལ་རྒྱུར་ནུས་པ་ཆེན་པོ་ཐོན་ཡོད།

འཆར་ཡན་རིང་ལུགས་ཀྱི་རྩོམ་ཐབས་ཡང་ཐོག་མར་འཚོ་བ་དངོས་ཀྱི་དོན་དངོས་རེ་གཉིས་གཞི་བྱས་ཏེ་རྩོམ་པ་པོས་རང་གི་འཆར་སྣང་དང་བློ་གྲོས་ལས་གསར་རྩོམ་བྱེད་པ་དེ་ཡིན་པ་ལས། རང་སྣང་གང་དྲན་དུ་བྲིས་པ་ཞིག་ལ་གོ་ལེན་བྱས་ན་མི་འགྲིག། དཔེར་ན། རི་མོ་མཁན་ཞིག་ལ་མཚོན་ན་རི་མོའི་ནང་འབྲི་ཁག་ཤོས་ནི་མི་ཡིན་པ་དང་འབྲི་བདེ་ཤོས་ནི་གདོན་འདྲེ་རེད། གང་ཡིན་ཞེ་ན་མིའི་གཟུགས་དབྱིབས་རྒྱུན་དུ་ཕན་ཚུན་མཐོང་ཐུབ་པ་ཞིག་ཡིན་པས་མིའི་ཆོས་ཉིད་ཕྲན་བུ་ཚང་མེད་ཙང་མི་ཚོས་ཤེས་ཐུབ་པ་དང་། གདོན་འདྲེ་ནི་མི་ཚོས་མཐོང་མེད་རྐྱེན་སོ་སོས་གང་བྲིས་ཡིན་པའི་རྐྱེན་གྱིས་རེད། དེའི་ཐོག་ནས་བརྩམས་ཆོས་གསར་རྩོམ་བྱེད་སྐབས་ཡང་ང་ཚོར་བློ་སྒོ་དེ་ལྟར་ཞིག་ཕྱེ་ཐུབ་ཀྱི་རེད། ལྷ་སྲུང་ལྟར་གྱི་བརྩམས་སྲུང་དེ་དག་འཚོ་བ་དངོས་ཀྱི་ནང་དུ་མེད་པ་ཞིག་ཡིན་ཙང་། དེ་ནི་མི་རྣམས་ཀྱི་བསམ་བློའི་ནང་དེ་འདྲ་ཞིག་བསམ་གྱི་ཡོད་པ་ལས་ལྷ་སྲུང་ལྷ་བུའི་བརྩམས་སྲུང་དེ་དག་བྱུང་བ་རེད། གལ་ཏེ་མི་རྣམས་ཀྱི་བསམ་བློའི་ནང་དུ་ཡང་དེ་ལྟར་ཞིག་མེད་ཚེ། ལྷ་སྲུང་ཟེར་བ་ཡང་ཡོང་ཐབས་བྲལ་བ་རེད།

རང་རེའི་བོད་རིགས་ཀྱི་འཆར་ཡན་རིང་ལུགས་ཀྱི་རྩོམ་པ་པོ་རྣམས་ཀྱིས

འཆར་ཡན་རིང་ལུགས་ཀྱི་རྩོམ་ཉམས་ཀྱི་ཐོག་ནས་བརྩམས་ཆོས་ཇེ་སྙེད་ཅིག་གསར་བསྐྲུན་བྱས་ཡོད་པ་མ་ཟད། རྩོམ་རིག་གི་བསམ་བློ་དང་སྒྱུ་རྩལ་གྱི་ཉམས་འགྱུར་ཐད་ལ་མི་རིགས་རང་ཉིད་ཀྱི་ཁྱད་ཆོས་མངོན་གསལ་དོད་པོ་ཞིག་ཡོད་ལ། ནུབ་ཕྱོགས་ཀྱི་རྒྱལ་ཁབ་དང་། མི་རིགས་གཞན་དང་མི་འདྲ་བར་དགེ་མཚན་ལྡན་པའི་འཆར་ཡན་རིང་ལུགས་དང་ཡང་ན་དགེ་མཚན་མེད་པའི་འཆར་ཡན་རིང་ལུགས་གང་ཅིར་ཐུན་མོང་མ་ཡིན་པའི་ཁྱད་ཆོས་ཡོད་པ་ཞིག་ཡིན་པས། ནུབ་ཕྱོགས་ཁུལ་དུ་དར་བའི་འཆར་ཡན་རིང་ལུགས་ཀྱི་རྩོམ་ཐབས་དང་མཚུངས་རྟགས་རྒྱག་མི་རུང་ངོ་།

ལྔ་པ། དངོས་ཡོད་རིང་ལུགས་དང་འཆར་ཡན་རིང་ལུགས་ཀྱི་འབྲེལ་བའི་སྐོར།

འཆར་ཡན་རིང་ལུགས་དང་དངོས་ཡོད་རིང་ལུགས་གཉིས་ནི་རྣམ་པ་མི་འདྲ་བའི་རྩོམ་རིག་གསར་རྩོམ་གྱི་བྱེད་ཐབས་མི་འདྲ་བ་གཉིས་ཡིན། འོན་ཏེ། དེ་གཉིས་ཀྱི་ཁྱད་པར་ནི་ཕན་ཚུན་ལྟོས་པ་ཞིག་ཡིན་པ་ལས་ལྟོས་མེད་ཞིག་མ་ཡིན་པ་མ་ཟད། དེ་གཉིས་ཕན་ཚུན་བཀལ་མི་ཆོག་པའི་བར་མཚམས་ཤིག་ནི་མ་ཡིན། དོན་དངོས་ཐོག་འཆར་ཡན་རིང་ལུགས་དང་དངོས་ཡོད་རིང་ལུགས་གཉིས་རྟག་པར་ཚད་གཞི་མི་འདྲ་བའི་སྒོ་ནས་ཟུང་དུ་འབྲེལ་ཡོད་པ་ཞིག་ཡིན།

དངོས་ཡོད་རིང་ལུགས་དང་འཆར་ཡན་རིང་ལུགས་ཀྱི་འབྲེལ་བའི་སྐོར་ལ། ཕྱི་གླིང་པའི་མཁས་པ་དང་རྒྱལ་ནང་གི་མཁས་པ་ཚོས་ལྷ་ཞིབ་མཛད་པའི་གསུང་གཏམ་ཇེ་སྙེད་ཅིག་མཆིས་ཡོད་ལ། བོད་རིགས་ཀྱི་རྩོམ་རིག་ལོ་རྒྱུས་ཐོག་ཏུ་ཡང་དངོས་ཡོད་རིང་ལུགས་དང་འཆར་ཡན་རིང་ལུགས་ཟུང་འབྲེལ་བྱས་ཏེ་བརྩམས་པའི་བརྩམས་ཆོས་ཡང་ཆེས་ཕུན་སུམ་ཚོགས་པོ་ཡོད། དཔེར་ན་

《གླིང་གེ་སར་རྒྱལ་པོའི་སྒྲུང་》《མི་ལ་རས་པའི་རྣམ་ཐར་》《བྱ་སྤྲེལ་གཏམ་རྒྱུད་》《གཞོན་ནུ་ཟླ་མེད་ཀྱི་གཏམ་རྒྱུད་》སོགས་དུ་མ་ཡོད་ཅིང་བརྩམས་ཆོས་དེ་དག་ནང་དངོས་ཡོད་རིང་ལུགས་དང་འཆར་ཡན་རིང་ལུགས་ཟུང་འབྲེལ་གང་ཟབ་བྱུས་ཡོད་པ་རེད། རྩོམ་པ་པོ་སངས་རྒྱས་རྒྱལ་མཚན་གྱིས་བརྩམས་པའི་《མི་ལ་རས་པའི་རྣམ་ཐར་》ནང་ཁྲོད་ལེའུ་བཅུ་གཉིས་སུ་བགོས་ཏེ་བཀོད་ལ། ནང་གསེས་སུ་ཐུན་མོང་སྲིད་པ་འཇིག་རྟེན་པའི་མཛད་པ་གསུམ་དང་མཆོག་གྱུར་ཞི་བ་མྱང་འདས་ཀྱི་མཛད་པ་དགུ་བཀོད་པ་དང་། མི་ལ་རས་པའི་ལོ་རྒྱུས་ལ་བརྟེན་ནས"འཇིག་རྟེན་ནི་སྡུག་བསྔལ་གྱི་རྒྱ་མཚོ་དང་འདྲ་བ་""འཆི་བ་མི་རྟག་པ"ཟེར་བའི་ཆོས་ཀྱི་བརྗོད་དོན་དེ་སྒྲུབ་པར་འདོད་པ་ཡིན་ནའང་། ཕྱོགས་གཞན་ཞིག་ནས་སྐབས་དེའི་སྤྱི་ཚོགས་ཀྱི་གནས་ཚུལ་དངོས་ཡང་མཚོན་པར་བྱས་ཡོད། རྩོམ་པ་པོ་སྐབས་དེའི་སྤྱི་ཚོགས་ཀྱི་ལམ་ལུགས་ལ་མི་དགའ་བ་དང་། སྙོམ་ཆུང་དང་ཐུབ་ཚོད་སྤྱོང་མཁན་རྣམས་ལ་སྙིང་རྗེ་སྐྱེ་བ། ཚོག་ཤེས་མེད་པའི་འཕྲོག་བཅོམ་མཁན་དང་བཙན་དབང་གིས་གཞན་ལ་བརྙས་བཅོས་བྱེད་མཁན་གཤེད་མ་སྨུག་པོའི་མཚང་བརྗོལ་བ་དང་། དེ་དག་ལ་དགག་པ་རྒྱག་པ་སོགས་དུས་སྐབས་དེའི་སྤྱི་ཚོགས་ཀྱི་རྣམ་པ་དངོས་ཡང་གསལ་སྟོན་བྱུས་ཡོད་ལ། རྩོམ་པ་པོས་དངོས་ཡོད་རིང་ལུགས་དང་འཆར་ཡན་རིང་ལུགས་ཟུང་འབྲེལ་བྱས་ཏེ་དངོས་ཡོད་ཀྱི་གནས་ཚུལ་དེ་དག་མཚོན་པར་བྱས་པ་དང་ཆབས་ཅིག་རྟོག་པ་འཆར་ཡན་རིང་ལུགས་ཀྱི་ཐོག་ནས་རྩོམ་པ་པོའི་ཕྱུགས་འདུན་དང་བློ་ཕྱོགས་དེ་གསལ་བར་མཚོན་པར་བྱས་ཡོད། དེ་ལྟར་དངོས་ཡོད་རིང་ལུགས་དང་འཆར་ཡན་རིང་ལུགས་གཉིས་གསར་རྩོམ་བྱེད་ཐབས་མི་འདྲ་བ་གཉིས་ཡིན་ནའང་། དེ་གཉིས་ཕན་ཚུན་ཁ་གཏད་དུ་ལངས་པའམ་འགལ་ཟླར་གྱུར་པ་ཞིག་མ་ཡིན་པར་གཅིག་གྱུར་དང་ཟུང་འབྲེལ་བྱེད་ཐུབ་པ་ཞིག་ཡིན། དེ་ནི་ཀོ་ཪྵི་ཡིས་གསུངས་པ་ལྟར"རྩོམ་རིག་སྒྱུ་རྩལ་ཐོག་གི་འཆར་ཡན་རིང་ལུགས་དང་དངོས་ཡོད་རིང་ལུགས་གཉིས་ཀྱི་དོན་ངོ་མའི་ཐོག་གི་བསམ་བློ་སྐབས་

འགར་སོ་སོར་ཕྱི་རྒྱུ་ནི་ཤིན་ཏུ་དཀའ་ངལ་ཆེ་བ་ཞིག་ཡིན། སྔ་མའི་ནང་བརྩེ་དུང་གཙོ་བོར་འཛིན་ཡོད་པ་དང་། ཕྱི་མའི་ནང་བློ་གྲོས་གཙོ་བོར་འཛིན་ཡོད་པ་དེ་དག་ནི་སྤྱིའི་ཕྱོགས་ལྷུང་ཞིག་ཡིན། འོན་ཏེ་བརྩེ་དུང་དང་བློ་གྲོས་གཉིས་ཀ་ནི་མི་རྣམས་ལ་འཛོམས་དགོས་པའི་བསམ་པའི་འགྱུལ་བསྐྱོད་ཞིག་ཡིན་པ་དང་། མི་གཅིག་ལ་བརྩེ་དུང་ཁོ་ན་ཡོད་པ་ལས་བློ་གྲོས་མེད་པ་དང་། ཡང་ན་བློ་གྲོས་ཁོ་ན་ཡོད་པ་ལས་བརྩེ་དུང་མེད་པ་ཞིག་བརྗོད་མི་ཐུབ་པས་སོ་” ཞེས་གསུངས་ལ། ཡང་ཁོང་གིས་ “རིག་རྩལ་ནི་དངོས་ཡོད་ཀྱི་འཚོ་བར་མཐའ་དཔྱོད་དང་མཚོན་པར་བྱས་པ་ཞིག་ཡིན། གལ་སྲིད་ལྟ་ཕྱོགས་དེའི་ཐད་ནས་བཤད་ན། རིག་རྩལ་འགྱུལ་སྐྱོད་ཀྱི་ངོ་བོ་ནི་དངོས་ཡོད་རིང་ལུགས་པ་ཡིན་དགོས་ངེས་ཤིག་ཡིན། འོན་ཏེ་རིག་རྩལ་གྱི་འགྱུལ་སྐྱོད་ནི་གཟུགས་བཀོད་བསམ་གཞིགས་བྱས་ཆོག་པ་མ་ཟད། བསམ་པའི་བཀོད་པ་བྱས་ཆོག་ལ། རབ་བརྟགས་ཡང་བྱས་ཆོག་པ་ཞིག་ཡིན། དེ་ལྟར་གསར་རྩོམ་བྱེད་པའི་བརྒྱུད་རིམ་ནང་དུ་ཁྱེད་ཀྱིས་དེ་ནི་གཟུགས་མེད་གྲིབ་བཟོ་བྱས་པ་ཞིག་རེད་འདུག་ཅེས་བརྗོད་ཆོག རྒྱུ་མཚན་དེའི་ཐོག་ནས་རིག་རྩལ་འགྱུལ་བསྐྱོད་བྱེད་པའི་ངོ་བོ་ཡང་འཆར་ཡན་རིང་ལུགས་ཡིན་དགོས་ངེས་ཤིག་ཡིན་པ་དེ་རེད་” (《འཆར་ཡན་རིང་ལུགས་དང་དངོས་ཡོད་རིང་ལུགས་》《གསར་བརྗེའི་དངོས་ཡོད་རིང་ལུགས་དང་གསར་བརྗེའི་འཆར་ཡན་རིང་ལུགས་ཟུང་འབྲེལ་བྱེད་རྒྱུའི་སྐོར་གླེང་བ་》ཅེས་པའི་ཤོག་གྲངས་16 – 17བར་)ཅེས་གསུངས་ཡོད་པ་རེད།

ཕྱི་རྒྱལ་དང་ཀྲུང་གོའི་རྩོམ་རིག་ལོ་རྒྱུས་ཀྱི་དོན་དངོས་ནས་ར་སྤྲོད་བྱས་པར་རྩོམ་པ་པོ་གཅིག་གི་བརྩམས་ཆོས་ཡོངས་རྫོགས་བལྟས་ནའང་འདྲ། ཡང་ན་བརྩམས་ཆོས་གཅིག་བལྟས་ནའང་འདྲ་དེ་དག་ཚང་མའི་ནང་དྭངས་ཤིང་གཙང་བའི་དངོས་ཡོད་རིང་ལུགས་ཁོ་ན་ཡིན་པའི་བརྩམས་ཆོས་ཡང་ཤིན་ཏུ་དཀོན་པ་ཞིག་ཡིན། རྟག་པར་རྩོམ་པ་པོ་གཅིག་གི་བརྩམས་ཆོས་གཅིག་ལ་མཚོན་ན། དེའི་ནང་དུ་དུས་སྐབས་སྔ་མའི་སྤྱིའི་ཕྱོགས་ལྷུང་ནི་འཆར་ཡན་རིང་

ལུགས་ཡིན་པ་དང་། འོན་ཏེ་དེའི་ནང་དུ་དངོས་ཡོད་རིང་ལུགས་ཀྱི་རྒྱུ་རྐྱེན་ཚུད་ཡོད་པ་ཞིག་དང་། བརྩམས་ཆོས་མཇུག་ཛོས་སུ་དངོས་ཡོད་རིང་ལུགས་ཀྱི་ཕྱོགས་ལྷུང་ཡིན་པ་དང་། འོན་ཀྱང་དེའི་ནང་དུ་ཡང་འཆར་ཡན་རིང་ལུགས་ཀྱི་རྒྱུ་རྐྱེན་འདྲེས་ཡོད་པ་ཞིག་ཡིན། བརྩམས་ཆོས་གཅིག་ལ་བལྟས་ནའང་། བརྩམས་ཆོས་འགའ་ཤས་ཀྱི་འཚོ་བ་དེ་དངོས་ཡོད་ཡིན་ལ་དཔེ་མཚོན་ལྡན་པའི་རྨང་གཞིའི་ཐོག་རྩོམ་འབྲི་བྱས་པ་ཞིག་ཡིན་རུང་། དེའི་ནང་དུ་ཡང་ཕྱུགས་བསམ་གྱི་འདུན་པ་ཆེས་ཆེར་མཚོན་པར་བྱས་ཡོད་པ་དང་། བརྩམས་ཆོས་འདིའི་སྤྱིའི་ཕྱོགས་ལྷུང་དེ་དངོས་ཡོད་རིང་ལུགས་ཤིག་ཡིན་ཀྱང་འཆར་ཡན་རིང་ལུགས་ཀྱི་རྒྱུ་རྐྱེན་ཧ་སྐྱེད་ཅིག་ཚུད་ཡོད་པ་རེད། བརྩམས་ཆོས་འགའ་རེས་སྔོ་སྣང་ཆེན་པོས་ཕྱུགས་བསམ་དོན་གཉེར་བྱས་ཡོད་ཀྱང་། དེའི་ནང་དུ་དངོས་ཡོད་རིང་ལུགས་ལ་ཞིབ་ཏུ་དབྱེ་འབྱེད་བྱེད་རྒྱུ་ཡང་འདྲེས་ཡོད་རྐྱེན་བརྩམས་ཆོས་དེའི་ནང་དུ་དངོས་ཡོད་རིང་ལུགས་ཀྱི་རྒྱུ་རྐྱེན་ཚུད་ཡོད་པ་ཞིག་ཡིན། དེའི་ཐོག་ནས་འཆར་ཡན་རིང་ལུགས་དང་དངོས་ཡོད་རིང་ལུགས་གཉིས་མི་མཐུན་ཐབས་མེད་པ་ནང་བཞིན་གཅིག་མ་ཡིན་པར་ཕན་ཚུན་འབྲེལ་བ་བྱེད་ཐུབ་པ་དེ་གསལ་བཤད་བྱས་ཡོད། དཔེར་ན་《མི་ལ་རས་པའི་མགུར་འབུམ་》གྱི་སྤྱིའི་ཕྱོགས་ལྷུང་ནི་འཆར་ཡན་རིང་ལུགས་ཡིན་པ་དང་། ཡང་དངོས་ཡོད་རིང་ལུགས་ཀྱི་རྒྱུ་རྐྱེན་ཡང་ཚུད་ཡོད་པ་ཞིག་ཡིན་པ་དང་། ཡང་《གཞོན་ནུ་ཟླ་མེད་ཀྱི་གཏམ་རྒྱུད་》དང་《སྣང་སའི་རྣམ་ཐར་》ལྟ་བུའི་བརྩམས་ཆོས་ཀྱི་སྤྱིའི་ཕྱོགས་ལྷུང་ནི་དངོས་ཡོད་རིང་ལུགས་ཡིན་པ་དང་། དེའི་ནང་དུ་ཡང་འཆར་ཡན་རིང་ལུགས་ཀྱི་རྒྱུ་རྐྱེན་མང་པོ་ཚུད་ཡོད་པ་ཞིག་ཡིན།

དཔེར་ན་《མི་ལ་རས་པའི་མགུར་འབུམ་》ནང་རྩོམ་པ་པོས་ཐོག་མར་ཡུལ་ལྗོངས་ཀྱི་མཛེས་ཚུལ་མཐོང་རྗེས་ཡིད་ལ་གང་ཤར་འབྲི་བ་དང་། དེ་ནས་འཇིག་རྟེན་གྱི་ལུགས་སྲོལ་ལ་རང་གི་ལྟ་བ་ཅི་བཟུང་བ་འབྲི་བ་དང་། མཐར་ཆོས་སྒོམ་ནས་སངས་རྒྱས་ཚུལ་འབྲི་བ་སོགས་རིགས་གསུམ་པོ་མཉམ་དུ་དམ་

པོར་འབྲེལ་ཏེ་རྩོམ་འབྲི་བྱས་ཡོད་པ་དང་། མགུར་འབུམ་གྱི་ནང་དོན་ནི་ཆེས་ཕུན་སུམ་ཚོགས་པོ་ཞིག་ཡོད་པ་དེའི་ནང་ཆོས་ལུགས་ཀྱི་མཚན་ཉིད་རིག་པ་གོ་སླ་བར་འགྲེལ་བཤད་བྱེད་པ་དང་། འཇིག་རྟེན་གྱི་ལུགས་སྲོལ་དང་མི་རྣམས་ཀྱི་བསམ་ཚུལ་མགུར་དུ་བླངས་པ་དང་། སྤྱི་ཚོགས་གོང་རིམ་གྱིས་མི་ལ་མགོ་བསྐོར་གཏོང་བ་དང་། ཆོས་པ་འགའ་ཞིག་གིས་ཟུར་གཏམ་བཤད་པ་ལ་དགག་པ་རྒྱབ་པ། རང་བྱུང་ཁམས་ཀྱི་ཡུལ་ལྗོངས་དང་ཕ་ཡུལ་གྱི་མཛེས་སྡུག་ལ་གཟིངས་སུ་བསྟོད་པ་བཅས་ཡིན། བརྩམས་ཆོས་དེའི་སྤྱིའི་ཕྱོགས་ལྷུང་ནི་འཆར་ཡན་རིང་ལུགས་ཡིན་ཡང་དེའི་ནང་སྤྱི་ཚོགས་ཀྱི་གནས་ཚུལ་དངོས་མང་པོ་ཞིག་གསལ་མཚོན་བྱས་ཡོད་ལ། དངོས་ཡོད་རིང་ལུགས་ཀྱི་རྒྱུ་རྐྱེན་མང་པོ་ཞིག་ཟུང་འབྲེལ་ཡང་བྱས་ཡོད་པ་རེད།

འདིར་གསལ་བཤད་བྱེད་དགོས་པ་ཞིག་ནི། ང་ཚོས་འཆར་ཡན་རིང་ལུགས་ཀྱི་གཅིག་གྱུར་རང་བཞིན་ལ་གོ་བ་ལེན་སྐབས། ཐོག་མར་སྤྱིའི་ཕྱོགས་ལྷུང་ལ་དམིགས་པ་ཞིག་ཡིན་པ་སྟེ། བརྩམས་ཆོས་དེའི་རྩ་བའི་ཕྱོགས་ལྷུང་དེ་དངོས་ཡོད་རིང་ལུགས་དང་ཡང་ན་རྩ་བའི་ཕྱོགས་ལྷུང་དེ་འཆར་ཡན་རིང་ལུགས་ཡིན་པ། གཞན་ཞིག་ནི། བརྩམས་ཆོས་དེའི་ནང་དུ་མང་ཉུང་མི་སྙོམས་པར་ཕན་ཚུན་མཉམ་དུ་འབྲེལ་ཡོད་པའི་འཆར་ཡན་རིང་ལུགས་དང་ཡང་ན་དངོས་ཡོད་རིང་ལུགས་དེ་ཡིན། རྩོམ་རིག་སྒྱུ་རྩལ་གྱི་ལོ་རྒྱུས་ཐོག་ཏུ་བརྩམས་ཆོས་ཀྱི་རྩ་བའི་ཕྱོགས་ལྷུང་དེ་དངོས་ཡོད་རིང་ལུགས་བརྒྱ་ཆ་ལྔ་བཅུ་དང་། འཆར་ཡན་རིང་ལུགས་བརྒྱ་ཆ་ལྔ་བཅུ་བྱས་པ་ཞིག་ཡོད་པ་མ་ཡིན་ལ། གཏན་འཁེལ་བྱེད་ཐུབ་པ་ཞིག་མ་ཡིན་པར་མ་ཟད། ཟུང་འབྲེལ་དེ་ལྟར་བྱེད་དགོས་པའི་རེ་འདུན་ཡང་བརྟན་མི་ཐུབ་པ་ཞིག་ཡིན། བརྩམས་ཆོས་ཅི་འདྲ་ཞིག་ཡིན་རུང་དེ་དག་ཚང་མར་གཙོ་བོའི་ཕྱོགས་ལྷུང་རེ་ཡོད་པ་ཞིག་ཡིན།

འཆར་ཡན་རིང་ལུགས་དང་དངོས་ཡོད་རིང་ལུགས་ཀྱི་རྩོམ་ཐབས་མི་འདྲ་བ་གཉིས་ལ་ཆེས་ཐོག་མར་ཞིབ་འཇུག་དང་གསལ་བཤད་བྱེད་མཁན་ནི་

འཛར་མན་གྱི་ཤེ་ལོའོ་ཡིན་ལ་དེ་གཉིས་ཀྱི་འབྲེལ་བའི་སྐོར་ལ་གསུངས་མཁན་ཡང་ཐོག་མར་དེ་ཡིན། ཁོང་གིས་གསུངས་དོན་“མཛེས་སྟུག་གི་བྱ་དངོས་མཐའ་དག་ནི་ངེས་པར་དུ་ཚོགས་གཅིག་ནས་རང་བྱུང་དང་གཅིག་མཐུན་བྱེད་དགོས་ལ། ཚོགས་གཞན་ཞིག་ནས་ཕུགས་བསམ་དང་གཅིག་མཐུན་བྱེད་དགོས་པ་རེད་”ཅེས་དང་། ཡང་ཁོང་གིས་“མཛེས་རིག་གི་ཚད་གཞི་དངོས་འབྲེལ་དེ་ནི་བབ་ཆགས་པའི་གཤིས་རྒྱུད་དང་ཡིད་འབྱུང་བའི་གཤིས་རྒྱུད་མཉམ་དུ་སྒྲིལ་བར་བྱེད་རྒྱུ་དེ་རེད་”(《བབ་ཆགས་ཀྱི་ཇི་བཞིན་བརྗོད་པའི་སྙན་ཚིག་དང་ཡིད་འབྱུང་བའི་སྙན་ཚིག་གི་སྐོར་གླེང་བ་》ཅེས་པའི་ཤོག་གྲངས་2པ་དང་47ལ་གསལ་)ཅེས་གསུངས་ཡོད་པ་དང་། ཨུ་རུ་སུའི་གྲགས་ཅན་རྩོམ་པ་པོ་ཀོར་ཀིས་རང་ཉིད་ཀྱི་གསར་རྩོམ་བྱེད་པའི་ཉམས་མྱོང་ལ་གཞིགས་ཏེ་གསུངས་དོན་“པ་འར་གྲ་ཁེ། ཐུ་ག་ལོ་ཕུ། ཐོ་འར་སི་ཐ། གོ་ཀ་ལི། ལེ་སི་ཁ་ཕུ་སོགས་གནའ་བོའི་རྩོམ་པ་པོའི་སྐོར་གླེང་ན། ང་ཚོས་ཐད་དེ་ཡང་དག་པའི་སྒོ་ནས་ཁོང་རྣམས་པ་ཡང་སྙིང་འཆར་ཡང་རིང་ལུགས་ཡིན་པ་དང་། དངོས་ཡོད་རིང་ལུགས་པ་ཡིན་པའི་སྐོར་བརྗོད་ཐུབ་རྒྱུ་དེ་ནི་ཤིན་ཏུ་དཀའ་ངལ་ཆེ་བ་ཞིག་ཡིན། རླབས་ཆེན་གྱི་སྒྱུ་རྩལ་མཁས་ཅན་དེ་དག་གི་གཟུགས་སྟེང་དུ། དུས་ནམ་ཡང་དངོས་ཡོད་རིང་ལུགས་དང་འཆར་ཡན་རིང་ལུགས་མཉམ་དུ་སྒྲིལ་ཡོད་པ་ནང་བཞིན་ཞིག་རེད། འཆར་ཡན་རིང་ལུགས་དང་དངོས་ཡོད་རིང་ལུགས་མཉམ་དུ་སྦྲུངས་པའི་གནས་ལུགས་དེ་ནི་རང་རྒྱལ་གྱི་ཕུལ་བྱུང་རྩོམ་རིག་སྒྱུ་རྩལ་གྱི་ཁྱད་ཆོས་མངོན་གསལ་དོད་ཤོས་དེ་ཡིན་པ་དང་དེས་ང་ཚོའི་རྩོམ་རིག་སྒྱུ་རྩལ་ཉིན་བཞིན་མངོན་གསལ་དོད་དུ་འགྲོ་བ་མ་ཟད། འཛམ་གླིང་ཁྱོན་ཡོངས་ཀྱི་རྩོམ་རིག་སྒྱུ་རྩལ་ལ་ཤུགས་རྐྱེན་གཏིང་ཟབ་ཅིག་ཡོད་པ་དང་། དེ་ནི་ཐུན་མོང་མ་ཡིན་པའི་གསར་བསྐྲུན་གྱི་རང་བཞིན་དང་སྟོབས་ཤུགས་དེ་རེད་”(《ངས་ཅི་འདྲ་བྱས་ཏེ་རྩོམ་འབྲི་སློབ་སྦྱོང་བྱས་པ་》《རྩོམ་རིག་སྒྱུ་རྩལ་སྐོར་གླེང་བ་》ཅེས་པའི་ཤོག་གྲངས་162ལ་གསལ་)ཅེས་གསུངས་ཡོད་པ་ལྟར་

རེད། གོང་སྨོས་དེ་དག་ནས་ང་ཚོས་ཤེས་ཐུབ་པར་འཆར་ཡན་རིང་ལུགས་དང་དངོས་ཡོད་རིང་ལུགས་གཉིས་གསར་རྩོམ་བྱེད་ཐབས་མི་འདྲ་བ་གཉིས་ཡིན་རུང་། དེ་གཉིས་སེ་རྒྱ་མཐུན་ཐབས་མེད་པ་ནང་བཞིན་གཅིག་མ་ཡིན་པར་ཚད་གཞི་མི་འདྲ་བའི་སྒོ་ནས་ཕན་ཚུན་ཟུང་འབྲེལ་བྱས་ཆོག་པ་མ་ཟད། འབྲེལ་བ་དམ་ཟབ་ཡོད་པ་ཞིག་ཀྱང་ཡིན་ནོ།

དྲུག་པ། གསར་བརྗེའི་དངོས་ཡོད་རིང་ལུགས་དང་གསར་བརྗེའི་འཆར་ཡན་རིང་ལུགས་ཟུང་འབྲེལ་བྱེད་དགོས་རྒྱུའི་སྐོར།

རང་རྒྱལ་གྱི་སྤྱི་ཚོགས་རིང་ལུགས་ཀྱི་དུས་སྐབས་སུ། ཧྲོ་མཐུན་མའོ་ཙེ་ཏུང་གིས་མ་ཁེ་སི་རིང་ལུགས་ཀྱི་རིགས་པའི་གཞུང་ལུགས་གཞིར་བཞག་སྟེ། རང་རྒྱལ་གྱི་རྩོམ་རིག་སྒྲུ་རྩལ་འཕེལ་བའི་ལོ་རྒྱུས་ཀྱི་ཉམས་མྱོང་དང་། "ལྔ་བཞི་ལས་འགུལ་" ཚུན་གྱི་གསར་བརྗེའི་རྩོམ་རིག་གསར་རྩོམ་གྱི་ཉམས་མྱོང་ཕྱོགས་བསྡོམས་མཛད་པ་དང་། བཅིངས་བཀྲོལ་ཐོབ་རྗེས་ཀྱི་སྤྱི་ཚོགས་རིང་ལུགས་ཀྱི་གསར་བརྗེ་དང་སྤྱི་ཚོགས་རིང་ལུགས་ཀྱི་འཛུགས་བསྐྲུན་གྱི་རྣམ་པ་གསར་པ་དང་། གསར་བརྗེའི་རྩོམ་རིག་སྒྱུ་རྩལ་གྱི་གསར་རྩོམ་ཉམས་མྱོང་ཕྱོགས་བསྡོམས་མཛད་པར་མ་ཟད། རྒྱལ་སྤྱིའི་འགྱུར་མེད་གྲལ་རིམ་གྱི་རྩོམ་རིག་ཐད་ཀྱི་སྔོན་ཐོན་ཉམས་མྱོང་ཡང་ཚུར་བླངས་ཏེ1958ལོར་ཧྲོ་མཐུན་མའོ་ཙེ་ཏུང་གིས་གསར་བརྗེའི་དངོས་ཡོད་རིང་ལུགས་དང་གསར་བརྗེའི་འཆར་ཡན་རིང་ལུགས་ཟུང་འབྲེལ་བྱེད་པའི་གསར་རྩོམ་གྱི་བྱ་ཐབས་བཏོན་གནང་བ་རེད། འདི་ནི་ང་ཚོས་གསར་རྩོམ་བྱེད་སྐབས་ངེས་པར་དུ་ལག་ལེན་བསྟར་དགོས་པའི་བྱེད་ཐབས་ཤིག་ཡིན་པ་དང་། མ་ཁེ་སི་རིང་ལུགས་ཀྱི་ཁྲིད་སྟོན་བྱེད་པའི་འཇིག་རྟེན་ལྟ་ཚུལ་དང་། གསར་བརྗེའི་དངོས་ཡོད་རིང་ལུགས་དང་

གསར་བརྗེའི་འཆར་ཡན་རིང་ལུགས་ཟླུང་སྦྲེལ་བྱེད་པའི་གསར་རྩོམ་གྱི་བྱ་ཐབས་ཀྱང་ཡོད་པས། ང་ཚོའི་རྩོམ་རིག་ལ་སྲོག་ཡོད་པ་རེད། དཔེར་ན། ད་ལྟ་རང་རེའི་《བོད་ཀྱི་རྩོམ་རིག་སྒྱུ་རྩལ་》དང་《སྤྲང་ཆར་》《ཟླ་ཟེར་》ལ་སོགས་པའི་དུས་དེབ་དང་། 《གངས་རྒྱན་པད་མ་》དང་《སྨྱུག་གསར་》《སྤང་རྒྱན་མེ་ཏོག་》ལ་སོགས་པའི་ཚགས་པར་གྱི་པར་ལྗིའི་ཤོག་བཀོད་པའི་བརྩམས་ཆོས་དང་བརྩམས་སྒྲུང་སྙན་ངག་སོགས་མང་ཆེ་བ་ནི་གསར་བརྗེའི་དངོས་ཡོད་རིང་ལུགས་དང་གསར་བརྗེའི་འཆར་ཡན་རིང་ལུགས་ཟླུང་དུ་འབྲེལ་བའི་རྩོམ་ལེགས་པོ་དང་ཅུང་ཟད་ལེགས་པོ་ཞིག་ཡིན་པ་ལྟ་བུ་རེད། རྩོམ་དེ་དག་ལ་གསར་བརྗེའི་ནང་དོན་གྱི་སྲོག་དང་ལྡན་པར་མ་ཟད། རྩོམ་རིག་སྒྱུ་རྩལ་གྱི་སྲོག་ཀྱང་ཡོད་ལ། དུས་རབས་ཀྱི་ཁྱད་ཆོས་དང་མི་རིགས་ཀྱི་ཁྱད་ཆོས་ཀྱང་བཙོས་མིན་མངོན་ཡུལ་དུ་ལྡན་པ་ཞིག་རེད།

རང་རྒྱལ་དང་ཕྱི་རྒྱལ་གྱི་རྩོམ་རིག་གི་ལོ་རྒྱུས་ཐོག་ཏུ་ལྷབས་ཆེན་གྱི་སྒྱུ་རྩལ་མཁས་དབང་མང་པོ་ཞིག་དུས་རབས་མི་འདྲ་བ་དང་། ཁོ་ཚོའི་བྱེ་བྲག་གི་རང་བཞིན་ནམ་རང་གཤིས་དང་རྩོམ་གྱི་ཁྱད་ཉམས་མི་འདྲ་བ་སྣ་ཚོགས་ཡོད་ཀྱང་། འགའ་རེ་ལ་དངོས་ཡོད་རིང་ལུགས་ཀྱི་བསམ་པ་ལྡན་ཡོད་པ། འགའ་རེ་ཀྱིས་ཞིབ་བསྐོས་ཚགས་དཀྲོལ་དང་དངོས་སྲིས་ཀྱི་འབྲི་སྟངས་ལ་བརྟེན་པའི་དགེ་མཚན་ལྡན་ཡོད་པ་དང་། འགའ་རེས་བག་ཡངས་དང་བློ་ཁོག་ཆེན་པོའི་སྒོ་ནས་འཕྲུལ་སྣང་གི་ཡུལ་ཁམས་རྩོམ་འབྲིའི་ཐབས་ལ་བརྟེན་ནས་རྣམ་པར་རྒྱལ་བར་བྱེད་ཀྱི་ཡོད། འོན་ཏེ་ཁོང་ཚོའི་རྩོམ་རིག་ནང་དུ་རྟག་པར་དངོས་ཡོད་རིང་ལུགས་ཀྱི་བསམ་པ་དང་འཆར་ཡན་རིང་ལུགས་ཀྱི་བསམ་པ་གཉིས་མཚོན་པར་བྱེད་ཀྱི་ཡོད་པ་མ་ཟད་ཚད་མི་འདྲ་བའི་སྒོ་ནས་སྒྱུ་རྩལ་གྱི་རྩོམ་ཐབས་དེ་གཉིས་ཟླུང་སྦྲེལ་ཡང་བྱེད་ཀྱི་ཡོད་པ་རེད། ཁོ་ཚོས་འཚོ་བ་དངོས་ཀྱི་ནང་དུ་གནས་པའི་ལུགས་དང་མི་མཐུན་པའི་སྣང་ཚུལ་ཐེར་འདོན་བྱེད་པའི་སྐབས་སུ་རྟག་པར་ཁོ་ཚོའི་སྤྱི་ཚོགས་ཀྱི་ཕྱུགས་བསམ་དང་། དགའ་ཞེན་དང་།

སྣང་སེམས་སོགས་མངོན་གསལ་དོད་པོས་བརྩམས་ཆོས་ནང་ནས་མཚོན་པར་བྱེད་པ་དང་ཆབས་ཅིག་ཁོ་ཚོས་གསར་བརྗེ་ལ་དགའ་ཞེན་དང་བླ་ན་མེད་པའི་ཕྱུགས་བསམ་དེ་དངོས་ཡོད་འཚོ་བའི་ནང་ནས་མཚོན་གང་ཐུབ་བྱེད་ཀྱི་ཡོད་པ་རེད།

གསར་བརྗེའི་དངོས་ཡོད་རིང་ལུགས་དང་གསར་བརྗེའི་འཆར་ཡན་རིང་ལུགས་ཟུང་དུ་འབྲེལ་བའི་གསར་རྩོམ་གྱི་བྱེད་ཐབས་དེའི་རྩ་བའི་ཁྱད་ཆོས་འདི་འདྲ་འགའ་ཡོད་པ་སྟེ།

1. ཐོག་མར་གསར་བརྗེའི་དངོས་ཡོད་རིང་ལུགས་དང་གསར་བརྗེའི་འཆར་ཡན་རིང་ལུགས་ཟུང་སྦྲེལ་བྱེད་པའི་གསར་རྩོམ་གྱི་བྱེད་ཐབས་དེས་རྩོམ་པ་པོས་གསར་རྩོམ་བྱེད་པའི་ནང་རང་རྟོགས་ཀྱིས་ཕྱུགས་བསམ་དང་དངོས་ཡོད་གཅིག་ཏུ་འབྲེལ་དགོས་པའི་རེ་བ་བཏོན་ཡོད་ལ། གསར་བརྗེའི་འཆར་ཡན་རིང་ལུགས་ཞེས་པ་དོན་ངོ་མའི་ཐོག་ཏུ་དེ་ནི་གསར་བརྗེའི་ཕྱུགས་བསམ་རིང་ལུགས་དེ་རེད།

གསར་བརྗེའི་ཕྱུགས་བསམ་དེ་དང་ཕྱི་རོལ་ཡུལ་གྱི་བྱ་དངོས་རྣམས་འབྲེལ་བ་དམ་ཟབ་བྱས་ཏེ་གཅིག་འདུ་ཡོང་བ་བྱ་རྒྱུ་དེ་ནི། གསར་བརྗེའི་དངོས་ཡོད་རིང་ལུགས་དང་གསར་བརྗེའི་འཆར་ཡན་རིང་ལུགས་ཟུང་སྦྲེལ་བྱེད་པའི་རྩ་བའི་ཁྱད་ཆོས་དེ་ཡིན། རྩོམ་པ་པོ་རྣམས་ཀྱིས་ཕྱོགས་གཅིག་ནས་འཚོ་བ་དངོས་ལ་གཞིར་བཟུང་དགོས་པ་མ་ཟད། ཕྱོགས་གཞན་ཞིག་ནས་ཚད་མཐོའི་ཕྱུགས་བསམ་གྱི་ཕྱོགས་སྐྱ་གཏད་དེ་འཚོ་བར་ངོས་འཛིན་དང་གཅིག་སྒྲུད་བྱེད་དགོས་ལ། གསར་བརྗེའི་འཕེལ་རྒྱས་ཀྱི་ནང་ནས་ཕྱུགས་བསམ་མཚོན་ཐུབ་པ་དང་། གསར་བརྗེའི་ཕྱུགས་བསམ་དེ་དངོས་ཡོད་ཀྱི་ནང་དུ་འདྲེས་པར་བྱས་ཏེ་རྩོམ་འབྲི་བྱེད་དགོས་པ་རེད། རྩོམ་པ་པོ་སུ་དང་སུ་ལའང་ཕྱུགས་བསམ་རེ་ཡོད་མོད། འོན་ཀྱང་ཕྱུགས་བསམ་ཞེས་པ་དེ་ཡང་སྙིང་ཅི་ཞིག་ཡིན་ནམ་ཞེ་ན་འདི་ནི་གནད་དོན་ཅུང་རྙོག་པོ་ཞིག་རེད། གང་ལགས་ཤེ་ན

དུས་རབས་གཅིག་དང་གཅིག་འདྲ་བ་ཞིག་མེད་ལ། དུས་རབས་གཅིག་གི་ནང་དུའང་མི་གཅིག་དང་གཅིག་འདྲ་བ་ཞིག་མེད་པར་མ་ཟད། ཕྱུགས་བསམ་ཞེས་པར་སྤྱི་ཚོགས་ཀྱི་རང་བཞིན་དང་གྲལ་རིམ་གྱི་རང་བཞིན་ལྡན་ཡོད། སྤྱི་ཚོགས་གང་འདྲ་ཞིག་གི་ནང་གནས་ཡོད་ན་སྤྱི་ཚོགས་དེ་ཉིད་ཀྱི་ཕྱུགས་བསམ་སྐྱེ་ཞིང་། གྲལ་རིམ་གང་འདྲ་ཞིག་གི་ལང་ཕྱོགས་སུ་ལངས་ཡོད་ན་གྲལ་རིམ་དེ་ཉིད་ཀྱི་ཕྱུགས་བསམ་སྐྱེ་ཡི་ཡོད། ཕྱུགས་བསམ་ཞེས་པའི་དོན་གནད་འདི་དོན་དམ་པའི་ངོས་ནས་བཤད་ན་མིའི་འཇིག་རྟེན་ལྟ་བའི་གནད་དོན་ཞིག་རེད། མི་ཞིག་འཛམ་གླིང་ཐོག་འཚོ་ཞིང་གནས་པ་ན་དེ་ལ་རང་རང་གི་འབད་བརྩོན་བྱེད་པའི་དམིགས་ཡུལ་གང་ཞིག་ལྡན་འོས་པ་དང་། སྤྱི་ཚོགས་ཅི་འདྲ་ཞིག་ནི་ཕྱུགས་བསམ་དང་མཐུན་པའི་སྤྱི་ཚོགས་ཡིན་གྱི་གནད་དོན་འདི་ནི་མི་སོ་སོའི་འཇིག་རྟེན་ལྟ་བ་དང་དམ་པོར་འབྲེལ་བ་ཞིག་ཡིན་པས་རྩོམ་པ་པོའི་བརྩམས་ཆོས་ནང་དུ་ཡང་གནད་དོན་དེ་མངོན་གསལ་ཤིན་ཏུ་དོད་པོ་ཞིག་ཡོད། དཔེར་ན། བོད་རིགས་ཀྱི་རྩོམ་རིག་ལོ་རྒྱུས་ཐོག་ཏུ་རྒྱལ་སྲིད་སྣ་བདུན་ལ་སྦྱར་བའི་བརྩམས་ཆོས་ཁག་གི་བརྗོད་དོན་དང་ཕྱུགས་བསམ་ནི་གཏན་ནས་མི་འདྲ་བ་ཞིག་ཡིན།

དཔེར་ན། 《མི་ལ་རས་པའི་མགུར་འབུམ》ནང་བྲིས་པའི་རྒྱལ་སྲིད་སྣ་བདུན་ལ་སྦྱར་བའི་བརྩམས་ཆོས་དང་དོན་གྲུབ་རྒྱལ་གྱིས་བརྩམས་པའི་《རྒྱལ་སྲིད་སྣ་བདུན་ལ་སྦྱར་བའི་འབེལ་གཏམ》གཉིས་ཀྱི་རྩོམ་པ་པོ་གཅིག་ནས་དུས་རབས་མི་འདྲ་བ་དང་། གཉིས་ནས་ལྟ་ཚུལ་མི་འདྲ་བའི་རྐྱེན་གྱིས་ཕྱུགས་བསམ་མི་འདྲ་བ་རེ་བཏོན་ཡོད་ལ། ཕྱུགས་བསམ་དང་དངོས་ཡོད་ཟུང་འབྲེལ་བྱ་རྒྱུའི་ཐད་ལ་ཡང་ཁྱད་པར་ཆེན་པོ་ཡོད། མི་ལ་རས་པའི་མགུར་འབུམ་ནང་རྩོམ་པ་པོའི་ཕྱུགས་བསམ་དེ་དཔོག་པར་དཀའ་བའི་ཡུལ་ཁམས་ཤིག་རྩོམ་འབྲི་བྱས་ཡོད་རྐྱེན་དེས་རང་བཞིན་དུ་ཕྱུགས་བསམ་དང་དངོས་ཡོད་གཅིག་སྒྱུར་བྱ་རྒྱུའི་ཐད་རྒྱང་རིང་དུ་གནས་ཡོད་པ་དང་། དོན་གྲུབ་རྒྱལ་གྱི་བརྩམས་ཆོས་དེར་བརྗོད་བྱའི་ཐད་གསར་བརྗེའི་ཕྱུགས་བསམ་རིང་ལུགས་དེ་མཚོན་པར

བྱས་ཡོད་རྐྱེན་ཕྱོགས་བསམ་དང་དངོས་ཡོད་གཉིས་གཅིག་འདུའི་ཕྱུང་པོ་ཞིག་ཏུ་གྱུར་ལ། གསར་བརྗེའི་དངོས་ཡོད་རིང་ལུགས་དང་གསར་བརྗེའི་འཆར་ཡན་རིང་ལུགས་ཟུང་སྦྲེལ་བྱས་པའི་བརྩམས་ཆོས་ཤིག་ཡིན། གསར་བརྗེའི་དངོས་ཡོད་རིང་ལུགས་དང་གསར་བརྗེའི་འཆར་ཡན་རིང་ལུགས་ཟུང་འབྲེལ་བྱས་པའི་དཔེ་མཚོན་ལྷ་བུ་ནི་མའོ་རྩེ་ཏུང་གིས་མཛད་པའི་སྙན་ཚིག་དང་བརྩམས་ཆོས་དག་ཡིན་ཞིང་། བརྩམས་ཆོས་དེ་དག་ནང་དངོས་ཡོད་དང་ཆེས་ཧྲི་ན་མེད་པའི་གསར་བརྗེའི་ཕྱོགས་བསམ་དེ་ཟུང་འབྲེལ་དམ་ཟབ་བྱས་ཡོད་པ་རེད། དཔེར་ན《ཉན་ནུའུ་ཙའོ། ཁྲུ་ནུ་ལ་》

བར་སྣང་འཕྱེད་བཅད་དགུང་ལ་ཟུག
ལྗུན་ཞིང་བརྗིད་པའི་ཁྲུ་ནུ་ཡིས།
མི་ཡུལ་དཔྱིད་ཀྱི་དཔྱིད་དཔལ་ཅི་ཡང་མཐོང་།
དུང་འབྲུག་ཁྲི་ཚོ་སུམ་བརྒྱ་ཡར་འཕུར་ནས།
མཁའ་དབྱིངས་ཁྱོན་ཡོངས་གྲང་ངར་ཅན་དུ་བསྒྱུར།
དབྱར་ཁ་གངས་འཁྱགས་ཞུ་བའི་སྐབས།
གཙང་པོ་རྒྱས་ནས་ཆུ་ཡན་རྒྱུག
མི་ཡང་ཉ་དང་ཏུས་སྦྲུལ་གྱུར་པ་ཡོད།
ལོ་ངོ་སྟོང་གི་ཕན་ཉེས་ལ།
སྔོན་ཆད་དཔྱད་གཏམ་བརྗོད་མཁན་སུ་བྱུང་ཡོད།

ཅེས་པ་འདིའི་ནང་དུ་བརྗིད་ཉམས་ལྡན་པའི་ཁྲུ་ནུ་རི་བོ་ནི་རྨ་ཆུ་དང་འབྲི་ཆུའི་གནས་ཡིན་ལ་བླངས་ན་ཇོགས་ཡས་མེད་པའི་ནོར་བུའི་གཏེར་མཛོད་དང་། ང་ཚོའི་རླབས་ཆེན་མེས་རྒྱལ་གྱི་ས་གཞི་ཆེན་པོའི་བདེན་དཔང་ལྷ་བུ་ཞིག་ཡིན། དེས་མིའི་རིགས་ལ་བདེ་སྐྱིད་བསྐྱུན་པ་དང་། མིའི་རིགས་ལ་ལེགས་སྐྱེས་འབུལ་དགོས་ངེས་ཤིག་རེད། འོན་ཏེ་ལོ་ངོ་སྟོང་ཕྲག་འགའི་རིང་དུ་ཐབ་གཡོག་ལམ་ལུགས་དང་བཀགས་བཀོད་རྒྱུད་འཛིན་ཕྱེད་ཙམ་དང་མི་སེར་

སྤྱིལ་ཡུལ་ཕྱེད་ཙམ་གྱི་སྤྱི་ཚོགས་སྙིང་པའི་ནང་། སུ་ཞིག་གིས་དེའི་ཕན་ནུས་ལ་དཔྱད་བརྗོད་བྱེད་མྱོང་བ་དང་། སུ་ཞིག་གིས་ཐོན་སྐོ་ཕྱི་རྒྱའི་སྐོར་བརྟན་མྱོང་བ་དང་། དེར་བརྩོས་སྒྱུར་དང་བེད་སྤྱོད་བྱེད་རྒྱུའི་འདུན་པ་ཆེན་པོ་བཅངས་མྱོང་མཁན་སུ་ཞིག་ཡང་བྱུང་མྱོང་མེད། དེ་ལྟར་བརྗོད་ཉམས་ལྡན་པའི་ཁྲ་ནུ་རི་པོ་དང་མིའི་རིགས་ཀྱི་སྤྱི་ཚོགས་འཚོ་བ་དང་། རང་རྒྱལ་གྱི་ངལ་རྩོལ་མི་དམངས་ཀྱི་ལས་དབང་དེ་མཉམ་དུ་འབྲེལ་བ་དམ་ཟབ་བྱས་པ་དང་ཆབས་ཅིག་རང་འབྱུང་ཁམས་ཀྱི་གནོད་འཚེ་དང་། སྤྱི་ཚོགས་ཀྱི་ལམ་ལུགས་སྙིང་པ་དེ་ཟུང་འབྲེལ་བྱས་ཏེ། འཇིགས་མེད་གྲལ་རིམ་གྱི་ཆེས་བླ་ན་མེད་པའི་འདུན་པ་ཆེན་པོ་དེ་གསལ་སྟོན་བྱས་པ་དང་། སྐབ་ཚིག་གི་གཤམ་དུ་ཁྲ་ནུའི་རི་བརྒྱུད་བསྒྱུར་བཀོད་བྱེད་རྒྱུ་ནས་འགོ་ཚུགས་ཏེ། འཇིགས་མེད་གྲལ་རིམ་གྱིས་མིའི་རིགས་བཅིངས་བཀྲོལ་གཏོང་བའི་རླབས་ཆེན་གུང་ཁྲན་རིང་ལུགས་ཀྱི་ཕྱུགས་བསམ་དེ་རྩོམ་འབྲི་བྱས་ཡོད་པ་སྟེ།

"དེ་རིང་ང་ཡི་ཁྲ་ནུ་ཁྱེད་ལ་སྨྲ་
མཐོན་པོ་འདི་འདྲ་མི་དགོས་ལ་
ཁ་བ་མང་པོ་འདི་འདྲ་ཡང་མི་དགོས་
ནམ་ཞིག་གནམ་ལ་བསྙེས་ཏེ་རལ་གྲི་བརྟན་
ཁྱེད་ཉིད་དུམ་བུ་གསུམ་ལ་གཅུབ་པར་བྱེད་
དུམ་གཅིག་མིའོ་ཀྲོའུ་གླིང་ལ་སྐྱེལ་
དུམ་གཅིག་ཤར་གྱི་རྒྱལ་ཁབ་དེ་ལ་སྦྱིན་
འཛིག་རྟེན་བདེ་བར་འཁོད་པའི་དུས་
ས་ཡི་གོ་ལར་ཚ་གྲང་སྙོམས་པར་གྱུར་"ཞེས་གསུངས་པ་འདིར་བློ་མཐུན་མའོ་ཙེ་ཏུང་གིས་གསར་བརྗེའི་འཆར་ཡན་རིང་ལུགས་བེད་སྤྱོད་དང་གཅིག་བརྟེན་གཅིག་དྲན་བྱེད་པའི་ངོ་མཚར་ལྡན་པའི་ཁྱད་ཆོས་ཀྱི་ཐོག་ནས་རྒྱལ་གཅེས་རིང་ལུགས་དང་རྒྱལ་སྤྱི་རིང་ལུགས་ཟུང་འབྲེལ་བྱས་ཏེ་རང་འབྱུང་

ཁམས་དང་སྤྱི་ཚོགས་བསྒྱུར་བཀོད་བྱེད་པ་དང་། བཙན་རྒྱལ་རིང་ལུགས་དང་བཤུ་གཞོག་ལམ་ལུགས་མཐའ་དག་རྩ་མེད་མཐར་ཕྱིན་གཏོང་བ་དང་། དེ་མིན་བློ་མཐུན་མའོ་ཙེ་ཏུང་གིས་མཛད་པའི་《ཡུས་ཀུང་གིས་རི་བོ་སྤོས་པ་》ཞེས་པའི་ནང་དུ་གནའ་བོའི་གཏམ་རྒྱུད་དང་གསར་བརྗེའི་དངོས་ཡོད་རིང་ལུགས་ཟུང་འབྲེལ་བྱས་ཏེ། མི་རྣམས་ལ་རང་འབྱུང་ཁམས་བསྒྱུར་བཀོད་དང་ལམ་ལུགས་རྙིང་པ་རྣམས་རྩ་མེད་གཏོང་རྒྱུའི་སྙིང་སྟོབས་ལ་སྐུལ་འདེད་གཏོང་རྒྱུའི་ནུས་པ་ཆེན་པོ་ཐོན་ཡོད་ལ། གནའ་རབས་ཀྱི་གཏམ་རྒྱུད་དེར་སླར་ཡང་གསར་བརྗེའི་བློ་སྲོག་ཞུགས་ཐུབ་པར་བྱས་ཡོད། བརྩམས་ཆོས་དེའི་ནང་དུ་འདི་ལྟར་རྩོམ་འབྲི་བྱས་ཡོད་པ་སྟེ་"ཀྲུང་གོའི་ལྷོ་རབས་ལ་"ཡུས་ཀུང་གིས་རི་བོ་སྤོས་པ་ཟེར་བའི་གཏམ་རྒྱུད་གཅིག་ཡོད་པ་རེད། དེའི་ནང་ཟེར་ཡས་ལ་ལྷོ་རབས་ཏ་ཕེའི་ཡུལ་ལ་བྱུང་རིའི་ཡུས་ཀུང་ཟེར་བའི་མི་རྒན་པོག་ཅིག་ཡོད་པ་རེད། ཁོའི་ཁྱིམ་སྒོའི་ལྷོ་ཕྱོགས་ལ་རི་བོ་ཆེན་པོ་གཉིས་ཡོད་པས་ཁོ་ཚོའི་འགྲོ་ལམ་བཀག་བསྡད་ཡོད་པ་རེད། རི་བོ་གཅིག་གི་མིང་ལ་ཐའི་ཧང་དང་། གཅིག་གི་མིང་ལ་ཝང་ཝུའུ་ཟེར་ཡུས་ཀུང་གིས་རང་གི་བུ་རྣམས་ཁྲིད་ནས་རི་བོ་ཆེན་པོ་དེ་གཉིས་འཇོར་གྱིས་བརྐོས་ནས་མེད་པ་བཟོ་རྒྱུའི་སེམས་ཐག་བཅད་པ་རེད། དེ་ཀྲི་སོའུ་ཟེར་བའི་མི་རྒན་པོག་གཅིག་གིས་མཐོང་ནས་བགད་མོ་ཤོར་ནས་བཤད་ཡས་ལ། ཁྱེད་ཚོས་དེ་འདྲ་བྱེད་པ་དེ་གླེན་ཐག་ཚ་ཐག་ཆོད་པ་རེད། ཁྱེད་ཚོ་ཕ་བུ་ཁ་ཤས་ཅིག་གིས་རི་བོ་ཆེན་པོ་འདི་འདྲ་གཉིས་མེད་པ་བཟོ་རྒྱུ་ནི་གཏན་ནས་འགྲུབ་མི་ཐུབ་པ་ཞིག་རེད་ཟེ་བཤད་པ་རེད། ཡུས་ཀུང་གིས་ལན་རྒྱག་ཡས་ལ་ང་ཤི་ན་ངའི་བུ་ཡོད་པ་རེད། བུ་ཤི་ན་ཚ་བོ་ཡོད་པ་རེད། དེ་འདྲ་ཕ་ཚ་བུ་རྒྱུད་རྫོགས་ཡས་ཡོད་པ་མ་རེད། རི་བོ་འདི་གཉིས་མཐོན་པོ་ཞེ་དྲགས་ཡིན་ནའང་འདི་ལས་མཐོ་རུ་འགྲོ་རྒྱུ་མེད་ཙང་ག་ཚད་རྐོས་ན་དེ་ཙམ་དམའ་རུ་འགྲོ་གི་ཡོད་པ་རེད། དེར་བརྟེན་མེད་པ་བཟོ་མི་ཐུབ་པ་ག་རེ་ཟེ་བཤད་པ་རེད། ཡུས་ཀུང་གིས་ཀྲི་སོའུ་གྱི་ནོར་འཁྲུལ་གྱི་བསམ་བློ་དེར་དགག་པ་རྒྱབ་ནས་ཐེ་ཚོམ་སྤུ་ཙམ་

མེད་པར་ཉིན་ལྟར་རེ་བཞིན་མཚམས་མ་ཆད་པར་རི་བོ་རྐོ་གིན་བསྡད་པ་རེད། ལས་ཀ་དེས་ལྷའི་དབང་པོར་སེམས་འགུལ་ཐེབས་ནས་ཁོས་ལྷ་གཉིས་མི་ཡུལ་དུ་བཏང་ནས་རི་བོ་དེ་གཉིས་ཁྱེར་ཕྱིན་པ་རེད་ཟེ་ཟེར་སྲོལ་ཡོད་པ་རེད། ད་ལྟ་ཡང་ཀྲུང་གོའི་མི་དམངས་ཀྱི་མགོ་བོ་མནན་ནས་བསྡད་པའི་རི་བོ་ཆེན་པོ་གཉིས་ཡོད་པ་རེད། གཅིག་གི་མིང་ལ་བཙན་རྒྱལ་རིང་ལུགས་ཟེར་བ་རེད། གཅིག་གི་མིང་ལ་བཀས་བཀོད་རྒྱུད་འཛིན་རིང་ལུགས་ཟེར་བ་རེད། ཀྲུང་གོ་གུང་ཁྲན་ཏང་གིས་རི་བོ་དེ་གཉིས་མེད་པ་བཟོ་རྒྱུའི་སེམས་ཐག་སྔ་མོ་ནས་བཅད་ཚར་བ་ཡིན། བྱས་ཙང་ང་ཚོས་ངེས་པར་དུ་རྒྱུན་འཁྱོང་བྱེད་དགོས། ངེས་པར་དུ་མཚམས་མ་ཆད་པར་ལས་ཀ་བྱེད་དགོས། དེ་འདྲ་བྱས་ན་ང་ཚོས་ཀྱང་ལྷའི་དབང་པོར་སེམས་འགུལ་ཐེབས་པ་གཅིག་བྱེད་ཐུབ་ཀྱི་རེད། ཡིན་ནའང་ལྷའི་དབང་པོ་དེ་གཞན་དག་མ་རེད། དེ་ཀྲུང་གོ་ཡོངས་ཀྱི་མི་དམངས་མང་ཚོགས་རེད། རྒྱལ་ཡོངས་ཀྱི་མི་དམངས་མང་ཚོགས་ཚང་མ་ཡར་ལངས་ནས་ང་ཚོ་དང་མཉམ་དུ་རི་བོ་དེ་གཉིས་རྐོས་ན་མེད་པ་བཟོ་མི་ཐུབ་པ་ག་རེ་ཡོད་”(《མའོ་ཙེ་ཏུང་གསུང་རྩོམ་གཅེས་བསྡུས་》དེབ་གསུམ་པའི་ཤོག་གྲངས་428ལ་གསལ་)ཅེས་གསུངས་ཡོད་པ་དང་ཡུས་ཀུང་གིས་རི་བོ་སྤོས་པའི་སྒྲུང་ནི་《ལིའི་ཙི་ཐང་གི་དྲི་དོན་》ཟེར་བའི་ནང་གསལ་ཞིང་། དེ་ནི་གནའ་བོའི་གཏམ་རྒྱུད་ཅིག་ཡིན། བློ་མཐུན་མའོ་ཙེ་ཏུང་གིས་གཏམ་རྒྱུད་དེར་བླ་སྲོག་གསར་པ་ཞིག་གནང་དེ། མི་རྣམས་ཀྱིས་ཡུས་ཀུང་གིས་རི་བོ་སྤོས་པའི་སྙིང་སྟོབས་དེ་འཁྱེར་ནས་བཙན་རྒྱལ་རིང་ལུགས་དང་བཀས་བཀོད་རྒྱུད་འཛིན་རིང་ལུགས་རྩ་མེད་གཏོང་རྒྱུར་སྐུལ་སློང་བྱས་པ་མ་ཟད། དེ་ནི་གསར་བརྗེའི་དངོས་ཡོད་རིང་ལུགས་དང་གསར་བརྗེའི་འཆར་ཡན་རིང་ལུགས་ཟུང་འབྲེལ་བྱས་པའི་དཔེ་མཚོན་གྱི་རང་བཞིན་ལྡན་པའི་བརྩམས་ཆོས་ཤིག་ཡིན།

བོད་རིགས་ཀྱི་རྩོམ་རིག་སྒྱུ་རྩལ་ནང་དུ་ཡང་གཏམ་རྒྱུད་དེ་འདྲ་བ་ཧ་སྐྱེད་ཅིག་མཆིས་ཤིང་དུས་རབས་མི་འདྲ་བའི་དབང་གིས་གཏམ་རྒྱུད་དེ་དག་གི་

བརྗོད་དོན་དང་བླ་སྲོག་ལ་ཡང་འགྱུར་བ་མང་པོ་ཕྱིན་ཡོད། དཔེར་ན། བགྲེས་རྟགས་བརྒྱད་ལ་མཚོན་ན་དུས་རབས་རིམ་བྱུང་དུ་རྩོམ་པ་པོ་གྲངས་ལས་འདས་པ་ཞིག་གིས་ཡུལ་དུས་དང་། སྤྱི་ཚོགས་མི་འདྲ་བའི་ནང་རང་རང་གི་བསམ་བློའི་བཀོད་ཤུགས་ལ་བརྟེན་ནས་སྐབས་དེའི་སྤྱི་ཚོགས་ཀྱི་ཁ་ཕན་ལ་སྨྲུང་སྒྲུབ་དང་བསྟུགས་བརྗོད་བྱེད་པའི་བརྩམས་ཆོས་ཇི་སྙེད་ཅིག་མཆིས་ཡོད་ལ། གསར་བརྗེའི་དངོས་ཡོད་རིང་ལུགས་དང་གསར་བརྗེའི་འཆར་ཡན་རིང་ལུགས་ཟུང་འབྲེལ་བྱས་པའི་བརྩམས་ཆོས་ཡང་མང་པོ་ཞིག་ཐོན་ཡོད། དཔེར་ན། ཆབ་སྲིད་ཚེ་བརྟན་ཕུན་ཚོགས་ལགས་ཀྱིས་མཛད་པའི་《ཤིས་བརྗོད་བཀྲ་ཤིས་རྟགས་བརྒྱད་》ལྟ་བུའོ།

གསར་བརྗེའི་དངོས་ཡོད་རིང་ལུགས་དང་གསར་བརྗེའི་འཆར་ཡན་རིང་ལུགས་ཟུང་འབྲེལ་བྱེད་པའི་གསར་རྩོམ་གྱི་བྱེད་ཐབས་ནི་ཕུགས་བསམ་དང་དངོས་ཡོད་གཉིས་ཟུང་འབྲེལ་གྱིས་མཚོན་པར་བྱེད་དགོས། གསར་བརྗེའི་ཕུགས་བསམ་ཡང་འཚོ་བ་དངོས་དང་ཁ་བྲལ་བ་དང་ཡང་ན་འཚོ་བའི་ཕྱི་རོལ་དུ་རང་གར་གནས་པའི་བྱ་དངོས་ཞིག་མ་ཡིན་པར་དེ་ནི་འཚོ་བའི་འཕེལ་རྒྱས་ཀྱི་ནང་དུ་རང་ཤུགས་སུ་བྱུང་བའི་འབྲས་བུ་ཞིག་ཡིན་དགོས་པ་ལས། འཚོ་བའི་ཕྱི་རོལ་དུ་གནས་པའི་ཕུགས་བསམ་ཞིག་བསྐྱར་དུ་སྟོན་པའི་དགོས་པ་མེད། དེས་ན་བརྩམས་ཆོས་ཀྱི་ནང་དུ་ཕུགས་བསམ་གྱི་འོད་སྣང་མངོན་ཐུབ་པ་མ་ཟད། ཕུགས་བསམ་དེ་མངོན་འགྱུར་བྱེད་པའི་འགྲོ་ལམ་ཡང་མཚོན་པར་བྱེད་དགོས། འཚོ་བ་དངོས་ཀྱི་ནང་དུ་གནས་པའི་སྣེ་མང་རྙོག་འཛིང་ཅན་གྱི་འགལ་བ་དང་དཀའ་ངལ་དེ་དག་ལ་ཟུར་ཟློལ་བྱེད་རྒྱུ་མེད་པར་དེ་ལས་ཐོག་ཏེ་དཔའ་ངར་ཆེར་སྐྱེད་དང་བློ་ཁོག་ཆེན་པོས་དེ་དག་མཚོན་པ་དང་ཚུར་སྣང་བྱེད་དགོས་པ་རེད། དེ་འདྲ་བྱས་ཚེ་དངོས་ཡོད་ལ་ཁ་ཕྱོགས་པ་དང་ཏན་ཏན་ཏིག་ཏིག་གི་སྒོ་ནས་དངོས་ཡོད་འཚོ་བའི་ནང་གི་འགལ་བ་རེ་རེ་བཞིན་ཐག་གཅོད་བྱེད་ཐུབ་པ་དང་། དཀའ་ངལ་མཐའ་དག་ལས་རྣམ་པར་རྒྱལ་ཏེ་ཕུགས་བསམ་གྱི་ཡུལ་

ཁམས་དེ་རིམ་བཞིན་མངོན་འགྱུར་བྱེད་ཐུབ་པ་ཡོང་གི་རེད། དོན་དངོས་ཐོག་བརྩམས་ཆོས་འདི་ལྟ་བུར་མི་རྣམས་ཀྱིས་བློ་མོས་ཡིད་ཆེས་བྱེད་ཐུབ་པ་མ་ཟད། ཀློག་པ་པོ་རྣམས་ཀྱིས་དཀའ་ངལ་ལ་མི་འཛེམས་པ་དང་བློ་ཁོག་ཆེན་པོས་འཐབ་རྩོད་བྱས་ཏེ་དཀའ་ངལ་ལས་རྣམ་པར་རྒྱལ་ཐུབ་པའི་ཀུན་སྤྱོད་སྐྱེ་བསྐྱེད་བྱེད་ཐུབ་པ་ཡོང་རྒྱུ་དེ་རེད། གལ་ཏེ་འཚོ་བ་དངོས་ལས་ཁ་བྲལ་བ་དང་། འཚོ་བ་དངོས་ཀྱི་ནང་དུ་གནས་པའི་དངོས་གཞི་ལས་ཟུར་ཕྱོལ་བྱས་ཏེ་འཚོ་བར་མཛེས་རྒྱན་ཚར་དུ་དངར་བ་ཞིག་སྤྲད་པ་དང་། འཚོ་བའི་ནང་དུ་དཀའ་ངལ་དང་ཀྱག་ཀྱོག་གང་ཡང་མེད་པ་དང་། ཕྱུགས་བསམ་དེ་ཡང་སྤྱོབས་ཆེའི་སྐད་ཆས་ཁེངས་པ་ཞིག་རྩོམ་འབྲི་བྱས་ཡོད་ཚེ། དེའི་འབྲས་བུར་གསར་རྩོམ་གྱི་ནང་དུ་བརྗོད་ཉམས་ལྡན་པའི་སྐད་ཆ་བཤད་པ་དང་། སྟོང་གཏམ་བཤད་པ། རྫུན་གཏམ་བཤད་པ་ཁོ་ན་ཙམ་དུ་ཟད་པ་ལས། གཞན་གྱི་འབྲས་བུ་ལེགས་པོ་ཞིག་ཐོན་མི་ཐུབ་པ་མ་ཟད། བརྩམས་ཆོས་དེ་རིགས་ཀྱིས་རྒྱ་ཆེའི་ཀློག་པ་པོ་ལ་གནོད་འཚེའི་རང་བཞིན་ཤིན་ཏུ་ཆེན་པོ་ཡོད་པ་ཞིག་ཡིན། ཡང་དེ་ལས་ལྡོག་ཏེ་དཀའ་ངལ་དང་འགལ་བའི་དངོས་གཞི་ཁོ་ན་བྲིས་པ་ཙམ་ལས། འཚོ་བའི་འོད་སྣང་འཕྲོ་བའི་མདུན་ལམ་མཐོང་མི་ཐུབ་ཚེ། དེས་ཀྱང་རྒྱ་ཆེའི་ཀློག་པ་པོ་རྣམས་ཀྱི་དཔའ་ངར་ལ་སྐུལ་འདེད་ཀྱི་ནུས་པ་ཐོན་མི་ཐུབ་པོ།

མདོར་ན། གསར་བརྗེའི་དངོས་ཡོད་རིང་ལུགས་དང་གསར་བརྗེའི་འཆར་ཡན་རིང་ལུགས་དུ་འབྲེལ་བའི་གསར་རྩོམ་གྱི་བྱེད་ཐབས་ནི་ངེས་པར་དུ་འཚོ་བ་དངོས་འཛིན་རྒྱུ་རྒྱུན་འཁྱོངས་བྱེད་པ་དང་དུས་མཚུངས་སྐབས་བདེའི་ངང་ནས་འཚོ་བ་ཟིན་བྲིས་བྱེད་རྒྱུ་ཙམ་ཞིག་མ་ཡིན་པར། གསར་བརྗེའི་དངོས་ཡོད་རིང་ལུགས་ཀྱི་རྨང་གཞི་བྱས་པ་དང་། གསར་བརྗེའི་འཆར་ཡན་རིང་ལུགས་ཀྱི་སློབ་སྟོན་བྱས་པའི་འོག་ཏུ། འཚོ་བ་དངོས་དེ་གསོན་ཉམས་དོད་པོས་རྩོམ་འབྲི་བྱེད་པ་དང་ཕྱུགས་བསམ་མཚོན་པར་བྱེད་རྒྱུ་དེ་གཅིག་གྱུར་དང་གཅིག་འདུའི་ཕུང་པོ་ཞིག་ཏུ་འགྱུར་བར་བྱེད་རྒྱུ་དེ་ནི། གསར་རྩོམ་བྱེད་ཐབས་

འདིའི་རྩ་བའི་རེ་བ་དེ་ཡིན་ནོ།

2. གསར་བརྗེའི་དངོས་ཡོད་རིང་ལུགས་དང་གསར་བརྗེའི་འཆར་ཡན་རིང་ལུགས་ཟུང་དུ་འབྲེལ་བའི་གསར་རྩོམ་གྱི་བྱེད་ཐབས་འདིས་རྩོམ་པ་པོ་རྣམས་ཀྱིས་དུར་བརྩོན་ཆེན་པོས་དུས་སྐབས་གསར་པའི་རྣམ་པ་དང་མི་སྣ་གསར་པ་མཚོན་པར་བྱེད་དགོས་རྒྱུའི་རེ་བ་བཏོན་ཡོད་པ་མ་ཟད། ལོག་སྤྱོད་དང་རྗེས་ལུས་ཅན་གྱི་སྟོབས་ཤུགས་དང་ཕན་མེད་ཀྱི་སྣང་ཚུལ་དག་ལ་དགག་རྒྱག་དང་ཐེར་འདོན་བྱེད་དགོས་པའི་རེ་བ་ཡང་བཏོན་ཡོད་པ་རེད། དུས་རབས་མི་འདྲ་བའི་ནང་རྩོམ་རིག་སྒྱུ་རྩལ་གྱིས་ངེས་པར་དུ་དུས་རབས་དེ་གཞིའི་དཔའ་བོར་བསྔགས་བརྗོད་དང་ལོ་རྒྱུས་ཀྱི་དུས་སྐབས་མི་འདྲ་བའི་ནང་གྲལ་རིམ་དེ་གཞིའི་དཔེ་མཚོན་གྱི་མི་སྣ་གསར་བསྐྲུན་བྱེད་དགོས་རྒྱུའི་འདུན་པ་བཏོན་གྱི་ཡོད་པ་རེད། ནློ་མཐུན་མའོ་ཙེ་ཏུང་གིས“ད་ལྟ་འཛམ་གླིང་ཐོག་རིག་གནས་དང་། ཡང་ན་རྩོམ་རིག་དང་སྒྱུ་རྩལ་ཐམས་ཅད་གྲལ་རིམ་ངེས་ཅན་རེ་དང་ཆབ་སྲིད་ཀྱི་ལམ་ཕྱོགས་ངེས་ཅན་རེར་གཏོགས་པ་ལས། དོན་དངོས་ཐོག་སྒྱུ་རྩལ་གྱི་ཆེད་ཀྱི་སྒྱུ་རྩལ་དང་གྲལ་རིམ་ལས་འདས་པའི་སྒྱུ་རྩལ། ཆབ་སྲིད་དང་མཉམ་གཤིབ་བྱེད་པ་དང་། ཡང་ན་ཕན་ཚུན་རང་ཚུགས་ལ་གནས་པའི་སྒྱུ་རྩལ་བཅས་ནི་ཡོད་པ་མ་རེད། (《ཡན་ཨན་རིག་རྩལ་བཞུགས་མོལ་ཚོགས་འདུའི་ཐོག་གི་གཏམ་བཤད》《མའོ་ཙེ་ཏུང་གསུང་རྩོམ་གཅེས་བསྡུས》དེབ་གསུམ་པའི་ཤོག་གྲངས་130ལ་གསལ་) ཅེས་གསུངས། མི་སྣ་གསར་པ་ཐོན་པ་དེས་རྩོམ་པ་པོ་རྣམས་ལ་རེ་བ་གསར་པ་ཞིག་བཏོན་ཡོད་ལ། ཡང་དག་པའི་སྒོ་ནས་དུས་རབས་གསར་པ་དང་། མི་སྣ་གསར་པར་བསྔགས་བརྗོད་བྱེད་པ་བརྒྱུད་ནས་སྤྱི་ཚོགས་རིང་ལུགས་ཀྱི་ཆེས་བླ་ན་མེད་པའི་ཕྱུགས་བསམ་དང་ལོ་རྒྱུས་ཀྱི་འཕེལ་ཕྱོགས་དངོས་དེ་མཚོན་པར་བྱེད་དགོས་པ་རེད། དེ་ལྟར་གསར་བརྗེའི་དངོས་ཡོད་རིང་ལུགས་དང་གསར་བརྗེའི་འཆར་ཡན་རིང་ལུགས་ཟུང་དུ་འབྲེལ་བའི་གསར་རྩོམ་གྱི་བྱེད་ཐབས་བེད་སྤྱོད་དེ། ཡང་དག་པའི་སྒོ་ནས

དཔའ་བོ་དང་མི་དམངས་མང་ཚོགས་ཀྱི་འབྲེལ་བ་མཚོན་པར་བྱེད་པ་དང་། ང་ཚོའི་དུས་རབས་འདིའི་ནང་གི་དཔའ་བོའི་མི་སྣའི་འཐབ་རྩོད་ཀྱི་ལོ་རྒྱུས་དང་བསམ་པའི་རྣམ་པ་དེ་དངོས་ཡོད་ཀྱིས་རྩོམ་འབྲི་བྱེད་དགོས་ལ། ཁོ་ཚོའི་མངོན་གསལ་ནོར་ལ་སྣ་མང་ཡིན་པའི་རང་གཤིས་དེ་ཡང་རྩོམ་འབྲི་བྱེད་དགོས་པ་ཞིག་ཡིན།

3. གསར་བརྗེའི་དངོས་ཡོད་རིང་ལུགས་དང་གསར་བརྗེའི་འཆར་ཡན་རིང་ལུགས་ཟུང་དུ་འབྲེལ་བའི་གསར་རྩོམ་བྱེད་ཐབས་ཀྱི་རེ་བ་གཞན་ཞིག་ནི་རྩོམ་རིག་སྒྱུ་རྩལ་གྱི་ཕྱོགས་ལྷུང་གི་རང་བཞིན་དང་དངོས་ཡོད་ཀྱི་རང་བཞིན་དེ་གཅིག་གྱུར་ཡོང་ཐུབ་པ་བྱེད་རྒྱུ་དེ་ཡིན། རྩོམ་རིག་སྒྱུ་རྩལ་མཐའ་དག་གི་ཚད་གཞི་མི་འདྲ་བ་དང་། རང་རྟོགས་དང་རང་རྟོགས་མ་ཡིན་པའི་སྒོ་ནས་བསམ་བློའི་(ཆབ་སྲིད་)ཕྱོགས་ལྷུང་ངེས་ཅན་ཞིག་མཚོན་པར་བྱེད་ཀྱི་ཡོད་ལ། བརྩམས་ཆོས་འགའ་རེས་མངོན་གསལ་ནོར་པོས་མཚོན་པར་བྱེད་ཀྱི་ཡོད་ལ་བརྩམས་ཆོས་འགའ་རེས་མངོན་གསལ་དེ་ཙམ་མེད་པ་ཁོ་ན་ཙམ་ཡིན། རྒྱུ་མཚན་ནི་རྩོམ་པ་པོའི་ཆབ་སྲིད་ཀྱི་ལྟ་ཚུལ་དང་རྣམ་འགྱུར་སོགས་བརྩམས་ཆོས་དེའི་ནང་ནས་ཚད་གཞི་མི་འདྲ་བ་མ་གཏོགས་གང་ལྟར་མཚོན་པར་བྱེད་ཀྱི་ཡོད་པ་རེད། དེས་ན་གསར་བརྗེའི་དངོས་ཡོད་རིང་ལུགས་དང་གསར་བརྗེའི་འཆར་ཡན་རིང་ལུགས་ཟུང་དུ་འབྲེལ་བའི་གསར་རྩོམ་གྱི་བྱ་ཐབས་ནང་དུ་ཡང་རྩོམ་རིག་གི་ཏང་གཤིས་རྩ་དོན་མངོན་གསལ་ནོར་པོས་གནས་ཡོད་པ་ཞིག་ཡིན་ལ། རྩོམ་རིག་དང་མང་ཚོགས་ཀྱི་འབྲེལ་བ་དེ་ཡང་མངོན་གསལ་ནོར་པོ་ཡོད་པ་ཞིག་ཡིན།

ལེ་ཉིན་གྱིས་རྩོམ་རིག་དེ་ངེས་པར་དུ་ཏང་གི་བྱ་གཞག་གི་ཆ་ཤས་ཤིག་ཏུ་འགྱུར་བ་བྱེད་རྒྱུའི་རྩ་དོན་འདོན་པ་གནང་བ་དང་དུས་མཚུངས་ང་ཚོར་ངེས་པར་དུ་རྩོམ་རིག་གི་དམིགས་བསལ་གྱི་རང་བཞིན་ལ་དོ་སྣང་གང་ཟབ་བྱེད་དགོས་པའི་བསླབ་བྱ་ནན་ཏན་གནང་ཡོད། ཁོང་གིས"རྩོམ་རིག་བྱ་གཞག

གིས་དེ་བས་ཀྱང་འགྱུར་མེད་ཀྱི་སྒོ་ནས་ཆ་སྙོམས་དང་འདྲ་མཚུངས་ཉུང་བས་མང་བར་བརྩི་བཀུར་བྱེད་པ་བཅས་གཏན་ནས་བྱེད་མི་ཉུང་བ་ནི་རྩོད་བྲལ་ཞིག་རེད། རྩོམ་རིག་བྱ་གཞག་དེས་ངེས་པར་དུ་རང་སོ་སོའི་གསར་རྩོམ་རང་བཞིན་དང་རང་སོ་སོའི་དཀའ་ཞེན་བྱེད་ཡུལ་ཡངས་ཤིང་རྒྱ་ཆེ་བ་ཞིག་ཡོང་བ་དང་བསམ་བློ་དང་འཆར་སྒོ། རྣམ་པ་དང་ནང་དོན་བཅས་ཀྱི་ཐད་འགྲོ་ལམ་ཡངས་ཤིང་རྒྱ་ཆེ་བ་ཞིག་ཡོང་བའི་འགན་ལེན་བྱེད་དགོས"(《ཏང་གི་རྩ་འཛུགས་དང་རྩོམ་རིག་གི་ཏང་གཤིས་》《ལེ་ཉིན་གྱི་གསུང་རྩོམ་གཅེས་བསྡུས་》དེབ་དང་པོའི་ཤོག་གྲངས་648ལ་གསལ་) ཅེས་མཛུབ་སྟོན་གནང་ཡོད་པ་རེད། བློ་མཐུན་མའོ་ཙེ་ཏུང་གིས་ད་དུང་རྩོམ་རིག་སྒྱུ་རྩལ་གྱི་ལས་དོན་པས་ངེས་པར་དུ"འཕྱོར་མེད་གྲལ་རིམ་དང་མི་དམངས་མང་ཚོགས་ཀྱི་ལངས་ཕྱོགས་སུ་ལང་དགོས། གུང་ཁྲན་ཏང་མི་ཞིག་ལ་ཆ་མཚོན་ན་ཏང་གི་ལངས་ཕྱོགས་སུ་ལངས་ནས་གསར་རྩོམ་བྱེད་དགོས"ཞེས་གསུངས་ཡོད་པ་རེད།

རྩོམ་རིག་སྒྱུ་རྩལ་གྱིས་ཞབས་འདེགས་ཞུ་ཡུལ་ནི་རྒྱ་ཆེ་བའི་མི་དམངས་མང་ཚོགས་ཡིན་ལ། རྩོམ་རིག་སྒྱུ་རྩལ་གྱིས་ངེས་པར་དུ་མི་དམངས་མང་ཚོགས་ཀྱི་བསམ་བློའི་བརྩེ་དུང་དང་། བསམ་བློའི་འདུན་པ་དང་སྙིང་ཁོང་གི་འདོད་སྒྲ་མཚོན་པར་བྱེད་པ་དང་དུས་མཚུངས་སྤྱི་ཚོགས་རིང་ལུགས་ཀྱིས་བསམ་བློས་མི་དམངས་མང་ཚོགས་ལ་སློབ་གསོ་དང་གོ་རྟོགས་གོང་མཐོར་གཏོང་དགོས། དམིགས་ཡུལ་དེ་ལྟར་ཞིག་འགྲུབ་ཕྱིར་རྩོམ་པ་པོས་རང་ཉིད་རྒྱ་ཆེའི་མི་དམངས་མང་ཚོགས་དང་མཉམ་དུ་འདྲེས་ཐུབ་པ་མ་ཟད། སྤྱི་ཚོགས་ཀྱི་འཚོ་བའི་ནང་གི་ལེགས་ཉེས་དབྱེ་ཞིབ་དང་། གཅིག་སྡུད། གདམ་གསེས་བཅས་བྱེད་དགོས་པ་རེད་ལ། རྒྱ་ཆེའི་མི་དམངས་མང་ཚོགས་ལ་སློབ་སྦྱོང་ཡང་བྱེད་དགོས་པ་རེད། བློ་མཐུན་ཏེང་ཞའོ་ཕིང་གིས"རིག་རྩལ་གྱི་ལས་ཀ་བྱེད་མཁན་རྣམས་ཀྱིས་ཧུར་བརྩོན་ཆེན་པོས་མར་ལེ་རིང་ལུགས་དང་མའོ་ཙེ་ཏུང་དགོངས་པ་སློབ་སྦྱོང་བྱས་ནས། རང་ཉིད་ཀྱི་འཚོ་བར་ངོས་འཛིན་བྱེད་པ་དང་། འཚོ་བར

དབྱེ་ཞིབ་བྱེད་པ། ཕྱི་ཚུལ་རྒྱུད་ནས་བྱ་དངོས་ཀྱི་ངོ་བོ་འཛིན་པ་བཅས་ཀྱི་ནུས་པ་ཆེ་རུ་གཏོང་དགོས། ང་ཚོའི་རིག་རྩལ་ལས་ཀ་བྱེད་མཁན་རྣམས་ཀྱི་ནང་ནས་བློ་མཐུན་ཉིན་རེ་ལས་ཉིན་རེར་མང་བ་ཞིག་མིའི་རིགས་ཀྱི་སེམས་བཟོ་དགེ་རྒན་མིང་དོན་མཚུངས་པ་ཞིག་ཆགས་ཐུབ་པའི་རེ་བ་བྱེད་ཀྱི་ཡོད། མི་དམངས་ལ་སློབ་གསོ་གཏོང་དགོས་བསམ་ན་ཐོག་མར་རང་ཉིད་ལ་སློབ་གསོ་འཐོབ་པ་ཞིག་ངེས་པར་དུ་བྱེད་དགོས། མི་དམངས་ལ་སློབ་གསོ་གཏོང་དགོས་ན་ཐོག་མར་རང་ཉིད་ཀྱིས་རོ་བཅུད་ངེས་པར་དུ་ལེན་དགོས། འོ་ན་སུ་ཞིག་གིས་རིག་རྩལ་གྱི་ལས་ཀ་བྱེད་མཁན་རྣམས་ལ་སློབ་གསོ་གཏོང་དགོས་ཀྱི་རེད་ཟེར་ན། མ་ལེ་སི་རིང་ལུགས་ཀྱིས་ལན་བཏབ་པ་ལྟར་ན་མི་དམངས་ཕོ་ན་རེད། མི་དམངས་ནི་རིག་རྩལ་གྱི་ལས་ཀ་བྱེད་མཁན་རྣམས་ཀྱི་སྐྱེས་མ་རེད། རིག་རྩལ་གྱི་ལས་ཀ་བྱེད་མཁན་ཡར་ཐོན་ཅན་མཐའ་དག་གི་སྒྱུ་རྩལ་གྱི་ཚེ་སྲོག་ནི་ཕོ་ཚོ་མི་དམངས་དང་ཤ་ཁྲག་ལྟ་བུའི་འབྲེལ་བ་ཡོད་པ་དེར་ཐུག་ཡོད། དེར་བརྟེན་འབྲེལ་བ་དེ་རིགས་བརྗེད་པའམ། སྣང་མེད་དུ་བཏང་བའམ། བཅད་པ་ཡིན་ན་རིག་རྩལ་གྱི་ཚེ་སྲོག་ཀྱང་ཟད་འགྲོ་གི་རེད། མི་དམངས་ལ་སྒྱུ་རྩལ་དགོས་ལ། སྒྱུ་རྩལ་ལ་མི་དམངས་དེ་བས་ཀྱང་དགོས། རང་རྟོགས་ཀྱི་སྒོ་ནས་མི་དམངས་ཀྱི་འཚོ་བའི་ནང་ནས་ནང་དོན་དང་། བརྗོད་བྱ་གཙོ་བོ། གནས་ཚུལ། སྐད་ཆ། སྙན་ངག་དང་རི་མོའི་མཚོན་བྱ་བཅས་བསྡུ་ལེན་དང་མི་དམངས་ཀྱི་ལོ་རྒྱུས་གསར་བསྐྲུན་བྱེད་པའི་སྙིང་སྟོབས་ལ་བརྟེན་ནས་རང་ཉིད་གསོ་སྐྱོང་བྱེད་རྒྱུ་དེ་ནི་ང་ཚོའི་སྤྱི་ཚོགས་རིང་ལུགས་ཀྱི་རིག་རྩལ་གྱི་ལས་ཀ་བྱེད་མཁན་རྣམས་ཀྱིས་བློ་བརྟན་འགྱུར་མེད་ཀྱི་འགྲོ་ལམ་དེ་དེད་ནས་རྒྱུན་མ་ཆད་པར་མདུན་དུ་སྐྱོད་ཐུབ་ངེས་ཡིན་པ་ང་ཚོར་ཡིད་ཆེས་ཡོད།”(《ཀྲུང་གོའི་རྩོམ་རིག་སྒྱུ་རྩལ་གྱི་ལས་ཀ་བྱེད་མཁན་འདུས་མི་ཚོགས་ཆེན་ཐེངས་བཞི་པའི་ཐོག་གི་སྨྲ་ཆིག》《ཏེང་ཞའོ་ཕིང་གི་གསུང་རྩོམ་གཅེས་སྒྲིག》(1975－1982ལོའི་བར་)ཅེས་པའི་ཤོག་གྲངས316－362བར་གསལ་)ཅེས་གསུངས་ཡོད་པ་དང་སོ་སོའི་སྒྱུ་རྩལ་གྱི་ཚེ་

སྒྲིག་ལ་རྩ་ཆེན་བྱེད་མཁན་རྩོམ་པ་པོ་རྣམས་ཀྱིས་སོ་སོ་དང་མི་དམངས་བར་གྱི་ཤ་ཁྲག་ལྟ་བུའི་འབྲེལ་བར་གཙིགས་ཆེན་དང་འབྲེལ་བ་དམ་ཟབ་ཏུ་གཏོང་དགོས་པ་རེད།

གསར་བརྗེའི་དངོས་ཡོད་རིང་ལུགས་དང་གསར་བརྗེའི་འཆར་ཡན་རིང་ལུགས་ཟུང་དུ་འབྲེལ་བའི་གསར་རྩོམ་གྱི་བྱེད་ཐབས་དེས། རྩོམ་རིག་སྒྱུ་རྩལ་བརྩམས་ཆོས་ཀྱི་ཕྱོགས་ལྷུང་རང་བཞིན་དང་དངོས་ཡོད་ཀྱི་རང་བཞིན་དེ་རྩོད་སྒྲུབ་ཀྱི་སྒོ་ནས་གཅིག་གྱུར་བྱེད་དགོས་པའི་རེ་བ་བཏོན་ཡོད་པ་རེད། རྒྱུ་མཚན་ནི་ཡར་ཐོན་གྱི་གསར་བརྗེའི་ཕྱོགས་ལྷུང་དེས་རྩོམ་པ་པོ་རྣམས་ཀྱིས་དངོས་ཡོད་ཀྱི་ཐོག་ནས་འཚོ་བ་ཚུར་སྣང་བྱེད་རྒྱུར་སྐུལ་སློང་བྱེད་ཐུབ་པ་མ་ཟད། འཚོ་བ་དངོས་མཚོན་པར་བྱས་པ་དེས་རང་བཞིན་དུ་གསར་བརྗེའི་ཕྱོགས་ལྷུང་རང་བཞིན་ལ་དེ་བས་ཀྱང་གོ་སྐོན་གློ་འགུག་གི་ནུས་པ་ཐོན་ཐུབ་ཀྱི་རེད། གསར་བརྗེའི་ཕྱོགས་ལྷུང་རང་བཞིན་དང་དངོས་ཡོད་ཀྱི་རང་བཞིན་ཁ་གཏད་འགྱུར་བའི་བཤད་ཚུལ་ཅི་འདྲ་ཞིག་ཡིན་རུང་དེ་དག་ཚང་མ་ནི་ནོར་འཁྲུལ་ཅན་ཞིག་ཡིན། དེ་མིན་གསར་བརྗེའི་དངོས་ཡོད་རིང་ལུགས་དང་གསར་བརྗེའི་འཆར་ཡན་རིང་ལུགས་ཟུང་དུ་འབྲེལ་བའི་གསར་རྩོམ་གྱི་བྱེད་ཐབས་དར་སྤེལ་གཏོང་དགོས་ལ། ད་དུང་རང་མི་རིགས་ཀྱི་ལོ་རྒྱུས་ཐོག་གི་ཕུལ་དུ་བྱུང་བའི་དངོས་ཡོད་རིང་ལུགས་དང་འཆར་ཡན་རིང་ལུགས་ཀྱི་སྲོལ་རྒྱུན་དེ་རྒྱུན་འཛིན་བྱེད་དགོས་པ་མ་ཟད། དེར་བསྐྱར་བཀོད་དང་གསར་གཏོད་བྱས་ཏེ་འཕེལ་རྒྱས་དེ་བས་ཆེས་ཆེ་བ་ཞིག་ཡོང་བ་བྱེད་པ་དང་། དུས་རབས་གསར་པ་དང་སྤྱི་ཚོགས་ཀྱི་འཚོ་བ་གསར་པ་དེ་གང་ལེགས་མཚོན་པར་བྱེད་དགོས་པ་རེད། དེ་ནི་བློ་མཐུན་མའོ་ཙེ་ཏུང་གིས་གསུངས་པ་ལྟར་"ང་ཚོས་ငེས་པར་དུ་རྩོམ་རིག་དང་སྒྱུ་རྩལ་གྱི་ཕུལ་བྱུང་གི་ཤུལ་རྒྱུན་ཡོད་ཚད་རྒྱུན་བཟུང་ཐོག་བཟང་ངན་དབྱེ་འབྱེད་ཀྱིས་དེ་ཚོའི་ནང་ནས་ཕན་པའི་རིགས་ཡོད་ཚད་བསྡུས་ནས་ང་ཚོས་དུས་འདི་དང་ཡུལ་འདིའི་མི་དམངས་ཀྱི་འཚོ་བའི་ནང་

གི་རྩོམ་རིག་དང་སྒྱུ་རྩལ་གྱི་རྒྱུ་ཆ་རྣམས་སྤྱད་ནས་རྩོམ་རིག་གསར་བསྐྲུན་བྱེད་སྐབས་ཀྱི་དཔྱད་གཞིར་བཟུང་དགོས་ཀྱི་རེད་(《ཡན་ཨན་རིག་རྩལ་བཞུགས་མོལ་ཚོགས་འདུའི་ཐོག་གི་གཏམ་བཤད་》《མའོ་ཙེ་ཏུང་གསུང་རྩོམ་གཅེས་བསྡུས་》དེབ་གསུམ་པའི་ཤོག་གྲངས121ལ་གསལ་)ཅེས་གསུངས་ཡོད་པ་རེད། དེ་ལྟར་རང་མི་རིགས་ཀྱི་དངོས་ཡོད་རིང་ལུགས་ཀྱི་སྲོལ་རྒྱུན་དང་འཆར་ཡན་རིང་ལུགས་ཀྱི་སྲོལ་རྒྱུན་ལ་ཞིབ་འཇུག་ཞིབ་ཕྲ་བྱེད་དགོས་ལ། སྔོན་བྱོན་རྩོམ་པ་པོ་རྣམས་ཀྱིས་མཛད་པའི་ཞུལ་བྱུང་གི་གསར་རྩོམ་བྱེད་ཐབས་ཀྱི་གྲུབ་འབྲས་དང་ཉམས་མྱོང་ཕྱོགས་བསྡོམས་ཡང་བྱེད་དགོས། བོད་རིགས་ཀྱི་རྩོམ་རིག་ལོ་རྒྱུས་ཐོག་ཏུ་དངོས་ཡོད་རིང་ལུགས་ཀྱི་རྩོམ་རིག་སྒྱུ་རྩལ་གྱི་སྲོལ་རྒྱུན་ཡོད་པ་མ་ཟད། འཆར་ཡན་རིང་ལུགས་ཀྱི་རྩོམ་རིག་སྒྱུ་རྩལ་གྱི་སྲོལ་རྒྱུན་ཡོད་ལ། གསར་རྩོམ་གྱི་བྱེད་ཐབས་དེ་གཉིས་ཟུང་འབྲེལ་བྱས་ཏེ་གྲུབ་འབྲས་ལེགས་པོ་ཐོབ་ཡོད་པའི་བརྩམས་ཆོས་ཧ་སྐྱེད་ཅིག་ཡང་ཡོད། རྩོམ་པ་པོ་རྣམས་ཀྱིས་གསར་བརྗེའི་དངོས་ཡོད་རིང་ལུགས་དང་གསར་བརྗེའི་འཆར་ཡན་རིང་ལུགས་ཟུང་དུ་སྦྲེལ་བའི་གསར་རྩོམ་བྱེད་ཐབས་བེད་སྤྱད་དེ་ཐོར་ལས་ལྷག་པའི་སྒོ་ནས་རང་མི་རིགས་ཀྱི་རྩོམ་རིག་སྒྱུ་རྩལ་གྱི་ཤུལ་རྒྱུན་དང་སྲོལ་རྒྱུན་རྒྱུན་འཛིན་བྱེད་པ་དང་། ལོ་རྒྱུས་ཀྱི་དུས་སྐབས་གསར་པའི་ཆ་རྐྱེན་འོག་ཏུ་སྤྱི་ཚོགས་རིང་ལུགས་ཀྱི་རྩོམ་རིག་ཕུན་སུམ་ཚོགས་སུ་གཏོང་དགོས་པ་རེད།

བདུན་པ། རྩོམ་རིག་གསར་རྩོམ་བྱེད་ཐབས་ཀྱི་སྟེ་མང་རང་བཞིན་དེང་རབས་རིང་ལུགས་ཀྱི་གྲུབ་མཐའི་སྐོར།

དེང་རབས་རིང་ལུགས་ཞེས་པའི་གྲུབ་མཐའ་དེ་ནི་དུས་རབས་བཅུ་དགུ་པའི་མཇུག་དང་དུས་རབས་ཉི་ཤུ་པའི་དུས་འགོར་ནུབ་ཕྱོགས་རྒྱབ་ཁབ་ཁག་ཏུ་

སྤྱིལ་རྒྱུན་གྱི་རྩོམ་རིག་ལ་ངོ་རྒོལ་བྱེད་པའི་རྩོམ་རིག་གི་བསམ་པའི་རླབས་རྒྱུན་དང་གྲུབ་མཐའ་མི་འདྲ་བའི་སྤྱིའི་ཐ་སྙད་དེར་དེང་རབས་རིང་ལུགས་ཀྱི་རྩོམ་རིག་ཅེས་བརྗོད་ལ། དེང་རབས་རིང་ལུགས་ཀྱི་རྩོམ་རིག་ནི་1880ལོ་དང་1890ལོར་འགོ་ཚུགས་པ་ཡིན་ཞེས་པའི་འདོད་ཚུལ་མི་འདྲ་བ་གཉིས་ཡོད།

འདིར་གསལ་བཤད་བྱ་དགོས་པ་ཞིག་ནི་དེང་རབས་རིང་ལུགས་ཀྱིས་དངོས་ཡོད་རིང་ལུགས་ལ་ངོ་རྒོལ་བྱས་པ་ཞིག་མ་ཡིན་པར། དངོས་ཡོད་རིང་ལུགས་དེ་འཕེལ་རྒྱས་གསར་པ་ཞིག་ཏུ་བཏང་བ་ཡིན་ལ་དངོས་ཡོད་རིང་ལུགས་ཀྱི་སྙིང་སྟོབས་དེས་སྤྱི་ཚོགས་དང་རང་ཉིད་མཚོན་ཐབས་བྱས་པ་ཞིག་ཡིན་རྐྱེན་དེས་དངོས་ཡོད་རིང་ལུགས་ཀྱི་རྩོམ་ཐབས་དང་རྒྱབ་འགལ་བྱས་པ་ཞིག་མ་ཡིན།

དེང་རབས་རིང་ལུགས་དང་ཡང་ན་དེང་རབས་པའི་གྲུབ་མཐའ་ཞེས་པར་ཁྱབ་ཆེ་ཆུང་མི་འདྲ་བའི་གོ་དོན་གཉིས་ཡོད། ཁྱབ་ཆུང་བའི་དེང་རབས་ཞེས་པའི་གོ་དོན་ནི་འཛམ་གླིང་དམག་ཆེན་གཉིས་བར་དུ་རྩོམ་རིག་སྒྱུ་རྩལ་ནང་དུ་རྩོམ་རིག་གི་ཉམས་འགྱུར་དང་རྣམ་པ་སོགས་མི་འདྲ་བའི་གྲུབ་མཐའ་ཞིག་ཡིན་པ་དང་། ཁྱབ་ཆེ་བའི་དེང་རབས་རིང་ལུགས་ཞེས་པའི་གོ་དོན་ནི་རྩོམ་རིག་སྒྱུ་རྩལ་གྱི་ནང་དུ་སྤྱིལ་རྒྱུན་གྱི་རྩོམ་རིག་ལ་ངོ་རྒོལ་བྱེད་པའི་མ་རྩའི་རིང་ལུགས་ཀྱི་རྩོམ་རིག་གི་ལས་འགུལ་ཞིག་ཡིན་པ་མ་ཟད། བསམ་བློ་དང་སྒྱུ་རྩལ་གྱི་ཐད་སྤྱིལ་རྒྱུན་གྱི་རྩོམ་རིག་དང་གཏན་ནས་མི་འདྲ་བའི་རྩོམ་རིག་གི་བསམ་པའི་རླབས་རྒྱུན་དང་གྲུབ་མཐའ་ཁག་གི་སྤྱི་མིང་དེར་དེང་རབས་རིང་ལུགས་ཞེས་བརྗོད།

དེང་རབས་རིང་ལུགས་རྩོམ་རིག་གིས་ལད་འབྲི་དང་དངོས་ཡོད་བསྐྱར་མཚོན་བྱེད་པར་མི་དགའ་བར། རང་སྣང་གི་འདོད་འདུན་དེ་བཀག་རྒྱ་མེད་པར་མངོན་པར་བྱུང་ལ། དེ་ནི་ཕྱི་ཡུལ་གྱི་དངོས་པོའི་གནས་ཚུལ་ལ་དོ་གལ་མི་བྱེད་པར། སེམས་ཁམས་དང་རྟོག་སྣང་ན་ཡོད་པའི་དངོས་ཡོད་དང་རྨི་ལམ་དང་འཕྲུལ་མཚར་གྱི་དངོས་ཡོད་ལ་བློ་ཁ་ཕྱོགས་པ་མ་ཟད། བརྩམས་སྒྲུང་

གསར་པའི་རྩོམ་འབྲི་ཐབས་ལ་བློ་ཁ་ཕྱོགས་པ་རྣམས་ཀྱིས་བརྩམས་སྒྲུང་རྙིང་པའི་ཐབས་ཀྱིས་མི་རྣམས་ཀྱི་སེམས་ཀྱི་འགྱུར་བ་དངོས་དེ་ཕྱིར་མཚོན་མི་ཐུབ་པར་འདོད་པ་དང་། དེང་རབས་རིང་ལུགས་ཀྱི་རྩོམ་ཐབས་དེས་སེམས་ཁམས་ཀྱི་རྒྱུ་ཆའམ་སེམས་ཁམས་ཀྱི་འགྱུར་བ་དངོས་དེ་ཕྱིར་འདོན་པ་སྟེ། མིའི་སེམས་གཏིང་ན་ཉལ་བའི་གསང་བ་དང་། ཡིད་གཉིས་ཀྱི་འགལ་བ་སོགས་ལ་ཡིད་ཕྱོགས་ནས། དངོས་བཀལ་རིང་ལུགས་ཀྱིས་རྨི་ལམ་གྱི་འཕྲུལ་མཚར་དང་དངོས་ཡོད་གཉིས་མཉམ་དུ་བསྲེས་ནས་དངོས་ཡོད་ལས་བརྒལ་བའི་ཁྱད་ཆོས་བཟོས་ཤིང་། དངོས་ཡོད་དེ་རྨི་ལམ་གྱི་འཕྲུལ་མཚར་ཅན་དུ་བཟོ་བ་དང་། དངོས་ཡོད་འཚོ་བའི་ཁྲོད་དུ་མངོན་འགྱུར་བྱེད་མི་ཐུབ་པའི་ཕུགས་བསམ་དེ་རྨི་ལམ་གྱི་འཕྲུལ་འཚར་སོགས་ལ་བརྟེན་ནས་མངོན་འགྱུར་བྱེད་པ་དེ་ཡིན། དེང་རབས་རིང་ལུགས་ཀྱི་རྩོམ་རིག་ནི་རྙོག་འཛིང་ཆེ་བའི་རྩོམ་རིག་གི་རྣམ་པ་ཞིག་ཡིན་ལ་དེང་རབས་རིང་ལུགས་རྩོམ་རིག་གིས་ཚད་ངེས་ཅན་ཞིག་གི་སྟེང་ནས་ནུབ་ཕྱོགས་མ་རྩའི་རིང་ལུགས་ཀྱི་སྐྱོན་མཚང་ཁ་ཤས་ཕྱིར་འདོན་བྱས་ཤིང་། ལྷག་པར་དུ་ཤེས་ཡོན་ཅན་དག་གིས་མ་རྩ་རིང་ལུགས་ཀྱི་སྤྱི་ཚོགས་ལ་རེ་བ་ཆད་ཅིང་མི་དགའ་བའི་བསམ་ཚུལ་མཚོན་པར་བྱས་ཡོད་པས། ང་ཚོས་ནུབ་ཕྱོགས་སྤྱི་ཚོགས་ཀྱི་འགལ་བར་རྒྱུས་ལོན་དང་། ནུབ་ཕྱོགས་ཀྱི་མཁས་པ་མང་པོའི་སེམས་ཁམས་ཐད་ཀྱི་འཐུས་བུ་རྣམས་ཤེས་རྟོགས་དང་། གསར་གཏོད་ཀྱི་རང་བཞིན་སོགས་སློབ་སྦྱོང་བྱེད་དགོས་པའི་ཆ་གང་མང་ཞིག་ཡོད། དེར་བརྟེན་དེང་རབས་རིང་ལུགས་ཀྱི་རྩོམ་རིག་ལ་མཚོན་ནའང་བསམ་བློའི་སྟེང་ནས་སྙིགས་དོར་བཅུད་ལེན་དང་སྒྲུ་རྩལ་སྟེང་ནས་དབྱེ་ཞིབ་དང་ལེགས་ཆ་ལེན་རྒྱུ་ནི་གལ་ཆེ་བའི་གནད་ཅིག་ཡིན་ནོ།

དེང་རབས་རིང་ལུགས་ལ་ལོ་བརྒྱ་ལྷག་ཙམ་གྱི་ལོ་རྒྱུས་ཡོད་པ་མ་ཟད། དེའི་འཕེལ་རྒྱས་ཀྱི་བརྒྱུད་རིམ་ནང་དུ་དེང་རབས་རིང་ལུགས་ཀྱི་བསམ་པའི་ལྟབས་རྒྱུན་དང་གྲུབ་མཐའ་འདྲ་མིན་སྣ་ཚོགས་ཐོན་ཞིང་དེ་ནི་ཤིན་ཏུ་ཆེན་པོ་

ཞིག་ལ་ཡལ་ག་མང་པོ་སྐྱེས་པ་ལྟ་བུ་ཞིག་ཡིན། བསམ་པའི་རླབས་རྒྱུན་དང་གྲུབ་མཐའ་སྣ་ཚོགས་ཡོད་པ་དེ་དག་ནང་འགའ་རེས་ནི་སྐབས་གཅིག་རིང་གྲགས་ཆེ་ཙམ་བྱུང་བ་ལས་དེ་ཉིད་རིམ་བཞིན་མེད་པར་གྱུར་ཟིན་པ་དང་། རྩོམ་པ་པོའི་ངོས་ནས་ཞུས་ན་ཡང་རྩོམ་པ་པོ་དེ་གྲུབ་མཐའ་སྣ་ཚོགས་ཀྱི་ནང་དུ་ཚུད་ཡོད། དཔྱད་གཏམ་བྱེད་མཁན་མི་འདྲ་བ་དང་འདོད་ཚུལ་མི་འདྲ་བའི་དབང་གིས་རྩོམ་པ་པོ་དེ་གྲུབ་མཐའ་འདི་ཡིན་འདི་མ་ཡིན་གྱི་རྩོད་གཞི་ཡོད་པ་ཞིག་ཡིན།

དང་པོ། རྟོག་པ་རང་ཡན་དུ་འཕོས་པའི་བརྩམས་སྒྲུང་།

རྟོག་པ་རང་ཡན་པའི་རྒྱུན་ཞེས་པའི་རྩོམ་ཐབས་དེ་ནི་འཛམ་གླིང་དམག་ཆེན་དང་པོའི་སྔ་ནུབ་ཏུ་ཐོག་མར་ཕ་རན་སི་དང་དབྱིན་ཇིའི་རྒྱལ་ཁབ་ཏུ་བྱུང་བ་དང་དེ་ཉིད་ནུབ་ཕྱོགས་རྒྱལ་ཁབ་ཁྲོན་ཡོངས་སུ་ས་ཁྱབ་རྗེ་ཁྱབ་ཏུ་འཕེལ་རྒྱས་བྱུང་བའི་རྩོམ་རིག་གི་གསར་རྩོམ་བྱ་ཐབས་ཤིག་ཡིན།

“རྟོག་པ་རང་ཡན་པའི་རྒྱུན”ཞེས་པའི་གོ་དོན་ནི་སྤྱིར་བཏང་ཐོག་མི་རྣམས་གཉིད་འཁྲུག་ལ་མ་འཁྲུག་བའི་འོག་ཏུ་ནང་གི་བསམ་པའི་འགྱུར་བ་དང་། བསམ་བློ། རྟོག་པ་རྒྱུན་མི་ཆད་པར་རང་བཞིན་དུ་འགུལ་བསྐྱོད་བྱེད་པའི་ཁྱད་ཆོས་ལ་དམིགས་པ་ཞིག་ཡིན།

རྟོག་པ་རང་ཡན་པའི་རྒྱུན་གྱི་རྩོམ་ཐབས་སྤྱིའི་ངོས་ནས་ཞུས་ཚེ་དེ་ནི“ནང་སེམས་ཀྱི་རྟོག་པ་རང་ལབ”ཀོ་ན་བྱས་པ་ཞིག་གཏན་ནས་མ་ཡིན། དེང་རབས་རྩོམ་པ་པོ་རྣམས་ཀྱིས་བརྩམས་ཆོས་ནང་གི་མི་སྣའི་སེམས་ཁམས་ཀྱི་འགྱུར་བ་དངོས་མཚོན་ཕྱིར་དུས་གསུམ་སངས་རྒྱས་བཞིན་གང་ཡང་ཤེས་པ། གང་ཡང་བྱེད་ཐུབ་པའི་རྣམ་ཚུལ་ལྟར་མ་ཡིན་ལ། ཡང་ཞིབ་དཔྱད་ཀྱི་དཔོན་པོ་བཞིན་མིའི་སེམས་ཁམས་ལ་ཐེ་གཏོགས་སམ་ཧུས་གཏོགས་མི་བྱེད་པར་རྩོམ་མཁན་གྱིས་མི་སྣའི་སེམས་སུ་ཞུགས་ནས་མི་སྣའི་འདུ་ཤེས་གཡོ་འགུལ་གྱི་རྗེས་སུ་འབྲངས་ཏེ་བརྩམས་སྒྲུང་ནང་གི་མི་སྣའི་སེམས་ཁམས་ཀྱི་འགྱུར་བ་དེ་རང་

བཞིན་དུ་གསལ་བར་བྱེད་ཀྱི་ཡོད་པ་རེད། དེར་བརྟེན་རྟོག་པ་རང་ཡན་པའི་རྒྱུན་གྱི་བརྩམས་སྒྲུང་ནང་དུ་མི་སྣའི་སེམས་ཁམས་ཀྱི་འགྱུལ་བསྐྱོད་ཀྱི་འཕོ་འགྱུར་ཚོད་མི་ཐིག་པ་དང་། འགོ་མཇུག་བར་ཟང་ངེ་ཟིང་ངེ་དང་། ཚིག་སྦྱོར་བྱེད་སྟངས་ཀྱང་སྐད་ཀྱི་འགྲོ་ལུགས་དང་མི་མཐུན་པ་མ་ཟད། བསམ་གཞིགས་བྱེད་སྟངས་ཀྱང་གཏན་ཚིག་རིགས་པའི་ཆོས་ཉིད་དང་མི་མཐུན་པ་ཞིག་ཡིན། རྩོམ་ཐབས་འདིར་སྒྲིག་ཤིང་དུ་གྱུར་པའི་གཞུང་ལུགས་ཆེན་པོ་གསུམ་ཡོད་ཅེས་བརྗོད་པ་ནི།

ཨའོ་ཧྲི་ལི་རྩོམ་པ་པོ་ཕོ་ལོ་དབྱི་ཧ་དང་། ཨ་རིའི་སེམས་ཁམས་རིག་པ་མཁས་ཅན་ཀྲན་མུའུ་སི་དང་། ཕ་རན་སིའི་མཁས་པ་པོ་ཀི་ཧྲེན་གྱིས་རྩོམ་ཐབས་དེར་རིག་པའི་གཞུང་ལུགས་ཀྱི་རྨང་གཞི་ཞིག་འདོན་སྤྲོད་བྱས་ཡོད་པ་རེད།

ཞི་ག་མིང་ཕོ་ལོ་དབྱི་ཧེ་(1856 – 1936)ནི་ཨའོ་ཧྲི་ལི་སྨྲོ་ནད་ཀྱི་སྨན་པ་ཞིག་ཡིན་ལ། ཁོང་གིས་བརྩམས་པའི་《སེམས་ཁམས་དབྱེ་ཞིབ་རིག་པ་》དང་《རྨི་ལམ་འགྲེལ་བ་》སོགས་ཁྱིན་བསྡོམས་པོ་ཧྲི་སུམ་ཅུ་སོ་གཉིས་བརྩམས་ཡོད་པ་རེད། ཁོང་གིས་རྟོག་མེད་དང་རྨི་ལམ་གྱི་འཕྲུལ་སྣང་ཞེས་པའི་གཞུང་ལུགས་གསར་གཏོད་གནང་ཏེ་ཤིན་ཏུ་གྲགས་ཆེ་བར་གྱུར་རོ། སྨྲོ་ནད་ལ་ཞིབ་འཇུག་བྱས་པ་བརྒྱུད་ཏེ་མིའི་གཏིང་རིམ་གྱི་འདུ་ཤེས་ཤིག་ཏུ་མཐོང་ནས་མིའི་འདུ་ཤེས་ནང་གི་ལྷན་སྐྱེས་ནས་ཡོད་པའི་སྲེད་པ་སྟེ། གཙོ་བོར་འཁྲིག་པའི་སྲེད་པ་ཞིག་ལ་ཆེད་དུ་བསྟན་པ་ཡིན། རྟོག་པ་དེ་ནི་མིའི་འདུ་ཤེས་ཀྱི་གོ་རིམ་ཐག་གཅོད་བྱེད་པའི་ནུས་པའི་འབྱུང་ཁུངས་ཡིན། ཕོ་ལོ་ཡི་ཧའི་ལྟ་ཚུལ་དེས་ནུབ་ཕྱོགས་དེང་རབས་པའི་བརྩམས་སྒྲུང་གསར་རྩོམ་ཁྲོད་ཀྱི་རྟོག་པ་རང་ཡན་ཞིབ་འབྲི་བྱེད་ཐབས་ལ་ཤན་ཤུགས་ཆེན་པོ་ཐེབས་པ་རེད།

ཕོ་ལོ་དབྱི་ཧ་ཡི་གྲུབ་འབྲས་ཆེ་ཤོས་ནི་སེམས་ཁམས་རིག་པའི་ཁྱབ་ཁོངས་ནང་དུ་“རྟོགས་མེད་”ཀྱི་རྟོག་པ་འོག་འགྱུ་ཞེས་པའི་སེམས་ཁམས་འགྱུལ་

བསྐྱོད་ཀྱི་རིགས་པའི་གཞུང་ལུགས་དེ་ཡིན་པ་མ་ཟད། ཁོང་གིས་མི་རྣམས་ཀྱི་སེམས་ཁམས་ཀྱི་འགུལ་བསྐྱོད་དེ། ཁག་གཉིས་སུ་དབྱེ་ཡོད་པ་སྟེ་"རྟོགས་པ" དང་"རྟོགས་མེད་པའི་རྟོག་པ་དེ"（སྣང་མེད་ཀྱི་འདུ་ཤེས）ཡིན་པ་དང་། རྟོགས་མེད་པའི་རྟོག་པ་དེ་ནི་མི་རྣམས་ཀྱི་སེམས་ཁམས་ཀྱི་འགུལ་བསྐྱོད་ངོ་མ་དེ་ཡིན་པ་མ་ཟད། དེ་ནི་ངོ་བོ་ངོ་མ་ཡིན། མི་རྣམས་ཀྱི་སེམས་ཁམས་འགུལ་བསྐྱོད་དེ་ཆུ་སྐྱེང་ལ་དར་ཆགས་པ་དང་འདྲ་བར་བརྒྱ་ཆ་བརྒྱད་འོག་དང་གཅིག་ཁར་ཡོད་པ་ཞིག་ཡིན། མི་རྣམས་ཀྱིས་སེམས་ཁམས་འགུལ་བསྐྱོད་གཙོ་བོ་ནི་རྟོགས་མི་ཐུབ་པའི་རྟོག་པ་ཕྲག་གྱུར་གྱི་ནང་དུ་འགུལ་བསྐྱོད་བྱེད་ཀྱི་ཡོད་པ་མ་ཟད། དེ་ནི་མི་གཞན་ལ་འགེབས་སྐྱུང་བྱས་ཡོད་ལ་སོ་སོ་རང་ཉིད་ལ་ཡང་འགེབས་སྐྱུང་བྱས་ཡོད། དེ་ལྟར་མི་རྣམས་ཀྱི་བསམ་བློ་ཕལ་ཆེ་བ་རྟོགས་མེད་ཀྱི་ནང་དུ་འགུལ་བསྐྱོད་བྱེད་ཀྱི་ཡོད་ལ། སྐབས་རེ་སྟེས་དབང་གི་གནས་ཚུལ་འོག་ཏུ་གཞི་ནས་རྟོགས་ཐུབ་པའི་འདུ་ཤེས་ཤིག་ཏུ་འགྱུར་གྱི་ཡོད་པ་རེད། ཁོང་གིས་ངོས་འཛིན་དུ་བསམ་བློའི་བརྩེ་དུང་ཐོག་གི་རེ་འདོད་རྣམས་ཕྱི་རོལ་ཡུལ་གྱི་ཆ་རྐྱེན་གྱི་ཚོད་འཛིན་དང་། སྤྱི་ཚོགས་ཀྱི་ཀུན་སྤྱོད་ཀྱིས་གནོན་ཤུགས་ཡོད་རྐྱེན་རྨི་ལམ་གྱི་ནང་ནས་རང་ངོས་ཀྱི་འདོད་དོན་རྣམས་འགྲུབ་པར་བྱེད་ཀྱི་ཡོད། གལ་སྲིད་དེའི་ཚད་ལས་བརྒལ་ཚེ་སྨྱོ་ནད་ཐོག་གི་ཡོད་ཅེས་གསུངས། ཁོང་གིས་1908ལོར་བརྩམས་པའི་《གསར་རྩོམ་དང་ཉིན་མོའི་རྨི་ལམ་》ཞེས་པའི་དཔྱད་རྩོམ་ནང་དུ་རང་ཉིད་ཀྱི་རྩོམ་རིག་སྒྱུ་རྩལ་གྱི་ལྟ་ཚུལ་དེ་གཅིག་སྡུད་ཀྱི་མཚོན་པར་བྱས་ཡོད། མི་ཚང་མས་རང་ཉིད་ལ་བསམ་བློའི་འཆར་སྣ་ཞིག་ཡོད་སྲིད་ལ་དེ་ནི་སེམས་ཁམས་ཀྱི་གཏིང་རིམ་དུ་གསར་རྩོམ་བྱེད་ཀྱི་ཡོད། དེའི་ཐོག་ནས་བལྟས་ཚེ་རྩོམ་པ་པོ་དང་སྤྱིར་བཏང་གི་མི་འདྲ་བ་ཞིག་ཡིན། འཆར་སྣང་（སྟོང་བསམ）དང་དོན་དངོས་གཉིས་སུ་དབྱེ་བ་ཞིག་ཡིན་རུང་མི་རྣམས་ལ་དགའ་ཚོར་དང་ཡིད་སྨོན་སྐྱེད་ཐུབ་པ་ནི་དོན་དངོས་མ་ཡིན་པར་དེ་ནི་གཟུགས་མེད་གྲིབ་བཟོ་བྱ་རྒྱུ་དེ་ཡིན་རྐྱེན་དེ་ནི་"ཉིན་མོའི་རྨི་ལམ"ཡིན་ནོ་

ཞེས་གསུངས་ལ"གསར་རྩོམ་མཁན་དང་ཉིན་མོའི་རྨི་ལམ་གཏོང་མཁན་གཉིས་ཀྱི་ངོ་བོ་དེ་གཅིག་མཚུངས་སུ་གནས་ཡོད།"པ་རེད། གཅིག་གིས་རྨི་ལམ་ནང་ནས་རང་ཉིད་ཀྱི་འདོད་དོན་དེ་ལེགས་གྲུབ་བྱེད་ཀྱི་ཡོད་པ་དང་། ཅིག་ཤོས་དེས་རང་ཉིད་ཀྱི་འདོད་དོན་དེ་བརྩམས་ཆོས་ཀྱི་ནང་ནས་འགྲུབ་པར་བྱེད་ཀྱི་ཡོད་པ་དེ་ཡིན་ནོ་ཞེས་གསུངས་ཡོད་པ་རེད་ལ་དེ་མིན་ཕོ་ལོ་དབྱི་ཏེས་གཞི་རྩའི་བདག་དང་། བདག་རང་། བདག་ལས་འདས་པ་དང་བཅས་གསུམ་ནི"མི་གཤིས་ཀྱི་གྲུབ་ཆ་ཁག་གསུམ"ཡིན་པའི་འདོད་ཚུལ་བཏོན་ཡོད་པ་རེད།

ཕ་རན་སིའི་རིགས་པའི་གཞུང་ལུགས་པ་མཁས་ཅན་པོ་ཀི་ཧྲེན་གྱིས"སེམས་ཁམས་ཀྱི་དུས་ཚོད"ཅེས་པའི་ཐ་སྙད་གསར་པ་ཞིག་བཏོན་པ་དང་། དེས་རྩོམ་པ་རང་ཡན་པའི་བརྩམས་སྒྲུང་ལ་ཤུགས་རྐྱེན་ཆེན་པོ་བྱུང་ཡོད། མི་རྣམས་ཀྱིས་དུས་ཚོད་ལ་ངོས་འཛིན་ཚུལ་མི་འདྲ་བ་གཉིས་ཡོད་པ་སྟེ། གཅིག་ནི་མི་རྣམས་ཀྱི་རྒྱུན་གཏན་གོ་བ་ལེན་པའི་སྲོལ་རྒྱུན་གྱི་དུས་ཚོད་དེ་ཡིན་པ་དང་། དེ་ནི"ཕྱི་རོལ་གྱི་དུས་ཚོད"དེ་ཡུལ་དུས་ཀྱི་ཐ་སྙད་བེད་སྤྱོད་བྱས་ཏེ་དུས་ཚོད་ལ་ངོས་འཛིན་བྱེད་ཀྱི་ཡོད་པ་རེད།

"སེམས་ཁམས་ཀྱི་དུས་ཚོད"ནི་དུས་གང་ཞིག་ཏུ་ཡང་(ད་ལྟ། འདས་ཟིན་པ། མ་འོངས་པ། སྔོན་རྗེས)ཕན་ཚུན་མཉམ་དུ་འབྲེལ་ནས་མཚོན་པར་བྱེད་ཀྱི་ཡོད། མི་རྣམས་ཀྱི་གཏིང་རིམ་གྱི་འདུ་ཤེས་ནང་དུ་མ་འོངས། འདས་ཟིན། ད་ལྟ་སོགས་ཀྱི་དབྱེ་བ་གསལ་པོ་ཞིག་མེད་པར་བརྟེན་རྩོམ་པ་པོ་རྣམས་ཀྱིས་མི་སྣའི་སེམས་ཁམས་ཀྱི་རྗེས་སུ་འབྲངས་ཏེ། མི་སྣའི་སེམས་ཁམས་ཀྱི་འགྱུལ་བསྐྱོད་ལ་གཞིགས་ནས་རྩོམ་འབྲི་བྱེད་དགོས་པའི་འདོད་ཚུལ་བཏོན་ཡོད་པ་དེས་སྲོལ་རྒྱུན་གྱི་དུས་ཚོད་དང་བྱུང་རིམ་སྒྲིག་བཀོད་བྱེད་སྟངས་ལ་ གློག་ཆེན་པོས་ངོ་རྒོལ་བྱས་ཡོད་པ་རེད།

ཨ་རིའི་སེམས་ཁམས་རིག་པ་མཁས་ཅན་ཞྭེ་ལེན་ཀྲན་སུའུ་ཟེས་རྟོག་པ་རང་ཡན་ཞེས་པ་ནི་སེམས་ཁམས་རིག་པའི་དོན་སྤྱི་ཞིག་རེད། དེའི་གོ་དོན་ལ་

ཕན་ཚུན་འབྲེལ་བའི་ཕྱོགས་གཉིས་ཡོད་དེ།

གཅིག སོ་རིམ་ལྡན་ཞིང་གཏན་ཚིགས་དང་མཐུན་ལ་རིག་པས་དཔོག་ཐུབ་པའི་རང་རྟོགས་ཀྱི་འདུ་ཤེས་དང་།

གཉིས། གཏན་ཚིག་ལས་འགལ་ཞིང་གསལ་པོ་མ་ཡིན་ལ་རྗེས་དཔོག་གི་ཤེས་པ་མ་ཡིན་པའི་རྟོག་པ་ཡྙག་གྱུར་པ་གཉིས་ལས་གྲུབ་པ་ཡིན། དེ་ཡང་གཏན་ཚིག་ལས་འགལ་ཞིང་གསལ་པོ་མ་ཡིན་ལ་རྗེས་དཔོག་གི་ཤེས་པ་མ་ཡིན་པའི་རྟོག་པ་ཞེས་པ་ནི། དཔེར་ན། གློ་ལམ་དུ་འཆར་བའི་རྟོག་པ་ལྟ་བུའོ།

རྟོག་པ་རང་ཡན་པའི་མཚོན་བྱེད་ཀྱི་རྣམ་པ་ནི་ཕན་ཚུན་འབྲེལ་མེད་ཀྱི་དམ་དུམ་ཕྱོགས་གཅིག་ཏུ་སྦྱར་ཏེ་རྗེས་ཤུལ་ཡོད་པའི་མཐུད་མཚམས་སུ་གྱུར་པ་ཞིག་མ་ཡིན་པར། རང་ཡན་དུ་རྒྱུགས་པའི་རྒྱུ་རྒྱུན་དང་འདྲ་བར་རྒྱུན་ཆད་མེད་པར་རྒྱུགས་པ་ནི་ཇི་ལྟར་བཅད་ཀྱང་གཅོད་མི་ནུས་སོ། མཚོན་བྱེད་ཀྱི་རྣམ་པ་དེ་ལ་"བསམ་པ་རང་ཡན་པ"འམ་"རང་སྣང་འཚོ་བ་རང་ཡན་པ"ཟེར་རོ་ཞེས་གསུངས་ཡོད་པ་རེད།

གོང་གསལ་གཞུང་ལུགས་དེ་དག་གིས་རྟོག་པ་རང་ཡན་དུ་འཕོས་པའི་བརྩམས་སྒྲུང་འབྲི་ཐབས་ལ་ཤུགས་རྐྱེན་ཆེན་པོ་བྱུང་ཡོད་ལ་གཞུང་ལུགས་འདི་དག་ལ་བརྟེན་ནས། རྩོམ་འབྲི་མཁན་གྲགས་ཆེ་བའི་རྩོམ་པ་པོ་དང་བརྩམས་ཆོས་འདི་འདྲ་འགའ་ཞིག་ཡོད་པ་སྟེ།

ཕ་རན་སིའི་རྩོམ་པ་པོ་ཕུ་ལུ་སི་ཐ་དང་། ཁོང་གིས་བརྩམས་པའི་བརྩམས་སྒྲུང་རིང་གྲས《འདས་ཟིན་པའི་ལོ་ཟླར་དྲན་གསོ་བྱས་པ》ཞེས་དང་། དབྱིན་ཇིའི་བུད་མེད་རྩོམ་པ་པོ་ཝུ་འར་ཕུ་ཡིས་བརྩམས་པའི《སྒྲིག་ངོས་ཀྱི་ཁྲ་ཐིག》ཞེས་པ། ཨ་རིའི་རྩོམ་པ་པོ་ཕུ་ཁེ་ནི་ཡིས་བརྩམས་པའི《ཝུར་སྒྲ་དང་ཟིང་འཚུབ》ཞེས་པ། ཨ་འར་ལན་གྱི་རྩོམ་པ་པོ་ཆའོ་ཨ་སིས་བརྩམས་པའི《ལྱུང་ལི་ཞི་སི》སོགས་ཡོད་པ་རེད།

རྩོམ་ཐབས་འདིའི་རྩ་བའི་ཁྱད་ཆོས་མདོར་བསྡུས་ན།

རྟོག་པ་རང་ཡན་པའི་བརྩམས་སྒྲུང་གིས་སྲོལ་རྒྱུན་གྱི་དུས་རིམ་སྒྲིག་གཞི་ལས་འགལ་ཏེ། མི་སྣའི་སེམས་ཁམས་ཀྱི་འགྱུར་བ་དང་རྟོག་པའི་རྒྱུན་འབྲི་སྐབས་རྟག་པར་འདས་ཟིན་པ་དང་ད་ལྟ། མ་འོངས་པའི་དུས་རིམ་གོ་ལྡོག་པ་དང་། འདྲེས་པ། མི་སྣའི་མཐོང་སྣང་དང་། དྲན་གསོ། འདུན་པ་བཅས་བསྐྱར་ཟློས་དང་འདྲེས་ནས་འབྲི་ཡི་ཡོད་ལ། བརྩམས་སྒྲུང་ནང་གི་མི་སྣའི་ཀླད་པའི་ནང་དུ་ལྟ་ཚུལ་ཞིག་བྱུང་བ་དང་། ཡང་ན་དངོས་གཟུགས་གང་རུང་ཞིག་མཐོང་སྐབས་རྟག་པར་ཕྱི་ཚུལ་གྱི་བལྟས་ན་ཏ་ལམ་འབྲེལ་བ་ཡོད་པ་ལྟར་མངོན་རུང་། དོན་དངོས་ཐོག་དེ་དག་དང་འབྲེལ་བ་གཏན་ནས་མེད་པའི་བྱ་དངོས་དང་བསམ་ཚུལ་སོགས་མང་དག་གཅིག་འབྲི་ཡི་ཡོད་པ་རེད། དེ་ལྟར་བརྩམས་སྒྲུང་ཁྱོན་ཡོངས་ཀྱི་སྒྲིག་བཀོད་དང་བྱུང་རིམ་རྣམས་གོ་རིམ་མེད་པར་རང་མོས་ཀྱི་ཡིད་འཕྲོ་ལས་བརྩམས་པར་བརྟེན། བརྩམས་སྒྲུང་གི་འགོ་མཇུག་མངོན་གསལ་མེད་ལ། དེ་ལྟར་རྩོམ་འབྲི་བྱེད་རྒྱུ་ནི་བག་ལ་ཉལ་བའི་རྟོག་པ་འབྲི་ཕྱིར་ཡིན་ཟེར། དེ་མིན་རྟོག་པ་རང་ཡན་པའི་བརྩམས་སྒྲུང་ནང་དུ་མི་སྣའི་སེམས་ནང་གི་སྐད་ཆ་རང་ལབ་བྱེད་རྒྱུ་ནི་གཙོ་བོའི་བྱེད་ཐབས་ཤིག་ཡིན་པ་མ་ཟད། བརྩམས་སྒྲུང་ཁྱོན་ཡོངས་ཀྱི་ཡིག་ཚོགས་མང་ཆེ་བ་ཞིག་ཡིན། བརྩམས་སྒྲུང་ནང་གི་མི་སྣ་དེ་དག་རྩོམ་པ་པོས་ཛ་སྦྲོད་མི་བྱེད་པར་མི་སྣ་རང་ངོས་ཀྱིས་རང་ལབ་བྱེད་པའི་ཐབས་ཤེས་སྤྱད་དེ། མི་སྣའི་སེམས་ཁམས་ཀྱི་འགྲུལ་བསྐྱོད་དང་རྒྱུན་མི་ཆད་པར་འགྲུལ་བསྐྱོད་བྱེད་བཞིན་པའི་རྟོག་པ་དེ་འབྲི་ཡི་ཡོད། འབྲི་ཐབས་དེ་རིགས་ནི་སྤྱིར་བཏང་གི་མི་སྣའི་སེམས་ཁམས་རང་ལབ་བྱེད་པ་ལྟར་མ་ཡིན་པར། དེ་ནི་སེམས་ཁམས་དབྱེ་ཞིབ་བྱེད་པ་ལྟར་འབྲི་ཡི་ཡོད་པ་རེད། ཁོ་ཚོའི་ལྟ་ཚུལ་དུ་བརྩམས་ཆོས་ཀྱིས་མི་སྣའི་བག་ལ་ཉལ་བའི་རྟོག་པ་“བརྒྱུད་བསྒྲགས”བྱེད་དགོས་པར་བརྟེན་“མི་སྣ་རང་ངོས་ཀྱིས་རང་ཉིད་ལ་འགྲེལ་བཤད་བྱེད་དུ་བཅུག་དགོས”ཞེས་པ་དང་ནང་སེམས་ཀྱི་རང་ལབ་བྱེད་པའི་ཐབས་སྤྱད་ཀྱི་ཡོད་པ་རེད། དཔེར་ན། 《ཡུང་ལི་ཞི་སི་》ཞེས་པའི་ནང་དུ་མི་

སྣ་ཉལ་ཁྲིའི་སྟེང་དུ་སེམས་ནང་གི་རང་ལབ་ཁོ་ན་མཇིག་གྲངས་བཞི་བཅུ་ལྷག་ཙམ་ཁྲིས་ཡོད་པ་མ་ཟད། དེ་དག་ལ་བར་མཚམས་ཡང་གཏན་ནས་མེད་པར་རི་སྟེང་ནས་ཐུར་དུ་རྒྱུགས་པའི་ཆུ་བོ་བཞིན་ཁྲིས་ཡོད་པ་རེད། དཔེར་ན《ལུང་ལི་ཞི་སི་》ཞེས་པའི་ནང་དུ་བུད་མེད་ལོ་ལིས་རང་ལབ་བྱས་ཚུལ་འདི་ལྟར་བཀོད།

"ད་དུས་ཚོད་དང་སྐར་ཆ་ཛེ་ཙམ་ཡིན་པ་དུས་ཚོད་ལ་ངེས་པ་ཅི་ཡོད། ཕལ་ཆེར་ཀྲུང་གོའི་ས་ན་མི་རྣམས་མལ་ནས་ལངས་ནས་སྒྲ་བསྒྲགས་ཏེ་ཉིན་གཅིག་གི་འཚོ་བའི་འགོ་ཚུགས་ཚོད་རེད། ཁོ་མོ་གཉིད་ཚེ་ནང་དུ་འོང་ནས་གཉིད་དཀྲུག་མཁན་མེད། རེ་འགར་དགེ་རྒན་རེ་གཉིས་མཚན་སློབ་ལ་འགྲོ་སྲིད། ཡང་མིན་ན་ཁང་པ་ཕར་ནང་གི་བྱ་ཕོའི་དབྱིབས་ཀྱི་དུས་ཚོད་དེ་གྲགས་ཆེ་ཏིང་ཏིང་ཞེས་གྲགས་ཏེ་རང་གི་སྐད་པ་འགས་སྐམ་བྱེད། བཙལ་ཏེ་ཕྱིར་ཡོངས་ནས་ཚོད་བལྟ་ཞིག་བྱེད། ད་དུང་རེ་ཞིག་ཙམ་ལ་ཉལ་ཆོག་གམ་གཅིག་གཉིས་གསུམ་བཞི་ལྔ། ཁོ་ཚོས་གསར་བསྐྲུན་བྱས་པ་དེ་དག་སྐར་མ་དང་འདྲ་བར་མེ་ཏོག་ཅི་ཞིག་ཡིན་ནམ། ལུང་འབབ་ཧའི་སྲང་ལམ་གྱི་རྩིག་ཤིང་དེ་ཡག་པོ་རེད། ཁོས་ང་ལ་བྱིན་པའི་པང་ཁེབ་དེ་ཡང་རི་མོ་དེ་འདྲ་རེད་དེ་ང་ལ་མ་གཏོགས་མེད་འོན་ཀྲུང་ངས་ཐེངས་གཉིས་མ་གཏོགས་བཀོལ་མེད་རང་ཡིན་ན་གློག་སྒྲོན་དེ་ཐེ་དམར་ཏུ་བཏང་ན་དགའ། ད་དུང་ཚོད་ལྟ་ཞིག་བྱེད། སྔ་མོར་ལངས་དགོས་ཁོ་ཚོར་མེ་ཏོག་འགའ་འཕྱིར་ཡོང་དུ་འཇུག་དགོས་ཁང་པ་ཕྱི་བདར་བྱེད་དགོས། གལ་ཏེ་ཁོ་སང་ཉིན་ཁྲིད་ཡོང་ཚེ་ཅི་བྱེད། སང་ཉིན་མ་རེད་ཁ་སང་རེད། མ་ལེགས་ཐལ། མ་ལེགས་ཐལ། གཟའ་འཁོར་ལྔ་པར་བཀྲ་མི་ཤིས། ཐོག་མར་ངས་ཁང་པ་ཕྱི་བདར་བྱེད་དགོས། ས་རྡུལ་འདི་དག་ཅི་ཞིག་ཡིན་ནམ། རང་དགར་སྐྱེས་ནས་ཐོན་པ་རེད། ཕལ་ཆེ་རང་གཉིད་པའི་སྐབས་ལ་ཡིན་ཚེ་རེད། དེ་ནས་ང་ཚོས་རོལ་མོ་ཞིག་བཏང་སྐབས་ཐ་མག་རེ་འཐེན་ཚོག་ངས་ཁོ་ལ་རམ་འདེགས་རོལ་མོ་དཀྲོལ་ཚོག ངས་གོན་པ་གང་གོན་ན་བཟང་ངམ་མེ་ཏོག་རྒྱ་སེ་དཀར་པོ་ཞིག་འདོགས་སམ་མི་འདོགས་ཞེས་རྩོམ་འབྲི་བྱས་ཡོད་པ་རེད།

འདི་ནི་ཁོ་མོ་གཉིད་ཁུག་ལ་མ་ཁུག་པའི་སབ་སིབ་ངོར་མོས་བསྟུན་ཡིད་འཕྲོ་བྱས་ཏེ། སྤྲ་ཕོར་ལངས་པའི་གྲུང་གོའི་མི་དང་། ཇོ་མོ་རྣམས་ཀྱི་ཞོགས་པའི་སློན་ལམ་དང་ཁང་པ་ཡར་ནང་གི་དུས་ཚོད་འཁོར་ལོ། མེ་ཏོག་དང་རྩིག་ངར་སྒྲུར་བའི་ཤོག་གྲུ། བར་དུ་ད་དུང་གཉིད་མི་ཁུག་པའི་འཚུབ་སྣང་། གཉིད་མིན་སད་མིན་གྱི་བན་བུན་ཉམས་སྣང་དང་། དྲན་པ་མི་གསལ་བའི་རང་བཞིན་མཚོན་ཡོད་པ་རེད། དེ་མིན་རྩོམ་ཐབས་དེས་བརྩམས་ཆོས་ནང་དུ་འདྲ་མིན་སྣ་ཚོགས་ཀྱིས་མཚོན་རྟགས་བེད་སྤྱོད་བྱས་ཡོད་པ་མ་ཟད་ད་དུང་སྐད་ཆ་གསར་བཟོ། (རྨི་ལམ་གྱི་སྐད་ཆ་དང་གཟའ་རིའི་སྐད་ཆ་)དང་རྩོམ་ལུགས་གསར་པ་བཟོས་ཏེ་ཡ་མཚན་གྱི་ཚོད་ལྟ་བྱེད་པའི་སྣང་ཚུལ་གང་མང་ཡོད་པ་རེད།

གཉིས་པ། གཞི་གྲུབ་རིང་ལུགས།

རྩོམ་རིག་གི་རྣམ་པར་བརྟེན་ནས་མཚན་ཉིད་རིག་པ་འགྲེལ་བའི་རྩོམ་ཐབས་ཤིག་ཡིན།

གཞི་གྲུབ་རིང་ལུགས་ཀྱི་རྩོམ་རིག་ནི་དེང་རབས་ཀྱི་རྩོམ་རིག་གྲུབ་མཐའི་ནང་ནས་ཆེས་གལ་ཆེ་བ་དང་། བག་ཆགས་ཆེ་ཤོས་ཀྱི་རྩོམ་རིག་གི་གྲུབ་མཐའ་ཞིག་ཡིན། འཛམ་གླིང་དམག་ཆེན་གཉིས་པའི་རྗེས་སུ་བྱུང་བའི་སྐབས་དེའི་སྤྱི་ཚོགས་ཀྱི་འཁྲུག་ཟིང་ནི་རྩོམ་ཐབས་དེའི་རྨང་གཞི་ཡིན་པ་མ་ཟད། མི་རྣམས་ཀྱིས་མིའི་འཚོ་གནས་ལ་སྐྱོ་སྡུག་གི་ཚོར་སྣང་དང་སོ་སོའི་གནས་བབ་བསམ་གཞིགས་བྱེད་པ་ལོ་རབས་སུམ་ཅུའི་མཇུག་ཏུ་ཕ་རན་སིའི་མཚན་ཉིད་རིག་པ་མཁས་ཅན་གྲགས་ཅན་རྩོམ་པ་པོ་ས་ཐྲ་ཡིས་བརྩམས་པའི་བརྩམས་སྒྲུང་《ཞེན་པ་ལོག་པ་》ཞེས་པའི་ནང་དུ་གཞི་གྲུབ་རིང་ལུགས་ཀྱི་རྩ་བའི་ལྟ་ཚུལ་རྣམས་བརྗོད་ཡོད་པ་མ་ཟད། སྒྱུ་རྩལ་གྱི་གཟུགས་བརྙན་བརྒྱུད་དེ་མིའི་མི་ཚེའི་དོན་སྙིང་དང་རིན་ཐང་། མིའི་“འཚོ་གནས”ཀྱི་ངོ་བོའི་ཐད་ལྟ་ཚུལ་གསར་པ་མང་དག་ཅིག་བརྗོད་ཡོད་པ་རེད། ཕྱིས་སུ་རྩོམ་རིག་གསར་རྩོམ་བྱེད་པའི་བྱ་སྤྱོད་

དེ་མཛོན་གསལ་དོད་པོས་དེ་ནི་གཞི་གྲུབ་རིང་ལུགས་ཀྱི་མཚན་ཉིད་རིག་པའི་ལྟ་ཚུལ་བརྗོད་པའི་རྣམ་པ་ཞིག་ཏུ་གྱུར་ཡོད་པ་རེད།

ས་ཐྲ་ནི་ཞིབ་དཔྱོད་མཁན་ནང་དུ་ལྟ་ཚུལ་དང་རྩོད་གླེང་མང་ཤོས་བྱེད་པའི་མི་སྣ་ཞིག་ཡིན་པ་དང་། ནུབ་ཕྱོགས་ཁུལ་ཏུ་ས་ཐྲ་ནི་“སྤྱི་ཚོགས་རིང་ལུགས་”ཤིག་ཡིན་པར་ངོས་འཛིན་བྱེད་ཀྱི་ཡོད་ལ། ཡང་སྤྱི་ཚོགས་རིང་ལུགས་ཀྱི་རྒྱལ་ཁབ་ནང་དུ་ས་ཐྲ་ནི་སྤྱི་ཚོགས་རིང་ལུགས་འདུ་ཤེས་ནང་གི་ཉེན་ཁ་ཆེ་ཤོས་ཀྱི་དགྲ་བོ་དེ་ཡིན་པར་ངོས་འཛིན་བྱས། ས་ཐྲ་ཡིས་མ་ཁེ་སི་རིང་ལུགས་ལ་ཞིབ་འཇུག་ནན་ཏན་བྱས་ཡོད་པ་མ་ཟད། ཚད་མཐོའི་གདེང་འཇོག་བྱས་པ་དང་ཆབས་ཅིག་གཞི་གྲུབ་རིང་ལུགས་ཀྱི་ལྟ་ཚུལ་དེས་མ་ཁེ་སི་རིང་ལུགས་ལ་བཟོ་བཅོས་དང་ཁ་གསབ་བྱ་རྒྱུའི་རེ་འདོད་ཀྱང་བྱས་ཡོད་པ་རེད།

ས་ཐྲ་ནི་མཚན་ཉིད་རིགས་པ་དང་། བསམ་བློ་མཁས་ཅན་དང་རྩོམ་རིག་པ་མཁས་ཅན་ཞིག་ཡིན། ས་ཐྲ་(1905－1980)ལོ་བཅུ་དགུར་སླེབས་སྐབས་པ་ལིའི་དགེ་འོས་སློབ་གྲྭ་ཆེན་མོར་མཚན་ཉིད་རིག་པ་སློབ་སྦྱོང་གནང་བ་དང་། དེ་རྗེས་མཚན་ཉིད་རིག་པའི་རྡོ་རྗེའི་གོ་མིང་ཐོབ་པ་དང་། ལོ་མང་རིང་སློབ་གྲྭ་འབྲིང་བའི་མཚན་ཉིད་རིག་པའི་དགེ་རྒན་བྱས། 1933ལོ་ནས་1934ལོ་བར་འཇར་མན་དུ་སློབ་སྦྱོང་ལ་ཕེབས་དུས་སྐབས་དེའི་ནང་ཁོང་ལ་ཧུའུ་སེས་འར་གྱི་《སྣང་ཚུལ་དབྱེ་ཞིབ་རིག་པ་》དང་ཧའེ་ཏེ་གེ་འར་གྱི་མཚན་ཉིད་རིག་པའི་གཞུང་ལུགས་ཀྱི་ཤུགས་རྐྱེན་ཆེན་པོ་བྱུང་བ་དང་། 1936ལོར《བསམ་གཞིགས་ཀྱི་རྣམ་བཤད་》ཅེས་པ་དེའི་ནང་གཞི་གྲུབ་རིང་ལུགས་ཀྱི་རྩ་བའི་ལྟ་ཚུལ་རྣམས་བཏོན་པ་དང་། 1938ལོར《ཞེན་པ་ལོག་པ་》ཞེས་པའི་བརྩམས་སྒྲུང་དེ་སྤེལ་རྗེས་སྐད་གྲགས་ཆོད་པ་དང་། དེའི་རྐྱེན་གྱིས་རྩོམ་རིག་གི་ལས་གནས་ཐོག་ཏུ་གནས་བབ་ཆེན་པོ་ཞིག་བཟུང་ཡོད། 1980ལོའི་ཟླ་4ཚེས་15ཉིན་པ་ལི་རུ་སྐུ་གཤེགས་པ་དང་། མི་ཁྲི་སྟོང་མང་པོས་མྱ་ངན་ཞུས་ཡོད་པ་རེད།

གཙོ་བོའི་བརྩམས་ཆོས་ནི་བརྩམས་སྒྲུང་རིང་གྲས་《ཞེན་པ་ལོག་པ་》(1938)བརྩམས་སྒྲུང་འབྲིང་གྲས་དང་ཐུང་གྲས་ཕྱོགས་བསྒྲིགས་བྱས་པ་《གྱང་》ཕྱི་ཧྲི་མང་བའི་བརྩམས་སྒྲུང་《རང་མོས་ཀྱི་ལམ་》སོགས་དང་འཁྲབ་གཞུང་《གསང་བའི་ཁང་པ་(1944)《ཤེ་རྗེས་ཕུང་པོ་སྦས་གནས་མེད་པ་》(1946)《སྐྱུག་བྲོ་བའི་ལག་པ་》སོགས་ཡོད་པ་རེད་ལ། རིག་པའི་གཞུང་ལུགས་ཀྱི་དཔེ་དེབ་ནང་ནས་གྲགས་ཆེ་བ་ནི《གཞི་གྲུབ་དང་དོན་སྟོང་》ཞེས་པ་དེ་ཡིན། ས་ཐྲ་ཡིས་རྩོམ་རིག་གི་རྣམ་པའི་ཐོག་ནས་རང་གི་མཚན་ཉིད་རིག་པའི་ལྟ་ཚུལ་འགྲེལ་བཤད་བྱས་པ་དང་། ཁོང་གིས“གནས་པ་ནི་སྡུག་བསྔལ་ཁོ་ན་ཡིན་པ་”དང་“མི་གཞན་ནི་ངའི་དམྱལ་བ་”སོགས་བརྗོད་བྱའི་ལྟེ་གནད་དུ་འཛིན་ཏེ་མི་རྣམས་ཀྱིས་སྤྱི་ཚོགས་ཀྱི་འཚོ་བའི་ནང་དུ་ཞེན་པ་ལོག་པའི་ཚོར་སྣང་དང་། གྲོགས་མེད་ཁེར་རྐྱང་གི་ཚོར་སྣང་དང་། དོན་སྟོང་གི་ཚོར་སྣང་སོགས་རྩོམ་འབྲི་བྱས་ཡོད་པ་རེད་ལ། ནུབ་ཕྱོགས་ཀྱི་སྤྱི་ཚོགས་ནང་མི་རྣམས་ཀྱི་སྙིང་སྟོབས་འཐོར་ཞིག་ཏུ་འགྲོ་བཞིན་པའི་རྣམ་ཚུལ་དེ་བཀོད་ཡོད་པ་རེད། རྩོམ་པ་པོས“རང་མོས་ཀྱིས་ཕུགས་བསམ་མངོན་འགྱུར”བྱེད་པའི་འདོད་ཚུལ་བཏོན་ཡོད་ཀྱང་དེ་ནི་ད་ལྟའི་སྤྱི་ཚོགས་ཀྱི་ལམ་ལུགས་ནང་དུ་འགྲུབ་ཐབས་མེད་པ་ཞིག་ཡིན་པ་ཡང་གསལ་པོར་མཐོང་ཡོད། དེར་བརྟེན་རྩོམ་པ་པོའི་བརྩམས་སྒྲུང་ནང་གསལ་བའི་མི་སྣ་དག་ཀྱང་ཕལ་ཆེ་བ་རེ་ཐག་ཆད་པའི་འོག་གི་སྙིང་སྟོབས་མཚོན་པར་བྱས་པ་ཁོ་ན་ཡིན།

དེར་བརྟེན་གཞི་གྲུབ་རིང་ལུགས་ཀྱི་མཚན་ཉིད་རིག་པའི་ལྟ་ཚུལ་ལ་གཞིགས་ཏེ། དེང་རབས་ནུབ་ཕྱོགས་ཀྱི་རྩོམ་རིག་ནང་དུ“རང་ཉིད་མེད་པར་ཆགས་པ་”“རང་ཉིད་འཚོལ་བ་”“རང་ཉིད་རྙེད་པ་”ཟེར་བའི་སེམས་ཁམས་འཚོལ་ཞིབ་བྱེད་རྒྱུ་དེ་ནི་ཆེས་གལ་འགངས་ཆེ་བའི་བརྗོད་གཞིའི་ལྟེ་གནད་དུ་གྱུར་ཡོད་པ་རེད་ལ། བརྩམས་སྒྲུང་དེ་དག་བལྟ་ཀློག་བྱེད་སྐབས་ཡང་ཀློག་པ་པོར་སྐྱོ་སྣང་ཆེ་ཞིང་རེ་ཐག་ཆད་པའི་ཚོར་སྣང་གཏིང་ཟབ་ཅིག་སྐྱེ་ཐུབ། གཞི་

གྲུབ་རིང་ལུགས་ཀྱི་རྩོམ་རིག་གི་ཐོག་ནས་མཚོན་པའི་བསམ་པའི་དོན་སྙིང་དེ་ཕྱོགས་བསྡུས་ཤིག་བྱས་ཚེ། དེ་ནི་ཞིབ་དཔྱོད་པ་མཁས་ཅན་ཞིག་གི་དཔེ་དེབ་ཀྱི་ཁ་བྱང་དུ་བཀོད་པ་ལྟར་"རྣམ་ཤེས་འཚོལ་བཞིན་པའི་དེང་རབས་ཀྱི་མི"ཞེས་པ་བཞིན་ནོ།

ས་ཐྲ་ཡིས་བརྩམས་པའི་《གཞི་གྲུབ་དང་དོན་སྟོང་》ཞེས་པའི་ནང་དུ་མི་སྐྱེ་བ་དེར་རྒྱུ་མཚན་གང་ཡང་མེད་ལ། མི་ཤི་བ་དེ་ལ་ཡང་རྒྱུ་མཚན་གང་ཡང་མེད་ཅེས"གསུངས་པ་དང་། མིའི་མི་ཚེའི་ནང་གི་གནད་འགག་ཆེ་ཤོས་ནི་"རང་དབང་གི་གདམ་ག"བྱེད་རྒྱུ་དེ་ཡིན་པ་མ་ཟད། དེ་ནི་"སྟོས་མེད་ཀྱིས་རང་དབང་ཁོ་ན་ཡིན་དགོས"ཞེས་གསུངས། འོན་ཏེ་སྤྱི་ཚོགས་དངོས་ཀྱི་འཚོ་བའི་ནང་དུ་དེ་ལྟར་ནི་ཡོང་ཐབས་བྲལ་བ་མ་ཟད། གནད་དོན་མང་པོས་ཚོད་འཛིན་བྱེད་པ་ཞིག་ཡིན། ས་ཐྲ་ཡིས་གཞི་གྲུབ་རིང་ལུགས་ཀྱི་རྩ་བའི་རྩ་དོན་གསུམ་ཡོད་པ་སྟེ་"ངོ་བོ་ལས་གཞི་གྲུབ་སྔ་བ"དང་"རང་མོས་ཀྱིས་གདམས་ག"དེ་བཞིན"འཇིག་རྟེན་ནི་ཁྲུངས་མེད་དང་། མི་ཚེ་ནི་སྡུག་བསྔལ་ཡིན"ཞེས་པ་དེ་ཡིན་ནོ།

ས་ཐྲ་ཡིས་ཚབ་མཚོན་གྱི་རང་བཞིན་ལྡན་ལ་གྲགས་ཆེ་བའི་བརྩམས་སྒྲུང་《ཞེན་པ་ལོག་པ་》ཞེས་པ་ནི་གཞི་གྲུབ་རིང་ལུགས་ཀྱི་བརྩམས་སྒྲུང་གྲགས་ཆེ་ཤོས་དེ་ཡིན། བརྩམས་སྒྲུང་ནང་གི་མི་སྣ་གཙོ་བོ་ལོའོ་ཁང་ཏན་ནི་ཉིན་ལྟར་རེ་བཞིན་དེབ་བརྩམས་ནས་དོན་གནད་གང་ལ་ཡང་སེམས་འཁྲེང་མི་བྱེད་པའི་ཕོ་རྫིང་ཞིག་ཡིན་པ་དང་། ཉིན་ཞིག་ཕྱི་རོལ་དུ་སྒྲོ་འཆམ་ལ་ཕེབས་སྐབས་སློ་བུར་དུ་འཇིག་རྟེན་འདིའི་ཐོག་གི་དངོས་པོ་ཐམས་ཅད་སྙིང་པོ་གང་ཡང་མེད་པར་ཞེན་པ་ལོག་པའི་སྣང་བ་ཞིག་ཤར་བ་དང་། འདིའི་སྐྱིད་མོས་ཚལ་དང་། གྲོང་ཁྱེར། སོ་སོ་རང་ཉིད་ལ་ཡང་ཞེན་པ་ལོག་པ་ཞེས་དང་། ཁོང་གིས་རང་ཉིད་འཚོ་བཞིན་པའི་འཇིག་རྟེན་ཁམས་འདི་ནི་དམྱལ་ཁམས་དང་འདྲ་ཞིང་། འཇིག་རྟེན་འདི་ནི་རྒྱུ་གྲོ་བའི་རང་བཞིན་ཁོ་ན་ལས་མེད་པ་དང་། རང་ཉིད

ནི་འཛིག་རྟེན་འདིའི་ཐོག་གི་ལྷག་མ་ཞིག་ཡིན་པ་དང་། འཚོ་བར་ཡང་སྙིང་པོ་གང་ཡང་མི་འདུག མི་ག་འདྲ་ཞིག་ཡིན་ནའང་འཛིག་རྟེན་འདིའི་ཐོག་འཚོ་གནས་བྱ་རྒྱུ་ནི་རྒྱུ་མཚན་དང་སྙིང་པོ་གང་ཡང་མེད་པ་ཞིག་ཡིན། བརྩམས་སྒྲུང་ནང་འདི་ལྟར་བཀོད། “ངས་སྐབས་རེ་སོ་སོ་རང་ཉིད་རྩ་མེད་གཏོང་རྒྱུའི་བསམ་བློ་འཁོར་བ་དང་། གནས་པ་ཐོབ་པའི་(ལྷག་མ་)ནང་མ་མཐར་ཡང་གཅིག་ཙུང་ཏུ་འགྲོ་གི་རེད། འོན་ཏེ་ང་ཤི་བ་དེ་ཡང་ལས་ཀ་མཐོལ་པ་ཞིག་ཡིན། ངའི་ཕུང་པོ་དང་། ངའི་ཁྲག་རྣམས་རྡོ་སྟེང་དང་ཤིང་སོགས་ལ་འགོད་པ་དང་། བགད་མོ་བགད་བཞིན་པའི་སྐྱིད་མོས་ཚལ་སོགས་འདི་དག་ཐམས་ཅད་ཀྱང་མཐོལ་པ་ཞིག་ཡིན། ངའི་ཤ་རུས་ས་འོག་ཏུ་མནན་པ་དེ་དག་ཀྱང་མཐོལ་པ་ཞིག་ཡིན། མཐའ་འཇུག་ངའི་རུས་སྟེང་གི་ཤ་རྣམས་ཟག་པ་དང་། པགས་པ་ཡང་ཟག་ཅིང་གླང་ཆེན་གྱི་སོ་ལྟར་གཙང་རྐྱང་ཞིག་ཏུ་གྱུར་ཀྱང་དེ་ཡང་མཐོལ་པ་ཞིག་ཡིན་པ་མ་ཟད་ངའི་མི་ཚེ་ཧྲིན་ཡོངས་ཡང་མཐོལ་པ་ཞིག་ཡིན་” ཟེར་བཀོད་ཡོད་པ་རེད། འཁྲབ་གཞུང་《གསང་བའི་ཁང་པ་》ཞེས་པའི་ནང་དུ་མ་སྐྱེས་གོང་གི་ནག་ཉེས་རྣམས་བྲིས་པ་དང་། ཤི་རྗེས་དམྱལ་ཡུལ་དུ་བཙོན་བཅུག་བྱས་པ་དང་། ཕན་ཚུན་སྲུ་མཐུད་གནོད་འཚེ་བྱེད་རེས་བྱེད་མཁན་གྱི་འདྲེ་གསུམ་གྱི་རྣམ་ཤེས་བྲིས་ཡོད་པ་རེད། འཁྲབ་གཞུང་ནང་བརྗོད་པར་འདོད་པའི་བློ་ནི་ད་ལྟའི་སྤྱི་ཚོགས་ཀྱི་ནང་དུ་མི་ཚང་མས་རང་སེམས་ལ་མཐའ་གཅིག་ཏུ་རེ་བསྐྱེགས་བྱས་ཀྱང་། ཕྱི་རོལ་ཡུལ་གྱི་བྱ་དངོས་མང་དག་ཅིག་གིས་ཚོད་འཛིན་དང་བཀག་རྒྱར་གྱུར་ཏེ་དམིགས་ཡུལ་འགྲུབ་མི་ཐུབ་པ་དེ་བསྟན་པ་དང་། འཁྲབ་གཞུང་ནང་འབོད་ཚིག་མང་ཤོས་ནི་“མི་གཞན་ནི་ངའི་དམྱལ་བ་”ཡིན་ཞེས་པ་དེ་རང་ཡིན།

ས་ཐྲ་མི་ཚེ་གཅིག་རིང་དཔེ་དེབ་ལྔ་བཅུ་ཙམ་བྲིས་ཤིང་། ཁོང་གིས་འབད་བརྩོན་བྱེད་པའི་དམིགས་ཡུལ་ནི་མིའི་རིག་པ་གསར་པ་ཞིག་གསར་གཏོད་བྱེད་རྒྱུ་དེ་ཡིན། དེ་ནི་མིའི་གནས་པ་དང་ངོ་བོ། རང་མོས་དང་འགན་

འཁྲི། མིའི་ལས་དབང་དང་རིན་ཐང་གི་གཞུང་ལུགས་གསར་པ་ཞིག་གསར་གཏོད་བྱེད་རྒྱུ་དེ་ཡིན།

ཅ་མེའོ་ནི་ཕ་རན་སིའི་མི་ཡིན་པ་དང་། གཞི་གྲུབ་རིང་ལུགས་ཀྱི་གྲགས་ཅན་རྩོམ་པ་པོ་དང་དཔྱད་བརྗོད་མཁས་ཅན་ཞིག་ཡིན་པ་མ་ཟད། གཞི་གྲུབ་རིང་ལུགས་ཀྱི་ཆེས་གལ་ཆེ་བའི་མི་སྣ་ཞིག་ཡིན།

1957ལོར་ནོ་པེ་ལར་རྩོམ་རིག་གི་བྱ་དགའ་ཐོབ་ཡོད་པ་རེད། ཁོང་གིས་བརྩམས་པའི་གྲགས་ཆེ་བའི་བརྩམས་ཆོས་ནི། བརྩམས་སྒྲུང་འབྲིང་གྲས《ཕྱི་རོལ་གི་མི་》(1942)(ཚབ་མཚོན་གྱི་རྩོམ་)བརྩམས་སྒྲུང་རིང་གྲས《ཁ་མི་གྲགས་པའི་མི་》(1957)བརྩམས་སྒྲུང་རིང་གྲས《བྱི་རིམས་》(1947)བཅས་ཡོད་པ་རེད། དེ་དག་གི་ནང་ནས་གྲགས་ཆེ་ཤོས་ནི《ཕྱི་རོལ་གྱི་མི་》ཞེས་པ་དེ་ཡིན་ཞིང་དེའི་ནང་རྩོམ་པ་པོས་བརྩམས་སྒྲུང་ནང་གི་མི་སྣ་གཙོ་བོ་མོ་འར་སོ་ཞེས་པ་དེ་ཡིན་པ་དང་། རང་གི་ཨ་མ་ཤི་རྗེས་ཕུང་པོ་རྗེས་འཇུག་བྱེད་པར་བསྐྱོད་སྐབས་གཟབ་ནན་མ་ཡིན་ལ་སྐྱོ་སྣང་ཡང་མེད་ལ། དེ་དག་ནི་གང་ལྟར་ཡོང་ངེས་ཡིན་པ་དང་བྱ་སྤྱོད་དང་རྣམ་འགྱུར་གང་གི་ཐད་ལ་ཡང་སྣང་བ་གཏན་ནས་མི་བྱེད་པར་བརྟེན་མི་གཞན་གྱིས་ཟུར་ཟ་བྱས་པ་དང་། ཉིན་གཉིས་པར་སྤྲོ་སྐྱིད་གཏོང་བར་འགྲོ་སྐབས་གཞན་དང་འཁྲུག་རྩོད་བྱེད་སྐབས་མི་མདའ་རྒྱབ་ཏེ་མི་གཅིག་བསད་པ་དང་བཙོན་ཁང་དུ་བཅུག དེ་རྗེང་ཁྲིམས་ཁང་ནང་འདྲི་རྩད་བྱེད་སྐབས་ཁོང་གིས་རང་ཉིད་ནི་འབྲེལ་མེད་ཀྱིས་ལྟད་མོ་ལྟ་མཁན་ཞིག་དང་འདྲ་བའི་རྣམ་འགྱུར་བསྟན། ཁྲིམས་དཔོན་གྱིས་ཁོང་གིས་མི་གསོད་པའི་བསམ་བློའི་སྐུལ་སློང་གང་ཡིན་བརྟག་དཔྱད་བྱས་ཀྱང་། མི་དེ་ནི་གང་ལ་ཡང་སྣང་བ་མི་འཛོག་མཁན་ཞིག་ཡིན་པས་དཀའ་བ་སྟོང་ཟད་དུ་གྱུར་པ་དང་། མི་རྣམས་ཀྱིས་ཁོང་གི་འབྲེལ་བ་མེད་པའི་མིའི་རྣམ་འགྱུར་ཁོ་ན་མཐོང་། ཐ་ན་ཤི་རྒྱུར་ཉེ་བའི་སྐབས་སུ་ཡང་ཁོང་གིས་ངོས་འཛིན་དུ་འཚོ་བའི་ནང་དུ་ཞེན་ཆགས་བྱེད་པའི་དོན་གནད་གང་ཡང་མེད་ལ། ཇི་ལྟར་ཤི་དང་ག

ཏུས་ཤི་དེ་དག་ཚང་མ་ནི་གནད་འགག་ཆེ་བ་ཞིག་གཏན་ནས་མ་ཡིན། བསམ་བློ་གཏོང་དགོས་པ་ནི་“མཇུག་ལེགས་པོ་ཞིག་འགྲིལ་ཐུབ་པ་བྱེད་རྒྱུ་ནི་གྲོགས་མེད་ཁེར་རྐྱང་གི་ཚོར་སྣང་ཞིག་མི་ཡོང་བ་བྱེད་རྒྱུ་དེ་ཡིན། ང་སྒྲིག་ཐོག་གཏོང་བའི་ཉིན་དེར་ལྟད་མོ་ལྟ་མཁན་མང་པོ་ཞིག་ཡོད་པ་དང་། མི་དེ་དག་གིས་ང་ལ་ཚིག་རྩུབ་ཀྱི་དམའ་འབེབས་དང་འཕྱ་སྨོད་བྱས་ན་འདོད་བློ་ཚིམ་པ་ཡིན།”ཅེས་བརྗོད། སྒྲིག་ཐོག་གཏོང་སྐབས་སྐད་ཆ་ཚིག་གཅིག་བརྗོད་པ་སྟེ་“ཤི་མཁན་ལ་མཚོན་ན། ག་རེ་ཡིན་ཡང་སྙིང་པོ་མེད་”ཞེས་བརྗོད། དེ་ནི་གཞི་གྲུབ་རིང་ལུགས་ཀྱི་ཁྲུང་ལུང་མེད་པའི་འཛིག་རྟེན་དང་ཁྲུང་ལུང་མེད་པའི་མི་ཚེ་མཚོན་པར་བྱས་པ་ཞིག་ཡིན། མོ་འར་སོ་ཡི་ལོ་རྒྱུས་དེས་མི་ནི་གང་ཡིན་འདི་ཡིན་མེད་པར་འཛིག་རྟེན་འདིའི་ཐོག་སླེབས་པ་དང་ཡང་གང་ཡིན་འདི་ཡིན་མེད་པར་འཛིག་རྟེན་འདིས་མེད་པར་བཟོས། བཙམས་སྒྲུང་ནང་གི་མི་སྣ་གཙོ་བོས་མི་གསོད་སྙམ་པའི་བསམ་བློའི་སྐུལ་སློང་མེད་ཀྱང་མི་བསད་པ་དང་། མི་གསོད་མཁན་དངོས་གནས་དེ་ནི་ཤེས་རྟོགས་བྱེད་མི་ཐུབ་པའི་ཕྱི་ཡུལ་གྱི་སྟོབས་ཤུགས་ཤིག་ཡིན་པར་བསྟན་པ་དང་། སྟོབས་ཤུགས་དེས་གཞན་གྱིས་ལག་པ་གཡར་ཏེ་མི་གསོད་པ་དང་། ཡང་ལག་པ་གཡར་མཁན་དེ་ཡང་གསོད་པ་དང་། རྩོམ་པ་པོས་མངོན་གསལ་དོད་པོས་“འཛིག་རྟེན་འདིའི་ནང་མི་ལ་ནི་བྱེད་ཐབས་གང་ཡང་མེད་པའི་”འཛིག་རྟེན་ལྟ་ཚུལ་དེ་བཏོན་ཡོད་པ་རེད། ས་ཐ་དང་ཙ་མེའོ་གཉིས་ལོ་གཅིག་ལྷག་ཙམ་རིང་རྩོད་གླེང་བྱས་ཡོད་པ་དང་། 1952ལོར་ས་ཐྲ་ཡིས《ཙ་མེའོ་ཡི་དེབ་ཐེར་ལ་ལན་བརྒྱབ་པ་》ཞེས་པའི་དཔེ་དེབ་ཅིག་ཡང་པར་བསྐྲུན་བྱས་ཡོད་པ་རེད། ཨ་རིའི་རྒྱལ་ཁོངས་སུ་གཞི་གྲུབ་རིང་ལུགས་ཀྱི་མཚན་ཉིད་རིག་པའི་བསམ་བློའི་རྨང་གཞི་གཏིང་ཟབ་ཅིག་རྙེད་པ་དང་འཛམ་གླིང་དམག་ཆེན་གཉིས་པའི་རྗེས་སུ་དཔལ་འབྱོར་དང་དམག་ཤུགས་སོགས་གང་ཅིའི་ཐད་འཛམ་གླིང་བཙན་བདག་བྱེད་པའི་གནས་བབས་བཟུང་ཡོད། འོན་ཀྱང་ཤེས་ཡོན་ཅན་གྱི་ནང་དུ་དེར་ཚད་ལས་འདས་པའི་དགའ་ཞེན་དང་བརྩེ་

ཧྲང་དེ་ཙམ་མེད་ལ་རྒྱལ་ཁབ་གཞན་དང་(ཕྲའོ་ཞན་གཡོད་ནན་)དམག་འཁྲུག་དང་། རྒྱལ་ནང་གི་ཟིང་ཆ། ཉིན་བཞིན་འཕེལ་རྒྱས་འགྲོ་བཞིན་པའི་དཔལ་འབྱོར་གྱི་གནོན་ཤུགས་དང་སྐྱེར་སྡོམ་སོགས་ཀྱིས་མི་རྣམས་ཀྱི་སེམས་ཁམས་དོ་མི་མཉམ་པར་གྱུར་བ་དང་ཁོང་རྣམ་པར་མདུན་དུ་གནས་པའི་འཇིག་རྟེན་འདི་ནི་དགྲ་བོ་ལྟ་བུའི་ཚོར་སྣང་ཞིག་སྐྱེད་ཡོད་པ་རེད།

མི་རྣམས་ཀྱིས་དཀའ་སྡུག་གིས་བསམ་བློ་གཏོང་བའི་ནང་དུ་ཐོག་མར་འཚོ་གནས་བྱེད་པའི་དོན་སྙིང་དང་རིན་ཐང་གཏན་འཁེལ་བྱེད་དགོས་པ་དང་། དེ་ནི་རང་ཉིད་ཀྱི་མེས་པོའི་"རྩ་བ"འཚོལ་ཞིབ་བྱེད་པ་ལས་དེ་བས་གལ་ཆེ་བ་ཞིག་ཡིན། བརྩམས་ཆོས་ཀྱི་ནང་དུ་"རང་ཉིད་འཚོལ་བ"ཞེས་པའི་བརྗོད་གཞི་ཇི་སྙེད་ཅིག་ཐོན་པའི་རྒྱུ་མཚན་ནི་གོང་གི་བསམ་བློ་དེ་དག་མཚོན་པར་བྱས་པ་ཞིག་ཡིན།

ཨ་རིའི་དེང་རབས་ཀྱི་གྲགས་ཅན་རྩོམ་པ་པོ་ཟོ་འར་པེ་ལུ་ཡི་བརྩམས་ཆོས་ནང་དུ་ལྟ་ཚུལ་དེ་དག་མཚོན་པར་བྱས་ཡོད་པ་རེད། ཁོང་གིས་1944ལོར་བརྩོན་པའི་《རྟེན་ས་མེད་པའི་མི་》ཞེས་པའི་བརྩམས་སྒྲུང་ནང་དུ་མི་སྣའི་ལས་དབང་ལ་བསམ་གཞིགས་གཏིང་ཟབ་བྱས་ཡོད་པ་རེད། 1976ལོར་ནོ་པེ་འར་གྱི་རྩོམ་རིག་གི་བྱ་དགའ་ཐོབ་ཡོད་པ་རེད།

ཨ་རིའི་གྲགས་ཆེ་བའི་རྩོམ་པ་པོ་ལ་འར་ཕུ་·ཨ་ལི་སྲེན་གྱི་ཚབ་མཚོན་རང་བཞིན་ལྡན་པའི་བརྩམས་སྒྲུང་《མཐོང་ཡས་མེད་པའི་མི་》(1952)ཞེས་པ་དེ་ཡིན་ཞིང་། བརྩམས་སྒྲུང་དེའི་ནང་དུ་མི་རིགས་ནག་པོའི་ཤེས་ཡོན་ཅན་གྱི་བསམ་བློའི་རྣམ་ཚུལ་བྲིས་ཡོད་པ་དང་། བརྩམས་སྒྲུང་དེའི་བརྗོད་གཞི་གཙོ་བོ་ནི་"རང་ཉིད་འཚོལ་བ"ཞེས་པ་དེ་རང་ཡིན། རྩོམ་ཐབས་འདིའི་རྩ་བའི་ཁྱད་ཆོས་ནི་གང་ཐུབ་ཅི་ཐུབ་ཀྱིས་མཚན་ཉིད་རིག་པའི་ལྟ་བ་དང་། བརྩམས་ཆོས་མཉམ་དུ་འདྲེས་པར་བྱས་ཡོད་རྐྱེན་མཚན་ཉིད་རིག་པའི་རང་བཞིན་དེ་གཟུགས་བརྙན་གྱི་རང་བཞིན་ལས་མང་བ་དང་། སྣེ་མང་ཀུག་ཀྱོག་གི་བྱུང་

རིམ་ལ་དང་འདོད་བྱེད་ཀྱི་མེད་པ་མ་ཟད། བརྩམས་ཆོས་ཀྱི་སྐད་ཆ་ཡང་སྟབས་བདེ་ལ་རྒྱན་ཚིག་སོགས་མི་འབྲི་བར་མཚན་ཉིད་རིག་པའི་ལྟ་བ་གསལ་བཤད་བྱེད་རྒྱུ་དེ་གཙོ་གནད་དུ་འཛོག་གི་ཡོད།

གསུམ་པ། ཁྲངས་ལུང་མེད་པའི་ཀློས་གར་གྱི་གྲུབ་མཐའ།

ཁྲངས་ལུང་མེད་པའི་ཀློས་གར་ནི་འཛམ་གླིང་དམག་ཆེན་གཉིས་པའི་རྗེས་སུ་ཡོ་རོབ་ཁུལ་དུ་བྱུང་བའི་གྲགས་ཆེ་བའི་ཀློས་གར་གྱི་གྲུབ་མཐའ་ཞིག་ཡིན། ལོ་རབས་ལྔ་བཅུའི་ནང་ཕ་རན་སི་ལ་བྱུང་བ་དང་དེ་རྗེང་འཛར་མན་དང་དབྱིན་ཇི། ཨ་རི་སོགས་སུ་བྱུང་བ་དང་། ལོ་རབས་དྲུག་ཅུའི་ནང་ནུབ་ཕྱོགས་ཀྱི་ཀློས་གར་གྱི་གར་སྟེགས་དབང་བསྒྱུར་བྱས་པ་ཞིག་ཡིན། གྲགས་ཆེ་བའི་རྩོམ་པ་པོ་ནི་ཕ་རན་སིའི་རྩོམ་པ་པོ་པེ་ཁེ་ཐེ《ཁ་ཏོ་ལ་རེ་སྒྲུག་བྱས་པ་》ཞེས་པ་དང་། ཕ་རན་སིའི་རྩོམ་པ་པོ་ལུང་ཏ་སི་ཁྲུ་ཡི《རྒྱབ་རྟེགས་》ཞེས་པ། ཕ་རན་སིའི་རྩོམ་པ་པོ་ཨ་ད་མོ་ཕུ་ཡི《མི་ལྟ་མཁན་》སོགས་ཡོད་པ་རེད། “ཁྲངས་ལུང་མེད་པ”ཞེས་པའི་ཐ་སྙད་དེ་ནི་ཁྲངས་ལུང་མེད་བཞིན་དགོད་བྲོ་བ་ཁོ་ན་མ་ཡིན་པར་དེ་ནི་རོལ་དབྱངས་ཀྱི་ནང་དུ་སྒྲ་གདངས་འཁྲིག་པོ་མེད་པ་དང་། མཚན་ཉིད་རིག་པའི་ནང་དུ་རང་ཉིད་དང་གནས་སྡོད་བྱེད་སའི་ཁོར་ཡུག་གཉིས་མཐུན་འཁྲིག་མེད་པ་དང་། རྒྱུན་སྲོལ་གྱི་གནས་ལུགས་དང་མི་མཐུན་པ། གནས་ལུགས་བཤད་ནས་གོ་བ་ལེན་ཐབས་མེད་པ། གཏན་ཚིགས་རིག་པ་དང་མི་མཐུན་པ་སོགས་ཀྱི་དོན་སྙིང་ལྡན་ཡོད་པ་རེད། ཨོ་ཏ་ལིའི་གྲགས་ཅན་རྩོམ་པ་པོ་ག་ཕུ་ག་ཡིས《གྲོང་ཁྱེར་ནང་གི་མཆོན་ཆ་》ཞེས་པའི་བརྩམས་ཆོས་ནང་དུ་གསུངས་དོན“ཁྲངས་ལུང་མེད་པ་ཞེས་པ་དེ་ནི་དོན་སྙིང་མི་འདང་བའམ་མེད་པར་དམིགས་པ་ཞིག་ཡིན། ཆོས་ལུགས་དང་གཟུགས་འདས་རིག་པ། རྩོན་རྟོགས་སྨྲ་བའི་རྩ་བ་དང་ཁ་བྲལ་རྗེང་མི་རྣམས་ག་བྱེད་འདི་བྱེད་མི་ཤེས་པ་དང་ཁོ་ཚོའི་བྱ་སྤྱོད་དེ་དག་ཀྱང་དོན་སྙིང་མེད་ལ་ཁྲངས་ལུང་མེད་པ་ཞིག་ཏུ་འགྱུར་བ་རེད”ཅེས་གསུངས།

བརྩམས་ཆོས་དེ་དག་གི་རྩོམ་པ་པོས་འཁྲབ་གཞུང་ནང་དང་ཡང་ན་གར་སྟེགས་ཐོག་ཏུ་མིའི་མི་ཚེའི་ཁྲུངས་ལུང་མེད་པའི་རང་བཞིན་དང་། སྤྱི་ཚོགས་ཀྱི་འཚོ་བའི་ནང་དུ་མི་རྣམས་ལ་བྱུང་བའི་འཇིགས་སྣང་སོགས་རྒྱས་བཤད་བྱེད་པ་དང་། དཔལ་འབྱོར་གྱི་འཕེལ་རྒྱས་དང་མི་རྣམས་ཀྱི་བསམ་པ་སྟོང་པར་འགྱུར་བའི་འགལ་ཟླ་མཚོན་པར་བྱས་པ་དང་། མི་ཚེ་སྙིང་པོ་མེད་པའི་རང་བཞིན་མཚོན་ཕྱིར་མི་སྣའི་གཟུགས་བརྙན་བསྐྲུན་རྒྱུའི་ཐད་སྒྱུག་ཕྲ་བའི་རང་བཞིན་ལྡན་པ་ཞིག་ཏུ་གསར་སྐྲུན་བྱེད་ཀྱི་ཡོད་པ་རེད།

ཁྲུངས་ལུང་མེད་པའི་ཟློས་གར་གྱི་བསམ་བློའི་ཐད་གཞི་གྲུབ་རིང་ལུགས་ཀྱི་མཚན་ཉིད་རིག་པའི་ཤུགས་རྐྱེན་ཐོག་ཡོད་པ་དང་། སྒྱུ་རྩལ་གྱི་མཚོན་ཐབས་ཐད་གྲུབ་མཐའ་གཞན་གྱི་བྱེད་ཐབས་དང་ལེན་བྱས་ཡོད།

1953ལོར་པེ་ཁེ་ཐེ་ཡི་《ཁ་ཏོ་ལ་རེ་སྒུག་བྱེད་པ》ཞེས་པའི་ཟློས་གར་འཁྲབ་སྟོན་བྱས་རྗེས་རྒྱ་ཆེའི་གཟིགས་མོ་བའི་ཁྲོད་དུ་དགའ་བསུ་ཐོབ་པ་དང་། ཕ་རན་སིའི་དམག་འཁྲུག་རྗེས་ཀྱི་ཟློས་གར་གྱི་ནང་གྲལ་གནས་མཐོན་པོ་ཞིག་བཟུང་ཡོད་པ་རེད།

ཁྲུངས་ལུང་མེད་པའི་ཟློས་གར་གྱིས་སྒྱུ་རྩལ་གྱི་ཕྱོགས་ནས་གཞི་གྲུབ་རིང་ལུགས་ཀྱི་ཐ་སྙད་འགའ་ཞིག་ཚུར་ལེན་བྱས་ཤིང་། མི་རྣམས་ཀྱིས་ཧུར་བརྩོན་ཆེན་པོས་དོན་སྙིང་གང་ཡང་མེད་པའི་འཇིག་རྟེན་གྱི་ནང་ནས་དོན་སྙིང་གང་ཡང་མེད་པའི་གནས་པ་དེར་དོན་སྙིང་ཞིག་བཙལ་འཚོལ་བྱེད་རྒྱུ་དེ་ཡིན། ཁོང་ཚོའི་ངོས་འཛིན་དུ་མི་རྣམས་ཀྱིས་རྟོག་བཟོ་ལ་བརྟེན་ནས་བཟོས་པའི་ཀུན་སྤྱོད་དང་། ཆོས་ལུགས། ཆབ་སྲིད་དང་སྤྱི་ཚོགས་ཀྱི་སྒྲིག་གཞི་དེ་འཐོར་ཞིག་ཏུ་ཕྱིན་ཟིན་པ་ཞིག་ཡིན་ཞེས་བརྗོད་པ་དང་། གསར་དུ་ད་ལམ་འཕེལ་བཞིན་པའི་འཇིག་རྟེན་འདིར་ལྟ་ཞིབ་བྱ་རྒྱུ་དེ་ཡིན། དཔེར་ན《རྐུབ་སྟེགས》ཞེས་པའི་ཟློས་གར་ནང་ལོ་དགུ་བཅུར་སླེབས་པའི་བཟའ་ཟླ་གཉིས་པོ་མཐའ་འཁོབ་ཀྱི་རྒྱ་མཚོའི་འགྲམ་ཞིག་ཏུ་འཚོ་གནས་བྱེད་པ་དང་། རྒས་པོ་དེས་རང་ཉིད་ཤེ་

ཁར་ཁ་ཆེམས་ཞན་མཁན་གྱི་མགྲོན་པོ་འགའ་ཞིག་གདན་འདྲེན་ཞུས། དེ་རྗེས་གྲུ་བཏང་བ་དང་ཆུའི་སྒྲ་དང་། སྒོ་རྡུང་བའི་སྐད་སྒྲ་དང་། རྐས་པོས་མགྲོན་པོར་སྣེ་ལེན་བྱེད་པའི་སྐད་སྒྲ་གསལ་ལ་མི་གསལ་བ་ཞིག་ཐོས་རྒྱུ་ཡོད་པ་དང་། མགྲོན་པོའི་ཚབ་ཏུ་རྒྱུན་ཆད་མེད་པར་གར་སྟེགས་ཐོག་ཏུ་ཀུབ་སྟེགས་ཀྱིས་ཁེངས་ཡོད་པ་དེ་ཡིན། རྐས་པོ་དེར་གཏམ་བཤད་བྱེད་པའི་ནུས་པ་མེད་རྐྱེན་ཆེད་ལས་ཀྱི་གཏམ་བཤད་བྱེད་མཁན་མཁས་པ་ཞིག་གདན་ཞུ་བྱས་ཡོད་པ་རེད། མཐའ་མཇུག་གར་སྟེགས་ཐོག་གི་ཀུབ་སྟེགས་དེ་དག་ལ་སྐད་ཆ་ཤོད་པ་དེ་ཡིན་པ་དང་། དེ་ཉིང་རྐས་པོའི་ཚབ་བྱས་ཏེ་གཏམ་བཤད་བྱེད་མཁན་དེ་དོན་ཡོང་བ་དང་། མི་དེ་ནི་ལྐུག་པ་ཞིག་ཡིན་པ་དང་། སྐད་ཆ་བཤད་མི་ཤེས་སྐབས་ནག་པང་གི་སྟེང་དུ་ཡིག་འབྲུ་འགའ་ཞིག་བྲིས་པ་དང་། དེ་དག་ནི་གོ་རྒྱུ་མེད་པ་ཞིག་ཡིན། འཁྲབ་གཞུང་དེས་མི་རྣམས་དངོས་པོས་བསྒོར་གནོན་འོག་སྡོད་གནས་བདེ་པོ་མེད་པའི་རྣམ་ཚུལ་མཚོན་པར་བྱས་ཡོད་པ་རེད།

ཁྲངས་ལུང་མེད་པའི་ཟློས་གར་གྱི་རྩ་བའི་ཁྱད་ཆོས་ནི།

སྲོལ་རྒྱུན་ཟློས་གར་གྱི་ཆོས་ཉིད་དང་རྩ་བ་ནས་རྒྱབ་འགལ་བྱས་པ་དང་དེའི་ནང་སྒྲིག་གཞི་དང་བྱུང་རིམ་ཆ་ཚང་ཞིག་མེད་ལ། གསོན་ཉམས་ལྡན་པའི་མི་སྣའི་རང་གཤིས་མེད་པ་དང་། མི་སྣ་ནི་འཕྲུལ་འཁོར་བཞིན་བསྐྱར་ཟློས་ཀྱི་ཕྱག་རྒྱ་ཁོ་ན་བྱེད་རྒྱུ་ཡིན་པ་མ་ཟད། མི་སྣའི་སྐད་ཆ་ཡང་ཐྲོ་མེད་ཚོ་མེད་ཀྱི་སྐད་ཆ་བསྐྱར་བཟློས་ཁོ་ན་བྱེད་པའོ།

བཞི་པ། སྒྱུ་འཕྲུལ་དངོས་ཡོད་རིང་ལུགས་ཀྱི་སྐོར།

སྒྱུ་འཕྲུལ་དངོས་ཡོད་རིང་ལུགས་ནི་དངོས་ཡོད་རིང་ལུགས་ཀྱི་རྩོམ་ཐབས་ནང་གི་རྩོམ་ཐབས་དམིགས་བསལ་ཅན་ཞིག་ཡིན། བརྩམས་ཆོས་ནང་གི་བརྗོད་དོན་གཙོ་བོ་མཚོན་པར་བྱེད་སྐབས་ཕལ་ཆེ་བས་ལྷ་དང་གདོན་འདྲེ་དང་འཕྲུལ་སྣང་གི་རྣམ་པ་བེད་སྤྱད་ནས་དངོས་ཡོད་དང་འཕྲུལ་སྣང་གཉིས་གཅིག་ཏུ་འདྲེས་པར་བྱེད་ཀྱི་ཡོད་པ་དང་། དཔྱད་བརྗོད་མཁན་རྣམས་ཀྱིས

དེ་ར་སྒྱུ་འཕྲུལ་དངོས་ཡོད་རིང་ལུགས་ཞེས་བརྗོད།

དུས་རབས་འདི་འགོ་ཚུགས་པ་ནས་བཟུང་ལ་ཏིང་མེ་ཀྲིའུ་ཡི་རྩོམ་རིག་ལ་གྲུབ་འབྲས་ཆེན་པོ་ཐོབ་ཡོད་པ་དང་། འཛམ་གླིང་དམག་ཆེན་གཉིས་པའི་རྗེས་སུ་མགྱོགས་མྱུར་ཏུ་འཛམ་གླིང་གི་དེང་རབས་རྩོམ་རིག་གི་མདུན་དུ་སླེབས་ཡོད་པ་རེད། ཐོག་མར་1945ལོར་ཀྲི་ལི་རྒྱལ་ཁབ་ཀྱི་སྙན་ངག་མཁན་མི་སི་ཐེ་ལ་འར་ལ་ནོ་བེ་འར་རྩོམ་རིག་གི་བྱ་དགའ་ཐོབ་པ་དང་། ལ་ཏིང་མེ་ཀྲིའུ་རྩོམ་པ་པོའི་ནང་ནས་བྱ་དགའ་ལེན་མཁན་ཐོག་མ་དེ་ཡིན། དེ་རྗེས་ལོ་རབས་དྲུག་ཅུའི་ནང་ཨུད་ཏི་རྩོམ་པ་པོ་ཨ་སི་ཐུ་ཡ་སི། 1967ལོར་ནོ་བེ་འར་རྩོམ་རིག་གི་བྱ་དགའ་ཐོབ་པ་དང་། ཀྲི་ལི་རྩོམ་པ་པོ་ཉེ་ཨུ་ཏ་ལ་1971ལོར་ནོ་བེ་འར་རྩོམ་རིག་གི་བྱ་དགའ་ཐོབ། ཀ་ལོན་བི་ཡ་རྩོམ་པ་པོ་ཙ་ཤི་ཡ་མར་ཁེ་སི་ལ་1982ལོར་ནོ་བེ་འར་རྩོམ་རིག་གི་བྱ་དགའ་ཐོབ་ཡོད་པ་རེད། དེ་ལྟར་སྒྲུ་འཕྲུལ་དངོས་ཡོད་རིང་ལུགས་ནི་ལ་ཏིང་མེ་ཀྲིའུ་ཡི་རྩོམ་རིག་གི་གྲུབ་མཐའི་ནང་ནས་གྲུབ་འབྲས་དང་བག་ཆགས་ཆེ་ཤོས་ཀྱི་རྩོམ་རིག་གི་གྲུབ་མཐའ་ཞིག་ཡིན།

རྩོམ་པ་པོས་འདྲི་ལ་ཁ་གཡར་ཏེ་ད་ལྟའི་མི་རྣམས་ལ་ཟུར་ཟ་བྱེད་པ་དང་། ཚོར་མ་བསྐོར་ནས་རི་བོང་ལ་འཇབ་རྗེ་བཞུ་བ་ལྟར་རབ་བཏགས་ཚད་མེད་པའི་བྱུང་རིམ་ལ་བརྟེན་ནས་ད་ལྟའི་སྤྱི་ཚོགས་ཀྱི་གནད་དོན་ཐེར་འདོན་བྱེད་ཀྱི་ཡོད་པ་རེད།

སྒྱུ་འཕྲུལ་དངོས་ཡོད་རིང་ལུགས་ཀྱི་རྩོམ་པ་པོ་དང་བརྩམས་ཆོས་ཤིན་ཏུ་མང་པོ་ཞིག་བྱུང་ཡོད་ནའང་མི་རྣམས་ཀྱིས་གཅིག་གྱུར་གྱི་ཁས་ལེན་པའི་གྲགས་རྩོམ་ཆེན་པོ་གསུམ་ཞེས་བརྗོད་པ་ནི། མོ་ཤི་ཀའི་གྲགས་ཅན་རྩོམ་པ་པོ་ཧྭུ་ཨན་·ལུ་འར་ཕོ་(1918–1986)ཡི་བརྩམས་སྒྲུང་《ཕེ་ཐ་ཨོ་·པ་ལ་མོ་》(1955)ཞེས་པ་དེ་ཡིན་ཞིང་དེས་སྒྱུ་འཕྲུལ་དངོས་ཡོད་རིང་ལུགས་ལ་དར་ཆ་ཆེན་པོ་ཞིག་བཙུགས་ཡོད་པ་རེད། རྩོམ་རིག་དཔྱད་བརྗོད་བྱེད་མཁན་ཚོས་བརྩམས་ཆོས་དེའི་སྒྱུ་རྩལ་གྱི་གྲུབ་འབྲས་ནི་ཡང་རྩེར་སོན་པ་དང་མོ་ཤི་ཀའི་དེང་རབས

གྱི་ལྷ་སྲུང་ཞེས་བརྗོད་དོ།

ཀ་ལོན་པི་ཡིས་གྲགས་ཆེ་བའི་རྩོམ་པ་པོ་ཙ་ཤེ་ཡ་.མར་ཁེ་སི་ཡིས་བརྩམས་པའི་བརྩམས་སྒྲུང་རིང་གྲས《ལོ་བརྒྱའི་རིང་གི་གྲོགས་མེད་ཁེར་རྐྱང་》ཞེས་པ་དེ་ཡིན་ཞིང་བརྩམས་སྒྲུང་ནང་རྩོམ་པ་པོས་སྟོང་བསམ་དང་ད་ལྟའི་དངོས་ཡོད་གནས་ཚུལ་མཉམ་དུ་འདྲེས་པར་བྱས་ཏེ་ཆེས་ཕུན་སུམ་ཚོགས་པའི་སྒོ་ནས་སྟོང་བསམ་གྱི་འཇིག་རྟེན་ཞིག་རྩོམ་འབྲི་བྱས་ཏེ་མི་རྣམས་ཀྱི་འཚོ་བ་དང་འཐབ་རྩོད་མཚོན་པར་བྱས་ཡོད་པ་རེད། བརྩམས་སྒྲུང་དེ་ཐོན་མ་ཐག་ཏུ་དཔྱད་བརྗོད་མཁན་རྣམས་ཀྱིས་རྩོམ་རིག་གི་ས་ཡོམ་ཆེན་པོ”ཞེས་བརྗོད་ཡོད་པ་རེད་ལ1967ལོར་པར་བསྐྲུན་བྱས་རྗེས་བསྐྱར་དུ་པར་བསྐྲུན་ཐེངས་སུམ་ཅུ་ལྷག་ཙམ་བྱས་ཡོད་པ་རེད། གཞན་ཞིག་ནི་གྲགས་རྩོམ་བརྩམས་སྒྲུང་རིང་གྲས《ཉམས་རྒུད་དུ་གྱུར་བའི་ཁྲིམ་བདག》(1975)ཞེས་པ་དེ་ཡིན། དེའི་ནང་དུ་རྩོམ་པ་པོས་ཅུང་ཐུང་ངན་པ་ཉི་ཁ་རོ་འར་གྱི་སྐོར་བྲིས་ཡོད་པ་རེད།

རྩོམ་ཐབས་འདིའི་རྩ་བའི་ཁྱད་ཆོས་མདོར་བསྡུས་ན།

གང་ཡིན་ཡང་གང་ཡང་མ་ཡིན་པ། དངོས་གནས་ཡིན་པའི་བཟོ་ལ་ཡང་དངོས་གནས་མ་ཡིན་པ། དོན་དངོས་དང་མཉམ་དུ་ཡང་གཞི་འཛིན་ས་མེད་པ་དེ་ཡིན་པ་དང་། རྩོམ་པ་པོ་རྣམས་ཀྱིས་རྟག་པར་བརྩམས་སྒྲུང་ནང་དུ་དོན་དངོས་དང་འཕྲུལ་སྣང་། མི་དང་འདྲེ། ལྷ་སྲུང་དང་དོན་དངོས་གཉིས་ཀྱི་བར་མཚམས་མེད་པར་བཟོས་ནས་མཉམ་འདྲེས་ཀྱིས་འབྲི་ཡི་ཡོད་པ་རེད། སྐད་ཆ་རྣམས་དགོད་བྲོ་ཞིང་དོན་སྙིང་ཟབ་ལ་ཡང་སྐྱིག་གྱུར་ཡིན་པ། དཔེ་རྒྱན་ཕུན་སུམ་ཚོགས་ལ་མཚོན་རྟགས་མང་བ། ཤུགས་ནས་སྟོན་པ་དང་། རིག་གནས་གཞན་གྱི་ཁྱད་ཆོས་ཚུར་ལེན་མང་པོ་བྱས་ཡོད་རྐྱེན་རྩོམ་ཐབས་འདི་ནི་ཤིན་ཏུ་ལེགས་གྲུབ་བྱུང་བའི་རྩོམ་ཐབས་ཤིག་ཡིན་སྐད། དེ་མིན་མཚོན་རྟགས་རིང་ལུགས་དང་། མངོན་མཚོན་རིང་ལུགས། དངོས་ཡོད་ལས་བརྒལ་བའི་རིང་ལུགས། བརྩམས་སྒྲུང་གསར་པ་སློབ། ནག་པོའི་དགོད་བྲོ། སྒྲིག

གཞི་དངོས་ཡོད་རིང་ལུགས། འཛིགས་སྐུལ་དངོས་ཡོད་རིང་ལུགས་སོགས་སྣ་མང་ཕུན་སུམ་ཚོགས་པ་ཞིག་ཡོད་དོ།

1. དངོས་ཡོད་རིང་ལུགས་ཀྱི་རྩོམ་ཐབས་ལ་རྩ་བའི་ཁྱད་ཆོས་གང་དང་གང་ཡོད།

2. མཐའ་དཔྱོད་དངོས་ཡོད་རིང་ལུགས་ཞེས་པའི་གོ་དོན་གང་ཡིན་ནམ།

3. གནའ་རབས་རིང་ལུགས་ཀྱི་གཅིག་གསུམ་རྩ་དོན་ཞེས་པ་གང་དང་གང་ཡིན་ནམ།

4. དངོས་ཡོད་རིང་ལུགས་དང་རང་བྱུང་རིང་ལུགས་ཀྱི་རྩོམ་ཐབས་གཉིས་ལ་རྩ་བའི་ཁྱད་པར་གང་ཡོད་དམ།

5. འཆར་ཡན་རིང་ལུགས་ཀྱི་རྩོམ་ཐབས་ཞེས་པའི་གོ་དོན་གང་ཡིན་ནམ།

6. དངོས་ཡོད་རིང་ལུགས་དང་འཆར་ཡན་རིང་ལུགས་གཉིས་ཀྱི་འབྲེལ་བ་ཅི་ཡིན་ནམ།

7. སྤྱི་ཚོགས་རིང་ལུགས་ཀྱི་དངོས་ཡོད་རིང་ལུགས་ཞེས་པར་རྩ་བའི་ཁྱད་ཆོས་གང་དང་གང་ཡོད་དམ་།

8. གསར་བརྗེའི་དངོས་ཡོད་རིང་ལུགས་དང་གསར་བརྗེའི་འཆར་ཡན་རིང་ལུགས་ཟུང་འབྲེལ་བྱེད་པའི་རྩོམ་ཐབས་ཀྱི་རྩ་བའི་ཁྱད་ཆོས་ཅི་ཡིན་ནམ།

9. དེང་རབས་རིང་ལུགས་ཀྱི་གྲུབ་མཐའ་ཞེས་པའི་གོ་དོན་ཅི་ཡིན་ནམ།

10. རྟོག་པ་རང་ཡན་དུ་འཕོས་པའི་བརྩམས་སྒྲུང་ལ་རྩ་བའི་ཁྱད་ཆོས་གང་ཡོད་དམ།

ས་བཅད་དྲུག་པ། རྩོམ་རིག་གི་ཁྱད་ཉམས་དང་། གྲུབ་མཐའ། བསམ་པའི་རླབས་རྒྱུན་གྱི་སྐོར།

རྩོམ་རིག་གི་ཁྱད་ཉམས་དང་གྲུབ་མཐའ། བསམ་པའི་རླབས་རྒྱུན་བཅས་ནི་རྩོམ་རིག་འཕེལ་རྒྱས་ཀྱི་བརྒྱུད་རིམ་ནང་དུ་གྲུབ་པའི་རྩོམ་རིག་གི་སྣང་ཚུལ་ཞིག་ཡིན་ལ། དེ་ནི་དམིགས་བསལ་གྱི་ལོ་རྒྱུས་ཀྱི་ཆ་རྐྱེན་འོག་ཏུ་བྱུང་བའི་ཐོན་རྫས་ཤིག་ཀྱང་ཡིན། ཆེས་ཕུལ་བྱུང་གི་རྩོམ་པ་པོ་དང་བརྩམས་ཆོས་ཚང་མར་ཐུན་མོང་མ་ཡིན་པའི་ཁྱད་ཉམས་མངོན་གསལ་དོད་པོ་ཞིག་ཡོད་པ་མ་ཟད། ཁྱད་ཉམས་སྤྱིར་འདྲ་བའི་རྩོམ་པ་པོ་རྣམས་ཀྱིས་རྩོམ་རིག་གི་དར་སྤེལ་དང་ལྷ་ཚུལ་མི་འདྲ་བ་འགའ་ཞིག་མངོན་གསལ་དོད་པོས་གསལ་སྟོན་བྱས་ཤིང་དེ་ར་རྩ་འཛིན་ཡོད་པའི་སྒོ་ནས་རྩོམ་རིག་གི་ལས་འགུལ་ལ་སྐུལ་འདེད་བྱེད་ཀྱི་ཡོད་པ་དང་། ལས་འགུལ་དེ་ནི་རྩོམ་རིག་གི་བསམ་པའི་རླབས་རྒྱུན་ཞིག་ཡིན་ནོ།

དང་པོ། རྩོམ་རིག་གི་ཁྱད་ཉམས་སྐོར།

1. ཁྱད་ཉམས་ཀྱི་གོ་དོན་འགྲེལ་བ།

ཁྱད་ཉམས་ནི་རྩོམ་པ་པོའི་གསར་རྩོམ་གྱི་ཐུན་མོང་མ་ཡིན་པའི་རང་བཞིན་དང་སྒྱུ་རྩལ་གྱི་ཁྱད་ཆོས་དེ་བརྩམས་ཆོས་ཀྱི་ནང་ནས་ཚུར་མངོན་པ་ཞིག་ཡིན་ལ། དེ་ནི་རྩོམ་པ་པོས་གསར་རྩོམ་གྱི་ལག་ལེན་ནང་དུ་དཀའ་སྤྱད་ཀྱིས་སྦྱོང་བརྡར་བྱས་ནས་བྱུང་བ་ཞིག་ཡིན་ལ། བསམ་བློའི་ཐོག་དང་སྒྱུ་རྩལ་སོགས་ཀྱི་ཐད་རྩོམ་རྩལ་གྱི་འབྲས་བུ་སྨིན་པའི་མཚོན་རྟགས་ཤིག་ཡིན་པ་དང་། དེ་ནི་

གནའ་རབས་ནས་བཟུང་རྩོམ་པ་པོ་རྣམས་ཀྱིས་རེ་བསྒྲིགས་བྱེད་པའི་ཚད་མཐོའི་དམིགས་ཡུལ་ཞིག་ཡིན།

ཁྱད་ཉམས་ནི་རྩོམ་པ་པོའི་བྲང་སྟེང་དུ་བཏགས་པའི་རྟགས་མ་དང་འདྲ་བར་རང་ལ་ཐུན་མོང་མ་ཡིན་པའི་གསར་རྩོམ་གྱི་རང་གཤིས་ཆགས་ཡོད་པའི་མཚོན་རྟགས་ཤིག་ཡིན་པ་དང་། རྩོམ་པ་པོ་ཚང་མར་རང་ཉིད་ལ་ཐུན་མོང་མ་ཡིན་པའི་ཁྱད་ཉམས་མངོན་གསལ་དོད་པོ་ཡོད་པ་མ་ཡིན་པར་དེ་ནི་ཆེས་ཐུལ་དུ་བྱུང་བའི་རྩོམ་པ་པོ་དེ་དག་ལ་ཐུན་མོང་མ་ཡིན་པའི་རང་ཉིད་ཀྱི་ཁྱད་ཉམས་ཡོད་པ་ཞིག་ཡིན།

"ཁྱད་ཉམས" ཞེས་པའི་ཚིག་དེ་ཐོག་མར་གནའ་བོའི་ཞི་ལ་ཡི་ཡི་གེའི་ནང་ནས་བྱུང་བ་དང་། དེ་རྗེང་ལྕཱ་ཁྲིང་གི་ཡི་གེ་དང་ཡིག་རིགས་གཞན་དག་ནང་དུ་བྱུང་བ་ཞིག་ཡིན་པ་མ་ཟད། དེའི་གོ་དོན་ནི་ཚིག་རྒྱུན་སྦྱོར་བ (ཚིག་སྦྱོར་ལ་རྒྱུན་སྲོལ་པ) དང་མི་རྣམས་ཡིད་ཆེས་བྱེད་པའི་ཕྱིར་སྐད་ཆའི་མཚོན་ཐབས་ཀྱི་རྣམ་པ་ཞིག་ལ་བཤད་པ་དང་། སྤྱི་ལོའི་སྔོན་གྱི་དུས་རབས་གཉིས་པའི་ནང་ལོ་མ་རྒྱལ་ཁབ་ཀྱི་དགོད་བྲོའི་རྩོམ་པ་པོ་ཆིང་ལོན་ཐི་ཨུ་སི (སྤྱི་ལོའི་སྔོན་ལོ190 – 159ལོ) བརྩམས་ཆོས་ནང་དུ་བེད་སྤྱོད་ཐོག་མར་བྱས། འོན་ཏེ་རྩོམ་པ་པོ་དང་བརྩམས་ཆོས་ལ་གདེང་འཇོག་བྱེད་པ་ནི་ཕྱིས་སུ་བྱུང་བ་ཞིག་ཡིན་ནོ། རྩོམ་རིག་གི་བསམ་བློའི་ལོ་རྒྱུས་ཐོག་ཏུ "ཁྱད་ཉམས" ཞེས་པའི་ཐ་སྙད་དེའི་གོ་དོན་ལ་འགྲེལ་ཚུལ་དང་ལྟ་ཚུལ་མི་འདྲ་བ་སྣ་ཚོགས་ཡོད་རྐྱེན། ལོ་རྒྱུས་ཐོག་ཏུ་བྱུང་བའི་ལྟ་ཚུལ་མི་འདྲ་བ་དེ་དག་ལ་གཅིག་སྡུད་ཀྱིས་དབྱེ་ཞིབ་བྱས་ན་སྤྱིར་འོས་མཚམས་ཀྱི་བསྡོམས་ཚིག་ཅིག་འཇོག་ཐུབ་པར་བརྟེན་སྔོན་ལ་ལྟ་ཚུལ་མི་འདྲ་བ་དེ་དག་གཅིག་སྡུད་བྱས་ན་འདི་ལྟར་སྟེ།

①ཚིག་གི་སྦྱོར་བ་ལ་བཤད་པ།

ཡ་ལི་སྟྲིའི་ཧྲོ་ཐ་ཡིས "སྐད་ཆའི་གནད་འཕེགས་ཀྱི་རང་བཞིན་ནི་ཐུལ་བྱུང་ཁྱད་ཉམས་ཀྱི་རྨང་གཞི་ཡིན" ཞེས་གསུངས་ལ། རྒྱ་གར་གནའ་རབས་ཀྱི་

རྩོམ་རིག་པ་དང་བསམ་བློ་མཁས་ཅན་ཕན་ཧྲེ་ན་ཐ་ཡིས་ཀྱང་“ཁྱད་ཉམས་ཞེས་པ་ནི་ཚིག་སྒྲུབ་མཐུད་སྦྱོར་བྱེད་པའི་དམིགས་བསལ་གྱི་རྣམ་པ་ཞིག་ཡིན”ཞེས་གསུངས་པ་དང་། རྩོམ་རིག་གི་ཁྱད་ཉམས་ནི་ཚིག་སྦྱོར་བྱེད་ཐབས་ཤིག་ཏུ་བརྩི་མཁན་ད་དུང་སི་པིང་སས་ཡོད། ཁོང་གིས་གསུངས་དོན་“རྩོམ་རིག་གི་ཁྱད་ཉམས་ཆེས་ཁྱད་དུ་འཕགས་པའི་མཚོན་ཚུལ་ནི་སྐད་ཆ་བེད་སྤྱོད་བྱེད་པའི་ནང་ནས་མཚོན་པ་ཞིག་ཡིན”ཞེས་གསུངས་ཡོད་པ་རེད། རྩོམ་རིག་གི་སྐད་ཆར་ཚིག་རྒྱན་སྦྱོར་ཐབས་ནི་རྩོམ་རིག་གི་ཁྱད་ཉམས་གྲུབ་པར་བྱེད་པའི་རྒྱུ་རྐྱེན་གལ་ཆེ་བ་ཞིག་ཡིན་ལ། རྩོམ་རིག་གི་ཁྱད་ཉམས་ལེགས་གྲུབ་ཡོང་རྒྱུར་ནུས་པ་མི་ཆུང་བ་ཞིག་ཐོན་གྱི་ཡོད་པ་རེད། དེར་བརྟེན་ཚིག་གི་སྦྱོར་བ་ལ་བཤད་པ་ཞེས་པ་དེར་དགེ་མཚན་ངེས་ཅན་ཞིག་ལྡན་ཡོད་པ་མ་ཟད། ད་ལམ་ཡང་དཔྱད་གཞིར་འཛིན་པའི་དོན་སྙིང་ཡོད་པ་ཞིག་ཡིན། འོན་ཏེ་རྩོམ་རིག་གི་ཁྱད་ཉམས་ནི་ཚིག་སྦྱོར་བེད་སྤྱོད་བྱེད་ཐབས་ཀྱི་འབྲས་བུ་ཁོ་ན་ཡིན་ཞེས་བརྗོད་མི་ཐུབ་པ་ཞིག་ཡིན།

②.རྣམ་པར་བཤད་པ།

ལྟ་ཚུལ་འདི་བརྗོད་མཁན་རྣམས་ཀྱིས་རྩོམ་རིག་གི་ཁྱད་ཉམས་ཞེས་པ་ནི་ཕྱི་ཚུལ་གྱི་རྣམ་པ་མཚོན་པར་བྱ་རྒྱུ་དེ་རེད་ལ། དེ་ནི་རྩོམ་འབྲི་བྱེད་ཐབས་དང་མཚོན་ཐབས་གཅིག་སྡུད་བྱས་པ་ཞིག་ཡིན་ཞེས་བརྗོད། ཨུ་རུ་སུའི་རྩོམ་རིག་དཔྱད་བརྗོད་མཁན་མང་པོ་ཞིག་གིས་ལྟ་ཚུལ་དེ་ཁས་ལེན་བྱས་ཡོད། དཔེར་ན་ཨ་འར་སི་པེ་ཁེས་“ཁྱད་ཉམས་ནི་སྒྱུ་རྩལ་གྱི་གཙོ་བོའི་རྣམ་པ་ཞིག་ཡིན་པ་དང་། སྒྱུ་རྩལ་གྱི་རྣམ་པ་སྒྲིག་འཛུགས་བྱེད་པའི་ནུས་པ་དེ་ཡིན”ཞེས་གསུངས་པ་དང་། རང་རྒྱལ་གྱི་རྩོམ་རིག་གཞུང་ལུགས་ལ་དཔྱད་བརྗོད་བྱེད་མཁན་གྱི་དཔུང་ཁག་ནང་དུ་ཡང་ལྟ་ཚུལ་དེ་ལྟར་འཛིན་མཁན་མི་སྣ་མི་ཉུང་བ་ཞིག་ཡོད་པ་རེད། ལྟ་ཚུལ་དེའི་ཁྱད་ཆོས་གཙོ་བོ་ནི་རྩོམ་རིག་གི་ཁྱད་ཉམས་ནི་བརྩམས་ཆོས་ཀྱི་ནང་དོན་དང་ཁ་བྲལ་དུ་གནས་པའི་ཕྱི་ཡུལ་གྱི་རྣམ་པ་ཁོ་ནར་ངོས་འཛིན་བྱས་ཡོད་

རྒྱེན། དེ་ནི་ཕྱོགས་རེ་བའི་ལྟ་བ་ཙམ་དུ་ཟད་ལ། བརྩམས་ཆོས་ཁྱད་ཉམས་ཀྱི་སྤྱིའི་ཆོས་ཉིད་དེ་གསལ་སྟོན་བྱེད་ཐུབ་པ་ཞིག་མ་ཡིན།

③རང་གཤིས་ཀྱི་རང་བཞིན་ལ་བཤད་པ།

རྩོམ་རིག་གི་ཁྱད་ཉམས་ནི་རྩོམ་པ་པོའི་གསར་རྩོམ་གྱི་རང་གཤིས་རང་བཞིན་དེ་བརྩམས་ཆོས་ཀྱི་ནང་ནས་ཕྱིར་མངོན་པ་ཞིག་ཡིན། རྩོམ་པ་པོའི་སེམས་ཁམས་ཀྱི་རང་གཤིས་ལས་རྩོམ་རིག་གི་ཁྱད་ཉམས་འཚོལ་ཞིབ་བྱེད་པའི་ལྟ་ཚུལ་དེ་རྒྱལ་ནང་དང་ཕྱི་རྒྱལ་སོགས་ཚང་མར་ཡོད་པ་ཞིག་ཡིན།

ཕ་རན་སིའི་རྩོམ་རིག་དཔྱད་བརྗོད་མཁས་ཅན་བུ་ཧྥུང་གི་གྲགས་གཏམ་ཞིག་ཡོད་པ་དེ་ནི"ཁྱད་ཉམས་ནི་མི་རང་ཡིན" "རྩོམ་ཉམས་དེ་རྩོམ་མཁན་གྱི་ངང་ཚུལ་དང་འདྲ་བ" "ཁྱད་ཉམས་ནི་རང་ཉིད་པོ་ན་ཡིན" ཞེས་གསུངས་པ་དང་། ཁོང་གི་ལྟ་ཚུལ་དེ་ཕྱིས་སུ་མཁས་པ་མང་པོས་ཁས་ལེན་དང་བེད་སྤྱོད་བྱས་ཡོད་པ་སྟེ། ཧེ་གོར་དང་མ་ཁེ་སི། ཀ་ཏ་སོགས་ཀྱིས་བེད་སྤྱོད་བྱས་ཡོད་པ་རེད། ཀ་ཏ་ཡིས "རྩོམ་པ་པོ་ཞིག་གི་རྩོམ་རིག་གི་ཁྱད་ཉམས་དེ་ནི་པོ་བོའི་བསམ་པ་དང་འཚོ་བའི་མཚོན་རྟགས་གནད་དུ་འཁེལ་བ་ཞིག་ཡིན" ཞེས་བརྗོད་པ་དང་དེ་ནི་རྒྱའི་གནའ་རབས་སུ "བརྩམས་ཆོས་དེ་རྩོམ་མཁན་དང་འདྲ་བ" ཡང་ན "རྩོམ་ཉམས་དེ་རྩོམ་མཁན་གྱི་ངང་ཚུལ་དང་འདྲ་བ" ཞེས་པའི་བརྗོད་ཚུལ་དང་འདྲ་ཞིང་། དེ་ནི་རྩོམ་པ་པོའི་རང་གཤིས་དང་རྩོམ་རིག་གི་ཁྱད་ཉམས་ཀྱི་འབྲེལ་བར་ཞིབ་བརྟག་བྱེད་པའི་ལྟ་ཚུལ་ཞིག་ཡིན། གོང་དུ་ང་ཚོས་བརྩམས་ཆོས་ཁྱད་ཉམས་ལ་ཞིབ་འཇུག་བྱེད་ཚུལ་མི་འདྲ་བ་འགའ་ཞིག་གི་སྐོར་གླེང་ཟིན་པ་དང་། དེ་དག་གིས་ལྟ་ཚུལ་མི་འདྲ་བའི་སྒོ་ནས་རྩོམ་རིག་གི་ཁྱད་ཉམས་ཀྱི་ངོ་བོའི་ཕྱོགས་འགའ་ཞིག་གསལ་འདོན་བྱས་ཡོད། གོང་གསལ་ལྟ་ཚུལ་དེ་དག་ལ་གཞིགས་ཏེ་རྩོམ་རིག་གི་ཁྱད་ཉམས་ལ་ཕྱོགས་བསྡོམས་འདི་ལྟར་བྱས་ཆོག་པ་སྟེ།

གཅིག རྩོམ་རིག་གི་ཁྱད་ཉམས་ནི་བརྩམས་ཆོས་ཧྲིལ་ཡོངས་ཀྱི་ནང་དུ

རྩོམ་པ་པོའི་སེམས་ཁམས་ཀྱི་རང་གཤིས་དེ་བརྩམས་ཆོས་ཀྱི་རྣམ་པ་དང་བརྗོད་དོན་གྱི་ནང་གཅིག་གྱུར་གྱི་སྒོ་ནས་མཚོན་པར་བྱས་པའི་ཐུན་མོང་མ་ཡིན་པའི་དམིགས་བསལ་གྱི་རང་བཞིན་དེ་ཡིན། རྩོམ་པ་པོའི་སེམས་ཁམས་ཀྱི་རང་གཤིས་ཞེས་པ་ནི་རྩོམ་པ་པོ་རང་ཉིད་ལ་ཡོད་པའི་བསམ་བློའི་ཉམས་འགྱུར་དང་། འཚོ་བའི་སྦྱོང་གོམས། སྤྱི་ཚོགས་ཀྱི་དོན་སྙིང་། མཛེས་དཔྱོད་ཀྱི་རེ་འདུན། སྒྱུ་རྩལ་གྱི་འཛིན་ཐང་དང་སྒྱུ་རྩལ་གྱི་ནུས་པ་སོགས་སེམས་ཁམས་ཁྱད་ཆོས་ཀྱི་སྤྱི་བསྡོམས་དེར་བརྗོད་པ་དང་། རྩོམ་པ་པོའི་ཁྱད་ཉམས་ནི་རྩོམ་པ་པོའི་གསར་རྩོམ་ཧྲིལ་ཡོངས་ཀྱི་ནང་དུ་མཚོན་པར་བྱས་པའི་བསམ་བློ་དང་སྒྱུ་རྩལ་གྱི་ཁྱད་ཆོས་གཙོ་བོ་དེ་ཡིན།

གཉིས། རྩོམ་རིག་ཁྱད་ཉམས་ཀྱི་མཚོན་ཚུལ་གཞན་ཞིག་ནི་བརྩམས་ཆོས་ཧྲིལ་ཡོངས་ཀྱི་སྒྱུ་རྩལ་གྱི་བསམ་གཞིགས་དང་སྒྱུ་རྩལ་གྱི་མཚོན་ཐབས་ནང་ནས་མཐོང་ཐུབ་པ་ཞིག་ཡིན། དེ་ནི་བརྗོད་གཞི་འདེམས་པ་དང་ཐག་གཅོད་བྱ་ཐབས། བྱུང་རིམ་ཞུན་བཏར་དང་། ཁོར་ཡུག་འབྲི་བ། མི་སྣའི་གཟུགས་བརྙན་བསྐྲུན་ཐབས། བསམ་བློའི་བརྗེ་དུང་འདོན་སྤྲོད་བྱེད་པ་དང་། གསར་རྩོམ་བྱ་ཐབས་འདེམས་པ་ནས་སྒྲིག་གཞིའི་བཀོད་སྒྲིག་བྱེད་སྟངས་དང་། སྐད་ཆ་དང་སྒྱུ་རྩལ་གྱི་བྱེད་ཐབས་བེད་སྤྱོད་བྱེད་རྒྱུ་སོགས་ནས་རྩོམ་རིག་གི་ཁྱད་ཉམས་མཚོན་ཐུབ་པ་ཞིག་ཡིན།

2. རྩོམ་ཉམས་ཀྱི་ཁྱད་ཆོས་སྐོར།

རྩོམ་རིག་ཁྱད་ཉམས་ཀྱི་རྩ་བའི་ཁྱད་ཆོས་ལ་ངོས་འཛིན་དང་ཤེས་རྟོགས་བྱེད་རྒྱུ་དེ་ནི་རྩོམ་པ་པོའི་བརྩམས་ཆོས་ལ་ཡང་དག་པའི་སྒོ་ནས་གདེང་འཇོག་དང་། སྒྱུ་རྩལ་གྱི་གྲུབ་འབྲས་ཤེས་རྟོགས་བྱས་ཏེ་ལོ་རྒྱུས་ཀྱི་གནས་བབ་གཏན་འཁེལ་བྱ་རྒྱུར་དོན་སྙིང་ཆེན་པོ་ལྡན་ཡོད་པ་ཞིག་ཡིན།

རྩོམ་རིག་གི་ཁྱད་ཆོས་མི་འདྲ་བའི་ཕྱོགས་ནས་བལྟས་ཚེ་དེར་ཕུན་ཚོགས་སྣ་མང་ཞིག་ཏུ་སྣང་མོད། གང་ལྟར་དེ་དག་ཚང་མ་བརྩམས་ཆོས་དངོས་དང་

ཁ་བྲལ་ན་གནས་མི་ཐུབ་ལ་བརྩམས་ཆོས་ཡོད་ཚེ་དེར་ཁྱད་ཆོས་མི་འདྲ་བ་རེ་ཡོད་པ་རེད། བརྩམས་ཆོས་ཀྱི་ཆ་ནས་བལྟས་ན་རྩོམ་ལུས་མི་འདྲ་བ་ལ་ཁྱད་ཆོས་མི་འདྲ་བ་རེ་ཡོད། རྩོམ་པ་པོའི་བརྩམས་ཆོས་ལ་ཁྱད་ཆོས་དུ་མ་དང་ལྡན་ནའང་དེ་དག་གི་ཁྲོད་དུ་ཅུང་བརྟན་འཇགས་ཡིན་པ་དང་། གསར་རྩོམ་གྱི་རང་གཤིས་མཚོན་ཐུབ་པའི་ཁྱད་ཆོས་གཙོ་བོ་ཞིག་ཡོད་པ་དེ་ལ་རྩོམ་པ་པོའི་ཁྱད་ཉམས་ཟེར། རྩོམ་པ་པོའི་ཚོགས་པ་ཞིག་ལ་ཆ་བཞག་ནས་བཤད་ན་རྩོམ་རིག་གི་གྲུབ་མཐའ་དང་སོག་ཁག་གཅིག་པའི་རྩོམ་པ་པོ་རྣམས་ལ་ཆ་མཚུངས་སམ་ཕན་ཚུན་ཉེ་བའི་རྩོམ་སྣངས་ཀྱི་ཁྱད་ཆོས་ཤིག་ཡོད། དེ་ལ་གྲུབ་མཐའི་ཁྱད་ཉམས་ཟེར། ཡུལ་ཁམས་ཤིག་གམ་མི་རིགས་ཤིག་གི་ཆ་ནས་བཤད་ན། མི་རིགས་གཅིག་གི་རྩོམ་པ་པོ་ཕྱུལ་བྱུང་ཅན་རྣམས་ཀྱི་བརྩམས་ཆོས་ལས་མི་རིགས་རིག་གནས་ཀྱི་རྒྱུན་ཆགས་ཁྱད་ཆོས་མཚོན་ཐུབ་པ་ཡིན། དེ་ལ་མི་རིགས་ཀྱི་ཁྱད་ཉམས་ཟེར། དུས་ཀྱི་དབང་དུ་བྱས་ཏེ་ལོ་རྒྱུས་འཕེལ་རྒྱས་ཀྱི་ཆ་ནས་བལྟས་ན། དུས་རབས་ཤིག་གམ་དུས་ཚིགས་གཅིག་ལ་བྱུང་བའི་རྩོམ་པ་པོའི་བརྩམས་ཆོས་ལས་ཁྱད་ཆོས་དང་རྣམ་པ་གཅིག་མཐུན་ཞིག་མཚོན་ཐུབ་པ་ཡིན། དེ་ལ་དུས་རབས་ཀྱི་ཁྱད་ཉམས་ཟེར། དེར་བརྟེན་རྩོམ་ཉམས་ཀྱི་ཁྱད་ཆོས་མདོར་བསྡུས་ན་འདི་འདྲ་འགའ་ཞིག་ཡོད་པ་སྟེ། ཐུན་མོང་མ་ཡིན་པའི་དམིགས་བསལ་གྱི་རང་བཞིན་དང་། བརྗིད་ཉམས་དང་མཛེས་ཉམས། གཏན་འཇགས་ཀྱི་རང་བཞིན་དང་། ཕུན་སུམ་གྱི་རང་བཞིན། འགྱུར་བའི་རང་བཞིན། དུས་རབས་ཀྱི་རང་བཞིན་དང་། མི་རིགས་ཀྱི་རང་བཞིན་བཅས་ཡོད་པ་རེད།

①ཐུན་མོང་མ་ཡིན་པའི་དམིགས་བསལ་གྱི་རང་བཞིན་སྐོར།

རྩོམ་རིག་ཁྱད་ཉམས་ཀྱི་ཁྱད་ཆོས་དང་གྲུབ་འབྲས་ཀྱི་ཚད་བཟུང་ས་ཞིག་ནི། དེའི་ཐུན་མོང་མ་ཡིན་པའི་དམིགས་བསལ་གྱི་རང་བཞིན་དེར་བརྗོད་པ་ཞིག་ཡིན། རྩོམ་པ་པོ་ཚང་མར་རང་ཉིད་ཀྱི་འཛོན་ཐང་དང་ནུས་པ་མི་འདྲ་བ་

དང་སློབ་སྦྱོང་ལེན་ཚད་དང་ལོ་རྒྱུས། བསམ་བློ་དང་དགའ་སྣང་སོགས་མི་འདྲ་བ་དང་སེམས་ཁམས་ཀྱི་རང་གཤིས་ཀྱི་ཁྱད་པར་གྱིས་རྐྱེན་པས་གསར་རྩོམ་གྱི་ཕྱོགས་ལྷུང་མི་འདྲ་བ་དང་། རང་གཤིས་ཀྱི་ཁྱད་ཆོས་མི་འདྲ་བར་རེ་གྲུབ་ཡོད་པ་རེད་ལ། གཟུགས་བརྙན་གསར་བསྐྲུན་བྱེད་པའི་ནང་དུ་ཡང་མི་འདྲ་བའི་སྒྱུ་རྩལ་གྱི་ཁྱད་ཉམས་རེ་མཚོན་གྱི་ཡོད་པ་རེད།

ཁྱད་ཉམས་ནི་རྩོམ་པ་པོའི་ཐུན་མོང་མ་ཡིན་པའི་དམིགས་བསལ་གྱི་སེམས་ཁམས་རང་གཤིས་དེ་བརྩམས་ཆོས་ནང་ནས་ཕྱིར་མངོན་པར་བྱས་པ་ཞིག་ཡིན་པ་དང་། དམིགས་བསལ་གྱི་གསར་རྩོམ་དེ་མེད་ན་བརྩམས་ཆོས་ཀྱི་ཉམས་འགྱུར་ཡང་མེད་དོ། དུས་རབས་གཅིག་གི་ནང་དུ་འཚོ་གནས་བྱས་ཤིང་། འབྲི་ཡུལ་གཅིག་འདྲ་ཡིན་ཀྱང་རྩོམ་པ་པོ་མི་འདྲ་བའི་སྨྱུག་འཁོག་ཏུ་རྩོམ་གྱི་ཁྱད་ཉམས་ཡང་མི་འདྲ་བ་རེ་མཚོན་པར་བྱེད་ཀྱི་ཡོད་པ་རེད། རྩོམ་རིག་གི་དམིགས་བསལ་རང་བཞིན་གྱི་ཁྱད་ཆོས་གཙོ་བོ་ཞིག་ནི་ཐུན་མོང་མ་ཡིན་པའི་གསར་བསྐྲུན་གྱི་རང་བཞིན་དེ་མེད་ན་རྩོམ་རིག་གི་ཉམས་འགྱུར་ཡང་མེད་པ་ཞིག་ཡིན། མི་གཞན་གྱི་རྩོམ་གྱི་ཉམས་འགྱུར་ལ་ལད་ཟློས་དང་། སློབ་སྦྱོང་བྱས་ཏེ་རང་ཉིད་ཀྱི་རྩོམ་རིག་གི་ཁྱད་ཉམས་ལེགས་གྲུབ་བྱ་རྒྱུ་ནི་ཤིན་ཏུ་ཁག་པ་ཞིག་ཡིན། དཔེར་ན། མགུར་མ་ནི་ཚིག་སྦྱོར་ལེགས་ཤིང་གོ་བདེ་འཕྲོད་པ་དང་། ཚིག་འབྲི་ཤ་སྟག་མི་བྱེད་པར་ཚིག་ཉུང་ཞིང་དོན་ཟབ་པ་ཡིན་སྟབས་སྙན་ངག་ལས་གོ་སླ་བའི་ཁྱད་ཆོས་ལྡན་ཡོད་པ་རེད། མི་ལ་རས་པའི་མགུར་གླུ་དེས་བོད་ཀྱི་རྩོམ་རིག་སྒྱུ་རྩལ་གྱི་ལོ་རྒྱུས་ཐོག་ཏུ་ཤུགས་རྐྱེན་གཏིང་ཟབ་ཅིང་། རྒྱང་རིང་བ་ཞིག་བཞག་ཡོད་ལ། དུས་ཕྱིས་ཀྱི་རབ་བྱུང་བཙུན་པ་དང་བླ་མ་རྣལ་འབྱོར་རྣམས་ཀྱིས་ཀྱང་མི་ལའི་མགུར་ལ་དཔེ་བལྟས་ནས་བརྩམས་ཆོས་བགྲང་ལས་འདས་པ་ཞིག་བརྩམས་ཡོད་ལ། བོད་གངས་ཅན་གྱི་ལྗོངས་སུ་རྒྱང་ལྷར་ཁྱབ་སྟེ། ཕོ་མོ་རྒན་གཞོན་ཀུན་གྱིས་ཤེས་པའི་གླུ་ཞིག་ཏུ་གྱུར་ལ། "དམངས་ཁྲོད་ཏུ་རོགས་ཡག་ཚོ་བཙོ་ལྷའི་ཟླ་བ་རེད། ཚིག་བཤད་ན་རྗེ་བཙུན་

མགུར་མ་རེད་”ཅེས་པའི་ལ་གཞས་ལེན་པ་ལྟ་བུ་རེད། གཙང་སྨྱོན་གྱིས་ཕྱོགས་བསྒྲིགས་བྱས་པའི་《རྗེ་བཙུན་མི་ལ་རས་པའི་རྣམ་ཐར་རྒྱས་པར་ཕྱེ་བ་མགུར་འབུམ་》ཞེས་བྱ་བ་འདིར། ལེའུ་61དང་མགུར་གླུ་རིང་ཐུང་བསྡོམས་པས་384ཡོད་པ་དང་། དེའི་ནང་གི་ལེའུ་ཁ་ཤས་ཤིག་རྗེ་བཙུན་རང་གི་བུ་སློབ་ཀྱིས་བརྗེད་བྱང་དུ་ཡི་གེར་བཀོད་ལ། མཆོད་བརྗོད་དང་མཇུག་བྱང་དེ་དག་ནི་ངན་རྫོང་སྟོན་པ་དང་། རས་པ་ཞི་བ་འོད་གཉིས་ཀྱིས་བརྩམས་པ་དང་། དེས་ན་ཚིག་སྦྱོར་བྱེད་སྟངས་དང་། རྩོམ་གྱི་ཁྱད་ཉམས་ཐད་ཁྱད་པར་ཆེན་པོ་ཡོད་པ་ཤེས་ཐུབ་པ་ལྟ་བུའོ། དེར་བརྟེན་རྩོམ་རིག་ཁྱད་ཉམས་ཀྱི་དམིགས་བསལ་རང་བཞིན་ནི་ངེས་པར་དུ་རྩོམ་པ་པོས་ཐུན་མོང་མ་ཡིན་པའི་གསར་བསྐྲུན་བྱ་རྒྱུ་དེ་ཡིན། པེ་ལིན་སི་ཅེས“སྙན་ངག་པ་ཞིག་གི་བརྩམས་ཆོས་ཡོད་ཚད་ཀྱི་ཁྲོད་ནང་དོན་དང་ཕྱི་རྣམ་པའི་ཐད་མི་འདྲ་སའི་ཁྱད་པར་ཅི་འདྲ་ཡོད་ནའང་གཅིག་མཐུན་གྱི་ངོ་བོ་ཞིག་མཐོང་ཐུབ་ལ། དེས་བརྩམས་ཆོས་དེ་དག་ལ་ཐུན་མོང་དུ་ཡོད་པའི་ཁྱད་ཆོས་མཚོན་པ་ཞིག་ཡིན། རྒྱུ་མཚན་ནི་དེ་ཚང་མ་རང་གཤིས་གཅིག་ལས་འོང་བ་སྟེ། གཅིག་གྱུར་ཡིན་ལ་དབྱེ་རུ་མེད་པའི་ང་ཟེར་བ་དེ་ལས་བྱུང་བ་ཡིན་”ཞེས་གསུངས་པ་དང་། ཡང་རྩོམ་པ་པོའི་ཁྱད་ཉམས་ཀྱི་རྩ་བ་ནི་ཐུན་མོང་མ་ཡིན་པའི་གསར་རྩོམ་གྱི་གཤིས་ཀ་དེ་ཡིན། དཔེར་ན། མཁས་དབང་དགེ་འདུན་ཆོས་འཕེལ་དང་དོན་གྲུབ་རྒྱལ་གཉིས་ཀྱི་སྙན་ངག་ནི་བརྩེ་དུང་གིས་ཡོངས་སུ་ཕྱུག་ལ། སྒྲ་གསང་དང་རྫུན་བྲལ་ཅི་ཡང་མེད་པར་རང་གི་ཚོར་སྣང་དེ་ཐད་ཀར་དུ་བརྗོད་ནུས་པ་མ་ཟད། མི་སྙེར་གྱི་སྐྱིད་སྡུག་འཕེལ་བསྒྲིབ་ཙམ་མཚོན་པ་མ་ཡིན་པར་རྒྱལ་ཁབ་དང་མི་རིགས། སྤྱི་ཚོགས་ཀྱི་འཚོ་བ་དངོས་གཞིར་བཟུང་ནས་དེ་རྣམས་ཀྱི་འཚོ་བའི་གནས་བབ་དང་མདུན་ལམ་ལས་དབང་སོགས་ལ་སེམས་ཁུར་བྱེད་པའི་འོས་འགན་དེ་སྙིང་གི་དབུས་སུ་བཅངས་ཡོད་པ་དེ་གསལ་པོར་མཐོང་ཐུབ་པ་དང་། སྒྱུ་རྩལ་མཚོན་སྟངས་དང་བརྗོད་བྱེད་ཚིག་གི་ཆ་ལའང་གོ་བདེ་བ་གཙོ་བོར་བཟུང་ནས་དཔེ་དོན་གསལ་

ཞིང་འགྲོ་རྒྱུགས་ཆེ་བའི་སྤྱི་སྐད་ཐུན་མོང་བ་མང་དུ་བཀོལ་སྤྱོད་བྱས་པ་སོགས་ཐུན་མོང་མ་ཡིན་པའི་ཁྱད་ཆོས་གང་མང་ཡོད་པ་རེད། སྙན་ངག་མེ་ལོང་ལས་བསྟན་པའི་ཉམས་ལྡན་གྱི་རྒྱན་བརྒྱད་བྱུང་བ་འདི་དག་ཀྱང་སྙན་ངག་གི་རྩོམ་ལུས་འདིའི་སྒྱུ་རྩལ་ལས་མཚོན་པའི་རྩོམ་རིག་གི་ཁྱད་ཆོས་མི་འདྲ་བར་གོ་དགོས། དགེ་འདུན་ཆོས་འཕེལ་མཆོག་ནས་"མཛེས་པའི་དཔེ་ལ་མཁས་པ་ནག་མོའི་ཁོལ། སྙན་པའི་རོ་ལ་མཁས་པ་དབྱུག་པ་ཅན། མཐུན་པའི་སྒྲ་ལ་མཁས་པ་ཧྭ་ར་བི"བྱ་བའི་གཏམ་རྒྱ་གར་ན་གྲགས་གསུངས་པའང་དོན་དུ་རྩོམ་པ་པོ་དེ་དག་ལ་རང་རང་གི་ཐུན་མོང་མ་ཡིན་པའི་ཁྱད་ཆོས་རེ་ཡོད་པ་ཕྱོགས་བསྡོམས་བྱས་པ་ཞིག་ཡིན། དཔེར་ན། གངས་ཅན་གྱི་མཁས་པ་རྣམས་གསུམ་ཞེས་པའང་"ཚིག་ལ་མཁས་པ་ས་སྐྱ་པཎྜི་ཏ། དོན་ལ་མཁས་པ་བུ་སྟོན་རིན་ཆེན་གྲུབ། ཚིག་དོན་གཉིས་ཀར་མཁས་པ་རྗེ་ཙོང་ཁ་པ"ཞེས་གསུངས་པའང་རྩོམ་པ་པོ་དེ་དག་གི་ཐུན་མོང་མ་ཡིན་པའི་ཁྱད་ཆོས་ཕྱོགས་བསྡོམས་བྱས་པ་ཞིག་རེད། རྩོམ་པ་པོའི་གསར་རྩོམ་གྱི་གོ་རིམ་ནང་རིམ་བཞིན་གྲུབ་པའི་མཛེས་དཔྱོད་ཀྱི་སེམས་ཁམས་གྲུབ་སྟངས་ཕྱོགས་ལ་སེམས་ཁམས་རིག་པའི་ལྟ་ཚུལ་ལྟར་ན། དེར་རྒྱུ་རྐྱེན་གསུམ་ཡོད་པ་སྟེ། རང་གཤིས་ཀྱི་ལྟ་བ་འབུར་ཐོན་ཅན། རང་གཤིས་ཀྱི་ཁྱད་ཆོས་འབུར་ཐོན་ཅན། ལྷན་སྐྱེས་ཀྱི་རང་སྟོབས་འབུར་ཐོན་ཅན་བཅས་གསུམ་དུ་འདུས། རང་གཤིས་ཀྱི་ལྟ་བ་འབུར་ཐོན་ཅན་ལ་རང་གཤིས་ཀྱི་དགོས་མཁོ། དམིགས་ཡུལ། ཕུགས་རེ། དད་འདུན། མཛེས་དཔྱོད་ཀྱི་ལྟ་བ་སོགས་འདུས། དེ་དག་ནི་རང་གཤིས་ཀྱི་ལྟ་བ་དང་དགེ་བའི་ལས་ཀྱི་འབྱུང་ཁུངས་ཡིན་ལ་མི་གཞན་དང་མི་འདྲ་བའི་རང་གཤིས་ཀྱི་རྩ་བའི་ཁྱད་པར་དེ་ཡིན། རང་གཤིས་ཀྱི་ཁྱད་ཆོས་འབུར་ཐོན་ཅན་ལ་རང་གཤིས་ཀྱི་བྱེད་ནུས་དང་བློ་སྤོབས་སོགས་སེམས་ཁམས་ཀྱི་ཆ་རྣམས་འདུས། དེས་རང་གཤིས་ཀྱི་སེམས་ཁམས་ཁྲིད་བཏན་འཛུགས་ཀྱི་སེམས་ཁམས་མཚོན་པར་བྱས་པ་ཞིག་ཡིན།

ལྷན་སྐྱེས་ཀྱི་རང་སྟོབས་འབུར་ཐོན་ཅན་ཞེས་པ་ནི་རང་ཉིད་ཀྱི་རྗེས་

དཔག་བློ་ཡིས་རང་གི་སེམས་ཁམས་དང་བྱ་སྤྱོད་ལ་དབང་བསྒྱུར་བའི་ཁོངས་གཏོགས་ལ་ཟེར། དེ་ལ་རང་ཉིད་ལ་ངོས་འཛིན་པའི་བློ་ཁམས་དང་བྱ་སྤྱོད་ལ་དབང་བསྒྱུར་བའི་ཁོངས་གཏོགས་ལ་ཟེར། དེ་ལ་རང་ཉིད་ལ་ངོས་འཛིན་པའི་བློ་(ལྟ་ཞིབ། བསམ་གཞིགས།)དང་རང་ཉིད་ལ་ཉམས་ཚོད་འཛིན་པའི་བློ་(རང་ལ་ཡིད་ཆེས་ཀྱི་བློ། རང་ཆུང་རང་དམོད་ཀྱི་བློ། རང་བཀུར་རང་གཅེས་ཀྱི་བློ་)དང་རང་གི་རང་ལ་ཚོད་འཛིན་བྱེད་པའི་ནུས་པ་ལ་ཟེར། དེས་རང་གཤིས་ཀྱི་རང་དབང་དང་རང་སྟོབས་མཚོན་པ་ཞིག་ཡིན། མི་དང་མིའི་དབར་རང་གཤིས་ཀྱི་ངོ་བོར་ཁྱད་པར་ཡོད་པའང་རང་སྟོབས་ཀྱི་བློ་ལ་ཁྱད་པར་བྱུང་བས་ཡིན། རང་གཤིས་ཀྱི་གྲུབ་སྟངས་འདི་གསུམ་གྱིས་རྩོམ་པ་པོའི་སེམས་ཁམས་སུ་གྲུབ་སྟངས་མི་འདྲ་བའི་དབང་གིས་རྩོམ་པ་པོའི་བརྩམས་ཆོས་ཀྱི་ཁྱད་ཆོས་ཀྱང་མི་འདྲ་བ་རེ་གྲུབ་པ་ཡིན་ནོ།

②བརྗིད་ཉམས་དང་མཛེས་ཉམས།

རྒྱལ་ཁབ་ཕྱི་ནང་གི་ཞིབ་འཇུག་པ་རྣམས་ཀྱིས་གཅིག་མཐུན་གྱི་ལྟ་ཚུལ་ཞིག་གྲུབ་པ་ནི་བརྗིད་ཉམས་དང་མཛེས་ཉམས་སྨྲ་བ་དེ་ཡིན་པ་དང་། སྔན་ངག་མེ་ལོང་ལས་བྱུང་བའི་ཉམས་ལྡན་གྱི་རྒྱན་བརྒྱད་ལས་ཀྱང་དྲག་ཤུལ་གྱི་ཉམས་དང་དཔའ་བའི་ཉམས། མི་སྡུག་པའི་ཉམས། རྨད་བྱུང་གི་ཉམས། འཇིགས་རུང་གི་ཉམས་བཅས་ལ་མཚོན་ན་བརྗིད་པའི་ཉམས་སུ་བསྡུ་རིགས་ཏེ། དངོས་པོའི་གཤིས་ལུགས་དང་དོན་གང་ལའང་ཆེ་བ། མཐོ་བ། རིང་བ། ལྕི་བ། བཙན་པ། ཚ་བ། དྲག་པ། རྩུབ་པ། ཡང་ན་བཅས་ལ་ཧམས་བརྗིད་ལྡན་པའི་གཤིས་ཀ་ཚང་ཞིང་། བཞད་གད། སྙིག་པ། སྙིང་རྗེའི་ཉམས་གསུམ་པོ་མཛེས་ཉམས་ཀྱི་གྲས་སུ་བསྡུ་རུང་། རྒྱུ་མཚན་ནི་དེས་མི་ལ་འཇམ་མཉེན་དང་སྤྲོ་སྐྱིད་ཀྱི་སྣང་བ་སྐྱེར་ཏེ། དངོས་པོའི་གཤིས་ལུགས་དང་དོན་སྤྱིའི་ཆ་ནས་ཆུང་བ། དམའ་བ། ཐུང་བ། ཡང་བ། ཞི་བ། འཇམ་པ། ཉམ་ཆུང་བ་སོགས་ཀྱི་རང་བཞིན་ལྡན་ཡོད་པ་རེད། མཁས་པ་མང་པོས་བརྩམས་

ཆོས་ཀྱི་ཁྱད་ཉམས་ཀྱི་ཆེས་མཐོ་བའི་ཚད་གཞི་ཨང་དང་པོ་ནི་བརྗིད་ཆགས་པའི་ཉམས་དང་། མཛེས་པའི་ཉམས་ཡིན་ཞེས་དང་། རྒྱའི་གནའ་རབས་སུ་ཡང་"ཕོ་ཡི་བརྗིད་ཆགས་ཀྱི་མཛེས་པ་དང་། མོ་ཡི་སྙིག་ཉམས་ཀྱི་མཛེས་པ་"ཞེས་བསྟུས་ཡོད་པ་རེད།

དེང་རབས་ཀྱི་མཛེས་དཔྱོད་རིག་པའི་ལྟ་ཚུལ་བཟུང་ནས་བརྗིད་ཉམས་དང་མཛེས་ཉམས་ལ་ཞིབ་འཇུག་བྱས་ནའང་རིགས་མི་གཅིག་པ་འདི་གཉིས་ལ་རང་རང་གི་བརྗོད་བྱའི་ཡུལ་དང་མཛེས་ཆོར་ཁྱད་ཆོས་སོ་སོར་ཡོད་པ་མཐོང་ཐུབ་པ་སྟེ་བརྗོད་བྱའི་ཡུལ་གྱི་ཕོག་ནས་བལྟས་ན་བརྗིད་པའི་ཉམས་ཀྱི་མཚོན་པར་བྱ་བ་ནི་རང་འབྱུང་ཁམས་ཀྱི་ཁྲོད་དུ་སྟོབས་ཤུགས་ཆེ་བ་དང་། ཕུང་པོ་ཐོང་ས་ཆེ་བ། ཁྱད་མཚར་བ་སོགས་ཟིལ་གྱིས་གནོན་པའི་བྱ་དངོས་མཚོན་པ་དང་། སྤྱི་ཚོགས་འཚོ་བའི་ཕོག་ནས་དཀའ་སྡུད་སྡུག་རྒུས་དང་། རང་སྲོག་ལ་མི་འཛེམས་པ། བདེན་དོན་དང་དགེ་བའི་ལས་ལ་མདུང་གི་རི་དང་མེ་ཡི་མཚོ་ལ་མི་སྐྲག་པར་འཐབ་རྩོད་བྱེད་ཕོད་པ་བཅས་ཀྱི་བརྗིད་ཉམས་མཚོན་དགོས།

མཛེས་པའི་ཉམས་ཀྱི་མཚོན་སྣང་གཙོ་བོ་ནི་རང་བྱུང་ཁམས་ཀྱི་ཁྲོད་དུ་དབྱིབས་ཆུང་ལེགས་སྤུས་གཙང་། སྙིང་རྗེ་བ། དྭངས་ཤིང་གསལ་བ་སོགས་ཀྱི་བྱ་དངོས་ཡིན། སྤྱི་ཚོགས་འཚོ་བའི་ཐད་ལ་མཚོན་ན་མཛེས་པ། དགེ་བ། བདེ་བ། ཆ་འགྲིགས་པ། གཞི་མཐུན་པ་སོགས་ཀྱི་གནས་བབ་དང་འབྲེལ་བའི་ཕྱོགས་མཚོན་པ་ཡིན་ནོ། དེ་ལྟར་མཛེས་པའི་ཉམས་དང་ལྡན་པའི་བརྩམས་ཆོས་ལྟ་ཀློག་བྱེད་སྐབས་རོ་འཛིན་ལ་བདུད་རྩིའི་བྲོ་བ་མྱོང་བ་དང་། སྒྲ་འཛིན་ལ་རོལ་མོའི་དབྱངས་དང་འགྲོགས་པ་ལྟ་བུའི་ཡིད་སེམས་ཀྱི་སྤྲོ་བ་རབ་ཏུ་འཕེལ་བ་དང་། བརྗིད་ཉམས་ལྡན་པའི་བརྩམས་ཆོས་ཀློག་སྐབས་འཇིགས་ཡེར་བའི་སྐྲག་སྣང་དང་དེ་མཚུངས་སུ་ཡིད་ལ་སྐྱོ་སྣང་དང་། དད་པའི་སྤུ་ལོང་གཡོ་བ་སོགས་ཀྱིས་ཚོར་སྣང་སྣ་ཚོགས་འབྱིན་པར་བྱེད་དོ།

③གཏན་འཇགས་ཀྱི་རང་བཞིན།

སྨན་པ་པོའི་བཅས་ཆོས་ཀྱི་ཁྱད་ཉམས་ལ་ཕུན་སུམ་གྱི་རང་བཞིན་ཡོད་དགོས་པ་ཞིག་ཡིན་ལ། དེ་ལ་རྒྱུན་མཐུད་ཀྱི་རང་བཞིན་ཡང་ལྡན་དགོས་པ་ཞིག་ཡིན། དེ་ལྟར་ཞིག་མ་ཡིན་ཚེ་ཐུན་མོང་མ་ཡིན་པའི་དམིགས་བསལ་གྱི་རང་བཞིན་དེ་དོར་འགྲོ་ལ། སྒྱུ་རྩལ་གྱི་ཐད་ལ་འབྲས་བུ་སྨིན་མི་ཐུབ་པའི་མཚོན་རྟགས་ཤིག་ཀྱང་ཡིན། སྨན་པ་པོས་རང་ཉིད་ཀྱི་ཐུན་མོང་མ་ཡིན་པའི་སྨན་གྱི་ཁྱད་ཉམས་ལེགས་གྲུབ་བྱུང་རྗེང་དུས་ཡུན་ངེས་ཅན་ཞིག་གི་ནང་དུ་རྒྱུན་འཁྱོངས་བྱེད་ཀྱི་ཡོད་པར་བརྟེན། དེར་གཏན་འཇགས་ཀྱི་རང་བཞིན་ངེས་ཅན་ཞིག་ཡོད་ལ། དེ་ནི་སྨན་པ་པོས་དུས་ཡུན་རིང་པོའི་ནང་རང་རྟོགས་ཀྱིས་བརྩོན་ལེན་དང་ལག་ལེན་ཁྲོད་རིམ་བཞིན་ཆགས་པའི་ཐུན་མོང་མ་ཡིན་པའི་བསམ་བློའི་རང་གཤིས་དང་མཚོན་ཐབས་སོགས་སྤྱོས་བཅས་བརྟན་འཇགས་སུ་གནས་པའི་མཛེས་དཔྱོད་ཀྱི་རང་བཞིན་ལྡན་པའི་ཁྱད་ཆོས་དེ་ལ་ཟེར་བ་ཡིན།

④འགྱུར་བའི་རང་བཞིན།

སྨན་རིག་གི་ཁྱད་ཉམས་ལེགས་གྲུབ་བྱུང་རྗེང་དེར་བརྟན་འཇགས་ཀྱི་རང་བཞིན་ངེས་བརྟན་ཞིག་ཡོད། འོན་ཏེ་དེ་ནི་འགྱུར་མེད་སོར་གནས་ཞིག་མ་ཡིན་པར་སྨན་པ་པོའི་བསམ་བློ་དང་སྒྱུ་རྩལ་གྱི་འཕེལ་རྒྱས། སྤྱི་ཚོགས་ཀྱི་འཚོ་བའི་ལག་ལེན་དང་སྤྱི་ཚོགས་ཀྱི་འཕོ་འགྱུར་སོགས་ཀྱིས་རྐྱེན་པས་སྨན་པ་པོའི་འཚོ་བའི་མདུན་ལམ་དང་འཇིག་རྟེན་ལྟ་བ། མཛེས་དཔྱོད་རིག་པའི་ལྟ་བ་བཅས་ལ་འཕོ་འགྱུར་བྱུང་བས་སྨན་པ་པོའི་བཅས་ཆོས་ཀྱི་ཉམས་འགྱུར་ལ་ཡང་འགྱུར་བ་འགྲོ་ཡི་ཡོད་པ་རེད། ཁྱད་ཉམས་ཀྱི་འགྱུར་བའི་རང་བཞིན་ནི་གསར་སྨན་གྱི་ངོས་ནས་བརྗོད་ན། དེ་ནི་དགེ་མཚན་ལྡན་པའི་བྱ་བ་ཞིག་ཡིན་པ་མ་ཟད། སྨན་རིག་དེ་མུ་མཐུད་འཕེལ་རྒྱས་འགྲོ་རྒྱུར་འབད་བརྩོན་བྱེད་པའི་ནུས་པ་ཐོན་གྱི་ཡོད་པ་རེད།

⑤ཕུན་སུམ་གྱི་རང་བཞིན་སྐོར།

ཁྱད་ཉམས་ཀྱི་ཕུན་སུམ་གྱི་རང་བཞིན་ནི་ངོ་བོའི་ཕུན་སུམ་རང་བཞིན་

དང་། མཚོན་བྱའི་ཡུལ་གྱི་ཕུན་སུམ་རང་བཞིན་གྱིས་ཐག་གཅོད་བྱེད་པ་ཞིག་ཡིན། ཁྱབ་ཆེ་བའི་སྒོ་ནས་བལྟས་ན། སྤྱི་ཚོགས་ཀྱི་འཚོ་བ་ནི་རྩོམ་རིག་གསར་རྩོམ་གྱི་འབྱུང་ཁུངས་ཡིན་ལ། སྤྱད་ན་ཟད་མཐའ་མེད་པའི་རྒྱུ་ཆ་ཞིག་ཡིན་རྒྱེན། དེར་ཕུན་སུམ་ཚོགས་པའི་རང་བཞིན་གནས་ཡོད་པ་མ་ཟད། རྩོམ་རིག་གི་གཟུགས་བརྙན་གསར་བསྐྲུན་བྱེད་རྒྱུར་ཆེས་ཕུན་སུམ་ཚོགས་པའི་དཔྱད་གཞི་ཞིག་འདོན་སྤྲོད་བྱས་ཡོད་པ་རེད། ཁྱབ་ཆུང་ཙམ་ནས་བལྟས་ཚེ། ཞིབ་ཕྲའི་གནད་དོན་ཙག་ཙིག་རྣམས་ཕྱི་རོལ་ཡུལ་ཏུ་གནས་པའི་གནད་དོན་གཞན་དག་དང་འབྲེལ་བ་བྱེད་སྐབས། དེའི་ནང་དུ་འགལ་བ་སྣ་ཚོགས་ཤིག་གནས་ཡོད་པ་དང་། འགལ་བ་སྣ་ཚོགས་ལས་གྲུབ་པའི་ཅིག་སྒྱུར་གྱི་རང་བཞིན་ལྡན་པ་ཞིག་ཡིན་རྒྱེན། དེས་རྩོམ་རིག་ཁྱད་ཉམས་ཀྱི་ཕུན་སུམ་རང་བཞིན་ལ་རྨང་གཞི་རྒྱ་ཆེ་བ་ཞིག་བཏིང་ཡོད། ཕྱོགས་གཞན་ཞིག་ནས་མི་རྣམས་ཀྱི་རང་ངོས་ཀྱི་འཛིག་རྟེན་ལྟ་བ་དེ་ལ་ཡང་། ཆེས་ཕུན་སུམ་ཚོགས་པའི་རང་བཞིན་ལྡན་ཡོད་པ་ཞིག་ཡིན་ལ། རྩོམ་པ་པོ་རང་ངོས་ཀྱི་འཛིག་རྟེན་ལྟ་ཚུལ་དང་རྩོམ་འབྲི་བྱ་ཡུལ་གཉིས་ལ་ཆེས་ཕུན་སུམ་ཚོགས་པའི་རང་བཞིན་ལྡན་ཡོད་རྒྱེན། རྩོམ་རིག་གི་ཁྱད་ཉམས་ཡང་ཕུན་སུམ་ཚོགས་པོ་ཡོང་ཐུབ་པ་ཞིག་ཡིན་ནོ།

⑥དུས་རབས་ཀྱི་རང་བཞིན་སྐོར།

རྩོམ་རིག་གི་ཁྱད་ཉམས་ནི་རྩོམ་པ་པོ་རང་ངོས་ཀྱི་རང་གཤིས་དང་སྒྲུ་རྩལ་གྱི་ཁྱད་ཆོས་དེ་གཅིག་སྒྱུར་གྱིས་མཚོན་པར་བྱས་པ་ཞིག་ཡིན། འོན་ཏེ་དེ་དང་ཆབས་གཅིག་རྩོམ་པ་པོ་རང་ཉིད་འཚོ་གནས་བྱེད་པའི་དུས་རབས་དེ་ཡང་བརྩམས་ཆོས་ནང་དུ་མངོན་གསལ་དོད་པོ་ཡོད་པ་ཞིག་ཡིན། རྩོམ་རིག་ཁྱད་ཉམས་ཀྱི་དུས་རབས་རང་བཞིན་ནི་ལོ་རྒྱུས་འཕེལ་རྒྱས་ཀྱི་རེ་བ་ཞིག་ཡིན་པ་མ་ཟད། དུས་རབས་དེའི་རིང་གི་ཆབ་སྲིད་དང་དཔལ་འབྱོར་གྱི་ཚུ་ཚད། རིག་གནས་སོགས་ཀྱིས་རྩོམ་རིག་གི་ཁྱད་ཉམས་ལེགས་གྲུབ་དང་། འཕེལ་རྒྱས་སོགས་ལ་ཐག་གཅོད་ཀྱི་རང་བཞིན་ལྡན་པའི་ནུས་པ་ཞིག་ཐོན་གྱི་ཡོད་པ་རེད།

ལག་ལེན་དངོས་ཀྱི་ཐོག་ནས་ར་སྤྲོད་བྱས་པར། རྩོམ་རིག་གི་ལོ་རྒྱུས་ཐོག་ཏུ་རྩོམ་རིག་གི་ཁྱད་ཉམས་སྣ་ཚོགས་ཐོན་ཡོད་པ་དེ་དག་དུས་རབས་དེའི་ཚོད་འཛིན་ལས་ཆད་བཅལ་བྱེད་མི་ཐུབ་པ་ཞིག་ཡིན། དེར་བརྟེན་རྩོམ་རིག་གི་དུས་རབས་རང་བཞིན་དེ་རྩོམ་པ་པོའི་འདུ་ཤེས་ཀྱིས་འགུལ་བསྐྱོད་བྱེད་མི་ཐུབ་པའི་ཆོས་ཉིད་ལྡན་ཡོད་པ་མ་ཟད། མི་རྣམས་ཀྱིས་བརྩམས་ཆོས་དེ་དག་ནང་ནས་དུས་རབས་དེའི་ཁྱད་ཆོས་མང་ཙུང་མི་སྙོམས་པ་ཞིག་མཐོང་ཐུབ་པ་དེ་ཡིན་ནོ།

རྩོམ་རིག་གི་ཁྱད་ཉམས་དེ་ལོ་རྒྱུས་ཀྱི་ཁོངས་སུ་གཏོགས་པ་དང་། དེ་ནི་མུ་མཐུད་འགྱུར་བ་འགྲོ་བཞིན་པའི་ཐ་སྙད་ཅིག་ཡིན་རྐྱེན་རྩོམ་པ་པོ་རྣམས་ལ་ཡང་ཤན་ཤུགས་ཆེན་པོ་ཡོད་པ་དང་དེ་དང་ཆབས་ཅིག་རྩོམ་པ་པོའི་བརྩམས་ཆོས་ལ་ཡང་འགྱུར་བ་ངེས་ཅན་ཞིག་འགྲོ་ཡི་ཡོད་པ་རེད།

གཉིས་པ། རྩོམ་རིག་གི་མི་རིགས་རང་བཞིན་སྐོར།

འཛམ་གླིང་རྩོམ་རིག་གི་གཏེར་མཛོད་ནང་དུ་མི་རིགས་ཁག་གི་རྩོམ་རིག་གི་སྲོལ་རྒྱུན་མི་འདྲ་བར་བརྟེན། རྩོམ་རིག་གི་ཁྱད་ཉམས་ལ་ཡང་ཁྱད་པར་ཆེན་པོ་ཡོད། མི་རིགས་ཀྱི་རྩོམ་རིག་གི་ཁྱད་ཉམས་དེ་ནི་ལོ་ངོ་སྟོང་ཕྲག་རིང་རིམ་བཞིན་གྲུབ་པའི་རིག་གནས་དང་སེམས་ཁམས་ཀྱི་ཉིང་ཁུ་ལྟ་བུ་ཞིག་ཡིན་པ་མ་ཟད། དུས་ཡུན་རིང་པོའི་ནང་དུ་འབད་འཐབ་བྱས་ཏེ་འཕེལ་རྒྱས་དང་ཕུན་སུམ་ཚོགས་སུ་ཕྱིན་པ་ཞིག་ཡིན།

རྩོམ་རིག་སྒྱུ་རྩལ་ཅི་འདྲ་ཞིག་ཡིན་ནའང་ཀྲུང་གོ་དང་འཛམ་གླིང་རྩོམ་རིག་གི་འབྲི་ཚུལ་ལམ་ཆགས་སྟངས་ཀྱི་ནང་དུ་རྩོམ་རིག་གཞན་ཞིག་གི་ཚབ་གཏན་ནས་བྱེད་མི་ཐུབ་པར་རང་བདག་གི་གདན་ཐོབ་ཅིག་ཡོད་པ་རེད་ལ། རང་ཉིད་ལ་གདན་ཐོབ་ཅིག་ཡོད་ཚེ་དེར་ཐུན་མོང་མ་ཡིན་པའི་རྩོམ་རིག་སྒྱུ་རྩལ་གྱི་ཁྱད་ཉམས་མངོན་གསལ་དོད་པོ་ཞིག་ཡོད་པ་རེད། མ་ཁེ་སི་རིང་

ལུགས་ཀྱི་ལྟ་ཚུལ་དུ་མི་རིགས་ནི་ལོ་རྒྱུས་ཀྱི་ཐོག་རིམ་བཞིན་གྲུབ་པ་ཞིག་ཡིན་ཞིང་། སྤྱི་ཚོགས་མི་འདྲ་བའི་འཕེལ་རྒྱས་ཀྱི་བརྒྱུད་རིམ་ནང་མི་རྣམས་ཀྱི་མི་འདྲ་བའི་ཐུན་མོང་གི་ས་ཁོངས། ཐུན་མོང་གི་དཔལ་འབྱོར་དང་འཚོ་བ། དེ་མིན་ཐུན་མོང་གི་རིག་གནས་ཐོག་ནས་མཚོན་པའི་ཐུན་མོང་གི་སེམས་ཁམས་དང་ངོ་བོ་དེ་ཡིན་པ་དང་། ལོ་རྒྱུས་ཀྱི་དུས་རབས་རིམ་བྱུང་དུ་བྱུང་བའི་རྩོམ་རིག་སྒྱུ་རྩལ་གྱི་བརྩམས་ཆོས་ལ་ཡང་མི་རིགས་རང་ཉིད་ཀྱི་ཁྱད་ཉམས་མངོན་གསལ་དོད་པོ་ཞིག་ཡོད་པ་རེད། ང་ཚོས་མི་རིགས་ཕན་ཚུན་དབར་གྱི་འབྲེལ་བའི་ཕྱོགས་ནས་བལྟས་ན། མི་རིགས་ཅི་འདྲ་ཞིག་ཡིན་རུང་མི་རིགས་དེ་གའི་སྒྱུ་རྩལ་དང་མི་རིགས་གཞན་ཞིག་གི་རྩོམ་རིག་སྒྱུ་རྩལ་དང་དཔྱད་བསྡུར་ཞིག་བྱས་ཚེ། མི་རིགས་ཚང་མར་རང་ཉིད་ལ་ཐུན་མོང་མ་ཡིན་པའི་ཁྱད་ཆོས་ཡོད་པ་མ་ཟད། ཁྱད་ཆོས་དེ་དག་གིས་མི་རིགས་གཞན་གྱི་རྩོམ་རིག་སྒྱུ་རྩལ་དང་མི་འདྲ་བའི་དབྱེ་བ་དེ་རང་ཤུགས་སུ་མངོན་གསལ་དོད་པོ་ཞིག་ཐེ་ཐུབ་ཀྱི་ཡོད། དེ་ནི་སི་ཏ་ལིན་གྱིས་གསུངས་པ་བཞིན"རྩོམ་རིག་སྒྱུ་རྩལ་གྱི་མི་རིགས་ཀྱི་ཁྱད་ཆོས་དེ་ནི། མི་རིགས་རེ་རེ་བཞིན་གྱི་ཁྱོན་ཡོངས་ནས་འཛམ་གླིང་རིག་གནས་རིན་ཆེན་གཏེར་མཛོད་ལ་ལེགས་སྐྱེས་འབུལ་གྱི་ཡོད་པ་དང་། ཁོ་ཚོས་རིན་ཆེན་གཏེར་མཛོད་དེ་འཕྲུས་སྐྱོ་ཚང་དུ་གཏོང་བ་དང་ཕུན་སུམ་ཚོགས་སུ་གཏོང་གི་ཡོད་པ་རེད"ཅེས་གསུངས་ཡོད་པ་ལྟར་རོ།

མིའི་རིགས་ཀྱི་སྤྱི་ཚོགས་འཕེལ་རྒྱས་འགྲོ་བའི་ལོ་རྒྱུས་ཀྱི་དུས་རིམ་ནང་འཛམ་གླིང་མི་རིགས་ཁག་གི་ཆབ་སྲིད་དཔལ་འབྱོར་གྱི་གནས་ཚུལ་དང་། སྐད་ཡིག་ཡུལ་སྲོལ། གོམས་གཤིས་དང་ས་ཁམས་ཀྱི་ཁོར་ཡུག་སོགས་མི་འདྲ་བའི་ཁྱད་པར་མངོན་གསལ་དོད་པོ་ཞིག་ཡོད་པ་རེད། ཁྱད་པར་དེས་མི་རིགས་ཁག་གི་རྒྱུན་རིང་གི་ལོ་རྒྱུས་འཕེལ་རྒྱས་འགྲོ་བའི་བརྒྱུད་རིམ་ནང་དུ་ལོ་རྒྱུས་དང་། སྲོལ་རྒྱུན་གྱི་རིག་གནས་དང་སྤྱི་ཚོགས་འཚོ་བའི་སྐྱིལ་ཚུལ་མི་འདྲ་བའི་ཁྱད་ཆོས་དེ་གྲུབ་པ་རེད། རྩོམ་རིག་སྒྱུ་རྩལ་གྱི་མི་རིགས་ཁྱད་ཆོས་དེ་ནི་མི་རིགས་ཁག་གི་

ལོ་རྒྱུས་དང་། སྲོལ་རྒྱུན་གྱི་རིག་གནས་དང་། སྤྱི་ཚོགས་ཀྱི་འཚོ་བའི་ཁྱད་ཆོས་དེ་རྣམས་ཟློས་རིག་སྒྱུ་རྩལ་གྱི་བརྩམས་ཆོས་གསར་ཟློས་བྱེད་སྐབས་མཚོན་པར་བྱེད་པའི་ཞིབ་ཕྲའི་གནས་ཚུལ་དེ་ཡིན་པ་མ་ཟད། དུས་ཡུན་རིང་པོའི་ནང་དུ་ཟློས་རིག་གསར་ཟློས་བྱེད་པའི་ལག་ལེན་དངོས་ཀྱི་ནང་ནས་རིམ་བཞིན་གྲུབ་པ་དང་འཕེལ་རྒྱས་ཕྱིན་པ་ཞིག་ཡིན། སི་ཧ་ལིན་གྱིས"མི་རིགས་ཁག་ཕན་ཚུན་མི་འདྲ་བ་དེ་འཚོ་བའི་ཆ་རྐྱེན་མི་འདྲ་བ་ཙམ་གྱིས་འགྲུབ་པ་མ་ཟད། མི་རིགས་ཀྱི་རིག་གནས་ཁྱད་ཆོས་མཚོན་པའི་ཡིད་ཤེས་ཀྱི་རྣམ་པ་མི་འདྲ་བའི་དབང་གིས་ཀྱང་འགྲུབ་པ་ཡིན་"(《མ་ཁེ་སི་རིང་ལུགས་དང་མི་རིགས་ཀྱི་གནད་དོན་》《སི་ཧ་ལིན་གྱི་གསུང་འབུམ་བམ་པོ་གཉིས་པའི་ཤོག་གྲངས294ལ་གསལ་》)ཞེས་གསུངས་པ་དང་། དེ་ནི་མི་རིགས་ཁག་གི་མི་འདྲ་བའི་ཆ་དེ་དངོས་པོའི་འཚོ་བ་དང་དཔལ་འབྱོར་གྱི་ཆ་རྐྱེན་སོགས་མི་འདྲ་བ་ཙམ་གྱིས་ཟད་པ་མིན་པར་ད་དུང་མི་རིགས་ཀྱི་རིག་གནས་ཁྱད་ཆོས་མཚོན་པའི་ཡིད་ཤེས་ཀྱི་རྣམ་པའི་ཐད་ཕན་ཚུན་མི་འདྲ་བ་དང་། མི་རིགས་གང་ཞིག་གི་ཟློས་རིག་ཡིན་རུང་ཚང་མར་མི་རིགས་གཞན་དང་མི་འདྲ་བའི་ཁྱད་ཆོས་དེ་རིགས་ནི་མི་རིགས་དེ་གའི་རྒྱུན་རིང་གི་ལོ་རྒྱུས་འཕེལ་རིམ་ནང་དུ་གྲུབ་པ་ཞིག་དང་། དེ་ནི་སི་ཧ་ལིན་གྱིས "ཐུན་མོང་གི་སྐད་རིགས་དང་། ཐུན་མོང་གི་ས་ཁོངས། ཐུན་མོང་གི་དཔལ་འབྱོར་འཚོ་བ། དེ་བཞིན་ཐུན་མོང་གི་རིག་གནས་ཐོག་ནས་མཚོན་པའི་ཐུན་མོང་གི་སེམས་ཁམས་ངོ་བོ་དེ་རེད་"(《མ་ཁེ་སི་རིང་ལུགས་དང་མི་རིགས་ཀྱི་གནད་དོན་》《སི་ཧ་ལིན་གྱིས་གསུངས་འབུམ་》བམ་པོ་གཉིས་པའི་ཤོག་གྲངས294ལ་གསལ་)ཅེས་གསུངས་ཡོད་པ་རེད།

1. ཟློས་རིག་སྒྱུ་རྩལ་གྱི་མི་རིགས་ཀྱི་ཁྱད་ཆོས་དེ་ཟློས་རིག་གི་བརྗོད་དོན་ཐད་ནས་མཚོན་ཐུབ་པ་མ་ཟད། ཟློས་རིག་གི་རྣམ་པའི་ཐོག་ནས་ཡང་མཚོན་ཐུབ་པ་ཞིག་ཡིན། མི་རིགས་ཁག་ཚང་མའི་ཟློས་རིག་སྒྱུ་རྩལ་ནི་མི་རིགས་ཁག་གི་སྤྱི་ཚོགས་ཀྱི་འཚོ་བའི་ནང་དོན་དེ་ནི་ཚང་མ་མི་འདྲ་བ་ཞིག་ཡིན་པ་དང་།

ཁོར་ཡུག་གི་ཚ་རྐྱེན་མི་འདྲ་བ་དང་། ཡུལ་སྲོལ་དང་འདྲིས་པའི་གོམས་གཤིས་མི་འདྲ་བ། སེམས་ཁམས་ཀྱི་ཁྱད་ཆོས་མི་འདྲ་བར་བརྟེན་མི་རིགས་ཁག་གི་རྩོམ་རིག་སྒྱུ་རྩལ་ཡང་རང་བཞིན་དུ་མི་རིགས་དེ་གའི་ཁྱད་ཆོས་མངོན་པར་གསལ་བ་ཞིག་ཡོད་པ་རེད། དེང་རབས་ཀྲུང་གོའི་རྩོམ་གཞུང་རིག་པ་མཁས་ཅན་ཀྲའོ་ཡང་གིས"དོན་དངོས་ཐོག་རྣམ་པའི་གནད་དོན་ནི་ཤིན་ཏུ་གལ་ཆེ་བ་ཞིག་ཡིན་ཅིང་། ལྷག་པར་དུ་སྒྱུ་རྩལ་གྱི་ངོས་ནས་བཤད་ན་དེ་ལྟར་ཡིན། ནང་དོན་དང་རྣམ་པ་ནི་བྱ་དངོས་གཅིག་གྲུབ་པར་བྱ་བའི་ཕྱོགས་གཉིས་ཡིན་ཏེ། འཛམ་གླིང་ཐོག་ནང་དོན་མི་ལྡན་པའི་རྣམ་པ་དང་། རྣམ་པ་མེད་པའི་ནང་དོན་ཞེས་གཏན་ནས་མེད། འོན་ཀྱང་སྒྱུ་རྩལ་ལ་མཛེས་ཁྱད་ལྡན་པའི་རྣམ་པ་དང་ཐུན་མོང་མ་ཡིན་པའི་ཉམས་འགྱུར་གང་ལ་དེ་འཚམས་ཤིག་མེད་ན་སྒྱུ་རྩལ་གྱི་དོན་དངོས་ལེགས་པོ་ཞིག་ཡོང་མི་ཐུབ། སྒྱུ་རྩལ་གྱི་རྣམ་པ་རིགས་ཅིག་པ་ཚང་མར་ལྷོས་བཅས་ཀྱི་རང་ཚུགས་རང་བཞིན་དང་ལོ་རྒྱུས་ཀྱི་རྒྱུན་མཐུད་རང་བཞིན་ཡོད་ཅིང་ལོ་ཟླ་མང་པོའི་རིང་རྒྱུན་ནས་རྒྱུན་མཐུད་དེ་མང་ཚོགས་ཀྱི་ལོངས་སྤྱོད་གོམས་གཤིས་དེ་དག་ཙ་ཟབ་སྟོང་བརྟན་ཞིག་ཡིན། རྩོམ་རིག་གི་ལོ་རྒྱུས་དང་སྒྱུ་རྩལ་གྱི་ལོ་རྒྱུས་དེབ་ཐེར་ཞིག་ལ་མཚོན་ན། དེ་ནི་སྒྱུ་རྩལ་གྱི་རྣམ་པ་འཕེལ་རྒྱས་འགྲོ་བའི་ལོ་རྒྱུས་ཤིག་རང་ཡིན། ཞེས་བཤད་ཀྱང་ཆོག……དུས་རབས་ནི་མདུན་དུ་འཕོ་བཞིན་ཡོད་པས་སྒྱུ་རྩལ་གྱི་རྣམ་པར་ཡང་འགྱུར་ལྡོག་ངེས་ཅན་ཞིག་མི་གཏོང་ཐབས་མེད་ཡིན། འོན་ཀྱང་འགྱུར་ལྡོག་ཇི་ལྟར་ཞིག་བཏང་ཀྱང་དེའི་ཐོག་མའི་ལོ་རྒྱུས་ཀྱི་འབྲེལ་བ་དང་ཁ་བྲལ་བྱེད་མི་རུང་"(《སྤྱི་ཚོགས་རིང་ལུགས་ཀྱི་དུས་བབ་གསར་པའི་རྩོམ་རིག་སྒྱུ་རྩལ་གྱི་གནད་དོན་སྐོར་》1979ལོའི་ཟླ་བ་2ཚེས་24《མི་དམངས་ཉིན་རེའི་ཚགས་པར་》ཐོག་གསལ་)ཅེས་གསུངས་པ་དང་། རྩོམ་རིག་སྒྱུ་རྩལ་ལ་མི་རིགས་ཀྱི་ཁྱད་ཆོས་ལྡན་པར་བྱེད་པར་རྩོམ་རིག་གི་མི་རིགས་ཁྱད་ཆོས་མཚོན་པའི་བརྗམས་ཆོས་ཀྱི་ནང་དོན་དང་བརྩམས་ཆོས་ཀྱི་རྣམ་པ་གཉིས་ལ་བརྟེན་དགོས་པ་དང་། དེ་གཉིས

ནི་རྩོད་སྒྲུབ་ཀྱི་གཅིག་གྱུར་ཞིག་ཡིན། ནང་དོན་ངེས་ཅན་ཞིག་གིས་རྣམ་པ་ངེས་ཅན་ཞིག་ལ་བརྟེན་ནས་མཚོན་དགོས་པ་དང་། རྣམ་པ་དེ་ཡང་ནང་དོན་ངེས་ཅན་ཞིག་ལ་བརྟེན་དགོས་པ་རེད། དེ་ལྟར་རྩོམ་རིག་སྒྱུ་རྩལ་གྱི་མི་རིགས་ཀྱི་ཁྱད་ཆོས་དེ་བརྩམས་བྱའི་བརྗོད་དོན་ལ་མི་རིགས་ཀྱི་ཐུན་མོང་མ་ཡིན་པའི་ཁྱད་ཆོས་ལྡན་དགོས་པ་མ་ཟད། བརྩམས་ཆོས་ཀྱི་རྣམ་པར་ཡང་མི་རིགས་ཀྱི་ཁྱད་ཆོས་ལྡན་དགོས་པ་ཞིག་ཡིན། རྩོམ་རིག་སྒྱུ་རྩལ་གྱི་མི་རིགས་ཀྱི་ཁྱད་ཆོས་དེ་བརྩམས་ཆོས་ནང་ནས་མཚོན་པར་བྱས་པའི་སྤྱི་ཚོགས་ཀྱི་འཚོ་བའི་བརྗོད་དོན་དེར་མི་རིགས་ཀྱི་ཁྱད་ཉམས་ལྡན་དགོས་པ་དེ་ཡིན་ལ། རྩོམ་པ་པོས་བརྩམས་ཆོས་གསར་རྩོམ་བྱེད་པའི་ནང་དུ་མི་རིགས་ཀྱི་སེམས་ཁམས་དང་སྙིང་སྟོབས། ཉམས་འགྱུར། གཤིས་རྒྱུད་བཅས་ཀྱི་ཐོག་ནས་མི་རིགས་དེ་གའི་དམིགས་བསལ་གྱི་ཡིད་ཤེས་མཚོན་པ་ཞིག་ཡིན་པས་དེ་དག་ནི་མི་རིགས་དེའི་ཆབ་སྲིད་དང་། དཔལ་འབྱོར་གྱི་འཚོ་བའི་ནང་ནས་བྱུང་བའི་ཐོན་རྫས་ཤིག་ཡིན།

སྤྱི་ཚོགས་ཀྱི་འཚོ་བ་མི་འདྲ་བའི་དབང་གིས་རང་རྒྱལ་ལ་མཚོན་ན། རྒྱ་རིགས་དང་། བོད་རིགས། སོག་རིགས། ཡུ་གུར་རིགས། ཁྲོའོ་ཞན་རིགས་སོགས་མི་རིགས་དེ་དག་གི་རྩོམ་རིག་སྒྱུ་རྩལ་གྱི་ཐོག་ནས་མཚོན་པའི་སྤྱི་ཚོགས་ཀྱི་འཚོ་བའི་ཉམས་འགྱུར་དང་ཁྱད་ཆོས་སོགས་ཚང་མ་མི་འདྲ་བ་རེ་ཡོད་ལ། བརྩམས་དེབ་གཅིག་ལ་མཚོན་ན་ཡང་ས་ཕྱོགས་མི་འདྲ་བ་དང་། མི་རིགས་མི་འདྲ་བའི་དབང་གིས་བརྩམས་དེབ་དེར་རང་བཞིན་དུ་མི་རིགས་ད་གའི་ཁྱད་ཉམས་མང་ཉུང་མི་སྡོམས་པ་ཞིག་མཉམ་བསྲེས་བྱས་ཡོད་པ་རེད། དཔེར་ན《གླིང་གེ་སར་རྒྱལ་པོའི་སྒྲུང་》ནི་སྔར་ནས་དར་ཁྱབ་ཆེ་ཞིང་རྒྱལ་ནང་དུ་བོད་ལྗོངས། མཚོ་སྔོན་ཀན་སུའུ། ཟི་ཁྲོན། སོག་པོ། ཡུ་གུར་རིགས་སོགས་པ་རྒྱ་ཆེ་བའི་ས་གནས་ཀུན་ལ་ཁྱབ་ཡོད་པ་དང་། རྒྱལ་ཁབ་ཕྱི་རུ་ཡང་སྔ་རྗེས་སུ་རྒྱ་གར་དང་། དབྱིན་ཇི། རི་པིན། འཇར་མན། ཨུ་རུ་སུ། བལ་ཡུལ། འབྲུག

ཡུལ། ལ་དྭགས། དབྱི་ལང་། ཐུ་འར་ཆེ་སོགས་སུ་ཁྱབ་ཡོད་པ་མ་ཟད། ཁོ་ཚོའི་ཡི་གེར་ཡང་མི་ཉུང་བ་ཞིག་བསྒྱུར་ཡོད་པ་རེད།

སྤྱིར་གེ་སར་རྒྱལ་པོའི་མཚན་ཡང་གེ་སར་རྒྱལ་པོ། ཁྲིམ་གེ་སར། གླིང་སེང་ཆེན་གེ་སར་རྒྱལ་པོ། འ་གླིང་གེ་སར། འ་དཔེ་གེ་སར་སོགས་འབོད་པ་དང་བོད་སྐད་ནང་གེ་སར་རྒྱལ་པོ་ཟེར་བ་དེ་སོག་སྐད་ཀྱི་ནང་དུ་གེ་སར་རྫེ་བོ་དང་། པུ་ལི་ཡ་ཐེ་སོག་རིགས་ས་ཁུལ་དུ་འ་དཔེ་གེ་སར་ཞེས་འབོད་པ་དང་། སྒྲུང་དེབ་ནང་དུ་ཡང་ས་ཆ་དེ་རང་གི་ཁྱད་ཆོས་ཟབ་མོ་ལྡན་ཡོད་པ་རེད། གོང་གསལ་དེ་དག་གི་ཐོག་ནས་ས་ཁུལ་ལམ་ཡང་ན་ཚོ་པ་གང་ཞིག་གི་མིང་དེ་གེ་སར་རྒྱལ་པོའི་མཚན་སྔོན་ཐོག་ཏུ་སྟོན་པའི་རྒྱུ་མཚན་ནི་ས་ཆ་དེ་གའི་མི་རྣམས་ཀྱི་དཔའ་བོ་ངོ་མཚར་ཅན་དང་གེ་སར་རྒྱལ་པོའི་དབར་གནའ་ཐོ་མོ་ནས་ཤུལ་རྒྱུན་ལྡན་པའི་འབྲེལ་བ་མཚོན་ཐུབ་པ་དང་། སྒོས་སུ་དམངས་ཁྲོད་ཀྱི་རིག་རྩལ་པ་ཚོས་ས་ཆ་ཁག་སོ་སོའི་ཁྱད་ཆོས་དང་མི་རིགས་རང་ཉིད་ཀྱི་ཁྱད་ཉམས་སྣ་ཚོགས་གསར་སྟོན་བྱས་ནས་མཚོན་པར་བྱས་པ་ཞིག་རེད། དེས་ན་ལོ་རྒྱུས་ཐོག་མི་རིགས་ནང་ཁུལ་ཕན་ཚུན་བཙན་གནོད་དང་འཁྲུག་རྩོད་བྱེད་པའི་རྩ་བ་མེད་པ་བཟློ་ཕྱིར་དངོས་སུ་བཤམ་སྒྲིང་བའི་དམག་འཐབ་འགའ་ཞིག་ཕྱོགས་བསྡུས་ཀྱི་དེའི་རྒྱལ་ཁ་དང་ཕུལ་བྱུང་དཔའ་བོ་རྣམས་ཀྱི་དཔེར་འོས་པའི་དགེ་མཚན་གཅིག་ཏུ་བསྡུས་པ་དང་། ས་གནས་དང་འདྲིས་པའི་གོམས་གཤིས་ཐ་དད་ཡིན་པའི་དབང་གིས་ས་གནས་སོ་སོས་རང་རང་གི་གནས་ཚུལ་དང་བསྟུན་ནས་རྒྱུན་མི་ཆད་པར་གསར་རྩོམ་བྱས་ཤིང་“བོད་མི་རེའི་ཁ་ན་སྒྲུང་རེ”ཞེས་པའི་དཔེ་བཞིན་རང་རང་གིས་སྐྱེས་སྟོབས་རྩལ་ལས་དེར་རབ་བཏགས་དང་། ཁ་སྟོན་ཇེ་རྒྱས་དང་མི་རབས་རིམ་བྱུང་བཞིན་གསར་སྟོན་དང་བརྗོད་བྱ་གདམ་གསེས་སོགས་རྒྱུན་མི་ཆད་པར་བྱས་པའི་དབང་གིས་བྱུང་བ་ཞིག་ཡིན་པ་མ་ཟད། མི་རིགས་གཞན་གྱི་ས་ཁུལ་དུ་ཁྱབ་རྗེས་ཡང་མི་རིགས་དེ་གའི་ཉམས་འགྱུར་དང་ཁྱད་ཆོས་མང་ཉུང་མི་སྤྱོས་པ་ཞིག་འདྲེས་ཡོད་པ་རེད། དེ་ཡང་ཀྲུང་གོའི་རྩོམ་

གཞུང་རིག་པ་མཁས་ཅན་སྐུ་ཞབས་མའོ་ཧྲུན་གྱིས“རྩོམ་རིག་གི་བརྩམས་ཆོས་ཀྱི་མི་རིགས་རྣམ་པའི་འགྲུབ་རྐྱེན་གཙོ་བོ་ནི་མི་རིགས་ཀྱི་ངག་སྒྲོར་གྱི་རྨང་གཞིའི་ཐོག་ཏུ་ལས་སྟོན་བྱུས་པའི་རྩོམ་རིག་གི་བརྩམས་ཆོས་སྐད་ཡིག་གཞན་ཞིག་ལ་བསྒྱུར་བས་ན། དེའི་མི་རིགས་ཀྱི་ཉམས་འགྱུར་གང་ལྟར་མང་ཉུང་མི་སྟོས་པར་ཉམས་ཉེས་ཡོང་བ་ནི་གཡོལ་ཐབས་མེད་པ་ཞིག་ཡིན་(《མའོ་ཧྲུན་གྱི་དཔྱད་གཞི་ཡིག་རིགས་ཕྱོགས་བསྒྲིགས》སྟོད་ཆ་ཤོག་གྲངས་287ལ་གསལ་)ཅེས་གསུངས་ཡོད་པ་ལྟར་རོ། དེ་དག་ནི་དོན་ཛ་མའི་ཐོག་ཏུ་མི་རིགས་ཁག་ཚང་མར་རང་ཉིད་ཀྱི་འཚོ་བའི་རྣམ་པ་མི་འདྲ་བ་ཡོད་པ་དེ་དང་འབྲེལ་བ་དམ་ཟབ་ཡོད་པ་ཞིག་ཡིན།

མི་རིགས་ཁག་ཚང་མས་སོ་སོའི་རྒྱུན་རིང་གི་ལོ་རྒྱུས་ཀྱི་སྤྱི་ཚོགས་འཚོ་བའི་རྣམ་པ་མི་འདྲ་བའི་རྐྱེན་གྱིས་ཡུལ་སྲོལ་དང་གོམས་གཤིས་ཤིག་གྲུབ་ཡོད་པ་དང་། རྩོམ་རིག་སྒྱུ་རྩལ་ནི་འཚོ་བའི་རྣམ་པ་དེ་དག་མཚོན་པར་བྱེད་དགོས་རྐྱེན། རང་བཞིན་དུ་མི་རིགས་དེ་གའི་ཐུན་མོང་མ་ཡིན་པའི་འཚོ་བའི་ཁྱད་ཆོས་དང་རྣམ་པ་སོགས་མཚོན་པར་བྱེད་དགོས་པ་མ་ཟད། བརྩམས་ཆོས་ཀྱི་བརྗོད་བྱའི་ཐད་ལ་ཡང་མི་རིགས་ཀྱི་བསམ་པའི་འཁྱེར་སོ་དེ་མངོན་པར་གསལ་བར་བྱེད་དགོས་པ་རེད། མི་རིགས་ཁག་གི་རྩོམ་རིག་སྒྱུ་རྩལ་ལ་མི་རིགས་ཀྱི་བསམ་པའི་འཁྱེར་སོ་དང་འཚོ་བའི་ནང་དོན་གཏིང་ཟབ་ལྡན་ཡོད་པ་དེས། རྩོམ་རིག་གི་རྣམ་པའི་ཐད་ལ་ཡང་མི་རིགས་ཀྱི་ཁྱད་ཆོས་མི་འདྲ་བ་རེ་ཡོད་པ་དེ་ཐག་གཅོད་བྱས་པ་དང་མི་རིགས་ཀྱི་ཁྱད་ཆོས་མངོན་གསལ་དོད་ལ། མི་རིགས་དེ་གའི་རྒྱ་ཆེའི་མི་དམངས་མང་ཚོགས་ཀྱིས་ལྷ་འདོད་ཞིང་ཉན་སྤྲོ་བའི་རྩོམ་རིག་སྒྱུ་རྩལ་གྱི་རྣམ་པ་དེ་ལ་མི་རིགས་ཀྱི་རྩོམ་རིག་སྒྱུ་རྩལ་གྱི་རྣམ་པ་ཞེས་བརྗོད་པ་དང་། དེ་ནི་མི་རིགས་ཁག་གི་རྩོམ་རིག་སྒྱུ་རྩལ་གྱི་ལག་ལེན་དངོས་ནས་ཐོབ་པའི་ཉམས་མྱོང་གི་སྙིང་བཅུད་དང་། མི་རིགས་ཁག་གི་རྩོམ་རིག་སྒྱུ་རྩལ་གྱི་གྲུབ་འབྲས་དང་དེ་འཕེལ་རྒྱས་འགྲོ་བའི་མཚོན་རྟགས་གལ་ཆེ་བ་ཞིག་ཡང་

ཡིན།"

2. མི་རིགས་ཀྱི་སྐད་ཡིག་ནི་མི་རིགས་ཀྱི་ཁྱད་ཆོས་མཚོན་པའི་རྒྱུ་རྐྱེན་ཨང་དང་པོ་དེ་ཡིན།

མི་རིགས་ཀྱི་རྩོམ་རིག་སྒྱུ་རྩལ་གྱི་རྣམ་པ་གྲུབ་པར་བྱེད་པའི་རྒྱུ་རྐྱེན་ཐོག་མ་ནི་མི་རིགས་རང་ཉིད་ཀྱི་ངག་གི་སྦྱོར་བ་དང་ཡི་གེ་དེ་ཡིན་པ་དང་། དེ་མིན་རྩོམ་རིག་སྒྱུ་རྩལ་གྱི་མཚོན་སྟངས་དང་སྒྱུ་རྩལ་གྱི་གྲུབ་ཆ་བརྗོད་གཞི་དང་སྒྱུ་རྩལ་གྱི་ཐབས་ཤེས་སོགས་ཡིན་པ་རེད།

སྐད་ངག་ནི་རྩོམ་རིག་གསར་རྩོམ་བྱེད་པའི་ལག་ཆ་དེ་ཡིན་པ་དང་། མི་རིགས་ཚང་མར་དཔལ་འབྱོར་དང་རིག་གནས་ཀྱི་འཚོ་བ། ཁོར་ཡུག ཡུལ་སྲོལ་དང་འདྲིས་པའི་གོམས་གཤིས་སོགས་མི་འདྲ་བ་རེ་ཡོད་པ་མ་ཟད། བསམ་བློའི་བཅེ་དུང་བརྗོད་རེས་བྱེད་པའི་ངག་གི་སྦྱོར་བའམ་སྐད་ངག་ཡང་མི་འདྲ་བ་རེ་ཡོད་པ་རེད། མི་རིགས་ཚང་མར་སྐད་ངག་དང་། སྐད་གདངས། བརྡ་སྤྲོད་རིག་པ་མཚོན་པར་བྱེད་པའི་རྣམ་པ་མི་འདྲ་རེ་ཡོད་རྐྱེན། དེ་དག་ཚང་མར་དམིགས་བསལ་གྱི་ཁྱད་ཆོས་རེ་ལྡན་ཡོད་པ་རེད་ལ། མི་རིགས་ཀྱི་རྩོམ་རིག་རྣམ་པ་གྲུབ་པར་བྱ་བའི་རྒྱུ་རྐྱེན་ཨང་དང་པོ་ནི་ངག་གི་སྦྱོར་བ་ཡིན། མི་རིགས་ཚང་མར་རང་རང་མི་རིགས་ཀྱི་ཁྱད་ཆོས་ལྡན་པའི་ངག་གི་སྦྱོར་བ་རེ་ཡོད་པ་དེ་མི་རིགས་སོ་སོའི་རྩོམ་རིག་སྒྱུ་རྩལ་འགྲུབ་པར་བྱེད་པའི་མཐུན་རྐྱེན་གྲུབ་པ་ཞིག་ཡིན་པར་བརྟེན། མི་རིགས་དེ་ཉིད་ཀྱི་ངག་སྦྱོར་ནི་མི་རིགས་དེ་ཉིད་ཀྱི་རྩོམ་པ་པོས་གསོན་ཉམས་ལྡན་པའི་སྒོ་ནས་རང་མི་རིགས་ཀྱི་འཚོ་བའི་ནང་དོན་ཇི་བཞིན་མཚོན་པའི་མཐུན་རྐྱེན་མེད་དུ་མི་རུང་བ་ཞིག་ཡིན་སྟབས་མཐུན་རྐྱེན་དེ་རིགས་མི་ལྡན་པའམ་ལག་ཆ་མཁོ་ནུས་ལྡན་པ་དེ་ཁོང་དུ་ཆུད་མེད་ཚེ། མི་རིགས་དེ་གའི་རྒྱ་ཆེའི་མང་ཚོགས་ཀྱིས་ལྷ་འདོད་ཞིང་ཉན་སྤྲོ་བ་དང་མི་རིགས་ཀྱི་རྣམ་པ་དང་མི་རིགས་ཀྱི་ཁྱད་ཉམས་ལྡན་པའི་རྩོམ་རིག་ཞིག་ཡོང་མི་ཐུབ་པ་དེ་ཡིན། ཨུ་རུ་སུའི་གྲགས་ཅན་རྩོམ་པ་པོ་གོར་ཀིས"རྩོམ་རིག

ནི་ངག་གི་སྒྱུར་བར་བརྟེན་ནས་རྣམ་པ་དང་། དཔེ་མཚོན་གཞིས་ཀ་གསར་གཏོད་བྱེད་པ་ཞིག་དང་། ངག་གི་སྒྱུར་བར་བརྟེན་ནས་དོན་རྐྱེན་དངོས་དང་། རང་བྱུང་ཡུལ་ལྗོངས། བསམ་པའི་བརྒྱུད་རིམ་བཅས་མཚོན་པ་ཞིག་ཡིན། རྩོམ་རིག་གི་འགག་གནད་ཨང་དང་པོ་ནི་ངག་སྒྱུར་ཡིན། ངག་སྒྱུར་ནི་རྩོམ་རིག་གི་ལག་ཆ་གཙོ་བོ་ཡིན་པ་དེས་དོན་དངོས་དང་འཚོ་བའི་སྣང་ཚུལ་སྣ་ཚོགས་པ་དང་མཉམ་དུ་རྩོམ་རིག་གི་རྒྱུ་ཆ་གྲུབ་པ་ཡིན་”(《གཞོན་ནུ་རྩོམ་པ་པོ་དང་གླེང་མོལ་བྱས་པ་》《རྩོམ་རིག་སྐོར་གྱི་ཆེད་རྩོམ་འདེམས་སྒྲིག་》ཅེས་པའི་ཤོག་གྲངས་294ལ་གསལ་) ཞེས་གསུངས་ཡོད་པ་རེད། རྩོམ་རིག་ནི་བརྗོད་བྱེད་ཚིག་གི་སྒྱུ་རྩལ་ཡིན་པ་དང་། སྐད་ངག་མེད་ན་རྩོམ་རིག་ཡང་མེད་པ་དེ་ཡིན། འཛམ་གླིང་རྩོམ་རིག་འཕེལ་རྒྱས་འགྲོ་བའི་ལོ་རྒྱུས་ཐོག་ཏུ་མི་རིགས་ཁག་གི་རྩོམ་རིག་སྒྱུ་རྩལ་གྲུབ་པ་དང་། དེ་འཕེལ་རྒྱས་གྲོ་བའི་ནང་དུ་མི་རིགས་རང་ཉིད་ཀྱི་རྩོམ་རིག་སྒྱུ་རྩལ་གྱི་སྐད་ཡིག་གསར་བསྐྲུན་བྱེད་རྒྱུ་དང་འབྲེལ་བ་ཤིན་ཏུ་དམ་པ་ཞིག་ཡོད། དཔེར་ན་དུས་རབས་བར་པའི་སྐབས་ཀྱི་ཡོ་རོབ་ནུབ་མར་བཀས་བཀོད་རྒྱུད་འཛིན་གྲོང་བརྡལ་གྱི་བཅད་བཟུང་ས་ཁུལ་དང་། ཡི་ཤུའི་ཆོས་ཀྱི་རྩོམ་རིག་ངག་སྒྱུར་དངོས་སུ་འགྲུབ་པར་ཚད་བཀག་ཧ་ཅང་ཆེན་པོ་བྱུང་ཞིང་། སྐབས་དེ་དུས་ཨི་ཀྲ་ལི་དང་། དབྱིན་ཇི། འཇར་མན་བཅས་ཀྱི་རྩོམ་པ་པོ་མང་ཆེ་བས་ལ་ཏིང་གི་སྐད་ཡ་རན་སིའི་སྐད་ཕོ་ནར་བརྟེན་ནས་རྩོམ་འབྲི་བྱས་སྟབས་རྒྱལ་ཁབ་དེ་དག་གི་མི་རིགས་ཀྱི་རྩོམ་རིག་བདེ་ལྷན་ངང་འཕེལ་རྒྱུར་འགོག་རྐྱེན་ཚབས་ཆེ་བཟོས་པ་རེད། ཡོ་རོབ་དེ་བཞིན་རྩོམ་རིག་སྒྱུ་རྩལ་བསྐྱར་དར་ལས་འགུལ་གྱི་སྔ་རྗེས་སུ་སླེབས་སྐབས་ཨི་ཀྲ་ལིའི་ཀྲན་ཏིང་དང་། དབྱིན་ཇིའི་ཛ་སུབ་དང་། ཤག་སི་སྤེ་ཡ། འཇར་མན་གྱི་མ་ཏིན་ལའོ་ཀྲི་བཅས་དང་དེ་མིན་གྱི་ཡར་ཐོན་རྩོམ་པ་པོ་མང་པོས་རང་ཉིད་མི་རིགས་ཀྱི་མི་དམངས་ཚོའི་ངག་རྒྱུན་ལས་བྱུང་བའི་ངག་གི་སྒྱུར་བའི་ཁྲོད་ནས་རྩོམ་རིག་གི་ངག་སྒྱུར་སྙིང་པོ་བསྡུ་ལེན་བྱ་འགོ་བཙུགས་ཁར་དེ་དག་ལ་བརྟེན་ནས་རྩོམ་རིག་གསར་

གཏོད་ཀྱི་ལག་ལེན་བྱས་ཤིང་། ཁོ་ཚོའི་འབད་བརྩོན་བྱས་པའི་དབང་གིས་དེ་རྗེས་ཨེ་ཀྲ་ལི་དང་། དབྱིན་ཇི། འཇར་མན་བཅས་ཀྱི་རྩོམ་རིག་འཕེལ་རྒྱས་འགྲོ་རྒྱུར་དགེ་མཚན་ལྡན་པའི་སྐུལ་འདེད་ཀྱི་ནུས་པ་ཐོན་པ་དང་། དུས་མཚུངས་རྒྱལ་ཁབ་དེ་དག་གི་མི་རིགས་རྩོམ་རིག་གི་རྣམ་པ་འགྲུབ་པ་དང་འཕེལ་བར་རྨང་གཞི་ཡང་བརྟིང་ཡོད་པ་རེད། དེ་ལྟར་རྩོམ་རིག་སྒྱུ་རྩལ་གྱི་མི་རིགས་ཁྱད་ཆོས་དེ་ནི་བརྩམས་ཆོས་ཀྱི་རྣམ་པ་དང་། བརྗོད་བྱའི་ནང་དོན། ངག་གི་སྒྱུར་བ་སོགས་ལ་མི་རིགས་དེ་གའི་ཁྱད་ཆོས་མངོན་གསལ་དོད་པོ་ཡོད་དགོས་ལ། དེ་དང་ཆབས་གཅིག་མི་རིགས་དེ་གའི་རྒྱ་ཆེའི་མི་དམངས་མང་ཚོགས་ཀྱི་ལྟ་འདོད་ཞིང་ཉན་སྤྲོ་བ་དང་མི་རྣམས་ཀྱི་དང་ལེན་བྱེད་ཐུབ་པ་ཞིག་ཡོད་དགོས་པ་རེད། བློ་མཐུན་ཀྲའུ་ཨེན་ལེས“མི་རིགས་ཅན་དུ་འགྱུར་རྒྱུ་ནི་མང་ཚོགས་ཅན་དུ་འགྱུར་རྒྱུ་དང་། སྒྱུ་རྩལ་གྱི་རྣམ་པར་བརྟེན་ནས་རྒྱ་ཆེའི་མི་དམངས་སྐུལ་སློང་བྱ་རྒྱུ་བཅས་ལ་ཐུགས་ཡོད་པས་དོན་དག་ཆུང་ངུ་ཞིག་གཏན་ནས་མིན། ཇི་ལྟར་བྱས་ཀྱང་ཕྱི་གླིང་ཅན་དུ་འགྱུར་བ་བྱེད་མི་རུང་། ཕྱི་གླིང་ཅན་དུ་འགྱུར་བ་ཉུང་ཤས་ཤིག་རྒྱུན་འཁྱོངས་བྱས་ན་འགྲིག་ཀྱང་། མང་ཆེ་བ་ནི་ཀྲུང་གོའི་ཞིང་སར་རྩ་བ་ཚུགས་ཤིང་འཚར་ལོངས་ཐུབ་པ་ཞིག་དགོས། རྩོམ་རིག་སྒྱུ་རྩལ་གྱི་ཚད་གཞི་གོང་མཐོར་གཏོང་རྒྱུ་དེ་སྔོན་ལ་ཁྱབ་གདལ་ཡོང་བ་བྱེད་དགོས། ཁྱབ་གདལ་གྱི་རྨང་གཞིའི་ཐོག་གོང་མཐོར་གཏོང་རྒྱུ་དེའང་ངེས་པར་དུ་སྔོན་ལ་མི་རིགས་ཅན་དང་མང་ཚོགས་ཅན་དུ་འགྱུར་དགོས། མང་ཚོགས་ཅན་དུ་འགྱུར་བའི་བྱ་རིམ་བརྒྱུད་ན་གཞི་ནས་མང་ཚོགས་ཀྱི་དང་ལེན་བྱེད་ཐུབ”(《གསར་བརྗེའི་རིག་རྩལ་ལས་དོན་པ་ཞིག་བྱེད་དགོས་》《ཀྲའུ་ཨེན་ལེས་རིག་རྩལ་སྐོར་གསུངས་པ་》ཞེས་པའི་ཤོག་གྲངས་172ལ་གསལ་)ཅེས་གསུངས་པ་ལྟར། མི་རིགས་ཀྱི་རྩོམ་རིག་སྒྱུ་རྩལ་ལ་མི་རིགས་ཀྱི་སྤྱི་ཚོགས་འཚོ་བ་དང་མི་རིགས་དེ་གའི་ཐུན་མོང་གི་སེམས་ཁམས་ངོ་བོ། ངག་གི་སྒྱུར་བའི་ཁྱད་ཆོས་མཚོན་དགོས་པ་དེ་རེད། ཕུར་ཐེ་ཡིས་ཡོ་རོབ་ནུབ་མའི་མི་རིགས་འགའ་ཤས་

ཀྱི་ངག་གི་སྒྱུར་བའི་ཁྱད་ཆོས་རྣམས་གོ་བསྡུར་བྱས་ནས་བསྟན་དོན་“ངས་བལྟས་ན་ཚིག་རྒྱན་མཛེས་ཤིང་གཟུགས་རྒྱན་བཀོད་སྤྱོད་ཆེ་བ། གཤིས་ཉམས་བརྗིད་ཆགས་པ་སོགས་ནི་ཞི་པན་ཡའི་རྩོམ་པ་པོ་རྣམས་ཀྱི་ཁྱད་ཆོས་སུ་མཐོང་བ་དང་། དབྱིན་ཇིའི་རྩོམ་པ་པོར་མཚོན་ན་བརྩམས་ཆོས་ཁྲོད་གསོན་ཉམས་དང་ནུས་ཤུགས། རྒྱ་ཆེ་བའི་བསམ་བློ་མཚོན་པར་དོ་སྣང་བྱེད་པ་དང་། ཟུར་ཟ་དང་དཔེ་རྒྱན་སོགས་ཀྱི་རྒྱན་སྤེལ་བ་ལ་ཀུན་ནས་དགའ། ཕ་རན་སིའི་བརྩམས་ཆོས་ལས་བརྗོད་དོན་གསལ་ལ་ཚགས་དམ་པ། མཛམ་མཉེན་བཅས་ཀྱི་གཤིས་ཉམས་མཚོན་པ་ཡིན”ཞེས་གསུངས་ཡོད་པ་དང་། དེས་སྐད་བརྡའི་གཤིས་ཉམས་ཀྱི་མི་རིགས་ཀྱི་བསམ་གཞིགས་བྱེད་སྟངས་དང་སེམས་ཁམས་ཀྱི་སྒྱུར་ཚོར་བྱེད་སྟངས་ཀྱི་ཁྱད་ཆོས་མཚོན་པ་ཡིན། མི་རིགས་ཀྱི་ཐུན་མོང་གི་ཡུལ་གྲུ་དང་། ཐུན་མོང་གི་སྐད་དང་ཡི་གེ། ཐུན་མོང་གི་ཡུལ་ཆོས་དང་གོམས་སྲོལ། ཐུན་མོང་གི་དཔལ་འབྱོར་འཚོ་བ་སོགས་ཀྱིས་མི་རིགས་དེའི་རིག་གནས་ཀྱི་རྨང་གཞི་ཆགས་ལ་རིག་གནས་དེ་ལས་མི་རིགས་ཀྱི་སེམས་ཁམས་ཀྱི་ངོ་བོ་བྱུང་། སེམས་ཁམས་ངོ་བོ་དེ་ཡང་རྩོམ་རིག་ལ་མཚོན་ན་སྐད་བརྡའི་སྒྱུ་རྩལ་ཡིན་པས་སྐད་དང་ཡི་གེ་ལས་གཅིག་སྟུད་ཀྱིས་མཚོན་དགོས་པ་རེད། དེ་མིན་རྩོམ་རིག་གི་མི་རིགས་ཁྱད་ཉམས་ཀྱི་ངོ་བོའི་ཁྱད་ཆོས་ཤིག་ཡོད་པ་སྟེ། དེ་ནི་མི་རིགས་ཀྱི་བསམ་བློའི་རྣམ་པའི་སྙིང་མཚོན་དགོས།(སེམས་ཁམས་ངོ་བོ)མི་རིགས་ཀྱི་བསམ་བློའི་རྣམ་པ་དེས་རྩོམ་པ་པོའི་མཛེས་དཔྱོད་ཀྱི་སེམས་ཁམས་དང་མཛེས་དཔྱོད་ཀྱི་ལྟ་བར་ཤུགས་རྐྱེན་དང་ཁ་ལོ་བསྒྱུར་གྱི་ཡོད་པ་མ་ཟད། རྩོམ་པ་པོས་སྤྱི་ཚོགས་ཀྱི་འཚོ་བར་རྟོག་ཞིབ་དང་མཚོན་ཐབས་ཐུན་མོང་མ་ཡིན་ཞིག་ཆགས་གྲུབ་བྱེད་ཀྱི་ཡོད་པ་རེད། ཕེ་ལིན་སི་ཅིས“རྩོམ་པ་པོ་ཞིག་ལ་མཚོན་ན་རང་གི་བརྩམས་ཆོས་ཀྱི་བརྗོད་བྱ་དེ་ཡུལ་གང་ཞིག་ལས་བླངས་པས་མ་ཁྱབ་པ་དང་། ཁོས་བྲིས་པའི་མི་སྣ་གཙོ་བོ་དེ་མི་རིགས་གང་ཞིག་ལ་གཏོགས་པས་མ་ཁྱབ་པར། རྩོམ་པ་པོ་རང་ཉིད་ནམ་ཡིན་ཡང་རང་གི་མི་རིགས་དེའི་

བསམ་བློའི་རྣམ་པའི་ཚབ་བྱེད་མཁན་ཤ་སྟག་ཡིན། རང་མི་རིགས་ཀྱི་མིག་རྒྱང་ཁྱེར་ནས་འཇིག་རྟེན་གྱི་བྱ་དངོས་ལ་བལྟ་བ་དང་། རང་མི་རིགས་ཀྱི་རྟགས་དང་མཚན་མ་དེ་འཇིག་རྟེན་གྱི་བྱ་དངོས་དེ་དག་གི་སྟེང་དུ་འགོད་པ་ཡིན་”ཞེས་གསུངས་པ་འདི་ལས་རྩོམ་པ་པོ་མི་རིགས་གཅིག་ལ་གཏོགས་ཤིང་དེར་མི་རིགས་ཀྱི་འདུ་ཤེས་གསལ་པོ་ཞིག་ཡོད་པ་དང་དེས་མི་རིགས་ཀྱི་ཁྱད་ཆོས་ལྡན་པའི་རྩོམ་རིག་གི་ངོ་བོ་ཞིག་ཆགས་ཐུབ་པ་དེ་ཡིན།

3. བོད་མི་རིགས་ཀྱི་རྩོམ་རིག་གི་ཁྱད་ཉམས་དང་འཛམ་གླིང་རྩོམ་རིག་གི་འབྲེལ་བའི་སྐོར།

དེང་རབས་ཀྱི་འཚོ་བའི་ཁྲོད་དུ་རྒྱལ་ཁབ་དང་མི་རིགས་སོ་སོའི་བར་འགྲོ་འོང་དང་ཉམས་མྱོང་སྤྲེལ་རེས་ཀྱི་བྱེད་སྒོ་ཤིན་ཏུ་མང་བས། མི་རིགས་ཁག་གི་ཐུལ་དུ་བྱུང་བའི་རྩོམ་རིག་གཅིག་ཡིན་ན། དེ་འཛམ་གླིང་རང་བཞིན་ཅན་གྱི་རྩོམ་རིག་ཏུ་འགྱུར་འགྲོ་བ་ནི་ཐོག་ཏུ་མེད་པའི་འཕེལ་ཕྱོགས་ཤིག་ཡིན། དེས་ན་མི་རིགས་ཀྱི་ཁྱད་ཆོས་ཆེས་འབུར་ཐོན་ཡིན་པའི་རྩོམ་རིག་གཅིག་ཡིན་ན། དེ་བཞིན་འཛམ་གླིང་རྩོམ་རིག་གི་རང་བཞིན་ལྡན་པ་ཞིག་ཡིན། རྩོམ་རིག་གི་མི་རིགས་རང་བཞིན་དང་འཛམ་གླིང་རང་བཞིན་དང་མི་རིགས་ཀྱི་ཁྱད་ཉམས་དེ་གུ་དོག་པོ་ཞིག་གམ་སྣ་ཁ་གཅིག་ཡིན་པའམ། འགྱུར་ལྡོག་མེད་པ་ཞིག་ཏུ་བལྟ་མི་རུང་། དོན་དངོས་ཐོག་རྩོམ་རིག་གི་མི་རིགས་རང་བཞིན་ཞེས་པ་དེ་འགྱུར་ལྡོག་གི་ངང་ཚུལ་དུ་གནས་པ་ཞིག་ཡིན་ལ། དེའི་འཕེལ་རྒྱས་ཀྱི་གོ་རིམ་ནང་སྤྱོལ་རྒྱུན་ཁྲོད་དུ་དུས་རབས་ཀྱི་དགོས་མཁོ་དང་མི་མཐུན་པའི་ཆ་རྣམས་དོར་དགོས་པ་མ་ཟད། མི་རིགས་གཞན་གྱི་རིག་གནས་ཁྲོད་ཀྱི་དགེ་མཚན་ལྡན་པའི་ཆ་རྣམས་ལ་སློབ་སྦྱོང་དང་བསྡུ་ལེན་བྱས་ཏེ་རང་མི་རིགས་ཀྱི་རྩོམ་རིག་འཕེལ་རྒྱས་གཏོང་དགོས། ཕྱོགས་གཞན་ཞིག་ནས་རྩོམ་རིག་འཕེལ་རྒྱས་ཀྱི་ལོ་རྒྱུས་ཀྱིས་བདེན་དཔང་བྱས་པར་རྩོམ་རིག་ལ་མི་རིགས་ཀྱི་ཁྱད་ཆོས་དང་མི་རིགས་ཀྱི་ཁྱད་ཉམས་ཇི་ལྟར་མངོན་གསལ་དོད་པོ་ཡིན་ན། དེ་ལྟར་འཛམ་གླིང་

རང་བཞིན་གྱི་དོན་སྙིང་ཡོད་པར་འགྱུར་རོ། ལུའུ་ཞུན་གྱིས"ད་ལྟ་རྩོམ་རིག་ཡིན་ན་འང་འདྲ། རིག་གནས་ཀྱི་ཁྱད་ཆོས་ལྡན་པ་ཞིག་ཡིན་ན་འཛམ་གླིང་རང་བཞིན་ཅན་གྱི་རྩོམ་རིག་ཅན་དུ་འགྱུར་སླ་སྟེ་རྒྱལ་ཁབ་གཞན་རྣམས་ཀྱིས་དོ་སྣང་བྱེད་པ་ཡིན"ཞེས་གསུངས་པ་ལྟར་ང་ཚོའི་རྩོམ་རིག་འཛམ་གླིང་རང་བཞིན་གྱི་རྩོམ་རིག་དུ་འགྱུར་དགོས་ན་ངེས་པར་དུ་མི་རིགས་ཀྱི་ཉམས་འགྱུར་རམ་ཁྱད་ཆོས་མངོན་གསལ་དོད་པོ་ཞིག་ཡོད་དགོས་པ་མ་ཟད། དེ་ཡང་མི་རིགས་གཞན་གྱི་ལད་ཟློས་བྱེད་མི་ཐུབ་པའི་བཙམས་ཆོས་ཕུལ་བྱུང་ཡོད་དགོས། དཔེར་ན། མི་ལ་རས་པའི་མགུར་གླུ་དེ་རྒྱལ་ཁབ་མང་པོའི་ཡིག་རིགས་སུ་བསྒྱུར་བ་དང་དེས་མི་རིགས་གཞན་གྱི་བརྩམས་ཆོས་ཀྱི་བརྗོད་བྱ་དང་རྣམ་པའི་ཆ་གང་ཐད་ལ་ཤུགས་རྐྱེན་ཆེན་པོ་བྱུང་ཡོད་པ་རེད།

4. སྐྱོ་ཚོགས་རིང་ལུགས་ཀྱི་ནང་དོན་དང་མི་རིགས་ཀྱི་རྣམ་པའི་སྐོར།

སྤྱི་ཚོགས་རིང་ལུགས་ཀྱི་རྩོམ་རིག་སྒྱུ་རྩལ་ནི། མ་ཁེ་སི་ལེ་ཉིན་རིང་ལུགས་ཀྱི་བསམ་པའི་ལྟ་གཞིའི་ཐོག་ཏུ་བཙུགས་པའི་རྩོམ་རིག་སྒྱུ་རྩལ་གསར་པ་ཞིག་ཡིན་པ་དང་། བསམ་བློའི་ནང་དོན་གྱི་ཐད་ལ་བཤུ་གཞོག་གྲལ་རིམ་གྱི་རྩོམ་རིག་སྒྱུ་རྩལ་དང་རྩ་བའི་ཐོག་ནས་དབྱེ་བ་ཡོད་པ་ཞིག་ཡིན། འོན་ཏེ་མི་རིགས་རང་ཉིད་ཀྱི་ཕུལ་བྱུང་གི་སྲོལ་རྒྱུན་དང་ཁྱད་ཆོས་རྩ་བརླག་གཏོང་རྒྱུ་དེ་མ་ཡིན་པ་མ་ཟད། ལྷག་པར་དུ་རྩོམ་རིག་སྒྱུ་རྩལ་གྱི་རྣམ་པའི་ཁྱད་ཆོས་མེད་པ་བཟོ་རྒྱུ་ཞིག་གཏན་ནས་མ་ཡིན། སི་ཏ་ལིན་གྱིས"འབྱོར་མེད་གྲལ་རིམ་གྱི་རིག་གནས་ཀྱིས་མི་རིགས་ཀྱི་རིག་གནས་མེད་པ་མི་བཟོ་བ་དེ་ལ་ནང་དོན་མཁོ་སྤྲོད་བྱེད་ཅིང་། དེ་བཞིན་མི་རིགས་རིག་གནས་ཀྱིས་ཀྱང་འབྱོར་མེད་གྲལ་རིམ་གྱི་རིག་གནས་མེད་པ་མི་བཟོ་བར་དེ་ལ་རྣམ་པ་མཁོ་སྤྲོད་བྱེད་ཀྱི་ཡོད།(《ཤར་ཕྱོགས་ཀྱི་མི་རིགས་སློབ་གྲྭ་ཆེན་མོའི་ཆབ་སྲིད་ལས་འགན་སྐོར་བཤད་པ་》《སི་ཏ་ལི་གྱི་གསུང་འབུམ"》དེབ་བདུན་པའི་ཤོག་གྲངས་117ལ་གསལ་) ཅེས་གསུངས་ཡོད་པ་རེད། དེས་ན་མི་རིགས་ཁག་ཚང་མས་མ་ཁེ་སེ་རིང་ལུགས་ཀྱི་

བསམ་པ་དང་། སྨྲ་ཚོགས་རིང་ལུགས་ཀྱི་ནང་དོན་དེ་མི་རིགས་ཀྱི་རྣམ་པའི་ཐོག་ནས་མཚོན་པར་བྱས་ན་གཞི་ནས་མི་རིགས་དེ་གའི་རྒྱ་ཆེའི་མང་ཚོགས་ཀྱི་ཤེས་རྟོགས་དང་དང་ལེན་བྱེད་ཐུབ་པ་ཞིག་ཡོང་གི་རེད། བློ་མཐུན་མའོ་ཙེ་ཏུང་གིས“མར་ཁེ་སི་རིང་ལུགས་དེ་ངེས་པར་དུ་རང་རྒྱལ་གྱི་ཁྱད་ཆོས་དངོས་དང་ཟུང་འབྲེལ་བྱས་ཐོག་མི་རིགས་ཀྱི་རྣམ་པ་ངེས་ཅན་གཅིག་ལ་རྟེན་ན་གཞི་ནས་དོན་ལ་འཁེལ་བ་ཅིག་ཡོང་གི་རེད།”ཅེས་དང་། ཀྲུང་གོའི་དམངས་གཙོ་རིང་ལུགས་གསར་པའི་རིག་གནས་ཀྱི་སྐོར་ལ་འདི་འདྲ་ཞིག་གསུངས་མྱོང་ཡོད་པ་སྟེ། “དམངས་གཙོ་རིང་ལུགས་གསར་པའི་རིག་གནས་དེ་ནི་མི་རིགས་ཀྱི་རིག་གནས་ཤིག་རེད། དེ་ནི་བཙན་རྒྱལ་རིང་ལུགས་ཀྱི་གནའ་གནོན་ལ་ངོ་རྒོལ་བྱེད་པ་ཞིག་དང་ཀྲུང་ཧྭ་མི་དམངས་ཀྱི་ལ་རྒྱ་བཟུང་རྒྱུ་དང་རང་བཙན་ཡོང་བ་བྱེད་རྒྱུའི་འདོད་ཚུལ་བཟུང་བ་ཞིག་རེད། དེ་ནི་ང་ཚོའི་མི་རིགས་འདིའི་རིག་གནས་ཅིག་ཡིན་ཙང་ང་ཚོའི་མི་རིགས་ཀྱི་ཁྱད་ཆོས་ཡོད་པ་རེད། ཀྲུང་གོའི་རིག་གནས་ལ་རང་ཉིད་ཀྱི་རྣམ་པ་གཅིག་དགོས་ཀྱི་རེད། དེ་ནི་མི་རིགས་ཀྱི་རྣམ་པ་དེ་རེད། མི་རིགས་ཀྱི་རྣམ་པ་དེ་དང་དམངས་གཙོའི་རིང་ལུགས་གསར་པའི་ནང་དོན་ཡོད་པ་དེ་ནི་ང་ཚོའི་ད་ལྟའི་རིག་གནས་གསར་པ་དེ་རེད།”(《དམངས་གཙོའི་རིང་ལུགས་གསར་པའི་རྣམ་བཤད།》《མའོ་ཙེ་ཏུང་གི་གསུང་རྩོམ་གཅེས་བསྡུས》དེབ་གཉིས་པའི་ཤོག་གྲངས618－619བར་གསལ་)ཅེས་གསུངས་པ་དེ་ནི་དམངས་གཙོ་གསར་བརྗེའི་དུས་སྐབས་ཀྱི་རིག་གནས་དེ་འདྲ་ཞིག་ཡིན་ལ། སྨྲ་ཚོགས་རིང་ལུགས་ཀྱི་གསར་བརྗེ་དང་སྨྲ་ཚོགས་རིང་ལུགས་ཀྱི་འཛུགས་བསྐྲུན་བྱེད་པའི་དུས་སྐབས་ཀྱི་རིག་གནས་ཀྱང་དེ་ལྟར་ཞིག་ཡིན་དགོས་པ་དང་། དེ་ནི་མི་རིགས་ཁག་གི་གསར་བརྗེའི་རིག་གནས་འཕེལ་རྒྱས་འགྲོ་བའི་ཐུན་མོང་གི་ཆོས་ཉིད་ཡང་ཡིན། མི་རིགས་རང་ཉིད་ཀྱི་རྒྱུན་སྲོལ་ཁྱད་ཆོས་མེད་པ་བཟོ་མི་རུང་བར་དེ་ལ་ནང་དོན་གསར་པ་དང་ལྡན་པའི་སྒོ་ནས་འཕེལ་རྒྱས་གཏོང་བ་དང་། སྨྲ་ཚོགས་རིང་ལུགས་ཀྱི་བསམ་བློ་གསར་པ་

དང་ནང་དོན་གསར་པ་རྣམས་མི་རིགས་རང་ཉིད་ཀྱི་རྩོམ་རིག་ཉམས་འགྱུར་ཐོག་ནས་མཚོན་པར་བྱས་ན་མི་དམངས་མང་ཚོགས་ཀྱིས་ཤེས་རྟོགས་དང་དང་ལེན་བྱེད་ཐུབ་པ་ཡོང་རྒྱུ་དེ་ཡིན།

ཅི་འདྲ་ཞིག་ལ་མི་རིགས་ཀྱི་རིག་གནས་ཟེར་རམ་ཞེ་ན། སི་ཏ་ལིན་གྱིས"དེ་ནི་སྤྱི་ཚོགས་རིང་ལུགས་ཀྱི་ནང་དོན་དང་མི་རིགས་ཀྱི་རྣམ་པ་ལྡན་པའི་རིག་གནས་ཞིག་ཡིན་པ་དང་། དེའི་དམིགས་ཡུལ་ནི་སྤྱི་ཚོགས་རིང་ལུགས་ཀྱི་བསམ་པ་དང་རྒྱལ་སྤྱིའི་རིང་ལུགས་ཀྱི་བསམ་པས་མི་དམངས་མང་ཚོགས་ལ་སློབ་གསོ་གཏོང་རྒྱུ་དེ་ཡིན་ནོ"(《སི་ཏ་ལི་ཡི་གསུང་འབུམ》དེབ་བཅུ་གཉིས་ཀྱི་ཤོག་གྲངས319ལ་གསལ་)ཞེས་གསུངས་ལ། ནང་དོན་ནི་སྤྱི་ཚོགས་རིང་ལུགས་ཀྱི་ནང་དོན་ཡིན་པ་དང་། རྣམ་པ་ནི་མི་རིགས་ཀྱི་རྣམ་པ་ཡིན་པ་དེ་ནི་མ་ཁེ་སི་ལེ་ཉིན་རིང་ལུགས་ཀྱིས་དུས་སྐབས་གསར་པའི་ལོ་རྒྱུས་ཆ་རྐྱེན་འོག་ཏུ་མི་རིགས་ཀྱི་རིག་གནས་དང་མི་རིགས་ཀྱི་རྩོམ་རིག་སྒྱུ་རྩལ་ལ་འཛིན་པའི་རྩ་བའི་ལྟ་ཚུལ་དེ་ཡིན།

རང་རྒྱལ་དུ་བཅིངས་བཀྲོལ་ཐོབ་རྗེས། རྩོམ་རིག་སྒྱུ་རྩལ་གྱིས་མི་དམངས་མང་ཚོགས་ལ་ཞབས་འདེགས་ཞུ་དགོས་པ་དང་། སྤྱི་ཚོགས་རིང་ལུགས་ལ་ཞབས་འདེགས་ཞུ་དགོས་པའི་ཁ་ཕྱོགས་དང་། མི་རིགས་སྲིད་ཇུས་ཀྱི་ཁྲིད་སྟོན་འོག་ཏུ་མི་རིགས་ཁག་གི་རྩོམ་རིག་སྒྱུ་རྩལ་འཕེལ་རྒྱས་ཤུགས་ཆེན་ཕྱིན་ཡོད་པ་མ་ཟད། རྩོམ་པ་པོ་མང་པོས་འཚོ་བ་དངོས་མཚོན་པར་བྱས་པའི་ཕྱུལ་བྱུང་གི་བརྩམས་ཆོས་འབོར་ཆེན་ཞིག་ཐོན་ཡོད་ལ། མར་ཁེ་སི་རིང་ལུགས་ཀྱི་རྩ་བའི་ལྟ་ཚུལ་ལ་བརྟེན་ནས་དམངས་ཁྲོད་ཀྱི་རྩོམ་རིག་རྩོམ་འདོན་དང་ཕྱོགས་བསྒྲིགས་བྱས་པ་བརྒྱུད་ཕུལ་བྱུང་གི་རྩོམ་རིག་འབོར་ཆེན་ཞིག་ཡང་ཐོན་ཡོད་པ་རེད། དེ་དག་གིས་རང་རྒྱལ་གྱི་རྩོམ་རིག་སྒྱུ་རྩལ་རིན་ཆེན་གཏེར་མཛོད་དེ་ཕུན་སུམ་ཚོགས་སུ་བཏང་ཡོད་པ་མ་ཟད། མི་རིགས་ཁག་གི་མཐུན་སྒྲིལ་ལ་ཤུགས་སྣོན་དང་སྐུལ་འདེད་བྱ་རྒྱུར་དགེ་མཚན་ལྡན་པའི་ཕན་ནུས་ཆེན་པོ་ཞིག་

ཐོན་ཡོད་པ་རེད།

མི་རིགས་ཀྱི་རྩོམ་རིག་སྒྱུ་རྩལ་གྱི་རྣམ་པར་མཐོང་ཆེན་བྱེད་དགོས་ཞེས་པ་ཡང་རྒྱུན་སྲོལ་གྱི་རྩོམ་རིག་སྒྱུ་རྩལ་གྱི་རྣམ་པ་དེར་འགུལ་བསྐྱོད་གཏན་ནས་མི་བྱེད་པར་ཇི་བཞིན་དུ་སྲོལ་དགོས་པ་དེ་ཡང་མ་ཡིན། རྩོམ་རིག་སྒྱུ་རྩལ་གྱི་རྣམ་པ་དེ་ཡང་ལོ་རྒྱུས་ཀྱི་འཕེལ་རྒྱས་དང་སྤྱི་ཚོགས་འཚོ་བའི་འཕེལ་རྒྱས་ལ་གཞིགས་ཏེ་རྩོམ་རིག་སྒྱུ་རྩལ་ནང་དོན་གྱི་འཕོ་འགྱུར་སོགས་ལ་བརྟེན་ནས་མུ་མཐུད་འཕེལ་རྒྱས་དང་འགྱུར་བ་འགྲོ་བཞིན་ཡོད་པ་རེད། མི་རིགས་ཀྱི་རྩོམ་རིག་སྒྱུ་རྩལ་ཡང་ད་ལྟའི་སྤྱི་ཚོགས་ཀྱི་དགོས་མཁོར་གཞིགས་ཏེ། མི་རིགས་དེ་གའི་རྩོམ་རིག་གི་སྲོལ་རྒྱུན་རྣམ་པ་རྒྱུན་འཛིན་པའི་རྨང་གཞིའི་ཐོག་ཏུ་དེ་དག་བསྒྱུར་བཀོད་དང་། གསར་གཏོད་བཅས་བྱས་ནས་སྤྱི་ཚོགས་རིང་ལུགས་ཀྱི་ནང་དོན་གསར་པ་མཚོན་པའི་རྩོམ་རིག་སྒྱུ་རྩལ་གསར་བསྐྲུན་དང་། མི་དམངས་མང་ཚོགས་ཀྱི་ལྷ་འདོད་ཅིང་ཉན་སྤྲོ་བའི་མི་རིགས་ཀྱི་རྣམ་པ་གསར་པ་ཞིག་བསྐྲུན་དགོས་པ་རེད། རྩོམ་རིག་གང་ཞིག་གིས་མི་རིགས་དེའི་འཚོ་བ་དང་བསམ་པའི་ནང་དོན་མཚོན་པས་ན་དེ་ལ་མི་རིགས་ཀྱི་ཁྱད་ཆོས་མངོན་གསལ་དོད་པོ་ཞིག་ཡོང་ཐུབ་རྒྱུ་དེ་རེད་ལ། མི་རིགས་ཀྱི་རྣམ་པར་མཐོང་ཆེན་བྱེད་པ་དང་ཆབས་ཅིག་མི་རིགས་གཞན་གྱི་ཆེས་ཕུལ་དུ་བྱུང་བའི་རྩོམ་རིག་གི་རྣམ་པ་དང་གྲུབ་འབྲས་སོགས་ཡང་ཚུར་ལེན་བྱེད་རྒྱུ་དེ་ནི་རང་མི་རིགས་ཀྱི་རྩོམ་རིག་སྒྱུ་རྩལ་དེ་འཕེལ་རྒྱས་ཇེ་མཐོར་དང་ཕུན་སུམ་ཚོགས་སུ་གཏོང་རྒྱུར་གལ་ཆེའི་དོན་སྙིང་ལྡན་ཡོད་པ་ཞིག་ཡིན་ནོ།

གསུམ་པ། རྩོམ་རིག་གི་གྲུབ་མཐའི་སྐོར།

1. གྲུབ་མཐའི་གོ་དོན་འགྲེལ་བ།

རྩོམ་རིག་གི་གྲུབ་མཐའ་ཞེས་པ་ནི་རྟག་པར་མཐོང་རྒྱུ་ཡོད་པའི་རྩོམ་རིག་

གི་སྣང་ཚུལ་ཞིག་ཡིན་ལ་རྩོམ་རིག་གི་ཁྱད་ཉམས་དང་འབྲེལ་བ་ཡོད་ལ་ཁྱད་པར་ཡང་ཡོད་པ་ཞིག་ཡིན། རྩོམ་རིག་གི་གྲུབ་མཐའ་དང་རྩོམ་རིག་གི་ཁྱད་ཉམས་གཉིས་ཕན་ཚུན་བསྡུར་ཞིབ་ཅིག་བྱས་ཚེ། རྩོམ་རིག་གི་གྲུབ་མཐའ་ནི་རྩོམ་རིག་གི་ཁྱད་ཉམས་ལས་ཆེས་རྙོག་འཛིང་ཆེ་བ་ཞིག་ཡིན།

རྩོམ་རིག་གི་ཁྱད་ཉམས་ནི་རྩོམ་པ་པོ་དང་ཞིབ་ཕྲའི་བརྩམས་ཆོས་རེ་རེར་དམིགས་ཏེ་ཞིབ་འཇུག་བྱ་ཡུལ་དུ་གྱུར་བ་དང་རྩོམ་རིག་གི་གྲུབ་མཐའ་ནི་རྩོམ་པ་པོའི་མཉམ་འབྲེལ་གྱི་སྒྲིག་གཞི་ལས་གྲུབ་པ་ཞིག་ཡིན། ལོ་རྒྱུས་ཀྱི་དམིགས་བསལ་ཆ་རྐྱེན་འོག་ཏུ་རྩོམ་རིག་གི་བསམ་བློ་དང་གསར་རྩོམ་བྱེད་ཐབས་ཀྱི་ཕྱོགས་ལྷུང་སྤྱིར་འདྲ་བའི་རྩོམ་པ་པོ་རྣམས་ཀྱིས་ཐུན་མོང་གི་མཛོས་རིག་གི་བསམ་བློ་དང་རྩོམ་གྱི་ཁྱད་ཉམས་ལ་བརྟེན་ནས་རང་འགྲུལ་དང་རང་འགྲུལ་མ་ཡིན་པའི་སྒོ་ནས་མཉམ་འཛོམས་བྱས་པ་དང་། ཡང་ན་སྒྲིག་འཛུགས་ཡོད་པའི་སྒོ་ནས་རྩོམ་རིག་གི་ཐུན་མོང་ཚོགས་པ་ཞིག་ཏུ་གྱུར་བ་མ་ཟད། རྩོམ་རིག་གི་ལོ་རྒྱུས་ཐོག་ཏུ་ཤུགས་རྐྱེན་དང་བག་ཆགས་ཆེན་པོ་བཞག་ཡོད་པ་རེད། དེར་བརྟེན་ང་ཚོས་ཐུན་མོང་གི་ཚོགས་པ་དང་། ཡང་ན་སྒྲིག་འཛུགས་ཡོད་པ་འི་རྩོམ་རིག་གི་ཚོགས་པ་དེ་དག་ལ་རྩོམ་རིག་གི་གྲུབ་མཐའ་ཞེས་བརྗོད། ཡང་བསྐྱར་ཞུས་ན། རྩོམ་རིག་གི་གྲུབ་མཐའ་ནི་བསམ་བློའི་ངོས་འཛིན་དང་། སྒྱུ་རྩལ་གྱི་ལྟ་ཚུལ་དང་། སྒྱུ་རྩལ་གྱི་ཁྱད་ཉམས་གསར་རྩོམ་གྱི་ཐབས་ཤེས་བཅས་འདྲ་བའམ་ཡང་ན་སྤྱིར་འདྲ་བར་བརྟེན་ནས་གྲུབ་པའི་རྩོམ་པ་པོའི་ཐུན་མོང་གི་ཚོགས་པ་དེར་བརྗོད་པ་ཞིག་ཡིན། རྩོམ་རིག་གི་གྲུབ་མཐའི་ནང་དུ་རྩོམ་པ་པོའི་རྩོམ་རིག་གི་ཁྱད་ཉམས་སྤྱིར་བཏང་ཐོག་འདྲ་བའི་ཕྱོགས་ནས་གྲུབ་མཐའ་དེའི་རྩོམ་རིག་གི་ཉམས་འགྱུར་མཚོན་ཐུབ་པ་ཞིག་ཡིན། འོན་ཏེ། རྩོམ་རིག་གི་གྲུབ་མཐའ་གཅིག་གི་ནང་དུ་ཡང་རྩོམ་པ་པོའི་རྩོམ་རིག་གི་ཉམས་འགྱུར་མི་འདྲ་བ་སྣ་ཚོགས་ཡོད་པ་དང་། ལྷག་པར་དུ་རྩོམ་པ་པོ་མང་པོ་ཞུགས་ཡོད་ལ། དུས་ཡུན་རིང་པོར་རྒྱུན་མཐུད་ཀྱི་རང་བཞིན་ལྡན་པའི་རྩོམ་རིག་གི་གྲུབ་མཐའི་ནང་

དེ་བས་ཀྱང་ཉམས་འགྱུར་མི་འདྲ་བ་སྣ་ཚོགས་གནས་ཡོད་པར་བརྟེན་ང་ཚོས་རྩོམ་རིག་གི་གྲུབ་མཐའི་གནད་དོན་དང་རྩོམ་རིག་གི་ཉམས་འགྱུར་གཉིས་མཉམ་བསྲེས་བྱས་ན་ཡང་མི་འགྲིག་གོ།

དེ་མིན། ང་ཚོས་རྩོམ་རིག་གི་གྲུབ་མཐའ་ཡི་གནད་དོན་དང་རྩོམ་རིག་གསར་རྩོམ་བྱ་ཐབས་ཀྱི་གནད་དོན་གཉིས་མཉམ་བསྲེས་བྱས་ན་མི་འགྲིག རྩོམ་རིག་གི་གྲུབ་མཐའ་དང་གསར་རྩོམ་གྱི་བྱ་ཐབས་གཉིས་འབྲེལ་བ་དམ་ཟབ་ཡོད་པ་མ་ཟད། གྲུབ་མཐའ་འགའ་རེས་གསར་རྩོམ་བྱ་ཐབས་གཅིག་གིས་མཚན་གསོལ་བྱས་པ་ཡང་ཡོད། དཔེར་ན། འཆར་ཡན་གྱི་གྲུབ་མཐའ་ནི་འཆར་ཡན་རིང་ལུགས་རྩོམ་ཐབས་ཀྱི་མིང་བཏགས་བྱས་པ་ཞིག་ཡིན། འོན་ཀྱང་གྲུབ་མཐའ་དང་གསར་རྩོམ་བྱ་ཐབས་གཉིས་མཚུངས་རྟགས་རྒྱག་མི་རུང་། རྩོམ་རིག་གི་གྲུབ་མཐའ་ནི་རྒྱུ་རྐྱེན་སྣ་ཚོགས་ལས་གྲུབ་པ་དང་གསར་རྩོམ་གྱི་བྱ་ཐབས་ནི་ཁྱད་ཆོས་ཕྱོགས་གཅིག་ཁོ་ན་ལས་གྲུབ་པ་ཞིག་ཡིན། དེར་བརྟེན་གསར་རྩོམ་བྱ་ཐབས་གཅིག་གི་ནང་དུ་ཡང་རྩོམ་རིག་གི་གྲུབ་མཐའ་སྣ་ཚོགས་གནས་ཡོད་པ་ཞིག་ཡིན། དཔེར་ན། ནུབ་ཕྱོགས་ཀྱི་དངོས་ཡོད་རིང་ལུགས་ཀྱི་རྩོམ་ཐབས་འོག་ཏུ་གྲུབ་མཐའ་སྣ་ཚོགས་གནས་ཡོད་པ་སྟེ། གཞི་གྲུབ་རིང་ལུགས་དང་རྟོག་པ་རང་ཡན་པའི་རྒྱུན། ཁུངས་ལུང་མེད་པའི་གླེས་གཏམ་སོགས་ཡོད་པ་རེད།

རྩོམ་རིག་གི་གྲུབ་མཐའ་གྲུབ་པར་གནད་དོན་ནམ་རྒྱུ་རྐྱེན་མི་འདྲ་བ་གཉིས་ཡོད་པ་སྟེ།

①རྩོམ་རིག་གི་གྲུབ་མཐའ་འགའ་རེས་ནི་རྩོམ་རིག་གི་འཕེལ་རྒྱས་ཀྱི་བརྒྱུད་རིམ་ནང་དུ་རང་བཞིན་གྱིས་གྲུབ་པ་ཞིག་ཡིན། དེར་ཐུན་མོང་གི་སྒྲིག་འཛུགས་མེད་ལ། ཐུན་མོང་གི་ཚ་འཛིན་ཡང་མེད་པ་མ་ཟད། ཐོག་མར་མཚན་སྙན་ཡང་མེད། སྤྱིར་བཏང་ཐོག་རྩོམ་པ་པོ་ཁག་གཅིག་གི་བརྩམས་ཆོས་ཀྱི་བསམ་བློའི་ཕྱོགས་ལྷུང་དང་སྒྱུ་རྩལ་གྱི་ཁྱད་ཉམས་གཅིག་འདྲའི་འོག་ཏུ་ཕན

ཚུན་སློ་སོས་བྱུང་རྐྱེན། ཕན་ཚུན་འབྲེལ་འདྲིས་བྱུང་བ་དང་དེ་རྗེང་རིམ་བཞིན་ཐུན་མོང་གི་གསར་རྩོམ་ཁྲིད་ཚོས་ཤིག་གྲུབ་པ་དང་སྤྱི་ཚོགས་ཀྱི་ཐོག་ཏུ་ཡང་ཤུགས་རྐྱེན་ཆེན་པོ་བྱུང་ཡོད་ལ། དེ་རྗེང་དཔྱད་བརྗོད་པ་མཁས་ཅན་དག་གིས་དཔྱད་གཏམ་དང་གདེང་འཇོག་བྱས་པ་བརྒྱུད་དེར་གྲུབ་མཐའ་ག་གེ་མོ་ཞིག་གི་ཐ་སྙད་བཏགས་པ་ཞིག་ཡིན། དཔེར་ན། རྒྱ་རིགས་ཀྱི་རྩོམ་རིག་གི་ལོ་རྒྱུས་ཐོག་ཏུ། སུང་བྱུང་མའི་དུས་རབས་སུ་བྱུང་བའི་ཅང་ཞིའི་སྙན་ངག་ཚོགས་པ་ནི་ཤུགས་རྐྱེན་ཤིན་ཏུ་ཆེན་པོ་ཡོད་པ་ཞིག་ཡིན་ལ། རྗེས་སུ་མི་རྣམས་ཀྱིས《ཅང་ཞིའི་སྙན་ངག་ཚོགས་པ་》ཞེས་པའི་མིང་བཏགས་པ་དང་། དེའི་ནང་དུ་སྙན་ངག་མཁས་ཅན་སྟོང་ཐིང་ཅན་གཙོ་བོར་བྱས་པའི་མི་ནི་ཤུ་ཧྲ་ལྷའི་ནང་ཅང་ཞིའི་སྙན་ངག་མཁན་མི་ཉུང་བ་ཞིག་ཡོད་པ་རེད། དེ་དག་ལ་ཐོག་མར་སྒྲིག་འཛུགས་དང་ཚ་འཛིན་སོགས་གང་ཡང་མེད་དོ།

②གྲུབ་མཐའ་འགའ་རེས་ནི་བསམ་བློའི་ངོས་འཛིན་དང་། སྒྱུ་རྩལ་གྱི་ལྟ་ཚུལ། གསར་རྩོམ་གྱི་ཁྲིད་ཉམས་སྤྱིར་འདྲ་བའི་རྩོམ་པ་པོ་རྣམས་མ་སྒྲུལ་རང་མོས་ཀྱིས་ཟུང་འབྲེལ་བྱས་པ་ལས་གྲུབ་པ་ཞིག་ཡིན། གྲུབ་མཐའ་དེ་དག་ལ་ཚང་མར་སྒྲིག་འཛུགས་དང་ཚ་འཛིན་ཡོད་པ་མ་ཟད། ད་དུང་དུས་དེབ་ཡོད་ལ་གྲུབ་མཐའ་དེར་མིང་ཡང་བཏགས་ཡོད། དཔེར་ན། ཀྲུང་གོའི་དེང་རབས་ཀྱི་རྩོམ་རིག་ལོ་རྒྱུས་ཐོག་ཏུ་བྱུང་བའི་《རྩོམ་རིག་ཞིབ་འཇུག་ཚོགས་པ་》དང་《གསར་རྩོམ་ཁང་》ཞེས་པ་དང་། ཕ་རན་སིའི་རྩོམ་རིག་སྒྱུ་རྩལ་བསྐྱར་དར་དུས་སུ་བྱུང་བའི་《སླེན་བདུན་སྙན་ངག་དུས་དེབ་》སོགས་བྱུང་ཡོད་པ་རེད། དེ་དག་ཚང་མ་ནི་རང་མོས་ཐོག་ཏུ་ཟུང་འབྲེལ་བྱས་ནས་བྱུང་བའི་རྩོམ་རིག་གི་གྲུབ་མཐའ་ཞིག་ཡིན《སླེན་བདུན་སྙན་ངག་དུས་དེབ་ཁང་》གི་དམིགས་ཡུལ་ནི་གནའ་བོའི་ཞི་ལ་དང་ལོ་མ་ཡི་རྩོམ་རིག་ལ་ཞིབ་འཇུག་བྱས་ཏེ་ཕ་རན་སིའི་སྙན་ངག་གསར་བཅོས་བྱ་རྒྱུ་དེ་ཡིན། 《རྩོམ་རིག་ཞིབ་འཇུག་ཚོགས་པ་》ཡི་“མི་ཚོའི་ཆེད་དུ་སྒྱུ་རྩལ་གསར་བསྐྲུན་བྱེད་པ་”ཞེས་པའི་འདོད་ཚུལ་བཏོན་

པ་དང་། མིའི་མི་ཚེའི་སྐྱོ་སྡུག་གི་སྣང་ཚུལ་དང་སྤྱི་ཚོགས་ཀྱི་གནད་དོན་ཐེར་འདོན་དང་མཚོན་པ་བྱེད་པ་དང་། དངོས་ཡོད་རིང་ལུགས་ཀྱི་དར་ཆ་བསྒྲེང་ཡོད་པ་རེད།

གསར་རྩོམ་ཁང་ཞེས་པས“ང་ཚོའི་སེམས་ཁམས་ཀྱི་རེ་བ་ལྟར་རྩོམ་རིག་གི་ལས་འགུལ་སྤེལ་དགོས”ཞེས་དང་། དེ་རྗེང་《གསར་བརྗེའི་རྩོམ་རིག》གི་འབོད་ཚིག་བཏོན་པ་དང་། གསར་རྩོམ་བྱ་ཐབས་ཐད་གསར་བརྗེའི་འཆར་ཡན་རིང་ལུགས་ལ་གཙོགས་ཆེན་བྱས་ཡོད་པ་རེད། གལ་ཆེ་བའི་གྲུབ་མཐའ་འགའ་རེ་ནི་རྩོམ་རིག་གི་ཁྱད་ནམས་སྤྱིར་འདྲ་བའི་རྩོམ་པ་པོའི་ཚོགས་པ་ཞིག་ཡོད་པ་ཕུད་ད་དུང་གྲུབ་མཐའ་དེ་གསར་བཏོད་བྱེད་མཁན་གྱི་རྩོམ་པ་པོ་རེ་གཉིས་ཡོད་པ་དང་། རྩོམ་པ་པོ་དེ་རིགས་ལ“ཁྱད་ནམས་ཀྱི་གཙོ་འཛིན”ཞེས་བརྗོད་པ་དང་། ཁོང་གི་སྒྲུ་རྩལ་གྱི་གྲུབ་འབྲས་ནི་གྲུབ་མཐའ་དེའི་དར་ཆ་ལྟ་བུ་ཞིག་ཏུ་གྱུར་གྱི་ཡོད་པ་རེད།

2. རྩོམ་རིག་གི་གྲུབ་མཐའི་ལོ་རྒྱུས་ཀྱི་ཚོད་འཛིན་སྐོར།

རྩོམ་རིག་གི་གྲུབ་མཐའ་ནི་ལོ་རྒྱུས་འཕེལ་རྒྱས་ཀྱི་དུས་རིམ་ནང་བྱུང་བའི་རྩོམ་རིག་གི་སྣང་ཚུལ་ཞིག་ཡིན་ལ། དེ་ནི་རྒྱུ་མེད་རྐྱེན་མེད་དུ་བྱུང་བ་ཞིག་མ་ཡིན་པར། སྤྱི་ཚོགས་འཕེལ་རྒྱས་ཀྱི་ལོ་རྒྱུས་དང་རྩོམ་རིག་རང་ཉིད་ཀྱི་འཕེལ་རྒྱས་ནང་བྱུང་བའི་ལྟོག་མེད་ཀྱི་ཐོན་ཟས་ཤིག་ཡིན། ལོ་རྒྱུས་འཕེལ་རྒྱས་ཀྱི་བརྒྱུད་རིམ་ལ་བརྟག་དཔྱད་ཅིག་བྱས་ཚེ། སྤྱི་ཚོགས་ཀྱི་དཔལ་འབྱོར་འཕེལ་རྒྱས་དང་། ཆབ་སྲིད་ཀྱི་འཕོ་འགྱུར་དང་། དེ་མིན་འདྲ་མིན་སྣ་ཚོགས་ཀྱི་སྤྱི་ཚོགས་ཀྱི་བསམ་པའི་རླབས་རྒྱུན་གྱི་འགྱུར་བ་སོགས་ཀྱིས་རྩོམ་རིག་གི་གྲུབ་མཐའ་གསར་དུ་བྱུང་བ་དང་དེ་འཕེལ་རྒྱས་འགྲོ་རྒྱུར་སྐུལ་འདེད་བྱེད་ཀྱི་ཡོད། རྩོམ་རིག་གི་ལོ་རྒྱུས་ཐོག་ཏུ་བྱུང་བའི་གྲུབ་མཐའ་ཚང་མར་ལོ་རྒྱུས་ཀྱི་ཙུ་རྒྱུན་ནང་ནས་རྒྱུ་རྐྱེན་འཚོལ་ཐུབ་པ་ཞིག་ཡིན་པ་མ་ཟད། དེར་ལོ་རྒྱུས་ཀྱི་ཚོད་འཛིན་རང་བཞིན་མངོན་གསལ་དོད་པོ་ཡོད། ཕྱོགས་གཞན་ཞིག་ནས་རྩོམ་

རིག་རང་ཉིད་ཀྱི་འཕེལ་རྒྱས་དང་འགལ་བ་སོགས་ལས་བྱུང་བའི་འབྲས་བུ་ཞིག་ཡིན་ལ། རྩོམ་རིག་གི་གྲུབ་མཐའ་ཕན་ཚུན་དབར་གྱི་འཐབ་རྩོད་མཚོན་པར་བྱས་པ་ཞིག་ཀྱང་ཡིན། དཔེར་ན། ཕ་རན་སིའི་རྩོམ་རིག་གི་ལོ་རྒྱུས་ཐོག་ཏུ་དུས་རབས་བཅུ་དགུ་པའི་ནང་འཆར་ཡན་གྲུབ་མཐའ་དང་གནའ་རབས་རིང་ལུགས་གཉིས་ཀྱི་ཆེས་ཛ་དྲག་ཆེ་བའི་འཐབ་རྩོད་དེ་དོན་དངོས་ཐོག་གསར་དར་གྱི་འབྱོར་ལྡན་གྲལ་རིམ་དང་། བཀས་བཀོད་བརྒྱུད་འཛིན་གྱི་སྟོབས་ཤུགས་བར་གྱི་ཆབ་སྲིད་ཀྱི་འཐབ་རྩོད་ཅིག་ཡིན། གནའ་རབས་རིང་ལུགས་ནི་བཀས་བཀོད་བརྒྱུད་འཛིན་དང་སྐུ་དྲག་ཚོའི་མཛེས་དཔྱོད་ཀྱི་རེ་བ་མཚོན་པའི་རྩོམ་རིག་གི་གྲུབ་མཐའ་ཞིག་ཡིན་པ་དང་། འཆར་ཡན་རིང་ལུགས་ནི་གསར་དར་འབྱོར་ལྡན་གྲལ་རིམ་གྱི་མཛེས་དཔྱོད་ཀྱི་རེ་བ་མཚོན་པར་བྱེད་པའི་གྲུབ་མཐའ་ཞིག་ཡིན། དུས་རབས་བཅུ་དགུ་པའི་ནང་ཡུས་ཀོ་ཡི་གཙོ་བོ་བྱས་པའི་འཆར་ཡན་རིང་ལུགས་ཀྱི་རྩོམ་པ་པོ་ཁག་གཅིག་ཐོན་པ་དང་། ཡུས་ཀོ་ཡིས《ཁེ་ལེན་ཝུ་འར་གླེང་གཞི་》ཞེས་པའི་བརྩམས་ཆོས་ཀྱི་ནང་དུ་གནའ་རབས་རིང་ལུགས་ཀྱི་སྡོམ་ཁྲིམས་སྣ་ཚོགས་ཡོད་པ་དེ་དག་ལ་ཤུགས་དྲག་ཆེན་པོས་ངོ་རྒོལ་བྱས་པ་དང་ཆབས་ཅིག་ཕྱིན་ཡོངས་ནས་འཆར་ཡན་རིང་ལུགས་ཀྱི་ཟློས་གར་གྱི་རྩ་འཛིན་བརྟན་ཡོད་པ་རེད་ལ། གླེང་གཞི་དེ་ནི་གནའ་རབས་རིང་ལུགས་དང་ཁ་ཐལ་བའི་བསྒྲགས་གཏམ་མངོན་གསལ་དོད་ཤོས་ཤིག་ཡིན། 1830ལོར་ཡུས་ཀོ་ཡིས་བརྩམས་པའི་བཀས་བཀོད་བརྒྱུད་འཛིན་གྱི་རྒྱལ་པོ་གཏུམ་པོ་ཞིག་མཚོན་པར་བྱས་པའི་ཟློས་གར《ཨོ་ན་ཉི་》དངོས་སུ་འཁྲབ་སྟོན་བྱས་པ་དང་། གྲུབ་མཐའ་དེ་གཉིས་ཀྱི་འཐབ་རྩོད་དེ་མཐོ་རླབས་གསར་པ་ཞིག་ཏུ་འཕྱུར་བ་དང་། འཁྲབ་སྟོན་བྱེད་པའི་དགོང་དྲོ་དེར་འཆར་ཡན་རིང་ལུགས་ཕྱོགས་ཀྱི་གཞོན་ནུ་རྣམས་ཚོགས་ཁང་གི་སྒོ་འགྲམ་དུ་མཉམ་འཛོམས་བྱས་པ་དང་། ཡ་མཚན་ཅན་གྱི་གྱོན་དགོས་སྣ་ཚོགས་གྱོན་ཏེ་སྡོམ་ཁྲིམས་ལས་ཐར་བའི་ཚུལ་བསྟན་པ་དང་། ཡང་གནའ་རབས་རིང་ལུགས་ཕྱོགས་ཀྱི་མི་རྣམས་རྒྱབ་སྒོ་ནས

འཇུལ་བ་དང་། ཁོ་ཚོས་གད་སྙིགས་འཐོར་ཆེན་ཞིག་ཏུབ་ཏུབ་བཟོས་ཏེ་འཁྲབ་སྟོན་བྱེད་སྐབས་ཤོ་རྒྱའི་གྲ་སྒྲིག་བྱས་ཡོད་པ་རེད། འོན་ཏེ། འཁྲབ་སྟོན་བྱེད་པའི་བརྒྱུད་རིམ་ནང་བསམ་ཡུལ་ལས་འདས་པ་ཞིག་ལ་གད་སྙིགས་ཤོ་བར་ཡོང་མཁན་དེ་དག་ཡང་སེམས་འགུལ་ཚད་མེད་འཕེབས་ཏེ་དགའ་བསུ་ཡང་ཡང་ཞུས་ཡོད་པ་རེད། འཁྲབ་སྟོན་དེས་འཆར་ཡན་རིང་ལུགས་ཀྱིས་གནའ་རབས་རིང་ལུགས་ལས་རྒྱལ་ཁ་ཐོབ་པ་དེ་མཚོན་པ་མ་ཟད། གསར་དར་འཛིན་ལྡན་གྲལ་རིམ་གྱིས་བཀས་བཀོད་བརྒྱུད་འཛིན་ལས་རྒྱལ་ཁ་ཐོབ་པ་དེ་ཡང་མཚོན་ཡོད་པ་རེད།

མདོར་ན། རྩོམ་རིག་གི་གྲུབ་མཐའ་ནི་སྤྱི་ཚོགས་ཀྱི་ལོ་རྒྱུས་ངེས་གཏན་ཞིག་གི་ནང་དུ་བྱུང་བའི་ཐོན་རྫས་ཤིག་ཡིན་ལ། གྲུབ་མཐའ་དེ་དག་ཚང་མར་སྤྱི་ཚོགས་ཀྱི་འབྱུང་རྐྱེན་ངེས་ཅན་རེ་ཡོད་པ་ཞིག་ཡིན་པ་ལས། སྒྱུ་རྩལ་ཁེ་གཙང་ཡིན་པའི་གྲུབ་མཐའ་ནི་སྤྱིར་གནས་ཐབས་མེད་པ་ཞིག་ཡིན་ནོ།

3. རྩོམ་རིག་གི་གྲུབ་མཐའི་ནུས་པའི་སྐོར།

རྩོམ་རིག་གི་གྲུབ་མཐའི་འཕེལ་རྒྱས་དང་ཕུན་སུམ་ཚོགས་པ་ནི་ལོ་རྒྱུས་ཀྱི་དུས་རིམ་ངེས་གཏན་ཞིག་གི་རྩོམ་རིག་འཕེལ་རྒྱས་ཀྱི་མཚོན་རྟགས་ཤིག་ཡིན། རྩོམ་རིག་གི་གྲུབ་མཐའི་བར་གྱི་རྩོད་གླེང་དང་འཐབ་རྩོད་བྱས་པ་བརྒྱུད། གནད་དོན་ལ་དབྱེ་ཞིབ་བྱེད་པའི་ནུས་པ་ཐོན་པ་མ་ཟད། ཕན་ཚུན་སྐུལ་འདེད་བྱེད་པའི་ནུས་པ་ཐོན་པ་དང་། རྩོམ་རིག་འཕེལ་རྒྱས་འགྲོ་རྒྱུར་མེད་ན་མི་འགྲིག་པའི་གྲུབ་ཆ་ཞིག་ཡིན། རྩོམ་རིག་གི་གྲུབ་མཐའི་གནས་པ་དང་། འཕེལ་རྒྱས་ནི། རྩོམ་རིག་གི་གྲངས་འབོར་དང་སྤུས་ཚད་དེས་རྒྱ་ཆེའི་ཕྲུག་པ་པོ་རྣམས་ཀྱི་ནང་དུ་ཤུགས་རྐྱེན་ཆེ་ཆུང་དེ་སྟོན་འགོའི་ཆ་རྐྱེན་ཞིག་ཡིན་ལ། རྩོམ་རིག་གི་གྲུབ་མཐའི་རིན་ཐང་ནི་ཆེས་ཕུལ་བྱུང་གི་རྩོམ་རིག་དག་གིས་རྩོམ་རིག་གི་གར་སྟེགས་བཟུང་རྒྱུ་དེ་ཡིན་པ་དང་། ཡང་གྲུབ་མཐའ་གཞན་དང་འགྲན་རྩོད་བྱེད་པའི་ནུས་པ་ཤོར་བ་ཡིན་ན་གནས་པའི་རིན་ཐང་ཡང་དོར་ཟིན་

ནོ། རྩོམ་རིག་གི་ལོ་རྒྱུས་ཐོག་ཏུ་བྱུང་བའི་ཆེས་ཕུལ་བྱུང་གི་རྩོམ་པ་པོ་ཁག་གཅིག དཔེར་ན། ཏུའུ་ཕུ། ལའོ་ཧྲེ་སོགས་གྲུབ་མཐའ་གང་གི་ནང་དུ་མི་གཏོགས་པ་ཞིག་ཡིན་རུང་། ཁོ་ཚོའི་རྩོམ་རིག་ལོ་རྒྱུས་ཐོག་གི་གྲུབ་འབྲས་ནི་མི་རེ་རེས་རྩོམ་རིག་གི་རྫ་རིང་རེ་གསར་བསྐྲུན་བྱས་ཡོད་པ་ལྟ་བུ་རེད། དེ་དང་འདྲ་བར་བོད་རིགས་ཀྱི་རྩོམ་རིག་གི་ལོ་རྒྱུས་ཐོག་ཏུ་བྱུང་བའི་གྲགས་ཅན་རྩོམ་པ་པོ་ས་པཎ་དང་། སངས་རྒྱས་རྒྱལ་མཚན། མདོ་མཁར་ཞབས་དྲུང་ཚེ་རིང་དབང་རྒྱལ་སོགས་ཡོད་པ་རེད།

བཞི་པ། རྩོམ་རིག་གི་བསམ་པའི་རླབས་རྒྱུན་སྐོར།

1. རྩོམ་རིག་གི་བསམ་པའི་རླབས་རྒྱུན་གྱི་གོ་དོན་འགྲེལ་བ།

ལོ་རྒྱུས་ཀྱི་དུས་བབས་ངེས་ཅན་ཞིག་གི་ནང་སྤྱི་ཚོགས་ཀྱི་བསམ་པའི་རླབས་རྒྱུན་གྱི་ཤུགས་རྐྱེན་འོག་ཏུ་གྲུབ་པའི་ཐུན་མོང་གི་བསམ་བློའི་ཕྱོགས་ལྷུང་དང་། སྒྱུ་རྩལ་གྱི་རེ་བསྐུལ། སྤྱི་ཚོགས་ཀྱི་ཐོག་ཏུ་ཤུགས་རྐྱེན་ཆེན་པོ་ཡོད་པའི་རྩོམ་རིག་གི་རླབས་རྒྱུན་དེར་རྩོམ་རིག་གི་བསམ་པའི་རླབས་རྒྱུན་ཞེས་བརྗོད།

དུས་རབས་གཅིག་གི་ནང་དུ་རྩོམ་པ་པོའི་མདུན་དུ་ཐུན་མོང་གི་ལྟེགས་པའི་སྤྱི་ཚོགས་ཀྱི་འགལ་བ་དང་། ལོ་རྒྱུས་ཀྱི་ལས་འགན། མཛེས་དཔྱོད་ཀྱི་རེ་བ་སོགས་གནས་ཡོད་པ་དང་། དེ་དག་གི་ནང་ནས་ཡང་གཙོ་བོར་གྱུར་པའི་བསམ་པའི་རླབས་རྒྱུན་ཞིག་ཡོད་ལ། དེ་དང་དུས་མཚུངས་ཕྱོགས་ལྷུང་མི་འདྲ་བའི་བསམ་པའི་རླབས་རྒྱུན་ཞིག་ཡང་གནས་ཡོད། དཔེར་ན"ལྔ་བཞིའི"ལས་འགུལ་སྐབས་སུ་དུས་རབས་དེའི་གཙོ་བོའི་བསམ་པའི་རླབས་རྒྱུན་ནི་གསར་བརྗེའི་རྩོམ་རིག་གི་བསམ་པའི་རླབས་རྒྱུན་དེ་ཡིན་པ་དང་། དེ་དང་དུས་མཚུངས་གནའ་རབས་བསྐྱར་གསོའི་རིང་ལུགས་ཀྱི་བསམ་པའི་རླབས་རྒྱུན་

དང་། ཏུ་ཧྲེ་ཡིས་གཙོ་བོར་བྱས་པའི་ལེགས་བཅོས་རིང་ལུགས་ཀྱི་བསམ་པའི་རླབས་རྒྱུན་ཡང་གནས་ཡོད་པ་རེད། དེ་བཞིན་དུ་བོད་རིགས་ཀྱི་རྩོམ་རིག་གི་ལོ་རྒྱུས་ཐོག་ཏུ་ཡང་དགེ་འདུན་ཆོས་འཕེལ་གྱིས་གཙོ་བོར་བྱས་པའི་ལེགས་བཅོས་རིང་ལུགས་ཀྱི་བསམ་པའི་རླབས་རྒྱུན་ཞིག་དང་། དེའི་ཕྱོག་ཕྱོགས་སུ་གནའ་རབས་བསྐྱར་གསོའི་རིང་ལུགས་ཀྱི་བསམ་པའི་རླབས་རྒྱུན་ཞིག་བྱུང་ཡོད་པ་རེད།

2. རྩོམ་རིག་གི་བསམ་པའི་རླབས་རྒྱུན་གྲུབ་པ་དང་འཕེལ་རྒྱས་འགྲོ་རྒྱུའི་སྐོར།

①སྤྱི་ཚོགས་འཕོ་འགྱུར་གྱི་ཐོན་རྫས་ཤིག་ཡིན།

སྤྱི་ཚོགས་ཀྱི་འགལ་བ་རྣོ་ངར་ཅན་དུ་གྱུར་བ་དང་། ཆབ་སྲིད་ཀྱི་འཐབ་རྩོད་དང་། སྤྱི་ཚོགས་ཀྱི་འཕོ་འགྱུར་སོགས་ཀྱིས་མི་རྣམས་ཀྱི་སེམས་ཁམས་སུ་ཤུགས་རྐྱེན་ཆེན་པོ་བྱུང་བར་བརྟེན་དེ་དང་དུས་མཚུངས་རྩོམ་རིག་གི་བསམ་པའི་རླབས་རྒྱུན་ཞིག་ཀྱང་བྱུང་ངོ་།

②མཚན་ཉིད་རིག་པའི་བསམ་བློའི་ཤུགས་རྐྱེན།

དུས་རབས་ངེས་ཅན་ཞིག་གི་མཚན་ཉིད་རིག་པའི་བསམ་བློ་ནི་དུས་རབས་དེའི་བསམ་པའི་རླབས་རྒྱུན་གྱི་བླ་སྲོག་ལྟ་བུ་ཞིག་ཡིན། རྩོམ་རིག་གི་བསམ་པའི་རླབས་རྒྱུན་ཡོད་ཚད་ནི་མཚན་ཉིད་རིག་པའི་བསམ་བློ་ངེས་ཅན་ཞིག་གིས་རྨང་གཞི་བྱས་པ་ཞིག་ཡིན། ཡོ་རོབ་གླིང་གི་རྩོམ་རིག་བསྐྱར་དར་གྱི་མཚན་ཉིད་རིག་པའི་རྨང་གཞི་ནི་མི་གཤིས་སྨྲ་བ་དང་མི་ཆོས་རིང་ལུགས་སྲོག་ཤིང་དུ་བྱས་ཏེ། བཀས་བཀོད་བརྒྱུད་འཛིན་དང་ཆོས་ཚོགས་ལ་ངོ་རྒོལ་བྱེད་པའི་མི་ཚུལ་རིང་ལུགས་ཀྱི་བསམ་པའི་རླབས་རྒྱུན་ཞིག་ཡིན་པ་དང་། མི་ཚུལ་རིང་ལུགས་རྩོམ་པ་པོ་རྣམས་ཀྱིས་བཀས་བཀོད་བརྒྱུད་འཛིན་ལམ་ལུགས་དང་ཆོས་ཚོགས་ལ་ངོ་རྒོལ་ཤུགས་ཆེན་བྱས་ཡོད་པ་རེད། ཨི་ཀྲ་ལིའི་རྩོམ་པ་པོ་ལོ་ཙ་ཡོ་《ཉིན་བཅུའི་གླིང་མོལ》ཞེས་པའི་ནང་ཆོས་ལུགས་ཀྱི་སྡོམ་ཁྲིམས་ལ་ངོ་རྒོལ་

ཤུགས་ཆེན་བྱུས་པ་དང་། ཞི་པན་ཡ་རྩོམ་པ་པོ་སས་ལྷང་ཐི་སིས་བརྩམས་སྒྲུང་རིང་གྲས《ཐང་རྗེ་·ཁ་ད་》ཞེས་བརྩམས་ཏེ། སྙིང་རྗེ་མེད་པའི་སྐོ་ནས་ཏྲ་པའི་ལམ་ལུགས་ལ་ཟུར་ཟ་བྱས་ཡོད་པ་རེད།

③མཛོས་དཔྱོད་ཀྱི་དར་སྲོལ་དང་དགོས་མཁོ།

དུས་རབས་གཅིག་གི་མཛོས་དཔྱོད་ཀྱི་དར་སྲོལ་དང་དགོས་མཁོ་དེས་རྩོམ་རིག་གི་བསམ་པའི་རྣབས་རྒྱུན་ལ་སྐུལ་འདེད་ཀྱི་ནུས་པ་ཆེ་ཤོས་ཐོན་གྱི་ཡོད་པ་སྟེ། མི་མང་ཆེ་བའི་མཛོས་དཔྱོད་ཀྱི་རེ་འདུན་དང་དགོས་མཁོ་དེ་ཡིན།

1. རྩོམ་རིག་གི་ཁྱད་ཉམས་ཞེས་པའི་གོ་དོན་གང་ཡིན།
2. བརྗོད་ཉམས་དང་མཛེས་ཉམས་ཞེས་པའི་གོ་དོན་གང་ཡིན།
3. རྩོམ་རིག་གི་མི་རིགས་ཀྱི་ཁྱད་ཆོས་ཞེས་པའི་གོ་དོན་གང་ཡིན་ནམ།
4. རྩོམ་རིག་གི་གྲུབ་མཐའ་ཞེས་པའི་གོ་དོན་ཅི་ཡིན་ནམ།
5. རྩོམ་རིག་གི་བསམ་པའི་རྣབས་རྒྱུན་ཞེས་པའི་གོ་དོན་ཅི་ཡིན་ནམ།

ལེའུ་གསུམ་པ། བརྩམས་ཆོས་ཀྱི་སྐོར།

ས་བཅད་དང་པོ། གཟུགས་བརྙན་གྱི་ཁྱད་ཆོས་སྐོར།

རིག་རྩལ་ཞེས་པ་ནི་གཟུགས་སུ་འགོད་པའི་སྒྱུ་རྩལ་ཞིག་དང་། རྩོམ་རིག་ཅེས་པ་ནི་རྩོམ་རིག་གི་སྐད་ཆར་བརྟེན་ནས་སྒྱུ་རྩལ་གཟུགས་བརྙན་གསར་བཟོ་བྱེད་པ་ཞིག་ཡིན་ལ། རྩོམ་རིག་བརྩམས་ཆོས་ཀྱི་ནང་དུ་གཟུགས་སྣང་ཞེས་པ་ནི་རིམ་གྲལ་ཤིན་ཏུ་མང་བའི་ཐ་སྙད་ཅིག་ཡིན་ཏེ། མི་རེ་རེ་བཞིན་གཟུགས་བརྙན་ཡིན་ལ་གནས་ཚུལ་དང་རང་བྱུང་གི་ཡུལ་ལྗོངས་དང་ཞིབ་ཕྲའི་འཚོ་བའི་ཁོར་ཡུག་རྩོམ་འབྲི་བྱས་ཡོད་པ་དེ་དག་ཀྱང་གཟུགས་བརྙན་ཡིན་པ་མ་ཟད། བརྩམས་ཆོས་ནང་གི་མི་སྣ་དང་། གནས་ཚུལ། ཁོར་ཡུག་སོགས་ཕན་ཚུན་མཉམ་དུ་འབྲེལ་ནས་གཟུགས་བརྙན་གྱི་མ་ལག་རྫིལ་པོ་ཞིག་གྲུབ་པར་བྱེད་ཀྱི་ཡོད་པ་རེད། རྩོམ་རིག་གི་རྩོམ་འབྲི་བྱ་བའི་ལྟེ་བ་ནི་མི་སྣ་ཡིན་ཞིང་། འོན་ཀྱང་རྩོམ་རིག་ནི་མི་སྣ་ཁོ་ན་ཁེ་གཙང་དུ་འབྲི་བ་ཞིག་མ་ཡིན་པར་མི་དང་མིའི་དབར་དང་མི་དང་ཁོར་ཡུག་བར་གྱི་འབྲེལ་བ་མཉམ་བསྲེས་ཀྱིས་མངོན་སུམ་གསོན་རྗེན་གྱི་འཚོ་བའི་ངོ་རིས་ཤིག་ཏུ་བསྒྱུར་བ་ཡིན་ཞིང་། ངོ་རིས་དེ་རིགས་ནི་རྩོམ་རིག་སྒྱུ་རྩལ་གྱི་རིགས་སུ་གྱུར་པ་ཁོ་ནའི་ནང་དུ་མ་གཏོགས་ཚན་རིག་གི་བརྩམས་དེབ་དང་ཆབ་སྲིད་ཀྱི་གླེང་རྩོམ་ནང་དུ་ནི་མེད་པ་ཞིག་ཡིན། དེར་བརྟེན་སྒྱུ་རྩལ་གྱི་གཟུགས་བརྙན་དེ་ནི་རྩོམ་རིག་སྒྱུ་རྩལ་གྱི་དམིགས་བསལ་ཁྱད་ཆོས་ཀྱི་ཚད་གཞི་གཙོ་བོ་ཡིན་ཞེས་བརྗོད་ཆོག“གཟུགས་བརྙན”ཞེས་པའི་མིང་

ཚིག་དེ་ནི་“སྒྱུ་རྩལ་གྱི་གཟུགས་བརྙན་”ལ་ཟེར་བ་ཡུད། ད་དུང་སྐད་ཆའི་སྒྱུ་རྩལ་ལའང་ཟེར་བ་ཡིན། སྐད་ཆའི་སྒྱུ་རྩལ་ཞེས་པ་དེ་ནི་འབྲི་བ་དང་། དཔེ་དྲངས་པ། ཚབ་མཚོན་བྱེད་པ་བཅས་ཀྱི་ཐབས་ལ་བརྟེན་ནས་སྐད་ཆའི་གཟུགས་བརྙན་དེ་རིགས་ནི་རྩོམ་རིག་གི་ནང་དུ་མེད་དུ་མི་རུང་བ་ཞིག་ཡིན་པ་དང་། དེ་ཡོད་ཚེ་རྩོམ་རིག་དེ་གསོན་ཉམས་ལྡན་པ་དང་ཞིབ་ཕྲ་བ། དངོས་སྣོན་བཅས་ཡོང་ཐུབ་པ་ཞིག་ཡིན།

དང་པོ། ཞིབ་ཕྲ་དང་། གསོན་ཉམས་ལྡན་པ། ཚོར་སྣང་གི་རང་བཞིན་ལྡན་དགོས་པ།

རྩོམ་རིག་གི་གཟུགས་བརྙན་ནི་རྩོམ་པ་པོས་སྐད་ཆར་བརྟེན་ནས་གསར་བསྐྲུན་བྱས་པ་ཞིག་ཡིན་རྗེན། ཀློག་པ་པོ་རྣམས་ཀྱིས་ཐད་ཀར་གཟུགས་བརྙན་དེ་དག་མཐོང་མི་ཐུབ་པར་ལྟ་ཀློག་དང་བསམ་གཞིགས་བྱས་རྗེང་གཞི་ནས་བློ་ཡུལ་དུ་གཟུགས་སྣང་ཞིག་འཆར་ཏེ། རང་གི་མིག་ལམ་དུ་དངོས་གནས་མི་གསོན་ཉམས་ལྡན་པ་ཞིག་ལངས་ཡོད་པ་དང་འདྲ་བའི་ཚོར་སྣང་ཞིག་སྐྱེད་ཐུབ་ཀྱི་ཡོད་པ་རེད། བརྩམས་ཆོས་ཀྱི་ནང་དུ་བསྐྲུན་པའི་མི་སྣའི་གཟུགས་བརྙན་དེ་དག་གི་ཕྱིའི་ཆ་བྱད་དང་། བཞིན་མདངས། སེམས་ཁམས། ཉམས་འགྱུར་དང་ངང་ཚུལ་སོགས་ཞིབ་ཕྲ་ཡིན་དགོས་པ་མ་ཟད། དེ་དག་གསོན་ཉམས་ལྡན་པ་ཞིག་ཡིན་དགོས། དེར་བརྟེན་རྩོམ་པ་པོ་མང་པོས་མི་སྣའི་ཁྱད་ཆོས་ཞིབ་འབྲི་དང་གསོན་ཉམས་ལྡན་པ། དངོས་སུ་འདྲེན་བྱེད་ལམ་དུ་རིག་ཐུབ་པ་ལྟ་བུ་ཡོང་རྒྱུར་གཙིགས་ཆེན་བྱེད་ཀྱི་ཡོད་པ་རེད། དཔེར་ན། ཨུ་རུ་སུའི་གྲགས་ཅན་རྩོམ་པ་པོ་ཐོ་འར་སི་ཐའ་ཡིས་བརྩམས་པའི་བརྩམས་སྒྲུང་རིང་གྲས《སླར་གསོས》ཞེས་པའི་ནང་གི་མི་སྣ་གཙོ་བོ་ཁ་ཆིག་ཧྲ་མ་ཟེ་ལོ་ཞའི་གཟུགས་བརྙན་

བསྐྲུན་སྐབས་མི་སྣའི་བྱེ་བྲག་གི་རང་བཞིན་ལ་བཟོ་བཅོས་ཐེངས་ཉི་ཤུ་ལྷག་ཙམ་བྱས། མ་ཐེ་ལོ་ཕ་ཁྲིམས་ཁང་དུ་ཐོག་མར་ཐོན་སྐབས་ཀྱི་གཟུགས་བརྙན་སྟོན་ལ་འདི་ལྟར་བྲིས། "ཁོ་མོ་ནི་སྐམ་ཞིང་རིད་ལ་བཞིན་མི་སྡུག་ཅིང་སྐྲ་ནག་པོ་ཡིན་པའི་བུད་མེད་ཅིག་རེད། ཁོ་མོ་མི་སྡུག་པའི་སྐྱོན་ནི་སྣ་གཡོན་ཞིང་ལེབ" ཅེས་བྲིས་པ་དང་། གཟུགས་རིས་དེ་མངོན་གསལ་དོད་པོ་ཞིག་མ་ཡིན་ཏེ། མི་སྣའི་ལོ་ཚོད་ཅི་འདྲ་ཡིན་དང་། སྙིང་སྡུག་གི་ཁྱད་པར་ཅི་འདྲ་ཡིན་མིན་མཚོན་མི་ཐུབ།

ཐེངས་ཉི་ཤུ་ལྷག་ཙམ་བཟོ་བཅོས་བྱས་རྗེས་འདི་ལྟར་བྲིས"གཟུགས་པོ་ཆུང་ཡང་ནུ་འབུར་རྒྱས་པའི་གཞོན་ནུ་མ་ཞིག་གིས་སྟོད་སྨད་གཉིས་གར་ཆ་སྙོམས་སུ་མདོག་དཀར་པོ་ཡིན་པའི་རས་ལ་ཞིག་དང་སྨད་གཡོག་ཅིག་གྱོན་ཡོད་པའི་སྙིང་མདོག་སྐྱ་བོ་ཅན་གྱི་ཐེ་ལའ་ཆེན་པོ་ཞིག་ཤམ་ཤམ་དུ་གྱོན། ཁོ་མོས་མགོ་དགྲིས་དགྲིས་ཡོད་ཅིང་དབུ་སྐྲ་ཚོམ་བུ་གཉིས་བསམ་བཞིན་དུ་མགོ་དགྲིས་ཀྱི་གསེབ་ནས་ཕྱིར་ཐོན་པར་བྱས་ཏེ་དཔྲལ་བར་ཁེབས། བུད་མེད་འདིའི་བཞིན་མདངས་ནི་ཡུན་རིང་པོར་བཙོན་འགོག་གི་མནར་གཅོད་མྱོང་བཞིན་པའི་མི་ཞིག་དང་འདྲ་བར་དཀར་ཞིང་སེར་བས། མཐོང་བ་ཙམ་གྱི་མུན་དོང་དུ་ཉར་བའི་རྐྱེན་གྱིས་ཉུང་མ་ལས་སྐྱེས་པའི་གསར་མྱུག་གི་མདོག་དེ་ཡིད་ལ་འཁོར་བ་ཞིག་བྱུང་། མིག་འབྲས་གཉིས་གནག་ཅིང་གསལ་ལ་མིག་མཐའ་ཅུང་ཟད་སྐྲངས་ཡོད་པ་འདྲ་ཡང་རང་མདངས་དང་དུང་མ་ཉམས་པར་ལྷ་ན་སྡུག་པས་དཀར་ཞིང་སེར་བའི་ཞལ་རས་ཀྱི་མདོག་གཉིས་པོ་གཅིག་ཏུ་སྡེབ་པའི་འོས་འགབ་མེད་པར་སྣང"ཞེས་བྲིས་ཡོད་པ་རེད། གཟུགས་བརྙན་འདིས་མ་ཐེ་ལོ་ཕའི་གཞོན་ནུ་མའི་ལང་ཚོ་དེ་མངོན་གསལ་དོད་པོ་ཞིག་བྲིས་ཡོད་པ་མ་ཟད། ད་དུང་ཁོ་མོ་ཐ་ཤལ་གྱི་སྤྱོད་ལམ་དུ་ཞུགས་མྱོང་བའི་རྟགས་དང་ཡུན་རིང་པོར་བཙོན་འགོག་ཐེབས་པའི་སྙིང་སྡུག་སྐྱོ་པོ་དེ་ཡང་གསོན་ཉམས་ལྡན་པའི་སྒོ་ནས་བྲིས་ཡོད་པ་རེད།

འཚོ་བ་དངོས་ཀྱི་ནང་དུ་མི་རེ་རེར་གཟུགས་བྱད་དང་བཞིན་རས་ཉམས་སྣང་གི་ཁྱད་ཆོས་སོ་སོར་ལྡན་པ་ལས་ཆ་ཀུན་ནས་གཞི་མཐུན་ཡིན་པ་ཞིག་གཏན་ནས་མེད་ལ། ཁྱིམ་ཚང་གཅིག་གི་མི་སོ་སོར་མཚོན་ནའང་ཕྱོགས་ག་གེ་མོའི་ཆ་ནས་རྒྱུད་འཛིན་པའི་རྐྱེན་གྱིས་ཕལ་ཆེར་འདྲ་ཤས་ཆེ་ཡང་སོ་སོར་ཐུན་མོང་མ་ཡིན་པའི་ཁྱད་ཆོས་མངོན་གསལ་དོད་པོ་ཞིག་ཡོད་པ་དང་། མི་སྣའི་གཟུགས་རིས་ཀྱི་ཁྱད་ཆོས་ནི་ཕྱོགས་སོ་སོ་ནས་གྲུབ་པ་ཞིག་ཡིན་པ་ལས་ཕྱོགས་གཅིག་གིས་གྲུབ་པ་ཞིག་གཏན་ནས་མ་ཡིན། སྤྱིར་བཏང་ཐོག་ཡོད་ཡོད་ཐམས་ཅད་འབྲི་དགོས་པའི་ངེས་པ་མེད་པར་མི་སྣའི་བསམ་པའི་རང་བཞིན། འཚོ་བའི་སྐྱིད་སྡུག་དང་ཟུང་འབྲེལ་དམ་པོ་བྱས་ཏེ། སློག་པ་པོ་རྣམས་ལ་རྣམ་རྟོག་གི་རྟ་ཡན་རྒྱུགས་ས་ཞིག་ཉེ་བར་སྦྱིན་པའི་ཁྱད་ཆོས་དེ་གསལ་པོར་མཚོན་དགོས་པ་རེད། དཔེར་ན། ས་སྐྱ་བ་བསོད་ནམས་རྒྱལ་མཚན་གྱིས་བརྩམས་པའི《རྒྱལ་རབས་གསལ་བའི་མེ་ལོང་》ཞེས་པའི་ནང་གི《རྒྱ་བཟའ་ཀོང་ཇོ་》ཡི་ནང་དུ་བློན་པོ་མགར་གྱིས་བུ་མོ་སུམ་བརྒྱའི་ནང་ནས་རྒྱ་བཟའ་ཀོང་ཇོ་ངོས་འཛིན་བྱེད་པའི་ཚུལ་དུ་འདི་ལྟར་བཀོད།

"འདི་ནི་བཤན་པའི་བུ་མོ་འདྲ། ལག་པ་འདི་ཡི་དམར་ལུགས་སམ། དེའི་གོང་དུ་འདུག་པ་སྟེ། ཟ་མཁན་གཅིག་གི་བུ་མོ་འདྲ། ལག་པའི་སེར་ཁ་མང་ལུགས་སམ། དེ་ཡི་གོང་ན་འདུག་པ་དེ། ཞིང་མཁན་གཅིག་གི་བུ་མོ་འདྲ། གོས་ལོག་འདི་ཡི་སྐྱ་ལུགས་སམ། དེ་ཡི་གོང་ན་འདུག་པ་དེ་ཁྲབ་མཁན་ཅིག་གི་བུ་མོ་འདྲ། སྟེང་གོས་འདི་ཡི་སྣུམ་ལུགས་སམ། དེ་ཡི་གོང་ན་འདུག་པ་སྟེ། མགར་བ་གཅིག་གི་བུ་མོ་འདྲ། གོས་ཀྱི་ཐུ་བའི་ནག་ལུགས་སམ། དེ་ཡི་གོང་ན་འདུག་པ་སྟེ། དར་འཐག་བུ་མོ་ཡིན་པ་འདྲ། དར་ཟབ་ལུས་ལ་གོན་ལུགས་སམ། དེ་ཡི་གོང་ན་འདུག་པ་དེ། ལྷ་ཅིག་ཀོང་ཇོ་ཡིན་པ་འདྲ། སྐུ་མདོག་སྔོ་ལ་དམར་མདངས་ཆགས། ཞལ་ནས་ཨུད་པལ་སྔོན་པོ་མནམ། དྲི་ཞིམ་གཡུ་ཡི་སྦྲང་མ་འཁོར། མཁུར་མཚོས་ཆོ་ལོ་པད་མ་རིས། དཔྲལ་བར་རྗེ་བཙུན་སྒྲོལ་

མའི་མཚན། སོ་ཚགས་དམ་ཞིང་སོ་ཇོ་ཅན་འཕྲུལ་ཆེན་བུ་མོ་གཞན་པས་མཛེས་”ཞེས་བུ་མོ་དེ་དག་ལ་ཡོད་པའི་ཐུན་མོང་མ་ཡིན་པའི་ཁྱད་ཆོས་རེ་བཀོད་དེ། མཇུག་ཏུ་རྒྱ་བཟའ་ཀོང་ཇོའི་ཕྱིའི་ཉམས་འགྱུར་གསལ་བར་བཀོད་ཡོད་པ་རེད། མི་སྣའི་གཟུགས་རིས་ཞིབ་འབྲི་བྱས་པ་བརྒྱུད་དེ། མི་སྣའི་ཕྱིའི་ཆ་བྱད་དང་། སྐྱིད་སྡུག་དང་ལས་དབང་སོགས་མངོན་གསལ་དོད་པོས་བཀོད་རྒྱུ་དེ་ནི་ཤིན་ཏུ་གལ་ཆེ་བའི་གནད་ཞིག་ཡིན།

དཔེར་ན་:《མི་ལ་རས་པའི་མགུར་གླུའི་》ནང་འདི་ལྟར་བཀོད་པ་སྟེ།

“དྲང་པོར་སྐྱེས་པའི་ལུས་པོ་སྒྲུར།

བརྟན་པོར་བཞག་ཀྱང་གོམ་པ་འཁྱོར།

ནག་པོར་སྐྱེས་པའི་སྐྲ་ལོ་དཀར།

དབང་པོའི་དྭངས་མ་མིག་ཀྱང་འགྲིབས།

ཡན་ལག་གཙོ་བོ་མགོ་བོ་འཁོར།

སྒྲ་རྣམས་ཉན་བྱེད་རྣ་བ་འོན།

མཁུར་ཚོས་ཁྲག་གི་རྒྱ་མཚོ་སྐམ།

བྱད་ཀྱི་རྒྱུས་ཤིང་སྣ་ཡང་ཞོམས།

ཧུས་པའི་དྭངས་མ་དུང་སོ་བུད།

སྨྲ་བའི་རྒྱལ་པོ་ལྕེ་ཡང་ལྡིབ།

ཤིག་སྲོའི་བུ་ལོན་བསད་བཞིན་མང་།

ཟས་དང་གཉེན་མདུན་བསྡུས་ཀྱང་འབྲོས།

སྡུག་བསྔལ་ཡི་ཆད་སྤྱངས་ཤིང་འཁོར།

བདེན་པར་སྨྲས་ཀྱང་ཉན་མཁན་མེད།

གཅེས་པར་གསོས་པའི་བུ་ཚ་སྡང་།

བསགས་ཚད་བྱིན་ལ་དྲིན་བཟོ་མེད།

ཤི་འཕྲིས་ཟེར་ཞིང་དམོད་མི་མང་།(《མི་ལའི་མགུར་འབུམ་》སྟེ་དགེའི་

པར་ཤོག་གྲངས་304ངོས་སུ་གསལ་)ཞེས་ཉམ་ཐག་གི་གནས་སུ་ལྷུང་བའི་མི་ཀན་པོ་ཞིག་གི་གཟུགས་བྱད་དང་། སྐྱིད་སྡུག་གསལ་བར་བཀོད་ཡོད་པ་རེད། ཡང་ཚེ་ཡོལ་བའི་ཀན་པོ་དེ་ལོ་དང་ནམ་ཟླའི་དབང་གིས་དྲང་པོར་སྐྱེས་པའི་ལུས་པོ་ཁྱུར་དུ་སྒྲུར་བ་དང་། ལམ་ན་འགྲོ་བའི་ཚེ་ན་གོམ་པ་བརྟན་པོར་སྤོས་ཀྱང་འཁྱོར་བ། མགོ་སྐྱེས་སྐྲ་ཡང་ཁ་དོག་ནག་པོ་ནས་དཀར་པོར་གྱུར་པ། དབང་པོ་རྣམས་ཀྱིས་དྭངས་མ་དཔྱལ་བའི་མིག་ཀྱང་ཕོག་ལ་རྫིབ། ཡན་ལག་རྣམས་ཀྱིས་གཙོ་བོ་མགོ་བོ་ཡང་ཡམ་ཡོམ་དུ་འཁོར་བ། སྒྲ་རྣམས་འཛིན་པར་བྱེད་པའི་རྣ་བཟང་འོན་པར་གྱུར་པ། ཡང་ཚེ་རྒྱས་པའི་དུས་ཀྱི་འགྲམ་པའི་མཐུར་ཚོས་དམར་པོ་དེ་ཡང་ཁ་དོག་སྐྱ་བོར་གྱུར་པ། སྣ་ནི་གཉེར་མ་བསྡུས་ཏེ་འཁྲུམས་ཤིང་། ཁ་ཡི་དུང་སོ་དཀར་པོ་རྣམས་ཀྱང་ལྷུང་བ། ལྕེ་ལྡིབ་ཅིང་སྨྲ་བརྗོད་མི་དག་པ། ལུས་ལ་ཤིག་དང་སྲོ་མ་ཡིས་ཁེངས་པའི་ཁྱད་ཆོས་རྣམས་བཀོད་པ་དང་དྲིན་ཆེན་ལ་དྲིན་གཟོ་མི་བྱེད་པའི་གཉེན་ཉེ་དུ་དང་། ཐ་ན་རང་གི་བུ་དང་བུ་མོ་རྣམས་ཀྱིས་ཀྱང་ཡ་མི་བྱེད་པར་མ་ཟད། ད་དུང་ཀན་འཁོག་འདི་ཤི་རྒྱུ་འཕྱི་དྲགས་སོང་ཟེར་ནས་དམོད་པ་འབོར་བའི་ཚུལ་རྣམས་བྲིས་ཏེ། ཀློག་པ་པོའི་མིག་ལམ་དུ་ཉམ་ཐག་གི་གནས་སུ་ལྷུང་བའི་ཀན་ཁོག་ཅིག་ཟླ་གཟུགས་ཆུ་སྙིང་དུ་འཆར་བ་དང་འདྲ་བ་ཞིག་མངོན་ཏེ་རང་དབང་མེད་པར་དགའ་སྡང་གི་དབྱེ་བ་ཞིག་འབྱེད་ཐུབ་པ་དང་། སྡུག་བསྔལ་གྱིས་མནར་བའི་ཀན་ཁོག་དེར་སྙིང་རྗེ་སྐྱེ་བ་དང་དུས་མཚུངས་ཁྲེལ་གཞུང་མེད་པའི་གཉེན་ཉེ་དུ་དང་བུ་ཚ་རྣམས་ལ་སྡང་སེམས་སྐྱེ་ཐུབ་པ་ཞིག་བཀོད་ཡོད་པ་རེད། མི་སྣའི་རང་བཞིན་གསར་བཟོ་བྱེད་སྐབས་ད་དུང་མི་སྣས་"ཇི་ལྟར་བྱེད་པའི"བྱུང་རིམ་ཞིབ་ཕྲ་བཀོད་དགོས་པ་རེད། ཨེན་ཁེ་སིས་"མི་སྣ་ཞིག་གི་རང་བཞིན་དེས་ཁོས་ཅི་ཞིག་བྱེད་པ་དེ་མཚོན་དགོས་པ་མ་ཟད། ད་དུང་ཁོས་ཇི་ལྟར་བྱེད་པ་དེ་ཡང་མཚོན་དགོས་པ་ཡིན་ནོ"(《ཕེ་ལ་ཟར་ལ་སྤྲིངས》)ཅེས་གསུངས། རང་བཞིན་མི་འདྲ་བའི་མི་སྣས་བྱ་བའང་མི་འདྲ་བ་སྒྲུབ་ངེས་ཡིན་པས་"ཅི་ཞིག་བྱེད་

པ་"དེས་དངོས་གནས་མི་སྣའི་རང་བཞིན་མངོན་པར་མཚོན་ཐུབ་པ་དང་། "ཇི་ལྟར་བྱེད་པ་"དེས་མི་སྣའི་རང་བཞིན་དེ་བས་ཀྱང་མཚོན་ཐུབ་པ་རེད། རང་བཞིན་མི་འདྲ་བའི་མི་སྣས་ཁོར་ཡུག་གནས་ཚུལ་གཅིག་འདྲ་ཡིན་པའི་འོག་ཏུ་ལས་དོན་རིགས་གཅིག་སྒྲུབ་ཀྱང་རྣམ་འགྱུར་དང་བྱེད་ཐབས་མི་འདྲ་བ་འཛོམ་ངེས་པའི་ཕྱིར་རོ། དཔེར་ན། མི་སྣས་བཞད་བགད་བྱེད་པའི་ཉམས་འགྱུར་ཡང་མི་འདྲ་བ་མང་པོ་ཡོད། དཔེར་ན། 《མཁས་འཇུག》ལས"དགོད་པ་བཞད་གད་འཕྱིན་པའི་ཚིག

ལུས་ངག་ཆ་ལུགས་རྣམ་འགྱུར་དང་།
སྤྱོད་ཚུལ་ཡོན་ཏན་སྐྱོན་རྣམས་ཀྱི་

སྒོ་ནས་གཞན་ལ་འཕྱ་བ་ཡིན"དེའང་ལུས་ངག་གི་རྣམ་འགྱུར་དང་། འགྲོ་འོངས་ལ་སོགས་པའི་སྤྱོད་ཚུལ་གྱིས་གཞན་ལ་འཕྱ་ཞིང་བཞད་གད་བྱེད་པའི་ཚིག་གོ"ཞེས་གསུངས་ཡོད་པ་རེད།

བསམ་ཚུལ་གྱི་རང་བཞིན་ལྡན་པའི་བརྩམས་ཆོས་ཀྱི་ནང་དུ་ཕྱིར་བཏང་ཐོག་མི་སྣའི་གཟུགས་བརྙན་ཞིབ་འབྲི་བྱས་མེད་པར་གཙོ་བོ་མི་རྣམས་ཀྱི་བརྩེ་དུང་འབྲི་རྒྱུ་གཙོར་བཟུང་བྱས་པ་ཞིག་ཡིན། འོན་ཀྱང་མི་སྣའི་བརྩེ་དུང་དེ་ཡུལ་ལྗོངས་འབྲི་རྒྱུར་བརྟེན་ནས་མཚོན་པར་བྱས་པ་ཞིག་ཡིན།

གཉིས་པ། སྙན་རྩལ་གྱི་གཅིག་སྡུད་རང་བཞིན་ལྡན་དགོས་པ།

རྩོམ་རིག་བརྩམས་ཆོས་ནང་གི་གཟུགས་བརྙན་དེ་དག་མ་གཞི་གསོན་ཉམས་ལྡན་ཞིང་ཞིབ་ཕྲ་བ་ཞིག་ཡིན་དགོས། འོན་ཀྱང་དེ་ནི་སྤྱི་ཚོགས་ཀྱི་འཚོ་བ་ཇི་བཞིན་དུ་འདྲ་བཤུས་བྱས་པ་ཞིག་མ་ཡིན་པར། སྙན་རྩལ་གྱི་གཟུགས་བརྙན་དེ་དག་ནི་རྩོམ་པ་པོས་སྙན་རྩལ་གྱིས་གཅིག་སྡུད་བྱས་པའི་འབྲས་བུ་ཞིག་ཡིན། སྙན་རྩལ་གྱིས་གཅིག་སྡུད་བྱེད་རྒྱུ་ཞེས་པ་ནི། རྩོམ་པ་པོས་སྤྱི་ཚོགས་ཀྱི་

འཚོ་བར་དམ་གསེས་དང་། བརྡར་ཤ་གཅོད་པ། བསྒྱུར་བཀོད་དང་ལས་སྟོན་བཅས་བྱས་ཏེ། སྒྱུ་རྩལ་གྱི་གཟུགས་བརྙན་མངོན་གསལ་དོད་པོ་ཞིག་ཏུ་གསར་བསྐྲུན་བྱས་ནས་སྤྱི་ཚོགས་ཀྱི་འཚོ་བའི་ཕྱོགས་འགའ་ཞིག་གི་ངོ་བོ་དང་ཆོས་ཉིད་དེ་མཚོན་པར་བྱས་པ་ཞིག་ཡིན། སྒྱུ་རྩལ་གྱིས་གཅིག་སྡུད་བྱས་པ་དེ་དང་རིག་པའི་གཞུང་ལུགས་ཀྱིས་གཅིག་སྡུད་བྱས་པ་དེ་གཉིས་གཏན་ནས་མི་འདྲ་བར་སྒྱུ་རྩལ་གྱིས་གཅིག་སྡུད་བྱས་པ་དེར་གཟུགས་བརྙན་གྱི་རང་བཞིན་དང་། གསོན་ཉམས་ཀྱི་རང་བཞིན། བྱེ་བྲག་གི་རང་བཞིན་ཟུང་དུ་འབྲེལ་ནས་གཅིག་སྡུད་བྱས་པ་ཞིག་ཡིན། དེར་བརྟེན་རྩོམ་པ་པོས་ལེགས་གྲུབ་བྱུང་བའི་གཟུགས་བརྙན་ཞིག་ལ་སྒྱུ་རྩལ་གྱིས་གཅིག་སྡུད་རང་བཞིན་ཆེན་པོ་ལྡན་ཡོད་པ་དང་། རྩོམ་པ་པོས་མི་སྣ་གཅིག་དང་དངོས་པོ་གཅིག་རྩོམ་འབྲི་མཛད་ཡོད་ཚེ། དེའི་ནང་མི་སྣ་བྲི་ཐྲག་འགའ་ཤས་ཀྱི་གནས་ཚུལ་གཅིག་སྡུད་བྱས་ཡོད་པ་དང་། ཐིམ་དུད་གཅིག་དང་ཡང་ན་ཁྱིམ་ཚང་གཅིག་བྲིས་ཡོད་ཚེ། དེས་ཁྱིམ་ཚང་བྲི་སྟོང་གཅིག་སྡུད་བྱས་ཡོད་པ་སྟེ་“བཅུ་གོ་གཅིག་ཚོད་”དང་“བརྒྱ་གོ་གཅིག་ཚོད་”བྱེད་ཀྱི་ཡོད་པ་རེད། རྩོམ་པ་པོས་འཚོ་བའི་རང་གཟུགས་ལ་བརྟེན་ནས་སྒྱུ་རྩལ་གྱི་དཔེ་གཞི་གསར་བཟོ་བྱེད་སྐབས་ཕྱིར་བཏང་ཐབས་ལམ་གཉིས་སྤྱོད་ཀྱི་ཡོད་པ་སྟེ། གཅིག་ནི་ཡུལ་གཅིག་ལས་གྲུབ་པ་དང་། གཉིས་ནི་ཡུལ་དུ་མ་ལས་གྲུབ་པར་བྱེད་ཀྱི་ཡོད་པ་རེད། ཐབས་ལམ་དེ་གཉིས་ལ་སྐྱོན་ཡོན་གཉིས་ཀ་ཡོད་དེ། མི་གཅིག་པོ་ན་“མ་དཔེ་”བྱས་ན་འབྲི་བཞེངས་གསར་བཟོ་བྱེད་བདེ་ཡང་བསྡུས་ཤིང་གུ་དོག་པའི་སྐྱོན་འབྱུང་སླ་བ་དང་། ཡུལ་དུ་མ་ལ་“མ་དཔེ་”བྱས་ན་དཀའ་ཚོགས་ཆེ་ཡང་བརྗོད་བྱའི་ཡུལ་རྒྱ་ཆེ་ཞིང་ཡོངས་ཁྱབ་ཀྱི་རང་བཞིན་ལྡན་པ་ཞིག་ཡིན་རྐྱེན་རྩོམ་པ་པོ་ཕལ་ཆེ་བས་ཐབས་ལམ་ཕྱི་མ་དེ་སྤྱོད་ཀྱི་ཡོད་པ་རེད། སྐུ་ཞབས་ལུའུ་ཞུན་གྱིས“མི་སྣའི་མ་དཔེ་ཡང་ཡུལ་གཅིག་ལ་བལྟས་པ་མིན་པར་ཡུལ་དུ་མ་ལས་བཏུས་ཤིང་བསྒྲིགས་པ་ཞིག་ཡིན་པས། ཕལ་ཆེར་ཁ་གྲི་ཅང་གི་ཡིན་པ་དང་། གདོང་པེ་ཅེན་ལས་ཡིན་པ། ཆས་གོས

ཧྲན་ཞི་ན་ཡོད་དོ་”(《ངས་སྐྱུང་གདམ་ཇི་ལྟར་བྲིས་ཚུལ་》ཅེས་གསུངས་པ་ལྟར། སྐྱུ་རྩལ་གྱིས་གཅིག་སྨུད་བྱས་པའི་གཟུགས་བརྙན་དེར་ཡོངས་ཁྱབ་ཀྱི་རང་བཞིན་ཤིན་ཏུ་ཆེན་པོ་ལྡན་ཡོད་པ་རེད། དཔེར་ན། 《རྡའུ་ལུགས་ཤེས་ལྡན་པའི་རྣམ་ཐར་》ནང་དུ་བཀས་བཀོད་རྒྱུད་འཛིན་གྱི་དཔོན་རིགས་ཡན་ཅན་ཧྲེན་ནད་ཀྱིས་མནར་ཏེ་ཉིན་གསུམ་རིང་སྐད་ཆ་ཤོད་མི་ཤེས་པར་ཆགས་པ་དང་། དབུགས་ཆད་ལ་ཉེ་བའི་སྐབས་སུ་“ལག་པ་ཉལ་ཐུལ་ནང་ནས་ཕྱིར་བཏོན་ཏེ་མཛུབ་མོ་གཉིས་གེར་རེར་བརྐྱངས་པ་ན་ཁོའི་འཁྲིས་སུ་ཡོད་པའི་མི་རྣམས་ཀྱིས་དེའི་བརྡ་མཚོན་མི་ཤེས་པར། འགའ་རེས་སྤུན་མཆེད་གཉིས་སླེབས་མི་འདུག་ཟེར་བ་དང་། འགའ་རེས་དངུལ་འགའ་ཤས་རྩིས་སྤྲོད་བྱེད་རྒྱུ་མ་བྱུང་ཟེར་ཡང་ཁོས་རེ་རེར་མགོ་བོ་གཡུག་ཏེ་བཀག་ཁོའི་ལྕམ་གྲའོ་ལགས་ཀྱིས་དེའི་བརྡ་དོན་ཤེས་ཏེ“ཁྱེད་ཀྱིས་བཞུ་མར་ནང་དུ་སྡོང་བུ་གཉིས་བཞག་ན་སྣུམ་གྲོན་ཆེ་བར་དོགས་པ་ཡིན་ལས་ཆེ། ངས་དེའི་ནང་གི་སྡོང་བུ་གཅིག་བླངས་ཚོག་ཅེས་སྡོང་བུ་གཅིག་བླངས་པ་དང་། ཚང་མས་ལྟ་དུས་མགོ་བོ་གུག་ཙམ་བྱས་འཕྲལ་ལག་པ་མར་བཞག་ནས་དབུགས་ཆད་སོང་བ་རེད་”དེ་ནི་སྒྲོག་དོར་ཡང་རྒྱུ་ནོར་འདོར་མི་ཕོད་པའི་སེར་སྣ་ཅན་གྱི་བསམ་པ་དང་ཡི་དྭགས་ལྟ་བུའི་ཤིན་ཏུ་སྐྱུག་བྲོ་བའི་རང་བཞིན་དེ་ཤི་ཁའི་དུས་ཐུང་ནང་ནས་མཚོན་པར་བྱས་ཡོད་པ་རེད།

དཔེར་ན། མའོ་ཙེ་ཏུང་གིས་བྲིས་པའི་སྙན་ཚིག་སྐྱུ་ཞབས་ལེའུ་ཡ་སྟོའི་སྙན་ངག་གི་ལན་དུ1950ལོའི་ཟླ་10པར།

མཚན་རིང་ནམ་གསལ་དཀའ་བའི་གྲུང་གོ་འདིར་
ལོ་བརྒྱར་གདོན་འདྲེས་བྲོ་གར་ཟང་ཟིང་འཁྲབ་
མི་དམངས་དུང་ཕྲུར་ལྔ་པོ་མཐུན་འཛོམས་མེད་
བྱ་ཕོས་སྐད་གསང་སྒྲོག་ཉིད་གནམ་འོག་གསལ་
ཡུས་ཐེན་ལ་སོགས་ཡུལ་ཁྲིའི་རོལ་མོ་དཀྲོལ།

སྙན་ངག་པ་ཡི་སྤྲོ་སེམས་སྤྲར་མེད་འཕེལ་”ཞེས་སྙན་ཚིག་ཐུང་ངུ་དེའི་ནང་དུ་ཀྲུང་གོའི་སྤྱི་ཚོགས་གསར་རྙིང་གཉིས་ཀྱི་མི་འདྲ་བའི་ངོ་བོ་དེ་གཅིག་སྡུད་བྱས་ཡོད་པ་རེད། གོང་གི་ཚིག་ཕྲེང་གསུམ་པོ་དེས་ཀྲུང་གོའི་ལོ་ངོ་སུམ་སྟོང་རིང་གི་བཀས་བཀོད་རྒྱུད་འཛིན་གྱི་དབང་བསྒྱུར་འོག་ཏུ་མི་རྣམས་ནམ་གསལ་དཀའ་བའི་མཚན་མོ་བཞིན་མུན་ནག་གི་ནང་དུ་འཚོ་བ་སྐྱེལ་དགོས་བྱུང་བ་དང་། དེ་རྗེང་བཙན་རྒྱལ་རིང་ལུགས་དང་བཀས་བཀོད་བརྒྱུད་འཛིན་རིང་ལུགས། དཔོན་ཉམས་རིང་ལུགས་བཅས་ཕན་ཚུན་ངན་འབྲེལ་བྱས་ཏེ་བྱ་ངན་སྤྱོད་ངན་གྱི་སྡུག་བསྔལ་སྣ་ཚོགས་མྱོང་དགོས་བྱུང་བ་དེ་གདོན་འདྲེས་བྲོ་གར་འཁྲབ་པ་བཞིན་བྱུང་ཡོད་པ་རེད། ཚིག་རྐང་དེ་དག་ནས་ཀྲུང་གོའི་མི་དམངས་ཀྱི་སྡུག་བསྔལ་གྱི་ལོ་རྒྱུས་དེ་གཅིག་སྡུད་བྱས་ཡོད་པ་རེད། ཚིག་ཕྲེང་གཤམ་འོག་དེའི་ནང་ཀྲུང་གོའི་མི་དམངས་བཅིངས་བཀྲོལ་ཐོབ་ཅིང་མི་རིགས་རྣམས་མཉམ་དུ་དགའ་སྤྲོ་རོལ་བའི་རྣམ་པ་དེ་ཚུར་སྣང་བྱས་ཡོད་པ་རེད། དེ་ལྟར་སྙན་རྩོམ་འདིའི་ནང་དུ་ཀྲུང་གོ་རྙིང་པ་ནས་ཀྲུང་གོ་གསར་པར་འཕོ་འགྱུར་འགྲོ་བའི་ལོ་རྒྱུས་དེ་སྒྱུ་རྩལ་གྱིས་ཐོག་ནས་གཅིག་སྡུད་བྱས་པ་ཞིག་ཡིན་ཞེས་བརྗོད་ནའང་ཆོག་གོ

མཁས་པའི་དགའ་སྟོན་ལས།

“དེ་ནས་བོད་འབངས་ཡོངས་ཀྱི་བསོད་ནམས་ནི་

སྣུམ་ཟད་མར་མེ་ལྟ་བུར་ཡལ་ལ་ཐུག

རྗེ་ཡི་མངའ་ཐང་དགུན་ཁའི་ཆུ་བཞིན་ཁྲི།

རྒྱལ་ཁྲིམས་སོག་རུལ་ཕོན་ཐག་བཞིན་དུ་ཞིག

ཆབ་སྲིད་ཕན་བདེ་ནམ་མཁའི་འཇའ་བཞིན་ཡལ།

ནག་ཕྱོགས་སྤྱོད་པ་དཔྱིད་ཀྱི་རླུང་བཞིན་ལངས་”ཞེས་རྩོམ་པ་པོས་“སྣུམ་ཟད་མར་མེའི་”འོད་དང་། སྐབས་དེའི་དཔལ་འབྱོར་ནི་“དགུན་ཁའི་ཆུ་བཞིན་”སྐམ་ལ་ཐུག་པ་དང་། རྒྱལ་པོའི་ཁྲིམས་ལུགས་ཡང་སོག་མ་རུལ་བའི་

ཐག་པ་ལྟར་ཇི་ཙམ་བསྟམས་ཀྱང་ཞིག་འགྲོ་བའི་རང་བཞིན་ཁོ་ན་ལས་མེད་པ་དང་། དམངས་ཀྱི་བདེ་སྡུག་ལ་ཕན་པར་བྱ་བའི་ཆབ་སྲིད་ནི་ནམ་མཁའི་འཇའ་ལྟར་ཡལ་ཟིན་པ་སོགས་དཔེ་རུ་བཀོད་དེ། སྐབས་དེ་བོད་ཀྱི་ལོ་རྒྱུས་དེ་གསོན་ཉམས་དང་གཅིག་སྡུད་ཀྱི་རང་བཞིན་པའི་ངང་ནས་མཚོན་པར་བྱས་ཡོད་པ་མ་ཟད། རྩོམ་པ་པོའི་སྐྱོ་ཤས་ཀྱི་སྣང་བ་ཚུར་སྣང་ཡང་བྱས་ཡོད་པ་རེད། ཕྱོགས་གཞན་ཞིག་ནས་བལྟས་ཚེ་སྙན་རྩོམ་འདིའི་ནང་དུ་བོད་སིལ་བུའི་དུས་རབས་ཀྱི་སྤྱི་ཚོགས་ཀྱི་རྣམ་པ་དངོས་དེ་དག་སྒྱུ་རྩལ་གྱི་ཐོག་ནས་གཅིག་སྡུད་བྱས་པ་ཞིག་ཀྱང་ཡིན་ནོ།

གསུམ་པ། མཛེས་དཔྱོད་ཀྱི་དོན་སྙིང་ལྡན་དགོས་པ།

རྩོམ་རིག་བརྩམས་ཆོས་ནང་གི་སྒྱུ་རྩལ་གྱི་གཟུགས་བརྙན་དེ་དག་ཞིབ་ཕྲ་དང་གསོན་ཉམས་ལྡན་པ། གཅིག་སྡུད་ཀྱི་ཁྱད་ཆོས་ལྡན་དགོས་པ་མ་ཟད། ད་དུང་དེར་ངེས་པར་དུ་མཛེས་དཔྱོད་ཀྱི་དོན་སྙིང་ལྡན་དགོས་པ་ཞིག་ཡིན། གལ་སྲིད་དེར་གཅིག་སྡུད་ཀྱི་རང་བཞིན་ཁོ་ན་ལྡན་པ་ལས་མཛེས་དཔྱོད་ཀྱི་དོན་སྙིང་ལྡན་མེད་ཚེ་དེ་སྒྱུ་རྩལ་གྱི་གཟུགས་བརྙན་གྲས་སུ་ཚུད་མི་ཐུབ་བོ། དཔེར་ན། མི་དང་རྟ། གཡག་སོགས་ཚན་རིག་གི་འགེལ་རིས་དེ་དག་ལ་ཞིབ་ཕྲའི་ཚོར་སྣང་གི་རང་བཞིན་ (གཟུགས་བརྙན་ཆ་ཚང་བར་བྲིས་ཡོད་པ་) ལྡན་ཡོད་ལ། གཅིག་སྡུད་ཀྱི་རང་བཞིན་ཡང་ལྡན་ཡོད་པ་ཞིག་ཡིན་ (རྟ་གཅིག་བྲིས་ཡོད་ཚེ་རྟ་དེས་རྟ་ཡོངས་ཡོངས་གཅིག་སྡུད་བྱས་ཡོད་པ་ཞིག་ཡིན་) འོན་ཏེ་མི་རྣམས་ཀྱིས་ཚན་རིག་གི་འགེལ་རིས་དེ་དག་སྒྱུ་རྩལ་གྱི་གཟུགས་བརྙན་ཞིག་ཏུ་ངོས་འཛིན་བྱེད་ཀྱི་མེད་པའི་རྒྱུ་མཚན་ནི་ཚན་རིག་གི་འགེལ་རིས་དེ་དག་ལ་མིའི་བརྩེ་དུང་གི་ཡུལ་ཁམས་འགུལ་བར་བྱེད་པའི་མཛེས་དཔྱོད་ཀྱི་དོན་སྙིང་ལྡན་མེད་པ་དེ་ཡིན། མཛེས་དཔྱོད་ཀྱི་དོན་སྙིང་ཞེས་པ་ནི་སྒྱུ་རྩལ་གྱི་གཟུགས

བརྙན་དེ་དག་གིས་མི་རྣམས་ཀྱི་མཛེས་ཚོར་སློང་ཐུབ་པ་དང་། མི་རྣམས་ཀྱི་སེམས་ཁམས་དེ་སྒྱུ་རྩལ་གྱི་གཟུགས་བརྙན་དེ་དག་ལས་མཚོན་པའི་ཡུལ་ཁམས་སུ་ཁྲིབས་ཏེ་དགའ་སྤྲོ་དང་། ཞི་ཁྲོ། སྨྲེ་སྔང་སོགས་ཀྱི་ཉམས་འགྱུར་སྣ་ཚོགས་ཀྱི་སྦྱོང་ཚོར་སྐྱེ་ཐུབ་སྟེ། ཀློག་པ་པོ་རྣམས་ཀྱི་ཡིད་དབང་འཕྲོག་པར་གྱུར་རོ། སྒྱུ་རྩལ་གྱི་གཟུགས་བརྙན་དེ་དག་ལ་མཛེས་དཔྱོད་ཀྱི་དོན་སྙིང་ལྡན་ཡོད་པའི་རྒྱུ་རྐྱེན་ནི། གཅིག་ནས་རྩོམ་པ་པོས་མཛེས་དཔྱོད་ཀྱི་ཆོས་ཉིད་ལ་གཞིགས་ནས་གསར་བསྐྲུན་བྱས་པ་ཞིག་དང་། གཉིས་ནས། རྩོམ་པ་པོའི་བསམ་བློའི་བརྩེ་དུང་དང་མཛེས་དཔྱོད་ཀྱི་ཕྱུགས་འདུན་ལ་གཞིགས་ཏེ་གསར་བསྐྲུན་བྱས་པ་ཞིག་ཡིན། གཟུགས་བརྙན་གསར་བསྐྲུན་བྱེད་རྒྱུ་དེ་ནི་མཛེས་སྡུག་གསར་བསྐྲུན་བྱེད་པ་ཞིག་ཡིན། རྩོམ་པ་པོས་རང་ཉིད་ཀྱི་མཛེས་དཔྱོད་ཀྱི་ཕྱུགས་འདུན་ལ་གཞིགས་པ་དང་། སྒྱུ་རྩལ་གྱི་བྱེད་ཐབས་ཡོད་ཚད་བེད་སྤྱོད་བྱས་ནས་འཚོ་བའི་མཛེས་སྡུག་གི་རང་བཞིན་དེ་སྒྱུ་རྩལ་གྱི་མཛེས་སྡུག་ཅིག་ཏུ་བསྒྱུར་ཏེ་ཆེས་མཛེས་ཞིང་ཡིད་དུ་འོང་བའི་སྒྱུ་རྩལ་གྱི་གཟུགས་བརྙན་ཞིག་གསར་བསྐྲུན་བྱེད་ཀྱི་ཡོད་པ་རེད། དེར་བརྟེན་དངོས་ཡོད་ཀྱི་འཚོ་བའི་ནང་དུ་མཛེས་སྡུག་གི་རང་བཞིན་དེ་ཙམ་མེད་པའི་ཕྱོགས་དེ་དག་ཡང་མཛེས་སྡུག་ཅན་དུ་གསར་བསྐྲུན་བྱེད་ཀྱི་ཡོད་པ་སྟེ།

①མཚོན་བྱའི་ཡུལ་ཁོ་ནར་མཛེས་སྡུག་གི་རང་བཞིན་ལྡན་པ།

དེ་ནི་གཟུགས་བརྙན་ནང་དུ་གཅིག་སྟུད་བྱས་པའི་འཚོ་བའི་ནང་དོན་ཁོ་ནར་མཛེས་སྡུག་གི་རང་བཞིན་ཆེས་ཆེར་ལྡན་པ་དང་། གནས་ཚུལ་དེའི་འོག་ཏུ་གཟུགས་བརྙན་གྱིས་མཚོན་པའི་མཛེས་སྡུག་གི་འཚོ་བ་དང་སྒྱུ་རྩལ་གྱི་མཛེས་སྡུག་དེ་གཅིག་གྱུར་དུ་གནས་ཡོད། དཔེར་ན《ཧ་མུ་ལེ་ཐའ་》ནང་གི་ཧ་མུ་ལེ་ཐའི་གཟུགས་བརྙན་དང་《གཞོན་ནུ་ཟླ་མེད་ཀྱི་གཏམ་རྒྱུད་》ནང་གི་གཞོན་ནུ་ཟླ་མེད་ཀྱི་གཟུགས་བརྙན《ཁང་བརྩེགས་དམར་པོའི་རྨི་ལམ་》ནང་གི་ལིན་ཏས་ཡུས་ཀྱི་གཟུགས་བརྙན་ལྟ་བུ་ཡིན།

②མཛེས་སྡུག་གི་དམིགས་ཡུལ་ཞིག་མཚོན་པར་བྱེད་པ།

དེ་ནི་རྩོམ་པ་པོས་རྩོམ་འབྲི་བྱེད་པའི་ཡུལ་དེ་སྨུག་གྲོ་ལ། རྩོམ་པ་པོའི་མཛེས་དཔྱོད་ཀྱི་ཕུགས་འདུན་དང་འགལ་ན་ཡང་གཟུགས་བརྙན་གསར་བསྐྲུན་བྱ་བའི་བརྒྱུད་རིམ་ནང་དུ་འབྲི་བྱའི་ཡུལ་ལ་ལས་སྒྱོན་དང་བསྒྱུར་བཀོད་བྱས་ཏེ། འཚོ་བའི་སྨུག་གྲོའི་རང་བཞིན་དེ་སྒྱུ་རྩལ་གྱི་ཐོག་ནས་མཛེས་སྡུག་ཅན་ཞིག་ཏུ་བསྒྱུར་གྱི་ཡོད་པ་རེད། དཔེར་ན《པ་ལིའི་ཡེ་ཤུའི་མ་ཡུམ་མཆོད་ཁང་》ནང་གི་ཁ་ཤེའི་མོ་ཏོ་ཡི་གཟུགས་བརྙན་ལྟ་བུ་སྟེ། ཕྱིའི་རྣམ་པ་སྨུག་གྲོ་ལ་སེམས་བཟང་བ། ཡང་《ཁང་བརྩེགས་དམར་པོའི་རྨི་ལམ་》ནང་ཝང་ཤེའི་ཕུང་གི་ཕྱིའི་རྣམ་པ་ལྷའི་སྲས་མོ་འདྲ་བ་ཞིག་དང་། ནང་གི་སེམས་པ་དེ་"མདུན་དུ་ལྷ་གསོལ་གསོལ། རྒྱབ་ཏུ་འདྲེ་རྫུང་རྫུང་"དང་"མདུན་དུ་ཁ་འཇམ་ཚིག་སྙན། རྒྱབ་ཏུ་སེམས་གནག་གདུག་རྩུབ་"ཅན་ཞིག་ཡིན། དེ་ལྟར་རྩ་བ་ནས་མི་འདྲ་བའི་གཟུགས་བརྙན་དེ་གཉིས་ལ་མཚོན་ན། རྩོམ་པ་པོས་མཛེས་སྡུག་གི་དམིགས་ཡུལ་ཞིག་མཚོན་ཐབས་བྱས་པ་དེ་ཡིན།

③མཛེས་སྡུག་གི་རྣམ་པ་ཞིག་མཚོན་པར་བྱེད་པ།

སྐད་ཆ་དང་སྒྲིག་བཀོད་སོགས་ཀྱི་རྣམ་པར་བརྟེན་ནས་མི་སྣའི་གཤིས་རྒྱུད་མཚོན་པར་བྱེད་པ་དེ་རེད། རྩོམ་པ་པོས་གསར་བསྐྲུན་བྱས་པའི་སྒྱུ་རྩལ་གྱི་གཟུགས་བརྙན་དེ་དག་སྤྱི་ཚོགས་འཚོ་བའི་ཕྱི་རོལ་གྱི་ནང་དོན་ཁོ་ན་སྟོན་པ་ཞིག་མ་ཡིན་པར་དེའི་ནང་དུ་རྩོམ་མཁན་གྱི་མཛེས་དཔྱོད་ཀྱི་འདུ་ཤེས་དང་མཛེས་དཔྱོད་ཀྱི་ཕུགས་འདུན་མཚོན་པར་བྱས་ཡོད་པ་རེད།

མཛེས་དཔྱོད་ཀྱི་ཕུགས་འདུན་ཞེས་པ་ནི། མཛེས་རིག་གི་བཤད་པ་ལྟར་ན། དེ་ནི་མི་རྣམས་ཀྱིས་སྤྱི་ཚོགས་འཚོ་བའམ་སྒྱུ་རྩལ་གྱི་ནང་དུ་རེ་ཞིང་བསྙེགས་པར་བྱེད་པའི་ཆེས་ཕུན་སུམ་ཚོགས་ཤིང་ཆེས་མཛེས་ཤིང་སྡུག་པའི་ཡུལ་ཅན་ཞིག་གམ་གཟུགས་བརྙན་ཞིག་ལ་ཟེར། དེ་ནི་མི་རྣམས་ཀྱི་འཚོ་བའི་ཕུགས་འདུན་དང་ཐད་ཀར་འབྲེལ་བ་ཡོད་པ་དང་། ལོ་རྒྱུས་ཀྱི་ཆ་རྐྱེན་ངེས་

ཅན་ཞིག་ལ་བརྟེན་ནས་ཕྱི་རོལ་ཡུལ་གྱི་འཇིག་རྟེན་དང་། རང་སྣང་འཇིག་རྟེན་བསྒྱུར་བཅོས་བྱེད་པའི་ལག་ལེན་གྱི་བླང་བྱ་འམ། རེ་འདུན་དང་དམིགས་ཡུལ་བཅས་མཚོན་པས། དེ་ནི་ཕྱི་འགྲོས་ཞིག་གམ་བློས་བཞག་གི་དོན་ཕྱི་ཞིག་མ་ཡིན་པར་མི་རྣམས་ཀྱིས་མཛེས་ཤིང་སྤྲུག་པའི་གཟུགས་བརྙན་ཞིག་ལ་རྟོག་བཟོ་འམ་འཆར་སྣང་བྱེད་པའི་རྣམ་ཚུལ་ཞིག་རེད། རྩོམ་མཁན་གྱི་མཛེས་དཔྱོད་ཀྱི་ཕྱུགས་འདུན་ནི་དུས་རབས་ངེས་ཅན་ཞིག་གི་སྤྱི་ཚོགས་ཀྱི་འཚོ་བའི་ངོ་བོ་ཞིག་ཁོང་དུ་ཆུད་པ་ལ་བརྟེན་ནས་མཚོན་པར་བྱས་པ་ཞིག་དང་། དེའི་ནང་དུ་རྩོམ་པ་པོའི་ཡིད་ཀྱི་རྣམ་འགྱུར། ཡིད་ཀྱི་ཕྱོགས་ཞེན། ཡིད་ཀྱི་གདེང་འཛོག་ཡིད་ཀྱི་རེ་བསླེགས་བཅས་སྒྱུ་རྩལ་གྱི་གཟུགས་བརྙན་དེ་དག་ལས་མཚོན་པར་བྱས་ཡོད་ཀྱིན། སྒྱུ་རྩལ་གྱི་གཟུགས་བརྙན་དེ་དག་ལ་མཛེས་དཔྱོད་ཀྱི་དོན་སྙིང་ལྡན་ཡོད་པ་མ་ཟད། ཡིད་འགུགས་ནུས་ཤུགས་ཤིན་ཏུ་ཆེན་པོ་ཡོད་པ་ཞིག་ཡིན། རྩོམ་པ་པོའི་མཛེས་དཔྱོད་ཀྱི་ཕྱུགས་འདུན་ནི་སྒྱུ་རྩལ་གྱི་གཟུགས་བརྙན་དེའི་ནང་དུ་"ཆུ་ནང་གི་ཟླ་དང་མེ་ཏོག་ནང་གི་སྦྲང་རྩི་བཞིན་གཟུགས་མེད་ཀྱང་རང་བཞིན་གནས་ཡོད་ལ། རྗེས་མེད་ཀྱང་རོ་གནས་པ་"(ཆན་གྲུང་ཧྲུའུ《སྒྱུ་རྩལ་གྱི་གླིང་མོལ་ཟིན་བྲིས་》)ལྟ་བུར་གནས་ཡོད་པ་ཞིག་ཡིན། དཔེར་ན། ཐོར་སི་ཐའི་ཡིས་བརྩམས་པའི《སླར་གསོས་》ཞེས་པའི་ནང་གི་མི་སྣ་ཉེ་ཧེ་ལིག་ཧོ་ཕུ་དེ་"སྡིག་པར་སྡིག་པས་མི་འགོག་"པའི་ཆོས་ལུགས་ཀྱི་མཛེས་དཔྱོད་ཕྱུགས་འདུན་དེ་བཙུག་ཡོད་པ་དང་། ཡང་ཡུས་གོ་ཡི《ཡང་བའི་འཇིག་རྟེན》ཞེས་པའི་ནང་གི་སྒྱུ་རྩལ་གྱི་གཟུགས་བརྙན་རན་ཨང་རང་མི་ཆོས་རིང་ལུགས་ལ་བརྟེན་ནས་སྡིག་པ་དགེ་བར་བསྒྱུར་བའི་མཛེས་དཔྱོད་ཀྱི་ཕྱུགས་འདུན་དེ་བཙལ་ཡོད་པ་རེད། དཔེར་ན《གླིང་གེ་སར་རྒྱལ་པོའི་སྒྲུང་》ནང་གི་གེ་སར་རྒྱལ་པོའི་གཟུགས་བརྙན་དེར་"མ་རུངས་པ་ཐམས་ཅད་དབང་འདུལ་ཁ་གནོན། དབང་གཤེད་ཅན་རྣམས་གཉའ་ནས་མནན། ཉམ་ཐག་རྣམས་བྱམས་ཀྱིས་སྐྱོང་། མི་རྣམས་བདེ་ལ་འགོད་རྒྱུ་"ཅེས་པའི་མཛེས་དཔྱོད་ཀྱི་ཕྱུགས་འདུན་དེ་

འགོ་ནས་མཇུག་བར་བཅུག་ཡོད་པ་རེད། རྩོམ་པ་པོ་རྣམས་ཀྱིས་བརྩམས་ཆོས་གསར་བསྐྲུན་བྱེད་སྐབས་མཛེས་དཔྱོད་ཀྱི་ལྟ་ཚུལ་དང་མཛེས་དཔྱོད་ཀྱི་ཕྱོགས་བསམ་ལ་གཞིགས་ཏེ། ཁོང་ཚོའི་དགའ་སྤྲོ་དང་ཞེ་ཁྲོ། བརྩེ་གདུང་སོགས་སྒྱུ་རྩལ་གྱི་གཟུགས་བརྙན་དེ་དག་ནང་འདྲེས་པར་བྱས་ཡོད་རྒྱུན་ཉེ་ཟླ་སྐར་གསུམ་དང་། རི་ཆུ་དང་། བྱ་བྱེའུ། མི་སྣའི་ཕྱུག་རྗེས་སོགས་ལ་ཡང་མཛེས་དཔྱོད་ཀྱི་དོན་སྙིང་ལྡན་ཡོད་པ་ཞིག་ཡིན།

དཔེར་ན། མི་ལ་རས་པ་ལ་ཕྱི་ནང་གསང་གསུམ་གྱི་རྫོང་བཅོ་བརྒྱད་ཡོད་པ་དང་། དེ་དག་ནི་ཁོང་གི་སྒྲུབ་གནས་ཡིན་པས་ས་ཆ་དེ་དག་གི་རང་བྱུང་ཡུལ་ལྗོངས་དང་། དུས་བཞིའི་གནམ་གཤིས་ཀྱི་འགྱུར་ལྡོག་བཅས་ལ་རྒྱུས་མངའ་ཆེ་བ་དང་། དེ་ལ་སྐྱེས་པའི་ནགས་ཚལ་དང་། བཞུར་བའི་ཆུ། འཕུར་བའི་བྱ་སོགས་ནི་རྣལ་འབྱོར་བ་ཁོང་གི་སྐྱོ་གྲོགས་ཡིན་པ་དང་། ཡུལ་དེ་གའི་རི་ཆུ་དང་། བྱ་བྱེའུ་སོགས་ལ་བརྩེ་གདུང་ཟབ་མོ་ཡོད་པ་རེད། རྩོམ་པ་པོས་རྒྱང་འཕན་ནམ་མཁའ་རྫོང་གི་ཡུལ་ལྗོངས་དེ། སྟེང་ན་ལྷོ་སྤྲིན་སྨུག་པོ་འཐིབ། འོག་ན་གཙང་ཆབ་སྔོན་མོ་འབབ། མདུན་ན་ཕུང་སྟེང་དུ་མེ་ཏོག་སྣ་ཚོགས་བཞད་པ་དང་། དེར་གནས་ཀྱི་རི་དྭགས་གཅན་གཟན་དང་བྱ་བྱེའུ་སོགས་རང་འདོད་ཀྱིས་གླུ་བདེ་བག་ཕེབས་དང་རྩེ་འཇོར་རོལ་བ་སོགས་བཀོད་དེ། རྩོམ་པ་པོས་རང་ཡུལ་གྱི་ཡུལ་ལྗོངས་ལ་བཅངས་པའི་དགའ་ཞེན་དང་བརྩེ་གདུང་དེ་མཚོན་པར་བྱས་ཡོད་པ་རེད། ཀློག་པ་པོ་རྣམས་ཀྱིས་མགུར་དེ་ཡི་ནང་ནས་བོད་ས་མཐོའི་མཛེས་སྡུག་གི་རང་བཞིན་ཤེས་རྟོར་བྱེད་ཐུབ་པ་མ་ཟད། རང་བཞིན་དུ་མཛེས་སྡུག་གི་བརྩེ་གདུང་ཟབ་མོ་ཞིག་བློར་འཆར་ཏེ་བོད་ས་མཐོའི་མཛེས་སྡུག་གི་ཡུལ་ལྗོངས་ལ་དགའ་ཞེན་དང་སྲུང་སྐྱོབ་བྱེད་པའི་བསམ་བློ་ཞིག་མངོན་པར་སྐྱེས་ཐུབ་པའོ། དེ་ནི་མགུར་དེའི་སྒྱུ་རྩལ་གྱིས་མི་རྣམས་ཀྱིས་སེམས་ཁམས་སུ་མཛེས་ཚོར་སློང་ཐུབ་པ་མ་ཟད། མགུར་དེར་ཡོད་པའི་སྒྱུ་རྩལ་གྱི་མཛེས་དཔྱོད་ཀྱི་དོན་སྙིང་ཡང་དེ་ཡིན་ནོ།

མདོར་ན། བརྩམས་ཆོས་ཀྱི་གཟུགས་བརྙན་ལ་ཞིབ་ཕྲ་དང་། གསོན་ཉམས་ལྡན་པ། གཅིག་སྤྱོད་ཀྱི་རང་བཞིན་ལྡན་པ། མཛེས་དཔྱོད་ཀྱི་དོན་སྙིང་ལྡན་པ་ཕྱོགས་གཞན་ཞིག་ནས་བརྗོད་ཚེ། གོང་སྨོས་ཀྱི་ཁྱད་ཆོས་དེ་དག་ལྡན་པའི་བརྩམས་ཆོས་ཤིག་ཡིན་ཚེ། སྙིར་ལེགས་གྲུབ་བྱུང་བའི་བརྩམས་ཆོས་ཤིག་ཏུ་རྩིས་ན་ཆོག་པ་ཞིག་ཡིན་ནོ།

དེ་མིན་ང་ཚོས་ད་དུང་གཟུགས་བརྙན（གཟུགས་སྣང་）དང་སྐྱུ་རྩལ་གྱི་གཟུགས་བརྙན། གཟུགས་བརྙན་གྱི་རང་བཞིན་ལྡན་པ་ཞེས་པའི་ཐ་སྙད་གསུམ་པོའི་གོ་དོན་ལ་དབྱེ་ཞིབ་བྱེད་དགོས་པ་ཞིག་ཡིན།

གཟུགས་བརྙན་ཞེས་པར་གོ་དོན་གཉིས་ལྡན་ཡོད་པ་སྟེ། གཅིག་ནི་ཕྱི་རོལ་ཡུལ་དུ་གནས་པའི་བྱ་དངོས་ཀྱི་དབྱིབས་དང་རྣམ་པར་བརྗོད་པ་ཞིག་དང་། གཉིས་ནི་སྐྱུ་རྩལ་གྱི་གཟུགས་བརྙན་ལ་དམིགས་སུ་བཀར་ནས་བརྗོད་པ་ཞིག་ཡིན། དེ་ལྟར་གཟུགས་བརྙན་ཞེས་པར་གོ་དོན་ཁྱབ་ཆེ་ཆུང་གི་དབྱེ་བ་ཡོད་པ་དང་། ཁྱབ་ཆེ་བའི་གོ་དོན་ནི་བྱ་དངོས་ཀྱི་གཟུགས་དབྱིབས་མཐའ་དག་ལ་དམིགས་པ་ཞིག་དང་། ཁྱབ་ཆུང་བའི་གོ་དོན་ནི་སྐྱུ་རྩལ་གྱི་གཟུགས་བརྙན་ལ་དམིགས་པ་ཞིག་ཡིན་ཞིང་། རྩོམ་རིག་གི་རིགས་པའི་གཞུང་ལུགས་ནང་དུ་བརྗོད་པའི་གཟུགས་བརྙན་ཞེས་པའི་གོ་དོན་ཕལ་ཆེ་བ་ནི་སྐྱུ་རྩལ་གྱི་གཟུགས་བརྙན་ལ་བརྗོད་པ་ཞིག་ཡིན།

སྐྱུ་རྩལ་གྱི་གཟུགས་བརྙན་ཞེས་པ་ནི་རྩོམ་རིག་ནང་གི་མི་སྣའི་གཟུགས་བརྙན་དང་དེ་དང་འབྲེལ་ཡོད་ཀྱི་འཚོ་བའི་གནས་ཚུལ་གྱི་གཟུགས་བརྙན་ལ་བརྗོད་པ་ཞིག་ཡིན།

གཟུགས་བརྙན་གྱི་རང་བཞིན་ཞེས་པ་ནི་བརྩམས་ཆོས་ནང་གི་གསོན་ཉམས་ལྡན་པའི་དཔེ་དྲངས་པ་དང་རྒྱན་ཚིག་སོགས་ལ་དམིགས་པ་ཞིག་ཡིན། འོན་ཏེ་དེ་དག་སྐྱུ་རྩལ་གྱི་གཟུགས་བརྙན་ཆ་ཚང་ཞིག་གྲུབ་མི་ཐུབ་པར་བརྟེན་དེ་དག་ལ་གཟུགས་བརྙན་གྱི་རང་བཞིན་ལྡན་པ་ཞེས་བརྗོད་པ་ལས་གཟུགས

བརྟན་གྱི་རང་བཞིན་ལྡན་པ་ཅམ་ལ་སྒྱུ་རྩལ་གྱི་གཟུགས་བརྟན་ཞེས་བརྗོད་མི་ཐུབ་བོ།

1. སྒྱུ་རྩལ་གྱི་གཅིག་སྒྱུར་རང་བཞིན་ལྡན་དགོས་ཞེས་པའི་གོ་དོན་ཅི་ཡིན་ནམ།

2. རྩོམ་པ་པོའི་མཛོས་དཔྱོད་ཀྱི་ཕྱོགས་འདུན་ཞེས་པའི་གོ་དོན་གང་ཡིན།

3.《གླིང་གེ་སར་རྒྱལ་པོའི་སྒྲུང་》གི་འབྱུང་གཞི་དང་སྤྱི་ཚོགས་ཀྱི་འཚོ་བའི་འབྲེལ་བ་གང་ཡིན་ནམ།

ས་བཅད་གཉིས་པ། དཔེ་མཚོན་གྱི་གཟུགས་བརྙན་སྐོར།

དཔེ་མཚོན་གྱི་གཟུགས་བརྙན་ཞེས་པ་ནི་ཚད་མཐོའི་སྒྱུ་རྩལ་གྱི་གཅིག་སྡུད་རང་བཞིན་ལྡན་ཡོད་པ་མ་ཟད། ད་དུང་ཅེ་བྲག་གི་ཁྱད་ཆོས་མངོན་གསལ་དོད་པོ་ཡོད་པའི་སྒྱུ་རྩལ་གྱི་གཟུགས་བརྙན་ལ་བརྗོད་པ་ཞིག་ཡིན།

སྒྱུ་རྩལ་གྱི་དཔེ་མཚོན་ལ་དཔེ་མཚོན་གྱི་མི་སྣའང་ཟེར་ལ། བསྡུས་ནས་དཔེ་མཚོན་ཞེས་བརྗོད་ན་ཆོག དོན་སྤྱི་འདི་ཉིད་ནི་བརྩམས་སྒྲུང་དང་ཡང་ན་དོན་བརྗོད་རང་བཞིན་ལྡན་པའི་རྩོམ་རིག་གི་ནང་དུ་གསར་བཟོ་བྱས་པའི་རིན་ཐང་ཆེ་བའི་མི་སྣའི་གཟུགས་བརྙན་ལ་དམིགས་ནས་བསྟན་པ་ཞིག་ཡིན་པ་དང་། དེ་ལ་མི་སྣའི་གཟུགས་བརྙན་ཕལ་པ་མཐའ་དག་གི་ཁྱད་ཆོས་གཞིར་བཞག་སྟེང་དུ་ད་དུང་ཐུན་མོང་མིན་པའི་ཁྱད་ཆོས་དུ་མ་ལྡན་པ་ཞིག་ཡིན་ནོ།

དཔེ་མཚོན་གྱི་གཟུགས་བརྙན་དང་སྤྱིར་བཏང་གི་གཟུགས་བརྙན་གཉིས་བསྡུར་ཞིབ་ཅིག་བྱས་ཚེ། འཚོ་བ་གཅིག་སྡུད་བྱེད་པའི་གཏིང་ཟབ་ཚད་དང་རྒྱ་ཁྱོན་མི་འདྲ་བ་སྟེ། སྤྱིར་བཏང་གི་གཟུགས་བརྙན་ནི་ཚད་དམའ་བའི་སྒྱུ་རྩལ་གྱིས་གཅིག་སྡུད་བྱས་པ་ཞིག་ཡིན་ལ། གཟུགས་བརྙན་དེ་རིགས་ནི་རྩོམ་རིག་གི་ནང་དུ་གནས་ཚུལ་འགའ་རེའི་འོག་ཏུ་མངོན་པ་ཙམ་ལས་གནས་ཚུལ་གཞན་ཞིག་ཏུ་འཕོ་འགྱུར་འགྲོ་སྐབས་གཟུགས་བརྙན་དེ་རིགས་ཡང་རང་བཞིན་དུ་ནུབ་འགྲོ་ཡི་ཡོད་པ་རེད།

དཔེར་ན《གླིང་གེ་སར་རྒྱལ་པོའི་སྒྲུང་》ནང་གཤམ་འོག་གི་མི་སེར་ཕལ་པའི་གཟུགས་བརྙན་ཤིན་ཏུ་མང་པོ་ཡོད་ཀྱང་སྤྱིར་བཏང་ཐོག་བརྩམས་ཆོས་ནང་ཐེངས་གཅིག་ཐོན་རྗེས་རང་བཞིན་དུ་ནུབ་འགྲོ་ཀྱི་ཡོད་པ་རེད།

དཔེ་མཚོན་གྱི་གཟུགས་བརྙན་ནི་བརྩམས་ཆོས་ཀྱི་ནང་དུ་ཚད་མཐོའི་སྒྱུ་རྩལ་གྱིས་གཅིག་སྡུད་བྱས་པ་ཞིག་ཡིན་པ་མ་ཟད། རྩོམ་པ་པོས་གང་ཐུབ་ཅི་ཐུབ་ཀྱིས་འབྲི་བཞེངས་བྱེད་པའི་གཙོ་བོའི་མི་སྣ་དེ་ཡིན་པ་དང་། མི་སྣ་དེ་རིགས་ནི་བརྩམས་ཆོས་ཁྱོན་ཡོངས་ཀྱི་ནང་དུ་གསལ་ཡོད་པ་ཞིག་ཡིན། དཔེར་ན《གླིང་གེ་སར་རྒྱལ་པོའི་སྒྲུང་》ནང་གི་གེ་སར་རྒྱལ་པོ་དང་། སྤྱི་དཔོན་རོང་ཚ་ཁྲ་རྒན། འབྲུག་མོ། ཚ་ཞང་འདན་མ་བྱང་ཁྲ་སོགས་ནི་དཔེ་མཚོན་གྱི་གཟུགས་བརྙན་ཞིག་ཡིན། དེ་ལྟར་དཔེ་མཚོན་གྱི་གཟུགས་བརྙན་དང་ཕལ་པའི་གཟུགས་བརྙན་གྱི་འབྲེལ་བ་ནི་གཙོ་ཕལ་གྱི་འབྲེལ་བ་ཞིག་ཡིན་ལ། ཕལ་པའི་གཟུགས་བརྙན་མང་པོ་ཞིག་རྩོམ་འབྲི་མ་བྱས་ཚེ། དཔེ་མཚོན་གྱི་གཟུགས་བརྙན་ཡང་གསར་བསྐྲུན་བྱེད་མི་ཐུབ་པོ།

རྩོམ་རིག་གི་བརྩམས་ཆོས་ནང་དུ་དཔེ་མཚོན་གྱི་གཟུགས་བརྙན་ཞིག་མེད་ན་རྩོམ་རིག་དེར་ཉམས་པ་མེད་པའི་ཡིད་འགུགས་པའི་ནླ་སྟོབས་ཡོང་མི་ཐུབ་པ་དང་། བརྩམས་ཆོས་ཀྱི་ནང་དུ་སྤྱིར་བཏང་གི་གཟུགས་བརྙན་མང་པོ་ཞིག་ཡོད་སྲིད་ཀྱང་དཔེ་མཚོན་གྱི་གཟུགས་བརྙན་ནི་ཆེས་ཁྱད་དུ་འཕགས་ཤིང་གྲུབ་འབྲས་ཆེ་ཆེར་ཐོབ་ཡོད་པའི་བརྩམས་བྱའི་ནང་ནས་མཐོང་ཐུབ་པ་ཞིག་ཡིན།

དང་པོ། གོ་དོན་འགྲེལ་བ།

ཅི་འདྲ་ཞིག་ལ་དཔེ་མཚོན་གྱི་གཟུགས་བརྙན་ཟེར་རམ།

མི་རྣམས་ཀྱི་གནད་དོན་འདིའི་ཐད་ལྟ་ཚུལ་སྣ་ཚོགས་པ་ཞིག་མཆིས་ལ། གནད་དོན་འདིའི་ཐད་ཞིབ་འཇུག་བྱེད་སྔ་ཤོས་ནི་ནུབ་ཕྱོགས་ཁུལ་དུ་ཡིན་ཞིང་། ཆེས་སྔ་ཤོས་འདོན་མཁན་ནི་ལོ་མ་རྒྱལ་ཁབ་ཀྱི་ཧྲའ་ལའ་སི་(སྤྱི་ལོའི་སྔོན་གྱི་ལོ་65－སྤྱི་ལོ་8)དང་དེ་རྗེས་ཕ་རན་སིའི་རྩོམ་རིག་རིགས་པའི་གཞུང་ལུགས་

མཁན་པོ་འ་ཡོའོ་(1636 – 1711)ཡིས་《སྙན་ངག་གི་སྒྲུ་རྩལ་》ཞེས་པའི་ནང་དུ་“རིགས་སྐྱེས་མི་འདྲ་བ་”ཞེས་པའི་འདོད་ཚུལ་བཏོན་ཞིང་། དཔེ་མཚོན་གྱི་གཟུགས་བརྙན་གསར་བསྐྲུན་བྱེད་རྒྱུའི་ཐད་ལ་ཡང་བཟོ་པ་དང་ཞིང་པ་དམག་མི་སོགས་ཁག་བགོས་ཀྱིས་གསར་བསྐྲུན་བྱེད་གཞི་ཞིག་ཏུ་བཞག་ཡོད་པ་རེད། དེ་ནི་དཔེ་མཚོན་གྱི་གཟུགས་བརྙན་གསར་བསྐྲུན་བྱེད་པའི་སྐོར་གྱི་ཆེས་ཐོག་མའི་ལྟ་ཚུལ་དེ་ཡིན། འོན་ཏེ་ལྟ་ཚུལ་དེའི་ཤུགས་རྐྱེན་ནི་ཤིན་ཏུ་ཆེ་བ་ཞིག་ཡིན། དཔེ་མཚོན་གྱི་གཟུགས་བརྙན་ཞིག་ཡིན་ཕྱིར་དེར་དམིགས་བསལ་གྱི་བྱེ་བྲག་གི་རང་བཞིན་ལྡན་དགོས་ལ། ད་དུང་དེར་ཡོངས་ཁྱབ་ཀྱི་སྤྱི་ཡོངས་ཀྱི་རང་བཞིན་ལྡན་དགོས་པ་ཞིག་རེད་ལ། དཔེ་མཚོན་གྱི་མི་སྣ་དེའི་ཐོག་ནས་གྲལ་རིམ་དང་ཡང་ན་རིམ་གྲས་གང་ཞིག་གི་ཁོངས་སུ་གཏོགས་པ་ཡིན་མིན་ཡང་གསལ་པོར་མཚོན་དགོས་པ་ཞིག་ཡིན། འོན་ཏེ་དཔེ་མཚོན་གྱི་མི་སྣ་དེ་ནི་མི་མི་འདྲ་བ་ཁག་སོ་སོའི་གཟུགས་བརྙན་ལ་འགྲེལ་བཤད་བྱས་པ་ཞིག་མ་ཡིན། དེ་སྔོན་དཔེ་མཚོན་གྱི་མི་སྣའི་གཟུགས་བརྙན་གསར་བསྐྲུན་བྱེད་རྒྱུའི་ཐད་གྲལ་རིམ་གྱི་རང་བཞིན་དེ་གཙོ་བོར་འཛིན་ཞིང་ཁོང་ཚོའི་ལྟ་ཚུལ་དུ་གྲལ་རིམ་རེ་ལ་དཔེ་མཚོན་གྱི་རང་བཞིན་ལྡན་པ་རེ་སྤྱར་དགོས་པ་དང་། ཐ་ན་བཟོ་པ་དང་ཞིང་པ། དམག་མི་སོགས་ཁག་བགོས་ཀྱིས་དཔེ་མཚོན་གསར་བསྐྲུན་བྱེད་གཞི་ཞིག་ཏུ་བཞག་པ་དང་། བརྩམས་ཆོས་ནང་དུ་བཟོ་པའི་གཟུགས་བརྙན་ཞིག་གསར་བསྐྲུན་བྱས་ཡོད་ཚེ་དེས་བཟོ་པ་ཁོ་ནར་ཁྱབ་པ་ལས་སྤྱི་ཚོགས་འདིའི་ཐོག་ཏུ་གནས་པའི་མི་སྣ་གཞན་ལ་ཁྱབ་མི་ཐུབ་པ་ཞིག་ཏུ་ངོས་འཛིན་བྱས་ཡོད་པ་དང་། འཚོ་བ་དངོས་ཀྱི་ནང་དུ་གྲལ་རིམ་གཅིག་པ་ཡིན་པའི་མི་རྣམས་ཀྱིས་ཀུང་སོ་སོའི་བྱེ་བྲག་གི་རང་བཞིན་མི་འདྲ་བ་སྣ་ཚོགས་མཚོན་པར་བྱེད་ཀྱི་ཡོད་རྐྱེན། གྲལ་རིམ་གཅིག་ལ་དཔེ་མཚོན་གཅིག་རང་ལས་མེད་པ་ཞིག་མ་ཡིན། དངོས་ཡོད་འཚོ་བའི་ནང་དུ་མི་རྣམས་ཀྱི་ངོས་འཛིན་ཚུལ་དང་འདོད་ཕྱོགས། ཞེན་ཆགས། སྣང་སེམས་སོགས་ནི་རྣོག་འཛིང་ཤིན་ཏུ་ཆེ་བ་དང་། ཁོང་ཚོའི་

གཉིས་རྒྱུད་དང་སྤྱི་ཚོགས་ཀྱི་ཤུགས་རྐྱེན་དང་ལེན་བྱ་རྒྱུའི་ཐད་ཁྱད་པར་ཆེ་ལ་སྣེ་མང་འཛོམས་པ་ཞིག་ཡིན་རྐྱེན། གནད་དོན་འགའ་ཞིག་གིས་གྲལ་རིམ་གྱི་རང་བཞིན་གཅིག་སྒྱུར་བྱེད་ཐུབ་པ་ཞིག་མ་ཡིན།

གྲལ་རིམ་གཅིག་པ་ཡིན་པའི་མི་རྣམས་ཀྱི་ངོས་ནས་ཞུས་ན། མི་འགའ་རེས་གནད་དོན་འདི་འདྲ་འགའ་ཞིག་གི་ཐོག་ཏུ་གྲལ་རིམ་དེའི་འདུ་ཤེས་མངོན་གསལ་དོད་པོ་ཡོད་པ་ཞིག་ཡིན་ལ། འགའ་རེས་གྲལ་རིམ་དེའི་འདུ་ཤེས་མངོན་གསལ་དེ་ཙམ་མེད་པ་དང་ཐ་ན་རང་གི་གྲལ་རིམ་དེར་རྒྱབ་གཏོད་བྱས་ཏེ། གྲལ་རིམ་གཞན་ཞིག་གི་ཕྱོགས་སུ་ལངས་འགྲོ་ཡི་ཡོད་པ་རེད། དེའི་ཐོག་ནས་གྲལ་རིམ་གཅིག་གི་ཁོངས་སུ་གཏོགས་པའི་མི་རྣམས་ཀྱི་བསམ་བློའི་འདུ་ཤེས་དང་ཞེན་ཆགས་སོགས་མཚོན་ཚུལ་ཤིན་ཏུ་མང་བ་ཞིག་ཡིན་པ་ལས་གཅིག་མཚུངས་སུ་གནས་པ་ཞིག་མ་ཡིན་པར་བརྟེན། གྲལ་རིམ་གཅིག་ལ་དཔེ་མཚོན་གཅིག་རང་ལས་མེད་ཅེས་བརྗོད་མི་ཐུབ་པ་ཞིག་ཡིན། དཔེ་མཚོན་གྱི་མི་སྣ་ཞིག་ཡིན་ཕྱིར་དེར་ངེས་པར་དུ་གྲལ་རིམ་གྱི་རང་བཞིན་གཅིག་སྒྱུར་བྱ་དགོས་པ་ཞིག་ཡིན་ལ། ད་དུང་སྤྱི་ཚོགས་ཁྱོན་ཡོངས་ཀྱི་རང་བཞིན་ཡང་གཅིག་སྒྱུར་བྱེད་དགོས་པ་ཞིག་ཡིན།

དེ་རྗེང་1806ལོར་ཧེ་གོར་གྱིས《བསམ་པའི་སྣང་ཚུལ་རིག་པ་》ཞེས་པའི་ནང་དུ་“དེ་ནི་”“དེ་ཉིད་”ཡིན་པ་དང་“རང་གཤིས་ཅན་”དུ་འགྱུར་དགོས་པའི་འདོད་ཚུལ་བཏོན་ཡོད་པ་རེད་ལ། 1885ལོར་ཨེན་ཀེ་སིས་“མི་སུ་ཡིན་ཡང་རང་ཉིད་དཔེ་མཚོན་ཞིག་ཡིན་པ་དང་ཆབས་ཅིག་མི་རང་ག་བ་ཞིག་ཀྱང་རེད། དེ་ཡང་ཧེ་གོར་གྱིས་བཤད་པ་ལྟར་“དེ་ནི་”“དེ་ཉིད་”ཡིན་པ་དང་དེ་དེ་བཞིན་པ་ཞིག་རེད་”(《མིན་ཁོ་ཚེ་ཅི་ལ་སྤྲིངས་》ཅེས་གསུངས་པ་དང་དཔེ་མཚོན་གྱི་མི་སྣ་ཞིག་ཡིན་ཕྱིར་“དེ་ནི་”“དེ་ཉིད་”ཡིན་ཟེར་བ་ནི་མི་སྣར་རང་གཤིས་དེ་ཁོ་ན་ཉིད་ལྡན་དགོས་པ་ལས། དེ་དང་མི་འདྲ་བའི་རང་གཤིས་གཞན་ཞིག་ལྡན་ཡོད་ཚེ་རང་གཤིས་ཅན་དུ་འགྱུར་བའི་ཁྱད་ཆོས་མེད་པར་གྱུར་

བ་རེད། འོན་ཏེ་“དེ་ཉིད་”ཀྱི་རང་གཤིས་དེས་སྤྱི་ཚོགས་ཀྱི་འཚོ་བའི་ཕྱོགས་འགའ་ཤས་ཀྱི་ཐུན་མོང་གི་རང་གཤིས་ཁྱད་ཆོས་གཅིག་སྟུད་བྱ་དགོས་པ་མ་ཟད། ད་དུང་དེར་ཡོངས་ཁྱབ་ཀྱི་རང་བཞིན་དེ་བས་རྒྱ་ཆེན་པོ་ལྡན་དགོས་པ་ཞིག་ཡིན། མ་ཁེ་སིས་དཔེ་མཚོན་གྱི་མི་སྣའི་སྐོར་གསུང་དོན་“གཙོ་བོའི་མི་སྣ་དེས་གྲལ་རིམ་ངེས་ཅན་ཞིག་དང་ཕྱོགས་ལྷུང་ངེས་ཅན་ཞིག་མཚོན་ཐུབ་པ་མ་ཟད། དུས་རབས་ངེས་ཅན་ཞིག་གི་བསམ་བློ་མཚོན་དགོས”ཞེས་གསུངས། དེ་རྟིང་སྤྱི་ཡོངས་ཀྱི་རང་བཞིན་དང་རང་གཤིས་ཅན་ཟུང་འབྲེལ་བྱས་ཏེ་རྩོམ་འབྲི་བྱ་དགོས་པའི་ཐབས་ཤེས་སུ་འཕེལ་རྒྱས་ཕྱིན་ཡོད་པ་རེད། དེ་ལྟར་དཔེ་མཚོན་གྱི་མི་སྣ་ཞིག་ཡིན་ཕྱིར་དེར་བྱེ་བྲག་གི་རང་བཞིན་བརྒྱུད་དེ་ཐུན་མོང་གི་རང་བཞིན་མཚོན་པར་བྱས་པ་ཞིག་དང་། དམིགས་བསལ་གྱི་བྱ་དངོས་བརྒྱུད་དེ་སྤྱིར་བཏང་མཚོན་པར་བྱ་བ་ཞིག་ཡིན།

གཉིས་པ། དཔེ་མཚོན་གཟུགས་བརྙན་གྱི་ཁྱད་ཆོས་སྐོར།

དཔེ་མཚོན་གྱི་གཟུགས་བརྙན་ལ་རང་གཤིས་ཕྱོགས་ཀྱི་ཁྱད་ཆོས་དང་སྤྱི་ཡོངས་ཀྱི་ཁྱད་ཆོས་ལྡན་དགོས་པ་ཞིག་ཡིན། དཔེ་མཚོན་གྱི་གཟུགས་བརྙན་དེ་ཡང་ཐོག་མར་ངེས་པར་དུ་ཞིབ་ཕྲ་ཞིག་ཡིན་དགོས་པ་ལས་སྤྱི་འགྲོས་ཞིག་མ་ཡིན་པ་མ་ཟད། དཔེ་མཚོན་གྱི་གཟུགས་བརྙན་ནི་ནམ་ཡང་གསོན་ཉམས་ལྡན་པ་དང་། དམིགས་བསལ་ཡིན་པ། མི་རྣམས་ཀྱིས་མཛེས་ཚོར་སྐྱོང་ཐུབ་པའི་རང་གཤིས་ཅན་གྱི་རྣམ་པ་དེ་ཡིན་དགོས། འོན་ཏེ་སྒྱུ་རྩལ་གྱི་གཟུགས་བརྙན་ཞིག་ལ་བྱེ་བྲག་གི་རང་བཞིན་ལྡན་པ་ཙམ་ལས་སྤྱི་ཡོངས་ཀྱི་རང་བཞིན་ཚུར་སྣང་བྱས་མེད་ཚེ། དེར་དཔེ་མཚོན་གྱི་གཟུགས་བརྙན་ཞེས་བརྗོད་མི་ཐུབ། དེར་བརྟེན་དཔེ་མཚོན་གཟུགས་བརྙན་གྱི་ཐུན་མོང་གི་རང་བཞིན་ཞེས་པ་ནི་སྒྱུ་རྩལ་གྱི་གཟུགས་བརྙན་དེ་དག་བརྒྱུད་དེ་སྤྱི་ཚོགས་ཀྱི་འཚོ་བའི་ངོ་བོ་དང་ཆོས་

ཉིད་འགའ་ཞིག་ཚུར་སྣང་བྱེད་དགོས་པ་རེད།

དཔེ་མཚོན་གྱི་གཟུགས་བརྙན་ཞིག་ཡིན་ཚེ་དེར་ཆ་རྐྱེན་ནམ་ཁྱད་ཆོས་གསུམ་འཛོམས་དགོས་པ་སྟེ། གཅིག དཔེ་མཚོན་གྱི་གཟུགས་བརྙན་དེ་གཟུགས་བརྙན་ཕལ་པ་གང་ཞིག་ལས་ཀྱང་མངོན་པར་གསལ་བ་དང་འབུར་དུ་ཐོན་པ། ཐ་ན་ཁྱད་མཚར་ཆེ་བའི་རང་བཞིན་རང་ག་བ་ཞིག་ཡིན་དགོས་ལ། གསར་བསྐྲུན་གྱི་རང་བཞིན་ཚད་དེ་ལད་ཟློས་མ་ཡིན་ལ་མཚུངས་ཟླ་གཞན་གང་ཡང་མེད་པའི་མཐོ་ཚད་གཅིག་ཏུ་སླེབས་དགོས་སོ།

གཉིས། གཟུགས་བརྙན་དེའི་ཁྱད་པར་བའི་རང་བཞིན་ནང་དུ་རིགས་གྲས་འདྲེའམ་རིགས་གྲས་དེ་ཡི་རང་བཞིན་ཁྱད་ཆོས་སྣ་ཚོགས་གཅིག་ཏུ་འདུས་ཡོད་པ་དང་། གྲལ་རིམ་ཞིག་གམ་རིམ་གྲས་ཤིག ཡང་ན་སྤྱི་ཚོགས་ཀྱི་ཚོགས་པ་ཞིག་གམ། ཡང་ན་སྤྱི་ཚོགས་ཀྱི་རྒྱུ་རྐྱེན་དེ་ལས་ཆེ་བའི་ཐུན་མོང་མ་ཡིན་པ་ངེས་ཅན་ཞིག་སྟེ། ཁྱབ་ཁྱོན་ངེས་ཅན་ཞིག་གི་མིའི་བསམ་པའི་རང་བཞིན་ཐུན་མོང་བ་ཞིག་གཅིག་འདུ་བྱས་ཏེ། ཡོངས་ཁྱབ་ཀྱི་རང་བཞིན་དེ་ལས་ཆེ་བ་ཞིག་གསལ་བར་བསྟན་ནས། མི་རྣམས་ལ་སྤྱི་ཚོགས་ཀྱི་མིའི་རིགས་གྲས་ག་གེ་མོའི་གདོང་རིས་ཇི་བཞིན་མཚོན་པར་བྱས་ཐོག་དེ་ལ་ཆ་རྒྱུས་ཡོད་པར་འདྲ་བའི་སྣང་བ་སྐྱེར་དགོས།

གསུམ་པ། དཔེ་མཚོན་གཟུགས་བརྙན་གྱི་ཁྱད་ཆོས་རང་ག་བ་དང་ཁྱད་ཆོས་ཐུན་མོང་བ་གཉིས་འོ་ཆུ་བཞིན་འདྲེས་པར་བྱས་ཏེ། གཟུགས་བརྙན་སྤྱིའི་ནང་དུ་ལོ་རྒྱུས་ཀྱི་དོན་གནད་དང་གཏིང་ཟབ་པའི་བསམ་བློ་འདུས་ཡོད་པ་དང་། དེས་སྤྱི་ཚོགས་ཀྱི་འཚོ་བ་དངོས་ཀྱི་རང་བཞིན་དང་འཕེལ་རྒྱས་བྱུང་ཚུལ་གྱི་ཆོས་ཉིད་རེ་ཟུང་མཚོན་ཐུབ་པས་མཛེས་དཔྱོད་ཀྱི་རིན་ཐང་དང་སྒྱུ་རྩལ་གྱི་འགུགས་ཤུགས་ཉམས་པ་མེད་པ་ཞིག་ཡོད་པ་རེད།

དཔེར་ན། སྐུ་ཞབས་ལུའུ་ཞུན་གྱི་སྨྱུག་རྩེ་ནས་ཐོན་པའི་ཕྱུལ་བྱུང་གི་དཔེ་མཚོན་གཟུགས་བརྙན་ཨQཞེས་པ་དེའི་རང་གཤིས་ནི་སྟེ་མང་རྙོག་འཛིང་ཆེ་ལ་

མངོན་གསལ་འབྱུར་ཐོན་ཅན་ཞིག་རེད། ཁོ་ལ་ཁྱད་མཚར་ཞིང་དགོད་བྲོ་བའི་བཟོ་ལྟ་ཞིག་ཡོད་པ་སྟེ། གཟུགས་པོ་ཆུང་ཞིང་ཤ་རིད་པ། མགོ་ལ་རལ་བ་སེར་སྐྱ་ཞིག་བཞག་ཡོད་པ་དང་། རྐ་ཤུལ་ཆེན་པོ་འགའ་ཡོད་པ། ཁོང་ནི་ཁོང་ཁྲོ་ཟ་སླ་ཞིང་ལག་འགྲུལ་བྱེད་རྒྱུར་དགའ་བ་ཙམ་ལས་དེ་མིན་ན་ནམ་ཡིན་ཡང་འཛུམ་དམུལ་དམུལ་གྱིས་གདོང་ལ་ངའོ་སྙམ་པའི་"རྒྱལ་ཁ་འཐོབ"པའི་ཉམས་ཤིག་ཤར་འདུག དེ་ལས་ལྡོག་པར་མི་རྣམས་ལ་ང་མ་དགོད་ཀྱི་སྣང་བ་བསྐྱེད་ཀྱང་མི་རྣམས་ཀྱི་བློ་སྒྲིག་གཡོ་སྒྱུལ་ནུས་པའི་ནང་གི་སེམས་ཁམས་ཁྱད་པར་བ་ཞིག་ཡོད། དེ་ནི་དྲན་པ་མི་གསལ་ཞིང་བླང་དོར་གྱི་གནས་མི་ཕྱེད་ལ་རྒྱུན་དུ་ཁོ་རང་གི་ཡིད་བཞིན་ནོར་བུ"བསམ་པའི་རྒྱལ་ཁ་སྨོམ་ཐབས"ལ་བརྟེན་ནས་རང་མཐོང་ཆེ་བ། རང་བརྙས་རང་ཞུང་བྱེད་པའི་ཨQརིང་ལུགས་ལག་བསྟར་བྱེད་པ་དེ་རེད། གཞན་ལ་ཚིག་རྩོད་བྱེད་པའི་སྐབས་སུ་མིག་བགྲད་བཞིན་"ང་ཚོ་དེ་སྔ་ཁྱོད་ལས་ཕྱུག་པ་ཤ་སྟག་ཡིན་པས། ཁྱོད་ནི་ཅི་ཞིག་ཡིན"ཞེས་དམོད་པ་དང་། གྲོང་ཁྱེར་ནང་དུ་ཐེངས་འགའ་ཕྱིན་རྗེས་གྲོང་ཁྱེར་ནང་གི་མི་རྣམས་ཀྱིས་ཉ་ཤ་བཙོ་བའི་ཚེ་སྟེང་དུ་ཙོང་གཙབས་ནས་རྒྱག་པ་ལ་འཕྱ་བ་དང་། མཉམ་དུ་གྲོང་པ་ཚོས་གྲོང་ཁྱེར་ནང་གི་ཉ་ཤ་བཙོ་ཚུལ་ཡང་མཐོང་མ་མྱོང་བར་འཕྱ་བ་རེད། རང་གི་མགོ་ལ་རྨ་ཏྲུལ་ཡོད་པ་དེར་དོགས་ནས་གཞན་ལ་རྨའམ་ཡང་ན་དེ་དང་སྒྲ་མཚུངས་ཀྱི་སྒྲ་གང་ཞིག་བརྗོད་དུ་མི་འཇུག་པ་རེད། གལ་ཏེ་གཞན་གྱིས་སླས་པ་ཡིན་ན་ཁ་བརྙལ་བ་རྣམས་ལ་ཐིག་པ་དང་། ཉམ་ཆུང་བ་རྣམས་ལ་རྟུང་རྗེག་བྱེད་པ། རྟུང་མི་ནུས་པ་རྣམས་ལ་ཐང་མིག་བགྲད་དེ་ཁྱེད་ཅག་ལ་རྨ་ཏྲུལ་ཞིག་འབྱུང་བའི་བསོད་ནམས་ཀྱང་མེད་ཅེས་དམོད་པ་དང་། ཐ་ན་རང་ཉིད་ལ་རྟུང་རྗེག་ཐེབས་པ་ནི་"རང་གི་བུས་རྟུང་བར་བརྡེ་བའི"ཐབས་ལ་བརྟེན་ནས་རང་སེམས་རང་གསོ་བྱེད་པ་དང་། ཡང་ན་"མིས་དུད་འགྲོ་ལ་རྟུང་བ"དང་"འབུ་ལྷོ་འགྲོ་ཅན་ལ་རྟུང་བ"སོགས་ལ་ཁས་བླངས་ཏེ་བཟོད་གསོལ་ཞུ་བ་དང་། རང་ཉིད་བརྙས་བཅོས་དང་རྟུང་རྗེག་ལས་ཐར་མ

ཐུབ་པར་ཕམ་ཉེས་བྱུང་ཚེ། ད་དུང་བཟེད་ངད་སུ་གཏོང་བའམ་རང་ལས་ཉམ་ཆུང་བར་རྟུང་བའམ། ཡང་ན་རང་གིས་རང་ལ་བརྟུང་བའི་ཐབས་ལ་བརྟེན་ནས་བསམ་པའི་རྒྱལ་ཁ་བསྒྲོམས་ཏེ་བག་ཕེབས་པར་གྱུར་གྱི་ཡོད་པ་རེད། ཁོས་གསར་བརྗེ་དངོས་སུ་ཐོན་ཚེ་དེའི་ནང་ཞུགས་རེ་ཞུས་པ་དང་། ཐ་ན་གཞན་གྱིས་ཁོ་ལ་མ་ཉེས་ཁ་གཡོག་བྱས་པའི་ཉེས་མིང་ཡང་གསར་བརྗེའི་ལས་དོན་དུ་རྩིས་ནས་དང་དུ་བླངས་པ་རེད། ཕྱིས་སུ་རང་ཉིད་ལ་སྲོག་ཁྲིམས་ཐོག་སྐྱེ་ཁྲིམས་ཡིག་གི་སྟེང་དུ་གསལ་ཡིག་འགོད་པའི་ཚེ་ནའང་། ཁོས་ད་དུང་གཞན་གྱིས་བཞད་གད་སློང་བྱེད་དུ་འགྱུར་མི་རུང་སྙམ་ནས་རི་མོ་སྐོར་སྐོར་གཅིག་འབྲི་བསམ་ཀྱང་། གཟབ་གཟབ་ཇི་ལྟར་བྱས་ཏེ་བྲིས་ཀྱང་བསིལ་ཀའི་འབྲས་བུའི་ཁ་དབྱིབས་ཙམ་དུ་སོང་བ་བློ་ཕམ་ཆེན་པོ་སྐྱེས། ཡིན་ནའང་མི་རིང་བར་སླར་ཡང་བག་ཕེབས་པར་གྱུར་ཏེ་“བུ་ཚས་རི་མོ་སྐོར་ཀྱང་ཞིག་འབྲི་ཐུབ་ཀྱི་རེད་”སྙམ་པ་དང་། གསོད་རར་ཁྲིད་པའི་ལམ་དུ་སྐབས་འགར་སྨྱོན་པ་དང་འདྲ། སྐབས་འགར་བག་ཕེབས་དང་མི་ཚོགས་འདུ་ཡོང་གི་ནང་དུ་ཁོར་སློ་བུར་དུ་རྟོག་པ་ཞིག་སྐྱེས་པ་དང་འདྲ་བར་ཁ་ནས་“ལོ་ཉི་ཤུའི་རྗེས་སུ་སླར་ཡང་”ཞེས་པའི་ཚིག་ཕྱེད་ཙམ་བཤད་མ་ཐག་མི་ཚོགས་ཀྱི་ཁྲོད་ནས་“རེད་”ཅེས་པའི་ཤུར་སྒྲ་ཆེན་པོ་ཞིག་བསྒྲགས་པ་དང་། སློ་བུར་དུ་ཁོས་མཐའ་འཁོར་གྱི་སྤྱང་མིག་རེ་རེས་ཁོ་ཡི་ཤ་སྲོག་རལ་ལ་འཆའ་བའི་ཚོར་བ་ཞིག་སྐྱེས་ཏེ་བཟོད་གསོལ་ཞུ་བར་བརྩམས་པའི་ཚེ་མདེལ་སྒྲ་ཞིག་གིས་སྲོག་བཀུམ་པ་རེད།

རང་གཤིས་དེ་འདྲ་བ་ཞིག་ནི་དངོས་གནས་ཡ་མཚན་ཆེ་ལ་འཚོ་བ་དངོས་སམ་སྒྱུ་རྩལ་གྱི་འཇིག་རྟེན་གང་དུ་བཙལ་ཀྱང་མཚུངས་ཟླ་བརྙེད་དཀའ་བ་ཞིག་རེད། ཨ་Qཞེས་པ་དེའི་རང་གཤིས་ཡ་མཚན་པ་དེའི་ནང་ནས་དུས་རབས་ཁྱད་པར་བ་ཞིག་གི་ནང་དུ་གླ་པ་ཞིག་གི་གཞུང་དྲང་། བཙོན་སེམས། ངན་ངོན་གྱི་འཚོ་བ་བསྒྱུར་འདོད་ཀྱི་རེ་བ། གསར་བརྗེ་བྱེད་འདོད་ཀྱི་འདུན་པ་བཅས་མཚོན་པ་མ་ཟད། བཀས་བཀོད་བརྒྱུད་འཛིན་དང་དབང་སྒྱུར་གྲལ་རིམ་གྱིས

རྒྱངས་བརྒྱལ་དུ་བཏང་བའི་ཐོན་སྐྱེད་ཚུང་བ་བྱེད་མཁན་ཞིང་པ་ཞིག་གི་ཐ་ཐོར་ཁེར་རྐྱང་། ཉིང་ཞིན། གུ་དོག་གི་སྐྱོན་ཆ་དག་འགོས་ཏེ་“བསམ་པའི་རྒྱལ་ཁ་སྒྲོམ་ཐབས”བྱེད་པའི་ངན་ཤན་ཞུགས་པའི་ཆ་དེ་མཚོན་པ་དང་། ལྷག་པར་དུ་ལོ་སྟོང་ཕྲག་དུ་མའི་རིང་དང་། ཁྱད་པར་ཉེ་རབས་ཀྱི་བཀས་བཀོད་རྒྱུད་འཛིན་དབང་སྒྱུར་གྲལ་རིམ་ལ་ཐར་ནས་ཡོད་པ་དང་། གྲུང་གོ་བ་མི་ཉུང་བ་ཞིག་གི་བླ་སྲོག་ལ་ཕྲད་སྐྱོན་གཏོང་བྱེད་ “རྒྱལ་འབངས་རྡུལ་སྲུང་གི་རང་བཞིན་”ཏེ་དོན་དུ་ཕམ་ཉེས་རིང་ལུགས་ཀྱི་“བསམ་པའི་རྒྱལ་ཁ་སྒྲོམས་ཐབས”ཀྱིས་མཚོན་པའི་མི་རིགས་ཀྱི་རྗེས་ལུས་ཀྱི་སེམས་ཁམས་དེ་གསལ་པོར་མཚོན་ཡོད་པ་རེད།

དེར་བརྟེན། ཕྱི་གླིང་པ་ཁ་ཤས་ཀྱིས་ང་ཚོའི་རྒྱལ་ཁབ་ཀྱི་མི་རིགས་ཁྲོད་དུའང་ཨ་Qཡོད་པ་རེད་ཟེར། འཚོ་བའི་ནང་དུ་མི་རྣམས་ཀྱིས་“བསམ་པའི་རྒྱལ་ཁ་སྒྲོམ་ཐབས”སྣ་ཚོགས་སྤྱོད་ལ་གོམས་པའི་མི་ལ་ཨ་Qདང་ཡང་ན་“ཨ་Qདང་འདྲ”ཟེར་བ་མ་ཟད། མི་མང་པོས་ཨ་Qམདུན་དུ་རང་ཉིད་ཀྱི་གནད་དོན་མང་པོ་ཞིག་ཨ་Qདང་འདྲ་སྙམ་ནས་གནོང་འགྱོད་བྱེད་པའི་ཚུལ་ལ་བལྟས་ན་ ཨ་Qཡི་ རང་གཤིས་ནང་དུ་དེ་འདྲ་རྒྱ་ཆེ་བའི་ཕྱོགས་སྡུད་ཀྱི་རང་བཞིན་དང་ཁྱོན་ཆེ་བའི་ཡོངས་ཁྱབ་ཀྱི་རང་བཞིན་ཡོད་པ་དེའི་ནང་དུ་ལོ་རྒྱུས་ཀྱི་ནང་དོན་རྒྱ་ཆེན་པོ་དང་བསམ་པའི་དགོངས་དོན་གཏིང་ཟབ་པོ་ཞིག་ལྡན་ཡོད་ལ། དེས་མི་རྣམས་ལ་ཨ་Qཡི་བསམ་པའི་རྒྱལ་ཁ་སྒྲོམ་ཐབས་དེ་ནི་ང་ཚོའི་མི་རིགས་ལ་ཕམ་ཉེས་འབྱུང་བྱེད་ཅིག་དང་། ང་ཚོའི་མི་རིགས་ཀྱི་ཤེ་ལམ་དང་གསོན་ལམ་གང་ཡིན་པ་ངོས་འཛིན་བྱེད་པ་དང་། རང་རེ་གཉའ་གནོན་སྤྱོད་མཁན་གྱི་མི་རིགས་ལ་མདུན་དུ་བསྐྱོད་པའི་ལམ་ཆེན་ཞིག་གསར་གཏོད་བྱེད་ཐུབ་པ་ཡིན་ནོ། དེ་དང་མཉམ་དུ་མི་རྣམས་ལ་ལྟུགས་ཕག་ལོའི་གསར་བརྗེའི་ཁྲག་གིས་སྦགས་པའི་བསླབ་བྱ་ལེན་དགོས་པ་ལས་ཆོན་རྩེ་གསར་པ་བྱུགས་པའི་“མིང་བྱང་བརྗེས་ཀྱང་དངོས་ཟོག་མི་བརྗེས”པའི་གསར་བརྗེ་བྱེད་མི་རུང་བ་དེ་

བསྟན་ཡོད་པ་རེད། དེ་ནི་གྲལ་རིམ་གྱི་རང་བཞིན་གཅིག་སྟུད་བྱུས་ཡོད་པ་མ་ཟད། སྤྱི་ཚོགས་ཁྱོན་ཡོངས་ཀྱི་རང་བཞིན་ཡང་གཅིག་སྟུད་བྱུས་ཡོད་པ་རེད།

གཟུགས་བརྙན་ནི་རིམ་གྲལ་སྣ་ཚོགས་ཚུད་ཡོད་པའི་ཐ་སྙད་ཅིག་ཡིན་རྐྱེན། དཔེ་མཚོན་གྱི་གཟུགས་བརྙན་རང་བཞིན་ལ་ཡང་ཕྱོགས་མང་པོའི་ཐད་དང་རིམ་གྲལ་སྣ་ཚོགས་ཀྱི་གོ་དོན་ལྡན་ཡོད་པ་ཞིག་ཡིན། རྒྱུན་གཏན་ང་ཚོས་རྩོམ་རིག་ལ་དབྱེ་ཞིབ་བྱེད་པའི་སྐབས་སུ་དཔེ་མཚོན་གྱི་རང་བཞིན་ལ་ཚད་མཐོ་དམན་གྱི་དབྱེ་བ་ཡོད་དགོས་པ་སྟེ། དཔེ་མཚོན་གྱི་རང་བཞིན་ལྡན་པ་དང་། དཔེ་མཚོན་གྱི་གཟུགས་བརྙན་ཞེས་པའི་དབྱེ་བ་ཡོད་དགོས་པ་མ་ཟད། དཔེ་མཚོན་གྱི་རང་བཞིན་ལྡན་པ་ཞེས་པའི་ནང་དུ་དཔེ་མཚོན་གྱི་རང་བཞིན་ལྡན་པའི་མི་སྣ། དཔེ་མཚོན་གྱི་རང་བཞིན་ལྡན་པའི་ཁོར་ཡུག བྱུང་རིམ་གྱི་དཔེ་མཚོན་རང་བཞིན། ཕྲ་རབ་ཀྱི་དཔེ་མཚོན་རང་བཞིན། འཚོ་བའི་གནས་ཚུལ་གྱི་དཔེ་མཚོན་རང་བཞིན། རང་བྱུང་ཡུལ་གྱི་དཔེ་མཚོན་རང་བཞིན། བསམ་བློའི་བརྩེ་དུང་གི་དཔེ་མཚོན་སོགས་ཚུད་ཡོད་པ་རེད། འོན་ཏེ་གོང་སྨོས་ཀྱི་རྒྱུ་རྐྱེན་དེ་དག་བརྩམས་བྱ་གཅིག་གི་ནང་དུ་གཅིག་འདུས་ཀྱི་མཚོན་ཐུབ་པ་ཞིག་མ་ཡིན་པར་རྩོམ་རིག་གི་ལུས་མི་འདྲ་བའི་ནང་དུ་མཚོན་པར་བྱེད་ཀྱི་ཡོད་པ་རེད། དཔེར་ན《གླིང་གེ་སར་རྒྱལ་པོའི་སྒྲུང་》ནང་དཔེ་མཚོན་གྱི་གཟུགས་བརྙན་ཤིན་ཏུ་མང་པོ་ཡོད་པ་སྟེ། རྒྱ་ཚའི་དྲང་སེམས་དང་ངར་ཤུགས། མ་འགག་མོའི་སེམས་བཟང་། གཡོག་མོ་ནེལ་ཆུང་གི་བློ་དཀར་དང་ཞི་དུལ། འདན་མའི་བློ་བརྟན་དང་དཔའ་ངར། ཤན་པ་ཡི་དཔའ་མཛངས། མི་ཆུང་ཁ་བདེ་ཡི་སྒྱུང་གྲུང་དང་བློ་ཐབས། ཁྲོ་ཐུང་གི་གཡོ་སྒྱུ་དང་རང་ངོམས། ཀླུ་བཙན་གྱི་གཏུམ་སྤྱོད། གུར་དཀར་རྒྱལ་པོའི་འདོད་ཞེན། ས་ཐང་རྒྱལ་པོའི་ཧམ་སེམས་སོགས་ཡོད་པ་རེད། སྤྱི་དཔོན་རོང་ཚ་ཁྲ་རྒན་གྱི་གཟུགས་བརྙན་དེ་བཅམས་སྒྲུང་ཁྱོན་ཡོངས་ཀྱི་ནང་དུ་སྤྱི་ལ་ལྷག་བསམ་རྣམ་དག་དང་། སྙིར་ཕན་མི་གཉེར་བ། སྒྱུང་གྲུང་དང་དཔའ་རྩལ་གཉིས་ཀ་འཛོམས་པའི་སྒྱུ་རྩལ་གྱི་གཟུགས་བརྙན

ཁྲིད་དུ་འཕགས་པ་ཞིག་ཏུ་གསར་བསྐྲུན་བྱས་ཡོད་པ་རེད། དེར་བརྟེན་སྤྱི་དཔོན་རོང་ཚ་ཁྲ་ཀྲན་གྱི་གཟུགས་བརྙན་དེ་བོད་རིགས་མི་དམངས་ཀྱི་སེམས་ཁམས་ནང་དུ་སྣང་ནས་ད་བར་གཞུང་སེམས་དྲང་ལ་སྙིང་ཕན་མི་གཉེར་བར་དྲང་པོའི་ཚད་དུ་འཛོག་ཐུབ་པའི་ཕུགས་བསམ་གྱི་མི་སྣ་ཞིག་ཏུ་གྱུར་ཡོད་པ་རེད། བརྩམས་སྒྲུང་གི་ནང་དུ་གླིང་གེ་སར་རྒྱལ་པོ་དེ་སྟོབས་ཤུགས་ཀྱི་མཚོན་རྟགས་དང་སྟོབས་ཤུགས་ཀྱི་གཟུགས་བརྙན་ཞིག་ཡིན་ན། ཡང་སྤྱི་དཔོན་རོང་ཚ་ཁྲ་ཀྲན་ནི་དྲང་པོའི་ཚད་འཛིན་དུ་འཛོག་ཐུབ་པའི་གཟུགས་བརྙན་དང་། འབྲུག་མོ་ནི་མཛངས་མ་དང་མཛེས་སྡུག་མཚོན་བྱེད་ཀྱི་གཟུགས་བརྙན་ཞིག་ཡིན་ཞེས་བརྗོད་ན་ཆོག་གོ འདིར་ང་ཚོས་སྤྱི་དཔོན་རོང་ཚ་ཁྲ་ཀྲན་གྱི་གཟུགས་བརྙན་ལ་དཔྱེ་ཞིབ་ཅིག་བྱས་ན་སྙན་རྩོམ་གྱི་ནང་དུ"གཏམ་ཚིག་གསུམ་གོ་ན་སྤྱི་གཏམ་དང་། ཟས་ཁམས་གསུམ་ཡོད་ན་སྤྱི་ཟས་བྱ།"ཞེས་པ་དེ་ནི་ཁོང་གི་བྱ་སྤྱོད་ཀྱི་རྩ་དོན་དང་ཚད་འཛིན་བྱེད་ས་ཞིག་ཡིན་ལ། ཡང་ཁོང་གི་མི་ཚེ་ཧྲིལ་པོའི་བྱ་སྤྱོད་དང་ཀུན་སྤྱོད་ཀྱི་གནས་ཚུལ་རྣམས་དངོས་ཁྲིས་བྱས་པ་ཞིག་ཀྱང་ཡིན། སྙན་རྩོམ་གྱི་ནང་དུ་སྤྱི་དཔོན་གྱི་གཟུགས་བརྙན་ཐད"དྲང་བདེན"ཞེས་པའི་གནད་དོན་དེ་མངོན་གསལ་དོད་པོས་རྩོམ་འབྲི་བྱས་ཏེ་སྤྲོ་སེམས་འཁོལ་པོས་དྲང་བདེན་དང་སྙིང་ཕན་མི་གཉེར་བའི་ཚད་མཐོའི་ཀུན་སྤྱོད་ལ་བསྔགས་བརྗོད་བྱས་ཡོད་པ་རེད《འབྲུང་སྐོར་》འགོ་ཚུགས་མ་ཐག་ཏུ་དོན་རྐྱེན་འདི་འདྲ་ཞིག་བྱུང་ཡོད་དེ་འགོགས་གླིང་དམག་འཐབ་བྱེད་པའི་ནང་དུ་སྤྱི་དཔོན་རོང་ཚ་ཁྲ་ཀྲན་གྱི་བུ་གླིན་པ་ཆོས་རྒྱལ་འགོགས་ཀྱིས་བཀྲོང་བ་དང་། སྐབས་དེར་རྒྱ་ཚ་རྒྱ་ཡུལ་ནས་ཕེབས་པ་དང་རེ་ཞིག་གསང་བ་བྱས་ཏེ་བཞག་ཉིན་ཞིག་རྒྱ་ཚ་རི་དྭགས་ཤོར་དུ་ཕེབས་ནས་ཆུ་མིག་དཀར་མོ་འབུམ་འཁྱིལ་གྱི་རྩར་ཤ་བ་ཞིག་བསད་ནས་བཤད་པ་དང་དེ་དུས་གླིང་མི་གཉིས་ཐུག་སྟེ། ཁོང་གཉིས་ཀྱིས་ཁྲིད་རྒྱ་ཡུལ་དུ་ཕེབས་རིང་ལ་འགོགས་གླིང་དམག་འཁྲུག་བྱུང་ནས་བུ་གླིན་པ་ཆོས་རྒྱལ་འགོགས་ཀྱིས་བཀྲོང་ཚུལ་ཞིབ་པར་བཤད་པ་དེ་རྒྱ་ཚའི་སྙིང་

ལ་མདའ་མོ་ཟུག་པ་ལྟར་བྱུང་ཏེ་དེ་མ་ཐག་ཏུ་ཁྲ་མཁར་ནམ་མཁའ་རྫོང་དུ་སྤྱི་དཔོན་གྱི་དྲུང་དུ་ཕེབས་ནས་དགྲ་ཤ་ལེན་པར་འགྲོ་རྒྱུར་ཐག་བཅད་ཀྱང་སྤྱི་དཔོན་གྱིས་གང་ཐུབ་ཅི་ཐུབ་ཀྱི་སྒོ་ནས་དགྲ་ཤ་ལེན་མི་དགོས་པའི་བསླབ་བྱ་ཡང་ཡང་བྱས་རུང་འབྲས་བུ་མི་ཐོན་པར་མཐར་དམག་རྒྱག་པར་འགྲོ་དགོས་བྱུང་ཡང་དམག་འཐབ་བྱེད་པའི་བརྒྱུད་རིམ་ནང་དུ་སྤྱི་དཔོན་གྱིས་གླིང་དཀར་སྟོད་ཀྱི་དམག་མི་རྣམས་ལ་འགོག་གི་ལེན་པ་མེད་པའི་མི་སེར་བསད་མི་ཆོག་པའི་བཀའ་ནན་བཏང་རྐྱེན། དམག་འཐབ་དེ་མགྱོགས་མྱུར་དུ་མཇུག་གྲིལ་བ་རེད། སྙན་རྩོམ་གྱི་ནང་དུ་རྩོམ་པ་པོས་བྱུང་རིམ་དེ་བརྒྱུད་དེ་སྤྱི་དཔོན་གྱིས་སྙིར་འཁོན་མི་འཛིན་པར་གནས་ཚུལ་ཁྱོན་ཡོངས་ལ་བསམ་གཞིགས་དང་། ལྷ་ཛོག་བྱེད་ཐུབ་པའི་སྤྱོད་བཟང་དང་། བློ་ཁོག་ཡངས་པའི་དཔའ་ཉམས་དེ་མངོན་གསལ་དོད་པོས་མཚོན་པར་བྱས་ཡོད་པ་རེད་ལ། གེ་སར་དགུང་ལོ་ཆུང་དུས་ཁྲོ་ཐུང་གིས་གནོད་འཚེ་གང་མང་བཏང་བ་དང་། རྟ་རྒྱུག་རྒྱལ་འཛོག་བྱེད་སྐབས་ཁྲོ་ཐུང་གི་གཡོ་སྒྱུ་དང་ཧམ་སེམས་ཐེར་འདོན་བྱས་ཤིང་གེ་སར་གླིང་དཀར་སྟོད་ཀྱི་རྒྱལ་པོ་བྱེད་རྒྱུའི་ཐད་ནུས་པ་ཤུགས་ཆེར་བཏོན་ཡོད་པ་རེད། 《ཧོར་གླིང་གཡུལ་འགྱེད་》ཀྱི་སྐབས་སུ་ཁྲོ་ཐུང་གིས་གཡོ་ཐབས་ལ་བརྟེན་ནས་བུ་སྣང་ཅུ་གཡུ་སྟག་དགྲ་ཁར་བཙངས་ཏེ་སྐྱ་སྡོག་ཤོར་རྗེས་ཡང་སྤྱི་དཔོན་གྱིས་གནས་ཚུལ་ཁྱོན་ཡོངས་ལ་བསམ་གཞིགས་བྱས་ཏེ། རང་ཉིད་ཀྱི་བུ་དགྲ་ལག་ཏུ་ཤོར་བའི་སྡུག་བསྔལ་རྣམས་རྒྱབ་ཏུ་བསྐྱུར་ཞིང་། དམག་དཔོན་གཞན་རྣམས་ལ་ཡང་སེམས་གསོ་གང་མང་བྱས་ཏེ་རྒྱ་ཚ་དང་མཉམ་དུ་ཧོར་དམག་ལ་འགོག་རྒོལ་བྱེད་པའི་བྱ་སྤྱོད་བཀོད་འདྲི་བྱས་ཡོད་པ་དེས་སྙིར་འཁོན་མི་འཛིན་པའི་ཚད་མཐོའི་ཀུན་སྤྱོད་དང་། དམག་འཐབ་ལ་མཁས་ཞིང་ཁྱད་དུ་འཕགས་པའི་བཀོད་འདོམ་གྱི་ནུས་རྩལ་དེ་བསྐྲུར་དུ་མཚོན་པར་བྱས་ཡོད་པ་རེད། སྐབས་དེར་ཁྲོ་ཐུང་གིས་ཕྱི་དགྲ་ནང་ཁྲིད་དང་མགོ་བཏགས་ཞུས་པའི་རྐྱེན་གྱིས་གླིང་དམག་ལ་སྐྱ་མཐུད་ཕམ་ཉེས་བྱུང་བ་དང་། གནམ་གཤིས་གྲང་མོར་གྱུར་བ།

གླིང་གི་དཔའ་བརྟུལ་མང་པོ་དགྲ་ལག་ཏུ་ཤོར་ཟིན་རྗེན་གནས་སྐབས་ཕྱིར་འཐེན་གྱི་བཙན་ས་བཟུང་ན་ལེགས་པོ་ཡོད་ཀྱང་། དཔའ་བརྟུལ་གཞོན་གྲས་ཚོས་ཡུ་ཚུགས་ཀྱིས་ཤི་གསོན་ཐག་གཅོད་པའི་དམག་འཐབ་བྱས་ཏེ། དགྲ་ཤ་ལེན་སེམས་ཁོ་ན་ལས་ཕྱིར་འཐེན་བྱེད་འདོད་གཏན་ནས་མེད་པ་མ་ཟད། ཕྱིར་འཐེན་བྱེད་པ་ནི་དཔའ་ཞུམས་ཤེད་ཉམས་ཤོར་བའི་མཚོན་ཚུལ་ཞིག་ཏུ་ངོས་འཛིན་བྱེད་ཀྱི་ཡོད་པ་རེད་ལ། གླིང་གི་དཔའ་བརྟུལ་རེ་ལ་ཧོར་དམག་འབུམ་ཚོ་རེ་རྩིས་སྤྲུས་ནས་གསོད་དུ་བཅུག་ཀྱང་ཐེག་པའི་འབྲས་བུ་ཞྭི་བ་ལས། གླིང་དཀར་གྱི་རྟུས་ལ་ཕན་པའི་རང་རྒྱལ་གཞན་ཕམ་ཞིག་ཡོང་རྒྱུ་ནི་ཤིན་ཏུ་དཀའ་ངལ་ཆེ་བས་གནས་སྒྱུར་ཟིན་རྗེན་སྤྱི་དཔོན་གྱིས་བྱ་སྤྱོད་དངོས་ཀྱི་ཐོག་ནས་དཔའ་བོ་རྣམས་ལ་བསླབ་བྱ་བྱེད་ཕྱིར་འགག་རྩའི་དུས་སུ་ལོ་ན་བདུན་བཅུར་སོན་པའི་མི་རྒན་ཞིག་གིས་རང་སྲོག་ལ་མི་འཛེམས་པ་དང་དགྲ་དང་དམར་འཛིང་བྱེད་པའི་ནང་ཁྲོད་དུ་འཕགས་པའི་དྲག་རྩལ་ཡང་མཚོན་པར་བྱས་ཡོད། སྙན་རྩོམ་གྱི་ནང་དུ་འདི་ལྟར་བཀོད་ཡོད་པ་སྟེ། “དེར་ཁྲ་རྒན་མི་རྟ་གཉིས་ཐབ་རྐོད་དགུང་ནས་འཁྲིལ་བ་ལྟ་བུ་ཞིག་བྱས་ནས་ཧོར་སྐར་ནང་ལ་དགྲ་དར་འཚུབ་སེ་མཆོང་བྱུང་བ། སྐར་སྔོའི་ལྷུགས་རིའི་ཤར་གྱི་ཟུར་ནས་རྩིག་གྱང་བཞི་མིག་ཙམ་ཞིག་ཐོག་འཕྱུལ་རྒྱབ་ནས་བསྐྱིལ། སྒོ་ནང་དུ་རྫེས་མ་དཔུང་གདོན་གྱི་འགོ་བར་ཡོང་བའི་གྲས་ནས་ཤན་པ་ཁྲི་དགྲ་ལག་དམར་དེ་བཙན་རྫོང་གྱོན་ནས་ཡོད་པར་གྲི་འོག་ཏུ་བཏང་ གཡས་ལག་གཡོན་ལག་གིས་མདའ་ལྷུགས་སྡོང་མ་དྲུག་ཅུ་ཐམ་པ་རེ་འཕངས་པས་དེ་གྲངས་ཀྱི་མི་ཁྲག་ལ་བསྙེས། སྣར་རལ་གྲི་ཕྱུར་ནས་གུར་མོ་ཆེ་ཐེང་ཤོང་དཀར་མོར་བལྟས་ནས་བྱུང་བ། གུར་དཀར་རྒྱལ་པོ་དང་། སྟོབས་ཆེན་ཁྲག་འབར་གཉིས་གསེར་ཁྲི་ཁམས་གསུམ་ཟིལ་གནོན་གྱི་འོག་ཏུ་འཛུལ་ནས་གབ། བཤན་པ་འགའ་ཞིག་དང་ཧོར་སྲུག་ག་མ་གཟི་མགོ་སོགས་གར་ཐར་ཏུ་ཡིབ་པས་རྙེད་མ་བྱུང་བའི་ངང་དེར། གུར་ནང་དུ་ཐལ་མེར་ཤོར་བྱུང་ནས། རྒྱལ་པོ་གུར་དཀར་གར་ཡོད་མ་ཤེས་པས་གསེར་ཁྲི་དེར་

གྲི་གསུམ་རྒྱག་པས་དུམ་བུ་གླིགས་ཤིང་འདྲ་བ་གསུམ་བླངས། ཁྲི་མདུན་དུ་ཙོག་ཙོ་བཀྲ་ཤིས་རྟགས་བརྒྱད་ཡོད་པ་བསྒྲིལ། རྒྱལ་པོའི་བཞེས་དཀར་གསོལ་ཕོར་མར་གད་བཙུད་འཛོན་དེ་དུམ་བུ་གསུམ་ལ་བཏང་། ཁྲི་ཐོག་ན་སྟག་ཐུལ་ཡོད་པ་གོང་བ་ནས་བཟུང་ཏེ་བླངས་ནས་ས་ཁར་ཐྲད་མ་དྲུད་ཀྱི་ཁྲ་འཁྱིལ་ལེ་ནུབ་སྒོ་ནས་ཐོན་ལ་ཁད་ལ་ཡར་ལམ་དུ་མདའ་ལྟགས་སྟོང་མ་ཉི་ཤུ་ཐམ་པ་འཕངས་ཏེ། དེ་གྲངས་དང་མཉམ་པའི་དམག་མི་བསྒྲིལ། ཧོར་མི་རྣམས་ཧུར་འཁྲོས་བྱེད་སྒོ་ལམ་ནས་མི་ཐར་བའི་ཐེམ་འགག་ཞེམ་འགགས་ཀྱིས་ལུག་ཁྲུ་ར་བར་བཙུག་པའི་ནང་ལ་སྲུང་གི་ཤོར་བ་དང་ཁྲིད་མ་བྱུང་ཟེར། ཤར་སྒོ་འབུད་རྩིས་ཀྱིས་བྱུང་བར་སྒོ་འགྲམ་གྱི་ཧོར་མི་སྟར་མ་འགའ་རང་སར་འགྱེལ་བའི་སྟེང་དུ་ཏ་རྒྱུགས་བཏང་ནས་སྐྱ་རྡིལ་ལེར་སྐར་རྒྱབ་ཏུ་ཐོན་བྱུང་ངོ་”(《ཧོར་གླིང་གཡུལ་འགྱེད》སྟོད་ཆ་ཤོག་གྲངས་332ལ་གསལ།) ཅེས་བཀོད་ཡོད་པ་རེད། དེ་ལྟར་ལོ་ན་བདུན་བཅུར་སླེབས་པའི་བགྲེས་སོང་ཞིག་གིས་དགྲ་དང་དམར་འཛིང་བྱེད་པའི་སྐབས་དྲག་རྩལ་ལ་མཁས་ཞིང་དགྲ་ཕྱོགས་ཟིལ་གྱིས་གནོན་པའི་དཔའ་ཉམས་དེས་དགྲ་རྣམས་སྙིང་རྩ་འདར་ཞིང་རང་ཕྱོགས་སྙིང་སྟོབས་འཕེལ་བ་ཞིག་བྱུང་ཡོད་ལ། ཀློག་པ་པོ་རྣམས་ཀྱི་མིག་མདུན་དུ་བློ་གྲོས་ཆེ་ཞིང་དཔའ་ངར་ལྡན་པ། སྤྱོད་མཆོག་གྲགས་ལྡན་གྱི་དཔའ་བོའི་གཟུགས་བརྙན་ཞིག་འགྱིང་ངེར་ལངས་ཡོད་པའི་སྣང་བ་ཞིག་སྟེར་ཐུབ་ལ། སྙན་རྩོམ་ཁྲོན་ཡོངས་ཀྱི་ནང་དུ་སྤྱི་དཔོན་གྱི་གཞུང་དོན་བསྒྲུབ་ཅིང་སྐྱེར་སེམས་མེད་པའི་རང་གཤིས་ཀྱི་ཁྱད་ཆོས་དེ་བོད་མི་རིགས་ཀྱི་ཀུན་སྤྱོད་ཀྱི་ཚད་མཐོའི་རྩ་འཛིན་ལྟ་བུ་ཞིག་ཏུ་གྱུར་ཡོད་པ་རེད།

གླིང་གེ་སར་རྒྱལ་པོའི་སྒྲུང་ནང་གི་གཟུགས་བརྙན་གསར་བསྐྲུན་བྱེད་རྒྱུའི་ཐད་འབྲུག་མོའི་གཟུགས་བརྙན་དེ་ལེགས་གྲུབ་དང་ཆེས་ཁྱད་དུ་འཕགས་པ་ཞིག་བྱུང་ཞིང་། ལོ་ངོ་བརྒྱ་ཕྲག་དུ་མའི་རིང་བོད་རིགས་མི་དམངས་རྣམས་ཀྱི་འབྲུག་མོའི་གཟུགས་བརྙན་ནི་གཤིས་བཟང་ཚུལ་ལྡན་དང་། མཛངས་སྤྱོད་

གཉིས་ལྡན་གྱི་མཚོན་རྟགས་ཤིག་ཏུ་རྩི་ཡི་ཡོད་པར་བརྟེན། དུས་རབས་ཀྱི་ཚད་ལས་བརྒལ་ཞིང་མི་རྣམས་ཀྱིས་དགའ་གུས་དང་བསྔགས་བརྗོད་ཐོབ་ཡོད་པ་རེད། འབྲུག་མོའི་ཕྱི་ཚུལ་གྱི་མཛེས་སྡུག་ལ་བསྔགས་བརྗོད་བྱས་པ་སྔ་རྗེས་སུ་དུམ་བུ་བརྒྱད་ཙམ་བཀོད་ཡོད་ཀྱང་འདིར་ཡིག་ཚོགས་ལ་འཇིགས་ཏེ་མཛུབ་མོས་རི་སྟོན་གྱི་དཔེ་བཞིན་དཔེ་མཚོན་ཙམ་ཞིག་བཀོད་པར་བྱ་སྟེ། “རིགས་བཟང་ཞིང་གཡོ་སྒྱུ་མེད་པ། བློ་རྩེ་ཞིང་ཤེས་རབ་གསལ་བ། སྙིང་གཏད་ཀྱི་གྲོགས་ལ་བསླུ་བ་མེད་པ། ཡིད་གཏན་འཕེར་བ། དམ་བཅའ་བརྟན་ཞིང་སྙིང་སྟོབས་ཆེ་བ། འདོད་པ་ཆེ་ཞིང་ངོ་ཚ་དང་ལྡན་པ། ལུས་ནི་མཉེན་ལྷུག་སྒྱུག་མ་འདྲ་བ། གདོང་པ་དཀར་བ་ཟླ་བ་འཆར་འདྲ། མཁུར་ཚོས་དམར་བ་ལི་ཁྲི་ཐིག་འདྲ། རིང་ཐུང་འཚམས་པས་ལྷ་ན་སྡུག་པ། དབུ་སྐྲ་ནག་སྨུམ་སྐུ་རྒྱབ་ཁེབས་པ། སྤྱན་དཀྱུས་རིང་ཞིང་སྤྱན་འབྲས་གསལ་བ། ཚེམས་ཐག་བཟང་ཞིང་ཚེམས་མདོག་དཀར་བ། ཤ་རྩ་འཇམ་ཞིང་དྲོ་གྲང་འཚམས་པ། མཆུ་ལ་པད་མའི་རི་མོ་བཀྲ་བ། ལྗགས་སྟེང་ཨཱ་ཡིག་དཀར་པོས་བརྒྱན་པ་གསུང་སྐད་སྙན་ཞིང་སྨྲ་བརྗོད་མཁས་པ། ཅི་ལ་བསམ་ཀྱང་སྐྱོན་དང་བྲལ་བ། གང་དུ་བལྟས་ཀྱང་ཡིད་དུ་འོང་བ”ཞིག་ཡོད་པ་དང“གསལ་ཉི་ཟླ་ཡིན་ཀྱང་མོག་པོར་བྱེད་ལེ། དྲང་སྲོང་ཡིན་ཀྱང་འདོད་པ་སློང་ལེ། བཀྲག་པད་མ་ཡིན་ཀྱང་མདངས་འོད་འཕྲོག་ལེ། དགྲ་འཆི་བདག་ཡིན་ཀྱང་ཅི་གསུངས་སྒྲུབ་ལེ”ཞིག་ཡོད་དོ་(《རྟ་རྒྱུགས་ནོར་བུ་ཆ་བདུན》ཤོག་གྲངས་50)ཞེས་བཀོད་ཡོད་པ་དང་། འཇིག་རྟེན་འདིའི་ཐོག་གི་བསྔགས་བརྗོད་ཀྱི་ཚིག་སྙན་མཐའ་དག་ཏ་ལམ་འབྲུག་མོའི་གཟུགས་སྟེང་དུ་སྤྲུར་ཡོད་པ་ལྟ་བུའི་ཚོར་སྣང་ཞིག་སྐྱེ་ཐུབ་བོ།

འབྲུག་མོའི་ཕྱིའི་རྣམ་པ་མཛེས་ཤིང་ཡིད་དུ་འོང་བ་མ་ཟད། ནང་སེམས་རྒྱུད་བཟང་ཞིང་བློ་རིག་ཤེལ་ལས་གསལ་བ་སོགས་བུད་མེད་ཐལ་པ་ཞིག་གི་གཟུགས་བརྟན་དང་མི་འདྲ་བའི་དམིགས་བསལ་གྱི་ཁྱད་ཆོས་ལྡན་ཡོད་པ་ཞིག་ཡིན། འབྲུག་མོ་ནི་མཛངས་སྤྱོད་གཉིས་ལྡན་གྱི་བུད་མེད་ཅིག་ཡིན་རྐྱེན་སྐབས་

དེ་ར་རྒྱལ་ཁབ་ཕྱི་ཡི་རྒྱལ་བློན་མང་པོས་མནའ་མ་ཡོང་རྒྱུའི་རེ་བ་བྱས་ཀྱང་། ཁོང་གི་སེམས་ཁམས་ནང་དུ་སྐབས་དེར་ཇོ་རུ་ཞེས་སྐྱོ་ངན་གྱི་ཚུལ་དུ་བཞུགས་ཤིང་རྒྱུ་དབང་གཉིས་ཀ་མེད་པའི་ཇོ་རུ་ཁོ་ན་ལས་མེད་པ་དང་། དེ་རྗེས་ལྷ་ཏ་བཟུང་བ་དང་ཁྲོ་ཐུང་གི་རྒྱལ་སྲིད་བཟུང་རྒྱུའི་གཡོ་སེམས་ཐལ་བའི་རྟུལ་དུ་བརླག་རྒྱུ་སོགས་ཀྱི་ཐད་ལ་འབྲུག་མོས་ནུས་པ་ཆེན་པོ་བཏོན་ཡོད་པ་མ་ཟད། རང་ཉིད་ཀྱི་མི་ཚེ་གཅིག་རིང་གི་དོན་ཆེན་ཡང་གླིང་གེ་སར་རྒྱལ་པོར་བཙོལ་ཡོད་པ་རེད།

《གླིང་གེ་སར་རྒྱལ་པོའི་སྒྲུང་》གི་ནང་དུ་འབྲུག་མོ་ནི་སྐྱོ་བའི་ཟློས་གར་གྱི་རང་བཞིན་ལྡན་པའི་མི་སྣ་ཞིག་ཡིན་ལ། འབྲུག་མོའི་རྟུས་ཉེས་དེ་དག་ཀྱང་རང་ཉིད་ཀྱི་ལས་སྐལ་དང་སྐྱ་བསོད་དམན་པ་ལ་བརྟེན་ནས་བྱུང་བ་ཞིག་མ་ཡིན། དེ་ནི་སྐབས་དེའི་སྤྱི་ཚོགས་ཀྱི་ལམ་ལུགས་དང་དུས་རབས་ཀྱིས་བསྐྲུན་པ་ཞིག་ཡིན། རྒྱུ་མཚན་ནི་སྐབས་དེའི་སྤྱི་ཚོགས་ཀྱི་ལམ་ལུགས་ནང་དུ་བུ་གཅིག་ལ་བཟའ་ཟླ་མང་བའི་སྤྱི་ཚོགས་ཀྱི་ལམ་ལུགས་ཤིག་ཡོད་རྐྱེན། འབྲུག་མོའི་ལས་དབང་དེ་ཡང་དེ་ལས་གཡོལ་ཐབས་མེད་པ་ཞིག་ཡིན། འབྲུག་མོ་གླིང་གེ་སར་རྒྱལ་པོའི་བཙུན་མོ་བྱས་རྗེང་མི་རྣམས་ཀྱིས་ཁོང་ལ་གུས་བཀུར་ཚད་མེད་ཐོབ་ཅིང་གནས་བབ་ཤིན་ཏུ་མཐོ་པོ་ཞིག་བཟུང་ཡོད་ཀྱང་། རང་ཉིད་ལ་བདེ་སྐྱིད་དེ་ཙམ་བྱུང་ཡོད་པ་མ་རེད། འོན་ཏེ་སྙན་རྩོམ་གྱི་ནང་དུ་སྣབས་བདེའི་ངང་ནས་ཁོང་གི་སྡུག་བསྔལ་རྣམས་རྩོམ་འབྲི་བྱས་ཤིང་། སློག་པ་པོ་རྣམས་ཀྱིས་གདུང་སེམས་མཉམ་སྐྱེས་ཀྱིས་མིག་ཆུ་རྐང་རེ་གཉིས་གཏོང་དགོས་པའི་བརྗོད་དོན་ཞིག་ཏུ་རྩོམ་འབྲི་བྱས་མེད་པར་ལས་དབང་ལ་འཐབ་རྩོད་བྱེད་ཕོད་པ་དང་། ཉེན་ཚབ་ལ་ཞུམ་པ་མེད་པའི་རང་གཤིས་ཀྱི་ཁྱད་ཆོས་མངོན་གསལ་དོད་པོས་མཚོན་པར་བྱས་ཡོད་པ་རེད། རྩོམ་པ་པོས་འབྲུག་མོའི་རང་གཤིས་དེ་ཡང་ཕྱོགས་སྣ་ཚོགས་ནས་རྩོམ་འབྲི་བྱས་ཡོད་པ་སྟེ། དཔེར་ན། 《བདུད་འདུལ་》ཞེས་པའི་ནང་དུ་དེ་ནས་གླིང་གེ་སར་རྒྱལ་པོས་བཙུན་མོ་བཅུ་གཉིས་

བཀུག་པ་དང་། སེང་ལྕམ་འབྲུག་མོ་རྒྱབ་པས“གླིང་ཛ་མ་མིང་ཆེན་བཅུ་གསུམ་གྲོགས་སུ་བཀུག”ཅེས་བརྗོད་པ་དང་། འབྲུག་མོའི་སྐྱོ་གནས་ཡང་དེ་ནས་འགོ་ཚུགས་ཤིང་བཙུན་མོ་གཞན་རྣམས་དང་མཉམ་དུ་འཚོ་སྐྱོལ་བྱེད་པའི་བརྒྱུད་རིམ་ནང་དུ་བྱུང་མེད་ཀྱི་རང་གཤིས་ཀྱིས་རྐྱེན་པས་བཙུན་མོ་གཞན་ལ་ཕྲ་དོག་དང་། འཁོན་འཛིན་བྱས་རྐྱེན་བཙུན་མོ་གཞན་གྱིས་ཀྱང་འབྲུག་མོར་ཚུར་འཁོན་འཛིན་བྱས་ཞིང་། འགལ་བ་དེ་བཙུན་མོ་མི་བཟའ་འབུམ་སྐྱིད་དང་མངོན་གསལ་དོད་པོ་བྱུང་ཡོད་པ་རེད། གེ་སར་རྒྱལ་པོ་བདུད་འདུལ་ཕྱིར་དགོན་སྟེ་ཁྲ་མོར་མཚམས་ལ་ཐེབས་སྐབས་མཚམས་གཡོག་ལ་རང་ཉིད་འགྲོ་ཕྱིར་ཐབས་ཤེས་སྣ་ཚོགས་སྤྱད། གླིང་གེ་སར་རྒྱལ་པོས་འབྲུག་མོ་ལ་འདི་ལྟར་གསུངས།

“མ་ཤེལ་ལྕམ་འབྲུག་མོ་ཚུར་གསོན་དང་

ང་དགོན་སྟེ་ཁྲ་མོར་མཚམས་ལ་འགྲོ

མཚམས་གཡོག་ལ་མི་བཟའ་ཁྲིད་ནས་འགྲོ

ཁྱེད་འབྲུག་མོ་ཨ་མའི་ཕྱུག་གཡོག་མཛོད་”ཅེས་གསུངས་པས་འབྲུག་མོས་ཨ་ཁ་རྒྱལ་པོ་ཁྱེད་ཅི་གསུངས། སྐུ་མཚམས་ལ་ཐེབས་ཀྱང་ཞབས་ཕྱིར་མོ་འགྲོ་བ་ཡིན། ངེད་རང་དཔོན་གཡོག་གཉིས་ཕྱིན་ཆོག་ཟེར་བས། རྒྱལ་པོའི་ཞལ་ནས། མི་བཟའ་དང་ཨ་འབྲུག་ཁྱེད་ཉིད་ཀྱིས་གང་ཐེབས་གང་འདུག་ན་བཟང་གྲོས་ཀྱིས། ངས་བལྟས་ན་ཁྱེད་གཉིས་ལས་མི་བཟའ་སོང་ན་ཙོ་སོ་མཐོ་གསུངས། དེ་ནས་འབྲུག་མོས་མཚམས་གཡོག་དང་སྒྲུབ་གྲོགས་བྱེད་པར་འདོད་ནས། མི་བཟའི་གནས་སུ་སོང་ནས་རྒྱལ་པོས་ཁོང་བདུད་འདུལ་དྲག་པོ་ཁྲི་རྒྱལ་སྟོབས་པོ་ཆེ་བསྒྲུབ་པའི་བཅད་མཚམས་ལ་བཞུགས་དགོས་གསུངས། ང་ཡང་མཚམས་གཡོག་ཏུ་ཆས་དགོས་ཞེས་བཀའ་གནང་བྱུང་། ཁྱེད་ནི་རེ་ཞིག་ཕ་མའི་དྲུང་དུ་སོང་ལ་བདེ་བར་སྡོད། མཚམས་གྲོལ་རྗེས་མཇལ་བར་ཤོག་གསུངས་ནས་བཀའ་གནང་གིན་འདུག”ཟེར་ཞེས་བརྗོད་དེ་རང་ཉིད་མཚམས་གཡོག་ལ་ཕྱིན་

ནོ། ཡང་མི་བཟའ་འབུམ་སྐྱིད་ལ་ རྨི་ལམ་ངན་པ་ཞིག་རྨིས་ཏེ་ཟས་ཞིམ་མངར་ཅན་འགའ་བཟོས་ཏེ་རྒྱལ་པོ་མཇལ་བར་ཕྱིན་པ་དང་། འབྲུག་མོ་ཚ་ལེན་པར་འགྲོ་བར་ཐུགས་པ་དང་། མི་བཟས་འདི་སྐད་ཞུས་སོ། ཨ་ཆེ་འབྲུག་མོ་ལགས། མདང་ངའི་རྨི་ལམ་ངན་པ་གཅིག་རྨིས་བྱུང་བ། དེ་རྒྱལ་པོ་ལ་ཞུ་བར་ཡོང་བ་ཡིན། ཁྱོད་ཀྱིས་དེ་སྐད་རྒྱལ་པོ་ལ་ཞུ་རོགས་མཛོད་ཟེར་བས་འབྲུག་མོ་སོང་ནས་རྒྱལ་པོར་མ་ཞུས་པར་སླར་ཡོང་ནས་མི་བཟའ་ལ་རྫུན་འདི་སྐད་ཟེར། ཨ་ཆེ་ལགས་རྒྱལ་པོས་ཞལ་གསུངས་འདི་ལྟར་གནང་བ་ཡིན། ཕྱིར་རྨི་ལམ་མི་བདེན་འཁྲུལ་བ་ཡིན། ནང་སྔོས་སུ་སྐྱི་དམན་གྱི་རྨི་ལམ་ལ་བརྟག་པ་མི་འདུག་གསུང་གིན་བཞུགས་ཟེར་བས་ཡང་མི་བཟས་འདི་སྐད་ཟེར། ཨ་ཆེ་ཁྱེད་ཀྱི་ངའི་ཟ་མ་འདི་རྣམས་རྒྱལ་པོའི་དྲུང་དུ་འབུལ་རོགས་མཛོད། ངས་མདང་གསུམ་རྨི་ལམ་རྨིས་པ་འདི་འདྲ་ཡིན། ཕུ་ན་ཀླུང་དམར་ལངས་ནས་བྱུང་། མདོ་ན་ཀླུང་ནག་འཚུབས་ནས་བྱུང་། དེ་ཡི་དཀྱིལ་ལ་མི་བཟའ་བཏུམས་ནས་སོང་བ་རྨིས་འདི་ལ་བལྟས་ན་གང་ལྟར་རྒྱལ་པོ་ལ་ཞུ་རོགས་ཤིག་མཛོད་ཟེར་ནས་བུད་སོང་། དེ་ནས་འབྲུག་མོས་ཟས་དེ་རྣམས་རྒྱལ་པོ་ལ་དྲངས་ན། རྒྱལ་པོས་འདི་སྐད་ཟེར་ཟས་འདི་རྣམས་མི་བཟས་བཟོས་པ་དང་འདྲ་བ་ལ། འདི་ཁྱོད་ཀྱི་ལག་ཏུ་གང་ནས་བྱུང་གསུང་བས་ཡང་འབྲུག་མོས་རྒྱལ་པོ་ལགས་ཅི་གསུངས། མི་བཟའི་ཟ་མ་ལ་གསེར་གཡུའི་རྟགས་ཡོད་དམ།

མི་བཟའི་ཟ་མ་འདྲ་བ་ངས་ཀྱང་ལས་ཤེས། འདི་རྣམས་དེ་རིང་ང་ཨ་མས་བསྐུར་ཡོང་བ་རེད་ཅེས་ཞུས་སོ།" (《བདུད་འདུལ》ཤོག་གྲངས་4–5བར་)མི་བཟའ་འབུམ་སྐྱིད་བདུད་སྲུ་བཙན་གྱིས་འཕྲོག་རྗེས་ཡང་གླིང་གེ་སར་རྒྱལ་པོས་འཕྲལ་དུ་སྐྱོབ་པར་འགྲོ་དགོས་བསམ་ཡང་འབྲུག་མོས་ཐབས་ཤེས་སྣ་ཚོགས་སྤྱད་ནས་དུས་འགྱངས་ཡང་ཡང་བྱས་པ་དང་། གེ་སར་རྒྱལ་པོ་བདུད་བཏུལ་བར་ཐེབས་རྗེས་ཡང་འབྲུག་མོས་རྗེས་འདེད་བྱས་པ་སོགས་ཀྱི་བརྗོད་དོན་བཀོད་ཡོད་པ་རེད། གལ་སྲིད་སྣན་རྩོམ་གྱི་ནང་དུ་འབྲུག་མོའི་བྱ་སྤྱོད་དེ་

འདྲ་ཁོ་ན་ཞིག་ལས་རྩོམ་འབྲི་མཛད་མེད་ཚོ། འབྲུག་མོ་ནི་བརྩེ་དུང་ཐྲོལ་མེད་དང་འཚོ་བར་དགའ་ཞེན་ཆེ་བའི་བུད་མེད་ཕལ་པ་ཞིག་དང་འདྲ་བ་མ་ཟད། སོ་སོའི་བཟའ་ཟླར་དགའ་ཞེན་བྱས་པ་དང་དུས་མཚུངས་བློ་རྒྱ་གུ་དོག་ལ། སྒེར་སེམས་ཆེ་བའི་རང་གཤིས་ཀྱི་ཁྱད་ཆོས་དེ་མཚོན་པ་དང་། བཟའ་ཟླ་སོ་སོ་དང་ཁ་མི་ཐྲལ་ཚོ་མི་གཞན་གྱི་བདེ་སྡུག་ལ་བསམ་ཤེས་མི་བྱེད་པའི་ཁྱད་ཆོས་ཡང་མཚོན་ཡོད་པ་རེད། འོན་ཏེ། སྙན་རྩོམ་གྱི་ནང་དུ་འབྲུག་མོའི་གཟུགས་བརྙན་གསར་བསྐྲུན་བྱེད་སྐབས་སུ་རྩོམ་པ་པོས་མཐོ་ཚད་གསར་པ་ཞིག་ཏུ་འཕེལ་རྒྱས་བཏང་ཏེ་འབྲུག་མོའི་རང་གཤིས་ཀྱི་ཁྱད་ཆོས་གཞན་ཞིག་རྩོམ་འབྲི་བྱས་ཡོད་པ་དང་། དེ་ནི་འབྲུག་མོའི་རང་གཤིས་གཙོ་བོ་དེ་ཡིན།

ཧོར་གུར་དཀར་རྒྱལ་པོས་གླིང་གེ་སར་རྒྱལ་པོ་བདུད་ཀླུ་བཙན་བཏུལ་བར་ཐེབས་པ་ཤེས་རྗེས་ཧོར་དམག་གླིང་ལ་བཀང་ཞིང་། སྐབས་དེར་རྒྱལ་ཁབ་ཀྱི་གནས་འཇིག་དང་མི་སེར་རྣམས་ཀྱི་བདེ་སྡུག་གི་འགག་རྩའི་དུས་སུ་ཁོ་མོས་རང་ཉིད་ཀྱི་སྡུག་བསྔལ་དང་འཁོན་འཛིན་མཐའ་དག་བརྗེད་དེ། རྒྱལ་ཡོངས་ཀྱི་དམག་དམངས་མཉམ་དུ་དཔའ་ངར་ཆེན་པོས་བཙན་འཛུལ་ལ་འགོག་རྒོལ་བྱེད་པའི་འགན་ཁྲི་དང་དུ་བླངས་ཤིང་། སྐབས་དེར་འབྲུག་མོ་ནི་ཉམས་སྟོང་ཕུན་སུམ་ཚོགས་པའི་དམག་དཔོན་བགྲེས་སོང་ཞིག་དང་འདྲ་བར་དམག་མིར་བཀོད་འདོམས་བྱ་བ་དང་། གནད་དོན་ཆེ་རིགས་རྣམས་གླིང་གི་དམག་དཔོན་རྣམས་དང་གྲོས་བསྡུར་བྱ་བ་མ་ཟད། དམག་མི་རྣམས་དམག་སར་བསྐྱོད་སྐབས་ཡང་རེ་རེར་ཆང་དཀར་བཏེགས་ཏེ་ཐེབས་སྐྱེལ་ཞུ་བ་དང་། སྨོན་ལམ་འདེབས་པ་དང་། ཚུར་ལོག་ཐེབས་སྐབས་ཡང་བསུ་བ་ཞུ་ཡི་ཡོད་པ་རེད། ལོ་གསུམ་རིང་དཀའ་སྡུག་གིས་དམག་འཐབ་བྱེད་པའི་དུས་ཚོད་ནང་འབྲུག་མོས་ཐབས་ཇུས་སྣ་ཚོགས་བཏོན་ཡོད་ཀྱང་། ཁྲོ་ཐུང་གིས་རྒྱལ་ཚོང་ཆོམ་རྐུན་དང་དགྲ་བོར་མགོ་བཏགས་ཞུས་ཏེ་ཁྱི་དགྲ་ནང་ཁྲིད་བྱས་པའི་རྐྱེན་གྱིས་མཐར་དམག་འཁྲུག་དེ་ཕམ་པ་རེད། དམག་འཁྲུག་རིམ་བཞིན་ཕམ་ཉེས་བྱུང་བའི་

སྐབས་སུ་འབྲུག་མོས་གཅིག་ནས་གླིང་གེ་སར་རྒྱལ་པོར་ཡི་གེ་སྐྱེལ་མཁན་ཐེངས་གསུམ་བཏང་ཞིང་འཕྲལ་དུ་ལོགས་ཕེབས་དགོས་ཞེས་ཞུས་པ་དང་། ཕྱོགས་གཞན་ཞིག་ནས་ཕྱི་རྒྱལ་གྱི་རྣམ་པའི་ཐོག་ནས་ཧོར་ལ་འགྲོ་འདོད་བྱས་ཏེ་དུས་ཚོད་བཙོན་ལེན་བྱས་ཡོད་པ་རེད། དེ་རྗེས་ཐབས་ཟད་ཅུ་ཐུག་གིས་དུས་སུ་འབྲུག་མོས་རང་ཉིད་དང་ཤིན་ཏུ་འདྲ་བའི་གཡོག་མོ་ནེའུ་ཆུང་རང་ཉིད་ཀྱི་རྒྱན་གོས་དང་འདྲ་བ་ཞིག་བཟོས་ཏེ། ཧོར་གུར་དཀར་རྒྱལ་པོའི་མནའ་མར་བཏང་ཏེ་དུས་ཡུན་ལོ་གསུམ་རིང་གི་དམག་འཐབ་མཇུག་གྲིལ་ཞིང་། གླིང་གི་མི་སེར་རྣམས་ངལ་གསོ་བའི་དུས་ཤིག་བྱུང་བ་རེད། འོན་ཏེ་འགག་རྩའི་དུས་སུ་ཁྲོ་ཐུང་གིས་བསྐུར་དུ་ནང་རུལ་བྱས་ཏེ་ཧོར་གུར་དཀར་རྒྱལ་པོར་དེ་ནི་འབྲུག་མོ་མ་ཡིན་པར་གཡོག་མོ་ནེའུ་ཆུང་ཡིན་པའི་སྐོར་གྱི་གསང་ཡིག་ཅིག་སྤྲད་ཀྱེན། ཧོར་དམག་རྣམས་བསྐུར་དུ་གླིང་ལ་ཚུར་སླེབས་པ་དང་། འགག་རྩའི་དུས་སུ་འབྲུག་མོས་མཛེས་པའི་རྒྱན་གོས་རྣམས་ཕུད་ཞིང་གོ་འཁྲབ་ཆ་ཚང་གོན་ཏེ་དགྲ་བོ་དང་དམར་འཛིང་མཐའ་འཁྱོལ་བྱེད་པའི་སྙིང་སྟོབས་མཆོན་པར་བྱས་ཤིང་། ལག་ཏུ་ཕྱག་མདའ་བཟུང་ཞིང་མདའ་འཕེན་ཏེ་ཧོར་དམག་བཞི་རྒྱ་ལྷག་ཙམ་བསད་པ་དང་། དེ་རྗེས་འབྲུག་མོ་ཡང་ཧོར་དམག་གིས་བཟུང་ཏེ་བདམ་བཀྱིགས་བྱས་སོ། ཁོང་མོ་ཧོར་དམག་གི་བཟུང་རྗེས་ཡང་སེམས་རྒྱལ་ལ་དགའ་ཞིང་དགྲ་བོར་སྙིང་ཁོང་རུས་པའི་གཏིང་ནས་འཁོན་འཛིན་བྱེད་པའི་སྙིང་སྟོབས་མཆོན་ཡོད་པ་དེ་དག་ལས་འབྲུག་མོའི་དཔའ་ངར་ཆེ་ཞིང་བློ་ཐག་ཆོད་པའི་རང་གཤིས་ཀྱི་ཁྱད་ཆོས་མཆོན་ཡོད་པ་མ་ཟད། དེ་ནི་བོད་གནའ་རབས་ཀྱི་དཔའ་མོའི་དཔེ་མཆོན་ལྡན་པའི་གཟུགས་བརྙན་ཁྱད་དུ་འཕགས་པ་ཞིག་དང་། མི་རིགས་ཀྱི་སྙིང་སྟོབས་དང་ཁྱད་ཆོས་མངོན་གསལ་དོད་པོ་ཡོད་པའི་དཔའ་མོའི་གཟུགས་བརྙན་ཞིག་ཡིན་ལ་རང་གཤིས་མངོན་གསལ་དོད་པོ་ཡོད་པའི་སྒྱུ་རྩལ་གྱི་དཔེ་མཆོན་གྱི་གཟུགས་བརྙན་ཞིག་ཡིན། འདིར་གསལ་བཤད་བྱེད་དགོས་པ་ཞིག་ནི་འབྲུག་མོ་ཧོར་ཡུལ་དུ་ཕེབས་རྗེས་བཙན་ཤེད་ཀྱི་འོག་ཏུ་

ཧོར་གུར་དཀར་རྒྱལ་པོ་དང་གཉེན་སྒྲིག་བྱས་པ་མ་ཟད། བུ་གཅིག་ཀྱང་སྐྱེས་ཡོད་པ་རེད། དེར་བརྟེན་མི་མང་པོ་ཞིག་གིས་དེ་ནི་འབྲུག་མོའི་མི་ཚེ་གཅིག་རིང་གི་ནག་ཐིགས་གཅིག་རེད་འདུག བྱུང་རིམ་འདི་མེད་པར་བཟོས་ཏེ་འབྲུག་མོས་སྒྲོག་ལ་ཐུགས་ཀྱང་གཉེན་སྒྲིག་མི་བྱེད་པ་ཞིག་ཏུ་བཀོད་ན་ལེགས་ཞེས་བརྗོད་མཁན་མི་ཉུང་ཙམ་ཞིག་ཡོད་ནའང་། ང་ཚོས་སྐབས་དེའི་ལོ་རྒྱུས་དང་སྤྱི་ཚོགས་ཀྱི་ཁོར་ཡུག་ལ་བསམ་གཞིགས་དང་དེ་རིང་གི་ཀུན་སྤྱོད་ཀྱི་ལྟ་ཚུལ་དང་ཚད་གཞིར་གཞིགས་ནས་གནའ་བོའི་མི་སྣར་དཔྱད་འཇོག་བྱས་ན་མི་འགྲིག ཚོམ་རིག་ནང་གི་དཔེ་མཚོན་མི་སྣ་ལེགས་གྲུབ་བྱུང་ཐུབ་མིན་གྱི་འགག་རྩའི་གནད་དོན་ནི་མི་སྣའི་རང་གཤིས་མངོན་གསལ་འབུར་ཐོན་ཅན་ཞིག་ཡིན་མིན་ལ་རག་ལས་པ་མ་ཟད། མི་སྣའི་ཕྱིའི་ཆ་བྱད་བརྒྱུད་དེ་མི་སྣའི་སེམས་ཁམས་མཚོན་པར་བྱས་ཡོད་མེད་དེ་ཡིན། དཔེ་མཚོན་གྱི་མི་སྣའི་གཤིས་རྒྱུད་མཚོན་པར་བྱེད་སྐབས་དེའི་ནང་སྤྱི་ཚོགས་ཀྱི་དོན་སྙིང་གཏིང་ཟབ་པོ་ཞིག་མཚོན་པར་བྱ་དགོས་ལ་ད་དུང་དུས་རབས་ཀྱི་སྙིང་སྟོབས་མངོན་གསལ་དོད་པོ་ཞིག་ཡོད་དགོས། མི་སྣའི་གཤིས་ཀ་ནི་རང་ཚུགས་རང་བཞིན་དང་སྐྱེས་སྟོབས་ཀྱི་ནུས་པ་ལྡན་པ་ཞིག་ཡིན་དགོས་པ་དང་། ཁོང་ཚོར་རང་ཉིད་ཀྱི་གཤིས་ཀ་ལྡན་དགོས་པ། ཁོ་ཚོས་རང་ཉིད་ཀྱི་གཤིས་ཀར་གཞིགས་ནས་འཕེལ་རྒྱས་གཏོང་དགོས་པ་བཅས་བྱ་དགོས་པ་ལས། རྩོམ་པ་པོས་རང་ཉིད་ཀྱི་འབྲི་བྱའི་མི་སྣ་དག་ལ་བཙན་ཤེད་ཀྱིས་ཁོ་ཚོས་རང་ཉིད་ཀྱི་གཤིས་ཀ་དང་ལྡོག་འགལ་གྱི་གཏམ་སྨྲ་སྤྱོད་སྤྱེལ་མི་རུང་། དཔེར་ན། ཐོར་འར་སི་ཐའི་ཡིས《ཨན་ན་ཁེ་ལེ་ནི་ན》ཞེས་པ་རྩོམ་འབྲི་གནང་སྐབས་སྔོན་ཚུད་དུ་ཨན་ན་ཤི་རྒྱུ་ཡིན་པ་ཞིག་འཆར་བཀོད་གནང་མེད། འོན་ཀྱང་མཐར་ཨན་ན་ཤི་བ་རེད། ཨན་ན་ནི་ཤི་རྒྱུ་རང་རེད། དེ་ནི་ཨན་ན་ཡི་གཤིས་ཀ་དང་ལས་དབང་དང་འཚམས་པ་ཞིག་ཡིན་པ་ལས་མཁས་དབང་ཐོར་འར་སི་ཐའི་དགོངས་ཚུལ་ལྟར་སྒྲུབ་ཐུབ་པ་ཞིག་མ་ཡིན། དེས་ན་མི་སྣའི་རང་གཤིས་མཚོན་པར་བྱེད་པའི་སྒྱུ་རྩལ་གྱི་བྱ་ཐབས་ལ་རྒྱུན་

ཚད་མེད་ པར་ གསར་ གཏོད་ དང་ འཕེལ་ རྒྱས་ གཏོང་ དགོས་ ལ་ མི་ སྣའི་ རང་ གཤིས་འབྲི་ཐབས་ཀྱང་སྣ་མང་ཕུན་སུམ་ཚོགས་སུ་གཏོང་དགོས་པ་ཞིག་རེད།

1. དཔེ་མཚོན་གྱི་གཟུགས་བརྙན་ཞེས་པར་རྩ་བའི་ཁྱད་ཆོས་གང་ཡོད་དམ།
2. དཔེ་མཚོན་གྱི་གཟུགས་བརྙན་ཞེས་པའི་གོ་དོན་ཅི་འདྲ་ཡིན་ནམ།
3. སྤྱི་དཔོན་རོང་ཚ་ཁྲ་རྒན་གྱི་གཤིས་རྒྱུད་ལ་རྩ་བའི་ཁྱད་ཆོས་གང་ཡོད་དམ།

ས་བཅད་གསུམ་པ། བརྩམས་ཆོས་ཀྱི་བརྗོད་དོན་སྐོར།

རྩོམ་རིག་བརྩམས་ཆོས་ཀྱི་གྲུབ་ཆའི་སྐོར་ལ་ནང་དོན་དང་རྣམ་པ་ཕྱོགས་གཉིས་འདུས་ཡོད་པ་རེད། འཇིག་རྟེན་ཁམས་སུ་གནས་པའི་དངོས་པོ་མཐའ་དག་གི་གྲུབ་ཆ་ནི་ནང་དོན་དང་དེ་མིན་ནང་དོན་དང་མཚམས་པའི་ཕྱིའི་རྣམ་པ་དེ་ཡིན་ཞིང་། དེ་གཉིས་ནི་ཟུང་སྦྲུབ་ཀྱི་གཅིག་གྱུར་ཞིག་ཡིན། ནང་དོན་ནི་བྱ་དངོས་ནང་ཁུལ་གྱི་འགྱུལ་བསྐྱོད་བྱེད་པའི་ངོ་བོ་དེ་ཡིན་ལ། བྱ་དངོས་ཀྱི་ངོ་བོ་དང་ཆོས་ཉིད་ཀྱི་གྲུབ་ཆའི་སྤྱི་བསྡོམས་དེ་ཡིན་པ་མ་ཟད། དེ་གཉིས་ཀྱི་འབྲེལ་བ་ནི་ནང་དོན་གྱིས་རྣམ་པ་ཐག་གཅོད་བྱེད་ལ་རྣམ་པས་ནང་དོན་མཚོན་པ་བྱེད་རྒྱུར་ཕན་ནུས་ལྡན་པའི་རང་སྟོབས་ཀྱི་ནུས་པ་འདོན་སྤེལ་བྱེད་ཀྱི་ཡོད་པ་རེད།

དང་པོ། རྩོམ་རིག་བརྩམས་ཆོས་ཀྱི་ནང་དོན་འགྲེལ་བ།

རྩོམ་རིག་ནི་སྤྱི་ཚོགས་ཀྱི་འཚོ་བ་ངེས་ཅན་ཞིག་རྩོམ་པ་པོའི་བློ་ཡུལ་དུ་ཤར་བའི་འབྲས་བུ་ཞིག་ཡིན། རྩོམ་རིག་ནི་དམིགས་བསལ་གྱི་སྤྱི་ཚོགས་ཀྱི་འདུ་ཤེས་འཛིན་སྟངས་ཤིག་ཡིན་རྐྱེན། དེས་མཚོན་པར་བྱེད་པའི་བརྒྱུད་རིམ་ནང་རང་ཉིད་ལ་དམིགས་བསལ་གྱི་ཁྱད་ཆོས་ལྡན་ཡོད་ལ། ཕྱི་རོལ་ཡུལ་གྱི་བྱ་དངོས་དང་རང་ངོས་ཀྱི་ལྟ་ཚུལ་ཁག་གཉིས་འདུས་ཡོད་པ་སྟེ། རྩོམ་པ་པོས་སྤྱི་ཚོགས་ཀྱི་འཚོ་བ་མཚོན་པར་བྱེད་པའི་ཡུལ་དངོས་དང་རྩོམ་པ་པོ་རང་ཉིད་ཀྱིས་མཛེས་དཔྱོད་ཀྱི་གདེང་འཛོག་བཅས་ཕྱོགས་གཉིས་ཚུད་ཡོད་པ་རེད། དེར

བརྟེན་ང་ཚོས་རྩོམ་རིག་བཅམས་ཆོས་ནང་རྩོམ་འབྲི་བྱས་པའི་སྐེ་མང་ཕུན་སུམ་ཚོགས་པའི་འཚོ་བའི་སྣང་ཚུལ་དང་། ཕྱི་རོལ་ཡུལ་གྱི་བྱ་དངོས་རྩོམ་འབྲི་བྱས་པ་བརྒྱུད་མཚོན་པར་བྱས་པའི་རྩོམ་པ་པོའི་བསམ་བློའི་བརྩེ་དུང་དེར་རྩོམ་རིག་བཅམས་ཆོས་ཀྱི་ནང་དོན་ཞེས་བཛོད་དོ། ཡང་བསྐྱར་བཤད་ན་རྩོམ་རིག་བཅམས་ཆོས་ཀྱི་ནང་དུ་རྩོམ་འབྲི་བྱས་པའི་འཚོ་བའི་སྣང་ཚུལ་དང་འཚོ་བའི་སྣང་ཚུལ་དེ་དག་བརྒྱུད་ནས་མཚོན་པར་བྱས་པའི་བསམ་བློའི་བརྩེ་དུང་དེ་གཉིས་འོ་ཀྱུ་བཞིན་འདྲེས་པར་བྱས་པའི་གྲུབ་ཆའི་མ་ལག་དེ་ནི་རྩོམ་རིག་བཅམས་ཆོས་ཀྱི་ནང་དོན་དེ་ཡིན་ནོ། བཅམས་ཆོས་གཅིག་ཁོ་ནར་མཚོན་ནས་བཤད་ན། རྩོམ་རིག་བཅམས་ཆོས་ནང་དོན་ནི་རང་སྣང་ཡུལ་ཅན་དང་ཕྱི་རོལ་ཡུལ་གྱི་རང་བཞིན་ཟུང་འབྲེལ་བྱས་པ་ཞིག་དང་། ཕྱི་རོལ་ཡུལ་གྱི་འཚོ་བའི་དཔེ་རིས་དང་རང་སྣང་གི་བསམ་བློའི་བརྩེ་དུང་ཟུང་འབྲེལ་བྱེད་པའི་ཁྱད་ཆོས་ལྡན་ཡོད་པ་རེད། རྩོམ་རིག་བཅམས་ཆོས་ཀྱི་ནང་དོན་ལ་གོ་ལེན་བྱ་རྒྱུའི་ཐད་ཕྱར་ནས་བཟུང་ལྟ་ཚུལ་མི་འདྲ་བ་སྣ་ཚོགས་མཆིས།

1. འགྱུར་མེད་དངོས་གཙོ་སྨྲ་བ་པོ་རྣམས་ཀྱིས་རྩོམ་རིག་བཅམས་ཆོས་ཀྱི་ནང་དོན་ལ་ཕྱི་རོལ་ཡུལ་གྱི་རྒྱུ་རྐྱེན་ཁས་ལེན་བྱས་པ་ལས་རྩོམ་པ་པོའི་རང་སྣང་གི་རྒྱུ་རྐྱེན་ཁས་ལེན་མི་བྱེད་པ་དང་། ཁོ་ཚོའི་ངོས་འཛིན་དུ་རྩོམ་པ་པོས་ཕྱི་རོལ་ཡུལ་དུ་གནས་པའི་སྤྱི་ཚོགས་ཀྱི་འཚོ་བ་ཇི་བཞིན་དུ་རྩོམ་འབྲི་བྱས་ཆེ། དེས་རྩོམ་རིག་བཅམས་ཆོས་ཀྱི་ནང་དོན་གྲུབ་པར་བྱས་པ་ཞིག་ཡིན།

2. སེམས་གཙོ་རིང་ལུགས་ཀྱིས་སྤྱི་མཚན་དང་བསྒོས་མེད་ཀྱི་འདུ་ཤེས་དང་། འཇིག་རྟེན་གྱི་སེམས་ཁམས་རིགས་དང་། ཡང་ན་རྩོམ་པ་པོ་རང་ཉིད་ཀྱི་འདུ་ཤེས་དེ་བཅམས་ཆོས་ཀྱི་ནང་དོན་དུ་ངོས་འཛིན་བྱས་ཡོད་ལ་ཧེ་གེར་གྱིས"སྒྱུ་རྩལ་གྱི་ནང་དོན་ནི་འདུ་ཤེས་ཁོ་ན་ཡིན་ནོ"ཞེས་གསུངས་པ་དང་། རྩོམ་རིག་བཅམས་ཆོས་ཀྱི་ནང་དོན་ཐད་ཕྱི་རོལ་ཡུལ་གྱི་གྲུབ་ཆ་དེ་ཕྱིར་འབུད་བྱས་ཡོད་པ་རེད།

3. རྩོད་སྒྲུབ་དངོས་གཙོ་རིང་ལུགས་ཀྱིས་ཕྱི་རོལ་ཡུལ་དུ་གནས་པའི་སྤྱི་ཚོགས་ཀྱི་འཚོ་བ་དང་། རྩོམ་པ་པོས་འཚོ་བར་རང་ཉིད་ཀྱི་བསམ་བློའི་བརྩེ་གདུང་དང་མཛེས་དཔྱོད་ཀྱིས་གདེང་འཇོག་བྱེད་རྒྱུ་ཟུང་འབྲེལ་བྱས་ནས་རྩོད་སྒྲུབ་ཀྱི་གཅིག་གྱུར་ཡོང་བ་བྱེད་ཀྱི་ཡོད་པ་རེད་ལ། དེ་འདྲ་བྱས་ཚེ་རྩོམ་རིག་བརྩམས་ཆོས་ཀྱི་ནང་དོན་ངོ་མ་དེ་གསལ་སྟོན་བྱེད་ཐུབ་པ་ཞིག་ཡིན། རྩོམ་རིག་བརྩམས་ཆོས་ཀྱི་སྤྱི་ཚོགས་ཀྱི་འཚོ་བ་མཚོན་པར་བྱེད་པ་དང་ཆབས་ཅིག་རྟག་པར་རྩོམ་པ་པོའི་བསམ་བློའི་བརྩེ་དུང་དང་སྒྱུ་རྩལ་གྱི་བྱེ་བྲག་གི་རང་བཞིན་དེ་དམ་པོར་འབྲེལ་ཡོད་པ་དང་། དེ་ནི་རྩོམ་རིག་བརྩམས་ཆོས་ཀྱི་གྲུབ་ཆའི་རྩ་བའི་སྒྱུ་རྩལ་གྱི་ཆོས་ཉིད་དེ་ཡིན་ནོ།

གཉིས་པ། བརྩམས་ཆོས་ཀྱི་བརྗོད་བྱའི་སྐོར།

1. བརྗོད་བྱའི་གོ་དོན་འགྲེལ་བ།

བརྗོད་བྱ་ནི་རྩོམ་པ་པོས་རྩོམ་རིག་བརྩམས་ཆོས་ཀྱི་གསར་རྩོམ་གྱི་བསམ་དོན་དགོས་མཁོར་གཞིགས་ཏེ་ཆེས་རྙོག་འཛིང་ཆེ་ལ་ཕུན་སུམ་ཚོགས་པའི་འཚོ་བའི་ཐོག་མའི་དཔྱད་གཞི་ལ་འདེམས་བསྒྲིས་བྱས་ནས་བྱུང་བ་ཞིག་ཡིན།

ཅི་འདྲ་ཞིག་ལ་ཐོག་མའི་དཔྱད་གཞི་ཟེར་རམ།

ཐོག་མའི་དཔྱད་གཞི་ནི་ཆེས་ཡངས་ཤིང་རྒྱ་ཆེ་བའི་སྤྱི་ཚོགས་ཀྱི་འཚོ་བའི་ནང་ནས་གསོག་འཇོག་བྱས་པའི་འཚོ་བའི་གནད་དོན་དེ་དག་ཡིན་ཞིང་། དེ་དག་ནི་རྩོམ་པ་པོས་གསར་རྩོམ་གྱི་བྱ་བར་མ་ཞུགས་གོང་དུ་བསྡུས་པའི་འཚོ་བའི་མ་དཔེ་དག་ཡིན་ལ། དེ་དག་ནི་ཐར་ཐོར་དང་། ཟང་ཟིང་ཆེ་བ། ཁ་ཐོར་དུ་གནས་པ། དམིགས་ཡུལ་གསལ་པོ་མེད་པ་ཞིག་ཡིན་རྐྱེན་རང་བྱུང་གི་རྣམ་པ་དེ་ལས་ཁ་བྲལ་ཐུབ་མེད་པ་དང་། ངོ་བོ་དང་སྣང་ཚུལ་གཉིས་ཡང་རྙོག་འདྲེས་སུ་གནས་པ་ཞིག་ཡིན། བརྗོད་བྱ་ནི་དེ་དང་གཏན་ནས་མི་འདྲ་བ་སྟེ།

བརྗོད་བྱ་ནི་གོ་རིམ་ལྡན་ཞིང་བསམ་བློའི་བརྗེ་དུང་ངེས་ཅན་ཞིག་མཚོན་པར་བྱེད་ཐུབ་པའི་སྤྱི་ཚོགས་ཀྱི་འཚོ་བའི་སྣང་ཚུལ་ཞིག་ཡིན།

བརྩམས་ཆོས་ཀྱི་བརྗོད་བྱ་དེ་ངེས་པར་དུ་ཆེས་ཕུན་སུམ་ཚོགས་ཤིང་རྙོག་འཛིང་ཆེ་བའི་འཚོ་བའི་ཐོག་མའི་དཔྱད་གཞིའི་རྒྱང་གཞི་ཐོག་ཏུ་རྐང་པ་བཙུགས་དགོས་པ་དང་། དེ་ལྟར་བྱས་ཚེ་གཞི་ནས་རྒྱ་ཆེ་ཞིང་གཏིང་ཟབ་པའི་འཚོ་བ་དང་ལོ་རྒྱུས་ཀྱི་ནང་དོན་ལྡན་ཐུབ་པ་དེ་ཡིན། དེ་ལྟར་རྩོམ་པ་པོས་ཐོག་མའི་དཔྱད་གཞི་གསོག་འཇོག་བྱེད་རྒྱུ་ནི་བརྗོད་བྱ་གདམ་གསེས་བྱེད་པ་དང་གསར་རྩོམ་གྱི་གྲྭ་སྒྲིག་བྱེད་པ་ནས་གསར་རྩོམ་གྱི་ལག་ལེན་དུ་འཕོ་འགྱུར་བྱེད་པ། འཚོ་བ་དངོས་དེ་སྒྱུ་རྩལ་དུ་བསྒྱུར་བ་བྱེད་པའི་ནང་དུ་འགག་རྩའི་གོ་རིམ་དང་པོ་དེ་ཡིན་ཞེས་བརྗོད་ན་ཆོག།

བརྗོད་བྱ་གདམ་གསེས་དང་བརྟར་ཤ་གཅོད་རྒྱུ་དེ་ནི་སྤྱི་ཚོགས་ཀྱི་འཚོ་བ་དངོས་ཀྱི་རྒྱང་གཞིའི་ཐོག་ནས་བྱེད་དགོས་ལ། སྤྱི་ཚོགས་ཀྱི་འཚོ་བ་ནི་རྒྱ་ཆེ་ཞིང་རྙོག་འཛིང་ཆེ་བ་དང་འགྱུར་ལྡོག་མང་བ། རྣམ་པ་མི་འདྲ་བ་སྣ་ཚོགས་པ་ཞིག་ཡིན་རྐྱེན་རྩོམ་པ་པོ་རང་ངོས་ཀྱི་འཚོ་བའི་མྱོང་བརྒྱུད་དེར་རང་བཞིན་དུ་སྤྱི་ཚོགས་དང་རང་ཉིད་ཀྱི་ཆ་རྐྱེན་སོགས་ཀྱི་ཚོད་འཛིན་བྱས་ཡོད་པས། འཚོ་བའི་ཁོངས་གཏོགས་དང་ཕྱོགས་འགའ་ཤས་ལ་རྒྱུས་མངའ་ཡོད་པ་བྱེད་རྒྱུ་དེ་ཡིན།

སྤྱིར་བཏང་ཐོག་འཚོ་བ་མཚོན་པར་བྱེད་པའི་ངོ་བོ་དང་ནང་དོན་མི་འདྲ་བར་བརྟེན་བརྩམས་ཆོས་ཀྱི་བརྗོད་བྱ་ཡང་རིགས་མི་འདྲ་བ་འགའ་ཞིག་ཏུ་དབྱེ་ཆོག་པ་སྟེ། དཔེར་ན། བཟོ་ལས་ཀྱི་བརྗོད་བྱ། ཞིང་ལས་ཀྱི་བརྗོད་བྱ། དམག་དོན་གྱི་བརྗོད་བྱ། ཚན་རིག་གི་བརྗོད་བྱ། གཞོན་ནུའི་བརྗོད་བྱ། བུད་མེད་ཀྱི་བརྗོད་བྱ། དེང་རབས་ཀྱི་བརྗོད་བྱ། ལོ་རྒྱུས་ཀྱི་བརྗོད་བྱ་སོགས་ཡོད་ལ་བརྗོད་བྱ་དེ་ལྟར་དབྱེ་བའི་གོམས་གཤིས་ཤིག་ཡོད་མོད་དེ་ལྟར་དབྱེ་ན་ནི་མདོར་བསྡུས་ལ་ཀུ་དོག་པའི་སྐྱོན་དུ་ཟད་ཅིང་། བསྡོམས་བཅས་ཀྱི་དོན་སྙིང་

ཐོག་ནས་བསྐྱོས་བཅས་ཀྱི་ངོས་འཛིན་བྱེད་རྒྱུ་དེ་ཁོ་ན་ཡིན།

བཟོད་བྱ་ནི་འཚོ་བ་དངོས་དང་འདྲ་བར་རྣམ་པ་མང་ཞིང་ཕུན་སུམ་ཚོགས་པ་ཞིག་ཡིན་རྐྱེན་སྤྱིར་འདྲ་བའི་བཟོད་བྱ་ཡོད་སྲིད་ཀྱང་ཚྭན་ཡོངས་ནས་གཅིག་མཚུངས་ཡིན་པ་ཞིག་ཡོང་མི་སྲིད་ལ་བཟོད་བྱ་ནི་ག་དུས་ཡིན་ཡང་རྣམ་པ་གསར་རྒྱུང་དང་། ཐུན་མོང་མ་ཡིན་པའི་ཁྱད་ཆོས་ལྡན་དགོས་པ་ཞིག་ཡིན།

དོན་བཟོད་རང་བཞིན་ལྡན་པའི་བརྩམས་ཆོས་དང་ལྷག་པར་དུ་བརྩམས་སྒྲུང་རིང་གྲས་ནང་དུ་འཚོ་བ་མཚོན་པར་བྱེད་པར་དུས་ཚོད་དང་ཡུལ་དུས་ཀྱི་ཚོད་འཛིན་མེད་ལ། ནང་དོན་གཞི་རྒྱ་ཆེ་བ་ཞིག་ཡིན་རྐྱེན་བཟོད་བྱའི་གྲུབ་ཆའི་ཐད་ལ་ཡང་ཁྲུངས་སྣེ་མང་ལ་རིམ་གྲལ་མང་ཞིང་སྣན་རྩོམ་པོ་རྒྱུས་ཀྱི་བྱུང་བ་བཞིན་རྩོམ་འབྲི་བྱེད་ཀྱི་ཡོད་པ་རེད། དཔེར་ན། 《རྒྱ་དཀར་ཕྲན་ཆུང་ཡི་གནང་གཏམ་རྒྱུད》དང་《ཞི་བདེ་དང་དམག་འཁྲུག》《གཞོན་ནུ་ཟླ་མེད་ཀྱི་གཏམ་རྒྱུད》སོགས་བརྩམས་སྒྲུང་རིང་གྲས་དེ་དག་གིས་རྒྱལ་ཁབ་མི་འདྲ་བ་དང་། དུས་རབས་མི་འདྲ་བའི་ལོ་རྒྱུས་ཀྱི་འགལ་བ་དང་དུས་རབས་ཀྱི་སྙིང་སྟོབས་མཚོན་ཡོད་པ་རེད། བཟོད་བྱའི་གྲུབ་ཆ་ནི་འཚོ་བ་དེ་སྒྱུ་རྩལ་ཅན་དུ་བསྒྱུར་བར་ཐག་གཅོད་ཀྱི་རང་བཞིན་ལྡན་པའི་གོ་རིམ་ཞིག་ཡིན་ལ། འཚོ་བ་དང་སྒྱུ་རྩལ་གཉིས་པོ་མཛེས་དཔྱོད་ཀྱིས་གཅིག་གྱུར་བྱེད་པ་ཞིག་ཡང་ཡིན།

2. བཟོད་བྱའི་གྲུབ་ཆ་དང་དེ་མིན་གྱི་འབྲེལ་བའི་སྐོར།

རྩོམ་རིག་བརྩམས་ཆོས་ཀྱི་བཟོད་བྱའི་གྲུབ་ཆ་ནི་རྒྱུ་རྐྱེན་སྣ་ཚོགས་ལས་གྲུབ་པར་བྱས་ཡོད་པ་སྟེ། དེ་ནི་མི་སྣ་དང་། བྱ་བ། ཁོར་ཡུག རྣམ་པ་བཅས་ཡིན། མི་སྣ་ནི་རྩོམ་རིག་གི་བརྩམས་ཆོས་ཀྱི་ནང་དུ་འབྲི་ཡུལ་གཙོ་བོ་དེ་ཡིན་པ་མ་ཟད། བཟོད་བྱའི་གྲུབ་ཆའི་སྙིང་པོ་ཡང་ཡིན། དོན་བཟོད་རང་བཞིན་ལྡན་པའི་བརྩམས་ཆོས་ནང་དུ་མི་སྣའི་གཟུགས་བརྙན་གྱིས་ཆེས་གལ་ཆེ་བའི་གནས་བབ་ཅིག་བཟུང་ཡོད། དེ་ནི་གོར་ཀིས་“རྩོམ་རིག་མཁས་ཅན་གྱི་རྒྱུ་ཆ་ནི་རྩོམ་པ་པོ་རང་ཉིད་དང་འདྲ་བའི་མི་དེ་དག་ཡིན་”ཞེས་གསུངས་པ་ལྟར

རྩོམ་པ་པོའི་གསར་རྩོམ་གྱི་ལས་འགན་ནི་མི་སྣ་འདྲ་མིན་སྣ་ཚོགས་ཀྱི་གཟུགས་བརྙན་གསར་བསྐྲུན་བྱེད་རྒྱུ་དེ་ཡིན། ལོ་རྒྱུས་ཐོག་ཏུ་དུས་རབས་མི་འདྲ་བ་དང་རིམ་གྲལ་མི་འདྲ་བ་རྣམས་ཀྱིས་རྩོམ་པ་པོའི་བརྩམས་ཆོས་ནང་དུ་རང་སོའི་སྤྱི་ཚོགས་ཀྱི་ལམ་ལུགས་མི་འདྲ་བའི་སྙིང་སྟོབས་མཚོན་པར་བྱ་རྒྱུའི་རེ་འདོད་བྱས་ཡོད་རྐྱེན། མི་སྣའི་གཟུགས་བརྙན་གསར་བསྐྲུན་བྱེད་རྒྱུའི་ཐད་ལ་ཤུགས་རྐྱེན་ཤིན་ཏུ་ཆེན་པོ་བྱུང་ཡོད་པ་རེད། བྱ་དངོས་ནི་མི་སྣ་གཙོ་བོར་བྱས་ཏེ་བྱུང་བའི་རྒྱུན་མཐུད་ཀྱི་རང་བཞིན་ལྡན་ལ་དགོས་ངེས་ཀྱི་འབྲེལ་བ་ཡོད་པའི་འཚོ་བའི་བྱ་དངོས་མཐའ་དག་ལ་བརྗོད་པ་ཞིག་ཡིན། འཚོ་བ་དངོས་ཀྱི་ནང་དུ་མི་དང་མིའི་དབར་གྱི་འབྲེལ་བ་དང་བྱ་དངོས་མི་འདྲ་བ་རྣམས་ཀྱི་འགལ་རྐྱེན་སོགས་ཀྱི་བརྩམས་ཆོས་ཀྱི་བརྗོད་དོན་ལ་འཚོ་བའི་རྨང་གཞི་གཏིང་ཟབ་ཅིག་འཛུགས་ཀྱི་ཡོད་རྐྱེན་རྩོམ་རིག་བརྩམས་ཆོས་ནང་གི་བྱ་དངོས་རྣམས་འཚོ་བའི་རྨང་གཞིའི་ཐོག་ཀྲང་པ་བརྟན་པོར་བཙུགས་ཏེ་མི་སྣའི་འཚོ་བ་དང་། ལོ་རྒྱུས་ཀྱི་དོན་རྐྱེན་མཚོན་དགོས་པ་ཞིག་ཡིན། དེ་ལྟར་མི་སྣ་དང་བྱ་དངོས་ནི་འབྲེལ་བ་ཤིན་ཏུ་དམ་པས། རྩོམ་པ་པོས་མི་སྣའི་དགོས་པར་གཞིགས་ནས་བྱ་དངོས་བཀོད་སྒྲིག་བྱེད་དགོས་པ་ལས་བྱ་དངོས་ཀྱིས་མི་སྣར་ཚོད་འཛིན་བྱེད་མི་རུང་ངོ་། ཁོར་ཡུག་ནི་མི་སྣ་འཚོ་གནས་བྱེད་པའི་ཡུལ་དང་། འགྱུལ་བསྐྱོད་བྱེད་སའི་ཆ་རྐྱེན་ཡིན་པས་དེ་ནི་བྱ་དངོས་ཀྱི་བྱུང་རྐྱེན་དང་འཕེལ་རྒྱས་འགྲོ་བའི་ཡུལ་དེ་ཡིན། ཁོར་ཡུག་ཅེས་པར་སྤྱི་ཚོགས་ཀྱི་ཁོར་ཡུག་དང་རང་བྱུང་གི་ཁོར་ཡུག་གཉིས་ཡོད་པ་དང་། དེས་མི་སྣའི་གཤིས་རྒྱུད་ཆགས་གྲུབ་དང་འཕེལ་རྒྱས་ལ་ནུས་པ་མི་ཆུང་བ་ཞིག་ཐོན་གྱི་ཡོད་རྐྱེན་མི་སྣ་དང་ཁོར་ཡུག་ནི་ཕན་ཚུན་ཁ་བྲལ་ཐབས་མེད་པ་མ་ཟད། ཕན་ཚུན་ཚོད་འཛིན་དང་འབྲེལ་བ་དམ་ཟབ་ཡོད་པ་ཞིག་ཡིན་ནོ། རྣམ་པ་(བཟོ་ལྗོངས་)ནི་དུས་ཚོད་ངེས་ཅན་ཞིག་དང་ས་ཆ་ངེས་ཅན་ཞིག་གི་ནང་དུ་མི་དང་མིའི་དབར་གྱི་འབྲེལ་བ་ལས་གྲུབ་པའི་འཚོ་བའི་ངོ་རིས་དེ་ཡིན་ལ། དེ་ནི་བྱ་དངོས་ཧྲིལ་པོའི་འཕེལ་རྒྱས་ཀྱི་བརྒྱུད་རིམ་

ནང་དུ་ཐོན་པའི་འཚོ་བའི་ཆ་ཤས་ལ་བརྗོད་པ་ཞིག་ཡིན་པ་མ་ཟད། དེ་ནི་ཆེས་གལ་ཆེ་བའི་འཚོ་བའི་རྣམ་པ་ཕྲ་རག་ལ་དམིགས་པ་ཞིག་ཡིན།

བརྩམས་ཆོས་ཀྱི་ནང་དུ་བཟོ་ལྟོངས་འགའ་རེ་བཀོད་འབྲི་བྱ་རྒྱུ་དེ་ནི་མི་སྣའི་གཤིས་རྒྱུད་རྩོམ་འབྲི་བྱ་རྒྱུར་རིགས་རམ་གྱི་ནུས་པ་ཐོན་ཐུབ་པ་མ་ཟད། འཚོ་བའི་ཆོས་ཉིད་དང་ངོ་བོ་མཚོན་རྒྱུར་དགེ་མཚན་ལྡན་པའི་ནུས་པ་ཞིག་ཐོན་ཐུབ་པོ། མི་སྣ་དང་། བྱ་དངོས། ཁོར་ཡུག་དང་རྣམ་པ་བཅས་བཞི་པོ་ནི་བརྩམས་ཆོས་ཀྱི་གྲུབ་ཆ་གཙོ་བོ་བཞི་ཡིན་ལ། དེ་དག་ཡང་ཕན་ཚུན་འབྲེལ་བ་དམ་ཟབ་ཡོད་པ་ཞིག་ཡིན་ནོ།

3. བརྗོད་བྱ་འདེམས་བསྡུས་དང་ཐག་གཅོད་བྱེད་ཐབས་སྐོར།

རྩོམ་རིག་གི་བརྗོད་བྱ་མཐའ་དག་ནི་རྩོམ་པ་པོས་ངེས་པར་དུ་སྤྱི་ཚོགས་ཀྱི་འཚོ་བའི་ནང་ནས་ཐོན་པའི་དཔྱད་གཞི་རྣམས་དམིགས་ཡུལ་གང་རུང་ཞིག་འགྲུབ་ཕྱིར། དེར་ལས་སྣོན་དང་བསྒྱུར་བཀོད། སྙིགས་དོར་བཅུད་ལེན་བཅས་བྱས་ཏེ་དཔྱད་གཞི་རྣམས་བརྗོད་གཞིར་བསྒྱུར་དགོས་པ་མ་ཟད། རྩོམ་པ་པོའི་གསར་རྩོམ་གྱི་འདུན་པ་དང་བརྩམས་ཆོས་དེའི་བསམ་བློའི་ནང་དོན་གྱི་དགོས་པར་གཞིགས་ཏེ་ཐག་གཅོད་བྱ་དགོས་པ་རེད།

དུས་རབས་མི་འདྲ་བ་དང་། མི་རིགས་མི་འདྲ་བའི་རྩོམ་པ་པོ་ཚང་མས་རང་ངོས་ཀྱི་དོ་ནན་དང་གཙིགས་ཆེན་བྱེད་པའི་འཚོ་བའི་འཕོ་འགྱུར་དང་དོན་རྐྱེན་ཡོད་སྲིད་ལ། དུས་རབས་དེ་དང་དབུགས་ལམ་གཅིག་གྱུར་དང་བདེ་སྡུག་མཉམ་སྤྱོད་བྱས་ཏེ། སྤྱི་ཚོགས་ཀྱི་གལ་ཆེའི་དོན་སྙིང་ལྡན་པའི་བརྗོད་གཞི་བསྡོག་འདོན་བྱེད་ཀྱི་ཡོད། དེར་བརྟེན་ང་ཚོས་རྒྱུན་དུ་བརྩམས་ཆོས་ཀྱི་བརྗོད་གཞི་འདེམས་བསྡུས་བྱས་ཡོད་པ་དེ་དག་ལས་དུས་རབས་ཀྱི་སྙིང་སྟོབས་ཚོར་སྣང་སྐྱེ་ཐུབ་པ་ཞིག་ཡོང་གི་ཡོད་པ་རེད། སླུ་ཞབས་ལུའུ་ཤུན་གྱིས "ནན་ཏན་གྱིས་རྒྱུ་ཆ་བདམས་བསྡུས་དང་། ཐོག་འདོན་གཏིང་ཟབ" ཅེས་གསུངས་པ་ལྟར། རྩོམ་པ་པོས་བརྗོད་གཞི་བཀོལ་སྤྱོད་བྱེད་མཁས་པོ་བྱུང་ན་གཞི་ནས

བརྩམས་ཆོས་ཀྱི་ནང་དུ་རྒྱ་ཆེ་ཞིང་གཏིང་ཟབ་པའི་སྒོ་ནས་འཚོ་བའི་དོན་རྐྱེན་དང་སྤྱི་ཚོགས་ཀྱི་སྣང་ཚུལ་དང་དུས་རབས་ཀྱི་སྙིང་སྟོབས་མཚོན་པར་བྱ་ཐུབ་པོ།

4. བརྗོད་བྱའི་སྣ་མང་གི་རང་བཞིན་དང་གཅིག་གྱུར་གྱི་རང་བཞིན་སྐོར།

བརྩམས་ཆོས་ཀྱི་བརྗོད་གཞི་ནི་ངེས་པར་དུ་སྣེ་མང་ཕྱུན་ཚོགས་དང་རྣམ་པ་མི་འདྲ་བ་ཞིག་བྱུང་ན་གཞི་ནས་ཀློག་པ་པོ་རྣམས་ཀྱིས་ཡིད་དབང་འཕྲོག་ཐུབ་པ་ཞིག་ཡོང་གི་ཡོད། སྤྱི་ཚོགས་ཀྱི་འཚོ་བ་ནི་རྒྱ་ཆེ་ཞིང་གཏིང་ཟབ་པ་དང་། རྩོམ་པ་པོའི་འཚོ་བའི་འགྲོ་ལམ་དང་གསར་རྩོམ་གྱི་རང་གཤིས་ལ་ཡང་ཁྱད་པར་ཤིན་ཏུ་ཆེན་པོ་ཡོད་རྐྱེན། བརྩམས་ཆོས་ཀྱི་བརྗོད་གཞིའི་སྣ་མང་རང་བཞིན་ཐག་གཅོད་བྱས་པ་དང་། རྩོམ་པ་པོ་གཅིག་ལ་མཚོན་ན་འང་དེའི་གསར་རྩོམ་གྱི་བརྗོད་གཞིར་འཕོ་འགྱུར་ཡང་འགྲོ་ཡི་ཡོད་པས། རྩོམ་བརྒྱ་དོན་གཅིག་ནི་གསར་རྩོམ་ལ་ཕན་པ་མེད་པ་ཞིག་ཡིན། དེར་བརྟེན་རྩོམ་པ་པོ་རྣམས་ཀྱིས་རང་ངོས་ཀྱི་འཚོ་བའི་ཉམས་མྱོང་དང་འདོད་ཕྱོགས། རང་ངོས་ཀྱི་ཁྱད་ཆོས་ལ་གཞིགས་ཏེ་བརྗོད་བྱ་གདམ་བསྒྲིས་བྱེད་དགོས། དེ་འདྲ་བྱས་ཚེ་མི་རྣམས་ཀྱི་ཉིན་བཞིན་འཕོ་འགྱུར་འགྲོ་བཞིན་པའི་བསམ་བློའི་དགོས་མཁོ་དང་ཆེས་ཕུན་སུམ་ཚོགས་སུ་འགྲོ་བཞིན་པའི་སྙུ་རྩལ་གྱི་རེ་བ་བསྐང་ཐུབ་པ་ཞིག་ཡོང་ངེས་ཡིན།

བརྩམས་སྒྲུང་རིང་གྲས་ཞིག་ལ་མཚོན་ན་དེའི་ནང་དུ་བརྗོད་གཞི་སྣེ་མང་ཕྱོགས་སུ་འཕེལ་རྒྱས་གཏོང་གི་ཡོད་ལ། དེ་དག་གི་ནང་ནས་ཡང་གཙོ་བོའི་བརྗོད་གཞི་ཞིག་ཡོད་པ་དང་བརྗོད་གཞི་གཞན་རྣམས་ནི་གཙོ་བོའི་བརྗོད་གཞི་དེར་བརྟེན་ནས་བྱུང་བ་ཞིག་ཡིན་རྐྱེན་དེར་བརྗོད་གཞིའི་གཅིག་གྱུར་རང་བཞིན་ཞེས་བརྗོད་ལ། བརྗོད་གཞིའི་སྣ་མང་རང་བཞིན་དང་གཅིག་གྱུར་རང་བཞིན་ནི་རྩོམ་རིག་གསར་རྩོམ་གྱི་རྩ་བའི་ཆོས་ཉིད་དེ་ཡིན་ནོ། ཕྱིར་བརྗོད་བྱ་ནི་འགྲོ་བ་མི་སྙིང་པོར་གྱུར་པའི་སྤྱི་ཚོགས་སྣང་ཚུལ་མཐའ་དག་བརྗོད་བྱར་རུང་བ་ཡིན། རང་རེའི་བོད་ཀྱི་སྙིང་ངག་སོགས་ལས་འདི་ལྟར་བསྟུས་ཏེ་འཆད་

པ་ཡིན་སྟེ། "ནོར་གྱི་སྡེ་དང་འདོད་པའི་སྡེ། ཆོས་ཀྱི་སྡེ། ཐར་པའི་སྡེ་ཞེས་པ་དང་། 《སྙན་ངག་མེ་ལོང་》ལས་"སྡོན་བྱུང་གཏམ་ལས་གྱུར་པའམ། ཅིག་ཤོས་ལེགས་པ་ལ་བརྟེན་པ་"ཞེས་དང་གཞན་ཡང་སྙན་འགྲེལ་སོགས་ལས་"གྲོང་ཁྱེར་རྒྱ་མཚོ་རི་དང་དུས། ཉི་ཟླ་འཆར་ནུབ་བསྔགས་པ་དང་། སྐྱེད་ཚལ་ཆུ་ཡི་རོལ་རྩེད་དང་། ཆང་འཐུང་དགའ་བའི་དགའ་སྟོན་དང་། བསླུ་བ་དང་ནི་བག་མ་དང་། གཞོན་ནུ་སྐྱེ་དང་འཕེལ་བ་དང་། གྲོས་དང་ཕོ་ཉ་བགྲོད་པ་དང་། གཡུལ་དང་འདྲེན་པ་དར་བས་ཀྱང་། བརྒྱན་པར་གྱུར་ཅིག"ཅེས་གང་མང་བྱུང་ཞིང་། དེ་དག་སྙན་ངག་གི་བརྗོད་བྱར་དམིགས་སུ་བསྟན་པ་ཡིན་ཡང་སྤྱི་ཚོགས་ཀྱི་འཚོ་བ་འདི་ནི་སྣ་ཚོགས་རྙོག་འཛིང་ཆེ་བ་ཞིག་ཡིན་པས་བརྗོད་བྱ་དེ་གྲངས་ཀྱིས་བགྲང་བས་ག་ལ་ལངས། འགྲོ་བ་མི་སྣེད་པོར་གྱུར་པའི་སྤྱི་ཚོགས་ཀྱི་འཚོ་བ་མཐའ་དག་ནི་བརྩམས་ཆོས་ཀྱི་བརྗོད་བྱར་རུང་ཚོད་ཅེས་བརྗོད་ན་ཚན་རིག་དང་མཐུན་པར་སྣང་ངོ་།

གསུམ་པ། བརྗོད་བྱ་གཙོ་བོ།

1. བརྗོད་བྱ་གཙོ་བོ་ཞེས་པ་ནི་རྩོམ་པ་པོས་བརྩམས་ཆོས་ནང་བསྟན་བྱའི་དོན་གཙོ་བོ་དེ་ཡིན། རྩོམ་པ་པོས་བསྟན་བྱའི་དོན་དེར་འཛིན་པའི་རྣམ་འགྱུར་དང་གདེང་འཛོག དེ་བཞིན་བརྩམས་ཆོས་ཀྱི་ནང་དོན་དེ་རྩོམ་ཐབས་གང་ཞིག་བརྒྱུད་ནས་མངོན་པར་བྱེད་པའི་རྩ་བའི་ལྟ་བ་དེ་ཡིན། ཀར་ཀིས་"བརྗོད་དོན་གཙོ་བོ་ནི་རྩོམ་པ་པོའི་ཉམས་མྱོང་ནང་ནས་བྱུང་བ་དང་། འཚོ་བས་ཤུགས་ཀྱིས་བསྟན་པའི་བསམ་བློ་ཞིག་རེད།" ཅེས་གསུངས། རྩོམ་རིག་གི་བརྗོད་བྱ་གཙོ་བོ་ནི་གསར་རྩོམ་གྱི་བསམ་བློའི་མཇུབ་ཁྲིད་དེ་མ་ཡིན་ལ། ཡང་ན་རྩོམ་པ་པོའི་གསར་རྩོམ་གྱི་འདུན་པ་དེ་ཡང་མ་ཡིན་པར་དེ་ནི་རྩོམ་རིག་གི་ནང་དུ་སྤྱི་ཚོགས་ཀྱི་འཚོ་བའི་དོན་རྐྱེན་རྩོམ་འབྲི་བྱེད་པ་དང་། སྒྱུ་རྩལ་གྱི་

གཟུགས་བརྙན་གསར་བསྐྲུན་བྱེད་པ་བརྒྱུད་ནས་མཚོན་པར་བྱས་པའི་བསམ་བློ་དེ་ཡིན། ཞིབ་ཕྲའི་བརྩམས་ཆོས་ཀྱི་ནང་དུ་བརྗོད་དོན་གཙོ་བོ་ནི་གསོན་ཉམས་དོད་ཅིང་མངོན་གསལ་དོད་པ་དང་། ཡང་ན་སྤྱིར་སྐོག་གྱུར་དང་ཐབས་པའི་ཚུལ་གྱིས་བསྟན་པ་དང་། རྩོམ་ཐབས་ཡང་རྣམ་པ་མི་འདྲ་བ་ཞིག་ཡོད་ཚོག་ཙང་དེ་ནི་ངེས་པར་དུ་གསོན་ཉམས་ལྡན་པའི་སྒྱུ་རྩལ་གྱི་གཟུགས་བརྙན་དང་ཞིབ་ཕྲའི་འཚོ་བའི་དོན་རྐྱེན་གྱི་ནང་རང་བཞིན་དུ་གསལ་བ་ཞིག་ཡིན་དགོས་པ་ལས། སྤྱི་མཚན་གྱི་ཐ་སྙད་དང་ཡང་ན་གླེང་སློལ་གྱི་ཐབས་སྒྱུད་དེ་ཐད་ཀར་བརྗོད་དུ་བཅུག་པ་ཞིག་མ་ཡིན་ནོ།

2. བརྗོད་བྱ་གཙོ་བོའི་གྲུབ་ཆ་དང་འབྲེལ་བའི་སྐོར།

རྩོམ་རིག་བརྩམས་ཆོས་ཀྱི་བརྗོད་བྱ་གཙོ་བོའི་གྲུབ་ཆའི་རྒྱུ་རྐྱེན་ནི་བརྗེ་དྲུང་དང་བསམ་བློ་བཅས་ཕྱོགས་གཉིས་ནས་མཚོན་པར་བྱས་པ་ཞིག་ཡིན་ལ། བརྩམས་ཆོས་གཅིག་གི་བསམ་བློ་ནི་བླ་སྲོག་དང་། བརྗེ་དྲུང་ནི་ཁྲག་རྩ་ལྤ་བ་ཞིག་ཡིན་རྐྱེན་དེ་གཉིས་འོས་འཚམས་ཀྱིས་གཅིག་གྱུར་བྱེད་ཐུབ་ཚེ་བརྗོད་དོན་གཙོ་བོ་མངོན་གསལ་དོད་པོ་ཡོང་ཐུབ་པོ།

བསམ་བློ། བརྗོད་བྱ་གཙོ་བོ་དེར་ལྟོ་བའི་བསམ་བློ་ཞེས་ཀྱང་བརྗོད། བརྩམས་ཆོས་ཀྱི་གསལ་བའི་བསམ་བློ་དང་ཚན་རིག་བརྩམས་དེབ་ཀྱི་ནང་དུ་གསལ་བའི་བསམ་བློ་གཉིས་མི་འདྲ་བ་ཞིག་ཡིན། ཆེས་གལ་ཆེ་བའི་མཚོན་རྟགས་ཤིག་ནི་ཚན་རིག་བརྩམས་དེབ་ལས་གསལ་བའི་བསམ་བློ་དེ་དང་ཚན་རིག་པ་ཡི་མཚོན་པར་བྱས་པའི་བསམ་བློ་དེ་གཉིས་རྟད་དེ་གཅིག་མཚུངས་སུ་གནས་ཡོད་ལ། དེ་འདྲ་ཞིག་མིན་ཚེ་ཚན་རིག་ཅེས་བརྗོད་ཐབས་མེད། རྩོམ་རིག་གི་བསམ་བློ་ནི་དེ་དང་གཏན་ནས་མི་འདྲ་སྟེ། རྩོམ་པ་པོས་བརྩམས་ཆོས་ནང་མཚོན་པར་བྱས་པའི་བསམ་བློ་དེ་ཡིན་ལ། བརྩམས་ཆོས་ཀྱི་བརྗོད་བྱ་གཙོ་བོ་ནི་རང་སྣང་གི་བསམ་བློ་དང་ཕྱི་རོལ་ཡུལ་གྱི་བསམ་བློའི་སྤྱི་བསྡོམས་དེ་ཡིན། ཕོའོ་ཤེ་ཐ་ཡིས་བརྩམས་པའི་བརྩམས་སྒྲུང་རིང་གྲས《སླར་གསོས》ཞེས་

པའི་ནང་སྐུ་དྲག་ཉེ་ཧེ་ལི་ཧོ་ཕུ་དང་ཁ་ཆེའུ་ཧྲ་མ་ཟྭི་ལོ་ཕུའི་འགལ་བའི་སྐོར་བཀོད་བརྗོད་བྱས་ཤིང་“དྲག་ལས་མི་སྤྱོད་པར་ཉེས་འགོག”བྱེད་དགོས་ཞེས་པའི་འདོད་ཚུལ་བརྗོད་ཡོད་པ་དེ་ནི་རང་སྣང་གི་བསམ་བློའི་ངོས་ནས་བརྗོད་ཚེ་དེ་“ཐའོ་འར་སི་ཐའི་རིང་ལུགས”ཀྱི་མཚོན་ཚུལ་ཞིག་ཡིན་པ་དང་། ཕྱོགས་གཞན་ཞིག་ནས་བརྩམས་སྒྲུང་དེའི་ནང་དུ་ཧྲ་ཧོང་གོང་མའི་སྲིད་དབང་སྐོར་གཙོད་བྱེད་པའི་ལམ་ལུགས་འོག་གི་ཁྲིམས་ཁང་དང་། བཙོན་རའི་མུན་ནག་དང་ལོག་སྤྱོད། ཆོས་ལུགས་ཀྱི་རྣལ་སྲུང་བཅས་ལ་འཕོན་འཛིན་དང་དགག་རྒྱག་ཚ་ནན་བྱས་ཡོད་པ་རེད། བརྩམས་ཆོས་དེའི་བསམ་བློའི་མ་ལག་ཧྲིལ་པོ་ནི་“རང་མོས་དང་འདྲ་མཉམ་ཡིན་པའི་ཞིང་པའི་སྤྱི་ཚོགས་ཀྱི་འཚོ་བ་ཞིག་གསར་འཛུགས་བྱས་ཏེ་ཉེན་ཉེན་ཧྲག་པ་ལྟར་གྱི་གྲལ་རིམ་གྱི་ཚབ་བྱེད་དགོས”ཞེས་པའི་རེ་བ་བརྗོད་ཡོད། དེ་ལྟར་ཕྱི་རོལ་ཡུལ་གྱི་བསམ་བློ་དེ་“ཐའོ་འར་སི་ཐའི་རིང་ལུགས”ཀྱི་བསམ་བློའི་“ཚད་ལས་རྒྱང་རིང་དུ་འཕེལ་ཟིན་པ་ཞིག་ཡིན་ཏེ་ཅིན་ལི་ཉེན་གྱིས་ཐོའོ་འར་སི་ཐའི་བརྩམས་ཆོས་ནི”ཨུ་ཏུ་སུའི་གསར་བརྗེའི་མེ་ལོང་ལྟ་བུ་ཞིག་ཡིན”ཞེས་གསུངས་པ་ལྟར་རོ། རྩོམ་པ་པོའི་རང་སྣང་གི་བསམ་བློ་དེ་ནི་སྤྱིར་གཏན་འཇགས་དང་ཚད་ཡོད་པ་ཞིག་ཡིན། འོན་ཏེ་བརྩམས་ཆོས་ཀྱི་ཕྱི་རོལ་ཡུལ་གྱི་བསམ་བློ་དེ་ནི་དུས་རབས་དང་རྒྱལ་ཁབ། མི་རིགས་སོགས་ཀྱི་ཚད་ལས་བརྒལ་ཐུབ་པ་ཞིག་ཡིན། དེར་བརྟེན་བརྩམས་ཆོས་གཅིག་ལ་མཚོན་ན་ཕྲུག་པ་པོ་མི་འདྲ་བར་གཞིགས་ཏེ་གདེང་འཇོག་ཡང་མི་འདྲ་བ་རེ་ཡོད་སྲིད་པས། རང་སྣང་གི་བསམ་བློ་དང་ཕྱི་རོལ་ཡུལ་གྱི་བསམ་བློ་གཉིས་བསྡུར་ཞིབ་ཅིག་བྱས་ཚེ་ཕྱི་རོལ་ཡུལ་གྱི་བསམ་བློ་དེ་རང་སྣང་གི་བསམ་བློ་ལས་ཁྱབ་ཆེ་བ་ཞིག་ཡོད།

བཅོ་དྲུག—རྩོམ་རིག་བརྩམས་ཆོས་ནང་གི་བསམ་བློ་དང་བཅོ་དྲུག་གཉིས་ནི་གཅིག་ཁུ་གཅིག་ལ་འཐིམས་པ་དང་། གཅིག་ཕན་གཅིག་གྲོགས་བྱེད་པ་ཞིག་ཡིན། བརྩམས་ཆོས་གཅིག་གི་བརྗོད་བྱ་གཙོ་བོའི་ནང་དུ་བསམ་བློའི་གོ་

སྐོན་བློ་འགུགས་ཀྱི་ནུས་པ་དང་། བརྩེ་དུང་གིས་ཡིད་དབང་འཕྲོག་པའི་ནུས་པ་དེ་གཉིས་ནི་མེད་ན་མི་འགྲིག་པའི་གྲུབ་ཆ་ཞིག་ཡིན་ལ། བསམ་བློའི་ནང་བརྩེ་དུང་འདྲེས་པ་དང་། བརྩེ་དུང་གིས་བསམ་བློ་ཕུན་སུམ་ཚོགས་སུ་གཏོང་གི་ཡོད་པས་དེ་གཉིས་ནི་འོ་ཆུ་གཅིག་འདྲེས་ཀྱི་དཔེ་ལྟར་ཡིན། བརྩེ་དུང་ནི་མིའི་རིགས་ཀྱི་ཚད་མཐོའི་སེམས་ཁམས་ཀྱི་འགུལ་བསྐྱོད་ལས་བྱུང་བའི་དམིགས་བསལ་གྱི་རྣམ་ཚུལ་ཞིག་ཡིན་པ་མ་ཟད། བརྩེ་དུང་ཡང་རྒྱུ་མེད་རྐྱེན་མེད་དུ་བྱུང་བ་ཞིག་མ་ཡིན་པར་དེ་ནི་ཕྱི་རོལ་ཡུལ་གྱི་དངོས་པོ་དང་མིའི་རིགས་ཀྱི་སྤྱི་ཚོགས་ཀྱི་ལག་ལེན་ནང་ནས་བྱུང་བ་ཞིག་ཡིན།

3. བརྗོད་བྱ་གཙོ་བོའི་སྣ་མང་རང་བཞིན་དང་གཅིག་གྱུར་རང་བཞིན་གྱི་སྐོར།

རྩོམ་རིག་བརྩམས་ཆོས་ཀྱི་བརྗོད་བྱ་གཙོ་བོ་ནི་རྩོམ་གཞི་དང་འདྲ་བར་སྣེ་མང་རྙོག་འཛིང་ཅན་ཞིག་ཡིན། ལྷག་པར་དུ་བརྩམས་སྒྲུང་རིང་གྲས་ཀྱི་ནང་དུ་འཚོ་བའི་ནང་དོན་རྒྱ་ཆེ་ལ་ལོ་རྒྱུས་རིང་བ། མི་སྣ་དང་བྱ་དངོས་མང་བ་སོགས་ཀྱི་རྐྱེན་པས་བརྗོད་བྱ་སྣེ་མང་ཕུན་སུམ་ཚོགས་ལ། བརྗོད་བྱ་གཙོ་བོ་ཡང་སྣ་མང་རང་བཞིན་ལྡན་པའི་ཕྱོགས་སུ་འཕེལ་རྒྱས་གཏོང་གི་ཡོད་པ་རེད། བརྗོད་བྱ་སྣ་མང་གི་ནང་ནས་བརྗོད་དོན་གཙོ་བོ་གཅིག་ཡོད་པ་མ་ཟད། དེ་ནི་བརྩམས་ཆོས་ཁྱོན་ཡོངས་ལ་ཁྱབ་པ་དང་། བརྗོད་དོན་གྱི་སྣེ་ཁྲིད་ཀྱི་ནུས་པ་ཐོན་གྱི་ཡོད་ལ། བརྗོད་དོན་ཕལ་པ་རྣམས་ཡང་བརྗོད་དོན་གཙོ་བོ་དེར་གཞོགས་འདེགས་བྱེད་དགོས་པ་དེ་ནི་བརྗོད་དོན་གཙོ་བོའི་གཅིག་གྱུར་གྱི་རང་བཞིན་དེ་ཡིན། འཚོ་བའི་སྣང་ཚུལ་གྱི་ཆ་ནས་བཤད་ན། ཆེས་རྙོག་འཛིང་ལྡན་པའི་འཚོ་བའི་སྣང་ཚུལ་གྱི་ཁྲོད་དུ། འཚོ་བའི་དོན་སྙིང་སྣ་ཚོགས་འདྲེས་ཡོད་དེ། རྩོམ་པ་པོས་ནང་དོན་གྱི་ཆ་ནས་གཙོ་ཕལ་གྱི་དབྱེ་བ་མ་ཕྱེ་པར་དོན་སྙིང་རྣམས་ཇི་མ་ཇི་བཞིན་བརྗོད་ཡོད་རྐྱེན་བརྗོད་དོན་གཙོ་བོ་མང་བའི་སྣང་ཚུལ་བྱུང་བ་དང་། རྩོམ་པ་པོའི་ལྟ་བའི་ཆ་ནས་བཤད་ན། རྩོམ་པ་པོ་ལ་ལས་

བསམ་བློ་རྟོག་འཛིང་ངམ་རབ་རིབ་ཡིན་པའི་བློ་གཉིས་འགལ་བར་བཟུང་བའི་རྐྱེན་གྱིས་བསམ་བློ་གཅིག་གམ་ཡང་ན་གནད་དོན་འདྲ་མིན་དུ་མའི་ཤུགས་རྐྱེན་འོག བསམ་བློ་དེ་དག་ཕན་ཚུན་འགལ་བ་ཡིན་ལ། གཙོ་ཕལ་གྱི་དབྱེ་བ་ཅུང་ངོ་མཉམ་པས་ན། འདི་ལྟ་བུའི་བསམ་བློའི་མཚུབ་སྟོན་འོག་བརྩམས་པའི་བརྩམས་ཆོས་ལ་བརྗོད་དོན་གཙོ་བོ་མང་བའི་སྣང་ཚུལ་འབྱུང་བ་ཡིན། རྩོམ་པ་པོ་ལ་ལས་རང་གི་སེམས་ཀྱི་འགྱུར་བའམ་འཕྲིར་སོ་ཙམ་སྟོན་པ་ལས། རང་གི་ཚོར་སྣང་དེ་རྗེས་དཔག་ཚད་མའི་ཤེས་རྟོགས་ཀྱི་གནས་སུ་མ་བཀོད་པར། ཤེས་རྟོགས་ཀྱི་བསམ་གཞིགས་བྱ་རྒྱུ་དེ་ཕྱོག་པ་པོར་བཞག་པས་བརྗོད་དོན་གཙོ་བོ་མང་པོར་སྣང་བ་ཡིན་ནོ།

4. བརྗོད་བྱ་གཙོ་བོའི་སྤྱི་ཚོགས་ཀྱི་རང་བཞིན་དང་དུས་རབས་ཀྱི་རང་བཞིན་སྐོར།

རྩོམ་རིག་བརྩམས་ཆོས་ཀྱི་བརྗོད་བྱ་གཙོ་བོ་དེ་ནི་སྤྱི་ཚོགས་ལག་ལེན་གྱི་ཐོན་རྫས་ཤིག་ཡིན་ལ། ཡང་ལོ་རྒྱུས་ཀྱི་དུས་རབས་ངེས་ཅན་ཞིག་གི་སྤྱི་ཚོགས་ཀྱི་འཕྲེལ་བ་དང་དུས་རབས་ཀྱི་ཁྱད་ཆོས་དེ་སྒྱུ་རྩལ་གྱི་ཐོག་ནས་མཚོན་པར་བྱས་པ་ཞིག་ཡིན།

སྤྱི་ཚོགས་ཀྱི་ལམ་ལུགས་མི་འདྲ་བའི་ནང་དུ་བསམ་བློའི་ལྟ་ཚུལ་མི་འདྲ་བ་ཚང་མར་སྤྱི་ཚོགས་རང་བཞིན་གྱི་རྟགས་ཐམ་གསལ་པོ་རེ་རྒྱབ་ཡོད་པ་དང་འདྲ་བར་རྩོམ་རིག་གི་བརྗོད་བྱ་གཙོ་བོར་ཡང་སྤྱི་ཚོགས་ཀྱི་རང་བཞིན་མངོན་གསལ་དོད་པོ་ཡོད་པ་ཞིག་ཡིན། སྤྱི་ཚོགས་མི་འདྲ་བའི་རྩོམ་པ་པོ་རྣམས་ཀྱི་རང་སྣང་གི་ལྟ་ཚུལ་མི་འདྲ་བའི་དབང་གིས་བརྩམས་ཆོས་ཀྱི་བརྗོད་དོན་གཙོ་བོ་ཐག་གཅོད་བྱེད་ཀྱི་ཡོད་པ་མ་ཟད། བརྩམས་ཆོས་ཀྱི་མཚོན་ཚུལ་ཐད་ལ་ཡང་ཁྱད་པར་ཆེན་པོ་ཡོད་པ་རེད། རྩོམ་རིག་གི་ལོ་རྒྱུས་ཐོག་ཏུ་གྲལ་རིམ་མི་འདྲ་བའི་བསམ་བློའི་བརྩི་དུང་དེ་ཐད་ཀར་དང་ཡང་ན་གཞན་རྒྱུད་ཀྱི་ཐོག་ནས་མང་ཉུང་མི་ལྡོས་པར་རྩོམ་པ་པོའི་བརྩམས་ཆོས་ནང་དུ་མཉམ་བསྲེས་བྱས་ཏེ། སྤྱི་ཚོགས

དེའི་བསམ་བློའི་བརྩེ་དུང་མཚོན་པར་བྱས་ཡོད་པས་རྩོམ་རིག་གི་སྤྱི་ཚོགས་རང་བཞིན་ནི་མི་རྣམས་ཀྱི་འདོད་བློ་ལྟར་བསྒྱུར་མི་ཐུབ་པའི་ཕྱི་རོལ་ཡུལ་གྱི་ཆོས་ཉིད་ཅིག་ཡིན།

དུས་རབས་མི་འདྲ་བའི་ནང་དུ་དུས་རབས་དེའི་ཁྱད་ཆོས་ལྡན་པའི་བརྩམས་ཆོས་ཀྱི་བརྗོད་དོན་གཙོ་བོ་ཞིག་ཆགས་གྲུབ་བྱེད་ཀྱི་ཡོད་རྐྱེན་བརྩམས་ཆོས་ཀྱི་བརྗོད་དོན་གཙོ་བོར་དུས་རབས་ཀྱི་ཁྱད་ཆོས་མངོན་གསལ་དོད་པོ་ཡོད་པ་ཞིག་ཡིན། མ་ཁེ་སིས་“ཆེས་བབ་ཆགས་པའི་རྣམ་པ་ཞིག་བེད་སྤྱད་ནས་ཆེས་དེང་རབས་ཀྱི་བསམ་བློ་ཞིག་མཚོན་པར་བྱེད་དགོས”ཞེས་གསུངས་ཡོད་པ་རེད། དུས་རབས་ནི་འཕེལ་རྒྱས་འགྲོ་བ་དང་། ལོ་རྒྱུས་ཡང་འཕོ་འགྱུར་འགྲོ་ཡི་ཡོད་རྐྱེན་རྟག་ཏུ་རྒྱུན་ཆད་མེད་པར་བརྗོད་བྱ་གསར་པ་ཇི་སྙེད་ཅིག་ཐོན་གྱི་ཡོད་པ་རེད། དེས་ན། བརྗོད་དོན་གཙོ་བོ་ནི་འཕེལ་རྒྱས་འགྲོ་བཞིན་པའི་ཐ་སྙད་ཅིག་ཡིན་ལ་དེ་ཡང་སྤྱི་ཚོགས་དང་ལོ་རྒྱུས་འཕེལ་རྒྱས་དང་གོམ་པ་མཉམ་བགྲོད་བྱེད་པ་ཞིག་ཡིན་པས། བརྩམས་ཆོས་ཀྱི་བརྗོད་དོན་གཙོ་བོ་ནི་ནམ་ཡང་རྣམ་པ་གསར་རྐྱང་ཞིག་ཡིན་དགོས་པ་ལས་བསྐྱར་ཟློས་བྱས་པ་ཞིག་མ་ཡིན་ལ། སྤྱི་ཚོགས་དང་དུས་རབས་ཀྱི་ཚད་ལས་བརྒལ་ཞིང་འགྱུར་མེད་སོར་གནས་ཀྱི་བརྗོད་དོན་གཙོ་བོ་ཞིག་གཏན་ནས་ཡོད་མི་སྲིད་དོ།

5. བརྗོད་དོན་གཙོ་བོ་ཞུན་བཏར་བྱེད་ཐབས་དང་མཚོན་ཚུལ།

བརྩམས་ཆོས་ཀྱི་བརྗོད་དོན་གཙོ་བོ་ནི་མཚན་ཉིད་རིག་པ་དང་། སྤྱི་ཚོགས་ཚན་རིག་བརྩམས་དེབ་ཀྱི་བསམ་བློ་དང་མི་འདྲ་བར་དེ་ནི་སྒྱུ་རྩལ་གྱི་བསམ་བློ་ཞིག་ཡིན་རྐྱེན། རྩོམ་པ་པོས་དེར་དགོས་ངེས་ཀྱི་སྙིགས་དོར་བཅུད་ལེན་དང་འདམ་བསྲེས་བྱེད་དགོས་ལ། ད་དུང་སྒྱུ་རྩལ་གྱི་ཐོག་ནས་ལས་སྦྱོན་དང་བསྒྱུར་བཀོད་ཡང་བྱེད་དགོས། དེ་འདྲ་ཞིག་མ་བྱས་ཚེ་སྤྱི་ཚོགས་ཀྱི་དོན་སྙིང་གཏིང་ཟབ་ཅིང་འཚོ་བའི་ངོ་བོའི་ཕྱོགས་འགའ་རེས་མཚོན་པར་བྱས་པའི་ཕུལ་བྱུང་གི་བརྩམས་ཆོས་ཤིག་ཡོང་མི་ཐུབ། དེར་བརྟེན་བརྩམས་ཆོས་ཀྱི་ནང་

ད་སྔྲི་ཚོགས་ཀྱི་འཚོ་བ་དེ་རྒྱ་ཆེ་ཞིང་གཏིང་ཟབ་པ་ཞིག་མཚོན་དགོས་ན། བརྗོད་བྱ་གཙོ་བོ་གཏིང་ཟབ་ཅན་དུ་གཏོང་དགོས་པ་དང་། བརྗོད་བྱ་གཙོ་བོ་གཏིང་ཟབ་ཅན་དུ་གཏོང་དགོས་ན་དེ་ནི་ཞུན་བཏར་བྱེད་པའི་གཏིང་ཟབ་ཚད་ལ་རག་ལས་པ་ཞིག་ཡིན། བརྗོད་དོན་གཙོ་བོ་ནི་བརྩམས་ཆོས་ཧྲིལ་ཡོངས་ཀྱི་བསམ་བློའི་སྙིའི་ཕྱོགས་ལྷུང་དེ་ཡིན།

བརྩམས་ཆོས་ཀྱི་ནང་དུ་བརྗོད་དོན་གཙོ་བོ་མཚོན་པར་བྱེད་སྐབས་དེ་ནི་བསམ་བློ་ཞིག་ཐད་ཀར་བརྗོད་རྒྱུ་དེ་མ་ཡིན་པར། སྙིག་གཞུར་དང་སྒྲས་པའི་ཚུལ་གྱིས་ཞིབ་ཕྲའི་གཟུགས་བརྙན་གྱི་ནང་ནས་རིམ་བཞིན་མཚོན་དགོས་པ་ཞིག་ཡིན།ཨེན་ཁེ་སིས"བསམ་པའི་ཕྱོགས་ལྷུང་ནི་རྣམ་པ་དང་བྱུང་རིམ་ལས་ངམ་ངམ་ཤུགས་ཀྱིས་ཕྱིར་མཚོན་པ་ཞིག་ཡིན་དགོས་པ་ལས། དེ་དམིགས་སུ་བཀར་ནས་སྟོན་དགོས་པ་ཞིག་མ་ཡིན་"ཞེས་གསུངས་པ་ལྟར་རོ།

1. བརྩམས་ཆོས་ཀྱི་བརྗོད་བྱའི་གོ་དོན་གང་ཡིན་ནམ།

2. བརྗོད་བྱའི་སྣ་མང་རང་བཞིན་དང་གཅིག་གྱུར་རང་བཞིན་ཞེས་པའི་གོ་དོན་གང་ཡིན་ནམ།

3. བརྩམས་ཆོས་ཀྱི་བརྗོད་བྱ་གཙོ་བོ་ཞེས་པའི་གོ་དོན་གང་ཡིན།

4. ཅི་འདྲ་ཞིག་ལ་ཐོག་མའི་དཔྱད་གཞི་ཟེར་རམ།

ས་བཅད་བཞི་པ། བྱུང་རིམ་དང་སྒྲིག་གཞིའི་སྐོར།

དང་པོ། བྱུང་རིམ་གྱི་སྐོར།

ད་ལྟ་འཛམ་གླིང་ཡོངས་སུ་བརྩམས་སྒྲུང་འགྲུབ་བྱེད་ཀྱི་རྒྱུ་རྐྱེན་སྐོར་སྐབས་དེ་ནི་མི་སྣ་དང་། བྱུང་རིམ། སྒྲིག་གཞི་བཅས་རྣམ་པ་གསུམ་དུ་འདོད་པ་ནི་རྩོད་མེད་རེད། འོན་ཏེ། དེང་རབས་པའི་བརྩམས་སྒྲུང་གི་འདོད་ཚུལ་འཛིན་མཁན་ཁ་ཤས་ཀྱིས་བརྩམས་ཆོས་ཀྱི་ནང་དུ་བྱུང་རིམ་བཀོད་སྒྲིག་བྱེད་པར་བཀག་པ་དང་། བྱུང་རིམ་ནི་སྒྲུང་གཏམ་གྱི་གནོད་བྱེད་དུ་བཤད་པ་ཡོད་ལ། བརྩམས་སྒྲུང་གི་བྱུང་རིམ་གཏན་ནས་མི་སྒྲིག་པར་མི་སྣའི་རྟོག་པ་སྐོག་གྱུར་བ་རང་ཡན་དུ་འཕོས་པ་དེ་ཁོ་ན་འབྲི་བའི་རྩོམ་ཡང་ཡོད་མོད། འོན་ཀྱང་འདོད་ཚུལ་དེ་རིགས་ནི་ཤིན་ཏུ་ཐལ་ཆེ་བའི་གཏམ་དུ་ཟད། ལྷི་ལིན་·ཕུ་ཁི་ན་ཞེས་པ་དེས་གསུངས་དོན"ང་ལ་མཆོན་ན། བསམ་ཚུལ་གཅིག་གམ་དྲན་གསོ་གཅིག ཡང་ན་ༀླད་པའི་ནང་གི་དཔེ་རིས་གཅིག་ཡིན་ཡང་དེ་དག་ནི་བརྩམས་སྒྲུང་སྐྲིད་བྱེད་ཀྱི་སྨྱུ་གུ་ལྟ་བུར་གྱུར་པས་བརྩམས་སྒྲུང་འབྲི་བའི་ཚོ། སྣང་ཡུལ་དམིགས་བསལ་ཅན་དེ་ལ་བརྟེན་ནས་འབྲས་བུ་དེ་བྱུང་བའི་ཚུལ་ལེགས་པར་སྟོན་པའམ་ཡང་ན་རྒྱུ་རྐྱེན་དེ་ལས་བྱུང་བའི་མཐའ་འབྲས་གསལ་པོར་སྟོན་པ་དེ་དག་ཙམ་ལས་མ་འདས་སོ"(《ཕུ་ཁི་ནས་གསར་རྩོམ་སྐོར་བཤད་པ་》ཞེས་གསུངས་སོ། གོང་གསལ་དེ་ལས་བརྩམས་སྒྲུང་ལ་བྱུང་རིམ་གྱི་དགོས་པ་མེད་ཟེར་བ་ནི་དོན་དངོས་དང་མི་མཐུན་ཞིང་ཤེས་རྒྱ་གུ་དོག་པའི་འཁྲུལ་ཤེས་ཤིག་ཡིན་པ་གསལ་པོར་མཐོང་ཐུབ་པ་ཞིག་ཡིན། དེང་རབས་པའི་བརྩམས་སྒྲུང་གི་

བྱུང་རིམ་གྱིས་སྲོལ་རྒྱུན་བརྩམས་སྒྲུང་གི་བྱུང་རིམ་དེ་གཏན་འཛུགས་སུ་གནས་པའི་དུས་ཚོད་ཀྱི་འདུ་ཤེས་ལས་བརྒལ་ཏེ་ཐོད་བརྒལ་ལམ་འཁྲིལ་མི་ཆགས་པར་སྣང་བའི་ཁྱད་ཆོས་ལྡན་ན་ཡང་། དེ་ནི་བྱུང་རིམ་འབྲི་བའི་ཐབས་ཤེས་གསར་པ་ཞིག་ཡིན་གྱི་བྱུང་རིམ་མེད་པར་བཏང་བ་མ་ཡིན་པས། བྱུང་རིམ་ནི་སྔར་བཞིན་བརྩམས་སྒྲུང་འགྲུབ་བྱེད་ཀྱི་རྒྱུ་རྐྱེན་ཞིག་ཡིན་ལ་ཞིབ་དཔྱད་བྱེད་པའི་གནད་དོན་ཞིག་ཡིན།

1. བྱུང་རིམ་གྱི་གོ་དོན་འགྲེལ་བ།

བྱུང་རིམ་ཞེས་པ་ནི་བརྩམས་ཆོས་ནང་གི་མི་སྣའི་རང་གཤིས་གྲུབ་པ་དང་འཕེལ་རྒྱས་འགྲོ་བའི་འཚོ་བའི་དོན་རྐྱེན་དང་། འགལ་བ་སོགས་མཚོན་པར་བྱེད་པའི་སྒྱུ་རྩལ་གྱི་བྱ་ཐབས་གལ་ཆེ་བ་ཞིག་ཡིན་པ་མ་ཟད། མི་སྣའི་རང་གཤིས་འཕེལ་རྒྱས་འགྲོ་བའི་ལོ་རྒྱུས་ཤིག་ཀྱང་ཡིན། གནད་དོན་འདིའི་ཐད་ཞིབ་འཇུག་བྱེད་ཐ་ཤོས་དང་བཤད་པ་གནང་མཁན་ཐ་ཤོས་ནི་ཡ་ལ་ཧྲི་ཏོ་ཐ་ཡིན་ཞིང་། ཁོང་གིས《སྙན་ཚིག་རིག་པ་》ཞེས་པའི་ནང་དུ“བྱུང་རིམ་ཞེས་པ་ནི་བྱ་འགུལ་ཉིད་དོ”ཞེས་པ་དང་། བྱུང་རིམ་ནི“བྱ་འགུལ་གྱི་ལད་ཟློས་ཤིག་སྟེ་དེའི་ལད་ཟློས་བྱ་ཡུལ་ནི་ཆ་ཚང་བའི་བྱ་འགུལ་ཞིག་ལ་བཤད་པ་དང་།དེའི་ནང་གི་དོན་རྐྱེན་བར་གྱི་སྒྲིག་འཛུགས་ཚགས་དམ་པས་ཆ་ཤས་གང་ཞིག་དོར་བའམ་སྤོས་ནའང་ཕུང་པོ་དེ་ཞིག་ཅིང་ཐོར་ངེས་རེད། གལ་སྲིད་ཆ་ཤས་ཤིག་ཡིན་ཡང་གང་རུང་བྱུས་ཆོག་ཅིང་འགྱུར་ལྡོག་གི་ཁྱད་པར་མི་གསལ་ན། དེ་ནི་ཕུང་པོ་དེའི་སྐྱེ་ལྡན་གྱི་ཆ་ཤས་ཤིག་མིན་པའི་རྟགས་སོ”ཞེས་པ་དང་། “བྱུང་རིམ་ལ་སྐབས་བདེ་དང་རྙོག་འཛིང་གི་ཁྱད་པར་ཡོད་དོ། བྱུང་རིམ་གྱིས་ལད་ཟློས་བྱེད་པའི་བྱ་འགུལ་ལ་སྐབས་བདེ་དང་རྙོག་འཛིང་གི་ཁྱད་པར་ཡོད་པའི་ཕྱིར་རོ”ཞེས་གསུངས་པ་དེ་དག་ལས་ང་ཚོས་དོ་སྣང་བྱེད་དགོས་པའི་གནད་དོན་གསུམ་ཡོད་པ་སྟེ། གཅིག བྱུང་རིམ་ནི་མི་སྣའི་བྱ་འགུལ་དང་འབྲེལ་བ་ཡོད་པ་ཞིག་ཡིན་པ་དང་། མི་སྣའི་བྱ་བའི་འགུལ་སྐྱོད་དེ་མེད་ཚེ་བརྩམས་ཆོས

ཀྱི་བྱུང་རིམ་ཡང་ཡོང་མི་ཐུབ་པ་དེ་ཡིན། གཉིས། བྱུང་རིམ་ནི་འཚོ་བའི་དོན་རྐྱེན་དང་འབྲེལ་བ་ཡོད་པ་ཞིག་ཡིན་ལ། འཚོ་བའི་དོན་རྐྱེན་དེ་མེད་ན་བྱུང་རིམ་ཡང་ཡོང་མི་ཐུབ་པོ། གསུམ། བྱུང་རིམ་ཞེས་པ་ནི་སྐྱེ་ལྡན་གྱི་ཕུང་པོ་ཆ་ཚང་བ་ཞིག་ལ་བཤད་པ་ཡིན་གྱི་དེའི་ཆ་ཤས་གང་རུང་ཞིག་ལ་བྱུང་རིམ་མི་ཟེར་རོ། ཡ་ལི་ཧྲེ་ཧྲོ་ཐ་ཡི་བརྗོད་གཏམ་དེ་དོན་ལ་གནས་ཤིང་རྒྱུ་མཚན་ལྡན་པ་ཞིག་ཡིན་རྐྱེན། ཕྱིས་སུ་མི་རྣམས་ཀྱིས་ཁོང་གི་ལུགས་ཀྱི་རྗེས་སུ་འབྲངས་བ་དེ་ལས་འཕེལ་འགྱུར་བྱུང་བ་ཞིག་ཡིན་པ་གསལ་པོར་མཐོང་ཐུབ་པ་ཞིག་ཡིན། དཔེར་ན། ཀར་ཀིས"བྱུང་རིམ་ཟེར་བ་ནི་མི་སྣ་ཕན་ཚུན་གྱི་འབྲེལ་བ་དང་འགལ་བ། སྙིང་རྗེ། ཞེ་ལོག་དང་། ཕན་ཚུན་གྱི་འབྲེལ་བ་སྟེ་རང་བཞིན་ཞིག་གམ་དཔེ་མཚོན་ཞིག་འཚར་ལོངས་དང་ཆགས་གྲུབ་ཀྱི་ལོ་རྒྱུས་ཤིག་གོ"(《ན་གཞོན་རྩོམ་མཁན་དང་གླིང་མོལ་བྱས་པ་》ཞེས་གསུངས་པ་དང་། བྱུང་རིམ་ནི་མི་སྣའི་འབྲེལ་བ་དང་། ཕྱིའི་བྱ་འགུལ་དང་ནང་གི་བསམ་པའི་འགྱུར་བ་ལས་གྲུབ་པའི་འཚོ་བའི་དོན་རྐྱེན་ཧྲིལ་པོའི་འཕེལ་རིམ་ཡིན་པར་རིགས་ཤིང་། དེའི་ཁྱད་པར་རང་བཞིན་ནི་གཏིང་རིམ་གྱི་རྒྱུ་འབྲས་འབྲེལ་བ་ལས་གྲུབ་པའི་ཕྱི་དང་ནང་གི་འགལ་ཟླ་ཁ་འཐབ་དེ་འོ། ཁྱད་པར་རང་བཞིན་དེ་ནི་བྱུང་རིམ་ཐག་གཅོད་བྱེད་པའི་གནད་འགག་ཡིན། ལྟ་ཚུལ་དེའི་ཐོག་ནས་བྱུང་རིམ་ནི"མི་སྣའི་རང་གཤིས་ཀྱི་ལོ་རྒྱུས"དང"འཕེལ་བའི་ལོ་རྒྱུས"ཡིན་ཞེས་བརྗོད། མི་རྣམས་ཀྱིས་རང་བློས་ལྟར་གཏམ་རྒྱུད་དང་བྱུང་རིམ་གཉིས་ཐད་ཀར་གཅིག་ཏུ་སྦྲེལ་ཞིང་བྱུང་རིམ་ལ་གཏམ་རྒྱུད་ཀྱི་བྱུང་རིམ་མམ་བྱུང་རིམ་གྱི་གཏམ་རྒྱུད་ཟེར་གྱི་ཡོད། འོན་ཏེ། གཏམ་རྒྱུད་དང་བྱུང་རིམ་གཉིས་ངོ་བོ་གཅིག་ཏུ་མཐོང་མི་རུང་ངོ་། བྱུང་རིམ་དང་གཏམ་རྒྱུད་ལ་ཁྱད་པར་ཅི་ཡོད་ཅེ་ན། དབྱིན་ཇིའི་རྩོམ་རིག་གི་གཞུང་ལུགས་སླ་བ་པོ་ཕུ་སི་ཐིས་གསུངས་དོན"ང་ཚོས་གཏམ་རྒྱུད་ཀྱི་གོ་དོན་ནི་དུས་ཚོད་ཀྱི་གོ་རིམ་ལྟར་དུས་ཚོད་དང་དོན་རྐྱེན་བཀོད་སྒྲིག་བྱེད་ཚུལ་བརྗོད་པ་དེ་ཡིན"བྱུང་རིམ་ཞེས་པ་དེ་ཡང་དོན་རྐྱེན་བརྗོད་པ་ཞིག་ཡིན་མོད། འོན་ཀྱང་

དེའི་གནད་འགག་ནི་རྒྱུ་འབྲས་ཀྱི་འབྲེལ་བའི་སྟེང་དུ་ཡོད་པ་རེད། "རྒྱལ་པོ་གྲོངས་སོང་། དེ་ནས་རྒྱལ་ཡུམ་ཡང་གྲོངས་སོང་"ཞེས་པ་དེ་ནི་གཏམ་རྒྱུད་ཡིན། "རྒྱལ་པོ་གྲོངས་སོང་རྒྱལ་ཡུམ་ཡང་སེམས་སྡུག་གིས་མནར་ནས་གྲོངས་སོང་" ཞེས་པ་ལྟ་བུ་ནི་གྲུབ་རིམ་ཡིན། གྲུབ་རིམ་གྱི་ནང་དུ་དུས་ཚོད་ཀྱི་གོ་རིམ་ད་དུང་མ་འཚོལ་བར་གནས་ཡོད་ཀྱང་རྒྱུ་འབྲས་ཀྱི་འབྲེལ་བས་འགེབས་པར་བྱས་ཡང་རྒྱལ་ཡུམ་གྲོངས་ཀྱང་རྒྱུ་རྐྱེན་ཅི་ཡིན་གྱི་གསལ་ཆ་མེད། འོན་ཀྱང་ཕྱིས་སུ་ཁོ་མོ་ནི་རྒྱལ་པོ་གྲོངས་པ་ལ་སེམས་སྡུག་དྲགས་པའི་རྐྱེན་གྱིས་གྲོངས་པ་ཤེས"ཞེས་པ་ལྟ་བུའང་གྲུབ་རིམ་ཡིན་ལ། བར་དུ་སྒྲིག་གྱུར་གྱི་སྣང་ཚུལ་ཞིག་བསྟན་ཏེ་ད་དུང་བསྐྱེད་བྱེད་ཀྱི་ཡུལ་ཞིག་ཡོད་པར་བྱས། སྐད་ཆ་དེས་དུས་ཚོད་ཀྱི་གོ་རིམ་ཐེངས་རེ་མི་གླིང་བ་དང་ཚད་ལས་མ་འདས་པའི་གནས་ཚུལ་འོག་ཏུ་གཏམ་རྒྱུད་དང་སོ་སོར་ཕྱེ། རྒྱལ་ཡུམ་ཇི་ལྟར་གྲོངས་པའི་ཚུལ་གལ་ཏེ་ང་ཚོས་དེ་ནས་ཅི་བྱུང་"ཞེས་དྲིས་ཚེ་དེ་ནི་གཏམ་རྒྱུད་ཡིན། "རྒྱུ་མཚན་ཅི"ཞེས་དྲིས་ཚེ་དེ་ནི་གྲུབ་རིམ་ཡིན། དེ་ནི་སྒྲུང་གཏམ་ནང་གི་གྲུབ་རིམ་དང་གཏམ་རྒྱུད་བར་གྱི་རྩ་བའི་ཁྱད་པར་དེ་ཡིན་ནོ"(《བརྩམས་སྒྲུང་གི་སྤྱི་ཁྱབ་ལྟ་བ་》)ཞེས་གསུངས། གཏམ་རྒྱུད་ཅེས་པ་ནི་དུས་ཚོད་ཀྱི་གོ་རིམ་ལྟར་བསྒྲིགས་པའི་དོན་རྐྱེན་ལ་བསྟན་པ་དང་། གྲུབ་རིམ་ཞེས་པ་ནི་རྒྱུ་འབྲས་ཀྱི་གནས་ལུགས་སྟོན་པའི་དོན་རྐྱེན་གྱི་ཕྱོགས་འདུས་ཤིག་ལ་བསྟན་པར་སེམས་ལ། བརྩམས་སྒྲུང་གི་གྲུབ་རིམ་ནི་དུས་ཚོད་ཀྱི་གོ་རིམ་ལྟར་དོན་རྐྱེན་བྱུང་འཕེལ་གྱི་ཚུལ་དེ་བརྗོད་པ་ཙམ་མ་ཡིན་པར་དོན་རྐྱེན་ཕན་ཚུན་བར་གྱི་རྒྱུ་འབྲས་ཀྱི་འབྲེལ་བ་བཙལ་ནས་དོན་རྐྱེན་གྱི་ཕྱིའི་དུས་ཚོད་ཀྱི་གོ་རིམ་ཁོ་ན་མི་བལྟ་བར་དོན་རྐྱེན་སྣ་ཚོགས་བསྒྱུར་དུ་འདུ་སྒྲིག་བྱེད་རྒྱུ་དེ་ལགས་སོ། དེ་གཉིས་ཀྱི་ཁྱད་པར་ཞིབ་ཙམ་ཞིག་དབྱེ་ན་འདི་ལྟར་སྟེ།

གཅིག དོན་རྐྱེན་སྣ་ཚོགས་དང་ཡང་ན་ལྟོས་འཛོག་གི་ཆ་ནས་བཤད་ན་ཆ་ཚང་གི་རང་བཞིན་ལྡན་པའི་གཏམ་རྒྱུད་ལ་ལ་ནི་སྒྲུང་གཏམ་གསར་རྩོམ་གྱི་ས་བོན་ནམ་མཐུན་རྐྱེན་ཉིད་དུ་མཐོང་དགོས། འོན་ཀྱང་གྲུབ་རིམ་ནི་རྩོམ་པ་

པོ་རང་ལ་མ་གཏོགས་གཞན་ལ་མེད་པའི་མིག་གིས་ས་བོན་ལ་རྟོགས་ཞིབ་བྱས་ཏེ་མི་སྣའི་བསམ་པའི་ཇམ་ཤུགས་དེ་རྗེས་སུ་དཔག་རྗེས་ལས་སྟོན་དང་བསྒྱུར་བཅོས་བྱས་པའི་འབྲས་བུ་ལ་བཤད་པ་ཡིན། དེས་ན་བྱུང་རིམ་གྱིས་གཞན་སྣང་གི་སྤྱི་ཚོགས་འཚོ་བ་མཚོན་པ་མ་ཟད། ཇོམ་མཁན་གྱི་མཛེས་དཔྱོད་ཀྱི་ཕྱུགས་འདུན་མཚོན་ཐུབ་པས་ན་རང་སྣང་དང་གཞན་སྣང་གི་གཅིག་འདུ་ཞིག་ཡིན།

གཉིས་པ། བརྩམས་སྒྲུང་གི་བྱུང་རིམ་ནི་རྒྱུ་རྐྱེན་གཉིས་ལས་གྲུབ་པར་རིག་སྟེ། རྒྱུ་འབྲས་ཀྱི་འབྲེལ་བ་ལས་གྲུབ་པའི་མི་སྣའི་ཕྱིའི་བྱ་འགུལ་གྱི་གོ་རིམ་དང་། ཅིག་ཤོས་ནི་མི་སྣའི་བྱ་འགུལ་བྱེད་པར་སྐུལ་བའི་བསམ་པའི་སྐུལ་སློང་དང་དེའི་འཕེལ་རིམ་མོ། སྔ་མ་ནི་བྱུང་རིམ་གྱི་“ཕྱིའི་ཕུང་པོ་”དང་ཕྱི་མ་ནི་བྱུང་རིམ་གྱི་“ནང་གི་བློ་སྒྲིག་”དུ་བརྩིས་ན་ཆོག་ལ། སྔ་མ་ལ་ཕྱིའི་བྱུང་རིམ་དང་། ཕྱི་མ་ལ་“ནང་གི་བྱུང་རིམ་མམ་སེམས་ཁམས་ཀྱི་བྱུང་རིམ་”ཞེས་བརྗོད་ཀྱང་ཆོག་གོ། བྱུང་རིམ་འགྲུབ་བྱེད་ཀྱི་རྒྱུ་རྐྱེན་དེ་གཉིས་བརྩམས་སྒྲུང་གི་ནང་དུ་གཙོ་ཕལ་གྱི་ཁྱད་པར་རེ་འབྱུང་སྲིད། དཔེར་ན། བྱུང་རིམ་གཙོར་འདོན་བྱས་པའི་བརྩམས་སྒྲུང་གི་ནང་དུ་མི་རྣམས་ཀྱི་ཡིད་འཕྲོག་པའི་“ཕྱིའི་བྱུང་རིམ་”མང་པོ་སྒྲིག་པ་གཙོ་བོར་འཛིན་པ་དང་། བྱུང་རིམ་གཙོར་འདོན་མི་བྱེད་པ་སྟེ། བྱུང་རིམ་རགས་རིམ་ཙམ་ལས་མེད་པའི་བརྩམས་སྒྲུང་གི་ནང་དུ་མི་རྣམས་ཀྱི་བློ་སྒོ་འབྱེད་པའི་“ནང་གི་བྱུང་རིམ་”མང་པོ་སྒྲིག་པ་གཙོ་བོར་འཛིན་པ་ལྟ་བུ་རེད། འོན་ཀྱང་རྣམ་པ་གང་ཞིག་གི་བྱུང་རིམ་གཙོ་བོར་འཛིན་ཀྱང་རྣམ་པ་དེ་གཉིས་པོ་ཆུ་བཞིན་གཅིག་ཏུ་འདྲེས་ཤིང་ཟུང་འབྲེལ་བྱེད་དགོས་པ་ལས་གཅིག་བཟུང་ནས་གཅིག་འདོར་མི་རུང་སྟེ། དེ་ལས་ལྷུག་ཚེ་ཕུང་པོ་ཡོད་ཀྱང་བློ་སྒྲིག་མེད་པའམ་ཡང་ན་བློ་སྒྲིག་ཡོད་ཀྱང་ཕུང་པོ་མེད་པའི་སྐྱོན་འབྱུང་ཏེ་ཡིད་འགུགས་ཀྱི་ནུས་ཤུགས་ལ་གནོད་འཚེ་ཡོང་རྒྱུ་དེ་ཡིན། ཇོམ་རིག་བརྩམས་ཆོས་ཀྱི་བྱུང་རིམ་ནི་བརྩམས་ཆོས་ཀྱི་ནང་དུ་མི་སྣའི་འབྲེལ་བ་དང་། མི་སྣའི་བྱ་སྤྱོད་ཀྱིས་གྲུབ་པར་བྱས་པའི་ཁྱོན་ཡོངས་ཀྱི་འཚོ་བའི་འཕེལ་རྒྱས་ཀྱི་བརྒྱུད་རིམ་དེ་ཡིན།

བརྩམས་སྒྲུང་རིང་གྲས་ཀྱི་བྱུང་རིམ་ནི་རྙོག་འཛིང་ཅུང་ཆེ་བ་ཞིག་ཡིན་ཞིང་། བརྩམས་སྒྲུང་འགའ་རེའི་ནང་དུ་བྱུང་རིམ་ཅུང་མང་བ་ཞིག་ཡིན། འོན་ཏེ་དེ་དག་གི་ནང་དུ་གང་ལྟར་གཙོ་ཕལ་གྱི་དབྱེ་བ་ཡོད་པ་ཞིག་ཡིན། དཔེར་ན། བརྩམས་སྒྲུང་རིང་གྲས《གཙུག་གཡུ་》ཞེས་པའི་གཙོ་བོའི་བྱུང་རིམ་ནི་དཔལ་ལྡན་གྱི་ལས་དབང་བཀོད་འབྲི་བྱས་ཡོད་པ་དང་། དེའི་མཐའ་འཁོར་དུ་གནས་པའི་མི་སྣ་གཞན་གྱི་བྱ་འགུལ་དག་ནི་གཙོ་བོའི་བྱུང་རིམ་དེ་ལ་བརྟེན་ནས་འཕེལ་རྒྱས་བྱུང་བ་ཞིག་ཡིན་རྐྱེན་བྱུང་རིམ་གྱི་ཕུན་སུམ་རང་བཞིན་ཞིག་ཆགས་གྲུབ་བྱུང་ཡོད་པ་དེ་རེད། བརྩམས་སྒྲུང་འགའ་རེས་ནི་སྒྲུང་སྣ་ཚོགས་པོ་ཞིག་ལས་སྒྲིག་འཛུགས་བྱས་ཡོད་པ་ཞིག་ཡིན། དཔེར་ན《གླིང་གེ་སར་རྒྱལ་པོའི་སྒྲུང་》ལྟ་བུར་མཚོན་ན་བརྩམས་སྒྲུང་ཆེས་ཕུན་སུམ་ཚོགས་པ་ཞིག་ལས་སྒྲིག་འཛུགས་བྱས་ཡོད་ཅིང་། བརྩམས་སྒྲུང་དེ་དག་གི་ནང་དུ་ཡང་སྤྱིར་རང་ཚུགས་སུ་གནས་ཐུབ་པའི་བྱུང་རིམ་རེ་ཡོད་མོད། 《གླིང་གེ་སར་རྒྱལ་པོའི་སྒྲུང་》ལ་ཡང་གཙོ་བོའི་བྱུང་རིམ་དེ་ནི་གླིང་གེ་སར་རྒྱལ་པོ་ལྷ་ཡུལ་ནས་མི་ཡུལ་དུ་སྤྲུལ་ཐེབས་ཏེ་བཙན་པོ་རྣམས་གཉའ་ནས་མནན། མི་སེར་རྣམས་བདེ་ལ་འགོད་ཕྱིར་དམག་འཐབ་བྱེད་པའི་བརྒྱུད་རིམ་དེ་དག་ནི་བརྩམས་སྒྲུང་དེའི་བྱུང་རིམ་གཙོ་བོ་དེ་ཡིན། དེར་བརྟེན་བརྩམས་སྒྲུང་གི་བྱུང་རིམ་ལ་དབྱེ་ཞིབ་བྱེད་སྐབས་ཡང་ང་ཚོས་བརྩམས་ཆོས་མི་འདྲ་བར་གཞིགས་ཏེ་དབྱེ་ཞིབ་བྱ་དགོས་པ་ཞིག་ཡིན།

2. བྱུང་རིམ་གྱི་རྩ་བའི་གྲུབ་ཆའི་སྐོར།

བྱུང་རིམ་ནི་མི་སྣའི་བྱ་འགུལ་གྱིས་གྲུབ་པར་བྱས་པའི་འཚོ་བའི་འཕེལ་རྒྱས་ཀྱི་བརྒྱུད་རིམ་ཧྲིལ་པོ་དེ་ནི་འགོ་འཇུག་ཆ་ཚང་བ་ཞིག་ཡིན་དགོས་ལ་བརྒྱུད་རིམ་དེ་དག་ཀྱང་རིམ་བཞིན་འཕེལ་རྒྱས་གཏོང་དགོས་པ་ཞིག་ཡིན་རྐྱེན་དེར་རང་བཞིན་དུ་གོ་རིམ་གྱི་རང་བཞིན་ཤིན་ཏུ་གསལ་པོ་ཡོད་པ་ཞིག་ཡིན། ཡ་ལི་སི་ཏོ་ཐེ་ཡིས《སྙན་ངག་རིག་པ་》ཞེས་པའི་ནང་དུ་བྱུང་རིམ་ནི“བྱ་འགུལ

ཚ་ཚང་བ་ཞིག་ལ་ལད་ཟློས་བྱེད་པ་ཡིན་”ཞེས་དང་། སྐབས་དེར་ཚ་ཚང་བ་ཞེས་པ་ནི་“དོན་ཞིག་ལ་མགོ་ཡོད་པ་དང་། ལུས་ཡོད་པ། ཇ་མ་ཡོད་པ་”ཞིག་ལ་ཟེར་བ་ཡིན། སྤྱི་ཚོགས་ཀྱི་འཚོ་བའི་ནང་གི་འགལ་བ་ནི་རྩོམ་རིག་བརྩམས་ཆོས་ཀྱི་བྱུང་རིམ་གྲུབ་པའི་རྨང་གཞི་དེ་ཡིན་ལ། འཚོ་བའི་ནང་གི་འགལ་བ་དེ་དག་ཡང་ཐོག་མར་འགལ་བ་བྱུང་བ་དང་། འཕེལ་རྒྱས་ཕྱིན་པ། ཛ་དྲག་པོར་གྱུར་པ། མཐའ་མཇུག་ཐག་གཅོད་བྱེད་པའི་རྒྱུད་རིམ་ཞིག་ཡོད་པ་དང་འདྲ་བར་མི་རྣམས་ཀྱིས་ཕྱི་རོལ་ཡུལ་གྱི་བྱ་དངོས་ཀྱི་འཕེལ་རིམ་ལ་ངོས་འཛིན་ཇེ་ཟབ་ཏུ་ཕྱིན་ཏེ། མི་རྣམས་ཀྱིས་རྣམ་ཀུན་བྱུང་རིམ་གྱི་འཕེལ་རྒྱས་ཀྱི་བརྒྱུད་རིམ་ལ་གཞིགས་ཏེ་བྱུང་རིམ་ལ་སྔོན་འགྲོ་ འགོ་འཛུགས། འཕེལ་རྒྱས། ཛ་དྲག་ མཐའ་འབྲས། མཇུག་བསྡུ་བཅས་ཆ་ཤས་ཉུ་མ་ལས་གྲུབ་པ་ཡིན་པར་བཤད་དེ། དེའི་ནང་ནས་འགོ་འཛུགས་དང་། འཕེལ་རྒྱས། ཛ་དྲག་དང་མཐའ་འབྲས་བཅས་གྲུབ་ཆ་བཞི་ནི་རྩ་བའི་གྲུབ་ཆ་ཞིག་ཡིན་པར་བརྗོད་དོ།

གོང་སྨོས་ཀྱི་གྲུབ་ཆ་འམ་རྒྱུ་རྐྱེན་དྲུག་པོ་དེ་དག་ནི་བརྩམས་ཆོས་ཀྱི་ལུས་མི་འདྲ་བ་དང་། རྩོམ་པ་པོས་བརྗོད་གཞི་གདམ་གསེས་བྱེད་ཐབས་མི་འདྲ་བ། བྱུང་རིམ་འཕེལ་རྒྱས་གཏོང་བའི་བརྒྱུད་རིམ་མི་འདྲ་བར་བརྟེན། བརྩམས་ཆོས་གཅིག་གི་ནང་དུ་རྒྱུ་རྐྱེན་དེ་དག་ཚ་ཚང་གྲུབ་ཐུབ་པའི་ངེས་པ་མེད། སྤྱིར་བཏང་ནས་བཤད་ན། བརྩམས་སྒྲུང་རིང་གྲས་ཀྱི་ནང་དུ་བརྗོད་གཞི་རྒྱ་ཆེ་ལ། མི་སྣ་མང་བ། འབྲེལ་བ་རྙོག་འཛིང་ཆེ་ལ། འགལ་བས་ཁེངས་པའི་བརྩམས་སྒྲུང་གི་ནང་དུ་རྒྱུ་རྐྱེན་དེ་དག་མངོན་གསལ་དོད་པོ་ཡོད་པ་ཞིག་ཡིན། བརྩམས་སྒྲུང་གི་གྲུབ་ཆའི་སྤྱིའི་ཆོས་ཉིད་ནས་གླེང་ཚེ། འགོ་འཛུགས་དང་འཕེལ་རྒྱས། ཛ་དྲག་མཐའ་འབྲས། མཇུག་བསྡུ་བཅས་ནི་ངེས་པར་དུ་ཡོད་དགོས་པ་ཞིག་ཡིན་ནོ། གཤམ་དུ་བྱུང་རིམ་གྱི་རྒྱུ་རྐྱེན་དྲུག་པོ་དེ་དག་ལ་བརྟག་དཔྱད་རགས་ཙམ་ཞིག་བྱས་ན་འདི་ལྟར་སྟེ།

སྔོན་འགྲོ—ཞེས་པར་གླེང་གཞི་བརྗོད་ནའང་འགྲིག་གོ། སྤྱིར་བཏང་

ཐོག་བརྩམས་སྒྲུང་ནང་གི་གནད་དོན་དེ་དག་འབྱུང་བའི་དུས་ཚོད་དང་གནས་ཡུལ། དུས་རབས་ཀྱི་འབྱུང་རྐྱེན་དང་ཡང་ན་བརྩམས་ཆོས་ནང་ནས་གསལ་བའི་མི་སྣའི་འབྲེལ་བ་ངོ་སྤྲོད་བྱ་རྒྱུ་སོགས་ཡིན། དཔེར་ན། པ་སངས་ཀྱིས་བརྩམས་པའི་《གྲོ་སོ་ཕྱི་མར་བསྒྲིགས་པའི་ཚག་སྒོ་》ཞེས་པའི་ནང་དུ་"གྲོང་ཁྱེར་ལྷ་སའི་བར་སྐོར་བྱང་ངོས་སུ་རྭ་བ་ཆེན་པོ་ཞིག་གི་ནང་དུད་ཚང་ཞིག་ཡོད་པ་དང་། དེའི་ཁྱིམ་ཐབ་འཛིན་མཁན་ནི་ཨ་མ་སྒྲོལ་དཀར་ཞེས་རྒྱགས་པ་སྟོབས་ཆེན་བག་གྲོ་བ་ཞིག་ཡོད། ཁོང་ལ་ཕྲུ་གུ་གཉིས་ཡོད་པར་གཅིག་གི་མིང་ལ་མེ་ཏོག་དང་། གཅིག་གི་མིང་ལ་འོད་ཟེར་ཞེས་ཟེར། བུ་མོ་མེ་ཏོག་ནི་བུ་འོད་ཟེར་གྱི་གཅེན་མོ་ཡིན་པ་དང་། མོ་ནི་སྐྲ་ལོ་ནག་ཅིང་རིང་བ་དང་། འཇམ་པའི་ལུས་ལ་གཙང་བའི་གོས་གྱོན་པ། ལས་ལ་བརྩོན་ཞིང་ཁངས་སྐྱུང་བབ་ཆགས་ཨད་དུ་བྱུང་བའི་ཡིད་འོང་དགའ་མ་ལོ་ཉེར་བདུན་ལ་སོན་པ་ཞིག་ཡོད། གཅུང་པོ་འོད་ཟེར་ནི་གཟུགས་སྟོབས་ཆེ་ལ་མིག་ནག་གཟི་དང་འདྲ་བ་ཤེས་རིག་ཡོན་ཏན་སོགས་ལ་བརྩོན་ཞིང་སྤྱང་གྲུང་དང་ལྡན་པ་ཞིག་ཡོད། ཨ་མ་སྒྲོལ་དཀར་ནི་རྒྱུན་དུ་ཁྲོམ་ཚུང་སྟོན་ནས་འཚོ་ཐབས་བྱེད་པ་དང་། བུ་མོ་མེ་ཏོག་ནི་སློབ་གྲྭ་ཆུང་བ་ཞིག་གི་དགེ་རྒན་ཡིན་པ། བུ་འོད་ཟེར་ནི་ད་ལྟ་བོད་ལྗོངས་དགེ་འོས་སློབ་གྲྭ་ཆེན་མོར་སློབ་སྦྱོང་བྱེད་ཀྱི་ཡོད་"(《བོད་ཀྱི་བརྩམས་སྒྲུང་འདེམ་སྒྲིག་》)ཅེས་པ་འདིའི་ནང་གནས་ཡུལ་དང་མི་སྣའི་འབྲེལ་བ་ངོ་སྤྲོད་བྱས་པ་ལས་གྲོ་སོ་ཕྱི་མར་བསྒྲིགས་པའི་ཚག་སྒོ་དང་བརྩམས་སྒྲུང་ནང་གི་འགལ་བ་རྣམས་གསལ་སྟོན་བྱས་མེད་པ་ལྟ་བུ་ཡིན། དཔེར་ན་དོན་ལྡན་གྱིས་བརྩམས་པའི་《དགའ་སྐྱིལ་ཞུ་བ་》དང་ཀུན་དགས་བརྩམས་པའི་《ཇོ་མགོན་གྱི་གནས་ཚང་》ཞེས་པ་ལྟ་བུ་ནི་གཙོ་བོ་བརྩམས་སྒྲུང་དེ་བྱུང་བའི་དུས་ཚོད་བཀོད་པ་ལྟ་བུ་ཡིན་ནོ།

འགོ་འཛུགས—ཞེས་པ་ནི་བརྩམས་སྒྲུང་ནང་གི་མི་སྣའི་ཕྱི་དང་ནང་གི་འགལ་འཐབ་དངོས་སུ་འགོ་ཚུགས་པའི་དོན་རྐྱེན་དང་པོ་དེ་ཡིན་ཞིང་།

བརྩམས་སྒྲུང་ནང་གི་འགལ་བའི་འབྱུང་རྐྱེན་དང་། ཡང་ན་འགལ་བ་ཕལ་པ་སོགས་གསལ་འདོན་བྱས་ཤིང་། བརྩམས་ཆོས་ཀྱི་ནང་མཚོན་པར་བྱེད་པའི་འཚོ་བ་ཧྲིལ་པོ་འཕེལ་རྒྱས་གཏོང་རྒྱུར་རྒྱང་གཞི་ལེགས་པོ་ཞིག་འདིང་དགོས་པ་དེ་ཡིན།

འཕེལ་རྒྱས—བརྩམས་ཆོས་ནང་གི་འགལ་འཐབ་འགོ་ཚུགས་པ་ནས་ཛ་དྲག་གི་རྩེ་མོར་མ་ཐོན་བར་དུ་བྱུང་བའི་དོན་རྐྱེན་ནམ་བྱུང་རིམ་ཕྲ་རབ་རབ་དང་རིམ་པ་གཅིག་ལས་གཅིག་ལྷག་པ་ལྷར་འཕེལ་བའི་གོ་རིམ་ལ་བཤད་པ་ཡིན་ཏེ། དེ་ནི་བྱུང་རིམ་ནང་གི་ཆེས་རིང་བའི་གྲུབ་ཆ་ཞིག་ཡིན། གྲུབ་ཆ་དེའི་ནང་གི་དོན་རྐྱེན་ནམ་བྱུང་རིམ་ཕྲ་རབ་ནི་རྟེན་འབྱུང་གི་འབྲེལ་བའི་ནང་དུ་ཕན་ཚུན་ཚོད་འཛིན་དང་སྐུལ་མ་བྱས་ཏེ་འགལ་བ་གཏིང་ཟབ་ཏུ་འཕེལ་བ་དང་འགྱུར་བ། མི་སྣའི་གཤིས་རྒྱུད་རིམ་བཞིན་མངོན་པར་གསལ་ཞིང་གྱི་རྣོམ་པར་གྱུར་བ། བརྗོད་བྱ་གཙོ་བོ་ཡང་དེ་ལ་བརྟེན་ནས་རིམ་བཞིན་གསལ་སྟོན་བྱེད་པ་དང་། རྩོམ་མཁན་གྱི་མཛེས་རིག་གི་འདུ་ཤེས་དང་མཛེས་རིག་གི་ཕྱུགས་འདུན་སོགས་གསལ་མཚོན་དང་། འགལ་བའི་དངོས་གཞི་དེ་ཛ་དྲག་ཅན་དུ་འགྱུར་བར་སྐུལ་འདེད་བྱེད་པའི་བརྒྱུད་རིམ་དེ་ཡིན།

ཛ་དྲག བརྩམས་སྒྲུང་ནང་གི་འགལ་བ་དེ་ཆེས་ཛ་དྲག་དང་ཆེས་རྣོ་ངར་གྱི་ཚད་དུ་སླེབས་པ་དང་འགལ་ཟླའི་ཡང་རྩེར་སོན་ཞིང་། ཕྱོགས་གང་ཅིའི་ཐད་ཀྱི་ལས་དབང་དང་གཙོ་བོའི་འགལ་བ་ཐག་གཅོད་བྱེད་གྲབས་ཡོད་པའི་འགག་རྩའི་དུས་སྐབས་ལ་དམིགས་པ་ཞིག་ཡིན་པ་མ་ཟད། མི་སྣའི་གཤིས་རྒྱུད་དང་བརྗོད་བྱ་གཙོ་བོ་དེ་ཆེས་ཕུན་སུམ་ཚོགས་ཤིང་ཆེས་གཏིང་ཟབ་པའི་སྒོ་ནས་མཚོན་པར་བྱེད་པའི་གནས་སྐབས་ཤིག་ཡིན།

མཐའ་འབྲས—ཞེས་པ་བརྩམས་སྒྲུང་ནང་གི་གཙོ་བོའི་འགལ་བ་རྣམས་ཐག་གཅོད་བྱུང་བ་མ་ཟད། མི་སྣ་དང་བྱ་འགུལ་དེ་དག་ལ་མཐའ་འབྲས་ངེས་ཅན་ཞིག་བྱུང་ཡོད་ལ། འགོ་འཛུགས་དང་། འཕེལ་རྒྱས། ཛ་དྲག་བཅས་ཀྱི་

དགོས་ངེས་ཀྱི་འབྲས་བུ་ཡང་ཡིན། འདིར་གསལ་བཤད་བྱེད་དགོས་པ་ཞིག་ནི་བརྩམས་ཆོས་མི་འདྲ་བ་དང་འགལ་བ་ཐག་གཅོད་བྱེད་པའི་ཐབས་ཤེས་མི་འདྲ་བར་བརྟེན། བརྩམས་སྒྲུང་གི་མཐའ་འབྲས་ཡང་འགའ་ཤས་ཤིན་ཏུ་ཐུང་བ་དང་། འགའ་ཤས་ཅུང་རིང་བ་སོགས་ཡོད། རྒྱུ་མཚན་ནི་བརྩམས་ཆོས་འགའ་ཤས་ཀྱི་ནང་དུ་གཙོ་བོའི་འགལ་བ་དེ་དག་མགྱོགས་མྱུར་དུ་ཐག་གཅོད་བྱས་པ་དང་ཡང་འགའ་རེས་འགལ་བའི་དངོས་གཞི་ཐག་གཅོད་བྱས་པའི་སྣང་ཚུལ་བརྗོད་པ་ཙམ་ལས་ཞིབ་འབྲི་མི་བྱེད་པ་དང་། ཡང་བརྩམས་ཆོས་འགའ་ཤས་ཀྱི་ནང་དུ་གཙོ་བོའི་འགལ་བ་ཐག་གཅོད་བྱས་ཟིན་ཀྱང་། ད་དུང་འགལ་བ་ཕལ་པ་ཁ་ཤས་ཐག་གཅོད་བྱེད་པའི་དགོས་པ་ཡོད་པའི་རྐྱེན་གྱིས་རེད། མདོར་ན། ཞིབ་ཕྲའི་གནས་ཚུལ་ལ་གཞིགས་ཏེ་དབྱེ་འབྱེད་བྱེད་དགོས་པ་ལས་ཁྲབ་མཉམ་དུ་བཟོད་ན་མི་འགྲིག་གོ།

མཇུག་བསྡུ—(འཕྲོ་ཅན་)ནི་བརྩམས་སྒྲུང་ནང་གི་འགལ་ཟླ་ཐག་བཅད་པའི་རྗེས་སུ་མི་སྣའི་ལས་སྐལ་ལ་དགོས་ངེས་ཀྱི་ཁ་སྐོང་བྱེད་པའམ་ཡང་ན་མཚོངས་པའི་མདུན་ལམ་དང་ལས་དབང་སོགས་མཚོན་པར་བྱ་རྒྱུ་ཡིན་ནོ།

3. བྱུང་རིམ་གདམ་གསེས་བྱེད་པའི་རྩ་བའི་ཚོས་ཉིད་སྐོར།

བརྩམས་ཆོས་ཀྱི་བྱུང་རིམ་ནི་རྩོམ་པ་པོས་འཚོ་བའི་ནང་ནས་གདམ་གསེས་བྱས་ཏེ་བྱུང་བ་ཞིག་ཡིན། དེར་བརྟེན་རྩོམ་པ་པོས་བྱུང་རིམ་གདམ་གསེས་བྱེད་སྐབས་རྩ་བའི་ཆོས་ཉིད་འདི་འདྲ་འགའ་ཞིག་ལ་སྲུང་བརྩི་བྱེད་དགོས་པ་ཞིག་ཡིན།

①བྱུང་རིམ་གདམ་གསེས་བྱེད་སྐབས་མི་སྣའི་གཤིས་རྒྱུད་གསལ་མཚོན་བྱེད་རྒྱུར་ཞབས་འདེགས་ཞུ་དགོས།

མི་སྣ་ནི་བརྩམས་ཆོས་ཀྱི་ནང་དུ་རྩོམ་འབྲི་བྱེད་ཡུལ་གཙོ་བོ་ཞིག་ཡིན་ལ། བྱུང་རིམ་ནི་མི་སྣའི་གཤིས་རྒྱུད་གྲུབ་པ་དང་། འཚར་ལོངས་དང་། འཕེལ་རྒྱས་གཏོང་བའི་ལོ་རྒྱུས་ཤིག་ཡིན་རྐྱེན་རྩོམ་པ་པོས་བྱུང་རིམ་གདམ་གསེས་བྱེད་

པའི་སྐབས་སུ་ངེས་པར་དུ་ཐོག་མར་མི་སྣའི་གཤིས་རྒྱུད་དང་ལས་དབང་རྩོམ་འབྲི་བྱེད་པའི་དགོས་མཁོར་བསམ་གཞིགས་བྱས་ཏེ། བརྩམས་ཆོས་ཀྱི་བྱུང་རིམ་དེ་མི་སྣའི་གཤིས་རྒྱུད་འཕེལ་རྒྱས་གཏོང་བའི་གཏན་ཚིགས་རིག་པ་དང་མཐུན་པ་མ་ཟད། མི་སྣའི་གཤིས་རྒྱུད་གསལ་སྟོན་བྱེད་པའི་ནུས་མཐུ་ལྡན་དགོས་པ་ཞིག་ཡིན། མ་གཞི་རྩོམ་པ་པོས་རང་ངོས་ཀྱི་འཚོ་བའི་སྦྱོང་གོམས་དང་མཛེས་དཔྱོད་ཀྱི་རེ་འདོད་དང་། ཡང་ན་ཀུག་ཀྱོག་ཆེ་ལ་ཡ་མཚན་པའི་བྱུང་རིམ་ཞིག་འདེམས་པ་དང་། ཡང་ན་མཚར་མེད་སྤྱིར་བཏང་གི་བྱུང་རིམ་ཞིག་གདམ་གསེས་བྱས་ནའང་འགྲིག་པ་ཞིག་ཡིན། འོན་ཏེ། བྱུང་རིམ་ཅི་འདྲ་ཞིག་གདམ་གསེས་བྱས་ནའང་གང་ལྟར་མི་སྣའི་གཤིས་རྒྱུད་གསལ་མཚོན་བྱེད་པའི་དགོས་པ་དང་། བསྟུན་དགོས་པ་ཞིག་ཡིན་པ་སྟེ། "དོན་གྱིས་མི་ལ་བསྟུན་པ"དང་"མི་ལ་བལྟས་ཏེ་དོན་བསྒྲིགས"བྱ་དགོས་པ་དང་། མི་སྣ་དེའི་བསམ་པ་དང་། གཤིས་རྒྱུད། མི་སྣའི་བརྩེ་དུང་བཅས་ཀྱི་འཕེལ་འགྱུར་གྱི་རང་འགྲོས་ལྟར་རང་ཤུགས་ཀྱིས་ཐོན་པ་ཞིག་ལས་མི་སྣ་དེ་དང་ཕྱིན་ཅི་ལོག་ནས་རྩོམ་པ་པོས་གང་དྲན་ལྟར་བསྒྲིགས་པ་ཞིག་གཏན་ནས་མིན། ཀློ་མཐུན་མའོ་ཅེ་ཏུང་གིས"མི་སྣར་བརྟེན་ནས་གཏམ་རྒྱུད་འབྱུང་དགོས་པ་རེད། མི་སྣ་ནི་རྩ་བ་ཡིན་ལ་གཏམ་རྒྱུད་ནི་བྱེ་བྲག་གིས་མི་སྣའི་བསམ་པའི་འདུ་ཤེས་མཚོན་བྱེད་ཙམ་དུ་ཟད་དོ"(《རྩོམ་པའི་གྲ་སྒྲིག》)ཞེས་གསུངས་པ་ལྟར། ལའོ་ཧྲེས་ཡིས"ངེས་པར་དུ་མི་སྣའི་དགོས་མཁོ་ལྟར་བྱུང་དོན་བཀོད་སྒྲིག་བྱེད་དགོས་ཏེ། དོན་ནི་མི་ལ་རག་ལས་པའི་ཕྱིར་རོ། དོན་གྱིས་མི་སྣར་ཚོད་འཛིན་བྱ་མི་རུང་། དཔེར་ན། འཁྲུད་ཐེན་པ་ཞིག་གི་འཚོ་བར་མཚོན་ན། དེ་ང་ལ་རྒྱུས་མངའ་ཆེན་པོ་ཡོད་དེ་ང་ཆུང་དུས་ཏ་ཙང་དབུལ་ཐོངས་ཡིན་པས། འཁྲུད་འཐེན་པ་མང་པོར་འབྲེལ་གཏུགས་བྱ་སྦྱོང་བ་དང་། ཁོ་ཚོའི་དོན་མང་པོ་མཐོང་ཞིང་ཐོས་སོད། ཉིན་ཞིག་ང་དང་གྲོགས་པོ་ཞིག་འཕྲོ་མོལ་བྱེད་དུས་འཁྲུད་འཐེན་པ་ཞིག་གིས་འཁོར་ལོ་ཐེངས་གསུམ་ཉོས་ཀྱང་ཐེངས་གསུམ་བརླག་ཅིང་མཐར་ཏ

ཅང་ཉམ་ཐག་པའི་ངང་ཤི་སོང་བའི་གཏམ་དེ་ཐོས་མ་ཐག་ང་ལ་བློ་བསྐྱེད་མི་ཉུང་བ་ཞིག་ཐོབ་པས། ངས་དེ་སྔོན་མཐོང་མྱོང་བའི་འབྲུད་འཛིན་པ་དག་ཕྲེང་བ་བརྒྱུས་པ་ལྟར་དྲན་བྱུང་། དེ་ནས་ངས་སྤྱི་ཚོགས་སྙིང་པའི་ནང་གི་འབྲུད་འཛིན་པ་ཞིག་གི་ལས་སྐལ་དང་སྐྱིད་སྡུག་མཚོན་པ་ཞིག་འབྲི་འདོད་སྙིང་ནས་བསྐྱེད་དེ་ཐར་གྱི་དོན་རྣམས་སིལ་བུར་གཏོར་ཅིང་མི་སྣ་འཕེལ་འགྱུར་གྱི་དགོས་པ་ལྟར་བྲིས་མཐར《ཛ་སོང་ཞང་ཅོ་》ཞེས་པའི་བརྩམས་ཆོས་དེ་གྲུབ་བྱུང་"(《མི་སྣ་དང་སྐད་ཆ་གཞན་དག་》)ཞེས་གསུངས་པ་དེ་ནས"མིར་བསྟུན་དོན་སྒྲིག"དང་ཡང་ན"དོན་གྱིས་མི་འགྲུབ་པར"བྱ་དགོས་པ་དེ་ནི་རྩ་དོན་གལ་ཆེན་ཞིག་ཡིན་པ་གསལ་སྟོན་གནང་ཡོད་པ་རེད། གལ་སྲིད་མི་སྣ་ནི་བརྩམས་སྒྲུང་གི་དགོས་མཁོར་གཞིགས་ཏེ་ཕྱིར་ཐོན་པར་བྱས་ཚེ་མི་རྣམས་ལ་ཇུན་ལབ་དང་བཙོས་མ་ཡིན་པའི་མྱོང་ཤེས་ཞིག་སྟེར་ངེས་རེད། ཨུ་རུ་སུའི་གྲགས་ཅན་རྩོམ་པ་པོ་ཕ་ཉེ་ཡེ་ཕུ་ཡིས་བརྩམས་སྒྲུང་རིང་གྲས《མིག་མེད་》ཅེས་པ་གསར་རྩོམ་བྱེད་སྐབས་དང་ཐོག་འཇམ་ཀོལ་རུ་ཁག་གི་རུ་མི་མེ་ཏེ་ཁེ་ཞེས་པ་ཐ་ཤལ་ སྤར་མ་ཞིག་ཡོད་པ་དེ་མཐའ་མར་རང་སྲོག་རང་གིས་གཅོད་པ་ཞིག་བློ་ཡིས་བསྒྲིགས། འོན་ཀྱང་དེ་ལྟར་བྱས་ན་མེ་ཏེ་ཁེའི་བསམ་པ་དང་གཤིས་རྒྱུད་ཀྱི་རང་འགྲོས་དང་འགལ་བ་ཡིན་ཏེ། མི་འདི་ལྟ་བུར་རང་སྲོག་གཅོད་པའི་སྙིང་སྟོབས་གཏན་ནས་མེད་པས་སྒྲུང་རིམ་དེ་འདྲ་བ་ནི་བཙོས་མ་ཡིན་པ་ཤིན་ཏུ་གསལ། དེ་ནས་ཁོས་སླར་ཡང་མེ་ཏེ་ཁེའི་བསམ་པ་དང་གཤིས་རྒྱུད་ཀྱི་རང་འགྲོས་ལྟར་བློས་བླངས་ཏེ། ཐོ་མའི་སྒྲིག་ཚུལ་ལ་བཅོ་བཅོས་བྱས་ནས་རང་སྲོག་གཅོད་པ་དེ་ཐྲོས་བཤོལ་བྱས་ཏེ། གསར་བརྗེར་བློ་ལོག་པའི་ཚུལ་དུ་བསྒྱུར་ཅིང་བཅོས་པས། མེ་ཏེ་ཁེ་ཞིབ་འབྲི་བྱེད་པའི་དགོས་པ་ཡོངས་སུ་གྲུབ་པ་ཞིག་བྱུང་ཡོད་པ་ལྟ་བུ་རེད།

②སྒྲུང་རིམ་གྱིས་བརྩམས་ཆོས་བརྗོད་བྱ་གཙོ་བོ་གསལ་མཚོན་ཡོང་རྒྱུར་ཞབས་འདེགས་ཞུ་དགོས།

བརྩམས་སྒྲུང་དང་གློག་བརྙན། དོན་བརྗོད་ཀྱི་སྙན་ཚིག་སོགས་ཀྱི་བརྗོད་བྱ་གཙོ་བོ་ནི་མི་སྣའི་བྱ་སྤྱོད་དང་འཚོ་བའི་དོན་རྐྱེན་སོགས་རྩོམ་འབྲི་བྱས་ཏེ་མཚོན་པར་བྱེད་ཀྱི་ཡོད་པ་རེད། བརྗོད་བྱ་གཙོ་བོ་ཞེས་པ་ནི་བརྩམས་ཆོས་ནང་དུ་འདུས་པའི་བསྟན་དོན་གཙོ་བོ་ཡིན་ཏེ། དེ་ཡང་ཕྱི་རོལ་ཡུལ་གྱི་རྒྱུ་ཆའི་ནང་ན་ཡོད་པའི་བསྟན་དོན་སྙིང་པོ་དང་རྩོམ་མཁན་རང་སྣང་ལ་ཡོད་པའི་མཛེས་དཔྱོད་ཀྱི་དཔྱད་འཛོག་གཉིས་པོ་འོས་མཚམས་ཀྱིས་གཅིག་ཏུ་འདྲེས་པ་ཞིག་ཡིན། བརྩམས་སྒྲུང་གསར་གཏོད་བྱེད་པའི་བརྒྱུད་རིམ་ནང་དུ་བྱུང་རིམ་གདམ་གསེས་དང་བརྗོད་བྱ་གཏིང་ཟབ་ཏུ་གཏོང་རྒྱུ་དེ་གཉིས་ནི་ཕན་ཚུན་གཅིག་གྲོགས་དང་ཕན་ཚུན་རོགས་འདེགས་བྱེད་ཐུབ་པ་ཞིག་ཡིན། བརྗོད་བྱ་གཙོ་བོ་གཏིང་ཟབ་ཏུ་གཏོང་བའི་དགོས་མཁོ་ལྟར་འཚོ་བའི་ནང་ནས་བྱུང་རིམ་གདམ་གསེས་དང་། བཞུ་སྦྱོང་གསར་བཟོ་བྱེད་པ་དང་། མཉམ་དུ་བརྗོད་བྱ་གཙོ་བོ་དེ་རང་ཤུགས་སམ་ནང་གནས་ཀྱི་སྒོ་ནས་གཏིང་ཟབ་པར་གཏོང་དགོས་པ་དང་། བྱུང་རིམ་གྱི་འགྱུར་བ་ཆེ་དྲག་ན་བརྗོད་དོན་ལ་འགྱུར་བ་འགྲོ་རྒྱུར་ཤུགས་རྐྱེན་ཡོད་རྐྱེན་ངེས་པར་དུ་བརྗོད་བྱ་གཏིང་ཟབ་ཏུ་གཏོང་བའི་དགོས་མཁོར་གཞིགས་ཏེ་བྱུང་རིམ་གདམ་གསེས་བྱེད་དགོས་པ་ཞིག་ཡིན། གོ་ཁ་ལི་ཡི་བརྩམས་སྒྲུང་འབྲིང་གྲས་《ཕྱི་གོས》ཞེས་པའི་བྱུང་རིམ་འདེམས་གསེས་དང་བཞུ་སྦྱངས། ལས་སྔོན་བྱས་ཡོད་པ་དེས། བྱུང་རིམ་གྱིས་བརྗོད་དོན་གཙོ་བོ་གསལ་མཚོན་བྱ་རྒྱུར་ཞབས་འདེགས་ཞུ་དགོས་རྒྱུའི་ཐད་ང་ཚོར་གསལ་བཤད་གསལ་པོ་ཞིག་བྱེད་ཐུབ་ལ། དཔེ་མཚོན་ཤིན་ཏུ་ལེགས་པོ་ཞིག་ཀྱང་ཡིན། ཐེངས་ཤིག་ཁོང་གིས་གྲོགས་པོའི་ཁྱིམ་དུ་སྐབས་དེར་སུས་ཀྱང་ཤེས་པའི་དཔོན་རའི་ཁྲིད་ཀྱི་གཏམ་རྒྱུད་གཅིག་ཐོས་པ་སྟེ། ཏ་ཅང་དབུལ་བའི་ལས་གཡོག་གཅིག་འདབ་ཆགས་རྔོན་རྒྱུར་ཤིན་ཏུ་དགའ་བས་ཁོས་ཟས་གོས་གྲོན་ཆུང་བྱས་པ་དང་གཞུང་ལས་ཚར་རྗེས་ངལ་གསོའི་དུས་ཚོད་སྤྱད་ཏེ་ལས་ཀ་གཞན་བཅོལ་ནས་བྱས་མཐར་ལུའུ་ཕུའུ་ནི་བརྒྱ་ལྷག་ཙམ་བསགས་ཏེ་མེ་མདའ་སྦྲུས་ལེགས་

ཤིག་ཉོས་པ་དང་། ཁོས་གྲུ་ཆུང་ཞིག་ལ་བསྡད་ནས་ཕིན་ལན་ཆུ་ཁུག་ལ་ཐེངས་དང་པོར་འདབ་ཆགས་གསོད་པར་བསྐྱོད་སྐབས་སུ་དགའ་ཐག་ཆོད་དེ་རང་ཉིད་བཟོ་ལྟ་ཤོར་བའང་མ་ཤེས། མི་མདའ་འདམ་རྩའི་ནང་དུ་ལྷུང་བའང་མ་ཚོར། དེ་རྗེས་མི་མདའ་ཆུ་ནང་དུ་ལྷུང་བ་ཤེས་ཧ་ཅང་གང་སར་བཙལ་ཀྱང་མ་རྙེད། དེ་ནས་བཟུང་ཁོ་སེམས་སྡུག་གིས་ནད་ཁྲིར་ལྷུང་། གྲོགས་པོ་རྣམས་ཀྱིས་ཤེས་རྗེས་དངུལ་བསྡུས་ཏེ་ཁོ་ལ་མི་མདའ་གསར་པ་ཞིག་ཉོས་རྗེས་ཁོའི་ཚེ་སྲོག་སླར་ཡང་གསོས་པ་རེད། སྐབས་དེར་མི་རྣམས་ཀྱིས་གཏམ་རྒྱུད་དེ་ནི་དགོད་བྲོའི་གཏམ་རྒྱུད་ལ་བརྩིས་ཏེ་གླེང་མོལ་བྱ་བ་ལས་སྤྱི་ཚོགས་ཀྱི་དོན་སྙིང་དང་བསམ་པའི་རིན་ཐང་དེ་འདྲ་ཡོད་ཚུལ་མི་ཤེས། འོན་ཀྱང་གོ་ཁ་ལིས་ཀྱིས་དགོད་བྲོའི་གཏམ་རྒྱུད་དེའི་ནང་དུ་སྨྱུ་རྩལ་གྱི་སྟབས་ཤུགས་ཤིག་རྙེད་པ་དང་། སྤྱི་ཚོགས་ཀྱི་གནས་ཚུལ་ཆེན་པོ་ཞིག་ཤེས་རྟོགས་བྱུང་སྟེ། ལས་གཡོག་རྣམས་ཀྱི་སྡུག་བསྔལ་དང་། ཨུ་རུ་སུའི་ཧྲ་རྟོང་སྙེར་སྡོམས་སྤྱི་ཚོགས་ཀྱི་མུན་ནག་དེ་མཐོང་ཞིང་གསར་རྩོམ་གྱི་ཀུན་སློང་ཞིག་སྐྱེས་པ་དང་། ཁོང་གིས་རང་ཉིད་ལ་ཐོབ་པའི་ཚོར་སྣང་དང་ཁོང་དུ་ཆུད་པའི་ཤུགས་དོན་གཞིར་བཟུང་པ་དང་དགོད་བྲོའི་གཏམ་རྒྱུད་དེར་གསར་གཏོད་དང་བཞུ་སྦྱང་། བསྒྱུར་བཅོས་བཅས་བྱས་ཏེ་《ཕྱི་གོས》ཞེས་པ་དེ་བརྩམས་གནང་བ་རེད། ང་ཚོས་གཏམ་རྒྱུད་དེ་དང་ཕྱི་གོས་བསྡུར་ཞིབ་ཅིག་བྱས་ཚེ། བྱུང་རིམ་ཕྱུན་སུམ་ཚོགས་སུ་བཏང་ཡོད་པ་མ་ཟད། འགའ་ཤས་རྩ་བའི་ཐོག་ནས་བསྒྱུར་བཅོས་བྱས་ཡོད་རྐྱེན་བརྩམས་སྒྲུང་གི་བརྗོད་བྱ་གཙོ་བོའི་ངོ་བོའི་རང་བཞིན་དང་གཏིང་ཟབ་ཀྱི་རང་བཞིན་ཡང་ཐག་གཅོད་བྱས་ཡོད་པ་རེད།

གཅིག་ནས་བྱུང་རིམ་ནང་གི་བརྗོད་དོན་གཙོ་བོར་འགྱུར་བ་བཏང་ཡོད་པ་སྟེ། གཏམ་རྒྱུད་ནང་གི་དོན་རྐྱེན་གཙོ་བོ། མི་མདའ་ཉོས་པ། མི་མདའ་བོར་བ། སླར་ཡང་མི་མདའ་ཞིག་ཐོབ་པ་དེ་ཡིན་པ་དང་། བརྩམས་སྒྲུང་ནང་དུ་ཕྱི་གོས་སུ་བསྒྱུར་བ་དང་ཕྱི་གོས་ལ་ལྟན་པ་ཡང་རྒྱབ་ས་མེད་པ་དང་། དཀའ་

ཕྱུག་གིས་དངུལ་བསགས་ཏེ་ཕྱི་གོས་གསར་པ་ཞིག་ཉོས་པ་དང་། ཕྱི་གོས་གསར་པ་དེ་ཡང་གཞན་གྱིས་འཕྲོག་པ་སོགས་དོན་རྐྱེན་གཙོ་བོར་བསྒྱུར་ཡོད་པ་རེད། རྒྱུ་མཚན་ནི། མི་མདའ་ནི་འཚོ་བའི་རྒྱས་སྤྲོས་བྱ་ཡུལ་ཞིག་ཡིན་པ་དང་། དབུལ་ཞིང་ཕོངས་པའི་ལས་གཡོག་ཅིག་ལ་མཚོན་ན། འཚོ་བའི་དགོས་མཁོ་ཞིག་མ་ཡིན་པར་བརྟེན། དེས་ཕྱི་ཚོགས་ཀྱི་དོན་སྙིང་ཆེན་པོ་མཚོན་ཐུབ་པ་ཞིག་མ་ཡིན་ལ། ཁོང་གིས་བརྗོད་བྱ་གཙོ་བོ་དེ་ཡང་མ་ཡིན། དཔོན་རིགས་ཁྲིད་དུ་གནས་པའི་ལས་གཡོག་ཅིག་ལ་མཚོན་ན། ཕྱི་གོས་ནི་ངེས་པར་དུ་ཡོད་དགོས་པའི་འཚོ་བའི་དགོས་མཁོ་ཞིག་ཡིན་རྐྱེན། མི་སྣའི་སྐྱོ་སྡུག་གི་ལས་སྐལ་དང་སྐབས་དེའི་མི་སྣའི་འབྲེལ་བ་དང་གཤིས་སྤྱོད་མཚོན་རྒྱུར་ཕན་པ་ཡོད་པ་ཞིག་ཡིན། དེ་ལྟར་འཚོ་བའི་རྒྱས་སྤྲོས་བྱ་ཡུལ་དེ་འཚོ་བའི་ཉེར་མཁོར་བསྒྱུར་བ་དང་ལས་གཡོག་དེའི་སྐྱོ་སྡུག་གི་ལས་སྐལ་ལ་ཐད་ཀར་ཐག་གཅོད་པའི་དོན་རྐྱེན་ཞིག་ཏུ་བསྒྱུར་བ་རེད། བརྩམས་སྒྲུང་ནང་གི་མི་སྣ་གཙོ་བོ་ཡ་ཀ་ཆི་ལ་དེ་སྔོན་ཕྱི་གོས་ཤིག་ཡོད་ཀྱང་ད་ལམ་རྙིང་ཞིང་རྡུལ་བ་ཞིག་ཆགས་ཡོད་རྐྱེན་མི་རྣམས་ཀྱིས་བྲུར་ཟ་དང་འཕྱ་སྨོད་བྱེད་པའི་ཡུལ་ཞིག་ཏུ་གྱུར་བ་དང་། དེ་རྗེས་ཕྱི་གོས་གསར་པ་ཞིག་ཉོ་རྒྱུའི་སེམས་ཐག་བཅད་དེ་གང་ཐུབ་ཅི་ཐུབ་ཀྱིས་དངུལ་བསགས་པ་དང་། ཁོང་གིས་དགོང་དྲོ་ཇ་མི་འཐུང་བ་དང་ཁ་ལག་མི་ཟ་བ། བཞུ་མར་མི་སྤར་བ་དང་། དགོང་མོ་ལས་ཀ་བྱེད་དགོས་ཚེ་ཁྲིམ་མཆོས་ནང་དུ་ཕྱིན་ཏེ་ལས་ཀ་བྱེད་ཀྱི་ཡོད་པ་དང་། དངུལ་བསགས་ཏེ་ཕྱི་གོས་གསར་པ་ཞིག་ཉོ་ཐུབ་ཏེ་གོན་པའི་ཉིན་དང་པོ་དེར་རྐུན་མས་འཕྲོག་བཅོམ་བྱས་ཡོད་པ་རེད། དེ་ལྟར་དེ་སྔོན་གྱི་དོན་རྐྱེན་གཙོ་བོའི་རང་བཞིན་ལ་འགྱུར་ལྡོག་ཕྱིན་ཏེ་བརྩམས་སྒྲུང་གི་བྱུང་རིམ་དེ་གཤམ་འོག་གི་མི་སྣའི་ཡིད་སྐྱོ་བའི་ལས་དབང་ཐོག་ཏུ་བསྒྱུར་བཅོས་བྱས་ཡོད་པ་རེད།

གཉིས་ནས་བྱུང་རིམ་གྱི་འཕེལ་ཕྱོགས་ལ་ཤུགས་རྐྱེན་ཡོད་པའི་མི་སྣའི་འབྲེལ་བར་འགྱུར་ལྡོག་བཏང་ཡོད་པ་རེད། གཏམ་རྒྱུད་ནང་དུ་མི་མདའ་

བརྟག་རྗེས་གྲོགས་པོ་རྣམས་ཀྱིས་ཕངས་སེམས་མེད་པར་དངུལ་བསྡུས་ཏེ་མི་མདའ་གསར་པ་ཞིག་ཉོས་ཞེས་པ་དངུལ་ཙུང་ཟད་ཅིག་ལས་མ་བྱིན་པའི་ཐོག་ལས་གཡོག་དེ་ལ་ཟླུར་ཟ་དང་། མཚང་འབྲུ། བརྙས་བཅོས་མང་པོ་བྱས་པ་ཞིག་ཏུ་བསྒྱུར་བ་དང་། ད་དུང་ལས་གཡོག་པ་དེ་“མི་ཆེན་”ཞིག་དང་འགལ་འཐབ་བྱུང་སྐྱེ་མགོ་དཔོན་གྱིས་སྐད་ཆེན་པོས་ཐོག་དམོད་བྱས་པ་ལས། ལས་གཡོག་དེ་སྔག་ཅིང་བླ་འདར་བ་ཞིག་བྱུང་ནས་དྲན་པ་ཐོར་བ་དང་། དེ་ནས་བཟུང་མལ་སར་ལྷུང་ཏེ་ལངས་ཡས་མ་བྱུང་བ་རེད་ཅེས་བཀོད་ཡོད་པ་རེད། ལས་གཡོག་དེ་ལ་སྐྱོ་སྡུག་གི་མཐའ་འབྲས་དེ་འདྲ་ཞིག་བྱུང་བའི་རྩ་བའི་རྒྱུ་རྐྱེན་ནི་“མི་ཆེན་”གྱིས་མཚོན་པའི་ཧྲ་ཧྲོང་གོང་མའི་སྐེར་སྡོམ་གྱི་ལམ་ལུགས་དེ་ཡིན་པ་གསལ་མཚོན་བྱས་ཡོད་པ་རེད།

གསུམ་ནས། མཇུག་གི་མཐའ་འབྲས་ལ་འགྱུར་ལྡོག་བཏང་ཡོད་པ་སྟེ། གཏམ་རྒྱུད་ནང་ལས་གཡོག་པ་དེར་སླར་ཡང་མེ་མདའ་ཞིག་ཐོབ་རྗེས་སླར་གསོས་པའི་མཐའ་འབྲས་དེ་ལས་གཡོག་དེ་རེ་ཐག་ཆད་ནས་ཚེ་སྲོག་ཤོར་བའི་མཐའ་འབྲས་ཤིག་ཏུ་བསྒྱུར་ཡོད་པ་རེད། དེས་ཧྲ་ཧྲོང་གོང་མའི་མུན་ནག་གི་དབང་བསྒྱུར་འོག་ཏུ་བརྙས་བཅོས་དང་གནོད་འཚེ་ཐེབས་པའི་མི་རྣམས་ཀྱི་སྐྱོ་སྡུག་གི་ལས་སྐལ་དེ་མཚོན་ཞིང་ཧྲ་ཧྲོང་གོང་མའི་སྐེར་སྡོམ་ལམ་ལུགས་ཀྱིས་མི་དམངས་ཀྱི་སྐྱིད་སྡུག་ལ་མི་བལྟ་བ་དང་མིའི་ཐོབ་ཐང་རྩིས་མེད་བཏང་ཚུལ་སྨུན་འབྱིན་དང་ཐེར་འདོན་བྱེད་པའི་བསྟན་དོན་ཡོངས་སུ་གྲུབ་པ་རེད། གོ་ཁ་ལི་ཡིས་ཐོས་དོན་དེའི་ཤུགས་རྐྱེན་བསྟན་པའི་སྦས་དོན་དེ་དམ་པོར་བཟུང་ནས་གོང་སློས་ཀྱི་ཕྱོགས་གསུམ་ནས་འདེམས་གསེས། བཅུ་སྒྲིང་། བསྒྱུར་བཅོས་བྱས་པས་བརྗོད་དོན་རིམ་བཞིན་གཏིང་ཟབ་ཏུ་འཕེལ་ཞིང་ཕྱིར་མཚོན་བྱས་ཡོད་པ་རེད།

③བྱུང་རིམ་གདམ་གསེས་བྱེད་སྐབས་ངེས་པར་དུ་དངོས་ཡོད་ཀྱི་རང་བཞིན་དང་། གསོན་ཉམས་ཀྱི་རང་བཞིན། ཕུན་སུམ་གྱི་རང་བཞིན། ཆ་

ཚང་གི་རང་བཞིན་ལ་བསམ་གཞིགས་བྱེད་དགོས།

འདིར་བརྗོད་པའི་དངོས་ཡོད་ཀྱི་རང་བཞིན་ནི་བརྩམས་ཆོས་ནང་ནས་གསལ་བའི་འཚོ་བའི་རྒྱུ་རྐྱེན་དེ་དག་འོས་ཤིང་འཚམས་པ་དང་། མི་རྣམས་ཀྱིས་ཡིད་ཆེས་སྐྱེད་ཐུབ་པ་ཞིག་ཡིན་དགོས་པ་དང་། མི་སྣའི་རང་བཞིན་གྱི་གཏན་ཚིགས་དང་། འཚོ་བའི་འཕེལ་རྒྱས་ཀྱི་གཏན་ཚིགས་དང་མཐུན་ཞིང་། དངོས་ཡོད་ནི་བྱུང་རིམ་གྱི་ཚོ་སྲོག་གི་རྟེན་གཞི་ཡིན་པ་དང་། གསོན་ཉམས་ལྡན་པ་ནི་བྱུང་རིམ་གྱི་ཚོ་སྲོག་གི་གཟི་མདངས་དང་འདྲ་བས་ངེས་པར་དུ་དངོས་ཡོད་ཀྱིས་རྨང་གཞི་བྱེད་དགོས།

བྱུང་རིམ་ནི་དངོས་ཡོད་དང་གསོན་ཉམས་ལྡན་པ་ཞིག་ཏུ་ཇི་ལྟར་གཏོང་ཞེ་ན། དེ་ནི་གོང་ཞུས་བཞིན"དོན་གྱིས་མི་ལ་བསྟུན་པ"དང"མི་ལ་བལྟས་ཏེ་དོན་སྒྲིག"ན་ཐོག་པ་པོའི་དགའ་ཁ་འཕྱིར་ཕྱོགས་དང་། མཛེས་དཔྱོད་ཀྱི་བསམ་འཆར་དང་མཐུན་ལ་རྒྱུ་འབྲས་ཀྱི་འབྲེལ་བ་ཡོད་པའི་དོན་རྐྱེན་སྒྲིག་ཚེ་མི་སྣའི་རང་བཞིན་གྱི་གཏན་ཚིགས་དང་འཚོ་བའི་གཏན་ཚིགས་སམ་ཐོག་པ་པོའི་བསམ་པའི་མོས་པ་དང་མཛེས་དཔྱོད་ཀྱི་དགའ་ཕྱོགས་དང་མཐུན་པ་ཞིག་ཡོང་ཐུབ་ངེས་ཡིན། བྱུང་རིམ་ཞིབ་འབྲི་བྱེད་སྐབས་ཨ་ཕོང་བཞིན་བསྟུད་མར་འབྲེལ་བ། ཀྱི་སྒྱུ་འགྱུར་ལྡོག་མང་བ། ར་རླབས་བཞིན་མཐོ་དམན་ཆེ་བ། ཡ་ང་བ་དང་ཡ་མཚན་ཆེ་བ་སོགས་དང་། གོ་བ་ནོར་བར་བྱེད་པའི་འབྲི་ཐབས། སྙིས་དབང་གིས་འཁྲིད་པར་བྱེད་པའི་འབྲི་ཐབས། གྱ་གྱུར་ལྡིང་འཁོར་བྱེད་ཐབས་སོགས་སློག་པ་པོ་ལ་གཞུ་བཀང་ཡང་མདའ་མི་འཕེན་པ་ལྟ་བུའི་སྒྱུ་རྩལ་འགུག་ཤུགས་ལྡན་པ་ཞིག་དགོས་སོད། བྱུང་རིམ་རྩུས་འགོད་དང་མཐུད་སྒྲིག་བྱེད་པའི་ཆ་ནས་བཤད་ན། བྱུང་རིམ་གྱི་དངོས་ཡོད་དང་གསོན་ཉམས་ལྡན་པའི་གནད་འགག་ནི་སྙིས་དབང་གཙོགས་སུ་འཛིན་པ་དང་། སྙིས་དབང་དང་གཞན་དབང་བར་གྱི་རྗོད་སྒྲུབ་ཀྱི་འབྲེལ་བ་ཐག་གཅོད་བྱེད་རྒྱུ་དེ་ཡིན།

དེ་མིན་བྱུང་རིམ་ལ་ཕུན་སུམ་གྱི་རང་བཞིན་དང་ཆ་ཚང་གི་རང་བཞིན་དེ་

ཡང་གལ་འགངས་ཆེ་བའི་གནད་དོན་ཞིག་ཡིན། དེ་ནི་བརྩམས་ཆོས་ཀྱི་ནང་དུ་དངོས་ཡོད་ཀྱི་ཐོག་ནས་འཚོ་བ་ཞིབ་འབྲི་བྱ་རྒྱུ་དེ་ཡིན་ཞིང་། གལ་སྲིད་བརྩམས་སྒྲུང་ཞིག་གི་ནང་དུ་བྱུང་རིམ་ཀུག་ཀྱོག་དང་ཡ་མཚན་ཆེ་བ་ཁོ་ན་རྩོམ་འབྲི་བྱས་པ་ལས། དངོས་ཡོད་འཚོ་བའི་ནང་དོན་ཞིབ་འབྲི་དང་ཕྲ་རབ་ལ་དོ་ནན་བྱས་མེད་ཚེ། གཏིང་ཟབ་པའི་སྙིང་དོན་གཙོ་བོ་གསལ་འདོན་བྱེད་མི་ཐུབ་ལ། མི་སྣའི་གཤིས་རྒྱུད་འཕེལ་རྒྱས་དང་མཚོན་པ་ཡང་བྱེད་མི་ཐུབ་བོ། བྱུང་རིམ་ཕྲ་རབ་ཅེས་པ་ནི་སྐྱུ་རྩལ་གྱི་གཟུགས་བརྙན་འགྲུབ་བྱེད་ཀྱི་ཕྲ་ཕྲུང་ཆེས་ཆུང་བ་དང་། སྐྱུ་རྩལ་གྱི་གཟུགས་བརྙན་གསར་བཟོ་བྱེད་པའི་གྲུབ་ཆ་ཕྲ་མོ་ཞིག་ཡིན། བརྩམས་ཆོས་ནང་གི་མི་སྣའི་རང་བཞིན་དང་བྱུང་རིམ་གྱི་འཕེལ་འགྲོས། སྤྱི་ཚོགས་ཀྱི་གནས་ཚུལ་དང་། རང་བྱུང་གི་མཛེས་སྡུངས་བཅས་ནི་བྱུང་རིམ་ཕྲ་རབ་དུ་མ་འདུས་པ་ལས་གྲུབ་པ་ཞིག་ཡིན། བྱུང་རིམ་ཕྲ་རབ་མེད་ན་མི་སྣའི་བྱེ་བྲག་གི་རང་བཞིན་དེ་ཆུ་ཡི་ལྦུ་བའི་ཟླ་ཚམ་དུ་ཟད་ཅིང་སྒྱུ་རྩལ་གྱི་གཟུགས་བརྙན་ཞེས་པ་དེ་ཡང་ནམ་མཁའི་མེ་ཏོག་གི་དཔེ་བཞིན་དུ་འགྱུར་རོ།

མདོར་ན། བརྩམས་ཆོས་ཀྱི་བྱུང་རིམ་ནི་མི་སྣའི་འབྲེལ་བ་དང་། མི་སྣའི་བྱ་འགུལ། འཚོ་བའི་རྒྱུ་རྐྱེན་ རྨང་གཞི་བྱས་པ་དང་། དེར་ལོ་རྒྱུས་ཀྱི་དམིགས་བསལ་རང་བཞིན་ལྡན་ཡོད་པ་ཞིག་ཡིན། རྩོམ་པ་པོས་དངོས་ཡོད་ཀྱི་འཚོ་བའི་ངོ་བོ་དང་ལོ་རྒྱུས་ཀྱི་ཁྱད་ཆོས། གསོན་ཉམས་ལྡན་པའི་མི་སྣའི་གཤིས་རྒྱུད་གསར་བཟོ་དང་། གཏིང་ཟབ་པོའི་བརྗོད་དོན་གཙོ་བོ་མཚོན་པ་བྱེད་རྒྱུར་ངེས་པ་དུ་སྨུག་རུས་ཆེན་པོས་འཚོ་བའི་ཁྲོད་ནས་བྱུང་རིམ་འདེམས་གསེས་དང་ཞིབ་བསྡུར་དང་བླང་དོར་བཅས་བྱེད་དགོས་སོ།

འདིར་གསལ་བཤད་ཞུ་དགོས་པ་ཞིག་ནི་བྱུང་རིམ་ཡོད་པའི་བརྩམས་ཆོས་ནང་དུ་ཡང་བྱུང་རིམ་མ་ཡིན་པའི་གྲུབ་ཆ་ཡང་ཡོད་པ་ཞིག་ཡིན། དཔེར་ན། རྩོམ་པ་པོའི་གླེང་སློལ། བློ་སྒོ་ཕྱེ་བ། གསལ་བཤད་དང་བར་འཇུག་གི་

གཏམ་བཤད། ཡུལ་ལྗོངས། བརྩེ་དུང་སྟོན་པ་སོགས་དེ་དག་ནི་བྱུང་རིམ་གྱི་བར་དུ་གནས་ཡོད་པ་དང་། དེ་དག་གིས་མི་སྣའི་གཤིས་རྒྱུད་དང་བརྗོད་དོན་གཙོ་བོ་གསལ་སྟོན་བྱ་རྒྱུར་ནུས་པ་མི་ཆུང་བ་ཞིག་འདོན་གྱི་ཡོད་རུང་དེ་དག་ནི་བྱུང་རིམ་མ་ཡིན་ནོ།

གཉིས་པ། སྒྲིག་གཞིའི་སྐོར།

1. སྒྲིག་གཞིའི་གོ་དོན།

དངོས་པོ་དང་སྒྲིག་ཆགས་གང་ཡིན་རུང་དེར་ནང་གི་དོན་དང་ཕྱི་ཡི་རྣམ་པ་གཉིས་ཡོད་པ་ནི། དཔེར་ན། མི་ལ་ཆ་བཞག་ན། གཟུགས་སྟོབས་ཆེ་ཆུང་། བཞིན་རས་ཡག་བཙོག་ གྱོན་ཆས་ཡག་ཉེས། གཏམ་བརྗོད་སྣ་མིན་བཅས་ནི་ཕྱི་ཚུལ་གྱི་རྣམ་པ་ཡིན་པ་དང་། སྤྱོད་པ་བཟང་ངན། བསམ་བློ་ཡག་ཉེས་དང་གཤིས་ཀ་འཇམ་རྩུབ་ནི་ནང་གི་དོན་ཡིན། དེ་བཞིན་རྩོམ་རིག་གི་ཐོག་མའི་རྒྱུ་ཆ་དང་བརྗོད་བྱ། བརྗོད་དོན་གཙོ་བོ(བྱུང་རིམ་)ནང་གི་དོན་ཡིན་པ་དང་། སྐད་ཆ་དང་རྩོམ་སྟངས། སྒྲིག་གཞི། རྩོམ་ལུས་སོགས་ནི་རྩོམ་རིག་གི་ཕྱིའི་རྣམ་པ་དེ་ཡིན། སྤྱིར་ནང་དོན་དང་རྣམ་པའི་འབྲེལ་བ་ནི"ནང་དོན་གྱིས་རྣམ་པ་གཏན་འཁེལ་བྱེད་པ་དང་། རྣམ་པས་ནང་དོན་ལ་ཞབས་འདེགས་ཞུ་བ་""ནང་དོན་མེད་ན་རྣམ་པ་གནས་ཐབས་མེད་པ་དང་། རྣམ་པ་མེད་ན་ནང་དོན་ཡང་མཚོན་ཐབས་མེད་"དེས་ན།—སྒྲིག་གཞི་ནི་རྩོམ་རིག་བརྩམས་ཆོས་ཀྱི་རྣམ་པའི་གྲུབ་ཆ་ཞིག་ཡིན་ཞིང་། དེ་ནི་རྩོམ་པ་པོས་རང་ཉིད་ཀྱི་འཚོ་བའི་རང་གཟུགས་ལ་གོ་ལེན་དཔྱད་འཛོག་དང་། མི་སྣའི་གཟུགས་བརྙན་བསྐྲུན་པ་དང་། བརྗོད་དོན་གཙོ་བོ་གསལ་མཚོན་བྱེད་པའི་དགོས་མཁོར་གཞིགས་ཏེ་སྒྲིག་འཛུགས་དང་བཀོད་སྒྲིག་བྱེད་རྒྱུ་དེ་ཡིན་ལ། དེ་ནི་བརྩམས་ཆོས་ཀྱི་ཕྱུང་པོ་གྲུབ་སྟངས་ཤིག་ལ་བཤད་དེ། གསལ་པོར་བཤད་ན་མི་སྣ་གསར་བཟོ་དང་

བརྗོད་བྱའི་བསྟན་དོན་མཚོན་པའི་བློས་བསླངས་བྱས་ཟིན་པའི་མི་སྣ། དོན་རྐྱེན། སྣང་ཡུལ་སོགས་དྲང་ཐྲོལ་ཟུང་འབྲེལ། འཛམ་འགྱུར་སྟོལ་སྡེབ། རྒྱས་བསྡུས་འཚམས་པ། གྲིམ་རྩོད་རན་པའི་སྒོ་ནས་ཚོགས་ཤིང་འདུས་ཏེ་གཅིག་འདུ་འོས་མཚམས་དང་ཆ་ཚང་བཅས་ཡིན་པའི་སྒྱུ་རྩལ་གྱི་ཕུང་པོ་ཞིག་སྒྲིག་པ་དེ་ལ་ཟེར་རོ། དེ་ཡང་ཕ་རན་སིའི་ཡོང་ཧྲ་ཡིས་གསུང་པ་བཞིན་"སྒྲིག་གཞི་ཞེས་པ་ནི་གསར་བསྐྲུན་བྱས་པའི་བྱ་དངོས་དག་ཆ་ཚང་ཞིང་ཡིད་དུ་འོང་བའི་གོ་རིམ་ཞིག་ཏུ་སྒྲིག་པ་ལས་འདི་ན་ཡོད་པ་དེར་བཞག་མི་ཆོག་པ་དང་། ཐབས་རྩལ་ཞིབ་འཇུག་དང་། ལས་ཀ་བཅས་ལ་བརྟེན་ནས་བྱ་དངོས་ཡོད་དོ་ཅོག་རང་རང་སོ་སོར་འཚམས་པའི་གནད་ཅིག་ཏུ་བསྒྲིག་རྒྱུ་དེ་ཡིན་ནོ"(ཡོང་ཧྲ《ཕ་རན་སིའི་སྐད་ཀྱི་སྣན་ངག་རྩོམ་རྩལ་མདོར་བསྡུས》)གོ་དོན་དེ་ལས་ང་ཚོས་སྒྲིག་གཞིའི་བྱེད་ལས་ནི་བརྩམས་ཆོས་ཀྱི་ནང་དུ་བདམ་ཟིན་པའི་རྒྱུ་ཆའི་བར་དང་། ཆ་ཤས་དང་ཆ་ཤས་ཅན་བར་གྱི་འབྲེལ་བ་དེ་ལུགས་དང་མཐུན་ཞིང་འོས་འཚམས་ཀྱི་སྒོ་ནས་ཐག་གཅོད་བྱེད་རྒྱུ་དེ་ཡིན། དཔེར་ན། མི་སྣ་ཕྱི་རུ་འབུད་སྟངས། མི་སྣའི་བྱ་འགྱུར་སྤྱིལ་ལུགས། གཙོ་ཆེར་མི་སྣ་གང་དག་འབྲི་བ། བྱུང་རིམ་དོན་རྐྱེན་གྱི་ཟུར་སྣ་གང་དག་གཙོར་འདོན་བྱེད་པ། བྱུང་རིམ་གྱི་གཞུང་དང་ཡལ་ག་ཇི་ལྟར་སྡེབ་པ། ཁོར་ཡུག་གི་ཟུར་རྒྱན་གང་ནས་སྤྲུད་པ། གང་དུ་ཟུར་ནས་བརྗོད་པ། གང་དུ་ལྷོག་སྟེ་བརྗོད་པ། གང་དུ་བར་འཚང་སྟེ་བརྗོད་པ། འགོ་ཇི་ལྟར་འཛུགས་པ། མཇུག་ཇི་ལྟར་བསྡུ་བ། གང་དུ་བག་ལ་ཞ་བ། གང་ནས་རང་མཚམས་སྦྱོར་བ། གང་དུ་བསྡུས་ཏེ་འབྲི་བ། གང་དུ་ཞིབ་རྒྱས་འབྲི་བ། གང་དུ་དྲང་པོར་འབྲི་བ། གང་ནས་ཐྲོལ་གྱིས་འབྲི་བ། གང་དུ་བརྩེ་དུང་སྟོན་པ། གང་དུ་བཤད་པ་སྤྱིལ་བ་སོགས་དེ་དག་ལེགས་པར་སྒྲིག་བཀོད་བྱ་རྒྱུའི་གནད་དོན་དེ་དག་ནི་རྩོམ་རིག་བརྩམས་ཆོས་ཀྱི་སྒྲིག་གཞི་ཡིན་ནོ། སྒྲིག་གཞི་ནི་བརྩམས་ཆོས་ཀྱི་བརྗོད་བྱ་རྩ་འཛུགས་དང་བཀོད་སྒྲིག་བྱེད་པ་དེ་རེད། དེའི་ནང་དུ་ལེའུ་དང་དུམ་བུ་སོགས་བཀོད་སྒྲིག་འཚམས

པོ་བྱེད་དགོས་པའི་ཕྱིའི་སྒྲིག་གཞི་ཚུད་ཡོད་ལ། གང་འདྲ་བྱས་ནས་བརྩམས་ཆོས་ཡོངས་ཀྱི་མི་སྣའི་གཟུགས་བརྙན་མ་ལག་དང་མི་སྣའི་བར་གྱི་འབྲེལ་བ་བཅས་ཀྱི་སྒྲིག་གཞི་ཚུད་ཡོད་ལ། དེ་མིན་བོད་རིགས་ཀྱི་རྩོམ་སྲོལ་དུ་“སེང་གེའི་ལྟ་སྟངས་ཀྱིས་ལེའུ་སོ་སོར་ཕྱེ་བ། སྟག་མོ་མཆོངས་རྩལ་གྱིས་ས་བཅད་པ། སྦལ་པ་འཕར་སྟངས་ཀྱིས་དོན་ཚན་སོ་སོར་ཕྱེ་བ། རུས་སྦལ་འགྲོས་སྟངས་ཀྱིས་དོན་ཞིབ་བཤད་”ཅེས་པའང་སྒྲིག་གཞིའི་རྣམ་པ་ཞིག་ཡིན།

རྩོམ་རིག་བརྩམས་ཆོས་ཀྱི་སྒྲིག་གཞི་ལ་རྩ་བའི་གྲུབ་ཆ་དང་རིམ་པ་འགའ་ཞིག་ཡོད་པ་སྟེ། དེ་ནི་འདོར་ལེན་དང་སྒྲིག་བཀོད། མཚམས་སྦྱོར། གཞོགས་འདེགས། འདེགས་བབ། བར་འཚང་། སྐྱར་ཟློས་སོགས་ཡོད་པ་དང་། དེ་དག་གི་ནང་ནས་འདོར་ལེན། སྒྲིག་བཀོད། མཚམས་སྦྱོར་བཅས་ནི། སྒྲིག་གཞིའི་རྩ་བའི་གོ་རིམ་ཡིན་ནོ། བོད་རིགས་ཀྱི་རྩོམ་རིག་ལོ་རྒྱུས་ཐོག་ཏུ་རྩོམ་རིག་གི་སྒྲིག་གཞིའི་སྐོར་ལ་དཔྱད་པ་གང་མང་གནང་ཞིང་ལྟ་ཚུལ་ཇི་སྙེད་ཅིག་བརྗོད་གནང་མཛད་ཡོད་པ་སྟེ། ཀླད་ཀྱི་དོན། གཞུང་གི་དོན་ཞེས་དང་། འགྱུར་ཕྱག་ མཆོད་བརྗོད། བརྩམས་པར་དམ་བཅའ་བ། དགོས་སྦྲེལ་ཆོས་བཞི་སོགས་བརྗོད་ཡོད་པ་རེད། བསྟན་བཅོས་ལ་འཇུག་པའི་སྒོ་དང་། སྒོ་དེ་ལྡན་གྱི་གཞུང་དངོས་མཇུག་བསྡུ་བ་བཅས་གསུམ་ཚང་དགོས་པའི་ཆ་རྐྱེན་བརྗོད་གནང་མཛད་དོ་ 《སྙན་ངག་མེ་ལོང་》ལས“ཤེས་བརྗོད་ཕྱག་བྱ་ངོ་བོ་ནི། ངེས་པར་བསྟན་པ་དེ་ཡི་སྒོ” ཞེས་ཤེས་བརྗོད་ཀྱི་ཕྱག་བྱ་བ་དང་། བརྩམས་པར་དམ་བཅའ་བ། དགོས་འབྲེལ་གྱི་ངག་ལུས་མདོར་བསྟན་པ་བཅས་ནི་རྩོམ་གཞུང་གི་ཁང་ཁྱིམ་དུ་འཇུག་པའི་སྒོ་ལྟ་བུ་ཞིག་ཡིན། མཁས་འཇུག་ལས། “དམ་བཅའ་བ་དང་སྐུལ་ཚིག་སོགས། འཆད་ཕྱིར་སྤྲོ་བ་སྟོན་པ་སྟེ། མཆོག་རྟོགས་འགྲུབ་པའི་རྒྱུར་གྱུར་བས། ཁས་ལེན་པ་ལ་འགལ་བ་མེད”ཅེས་དགོས་པ་ཡོད་པ། གཞུང་བརྩམས་པར་སྤྲོ་བ་ཡོད་པ། རང་ཉིད་བརྩམས་བྱའི་དོན་ལ་མཁས་པར་བསྟན་པ། དམ་བཅའ་འགྲུབ་པའི་རྒྱུར་འགྱུར་བ།

སྡོད་ལྷན་ལ་ཉན་པར་སྐུལ་བ་བཅས་ཀྱི་དགེ་མཚན་ལྡན་ཡོད་པ་རེད། དགོས་སྒྲིག་ཆོས་བཞི་ནི། རྩོམ་གཞུང་དེའི་བརྗོད་བྱ་དང་དེའི་དགོས་པ། དེའི་ཉིང་དགོས་སམ་དགོས་པའི་དགོས་པ། འབྲེལ་བ་བཅས་ལ་ཟེར། མཁས་འཇུག་ལས"བསྟན་བཅོས་དམ་པར་བསྟན་པའི་ཕྱིར། སྟོན་པས་ཐོག་མར་དགོས་པ་བསྟན། ཡོངས་སུ་རྟོགས་པས་དེ་མཐོང་ན་དཔྱོད་པ་ལ་ཡང་ཅིས་མི་འཇུག" ཅེས་དང་། ཡང《རྣམ་བཤད་རིག་པ》ལས"མདོ་དོན་ཆེ་བ་ཉིད་ཐོས་ནས། ཉན་དང་ལེན་པ་ལ་སོགས་པ། ཉན་པ་པོ་དེ་གུས་འགྱུར་བས། ཐོག་མར་དགོས་པ་བརྗོད་པར་བྱ" ཞེས་དགོས་པ་བརྗོད་དགོས་པའི་རྒྱུ་མཚན་བཀོད་ཡོད་པ་རེད།

འདོར་ལེན—ཞེས་པའི་གོ་དོན་ནི་བརྩམས་བྱའི་ནང་དུ་བཞུགས་པའི་འཚོ་བའི་དོན་རྐྱེན་དང་། མི་སྣའི་ཕྱིའི་བྱ་འགུལ། བསམ་པའི་འགུལ་བསྐྱོད་དག་མིའི་གཟུགས་ཀྱི་ཆེ་ཆུང་རིང་ཐུང་ལ་བལྟས་ཏེ་སྣམ་བུ་དྲས་གཅོད་བྱེད་པ་བཞིན། རྩོམ་མཁན་གྱིས་འོས་ཤིང་འཚམས་པའི་སྒོ་ནས་འདོར་ལེན་འདེམས་གསེས་བྱེད་པའི་ཐབས་རྩལ་ཞིག་ལ་བཤད་པ་དང་། འདོར་ལེན་བྱེད་པ་བརྒྱུད་དེ་ཚིག་གཅིག་བསྟན་ན་མང་དྲགས་ཤིང་། ཚིག་གཅིག་འཕྲི་ན་ཉུང་དྲགས་པའི་ཚད་དུ་སླེབས་ནས་བརྗོད་བྱའི་བསྟན་དོན་གཏིང་ཟབ་ཅན་དུ་གཏོང་དགོས་པ་དེ་ཡིན།

སྒྲིག་བཀོད—ཅེས་པ་ནི་འདོར་ལེན་བྱས་ཟིན་པའི་འཚོ་བའི་དོན་རྐྱེན་དང་མི་སྣའི་ཕྱིའི་བྱ་འགུལ། ནང་སེམས་ཀྱི་འགུལ་སྐྱོད། དེ་མིན་རྩོམ་མཁན་གྱིས་ཐད་ཀར་བརྗོད་དུང་སྟོན་པ་དང་བཤད་པ་སྤེལ་བ་དེ་དག་བརྩམས་ཆོས་ཕྱིའི་ནང་དུ་འོས་ཤིང་འཚམས་པར་བསྒྲིགས་ཏེ། གཙོ་ཕལ་གསལ་ཞིང་གྲིམ་སྟོད་ཟུང་འབྲེལ། རྒྱས་བསྡུས་འཚམས་པ། ཆ་འགྲིག་ཅིང་ཚགས་དམ་པའི་སྣང་བྱ་དང་མཐུན་པར་བྱེད་རྒྱུ་དེའོ། དཔེར་ན། 《མི་ལ་རས་པའི་རྣམ་ཐར》དེ་ཐུན་མོང་སྲིད་པ་འཇིག་རྟེན་པའི་མཛད་པ་གསུམ་དང་ཞི་བ་མྱ་ངན་ལས་འདས་པའི་

མཛད་པ་དགུ་ཞེས་གུང་སྒྲིག་ཏེ་ཏ་ཅང་གྲིམ་ཞིང་བསྟུས་ལ་ངོ་མཚར་བ་ཞིག་བྱུང་ཡོད་པ་ལྟ་བུའོ།

མཚམས་སྦྱོར་—ཞེས་པ་ནི་སྒྲིག་བཀོད་བྱས་ཟིན་པའི་དོན་རྐྱེན་སོ་སོ་དང་མི་སྣའི་ཕྱི་དང་ནང་གི་འགྲུལ་སྐྱོད། དེ་མིན་རྩོམ་མཁན་གྱི་བརྩེ་དུང་དང་ཡིད་མཆོན་བཤད་པ་སོགས་ཕྱོགས་གཅིག་ཏུ་སྦྲུར་བ་སྟེ་ཁབ་སྐུད་ཀྱིས་འཚེམ་བུ་འཚེམ་པ་བཞིན་ཕར་འབྲེལ་ཚུར་མཐུད་བྱེད་རྒྱུ་དེ་ཡིན། རྩོམ་མཁན་གྱིས་རྒྱུ་ཆ་སྣ་ཚོགས་ཕྱོགས་གཅིག་ཏུ་སྦྱོར་བའི་ཐབས་ནི་རྣམ་པ་སྣ་ཚོགས་ཡོད་དེ། ལ་ལས་བརྗོད་བྱའི་དོན་གྱིས་སྦྱོར། ལ་ལས་མི་སྣའི་གཤིས་རྒྱུད་ཀྱིས་སྦྱོར། ལ་ལས་སྐོར་མཐུད་ཀྱིས་སྦྱོར་བ་བཅས་ཡོད།

2. སྒྲིག་གཞི་སྒྲིར་བཏང་བའི་རྩ་དོན་སྐོར།

བརྩམས་སྒྲུང་གི་སྒྲིག་གཞི་ནི་གཙོ་བོ་བྱུང་རིམ་ཕྱི་རོལ་གྱི་མཚོན་བྱེད་རྣམ་པ་ཞིག་ཡིན། རྩོམ་མཁན་གྱིས་མཚོན་བྱའི་ཡུལ་དེར་ངོས་འཛིན་དང་རྒྱུས་ལོན་བྱས་པ་མི་འདྲ་ཞིང་། མཛེས་རིག་ཐོག་གི་ལྟ་ཚུལ་མི་འདྲ་བ། མཚོན་བྱེད་ཀྱི་འདོད་མོས་མི་འདྲ་བ། གསར་རྩོམ་གྱི་གོམས་གཤིས་མི་འདྲ་བ་ཡོད་རྐྱེན་སྒྲིག་གཞི་ལ་ཡང་རྣམ་པ་སྣ་ཚོགས་ཡོད་པ་ཞིག་ཡིན། འོན་ཀྱང་རྩོམ་མཁན་གྱིས་ཐུན་མོང་མ་ཡིན་པའི་སྒྲིག་གཞི་འགོད་ཚུལ་ཇི་ལྟར་སྤྱད་པ་དང་། སྒྲིག་གཞི་གང་དག་བཀོལ་སྤྱོད་བྱས་རུང་། རང་རྟོགས་སམ་རང་རྟོགས་མ་ཡིན་པའི་སྒོ་ནས་སྒྲིག་གཞིའི་སྒྲིར་བཏང་གི་རྩ་དོན་འགའ་ཞིག་བརྩི་སྲུང་བྱེད་བཞིན་ཡོད་པ་རེད།

①སྒྲིག་གཞིས་བརྗོད་དོན་གསལ་མཚོན་བྱེད་པའི་དགོས་མཁོར་བརྩི་སྲུང་བྱ་དགོས།

རྩོམ་པ་པོས་སྒྲུང་གཏམ་ཞིག་གསར་རྩོམ་བྱེད་པའི་བརྒྱུད་རིམ་ནང་དུ་ཐོག་མར་མཚོན་འདོད་པའི་བརྗོད་བྱ་གཏན་འཁེལ་བྱེད་དགོས་པ་དང་། དེ་རྗེས་སྒྲུ་རྩལ་གྱི་སྒྲིག་གཞི་གཏན་འཁེལ་བྱེད་དགོས། སྔོན་མ་ནི་སྒྲུ་རྩལ་གྱི་སྒྲིག

གཞི་གནས་ཐུབ་པའི་རྨང་གཞི་ཡིན་པ་དང་། རྗེས་མ་ནི་སྒྱུ་རྩལ་གྱི་རྣམ་པར་བརྟེན་ནས་དངོས་ཡོད་འཚོ་བ་མཚོན་པའི་ཐབས་ལམ་ཞིག་ཡིན། དེར་བརྟེན། བརྗོད་དོན་ནི་བརྩམས་ཆོས་ཀྱི་བླ་སྲོག་ལྟ་བུ་ཞིག་ཡིན་རྐྱེན་ཐོག་མར་བརྗོད་དོན་གྱི་དགོས་མཁོར་གཞིགས་ཏེ་འདོར་ལེན་དང་གདམ་གསེས་བྱེད་དགོས་ལ། བརྗོད་དོན་གྱིས་སྒྲིག་གཞིར་ཚོད་འཛིན་བྱེད་དགོས་པ་རེད། དེར་བརྟེན། རྩོམ་མཁན་གྱིས་བརྩམས་ཆོས་སྒྲིག་གཞི་འགོད་ཅིང་སྒྲིག་གཞིའི་རིགས་འདེམས་གསེས་བྱེད་ཚེ་བརྗོད་བྱའི་ཚོད་འཛིན་དང་ལེན་བྱས་ཏེ། བརྗོད་བྱའི་བསྟན་དོན་དམ་དུ་བཟུང་ནས་མཚོན་པར་བྱ་དགོས་པ་རེད། དཔེར་ན། སྐུ་ཞབས་ལུའུ་ཤུན་གྱིས་མཛད་པའི་《སྨོན་འདུན་ཞུ་བ་》ཞེས་པ་དེའི་ནང་དུ་བྱུང་རིམ་གྱི་འཕེལ་རྒྱས་ལ་གཞིགས་ན་ཞང་ལིན་ཟཱོ་ཤི་བའི་རྣམ་པ་དེ་བྱུང་རིམ་གྱི་མཐའ་འཕྲས་ཤིག་ཡིན། འོན་ཏེ། འབུར་དུ་ཐོན་ཞིང་གཏིང་ཟབ་པའི་སྒོ་ནས་རང་སྙིང་དུ་འདུས་པའི་བརྗོད་བྱའི་བསྟན་དོན་མཚོན་པར་བྱེད་ཆེད་ལྡོག་ཏེ་བརྗོད་པའི་རྣམ་པ་བཀོལ་ནས། སྲུ་མོ་ཞང་ལིན་ཤི་བའི་བྱུང་རིམ་དེ་བརྩམས་སྒྲུང་གི་འགོར་སྤྲོས་ཤིང་ཁོ་མོ་ནི་མི་རྣམས་ཀྱིས་དགའ་སྤྲོའི་ངང་མ་འོངས་པའི་བདེ་སྐྱིད་ཐོབ་པར་བཀྲ་ཤིས་བདེ་ལེགས་ཞུ་བའི་ཤོག་སྒྲག་འགས་སྒྲའི་ནང་དུ་ཤི་རུ་བཙུག་འདིའི་སྐྱོ་བའི་ཟློས་གར་གྱི་རྣམ་པ་རབ་བརྟགས་བྱས་པ་མ་ཟད། ད་དུང་སྲུ་མོ་ཞང་ལིན་ཅིའི་ཕྱིར་དུ་ཤི་བའི་གནད་དོན་དེ་མངོན་གསལ་དོད་པོས་ཀློག་པ་པོའི་མིག་མདུན་དུ་བཏོན་པ་དང་། མི་རྣམས་ཀྱིས་དགའ་སྟུག་གི་ཚེ་གང་ལ་སེམས་འཁྲུར་མི་བྱེད་རང་དབང་མེད་པར་གྱུར་ལ། དེ་བས་བཀས་བཀོད་རྒྱུད་འཛིན་གྱི་གུས་ལུགས་ཀྱིས་ལས་ལ་བརྩོན་ཞིང་རང་གཤིས་བཟང་བའི་ངལ་རྩོལ་པ་རྣམས་འཁྲུར་མེད་གཏོང་བའི་ནག་ཉེས་ཐེར་འདོན་བྱེད་པའི་བརྗོད་དོན་མཚོན་པར་རྨང་གཞི་བརྟན་པོ་ཞིག་བཏིང་བ་རེད། བརྗོད་བྱའི་བསྟན་དོན་གྱི་འགྱུར་ལྡོག་ལྟར་སྒྲིག་གཞིར་ཡང་འགྱུར་ལྡོག་གཏོང་དགོས། དཔེར་ན། ཐོ་འར་སི་ཐ་ཡིས་བརྩམས་པའི་《སླར་གསོས་》ཞེས་པའི་བརྩམས་སྒྲུང་དེ་དང་ཐོག་

བརྩམས་སྒྲུང་གི་བརྗོད་བྱའི་བསྟན་དོན་ནི་“ནག་ཉེས་ལ་འཁྲུད་སེམས་སྐྱེ་མཁན་”ཞིག་མཚོན་པར་བྱེད་རྒྱུ་དེ་ཡིན་པས། སྒྲུང་རིམ་དང་སྒྲིག་གཞི་གཉིས་ཡང་དེ་ལ་བལྟས་ཏེ་མི་སྣ་གཙོ་བོས་བཤད་པའི་ཚུལ་དུ་དཀྲུས་བཞིན་བརྗོད་པའི་ཐབས་སྤྱོད་པ་ཡིན་མོད། ཕྱིས་སུ་ཁོས་བརྗོད་བྱའི་བསྟན་དོན་ལ་བདེན་གྲུབ་ཀྱི་རིན་ཐང་མེད་པར་མཐོང་ནས་སླར་ཡང་ལོ་འགའི་རིང་དཀའ་སྤྱད་སྡུག་རུས་བྱས་པར་བརྟེན་མཐར་སྤྱི་ཚོགས་ཀྱི་དོན་སྙིང་ཆེན་པོ་ལྡན་པའི་བརྗོད་བྱའི་བསྟན་དོན་ཞིག་སྟེ། ཧྲ་ཧྲོང་སྒེར་གཙོད་ལམ་ལུགས་ལ་དགག་རྒྱག་དང་ཁྲིམས་རྭར་སུན་འབྱིན་བྱེད་པ་དེའི་ཤུགས་ནས་ཧྲ་ཧྲོང་གི་རྒྱལ་ཁབ་ལམ་ལུགས་ཀྱི་རྒྱུ་འབྲས་མིན་པའི་ཕྱོགས་དེ་སུན་འབྱིན་བྱས་ཡོད་པ་མཐོང་ཞིང་། དེ་མཚུངས་སུ་སྒྲིག་གཞིའི་ཐབས་གསར་པ་ཞིག་ཀྱང་རྙེད་པས། ཁོང་གིས་གསུང་པ་ལྟར“ཁྲིམས་རྭའི་ནང་གི་འདྲི་གཙོད་ནས་འགོ་བརྩམས་ན་ལེགས་པ་“དང་”སྦྱར་དུ་བཅའ་ཁྲིམས་ཀྱི་རྫུན་གཏམ་དང་མི་དམངས་རྣམས་ཀྱིས་འདྲི་གཙོད་བྱ་བ་དྲང་གཞག་ཡིན་དགོས་པའི་རེ་བ་སྟོན་ཚུལ་མཚོན་པར་བྱ་དགོས་”ཞེས་པ་དེ་ཡིན། དེར་བརྟེན། སྔ་མའི་དཀྲུས་བཞིན་བརྗོད་པའི་སྒྲིག་གཞི་དེ་ལྡོག་སྟེ་བརྗོད་པའི་སྒྲིག་གཞིར་བསྒྱུར་བ་རེད། དཔེར་ན། བོད་ཀྱི་གནའ་རབས་བརྩམས་ཆོས་ཀྱི་བརྗོད་དོན་གཙོ་བོ་ནི་“བདེན་པ་བཞི་”ལ་སོགས་པའི་སངས་རྒྱས་ཆོས་ལུགས་ཀྱི་ནང་དོན་ཡིན་པས《གཞོན་ནུ་ཟླ་མེད་ཀྱི་གཏམ་རྒྱུད་》དང་《མི་ལ་རས་པའི་རྣམ་ཐར་》སོགས་ལ་ལྟ་སྐབས་དེ་རྣམས་ཀྱི་ཕྱེད་ཀ་ཡན་ཆད་ནི་“བདེན་པ་བཞི་”སྡུག་བསྔལ་བདེན་པ་དང་། ཀུན་འབྱུང་བདེན་པ་སྟེ། སངས་རྒྱས་ཆོས་ལུགས་ཀྱི་མི་ཚེའི་ལྟ་ཚུལ་མཚོན་པ་དང་། ཕྱེད་ཀ་མན་ཆད་ནི་འགོག་པའི་བདེན་པ་དང་ལམ་གྱི་བདེན་པ་སྟེ། སངས་རྒྱས་ཆོས་ལུགས་ཀྱི་སྨྱང་འདས་ལྟ་ཚུལ་མཚོན་ཡོད་པ་དེ་ཡིན། དེའི་ཐོག་ནས་བོད་ཀྱི་སྔོན་བྱོན་མཁས་པ་ཚོས་ཀྱང་རྩོམ་རིག་སྒྲིག་གཞིའི་གཞི་འཛིན་ས་ནི་བརྗོད་དོན་གཙོ་བོ་ཡིན་པ་དང་། སྒྲིག་གཞིས་བརྗོད་དོན་གཙོ་བོ་མཚོན་པར་ཞབས་འདེགས་དང་བསྟི་བཀུར་

བྱེད་དགོས་པའི་རྩོམ་རིག་གི་ཆོས་ཉིད་དང་རྩ་དོན་ལ་བརྩི་སྲུང་བྱས་ཡོད་པ་དེ་གསལ་པོར་མཚོན་ཡོད། བོད་ཀྱི་གནའ་རབས་རྩོམ་རིག་གི་སྒྲིག་གཞི་དང་མི་སྣའི་གཤིས་ཀར་འགྱུར་ལྡོག་བྱུང་བའི་གོ་རིམ་སོགས་འདྲ་པོ་ཡོད་པ་ནི་རྩོམ་རིག་གི་བརྗོད་དོན་གཙོ་བོས་གཏན་འཁེལ་བྱས་པ་ལས་རྩོམ་པ་པོས་ཕན་ཚུན་ལད་ཟློས་བྱས་པ་ཞིག་མིན།

②མི་སྣའི་གཤིས་རྒྱུད་དང་ལས་དབང་གསལ་མཚོན་བྱ་རྒྱུར་སྲུང་བརྩི་ཞུ་དགོས།

མི་སྣ་གསར་བཟོ་བྱེད་པ་ནི་བརྩམས་སྒྲུང་གསར་རྩོམ་གྱི་སྙིང་པོ་ཡིན་ཞིང་། བྱུང་རིམ་གྱིས་མི་སྣ་འབྲི་བར་ཞབས་འདེགས་ཞུ་དགོས་པ་མ་ཟད། ཕྱི་རོལ་མཚོན་པའི་སྒྲིག་གཞི་ཡང་ངེས་པར་དུ་མི་སྣའི་གཟུགས་བརྙན་གསར་བཟོ་བྱེད་རྒྱུར་ཞབས་འདེགས་ཞུ་དགོས། མི་སྣ་ནི་རྩོམ་འབྲི་བྱེད་པའི་ལྟེ་གནད་ཡིན་པ་དང་། མི་སྣར་ཡང་དམིགས་བསལ་གྱི་གཤིས་རྒྱུད་དང་ལས་དབང་ལྡན་དགོས་པ་ཞིག་ཡིན། དེ་ལྟར་མི་སྣའི་གཤིས་རྒྱུད་དང་ལས་དབང་གཞིར་བྱས་ཏེ་བརྩམས་ཆོས་ཀྱི་སྒྲིག་གཞིར་ཞིབ་དཔྱོད་དང་བསམ་གཞིགས་བྱེད་དགོས་པ་ཞིག་ཡིན་ནོ།

③ཆ་ཚང་ཞིང་གཅིག་འདུ་ཞིག་ཡིན་དགོས།

སྒྲིག་གཞི་ནི་སྒྲུང་གཏམ་འགྲུབ་བྱེད་ཀྱི་རྒྱུ་རྐྱེན་ཞིག་ཡིན་པས་ངེས་པར་དུ་ཆ་ཚང་བ་དང་འགྲིག་པ་དང་གཅིག་འདུ་ཞིག་ཡིན་དགོས། མའོ་ཏུན་གྱིས "སྒྲིག་གཞི་ཞེས་པ་ནི་རྩོམ་གྱི་གཟུགས་གཞིར་ཟེར་བ་ཡིན། གཟུགས་གཞི་ཞིག་ཡིན་ན། སྔ་ཕྱི་དང་གོང་འོག་ཚང་མ་ཆ་འགྲིག་པའམ། དོ་མཉམ་ཞིང་གསོན་ཉམས་ལྡན་པ་ཞིག་ཡིན་དགོས། ཆ་འགྲིག་པ་ནི་གཟུགས་གཞིའི་བྱེ་བྲག་གི་མཛེས་པ་དང་། སྤྱིའི་མཛེས་པ་ལ་བཤད་པ་ཡིན། ཡང་ན་གཟུགས་གཞི་ཆ་ཤས་དང་ཆ་ཤས་ཅན་ནི་ངེས་པར་དུ་འགྲུལ་འཛགས་སྐྱོལ་ཞིང་སྦྲབ་མཐུག་སྤྱིལ་མ་བྱེད་དགོས་ཤིང་། བལྟས་ན་གོང་བུ་གཅིག་གྱུར་ཡིན་ལ་ཀུག་ཀྱོག་གཅིག་

ཀྱང་ཡིན་དགོས། དོ་མཉམ་ནི་གཟུགས་གཞིའི་ཕྱོགས་སོ་སོར་རང་ཉིད་ཀྱི་རང་སྐྱ་འཕེར་བའི་རང་བཞིན་ལྡན་ཞིང་ཕན་ཚུན་གྱི་བར་ལ་གནོད་འགལ་ཡང་མེད། ད་དུང་ཕན་ཚུན་ལ་གཞོགས་འདེགས་དང་ཕན་ཚུན་ལ་འབྲེལ་བ་དམ་པོ་བྱེད་དགོས། གསོན་ཉམས་རང་བཞིན་ནི་གཟུགས་གཞིའི་ཕྱོགས་ཆེ་ཆུང་གང་ཡིན་ཡང་ལྷག་འབྱུང་མི་རུང་ཞིང་ཆད་ན་སྒྲིག་གཞི་ཧྲིལ་པོའི་ཡོན་ཏན་ལ་གནོད་སྐྱོན་ཐོར་འགྲོ། དཔེར་ན། རང་བྱུང་ཁམས་ཀྱི་སྲོག་ལྡན་གྱི་ཕུང་གཟུགས་སྟེང་གི་ཡན་ལག་ཆེ་ཆུང་གང་རུང་ཞིག་བཅད་ན་སྲོག་ལྡན་དེ་ཡ་མ་བརླ་རུ་འགྲོ་བ་དང་གཉིས་སུ་མ་མཆིས་སོ"(《རིག་རྩལ་གསར་རྩོམ་སྐོར་གླེང་བ་》)ཞེས་གསུངས་པ་ལྟར་རོ། རྒྱའི་གནའ་རབས་ཀྱི་མཁས་པས་རྩོམ་སྤྱིའི་མཛེས་པ་ལ་དམིགས་ཏེ་"ཁྱུང་གི་མགོ་དང་ཕག་གི་གྲོད་ཁོག གཟིག་གི་མཇུག་མ"ཞེས་དཔེ་འཛུག་བྱས་པ་དང་"ཁྱུང་མགོ་ནི་ཀློས་གར་གྱི་མགོ་དེ་ཁྱུང་མགོ་ནང་བཞིན་མཛེས་ཞིང་ལྷ་ན་སྡུག་པ་ཞིག་ཡོང་བ་དང་། ཕག་གི་གྲོད་ཁོག་ནི་ཀློས་གར་གྱི་བར་དེ་ཕག་གྲོད་ནང་བཞིན་རྒྱགས་ཤིང་ཟེལ་ཆེ་བ་དང་། གཟིག་གི་མཇུག་མ་ནི་ཀློས་གར་གྱི་མཇུག་དེ་གཟིག་ཇ་ནང་བཞིན་ནུས་ཤུགས་ལྡན་ཞིང་སྐད་གསེང་ཆེ་བ་ཞིག་ཡིན་དགོས"(《གློག་བརྙན་འཁྲབ་གཞུང་འབྲི་བའི་སྐོར་གྱི་གནད་དོན་འགའ་》)ཞེས་བརྗོད་པ་དེ་ནི་བཅམས་སྒྲུང་གི་སྒྲིག་གཞི་ལའང་འོས་ཤིང་འཚམས་པ་ཞིག་ཡིན་ནོ།

④བཅམས་ཆོས་ལྷ་སྒྲོག་བྱེད་པའི་མི་རིགས་ཀྱི་གོམས་གཤིས་དང་འོས་མཐུན་བྱེད་དགོས།

མི་རྣམས་ཀྱིས་མཛེས་དཔྱོད་ཀྱི་ལག་ལེན་ཁྲོད་དུ་སྒྲིག་གཞི་ལ་ཡོད་པའི་དགའ་ཁ་འཕྱེར་ཕྱོགས་ཤིག་དང་ཅུང་ཟད་གཏན་ཆགས་ཡིན་པའི་མི་རིགས་ཀྱི་བསམ་པའི་ཡོངས་སྤྱོད་དང་གོམ་གཤིས་ཀྱི་ བླང་བྱ་ཞིག་ཡོད་ལ། དེ་མིན་རྩོམ་ཡུས་མི་འདྲ་བར་སྒྲིག་གཞི་བཀོལ་སྤྱོད་བྱེད་ཐབས་ཡང་མི་འདྲ་བ་རེ་ཡོད་པ་ཡིན་ནོ།

གསུམ་པ། བྱུང་རིམ་དང་སྒྲིག་གཞིའི་འབྲེལ་བ་དང་ཁྱད་པར་སྐོར།

སྒྲིག་གཞི་དང་བྱུང་རིམ་ནི་བརྩམས་སྒྲུང་འགྲུབ་བྱེད་ཀྱི་རྒྱུ་མེད་དུ་མི་རུང་བ་གཉིས་ཡིན་ཞིང་། དེ་གཉིས་ཀྱི་བར་ལ་སྣང་མེད་བྱེད་མི་རུང་བའི་ཁྱད་པར་ཡོད་དེ། ཐོག་མར་སྒྲིག་གཞིས་བཀོད་སྒྲིག་བྱས་པའི་རིགས་ནི་བྱུང་རིམ་ལས་ཆེ་ཞིང་། སྒྲིག་གཞིས་བྱུང་རིམ་བཀོད་སྒྲིག་བྱེད་ལ་ད་དུང་བྱུང་རིམ་མ་ཡིན་པའི་རིགས་ཀྱང་བཀོད་སྒྲིག་བྱེད་དགོས་པའི་ཕྱིར་རོ། དཔེར་ན། གནའ་རབས་ཀྱི་བརྩམས་ཆོས་ནང་ཕལ་ཆེར་སྔོན་འགྲོ་ལྷ་བུའི་སྙན་ཚིག་ཤོ་ལོ་ཀ་འགའ་རེ་བྲིས་ཤིང་། དེའི་ནང་དུ་ཤིས་བརྗོད་དང་བརྩམས་པར་དམ་བཅའ་བ་སོགས་ཡོད། དེ་དག་ནི་སྒྲུང་གི་བྱུང་རིམ་མ་ཡིན་ལ་བྱུང་རིམ་དངོས་དང་འབྲེལ་བའང་མེད་པས་དེ་ནི་བྱུང་རིམ་མ་ཡིན་པའི་རིགས་སུ་གཏོགས་སོ། འོན་ཀྱང་བརྩམས་ཆོས་སྤྱི་ལ་མཚོན་ན་མེད་དུ་མི་རུང་བ་ཞིག་ཡིན། དེ་གཉིས་ཀྱི་ཁྱད་པར་གཙོ་བོ་འདི་འདྲ་འགའ་ཞིག་ཡོད་པ་སྟེ།

1. བྱུང་རིམ་ནི་མི་སྣའི་གཤིས་རྒྱུད་འཕེལ་འགྲུབ་ཀྱི་ལོ་རྒྱུས་ཤིག་ཡིན་ཕྱིན་བརྩམས་ཆོས་ཀྱི་བརྗོད་དོན་འགྲུབ་བྱེད་ཀྱི་རྒྱུ་ཆ་ཞིག་ཡིན་པ་དང་། སྒྲིག་གཞི་ནི་སྒྱུ་རྩལ་གྱི་བྱེད་ཐབས་ཤིག་ཡིན་པ་དང་། དེ་ནི་བརྩམས་ཆོས་ཀྱི་ཕྱིའི་རྣམ་པའི་རྒྱུ་ཆ་ཞིག་ཡིན། དེ་གཉིས་ཀྱི་འབྲེལ་བ་ནི་སྒྲིག་གཞིས་བྱུང་རིམ་འཕེལ་རྒྱས་ཀྱི་དགོས་མཁོར་བསྟུན་དགོས་ལ། བྱུང་རིམ་ཡང་སྒྲིག་གཞི་ངེས་ཅན་ཞིག་ལ་བརྟེན་ནས་མཚོན་དགོས་པ་ཞིག་ཡིན།

2. བྱུང་རིམ་དང་སྒྲིག་གཞིའི་ཁྱད་པར་མངོན་གསལ་དོད་པ་ཞིག་ནི་རྩོམ་རིག་གི་ལུས་མི་འདྲ་བ་མཐའ་དག་གི་ནང་དུ་སྒྲིག་གཞི་ཡོད་པ་ཞིག་ཡིན། འོན་ཏེ། བརྩམས་ཆོས་མཐའ་དག་གི་ནང་དུ་བྱུང་རིམ་ཡོད་པའི་ངེས་པ་མེད། དཔེར་ན། སྙན་ཚིག་ཐུང་གྲས་དང་ལྷུག་རྩོམ་སོགས་ལ་སྒྲིག་གཞི་ཡོད་པ་ལས

བྱུང་རིམ་མེད་པ་ལྟ་བུའོ།

3. བརྩམས་ཆོས་ཀྱི་ནང་དུ་སྒྲིག་གཞི་ནི་བྱུང་རིམ་ལས་ཆེ་བ་ཡོད་པ་ཞིག་ཡིན། སྒྲིག་གཞིས་བརྩམས་ཆོས་ཀྱི་ནང་དོན་མཐའ་དག་བཀོད་སྒྲིག་བྱེད་དགོས་པ་དང་། འོན་ཏེ། བརྩམས་ཆོས་ཀྱི་ནང་དོན་མཐའ་དག་བྱུང་རིམ་གྱི་ནང་དུ་བཀོད་སྒྲིག་བྱེད་ཐུབ་པ་ཞིག་མ་ཡིན། རྒྱུ་མཚན་ནི་བརྩམས་ཆོས་ཤིག་གི་ནང་དུ་ཤེས་བརྗོད་དང་དམ་བཅའ་བ། མཇུག་སྡོམ། རྩོམ་པ་པོའི་གླེང་མོལ། གསལ་བཤད། བར་འཇུག་གི་གཏམ། ངལ་གསོའི་ཚིག ཡུལ་ལྗོངས་འབྲི་བ་སོགས་བྱུང་རིམ་གྱི་ཁོངས་སུ་མི་གཏོགས་པའི་གྲུབ་ཆ་རྣམས་ནི་བརྩམས་ཆོས་ཀྱི་སྒྲིག་གཞི་ཡིན་པ་ལས་བྱུང་རིམ་མ་ཡིན་པའི་ཕྱིར་རོ།

1. བྱུང་རིམ་ཞེས་པའི་གོ་དོན་ཅི་འདྲ་ཡིན་ནམ།
2. བྱུང་རིམ་གྱི་རྩ་བའི་གྲུབ་ཆ་གང་ཡིན་ནམ།
3. སྒྲིག་གཞི་ཞེས་པའི་གོ་དོན་ཅི་ཡིན་ནམ།
4. བྱུང་རིམ་དང་སྒྲིག་གཞི་གཉིས་ཀྱི་འབྲེལ་བ་དང་ཁྱད་པར་ཅི་ཡིན་ནམ།

ས་བཅད་ལྔ་པ། ཟློམ་རིག་གི་སྐད་ཆ་དང་དེའི་ཁྱད་ཆོས་སྐོར།

ཟློམ་རིག་ནི་སྒྱུ་རྩལ་གྱི་རིགས་ཤིག་ཡིན་ཞིང་། དེ་ནི་བརྗོད་བྱེད་ཚིག་གིས་གཟུགས་བརྙན་གསར་བསྐྲུན་བྱེད་པ་ཞིག་དང་དུས་སྐབས་སོ་སོའི་དངོས་ཡོད་གནས་ཚུལ་མཚོན་པ་ཞིག་ཡིན་པས་དེ་ལ་བརྗོད་བྱེད་ཚིག་གི་སྒྱུ་རྩལ་ཡང་ཟེར་བ་ཡིན། དེར་བརྟེན་སྐད་ཆ་ནི་ཟློམ་པ་པོས་སྒྱུ་རྩལ་གྱི་གཟུགས་བརྙན་གསར་བསྐྲུན་བྱེད་པ་དང་སྤྱི་ཚོགས་ཀྱི་འཚོ་བ་ཚུར་སྣང་བྱེད་པར་མེད་དུ་མི་རུང་བའི་ལག་ཆ་ཞིག་ཡིན་ལ། ཟློམ་རིག་གསར་བསྐྲུན་བྱེད་པའི་ནང་དུ་ཟློམ་པ་པོས་འཚོ་བའི་དཔེ་རིས་རེ་རེ་བཞིན་གསོན་ཉམས་ལྡན་ཞིང་། སྐྱེ་སྟོབས་ཀྱི་དཔལ་འབར་བའི་སྒྱུ་རྩལ་གྱི་གཟུགས་བརྙན་མངོན་སུམ་དུ་མཚོན་པར་བྱེད་པར་ངེས་པར་དུ་སྐད་ཆ་ལ་བརྟེན་ནས་གསལ་སྟོན་བྱེད་དགོས་པ་དང་། གལ་སྲིད་སྐད་ཆ་དང་ཁ་བྲལ་ཚེ་ཟློམ་རིག་སྒྱུ་རྩལ་ཟེར་བ་ཡང་ཡོང་ཐབས་བྲལ་བ་རེད། དོན་སྙིང་དེའི་ཐོག་ནས་ཨུ་རུ་སུའི་གྲགས་ཅན་ཟློམ་པ་པོ་ཀོར་ཀིས"ཟློམ་རིག་སྒྱུ་རྩལ་གྱི་གྲུབ་ཆ་དང་པོ་ནི་སྐད་ཆ་ཡིན་"(《གཞོན་ནུ་ཟློམ་པ་པོ་དང་གླེང་མོལ་གནང་བ་》ཤོག་གྲངས་332)ཞེས་གསལ་སྟོན་གནང་ཡོད་པ་རེད། དེ་ནི་ལས་ཀ་ཡག་པོ་སྒྲུབ་འདོད་ན། དང་ཐོག་ལག་ཆ་ཡག་པོ་སྒྲུབ་ཅེས་པའི་དཔེ་བཞིན་གཟབ་ནན་དང་ཧུར་བརྩོན་ཆེན་པོས་སྐད་ཆ་སློབ་སྦྱོང་དང་། སྐད་ཆ་བེད་སྤྱོད་བྱེད་པའི་བྱུང་རྩལ་དང་ནུས་པ་མུ་མཐུད་གོང་མཐོར་གཏོང་རྒྱུ་དེ་ནི་ཟློམ་རིག་གསར་རྩོམ་བྱེད་པར་གལ་ཆེའི་དོན་སྙིང་ལྡན་ཡོད་པ་ཞིག་ཡིན། གཤམ་ལ་ཟློམ་རིག་གི་སྐད་ཆ་དང་མི་དམངས་མང་ཚོགས་ཀྱི་ངག་ཐོག་གི་སྐད་

ཆའི་འབྲེལ་བ་དང་། རྩོམ་རིག་གི་སྐད་ཆའི་ཁྱད་ཆོས། རྩོམ་རིག་གི་སྐད་ཆ་སློབ་སྦྱོང་དང་བཙོ་སྦྱོང་བྱེད་པའི་རེ་བ་སོགས་ཀྱི་སྐོར་དཔྱད་བརྗོད་བྱ་རྒྱུ།

དང་པོ། རྩོམ་རིག་གི་སྐད་ཆ་དང་མི་དམངས་མང་ཚོགས་ཀྱི་ངག་ཐོག་སྐད་ཆའི་འབྲེལ་བའི་སྐོར།

རྩོམ་རིག་སྒྱུ་རྩལ་དང་མི་དམངས་མང་ཚོགས་ཀྱི་ཁ་སྐད་ཀྱི་འབྲེལ་བའི་སྐོར་བརྗོད་པར་སྔོན་ལ་རྩོམ་རིག་གི་སྐད་ཆའི་སྤྱིའི་མཚན་ཉིད་སྐོར་གསལ་བཤད་རགས་ཙམ་བྱེད་དགོས་པ་ཞིག་ཡིན། རྩོམ་རིག་གི་སྐད་ཆར་ཁྱབ་ཆེ་ཆུང་མི་འདྲ་བའི་གོ་དོན་གཉིས་ལྡན་ཡོད་ཅིང་། ཁྱབ་ཆེ་བའི་རྩོམ་རིག་གི་སྐད་ཆ་ཞེས་པ་ནི་མི་རིགས་ཁྱོན་ཡོངས་ཀྱི་སྐད་ཆའི་རྨང་གཞིའི་ཐོག་ཏུ་ལས་སྔོན་བྱུས་ཟིན་པའི་དེབ་ཐེར་ཐོག་གི་སྐད་ཆ་དེ་དག་ཡིན་ལ། དེའི་ནང་དུ་རྩོམ་རིག་གི་སྐད་ཆ་དང་། ཚན་རིག་གི་གསུང་རྩོམ་དང་། ཆབ་སྲིད་ཀྱི་གླེང་རྩོམ་དང་ཚགས་པར་དང་དུས་དེབ་སོགས་དེབ་ཐེར་ཁྱོན་ཡོངས་ཐོག་བེད་སྤྱོད་བྱས་པའི་སྐད་ཆ་དང་། དེ་མིན་ལས་སྔོན་བྱུས་པའི་ངག་ཐོག་གི་སྐད་ཆ་དེ་ཡིན། རྩོམ་རིག་གི་ཐོག་ཏུ་བེད་སྤྱོད་བྱས་པའི་"རྩོམ་རིག་གི་སྐད་ཆའི་"སྤྱིའི་མཚན་ཉིད་ནི་སྤྱིར་བཏང་ཐོག་ཁྱབ་གདལ་ཆེ་བའི་རྩོམ་རིག་གི་སྐད་ཆར་དམིགས་པ་ཞིག་དང་། ཁྱབ་ཆུང་བའི་རྩོམ་རིག་གི་སྐད་ཆ་ཞེས་པ་ནི་སྙན་ཚིག་དང་། ལྷུག་རྩོམ། བརྩམས་སྒྲུང་། འཁྲབ་གཞུང་སོགས་བརྩམས་ཆོས་མི་འདྲ་བའི་ནང་དུ་གསལ་བའི་སྐད་ཆ་དང་། དེ་མིན་མང་ཚོགས་ཀྱིས་ངག་ཐོག་སྐད་ཆ་གསར་བཏོད་བྱེད་པའི་ནང་ལས་སྔོན་བྱུས་པའི་སྐད་ཆ་དེ་དག་ཡིན་ལ། རྩོམ་རིག་གི་རིགས་པའི་གཞུང་ལུགས་ནང་དུ་བརྗོད་པའི་"རྩོམ་རིག་གི་སྐད་ཆ"ཞེས་པ་ནི་སྤྱིར་ཁྱབ་གདལ་ཆུང་བའི་རྩོམ་རིག་གི་སྐད་ཆར་དམིགས་པ་ཞིག་ཡིན།

སྤྱིར་སྐད་ཆ་རིགས་གསུམ་དུ་དབྱེ་ཆོག་སྟེ། གཅིག་ནི་རྩོམ་རིག་གི་སྐད་ཆ་སྟེ། མི་རིགས་སྤྱིའི་ཐུན་མོང་གི་སྐད་ཆ་གཞིར་བྱས་པའི་སྟེང་དུ་ལས་སྦྱོང་བྱས་ཤིང་ཡིག་ཐོག་ཏུ་བཀོད་ཟིན་པའི་ཚད་ལྡན་གྱི་སྐད་ཆ་དེ་དག་ཡིན་པ་དང་། གཉིས་ནི་ལག་བཟའི་སྐད་ཆ་དེ་དག་ནི་དབང་པོ་སྐྱོན་ཅན་ཚོས་བེད་སྤྱོད་བྱེད་པའི་སྐད་ཆ་ཡིན། གསུམ་ནི་ངག་ཐོག་གི་སྐད་ཆ་དེ་དག་ཡིན་ཞིང་དེ་དག་ནི་རོ་ཆེ་ཞིང་ཕུན་སུམ་ཚོགས་ལ་མཚོན་ནུས་ལྡན་པ་ཞིག་ཡིན་ནའང་ལས་སྦྱོན་མ་བྱས་པའི་སྐད་ཆ་ཡིན་རྐྱེན་དེའི་ནང་དུ་ཉག་ཉོག་དང་ཟབ་ཟོབ་ཀྱི་སྐད་ཆ་ཡོད་ལ། བྱེ་བྲག་གི་རང་བཞིན་ཅུང་ཆེ་བའི་ཡུལ་སྐད་དང་། གྲོང་སྐད་ཀྱི་སྐད་ཆ་ཡང་ཡོད་པས་དེ་ཚད་ལྡན་དུ་འཛུག་མི་རུང་། དཔེར་ན། རུག་དྲི་བཏང་ལྷ་བུར་མཆོད་ན། གཡག་ཤོར། ཕྱིན་བཏང་། འོག་རླུང་། གཤང་དབུགས་ལྷ་བུའོ། ཉེ་ལམ་སྐད་ཆ་ར་མ་ལུག་ཤིན་ཏུ་འཕེལ་རྒྱས་འགྲོ་བཞིན་པའི་དུས་འདིར་མི་རིགས་ཀྱི་སྐད་ཆ་ཚད་ལྡན་ཅན་དུ་བསྒྱུར་བཟོ་བྱ་རྒྱུ་ནི་དེ་བས་གལ་ཆེའོ《ལང་གཤེགས》ལས། "མིང་དུ་གདགས་པ་མ་མཛད་ན། འཇིག་རྟེན་ཐམས་ཅད་རྨོངས་པར་འགྱུར། དེ་བས་རྨོངས་པ་བསལ་བའི་ཕྱིར། མགོན་པོས་མིང་དུ་གདགས་པར་མཛད"ཅེས་གསུངས་པ་དང《སྤྱོད་འཇུག》ལས"གོ་ན་སླ་བར་མི་འགྱུར་བ། དངོས་དེ་གང་ཡང་ཡོད་མ་ཡིན"ཞེས་གསུངས་པ་བཞིན་གསར་ཐོན་དངོས་རིགས་རྣམས་ལ་དེའི་ཁྱད་ཆོས་དང་ནུས་པ། བཟོ་དབྱིབས་བཅས་ལ་གཞིགས་ཏེ་ཐ་སྙད་གསར་བཟོ་དང་། གཏན་ལ་ཕབ་ནས་གོམས་པ་བྱེད་རྒྱུ་དེ་ཡང་ཆེས་གལ་ཆེ་བའི་གནད་དོན་ཞིག་ཡིན་ནོ། རྩོམ་རིག་གི་སྐད་ཆར་གཟུགས་སྣང་གི་རང་བཞིན་དེ་ཙ་བའི་ཁྱད་ཆོས་སུ་མངོན་ཞིང་དེས་རི་མོ་དང་ལྡེར་བཟོ། གླུ་གར། གླིག་བརྙན། གྲོ་གར་ནང་བཞིན་མི་རྣམས་ལ་མིག་གིས་སྤྱོད་ཡུལ་དུ་གྱུར་པའི་འཚོ་བའི་དཔེ་རིས་དང་སྣང་ཚུལ་བྱེ་བྲག་པ་ཞིག་འབྲི་མི་ཐུབ་ནའང་སྐད་ཆར་བརྟེན་ནས་གླིག་པ་པོ་རྣམས་ལ་བསམ་ཡན་གྱིས་ཚོར་ཐུབ་པའི་འཚོ་བའི་དཔེ་རིས་དང་སྣང་ཚུལ་བྱེ་བྲག་པ་ཞིག་བསྟན་ཐུབ་ལ།

རྩོམ་རིག་གི་ནང་དུ་ཡང་རྩོམ་ལུས་མི་འདྲ་བར་བརྟེན་དེ་དག་གི་བར་ལའང་ཁྱད་པར་ཡོད་པ་ཞིག་ཡིན། སྙན་ཚིག་གི་སྐད་ཆ་ནི་སྤྱིར་བཅོ་དུང་སྟོན་པའི་སྐད་ཆ་ཡིན་ཏེ། དེའི་རྩ་བའི་ཡོན་ཏན་ནི་བཅོ་དུང་སྟོན་པ་དེ་ཡིན་པས་ཚིག་ཐུང་ཞིང་བསྡུས་པ་དང་། དོན་འདུས་ཤིང་དབྱངས་འགྲོས་དང་ལྡན་པའི་སྐད་ཆར་བརྟེན་ནས་རང་ཉིད་ཀྱི་བསམ་པའི་འགྱུར་བ་ཇི་བཞིན་དུ་མཚོན་པ་ཞིག་ཡིན།

ཚིག་ལྷུག་གི་སྐད་ཆ་ནི་རང་དབང་ཅུང་ཆེ་ཞིང་ལ་ལ་ནི་བཅོ་དུང་སྟོན་པའི་སྐད་ཆ་དང་། འགའ་ཤས་ནི་དོན་བརྗོད་རང་བཞིན་གྱི་སྐད་ཆ་དང་། ཁ་ཅིག་ནི་སྒྲོས་བཤད་རང་བཞིན་གྱི་སྐད་ཆ་ཡིན་པས། བཙམས་སྒྲུང་སྐད་ཆ་ལས་མཛེས་ཤིང་ཞིབ་པ་དང་སྙན་ཚིག་སྐད་ཆ་ལས་རགས་ཤིང་ལྷུན་ཆགས་པ་ཞིག་ཡིན་ནོ།

ཟློས་གར་གྱི་སྐད་ཆ་ནི་མི་སྣའི་སྐད་ཆའི་ཁོངས་སུ་གཏོགས་ཏེ་"ཟློས་གར་གྱི་མི་སྣ་སོ་སོས་རང་ཉིད་ཀྱི་སྐད་ཆ་དང་བྱ་སྤྱོད་ལ་བརྟེན་ནས་རང་ཉིད་ཀྱི་ཁྱད་ཆོས་མཚོན་དགོས་པ་ལས་རྩོམ་མཁན་གྱིས་གསལ་བཤད་བྱེད་མི་དགོས་པ་ཞིག་ཡིན་"(ཀོར་ཀིའི་《ཟློས་གར་འཁྲབ་གཞུང་སྐོར་བཤད་པ་》)དེའི་སྐད་ཆ་ཁ་སྐད་ཁོ་ན་ཡིན་ལ་བྱེད་ལས་ཀྱི་བྱ་སྤྱོད་དེ་མི་སྣའི་སྐད་ཆར་བསྒྱུར་བ་དང་མི་སྣའི་སྐད་ཆ་དེ་བྱ་སྤྱོད་ལ་བསྒྱུར་རྒྱུ་དེ་ཡིན། རྒྱུ་མཚན་དེའི་ཕྱིར་གར་སྟེགས་སྟེང་གི་མི་སྣའི་བྱ་འགུལ་གསལ་བྱེད་ལ་ཉེ་བར་མཁོ་བའི་སྐད་ཆ་ནི་ཆད་ལྷག་མེད་པར་འབྲི་དགོས་པ་ལས་ཉུང་བསྡུས་བྱས་ན་མི་འགྲིག དཔེར་ན། མཚམས་འདྲི་དང་དྲིས་ལན། ཕེབས་དང་བཞུགས་གདན་འཇགས། སྐུ་ཁམས་བཟང་ལྟ་བུའི་སྐད་ཆ་མི་སྣ་མཚོན་བྱེད་ལ་དགོས་པ་ཆུང་ཡང་ཟློས་གར་ལ་མེད་དུ་མི་རུང་བ་ཞིག་ཡིན།

བཙམས་སྒྲུང་གི་སྐད་ཆ་ནི་གོང་སྨོས་དེ་གསུམ་དང་མི་འདྲ་བ་ཞིག་ཡིན། བཙམས་སྒྲུང་གི་སྐད་ཆ་ནི་དོན་བརྗོད་རང་བཞིན་གྱི་སྐད་ཆ་ཡིན་པས་བཅོ་དུང་

སྟོན་པ་དང་སྒྲོས་བཤད་རྒྱག་པའི་ཕན་ནུས་ལྡན་མོད་ཀྱི་དེའི་ཕན་ནུས་གཙོ་བོ་ནི་མི་སྣ། བྱུང་རིམ། ཁོར་ཡུག་བཅས་ལྷུག་བརྗོད་བྱེད་རྒྱུ་དེ་ཡིན་ལ། མི་སྣའི་འཚོ་བའི་སྣང་རིས་དང་བསམ་པའི་འཇིག་རྟེན་ཞིབ་འབྲི་བྱས་ཏེ། ཀློག་པ་པོ་ལ་མི་དེ་དངོས་སུ་མཐོང་བ་དང་། སྒྲ་དེ་དངོས་སུ་ཐོས་པ་དང་། ཡུལ་དེར་དངོས་སུ་སླེབས་པ་ལྟ་བུའི་སྣང་བ་ཞིག་བསྐྱེད་ཐུབ་པ་བྱེད་རྒྱུ་དེ་ཡིན། བརྩམས་སྒྲུང་གི་སྐད་ཆར་སྤྱིར་རྒྱུན་སྤྱོད་ཀྱི་འབྲི་ཐབས་གཉིས་ཡོད་པ་སྟེ། གཅིག་ལ་སྐྲ་འབྲི་ཟེར། སྐྲ་འབྲི་ཟེར་བ་ནི་སྲོལ་རྒྱུན་ལྷ་རིས་ནང་གི་སྣག་རིགས་ཁོ་ནར་བརྟེན་ནས་དཔེ་རིས་འབྲི་བ་ལས་ཆོན་རྩི་མི་གཏོང་བའི་འབྲི་སྟངས་ཤིག་ལ་བཤད་མོད། བརྩམས་སྒྲུང་གི་སྐད་ཆའི་ཆ་ནས་བཤད་ན་རྩོམ་མཁན་གྱིས་སྣག་ཡིག་ཆེས་ཉུང་བསྡུས་ཤིག་ལ་བརྟེན་ནས་མི་སྣ་དང་། ཁོར་ཡུག་གི་གནས་ཚུལ་མཚར་ཆེ་བ་འབྲི་བའི་ཐབས་ཤིག་ལ་བཤད་པ་དང་། སྐྲ་འབྲི་བྱས་ན་ཚིག་ཉུང་ཞིང་བསྡུས་ལ་རྒྱན་གྱིས་མ་སྤྲས་ཀྱང་དོན་དང་ལྡན་པ་ཞིག་ཡིན་དགོས། སྤྱིར་བརྩམས་སྒྲུང་ཐུང་བའི་ནང་སྐྲ་འབྲི་བྱེད་པའི་བྱེད་ཐབས་སྤྱོད་པ་ཅུང་མང་ངོ་།

ཅིག་ཤོས་ལ་ཞིབ་འབྲི་ཟེར། དེ་ཡང་རི་མོའི་སྐོར་གྱི་ཐ་སྙད་ཅིག་ཡིན་ཏེ་ཕྲ་ཞིང་ཞིབ་པ་ཞིག་བྲིས་ཐོག་ཚོན་རྩི་བཏང་བ་ཞིག་ལ་ཟེར། བརྩམས་སྒྲུང་གི་སྐད་ཆ་བྱེད་ཐབས་འདི་སྤྱད་དེ་སྣག་ཡིག་མང་པོས་མི་སྣ་དང་ཁོར་ཡུག་གི་ངང་ཚུལ་ཞིབ་གསལ་ཞིག་འབྲི་རྒྱུ་དེ་ཡིན། འབྲི་ཐབས་དེ་སྤྱིར་བརྩམས་སྒྲུང་རིང་བའི་ནང་བེད་སྤྱོད་བྱེད་པ་མང་ངོ་། བརྩམས་སྒྲུང་ལ་གློས་གར་རྩོམ་རིག་དང་མི་འདྲ་བར་རིང་ཐུང་དང་ཁྲབ་སྟེགས་ཀྱི་ཚོད་འཛིན་མེད་ལ། དུས་ཚོད་དང་ཡུལ་གྱི་ཚོད་འཛིན་ཡང་མེད་པར་རང་དབང་ཅུང་ཆེ་བ་ཞིག་ཡིན།

རྩོམ་རིག་གི་སྐད་ཆ་མཐའ་དག་ནི། དཔེར་ན། ཁྱབ་ཆེ་བའི་རྩོམ་རིག་གི་སྐད་ཆ་ཡིན་ནའང་འདྲ་ཁྱབ་ཆུང་བའི་རྩོམ་རིག་གི་སྐད་ཆ་ཡིན་ནའང་འདྲ། གང་ལྟར་དེ་དག་ཚང་མ་ནི་རང་ཚུགས་སུ་མི་དམངས་མང་ཚོགས་ཀྱི་ངག་ཐོག

སྐད་ཆའི་ཕྱི་རོལ་དུ་གནས་པའི་དམིགས་བསལ་གྱི་སྐད་ཆ་ཞིག་གཏན་ནས་མ་ཡིན་ལ་སྐྱེ་བོ་ཁྱད་འཕགས་ཅན་ཞིག་གིས་གསར་བསྐྲུན་བྱས་པ་ཞིག་ཡང་མ་ཡིན་པར་དེ་ནི་མི་དམངས་མང་ཚོགས་ཀྱི་སྐད་ཆའི་ཐོག་ནས་བྱུང་བ་ཞིག་དང་། མང་ཚོགས་ཀྱི་ཁ་སྐད་ཀྱི་རྨང་གཞིའི་ཐོག་ཏུ་རྒྱུན་ཆད་མེད་པར་བསྒྲིག་བཅད་བཛར་གསུམ་དང་ལས་སྦྱོང་བྱེད་རྒྱུ་བརྒྱུད་ཏེ་བྱུང་བ་ཞིག་ཡིན་པ་མ་ཟད། དུས་ཡུན་རིང་པོའི་ལོ་རྒྱུས་ཀྱི་ཆུ་རྒྱུན་ནང་དུ་རིམ་བཞིན་ལེགས་གྲུབ་དང་ཕུན་སུམ་ཇེ་ཚོགས་དང་འཕེལ་རྒྱས་བྱུང་བ་ཞིག་ཡིན། རྩོམ་རིག་གི་སྐད་ཆའི་འབྱུང་གཞི་ནི་མང་ཚོགས་ཀྱི་ངག་ཐོག་སྐད་ཆ་དེ་ཡིན་པའི་སྐོར་ལ་ང་ཚོས་གནད་དོན་ཕྱོགས་གཉིས་ནས་གསལ་བཤད་བྱེད་ཐུབ། གཅིག ཐོག་མར་མི་རིགས་གང་ཞིག་ལ་མཚོན་ནའང་། མི་རིགས་དེ་གའི་རྩོམ་རིག་གི་སྐད་ཆ་ནི། མི་རིགས་དེའི་མང་ཚོགས་ཀྱི་ངག་ཐོག་སྐད་ཆ་རྨང་གཞི་བྱས་ནས་བྱུང་བ་ཡིན་ལ། སྤྱི་ཚོགས་ཀྱི་འཚོ་བའི་འཕེལ་རྒྱས་དང་མི་དམངས་མང་ཚོགས་ཀྱི་ཁ་སྐད་དེ་རྒྱུན་ཆད་མེད་པར་ཕུན་སུམ་ཚོགས་སུ་འགྲོ་བ་དང་བསྟུན་ནས་རྩོམ་རིག་གི་སྐད་ཆ་དེ་ཡང་རྒྱུན་ཆད་མེད་པར་འཕེལ་རྒྱས་དང་ཕུན་སུམ་ཇེ་ཚོགས་སུ་འགྲོ་ཡི་ཡོད་པ་རེད།

སྐད་ཆ་ནི་མིའི་རིགས་ཕན་ཚུན་འབྲེལ་གཏུགས་བྱེད་པའི་ལག་ཆ་ལྟ་བུ་ཞིག་ཡིན་པ་མ་ཟད། མིའི་རིགས་ཀྱི་འཛིག་རྟེན་འགོ་ཚུགས་པ་ནས་བཟུང་སྐད་ཆ་བྱུང་ལ། དེ་ནི་གདོད་མའི་མི་རྣམས་ཀྱིས་ཐོན་སྐྱེད་ངལ་རྩོལ་བྱེད་པའི་བརྒྱུད་རིམ་ནང་དུ་ཕན་ཚུན་བསམ་བློའི་བརྗེ་དུང་ཕོད་རེས་བྱེད་སྐབས་ལག་བཛ་བྱེད་པའི་རྨང་གཞིའི་ཐོག་ནས་རིམ་བཞིན་གྲུབ་པ་ཞིག་ཡིན། རྗོད་བྱེད་ཚིག་གི་སྒྱུ་རྩལ་ཞེས་པའི་རྩོམ་རིག་བྱུང་བའི་དུས་སུ་ཡང་ངག་ཐོག་གི་སྐད་ཆ་དང་འབྲེལ་བ་དམ་པོ་ཡོད་པ་ཞིག་ཡིན། གདོད་མའི་སྤྱི་ཚོགས་ཀྱི་ནང་དུ་ཐོག་མར་སྟབས་བདེའི་སྐད་ཆ་འགའ་ཞིག་ཐོན་པ་དང་།དེས་ངག་ཐོག་སྐད་ཆའི་ཐོག་ནས་གྲོང་ཚོའི་ནང་གི་ཐོན་སྐྱེད་ཀྱི་ལས་འགུལ་དང་རིག་གནས་ལ་ཞབས

འདིགས་ཞུ་ཡི་ཡོད་པ་རེད། དེ་ལྟར་ཐོག་མའི་སྐབས་བདེའི་ངག་ཐོག་གི་སྐད་ཆ་དེ་དག་གནའ་རབས་ཀྱི་ངལ་རྩོལ་མང་ཚོགས་ཀྱིས་ཐོན་སྐྱེད་འཐབ་རྩོད་བྱེད་པའི་ནང་རྒྱུན་གཏན་གྱི་འཚོ་བའི་ནང་དུ་ཕན་ཚུན་བསམ་བློའི་བརྗེ་དུང་བརྗེ་རེས་བྱེད་པའི་གལ་ཆེའི་ལག་ཆ་ཞིག་ཏུ་གྱུར་བ་མ་ཟད། དེ་དང་ཆབས་ཅིག་ཁོ་ཚོས་རང་ཉིད་ཀྱིས་རེ་འདོད་མངོན་པར་བྱེད་པ་དང་། རྟོག་པ་འོག་འགྱུ་དང་འཆར་སྣང་། ངལ་རྩོལ་གྱི་འཚོ་བ་རྣམས་བསྒྱུར་དུ་ཐོན་པར་བྱེད་པའི་བྱེད་ཐབས་ཤིག་ཏུ་གྱུར་བ་རེད། ཡང་བསྐྱར་གླེང་ན། མིའི་རིགས་ཀྱི་ཆེས་ཐོག་མའི་རྩོམ་རིག་སྒྲུ་རྩལ་གྱི་བྱེད་སྒོ་དེ་ནི་ངག་ལམ་ནས་གསར་གཏོད་བྱས་པ་ཞིག་ཡིན་པས་ངག་ཐོག་ནས་གསར་རྩོམ་བྱས་པ་དེ་དང་འབྲེལ་བ་དམ་ཟབ་ཡོད་པ་ཞིག་ཡིན།

གདོད་མའི་སྤྱི་ཚོགས་ཀྱི་རྩོམ་རིག་ནི་གདོད་མའི་མི་རྣམས་ཀྱིས་ཐོན་སྐྱེད་ངལ་རྩོལ་བྱེད་པའི་བརྒྱུད་རིམ་ནང་དང་རང་བྱུང་ཁམས་ལ་འཐབ་རྩོད་བྱེད་པའི་བརྒྱུད་རིམ་ནང་དུ་འཕེལ་རྒྱས་བྱུང་བ་ཞིག་རེད། རྩོམ་རིག་སྒྲུ་རྩལ་གསར་དུ་བསྐྲུན་པའི་བྱ་བ་དེ་ནི་མི་རྣམས་ཀྱི་དངོས་པོའི་ཐོན་སྐྱེད་ཀྱི་འཚོ་བ་དང་འབྲེལ་བ་དམ་ཟབ་ཡོད་པ་ཞིག་ཡིན། དཔེར་ན《སྲིད་པ་ཆགས་གླུ》ནི་བོད་ཀྱི་གདོད་མའི་སྤྱི་ཚོགས་ཀྱི་དཔེ་མཚོན་གྱི་རང་བཞིན་ལྡན་པའི་རྩོམ་རིག་ཅིག་རེད། དེ་དག་གིས་བོད་གངས་ཅན་གྱི་གདོད་མའི་སྤྱི་ཚོགས་ཀྱི་རྩོམ་རིག་གྲུབ་པ་དང་གདོད་མའི་རྩོམ་རིག་དེ་དག་གིས་གདོད་མའི་མི་རྣམས་ཀྱི་འཚོ་བ་དང་འདུ་ཤེས་འཛིན་སྟངས་མངོན་པར་བྱས་ཡོད་པ་རེད། བོད་ཀྱི་ལོ་རྒྱུས་ཀྱི་དུས་སྐབས་ངེས་ཅན་ཞིག་གི་རིང་ལ་ཆབ་སྲིད་སྒྲུང་ལྡེའུ་བོན་གསུམ་གྱི་བསྐྱངས་པ་ཡིན་ཟེར་བ་དང་། བོད་གནའ་རབས་ཀྱི་གདོད་མའི་སྤྱི་ཚོགས་སུ་བྱུང་བའི་ལྷ་སྒྲུང་གི་རྣམ་པ་ལྡན་པའི་རྩོམ་རིག་རིགས་མི་འདྲ་བ་ཞིག་ཀྱང་རེད། སྐབས་འདི་ལ《མ་སངས་ཀྱི་སྒྲུང་》དང《ཨ་ཆགས་ཆགས་ལ་ཆགས་དགུ》《ཨ་མཚར་མཚར་ལ་མཚར་དགུ》ཞེས་པའི་གླུ་ཡང་བྱུང་ཡོད་པ་རེད། གདོད་མའི་དུས་སུ་བྱུང་བའི་

གླུ་དེ་དག་ནི་བོད་གངས་ཅན་གྱི་ཡུལ་དུ་འཚོ་བར་རོལ་བའི་གདོད་མའི་མི་རྣམས་ཀྱི་ཐུན་མོང་གི་བློ་གྲོས་ལས་བྱུང་བ་ཞིག་ཡིན་ལ། ཁོ་ཚོ་ཐུན་མོང་གིས་གསར་དུ་བསྐྲུན་པའི་ངག་ཐོག་གི་སྙན་ཚིག་ཡང་རེད། ངག་ཐོག་གི་རྩོམ་རིག་དེ་དག་ནི་བོད་གདོད་མའི་རྩོམ་རིག་གི་གྲུབ་ཆ་གལ་ཆེན་ཞིག་ཡིན་པ་དང་། དེས་གདོད་མའི་མི་རྣམས་ཀྱི་འདུ་ཤེས་དང་། བསམ་བློ། དད་མོས་སོགས་མཚོན་ཡོད་པ་རེད། དེ་ལྟར་ངག་ཐོག་ནས་གསར་རྩོམ་བྱས་པའི་སྐད་ཆ་དེ་དག་གིས་བྱ་དངོས་ག་གེ་མོ་ཞིག་དང་ཡང་ན་འཚོ་བ་ག་གེ་མོ་ཞིག་མཚོན་པར་བྱེད་ཕྱིར་དེར་ལས་སྔོན་དང་བཙོ་སྦྱང་བྱེད་དགོས་ཀྱི་ཡོད་པར་བརྟེན་རང་ཉིད་ཀྱི་ཆོས་ཉིད་ལྡན་ཡོད་པ་ཞིག་ཡིན། དེ་ལྟར་སྒྱུར་བཏང་གི་ངག་ཐོག་སྐད་ཆ་དང་བསྒྱུར་ཞིབ་ཅིག་བྱས་ཚེ། དེར་རང་ཉིད་ཀྱི་ཁྱད་ཆོས་ལྡན་ཡོད་པ་རེད་ལ། དེ་ནི་ཆེས་ཐོག་མའི་རྩོམ་རིག་གི་སྐད་ཆ་ཡང་ཡིན། སྤྱི་ཚོགས་ཀྱི་འཚོ་བའི་འཕེལ་རྒྱས་ལ་གཞིགས་ཏེ། མི་རྣམས་ཀྱིས་ཕན་ཚུན་བསམ་བློའི་བརྗེ་དུང་ཤོད་རེས་བྱེད་པ་དང་། ཕྱི་རོལ་ཡུལ་དུ་གནས་པའི་སྣེ་མང་རྙོག་འཛིང་ཆེ་ལ་ཆེས་ཕུན་སུམ་ཚོགས་པའི་བྱ་དངོས་རྣམས་མཚོན་པར་བྱེད་པའི་ངག་ཐོག་གི་སྐད་ཆ་དེ་དག་ཀྱང་རྒྱུན་ཆད་མེད་པར་འཕེལ་རྒྱས་དང་ཕུན་སུམ་ཚོགས་སུ་ཕྱིན་ཡོད་པ་རེད་ལ། ཉིན་བཞིན་རྒྱ་ཆེར་འགྲོ་བའི་སྤྱི་ཚོགས་ཀྱི་འབྲེལ་གཏུགས་དང་ཉམས་མྱོང་། གསོག་འཇོག་བྱེད་པའི་དགོས་མཁོར་གཞིགས་ཏེ། མི་རིགས་ཁག་གི་ནང་དུ་སྔ་རྗེང་དུ་ཡི་གེའི་ཐོག་ནས་སྐད་ཆ་ཕྱོགས་བསྒྲིགས་དང་ཟིན་བྲིས་བྱེད་པའི་ལས་ཀ་བྱས་ཡོད་པ་དང་། ཡི་གེ་བྱུང་བ་ནས་བཟུང་ཆེས་རྒྱ་ཆེ་བའི་སྒོ་ནས་ཁྱབ་སྤེལ་དང་དུས་ཡུན་རིང་པོའི་ནང་དུ་ཉར་ཚགས་བྱེད་ཐུབ་པའི་རང་བཞིན་དེ་བྱུང་བ་རེད། དེ་རྗེས་རྒྱུན་རིང་གི་ལོ་རྒྱུས་འཕེལ་རིམ་ནང་དུ་མི་རྣམས་ཀྱིས་སྐད་ཆའི་སྟེངས་ནས་སྤྱི་ཚོགས་ཀྱི་སྣང་ཚུལ་མི་འདྲ་བ་དང་། རང་འབྱུང་ཁམས་ཀྱི་སྣང་ཚུལ་མི་འདྲ་བ་ལ་ཆེས་རྒྱ་ཆེ་བའི་རྩོམ་འབྲི་བྱེད་ཀྱི་ཡོད་པ་མ་ཟད། འཚོ་བའི་མཛེས་རིག་དང་བསམ་བློའི་བརྗེ་དུང་སོགས་རྩོམ་འབྲི་བྱས་ཡོད་པ་

དང་། དེ་ལྟར་ཚན་རིག་གི་གསུང་རྩོམ་འབོར་ཆེན་ཞིག་ཐོན་ཡོད་པ་རེད། དེ་རིང་ཡིག་ཐོག་གི་སྐད་ཆ་དེ་ཡང་གོ་དོན་རྒྱ་ཆེ་བའི་རྩོམ་རིག་གི་སྐད་ཆའི་གྲུབ་ཆ་གཙོ་བོ་ཞིག་ཏུ་གྱུར་ལ། རྩོམ་རིག་སྐད་ཆ་དེ་དག་ཡང་མི་དམངས་མང་ཚོགས་ཀྱི་ངག་ཐོག་སྐད་ཆ་དང་ཁ་བྲལ་ཞིང་ཁེར་རྐྱང་དུ་གནས་ཐུབ་པའི་དམིགས་བསལ་གྱི་སྐད་ཆའི་རིགས་ཤིག་གཏན་ནས་མ་ཡིན། ལོ་རྒྱུས་ཐོག་ཏུ་བྱུང་བའི་དོན་དངོས་གྲངས་ལས་འདས་པ་ཞིག་གིས་ར་སྤྲོད་བྱེད་ཐུབ་པར། མི་རིགས་གང་ཞིག་གི་ཡིག་ཐོག་གི་སྐད་ཆ་དེ་དག་ནི་མི་དམངས་མང་ཚོགས་ཀྱི་ངག་ཐོག་སྐད་ཆའི་རྨང་གཞིའི་ཐོག་ནས་འཕེལ་རྒྱས་ཕྱིན་པ་ཞིག་ཡིན་པ་མ་ཟད། དེའི་སྐད་གདངས་དང་། ཚིག་མཛོད། བརྡ་སྤྲོད་རིགས་པའམ་སྒྲུམ་རྟགས་སོགས་ཀྱི་འགྲོ་ལུགས་དང་འགྲུབ་གཞི་ཚང་མ་ནི་མི་དམངས་མང་ཚོགས་ཀྱི་ངག་ཐོག་སྐད་ཆ་ལས་འབྱུང་བ་ཞིག་ཡིན་ལ། མི་དམངས་མང་ཚོགས་ཀྱི་ངག་ཐོག་གི་སྐད་ཆ་དེ་དག་ཀུང་རྒྱུན་ཆད་མེད་པར་འཕེལ་རྒྱས་དང་ཕུན་སུམ་ཚོགས་སུ་ཕྱིན་པ་ཞིག་ཡིན། དེར་བརྟེན་སྤྱི་ཚོགས་ཀྱི་འཚོ་བའི་ནང་དུ་མི་རྣམས་ཀྱིས་ཤེས་རྟོགས་དང་དང་ལེན་བྱེད་ཐུབ་པ་བྱུང་ཏེ། སྤྱི་ཚོགས་ཀྱི་མཐུན་འབྲེལ་བྱ་རྒྱུའི་ཐད་ནུས་པ་ཆེ་ཆེར་འདོན་སྤེལ་བྱེད་ཀྱི་ཡོད་པ་རེད།

ལོ་རྒྱུས་ཀྱི་འཕེལ་རྒྱས་དང་འཕོ་འགྱུར་ལ་གཞིགས་ཏེ་ཡིག་ཐོག་གི་སྐད་ཆ་ཁག་གཅིག་དུས་རབས་ཀྱི་དབང་གིས་ཤིན་ཏུ་གོ་ཁག་པར་གྱུར་པའི་མིང་ཚིག་དང་སྐྱེས་སྟོབས་ཀྱི་དཔལ་དེ་ཙམ་མེད་པའི་མངོན་བརྗོད་སོགས་རིམ་བཞིན་མེད་པར་གྱུར་འགྲོ་བ་དང་། ཡང་མི་དམངས་མང་ཚོགས་ཀྱི་ངག་ཐོག་གི་སྐད་ཆའི་ནང་ནས་བྱུང་བའི་སྐྱེས་སྟོབས་ཀྱི་དཔལ་འབར་བའི་སྐད་ཆ་གསར་པ་རིམ་བཞིན་མང་དུ་འགྲོ་གི་ཡོད་རྐྱེན་དེ་དང་དུས་མཚུངས་ཡིག་ཐོག་གི་སྐད་ཆ་གསར་པ་ཞིག་ཐོན་གྱི་ཡོད་པ་རེད།

གཉིས་པ། གྲུབ་འབྲས་ཆེན་པོ་ཐོབ་ཡོད་པའི་རྩོམ་པ་པོ་ཚང་མས་ག་དུས་ཡིན་རུང་ངལ་བར་མི་འཛེམས་པར་འབད་བརྩོན་ཆེན་པོས་མི་དམངས་མང་

ཚོགས་ཀྱི་སྐད་ཆར་སློབ་སྦྱོང་བྱེད་པ་དང་། སྙིང་བཅུད་ལེན་པ་མ་ཟད། མང་ཚོགས་ཀྱི་ངག་ཐོག་སྐད་ཆའི་རྨང་གཞིའི་ཐོག་ཏུ་རྩོམ་རིག་གི་སྐད་ཆ་ཞུན་བདར་བྱས་ཏེ་གསར་དུ་ཐོན་པ་བྱེད་ཀྱི་ཡོད། དཔེར་ན། རྩོམ་པ་པོ་སངས་རྒྱས་རྒྱལ་མཚན་གྱིས་བརྩམས་པའི་《མི་ལ་རས་པའི་རྣམ་ཐར་》དང་《མི་ལའི་མགུར་འབུམ་》མདོ་མཁར་ཚེ་རིང་དབང་རྒྱལ་གྱིས་བརྩམས་པའི་《གཞོན་ནུ་ཟླ་མེད་ཀྱི་གཏམ་རྒྱུད་》ས་སྐྱ་པཎྜི་ཏས་བརྩམས་པའི་《ས་སྐྱ་ལེགས་བཤད་》སོགས་གནའ་རབས་ཀྱི་གྲགས་རྩོམ་དེ་དག་ནང་དུ་མང་ཚོགས་ཀྱི་སྐད་ཆ་འབོར་ཆེན་ཞིག་གི་སྙིང་བཅུད་ཚུར་ལེན་བྱས་ཡོད་ལ། 《གླིང་གེ་སར་རྒྱལ་པོའི་སྒྲུང་》ནང་དེ་བས་ཀྱང་མང་བ་ཞིག་ བླངས་ཡོད་པ་མ་ཟད། བོད་རིགས་ཀྱི་སྐད་ཡིག་གི་ནོར་བུའི་བང་མཛོད་ལྟ་བུ་ཞིག་ཡིན་པ་དང་། གཞུང་ཚད་རྒྱ་ཆེ་ལ། ཚིག་ཚོགས་རྨད་དུ་བྱུང་བའི་སྒྲུ་རྩལ་འདི་ལྟ་བུ་ནི་འཛམ་གླིང་གི་རིག་གནས་གཏེར་མཛོད་ནང་གི་ནམ་ཡང་ཉམས་པར་མི་འགྱུར་བར་འོད་ཟེར་ལྷམ་མེར་འཚེར་བའི་ནོར་བུ་ཞིག་ཡིན། རྩོམ་པ་པོ་དེ་དག་གིས་བོད་རིགས་ཀྱི་རྩོམ་རིག་གི་སྐད་ཆ་ཕུན་སུམ་ཚོགས་དང་འཕེལ་རྒྱས་འགྲོ་རྒྱུར་ལེགས་སྐྱེས་ཕུལ་ཡོད་པ་རེད། མི་དམངས་མང་ཚོགས་ཀྱི་ངག་ཐོག་སྐད་ཆ་དེས་རྩོམ་རིག་སྒྲུ་རྩལ་གྱི་སྐད་ཆ་ཕུན་སུམ་ཚོགས་སུ་འགྲོ་བ་དང་འཕེལ་རྒྱས་འགྲོ་རྒྱུར་གལ་ཆེའི་དོན་སྙིང་ལྡན་ཡོད་པ་ཞིག་ཡིན་རྐྱེན་སྔ་རབས་ནས་བཟུང་ཕུལ་བྱུང་རྩོམ་པ་པོ་རྣམས་ཀྱིས་མི་དམངས་མང་ཚོགས་ཀྱི་སྐད་ཆ་སློབ་སྦྱོང་བྱེད་རྒྱུར་གཙིགས་ཆེན་བྱེད་ཀྱི་ཡོད་པ་རེད། ཀོར་ཀིས"བག་ཆགས་ཀྱི་བུ་ཟླ་དང་། འཁོར་ལོ་གཏོང་མཁན། ཉ་པ། གྲོང་གསེབ་ཀྱི་ཇོན་པ་རྒྱབ་མཁན་དང་དེ་མིན་འཚོ་བ་དབུལ་ཞིང་ཕོངས་པས་མི་རྣམས་ཀྱིས་རྩོམ་རིག་གི་སྐད་ཆ་འཕེལ་རྒྱས་འགྲོ་རྒྱུར་ཤུགས་རྐྱེན་ཆེན་པོ་ཞིག་བཞག་མྱོང་ཡོད་པ་རེད་"(《རྩོམ་རིག་སྒྲུ་རྩལ་སྐོར་གླེང་བ་》ཤོག་གྲངས333－334ལ་གསལ་)ཅེས་གསུངས་ཡོད་པ་རེད།

གོང་སྨོས་ཀྱི་རྒྱུ་མཚན་དེ་དག་ནས་ང་ཚོས་མཐོང་ཐུབ་པར་རྩོམ་རིག

འཕེལ་རྒྱས་འགྲོ་བའི་ལོ་རྒྱུས་དང་ཕྱུལ་བྱུང་རྩོམ་པ་པོ་རྣམས་ཀྱིས་ལག་ལེན་དངོས་ཀྱི་ཉམས་མྱོང་ཐོག་ནས་རྩོམ་རིག་གི་སྐད་ཆ་དེ་ནི་མི་དམངས་མང་ཚོགས་ཀྱི་ངག་ཐོག་སྐད་ཆའི་ནང་དུ་རྩ་བ་གཏིང་ཟབ་པོ་ཞིག་ཚུགས་ཡོད་པ་ར་འཁྲོད་ཅིད་ཐུབ་ལ། ངག་ཐོག་གི་སྐད་ཆ་དེ་ནི་རྩོམ་རིག་གི་སྐད་ཆའི་འབྱུང་ཁུངས་ཡིན་པ་ཡང་དངོས་སུ་ར་འཁྲོད་ཐུབ་པ་ཞིག་ཡིན།

དེས་ན་མི་དམངས་མང་ཚོགས་ཀྱི་ངག་ཐོག་སྐད་ཆའི་འབྱུང་གཞི་གསོན་པོ་དེ་ལས་ཁ་བྲལ་ཚེ། རྩོམ་རིག་གི་སྐད་ཆ་དེ་ཡང་མ་འོངས་པར་སྐམ་པོ་དང་། རིངས་པོར་འགྱུར་འགྲོ་ངེས་ཡིན་རྐྱེན། རྒྱུན་ཆད་མེད་པར་མི་དམངས་མང་ཚོགས་ཀྱི་སྐད་ཆར་སློབ་སྦྱོང་དང་ཞིབ་འཇུག་ སྙིང་བཅུད་ལེན་པ་བཅས་བྱས་ན་གཞི་ནས་རྩོམ་རིག་གི་སྐད་ཆ་དེ་ནམ་ཡང་རྣམ་པ་གསར་ཞིང་སྐྱེས་སྟོབས་ཀྱི་དཔལ་འབར་བ། ཕུན་སུམ་ཚོགས་ཤིང་སྐྱེ་འཕེལ་གྱི་ནུས་པས་ཁེངས་པ་ཞིག་ཡོང་ཐུབ་ངེས་ཡིན་ནོ།

མ་གཞི་རྩོམ་རིག་གི་སྐད་ཆ་དང་མི་དམངས་མང་ཚོགས་ཀྱི་ངག་ཐོག་གི་སྐད་ཆ་དེའི་ལྷ་བུའི་འབྲེལ་བ་དམ་ཟབ་ཡོད་པ་ཞིག་ཡིན་ཡང་རྩོམ་རིག་གི་སྐད་ཆ་དང་མི་དམངས་མང་ཚོགས་ཀྱི་ངག་ཐོག་གི་སྐད་ཆ་དེ་གཅིག་ཏུ་རྩི་བའམ་མཚུངས་རྟགས་རྒྱག་མི་རུང་ངོ་།

མི་དམངས་མང་ཚོགས་ཀྱི་ངག་ཐོག་གི་སྐད་ཆ་དེ་དག་ནི་ཆེས་ཕུན་སུམ་ཚོགས་པ་དང་། གསོན་ཉམས་ལྡན་པ། སྐྱེས་སྟོབས་ཀྱི་དཔལ་འབར་བ། མཚོན་ནུས་ཆེ་ཤོས་ལྡན་ཡོད་པ་ཞིག་ཡིན་ཡང་། དེ་དག་བཙོ་སྦྱང་དང་ལས་སྒྲོན་མ་བྱས་པའི་གོང་དུ་དེ་དག་ནང་ཐབས་ཆགས་དང་ཁ་གསལ་མ་ཡིན་པ། ཁུངས་གཙང་མ་ཡིན་པའི་གྲུབ་ཆ་ལྡན་ཡོད། རྩོམ་པ་པོས་མང་ཚོགས་ཀྱི་སྐད་ཆའི་ནང་ནས་སྙིང་བཅུད་རྣམས་ལེན་དགོས་པ་ལས་སྐབས་བདེ་པོའི་ངང་ནས་ཇི་མ་ཇི་བཞིན་འདྲ་ཕྱིས་བྱེད་རྒྱུ་དེ་མ་ཡིན་པར་ངེས་པར་དུ་གཟབ་ནན་གྱིས་དེ་དག་ལ་དབྱེ་ཞིབ་དང་། གདམ་གསེས་བཅས་བྱས་པ་བརྒྱུད་དེ། གསོན་ཉམས་

ངོ་ཙིང་མཚོན་ནུས་ཆེ་ཤོས་ལྡན་པའི་སྙིང་བཅུད་རྣམས་ལེན་དགོས་པ་རེད། མི་དམངས་མང་ཚོགས་ཀྱི་སྐད་ཆའི་ནང་དུ་ཡུལ་སྐད་དང་འདྲེས་པའི་ཐ་སྙད་མང་པོ་ཞིག་ཚུད་ཡོད་པར་བརྗེན། རྩོམ་པ་པོས་གནས་ཚུལ་མི་འདྲ་བ་ལ་གཞིར་བཟུང་ཏེ་གདམ་གསེས་དང་བཅོ་སྒྱུར་བྱེད་དགོས་པ་ལས། དེ་དག་འགྲུལ་བསྐྱོད་དང་བཟོ་བཅོས་གཏན་ནས་མི་བྱེད་པར་རང་སོར་འཇོག་པའམ་བེད་སྤྱོད་བྱེད་རྒྱུ་མེད་པ་རེད། རྒྱུ་མཚན་ནི་མི་མང་ཆེ་བས་གོ་དོན་ཤེས་ཐུབ་པའི་རྨང་གཞིའི་ཐོག་སྐད་ཆ་བེད་སྤྱོད་བྱ་དགོས་པ་དང་། མི་སྣའི་གཟུགས་བརྙན་གྱི་ཁྱད་ཆོས་མངོན་གསལ་ངོད་པོ་ཡོང་ཕྱིར་དགོས་པའི་དབང་གིས་ཡུལ་སྐད་འགའ་རེ་བེད་སྤྱོད་བྱས་ཆོག་ཀྱང་། གཙོ་བོ་ནི་མི་མང་ཆེ་བས་གོ་ཐུབ་པ་ཞིག་བྱ་དགོས། དཔེར་ན། རྒྱུན་གཏན་སྐད་ཆ་ཤོད་སྐབས"ག་རེ་ཟ""ཨ་ནི། ཨ་ནི།"ཟེར་བ་སོགས་ཁ་རྒྱུན་དུ་འཇགས་ཏེ་མང་པོ་ཤོད་ཀྱི་ཡོད་པས་རྩོམ་རིག་གི་སྐད་ཆའི་ནང་དུ་དེ་ཙམ་བསྐྱར་ཟློས་བྱེད་པའི་དགོས་པ་མེད། གནད་དོན་དེ་དག་ནས་རྩོམ་རིག་གི་སྐད་ཆ་དང་མི་དམངས་མང་ཚོགས་ཀྱི་ངག་ཐོག་སྐད་ཆ་གཉིས་འབྲེལ་བ་དམ་པོ་ཡོད་པ་ཞིག་ཡིན་ཙང་དེ་དག་ལ་དབྱེ་བ་མེད་པ་ཞིག་མ་ཡིན་པས། རྩོམ་རིག་གི་ནང་དུ་སྐད་ཆ་དེ་དག་སྤབས་བདེའི་ངང་ནས་འདྲ་སྦྱིས་དང་འཕོད་བྲིས་བྱེད་རྒྱུ་དེ་མ་ཡིན་པར་ངེས་པར་དུ་དྭངས་སྙིགས་ཕྱེ་བ་དང་ལས་སྒྲོན་བྱེད་པའི་བརྒྱུད་རིམ་ཡོད་དགོས་པ་ཞིག་ཡིན།

རྩོམ་རིག་གི་སྐད་ཆ་ནི་མི་དམངས་མང་ཚོགས་ཀྱི་ངག་ཐོག་སྐད་ཆའི་རྨང་གཞིའི་ཐོག་ཏུ་བཅོ་སྒྱུར་དང་གདམ་གསེས་བྱས་པ་ལས་བྱུང་བ་ཞིག་ཡིན་པ་དང་། དེས་མི་རིགས་རང་ཉིད་ཀྱི་སྐད་ཆ་འཕེལ་རྒྱས་དང་ཕུན་སུམ་ཚོགས་སུ་འགྲོ་བ་དང་སྐད་ཆ་ཚད་ལྡན་ཅན་དུ་བསྒྱུར་རྒྱུར་སྐུལ་འདེད་ཀྱི་ནུས་པ་ཆེན་པོ་ཞིག་ཐོན་གྱིན་ཡོད་པས་མི་རྣམས་ཀྱིས་གཟེངས་སུ་ཐོན་པའི་རྩོམ་པ་པོ་རྣམས"སྐད་ཆའི་མཁས་དབང་ཆེན་མོ"དང"སྐད་ཆའི་སློབ་དཔོན་ཆེན་མོ"ཞིག་ཏུ་རྩིས་ཀྱི་ཡོད་པ་རེད། ཁོ་ཚོས་གསར་བསྐྲུན་གྱི་རང་བཞིན་ལྡན་པའི་ངལ་རྩོལ་

ལ་བརྟེན་ནས་བོད་མི་རིགས་ཀྱི་སྐད་ཆ་ཕུན་སུམ་ཚོགས་སུ་འགྲོ་བ་དང་འཕེལ་རྒྱས་ལ་ལེགས་སྐྱེས་ཆེན་པོ་ཕུལ་ཡོད་པ་དེ་ཡིན།

མི་རྣམས་ཀྱིས་ཕྱི་རོལ་ཡུལ་གྱི་འཛིག་རྟེན་ལ་ངོས་འཛིན་བྱེད་པ་དང་། མི་རྣམས་ཀྱི་བསམ་བློའི་བརྩེ་དུང་དང་སེམས་ཁམས་ཀྱི་འགུལ་བསྐྱོད་སོགས་དེ་དག་ཚང་མ་ནི་སྐད་ཆ་ངེས་ཅན་ཞིག་བེད་སྤྱད་དེ་འགོད་བརྗོད་དང་དཔྱད་གཞི་ཞིག་གྲུབ་པར་བྱེད་ཀྱི་ཡོད། ཨུ་རུ་སུའི་གྲགས་ཅན་རྩོམ་པ་པོ་ཀོར་ཀིས“སྐད་ཆ་ནི་དོན་ དངོས་མཐའ་དག་གི་བསམ་བློའི་ཕྱི་གོས་དེ་ཡིན། འོན་ཀྱང་དོན་དངོས་དེ་དག་གི་རྒྱབ་ཕྱོགས་སུ་སྤྱི་ཚོགས་ཀྱི་དོན་སྙིང་དེ་སྦུངས་བར་བྱུས་ཡོད་ལ། བསམ་བློ་དེ་རིགས་ཚང་མའི་ནང་དུ་རྒྱུ་མཚན་འགའ་རེ་འདུས་ཡོད། གང་ལགས་ཤེ་ན། འགའ་རེས་བསམ་བློ་འདི་ལྟར་ཞིག་ཡིན་པ་ལས་དེ་ལྟར་ཞིག་མ་ཡིན་པ་དེ་རེད། བརྩམས་ཆོས་ཀྱི་དམིགས་ཡུལ་ནི་མངོན་གསལ་དོད་ལ་ཕུན་སུམ་ཚོགས་པོའི་སྒོ་ནས་དོན་དངོས་ཀྱི་ཤོག་གྲུར་དུ་གནས་པའི་སྤྱི་ཚོགས་ཀྱི་འཚོ་བའི་གལ་ཆེའི་དོན་སྙིང་རྩོམ་འབྲི་བྱ་རྒྱུ་དེ་ཡིན། དེར་བརྟེན་ངེས་པར་དུ་ཁ་གསལ་པོ་དང་ཤིང་ཁྲ་འདེམས་བསྡུས་བྱས་པའི་སྐད་ཆ་དང་ཡི་གེ་ཡོད་དགོས་པ་ཡིན་ནོ་(《རྩོམ་རིག་སྐོར་གླེང་བ།》ཞེས་པའི་ཤོག་གྲངས་332ལ་གསལ་)ཞེས་གསུངས་ཡོད་པ་རེད། རྒྱུན་གཏན་གྱི་འཚོ་བའི་ནང་དུ་མི་རྣམས་ཀྱིས་ཕན་ཚུན་གླེང་མོལ་བྱེད་སྐབས་སྤྱིར་བཏང་ཐོག་སྐད་ཆ་གསལ་པོ་དང་ཤེས་རྟོགས་བྱེད་ཐུབ་པ། གསོན་ཉམས་དོད་པ་བཅས་ཀྱི་རེ་བ་བྱེད་ཀྱི་ཡོད་པ་མ་ཟད། སོ་སོས་བརྗོད་དགོས་པའི་གནད་དོན་དེ་དག་མི་གཞན་གྱིས་གསལ་པོ་གོ་ཐུབ་རྒྱུར་བསྒོན་ལེན་བྱེད་ཀྱི་ཡོད་པ་རེད། འོན་ཏེ། རྒྱུན་གཏན་རེ་བ་དེ་རིགས་ནི་ཏ་ཅང་ནན་པོ་ཞིག་མ་ཡིན། རྒྱུ་མཚན་ནི་ནམ་རྒྱུན་འཚོ་བའི་ནང་མི་ཕན་ཚུན་གཏམ་གླེང་བྱེད་སྐབས་སྐད་ཆ་ཤོད་མཁན་རང་ངོས་ཀྱི་ཆ་རྐྱེན་དང་སྐད་ཆ་ཤོད་ཡུལ་གྱི་ཁོར་ཡུག་མི་འདྲ་བའི་དབང་གིས་སྐད་ཆར་བསྒྱུར་བཟློས་མང་བ་དང་། སྙན་འཛེབས་ཀྱི་རོ་བུས་དེ་ཙམ་མེད་པ། བརྡ་སྤྲོད་རིགས་པའམ་སུམ་རྟགས་ཀྱི་

འགྲོ་ལུགས་དང་མི་མཐུན་པའི་གྲུབ་ཆ་འགའ་རེ་ཡོད་སྲིད་ལ། ཕན་ཚུན་གླིང་སྲོལ་བྱེད་པའི་སྐབས་སུ་ཡང་ལག་པའི་ཕྱག་རྒྱ་དང་གདོང་ངོས་ཀྱི་རྣམ་འགྱུར་སོགས་ཀྱི་རོགས་རམ་ལ་བརྟེན་པའི་བྱེད་ཐབས་ཀྱི་ཐོག་ནས་རང་ཉིད་ཀྱི་བསམ་བློ་དེ་མཚོན་པར་བྱེད་ཀྱི་ཡོད། དེར་བརྟེན་ཕན་ཚུན་གླིང་སྲོལ་བྱེད་སྐབས་རྟག་ཏུ་སྐད་ཆ་ཁག་གཅིག་བསྡུས་པའམ་སྐྱུངས་འགྲོ་ཡི་ཡོད། ཡིག་ཐོག་ནས་མཚོན་པར་བྱས་པའི་གསུང་རྩོམ་དང་བརྩམས་ཆོས་དེ་དག་ནི་མི་རྣམས་ཀྱིས་ཕྱི་རོལ་ཡུལ་གྱི་འཇིག་རྟེན་ལ་ངོས་འཛིན་དང་མཚོན་པར་བྱས་པའི་འབྲས་བུ་ཞིག་ཡིན་རྐྱེན་ངེས་པར་དུ་ཟང་ཟིང་ཆེ་བ་དང་བསྐྱར་ཟློས་མང་བ། གསལ་པོ་མ་ཡིན་པ། བརྡ་སྤྲོད་རིག་པ་དང་མི་མཐུན་པའི་གྲུབ་ཆ་རྣམས་དོར་གྱི་ཡོད་པ་རེད།

མདོར་ན། རྩོམ་རིག་གི་སྐད་ཆ་དང་མི་དམངས་མང་ཚོགས་ཀྱི་ངག་ཐོག་གི་སྐད་ཆ་དེ་གཉིས་ཕན་ཚུན་འབྲེལ་བ་དམ་ཟབ་ཡོད་པ་ཞིག་ཡིན་ལ། དེ་གཉིས་ཀྱི་ཁྱད་པར་ཡང་མངོན་གསལ་དོད་པོ་ཡོད་པ་ཞིག་ཡིན། མང་ཚོགས་ཀྱི་ངག་ཐོག་གི་སྐད་ཆ་དང་ཁ་ཐལ་ཚེ། རྩོམ་རིག་གི་སྐད་ཆར་འབྱུང་གཞི་མེད་པ་མ་ཟད། རིམ་བཞིན་སྐྱེ་འཕེལ་གྱི་ནུས་པ་མེད་པར་རེངས་པོར་འགྱུར་འགྲོ་རྒྱུ་དེ་ཡིན་པ་དང་། འགྲུལ་བསྒྲོད་དང་བཟོ་བཅོས་གཏན་ནས་མི་བྱེད་པར་ངག་ཐོག་གི་སྐད་ཆ་རྣམས་ཇི་བཞིན་དུ་བཀོད་པ་དང་། དེར་དགོས་ངེས་ཀྱིས་གདམ་གསེས་དང་བཙོ་སྦྱང་བྱེད་པའི་ལས་སྒོན་མ་བྱས་ཚེ། རྩོམ་རིག་གི་སྐད་ཆའི་ཁྲུངས་གཙང་གི་རང་བཞིན་དང་མཚོན་བྱེད་ཀྱི་ནུས་པར་གནོད་སྐྱོན་ཡོད་པ་མ་ཟད། སྐད་ཆ་ཚད་ལྡན་དུ་འགྱུར་བ་བྱེད་རྒྱུར་ཡང་ཕན་པ་མེད་པ་ཞིག་ཡིན་ནོ།

གཉིས་པ། རྩོམ་རིག་གི་སྐད་ཆའི་ཁྱད་ཆོས་སྐོར།

རྩོམ་རིག་སྒྱུ་རྩལ་གྱི་ཁྱད་ཆོས་ནི་གཟུགས་བརྙན་ལ་བརྟེན་ནས་འཚོ་བ་

མཚོན་པར་བྱེད་ཀྱི་ཡོད་པ་རེད། དེས་ངེས་པར་དུ་ཆེས་ཕུན་སུམ་ཚོགས་པ་དང་། གསོན་ཉམས་ལྡན་པའི་འཚོ་བའི་དཔེ་རིས་འབྲི་བ་དང་། སྒྱུ་རྩལ་གྱིས་ཡིད་འགུགས་པའི་ནུས་པ་ལྡན་དགོས་པ་མ་ཟད། སློག་པ་པོའི་བརྩེ་དུང་གི་ཡུལ་ཁམས་ལ་སེམས་འགུལ་ཐེབས་པ་ཞིག་བྱེད་དགོས། བརྩམས་ཆོས་ཀྱི་སྐད་ཆའི་ཁྱད་ཆོས་ནི་སྤྱིར་བཏང་སྐད་ཆ་དང་བསྡུར་ན་མི་འདྲ་བའི་ཁྱད་ཆོས་ལྡན་ཡོད་པ་ཡིན།

1. སྐད་ཆ་གཟུགས་སྣང་ཅན་དུ་བསྒྱུར་དགོས་པ།

བརྩམས་ཆོས་ཀྱི་སྐད་ཆའི་ཁྱད་ཆོས་གཙོ་བོ་ཞིག་ནི་སྐད་ཆ་གཟུགས་སྣང་ཅན་དུ་བསྒྱུར་རྒྱུ་དེ་ཡིན། རྩོམ་རིག་སྒྱུ་རྩལ་གྱིས་ཕྱི་རོལ་ཡུལ་གྱི་བྱ་དངོས་ཀྱི་ངོ་བོ་རྣམས་མཚོན་པར་བྱེད་དགོས་པ་དང་། འོན་ཏེ་ངོ་བོ་འདི་དག་ནི་དམར་རྗེན་དུ་བརྗོད་པ་ཞིག་མ་ཡིན་པར་དེ་ནི་སྣ་མང་རྣོག་འཛིང་ཅན་གྱི་སྣང་ཚུལ་རྣམས་ཞིབ་ཕྲའི་སྒོ་ནས་རྩོམ་འབྲི་དང་མཚོན་པར་བྱེད་པའི་བརྒྱུད་རིམ་ནང་ནས་རིམ་གྱིས་ངོ་བོ་དེ་དག་གསལ་སྟོན་བྱ་དགོས་པ་རེད། ང་ཚོས་ཤེས་གསལ་ལྟར། སྣང་ཚུལ་རང་ངོས་ལ་ཡང་ཕྱོགས་མང་པོའི་ཐད་ཀྱི་ཞིབ་ཕྲའི་ཁྱད་ཆོས་སྣ་མང་ཚུད་ཡོད་པ་ཞིག་ཡིན། དཔེར་ན། "ཉི་མ" ཅེས་པའི་དངོས་གཟུགས་འདིར་མཚོན་ན་ཤར་ཕྱོགས་ནས་ཤར་བ་དང་། ནུབ་ཕྱོགས་སུ་ནུབ་པའི་འགྱུར་བ་དང་། དུས་ཚོད་ཀྱི་ཐོག་ཞོགས་པ་དང་ཉིན་གུང་། དགོང་དྲོ་སོགས་ཀྱི་འགྱུར་བ་དང་། རིག་བྱའི་ཐད་ཚ་བ་དང་གྲང་བ་སོགས་ཀྱི་ཞིབ་ཕྲའི་ཁྱད་ཆོས་ལྡན་ཡོད་པ་ཞིག་ཡིན། དེར་བརྟེན། རྩོམ་པ་པོས་ཉི་མ་རྩོམ་འབྲི་བྱེད་སྐབས། "ཉི་མ" ཅེས་པའི་ཐ་སྙད་འདི་ཁོ་ན་བེད་སྤྱོད་མ་བྱས་པར་གང་ལ་གང་འཚམས་ཀྱིས་མངོན་བརྗོད་ནང་གི་ཐ་སྙད་འགའ་རེ་བེད་སྤྱོད་བྱས་ན་སྙན་འཇེབས་ཀྱི་རོ་ནུས་ལྡན་པ་ཞིག་ཡོང་ཐུབ་ཀྱི་རེད། དེ་ལྟར་བརྩམས་ཆོས་ནང་དུ་བརྗོད་པར་བྱ་བའི་བྱ་དངོས་གང་ཞིག་ཡིན་རུང་དེར་ཞིབ་ཕྲའི་རྩོམ་འབྲི་བྱས་ཏེ། དེ་དག་ཇི་བཞིན་དུ་སློག་པ་པོའི་འདྲེན་བྱེད་ལམ་དུ་མངོན་སུམ་གསལ་རྗེན་དུ་འདྲེན་

ཐུབ་པ་བྱ་དགོས་སོ། བརྩམས་ཆོས་ཀྱི་སྐད་ཆ་དེ་ངེས་པར་དུ་གཟུགས་སྣང་ཅན་དུ་བསྒྱུར་བའི་དགོས་པ་ནི། ཀློག་པ་པོའི་མིག་ལམ་དུ་རང་ཉིད་ཀྱིས་གཟུགས་དང་སྒྲ་དང་། དྲི། རོ། རེག་བྱ་བཅས་དངོས་སུ་མྱོང་ཐུབ་པ་དང་འཆར་སྣང་སྐྱེ་ཐུབ་པའི་ཕྱིར་དུ་སྐད་ཆ་གཟུགས་སྣང་ཅན་དུ་བསྒྱུར་དགོས། དཔེར་ན། དུང་དཀར་བློ་བཟང་འཕྲིན་ལས་ཀྱིས་མཛད་པའི་སྙན་ངག་ནང་འདི་ལྟར་བྲིས་ཡོད་པ་སྟེ།

"དེ་ཚེ་ཧོར་འཛིན་དགའ་མའི་བཞིན་རས་ལ།
མུན་པའི་གོས་ཀྱིས་སྒྲིབ་པ་གསལ་བའི་ཆེད་
ཉ་རྒྱས་འོད་དཀར་འཕྲོ་བའི་རི་བོང་ཅན་
སྨུར་བའི་འགྲོས་ཀྱིས་གོ་ལའི་མཐའ་ནས་འཁོར་
འོན་ཏང་ཆེས་མྱུར་གོ་ལའི་བང་རྩལ་ལ་
འགྲན་པར་མི་ནུས་སྐྱེངས་པའི་ཟློལ་གྱིས་ནི་
རེས་འགའ་གསལ་ལ་རེས་འགའ་མི་གསལ་བའི་
འཕེལ་འགྲིབ་སྒྱུ་མའི་རོལ་གར་ཅི་ཡང་སྟོན"

(《སྙན་ངག་ལ་འཇུག་ཚུལ་ཚིག་རྒྱན་རིག་པའི་སྒོ་འབྱེད》ཅེས་པའི་ཤོག་གྲངས་51)ཅེས་པ་འདིའི་ནང་གི་སྐད་ཆ་ཕལ་ཆེ་བ་གཟུགས་སྣང་ཅན་དུ་བསྒྱུར་ཡོད་རྐྱེན་ཀློག་པ་པོར་ཐེས་དྲན་སྐྱེད་ཐུབ་པ་དང་། ཟླ་བའི་ཁྱད་ཆོས་ཤིན་ཏུ་གསལ་བ་ཞིག་མཚོན་པར་བྱས་ཡོད། ཡང་《གླིང་གི་སར་རྒྱལ་པོའི་སྒྲུང་》ནང་དུ་

"མི་ཨ་སྟག་ཐུག་མཚོང་མཚོང་གྱིས
ཕྲུད་པ་གཡག་རྐོད་ངར་ངར་གྱིས
དུ་བ་སྤྲོ་སྤྲིན་ཐིབ་ཐིབ་ཀྱིས
ཇ་ཆངས་སྨུག་པ་སྐྱིལ་སྐྱིལ་གྱིས
ཇ་ཞག་སེར་བ་འབབ་འབབ་ཀྱིས

སྐྱེར་བ་ཕོ་རོག་ཡིན་པས་སྔོང་ན་འབར་

རིལ་མ་ཐེའུ་རང་ཡིན་པས་གཏོར་ན་འབར་

ཕྱིན་མ་དགྲ་བོ་ཡིན་པས་གཙུས་ན་འབར་

གཤགས་དཀར་དཔའ་བོ་ཡིན་པས་བརྩིགས་ན་འབར་

ཤུག་པ་གྲོགས་པོ་ཡིན་པས་འཕྱུར་ན་འབར་

མར་རྡོག་རྫོན་པོ་ཡིན་པས་ཆེ་ན་བཟང་

ཚ་སྒོད་དྲོ་མཆོག་ཡིན་པས་རན་ཙམ་ཐོབ་"(《བདུད་འདུལ་》ཤོག་གྲངས་24ལ་གསལ་)ཅེས་པ་དང་ཡང་

"རི་སྣང་ཆེན་ཐེད་ལ་ཉལ་འདྲ་གཅིག་ཡོད་

དེའི་གཡས་སུ་སྦྲུལ་ནག་ཐུར་དུ་རྒྱུགས་འདྲའི་ཟམ་པ་གཅིག་ཡོད་

དེའི་ཕར་སོང་ན་དཀར་པོ་འོ་མ་འདྲ་བའི་མཚོ་ཞིག་ཡོད་

དེར་ཕར་སོང་བའི་རྒྱང་རིང་ཙམ་ན་རི་ཕག་ནག་གི་ཟྭེ་འདྲ་བ་ཞིག་ཡོད་"

ཅེས་པ་ལྟ་བུ་ནི་རྩོམ་རིག་གི་སྐད་ཆ་དེ་རྣམས་གཟུགས་སྣང་ཅན་དུ་བསྒྱུར་བར་བྱས་ཡོད་ལ། དེ་བཞིན་དུ《ཏོར་གླིང་གཡུལ་འགྱེད་》ནང་དུ།

"ཞལ་ངོ་གནམ་ནག་ལང་ལང་། སྤྱན་འབྲས་གློག་དམར་འཚུབ་འཚུབ་"

ཅེས་པ་འདིར་ཞལ་ངོ་སྤྲིན་ནག་གི་གཟུགས་སུ་བཀོད་པ་དང་། སྤྱན་མིག་གློག་དམར་གྱིས་གཟུགས་སུ་བཀོད་དེ་དོན་དམ་དུ་སྣང་དུ་གཡུ་སྟག་དེ་ཉིད་ཁོང་ཁྲོ་ལངས་ཏེ་གདོང་ནག་པོར་གྱུར་བ་དང་། སྤྱན་མིག་ཀྱང་ཁྲོས་པའི་དབང་གིས་དམར་པོར་གྱུར་པའི་རྣམ་འགྱུར་དེ་གསལ་ལེར་བཀོད་ཡོད་པ་རེད། དེ་བཞིན་དུ《བདུད་འདུལ་》ལས།

"སླུ་དེ་ཡི་སླུ་ངོ་མ་ཤེས་ན། ཡིད་མུན་པ་སེལ་བའི་སྒྲོན་མེ་ཡིན

དོན་མི་འཆར་གསལ་བའི་མེ་ལོང་ཡིན་"ཞེས་པ་འདིར་ཡིད་ཀྱི་སྙོངས་པ་དེ་མུན་པའི་གཟུགས་དང་སླུ་འདི་སྒྲོན་མེའི་གཟུགས་སུ་བཀོད་ཅིང་། དོན་མི་འཆར་དེ་ནི་མི་རྟོགས་པ་དེ་གཟུགས་ཀྱི་རྣམ་པའི་གཟུགས་སུ་བཀོད་པ་དང་།

གླུ་དེ་གསལ་བའི་མི་སོང་གི་གཟུགས་སུ་བཀོད་ནས་དོན་གླུ་འདིས་ཡིད་ཀྱི་རྫོངས་པ་སེལ་ཐུབ་པ་དང་མ་རྟོགས་པའི་དོན་གསལ་བར་བྱས་ཡོད་པ་རེད་ལ། ཡང་"ཚིག་ངན་ཅུང་ཡང་མི་སེམས་དགུག །མི་སྡུག་ཆུང་ཡང་རི་བོ་འཚིག"ཅེས་པ་ལྟ་བུར་ཚིག་རྐང་གཉིས་ཀྱིས་ཚན་རིག་དང་མཐུན་པའི་སྒོ་ནས་བྱ་དངོས་གོང་འཕེལ་གྱི་ཆོས་ཉིད་སྤྱི་བསྡོམས་བྱས་ཤིང་། མི་རྣམས་ཀྱིས་དེར་དོགས་ཟོན་བྱེད་དགོས་པའི་ཐ་ཚིག་སྒྲོག་པ་དང་། དེ་ནི་དངོས་འབྲེལ་"ཚིག་ཅུང་གཏམ་གྱི་མེ་སོང་དུ། དོན་མང་གཟུགས་ཀྱི་རྣམ་པ་ཤར"ཞེས་པ་དེ་རང་ཡིན། གོང་སྨོས་ཀྱི་དཔེར་བརྗོད་དེ་དག་གིས་བཅམས་ཆོས་ཀྱི་སྐད་ཆ་དེ་གཟུགས་སྣང་ཅན་དུ་བསྒྱུར་ཡོད་རྐྱེན། ཀློག་པ་པོར་ཚོར་སྣང་གཏིང་ཟབ་ཅིག་འཇོག་ཐུབ་པ་མ་ཟད། སྒྱུ་རྩལ་གྱིས་ཡིད་འགུག་པའི་ནུས་པ་ཆེ་ཆེར་ལྡན་ཡོད་པ་ཞིག་ཡིན་ལ། ལྷག་པར་དུ་སྙན་ངག་གི་རིག་པའི་ནང་དུ་སྐད་ཆ་གཟུགས་སྣང་ཅན་དུ་བསྒྱུར་རྒྱུར་དེ་བས་ཀྱང་གཙིགས་ཆེན་བྱེད་ཀྱི་ཡོད་པ་རེད།

བཅམས་ཆོས་ཀྱི་སྐད་ཆ་དེ་གཟུགས་སྣང་ཅན་དུ་བསྒྱུར་བར་བྱས་ཚེ། ཀློག་པ་པོའི་འདྲེན་ལམ་དུ་བྱ་དངོས་ཇི་བཞིན་དུ་གསལ་སྟོན་བྱེད་ཐུབ་པ་མ་ཟད། མིག་ཤེས་ཀྱི་གཟུགས། སྣ་ཤེས་ཀྱི་གཟུགས། ལྕེ་ཤེས་ཀྱི་གཟུགས་ལ་སོགས་པའི་སྐད་ཆའི་གཟུགས་སྣང་དེ་ཀློག་མཁན་གྱི་ཡིད་ལ་མི་དེ་དངོས་སུ་མཐོང་བའམ་སྒྲ་དངོས་སུ་ཐོས་པའམ། ཡུལ་དེར་རང་ཉིད་དངོས་སུ་སླེབས་པ་ལྟ་བུའི་སྣང་བ་བསྐྱེར་ཐུབ་པོ། རྩོམ་འབྲི་མཁས་དབང་དག་གིས་བཅམས་ཆོས་ཀྱི་སྐད་ཆ་དེ་སྙན་འཇེབས་ཀྱི་རོ་ནུས་ལྡན་ལ་གཟུགས་སྣང་ཅན་དུ་བསྒྱུར་རྒྱུའི་ཐད་ངལ་བར་མི་འཇེམས་པར་འབད་བརྩོན་སྐྱོད་མེད་གནང་ཞིང་གྲུབ་འབྲས་ཀྱང་ལེགས་པོ་ཐོབ་ཡོད་པ་རེད།

བཅམས་ཆོས་སྐད་ཆ་གཟུགས་སྣང་ཅན་དུ་བསྒྱུར་བར་བྱེད་པའི་ཞིབ་ཕྲའི་ཐབས་ཤེས་ཕྱོགས་བསྡུས་ཤིག་བྱས་ན་སྤྱིར་བཏང་ཐོག་ཁག་གཉིས་སུ་དབྱེ་ཆོག་སྟེ། གཅིག་ཐད་ཀར་ཏུ་ཇི་མ་ཇི་བཞིན་དུ་རྗོམ་འབྲི་བྱེད་རྒྱུ་དེ་ཡིན་པ་དང་།

དེ་ནི་བབ་ཆགས་པའི་སྐད་ཆ་བེད་སྤྱད་དེ་འབྲི་བྱའི་ཡུལ་རྣམས་ཐད་ཀར་དུ་རྩོམ་འབྲི་བའི་ཐབས་ཤེས་དེ་ཡིན།

གཉིས་པ། དངོས་པོ་ཞིག་དཔེར་བཀོད་ནས་དངོས་པོ་གཞན་ཞིག་གསལ་བར་བྱེད་པའམ་ཡང་ན་གཞན་བརྒྱུད་དང་བརྒྱུད་ཤུགས་ལ་བརྟེན་ནས་རྩོམ་འབྲི་བྱེད་རྒྱུ་ཡིན་པ་དང་། དེ་ནི་བྱ་དངོས་དེ་དང་འདྲ་བའི་བྱ་དངོས་གཞན་འགའ་ཞིག་གི་ཁྱད་ཆོས་མཉམ་དུ་བསྲེས་པ་དང་། དཔེ་རྒྱན་དང་གཟུགས་རྒྱན་སོགས་ཀྱི་ཐབས་ལ་བརྟེན་ནས་རྩོམ་འབྲི་བྱེད་དགོས་པ་མ་ཟད། བརྩམས་ཆོས་ཀྱི་སྐད་ཆ་དེ་དག་གཟུགས་སྣང་སོགས་ཀྱི་ཐབས་ལ་བརྟེན་ནས་རྩོམ་འབྲི་བྱེད་དགོས་པ་མ་ཟད། བརྩམས་ཆོས་ཀྱི་སྐད་ཆ་དེ་དག་གཟུགས་སྣང་ཅན་དུ་བསྒྱུར་ཐུབ་པའམ་ཚད་གཞི་དེའི་ཐོག་ཏུ་སླེབ་ཐུབ་པའི་དམིགས་ཡུལ་བཅངས་ཏེ་རྩོམ་འབྲི་བྱེད་པའི་ཐབས་ཤེས་དེ་རེད།

སྐད་ཆ་གཟུགས་སྣང་ཅན་དུ་བསྒྱུར་བར་བྱ་རྒྱུ་ནི་མི་སྣའི་ལས་དབང་དང་། འདུན་པ་དང་ལྷག་པར་དུ་མི་སྣའི་གཤིས་རྒྱུད་མཚོན་པར་བྱེད་པ་དང་། མི་སྣའི་གཟུགས་བརྙན་གསར་བསྐྲུན་བྱེད་རྒྱུར་མེད་དུ་མི་རུང་བའི་བྱེད་ཐབས་ཤིག་ཡིན། རྩོམ་རིག་གསར་རྩོམ་གྱི་ནང་དོན་ནི་འཚོ་བའི་སྣང་ཚུལ་འགའ་ཤས་སྣབས་བདེའི་ངང་ནས་གང་དྲན་དུ་འཛོག་པ་ཞིག་མ་ཡིན་པར་སྒྱུ་རྩལ་གྱི་ཐོག་ནས་ཐག་གཅོད་དང་བསྡུ་རུབ་བཀོད་སྒྲིག་བྱས་པ་ལས་བྱུང་བ་དང་། རྩོམ་པ་པོས་བློ་ལ་གང་དྲན་གྱིས་ནང་དོན་བརྩམས་རྒྱུ་མེད་ལ། མི་སྣའི་གཤིས་རྒྱུད་དང་འབྲེལ་མེད་ཀྱིས་ནང་དོན་འགའ་རེས་བཅན་འགེལ་ཡང་བྱེད་རྒྱུ་མེད་པར་མི་སྣའི་གཤིས་རྒྱུད་དང་མཐུན་པའི་གཏན་ཚིག་རིགས་པ་དེས་མི་དང་མིའི་དབར་གྱི་འབྲེལ་བའི་ཆོས་ཉིད་ལ་གཞིགས་ཏེ། བརྗོད་བྱ་གདམ་གསེས་དང་རབ་བཏགས་དང་སྒྲིག་བཀོད་བྱེད་ཀྱི་ཡོད་པ་རེད། དེ་དག་ཚང་མ་སྐད་ཆ་རེ་རེ་བཞིན་ལ་བརྟེན་ནས་སྒྲུབ་དགོས་པ་མ་ཟད། སྐད་ཆ་དེ་དག་ཀྱང་ངེས་པར་དུ་གཟུགས་སྣང་ཅན་དུ་བསྒྱུར་ཏེ་མི་སྣའི་གཤིས་རྒྱུད་མཚོན་པར་བྱེད་དགོས་པ

རེད། དཔེར་ན། རྩོམ་པ་པོ་སངས་རྒྱས་རྒྱལ་མཚན་གྱིས་བརྩམས་པའི་《མི་ལ་རས་པའི་རྣམ་ཐར་》ནང་དུ་ཡུམ་སྐྱང་ཚ་དཀར་རྒྱན་ནི་བློ་བརྟན་འགྱུར་མེད་དང་། གཞན་ལ་མགོ་མི་སྒྲུར་བ། འཐབ་རྩོད་ཀྱི་དཔའ་ཉམས་ལྡན་པ། དཀའ་ཐུབ་ཆེ་བ། སྲུང་སྐྱོང་འཛོམས་པའི་ཕོ་མོའི་གཉིས་རྒྱུད་དང་བྱེད་ཚུལ་རྣམས་ནི་ཕོ་མོའི་སྐད་ཆ་ལས་མཚོན་ཐུབ་པ་ཞིག་ཡིན་ནོ།

རྩོམ་རིག་སྒྱུ་རྩལ་གྱི་བརྩམས་ཆོས་གཅིག་གམ་བརྩམས་དེབ་གཅིག་ལ་མཚོན་ན་རྟག་ཏུ་དེའི་ནང་དུ་བརྗོད་གཞི་དང་། བརྗོད་དོན་གཙོ་བོ། མི་སྣ། བྱུང་རིམ་གྱི་གྲུབ་ཆ་དང་། རྩོམ་ལུགས་སམ་རྩོམ་ཐབས། སྐད་ཆའི་རྣམ་པའི་རྐྱེན་སོགས་ལས་གྲུབ་པར་བྱས་པ་ཞིག་ཡིན་ཞེས་བརྗོད་པ་དང་། ཡང་སྙིང་བརྩམས་ཆོས་ཀྱི་ནང་དུ་གནས་བབ་ཅི་འདྲ་ཞིག་བཟུང་གི་ཡོད་དམ་ཞེ་ན། དེ་ཡང་བརྗོད་བྱ་ནི་བརྩམས་ཆོས་ཀྱི་རྨང་གཞི་ཡིན་པ་དང་། བརྗོད་དོན་གཙོ་བོ་ནི་བརྩམས་ཆོས་ཀྱི་བླ་སྲོག་ཡིན་ཞེས་དང་། མི་སྣ་ནི་བརྩམས་ཆོས་ཀྱི་གཙོ་གནད་ཡིན་ཞེས་དང་། བྱུང་རིམ་ནི་བརྩམས་ཆོས་ཀྱི་ཁྲག་རྩ་ཡིན་ཞེས་དང་། སྒྲིག་བཀོད་ནི་བརྩམས་ཆོས་ཀྱི་རུས་སྒྲོམ་ཡིན་ཞེས་བརྗོད་ན། སྐད་ཆ་ནི་བརྩམས་ཆོས་ཀྱི་ཤ་ཤེད་དེ་ཡིན་ཞེས་བརྗོད་ཆོག མི་གཅིག་ལ་མཚོན་ན་ཤ་ཤེད་མེད་ན་མི་འགྲིག་པ་བཞིན་དུ་བརྩམས་ཆོས་ཡང་སྐད་ཆ་དང་ཁ་བྲལ་ཐབས་གཏན་ནས་མེད་པ་ཞིག་ཡིན། བརྩམས་ཆོས་ཀྱི་བརྗོད་གཞི་དང་། ལྟེ་བའི་བསམ་པ། མི་སྣ་དང་བྱུང་རིམ། སྒྲིག་བཀོད་སོགས་གལ་ཆེན་ཅི་འདྲ་ཞིག་ཡིན་རུང་དེ་དག་ཐམས་ཅད་སྐད་ཆ་དང་བྲལ་ཚེ་མཚོན་ཐབས་གཏན་ནས་མེད་པ་ཞིག་ཡིན། མ་གཞི་རྩོམ་རིག་གི་སྐད་ཆ་ནི་རྣམ་པའི་རྒྱུ་རྐྱེན་ཞིག་ཡིན་རུང་བརྩམས་ཆོས་ཀྱི་གྲུབ་ཆའི་ནང་དུ་ཆེས་གལ་ཆེ་བའི་གནས་བབ་ཅིག་བཟུང་ཡོད་པ་མ་ཟད། སྐད་ཆ་མེད་ན་ནི་བརྩམས་ཆོས་ཡང་ཡོང་མི་ཐུབ་པ་ཞིག་ཡིན་ནོ། དོན་སྙིང་དེའི་ཐོག་ནས་ཨུ་རུ་སུའི་གྲགས་ཅན་རྩོམ་པ་པོ་ཀོར་ཀིས"རྩོམ་རིག་གི་ཐོག་མའི་རྒྱུ་ཆ་ཨང་དང་པོ་ནི་སྐད་ཆ་ཡིན་"ཞེས་གསུངས་ཡོད་པ་རེད། རྩོམ་

པ་པོ་ཞིག་ལ་མཚོན་ན་སྐད་ཆ་བེད་སྤྱོད་བྱེད་པའི་བྱང་རྩལ་ཅི་འདྲ་ཡོད་མེད་དེས། རྩོམ་རིག་གི་བསམ་བློ་དང་སྒྱུ་རྩལ་གྱི་སྒྲུས་ཚད་ལ་ཤུགས་རྐྱེན་ཆེན་པོ་ཡོད་པ་རེད། རྩོམ་པ་པོ་མང་པོ་ཞིག་ལ་"སྐད་ཆའི་དཀའ་སྡུག"དེ་ཡོད་པ་དང་། བསམ་བློ་དང་འཚོ་བའི་མྱོང་གོམས་སོགས་ཀྱི་ཆ་རྐྱེན་འཕྲུས་ཚང་ཞིག་བྱུང་རྗེང"སྐད་ཆའི་དཀའ་སྡུག"དེ་ལས་རྣམ་པར་རྒྱལ་ཐུབ་མིན་ནི་ཏག་པར་བརྩམས་ཆོས་གསར་བསྐྲུན་བྱ་རྒྱུ་དེ་ལེགས་གྲུབ་ཡོང་ཐུབ་མིན་གྱི་འགག་རྩའི་གནད་དོན་ཞིག་ཏུ་འགྱུར་གྱི་ཡོད་པ་རེད། ཨུ་རུ་སུའི་རྩོམ་པ་པོ་ཐོ་འར་སི་ཐ་ཡིས་ཐོག་མར་བརྩམས་ཆོས་གསར་རྩོམ་བྱེད་སྐབས་སྐད་ཆ་ཤེས་པ་བྱེད་རྒྱུའི་དཀའ་ངལ་ལ་ཚོར་སྣང་གཏིང་ཟབ་ཅིག་བྱུང་ཏེ་དུས་སྐབས་གཅིག་གི་རིང་ལ་རྩོམ་རིག་གསར་རྩོམ་བྱ་རྒྱུར་ཡིད་ཐང་ཆད་པ་རེད། ཐེངས་གཅིག་མི་གཞན་གྱིས་ཁྲིམས་ཁང་ནས་ཉེས་ཅན་མིར་ཞུ་བ་ལེན་པའི་ཟིན་ཐྲིས་ཀྱི་དེབ་ཐེར་ཞིག་ཁོང་ལ་ཕུལ་བ་དང་། ཁོང་གིས་ཁ་ཕྱེ་ནས་བལྟ་སྐབས་དེའི་ནང་དུ་ཉེས་ཅན་མི་འདྲ་མིན་སྣ་ཚོགས་ཀྱི་ཞུ་ཚིག་ཟིན་ཐྲིས་བྱས་ཡོད་པ་དང་། དེ་ནི་ཁོང་ལ་ནོར་བུ་ཞིག་བརྙེད་པ་ལྟ་བུའི་དགའ་སྤྲོ་ཆེན་པོ་བྱུང་ལ། རྗེས་སུ་ཁོང་གིས་ནོར་བུ་ལྟ་བུའི་ཞུ་ཚིག་གི་ཟིན་ཐྲིས་དེར་བརྟེན་ནས་ཆེས་ཕུལ་དུ་བྱུང་བ་དང་ལེགས་བསྒྲུབ་ཀྱི་བརྩམས་སྒྲུང་འགའ་ཞིག་བརྩམས་ཐུབ་པ་བྱུང་བ་རེད། དེ་ལྟར་ཀོར་ཀིས་གསུངས་པ་ལྟར"སྐད་ཆ་ནི་རྩོམ་རིག་སྒྱུ་རྩལ་གྱི་མཚོན་ཆ་ཡིན་པ་དེ་ནི་མེ་མདའ་ནི་དམག་མིའི་མཚོན་ཆ་ཡིན་པ་ལྟར་རོ།"ཞེས་གསུངས་ཡོད་པ་རེད། རྩོམ་རིག་ནི་རྫོད་བྱེད་ཚིག་གི་རིག་པ་ཞིག་ཡིན་རྐྱེན་ཚིག་ལ་སྣང་ཆུང་གཏན་ནས་བྱེད་མི་རུང་བ་ཞིག་ཡིན། རྩོམ་པ་པོ་མོ་པོ་སང་གིས་གསུངས་དོན"རྩོམ་པ་པོ་ཞིག་གིས་བྱ་དངོས་ཅི་འདྲ་ཞིག་རྩོམ་འབྲི་བྱས་ནའང་། ཁོང་ལ་ཚིག་འབྲུ་གཅིག་དང་། བྱ་ཚིག་གཅིག་བེད་སྤྱོད་བྱས་ཏེ་འབྲི་ཡུལ་དེ་མངོན་གསུམ་གསལ་རྗེན་དུ་ཐོན་པར་བྱེད་པ་དང་། རྒྱན་ཚིག་གཅིག་བེད་སྤྱོད་བྱས་ཏེ་འབྲི་ཡུལ་གྱི་ངོ་བོ་དེ་མངོན་གསལ་དོད་པོ་ཆགས་པ་ཞིག་བཟོ་དགོས། དེར་བརྟེན་ཚིག་འབྲུ་

དེ་བཙལ་འཚོལ་བྱེད་དགོས་པ་མ་ཟད། བྱ་ཚིག་དེ་དང་རྒྱན་ཚིག་དེ་མ་རྙེད་བར་དུ་འཚོལ་དགོས་པ་ལས་"ཕལ་ཆེར་འགྲིག་གི་རེད་"སྙམ་པས་ཡིད་ངོམས་གཏན་ནས་བྱེད་རྒྱུ་མེད་ལ་གཡོ་ཟོལ་གྱི་ཐབས་ལ་བརྟེན་པ་ཡང་བྱེད་རྒྱུ་མེད་"ཅེས་གསུངས་ཡོད་པ་རེད། དེ་ནས་ང་ཚོས་གྲགས་ཅན་རྩོམ་པ་པོ་དེས་གཟུགས་སྣང་རྩོམ་འབྲི་བྱེད་རྒྱུར་གནད་དུ་འཕིགས་པའི་རང་བཞིན་ལ་དོ་ནན་དང་གཙིགས་ཆེན་ཇི་ལྟར་བྱེད་ཀྱི་ཡོད་མེད་དེ་མཐོང་ཐུབ་པ་ཞིག་ཡིན་ལ་ཁོང་གིས་སྐད་ཆ་བེད་སྤྱོད་བྱ་རྒྱུའི་ཐད་གཟབ་ནན་དང་སླ་བཅོས་སུ་ཙམ་མི་བྱེད་པར་རང་ལ་བླང་བྱ་མཐོ་པོ་ཞིག་བཏོན་གྱི་ཡོད་པ་རེད། སྐད་ཆ་གཟུགས་སྣང་ཅན་དུ་འགྱུར་བར་བྱེད་རྒྱུ་དེ་དང་སྐད་ཆ་བེད་སྤྱོད་བྱ་རྒྱུའི་བྱང་རྩལ་གྱི་དབར་མ་གཞི་འབྲེལ་བ་ངེས་ཅན་ཞིག་ཡོད་རུང་རྩ་བའི་ཐོག་ནས་བཤད་ན། སྙན་ངག་པ་དང་རྩོམ་པ་པོས་འཚོ་བར་ཞིབ་ཕྲའི་བརྟག་དཔྱད་དང་ཉམས་ལེན་བྱེད་རྒྱུ་དེ་ནི་ཐག་གཅོད་ཀྱི་རང་བཞིན་ལྡན་པ་ཞིག་ཡིན་པ་ལས། སྐད་ཆའི་བྱང་རྩལ་ཁོ་ན་རློམ་པ་ཡིན་ན་དེས་ཕན་འབྲས་ཆེན་པོ་ཞིག་ཐོན་མི་ཐུབ་པོ།

2. རྩོམ་རིག་གི་སྐད་ཆ་དེ་གནད་དུ་འཕིགས་པར་བྱེད་རྒྱུའི་སྐོར།

སྐད་ཆ་གཟུགས་སྣང་ཅན་དུ་བསྒྱུར་རྒྱུ་དེ་ནི་རྩོམ་རིག་གི་སྐད་ཆའི་ཁྱད་ཆོས་གཙོ་བོ་ཞིག་ཡིན་ཞེས་བརྗོད་པ་དང་། དེ་ནི་རྩོམ་པ་པོས་རང་འདོད་ཀྱིས་མཛེས་སྤྲུག་ཡིད་འོང་གི་ཚིག་དང་མངོན་བརྗོད། རྒྱན་ཚིག་སོགས་བསྡུ་རུབ་དང་སྤུངས་པར་བྱེད་དགོས་པའི་དོན་སྙིང་དེ་མ་ཡིན། རྩོམ་རིག་གི་སྐད་ཆ་དེ་གཟུགས་སྣང་དང་སྐྱེས་སྟོབས་ཀྱི་དཔལ་འབར་བ་ཞིག་ཡིན་དགོས་པ་མ་ཟད། དེ་དང་ཆབས་ཅིག་གནད་དུ་འཕིགས་པའི་སྐད་ཆའི་སྙིང་བཅུད་རྣམས་བསྡུ་དགོས། རྒྱུ་མཚན་ནི་རྩོམ་རིག་སྒྱུ་རྩལ་བརྩམས་ཆོས་ཀྱིས་འཚོ་བ་དེ་གཟུགས་སྣང་ལ་བརྟེན་ནས་མཚོན་པར་བྱེད་དགོས་ལ། འཚོ་བ་དེ་ཡང་དག་པའི་སྒོ་ནས་མཚོན་པར་ཡང་བྱེད་དགོས། ཡང་དག་པའི་སྒོ་ནས་སྤྱི་ཚོགས་ཀྱི་འཚོ་བ་དེ་མཚོན་པར་བྱེད་དགོས་ན། ངེས་པར་དུ་རྩོམ་རིག་གི་སྐད་ཆའི་གནད་

འཕྱིགས་ཀྱི་རང་བཞིན་ལ་བརྟེན་དགོས་པ་རེད། གནད་དུ་འཕྱིགས་པ་བྱེད་དགོས་ཞེས་པ་ནི་སྐད་ཆ་དེ་གང་ལ་གང་འཚམས་དང་། གནད་དུ་འཁེལ་བའི་སྒོ་ནས་ནོར་སྐྱོན་མེད་པར་ཕྱི་རོལ་ཡུལ་གྱི་བྱ་དངོས་ཀྱི་ཁྱད་ཆོས་དང་། རང་ངོས་ཀྱི་བསམ་བློའི་བརྩེ་དུང་དེ་བརྗོད་བསྒྲགས་བྱེད་པ་དང་རྩོམ་འབྲི་བྱ་དགོས་པ་རེད། དཔེར་ན། འཚོ་བའི་སྣང་ཚུལ་གཅིག་པ་ཡིན་པ་འགའ་ཞིག་ཚིག་མི་འདྲ་བ་སྣ་ཚོགས་ཀྱི་ཐོག་ནས་རྩོམ་འབྲི་བྱས་ཆོག་པ་ཞིག་ཡིན་ཡང་། དེ་དག་གི་ནང་ནས་ཚིག་འབྲུ་གཅིག་གིས་གནད་དུ་འཕྱིགས་པའི་སྒོ་ནས་འཚོ་བ་དེའི་སྣང་ཚུལ་དང་ཁྱད་ཆོས་མཚོན་པར་བྱེད་ཐུབ་ཀྱི་ཡོད་པ་རེད། དེ་ལྟར་རྩོམ་པ་པོའི་ངལ་རྩོལ་གྱི་དཀའ་ཚེགས་རང་བཞིན་དེ་ཡང་ཁོང་གིས་ཚིག་མཛོད་རྒྱ་མཚོ་ལྟ་བུའི་ནང་ནས་ཚིག་དེ་བཙལ་རྙེད་ཐུབ་པ་བྱེད་དགོས་པ་མ་ཟད། བྱ་དངོས་དེ་དག་གནད་དུ་འཕྱིགས་པའི་སྒོ་ནས་རྒྱས་བཤད་དང་རྩོམ་འབྲི་བྱེད་པའི་དམིགས་ཡུལ་དེ་འགྲུབ་པར་བྱེད་དགོས། རྩོམ་པ་པོས་ཡི་གེ་ཉུང་ཉུང་ཞིག་གི་ཐོག་ནས་འཚོ་བའི་ནང་དོན་ཕུན་སུམ་ཚོགས་པོ་དེ་མཚོན་པར་བྱེད་དགོས་ལ། རྒྱ་ཆེའི་ཀློག་པ་པོ་རྣམས་ལ་བསམ་གཞིགས་བྱེད་ཡུལ་རྒྱ་ཆེ་ཞིག་འཛོག་དགོས་པ་དང་། ཀློག་པ་པོ་རྣམས་ཀྱིས་ཡིད་དབང་དུ་མདོར་བསྡུས་ཡིན་ལ་བློ་ཡིད་འཚིམས་པ་དང་། དྲན་གསོ་བྱེད་དུས་གོ་བ་ཟབ་པོ་ཡོད་ལ། སྨྱོང་བའི་བྲོ་བ་ཇོགས་རྒྱུ་མེད་པ་ཞིག་གི་ཚོར་སྣང་སྐྱེ་ཐུབ་པ་ཞིག་བྱེད་དགོས་པ་དེ་ནི "ཚིག་ཉུང་གཏམ་གྱི་མེ་ལོང་དུ། དོན་མང་གཟུགས་ཀྱི་སྣང་བ་ཤར"ཞེས་པའི་དཔེ་ཇི་བཞིན་སྒྲུབ་དགོས་པ་རེད།

རྩོམ་རིག་སྒྱུ་རྩལ་གྱི་བརྩམས་ཆོས་ནི་ཞིབ་བརྙེས་ཚགས་དཀྲོལ་གྱིས་གསར་བསྐྲུན་བྱས་པའི་སྒྱུ་རྩལ་གྱི་བརྩམས་ཆོས་ཤིག་ཡིན་དགོས་པ་མ་ཟད། དེའི་སྐད་ཆ་རྣམས་ཀུང་གང་ཐུབ་ཅི་ཐུབ་ཀྱིས་བཙོ་སྦྱོང་བྱས་པ་ཞིག་ཡིན་དགོས། ཕལ་བྱུང་རྩོམ་པ་པོ་ཞིག་གིས་སྐད་ཆ་ཉུང་ཉུང་ཞིག་ལ་བརྟེན་ནས་མི་སྣའི་གཤིས་རྒྱུད་དང་ཁྱད་ཆོས་དེ་མངོན་གསལ་དོད་ལ་སྐྱེས་སྟོབས་ཀྱི་དཔལ་འབར་

བ་ཞིག་ཏུ་རྩོམ་འབྲི་བྱེད་ཀྱི་ཡོད་པ་རེད། སྐུ་ཞབས་ལུའུ་ཤུན་གྱིས་རང་ཉིད་ཀྱི་སྐད་ཆར་ཞུན་བཏར་བྱེད་པའི་ཉམས་མྱོང་འདི་ལྟར་ཞིག་གསུངས་ཡོད་པ་སྟེ་“བྲིས་ཚར་རྗེས་ཉུང་མཐར་ཡང་ཐེངས་གཉིས་བལྟས་ཐོག ཡོད་ན་འང་འགྲིག་ལ་མེད་ན་འང་འགྲིག་པའི་ཡིག་འབྲུ་དང་། ཚིག་དུམ་བུ་བཅས་གསུབ་གང་ཐུབ་བྱེད་པ་ལས་འཕངས་སེམས་གང་ཡང་བྱེད་རྒྱུ་ཡོད་པ་མ་རེད་”(《ལུའུ་ཤུན་གྱི་གསུང་འབུམ་》དེབ་བཞི་པའི་ཤོག་གྲངས་289ལ་གསལ་)ཅེས་གསུངས་ཡོད་པ་རེད། འཛིག་རྟེན་ཐོག་གི་བྱ་དངོས་ནི་རྙོག་འཛིང་ཆེ་བ་ཞིག་ཡིན་རྐྱེན་བརྩམས་ཆོས་བྲིས་ཚར་རྗེས་ཐེངས་ཁ་ཤས་བལྟ་དགོས་པ་དང་། བརྗོད་བྱའི་ཐད་ངའི་མ་སོ་གཤམ་ཡིན་ཟེར་བ། ལྟ་བུའི་བརྗོད་དོན་གོང་འོག་འགལ་བ་དང་དགོས་པ་གཞན་ཅི་ཡང་མེད་པར་ཨ་ལོང་ཡང་ལོང་གི་ཚུལ་དུ་ལྷུབ་བཤད་མང་བ། ཡིད་གཉིས་ཀྱི་དྲ་བ་གཅོད་མི་ཐུབ་པའི་ཁར་ད་དུང་དོགས་པ་དང་ཐེ་ཚོམ་སྐྱེད་པའི་ངག་ཚིག་དང་། གང་བརྗོད་ཀྱང་ཚིག་སྔ་ཕྱིའི་གོ་རིམ་མི་མཐུན་པར་འཚོལ་བ་དང་། མིང་བརྡ་རྣམས་དག་ཡིག་ཁྲངས་མ་དང་མ་མཐུན་པ། བརྗོད་པར་འདོད་པའི་དོན་གསལ་མཚོན་བྱེད་མི་ཐུབ་པར་ཉ་ཉུང་མཉམ་བསྲེས་བྱས་ཡོད་མེད་ཀྱི་གནད་ཡོད་མིན་སོགས་ལ་བསམ་གཞིགས་དང་མང་ཙམ་བལྟ་དགོས་པ་རེད། སློབ་དཔོན་ཀླུ་སྒྲུབ་ཀྱིས་“ཚིག་རྣམས་བརྗོད་འདོད་རྟག་ཏུ་ནི། ཇི་ལྟར་བརྟག་ཤིང་དེ་ལྟར་སྨྲ། གང་ཞིག་མ་བརྟག་པར་སྨྲ་བ། དཔེར་ན་སྐྱོན་པའི་བསྟན་བཅོས་བཞིན་”(《སྐྱེ་བོ་གསོ་ཐིགས་》ཅེས་པར་གསལ་)ཞེས་གསུངས་པ་དང་། འཇུ་མི་ཕམ་རྒྱ་མཚོས་“མ་བཏབ་གནད་དུ་ཟུག་པའི་མཚོན། མ་འཕུང་ཁོང་དུ་སོང་བའི་སྨན། མ་ཟློས་ཡིད་འཕྲོག་སྙན་སྙིའི་རོ། ཚིག་གི་ཁྱད་པར་རྣམས་ལ་ཡོད་”ཅེས་ཚིག་ནི་དོན་གསལ་བར་བྱེད་པའི་གནད་གལ་ཆེན་པོ་ཞིག་ཡིན་རྐྱེན་རྩོམ་པ་པོས་རང་ཉིད་ཀྱི་བརྩམས་ཆོས་ལ་སྣང་མེད་དང་ཧོད་རྒྱུག་གཏན་ནས་བྱེད་མི་རུང་བར་ཡང་ཡང་བལྟ་དགོས་པ་རེད། བློ་མཐུན་མའོ་ཙེ་ཏུང་གིས་“བརྩམས་ཆོས་ནི་ཕྱི་རོལ་ཡུལ་གྱི་བྱ་བ་དང་

དངོས་པོ་མཚོན་ཡས་ཤིག་ཡིན་པ་དང་། བྱ་བ་དང་དངོས་པོ་ནི་ཀྱག་ཀྱོག་མང་ཞིང་རྙོག་འཛིང་ཆེ་བ་ཞིག་ཡིན་ཙང་ངེས་པར་དུ་ཞིབ་འཇུག་ཡང་ཡང་བྱེད་དགོས་ཀྱི་རེད། དེ་འདྲ་མ་བྱས་ན་ཏག་ཏག་ཅིག་མཚོན་ཐུབ་ཀྱི་མ་རེད། དེའི་ཐད་རྟོད་རྒྱུག་དང་སྔང་མེད་བྱེད་པ་དེ་ནི་བརྩམས་ཆོས་འབྲི་རྒྱུའི་ཤེས་བྱ་མ་མཐའ་ཙམ་ཡང་མི་ཤེས་པའི་རྟགས་རེད་"(《མའོ་ཙེ་ཏུང་གསུང་རྩོམ་གཅེས་བསྡུས》དེབ་གསུམ་པའི་ཤོག་གྲངས་95ལ་གསལ་) ཅེས་གསུངས་ཡོད་པ་རེད། དེ་ལྟར་རྩོམ་རིག་སྒྱུ་རྩལ་གྱི་བརྩམས་ཆོས་རྣམས་ཚིག་སྐྱན་དོན་བཟང་དང་། ཚིག་ཉུང་དོན་ཚང་བ་ཞིག་ངེས་པར་དུ་ཡིན་དགོས། དཔེར་ན《མི་ལའི་མགུར་འབུམ》ནང་འདི་ལྟར་བྲིས་ཡོད་པ་སྟེ"…རེ་ཞིག་ནས་མི་ངམ་གནག་ལ་མིག་རྩ་འཁྲུག་པ། སྐྲ་ཐམས་ཅད་སྤྱི་བོར་བཅིངས་པ། ཐུ་བ་གཡས་གཟེད་དང་གཡོན་གཟེད་བྱས་པ། དགོ་སློག་ཞག་པ་ལ་བརྒྱུད་ནས་ག་ཤ་ལ་དྲངས་པ། ལག་ན་མདའ་གཞུ་ཐོགས་ཤིང་དབུགས་ཁར་འཚངས་པ། རྡུལ་ནག་ཁྲག་ཏུ་ཞམ་མེ་བ་ཞིག་སླེབས་བྱུང་"(《རྣལ་འབྱོར་གྱི་དབང་ཕྱུག་ཆེན་མོ་མི་ལ་རས་པའི་རྣམ་མགུར》ཤོག་གྲངས་434ལ་གསལ་) ཞེས་བྲིས་ཡོད་པ་འདིའི་ནང་ཡི་གེ་ཉུང་ཤས་ཙམ་ལས་བེད་སྤྱོད་བྱས་མེད་ཀྱང་། མི་དེའི་གདོང་མདོག་དང་རྣམ་འགྱུར་ནས་ཕྱིའི་ཆ་བྱད་རྣམས་གསོན་ཉམས་དོད་པོས་མཚོན་པར་བྱས་ལ། སྐད་ཆ་དེ་དག་ནང་ཚིག་རེ་གཏན་ནས་མེད་པར་ཚིག་རྣམས་གནད་དུ་འཕིགས་པ་ཞིག་མཛད་ཡོད་པ་"ངམ་གནག""གཡས་གཟེད་དང་གཡོན་གཟེད""དབུགས་ཁར་འཚངས་པ""ཁྲག་ཏུ་ཞམ་མེ་བ"ཞེས་པའི་ཚིག་དེ་དག་བེད་སྤྱོད་དེ་མི་སྡའི་ཆ་བྱད་དེ་ཤིན་ཏུ་གསལ་བར་སྟོན་པ་དང་། ཚིག་འབྲུ་དེ་དག་ནི་རྩོམ་པ་པོས་སྐད་ཆར་ཞུན་བཏར་བྱས་པའི་འབྲས་བུ་ལས་ཐོན་པ་ཞིག་ཡིན།

རྩོམ་རིག་གི་སྐད་ཆ་ནི་ཚིག་སྐྱན་དོན་བཟང་དང་སྐད་ཆ་དེ་གཅིག་སྡུད་ཡིན་ལ་དོན་མང་མཚོན་ཐུབ་པ་མ་ཟད། དེས་མི་རྣམས་ཀྱིས་གཅིག་ལ་གཅིག་བརྟེན་གྱི་བསམ་བློ་ཕུན་སུམ་ཚོགས་པོ་ཞིག་འཁོར་ཐུབ་ལ། སྤྱོང་བའི་བློ་བ

རྫོགས་རྒྱུ་མེད་པ་དང་རྗེས་དྲན་བྱེད་དུས་གོ་བ་ཟབ་པོ་ཡོད་པ་ཞིག་ཡིན་དགོས།
དེ་ནི་ཀ་ཏ་ཡིས་གསུངས་པ་བཞིན"སྤྱིར་བཏང་ནས་བཤད་ན། ང་ཚོས་རི་མོ་མཁན་གྱིས་བྲིས་པའི་མཛེས་རིས་དང་སྣན་ངག་མཁན་གྱི་སྐད་ཆ་དེ་དག་ཚང་མ་དམ་ཐག་ཆོད་ཅིག་དང་གུ་དོག་ཐག་ཆོད་ཅིག་ཏུ་བལྟ་མི་རུང་། སྒྱུ་རྩལ་ལས་གྲུབ་པའི་བརྩམས་ཆོས་གཅིག་ནི་རང་མོས་དང་བློ་ཁོག་ཆེན་པོའི་སྙིང་སྟོབས་ཀྱིས་གསར་བསྐྲུན་བྱས་པ་ལས་བྱུང་བ་ཞིག་ཡིན་ཙང་། ང་ཚོས་ཡང་གང་ཐུབ་ཅི་ཐུབ་ཀྱིས་རང་མོས་དང་བློ་ཁོག་ཆེན་པོའི་སྒོ་ནས་དེ་ར་གཟིགས་ཞིབ་དང་རོལ་སྒྲོང་བྱེད་དགོས་པ་རེད"(《ཀ་ཏ་ཡི་གླེང་མོལ་གཅིག་སྡུད》ཅེས་པའི་ཤོག་གྲངས་138ལ་གསལ་)ཅེས་གསུངས་ཡོད། རྩོམ་རིག་གི་སྐད་ཆ་ནི་བསམ་བློའི་ཞེན་ཆགས་མཚོན་ཐུབ་པའི་ལག་ཆ་དང་། མི་སྣའི་རང་གཤིས་ཀྱི་ཁྱད་ཆོས་འགྲོལ་ཐུབ་པའི་མེ་ལོང་། མི་སྣའི་སེམས་ཁམས་ཀྱི་འགྱུལ་བསྐྱོད་མངོན་ཐུབ་པའི་སྐའུ་ཁུང་ལྟ་བུ་ཞིག་ཏུ་གྱུར་བར་བྱེད་དགོས་པ་རེད།
3. རྩོམ་རིག་གི་སྐད་ཆ་དེ་རང་མཚན་ཅན་དུ་འགྱུར་བ་བྱ་དགོས།
རྩོམ་རིག་གི་སྐད་ཆ་རང་མཚན་ཅན་དུ་འགྱུར་བར་བྱེད་པའི་ཁྱད་ཆོས་ནི། རྩོམ་རིག་སྒྱུ་རྩལ་གྱི་བྱེ་བྲག་ཅན་དུ་འགྱུར་བར་བྱེད་པའི་ཆོས་ཉིད་ཀྱིས་ཐག་བཅད་པ་ཞིག་ཡིན། རྩོམ་རིག་སྒྱུ་རྩལ་གྱིས་གསར་རྩོམ་བྱས་པའི་ཕྱོན་རྫས་དང་བཟོ་ལས་ཕྱོན་སྐྱེད་ཀྱི་ཕྱོན་རྫས་གཉིས་གཏན་ནས་མི་འདྲ་བ་ཞིག་ཡིན། དེ་ནི་ཚད་གཞི་ཅན་དུ་འགྱུར་བ་ཞིག་མ་ཡིན་པར་བྱེ་བྲག་ཅན་དུ་འགྱུར་བ་བྱེད་པ་དེ་ཡིན། རྩོམ་རིག་གི་སྐད་ཆ་ནི་རྩོམ་པ་པོས་བརྩམས་ཆོས་གསར་བསྐྲུན་བྱེད་པའི་ལག་ཆ་ལྟ་བུ་ཞིག་ཡིན་པ་དང་། རྩོམ་རིག་གི་སྐད་ཆ་རང་མཚན་ཅན་དུ་བསྒྱུར་བ་ནི་བརྩམས་སྒྲུང་གི་སྐད་ཆའི་བླ་སྲོག་ལྟ་བུ་ཞིག་ཡིན་ཞེས་བརྗོད་ཀྱང་ཚོག འདིར་བརྩམས་ཆོས་ཀྱི་སྐད་ཆ་རང་མཚན་ཅན་དུ་བསྒྱུར་བར་བྱ་དགོས་ཞེས་པར་ཕྱོགས་གསུམ་གྱི་གནད་དོན་དང་འབྲེལ་བ་ཡོད་པ་སྟེ། གཅིག བརྩམས་སྒྲུང་ནང་གི་བྱུང་རིམ་གྱི་བྱ་འགུལ་ལ་ཞུགས་པའི་མི་སྣའམ་མི་སྣ་གཙོ་བོའི་སྐད་

ཆ་དེ་རང་མཚན་ཅན་དུ་བསྒྱུར་བ་སྟེ། མི་སྣས་རང་ཉིད་ཀྱི་ལོ་རྒྱུད། གཤིས་རྒྱུད། ཡོན་ཏན། ཐོབ་ཐང་། ཁོར་ཡུག་ངེས་ཅན་འོག་གི་བརྗེ་དུང་དང་མཐུན་པའི་སྐད་ཆ་བཤད་དེ། ཀློག་མཁན་གྱིས་སྐད་ཆའི་ནང་ནས་རྒྱུས་ལོན་པ་ཞིག་བྱེད་དགོས་པ་དང་། འདི་ཕྱོགས་ཀྱི་རང་མཚན་ཅན་དེ་ལ་མི་སྣའི་སྐད་ཆ་རང་མཚན་ཅན་ཟེར་བ་དང་། གཉིས་པ། བྱུང་རིམ་གྱི་བྱ་འགུལ་ལ་ཞུགས་མེད་ཀྱང་ཟུར་རམ་ལོག་ནས(རྩོམ་མཁན་རང་ཉིད་མ་ཡིན་པ་)སྐད་ཆ་ཤོད་མཁན་དེ་དག་གི་སྐད་ཆ། ཤོད་མཁན་དེའི་ལོ་རྒྱུད། ཡོན་ཏན། རང་བཞིན། ཐོབ་ཐང་བཅས་ཀྱི་ཁྱད་ཆོས་དང་མཐུན་པར་བྱ་དགོས་པ་དང་། དེ་ལ་བརྩམས་སྒྲུང་གི་ནང་ནས་ཕྱིར་བུད་པའི་ཤོད་མཁན་གྱི་སྐད་ཆ་རང་མཚན་ཅན་ཟེར་རོ། གསུམ་པ། བརྩམས་སྒྲུང་སྤྱི་ལ་སྤྱོད་པའི་སྐད་ཆ་དེས་རྩོམ་མཁན་གྱི་རང་གཤིས་ཁྱད་ཆོས་དང་། རྩོམ་མཁན་གྱི་ཐུན་མོང་མ་ཡིན་པའི་ཁྱད་ཆོས་མཚོན་རྒྱུ་དེ་ཡིན། དེ་ནི་རྩོམ་མཁན་གྱི་སྐད་ཆ་རང་མཚན་ཅན་ཟེར་རོ།

རྩོམ་རིག་སྒྱུ་རྩལ་གྱི་ནང་དུ་མཚོན་པར་བྱེད་ཡུལ་གཙོ་བོ་ནི་མི་སྣ་ཡིན་ལ་བརྩམས་ཆོས་ཀྱི་གཙོ་གནད་ཡང་མི་སྣ་ཡིན། རྩོམ་རིག་གི་སྐད་ཆ་རང་མཚན་ཅན་དུ་བསྒྱུར་བའི་ཁྱད་ཆོས་མངོན་གསལ་དོད་ཤོས་ནི་མི་སྣའི་སྐད་ཆ་རང་མཚན་ཅན་དུ་བསྒྱུར་དགོས་པ་དེ་རེད། མི་སྣའི་སྐད་ཆ་ནི་མི་སྣའི་ལོ་རྒྱུས་དང་གནས་བབ། ཁོར་ཡུག་སོགས་ཀྱི་ནང་ནས་གྲུབ་དགོས་པ་དང་། འཛིག་རྟེན་འདིའི་ཐོག་མི་གཉིས་ཀྱི་ལོ་རྒྱུས་དང་ཁོར་ཡུག་གཅིག་མཚུངས་བྱུས་པ་ཞིག་མེད་པ་མ་ཟད། འཛིག་རྟེན་འདིའི་ཐོག་མི་གཉིས་ཀྱིས་བཤད་པའི་སྐད་ཆ་ཐད་དེ་གཅིག་པ་བྱུས་པ་ཞིག་ཀྱང་མེད། དེས་ན། མི་སྣའི་སྐད་ཆ་རང་མཚན་ཅན་དུ་བསྒྱུར་བར་བྱེད་པའི་ནང་དོན་ཅི་འདྲ་ཞིག་ཡིན་ཞེ་ན། མི་སྣའི་སྐད་ཆ་དེ་མི་སྣ་དགའི་འབྱུང་ཁུངས་དང་། ལོ་རྒྱུས། ལས་གནས་སོགས་དང་ཅི་ནས་ཀྱང་འཚམས་པ་ཞིག་དང་མཐུན་པ་ཞིག་བྱེད་དགོས་ལ། མི་སྣའི་སྐད་ཆ་དེ་མི་སྣའི་སྤྱི་ཚོགས་ཀྱི་གནས་བབ་དང་། མི་སྣའི་སློབ་སྦྱོང་དང་སྦྱོང་བརྡར་ཐེབས་ཚད

སོགས་དང་ཅི་ནས་ཀྱང་མཐུན་པ་དང་འཚམས་ཐུབ་པ་བྱེད་དགོས་པ་དེ་རེད། དེ་མིན་རྩོམ་རིག་གི་མི་སྣའི་སྐད་ཆ་དེ་མི་སྣའི་གཤིས་རྒྱུད་ཀྱི་ཁྱད་ཆོས་དང་མཐུན་པར་བྱེད་དགོས། གཤིས་ཀ་མེད་པའི་མི་སྣ་ནི་ཤུགས་ཉམས་པ་ཞིག་ཡིན་པ་དང་། མི་སྣའི་གཤིས་རྒྱུད་ནི་བརྩམས་བྱའི་དཔེ་མཚོན་གྱི་ཁོར་ཡུག་དང་དཔེ་མཚོན་དོན་རྐྱེན་ནང་གི་འགལ་བ་སྣ་ཚོགས་ཀྱི་ཕྱོགས་ནས་སྟོན་ཆོག་ལ། མི་དང་རང་ཉིད་དབར་གྱི་འགལ་བའི་ནང་ནས་ཀྱང་སྟོན་ཆོག་པ་ཞིག་ཡིན་པ་མ་ཟད། མི་སྣ་རང་ཉིད་ཀྱི་སྐད་ཆའི་ཐོག་ནས་ཀྱང་སྟོན་ཆོག་པ་ཞིག་ཡིན། རྩོམ་པ་པོས་མི་སྣ་དག་ཀླད་པའི་ནང་དུ་སྐྱེ་གྲུབ་བྱུང་མཚམས་སུ་ཁོ་ཚོ་ནི་རང་ཚུགས་རང་བཞིན་དང་སྐྱེ་སྐྱོབས་ཀྱི་ནུས་པ་ལྡན་པ་ཞིག་ཡིན་དགོས་པ་དང་། ཁོ་ཚོའི་ལས་དབང་དེ། རང་ཉིད་ཀྱི་གཤིས་རྒྱུད་ལ་གཞིགས་ནས་འཕེལ་རྒྱས་གཏོང་དགོས་པ་བཅས་བྱ་དགོས་པ་ལས་རྩོམ་པ་པོས་རང་ཉིད་ཀྱི་འདྲི་བྱའི་མི་སྣ་དག་ལ་བཙན་ཤེད་ཀྱིས་གཤིས་ཀ་དང་ལྟོག་འགལ་གྱི་བྱ་སྤྱོད་སྤེལ་དུ་འཇུག་རྒྱུ་མེད་ལ། མི་སྣའི་གཤིས་རྒྱུད་དང་འགལ་བའི་སྐད་ཆ་ཡང་ཤོད་དུ་འཇུག་རྒྱུ་མེད། དེ་ལྟར་མི་སྣའི་སྐད་ཆ་དེ་མི་སྣའི་གཤིས་རྒྱུད་ཀྱི་ཁྱད་ཆོས་དང་མཐུན་པར་བྱེད་དགོས་པ་དེ་ཡིན། དཔེར་ན། མི་ལའི་མགུར་འབུམ་ནང་དུ་མི་ལ་རས་པས་རང་གི་སློབ་མ་འམ། རྩོད་ཟླ། ཡོན་བདག་བཅས་དང་ཞལ་ཏ་དང་དྲི་ལན་མཛད་སྐབས་གསུངས་པ་དང་། ཆོས་འཆད་སྐབས་གསུངས་པ་དེ་དག་ནས་མི་ལ་རས་པའི་གཤིས་རྒྱུད་གསལ་བར་མཚོན་པ་དང་། མི་ལ་རས་པ་ནི་དཀའ་བ་ཐུབ་ཅིང་སྙིང་རུས་དང་ལྡན་པའི་སྐྱེས་བུ་ཞིག་ཡིན་པས། ཁོང་གིས་མཆོག་གསུམ་ལ་གཡོ་བ་མེད་པའི་དད་པ་དང་། འཁོར་བ་ལ་ཞེན་པ་ལོག་པའི་འདུན་མ་བཅངས་ནས་ཟས་གོས་ངན་ངོན་ཙམ་གྱིས་འཚོ་བ་རྟོལ་བ་སོགས་མི་ལ་རས་པའི་གཤིས་རྒྱུད་ཀྱི་ཁྱད་ཆོས་དེ་དག་མི་ལ་རས་པའི་སྐད་ཆའི་ནང་ནས་གསལ་པོར་རིག་ཐུབ་པ་ཞིག་ཡིན།

མདོར་ན། མི་སྣའི་སྐད་ཆ་རང་མཚན་ཅན་དུ་བསྒྱུར་དགོས་ཞེས་པ་ནི།

མི་སྣའི་སྐད་ཆ་དེ་མི་སྣའི་དམིགས་བསལ་གྱི་འབྱུང་ཁུངས་དང་། ལོ་རྒྱུས། ལས་གནས། སྤྱི་ཚོགས་ཀྱི་གནས་ཐབ། སློབ་སྦྱོང་། བསམ་པའི་འཆར་ཚུལ་དང་། གཤིས་རྒྱུད་ཀྱི་ཁྱད་ཆོས་དང་མཐུན་པར་བྱེད་དགོས་པ་ལས་ལྡོག་འགལ་གྱི་སྐད་ཆ་བརྗོད་དུ་འཇུག་རྒྱུ་མེད་པ་དེ་ཡིན། དེ་ཡང་རྩོམ་པ་པོ་ལའོ་ཧྲེས་གསུངས་པ་བཞིན་"ང་ཚོས་མི་སྣར་གཤིས་རྒྱུད་དང་། ལས་གནས། རིག་གནས་ཀྱི་ཚུ་ཚད་མི་འདྲ་བ་སོགས་ཡོད་རྐྱེན། ཁོ་ཚོའི་སྐད་ཆར་ག་འདྲ་བྱས་ནའང་རྩོམ་པ་པོས་བརྒྱ་ཁ་གཅིག་གཅོད་ཀྱིས་ཚང་མར་སྐད་ཆའི་བཤད་ཉམས་གཅིག་ལྟར་བེད་སྤྱོད་གཏོང་རྒྱུ་མེད་ལ། ཤོད་སྟངས་གཅིག་གི་ཐོག་ནས་བརྗོད་རྒྱུ་ཡང་མེད། རྩོམ་པ་པོས་ངེས་པར་དུ་མི་སྣའི་གནས་ཚུལ་མཐའ་དག་སེམས་ནང་གདིང་ཚོད་ཡོད་པ་དང་། ཤེས་རྟོགས་བྱེད་པ་དང་། དེ་རྗེང་མི་སྣའི་སྐད་ཆ་རྣམས་འབྲི་དགོས་པ་རེད། རྩོམ་པ་པོ་གཅིག་ནི་དངོས་གནས་ཀུན་ནུས་ཀྱིས་འཁྲབ་སྟོན་པ་ཞིག་ཡིན་པ་མ་ཟད། སྒྱུ་རྒྱུ་གཅིག་ལ་བརྟེན་ནས་མི་སྣ་འདྲ་མིན་སྣ་ཚོགས་ཀྱི་སྐད་ཆ་འབྲི་ཡི་ཡོད་ལ། དེ་དག་ཡང་མི་སྣ་དེའི་སྐད་ཆའི་ཁྱད་ཆོས་དང་ཤིན་ཏུ་མཐུན་པ་ཞིག་བྱེད་ཀྱི་ཡོད་པ་རེད། སྐད་ཆ་སོད་རེས་བྱེད་པ་དེ་ནི་མི་སྣའི་གཤིས་རྒྱུད་སོགས་རང་གིས་ངོ་སྤྲོད་བྱས་པ་ཞིག་ཡིན་ནོ"(《ངས་ཇི་ལྟར་བྱས་ཏེ་སྐད་ཆ་སློབ་སྦྱོང་བྱས་པ》ཅེས་པའི་ཤོག་གྲངས191－192ལ་གསལ་)ཞེས་གསུངས་ཡོད་པ་ལྟར་རེད།

རྩོམ་རིག་གི་སྐད་ཆ་རང་མཚན་ཅན་དུ་བསྒྱུར་དགོས་པ་དེ། མི་སྣའི་སྐད་ཆ་རང་མཚན་ཅན་དུ་བསྒྱུར་དགོས་པ་མ་ཟད། ད་དུང་རྒྱུས་བཤད་དང་དོན་བརྗོད་རང་བཞིན་གྱི་སྐད་ཆ་དེ་དག་རང་མཚན་ཅན་དུ་བསྒྱུར་རྒྱུ་དེ་ཚུད་ཡོད་པ་ཞིག་ཡིན། ང་ཚོས་ཤེས་གསལ་ལྟར། རྩོམ་རིག་སྒྱུ་རྩལ་གྱིས་བརྩམས་པར་བྱ་ཡུལ་མི་སྣ་དང་ཁོར་ཡུག བྱ་དངོས་དང་བརྩེ་དུང་སོགས་ཅི་འདྲ་ཞིག་ཡིན་རུང་དེ་དག་ཚང་མར་བྱེ་བྲག་གི་རང་བཞིན་དང་དམིགས་གསལ་གྱི་ཁྱད་ཆོས་ལྡན་ཡོད་པ་ཞིག་ཡིན། དེར་བརྟེན་རྩོམ་པ་པོས་སྐད་ཆ་བེད་སྤྱོད་བྱེད་སྐབས་

མི་སྣའི་སྐད་ཆ་རང་མཚན་ཅན་དུ་བསྒྱུར་དགོས་ལ། དོན་བརྗོད་དང་རྒྱུས་བཤད་བྱེད་པའི་སྐད་ཆ་དེ་དག་ཀྱང་རང་མཚན་ཅན་དུ་བསྒྱུར་དགོས་པ་དེ་རེད། དོན་བརྗོད་དང་རྒྱུས་བཤད་བྱེད་པའི་སྐད་ཆ་རང་མཚན་ཅན་དུ་བསྒྱུར་དགོས་ཞེས་པ་ནི་དོན་བརྗོད་བྱེད་སྐབས་ཀྱི་སྐད་ཆ་དེ་དག་གནད་དུ་འཁེལ་བ་དང་། དམིགས་བསལ་དོན་རྐྱེན་ནང་གི་དམིགས་བསལ་གྱི་བྱ་དངོས་དེ་དག་གི་ཐུན་མོང་མ་ཡིན་པའི་ཁྱད་ཆོས་ཞིབ་ཕྲའི་སྒོ་ནས་མཚོན་པར་བྱེད་རྒྱུ་དེ་ནི་རང་མཚན་ཅན་དུ་བསྒྱུར་རྒྱུ་དེ་རང་ཡིན། དཔེར་ན། ཁྱེད་ཉིད་ཀྱིས་ཞིང་པའི་ཡུལ་གྱི་གནས་ཚུལ་ཞིག་རྩོམ་འབྲི་བྱས་ན། སྤྱི་ཚོགས་རྙིང་པའི་སྐབས་ཀྱི་ཞིང་ཡུལ་དང་སྤྱི་ཚོགས་གསར་པའི་སྐབས་ཀྱི་ཞིང་ཡུལ་གྱི་རྣམ་པ་མི་འདྲ་བ་དང་བྱང་ངོས་དང་ལྷོ་ངོས་ཞིང་ཡུལ་གྱི་རྣམ་པ་མི་འདྲ་བ། ཞིང་ཡུལ་དང་འབྲོག་ཡུལ་གྱི་གནས་ཚུལ་མི་འདྲ་བ་མ་ཟད། གྲོང་གསེབ་ཀྱི་ཞིང་ཡུལ་གཅིག་ལ་མཚོན་ནའང་རྩོམ་པ་པོའི་ཡིད་དབང་དུ་བག་ཆགས་མི་འདྲ་བ་རེ་ཡོད་པ་རེད། མདོར་ན་དུས་རབས་མི་འདྲ་བ་དང་དུས་སྐབས་མི་འདྲ་བ། ས་ཁུལ་མི་འདྲ་བ། མི་མི་འདྲ་བ་སོགས་ཀྱི་འདྲེན་བྱེད་ལམ་དུ་གྲོང་གསེབ་ཀྱི་ཞིང་ཡུལ་མི་འདྲ་བ་རེ་ཡོད་ལ། དེ་དག་ཚང་མར་ཡང་བྱེ་བྲག་རང་བཞིན་གྱི་ཁྱད་རྟགས་རེ་ཡོད། དེ་ལྟར་རྩོམ་པ་པོས་རྩོམ་རིག་གི་སྐད་ཆ་བེད་སྤྱོད་བྱས་ཏེ་དེ་དག་གི་ཁྱད་ཆོས་རྣམས་ཡང་དག་པའི་སྒོ་ནས་རྩོམ་འབྲི་ཞིབ་ཕྲ་བྱེད་དགོས་པ་དེ་རེད།

རྩོམ་པ་པོ་མི་འདྲ་བ་དང་རྩོམ་པ་པོའི་སྐད་ཆ་བེད་སྤྱོད་བྱེད་པའི་བྱང་རྩལ་མི་འདྲ་བའི་དབང་གིས་རྩོམ་པ་པོ་རང་ཉིད་ལ་ཡང་དམིགས་བསལ་དང་ཐུན་མོང་མ་ཡིན་པའི་སྐད་ཆའི་ཁྱད་ཆོས་ལྡན་ཡོད་པ་མ་ཟད། ཕུལ་བྱུང་བརྩམས་ཆོས་ནང་ནས་མཚོན་ཚུལ་དེ་ཤིན་ཏུ་གསལ་བ་ཞིག་ཡོད། བོད་རིགས་ཀྱི་རྩོམ་རིག་གི་ལོ་རྒྱུས་ཐོག་ཏུ་བྱུང་བའི་གྲགས་ཅན་རྩོམ་པ་པོ་ས་སྐྱ་པཎ་ཌི་ཏ། སངས་རྒྱས་རྒྱལ་མཚན། མདོ་མཁར་ཞབས་དྲུང་ཚེ་རིང་དབང་རྒྱལ་སོགས་ཀྱིས་རྩོམ་འབྲི་བྱས་པའི་བརྩམས་ཆོས་དེ་དག་ལ་རྩོམ་པ་པོ་རང་ངོས་ཀྱི་སྐད་ཆ་

མངོན་གསལ་དོད་ལ་ཐུན་མོང་མ་ཡིན་པའི་ཁྱད་ཉམས་ལྡན་ཡོད་ལ། བརྩམས་ཆོས་འགའ་རེའི་ཐོག་ཏུ་རྩོམ་པ་པོའི་མཚན་བྱང་བཀོད་མེད་ནའང་མི་རྣམས་ཀྱིས་རྩོམ་པ་པོའི་ཐུན་མོང་མ་ཡིན་པའི་སྐད་ཆའི་ཁྱད་ཆོས་ལ་གཞིགས་ཏེ་བརྩམས་ཆོས་འདི་ནི་རྩོམ་པ་པོ་འདི་དང་དེའི་བརྩམས་ཆོས་ཡིན་སྙམ་པའི་རིགས་འདེད་བྱེད་ཐུབ་པའི་ཚད་དུ་སླེབས་ཡོད། འདིར་དཔེ་མཚོན་ཙམ་བཀོད་ན་འདི་ལྟར་སྟེ། རྩོམ་པ་པོ་སངས་རྒྱས་རྒྱལ་མཚན་གྱིས་མཛད་པའི་《མི་ལའི་རྣམ་ཐར་》ནང་"ངའི་རུས་ཁྱུང་པོ། རིགས་རྗེ་སྲས། ང་རང་མི་ལ་རས་པ། དང་པོ་ནི་ལས་ནག་པོ་ཡང་བྱས། བར་དུ་དཀར་པོ་ཡང་བྱས། ད་ལྟ་ལས་དཀར་ནག་གཉིས་ཀ་དང་བྲལ་ཞིང་། ལས་ཀྱི་གཞི་ཟད་པས་མ་འོངས་པ་ན་བྱེད་པར་མི་འགྱུར་བ་ཞིག་ཡིན་ཞིང་། དེ་རྣམས་རྒྱས་པར་བཤད་ན་ལ་ལ་ནི་ངུ་གྲོ། ལ་ལ་ནི་དགོད་གྲོ་བའི་རྒྱུ་མཚན་མང་པོ་ཡོད་ཅེས"དང་། ཡང་"ཕོ་ནོར་རྣམས་ཨ་ཁུས་བྱས། མོ་ནོར་རྣམས་ཨ་ནེས་བྱས། གཞན་རྣམས་ཕྱེད་མར་བགོས་ཏེ། ཁྱེད་མ་སྨད་རྣམས་གསོ་རེས་བྱེད་ཟེར་ནས། ངེད་མ་བུ་གསུམ་ལ་ནོར་དབང་རྒྱུ་མི་བྱུང་བའི་ཁར། དབྱར་ཞིང་ལས་བྱེད་དུས་ཨ་ཁུའི་གཡོག དགུན་བལ་ལས་བྱེད་དུས་ཨ་ནེའི་གཡོག ཟ་ཁྱིའི་ཟ་ལ་ལས་བོང་ལས། གོས་རྐྱལ་ཕྲག་ཐག་ཆད་པ་གྲིས་མའི་སྐེ་རགས་བཅིངས་པ་གྱོན་ནས། ལས་དལ་མེད་བྱེད་དགོས་བྱུང་བས་ཡན་ལག་རྣམས་སེར་ཀར་སོང་། ཟས་གོས་ངན་པའི་སྟོབས་ཀྱིས་ཁ་མདོག་སྐྱ་ལ་ཤ་རིད་པ། སྐྲ་དང་པོ་གསེར་གཡུའི་རལ་བ་ཉེ་ལེ་བ་ལ། ཕྱིས་སྐྱ་བོ་བསེང་བསེང་ཤིག་སྒྲོའི་རལ་བ་ཉིལ་ལེ་བ་བྱུང་བས། མཐོང་བ་དང་ཐོས་པའི་མི་སེམས་ཅན་ཀུན་མཆི་མ་འཆོར་བ་དང་། ཨ་ཁུ་དང་ཨ་ནེ་ལ་ཕྲོག་ལབ་དེར་རེ་བ་བྱུང་རུང་འཛེམས་མེད་བྱས། ངེད་མ་སྨད་ལ་སྡུག་པོ་རང་བཏང་བས། ཨ་མས་ཨ་ནེ་ལ་ཁྱུང་ཚ་དཔལ་འགྲན་དུ་མི་འདུག བདུད་མོ་སྡུག་འགྲན་དུ་འདུག་བྱས་པས། ཨ་ནེ་ལ་བདུད་མོ་སྡུག་འགྲན་དུ་མིང་ཆགས། དེ་དུས་འཇིག་རྟེན་པའི་གཏམ་དཔེ་ལ། མི་བདག་བདག་ཏུ་རེ། བདག་པོ་སྒོ་

ཁྲིར་འདོན་ཟེར་བ་དེ་ངེད་མ་སྨད་ལ་བྱུང་ཟེར་རྩོམ་འབྲི་བྱས་ཡོད་པའི་སྐད་ཆ་འདི་དག་ནི་ཆེས་ཁྱད་དུ་འཕགས་པ་ཞིག་བྱུང་ཞིང་། ཚིག་རྣམས་གནད་དུ་འཁེལ་བ། རང་མཚན་ཅན་དུ་བསྒྱུར་ལ་གསོན་ཉམས་དོད་པ་ཞིག་བྱུང་ཡོད། རྩོམ་པ་པོས་“ལས་ནག་པོ་དང་དཀར་པོ་”ཞེས་ཚིག་གཉིས་ཀྱིས་དེ་སྟོན་བྱས་ཟིན་པའི་ལས་ཀ་རྣམས་བསྟན་པ་དང་། ལས་ཀ་དེ་དག་གི་བརྒྱུད་རིམ་ནི་“ལ་ལ་ངུ་བྲོ། ལ་ལ་དགོད་བྲོ་”ཞེས་པའི་མཇུག་འབྲས་དང་རྒྱུ་མཚན་རྣམས་གསལ་སྟོན་བྱས་པ་དང་། དེའི་གཤམ་གྱི་ནང་དུ་ཚིག་རྟོག་མང་པོ་མི་དགོས་པར་“ཕོ་ནོར་དང་མོ་ནོར་”ཞེས་པའི་ཚིག་གཉིས་ཀྱིས་ཁྲིམ་ཚང་དེའི་རྒྱུ་དངོས་རྣམས་གསལ་སྟོན་བྱས་པ་དང་། རྒྱུ་དངོས་དེ་དག་ཨ་ཁུ་དང་ཨ་ནེ་གཉིས་ཀྱིས་བགོས་ཚར་རྗེས་བཙམས་ཆོས་ནང་བརྗོད་པར་བྱ་བའི་མི་སྣའི་ལས་དབང་དེ་“གསོ་རིས་བྱེད་”ཅེས་པའི་ཚིག་འབྲུ་གཉིས་ཀྱིས་བསྟན་པ་དང་། འཚོ་བ་ཉམ་ཐག་གི་གནས་སུ་ལྷུང་བའི་གནས་ཚུལ་དེ་རྣམས་རྩོམ་པ་པོས་“ཁྲིའི་ལྟོ་ལ་ལས་བོང་ལས་”“གོས་རྒྱལ་ཕྲག་ཐག་ཆད་པ་”“མདོག་སྐྱ་ལ་ཤ་རིད་པ་”“ཤིག་སྦྲིའི་རལ་བ་ཉི་ལེ་བ་བྱུང་”ཞེས་པ་ཞིབ་གསལ་དུ་བསྟན་པ་མ་ཟད། མི་སྣའི་ལས་དབང་གི་མཇུག་འབྲས་དེ་“མི་བདག་བདག་ཏུ་རེ། བདག་པོ་སྒོ་ཁྲིར་འདོན་”ཞེས་པའི་སྐད་ཆ་ལས་མཚོན་པར་བྱས་ཡོད་ལ། རྩོམ་པ་པོས་ཚིག་ཉུང་དོན་ཟབ་པའི་སྒོ་ནས་ཀློག་པ་པོར་སྦྱོང་བའི་བྲོ་བ་རྫོགས་རྒྱུ་མེད་པ་ཞིག་ཡོང་ཐུབ་པ་བྱས་ཡོད། གོང་སྨོས་སྐད་ཆ་དེ་དག་ནས་ང་ཚོས་རྩོམ་པ་པོའི་ཐུན་མོང་མ་ཡིན་པའི་སྐད་ཆའི་ཁྱད་ཉམས་དང་རང་གཤིས་མཐོང་ཐུབ་པ་དང་། རྩོམ་པ་པོས་སྐད་ཆ་བེད་སྤྱོད་བྱེད་པའི་བྱང་རྩལ་ཡང་མཐོང་ཐུབ་པ་ཞིག་ཡིན།

དེས་ན་ང་ཚོས་རྩོམ་རིག་སྒྱུ་རྩལ་བརྩམས་ཆོས་ནང་གི་སྐད་ཆའི་ཁྱད་ཆོས་དེ་དངོས་འབྲེལ་ཤེས་རྟོགས་དང་ཁོང་དུ་ཆུད་པར་བྱེད་དགོས་ན། སྤྱི་མཚན་གྱི་ཐ་སྙད་དང་རྩ་དོན་འགའ་རེ་ལ་བརྟེན་ནས་འགྲུབ་ཐུབ་པ་ཞིག་མ་ཡིན་པས་ངེས་པར་དུ་དུས་རབས་མི་འདྲ་བ་དང་། རྩོམ་པ་པོ་མི་འདྲ་བ། བརྩམས་ཆོས་

མི་འདྲ་བ་རྣམས་དང་ཟུང་འབྲེལ་བྱས་ཏེ་ཞིབ་ཕྲའི་དབྱེ་འབྱེད་དང་ཞིབ་འཇུག་བྱེད་རྒྱུ་དེ་ནི་རྩོམ་རིག་སྒྱུ་རྩལ་སྐད་ཆའི་ཁྱད་ཆོས་ཤེས་རྟོགས་བྱེད་རྒྱུར་ཤིན་ཏུ་གལ་ཆེ་བའི་གནད་ཅིག་ཡིན་ནོ།

གསུམ་པ། རྩོམ་རིག་གི་སྐད་ཆ་སློབ་སྦྱོང་དང་བརྩི་སྲུང་དང་ལས་སྣོན་བྱ་རྒྱུའི་སྐོར།

རྩོམ་རིག་གི་སྐད་ཆ་ནི་འགྱུར་མེད་སོར་གནས་ཤིག་མ་ཡིན་པར་དེ་ནི་སྤྱི་ཚོགས་ཀྱི་འཚོ་བ་དང་རྩོམ་རིག་སྒྱུ་རྩལ་གྱི་འཕེལ་རྒྱས་དང་བསྟུན་ཏེ་རྒྱུན་ཆད་མེད་པར་ཕུན་སུམ་ཛེ་ཚོགས་དང་འཕེལ་རྒྱས་འགྲོ་བཞིན་ཡོད་པ་རེད། རྩོམ་པ་པོས་ངལ་བར་མི་འཛེམས་པ་དང་འབད་བརྩོན་ཆེན་པོས་རང་ཉིད་ཀྱི་སྐད་ཆ་ཕུན་སུམ་ཚོགས་སུ་གཏོང་བ་དང་སློབ་སྦྱོང་བྱས་ན་གཞི་ནས་བཙམས་ཆོས་ཀྱི་སྐད་ཆ་དེ་དག་གསོན་ཉམས་དོད་པ་དང་། སྐྱེས་སྟོབས་ཀྱི་དཔལ་འབར་བ། སྣ་མང་ཕུན་སུམ་ཚོགས་པ་ཞིག་རྒྱུན་འཁྱོངས་བྱེད་ཐུབ་ཀྱི་རེད། སློ་མཐུན་མའོ་ཙེ་ཏུང་གིས་རྩོམ་རིག་གི་སྐད་ཆ་ཕུན་སུམ་ཚོགས་སུ་གཏོང་བ་དང་སློབ་སྦྱོང་བྱེད་པའི་ཐབས་ལམ་གསུམ་ཡོད་ཅེས་གསུངས་པ་སྟེ། “གཅིག མི་དམངས་མང་ཚོགས་ཀྱི་ས་ནས་སྐད་ཆ་སྦྱང་དགོས་ཀྱི་རེད། མི་དམངས་ཀྱི་མིང་ཚིག་ནི་ཧ་ཅང་ཕུན་སུམ་ཚོགས་པ་དང་། སྐྱེས་སྟོབས་ཀྱི་དཔལ་འབར་བ། འཚོ་བ་དངོས་མཚོན་ཐུབ་པ་བཅས་རེད་” གཉིས་པ་“ཕྱི་རྒྱལ་གྱི་སྐད་ཆའི་ནང་ནས་ང་ཚོར་མཁོ་བ་རྣམས་ལེན་དགོས་ཀྱི་རེད། ང་ཚོས་ཕྱི་རྒྱལ་གྱི་སྐད་ཆ་རྣམས་ཡུ་བཙུགས་ཀྱིས་མི་ལེན་པ་དང་། ཡང་ན་རང་སྟང་གང་ཤར་གྱིས་བེད་སྤྱོད་མི་བྱེད་པར་ཕྱི་རྒྱལ་གྱི་སྐད་ཆའི་ནང་གི་ལེགས་ཆ་དང་། ང་ཚོར་མཁོ་བ་རྣམས་ལེན་དགོས་ཀྱི་རེད་” “གསུམ་པ། ང་ཚོས་སྔ་རབས་ཀྱི་མི་རྣམས་ཀྱི་སྐད་ཆའི་

ནང་ནས་སྐྱེས་སྟོབས་ཡོད་པ་རྣམས་ཀྱང་ལེན་དགོས་ཀྱི་རེད་”(《མའོ་ཙེ་ཏུང་གསུང་རྩོམ་གཅེས་བསྡུས》དེབ་གསུམ་པའི་ཤོག་གྲངས་82ལ་གསལ་)ཅེས་གསུངས་ཡོད་པ་ལྟར། དེ་ནི་སྔན་ངག་པ་དང་རྩོམ་པ་པོས་རང་ཉིད་ཀྱི་རྩོམ་རིག་གི་སྐད་ཆ་ཕུན་སུམ་ཚོགས་སུ་གཏོང་བ་དང་སློབ་སྦྱོང་བྱེད་པའི་ཐབས་ལམ་གསུམ་པོ་དེ་ཡིན་ནོ།

1. མི་དམངས་ཀྱི་ས་ནས་སྐད་ཆ་སློབ་སྦྱོང་བྱེད་དགོས།

རྩོམ་རིག་གི་སྐད་ཆ་དེ་གང་ནས་བྱུང་བ་རེད་ཅེ་ན། དེ་ནི་མི་དམངས་མང་ཚོགས་ཀྱི་སྐད་ཆའི་ནང་ནས་བཙོ་སྦྱང་བྱས་ཏེ་བྱུང་བ་ཞིག་ཡིན། ཀོར་ཀིས“ང་ཚོས་སྐད་ཆ་ལ་རྩོམ་རིག་སྒྱུ་རྩལ་གྱི་སྐད་ཆ་དང་མི་དམངས་མང་ཚོགས་ཀྱི་སྐད་ཆ་ཞེས་དབྱེ་འབྱེད་བྱས་པ་དེ་ནི་སྐད་ཆའི་ནང་དུ་ཞུན་བཏར་བྱས་མེད་པའི་སྐད་ཆ་དང་མཁས་དབང་ཆེན་མོས་ཞུན་བཏར་བྱས་ཟིན་པའི་སྐད་ཆ་ཞེས་པའི་དོན་སྙིང་བརྗོད་པ་ཙམ་ཁོ་ན་ཡིན”(《ངས་ཇི་ལྟར་བྱས་ཏེ་སྐད་ཆ་སློབ་སྦྱོང་བྱས་པ》ཅེས་པའི་ཤོག་གྲངས་57ལ་གསལ་)ཞེས་གསུངས། དེ་ལྟར་མི་དམངས་མང་ཚོགས་ཀྱི་སྐད་ཆ་ནི་ཐླངས་ན་ཟློགས་ཡས་མེད་པའི་རྒྱུ་ཆའི་གཏེར་མཛོད་ལྟ་བུ་ཞིག་ཡིན་པ་དང་རྩོམ་རིག་གི་སྐད་ཆའི་འབྱུང་ཁུངས་ཡང་ཡིན། དུས་རབས་མི་འདྲ་བ་དང་། དུས་སྐབས་མི་འདྲ་བའི་ནང་དུ་རྩོམ་པ་པོའི་ལག་ལེན་དངོས་ཀྱི་ཐོག་ནས་མི་དམངས་མང་ཚོགས་ཀྱི་སྐད་ཆ་སློབ་སྦྱོང་བྱེད་རྒྱུ་དེ་ནི་གལ་འགངས་ཆེ་བའི་གནད་ཅིག་ཡིན་པ་ར་སྤྲོད་བྱས་ཡོད་པ་རེད། དེང་སྐབས་མི་དམངས་མང་ཚོགས་ཀྱི་སྐད་ཆ་སློབ་སྦྱོང་བྱེད་རྒྱུ་དེ་ནི་དམིགས་བསལ་གྱི་དོན་སྙིང་ཆེན་པོ་ལྡན་ཡོད།

སྤྱི་ཚོགས་རིང་ལུགས་ཀྱི་རྩོམ་རིག་ནི་རྒྱ་ཆེའི་མི་དམངས་མང་ཚོགས་ལ་ཞབས་འདེགས་ཞུ་དགོས་པ་དང་། རྩོམ་པ་པོས་བརྩམས་ཆོས་གསར་རྩོམ་བྱེད་རྒྱུ་དེ་ནི་མི་སྣ་ཁུང་ཤས་ཤིག་གིས་བལྟ་ཕྱིར་རྩོམ་འབྲི་བྱས་པ་ཞིག་མ་ཡིན་པར་ཆེས་རྒྱ་བའི་མི་དམངས་མང་ཚོགས་ཀྱིས་བལྟ་ཀློག་དང་ཤེས་རྟོགས་བྱེད་ཐུབ་པ་

མ་ཟད། ཁོ་ཚོས་དང་ལེན་བྱེད་ཐུབ་པ་ཞིག་བྱེད་དགོས། དེ་ནི་ཅི་སློ་ཐེ་ཡུའོ་ཕྱུས་གསུངས་པ་བཞིན་"དཔེ་དེབ་ཐོག་གི་སྤྱི་འགྲོས་ལ་མ་བརྟེན་པར་མང་ཚོགས་ཀྱི་ལས་དོན་ཆེད་དུ་འཐབ་རྩོད་བྱེད་མཁན་འཐབ་འཛིང་པ་རྣམས་ཀྱི་སྐད་ཆའི་ཐོག་ནས་མང་ཚོགས་དང་གླིང་མོལ་བྱེད་ཤེས་པ་ཞིག་བྱེད་དགོས་ཀྱི་རེད། འཐབ་འཛིང་པ་དེ་ཚོའི་ཚིག་རེ་རེ་བཞིན་དང་། བསམ་པ་རེ་རེ་བཞིན་ཚང་མས་མང་ཚོགས་ཁྲི་སྟོང་མང་པོའི་བསམ་པ་དང་བསམ་ཚུལ་མཚོན་ཐུབ་ཀྱི་ཡོད་པ་རེད་" ཅེས་གསུངས། མི་དམངས་མང་ཚོགས་ཀྱི་གནས་ཚུལ་ཤེས་རྟོགས་བྱེད་དགོས་ན་ཁོ་ཚོ་དང་མཉམ་དུ་འདྲེས་དགོས་པ་རེད། ང་ཚོས་ངེས་པར་དུ་འཚོ་བ་དངོས་ཀྱི་ནང་ནས་སྐད་ཆ་སློབ་སྦྱོང་བྱེད་དགོས་པ་དེ་ནི་ཆེས་མངོན་གསལ་དོད་པའི་གནད་དོན་ཞིག་ཡིན། རྩོམ་པ་པོས་འབྲི་བྱའི་ཡུལ་དུ་གྱུར་པའི་མི་ཞིག་ལ་མཚོན་ན། མི་སྣ་དེའི་གནས་ཚུལ་ཤེས་རྟོགས་བྱེད་པ་དང་། མི་སྣ་དེའི་སྐད་ཆ་ལ་བསམ་གཞིགས་བྱེད་དགོས་པས་དོན་དངོས་ཐོག་འཚོ་བ་དངོས་དེ་མེད་ན་སྐད་ཆ་ཡང་ཡོང་མི་ཐུབ་པ་སྟེ། དེ་ནི་རྩོམ་པ་པོ་ལའོ་ཧྲེས་གསུངས་པ་བཞིན་"ང་ཚོས་འཚོ་བའི་ཁྲོད་ནས་སྐད་ཆ་སྦྱོང་དགོས། གལ་ཏེ་ངས་ཞིང་པ་ཞིག་འབྲི་ན། ང་ངེས་པར་དུ་ཞིང་ཁྱེར་འགྲོ་དགོས། དེ་ཡང་ཞིང་ཁྱེར་སོང་ནས་ཞིང་པ་ཚོས་བཤད་པར་དགའ་བའི་སྐད་ཆ་འགའ་ཟིན་ཐོར་བཀོད་པ་ཙམ་གྱིས་ཐན་མི་ཐོགས་ཏེ། ངའི་ལས་འགན་གཙོ་བོ་ནི་ཞིང་པའི་འཚོ་བར་བལྟ་རྒྱུ་དེ་ཡིན། འཚོ་བ་མེད་ན་སྐད་ཆ་མེད་"(《ངས་སྐད་ཆ་ཇི་ལྟར་སྦྱོང་པ་ཡིན་》) ཅེས་གསུངས་པ་ལྟར་རོ། དེས་ན་འཚོ་བ་དངོས་ཀྱི་ནང་ནས་སྐད་ཆ་བཙལ་དགོས་པ་དང་། དེ་ལྟར་བྱས་ཚེ་སྐད་ཆ་དེ་དག་ལ་རྩ་བ་ཡོད་པ་དང་གནད་དུ་འཁེལ་བ་ཞིག་ཡོང་ཐུབ་ཀྱི་རེད། དེར་བརྟེན་སྐད་ཆ་སློབ་སྦྱོང་བྱེད་རྒྱུ་དེ་ཡང་འཚོ་བར་ཉམས་ལེན་བྱེད་རྒྱུ་དེ་དང་ཁ་བྲལ་ཐབས་གཏན་ནས་མེད་པ་ཞིག་ཡིན།

རྩོམ་པ་པོས་བརྩམས་ཆོས་ནང་དུ་རྟག་ཏུ་དམངས་ཁྲོད་ལས་བྱུང་བའི་

གཏམ་དཔེ་བེད་སྤྱོད་གང་ལེགས་བྱས་ཏེ་རང་གི་བརྗོད་འདོད་པའི་བློ་རྣམས་མཚོན་པར་བྱེད་པ་དང་། གཏམ་དཔེ་ནི་ངལ་རྩོལ་མང་ཚོགས་ཀྱི་དུས་ཡུན་རིང་པོའི་འཚོ་བའི་ལག་ལེན་ནང་ནས་ཐོབ་པའི་ངོས་འཛིན་དང་ཉམས་མྱོང་ཕྱོགས་བསྡོམས་བྱས་པའི་གདམས་ཚིག་ལྟ་བུ་ཞིག་ཡིན། དམངས་ཁྲོད་ཀྱི་རྩོམ་རིག་ནི་རྩོམ་པ་པོའི་རྩོམ་རིག་གི་མྱུ་གུ་ལྟ་བུ་ཡིན་པ་དང་། དེའི་ཁྱད་ཆོས་ནི་མང་ཚོགས་ཀྱིས་ཐུན་མོང་དུ་ངག་ཐོག་ནས་གསར་བསྐྲུན་བྱས་པ་ཞིག་དང་ངག་རྒྱུན་དུ་དར་བ་ཞིག་ཡིན་པ་མ་ཟད། དེ་དག་ལ་རྒྱུན་ཆད་མེད་པར་བཟོ་བཅོས་དང་ལེགས་བསྒྲིགས་བྱས་པ་ཞིག་ཀྱང་ཡིན་སྐབས་དེ་ལ་མི་དམངས་ཀྱིས་ངག་ཐོག་ནས་གསར་རྩོམ་བྱས་པའང་ཟེར། ཀོར་ཀིས་“དམངས་ཁྲོད་ཀྱི་རྩོམ་རིག་ནི་ངལ་རྩོལ་མང་ཚོགས་ཀྱིས་ངག་ཐོག་ནས་གསར་རྩོམ་བྱས་པ་ཞིག་རེད་”ཅེས་དང་། ད་དུང་ཁོང་གིས་“དེ་ནི་རྒྱ་ཆེའི་མང་ཚོགས་ཆོས་ཐོན་སྐྱེད་ངལ་རྩོལ་དང་སྤྱི་ཚོགས་འཚོ་བའི་ཉམས་མྱོང་གི་ཁྲོད་ནས་འཚོལ་བསྡུ་བྱས་པའི་ཤེས་ཡོན་གྱི་སྤྱི་བསྡོམས་ཡིན་”ཞེས་གསུངས་ཡོད་པ་རེད། དམངས་ཁྲོད་རྩོམ་རིག་གིས་དུས་རབས་རིམ་བྱུང་དུ་རྩོམ་རིག་འཕེལ་རྒྱས་འགྲོ་བར་གལ་ཆེའི་ནུས་པ་བཏོན་ཡོད་ཅིང་། རྩོམ་འབྲི་མཁན་མི་ཉུང་བ་ཞིག་གིས་རང་ཉིད་ཀྱི་གསར་རྩོམ་བྱ་བ་དེ་ཕྱི་ཚུལ་རིང་ལུགས་ཀྱི་ལམ་གྲུ་དོག་པོར་གྱུར་བའི་སྐབས་སུ་རྟག་ཏུ་དམངས་ཁྲོད་རྩོམ་རིག་ལས་ཁྲག་ཧྲོན་བླངས་པར་བརྟེན་འཕེལ་རྒྱས་གསར་པ་ཞིག་ཡོང་གི་ཡོད། ལུའུ་ཤུན་གྱིས་“རྩོམ་རིག་རྙིང་པ་རྣམས་ཉམས་རྒུད་དུ་འགྲོ་སྐབས་སུ་དམངས་ཁྲོད་རྩོམ་རིག་དང་ཕྱི་རྒྱལ་གྱི་རྩོམ་རིག་ལས་བསྡུ་ལེན་བྱས་པར་བརྟེན་ནས་འཕོ་འགྱུར་གསར་པ་ཞིག་བྱུང་བའི་དཔེ་དེ་འདྲ་ནི་རྩོམ་རིག་གི་ལོ་རྒྱུས་ཐོག་ཏུ་རྟག་ཏུ་མཐོང་རྒྱུ་ཡོད་པ་ཞིག་རེད་”ཅེས་གསུངས་མྱོང་ཡོད། དམངས་ཁྲོད་ཀྱི་རྩོམ་རིག་ལ་རྣམ་པ་མི་འདྲ་བ་ཤིན་ཏུ་མང་། དཔེར་ན། ལྷ་སྒྲུང་དང་ཤོད་རྒྱུན། སྒྲུང་། གཞས་ཚིག། གཏམ་དཔེ་སོགས་ཡོད་པ་དང་ཚིག་སྦྱོར་བྱེད་སྟངས་ཀྱི་ཐད་ནས་བཤད་ནའང་དམངས་ཁྲོད་ཀྱི་རྩོམ་རིག་ནི། རྣམ་པ་

གསར་ཞིང་། སྙན་འཇེབས་ལྡན་པ་དང་། ཐོལ་མེད་བག་ཆགས་པ། ཚིག་སྦྱོར་བདེ་ཞིང་གོ་སླ་བ་བཅས་ཀྱི་ཁྱད་ཆོས་ལྡན་ཡོད་པས། ཀོར་ཀིས་ཀྱང་“ཁྱོད་ཚོས་ཡིད་གཟབ་ཀྱིས་མང་ཚོགས་ཀྱི་ཕལ་སྐད་ལ་སློབ་སྦྱོང་བྱས་ཏེ་བབ་ཆགས་ཤིང་གོ་བདེ་བ། སྙན་འཇེབས་དང་གསོན་ཉམས་ལྡན་པའི་ཚིག་སྦྱོར་བེད་སྤྱོད་བྱ་རྒྱུར་འབད་བརྩོན་གྱིས་བརྗོད་ཚིག་གཅིག་གཉིས་ཀྱིས་ལུས་ངག་ཡིད་གསུམ་གྱི་ཁྱད་ཆོས་མཚོན་པར་བྱེད་དགོས”ཞེས་དང་། “རྩོམ་རིག་ནི་རྗོད་བྱེད་ཚིག་གི་སྒྱུ་རྩལ་རེད”ཅེས་གསུངས། དེ་བཞིན་རང་རེའི་སྔོན་བྱོན་རྩོམ་རིག་མཁས་ཅན་མི་ཉུང་བ་ཞིག་གིས་མང་ཚོགས་ཀྱི་སྐད་ཆ་སློབ་སྦྱོང་གནང་རྒྱུར་དོ་འཁུར་ཆེན་པོ་མཛད་དེ་རྩོམ་འབྲིའི་ཕྱག་ལེན་དངོས་ཀྱི་ཐོག་ནས་རང་རང་སོ་སོའི་བརྩམས་ཆོས་དག་ཀྱང་མང་ཚོགས་ཀྱི་ཁ་རྒྱུན་དང་ཡོངས་སུ་གཅིག་མཐུན་མཛད་པ་ཡང་ཡོད། དཔེར་ན། རྒྱལ་དབང་སྐུ་ཕྲེང་དྲུག་པ་ཚངས་དབྱངས་རྒྱ་མཚོའི་《མགུར་གླུ་》དང་། པདྨ་ཆེན་སྐུ་ཕྲེང་བདུན་པ་བསྟན་པའི་ཉི་མས་མཛད་པའི་《ཁ་ཆེ་ཕ་ལུའི་བསླབ་བྱ་དངོས་གྲུབ་ཆུ་མིག་》སོགས་ཇི་སྙེད་ཅིག་ཡོད། རྩོམ་པ་པོས་མང་ཚོགས་ཀྱི་སྐད་ཆ་སློབ་སྦྱོང་བྱེད་རྒྱུར་ཤིན་ཏུ་གཙིགས་ཆེན་གནང་ཡོད་རྐྱེན་བརྩམས་ཆོས་དེ་རིགས་ཚིག་སྦྱོར་སྙན་ཞིང་འཇེབས་ལ་དོན་གོ་སླ་བ། མི་སུས་ཀྱང་བལྟ་ཐུབ་པ་དང་དོན་རྟོགས་ཐུབ་པ་ཞིག་བྱུང་ཡོད། རྒྱལ་དབང་ཚངས་དབྱངས་རྒྱ་མཚོའི་《མགུར་གླུ་》ལས

“བྲིས་པའི་ཡིག་གེ་ནག་ཆུང་
ཆུ་དང་ཐིགས་པས་འཇིག་སོང་
མ་བྲིས་སེམས་ཀྱི་རི་མོ
བསུབས་ཀྱང་ཟུབ་རྒྱུ་མི་འདུག”ཅེས་པ་དང་། དབུས་གཙང་ཁུལ་དུ་དར་ཁྱབ་ཆེ་བའི་དམངས་ཁྲོད་ཀྱི་གཞས་ཚིག་ནང་དུ།

“ཆུང་འདྲིས་ང་གཉིས་གཏམ་དེ་
རྗོ་ལ་རི་མོ་བྲིས་ཡོད་

ཆར་པ་ལོ་གསུམ་བབས་ཀྱང་

རི་མོ་ཡལ་ས་མ་རེད་”ཅེས་པ་ལྟ་བུའི་ཚིག་སྦྱོར་བྱེད་སྟངས་དེ་དག་ཤིན་ཏུ་འདྲ་བ་ཞིག་ཡིན། དམངས་ཁྲོད་ཀྱི་རྩོམ་རིག་དེས་མི་དམངས་མང་ཚོགས་ཀྱི་འཚོ་བ་དང་རེ་སྨོན་མཚོན་ཞིང་། མང་ཚོགས་ཀྱི་བློ་གྲོས་དང་སྒྱུ་རྩལ་གྱི་འཛོན་ཐང་ཕྱོགས་གཅིག་ཏུ་བསྡུས་ཡོད་ལ། མང་ཚོགས་མཉམ་སྡེབ་ཀྱིས་དགའ་ཞེན་དང་ཉར་ཚགས་ཀྱང་བྱེད་ཀྱི་ཡོད་པ་དང་། དུས་མཚུངས་ཁོ་ཚོ་ནི་རྩོམ་རིག་དེའི་བཟོ་བཅོས་མཁན་དང་། དར་ཁྱབ་གཏོང་མཁན། བརྒྱུད་སྒྲོད་བྱེད་མཁན། དེ་བཞིན་ཆེས་རྩ་བར་གྱུར་པའི་ལོངས་སྤྱོད་མཁན་བཅས་ཀྱང་ཡིན་པས། དམངས་ཁྲོད་རྩོམ་རིག་ནི་དུས་གཏན་དུ་མང་ཚོགས་ཀྱི་སེམས་ནང་དུ་གསོན་པོར་གནས་ཤིང་ངག་སྒྲོས་སུ་རྒྱུན་འབྱམས་སུ་དར་བ་ཞིག་ཡིན་ལ། ངག་ཐོག་གི་བརྗོད་ཚིག་དེ་དག་གིས་ཆེས་རྟོགས་སླ་བའི་སྒོ་ནས་འདུ་ཤེས་མངོན་པར་བྱེད་པའི་སྒྱུ་རྩལ་གྱི་ལག་ཆ་ཞིག་ཏུ་གྱུར་བ་དང་། དེ་ནི་དར་ཁྱབ་འགྲོ་མགྱོགས་ལ་སློར་འཛིན་བདེ་བས་མང་ཚོགས་ཚོས་དེ་བེད་སྤྱད་ནས་ཁོ་ཚོ་རང་ཉིད་ཀྱིས་སྤྱི་ཚོགས་ཀྱི་ཆབ་སྲིད་དང་། དཔལ་འབྱོར། ཆོས་ལུགས་སོགས་ཕྱོགས་གང་ཅིར་འཛིན་པའི་ལྟ་ཚུལ་དང་སྣང་འཆར། དེ་བཞིན་ཁོ་ཚོའི་འཚོ་བ་སྐྱོད་སྟངས། ཡུལ་གོམས་གཤིས་ལུགས། རེ་འདོད་དང་བསམ་ཚུལ་བཅས་གང་ཅི་མངོན་ཐུབ་པ་བྱེད་ཀྱི་ཡོད་ཅིང་། རྩོམ་ཐབས་དེ་རིགས་དུས་རྟག་ཏུ་ཁོ་ཚོའི་ཡིད་ཁམས་སུ་བརྟན་པོར་གནས་ཏེ་གསོན་ཉམས་ལྡན་པའི་ངང་ནས་མང་ཚོགས་ཀྱི་སྙེ་མང་ཕུན་སུམ་ཚོགས་པའི་སྒྱུ་རྩལ་གྱི་རྣམ་པའི་ཁྲོད་དུ་མུ་མཐུད་འཕེལ་རྒྱས་འགྲོ་བ་དང་། དམངས་གཞས་དང་། གཏམ་དཔེ། ངག་རྒྱུན་སྒྲུང་གཏམ་ལ་སོགས་པ་ནི་དོན་དངོས་འཚོ་བའི་གནད་དོན་མངོན་རྒྱུར་སྟབས་བདེ་བ་དང་། དུས་ཐོག་ཏུ་འཁེལ་ཞིང་ཚགས་སྡང་གསལ་བའི་ཁྱད་ཆོས་ལྡན་པ་རྣམས་གཅིག་བསྡུས་ཀྱིས་བསྟན་ཡོད་ལ་དེ་དག་གི་སྐད་ཆ་ཡང་ཤིན་ཏུ་ཕུན་སུམ་ཚོགས་པ་ཞིག་ཡིན། ཀོར་ཀིས་“རྩོམ་རིག་ལོ་རྒྱུས་འཕེལ་རྒྱས་ཀྱི་དོན་དངོས་ལ་བརྟེན་

ནས་རྗོད་བྱེད་ཚིག་སྦྱོར་གྱི་སྒྱུ་རྩལ་ནི་ཐད་ཀར་མིའི་རིགས་ཀྱི་ངལ་རྩོལ་དང་མཉམ་དུ་བྱུང་བ་ཞིག་ཡིན་”ཞེས་གསུངས་པ་རེད། དེས་ན་རྩོམ་པ་པོས་རང་ཉིད་ཀྱི་སྐད་ཆ་ཕུན་སུམ་ཚོགས་སུ་གཏོང་བ་དང་སློབ་སྦྱོང་བྱེད་པའི་ཚེ་རྒྱ་ཆེའི་མི་དམངས་མང་ཚོགས་ཀྱི་ས་ནས་སློབ་སྦྱོང་བྱེད་དགོས་པ་མ་ཟད། དམངས་ཁྲོད་ཀྱི་རྩོམ་རིག་ནང་ནས་ཀྱང་སློབ་སྦྱོང་བྱེད་དགོས་པ་ཞིག་ཡིན།

ང་ཚོས་བརྗོད་ཡག་གིས་མི་དམངས་མང་ཚོགས་ཀྱི་སྐད་ཆ་དེ་རྩོམ་རིག་གི་སྐད་ཆའི་འབྱུང་ཁུངས་ཡིན་ཞེས་པ་ནི། རྩོམ་རིག་སྒྱུ་རྩལ་གྱི་སྐད་ཆ་དེ་དག་མི་དམངས་མང་ཚོགས་ཀྱི་སྐད་ཆ་དེ་ཁྲོན་ཡོངས་ནས་འདྲ་སྦྱོས་དང་ལད་ཟློས་བྱེད་དགོས་ཞེས་བརྗོད་པ་མ་ཡིན། དེ་ནི། གཅིག་ནས་གཟབ་ནན་དང་ཧུར་བརྩོན་ཆེན་པོས་སློབ་སྦྱོང་བྱེད་དགོས་པ་དང་། གཉིས་ནས་གདམ་གསེས་དང་ཞུན་བཏར་བྱེད་དགོས་པ་དེ་ཡིན་ལ་མི་དམངས་མང་ཚོགས་ཀྱི་སྐད་ཆ་ལ་འཛིན་པའི་ཡང་དག་པའི་རྣམ་འགྱུར་ཡང་དེ་ཡིན། གྲགས་ཅན་རྩོམ་པ་པོ་ལའོ་ཧྲེས་གསུངས་དོན“འཚོ་བའི་ནང་ནས་སྐད་ཆ་བཙལ་འཚོལ་བྱེད་དགོས་པ་རེད། དེ་འདྲ་བྱས་ན་སྐད་ཆ་དེར་རྩ་བ་ཡོད་པ་དང་། ཡིག་ཐོག་ནས་སྐད་ཆ་བཙལ་འཚོལ་བྱས་ཚེ། སྐད་ཆ་དེ་རྒྱུན་པོ་ན་ཙམ་དུ་ཟད་ཅིང་། རྣག་ཐོག་གཅིག་འཁེལ་གྱི་ཚུལ་བཞིན་རྩ་བ་འཛིན་མི་ཐུབ་པོ། འཚོ་བ་ནི་ཚིག་ཚོགས་གསོན་པོའི་དཔེ་དེབ་ཆེས་རླབས་ཆེ་བ་ཞིག་ཡིན་ནོ་”(《ངས་ཇི་ལྟར་བྱས་ཏེ་སྐད་ཆ་སློབ་སྦྱོང་བྱས་པ་》ཅེས་པའི་ཤོག་གྲངས་197ལ་གསལ་)ཞེས་གསུངས་པ་ལྟར་རོ།

2. ཕྱི་རྒྱལ་གྱི་སྐད་ཡིག་དང་མི་རིགས་གཞན་གྱི་སྐད་ཡིག་གི་ནང་ནས་ང་ཚོར་མཁོ་བའམ་འཕྲོད་པ་རྣམས་འབད་པས་སློབ་སྦྱོང་བྱེད་དགོས།

རྩོམ་རིག་སྒྱུ་རྩལ་གྱི་སྐད་ཆ་ཕུན་སུམ་ཚོགས་པོ་ཡོང་བར་ཕྱི་རྒྱལ་གྱི་སྐད་ཡིག་ནང་དང་མི་རིགས་གཞན་གྱི་སྐད་ཡིག་ནང་གི་སྐད་ཆ་རྣམས་སློབ་སྦྱོང་བྱེད་དགོས་པ་མ་ཟད། ངེས་པར་དུ་ང་ཚོར་མཁོ་བའམ་འཕྲོད་པ་རྣམས་འབད་པས

ཚུར་བླངས་ཏེ་རང་རིགས་སུ་འགྱུར་བར་བྱེད་དགོས་པ་ལས། མི་རིགས་གཞན་གྱི་སྐད་ཆ་དེ་དག་ཨུ་བཙུགས་ཀྱིས་ལེན་པ་དང་ཡང་ན་རང་སྟང་གང་ཤར་དུ་བེད་སྤྱོད་དང་འདྲ་བཤུས་མི་བྱེད་པར། རང་མི་རིགས་ཀྱི་སྐད་བརྡའི་ཁྱད་ཆོས་དང་མཐུན་པ་རྣམས་ལེན་དགོས་པ་རེད། ས་པཎ་གྱིས"དགོས་པ་ཆུང་ལ་བརྡ་གསར་མི་སྦྱོར་ཏེ། མ་རྟོགས་པ་དང་ལོག་པར་རྟོགས་པ་དང་ཐེ་ཚོམ་གྱི་རྒྱུ་ཡིན་པའི་ཕྱིར་རོ"ཞེས་གསུངས་པ་དང་རང་ལ་ཡོད་བཞིན་པའི་མིང་བརྡ་ལ་ཐ་སྙད་གསར་པ་སྦྱར་ན་གཞན་གྱིས་སྦྱར་བའི་མིང་བརྡ་རང་གིས་མི་ཤེས་པ་དང་རང་གིས་བཏགས་པའི་མིང་བརྡ་གཞན་གྱིས་མི་ཤེས་པ། ཞགས་གསུམ་སོང་ན་སུས་ཀྱང་མི་ཤེས་པའི་སྟང་ཚུལ་མི་འབྱུང་བ་བྱེད་དགོས་ལ། ཕྱི་རྒྱལ་གྱི་སྐད་ཡིག་དང་མི་རིགས་གཞན་གྱི་སྐད་ཆའི་ནང་དུ་ང་ཚོའི་མི་རིགས་ལ་མགོ་བའམ་མི་རིགས་ཀྱི་སྐད་ཆའི་ནང་མེད་པའི་ཐ་སྙད་འགའ་རེས་དང་སྐད་ཆ་འགའ་རེས་ཡོད་པ་དེ་དག་ཚུར་འབད་པས་ལེན་དགོས་པ་རེད།

བོད་རིགས་ཀྱི་རྩོམ་རིག་ལོ་རྒྱུས་ཐོག་ཏུ་མི་རིགས་རང་ཉིད་ཀྱི་རྩོམ་རིག་སྒྱུ་རྩལ་གྱི་དར་སྤེལ་རྒྱུན་བཟུང་ཐོག་མི་རིགས་གཞན་གྱི་ཡར་ཐོན་གྱི་རྩོམ་སྲོལ་དང་རིགས་པའི་གཞུང་ལུགས་དང་སྐད་ཆ་ཚུར་ལེན་རྒྱུའི་ཐད་སྔོན་བྱོན་མཁས་དབང་དམ་པ་རྣམས་དང་མཁས་དབྱོད་དག་པ་རྣམས་ཀྱིས་གཙིགས་ཆེན་དང་ང་ཚོར་མིག་དཔེ་བཟང་པོ་ཞིག་བསྟན་ཡོད། དཔེར་ན། 《ས་སྐྱ་ལེགས་བཤད་》ལ་མཚོན་ན་ས་སྐྱ་པཎྜི་ཏས་རྒྱ་གར་གྱི་ལེགས་བཤད་རྩོམ་པའི་སྒྱུ་རྩལ་རྣམས་འབད་པས་སྦྱང་བརྩོན་དང་ཞིབ་འཇུག་བྱས་ཐོག་བོད་ཀྱི་རྩོམ་གཞུང་མང་པོར་བལྟས་ནས་བརྩམས་པའི་གནས་ལུགས་དང་མཐུན་ཞིང་དོན་ཟབ་པའི་བོད་ཀྱི་རྩོམ་རིག་གི་རྣམ་པ་གསར་པ་ལེགས་བཤད་ཀྱི་རྩོམ་ཚུལ་དེ་སྲོལ་བཏོད་པ་རེད། དེ་བཞིན་དུ་སྙན་ངག་གི་གཞུང་ཡང་ཐོག་མར་རྒྱ་གར་གི《སྙན་ངག་མེ་ལོང་》གི་གཞུང་དེ་བོད་སྐད་དུ་བསྒྱུར་བ་དང་དུས་ཡུན་རིང་པོའི་ནང་མཁས་དབང་མང་པོས་གཞུང་ལུགས་འདི་རང་ལུགས་དང་ཕྱི་ལུགས་ཟུང་

འབྲེལ་བྱས་ཏེ་འཕེལ་རྒྱས་ཤུགས་ཆེན་བཏང་བ་མ་ཟད། སྐད་ངག་གི་བསྟན་བཅོས་གྲངས་ལས་འདས་པ་ཞིག་རྩོམ་འབྲི་བྱས་ཡོད་པ་རེད། དེས་ན་རྒྱ་གར་གྱི་སྐད་ངག་དང་རིགས་པའི་གཞུང་ལུགས་རྣམས་བོད་རང་ཉིད་ཀྱི་རིག་གནས་ཀྱི་ཁྱད་ཆོས་དང་མཐུན་པར་བྱས་པའི་རྐྱེན་གྱིས་བོད་ཀྱི་རིགས་པའི་གཞུང་ལུགས་ཀྱི་མ་ལག་གལ་ཆེན་ཞིག་ཏུ་གྱུར་བ་ལས་ཁྱད་ཆོས་དེ་དང་བྲལ་ནས་ཚང་མ་འདྲ་བཤུས་བྱས་པ་ཞིག་མིན་པར་མཁས་པ་གྲངས་ལས་འདས་པ་ཞིག་གིས་རང་རིགས་ཀྱི་སྐད་བརྡའི་ཁྱད་ཆོས་དངོས་ལ་གཞིགས་ཏེ་འཕེལ་རྒྱས་དང་། སྔོན་འཕྲི་སྣོ་འཇོག་བྱས་རྐྱེན་སྐད་ངག་གི་རིག་པའི་བསྟན་བཅོས་ཆེས་ཁྱད་དུ་འཕགས་པ་ཞིག་གྲུབ་ཐུབ་པར་བྱུང་བ་རེད། དོན་དངོས་དེ་དག་ནས་རྩོམ་རིག་སྒྱུ་རྩལ་གྱི་སྐད་ཆ་ཡང་རང་རིགས་ལ་མེད་པའི་ཐ་སྙད་དེ་དག་ཚུར་བླངས་ཏེ་རང་རིགས་སུ་འགྱུར་བ་བྱེད་དགོས་པ་དེ་མཐོང་ཐུབ་པ་ཞིག་ཡིན། ད་ལམ་བེད་སྤྱོད་བྱེད་བཞིན་པ་དང་བོད་ཀྱི་སྐད་ཡིག་གི་གཏེར་མཛོད་ནང་དུ་ཡང་མི་རིགས་གཞན་ནས་ཚུར་བླངས་པའི་སྐད་བརྡ་མི་ཉུང་བ་ཞིག་ཡོད་པ་དེ་དག་ནི་ལོ་ཙཱ་བ་ཆེན་པོ་རྣམས་ཀྱིས་ཡིག་བསྒྱུར་དང་སྐད་བསྒྱུར་བྱེད་པའི་བརྒྱུད་རིམ་དུ་བོད་ཀྱི་སྐད་བརྡའི་ནང་དུ་མ་གྲགས་པའམ་གསལ་འདོན་བྱེད་མི་ཐུབ་པའི་ཐ་སྙད་འགའ་རེ་རང་སོར་བཞག་ཡོད་རྐྱེན། རིམ་བཞིན་བོད་རང་ཉིད་ཀྱི་སྐད་བརྡ་དང་སྐད་ཆ་ཞིག་ཏུ་འགྱུར་ཡོད། དཔེར་ན། བོད་དུ་རྩོམ་བསྒྱུར་བྱེད་པའི་ཐོག་མའི་དུས་སུ་ནི་གཙོ་བོ་ནང་བསྟན་གྱི་གཞུང་ལུགས་རྣམས་བསྒྱུར་དགོས་པ་དང་། སྐབས་དེར་རྒྱ་གར་གྱི་མཁས་པ་རེ་དང་བོད་ཀྱི་ལོ་ཙཱ་བ་རེ་ཟུང་འབྲེལ་གྱིས་བསྒྱུར། དེ་ནས་རྒྱ་གར་གྱི་མཁས་པ་དང་ལོ་ཙཱ་བ་ཟུང་འབྲེལ་གྱིས་ཚིག་དོན་ལ་ཞུས་དག་བཏང་ནས་རྒྱལ་པོར་སྙན་འབེབས་ཞུས། དེ་ནས་རྒྱལ་པོ་དང་པཎྜི་ཏ་དང་ལོ་ཙཱ་བ་ཚང་མ་ཚོགས་པའི་དབུས་སུ་ལོ་པཎ་ཚང་མས་མིག་བལྟ་བྱས་ཐོག་ཚིག་དོན་ལ་སྐྱོན་ཡོད་པ་དག་བཅོས་བྱེད་དགོས་པ་རྣམས་དག་བཅོས་བྱས། དེ་ནས་ཕྱིན་ཆད་ཁྲབ་འགྲེམས་བྱས་ཚོག་པའི་གཏན་འབེབས་

བྱེད་ཀྱི་ཡོད་པ་དང་། བསྒྱུར་ཚུལ་གྱི་ཐབས་ཤེས་དང་རྣམ་པའི་ཐད་དོན་བསྒྱུར་དང་། ཐད་བསྒྱུར། སྒྲ་སྒྱུར། ཐད་ལོག་བསྒྱུར་བའི་ཁྱད་པར་བཞི་དང་། ཡིག་སྒྱུར་གྱི་རྩ་དོན་ཆེན་པོ་གསུམ་དང་། ངོ་སྣང་བྱེད་དགོས་པ་བཞི་བཅས་ལག་ལེན་བསྟར་རྗེས་བོད་ཀྱི་སྐད་བརྡའི་ནང་མེད་པའི་ཐ་སྙད་དང་སྐད་ཆ་མང་པོ་ཞིག་ཐོན་པ་དང་། དེས་བོད་རིགས་ཀྱི་སྐད་ཆ་ཕུན་སུམ་ཚོགས་སུ་གཏོང་རྒྱུར་ནུས་པ་མི་ཆུང་བ་ཞིག་ཐོན་ཡོད།

དེ་ལྟར་ཉེ་ལམ་ཡང་སྤྱི་ཚོགས་འཕེལ་རྒྱས་དབང་གིས་སྐད་བརྡ་གསར་པ་ཇི་སྙེད་ཅིག་ཐོན་གྱི་ཡོད། དཔེར་ན། བརྙན་འཕྲིན་འཕྲུལ་འཁོར་དང་། སྒྲ་བསྔུ་འཕྲུལ་འཁོར་སོགས་ཡོད་པ་རེད། འོན་ཏེ་ཕྱི་རྒྱལ་གྱི་སྐད་ཡིག་དང་མི་རིགས་གཞན་གྱི་སྐད་ཡིག་གི་ཉིང་ཁུ་དང་སྙིང་བཅུད་རྣམས་ཚུར་བླངས་ཏེ་རང་རིགས་སུ་འགྱུར་ཐབས་བྱེད་དགོས་པ་ལས། དེ་དག་འདྲ་སྤྲོས་དང་འདྲ་བཤུས་བྱེད་རྒྱུ་མེད་པ་དེ་ནི་འགག་རྩའི་གནད་དོན་ཞིག་ཡིན། གལ་སྲིད་མི་རིགས་རང་ཉིད་ཀྱི་སྐད་བརྡའི་ཁྱད་ཆོས་དང་དགོས་པ་འཕྲོད་མིན་སོགས་ལ་བརྟག་ཞིབ་མ་བྱས་པར་དེ་དག་ཕུ་བཙུགས་ཀྱིས་ལེན་པ་དང་རང་སྣང་གང་ཤར་དུ་བེད་སྤྱོད་བྱས་ཚེ། དེས་སྐད་ཆ་ཕུན་སུམ་ཚོགས་སུ་འགྲོ་རྒྱུར་ཕན་པ་མེད་པའི་ཁར་དུ་དུང་གནོད་འཚེའི་རང་བཞིན་ཤིན་ཏུ་ཆེ་བ་ཞིག་ཡོད། འོ་ན་རང་རིགས་སུ་ཇི་ལྟར་འགྱུར་དགོས་པ་རེད་ཅེ་ན། དེ་ནི་ཆེས་མངོན་གསལ་དོད་པའི་ཕྱོགས་ཤིག་ནི། འགྱུར་ཡིག་ལ་མཚོན་ན། ཡིག་བསྒྱུར་བྱས་ཟིན་རྗེས་ཀློག་པ་པོར་རང་མི་རིགས་ཀྱི་སྐད་ཆ་དང་ཡི་གེའི་ཐོག་ནས་རྩོམ་འབྲི་བྱས་པ་ལྟ་བུའི་ཚོར་སྣང་དང་རོལ་མྱོང་བྱེད་ཐུབ་པ་མ་ཟད། ཀློག་པ་པོས་དེ་དོན་གསལ་བར་རྟོགས་ལ་བོད་མི་རིགས་ཀྱི་སྐད་བརྡའི་ཁྱད་ཆོས་དང་ཅི་ནས་ཀྱང་མཐུན་པར་བྱེད་དགོས་པ་དེ་ཡིན། དཔེར་ན། རྒྱ་རིགས་ཀྱི་གྲགས་ཅན་སྙན་ངག་པ་སུའུ་ཏུང་པོ་ཡིས་བརྩམས་པའི་བཅོ་ལྔའི་ཉ་གང་ཟླ་བར་བསྟོད་པའི་སྙན་ཚིག་དེ་ཐོར་ནས་བཟུང་གྲགས་ཆེ་བ་དང་། དུས་རབས་རིམ་བྱུང་དུ་ཉ་གང་ཟླ་བར་བསྟོད་

པའི་སྐན་ཚིག་མི་ཉུང་བ་ཞིག་བྲིས་ཡོད་པ་དེ་དག་གི་ནང་ནས་ཆེས་ཁྱད་དུ་འཕགས་པ་ཞིག་ཡིན་ཞེས་བསྔགས་བརྗོད་ཚད་མེད་ཐོབ་པ་དང་། སྐན་ངག་དེ་བོད་སྐད་ཡིག་ཐོག་ཏུ་བསྒྱུར་རྗེས་ཡང་ཀློག་པ་པོ་ཡི་རྟོགས་སླ་བ་དང་། སྐན་འཛེབས་ཀྱི་རོ་ནུས་ལྡན་པ་ཞིག་བྱུང་ཡོད་ལ། དེའི་ནང་གི་ཐ་སྙད་རྣམས་བོད་རིགས་ཀྱི་སྐད་བརྡའི་ཁྱད་ཆོས་དང་གང་ལེགས་མཐུན་པར་བྱས་ཤིང་མི་རྣམས་ཀྱིས་སྐན་ངག་འདི་ནི་བོད་རིགས་ཀྱི་རྩོམ་པ་པོ་ཞིག་གིས་བོད་སྐད་ཡིག་ཐོག་ནས་བྲིས་པ་ལྟ་བུའི་ཚོར་སྣང་སྐྱེ་ཀྱི་ཡོད་པས་སྐན་ངག་འདིའི་སྐད་ཆ་རྣམས་རང་རིགས་སུ་འགྱུར་ཐུབ་པ་བྱུང་ཡོད།

3. ང་ཚོས་ཧུར་བརྩོན་ཆེན་པོས་གནའ་རབས་བརྩམས་ཆོས་ནང་གི་སྐྱེས་སྟོབས་ཀྱི་དཔལ་འབར་བའི་སྐད་ཆ་དེ་དག་ལ་སློབ་སྦྱོང་བྱེད་དགོས། གནའ་རབས་རྩོམ་རིག་ནང་གི་སྐད་ཆ་སློབ་སྦྱོང་བྱེད་རྒྱུ་དེ་ནི་རྒྱུན་འཛིན་པ་དང་ཁྱབ་གདལ་གཏོང་རྒྱུ་དེ་ཡིན། བློ་མཐུན་མའོ་ཙེ་ཏུང་གིས“ང་ཚོས་སྔར་རབས་ཀྱི་མི་རྣམས་ཀྱི་སྐད་ཆའི་ནང་ནས་སྐྱེས་སྟོབས་ཡོད་པ་རྣམས་ཡང་ལེན་དགོས་པ་རེད། ང་ཚོས་སྐད་ཆ་སྦྱང་རྒྱུར་འབད་བརྩོན་མ་བྱས་པ་སོང་ཙང་སྔ་རབས་ཀྱི་མི་རྣམས་ཀྱི་སྐད་ཆའི་ནང་ནས་ད་དུང་སྐྱེས་སྟོབས་ཡོད་པ་མང་པོ་ཞིག་ང་ཚོས་བེད་སྤྱོད་གང་ཡག་ཡག་དང་གང་ལ་གང་འཚམས་ཤིག་བྱེད་ཐུབ་ཀྱི་ཡོད་པ་མ་རེད། ཁ་རྒྱུན་ལས་དོར་ཚར་བའི་མིང་ཚིག་དང་མངོན་བརྗོད་སྤྱོད་རྒྱུར་བློ་ཐག་ཐད་བཅད་ཀྱིས་ངོ་རྒོལ་བྱེད་དགོས་པ་ནི་བཤད་མ་དགོས་པ་རེད། ཡིན་ན་ཡང་ཡག་པོ་ཡིན་ཐོག་ད་ལྟའང་གོ་ཆོད་པ་ཅིག་ཡིན་ཕྱིན་ད་དུང་རྒྱུན་འཛིན་བྱེད་དགོས་ཀྱི་རེད་”(《མའོ་ཙེ་ཏུང་གསུང་རྩོམ་གཅེས་བསྡུས་》དེབ་གསུམ་པའི་ཤོག་གྲངས་83ལ་གསལ་)ཅེས་གསུངས་ཡོད་པ་རེད། རྒྱུན་རིང་གི་ལོ་རྒྱུས་དུས་རབས་ནང་དུ་ང་ཚོའི་མི་རིགས་ཀྱི་རྩོམ་པ་པོ་ཕུལ་བྱུང་དག་གིས་བོད་རིགས་ཀྱི་སྐད་ཆ་ཕུན་སུམ་ཚོགས་སུ་གཏོང་རྒྱུར་རྟུལ་ཕྱུ་འབོར་ཆེན་ཞིག་བཏོན་སྒྲོང་ལ་ལེགས་སྐྱེས་ཆེན་པོ་ཕུལ་ཡོད་པ་མ་ཟད། ད་ལམ་མི་རྣམས་ཀྱི་འདྲེན

བྱེད་ལམ་དུ་གང་འདོད་ཀྱིས་ལོངས་སྤྱོད་བྱེད་རྒྱུ་ཡོད་པ་དང་། ཁོང་རྣམ་པས་རྩོམ་འབྲི་བྱས་པའི་བརྩམས་ཆོས《མི་ལ་རས་པའི་མགུར་འབུམ་དང་རྣམ་ཐར་》《ས་སྐྱ་ལེགས་བཤད་》《མི་དབང་རྟོགས་བརྗོད་》《གླིང་གེ་སར་རྒྱལ་པོའི་སྒྲུང་》སོགས་ཇེ་སྙེད་གཅིག་ཡོད་པ་དེ་དག་ནི་བོད་རིགས་ཀྱི་སྐད་ཆའི་རིན་ཐང་གི་གཏེར་མཛོད་ལྟ་བུ་ཞིག་ཡིན།

མདོར་ན། རྩོམ་རིག་གི་སྐད་ཆ་ཆེས་ཕུན་སུམ་ཚོགས་པོ་ཡོང་བ་བྱེད་རྒྱུར་མི་དམངས་མང་ཚོགས་ཀྱི་སྐད་ཆར་སློབ་སྦྱོང་བྱེད་དགོས་པ་མ་ཟད། ཕྱི་རྒྱལ་དང་མི་རིགས་གཞན་གྱི་རྩོམ་རིག་གི་སྐད་ཆ་དང་གནའ་རབས་ཀྱི་སྐད་ཆ་ལ་ཡང་སློབ་སྦྱོང་བྱེད་དགོས་པ་རེད། འོན་ཏེ་མི་དམངས་མང་ཚོགས་ཀྱི་སྐད་ཆ་སློབ་སྦྱོང་བྱས་ནའང་འདྲ། ཡང་ན་ཕྱི་རྒྱལ་དང་མི་རིགས་གཞན་གྱི་སྐད་ཆ་སློབ་སྦྱོང་བྱས་ནའང་འདྲ། གང་ལྟར་དེ་དག་ཚང་མ་ནི་རྩོམ་རིག་གི་སྐད་ཆའི་དགོས་མཁོར་གཞིགས་ཏེ་གཟབ་ནན་ཆེན་པོས་གདམ་གསེས་དང་ཁུངས་ཟིན་ལེགས་པར་ཉར། ལས་སྣོན་བཅས་བྱེད་རྒྱུ་དེ་ཡིན་པ་ལས་ཁྲིན་ཡོངས་ནས་གདམ་གསེས་གང་ཡང་མ་བྱས་པར་ཇི་མ་ཇི་བཞིན་འདྲ་སྒྲོས་བྱེད་རྒྱུ་དེ་མ་ཡིན་ནོ།

4. རྩོམ་རིག་གི་སྐད་ཆ་བཙོ་སྦྱངས་དང་གདམ་གསེས་བྱེད་པའི་རྩ་བའི་རྩ་དོན་གྱི་སྐོར།

གོང་དུ་རྩོམ་རིག་གི་སྐད་ཆ་དེ་གཟུགས་སྣང་ཅན་དུ་བསྒྱུར་དགོས་པ་དང་། གནད་ཏུ་འཁེལ་བ། རང་མཚན་ཅན་དུ་འགྱུར་བ་བྱེད་པའི་ཁྱད་ཆོས་རྣམས་བསྟན་ཟིན་པ་དང་དེ་དག་ནི་རྩོམ་པ་པོ་དང་སྨན་ངག་མཁན་གྱིས་སྐད་ཆ་གདམ་གསེས་དང་ལས་སྣོན་བྱེད་པའི་རྩ་བའི་དམིགས་ཡུལ་ཡིན་པ་ནི་གདོན་ཟ་མི་དགོས་པ་ཞིག་ཡིན་ལ། རྩོམ་རིག་གི་སྐད་ཆ་གདམ་གསེས་དང་བཙོ་སྦྱང་བྱེད་རྒྱུར་ཡང་ཐོག་མར་སྲུང་སྐྱོ་བྱེད་དགོས་པའི་རྩ་དོན་ཞིག་ཡང་ཡིན།

རྩོམ་རིག་གི་སྐད་ཆ་གདམ་གསེས་དང་། ལས་སྣོན་བྱེད་རྒྱུ་དེ་ནི་འཚོ་བ་མཚོན་པར་བྱེད་པའི་དགོས་མཁོར་གཞིགས་དགོས་པ་དང་། རྩོམ་རིག་སྒྱུ་རྩལ་

ནི་འཚོ་བ་ཚུར་སྣང་བྱེད་རྒྱུ་དེ་ཡིན་པ་དང་། རྩོམ་རིག་བརྩམས་ཆོས་ཀྱི་སྐད་ཆ་ལེགས་ཞན་དེ་གཙོ་བོ་འཚོ་བ་མཚོན་པར་བྱེད་པའི་དགོས་པ་དང་མཐུན་ཐུབ་མིན་ལ་བལྟ་དགོས་པ་ལས།འཚོ་བ་དངོས་ཀྱི་ནང་དོན་དང་ཁ་བྲལ་ནས་ཚིག་སྦྱོར་སླན་ཞིང་འཇེབས་པ་དང་རྣམ་པ་གསར་པ་ཞིག་ཡོང་ཐུབ་རྒྱུར་བརྩོན་ལེན་དང་དེ་ཁོ་ན་འབད་པས་གཉེར་ན་དེ་ནི་དོན་སྙིང་དེ་ཙམ་མེད་པ་ཞིག་ཡིན། རྩོམ་རིག་སྒྱུ་རྩལ་གྱི་བརྩམས་ཆོས་ལ་མཚོན་ན་འཚོ་བ་ནི་བརྗོད་པར་བྱ་བའི་ནང་དོན་དང་སྐད་ཆ་ནི་མཚམས་སྦྱོར་བྱེད་རྒྱུ་དེ་ཡིན། རྩོམ་རིག་གི་སྐད་ཆ་གདམ་གསེས་དང་བཙོ་སྦྱངས་བྱེད་པར་ངལ་བ་འཛེམས་མེད་ཀྱི་ངལ་རྩོལ་ལ་བརྟེན་དགོས་པ་དང་། དེ་ནི་གནའ་མིའི་གཏམ་ལ"ཚིག་རྐང་གཉིས་ཙམ་ལོ་ངོ་གསུམ་གྱིས་གྲུབ། ཀླག་བཞིན་གདོང་ལ་དགའ་བའི་མཆི་མས་བྲན་"ཞེས་པའམ། "ཡིག་འབྲུ་རེ་རེར་ཁྲག་གིས་སྦགས་པ་ལས། ལོ་བཅུའི་སྐྱོ་ངལ་བརྗོད་ལས་འདས་པ་ཤེས"ཞེས་གྲགས་པ་དེ་དག་རྩོམ་རིག་གི་སྐད་ཆར་དམིགས་ནས་གསུངས་པ་མིན་ཡང་། ཚིག་གི་བརྡར་ཤ་གཅོད་པའི་ཉམས་མྱོང་གལ་ཆེན་ཞིག་ཡིན་ཏེ། བཞུ་སྦྱང་ཇི་ཙམ་བྱེད་ཐུབ་ན་དེ་ཙམ་གྱིས་རྩོམ་རིག་གི་སྐད་ཆའི་སྤུས་ཚད་དེ་ལེགས་སུ་འགྲོ་བ་ནི་སྨོས་མ་དགོས་པ་ཞིག་ཡིན།

རྩོམ་པ་པོ་ནི་མི་དམངས་མང་ཚོགས་ཀྱི་སློབ་ཕྲུག་ཅིག་ཡིན་ལ། མི་དམངས་མང་ཚོགས་ཀྱི་དགེ་རྒན་ཞིག་ཡིན་པ་དང་། དེ་བཞིན་དུ་སྐད་ཆ་བེད་སྤྱོད་བྱ་རྒྱུའི་ཐད་ལ་ཡང་དེ་ལྟར་ཡིན། རྩོམ་རིག་གི་ཁྱབ་ཡུལ་རྒྱ་ཆེ་བ་དང་། མི་དམངས་མང་ཚོགས་ལ་ཤུགས་རྐྱེན་གཏིང་ཟབ་པོ་ཡོད་རྐྱེན། རྩོམ་པ་པོས་སྐད་ཆ་གདམ་གསེས་དང་ལས་སྣོན་བྱ་རྒྱུའི་ཐད་མི་རྣམས་ལ་ཡང་དག་པའི་སྒོ་ནས་སྐད་ཆ་ཚད་ལྡན་ཅན་བེད་སྤྱོད་བྱ་བའི་མིག་དཔེ་བཟང་པོ་ཞིག་བཏོན་དགོས་པ་རེད།

དེ་མིན། རྩོམ་རིག་གི་སྐད་ཆ་གདམ་གསེས་དང་ལས་སྣོན་བྱ་རྒྱུའི་ཐད་སྐད་ཆ་དེ་དག་མི་རིགས་ཀྱི་ཁྱད་ཆོས་ཅན་དུ་འགྱུར་བ་དང་། མང་ཚོགས་ཅན་

དུ་འགྱུར་རྒྱུར་དོ་སྣང་བྱེད་དགོས་པ་ཞིག་ཡིན། ང་ཚོས་རྩོམ་རིག་གི་སྐད་ཆ་དེ་མི་རིགས་ཅན་དང་མང་ཚོགས་ཅན་ལ་འགྱུར་བར་བྱེད་དགོས་པའི་རེ་བ་བཏོན་པ་དེ་ནི་རྩ་བའི་ཐོག་ནས་བཤད་ན་བརྗོད་དོན་ལ་རགས་ལས་པ་ཞིག་ཡིན། འོན་ཏེ། ང་ཚོས་སྐད་ཆ་མི་རིགས་ཅན་དུ་འགྱུར་བ་དང་མང་ཚོགས་ཅན་དུ་འགྱུར་བ་བྱ་རྒྱུ་ནི་ཚད་གཞི་དང་པོ་དེ་ཡིན་ཞེས་མི་བརྗོད་ཐབས་མེད་རེད། གལ་སྲིད་སྐད་ཆ་དེ་དག་མི་རིགས་ཀྱི་སྐད་བརྡའི་ཁྱད་ཆོས་དང་བསམ་སྤྱོད་དང་མི་མཐུན་པ་ཡིན་ན་མང་ཚོགས་ཀྱིས་ཤེས་རྟོགས་བྱེད་ཁག་པ་དང་། ཀློག་པ་པོ་རྣམས་ཀྱིས་དང་ལེན་བྱེད་ཐབས་བྲལ་བ་ཞིག་རེད། དེར་བརྟེན་རྩོམ་རིག་གི་སྐད་ཆ་དེ་དག་མི་རིགས་ཅན་དུ་འགྱུར་བ་དང་མང་ཚོགས་ཅན་དུ་འགྱུར་དགོས་ཞེས་པ་ནི་བརྩམས་ཆོས་ཀྱི་སྐད་ཆ་དེ་མི་རིགས་ཀྱི་སེམས་ཁམས་དང་བསམ་གཤིས་རོལ་སྨོང་དང་གཟིགས་ཞིབ་བྱེད་པའི་དགོས་པ་དང་མཐུན་པར་བྱེད་དགོས་པ་མ་ཟད། མི་རྣམས་ཀྱིས་བལྟ་འདོད་ཞིང་ཉན་སྤྲོ་བ་ཞིག་ཡོང་བ་བྱེད་དགོས།

རང་རྒྱལ་ནི་མི་རིགས་མང་བའི་སྤྱི་ཚོགས་རིང་ལུགས་ཀྱི་རྒྱལ་ཁབ་ཅིག་ཡིན་པ་དང་། རང་རྒྱལ་དུ་རྩོམ་རིག་གི་སྐད་ཆ་མི་རིགས་ཅན་དུ་འགྱུར་བར་བྱེད་རྒྱུ་ནི་མི་རིགས་རང་ཉིད་ཀྱི་སྐད་ཡིག་ལ་བརྟེན་ནས་རྩོམ་རིག་གསར་བསྐྲུན་བྱེད་རྒྱུར་སྐུལ་འདེད་བྱེད་དགོས་ལ། མི་རིགས་ཕན་ཚུན་དབར་ཉམས་མྱོང་སྤེལ་རེས་དང་། མི་རིགས་རང་ཉིད་ཀྱི་སྐད་ཆ་ཕུན་སུམ་ཚོགས་སུ་འགྲོ་རྒྱུར་ལེགས་སྐྱོས་འབུལ་དགོས་པ་རེད། རྩོམ་རིག་ནི་ཇོད་བྱེད་ཚིག་གི་སྒྱུ་རྩལ་ཞིག་ཡིན་པས་ངེས་པར་དུ་སྐད་ཆ་དེ་དག་གང་ཐུབ་ཅི་ཐུབ་ཀྱིས་སྙིང་བསྡུས་དང་བཅོ་སྦྱང་བྱས་པ་ཞིག་ཡིན་དགོས།

དེ་མིན། རྩོམ་རིག་གི་སྐད་ཆ་གདམ་གསེས་དང་བཅོ་སྦྱང་བྱ་རྒྱུའི་ཐད་རྒྱུན་ཆད་མེད་པར་ཐུན་མོང་མ་ཡིན་པའི་གསར་གཏོད་ཀྱི་ནུས་པ་འདོན་སྤེལ་བྱེད་པའི་སྙིང་སྟོབས་ཡོད་དགོས། ཐུན་མོང་མ་ཡིན་པའི་གསར་བསྐྲུན་གྱི་རང་

བཞིན་ལྡན་ཆེ། རྩོམ་རིག་གི་སྐད་ཆ་དེ་རྣམ་པ་གསར་ལ་བབ་ཆགས་པ། སྐྱེས་སྟོབས་ལྡན་པ། མི་རྣམས་ལ་སེམས་འགུལ་ཐེབས་པ་དང་། ཡིད་འགུག་པའི་ནུས་པ་ལྡན་པ་ཞིག་ཡོང་ཐུབ་ཀྱི་རེད། སྐད་ཆ་སློབ་སྦྱོང་བྱེད་པའི་བརྒྱུད་རིམ་ནང་དུ་ངེས་པར་དུ་རྩོམ་པ་པོས་གཟབ་ནན་ཆེན་པོས་གདམ་གསེས་དང་བཙོ་སྦྱང་བྱས་པ་དང་། དེ་རྗེས་སོ་སོའི་དགོས་མཁོར་གཞིགས་ཏེ་གསར་བསྐྲུན་བྱེད་དགོས་པ་རེད། འཚོ་བ་ནི་ཆེས་ཕུན་སུམ་ཚོགས་ཤིང་རྣམ་པ་མི་འདྲ་བ་དང་། རྩོམ་རིག་གི་སྐད་ཆ་བེད་སྤྱོད་བྱ་རྒྱུའི་ཐད་ལ་ཡང་འཕོ་འགྱུར་མང་བ་ཞིག་ཡིན་པ་དང་། དེའི་ནང་དུ་རྩོམ་པ་པོར་ཐུན་མོང་མ་ཡིན་པའི་གསར་བསྐྲུན་གྱི་ནུས་པ་འདོན་སྤེལ་བྱ་རྒྱུར་འགྲོ་ལམ་ཡངས་ཤིང་རྒྱ་ཆེ་བ་ཞིག་ཡོད་ལ། སྔོན་བྱོན་གྱི་སྐད་ཆའི་སློབ་དཔོན་ཆེན་པོ་རྣམས་ཀྱིས་ཀུང་ཚད་མཐོའི་གསར་བསྐྲུན་གྱི་སྙིང་སྟོབས་ཤིག་འཁྱེར་ནས་སྐད་ཆ་སློབ་སྦྱོང་དང་བེད་སྤྱོད་བྱེད་ཀྱི་ཡོད་པ་རེད། ཁ་ཤོས་ཕྱོགས་གཅིག་ནས་སྤྱོལ་རྒྱུན་ལ་བརྩི་སྲུང་ཞུ་བ་དང་། མི་གཞན་གྱི་གྲུབ་འབྲས་རྣམས་ཚུར་ལེན་པ་དང་། ཕྱོགས་གཞན་ཞིག་ནས་རང་ཉིད་ཀྱི་རིགས་སྟོབས་དང་འཛོན་ཐང་རྣམས་འདོན་སྤེལ་གང་ལེགས་བྱས་པ་དང་ཆབས་ཅིག་ཐབས་ལམ་གསར་པ་འཚོལ་ཞིབ་དང་ཉམས་མྱོང་གསར་པ་གསར་བསྐྲུན་བྱེད་ཀྱི་ཡོད་པ་རེད།

བརྩམས་ཆོས་ལེགས་པོ་ཞིག་འབྲི་སྐབས་ན་ཐོག་མར་སྐད་ཆ་ཡག་པོ་ཞིག་སྦྱང་དགོས། སློ་མཐུན་མའོ་ཙེ་ཏུང་གིས“སྐད་ཆ་ཟེར་བ་དེ་ལས་སླ་པོ་ཅིག་ལ་ཡག་པོ་ཤེས་ཐུབ་པ་ཅིག་མིན་ཙང་སྟུག་རྒུས་བྱས་ནས་སྦྱང་ན་མ་གཏོགས་མི་འགྲིག་པས་བྱས་པ་རེད་”ཅེས་གསུངས་ཡོད། དེ་ཡང་བོད་རིགས་ཀྱི་སྐད་ཡིག་གི་གཏེར་མཛོད་ནི་རྒྱ་མཚོ་ཙམ་ཞིག་ཡོད་པ་དང་། དེའི་ནང་ནས་རང་ཉིད་ཀྱིས་ཤེས་པ་ནི་ཐིམ་ཆུ་གང་ངམ་ཡང་ན་ཐིགས་པ་ཙམ་ཞིག་རེད། དཔེར་ན། ལྷའི་དབང་པོ་བརྒྱ་སྦྱིན་གྱིས་མཛད་པའི་སྒྲའི་བསྟན་བཅོས《ཨིནྡྲ་ཀ་ར་ཎ་》ཞེས་པ་དེ་དྲང་སྲོང་ཕུར་བུ་ལྟག་པར་མཁས་པར་གྱུར་ནས་སྒྲ་མཁན་ང་ལས་

མཁས་པ་མེད་སྐམ་སྟེ་ཁེངས་པར་གྱུར་བ་དང་། དེའི་སྐབས་སུ་ལྷའི་དབང་པོ་བརྒྱ་སྦྱིན་གྱིས"སྒྲ་ཡི་རིག་པ་མཐའ་ཡས་ཏེ། ཡོངས་སུ་རྫོགས་པ་རྒྱ་མཚོ་ཙམ། ང་ཡི་ཤེས་པ་བུམ་ཆུ་ཙམ། ཁྱོད་ཀྱིས་ཤེས་པ་ཐིགས་པ་ཙམ"ཞེས་གསུངས་པ་ལྟ་བུའོ། དེས་ན་སྟུག་ཏུས་བྱས་ཏེ་སྐད་ཆ་སློབ་སྦྱོང་བྱེད་པ་དང་། རྩོམ་རིག་གི་སྐད་ཆ་ཕུན་སུམ་ཚོགས་སུ་གཏོང་བ་དང་གདམ་གསེས་བྱེད་རྒྱུ་དེ་ནི་ག་དུས་ཡིན་ཀྱང་རྩོམ་རིག་གསར་བསྐྲུན་བྱེད་པའི་གལ་ཆེ་བའི་གནད་དོན་ཞིག་ཡིན་ནོ།

རྩོམ་རིག་ནི་སྐད་ཆའི་སྒྱུ་རྩལ་ཡིན་པ་དང་། སྐད་ཆ་མེད་ན་རྩོམ་རིག་ཡང་ཡོང་ཐབས་བྲལ་བ་ཞིག་ཡིན་པས། རྩོམ་པ་པོས་གང་ཐུབ་ཅི་ཐུབ་ཀྱིས་མི་དམངས་མང་ཚོགས་ཀྱི་སྐད་ཆ་སློབ་སྦྱོང་བྱེད་པ་དང་ཆབས་ཅིག་མ་བཅོས་རྒྱུ་ཆར་ལས་སྔོན་བྱས་ཏེ། རྩོམ་རིག་གི་སྐད་ཆ་དེ་གནད་དུ་འཕིགས་པ་དང་གསོན་ཉམས་ལྡན་པ། སྐྱེས་སྟོབས་ཀྱི་ནུས་པ་ལྡན་པ་ཞིག་ཡོང་བ་བྱེད་རྒྱུ་དེ་ནི་དུས་ནམ་ཡང་ཆེས་གལ་ཆེ་བའི་འགག་གནད་ཅིག་ཡིན་ནོ།

1. རྩོམ་རིག་གི་སྐད་ཆ་དང་མི་དམངས་མང་ཚོགས་ཀྱི་ངག་ཐོག་གི་སྐད་ཆར་འབྲེལ་བ་དང་ཁྱད་པར་གང་ཡོད་དམ།

2. སྐད་ཆ་རང་མཚན་ཅན་དུ་འགྱུར་བ་བྱ་དགོས་ཞེས་པའི་གོ་དོན་གང་ཡིན་ནམ།

3. སྐད་ཆ་སློབ་སྦྱོང་བྱེད་པའི་ཡུལ་གཙོ་བོ་གང་དང་གང་ཡོད་དམ།

4. རྩོམ་རིག་གི་སྐད་ཆ་བཙོ་སྦྱོང་བྱེད་པའི་རྩ་བའི་རྩ་དོན་གང་ཡིན་ནམ།

ས་བཅད་དྲུག་པ། མི་སྣ་དང་ཁོར་ཡུག་གི་སྐོར།

རྩོམ་རིག་ནི་སྒྱུ་རྩལ་གྱི་གཟུགས་བརྙན་བརྒྱུད་ནས་དངོས་ཡོད་འཚོ་བ་མཚོན་པར་བྱེད་པ་ཞིག་ཡིན་ཞིང་། སྒྱུ་རྩལ་གྱི་གཟུགས་བརྙན་ནི་རྩོམ་རིག་གི་ནང་དུ་ཐིམ་པའི་མངོན་སུམ་གསོན་རྗེན་གྱི་འཚོ་བའི་ངོ་རིས་དེ་ཡིན། རྩོམ་རིག་གིས་འབྲི་བར་བྱ་བའི་ལྟེ་བ་ནི་མི་སྣ་ཡིན་ལ། ཡང་རྩོམ་རིག་སྒྱུ་རྩལ་ནི་མི་སྣ་ཁོ་ན་ཁེ་གཙང་དུ་འབྲི་བ་ཞིག་མ་ཡིན་པར། མི་དང་མིའི་དབར་དང་། མི་དང་ཁོར་ཡུག་བར་གྱི་འབྲེལ་བ་དེ་མཉམ་བསྲེས་ཀྱིས་མངོན་སུམ་གསོན་རྗེན་གྱིས་འཚོ་བའི་ངོ་རིས་ཤིག་ཏུ་གྱུར་བ་ཡིན་ཞིང་། མངོན་གསལ་གསོན་རྗེན་གྱིས་འཚོ་བའི་ངོ་རིས་དེ་རིགས་ནི་རྩོམ་རིག་སྒྱུ་རྩལ་གྱི་རིགས་སུ་གྱུར་པ་ཁོ་ནའི་ནང་དུ་ཡོད་པ་མ་གཏོགས་ཚན་རིག་གི་རྩོམ་དེབ་དང་ཆབ་སྲིད་ཀྱི་གླེང་རྩོམ་ནང་དུ་ཡོང་མི་ཐུབ་པ་ཞིག་ཡིན།

དང་པོ། མི་སྣའི་སྐོར།

རྩོམ་རིག་ནི་མིའི་རིག་པ་ཞིག་ཡིན་པ་དང་། རྩོམ་རིག་གི་བརྩམས་ཆོས་ནང་དུ་མི་སྣའི་གཟུགས་བརྙན་བསྐྲུན་རྒྱུ་ནི་དུས་ནམ་ཡང་གཙོ་གནད་དུ་འཛོག་དགོས་པ་དང་དེ་དང་དུས་མཚུངས་མི་སྣར་འགྲུལ་བསྐྱོད་བྱེད་སའི་ཁོར་ར་ཁོར་ཡུག་ཡང་བསྐྲུན་དགོས་པ་ཞིག་རེད། དེ་ལྟར་མི་སྣ་དང་ཁོར་ཡུག་ནི་རྩོམ་རིག་སྒྱུ་རྩལ་གྱི་བརྩམས་ཆོས་ནང་དུ་ཤེས་གལ་ཆེ་བའི་གནས་བབ་ཅིག་བཟུང་ཡོད་པ་རེད།

རྩོམ་རིག་སྒྱུ་རྩལ་གྱི་བརྩམས་ཆོས་ནང་དུ་རྩོམ་པ་པོ་དང་སྙན་ངག་མཁན་

གྱིས་རྩོམ་འབྲི་བྱེད་ཡུལ་ནི་མ་ལུས་ཀུན་འདུས་ཤིག་ཡིན་པ་སྟེ། རི་དང་། ཐང་ཆེན། བཙོ་གྲྭ་དང་། ཞིང་ཁྲལ་དང་འབྲོག་ཁྲལ། སློབ་གྲྭ། ཉི་ཟླ་དང་། སྐར་ཚོགས། མཛེས་ལྗོངས། བྱ་བྱིའུ་དང་རི་དྭགས། སྐྱེ་དངོས་སོགས་མི་རྣམས་ཀྱི་འཚོ་བའི་ནང་ཐུབ་པའི་བྱ་དངོས་མཐའ་དག་རྩོམ་འབྲི་བྱེད་ཀྱི་ཡོད། ཡིན་ནའང་རྩོམ་འབྲི་བྱེད་པའི་ནང་གི་གཙོ་གནད་ནི་དམིགས་བསལ་ཁོར་ཡུག་ནང་གི་མི་སྣ་དེ་ཡིན་ལ། མི་རྣམས་ཀྱི་སློ་ཁ་དང་བརྩེ་དུང་། སེམས་ཁམས། མི་རྣམས་ཀྱི་གཤིས་རྒྱུད། ལས་དབང་སོགས་རྩོམ་འབྲི་བྱ་རྒྱུ་དེ་ཡིན། ཕྱིར་བཏང་གི་གནས་ཚུལ་འོག་ཏུ་རང་བྱུང་ཁམས་ཀྱི་ཡུལ་ལྗོངས་རྩོམ་འབྲི་བྱེད་རྒྱུ་ནི་མི་དང་ཡུལ་ལྗོངས་འབྲེལ་བ་དམ་ཟབ་ཡོད་པའི་འོག་གཞི་ནས་ཡུལ་ལྗོངས་དེ་དག་རྩོམ་འབྲི་བྱེད་ཡུལ་དུ་གྱུར་པ་ཞིག་ཡིན་རྐྱེན། མི་སྣ་ནི་དུས་ནམ་ཡང་རྩོམ་འབྲི་བྱེད་ཡུལ་གཙོ་བོ་ཞིག་ཡིན། ཕ་རན་སིའི་རྩོམ་པ་པོ་པའར་ཀྲ་ཁེ་ཡིས "རྩོམ་རིག་སྒྱུ་རྩལ་ནི་མི་སྣ་དང་འཚོ་བ་མཚོན་པར་བྱེད་རྒྱུ་དེ་ཡིན" ཞེས་གསུངས་པ་དང་། ཨུ་རུ་སུའི་རྩོམ་རིག་དཔྱད་བརྗོད་མཁས་ཅན་ཁྲི་འར་ཉེ་ཞེ་ཧྥུ་སི་ཅིས"……སྒྱུ་རྩལ་དང་། ལྷག་པར་སྙན་ངག་དང་སྒྱུ་རྩལ་གྱི་བརྗོད་བྱ་ངོ་མ་ནི་རང་བྱུང་ཁམས་མ་ཡིན་པར་དེ་ནི་མིའི་མི་ཚེ་དེ་ཡིན་ནོ"ཞེས་གསུངས་པ་དང་ཀོར་ཀིས "རྩོམ་རིག་སྒྱུ་རྩལ་ནི་མིའི་རིག་པ་ཡིན"ཞེས་དང་། "རྩོམ་རིག་སྒྱུ་རྩལ་མཁན་གྱི་རྒྱུ་ཆ་ནི་མི་ཡིན" ཞེས་གསུངས་ཡོད་པ་རེད། དེས་ན། རྩོམ་རིག་སྒྱུ་རྩལ་གྱི་ནང་མི་སྣ་རྩོམ་འབྲི་བྱ་རྒྱུ་དེ་གཙོ་གནད་དུ་འཛུགས་དགོས་པའི་རྒྱུ་མཚན་ནི་གནད་དོན་ཕྱོགས་གཉིས་ནས་མཚོན་ཐུབ་པ་ཞིག་ཡིན།

གཅིག སྤྱི་ཚོགས་ཀྱི་འཚོ་བ་དང་རྩོམ་རིག་སྒྱུ་རྩལ་གྱི་འབྲེལ་བའི་ཐད་ནས་བལྟས་ན། རྩོམ་རིག་སྒྱུ་རྩལ་གྱིས་སྤྱི་ཚོགས་ཀྱི་འཚོ་བ་དེ་ཚུར་སྣང་དང་མཚོན་པར་བྱེད་ལ། ཡང་སྤྱི་ཚོགས་ཀྱིས་འཚོ་བར་ཤུགས་རྐྱེན་ངེས་ཅན་ཞིག་དང་ནུས་པ་ངེས་ཅན་ཞིག་ཐོན་གྱི་ཡོད་པ་དེ་དག་ཚང་མ་མི་སྣ་རྩོམ་འབྲི་བྱ་རྒྱུ་དང་ཁ་བྲལ་ཐབས་མེད་པ་ཞིག་ཡིན། རྩོམ་རིག་སྒྱུ་རྩལ་ནི་སྤྱི་ཚོགས་ཀྱི་འཚོ་བ

དེ་ཚུར་སྣང་བྱས་པ་ཞིག་ཡིན་པ་དང་། སྤྱི་ཚོགས་ཀྱི་འཚོ་བ་ནི་དོན་དངོས་ཐོག་སྤྱི་ཚོགས་ཀྱི་འབྲེལ་བ་སྣ་ཚོགས་ལས་གྲུབ་པ་ཞིག་ཡིན་ཞིང་། སྤྱི་ཚོགས་ཀྱི་འབྲེལ་བ་སྣ་ཚོགས་ཞེས་པ་ནི། དཔེར་ན། དཔལ་འབྱོར་གྱི་འབྲེལ་བ། ཆབ་སྲིད་ཀྱི་འབྲེལ་བ། བསམ་བློའི་འབྲེལ་བ། རིག་གནས་ཀྱི་འབྲེལ་བ། མི་རིགས་ཀྱི་འབྲེལ་བ། ས་ཁུལ་གྱི་འབྲེལ་བ། ཁྱིམ་ཚང་གི་འབྲེལ་བ་སོགས་ཡིན་པ་དང་། དོན་དངོས་ཐོག་འབྲེལ་བ་དེ་དག་ཚང་མ་ནི་མི་དང་མིའི་དབར་གྱི་འབྲེལ་བ་ཞིག་ཡིན། དེར་བརྟེན་མི་ནི་སྤྱི་ཚོགས་འབྲེལ་བའི་སྤྱི་སྡོམས་ཡིན་ཞེས་པའི་རྒྱུ་མཚན་ཡང་དེ་ཡིན། དེས་ན་སྤྱི་ཚོགས་ཀྱི་འཚོ་བ་དེ་བསྒྱུར་དུ་རྩོམ་རིག་སྒྱུ་རྩལ་གྱི་ནང་ནས་མངོན་གསལ་དོད་པོས་མཚོན་པ་དང་། སྤྱི་ཚོགས་ཀྱི་འཕེལ་ཕྱོགས་དངོས་དེ་མཚོན་པར་བྱེད་རྒྱུར་མི་སྣ་འདྲ་མིན་སྣ་ཚོགས་ཀྱི་བསམ་ཚུལ་དང་མི་སྣའི་བརྩེ་སེམས། མི་སྣའི་སེམས་ཁམས། མི་སྣའི་གཤིས་རྒྱུད། མི་སྣའི་ལས་དབང་དང་། མི་སྣའི་འབྲེལ་བ་སོགས་རྩོམ་འབྲི་བྱ་རྒྱུ་དེ་ཁོ་ན་ཡིན་པ་དང་། རྩོམ་པ་པོ་དང་། སྙན་ངག་མཁན་གྱིས་ངལ་རྩོལ་བྱེད་ཡུལ་ནི་མི་སྣ་ཡིན་ལ། ཡིད་འཇོག་བྱེད་ཡུལ་དང་། རྩོམ་འབྲི་བྱེད་པའི་གཙོ་གནད་ནི་མི་སྣ་འདྲ་མིན་སྣ་ཚོགས་ཀྱི་གཟུགས་བརྙན་རྩོམ་འབྲི་བྱ་རྒྱུ་དེ་ཐག་གཅོད་ཀྱི་རང་བཞིན་ལྡན་པ་ཞིག་ཡིན།

གཉིས། བརྩམས་ཆོས་ཀྱི་བརྗོད་བྱ་དང་གྲུབ་ཆའི་འབྲེལ་བའི་ཐད་མི་སྣས་དམིགས་བསལ་གྱི་གནས་བབ་ཅིག་བཟུང་ཡོད་རྐྱེན་རྩོམ་འབྲི་བྱེད་པའི་གཙོ་གནད་དུ་འཇོག་དགོས། རྩོམ་རིག་སྒྱུ་རྩལ་གྱི་བརྩམས་ཆོས་ཀྱི་ནང་དོན་ནི། བརྗོད་བྱ་དང་། སྙིང་དོན། གྲུང་རིམ། མི་སྣ་ཁོར་ཡུག་སོགས་ཀྱི་རྐྱེན་ལས་གྲུབ་པ་ཞིག་ཡིན་ལ་བརྗོད་བྱ་དང་། སྙིང་དོན། གྲུང་རིམ། མི་སྣ། ཁོར་ཡུག་སོགས་ནི་ཁ་བྲལ་དུ་གནས་པ་ཞིག་མ་ཡིན་པར་དེ་དག་ནི་ཕན་ཚུན་འབྲེལ་བ་དམ་ཟབ་ཡོད་པ་ཞིག་ཀྱང་ཡིན། བརྩམས་ཆོས་མང་པོ་ཞིག་ལ་ཆ་མཚོན་ན་བརྩམས་ཆོས་ནང་གི་མི་སྣ་དེ་མེད་པར་གྱུར་ཚེ་དེ་དང་དུས་མཚུངས་བརྗོད་དོན་

ཡང་མེད་པར་གྱུར་འགྲོ་རྒྱུ་རེད། ཀཱའུ་ཨེན་ལི་ཡིས“གཟུགས་བརྙན་བརྒྱུད་ཚེ་གཞི་ནས་བསམ་བློ་མཚོན་པར་བྱེད་ཐུབ”ཅེས་གསུངས། མི་རྣམས་ཀྱིས་རྒྱུན་གཏན་དུ“བརྗོད་བྱ་གཙོ་བོ་ནི་བཙམས་ཆོས་ཀྱི་བླ་སྲོག”ལྟ་བུ་ཡིན་ཞེས་བརྗོད་དོན་གཙོ་བོའི་གལ་ཆེའི་རང་བཞིན་ལ་གསལ་བཤད་བྱེད་ཀྱི་ཡོད་ལ་ཕྱུལ་བྱུང་གི་བཙམས་ཆོས་གཅིག་ཡིན་ཕྱིན་བཙམས་ཆོས་ཀྱི་བརྗོད་བྱའི་བསམ་བློ་དེ་གང་ཐུབ་ཀྱིས་མི་རྣམས་ཀྱི་བློ་སྙིང་ཕྱི་ནས་བསམ་བློ་ཟབ་པོ་འཁོར་ཐུབ་པ་ཞིག་ཡོང་ཐུབ་ཐབས་བྱེད་པ་མ་ཟད། རྩོམ་པ་པོས་འཚོ་བར་གདེང་འཛོག་དང་ངོས་འཛིན་གྱི་འདུན་པ་དེ་ཡང་མངོན་གསལ་དོད་པོས་མཚོན་པར་བྱེད་ཀྱི་ཡོད། འོན་ཏེ། བཙམས་ཆོས་ཀྱི་བརྗོད་དོན་གཙོ་བོ་དེ་ཇི་ལྟར་མཚོན་པར་བྱེད་ཀྱི་ཡོད་དམ་ཞེ་ན། དེ་ནི་རྩོམ་པ་པོ་རང་ངོས་ཀྱིས་འཚོ་བར་གདེང་འཛོག་དང་ངོས་འཛིན་དེ་དམར་དམར་རྗེན་རྗེན་དུ་བརྒྱུད་བསྒྲགས་བྱེད་རྒྱུ་དེ་མ་ཡིན། དེ་འདྲ་ཞིག་ཡིན་ཚེ་དེ་ནི་རྩོམ་རིག་སྒྱུ་རྩལ་གསར་རྩོམ་བྱས་པ་ཞིག་མ་ཡིན་པར་དེ་ནི་སྤྱི་ཚོགས་ཀྱི་གླེང་རྩོམ་བྲིས་པ་ཙམ་ཁོ་ན་ཡིན། རྩོམ་རིག་སྒྱུ་རྩལ་གྱི་དམིགས་བསལ་རང་བཞིན་ཁོ་ནས་དོན་བརྗོད་བཙམས་ཆོས་ཀྱི་བརྗོད་དོན་གཙོ་བོ་ནི་གསོན་ཉམས་ལྡན་པའི་མི་སྣའི་གཟུགས་བརྙན་ལས་གསལ་དགོས་པ་དང་། མི་སྣའི་བསམ་བློ་དང་། གཤིས་སྤྱོད། ལས་དབང་སོགས་རྩོམ་འབྲི་བྱེད་རྒྱུ་དང་ཁ་བྲལ་ཚེ་བརྗོད་དོན་ཡང་གནས་ཐབས་མེད་ལ། དེ་དག་ཡང་དཔེ་མཚོན་གྱི་རང་བཞིན་ལྡན་དགོས་པ་ཞིག་ཡིན། དཔེ་མཚོན་ཞེས་པར་དཔེ་མཚོན་གྱི་གཤིས་རྒྱུད་དང་། དཔེ་མཚོན་གྱི་གཟུགས་བརྙན། དཔེ་མཚོན་མི་སྣ་བཅས་ཀྱི་བརྗོད་ཚུལ་ཡོད་ལ། དེ་ནི་བཙམས་ཆོས་ཀྱི་ནང་གསར་བསྐྲུན་བྱེད་རྒྱུ་ལེགས་ཤོས་བྱུང་བའི་མི་སྣའི་གཟུགས་བརྙན་ཞིག་རེད། དཔེ་མཚོན་གྱི་གཤིས་རྒྱུད་ལ་མངོན་གསལ་དོད་པོའི་བྱེ་བྲག་གི་རང་བཞིན་ལྡན་ཡོད་པ་མ་ཟད། བྱེ་བྲག་གི་རང་བཞིན་དེ་བརྒྱུད་ནས་སྤྱི་ཚོགས་སྟོབས་ཤུགས་ངེས་གཏན་ཞིག་གི་ངོ་བོ་མཚོན་གྱི་ཡོད་པ་རེད།

མི་སྣའི་གཞིས་ཀ་ནི་བྱུང་རིམ་འཕེལ་རྒྱས་འགྲོ་བའི་ལོ་རྒྱུས་ཤིག་ཡིན་ལ། དཔེ་མཚོན་ཁོར་ཡུག་ནང་གི་དཔེ་མཚོན་གྱི་གཞིས་ཀ་ལྡན་དགོས་པ་ཞིག་ཡིན་པ་དང་། བྱ་བའི་གྲུབ་ཆས་རྟག་ཏུ་མི་ཞིག་གི་ཆེས་ངོ་བོའི་ཕྱོགས་དེ་མཚོན་པར་བྱེད་ཐུབ་ཀྱི་ཡོད། 《ལེ་ནིན་ཟླ་བ་བཅུ་པའི་ནང་དུ་སྐུ་བཞུགས་གནང་སྐབས་》ཞེས་པའི་ནང་དུ་ལེ་ནིན་ལྐོག་བསྒྲིངས་གནས་ཚུལ་བྱུང་བའི་རྗེས་སུ་ཁོང་གིས་ཨིམ་རྗེར་"ཨིམ་རྗེ་ལགས། ཁྱེད་ཀྱིས་ང་ལ་གསུངས་དང་། ང་ཤི་རྒྱུ་རེད་དམ"ཞེས་གསུངས་པ་དེའི་ཐོག་ནས་རང་ཉིད་གསོན་རེ་གནང་ལུགས་མཚོན་ཞིང་། མི་ནི་མི་རང་ཡིན་པ་དེ་ཉིད་ཀྱི་ངོ་བོའི་ཕྱོགས་དེ་རེད། གཙོ་འཛིན་ཡང་ཤི་གསོན་གཉིས་ཀར་སྣང་མེད་གནང་མཁན་ཞིག་མ་ཡིན་པར་ཤི་རྒྱུར་སྣང་ཆེན་དང་སྤྱིར་བཏང་གི་མི་རྣམས་ཀྱིས་ཤི་རྒྱུར་སྐྲག་སྣང་བྱེད་པ་དེ་རིགས་ལས་རྣམ་པར་རྒྱལ་ཐུབ་པ་གནང་མཁན་ཞིག་ཡིན་པ་དེ་མཐོང་ཐུབ་པའོ། རྩོམ་པ་པོ་ཞིག་ལ་མི་སྣ་ཞིག་རྒྱུས་མང་འབྱུང་བ་ལྟར་དུ་སྣང་ཡང་ལེགས་གྲུབ་ཅིག་མ་བྱུང་ན་ཡང་མིན་ན་ཁོ་ཚོ་རང་རྟོགས་མ་ཡིན་པའི་ངང་ནས་ཐུགས་བསམ་ཅན་དུ་འགྱུར་ཏེ་ཁོ་ཚོའི་ལུས་སྟེང་གི་སྤྱིར་བཏང་མིའི་ངོ་བོ་བསྒྱུར་ནས་མི་དེའམ་དེ་དག་མི་ཕྱིད་ལྷ་ཕྱིད་ཀྱི་ལྷ་མ་ཡིན་གྱི་གཟུགས་སུ་གྱུར་བ་དང་། ཡང་ན་སྐབས་བདེའི་ངང་མི་དེ་རྩོམ་པ་པོ་རང་ཉིད་ཀྱི་ངག་ཚབ་ལྟ་བུར་གྱུར་ནས་ཁོ་ཚོས་སྨོད་པ་དང་གང་བྱེད་པ་རྣམས་ཁོ་ཚོའི་གཞིས་ཀས་ཁོ་ཚོར་སྐུལ་འདེད་བྱས་ནས་སྒྲུབ་པའི་བྱ་བ་ཞིག་མ་ཡིན་པར་རྩོམ་པ་པོའི་དགོས་འདུན་ལྟར་སྐད་ཆ་སྨོད་པ་དང་། བྱ་བ་སྒྲུབ་མཁན་ཞིག་ཏུ་གྱུར། མི་སྣ་དེ་གྲས་ནི་མི་སྣ་རང་ཉིད་མ་ཡིན་པར་རྩོམ་པ་པོ་རང་ཉིད་ཀྱིས་བཅན་ཤེད་ཀྱིས་བཟོས་པ་ཞིག་ཡིན། དེ་འདྲ་བྱས་ཚེ་མི་སྣ་དེ་དཔེ་མཚོན་གྱི་རང་གཞིས་ལྡན་པ་ཞིག་ཆགས་མི་ཐུབ། ཅི་འདྲ་ཞིག་ལ་མི་སྣའི་རང་གཞིས་ཟེར་རམ་ཞེ་ན། མི་སྣའི་རང་གཞིས་ཞེས་པ་ནི་མིའི་ལུས་སྟེང་ནས་ཚོར་སྣང་སྐྱེ་ཐུབ་པའི་ཞིབ་ཕྲའི་སྣང་ཚུལ་དང་མི་གཞན་རྣམས་དང་མི་འདྲ་བའི་ཁྱད་ཆོས་ཀྱི་སྤྱི་སྡོམས་ཤིག་ཡིན་དགོས་པ་སྟེ། མི་སྣའི་དམིགས་བསལ་གྱི་

སྐད་ཆ་དག་དང་། བྱ་སྤྱོད། སེམས་ཁམས། ཉམས་འགྱུར། གོམས་གཤིས། གཤིས་རྒྱུད། ཀུན་སྤྱོད། དགའ་ཕྱོགས། ཕྱིའི་རྣམ་པ་སོགས་ལ་དམིགས་པ་ཞིག་ཡིན། རྩོམ་རིག་སྒྱུ་རྩལ་མཁན་གྱིས་ངེས་པར་དུ་འཚོ་བ་དངོས་ལ་གཙིགས་ཆེན་བྱས་ཏེ་ཐུན་མོང་མ་ཡིན་པའི་མི་རྣམས་ཀྱི་གཤིས་རྒྱུད་དེ་རྩོམ་འབྲི་བྱེད་དགོས་པ་མ་ཟད། མི་རིགས་མི་འདྲ་བ། དུས་རབས་མི་འདྲ་བ། ཁོར་ཡུག་མི་འདྲ་བའི་ནང་གི་མི་རྣམས་ཀྱི་གཤིས་ཀ་ཐུན་མོང་མ་ཡིན་པ་དེ་རྩོམ་འབྲི་བྱས་ཏེ་དཔེ་མཚོན་མི་སྣའི་ཐུན་མོང་མ་ཡིན་པའི་རང་གཤིས་དེ་མཚོན་པར་བྱེད་དགོས།

དཔེ་མཚོན་གྱི་གནས་བབ་ཅེས་པ་ནི་རྩོམ་རིག་བརྩམས་ཆོས་ནང་དམིགས་བསལ་གྱི་མི་སྣ་དང་མི་སྣའི་བར་གྱི་འབྲེལ་བ་དང་རྙོག་འཛིང་ཆེ་བའི་གནད་དོན་དང་འགལ་བ་བརྒྱུད་མཚོན་པའི་ལོ་རྒྱུས་དུས་རིམ་ངེས་ཅན་ཞིག་གི་སྤྱི་ཚོགས་འཚོ་བའི་ངོ་བོའི་གནས་བབ་ཅིག་རེད། དེ་ནི་སྤྱི་ཚོགས་ཀྱི་ངོ་བོ་དང་ལོ་རྒྱུས་ཀྱི་རང་བཞིན་ལྡན་པ་ཞིག་ཡིན་ལ་བྱེ་བྲག་དང་དངོས་ཡོད་ཀྱི་རང་བཞིན་ལྡན་པ་ཞིག་ཀྱང་རེད། བརྩམས་ཆོས་དེ་ཚོའི་ནང་དེ་ཐོ་དམག་འཁྲུག་གི་ལོ་རྒྱུས་སྐོར་གྱི་བཀྲག་མདངས་རྣམ་པར་བཀྲ་བའི་མི་སྣ་དག་ལ་གནམ་ས་བླ་འོག་ཏུ་འགྱུར་ཕོད་མཁན་དཔའ་བོའི་མི་སྣར་འགྱུར་ཐུབ་ངེས་ཀྱི་དཔེ་མཚོན་གྱི་དོན་རྐྱེན་དང་དཔེ་མཚོན་གྱི་ཁོར་ཡུག་རྩོམ་འབྲི་བྱས་ཡོད་པ་རེད། འོན་ཀྱང་དུས་ད་ཆ་ནི་ལོག་སྤྱོད་དབང་བསྒྱུར་འོག་དམག་འཁྲུག་གི་མེ་ལྕེ་ལང་ལོང་འཕྱུར་བའི་དུས་སྐབས་དེ་འདྲ་མ་ཡིན་ཞིང་། གནམ་ས་བླ་འོག་ཏུ་སྒྱུར་བའི་གོ་སྐབས་མང་པོ་དེ་འདྲ་ཡོང་མི་སྲིད་པར་དེང་གི་མི་ཚོར་ཡང་ད་ཆའི་འཚོ་བ་ནི་སྤྱིར་བཏང་ཅན་དུ་གྱུར་བ་དང་། མི་རྣམས་ཀྱི་འཚོ་བ་ཐར་བས་རྒྱུན་ལྡན་ཅན་དུ་གྱུར་ཡོད། དེར་བརྟེན་རྩོམ་པ་པོ་རྣམས་ལ་འཚོ་བའི་ནང་ནས་ཤེས་ཚོར་བྱུང་བའི་དཔེ་མཚོན་གྱི་རང་བཞིན་དེ་འང་རྟག་ཏུ་སྤྱིར་བཏང་ནང་གི་དཔེ་མཚོན་གྱི་རང་བཞིན་དེ་ཡིན། དེང་དུས་ཀྱི་དངོས་ཡོད་འཚོ་བས་ཚད་ལྡན་གྱི་རྩོམ་རིག་གཞུང་ལུགས་ལ་བཟོ་བཅོས་བྱེད་པ་ལྟར་དུ་སྣང་ཞིང་། དཔེ་མཚོན་གྱི་རང་

བཞིན་དེ་སྒྲིར་བཏང་གི་ནང་དུ་མཚོན་མེད་དུ་ཡོད་པ་དང་། ད་ཆའི་དངོས་ཡོད་འཚོ་བས་རྩོམ་པ་པོར་བཙན་སྐུལ་གྱིས་དེ་ཁས་ལེན་དང་དང་ལེན་བྱེད་དུ་འཇུག་གི་ཡོད་པ་རེད།

གཉིས་པ། ཁོར་ཡུག་གི་སྐོར།

གོང་དུ་རྩོམ་རིག་སྒྱུ་རྩལ་བརྩམས་ཆོས་ནང་གི་མི་སྣའི་སྐོར་གླེང་བ་དང་། མི་སྣ་ནི་ཁེར་རྐྱང་དུ་རང་གར་གནས་ཐུབ་པ་ཞིག་མ་ཡིན་པར་མི་སྣ་ནི་ག་དུས་ཡིན་རུང་ཁོར་ཡུག་ངེས་ཅན་ཞིག་གི་ནང་དུ་འཚོ་གནས་བྱེད་ཀྱི་ཡོད། ཁོར་ཡུག་ཞེས་པ་ལ་སྤྱི་ཚོགས་ཀྱི་ཁོར་ཡུག་དང་རང་བྱུང་གི་ཁོར་ཡུག་གཉིས་འདུས་ཡོད་པ་དང་། སྤྱི་ཚོགས་ཀྱི་ཁོར་ཡུག་ཅེས་པ་ནི་མི་སྣ་འཚོ་བར་བྱེད་པའི་སྤྱི་ཚོགས་ཀྱི་ལོ་རྒྱུས་ཆ་རྐྱེན་དང་ཁྱད་པར་བ་དེ་དང་མི་སྣར་རྐྱེན་ཅིང་འབྲེལ་བ་ལས་བྱུང་བའི་སྟོད་དང་བཅུད་ཀྱི་འཇིག་རྟེན་ཁྱད་པར་བ། དེ་མིན་མི་སྣའི་བྱ་འགུལ་དང་མི་སྣའི་ཕན་ཚུན་འབྲེལ་བ་ལས་ཡོངས་སུ་གྲུབ་པའི་སྤྱི་ཚོགས་ཀྱི་སྣང་ཡུལ་དངོས་ལ་བརྟེན་པ་ཡིན།

རང་བྱུང་ཁོར་ཡུག་ཅེས་པ་ནི་མི་སྣས་བྱ་འགུལ་བྱེད་པ་ལ་བརྟེན་ནས་གྲུབ་པའི་རང་བྱུང་གི་ཆ་རྐྱེན་དང་རང་བྱུང་གི་ནམ་ཟླ། རང་བྱུང་གི་སྣང་ཡུལ་བཅས་ལ་བསྟན་པ་ཞིག་ཡིན། མི་སྣ་ནི་ཁོར་ཡུག་ངེས་ཅན་ཞིག་གི་ནང་དུ་འཚོ་བ་ལས་རང་ཉིད་རྐྱེན་རྐྱེན་དུ་གནས་ཐབས་གཏན་ནས་མེད། ཁོར་ཡུག་མེད་ན་མི་སྣར་བྱ་འགུལ་བྱ་ཡུལ་མེད་པ་དང་། མི་སྣའི་བསམ་པའི་རང་བཞིན་འགྲུབ་བྱེད་ཀྱི་སྤྱི་ཚོགས་ཀྱི་འབྱུང་ཁུངས་རྙེད་ཐུབ་ཀྱི་མེད། མི་སྣ་ངེས་ཅན་ཞིག་ཡིན་ན་དེ་ཁོར་ཡུག་ངེས་ཅན་ཞིག་དང་རྐྱེན་འབྱུང་གི་འབྲེལ་བ་ཡོད་ངེས་པ་དང་། མི་སྣའི་བསམ་པའི་རང་བཞིན་ངེས་ཅན་ཞིག་ཡིན་ན་རང་ཉིད་འཚོ་བར་བྱེད་པའི་ཁོར་ཡུག་ཁྱད་པར་བ་ཞིག་ལ་བརྟེན་ནས་མཚོན་དགོས་པ་རེད།

མི་སྣ་དང་ཁོར་ཡུག་གཉིས་ནི་འབྲེལ་བ་དམ་ཟབ་ཡོད་པ་ཞིག་ཡིན། དེ་འང་མི་སྣ་ནི་ཁོར་ཡུག་ངེས་ཅན་ཞིག་གི་ནང་དུ་གནས་པའི་མི་སྣ་ཡིན་པ་དང་། ཁོར་ཡུག་ཡང་མི་སྣ་ངེས་ཅན་ཞིག་དང་འབྲེལ་བ་ཡོད་པའི་ཁོར་ཡུག་ཡིན་པས་མི་སྣ་དང་ཁོར་ཡུག་ནི་ཁ་བྲལ་ཐབས་མེད་པ་ཞིག་ཡིན་ཞིང་། གལ་ཏེ་མི་སྣ་ངེས་ཅན་ཞིག་དང་ཁ་བྲལ་ཚེ་ཁོར་ཡུག་ནི་དོན་མེད་དགོས་མེད་ཞིག་ཏུ་འགྱུར་ངེས་ཡིན་པ་དང་། དེ་བཞིན་དམིགས་བསལ་གྱི་ཁོར་ཡུག་དང་ཁ་བྲལ་ཚེ་མི་སྣར་འགུལ་སྐྱོད་བྱེད་སའི་ཡུལ་མེད་ལ། མི་སྣའི་བསམ་བློའི་གཤིས་རྒྱུད་དེ་གྲུབ་པར་བྱ་བའི་རྩ་བའི་འབྱུང་རྐྱེན་ཡང་རྙེད་མི་ཐུབ་པ་མ་ཟད། མི་སྣའི་བྱ་སྤྱོད་དེ་དག་ལ་གོ་བ་ལེན་ཐབས་མེད་པ་ཞིག་ཡིན། དེས་ན་ང་ཚོས་རྩོམ་རིག་སྒྱུ་རྩལ་བཙམས་ཆོས་ནང་གི་མི་སྣ་གསལ་རྟོགས་བྱུང་རྗེང་ངེས་པར་དུ་ད་དུང་རྩོམ་རིག་སྒྱུ་རྩལ་བཙམས་ཆོས་ནང་གི་མི་སྣ་དང་འབྲེལ་བ་ཡོད་པའི་ཁོར་ཡུག་དེ་དག་ཀྱང་ཤེས་རྟོགས་བྱེད་དགོས།

རྩོམ་རིག་སྒྱུ་རྩལ་བཙམས་ཆོས་ནང་གི་མི་སྣ་ནི་ཁོར་ར་ཁོར་ཡུག་ངེས་ཅན་རེའི་ནང་དུ་གནས་པ་ཞིག་ཡིན་པ་ལས། བར་སྣང་དུ་སྐྱེས་པའི་ཤིང་སྡོང་ལྟ་བུ་གཏན་ནས་ཡིན་མི་སྲིད་པས་ངེས་པར་དུ་མི་ག་གེ་མོ་འདི་ཉིད་ཀྱི་གནས་ཡུལ་དུ་གྱུར་པའི་ཁོར་ར་ཁོར་ཡུག་གང་འདྲ་ཡིན་ཚུལ་བསྟན་དགོས་པ་ཞིག་ཡིན་ཞིང་། དེ་ལ་ཡང་སྤྱི་ཚོགས་ཀྱི་ཁོར་ཡུག་གཅིག་དང་རང་བྱུང་ཁམས་ཀྱི་ཁོར་ཡུག་བཅས་གཉིས་ཡོད་པ་ལས། སྤྱི་ཚོགས་ཀྱི་ཁོར་ཡུག་གསལ་སྟོན་བྱ་རྒྱུ་ནི་དེ་བས་གལ་ཆེ་བ་ཞིག་ཡིན་ལ། དེའི་ནང་ཚན་ནས་སྐབས་དེའི་སྤྱི་ཚོགས་ཀྱི་ལམ་ལུགས་སམ་ཆབ་སྲིད་ཀྱི་རྣམ་པ་སོགས་དུས་སྐབས་ཀྱི་ཁྱད་ཆོས་དེ་དག་ཀྱང་དངོས་ཤུགས་བརྒྱུད་གསུམ་གྱི་སྒོ་ནས་བསྟན་དགོས་པ་ཡིན།

བཙམས་ཆོས་ཀྱི་ནང་མིའི་རྣམ་པའི་བྱེ་བྲག་གསལ་བར་བྱ་རྒྱུ་དེས་ནུས་པ་མི་ཆུང་བ་ཞིག་ཐོན་ཐུབ་ཀྱི་ཡོད་པ་སྟེ། མི་སོ་སོའི་འབྱུང་ཁུངས་དང་། སྤྱི་ཚོགས་ཀྱི་གནས་བབ། གཤིས་རྒྱུད་རང་བཞིན་དང་སེམས་ཀྱི་དགའ་སྐྱོ། བྱ་

བའི་གནས་བབ་ཀྱི་དྲག་དལ་ལ་སོགས་པ་དོན་གྱི་ཚ་ཤས་མི་ཉུང་བ་ཞིག་མངོན་པར་བྱེད་ཐུབ་ཀྱི་ཡོད་པ་རེད། དཔེར་ན། འཇམ་དཔལ་རྒྱ་མཚོས་བརྩམས་པའི་བརྩམས་སྒྲུང་རིང་གྲས《སྐལ་བཟང་མེ་ཏོག》ཅེས་པའི་ནང་དུ“གཏུམ་དྲག་ཇམས་པའི་རི་བྲག་གཡང་གཟར་དང་། ཐབ་རྒོད་འཁྲིལ་བའི་མཁར་བསྙེགས་རི་ཚོགས་དང་། ནགས་ཀྱིས་ཁེབས་པའི་བརྫིད་ཅན་རི་བོ་དང་། ཟ་རི་སྨུག་སོགས་གཤིན་རྗེ་འདྲར་བ་བཞིན། དབྱར་ན་གྲང་བྱེད་གངས་ཀྱི་རི་བོ་དང་། དགུན་ཁ་ཧྲ་བྱེད་རི་བོ་མང་པོས་བསྐོར། སྟོན་དུས་ཧྲིད་སྟོམས་མཐོ་དམའི་རི་བོ་དང་། དཔྱིད་ནས་མེ་ཏོག་རབ་བཞད་བོད་ཀྱི་ལྗོངས། རི་མཐོའི་ལ་རྡེ་བརྒལ་ནས་ཐོན་པའི་གསོངས། ཐང་ལྗོངས་ཡངས་ཤིང་ཙྭ་ཁ་སྤོ་ཐིང་ཐིང་། ཐང་རྒྱན་མེ་ཏོག་མིག་ཏུ་འཚེར་བའི་ཡུལ། ཐང་ལ་ཧ་ནོར་རླུག་རྩྭ་ཁ་བཟང་། དྲག་ཏུ་འཁྲུག་པའི་ཆུ་བོའི་སྒྲ་དག་ནི། ཞུར་ཞུར་བསྒྲགས་པས་ཐོས་འཛིན་ལམ་ཡང་འགག འཇམ་པོར་རྒྱུགས་པའི་གཙང་ཆབ་སྔོན་མོ་ནི། ངངས་མ་གཡུ་ཡི་མཚོ་མོ་བཞིན་དུ་སྣང་། ནགས་ཀྱི་སྡོང་པོ་ཆུ་འཛིན་གསེབ་ཟུག་པའི། རྩེ་མོར་བལྟས་ན་སྤྱི་བོའི་ཞྭ་ཡང་ལྷུང་། ……མི་མེད་ལུང་སྟོང་ཐང་ལྗོངས་ཡངས་པ་དང་། མཐའ་འཁོར་ཐང་རིས་མཛེས་པའི་ཡུལ་ལྗོངས་ན། འབྲོང་དང་དགོ་བ་ཤ་བ་གླ་བ་སོགས། གང་གི་ཟས་ལ་རོལ་ཞིང་སྐྱིད་པར་འཚོ། དབྱར་ཁ་ཁྲུང་ཁྲུང་བྱང་ནས་ལྷོ་རུ་འགྲོ། བྱ་རྒྱལ་ཁྲ་བྱུག་ལྷོ་ནས་ལྷོ་རུ་ཡོང་། བྱ་ཚོགས་མཉམ་དུ་འདུས་ཤིང་ལྗོངས་འདི་ནས། དགུན་དུ་འཚོ་མེད་རང་རང་ཡུལ་དུ་འགྲོ། གཏེར་ནགས་གངས་ཟླ་ཐང་རིས་རྒྱན་བསྐྲུབས་ཤིང་། མི་མངོན་མ་བརྟན་གཏེར་གྱིས་ཕྱུག་པའི་ཡུལ། འཛིན་མའི་ཕྲེན་འདིར་གདེང་བཅས་ངོམས་ཚོག་པ། རིན་ཆེན་འཛད་མེད་ཐང་སྤུངས་བོད་ཀྱི་ལྗོངས”ཞེས་པར་མཚོན་ན་བོད་ཡུལ་གྱི་མཛེས་ལྗོངས་དེ་ལྷ་བུའི་ནང་ནས་འབྱུང་བ་ཞིག་ཡིན་པའི་རྒྱུ་མཚན་ཤུགས་བསྟན་ཙམ་ལས་མི་སྣ་དངོས་དང་འབྲེལ་བ་བྱུས་མེད་པ་རེད། ཡང་བརྩམས་སྒྲུང་དེའི་ནང་དུ“ཐར་ན་རི་མཐོན་པོ་མཁའ་ལ་ཟུག་འདྲའི་ཞོལ་

ཞིག་ན་ཁྲིམ་ཁང་མཛེས་སྡུག་ལྡན་ཞིང་ཐོག་བརྩེགས་ཅན། རྒྱ་ཕྱིན་ཡངས་པའི་སྒོ་འགྲམ་དུ་འདོགས་ཁྲི་ཛ་སྒོར་དམར་པོ་ལིང་སེང་བ་ཞིག་བཏགས་ནས་མི་རྣམས་སྨུག་ཏུ་འགྲོ་དཀའ་བ་དང་། ཕྱུགས་རྟ་ན་དཀར་ཁྲི་ནག་སྐྱོང་ཡོད་པ། ཏ་དྲིལ་བརྒྱ་སྐོར་ཉར་ནས་རྒྱ་ཟློག་པོད་དུ་འདྲེན་པའི་མངའ་བདག་ཆེན་པོ་ཚེ་དབང་བསམ་གྲུབ་ཅེས་པ་ཞིག་ཡོད་པ་དང་། དེའི་ཁང་པའི་འདབས་རོལ་ན་ཁང་ཚུང་ཐོག་རྡུལ་སྒོ་གཅིག་མ་ཞིག་གི་ནང་དུ་ཕ་བསྟན་འཛིན་དང་། མ་སྒྲོལ་མ། བུ་དཔལ་འབར་ཟེར་བ་ཞིག་བཅས་བསྡད་ཡོད་པ་རེད་”ཅེས་བཀོད་འབྲི་བྱས་པར་མཚོན་ན་དེ་དག་གིས་མི་སྣའི་གནས་བབ་དང་འབྱུང་ཁུངས་གསལ་འདོན་ཡོང་རྒྱུར་ནུས་པ་ངེས་ཅན་ཞིག་ཐོན་ཡོད་པ་རེད། དཔེར་ན། 《བྱ་སྤྲེལ་གཏམ་རྒྱུད་》ནང་དུ་“སྔོན་བཀྲ་ཤིས་མཛེས་དགའི་ཡུལ་གྱི་རི་ཀུན་བཟང་ཞེས་བྱ་བ་རྩ་བ་ནགས་འདབས་དང་སྐྱེད་པ་སྤངས་རི། རྩེ་མོ་གངས་རི་ཡིན་པ་ཞིག་ཡོད་པར། དེའི་རྩེ་མོ་ལ་སེང་གེ་དཀར་མོ་ཡི་ཁྱུ། སྤངས་རི་ལྷ་བྱ་གོང་མོས་གཙོས་བྱ་སྣ་ཚོགས་དང་། རྩ་བ་ལ་སྟག་གཟིག་དོམ་དྲེད་ལ་སོགས་པའི་གཅན་གཟན་སྣ་ཚོགས་དང་། ནགས་ཚལ་དེའི་ཁྲོལ་ཞིག་ན་སྤྲེའུ་སྤྲིན་གྱི་སྒྲ་གཅན་སོགས་སྤྲེའུ་མང་ཅམ་གནས་སོ་”ཞེས་ཁོར་ཡུག་དེ་འདྲ་ཞིག་རྩོམ་འབྲི་མཛད་དེ་གཅིག་ནས་གཏམ་རྒྱུད་དེའི་ནང་གི་རྩོད་གཞིའི་འབྱུང་རྐྱེན་གསལ་འདོན་བྱས་པ་དང་། གཉིས་ནས་བརྩམས་སྒྲུང་དེའི་བརྗོད་གཞི་མངོན་གསལ་དོད་པོས་དམིགས་སྟོན་བྱེད་རྒྱུའི་ནུས་པ་ཐོན་ཡོད་པ་རེད། དེ་དག་གཙོ་བོ་ནི་རང་བྱུང་ཁམས་ཀྱི་ཁོར་ཡུག་ལ་དམིགས་པ་ཞིག་དང་དེ་བས་གལ་ཆེ་བ་ཞིག་ནི་རྩོམ་རིག་སྒྱུ་རྩལ་བརྩམས་ཆོས་ནང་གི་སྤྱི་ཚོགས་ཀྱི་ཁོར་ཡུག་གསལ་སྟོན་བྱེད་དགོས་པ་དེ་རེད། སྤྱི་ཚོགས་ཀྱི་ཁོར་ཡུག་ཅེས་པ་ནི། ལོ་རྒྱུས་དུས་བབ་ངེས་ཅན་ཞིག་གི་སྤྱི་ཚོགས་ཀྱི་འཚོ་བའི་སྣང་ཚུལ་དང་འཕེལ་ཕྱོགས་དེར་ཟེར་བ་དང་། ཞིབ་ཕྲའི་འཚོ་བའི་ཁོར་ཡུག་ཅེས་པ་ནི། མི་སྣ་དེའི་མཐའ་བསྐོར་དུ་གནས་པའི་མི་སྣའི་བར་གྱི་འབྲེལ་བ་དང་། དཔལ་འབྱོར་གྱི་ཆ་རྐྱེན། རང་བྱུང་ཁམས་ཀྱི་ཁོར་

ཡུག་སོགས་གཙོ་བོར་བསྟན་པ་དེ་རེད། དེར་བརྟེན། ཁོར་ཡུག་མི་འདྲ་བ་དེ་གཉིས་གཅིག་གྱུར་གྱི་སྒོ་ནས་མི་སྣ་དེའི་ཞིབ་ཕྲའི་འཚོ་བའི་ཁོར་ཡུག་མཚོན་པར་བྱེད་པ་དང་དུས་མཚུངས་སོ་རྒྱུས་དུས་བབ་ངེས་ཅན་ཞིག་གི་སྤྱི་ཚོགས་འཚོ་བའི་འཕེལ་རྒྱས་དང་སྣང་ཚུལ་འགའ་ཞིག་མཚོན་པར་བྱེད་དགོས་པ་དེ་རེད།

འདིར་གསལ་ བཤད་ བྱེད་ དགོས་ པ་ ཞིག་ ནི། ཁོར་ ཡུག་ ནི་ མི་ སྣར་གཞིགས་ཏེ་བཤད་པ་ཞིག་ཡིན། མི་སྣ་མི་འདྲ་བ་རེ་ཁོར་ཡུག་ཡང་མི་འདྲ་བར་ཡོད་ཅིང་རྩོམ་རིག་སྒྱུ་རྩལ་གྱི་བརྩམས་ཆོས་གཅིག་གི་ནང་དུ་རྩོམ་འབྲི་བྱས་པའི་མི་སྣ་དག་ལ་ཡང་ཁོར་ཡུག་མི་འདྲ་བ་རེ་ཡོད་པ་དང་། རྩོམ་རིག་སྒྱུ་རྩལ་གྱི་བརྩམས་ཆོས་ནང་གི་མི་སྣ་དེ་དག་ལོ་རྒྱུས་ཀྱི་གནས་བབས་ངེས་ཅན་ཞིག་གི་ནང་དུ་འཚོ་གནས་བྱེད་ཀྱི་ཡོད་སྟབས་སྤྱིར་བཏང་གི་སྤྱི་ཚོགས་ཀྱི་ཁོར་ཡུག་དེ་འདྲ་བ་ཞིག་ཡོད་རུང་ཞིབ་ཕྲའི་འཚོ་བའི་ཁོར་ཡུག་དེ་ནི་གཏན་ནས་མི་འདྲ་བ་ཞིག་ཡིན། དེའི་ རྒྱུ་ མཚན་ ནི་ མི་ སྣའི་ འབྲེལ་ བ་ མི་ འདྲ་ བ་ མ་ ཟད། དེ་ མིན་དཔལ་འབྱོར་གྱི་ཆ་རྐྱེན་དང་རང་བྱུང་གི་ཁོར་ཡུག་ཡང་མི་འདྲ་བའི་རྐྱེན་གྱིས་རེད།

རྩོམ་རིག་སྒྱུ་རྩལ་གྱི་བརྩམས་ཆོས་ནང་དུ་མི་སྣའི་གཟུགས་བརྙན་བསྐྲུན་སྐབས་དཔེ་ མཚོན་ གྱི་ མི་ སྣ་ དང་ མི་ སྣ་ ཕལ་ པ་ སྟེ་ གཙོ་ ཕལ་ གྱི་ དབྱེ་ བ་ ཡོད་ པ་ བཞིན་དུ་རྩོམ་ རིག་ སྒྱུ་ རྩལ་ བརྩམས་ ཆོས་ ནང་ གི་ ཁོར་ ཡུག་ ཡང་ དཔེ་ མཚོན་ གྱི་ ཁོར་ཡུག་ དང་ སྤྱིར་ བཏང་ ཁོར་ ཡུག་ གི་ དབྱེ་ བ་ ཡོད་ པ་ ཞིག་ ཡིན། འོན་ ཏེ། དཔེ་མཚོན་ གྱི་ ཁོར་ ཡུག་ དང་ སྤྱིར་ བཏང་ གི་ ཁོར་ ཡུག་ ཚང་ མ་ ནི་ མི་ སྣ་ དེ་ ལ་བརྟེན་ནས་གྲུབ་པ་དང་། མི་སྣའི་བྱ་སྤྱོད་སྤེལ་བའི་ཕྱི་རོལ་གྱི་ཆ་རྐྱེན་ཞིག་ཡིན་པས། དེ་དག་ཚང་མ་སྤྱི་ཚོགས་ཀྱི་འཚོ་བའི་ཁོར་ཡུག་དང་དང་ཞིབ་ཕྲའི་འཚོ་བའི་ཁོར་ཡུག་དེ་གཅིག་གྱུར་གྱི་སྒོ་ནས་སྐྲུན་དགོས་པ་ཞིག་ཡིན།

སྤྱིར་བཏང་གི་ཁོར་ཡུག་དང་དཔེ་མཚོན་ཁོར་ཡུག་གི་དབྱེ་བ་ནི་ཁོར་ཡུག་དེ་དག་ནས་སྤྱི་ཚོགས་ཀྱི་ངོ་བོ་དང་ཆོས་ཉིད་དེ་གཏིང་ཟབ་ཀྱི་སྒོ་ནས་ཚད་གཞི་

ངེས་ཅན་ཞིག་གསལ་མཚོན་བྱེད་ཐུབ་མིན་དེ་ཡིན། དཔེ་མཚོན་ཁོར་ཡུག་ནང་གི་འཚོ་བའི་ཁོར་ཡུག་དེ་ཁོར་ཡུག་གཞན་རྣམས་ལས་དེ་བས་མངོན་གསལ་དོད་པ་དང་། གསོན་ཉམས་ལྡན་པ། གཟེངས་སུ་ཐོན་པ་ཞིག་ཡིན་དགོས་པ་དང་། ཕྱོགས་གཞན་ཞིག་ནས་མི་སྣ་དེ་དག་གི་འཚོ་བའི་ཁོར་ཡུག་ཞིབ་འབྲི་བྱས་པ་བརྒྱུད་དེ་ལོ་རྒྱུས་ཀྱི་དུས་བབ་ངེས་ཅན་ཞིག་གི་སྤྱི་ཚོགས་འཚོ་བའི་འཕེལ་ཕྱོགས་ཀྱི་རྣམ་པ་དེ་རྒྱ་ཁྱབ་དང་གཏིང་ཟབ་ཀྱི་སྒོ་ནས་མཚོན་པར་བྱེད་རྒྱུ་དེ་ཡིན་པས་དཔེ་མཚོན་ཁོར་ཡུག་གིས་ངེས་པར་དུ་སྒྲིར་བཏང་ཁོར་ཡུག་གི་ཚད་ལས་བརྒལ་ཏེ་ལོ་རྒྱུས་ཀྱི་དུས་རབས་དེའི་ངོ་བོ་དང་ཁྱད་ཆོས་དེ་བས་གང་ལེགས་མཚོན་པར་བྱེད་དགོས་པ་རེད།

གསུམ་པ། མི་སྣ་དང་ཁོར་ཡུག་གི་འབྲེལ་བའི་སྐོར།

རྩོམ་རིག་སྒྱུ་རྩལ་བཙམས་ཆོས་ནང་གི་མི་སྣ་དང་ཁོར་ཡུག་ལ་རྒྱུས་མངའ་བྱུང་རྗེས་ད་དུང་མི་སྣ་དང་ཁོར་ཡུག་གི་འབྲེལ་བའི་སྐོར་ཤེས་རྟོགས་བྱེད་དགོས་པ་མ་ཟད། དཔེ་མཚོན་གྱི་མི་སྣ་དང་དཔེ་མཚོན་གྱི་ཁོར་ཡུག་གི་འབྲེལ་བ་ཡང་རྟོགས་དགོས་པ་ཞིག་ཡིན། རྒྱུ་མཚན་ནི་ང་ཚོས་མི་སྣའི་གཟུགས་བརྙན་གང་ཞིག་ལ་ཡང་དེའི་བསམ་བློའི་གཤིས་རྒྱུད་དེ་ཕྱི་རོལ་གྱི་ཆ་རྐྱེན་གང་ཞིག་གི་འོག་ཏུ་ཅི་འདྲ་བྱས་ཏེ་གྲུབ་པ་ཞིག་ཡིན་པ་བཅས་ཤེས་རྟོགས་བྱེད་དགོས། དེས་ན་ང་ཚོས་ངེས་པར་དུ་མི་སྣ་དང་ཁོར་ཡུག་གི་འབྲེལ་བར་ཞིབ་དཔྱད་བྱས་ཏེ་མི་སྣའི་བསམ་བློའི་གཤིས་རྒྱུད་གྲུབ་པའི་རྒྱུ་རྐྱེན་དེ་འཚོལ་དགོས་སོ།

རྩོམ་རིག་སྒྱུ་རྩལ་བཙམས་ཆོས་ནང་གི་མི་སྣ་དང་ཁོར་ཡུག་བར་གྱི་འབྲེལ་བ་དེ་ཅི་ལྟ་བུ་ཞིག་ཡིན་ཞེ་ན་དེ་ནི་ཐོག་མར་མི་སྣ་དང་ཁོར་ཡུག་ནི་ཕན་ཚུན་འབྲེལ་བ་དམ་ཟབ་ཡོད་ཅིང་ཕན་ཚུན་གཏན་ནས་བྲལ་ཐབས་མེད་པ་ཞིག་ཡིན། རྒྱུ་མཚན་ནི་ཁོར་ཡུག་མེད་པའི་མི་སྣ་ཞིག་ཡོད་མི་སྲིད་ལ། ཡང་མི་སྣ་མེད་པའི་

ཁོར་ཡུག་ཅིག་ཀྱང་ཡོད་མི་སྲིད། དེ་ལྟར་དམིགས་བསལ་གྱི་མི་སྣ་དང་ཁ་བྲལ་ཚོ། ཁོར་ཡུག་གི་བརྗོད་གཞི་དེ་དོན་མེད་ལ་གྱུར་འགྲོ་བས་ཁོར་ཡུག་དེ་དགོས་མེད་ཅིག་ཏུ་གྱུར་རྒྱུ་ཡིན་པ་དང་། མི་སྣ་དེ་དམིགས་བསལ་གྱི་ཁོར་ཡུག་དང་ཁ་བྲལ་ཚེ་མི་སྣ་འཚོ་གནས་དང་འགུལ་བསྐྱོད་བྱ་ཡུལ་མེད་ལ་མི་སྣ་དེ་གནས་ཐབས་གཏན་ནས་མེད་པ་ཞིག་ཡིན། མི་སྣ་དང་ཁོར་ཡུག་ནི་ཕན་ཚུན་གཅིག་ལ་གཅིག་བརྟེན་དུ་གནས་པ་ཞིག་ཡིན་པ་དང་། ཕན་ཚུན་ཁ་བྲལ་ཐབས་གཏན་ནས་མེད་པ་ཞིག་ཡིན།

ཁོར་ཡུག་དང་མི་སྣ་ནི་ཕན་ཚུན་ཤུགས་རྐྱེན་ཡོད་པ་ཞིག་ཡིན་ཞིང་། དེའང་མི་སྣ་དང་ཁོར་ར་ཁོར་ཡུག་གཉིས་ཕན་ཚུན་དགེ་མཚན་མེད་པའམ་ཕན་མེད་ཀྱི་སྒོ་ནས་འབྲེལ་བ་ཡོད་པ་ཞིག་མ་ཡིན་པར་དེ་ནི་དགེ་མཚན་ལྡན་པའི་སྒོ་ནས་ཕན་ཚུན་ཤུགས་རྐྱེན་དང་ནུས་པ་ཆེན་པོ་ལྡན་པ་ཞིག་ཡིན། གནད་དོན་འདིའི་ཐད་མ་ཁེ་སི་དང་ཨེན་ཀེ་སིས་འདི་ལྟར་ཞིག་གསུངས་མྱོང་བ་སྟེ་“མི་སྣས་ཁོར་ཡུག་གསར་བསྐྲུན་བྱེད་ཐུབ་པ་དང་འདྲ་བར་ཁོར་ཡུག་གིས་ཀྱང་མི་སྣ་གསར་བསྐྲུན་བྱེད་ཀྱི་ཡོད་”ཅེས་གསུངས་པ་ལྟར་རོ། ཁོར་ར་ཁོར་ཡུག་གིས་མི་སྣ་གསར་བསྐྲུན་བྱེད་ཐུབ་ཀྱི་ཡོད་ཅེས་པ་ནི་མི་སྣར་བྱེ་བྲག་གི་འགུལ་བསྐྱོད་བྱེད་ཡུལ་ཞིག་འབུལ་རྒྱུ་དང་། དེ་ལ་བརྟེན་ནས་དཔེ་མཚོན་མི་སྣའི་བསམ་པ་དང་སྤྱོད་ལམ་ཁྱད་པར་བ་བྱུང་བའི་རྒྱུ་མཚན་ཤུགས་ནས་སྟོན་པ་དེ་ལ་“ཁོར་ཡུག་གིས་མི་གསར་བཟོ”བྱེད་པ་ཟེར། དེ་དང་མཉམ་དུ་ཕྱོགས་གཞན་ཞིག་ནས་དཔེ་མཚོན་མི་སྣའི་འཐབ་རྩོད་དངོས་བརྒྱུད་ནས་ཁོར་ཡུག་དཔེ་མཚོན་ཅན་དེའི་ཁྱད་ཆོས་གསལ་བར་མཚོན་རྒྱུ་དང་དེ་ནས་རང་ཉིད་ཀྱི་མཐའ་འཁོར་གྱི་དཔེ་མཚོན་ཁོར་ཡུག་ཅན་དེ་འཕོ་འགྱུར་དང་འཕེལ་རྒྱས་འབྱུང་བར་སྐུལ་འདེད་གཏོང་རྒྱུ་དེ་ལ་“མིས་ཁོར་ཡུག་གསར་བཟོ”བྱེད་པ་ཟེར་རོ།

ཁོར་ར་ཁོར་ཡུག་ཅེས་པ་ནི་གོང་ཞུས་ལྟར་སྤྱི་ཚོགས་ཀྱི་འབྲེལ་བ་སྣ་ཚོགས་ལས་གྲུབ་པ་ཞིག་ཡིན་པ་སྟེ། དཔེར་ན། མི་དང་མིའི་དབར་གྱི་དཔལ་འབྱོར་

གྱི་འབྲེལ་བ། ཐོན་སྐྱོད་ཀྱི་འབྲེལ་བ། ཆབ་སྲིད་ཀྱི་འབྲེལ་བ། མི་རིགས་ཀྱི་འབྲེལ་བ། ས་ཁུལ་དང་ས་ཁུལ་གྱི་འབྲེལ་བ། རིག་གནས་ཀྱི་འབྲེལ་བ། སློབ་གསོའི་འབྲེལ་བ། ལས་རིགས་ཀྱི་འབྲེལ་བ། ཁྱིམ་ཚང་གི་འབྲེལ་བ་སོགས་ཡིན་ཞིང་མི་རྣམས་སྤྱི་ཚོགས་ཀྱི་འབྲེལ་བ་རྙོག་འཛིང་དེའི་ནང་དུ་འཚོ་གནས་བྱེད་ཀྱི་ཡོད་སྟབས་སྤྱི་ཚོགས་ཀྱི་འབྲེལ་བ་མི་འདྲ་བའི་གྲུབ་ཆ་དེ་རིགས་ཀྱིས་མི་རྣམས་ལ་ཐད་ཀར་དང་གཞན་བརྒྱུད་ཀྱི་སྒོ་ནས་ཤུགས་རྐྱེན་ངེས་ཅན་ཞིག་ཐེབས་ཀྱི་ཡོད་ལ། དེ་དག་མི་རྣམས་ཀྱི་གཟུགས་སྟེང་ནས་མཚོན་ཐུབ་པ་ཞིག་ཀྱང་ཡིན། དེར་བརྟེན་སྤྱི་ཚོགས་ཀྱི་ཁོར་ཡུག་ནི་མི་རེ་རེའི་ངོས་ནས་བཤད་ནའང་དེ་ནི་ཕྱིའི་གྲུབ་ཆ་ཕལ་པ་ཞིག་ཡིན་ལ། ཕྱིའི་གྲུབ་ཆ་ཕལ་པ་འདིས་མི་རྣམས་ལ་ཐད་ཀར་དང་གཞན་རྒྱུད་ཀྱི་སྒོ་ནས་ཤུགས་རྐྱེན་དང་ནུས་པ་ཐོན་ཏེ་རིམ་བཞིན་མིའི་ནང་གི་སེམས་པའི་གཤིས་རྒྱུད་དེ་གྲུབ་ཀྱི་ཡོད་པ་རེད། གོང་སྨོས་རྒྱུ་མཚན་དེ་དག་ལ་བརྟེན་ནས་ང་ཚོས་སྟོམ་ཚིག་འདི་ལྟར་ཞིག་བཞག་ཆོག་པ་སྟེ། ཁོར་ཡུག་ནི་མི་སྣ་འགྱུལ་བསྐྱོད་བྱེད་པའི་ཡུལ་ཁམས་ཤིག་ཡིན་པ་མ་ཟད། མི་སྣའི་བྱ་སྤྱོད་ཀྱི་འབྱུང་རྐྱེན་དང་མི་སྣའི་གཤིས་རྒྱུད་གྲུབ་པར་བྱེད་པར་ཐག་གཅོད་ཀྱི་རང་བཞིན་ལྡན་པའི་གྲུབ་ཆ་ཞིག་ཀྱང་ཡིན་པ་དེ་རེད། དེ་ལྟར་རྩོམ་པ་པོས་མི་སྣའི་གཟུགས་བརྙན་གསར་བསྐྲུན་བྱེད་རྒྱུར་ཁོར་ར་ཁོར་ཡུག་རྩོམ་འབྲི་བྱ་རྒྱུ་ནི་ཁ་བྲལ་ཐབས་གཏན་ནས་མེད་པ་ཞིག་ཡིན་པ་དང་། རྩོམ་པ་པོས་མངོན་སུམ་གསལ་རྗེན་དང་ཞིབ་ཕྲའི་སྒོ་ནས་ཁོར་ར་ཁོར་ཡུག་དེ་རྩོམ་འབྲི་ལེགས་པོ་བྱེད་དགོས་པ་དང་། ཁོར་ཡུག་ལེགས་པོ་ཞིག་འབྲི་ཐུབ་ཚེ། གཅིག་ནས་མི་སྣར་ཤུགས་རྐྱེན་ཆེན་པོ་ཡོད་པ་དང་། གཉིས་ནས་མི་སྣར་འགྱུལ་བསྐྱོད་བྱ་ཡུལ་ལེགས་པོ་ཞིག་གསར་གཏོད་བྱེད་ཐུབ་ལ། དེ་འདྲ་ཞིག་བྱུང་ཚེ་མི་སྣའི་བྱ་སྤྱོད་ཀྱི་འབྱུང་རྐྱེན་དང་མི་སྣའི་རང་གཤིས་གྲུབ་པའི་རྒྱུ་རྐྱེན་སོགས་གསལ་མཚོན་བྱེད་ཐུབ་པ་ཡོང་རྒྱུ་དེ་ཡིན། ཨེན་ཁེ་སིས་མི་སྣ་དང་ཁོར་ཡུག་གི་འབྲེལ་བའི་ཐད་རྩོམ་པ་པོ་རྣམས་ལ"དཔེ་མཚོན་ཁོར་ཡུག་ནང་གི་དཔེ་མཚོན་གྱི་མི་སྣ་ཐོན་

པ་བྱེད་དགོས་”ཞེས་རེ་བ་བརྗོད་གནང་བ་དང་། ཁོར་ཡུག་དེ་དཔེ་མཚོན་གྱི་རང་བཞིན་ལྡན་པ་ཞིག་མིན་ཚེ་མི་སྣ་དེ་ཡང་དཔེ་མཚོན་གྱི་རང་བཞིན་ལྡན་པ་ཞིག་ཡོང་མི་ཐུབ་པ་དང་། ཁོར་ཡུག་དེ་དཔེ་མཚོན་གྱི་རང་བཞིན་ལྡན་པ་ཞིག་ཡིན་ཚེ་མི་སྣ་དེ་ཡང་དཔེ་མཚོན་གྱི་རང་བཞིན་ལྡན་པ་ཞིག་ཡོང་ཐུབ་པ་དེ་ཡིན།

ཕྱོགས་གཞན་ཞིག་ནས། མི་སྣས་ཁོར་ཡུག་གསར་བསྐྲུན་བྱེད་པ་དང་། མི་ནི་འདུ་ཤེས་ཡོད་ལ་ཧུར་བརྩོན་གྱིས་རང་སྟོབས་ནུས་པ་འདོན་སྤེལ་བྱེད་མཁན་ཡིན་རྐྱེན་ཕྱི་རོལ་ཁོར་ཡུག་གི་ཆ་རྐྱེན་དང་ནུས་པ་སོགས་རང་དབང་མེད་པའམ་གཞན་དབང་དུ་གྱུར་པའི་སྒོ་ནས་ཁས་མི་ལེན་པ་དང་། མི་ནི་ལོ་རྒྱུས་གསར་བསྐྲུན་བྱེད་མཁན་ཞིག་ཡིན་པ་མ་ཟད། ཁོར་ར་ཁོར་ཡུག་གི་བདག་པོ་ཞིག་ཡིན་པ་དང་། སྤྱི་ཚོགས་ཁོར་ཡུག་གི་ཤུགས་རྐྱེན་ཁས་ལེན་པ་དང་དུས་མཚུངས་རང་ངོས་ཀྱིས་སྤྱི་ཚོགས་ཀྱི་ལག་ལེན་སྣ་ཚོགས་བརྒྱུད་དེ་སྤྱི་ཚོགས་ཀྱི་ཁོར་ཡུག་དེར་རང་སྟོབས་ཀྱི་ནུས་པས་ཤུགས་རྐྱེན་དང་བསྒྱུར་བཀོད་བྱེད་ཀྱི་ཡོད་པ་རེད། དེར་བརྟེན་ཕྱི་རོལ་གྱི་ཁོར་ཡུག་ལ་མི་རྣམས་ཀྱི་རང་སྣང་ཡུལ་ཅན་གྱི་རྟགས་ཐམ་གཏིང་ཟབ་ཅིག་འཇོག་གི་ཡོད་པ་མ་ཟད། མི་སྣའི་བྱ་སྤྱོད་ཐམས་ཅད་ལ་བསྒྱུར་བཀོད་བྱས་ཟིན་པའི་ཁོར་ཡུག་གསར་པ་དེས་མི་སྣའི་བསམ་བློའི་རང་གཤིས་ལ་ཤུགས་རྐྱེན་གསར་པ་ཞིག་ཀྱང་ཐོན་གྱི་ཡོད་པ་དང་། དེས་མི་སྣའི་བྱ་སྤྱོད་གསར་པ་ཞིག་སྤེལ་རྒྱུར་སྐུལ་འདེད་བྱེད་ཀྱིན་ཡོད་པས་མི་སྣ་དང་ཁོར་ར་ཁོར་ཡུག་གི་འབྲེལ་བ་ནི་རྒྱུན་ཆད་མེད་པར་འཕེལ་རྒྱས་དང་འགྱུར་བ་འགྲོ་རྒྱུར་ཕན་ཚུན་ནུས་པ་ཐོན་རེས་བྱེད་པའི་འབྲེལ་བ་ཞིག་ཡིན་པས། རྩོམ་པ་པོ་རྣམས་ཀྱིས་ཁོར་ཡུག་གིས་མི་སྣར་ཐེབས་པའི་ཤུགས་རྐྱེན་ཁོ་ན་རྩོམ་འབྲི་བྱེད་རྒྱུ་མེད་པར་མི་སྣ་དང་ཁོར་ཡུག་གཉིས་ཕན་ཚུན་ནུས་པ་ཐོན་རེས་བྱེད་པའི་འབྲེལ་བ་དེ་ཡང་རྩོམ་འབྲི་བྱེད་དགོས་པ་རེད། མདོར་ན། མི་སྣ་དང་ཁོར་ར་ཁོར་ཡུག་གི་འབྲེལ་བ་ནི་རྩོད་སྒྲུབ་དང་ཕན་ཚུན་བརྟེན་ནས་གནས་པ། ཕན་ཚུན་ཤུགས་རྐྱེན་ཐེབས་པའི་འབྲེལ་བ་ཞིག་ཡིན་ལ་རྩོམ་པ་པོས་དཔེ་

མཆོད་ཁང་ཡུག་ནང་གི་དཔེ་མཚོན་གྱི་མི་སྣའི་གཟུགས་བརྙན་གསར་བསྐྲུན་བྱེད་སྐབས་ངེས་པར་དུ་མི་སྣའི་རང་གཤིས་དེ་འདི་ལྟར་ཡིན་དགོས་པ་ལས་དེ་ལྟར་མ་ཡིན་པའི་གཏན་ཚིགས་རིག་པ་དང་མཐུན་དགོས་པ་མ་ཟད། མི་སྣ་དང་ཁོར་ཡུག་ནི་ཕན་ཚུན་བརྟེན་ནས་གནས་པ་དང་ཕན་ཚུན་ནུས་པ་ཐོན་རེས་བྱེད་པའི་འབྲེལ་བ་ཞིག་ཡིན་ནོ། །

1. རང་བྱུང་གི་ཁོར་ཡུག་དང་སྤྱི་ཚོགས་ཀྱི་ཁོར་ཡུག་ཅེས་པའི་གོ་དོན་གང་ཡིན།

2. མི་སྣ་དང་ཁོར་ཡུག་གི་འབྲེལ་བ་ཅི་ཡིན་ནམ།

3. བཙམས་ཆོས་ཀྱི་ནང་དུ་མི་སྣ་རྩོམ་འབྲི་བྱེད་རྒྱུ་དེ་གཙོ་གནད་དུ་འཛུགས་དགོས་པའི་རྒྱུ་མཚན་ཅི་ཡིན་ནམ།

4. ཨེན་ཁེ་སིས་“དཔེ་མཚོན་ཁོར་ཡུག་ནང་གི་དཔེ་མཚོན་གྱི་མི་སྣ་ཐོན་པ་བྱེད་དགོས”ཞེས་པའི་གོ་དོན་གང་ཡིན་ནམ།

ས་བཅད་བདུན་པ། རྩོམ་ལུས་ཀྱི་དབྱེ་བའི་སྐོར།

དང་པོ། རྩོམ་ལུས་ཀྱི་དབྱེ་སྲོལ་མི་འདྲ་བའི་གོ་དོན་སྐོར།

རྩོམ་ལུས་ནི་རྩོམ་རིག་གི་རྣམ་པའི་ཁོངས་སུ་གཏོགས་པ་ཞིག་ཡིན། འོན་ཏེ་བརྩམས་ཆོས་ཀྱི་གྲུབ་ཆ་སྒྲིག་གཞི་དང་། སྐད་ཆ་སོགས་དང་མི་འདྲ་བར་ཁྱོན་ཡོངས་ནས་སྒྲིག་གཞི་དང་། སྐད་ཆ་རིང་ཐུང་སོགས་ཀྱི་གྲུབ་ཆ་གཅིག་བསྡུད་བྱས་པ་ཞིག་ཡིན། བོད་ཀྱི་རྩོམ་རིག་ལོ་རྒྱུས་ཐོག་ཏུ《སྙན་ངག་མེ་ལོང་》བསྒྱུར་རྗེས་གཞུང་ནང་དུ"ལུས་ནི་རེ་ཞིག་འདོད་པ་ཡི། དོན་གྱི་རྣམ་བཅད་ཚིག་གི་ཕྲེང་། དེ་ཡང་ཚིག་བཅད་ལྷུག་པ་དང་། སྤེལ་མ་རྣམ་གསུམ་ཉིད་དུ་གནས"ཞེས་སྙན་ངག་གི་ལུས་ནི་རྩོམ་པ་པོའི་བརྗོད་འདོད་ཀྱི་དངོས་པོ་གང་དང་གང་ཡིན་པ་དེ་རྗོད་བྱེད་ཚིག་གི་ཕྲེང་བར་སྤེལ་བའི་ཚིག་སྦྱོར་དེ་ཡིན་ཏེ་དེ་ཡང་ཚིག་སྦྱོར་གྱི་རྣམ་པའི་སྒོ་ནས་དབྱེ་ན་རྐང་བར་བཅད་པའི་ཚིག་བཅད་དང་། རྐང་བར་མ་བཅད་པའི་ཚིག་ལྷུག་དང་། བཅད་ལྷུག་འདྲེས་པའི་སྤེལ་མ་བཅས་རྣམ་པ་གསུམ་ཉིད་དུ་གནས་སོ་ཞེས་རྩོམ་ལུས་ལ་དབྱེ་བ་འབྱེད་ཚུལ་ཞིག་བཏོན་ཡོད་ནའང་། དེ་ནི་རྩོམ་རིག་སྤྱི་ལ་བཀོལ་སྤྱོད་བྱེད་ཐུབ་པའི་གནད་དཔྱིས་ཕྱིན་པ་ཞིག་མ་ཡིན། རྩོམ་རིག་གི་འཕེལ་རྒྱས་ལ་གཞིགས་ཏེ་རྩོམ་ལུས་ཀྱི་དབྱེ་བ་འབྱེད་ཚུལ་སྣ་ཚོགས་ཤིག་ཆགས་ཡོད་ཙང་དེ་དག་མདོར་བསྡུས་ན"རྩོམ་ལུས་རྣམ་པ་གསུམ་དུ་དབྱེ་བ"དང་གཅིག"རྣམ་པ་བཞི་རུ་དབྱེ་བ"དང་གཉིས་བཅས་ཡིན། 1. རྩོམ་ལུས་རྣམ་པ་གསུམ་དུ་དབྱེ་བ་དེ་ནི་ཡོ་རོབ་གླིང་དུ་དར་སྤྱ་ལ་རྒྱུན་རིང་དུ་གནས་པའི་རྩོམ་ལུས་དབྱེ་ཚུལ་ཞིག་ཡིན་ལ།

དེའི་རྩ་བའི་ཁྱད་ཆོས་ནི་བརྩམས་ཆོས་ཀྱི་ངོ་བོའི་སྟེང་ནས་དབྱེ་ཡོད་པ་སྟེ། དོན་བརྗོད་རྩོམ་རིག་དང་། བརྩེ་དུང་མཚོན་པའི་རྩོམ་རིག བློས་གར་གྱི་རྩོམ་རིག་བཅས་ཡིན་ཞིང་དབྱེ་ཚུལ་དེ་ནི་གནའ་བོའི་ཞི་ལ་ཡི་གཞུང་ལུགས་མཁས་ཅན་ཡ་ལི་ཧྲི་ཧྲོ་ཐ་ཡིས་སྙན་རྩོམ་གྱི་ལད་བློས་བྱེད་ཡུལ་འདྲ་ཡང་རྣམ་པ་དང་ཐབས་ལམ་མི་འདྲ་བའི་ཁྱད་ཆོས་གཞིར་བཟུང་ནས་རྣམ་པ་གསུམ་དུ་དབྱེ་ཡོད་རྐྱེན་ཕྱིས་སུ་བག་ཆགས་ཤུགས་ཆེན་བྱུང་ཡོད་པ་རེད། དེ་རྗེས་འཛར་མན་གྱི་ཧེ་ཀོར་གྱིས་དབྱེ་ཚུལ་གསུམ་པོ་དེར་མཛེས་དཔྱོད་རིག་པའི་ལྟ་ཚུལ་ཐོག་ནས་བསྐྱར་དུ་འགྲེལ་བཤད་བྱས་ཡོད་པ་སྟེ། ཁོང་གིས་དོན་བརྗོད་སྙན་ངག་གིས་གཙོ་བོ་ཕྱི་ཡུལ་མཚོན་ཞིང་། བརྩེ་དུང་མཚོན་པའི་སྙན་ངག་ནི་རང་སེམས་མཚོན་པའི་བརྩམས་ཆོས་ཡིན་པས་གཉིས་ཀའི་གནད་ཕྱོགས་མི་འདྲ་སོ་སོར་སྣང་ཞིང་བློས་གར་རྩོམ་རིག་ནི་རང་སྣང་དང་ཕྱི་ཡུལ་སྣང་བ་གཉིས་པོ་གཅིག་ཏུ་འདྲེས་པའི་སྒྱུ་རྩལ་ཞིག་ཡིན་པས་སོ་ཞེས་གསུངས་ཡོད་ལ། ཕྱིས་སུ་ཨུ་རུ་སུའི་མཁས་པ་སྦེ་ལིན་སི་ཅིས་གོམ་གང་མདུན་སྤོས་ཀྱིས་རིག་པས་ཁུངས་བསྐྱེལ་བྱས་ཡོད། ཁོང་གིས“བརྩེ་དུང་མཚོན་པའི་སྙན་རྩོམ་ནི་མི་ཞིག་གི་རང་སྣང་གི་སེམས་ཁམས་དེ་ཕྱིར་མཚོན་པར་བྱས་པ་ཞིག་ཡིན་ལ། ཁྱོན་ཡོངས་ནས་བཤད་ན་དེ་ནི་ཚོར་སྣང་དང་བརྩེ་དུང་། རོལ་དབྱངས་ཀྱི་ཉམས་དང་ལྡན་པའི་བདག་ཉིད་ཅན་ཞིག་ཡིན། དོན་བརྗོད་སྙན་རྩོམ་ནི་ཕྱི་རོལ་ཡུལ་དུ་གནས་པའི་བྱ་དངོས་ཀྱི་ཚུལ་རྣམས་ཞིབ་འབྲི་བྱས་ཤིང་སྒྱུ་རྩལ་མཁན་པོས་འོས་ཤིང་འཚམས་པའི་ལྟ་ཚུལ་ཞིག་འདམས་བསྡུས་བྱས་ཏེ་ཕྱོགས་སོ་སོ་ནས་མཚོན་པའི་དཔེ་རིས་ཞིག་ང་ཚོའི་མིག་ལམ་དུ་བསྟན་པ་དང་མཚུངས་སོ། བློས་གར་ནི་དོན་བརྗོད་དང་བརྩེ་དུང་མཚོན་པ་གཉིས་མཉམ་དུ་འབྲེལ་ཞིང་ང་ཚོའི་མིག་ལམ་དུ་དེ་ནི་འདས་ཟིན་པ་ཞིག་མིན་པ་ད་ལྟ་རྩོམ་བཞིན་པའི་ཚུལ་དུ་འཕྲབ་སྟོན་པ་རེ་རེས་གླེང་བརྗོད་དང་ལུས་ཀྱི་ཉམས་འགྱུར་སྣ་ཚོགས་ལ་བརྟེན་ནས་རང་ཉིད་གསལ་སྟོན་བྱས་པ་ཞིག་ཡིན་ནོ་”ཞེས་གསུངས་ཡོད་པ་དེས་རྩོམ་ལུས་

རྣམ་པ་གསུམ་པོའི་ཁྱད་ཆོས་དང་། མཚོན་སྟངས་སོགས་ལ་ཞིབ་དཔྱོད་བྱས་ཡོད་པ་རེད།

2. རྣམ་པ་བཞི་རུ་དབྱེ་ཚུལ་ནི་རྒྱའི་རྩོམ་རིག་ནང་“ལྔ་བཞི”ལས་འགྲུལ་རྗེས་སུ་བྱུང་བའི་རྩོམ་ལུས་ཀྱི་དབྱེ་ཚུལ་ཞིག་ཡིན་པ་སྟེ། སྙན་ངག་དང་། ཕྱུག་རྩོམ། བརྩམས་སྒྲུང་། ཟློས་གར་བཅས་བཞི་རུ་དབྱེ་བ་དེའི་རྩ་བའི་ཁྱད་ཆོས་ནི་རྩོམ་རིག་བརྩམས་ཆོས་ཀྱི་ཕྱི་རོལ་གྱི་རྣམ་པའི་ཐོག་ནས་དབྱེ་བ་སྟེ། ཕྲིག་གཞིའི་རྣམ་པ་དང་ཚིག་སྦྱོར་སྤྱེལ་སྟངས། རིང་ཐུང་དང་རྒྱ་ཆེ་ཆུང་གི་ཁྱད་ཆོས་གཞིར་བཟུང་ནས་དབྱེ་འབྱེད་བྱས་པ་ཞིག་ཡིན། རྩོམ་ལུས་རྣམ་པ་གསུམ་དུ་དབྱེ་བ་དང་ཡང་ན་རྣམ་པ་བཞི་རུ་དབྱེ་བ་དེ་དག་ཡང་རྩ་བའི་རང་བཞིན་གྱི་ངོས་ནས་གཏན་འཁེལ་བྱས་པ་ཙམ་ལས་དེ་དག་ཕན་ཚུན་བཀལ་མི་ཆོག་པའི་བར་མཚམས་ཤིག་གཏན་ནས་མ་ཡིན་ནོ། དེ་ལྟར་གཤམ་ལ་ཕྱི་ནང་རྩོམ་རིག་གཞུང་ལུགས་ཀྱི་ཤས་ཆེ་བ་གཙོ་བོར་གཞིགས་ཏེ་བཤད་པར་བྱའོ།

གཉིས་པ། སྙན་ངག་གི་སྐོར།

1. སྙན་ངག་གི་གོ་དོན།

སྙན་ངག་ནི་མིའི་རིགས་ཀྱི་ཆེས་ཐོག་མའི་རྩོམ་རིག་གི་རྣམ་པ་ཞིག་ཡིན་པ་དང་དེ་ནི་ངལ་རྩོལ་དང་མཉམ་དུ་འཕེལ་རྒྱས་ཕྱིན་པ་ཞིག་ཡིན། དབྱིན་ཇིའི་སྙན་ངག་ཞིབ་འཇུག་པ་ཚོའི་·ཐང་མུ་སུན་ན་རེ་གདོད་མའི་དུས་སྐབས་སུ་མི་རྣམས་ཀྱི་ཐུན་མོང་ངལ་རྩོལ་ཁྲོད་དུ་བྱུང་བའི་འགྲོས་རིམ་དང་ལྡན་པའི་བྱ་བ་དེར་གྲུབ་ཆ་གཉིས་ཡོད་དེ་ལུས་ཀྱི་གྲུབ་ཆ་དང་ངག་གི་གྲུབ་ཆ་རེད། སྔ་མ་དེ་འཕེལ་རྒྱས་སུ་སོང་བ་ལས་ཟློས་གར་དང་ཕྱི་མ་དེ་འཕེལ་རྒྱས་སུ་སོང་བ་ལས་སྐད་ཆ་བྱུང་བ་རེད”ཅེས་གསུངས་ཤིང་། སྐད་ཆ་ནི་དང་ཐོག་འགྲོས་རིམ་དང་གོ་དོན་ཅི་ཡང་མེད་པའི་ང་རོ་ཙམ་ཡིན་ལ། ཕྱིས་སུ་འཕེལ་རྒྱས་ཕྱིན་ཏེ་གླུ་

(སྙན་ངག་)ཡི་སྐད་ཆ་དང་སྤྱིར་བཏང་གི་སྐད་ཆ་བྱུང་བ་རེད་ཅེས་གསུངས་པ་བཞིན་སྙན་ངག་ནི་དར་སྤྲ་བའི་རྩོམ་ལུས་ཞིག་ཡིན་རྐྱེན་སྙན་ངག་གི་མཚན་ཉིད་དང་གོ་དོན་ལ་མི་རིགས་མི་འདྲ་བ་དང་རྒྱལ་ཁབ་སོ་སོའི་སྐད་རིགས་མི་འདྲ་བའི་མཁས་པ་དག་གིས་མཚན་ཉིད་སྣ་ཚོགས་ཤིག་བཞག་མྱོང་ཡོད་པ་རེད། དཔེར་ན་“སྙན་ངག་ནི་ཚོར་འདུ་དྲག་པོའམ་རྟོག་འཆར་གྱི་ནུས་ཤུགས་དང་ལྡན་པའི་སྒྱུ་རྩལ་མཚོན་སྟངས་ཤིག་ལ་ཟེར་” ཞེས་པ་དང་ “འཆད་པས་ཡིད་དབང་འཕྲོག་ཅིང་། མདངས་ཀྱིས་མིག་དབང་སློབ། རོ་མངར་ལྷགས་ལ་སིམ་པ། སྒྲ་དབྱངས་རྣ་བར་འབབ་པ་ཞིག་ལ་སྙན་ངག་གོ”ཞེས་དང་“རྩོམ་རིག་གི་ཁྲོད་དུ་བློ་ཡི་བཀོད་པའམ་རྟོག་འཆར་གྱི་བློ་ཡུལ་དེ་དབྱངས་ཀྱི་འགྱུར་ཁུགས་སུ་བཀུག་ཅིང་། རི་མོའི་རྣམ་པར་ཕབ་པའི་ལྷུགས་རྩོམ་ཞིག་ལ་སྙན་ངག་གོ”ཞེས་སོགས་སྙན་ངག་གི་གཞུང་ལུགས་དག་ན་མང་དུ་བཀོད་ཡོད་ཀྱང་དེ་དག་ནི་གཞི་འཛིན་ས་མི་འདྲ་བ་དང་། སྐད་ཡིག་མི་འདྲ་བ་དང་། ལྷག་པར་དུ་མི་རིགས་སོ་སོའི་རིག་གནས་སྲོལ་རྒྱུན་གྱི་ཁྱད་ཆོས་དང་ངོས་འཛིན་བྱེད་ཚུལ་མི་འདྲ་བའི་དབང་གིས་ཐུན་མོང་གིས་ཁས་ལེན་ཐུབ་པའི་ཚད་གཞི་ཞིག་ད་ལྟའི་བར་དུ་མི་བྱུང་བར་སྣང་ངོ་།

དེ་བཞིན་བོད་རིགས་ལ་མཆོན་ནའང་སྙན་ངག་གི་ངོས་འཛིན་སྟངས་དང་མཚན་ཉིད་འཛོག་སྟངས་སྣ་ཚོགས་པ་ཞིག་མཆིས། དཔེར་ན་“སྙན་ངག་ཅེས་པ་ནི་སྙན་ཞིང་ཡིད་དུ་འོང་བའི་ཉམས་ཀྱི་ཁྱད་པར་བརྟན་པའི་ཐབས་ཤིག་ལ་བྱ”ཞེས་པ་དང་“སྙན་ངག་ཞེས་པ་ཟ་བར་སྙན་ཞིང་ཡིད་འཕྲོག་པའི་རྫོད་བྱེད་ཚིག་ལ་ཟེར”ཅེས་པ་དང་། ཐ་ན་“སྙན་ངག་ཅེས་པ་སྙན་ཞིང་འཇེབས་པའི་ངག་ལ་ཟེར”ཞེས་པ་སོགས་མཚན་ཉིད་མང་དུ་བཞག་ཡོད་པ་དེ་དག་འགའ་རེས་ཚིག་གི་སྦྱོར་བ་ཙམ་ལ་གོ་བ་ལེན་ཡོད་པ་དང་། འགའ་རེས་རྩོམ་རིག་སྒྱུ་རྩལ་སྤྱི་ལ་གོ་ལེན་བྱས་ཡོད་པ་དེ་ཡིན། ཡང་བསྐྱར་བཤད་ན་སྙན་ངག་ཅེས་པའི་རྩོམ་ལུས་འདིར་ཁྱབ་ཆེ་ཆུང་མི་འདྲ་བའི་འཇུག་ཚུལ་གཉིས་ཡོད། མི་

ལོང་མའི་རང་ལུགས་ལྟར་བརྩམས་པའི་སྙན་ངག་ཁོ་ན་ལ་འཇུག་པ་དང་། མགུར་ལེགས་བཤད་དང་བཅས་པའི་སྙན་ངག་སྤྱི་ལ་འཇུག་པའོ། སྙན་ངག་ཅེས་པ་《མེ་ལོང་》མའི་གཞུང་ལྟར་བརྩམས་པ་ཁོ་ནར་གོ་བ་ལེན་ན་དེའི་ཤུགས་ལ་མགུར་དང་ལེགས་བཤད་སྙན་ངག་མིན། དེའི་ཕྱིར་ཡར་ལོ་རྒྱུས་དེད་པས་གནའ་བོའི་མགུར་གླུ་སོགས་སྙན་ངག་མིན་ལ། མར་ཉེ་བར་སླེབས་པས་ད་ལྟའི་རང་མོས་སྙན་རྩོམ་ཡང་སྙན་ངག་མིན། 《སྙན་ངག་མེ་ལོང་》བོད་དུ་མ་དར་གོང་བོད་ལ་སྙན་ངག་མེད་ཅེས་རང་བཞིན་དུ་གྲུབ་འགྲོ་བས་དེ་ནི་ཤིན་ཏུ་མི་འོས་པའི་གནས་ཤིག་རེད། མཁས་པའི་དབང་པོ་དུང་དཀར་བློ་བཟང་འཕྲིན་ལས་མཆོག་ནས"སྙན་ངག་ཇི་ལྟར་རྩོམ་ཚུལ་གྱི་རིགས་པའི་གཞུང་ལུགས་བོད་དུ་མ་དར་གོང་དུ་བོད་རང་ཉིད་ཀྱི་ཁྱད་ཆོས་མཚོན་པའི་སྙན་ངག་ཡོད་"ཅེས་གསུངས་པ་ལྟར་རོ། མགུར་མ་དང་ལེགས་བཤད་སོགས་ལ་རང་རང་གི་ཁྱད་ཆོས་ཐུན་མོང་མ་ཡིན་པ་རེ་ཡོད་པ་ནི་བསྙོན་དུ་མེད་མོད། དེ་ཙམ་གྱིས་རྩོམ་ལུས་རང་མགོ་ཐོན་པ་དགར་བའི་ཚ་རྐྱེན་མི་ལོངས་སྙམ་སྟེ། ཁྱད་ཆོས་ཙུང་མི་འདྲ་བ་ཙམ་རེ་ལ་བརྟེན་ནས་རྩོམ་ལུས་རེ་དགར་དགོས་ན་ནི་སྤྱིར་འཛམ་གླིང་རྩོམ་རིག་ཁྲབ་ཁོངས་སུ་རྩོམ་ལུས་འཛོག་སྟངས་ཕྱོགས་མཐུན་པ་ཙམ་ཞིག་ཀྱང་འོང་དཀའ་ལ། རང་རེ་བོད་རིགས་ཀྱི་རྩོམ་ལུས་ལ་ནི་དེ་བས་ཀྱང་རྙོག་འཛིང་གི་དྲ་བ་ཞིག་ཆགས་ངེས་ཡིན། དེ་ལྟར་སྙན་ངག་ཅེས་པ་ནི་དབྱངས་ཀྱི་འདེགས་འཛོག་གསལ་ལ། རྒྱན་ཕུན་སུམ་ཚོགས་པས་སྤྲུད་པ་དང་ཚིག་བསྡུས་ཤིང་སྡེབ་ལེགས་པ། སྤྱི་ཚོགས་ཀྱི་འཚོ་བ་སྙིང་བསྡུད་ཀྱིས་མཚོན་པར་བྱེད་པའི་ཚོར་འདུ་ཤུགས་དྲག་པའི་རྩོམ་རིག་གི་རྣམ་པ་ཞིག་ཡིན་ཞེས་བརྗོད་ན་ཆོག་གོ།

2. སྙན་ངག་གི་རྩ་བའི་ཁྱད་ཆོས་སྐོར།

སྙན་ངག་གི་རྩ་བའི་ཡོན་ཏན་ནི་བརྗོད་དུང་ཚུར་སྣང་བྱུས་པ་ཞིག་ཡིན་པས་ཚིག་ཐུང་ཞིང་གཅིག་སྡུད་ཆེ་བ་དང་། དོན་འདུས་ཤིང་དབྱངས་འགྲོས་དང་ལྡན་པ། བརྩེ་དུང་གིས་ཡོངས་སུ་ཁྱབ་པ། བསམ་གཞི་ཕུན་སུམ་ཚོགས་ལ

ཡིད་འགུགས་ནུས་པ་ཆེ་བ། གོ་དོན་གཉིང་ཟབ་ལ་ཚིག་སྦྱོར་སླ་ཞིང་འཛེབས་པ། མིའི་རིགས་ཀྱི་སེམས་ཀྱི་གཉིང་ནས་ཐོན་པའི་གདངས་དབྱངས་ཡིན་པས་རང་ཉིད་ཀྱི་བསམ་པའི་འགྱུར་བ་ཇི་བཞིན་དུ་མཚོན་པར་བྱས་པ་ཞིག་ཡིན། སྙན་ངག་མཁན་པོ་ཧྣ་ཆི་ཕང་གིས"སྙན་ངག་ནི་ཕུན་སུམ་ཚོགས་པའི་ཡིད་སྨྲེས་དང་ཐད་ཀར་དུ་ཐོན་པའི་བརྩེ་དུང་ལ་བརྟེན་ནས་སྤྱི་ཚོགས་ཀྱི་འཚོ་བ་སྙིང་བསྡུས་ཀྱིས་མཚོན་པའི་རྩོམ་རིག་གི་རྣམ་པ་ཞིག་ཡིན་ཏེ། དེ་ལ་དོན་བསྡུས་ཤིང་འབྲེལ་ཆགས་པ་དང་དབྱངས་ཀྱི་འདེགས་འཇོག་གསལ་བའི་ཁྱད་ཆོས་དང་ལྡན་པས་ལྷུག་པའི་ཚིག་སྦྱོར་དང་ཁྱད་པར་ཆེའོ"ཞེས་གཅིག་སྡུད་ཀྱིས་སྙན་ཚིགས་ཀྱི་ཁྱད་ཆོས་གསལ་བཤད་བྱས་ཡོད་པ་རེད། སྙན་ཚིག་གི་རྩ་བའི་ཁྱད་ཆོས་མདོར་བསྡུས་ན་འདི་འདྲ་འགའ་ཡོད་པ་སྟེ།

①སྤྱི་ཚོགས་ཀྱི་འཚོ་བ་དེ་གཅིག་སྡུད་དང་སྙིང་བསྡུས་ཀྱི་རང་བཞིན་ལྡན་པའི་སྒོ་ནས་མཚོན་པར་བྱས་པ་ཞིག་ཡིན།

རྩོམ་རིག་ཡོད་ཚད་ཀྱི་འབྱུང་གཞི་ནི་སྤྱི་ཚོགས་ཀྱི་འཚོ་བ་ཡིན་རུང་སྙན་ངག་གིས་རྩོམ་ལུས་གཞན་དང་འདྲ་བར་མི་སྣའི་གཟུགས་བརྙན་དང་ཕྱི་རོལ་ཡུལ་དུ་གནས་པའི་བྱ་དངོས་ཞིབ་འབྲི་མི་བྱེད་པར་སྤྱི་ཚོགས་ཀྱི་འཚོ་བ་དེ་ཚད་མཐོའི་གཅིག་སྡུད་དང་སྙིང་བསྡུས་བྱས་ཏེ་མཚོན་པར་བྱས་པ་ཞིག་ཡིན་རྐྱེན་སྙན་ངག་གིས་འཚོ་བ་སྙིང་བསྡུས་བྱེད་པ་དེ་རྩོམ་ལུས་གཞན་ལས་ལྷག་པ་ཡོད། དཔེར་ན《མཁས་པའི་དགའ་སྟོན》ལས

"དེ་ནས་བོད་འབངས་ཡོངས་ཀྱི་བསོད་ནམས་ནི་
སྟུམ་ཟད་མར་མེ་ལྟ་བུ་ཡལ་ལ་ཁྱུག
རྗེ་ཡི་མངའ་ཐང་དགུན་ཁའི་ཆུ་བཞིན་བྲི
རྒྱལ་ཁྲིམས་སོག་རུལ་ཐོན་ཐག་བཞིན་དུ་ཞིག
ཆབ་སྲིད་ཕན་བདེ་ནམ་མཁའི་འཇའ་བཞིན་ཡལ
ནག་ཕྱོགས་སྤྱོད་པ་དཔྱིད་ཀྱི་རླུང་བཞིན་ལངས"ཞེས་རྩོམ་པ་པོས་བོད་

སིལ་བུའི་དུས་རབས་ཀྱི་སྒྲི་ཚོགས་རྣམ་པ་དངོས་དེ་དག་གཅིག་སྡུད་ཀྱིས་མཚོན་པར་བྱས་པ་ཞིག་ཡིན། དེ་མིན་བོད་རྒྱལ་སྲོང་བཙན་སྒམ་པོའི་སྐུ་ཚེ་གཅིག་རིང་གི་མཛད་རྣམ་མཐའ་ཡས་པ་དེ་དག་དགེ་འདུན་ཆོས་འཕེལ་གྱིས་ཤོ་ལོ་ཀ་གཅིག་ཏུ་བསྡུས་པ།

"ཚེ་གཅིག་ཡུན་ལ་ཕན་པའི་ལྷ་ཆོས་དང་།

དོན་གཉིས་འབྲས་བུ་རྩོལ་བའི་ལྷ་ཆོས་ཏེ།

དུས་གསུམ་ཀུན་དུ་དགེ་བའི་དཔལ་སྤྱིན་པའི།

 སྡེ་བཞིའི་ནོར་གྱིས་བོད་ཁམས་ཕྱུག་པར་མཛད"ལྟ་བུའོ། སྤྱི་ཚོགས་ཀྱི་འཚོ་བ་སྙིང་བསྡུས་ཀྱིས་མཚོན་པར་བྱེད་པ་ནི་སྙན་ངག་གི་ཐུན་མོང་མ་ཡིན་པའི་ཁྱད་ཆོས་ཤིག་གོ།

②བསམ་བློའི་བརྩེ་དུང་ཤུགས་ཆེར་འཕེལ་བའི་རང་བཞིན་དང་སྒྱུ་རྩལ་གྱི་ཉམས་རྟོགས་དང་འཆར་སྣང་ཕུན་སུམ་ཚོགས་པའི་རང་བཞིན་ལྡན་ཡོད་པ།

རྩོམ་རིག་གི་བརྩམས་ཆོས་ཡོད་ཚད་ནང་དུ་རྩོམ་པ་པོའི་བསམ་བློའི་བརྩེ་དུང་དང་འཆར་སྣང་དགའ་སྐྱོ་བསྟོད་སྨད་སོགས་ཡོད་པ་ཡིན་་རུང་སྙན་ངག་གི་རྩོམ་ལུས་ནང་དུ་རྩོམ་པ་པོའི་བརྩེ་དུང་དང་ཆགས་སྡང་སོགས་འདོན་སྤེལ་ཤུགས་ཆེར་བྱེད་རྒྱུ་ནི་རང་གི་དམིགས་བསལ་གྱི་འོས་འགན་ཞིག་ཏུ་བརྩི་གི་ཡོད་པ་རེད། གནའ་བོའི་ལོ་མ་རྒྱལ་ཁབ་ཀྱི་རྩོམ་རིག་པ་ཧ་ལི་སིས《སྙན་ངག་གི་སྒྱུ་རྩལ》ཞེས་པའི་དེབ་ཐེར་ནང་དུ

"ཁྱོད་ཉིད་བཞད་པའི་ཚེ་ན་གཞན་དག་བཞད

ཁྱོད་ཉིད་བཤུམས་པའི་མོད་ལ་གཞན་ཡང་བཤུམ།

བདག་གི་མིག་ཆུ་དབྱུང་བར་ཁྱེད་འདོད་ན།

ཐོག་མར་ཁྱེད་རང་སྐྱོ་གདུང་ཉམས་དག་སྟོན"ཞེས་པ་དང་། རྒྱའི་སྙན་ངག་པ་ལི་ཙན་ནས་ཀྱང་སྙན་ངག་ཅེས་པ་ནི་སྙན་ངག་མཁན་གྱི"དགོད་སྒྲ་གོང་བུར་ཆགས་པའམ། མིག་ཆུ་འོད་དུ་འཚེར་བ"ཡིན་ཞེས་གསུངས་པ་ལྟར་སྙན་

ངག་མཁན་པོར་སྤྱི་མཐུན་ཚོར་བ་ཙམ་ལས་ཐུན་མིན་གྱི་ཚོར་བ་སྐྱེན་ཞིང་རྣོ་བ་ཞིག་མེད་ན་དེ་སྙན་ངག་མཁན་དུ་འགྱུར་དཀའ། དེའི་ཕྱིར་གྲགས་ཆེ་བའི་སྙན་ངག་མཁན་པོ་དག་གིས་ཤུགས་ཆེ་བའི་ཚོར་བ་འདི་ལ་བརྟེན་ནས་སྙན་ངག་གི་བསྟན་བཅོས་ཉམས་པ་མེད་པ་དག་མཛད་ཅིང་གནའ་དེང་ཀུང་ཕྱི་ཀུན་ལ་གྲགས་པའི་བརྡ་ཆད་སྙན་ངག་བབས་པ་ཞེས་པ་ལའང་འཆད་ཚུལ་དུ་མ་ཞིག་ཡོད་ཀྱང་མཐར་གཏུགས་ན་གཙོ་བོ་སྙན་ངག་མཁན་གྱི་ཡིད་ལ་ཚོར་འདུ་དྲག་པོར་འཁྲུག་པ་རྣམས་སྒོ་བུར་དུ་ཆུ་གཏེར་མཁའ་ལ་འཕྱུར་བ་བཞིན་སློང་དུ་བརྗོལ་བའི་ཚུལ་ལ་འདོད་པ་དང་། སྙན་ངག་སྨྲ་བ་མང་པོ་ཞིག་ལ་སྙན་ངག་རྩོམ་འདོད་ཀྱི་བློའམ་སྐུལ་སློང་ཞིག་སྔོན་དུ་མ་འཁྲུངས་པར་འབད་འབུངས་བྱས་པས་སྙན་ངག་ཉམས་དང་ལྡན་པ་ཞིག་འོང་དཀའ་བའང་གནད་འདི་ལ་ཐུག་པར་སྣམ། གཞན་ཡང་སྐྱིད་སྡུག་འཚོ་བའི་འབྱུང་ཁུངས་མེད་ན་གསོན་ཉམས་ལྡན་པའི་སྙན་ངག་གི་སྣང་བརྙན་འབྱུང་མི་ཐུབ་ལ། དཀའ་སྤྱོ་ཟླུང་གི་ཡིད་འགྱུར་མེད་ན། རྣམ་བརྗོད་ཉམས་དང་ལྡན་པའི་སྙན་ངག་ཡོད་མི་སྲིད་པས་འཚོ་བ་དང་སེམས་གཉིས་ནི་སྙན་ངག་གི་གཞོག་ཟླུང་ཡིན་པ་དང་། གལ་ཏེ་འཚོ་བ་ནི་ཐ་རླབས་གཡོ་བའི་རྒྱ་མཚོ་ཞིག་ཡིན་པའི་དབང་དུ་བཏང་ན། སྙན་ངག་ནི་བརྩེ་དུང་གི་རིན་ཆེན་སྤྲུངས་པའི་གྲུ་གཟིང་ཉིད་དུ་ངེས་ཤིང་། སྙན་ངག་པའི་འདུན་པ་ནི་ཁ་ལོ་སྒྱུར་བྱེད་ཀྱི་སྐྱ་བ་དང་མཚུངས་པས་སྙན་ངག་ནི་རྩོམ་པ་པོའི་བརྩེ་དུང་དྲག་ཏུ་གཡོ་བ་ལས་བྱུང་བ་ཞིག་ཡིན་པ་གདོན་མི་ཟའོ། དཔེར་ན། རེབ་ཚ་བཀའ་འགྱུར་བས།

“བརྩེ་སེམས་མ་ཡིས་འཇམ་མཉེན་སོར་རྩེས་ཀྱང་

རེག་པར་མི་བཟོད་སྡུག་པའི་བུ་ཆུང་དེ།

སྒོ་བུར་དུར་ཁྲོད་ནགས་སུ་བྱ་གཅན་གྱིས།

ཤ་ཁྲག་ནང་འཁྲོལ་ཟ་བ་ཇི་ལྟར་བཟོད་” ཅེས་པ་དང་དགེ་འདུན་ཆོས་འཕེལ་གྱིས“ཐང་ཆེན་ཕ་མཐའ་ཡས་པའི་དུད་སྤྲིན་གྱི་སྤྲིས་མ

ཆང་གླིང་སྐད་བརྡ་བསྒྱུར་བའི་རྒྱུས་མེད་ཀྱི་གྲོགས་པོ།
ཁ་དོག་སྣ་ལྔ་ཤར་བའི་ཞིང་ཆེན་གྱི་རིའུ་མིག
སྣང་ཡུལ་གང་ལ་བལྟས་ཀྱང་སྒྱུ་ཉམས་ཤིག་འདུག་པ།
ཉེ་འབྲེལ་འཁོར་གཡོག་འཛོམས་པ་ཚོང་འདུས་ཀྱི་མགྲོན་པོ།
སྟོབས་འབྱོར་ཁེང་དྲེགས་དར་བ་རྐྱི་ལམ་གྱི་ལོངས་སྤྱོད།
སྐྱིད་སྡུག་སྤྲེལ་མའི་ཉམས་མྱོང་དབྱར་དགུན་གྱི་འགྱུར་ལྡོག

བསམ་ཞིང་མ་བཅོས་ཤུགས་ཀྱིས་གླུ་དབྱངས་ཤིག་ཤོར་སོང”ལྷ་བུ་སོགས་ལ་ཚིག་གི་རྒྱན་དང་ཡིག་འབྲུའི་དཀྱིལ་ན་བརྩེ་དུང་དང་མོས་གུས་ཀྱི་ཡིད་འགྱུར་རྦ་རླབས་ཏུ་འཕྱུར་བཞིན་ཡོད་པས། དངོས་གནས་“དགའ་སྐྱོ་ཆགས་སྡང་ཁོང་ནས་བརྗོད་པའི་རླབས། རང་བྱུང་ལྷུན་གྲུབ་གདངས་སུ་འཕོས་པའི་དབྱངས”ཤིག་སྟེ། བསླགས་པ་ཙམ་གྱིས་ཡིད་ཀྱི་དབང་པོ་གཡོ་བ་འདི་ལྷ་བུ་ནི་སྙན་ངག་གི་ཐུན་མོང་མ་ཡིན་པའི་ཁྱད་ཆོས་ཤིག་ཡིན་ནོ།

③ཁྱད་དུ་འཕགས་པའི་སྐད་ཆའི་སྒྱུ་རྩལ།

སྙན་ངག་གི་སྐད་ཆ་ནི་འཚོ་བ་དངོས་ལས་བྱུང་བ་ཞིག་ཡིན་རུང་དེ་ལ་རྩོམ་པ་པོས་བསྒྲིགས་བཅད་བརྡར་གསུམ་དང་ཞིབ་བཀོས་ཚགས་དཀྲོལ་བྱས་པ་ཞིག་ཡིན་རྐྱེན། ཚིག་སྦྱོར་སྙན་ཞིང་འཇེབས་ལ་དབྱངས་ཀྱི་འདེགས་འཇོག་གསལ་བ། རོལ་དབྱངས་ཀྱི་ཉམས་འགྱུར་ལྡན་ལ་ཕུན་སུམ་ཚོགས་པའི་རྒྱན་གྱིས་སྤྲུག་པའི་སྐད་ཆའི་སྒྱུ་རྩལ་ཞིག་ཡིན། དབྱངས་ཀྱི་འདེགས་འཇོག་ཅེས་པ་ནི་འཇིག་རྟེན་གྱི་དངོས་པོ་ཀུན་ལ་ཁྱབ་པ་ཞིག་ཡིན། ནམ་རྒྱུན་འདེགས་འཇོག་ཅེས་པ་ནི་འགུལ་བསྐྱོད་གཅིག་ལས་བྱུང་བ་སྟེ། གར་གྱི་སྟངས་སྟབས་དང་ཆུ་བོའི་རྦ་རླབས་ཀྱི་འདེགས་འཇོག་ལྷ་བུ་དང་། འགུལ་བསྐྱོད་ཕྲ་མོའི་རྣམ་པར་ཤར་བ། དཔེར་ན་སེམས་ཁམས་ཀྱི་འགྱུ་བའམ་ཚོར་ཤེས་ཀྱི་འཕྲོ་འདུ་ལས་བྱུང་བའི་འདེགས་འཇོག་ལྷ་བུ། འགུལ་བསྐྱོད་ཀྱི་རྟེན་འབྲེལ་ལས་བྱུང་བ་ཟིན་དང་མ་ཟིན་པའི་སྒྲ་སྣ་ཚོགས་ཀྱི་གདངས་རྒྱུན་དང་འགྱུར་ཁུག་གི་འདེགས་འཇོག་ལྷ་

བུ་དང་། དེ་ལས་ཟིན་པའི་སྒྲ་ཡི་འདེགས་འཇོག་ནི་སྒྲ་རིག་པའི་ལུགས་སུ "དྲང་པོ་བསྒྲེང་དང་གུག་པ་དང་། བསྙོད་དང་སྨད་དང་གྲིམས་དང་སྙོད་" ཅེས་པ་ལྟར་སྐད་ཀྱི་གདངས་སམ་ཡི་གེའི་གདངས་དེ་དབྱངས་དང་བསྡེབས་ཚེ། སྒྲ་དྲག་ཞན་བར་མ་དང་། གྲིམ་སྙོད་རན་པ་སྣ་ཚོགས་ཤིག་འབྱུང་བ་ལ་གོ་དགོས། སྒྲ་གདངས་དེ་འདྲ་སྤྱིལ་བའི་སྐད་ཆའི་རྒྱུན་ལ་རང་བཞིན་གྱིས་དབྱངས་ཀྱི་འདེགས་འཇོག་ཅིག་བསྲུད་མར་ཡོད་པས་སྒྲ་གདངས་ཀྱི་དྲག་ཞན་འཇམ་རྩུབ་སོགས་ཅི་ཙམ་སྡེབ་སྦྱོར་ལེགས་པ་དེ་རྩིས་ཀྱིས་སྐད་ཆའི་རྒྱུན་ལ་དབྱངས་ཀྱི་འདེགས་འཇོག་གསལ་ཞིང་། འགྱུར་ཁུག་གི་ཉམས་འགྱུར་ཡང་ལྡན་པ་ཡིན། དེས་ན་སྐད་ཆའི་སྒྱུ་རྩལ་གྱི་ཡང་རྩེར་བརྩི་བའི་སྙན་ངག་ལ་ནི་གཞན་ལས་ཁྱད་དུ་ཐོན་པའི་དབྱངས་ཀྱི་འདེགས་འཇོག་ཅིག་ཡོད་པ་སྨོས་མེད་དུ་གྲུབ་སྟེ། དུང་དཀར་བློ་བཟང་འཕྲིན་ལས་མཆོག་ནས་"གཞན་ཡང་སྙན་ངག་སྦྱོར་སྐབས་དོན་གྱི་རྒྱན་ལ་མ་ལྟོས་པར་སྒྲ་གདངས་ཀྱི་སྒོ་ནས་ཡིད་དུ་འོང་མི་འོང་གི་ཁྱད་པར་ཡོད་དེ"ཞེས་སྙན་ངག་གི་རིག་རྩལ་ལ་ནང་བྱན་ཆུད་པའི་ཉམས་མྱོང་དུ་གསུངས་འདུག་པ་ལྟར།

དཔེར་ན། རྗེ་ཙོང་ཁ་པའི་《རྣམ་རྒྱལ་བའི་བསྟོད་པ་》རུ

"རལ་གྲི་ལྕུགས་ཀྱུ་དབྱུག་པ་རྡོ་རྗེ་གཡས།
མི་གཡོ་འདོད་རྒྱལ་དབྱུག་སྔོན་སྟོབས་པོ་ཆེ།
ཁྲིད་ཀྱིས་ཕྱོགས་བཞིར་གནས་པས་བགེགས་དཔུང་འཇོམ"ཞེས་དང་།

འཇུ་མི་ཕམ་པའི་《སྣ་བདེའི་གསོལ་བསྟུས་དགྲ་བགེགས་དཔུང་འཇོམ་》ལས

"སྨུག་ནག་ཁྲོ་ཚུལ་དྲག་སྔགས་དམོད་པ་སྒྲོགས
ཞྭ་ནག་ཕོད་ཀ་ལ་སོགས་སྔགས་ཆས་གསོལ
ཕྱག་གཉིས་རྡོ་རྗེའི་སྒྲོགས་རྡོ་དགྲ་ལ་འཕེན།
དགྲ་བགེགས་དམ་སྲིའི་སྙིང་ན་ཟམས་སྤྱབས་འགྲིང"ཞེས་པ་སོགས་རང་

བཞིན་བརྗོད་པའི་རྒྱན་འབའ་ཞིག་ལས་མ་འདས་ཀྱང་བཟླགས་པ་ཙམ་གྱིས་རྫ

ཟ་འབུམ་ཕྲག་ཅིག་ཙར་དུ་བརྡུང་པའམ་རི་བོ་བརྡོལ་ཞིང་རྒྱ་མཚོའི་ཐ་རླབས་དྲག་ཏུ་འཕྱུར་བ་ལྟ་བུའི་བརྗིད་ཉམས་ཁྱད་པར་ཅན་ཞིག་ཡོད་པ་ནི་སྒྲ་གདངས་ཀྱི་སྦྱོར་བ་ལས་བྱུང་བའི་དབྱངས་ཀྱི་འདེགས་འཛོག་གི་ཉམས་འབའ་ཞིག་ཡིན་ནོ། གོང་སྨོས་སྒྲ་གདངས་ཀྱི་འདེགས་འཛོག་ལྡན་པའི་ངག་གི་རྒྱུན་དེ་གཅོད་མཚམས་དང་ངལ་གསོའི་སྟོད་མཚམས་སྣ་ཚོགས་ལྟར་ཚེགས་བར་ཆ་ཡའི་སྡེབ་ཅི་རིགས་སུ་སྦྱིལ་བས་དབྱངས་ཀྱི་འདེགས་འཛོག་ཐེར་ལས་ལྷག་པར་འགྱུར། ཆ་ཡ་སྦྱིལ་བའི་རིག་པ་འདི་ནི་བོད་ཀྱི་སྙན་ངག་སྤྱི་ཁྱད་པར་མགུར་མའི་ལུས་ལ་ཤིན་ཏུ་རྒྱུགས་ཆེ་སྟེ། དཔེར་ན། འབྲུག་པ་པད་མ་དཀར་པོའི་གསུངས་མགུར་ལས།

དཔལ་འཛམ་བུ་གླིང་གི་བྱང་གི་རྒྱུད།
རི་ཁ་བ་ཅན་གྱིས་བསྐོར་བའི་ཞིང་།
མ་མཁའ་འགྲོའི་མཆོད་སྟོང་ར་ལུང་ཐེལ་”ཞེས་པ་དང་། ཛ་དཔལ་སྤྲུལ་གྱིས།

སུ་དང་འགྲོགས་ཀྱང་ཆགས་སྡང་གི་སྟོན་མ།
གང་དང་འབྲེལ་ཀྱང་གཡོ་སྒྱུ་ཡིས་མགོ་བསྐོར།
དགེ་རྐྱེན་མེད་པས་གྲོགས་མང་འདི་མཐོང་ནས།
ཨ་བུའི་སེམས་པ་དབེན་རི་ལ་ཐོར་སོང་”

ཞེས་པ་ལྟ་བུ་ཚིག་དབར་ཆ་ཡི་སྡེབ་སྟངས་སྣ་ཚོགས་པར་བྱས་པས་འཁྲུག་བརྗོད་སོགས་ཀྱི་རྒྱན་དང་མ་སྦྱར་ཡང་རང་བཞིན་གྱིས་སྙན་ནོ་ཆེ་བ་སྟེ། གཙོ་བོ་ཚིག་གི་ལྷུ་འགྲིག་ཅིང་། གཅོད་ལེགས་པ། ཀློག་བདེ་བས་སོར་རྩེ་ལྡེམ་པོས་སྒྲ་སྙན་དཀྲོལ་བའི་དབྱངས་ལྟར་ཡིད་ཀྱི་དབང་པོ་ཅིག་ཅར་འཕྲོག་པར་བྱེད་པའི་འགྱུར་ཁུག་དང་ལྡན་ནོ།

དེ་མིན་ཕུན་སུམ་ཚོགས་པའི་རྒྱན་གྱིས་ཕྱུག་པ་ཞེས་པ་ནི་དཔེ་རྒྱན་དང་གཟུགས་རྒྱན་སོགས་ཀྱིས་གཙོས་པའི་《མེ་ལོང་》དུ་དངོས་དང་ཤུགས་ཀྱིས

བསྟན་པའི་རྒྱན་རྣམས་དང་གཞན་ཡང་གནའ་དེང་དང་རང་གཞན་མི་རིགས་སོ་སོའི་སྙན་ངག་གི་སྒྱུ་རྩལ་མཚོན་ཐབས་དང་སྐད་ཆའི་སྒྱུ་རྩལ་ཁྱད་དུ་འཕགས་པ་དག་ལ་བསྟན་པ་ཡིན་པས་འདི་ནི་སྙན་ངག་གི་ཁྱད་ཆོས་གཙོ་བོ་ཞིག་ཡིན་པ་ཀུན་ལ་གསལ་ལོ།

3. སྙན་ངག་གི་དབྱེ་བའི་སྐོར།

སྙན་ངག་ལ་དབྱེ་ཚུལ་མི་འདྲ་བ་མང་པོ་ཡོད་རུང་སྙན་ཚིག་གི་བརྗོད་དོན་དང་ངོ་བོའི་སྒོ་ནས་དབྱེ་ན། སེམས་ཀྱི་ཉམས་སྣང་སྟོན་པའི་སྙན་ཚིག་དང་། དོན་གྱི་བྱུང་རབས་སྟོན་པའི་སྙན་ཚིག་ཅེས་རིགས་གཉིས་ཡོད། དང་པོ་རྩོམ་པ་པོའི་བརྗོད་བྱ་མཐོང་སྣང་དང་བསམ་དོན་ཅི་རིགས་ལ་བརྟེན་ནས་རང་སེམས་ཀྱི་དགའ་སྡུག་དང་ཆགས་སྡང་སོགས་ཀྱི་ཉམས་སྣང་མཚོན་པ་མ་ཟད། བཟང་པོར་བསྟོད་བསྔགས་དང་། ངན་པར་འཕྱ་སྨོད་དང་ཟུར་ཟ། འདོད་པའི་ཡུལ་ལ་རེ་ལྟོས་བྱེད་པ་སོགས་ཀྱི་ཉམས་འགྱུར་སྟོན་པའི་སྙན་ཚིག་རྣམས་ཡིན་ལ། དེའི་ནང་དུ་མགུར་མ་དང་བསྟོད་ཚོགས། གླུ་གཞས་དང་ལེགས་བཤད། ཀ་བཤད་སོགས་སྙན་ངག་གི་ཉམས་དང་ལྡན་པའི་སྒྱུ་རྩལ་ཐམས་ཅད་འདིའི་ནང་དུ་བསྡུ་བར་བྱའོ། སྙན་ངག་ལ་དགའ་སྡུག་དང་ཆགས་སྡང་གི་ཉམས་འགྱུར་ལྡན་དགོས་ཤིང་། དེ་ཡང་བཅོས་མ་མ་ཡིན་པར་སྙིང་ཁོང་ནས་ཐོན་པའི་དུང་སྐད་ཡིན་དགོས་པ་དང་། ཆགས་སྡང་གཉིས་ཀྱིས་སྙན་ངག་པའི་སྤྲོ་སེམས་ཀྱི་མེ་ཆེན་སྦར་བ་ལས་སྙན་ཚིག་བྱུང་བ་ཞིག་ཡིན་རྐྱེན་ཀློག་པ་པོ་དང་ཉན་པ་པོའི་ཡིད་དབང་མེད་དུ་འཁྲོག་པར་བྱེད་དོ། དཔེར་ན།《ལྷ་ས་དྲན་གླུ》དང་《མི་ལའི་མགུར་མ》སོགས་ཇི་སྙེད་ཅིག་མཆིས་སོ། གཉིས་པ་ནི་མི་དང་དོན་གྱི་བྱུང་ཚུལ་གཟུགས་བརྙན་གྱི་རྣམ་པར་སྤེལ་བའི་སྙན་ཚིག་སྟེ། དཔེར་ན་《གླིང་གེ་སར་རྒྱལ་པོའི་སྒྲུང་》《ར་མ་ནའི་རྟོགས་བརྗོད་》《སྤྲིན་གྱི་གཞོན་པའི་རྟོགས་བརྗོད》《དབྱེ་ལི་ཡ་ཐེ》སོགས་མི་རིགས་མི་འདྲ་བའི་ནང་ཤིན་ཏུ་མང་པོ་བྱུང་ཡོད་ལ། དེ་དག་གི་ཁྱད་ཆོས་ནི་བརྗོད་གཞི་རྒྱ་ཆེ་ཞིང་བྱུང་རིམ་རྙོག་འཛིང་ཆེ་

བ། སྒྲིག་བཀོད་ཕུན་སུམ་ཚོགས་པ་བཅས་སྐྱོན་ཚིག་གི་རྣམ་པར་བརྟེན་ནས་དཔའ་བོའི་ལོ་རྒྱུས་རྩོམ་འབྲི་བྱས་པ་ཞིག་ཡིན་ནོ།

བོད་རིགས་སྐྱོན་རྩོམ་གྱི་རྣམ་པའི་ཐོག་ནས་དབྱེ་ན་ལུགས་གཉིས་སུ་དབྱེ་ཆོག་པ་སྟེ། གཅིག་ནི་ཤོ་ལོ་ཀ་གཅིག་གི་ནང་དུ་ཚིག་རྐང་བར་ཚིག་ཁྱིམ་གྲངས་སྙོམ་དགོས་པ་སྙེབ་སྦྱོར་གྱི་ལུགས་དང་མཐུན་པ་སྟེ་སྙེབ་སྦྱོར་དང་མཐུན་པའི་སྐྱོན་ངག་གི་ལུགས་དང་། ཅིག་ཤོས་ནི་ཤོ་ལོ་ཀ་ངེས་པ་མེད་པའི་ཚིག་རྐང་ཐན་ཚུན་བར་ཚིག་ཁྱིམ་གྲངས་སྙོམ་མི་དགོས་པར་གང་བདེར་རང་མོས་ལྷུར་འབྲི་ཆོག་པའི་རང་མོས་སྐྱོན་རྩོམ་གྱི་ལུགས་དེ་ཡིན་ནོ།

གསུམ་པ། ལྷུག་རྩོམ་གྱི་སྐོར།

1. ལྷུག་རྩོམ་གྱི་གོ་དོན་འགྲེལ་བ།

ལྷུག་རྩོམ་ཞེས་པར་དུས་རབས་མི་འདྲ་བའི་ནང་དུ་ཁྱབ་ཚེ་ཚུང་མི་འདྲ་བའི་གོ་དོན་ཡོད། ཐུན་མོང་དུ་ལྷུག་པའི་རྩོམ་ཡོད་དོ་ཅོག་ལ་ཟེར་བ་དང་། ཚིག་བཅད་དང་ཚིག་ལྷུག་གཉིས་སུ་བཀར་ཏེ་ཚིག་ལྷུག་པའི་རྩོམ་ཁོ་ན་ཙམ་ལ་གོ་བ་མིན་པར་འདིར་བཤད་པའི་ལྷུག་རྩོམ་ནི་རྩོམ་རིག་གི་ལུས་ཤིག་ལ་དམིགས་པ་དང་། དེ་ཡང་སྐྱོན་ངག་དང་བརྩམས་སྒྲུང་། ཟློས་གར་བཅས་རྩོམ་རིག་གི་ལུས་བཞི་རུ་དབྱེ་བའི་ནང་གྲལ་གཅིག་ཏུ་གནས་པ་དང་། ལྷུག་རྩོམ་ནི་བརྗོད་བྱ་རྒྱ་ཆེ་ཞིང་མཚོན་ཐབས་མྱུར་ལ་སྒྲིག་གཞི་རང་དབང་ཆེ་བ། རང་གི་མཐོང་ཐོས་མྱོང་གསུམ་རྣམ་པ་ཅི་རིགས་ཀྱི་སྒོ་ནས་ལྷུག་པར་བརྗོད་ཆོག་པའི་རྩོམ་རིག་གི་རྣམ་པ་ཞིག་ཡིན།

2. ལྷུག་རྩོམ་གྱི་སྤྱིའི་ཁྱད་ཆོས་སྐོར།

ལྷུག་རྩོམ་ནི་བརྗོད་དོན་རྒྱ་ཆེ་ཞིང་རང་དབང་ཆེ་ལ་རྩོམ་པ་པོའི་སེམས་ཀྱི་འཆར་སྣང་ཅི་དགར་སྤེལ་ཆོག་པ་མ་ཟད། སྐྱོན་འཛེམས་ཀྱི་རོ་དང་ལྡན་པའི་

འཁྲུག་བརྗོད་ཀྱི་རྒྱན་སོགས་ཀུང་སྦྱར་ཆོག་པ་ཞིག་ཡིན། ལྷུག་རྩོམ་གྱི་རྩ་བའི་ཁྱད་ཆོས་མདོར་བསྡུས་ན་འདི་འདྲ་འགའ་ཡོད་པ་སྟེ།

①བརྗོད་བྱ་རྒྱ་ཆེ་ཞིང་ཕུན་སུམ་ཚོགས་ལ་རང་དབང་ཆེ་བ་སྟེ། རྩོམ་པ་པོས་མི་སྣ་དང་ཡུལ་ལྗོངས། བྱ་དངོས། ཡུལ་སྲོལ་གོམས་གཤིས་དང་རྒྱལ་ཁབ་ཕྱི་ནང་གི་གནས་ཚུལ། སྲོག་ཆགས་དང་སྐྱེ་དངོས། གནའ་དེང་གི་འཚོ་བ་སོགས་སྤྱི་ཚོགས་ཀྱི་འཚོ་བའི་ནང་གནས་ཡོད་པའི་བྱ་དངོས་མཐའ་དག་རྩོམ་འབྲི་བྱས་ཆོག་པ་མ་ཟད། རྩོམ་ལུས་འདི་ནི་བཙམས་སྒྲུང་ལྟར་ཅུང་ཟད་ཆ་ཚང་བའི་འཚོ་བའི་དོན་རྐྱེན་དང་མི་སྣའི་གཟུགས་བརྙན་ཞིག་མི་དགོས་ལ། གློས་གར་གྱི་རྩོམ་རིག་ལྟར་འགལ་བ་མངོན་གསལ་དོད་པོ་ཞིག་རྩོམ་འབྲི་བྱེད་མི་དགོས་པ་ཞིག་ཡིན། ལྷུག་རྩོམ་ལྷུག་པའི་རང་བཞིན་ནི་རྣམ་པ་རང་དབང་ཆེ་ཞིང་སྟོད་པ་ལ་ཟེར་བ་ལས་བརྗོད་བྱའི་སྲོག་ནི་ངེས་མེད་སྟོད་པ་ཡིན་དགོས་ཟེར་བ་ག་ལ་ཡིན། རྣམ་པ་རང་དབང་ཆེ་ཞིང་སྟོད་པ་ཞེས་པ་ནི་ལྷུག་རྩོམ་འབྲི་སྐབས་རྣམ་པའི་ཐད་རང་དབང་ཆེ་ཞིང་བཀག་རྒྱ་མེད་པར་གང་འདོད་ལྟར་འབྲི་ཆོག་པ་ཞིག་ཡིན་རུང་། བརྗོད་བྱའི་ཐད་རྩོམ་པ་པོས་ཐར་ཐོར་དང་ཡང་ན་རང་དབང་དུ་ཇི་ལྟར་བརྗོད་ནའང་གཉིང་ཟབ་པའི་བསམ་བློ་ཞིག་གི་ཐིག་སྐུད་ལ་བརྟེན་ནས་མགོ་མཇུག་སྦྲེལ་ཞིང་ཐོག་མཐའ་བར་གསུམ་དུ་བརྗོད་བྱ་གསལ་པོར་ཡོད་དགོས་པ་ཞིག་ཡིན།

②ལྷུག་རྩོམ་ནི་འཚོ་བའི་བདེན་དོན་གྱི་ཆ་མངོན་གསལ་དོད་ཅིང་མཚོན་ཐབས་སྦྱར་བའི་རྩོམ་རིག་གི་རྣམ་པ་ཞིག་ཡིན་རྐྱེན། མི་དང་བྱ་དངོས་ཡུལ་ལྗོངས་སོགས་གང་ཞིག་བྲིས་ནའང་སྐྱོང་བའམ་རྟོགས་པ་ཁྱད་པར་བ་རེ་ཡིད་ངོར་སྣང་ཚེ་འཕྲལ་དུ་རྩོམ་འབྲི་བྱས་ཆོག་ལ་དེར་མི་སྣ་གཙོ་བོར་བཟུང་སྟེ་སྒྲུང་རིམ་ཆ་ཚང་ཞིག་ཡོད་མི་དགོས་པ་མ་ཟད། ཡིག་འབྲུ་མང་ཉུང་ཅི་དགར་ཡོད་ཆོག་པ་ཡིན།

③སྒྲིག་གཞིའི་ཐད་རང་དབང་ཆེ་ཞིང་རྣམ་པ་སྣ་ཚོགས་ཡོད་ཆོག་པ་ཞིག

ཡིན། དེ་ནི་རྩོམ་ལུས་འདིའི་ཁྱད་པར་བའི་ཆ་ཡིན་ལ། ཞུག་པ་ཞེས་པའང་ཚིག་བཅད་པ་དང་སྤྲེལ་མ་མ་ཡིན་པའི་ཞུག་པ་ཁོ་ན་ཙམ་ལ་མི་གོ་བར་གཙོ་བོ་སྒྲིག་གཞིའི་ཁྱད་ཆོས་རང་དབང་ལས་གྲོན་པའི་ཁྱད་ཆོས་ཤིག་ཡིན། དཔེར་ན། སྐད་ངག་ནི་སྨུ་ཧིག་བཞིན་གོང་བྲུ་ཆ་ཚང་ཞིག་དགོས་ལ། སྒྲུང་གཏམ་ནི་བཟོ་བཀོད་དང་འདྲ་བར་ཆེ་ཆུང་གང་ཡིན་རུང་སྒྲིག་གཞི་ཚགས་དམ་ཞིང་འབྲེལ་ཆགས་པ་ཞིག་དགོས་ལ། ཞུག་རྩོམ་ནི་རྩོམ་པ་པོས་དངོས་ཡོད་འཚོ་བ་ལས་མྱོང་ཚོར་དང་བདེན་པ་རེ་ཡིད་ལ་འཆར་ཚེ་འཕྲལ་དུ་ཞུག་པོར་བརྗོད་པ་ནི་ཞུག་རྩོམ་གྱི་ཁྱད་ཆོས་གཙོ་བོ་ཞིག་ཡིན།

3. ཞུག་རྩོམ་གྱི་དབྱེ་བའི་སྐོར།

ཞུག་རྩོམ་གྱི་བརྗོད་དོན་དང་ངོ་བོ་མི་འདྲ་བར་བརྟེན་ནས་སྤྱིར་ཡིད་ཀྱི་འགྱུར་བ་མཚོན་པའི་ཞུག་རྩོམ་དང་། དོན་བརྗོད་རང་བཞིན་ལྡན་པའི་ཞུག་རྩོམ་དང་། སྒྱུ་རྩལ་གྱི་རང་བཞིན་ལྡན་ལ་ཆབ་སྲིད་ཀྱི་གླེང་མོལ་ལྡན་པའི་ཞུག་རྩོམ་བཅས་ཁག་གསུམ་དུ་དབྱེ་ཆོག་པ་ཡིན། ཡིད་ཀྱི་འགྱུར་བ་མཚོན་པའི་རིགས་ནི་གཙོ་བོ་ཐད་ཀར་རྩོམ་པ་པོའི་ནང་གི་བསམ་བློའི་འགྱུར་བ་སྣ་ཚོགས་བྱུང་བ་དད་གུས་དང་བརྩེ་དུང་། ཟེས་དྲན་དང་གདུང་བ་སོགས་མཚོན་པ་བརྒྱུད་ནས་སྤྱི་ཚོགས་ཀྱི་འཚོ་བ་མཚོན་པར་བྱེད་ལ། དེའི་གནད་འགག་གཙོ་བོ་ནི་རྩོམ་པ་པོའི་ནང་གི་འཛིག་རྟེན་དང་ཡིད་ཀྱི་འགྱུར་བ་མཚོན་རྒྱུ་གཙོར་བཟུང་བྱེད་པ་ལས་དོན་གྱི་བྱུང་བ་བརྗོད་པའི་རྩོམ་རིག་ལྟར་གཏམ་རྒྱུད་ཞིབ་འབྲི་དང་གཟུགས་བརྙན་གསར་བསྐྲུན་བྱེད་རྒྱུད་དེ་གཙོ་གནད་དུ་འཛུག་གི་མེད་པ་དང་། དོན་བརྗོད་རང་བཞིན་ལྡན་པའི་ཞུག་རྩོམ་ནི་བརྗོད་གཞི་རྒྱ་ཆེ་ཞིང་ཕུན་སུམ་ཚོགས་ལ་དོན་གྱི་བྱུང་བ་བརྗོད་པ་གཙོ་གནད་དུ་འཛུག་པ་དང་། ཆབ་སྲིད་ཀྱི་གླེང་མོལ་ལྡན་པའི་ཞུག་རྩོམ་ནི་ཆབ་སྲིད་ཀྱི་གླེང་མོལ་དང་རྩོམ་རིག་སྒྱུ་རྩལ་ཟུང་འབྲེལ་བྱས་ཏེ་ཐད་ཀར་དང་མགྱོགས་མྱུར་གྱིས་དུས་སྐབས་དེའི་རིང་གི་སྤྱི་ཚོགས་ཀྱི་འཚོ་བ་དང་། འཕོ་འགྱུར་སོགས་ལ་དཔྱད་གཏམ་བརྗོད་རྒྱུ་དེ་གཙོ་

གནད་དུ་འཛོག་པ་ཞིག་ཡིན་ནོ།

བཞི་པ། བཅམས་སྒྲུང་གི་སྐོར།

1. བཅམས་སྒྲུང་གི་གོ་དོན་འགྲེལ་བ།

བཅམས་སྒྲུང་ནི་སྒྱུ་རྩལ་གྱི་ཐབས་ཤེས་གཅིག་སྤྱད་ཀྱིས་བེད་སྤྱོད་བྱས་ཏེ་མི་སྣའི་གཟུགས་བརྙན་བསྐྲུན་པ་དང་། དོན་རྐྱེན་གྱི་བྱུང་རིམ་ཀུག་ཀྱོག་ལྡན་ཞིང་འགལ་འབྲེལ་གྱི་འཕེལ་འགྲིབ་གསལ་བ། གཞི་རྒྱ་ཆེ་བའི་སྣོ་ནས་སྤྱི་ཚོགས་འཚོ་བའི་ནང་གི་རྙོག་འཛིང་ཆེ་བའི་གནས་ཚུལ་སྣ་ཚོགས་དོན་དངོས་དང་མཐུན་པའི་ཚུལ་གྱིས་མཚོན་པར་བྱེད་པའི་རྩོམ་རིག་གི་རྣམ་པ་ཞིག་ཡིན་ལ། མི་སྣ་དང་། བྱུང་རིམ། ཁོར་ཡུག་བཅས་གསུམ་ནི་བཅམས་སྒྲུང་གི་གྲུབ་ཆ་གཙོ་བོ་དེ་ཡིན་པ་མ་ཟད། མི་སྣ་ནི་བཅམས་སྒྲུང་འགྲུབ་བྱེད་ཀྱི་རྒྱུ་རྐྱེན་ཆེས་གལ་ཆེ་བ་ཞིག་ཡིན།

བཅམས་སྒྲུང་ནི་གནའ་བོའི་ལྷ་སྒྲུང་གི་(སྒྲུང་ལྡེའུ་བོན་གསུམ་གྱི་སྒྲུང་སྟེ་མ་སངས་ཀྱི་སྒྲུང་)དང་《མཆིལ་བའི་སྒྲུང་།》《རོ་ལངས་གསེར་སྒྲུབ་ཀྱི་སྒྲུང་》)ས་བོན་དང་ངག་རྒྱུན་(སྐྱེས་རབས་དང་རྟོགས་བརྗོད་ལེགས་བཤད་ཀྱི་འགྲེལ་པ། རྣམ་ཐར་)སོགས་ལས་འཕེལ་རྒྱས་བྱུང་བའི་རྩོམ་རིག་གི་རྣམ་པ་གལ་ཆེ་བ་ཞིག་ཡིན། 《ཆོས་འབྱུང་མཁས་པའི་དགའ་སྟོན་》དུ་འང་རྒྱལ་པོ་སྲུ་དེ་གུང་རྒྱལ་གྱི་རིང་ལ་"མདོ་སྡེ་བྱུང་བའི་ལྟས་སུ་སྒྲུང་རྣམ་དར"《རོ་ལངས་གསེར་སྒྲུབ་ཀྱི་སྒྲུང་》དང་《མ་སངས་ཀྱི་སྒྲུང་》དང་《མཆིལ་པའི་སྒྲུང་》སོགས་ཉན་བཤད"ཅེས་བཀོད་ཡོད་པ་ལ་བལྟས་ན། གནམ་གྱི་ཁྲི་བདུན་སོགས་དང་ལྷག་པར་དུ་རྒྱལ་པོ་སྲུ་དེ་གུང་རྒྱལ་གྱི་རིང་ནས་བརྗོད་བྱ་སྣ་ཚོགས་ལ་སྤྱར་བའི་སྒྲུང་ཅུང་ཟད་དར་ཡོད་ངེས་ལ། དེ་ནི་བཅམས་སྒྲུང་གི་ཐོག་མའི་རྣམ་པ་དེ་ཡིན། བསྟན་པ་སྔ་དར་གྱི་དུས་སུ་བོད་ཡིག་གསར་འཕེལ་དང་ཕྱིའི་རིག་གནས་ནང་ལ་

དྲངས་པས་རྐྱེན་གྱིས་སྒྱུ་རྩལ་ཕུན་སུམ་ཚོགས་སུ་ཕྱིན་པ་དང་ཆབས་ཅིག་བོད་ཀྱི་གཏམ་རྒྱུད་སྲོར་ལས་ལྷག་པའི་འཕེལ་རྒྱས་བྱུང་དེ་རིམ་གྱིས་མི་དམངས་ཀྱི་འཚོ་བ་བརྗོད་བྱར་བྱས་པའི་གཏམ་རྒྱུད་《ཕུ་ནུ་གཉིས་དང་ལྷེ་ལྷམ་གསུམ་གྱི་གཏམ་རྒྱུད་》དང་《རྨ་བྱར་སྤྲུལ་བའི་བུ་མོ་ཆུང་མར་གྱུར་པའི་གཏམ་རྒྱུད་》 བྱུང་ཡོད་ལ། བསྟན་པ་ཕྱི་དར་གྱི་དུས་སུ་ཕྱོགས་གཅིག་ནས་རྒྱ་གར་གྱི་གཏམ་རྒྱུད་མང་པོ་བོད་སྐད་དུ་བསྒྱུར་ཅིང་། ཕྱོགས་གཞན་ཞིག་ནས་བོད་སྐད་ཀྱིས་བསྟན་བཅོས་འབོར་ཆེན་ཞིག་རྩོམ་གནང་མཛད་ཡོད་པ་སྟེ། དཔེར་ན། རྗེ་འབྲོམ་ཡབ་སྲས་ཀྱི་《བཀའ་གདམས་གླེགས་བམ་》དང་། དགེ་བཤེས་པོ་ཏོ་བའི་《དཔེ་ཆོས་རིན་ཆེན་སྤུངས་པ་》ཀརྨ་རང་བྱུང་རྡོ་རྗེའི་《སྐྱེས་རབས་བརྒྱ་པ་》བཙུན་པ་རིན་ཆེན་དཔལ་གྱིས་《ས་སྐྱ་ལེགས་བཤད་འགྲེལ་པ་》སོགས་རྒྱ་གར་དང་བོད་རང་གི་སྐྱེས་རབས་དང་གཏམ་རྒྱུད་མང་པོ་སྐད་བསྒྱུར་དང་། གསར་རྩོམ་བྱས་ཡོད་པ་དེ་དག་གིས་བོད་ལ་བརྩམས་སྒྲུང་འབྱུང་བར་ཆ་རྐྱེན་བཟང་པོ་ཞིག་བསྐྲུན་ཡོད་པ་རེད།

དུས་རབས་བཅོ་བརྒྱད་པའི་ནང་མདོ་ཁམས་ཞབས་དྲུང་ཚེ་རིང་དབང་རྒྱལ་གྱིས་《གཞོན་ནུ་ཟླ་མེད་ཀྱི་གཏམ་རྒྱུད་》ཅེས་པ་རྩོམ་འབྲི་མཛད་རྗེས་བོད་རིགས་ཀྱི་རྩོམ་རིག་གི་གར་སྟེགས་ཐོག་མིང་དོན་མཚུངས་པའི་བརྩམས་སྒྲུང་གི་རྩོམ་ལུས་འདི་ལེགས་གྲུབ་བྱུང་ཡོད་པ་རེད།

2. བརྩམས་སྒྲུང་གི་རྩ་བའི་ཁྱད་ཆོས་སྐོར།

བརྩམས་སྒྲུང་ནི་དོན་བརྗོད་རང་བཞིན་གྱི་རྩོམ་རིག་གི་རྣམ་པ་ཞིག་ཡིན་རྐྱེན་དེས་མི་སྣའི་གཟུགས་བརྙན་བསྐྲུན་པ་དང་། དོན་གྱི་བྱུང་རིམ་བརྗོད་པ། ཁོར་ཡུག་མཚར་ཆེ་བ་ཞིག་རྩོམ་འབྲི་བྱེད་རྒྱུ་ནི་རྩ་བའི་ཁྱད་ཆོས་ཤིག་ཡིན། བརྩམས་སྒྲུང་ནི་སྙན་གར་གྱི་རྩོམ་རིག་དང་མི་འདྲ་བར་རིང་ཐུང་དང་འཁྲབ་སྟེགས་ཀྱི་ཚོད་འཛིན་མེད་ལ་དུས་ཚོད་དང་ཡུལ་སོགས་ཀྱི་ཚོད་འཛིན་ཡང་མེད་པར་ཕྱོགས་ཡོངས་ནས་སྤྱི་ཚོགས་ཀྱི་འཚོ་བའི་སྣང་ཚུལ་དང་དུས་རབས་ཀྱི་ཁྱད་

ཆོས་མཚོན་པར་བྱས་ཆོག་པ་ཞིག་ཡིན་རྒྱེན་རང་དབང་ཅུང་ཆེ་བ་ཞིག་ཡིན། དེའི་རྩ་བའི་ཁྱད་ཆོས་མདོར་བསྡུས་ན་འདི་ལྟར་སྟེ།

①རྩོམ་རིག་ནི་སྤྱི་ཚོགས་ཀྱི་འཚོ་བ་མཚོན་པ་ཞིག་ཡིན་ལ་ཡང་སྤྱི་ཚོགས་ཀྱི་འབྲེལ་བ་རྟེལ་པོའི་སྤྱི་བསྡོམས་ནི་མི་སྣ་ཡིན་རྒྱེན་སྤྱི་ཚོགས་ཀྱི་འཚོ་བ་མཚོན་སྐབས་མི་སྣ་འབྲི་རྒྱུ་དང་ཁ་བྲལ་ཐབས་མེད་པ་ཞིག་ཡིན། དེས་ན་མི་སྣའི་གཤིས་ཀ་འབུར་ཐོན་དང་། སྤྱི་ཚོགས་ཀྱི་འབྲེལ་བ། མི་སྣའི་ཆ་བྱད་དང་། བསམ་པའི་བཟང་ངན་སོགས་ཕྱོགས་མང་པོའི་ཐད་ནས་རྩོམ་འབྲི་བྱས་ཏེ་དཔེ་མཚོན་གྱི་མི་སྣའི་གཟུགས་བརྙན་བསྐྲུན་རྒྱུ་དེ་ནི་བཙམས་སྒྲུང་གི་རྩ་བའི་ཁྱད་ཆོས་ཤིག་ཡིན།

②བཙམས་སྒྲུང་ནི་དོན་གྱི་བྱུང་བ་བརྗོད་པའི་རྩོམ་རིག་གཞན་ལས་ཀྱང་བྱུང་རིམ་ཆ་ཚང་ཞིག་ཡིན་དགོས་ལ། ཆ་ཚང་ཞིང་རྙོག་འཛིང་ཆེ་བའི་བྱུང་རིམ་དང་སྒྲིག་གཞི་བཀོལ་སྤྱོད་དང་། བྱུང་རིམ་ལ་བརྟེན་ནས་ཕྱོགས་མང་པོ་དང་ཞིབ་ཕྲའི་སྒོ་ནས་མི་སྣའི་རང་གཤིས་མཚོན་པ་དང་། སྤྱི་ཚོགས་ཀྱི་འཚོ་བའི་ངོ་བོའི་ཕྱོགས་འགའ་དང་། དེའི་ཆོས་ཉིད་རང་བཞིན་གསལ་བར་སྟོན་དགོས་པ་ཞིག་ཡིན། ནུབ་ཕྱོགས་དེང་རབས་པའི་བཙམས་སྒྲུང་ནང་དུ་བྱུང་རིམ་གྱི་ནུས་པ་དང་གོ་གནས་དེ་ཕྱར་སྲོལ་ལས་ཅུང་ཉམས་ཆགས་སུ་ཕྱིན་ཡོད་ནའང་གཏན་མེད་དུ་སོང་བ་ཞིག་མ་ཡིན། ལྷང་མེང་གིས"བྱུང་རིམ་མེད་པའི་བཙམས་སྒྲུང་ཟེར་བ་དེ་དག་ནི་མཐར་གཏུགས་ན་བྱུང་རིམ་ཆུང་བ་ཁ་ཤས་ཀྱིས་བྱུང་རིམ་སྤྱིའི་ཚབ་བྱས་པ་ཙམ་ལས་བྱུང་རིམ་གཏན་ནས་མེད་པའི་བཙམས་སྒྲུང་ཞིག་འབྱུང་མི་སྲིད་དོ། བཙམས་ཆོས་ལ་ལ་ནི་བྱུང་རིམ་གཙོ་བོར་འཛིན་པ་དང་། མི་འཛིན་པ་གཉིས་ཡོད་ཀྱང་དེ་ནི་གནད་འཛིན་ས་མི་འདྲ་བའི་ཁྱད་པར་བཙམས་སོ"ཞེས་གསུངས་པ་ལྟར་རོ།

③བཙམས་སྒྲུང་ནང་གི་མི་སྣ་ནི་ལོ་རྒྱུས་ཀྱི་ཁོར་ཡུག་དང་རང་བྱུང་གི་ཁོར་ཡུག་ངེས་ཅན་ཞིག་གི་ནང་དུ་འཚོ་གནས་དང་འགུལ་བསྐྱོད་བྱེད་དགོས་ལ།

བརྩམས་སྒྲུང་གི་བྱུང་རིམ་ཡང་སྤྱི་ཚོགས་ཀྱི་ཁོར་ཡུག་དང་ཁ་བྲལ་ཐབས་མེད་ལ། མི་སྣའི་རང་གཤིས་ཀྱང་ཁོར་ཡུག་ངེས་ཅན་ཞིག་ལ་བརྟེན་ནས་གྲུབ་པ་ཞིག་ཡིན། ཐོད་སིལ་བུར་ས་གནས་བཅད་བཟུང་གིས་རྣམ་པ་དེ་མེད་ན་གླིང་གེ་སར་རྒྱལ་པོའི་སྒྲུང་གཏམ་ལྟ་བུ་འབྱུང་མི་སྲིད་ལ། ཐོད་ཁ་བ་ཅན་གྱི་ཞིང་ཁམས་སུ་ཆོས་ལུགས་དར་འཕེལ་དང་དད་འདུན་ཆེ་བའི་མི་སྣ་མེད་ཚེ་ཆོས་ལུགས་ཀྱི་ནང་དོན་དང་སྤྲུལ་སྐུ་དང་གྲུབ་ཐོབ་སོགས་ཀྱི་མི་སྣའི་གཟུགས་བརྙན་ཡང་འབྱུང་མི་སྲིད་དོ།

3. བརྩམས་སྒྲུང་གི་དབྱེ་བའི་སྐོར།

ཡོ་རྒྱུས་ཀྱི་དུས་སྐབས་མི་འདྲ་བའི་ནང་དུ་བརྩམས་སྒྲུང་ལ་རྣམ་ཚུལ་མི་འདྲ་བ་རེ་ཡོད་པ་བཞིན་བརྩམས་སྒྲུང་ལ་དབྱེ་ཚུལ་ཡང་མི་འདྲ་བ་རེ་ཡོད། དེང་རབས་པའི་བརྩམས་སྒྲུང་ལ་བརྗོད་བྱ་རྒྱ་ཆེ་ཆུང་དང་། མི་སྣ་མང་ཉུང་། རྗོད་བྱེད་ཚིག་གི་རིང་ཐུང་གཉིས་ཀྱི་ཆ་ནས་དབྱེ་ན་བཞི་ཡོད་དེ། བརྩམས་སྒྲུང་རིང་གྲས་དང་། བརྩམས་སྒྲུང་འབྲིང་གྲས། བརྩམས་སྒྲུང་ཐུང་གྲས། བརྩམས་སྒྲུང་ཆེས་ཐུང་གྲས་བཅས་སུ་དབྱེ་ཚོག་ལ་དེ་མིན་ཡིག་གྲངས་ཐད་ནས་ཁྲི་10ཡན་རིང་གྲས་དང་ཁྲི་10མན་ཆད་འབྲིང་གྲས་དང་། ཁྲི་2མན་ཆད་ཐུང་གྲས་བཟོ་བའང་ཡོད་དོ། དེ་མིན་དེང་རབས་པའི་བརྩམས་སྒྲུང་གི་བརྗོད་དོན་དང་མཚོན་ཚུལ་གྱི་རྣམ་པ་མི་འདྲ་བའི་དབང་གིས་རང་རྣམ་གྱི་བརྩམས་སྒྲུང་དང་། རབ་བཏགས་ཀྱི་བརྩམས་སྒྲུང་། ལོ་རྒྱུས་ཀྱི་བརྩམས་སྒྲུང་སོགས་དབྱེ་བ་མང་པོ་ཞིག་ཕྱེ་རྒྱུ་ཡོད་རུང་རྙོག་འདྲའི་རང་བཞིན་ཆེ་བའི་རྐྱེན་གྱིས་འདིར་འདི་ཙམ་གྱིས་འཐུས་པ་བྱས་སོ།

ལྔ་པ། ཟློས་གར་གྱི་སྐོར།

1. ཟློས་གར་རྩོམ་རིག་གི་གོ་དོན་འགྲེལ་བ།

ཟློས་གར་གྱི་རྩོམ་རིག་ནི་ཕྱོགས་བསྡུས་ཀྱིས་གར་སྟེགས་ཐོག་འཁྲབ་སྟོན་བྱེད་པའི་སྒྱུ་རྩལ་ཞིག་ཡིན། དེའི་ནང་དུ་རྩོམ་རིག་དང་། རོལ་དབྱངས། ཞབས་བྲོ། མཛེས་རིས་སོགས་རྣམ་པ་མང་པོ་ལས་གྲུབ་པའི་ཕྱོགས་བསྡུས་རང་བཞིན་གྱི་སྒྱུ་རྩལ་ཞིག་ལ་གོ་བ་ཡིན་ལ། འདིར་བཤད་པའི་ཟློས་གར་ཞེས་པ་ནི་ཟློས་གར་སྒྱུ་རྩལ་གྱི་རྩོམ་རིག་གྲུབ་ཆ་སྟེ་ཟློས་གར་གྱི་བསྟན་བཅོས་སམ་འཁྲབ་གཞུང་ཞེས་པ་དེ་ཡིན། ཟློས་གར་གི་འཁྲབ་གཞུང་ནི་འཁྲབ་སྟེགས་སྟེང་ནས་མི་སྣ་མང་ཉུང་དང་། དུས་ཡུན་རིང་ཐུང་། གར་གྱི་སྟངས་སྟབས་དང་ཉམས་འགྱུར། དབྱངས་ཀྱི་བྱེ་བྲག་ཐ་དད་པ་སོགས་མངོན་ཚུལ་ངེས་ཅན་ཞིག་ལ་བརྟེན་ཏེ་དོན་རྐྱེན་གྱི་བྱུང་རིམ་གསལ་པོར་བསྟན་པ་དང་། དེའི་ནང་གི་མི་སྣ་གཙོ་ཕལ་དག་གིས་བསམ་པའི་ཉམས་སྣང་ཐད་ཀར་མཚོན་པ་དང་། འགལ་གཉིས་ཀྱིས་འབྱུང་རྐྱེན་དང་། འཕེལ་འགྲིབ་ཀྱི་རྒྱུད་རིམ། བྱུང་འབྲས་དང་མཇུག་སྒྲིལ་སྟངས་སོགས་ཀྱི་བྱ་གཞག་ཞིབ་འབྲི་བྱེད་ཐུབ་པ་གཙོ་བོར་བྱས་ནས། མི་སྣའི་བསམ་བློའི་འགྱུར་ཕྱོགས་དང་། བྱ་སྤྱོད། བྲིས་ལན་དང་། རིང་ཐུང་། བརྗོད་བྱ་རྒྱས་བསྡུས་སོགས་འོས་འཚམས་ཀྱིས་སྤྱི་ཚོགས་ཀྱི་འཚོ་བ་མཚོན་པར་བྱེད་པའི་གར་སྟེགས་སྟེང་གི་འཁྲབ་སྟོན་རྩོམ་རིག་ཅིག་ཡིན།

བོད་རིགས་ཀྱི་ཟློས་གར་འཁྲབ་གཞུང་ནི་སྤྱི་ལོའི་དུས་རབས་དགུ་པའི་དུས་མཇུག་སྟེ་བོད་རྒྱལ་ཁྲི་སྲོང་ལྡེ་བཙན་གྱི་སྐབས་སུ་གདོང་ལ་གཡག་འབག་དང་སེང་འབག་གྱོན་པའི་འཁྲབ་གཞུང་དར་ཚུལ་《ཐང་ཡིག་སྡེ་ལྔ་》ཡི་ནང་དུ་འཀོད་ཡོད་ལ་《སྦ་བཞེད་》ནང་དུ་ཡང་“སྐྱིད་ཀྱི་བྲོ་མོ་ཆེ་བརྡུངས། མི་རིས་གླུ་རེ་བླངས་”ཞེས་འབྱུང་བ་སོགས་ལ་དཔྱད་ན། བོད་ལ་ཆེས་སྔ་མོའི་དུས་ནས་ཟློས་གར་དེའི་རྨང་གཞིར་གྱུར་པའི་དམངས་ཁྲོད་ཀྱི་གླུ་གར་སོགས་ནི་ཧ་ཅང་དར་ཁྱབ་ཆེ་བར་མངོན་ནོ། གནའ་བོའི་ཞི་ལ་རྒྱལ་ཁབ་ཏུ་སྐྱེ་གར་ལ་“ར་མའི་གླུ”ཟེར་བ་ལྟར། གངས་ཅན་གྱི་ལྗོངས་འདིར་བྱུང་བ་རྒྱུ་མཚན་དུ་བྱས་ནས་ཟློས་གར་ལ་“ཨ་ཅེ་ལྷ་མོ”ཞེས་འབོད་པ་དང་དེ་ཡང་གྲུབ་ཆེན་ཐང་སྟོང་རྒྱལ་

པོས་སྤྱར་ཡོད་ཐྲོས་གར་སོགས་རྒྱང་གཞི་བྱས་ཏེ་ལྷ་ཁའི་བུ་མོ་སྤྱན་བདུན་ལ་ཐྲོས་གར་གྱི་ཉམས་དགུ་དང་། གླུ་དབྱངས་ངེས་པ་བདུན་བཅས་ཀྱི་གཞུང་ལུགས་སློབ་ཁྲིད་མཛད་དེ་དངོས་སུ་བོད་ཀྱི་ཐྲོས་གར་ཞེས་པའི་སྒྱུ་རྩལ་གྱི་རྣམ་གྲངས་དེ་གསར་གཏོད་མཛད་ཅིང་། དེ་ནས་བཟུང་བོད་ཀྱི་ཐྲོས་གར་ལ་གོང་འཕེལ་ཆེན་པོ་བྱུང་ཡོད་པ་སྟེ། སྤྱར་གྱི་སྐབས་བདེའི་གླུ་གར་གྱི་རྣམ་པ་ནས་ཧོན་གྱི་བྱུང་བ་ཆ་ཚང་དང་ཐྲོས་གར་གྱི་འགལ་བ་ཛ་དྲག་མཚོན་པའི་ཕྱོགས་བསྡུས་རང་བཞིན་གྱི་སྒྱུ་རྩལ་ཞིག་ཏུ་གྱུར་ཡོད་པ་རེད་ལ། དེ་ནས་རིམ་བཞིན་འཕེལ་རྒྱས་ཕྱིན་ཏེ་བོད་ཀྱི་སྲོལ་རྒྱུན་གྱི་ལྷ་མོའི་འཁྲབ་གཞུང་ཆེན་པོ་བརྒྱད་ཅེས་པའི་བརྗོད་སྲོལ་འདི་བྱུང་བ་ཡིན་ནོ།

2. ཐྲོས་གར་རྩོམ་རིག་གི་ཁྱད་ཆོས་སྐོར།

①ཐྲོས་གར་གྱི་འཁྲབ་གཞུང་ནི། འཁྲབ་སྟོན་གྱི་དགོས་མཁོར་དམིགས་ནས་བརྩམས་པ་ཞིག་ཡིན་པས་གར་སྟེགས་ཀྱི་ཆ་རྐྱེན་དང་དུས་ཚོད་ཀྱི་བཀག་རྒྱ་ཆེ་བ་ཞིག་ཡིན། དེ་བས་ཐྲོས་གར་གྱི་འཁྲབ་གཞུང་གི་གཞུང་མི་རིང་བ་དང་། མི་སྣ་ཉུང་བ། གཏམ་རྒྱུད་ཀྱི་བྱུང་རིམ་རྙོག་འཛིང་མི་ཆེ་བ་བྱེད་ཅིང་། འཁྲབ་གཞུང་ནང་གི་དོན་རྐྱེན་གཙོ་བོ་ཞིག་ལ་རྟེན་ནས་འབྲེལ་ཡོད་ཀྱི་བརྗོད་བྱ་གསལ་བར་བྱེད་དགོས། ཐྲོས་གར་རྩོམ་རིག་གི་ལེགས་ཉེས་ཡང་གར་སྟེགས་ལས་གསལ་དགོས་པས། འཁྲབ་གཞུང་རྩོམ་མཁན་གྱིས་ཐྲོས་གར་རང་གི་ཁྱད་ཆོས་གཞིར་འཛིན་དགོས་པ་སྟེ། རྩོམ་པ་པོ་ལའོ་ཧྲེ་ཡིས“ང་ཚོས་སྒྱུ་གུ་འགུལ་ཏེ་འཁྲབ་གཞུང་རྩོམ་དུས་མིག་གི་ཐོག་མཐའ་བར་གསུམ་དུ་གར་སྟེགས་ལ་བལྟས་ཡོད་ཅིང་། འཁྲབ་གཞུང་ལེགས་མིན་དེ་ཡང་གར་སྟེགས་ལ་ཕུལ་ནས་ཚོད་ལྟ་བྱེད་དགོས”ཞེས་གསུངས་པ་ལྟར་ཐྲོས་གར་རྩོམ་རིག་གི་རྩ་བའི་ཁྱད་ཆོས་ཡང་གར་སྟེགས་རང་བཞིན་ལ་དམིགས་པ་དེ་ཡིན།

②སྤྱི་ཚོགས་འཚོ་བའི་ཁྲོད་དུ་འགལ་བ་ཛ་དྲག་གཅིག་སྡུད་ཀྱིས་མཚོན་པ་ནི་ཐྲོས་གར་འཁྲབ་གཞུང་གི་སྲོག་ཤིང་ངམ་ཐྲོས་གར་གྱི་རང་བཞིན་གཅིག་སྡུད

དུ་མཚོན་པའི་ཁྱད་ཆོས་གལ་ཆེ་བ་ཞིག་ཡིན་པས་ཟློས་གར་ཁྲོད་ཀྱི་མི་སྣའི་བྱ་བྱེད་ཉམས་འགྱུར་དང་སྐད་ཆ། མི་སྣའི་རང་གཤིས། དོན་གྱི་བྱུང་རིམ་སོགས་རྣོ་ངར་ཆེ་བའི་འགལ་བར་བརྟེན་མཚོན་དགོས་པས་སྤྱིར་འགལ་བ་ཛ་དྲག་མེད་ན་ཟློས་གར་ལ་ཟློས་གར་གྱི་ལྷད་མོ་མེད་དོ། ཟློས་གར་གྱི་ལྷད་མོ་ནི་འཚོ་བའི་ཁྲོད་ཀྱི་འགལ་བ་ཛ་དྲག་ལས་བྱུང་བ་ཞིག་ཡིན། ཕུའུ་ལུའུ་ཁེ་ཐེ་ཡིས"འཁྲབ་གཞུང་ཅི་འདྲ་ཞིག་ཡིན་རུང་གཟིགས་མོ་བ་ལ་སྒྲོ་བ་ཉམས་མེད་ཅིག་དང་ཡིད་བྱེད་སྣ་ཚོགས་ཤིག་ཡོང་བ་བྱེད་དགོས་ན་ངེས་པར་དུ་རྣོ་ངར་ཆེ་བའི་འགལ་བ་ལ་བརྟེན་དགོས"ཞེས་གསུངས་ཡོད་པ་རེད། ཟློས་གར་ནི་འཁྲབ་སྟ་དང་ལྷད་མོ་བའི་འདོད་མོས་ཀྱི་ཚོད་འཛིན་ལ་བརྟེན་དགོས་པས། འགལ་བ་དེ་ཡང་དུས་ཚོད་ཐུང་ངུའི་ནང་གཅིག་སྡུད་ཀྱིས་མཚོན་པ་ཞིག་ཡིན་རྐྱེན་འཚོ་བའི་ཁྲོད་ཀྱི་འགལ་བ་དངོས་ལས་ཚད་མཐོ་ཞིང་རྣོ་ངར་ལྡན་པ་དང་། གཅིག་སྡུད་ཀྱི་རང་བཞིན་ཆེ་བ་ཞིག་ཡིན་ནོ།

③ཟློས་གར་འཁྲབ་གཞུང་གི་ཁྱད་ཆོས་གལ་ཆེ་བ་ཞིག་ནི་སྐད་ཆའི་སྒྱུ་རྩལ་དེ་ཡིན། ཟློས་གར་གྱི་འཁྲབ་གཞུང་ཡང་དོན་གྱི་བྱུང་བ་བརྗོད་པའི་རྩོམ་རིག་གཞན་དང་འདྲ་བར་མི་སྣའི་སྐད་ཆ (འཁྲབ་ཚིག་) དང་རྩོམ་མཁན་གྱི་སྐད་ཆ (དེ་ནི་གར་སྟེགས་མཛུབ་སྟོན་སྐོར་ཡིན་ལ། དེས་གཙོ་བོ་མི་སྣའི་ཕྱིའི་རྣམ་པ་དང་ལུས་སེམས་ཀྱི་འགྱུར་བ། གར་སྟེགས་ལ་འཇུག་ལྟོག་བྱེད་ཚུལ་སོགས་གསལ་བཤད་བྱེད་པ་ཡིན་) གཉིས་ལས་གྲུབ་པ་ཞིག་ཡིན་ལ། ཟློས་གར་གྱི་སྐད་ཆར་ད་དུང་ཕན་ཚུན་ཁ་བརྡ་དང་། གཅིག་ལབ། ཟུར་བཤད་བྱེད་པའི་རྣམ་ཚུལ་གསུམ་ཡོད་པ་རེད། དེ་ལས་ཕན་ཚུན་ཁ་བརྡ་ཟེར་བ་ནི་ཟློས་གར་ཁྲོད་དུ་མི་སྣ་ཕན་ཚུན་བར་དུ་སྐད་ཆ་བཤད་རེས་བྱས་པ་དེ་ཡིན་ལ། གཅིག་ལབ་དང་ཡང་ན་ཁེར་བཤད་ཟེར་བ་ནི་མི་སྣར་སྐད་ཆ་བཤད་རོགས་མི་དགོས་པར་རང་ཉིད་གཅིག་པུ་གཅིག་ལབ་རྒྱག་པ་དེ་ཡིན། ཟུར་བཤད་ནི་ཟློས་གར་འཁྲབ་བཞིན་པའི་སྐབས་སུ་ཟུར་ནས་དོན་ཏེ་དམིགས་གཏམ་བརྗོད་པ་དང་

ཡང་ན་འབྲུབ་མཁན་གྱི་མི་གོ་བའི་ཚུལ་དུ་ལྟད་མོ་བར་བཤད་པ་དེ་ཡིན། ཟློས་གར་ནི་གཙོ་བོ་མི་སྣའི་སྐད་ཆ་ལ་བརྟེན་ནས་གཟུགས་བརྙན་བཟོ་བསྐྲུན་དང་། མི་སྣའི་གཤིས་ཀ་མཚོན་པ། གཏམ་རྒྱུད་ཀྱི་བྱུང་རིམ་འགྲེམས་པ་བཅས་བྱེད་ཀྱི་ཡོད་པ་རེད།

ཟློས་གར་འཁྲབ་གཞུང་ནང་གི་མི་སྣ་ཅི་འདྲ་ཞིག་ཡིན་རུང་གར་སྟེགས་ཐོག་སྐད་ཆ་བཤད་དུས་རང་ཉིད་ཀྱི་གཤིས་ཀ་དང་བསམ་བློའི་བརྩེ་དུང་དང་བསྟུན་དགོས་ཏེ་ཞིང་པ་དང་། བཟོ་པ། དམག་མི། ཤེས་ཡོན་ཅན་སོགས་ཀྱི་སྐད་ཆ་རྣམས་རང་རང་གི་ཐོབ་ཐང་དང་དུས་རབས། འཚོ་བའི་ཁོར་ཡུག་བག་ཆགས། སྲོལ་རྒྱུན་སོགས་ཕྱིའི་ཆ་རྐྱེན་དང་། བཤད་མཁན་རང་ཉིད་ཀྱི་དགའ་ཁ་འཁྱེར་ཕྱོགས་དང་རང་གཤིས་སོགས་ནང་གི་ཆ་རྐྱེན་ལ་བསྟུན་ནས་རང་གི་ཐུན་མོང་མ་ཡིན་པའི་སྐད་ཆའི་རང་གཤིས་ཐོན་དགོས་པ་ལས། མི་སྣ་མི་འདྲ་བ་མང་པོ་ཞིག་གིས་རིགས་མཐུན་གྱི་སྐད་ཆ་བཤད་མི་ཆོག་ལ། རྩོམ་མཁན་རང་ཉིད་ཀྱི་ངག་འགྲོས་དང་སྐད་ཆའི་བཤད་ཉམས་ཁོ་ནར་དྲངས་ནའང་མི་ཆོག་པས། ནམ་རྒྱུན་ཟློས་གར་གྱི་འཁྲབ་ཚིག་རྩོམ་དཀའ་ཟེར་བའང་གནད་འདི་ལ་ཐུག་ཡོད། རྩོམ་པ་པོ་ལའོ་ཧྲེ་ཡིས“འཁྲབ་གཞུང་རྩོམ་མཁན་གྱིས་ངེས་པར་དུ་མི་སྣས་ཁ་གྲགས་ནས་ཡོང་དུས་ཁོའི་རང་གཤིས་གསལ་བ་ཞིག་བྱེད་དགོས་ལ། དེའི་སྐད་ཆ་ཐོས་པ་ན་མི་སུ་ཡིན་པ་ཤེས་པ་ཞིག་བྱེད་དགོས”ཞེས་གསུངས་ཡོད་པ་ལྟར། རང་གཤིས་དང་ཐོབ་ཐང་སོགས་ལ་གཞིགས་ནས་མི་སྣ་དེར་སྐད་ཆ་བཤད་དུ་འཇུག་དགོས་པ་རེད།

④ཟློས་གར་ཅི་འདྲ་ཞིག་ཡིན་རུང་དེའི་བརྗོད་བྱ་རྣམས་རང་རང་གི་ཉམས་ཚུལ་སྣ་ཚོགས་ལ་བརྟེན་ནས་གར་སྟེགས་སུ་གསལ་བར་སྟོན་དགོས་པས། མཐོང་སྣང་ལ་མངོན་སུམ་དུ་འཆར་བའི་བྱ་བྱེད་ཀྱི་ཉམས་ཚུལ་ནི་ཟློས་གར་གྱིས་དངོས་ཡོད་ཀྱི་འཚོ་བ་མཚོན་པའི་ཁྱད་ཆོས་གལ་ཆེ་བ་ཞིག་ཡིན། ཨ་རིའི་མཁས་པ་པེ་ཁེས“ཟློས་གར་འཕེལ་རྒྱས་ཀྱི་ལོ་རྒྱུས་ལ་གཞིགས་ན། ཟློས་གར་

བྱུང་བའི་ཐོག་མ་རུ་བྱ་བྱེད་ཀྱི་ཉམས་རྩལ་ཆེས་གལ་ཆེ་ཞིང་། ཆེས་གདོད་མའི་གློས་གར་ལ་བྱ་བྱེད་ཀྱི་ཉམས་རྩལ་མ་གཏོགས་སྐད་ཆ་དང་སྙན་ངག་སོགས་མེད་”ཅེས་གསུངས་ཡོད་ལ། གནའ་བོའི་མི་རིགས་མང་པོ་ཞིག་ལ་སྒྲིག་ཆགས་ཀྱི་རྩལ་ལ་གློས་པའི་གར་སྣ་ཚོགས་ཡོད་པའང་གཙོ་བོ་ཆ་བྱད་པའི་བྱ་བྱེད་ཀྱི་ཉམས་རྩལ་ལ་བརྟེན་ནས་བསྟན་བྱ་གསལ་པོར་མཚོན་ཡོད་པས་འདི་ནི་དོན་བརྗོད་ཀྱི་རྩོམ་རིག་གི་མཚོན་སྟངས་དང་རྩ་བ་ནས་མི་འདྲ་བ་ཞིག་ཡིན།

གློས་གར་གྱི་བྱ་བྱེད་ལ་ཕྱི་དང་ནང་ངམ་ལུས་དང་ངག་ཏུ་ཐོན་པ་གཉིས་ཡོད་དེ་ཕྱིའི་བྱ་བྱེད་ནི་ཆ་བྱད་པའི་ལུས་ཀྱི་ཉམས་འགྱུར་སྣ་ཚོགས་པ་སྟེ། ལྟ་མཁན་གྱི་མཐོང་ཐོས་ཀྱི་ཡུལ་ལ་མངོན་གསུམ་དུ་འདྲེན་ཅིང་ནང་གི་བྱ་བྱེད་ནི་མི་སྣའི་ནང་སེམས་ཀྱི་གཏིང་རིམ་ན་གནས་ལ། ནམ་རྒྱུན་ལབ་གླེང་དང་ཁེར་བཤད་སོགས་ངག་ཏུ་ཐོན་པའི་རྩལ་གྱིས་ཕྱིར་མཚོན་པར་བྱེད་དོ། ཧེ་གེར་གྱིས་“རང་ཉིད་ཀྱི་རང་གཤིས་དང་བསམ་བློའི་འདུན་པ་རྣམས་གསལ་པོར་ཕྱིར་མངོན་པ་ནི་བྱ་བྱེད་ཀྱི་ཉམས་འགྱུར་ཡིན་ལ། མིའི་ནང་ངམ་གཏིང་རིམ་གྱི་ཆ་ཐམས་ཅད་ཀྱང་བྱ་བྱེད་ལ་བརྟེན་ནས་མཐོང་སྣང་དུ་འཆར་ཐུབ། དེ་ལྟ་བུའི་བྱ་བྱེད་ཉམས་འགྱུར་དེ་ནང་གི་སེམས་གཡོས་པ་ལས་བྱུང་བ་ཡིན་ན། ནང་གི་ཡིད་བྱེད་འགྱུར་སྟངས་ཀྱང་སྐད་ཆའི་ཁྲིད་ནས་ད་གཟོད་མངོན་ཐུབ་”ཅེས་གསུངས་ཡོད་པ་དང་མི་སྣའི་བྱ་བྱེད་ནི་སེམས་དང་རང་གཤིས་གསལ་བའི་སྐད་ཆ་དང་ཡུར་གཅིག་ཏུ་འདྲེས་ཤིང་མི་སྣའི་འགལ་བ་དང་འགྲན་རྩོད་སོགས་ཡང་བྱ་བྱེད་ཉམས་འགྱུར་ལས་མཚོན་པར་བྱེད་ཀྱི་ཡོད་པ་རེད།

5. གློས་གར་གྱི་སྒྲིག་གཞིའི་སྐོར།

གློས་གར་གྱི་སྒྲིག་གཞི་ཟེར་བ་ནི་གློས་གར་གྱི་ཁྱད་ཆོས་སྤྱི་ལ་དམིགས་ནས་བྱུང་རིམ་སོགས་སྒྲིག་བཀོད་བྱས་པ་དེ་ཡིན་ལ། དེ་ནི་རྩོམ་རིག་གི་རྣམ་པ་གཞན་དང་མི་འདྲ་བར་གར་སྟེགས་ཀྱི་ཡུལ་དང་དུས་ཚོད་ཀྱི་ཚོད་འཛིན་ཆེ་ནའང་སྒྲིག་གཞི་ཚགས་དམ་ཞིང་ཟོ་མཚར་བ་ཡོང་རྒྱུར་འབད་བརྩོན་བྱེད

དགོས། ཟློས་གར་གྱི་སྒྲིག་གཞི་ལ་རིགས་མི་འདྲ་བ་སྣ་ཚོགས་ཡོད་ཀྱང་སྤྱིར་བཏང་བའི་སྒྲིག་གཞི་སྟབས་བདེ་དང་རྙོག་འཛིང་ཅན་གྱི་སྒྲིག་གཞི་གཉིས་ཡིན་ལ། སྒྲིག་གཞི་སྟབས་བདེ་ཟེར་བ་ནི་འཁྲབ་གཞུང་ནང་དུ་མི་སྣ་ཉུང་ཞིང་བྱུང་རིམ་སྟབས་བདེ་བའི་སྒྲིག་བཀོད་དེ་ཡིན་ལ། སྒྲིག་གཞི་རྙོག་འཛིང་ཅན་ནི་འཁྲབ་གཞུང་ནང་དུ་མི་སྣ་མང་ཞིང་བྱུང་རིམ་རྙོག་འཛིང་ཆེ་བ། བྱུང་རིམ་གྱི་སྣེ་མོ་མང་བའི་སྒྲིག་བཀོད་དེ་ཡིན་པ་མ་ཟད། ད་ལམ་མི་མང་ཆེ་བའི་བཞེད་པ་ལྟར་ན། གཙོ་བོ་ཡང་སྙོད་ཀྱི་རྣམ་པ་ཅན་དང་། ཁྲིམས་སྡོམ་གྱི་རྣམ་པ་ཅན། གཟུགས་བརྙན་འགྲེམས་སྤེལ་གྱི་རྣམ་པ་ཅན་གསུམ་དུ་དབྱེ་ཡོད་པ་དང་། དེ་དག་ཡང་སྔ་མ་གཉིས་ཨུ་རུ་སུའི་ཟློས་གར་གཞུང་ལུགས་མཁས་པ་ཧྲོ་ལོ་ཧྲོ་ཧྥུ་ཡིས《ཟློས་གར་གྱི་སྒྲིག་གཞི》ཞེས་པར་གསུངས་ལ། ཕྱི་མ་གཟུགས་བརྙན་འགྲེམས་སྤེལ་གྱི་རྣམ་པ་ཅན་ནི་ཕྱིས་སུ་ཨ་རིའི་མཁས་པ་ལའོ་ཞོན་གྱིས《ཟློས་གར་དང་གློག་བརྙན་རྩོམ་པའི་གཞུང་ལུགས་དང་ཐབས་རྩལ》ཞེས་པའི་བསྟན་བཅོས་ནང་གསུངས་ཡོད་པ་རེད། སྒྲིག་གཞིའི་རྣམ་པ་གསུམ་པ་པོ་ནི་ཟློས་གར་རྩོམ་རིག་གི་འཕེལ་རྒྱས་ཀྱི་བརྒྱུད་རིམ་ནང་བྱུང་བའི་གལ་ཆེ་ཞིང་རྒྱུན་དུ་བཀོལ་སྤྱོད་བྱེད་བཞིན་པའི་ཟློས་གར་གྱི་སྒྲིག་གཞིའི་རྣམ་པ་ཞིག་ཡིན་ནོ།

དེ་མིན། ཟློས་གར་རྩོམ་རིག་གི་འཁྲབ་གཞུང་ནང་དུ་འཁྲབ་ལྟོངས་དང་། གླུ་གཞས། འཁྲབ་ཆས། སྒྲ་སྐྱེད་ཀྱི་ནུས་པ་སོགས་ལ་དགོས་ངེས་ཀྱིས་གསལ་བཤད་དང་རྩོམ་འབྲི་མཛད་དེ་ཟློས་གར་འཁྲབ་སྟོན་བྱེད་རྒྱུར་དགོས་ངེས་ཀྱིས་ཆ་རྐྱེན་བསྐྲུན་རྒྱུར་དོ་སྣང་བྱེད་དགོས།

3. ཟློས་གར་རྩོམ་རིག་གི་དབྱེ་བའི་སྐོར།

ཟློས་གར་རྩོམ་རིག་གིས་འཚོ་བའི་ངོ་བོ་མཚོན་པར་བྱེད་པ་དང་། བརྗོད་དོན་ཐོག་ནས་དབྱེ་ན་དེར་མྱ་ངན་སྐྱེད་པའི་ཟློས་གར་དང་། དགའ་ཞིང་དགོད་བྲོ་སློང་བའི་ཟློས་གར། དགའ་སྐྱོ་གཉིས་ལྡན་གྱི་ཟློས་གར་བཅས་གསུམ་ཡོད།

མྱ་ངན་སྐྱེད་པའི་ཟློས་གར་ནི། སྤྱི་ཚོགས་ཀྱི་འཚོ་བའི་ནང་ནག་ཕྱོགས་དང་མ་རབས་ཐ་ཤལ་ཕྱོགས་རྣམས་རྒྱལ་ཞིང་། དཀར་ཕྱོགས་དང་ཡ་རབས་བཟང་ཕྱོགས་རྣམས་ཕམ་ཞིང་དཀའ་སྡུག་འབད་འཐབ་བྱས་ཀྱང་འདོད་དོན་མི་འགྲུབ་པའི་གནས་ཚུལ་སྟོན་པ་ཡིན་ཏེ། སྨྲ་ཞབས་ལུའུ་ཞུན་གྱིས“མྱ་ངན་སྐྱེད་པའི་ཟློས་གར་ནི་མིའི་འཚོ་བའི་ནང་གི་རིན་ཐང་ཡོད་པའི་དངོས་པོ་བཅོམ་བརླག་བྱེད་པའི་གནས་ཚུལ་མི་རྣམས་ལ་སྟོན་པ་ཡིན”གསུངས་སོ།

དགའ་ཞིང་དགོད་བྲོ་སློང་བའི་ཟློས་གར་ནི། འཁྲབ་གཞུང་ནང་དུ་སྤྱི་ཚོགས་སྙིང་གི་སྲོལ་ངན་དང་མི་ངན་གྱི་སྐྱོན་མཚང་བསྒོག་འདོན་དང་ཟུར་ཟ། འཕྱ་སྨོད་སོགས་སྒྱུ་རྩལ་གྱི་ཐབས་ལ་བརྟེན་ཏེ་སྟོན་པ་ཞིག་ཡིན། སྨྲ་ཞབས་ལུའུ་ཞུན་གྱིས་དགའ་ཞིང་དགོད་བྲོ་སློང་བའི་ཟློས་གར་ནི“རིན་ཐང་མེད་པའི་དངོས་པོ་རྣམས་ཀྱིས་ཕྱི་ཤུན་བཤུས་ནས་མི་རྣམས་ལ་སྟོན་པ་ཡིན།”ཞེས་གསུངས་ཡོད་ལ། དགའ་སྐྱོ་གཉིས་ལྡན་གྱི་ཟློས་གར་ནི། མྱ་ངན་སྐྱེད་པའི་དོན་དང་དགའ་ཞིང་དགོད་བྲོ་སློང་བའི་དོན་འདྲེས་མར་སྤེལ་བ་ཡིན་ལ། དེ་ནི་ནང་དོན་གཞི་རྒྱ་ཆེ་ཞིང་སྤྱི་ཚོགས་འཚོ་བའི་ནང་གི་འགལ་བ་དངོས་མཚོན་རྒྱུར་ནུས་པ་ཤུགས་ཆེར་ལྡན་པའི་ཟློས་གར་འཁྲབ་གཞུང་གཙོ་བོ་ཞིག་ཏུ་གྱུར་ཡོད།

ཟློས་གར་རྩོམ་རིག་གི་རྣམ་པའི་སྒོ་ནས་དབྱེ་ན་དེར། གཏམ་བརྗོད་ཀྱི་ཟློས་གར་དང་། གླུ་གཞས་ཟློས་གར། གླུ་བྲོའི་ཟློས་གར་དང་། སྒྲིག་གཞིའི་རྣམ་པའི་སྒོ་ནས་དབྱེ་ན། འཁྲབ་ཚན་མང་བའི་ཟློས་གར་དང་། འཁྲབ་ཚན་ཉུང་བའི་ཟློས་གར་བཅས་ཡོད། དེ་མིན་ཟློས་གར་འཁྲབ་གཞུང་གི་བརྗོད་བྱ་དང་ལོ་རབས་མི་འདྲ་བ་ལ་གཞིགས་སྟེ། ལོ་རྒྱུས་ཀྱི་འཁྲབ་གཞུང་དང་། དེང་རབས་ཀྱི་འཁྲབ་གཞུང་། སྲོལ་རྒྱུན་གྱི་འཁྲབ་གཞུང་སོགས་དབྱེ་ཚོག་པ་མ་ཟད། ས་གནས་དང་ས་ཁུལ་མི་འདྲ་བའི་ཁྱད་ཆོས་ལ་གཞིགས་ནས་ཟློས་གར་འཁྲབ་གཞུང་ལ་དབྱེ་སྲོལ་མི་འདྲ་བ་ཡོད་དོ།

ཉུག་པ། སློག་བརྙན་དང་བརྙན་འཕྲིན་ཐྲོས་གཞར།

1. བརྙན་མཐོང་རྩོམ་རིག་གི་གོ་དོན་འགྲེལ་བ།

བརྙན་མཐོང་རྩོམ་རིག་ཟེར་བ་ནི་གློག་བརྙན་དང་བརྙན་འཕྲིན་སྒྱུ་རྩལ་གྱི་འཁྲབ་གཞུང་ལ་བྱ། སྔོ་དེའི་རྩ་བའི་ལས་འགན་ནི་གློག་བརྙན་པར་ལེན་བྱ་རྒྱུར་འཁྲབ་གཞུང་འདོན་སྤྲོད་བྱེད་རྒྱུ་དེ་ཡིན་པ་མ་ཟད། གློག་པ་པོས་ལྟ་གློག་ཀྱང་བྱས་ཆོག་པ་ཡིན། གློག་བརྙན་གྱི་སྒྱུ་རྩལ་དེ་ནི་དེང་རབས་ཚན་རིག་ལག་རྩལ་གྱི་འཕེལ་རྒྱས་དང་པར་ལེན་ལག་རྩལ་དང་སྒྲ་འཇུག་ལག་རྩལ་གྱི་དམིགས་བསལ་ནུས་པ་བེད་སྤྱོད་བྱས་ཏེ་སྒྱུ་རྩལ་གྱི་རྣམ་པ་ཞིག་ཆགས་པ་དང་། དེས་གློག་བརྙན་དང་བརྙན་འཕྲིན་འཕེལ་རྒྱས་འགྲོ་རྒྱུར་ནུས་པ་ཆེན་པོ་ཞིག་བཏོན་ཡོད་པ་རེད། གློག་བརྙན་ནི་བཅད་འབྲེག་དང་སྒྲིག་སྦྱོར་གྱི་ཐབས་ལ་བརྟེན་ནས་འགུལ་བསྐྱོད་རང་བཞིན་གྱི་མཐོང་བྱའི་གཟུགས་བརྙན་བཞེངས་གྲུབ་བྱེད་པའི་རྩོམ་རིག་གི་རྣམ་པ་ཞིག་ཡིན་ལ། གློག་བརྙན་དང་བརྙན་འཕྲིན་གྱི་འཁྲབ་གཞུང་ལ་ཐོག་མར་ཐྲོས་གཞར་རྩོམ་རིག་གི་ཤན་ཞུགས་པ་དང་། དེའི་རྗེས་སུ་བརྩམས་སྒྲུང་རྩོམ་པའི་ཐབས་ཚུལ་ཡང་བསླབ་ནས་ད་གཟོད་ད་ལྟའི་རྣམ་པ་དང་ཁྱད་ཆོས་ཡོངས་སུ་གྲུབ་པར་བྱས་པ་ཞིག་ཡིན།

2. གློག་བརྙན་དང་བརྙན་འཕྲིན་རྩོམ་རིགགི་ཁྱད་ཆོས་སྐོར།

①མཐོང་སྣང་གི་རང་བཞིན་ནི་གློག་བརྙན་རྩོམ་རིག་གི་རྩ་བའི་ཁྱད་ཆོས་ཤིག་ཡིན། བརྙན་མཐོང་རྩོམ་རིག་གི་འཁྲབ་གཞུང་ཞིག་འབྲི་ཚེ་སྒྱུ་རྩལ་རང་ངོས་ཀྱི་ཁྱད་ཆོས་ལ་གཞིག་ནས་རྩོམ་དགོས་ཏེ། གློག་བརྙན་དང་བརྙན་འཕྲིན་ནི་མུ་འབྲེལ་ཅན་གྱི་འགུལ་བསྐྱོད་ཀྱི་གཟུགས་བརྙན་རྣམས་ལྟ་མཁན་གྱི་མཐོང་སྣང་དུ་འདྲེན་པའི་སྒྱུ་རྩལ་ཞིག་ཡིན་རྐྱེན་འགུལ་བསྐྱོད་ཀྱི་རང་བཞིན་དང་མཐོང་སྣང་རང་བཞིན་གྱི་ཁྱད་ཆོས་རང་ཤུགས་ཀྱིས་ཐོན་པ་བྱེད་དགོས།

བརྙན་མཐོང་སྒྱུ་རྩལ་དང་གློག་གར་གཉིས་བསྡུར་ནས་བཤད་ན་གཉིས་ཀ་ལྟ་མཁན་གྱི་རྣ་ཤེས་དང་མིག་ཤེས་ཀྱི་གཟུང་ཡུལ་དུ་གྱུར་ནའང་གློག་གར་གྱི་མཐོང་ཚད་ལ་ཚོད་འཛིན་ཆེ་སྟེ་གློག་གར་ལ་ཐོག་མཐའ་བར་གསུམ་དུ་གཏན་ཆགས་ཀྱི་གར་སྟེགས་དང་། འགྱུར་བ་མེད་པའི་གནས་ཡུལ་ལ་ཕྱོགས་ནས་དངོས་ཡོད་འཚོ་བའི་ཁོར་ཡུག་དང་གནས་ཚུལ་མང་པོ་མི་སྣའི་སྐད་ཆ་དང་བྱ་བྱེད་ལ་བརྟེན་ནས་མཚོན་དགོས་པ་དང་། གློག་བརྙན་དང་བརྙན་འཕྲིན་སྒྱུ་རྩལ་ལྟ་བུས་ལྟ་མཁན་གྱི་མཐོང་སྣང་ཡངས་པོར་ཕྱེ་ནས་ཞིབ་ཕྲའི་གཟུགས་བརྙན་སྣ་ཚོགས་ལས་གྲུབ་པའི་ཡུལ་ཆ་ཚང་མིག་ལམ་དུ་འདྲེན་པ་མ་ཟད། ཡུལ་དུས་ཀྱི་ཚོད་འཛིན་མེད་ཅིང་རང་དབང་ཆེ་བའི་སྒོ་ནས་དངོས་དོན་རེ་རེ་མཐོང་སྣང་གི་ཡུལ་དུ་འདྲེན་ཐུབ་པ་ཞིག་ཡིན། ཡུལ་དུས་ཀྱི་ཚོད་འཛིན་མེད་པའི་ཆ་ནས་བརྩམས་སྒྲུང་དང་ཅུང་ཟད་འདྲ་ནའང་། བརྩམས་སྒྲུང་ནི་ཡོད་ཚད་སྐད་ཆའི་བརྗོད་པ་དང་ཞིབ་འབྲི་ལ་བརྟེན་པ་དང་། བཞེངས་གྲུབ་བྱས་ཟིན་པའི་གཟུགས་བརྙན་ཡང་ཐད་ཀར་དངོས་སུ་མཐོང་སྣང་གི་རང་བཞིན་དུ་གྱུར་མི་ཐུབ་པ་དང་། གློག་བརྙན་དང་བརྙན་འཕྲིན་ནི་ལྟ་མཁན་གྱི་མིག་ལམ་དུ་མངོན་སུམ་པའི་གཟུགས་བརྙན་རེ་རེ་བཞིན་དྲངས་ནས་བརྗོད་པ་མང་པོ་དང་ཞིབ་འབྲི་ལས་ལྷག་པའི་ནུས་པ་ཐོན་ཐུབ་ཀྱི་ཡོད། དེ་ལྟར་བརྙན་མཐོང་རྩོམ་རིག་གི་འཁྲབ་གཞུང་ཅི་འདྲ་ཞིག་ཡིན་རུང་། དེས་བྱ་དངོས་དང་མི་སྣ་ཞིབ་འབྲི་བྱེད་དུས་ངེས་པར་དུ་མཐོང་སྣང་གི་རང་བཞིན་དང་འགུལ་བསྐྱོད་ཀྱི་རང་བཞིན་ཅན་དུ་འགྱུར་ཐུབ་མིན་དང་གཟུགས་བརྙན་རེ་རེ་པར་དུ་བསྒྱུར་ནས་ལྟ་མཁན་གྱི་མིག་ལམ་དུ་འདྲེན་ཐུབ་མིན་ལ་བལྟ་དགོས།

②འགུལ་སྟངས་ཀྱི་རང་བཞིན་ནི་གློག་བརྙན་དང་བརྙན་འཕྲིན་སྒྱུ་རྩལ་གྱི་ཆེས་གལ་ཆེ་བའི་ཁྱད་ཆོས་ཤིག་ཡིན། གལ་ཏེ་གློག་བརྙན་གྱི་གཟུགས་བརྙན་ལ་འགུལ་ཚུལ་དང་ཡང་ན་འགུལ་སྟངས་ཀྱི་རང་བཞིན་མི་ལྡན་ན། དེ་ནི་བརྙན་པར་དང་ཚོན་ཁྲ་ཅན་གྱི་དཔེ་རིས་ལ་ལྟ་བ་དང་ཁྱད་པར་མེད་དེ། གློག

བརྟན་ནང་དུ་གཙོ་བོ་མི་སྣའི་ཉམས་འགྱུར་དང་བྱ་བྱེད་མཐོང་ཆོས་སུ་གྱུར་བ་དེར་བརྟེན་ནས་གཟུགས་བརྙན་བསྐྲུན་པ་དང་། བྱུང་རིམ་འཕེལ་རྒྱས་བཏང་བ་ལས་ཟློས་གར་ཟློམ་རིག་བཞིན་ལབ་གླེང་ལ་བརྟེན་པ་མིན། བརྙན་མཐོང་སྒྱུ་རྩལ་ཁྲོད་དུ་སྒྲ་མེད་པའི་འགུལ་བསྐྱོད་དང་ཡུལ་བཀོད་མང་ལ། ལབ་གླེང་མེད་པའི་ཆའང་གང་མང་མཆིས་མོད། བརྙན་འཁྲིན་འགར་འབོར་ཆེ་བའི་ཟུར་བཤད་དང་ལབ་གླེང་སོགས་མང་བ་ནི་བརྙན་མཐོང་སྒྱུ་རྩལ་གྱི་ཆོས་ཉིད་དངོས་དང་འགལ་བ་ཞིག་ཡིན། གཞན་ཡང་བརྙན་མཐོང་ཟློམ་རིག་ཁྲོད་དུ་མི་སྣའི་གཟུགས་བརྙན་བསྐྲུན་ཚེ། བརྩམས་སྒྲུང་བཞིན་མི་སྣའི་གཤིས་ཀ་མཚམས་སྦྱོར་དང་སེམས་ཁམས་ཞིབ་འབྲི་སོགས་མི་བྱེད་པར་ངེས་པར་དུ་གསལ་ཞིང་མངོན་ནུས་ཅན་གྱི་བྱ་བྱེད་དང་ཉམས་འགྱུར་བརྟེན་དགོས་པ་ཡིན་ལ། གང་ལ་གང་འཚམས་ཀྱི་ཉམས་དང་བྱ་སྤྱོད་མཐོང་སྣང་ཅན་ལ་བརྟེན་ནས་མི་སྣའི་སེམས་ཁམས་ཀྱི་འགྱུར་བ་སྣ་ཚོགས་མངོན་དགོས་པ་ཞིག་ཡིན་ནོ།

③གློག་བརྙན་གྱི་པར་གཞི་བཅད་འབྲེག་དང་སྒྲིག་སྦྱོར་གྱི་སྒྱུ་རྩལ་ནི་ནང་དོན་ཡོད་ཚད་འབྲེལ་མཐུད་བྱེད་པའི་ཐབས་རྩལ་གལ་ཆེ་བ་ཞིག་ཡིན། མཐོང་སྣང་ཅན་གྱི་གཟུགས་རིས་དེ་དག་འགུལ་བསྐྱོད་ཀྱི་རང་བཞིན་ལྡན་པ་ཙམ་གྱིས་འགོ་མཇུག་ཆ་ཚང་བའི་དོན་བརྗོད་ཀྱི་སྒྱུ་རྩལ་ཞིག་ཏུ་འགྱུབ་མི་ཐུབ་པས་ངེས་པར་དུ་བརྙན་མཐོང་སྒྱུ་རྩལ་གྱི་ཁྱད་པར་བའི་སྒྲིག་བཀོད་ཐབས་ལམ་དེ་བཅད་འབྲེག་དང་སྒྲིག་སྦྱོར་ལ་བརྟེན་དགོས། འཁྲབ་གཞུང་ཟློམ་པ་པོ་ཞྭ་ཡན་གྱིས"ཁོ་སླ་བར་བཤད་ན། བཅད་འབྲེག་དང་སྒྲིག་སྦྱོར་ནི་བརྙན་འཁྲིན་ཞིག་གི་འབྲེལ་མཐུད་བྱེད་ཐབས་དེ་ཡིན། བརྙན་འཁྲིན་ཡོངས་ལ་སྒྲིག་གཞི་ཞིག་ཡོད་པ་མ་ཟད། ས་བཅད་རེ་རེ་དང་དོན་ཚན་རེ་རེ་ལའང་སྒྲིག་གཞི་ཞིག་ཡོད་དགོས། གློག་བརྙན་སྐབས་སུ་འདི་ལྟ་བུའི་འབྲེལ་མཐུད་བྱེད་ཐབས་ལ་བཅད་འབྲེག་དང་སྒྲིག་སྦྱོར་ཞེས་ཟེར། དོན་དངོས་ཐོག་པར་བླངས་པའི་གཟུགས་བརྙན་རེ་རེ་བསྒྲིགས་ནས་ཚན་ཆུང་རེ་དང་། དེ་ནས་ཚན་ཆུང་རེ་རེ་བསྒྲིགས

ནས་དོན་ཚན་རེ་དང་། མཐར་དོན་ཚན་རེ་རེ་བསྒྲིགས་ནས་གློག་བརྙན་ཞིག་ཏུ་གྲུབ་པ་ཡིན་”ཞེས་གསུངས་པ་བཞིན་བཅད་འབྲེག་དང་སྒྲིག་སྦྱོར་ཞེས་པ་ནི་གོ་རིམ་ངེས་ཅན་ཞིག་ལ་བརྟེན་ནས་པར་གཟུགས་རེ་རེ་བཞིན་མཐུད་ནས་དོན་གཅིག་ཏུ་གྲིལ་བ་དང་། ཡུལ་དང་གནས་བབ་ངེས་ཅན་རྣམས་མཐུད་ནས་མཚོན་བྱའི་ཡུལ་དུ་སྦྱོར་བ། ཕྲ་ཞིང་ཕྲ་བའི་བྱུང་རིམ་རེ་རེ་བཞིན་གྱི་གཟུགས་རིས་རྣམས་མཐུད་ནས་མཚོན་ནུས་ཕུན་སུམ་ཚོགས་སུ་གཏོང་རྒྱུ་དེ་ཡིན་ནོ།

1. རྩོམ་ལུས་རྣམ་པ་མི་འདྲ་བ་བཞི་རུ་དབྱེ་བ་དང་། རྩོམ་ལུས་རྣམ་པ་མི་འདྲ་བ་གསུམ་དུ་དབྱེ་བའི་རྒྱུ་མཚན་ཅི་ཡིན་ནམ། དེ་དག་ཇི་ལྟར་དབྱེ་བ་ཡིན་ནམ།

2. སྙན་ངག་གི་རྩ་བའི་ཁྱད་ཆོས་གང་ཡིན་ནམ།

3. སྙན་ངག་ལ་དབྱེ་བ་མི་འདྲ་བ་གང་དང་གང་ཡོད།

4. ཚུག་རྩོམ་ལ་རྩ་བའི་ཁྱད་ཆོས་གང་ཡོད་དམ།

5. ཚུག་རྩོམ་གྱི་དབྱེ་བ་མི་འདྲ་བ་གང་དང་གང་ཡོད།

6. བརྩམས་སྒྲུང་ལ་རྩ་བའི་ཁྱད་ཆོས་གང་ཡོད་དམ།

7. བརྩམས་སྒྲུང་ལ་དབྱེ་སྲོལ་མི་འདྲ་བ་གང་དང་གང་ཡོད།

8. ཟློས་གར་རྩོམ་རིག་གི་གོ་དོན་གང་ཡིན།

9. ཟློས་གར་གྱི་ཉམས་དགུ་དང་། དབྱངས་ཀྱི་ངེས་པ་བདུན་ཞེས་པའི་གོ་དོན་གང་ཡིན།

10. ཟློས་གར་རྩོམ་རིག་ལ་སྤྱིར་དབྱེ་སྲོལ་མི་འདྲ་བ་ཅི་ཡོད་དམ།

11. གློག་བརྙན་དང་བརྙན་འཕྲིན་རྩོམ་རིག་ལ་རྩ་བའི་ཁྱད་ཆོས་གང་ཡོད་དམ།

ལེའུ་བཞི་པ། རྩོམ་རིག་རོལ་སྒྱུར་དང་སྐྱུན་ཡོན་བརྗོད་རྒྱུའི་སྐོར།

སབཅད་དང་པོ། རྩོམ་རིག་རོལ་སྒྱུར་སྐོར།

དང་པོ། རྩོམ་རིག་རོལ་སྒྱུར་བྱེད་པའི་ངོ་བོ་དང་ཁྱད་ཆོས་སྐོར།

རྩོམ་རིག་རོལ་སྒྱུར་ནི་མི་རྣམས་ཀྱིས་བརྩམས་ཆོས་ལྟ་ཀློག་བྱེད་སྐབས་རང་སྣང་ལ་བྱུང་བའི་བསམ་བློའི་འགྱུལ་བསྐྱོད་ཀྱི་རྣམ་པ་ཞིག་ཡིན་ཀྱེན། རྩོམ་རིག་རོལ་སྒྱུར་བྱེད་པའི་ནུས་པ་སོགས་ལ་ངོས་འཛིན་ཡང་དག་པ་ཞིག་བྱེད་ཐུབ་ན། དེ་ནི་ཀློག་པ་པོ་དང་རྩོམ་པ་པོ་སོགས་གང་ཐད་ལ་ཕན་ཡོད་ཀྱི་བྱ་བ་གལ་ཆེ་བ་ཞིག་ཡིན།

1. རྩོམ་རིག་རོལ་སྒྱུར་བྱེད་པའི་ངོ་བོ།

ཀློག་པ་པོ་ནི་རྩོམ་རིག་རོལ་སྒྱུར་བྱེད་མཁན་གཙོ་བོ་དེ་ཡིན་ལ། བརྩམས་ཆོས་ནི་རོལ་སྒྱུར་བྱེད་སའི་ཡུལ་དེ་ཡིན། རྩོམ་རིག་རོལ་སྒྱུར་བྱེད་རྒྱུ་དེ་ནི་སྒྱུ་རྩལ་གྱི་བསམ་གཞིགས་བྱེད་པའི་བརྒྱུད་རིམ་ཁོང་དུ་ཚུད་པ་བྱེད་དགོས་ལ། དེ་ནི་མཛེས་དཔྱོད་ཀྱི་རང་བཞིན་ལ་སྒྱུ་རྩལ་གྱི་ཐོག་ནས་ངོས་འཛིན་བྱེད་པ་དང་ཆབས་ཅིག་སྒྱུ་རྩལ་བསྐྱར་དུ་གསར་བསྐྲུན་བྱེད་པའི་སེམས་ཁམས་ཀྱི་འགྱུལ་བསྐྱོད་དེ་ཡིན་པ་མ་ཟད། རྩོམ་རིག་རོལ་སྒྱུར་བྱེད་རྒྱུ་དེ་ནི་མཛེས་དཔྱོད་ཀྱི་བྱ་འགུལ་ཞིག་ཡིན་པས། དེ་ནི་ཚན་རིག་དང་མཚན་ཉིད་རིག་པ། སྤྱི་ཚོགས་

ཚན་རིག་སོགས་ཡི་གེ་ལས་བརྩམས་པའི་རྩོམ་ཡིག་ཀློག་འདོན་བྱེད་པ་དང་གཏན་ནས་མི་འདྲ། སྤྱི་ཚོགས་ཚན་རིག་སོགས་ཀྱིས་གཏན་ཚིགས་དང་རྗེས་དཔག་ཚད་མའི་ཐ་སྙད་ཀྱིས་དོན་སྟོན་པ་དང་མིག་མཐོང་ལག་ཟིན་དུ་ཡོད་པའི་རྒྱུ་ཆ་དག་རྒྱུ་མཚན་དུ་བཟུང་ནས་རིགས་འདེད་དང་ལུང་སྒྲུར་བྱས་པར་བརྟེན་ནས་ཚན་རིག་དང་མཐུན་པའི་སྒོམ་ཚིག་འགོད་རྒྱུ་དེ་ཡིན། བརྩམས་ཆོས་ལ་མཚོན་ན་སྒྱུ་རྩལ་ནི་གཟུགས་བརྙན་ལ་བརྟེན་ནས་མི་རྣམས་ཀྱི་ཡིད་དབང་འཕྲོག་པ་དང་མི་རྣམས་ལ་མཛེས་དཔྱོད་ཀྱི་ཚོར་སྣང་སྐྱེར་དགོས། དེར་བརྟེན་ཀློག་པ་པོས་སྐད་ཆའི་བརྡ་རྟགས་དང་བརྩམས་ཆོས་ཀྱི་དགོངས་གཞི། ལུས་ལ་སོགས་པའི་རྣམ་གཞག་ལས་ཕྱིར་མངོན་པའི་སྒྱུ་རྩལ་གྱི་གཟུགས་བརྙན་ལ་རོལ་སྦྱོང་བྱས་ནས། བརྩམས་ཆོས་ཀྱི་དགོངས་དོན་ལ་གོ་བ་བླངས་ཏེ། མཛེས་དཔྱོད་ཀྱི་རོ་ལ་སྦྱོང་བ་དང་མཛེས་དཔྱོད་ཀྱི་རིན་ཐང་མངོན་འགྱུར་བྱེད་དགོས། དེས་ན་རྩོམ་རིག་རོལ་སྦྱོང་གི་གོ་རིམ་ནང་དུ་བརྩམས་ཆོས་ལ་སྦྱོང་ཚོར་དང་ཉམས་ལེན་དཔྱད་བརྗོད་བྱེད་པའི་བྱ་བ་འདུས་ལ། ཚོར་འདུ་ཡི་བྱ་འགུལ་དང་ཤེས་རྟོགས་ཀྱི་བྱ་འགུལ་གཉིས་ཟུང་གཅིག་ཏུ་འདྲེས་པར་བྱེད་པའི་སེམས་ཁམས་ཀྱི་གོ་རིམ་ཞིག་ཡིན། རྒྱུན་ལྡན་སྤྱིར་བཏང་གི་ལྟ་ཀློག་ལ་ཆ་བཞག་ན། གཙོ་བོ་ནང་དོན་ལ་གོ་བ་ལོན་པའི་དམིགས་ཡུལ་ལས་མ་འདས་མོད། དཔྱད་སྦྱོང་གི་དམིགས་ཡུལ་ནི་ནང་དོན་གོ་བ་ལེན་པའི་རྨང་གཞིའི་སྟེང་བརྩམས་ཆོས་ཀྱི་ནང་དོན་ཧྲིལ་པོའི་རོ་དང་བྲོ་བར་སྦྱོང་ཚོར་བྱེད་དགོས།

གཞན་ཡང་རྩོམ་རིག་རོལ་སྦྱོང་ནི་སྐད་ཆའི་སྒྱུ་རྩལ་གྱི་ཐུན་མོང་མ་ཡིན་པའི་མཛེས་དཔྱོད་ཀྱི་བྱ་འགུལ་ཞིག་ཡིན་རྐྱེན། སྒྱུ་རྩལ་རྣམ་པ་གཞན་དག་གི་རོལ་སྦྱོང་བྱ་འགུལ་དང་ཁྱད་པར་ཆེ། དཔེར་ན། ལྡེབས་རིས་དང་རོལ་མོ། ལྡིར་བཟོ། བྲོ་གར་སོགས་ཀྱི་སྒྱུ་རྩལ་ལ་རོལ་སྦྱོང་བྱེད་སྐབས། ཚོན་རྩི་དང་། ཐིག་རིས། འགྱུར་ཁུག་དང་སྟངས་སྟབས་སོགས་དབང་ཤེས་ལ་སྣང་བའི་མིག་མཐོང་ལག་ཟིན་དུ་ཡོད་པའི་རྒྱུ་ཆ་འདི་དག་གི་སྒྱུ་རྩལ་ཟམ་ལམ་ལ་བརྟེན་

དགོས། དབང་ཤེས་ལ་སྣང་བའི་རྒྱུ་ཆ་འདི་དག་ཐད་ཀར་རོལ་སྒྱུར་གྱི་བྱ་ཡུལ་དུ་གྲུབ་པ་ཡིན། དཔེར་ན། རོལ་དབྱངས་ལྷ་བྱུར་མཆོན་ན་ང་ཚོས་རོལ་སྒྱུར་བྱེད་སྐབས་སུ། སྒྲ་གདངས་ཀྱི་ཚྭི་ཡང་དང་མཐོ་དམའ། འགྱུར་ཁུག་གི་སྙན་ཆ་སོགས་ཉན་མཁན་གྱི་དབང་ཤེས་སུ་འདྲེན་པའི་ནུས་པ་དང་རོལ་སྒྱུར་བྱ་ཡུལ་དུ་གྱུར་པ་ཡིན། རྩོམ་རིག་རོལ་སྒྱུར་གྱི་བྱ་ཡུལ་ནི་སྐད་ཆའི་བརྡ་རྟགས་ཀྱིས་མངོན་པར་མཚོན་པའི་གཟུགས་བརྙན་སྣ་ཚོགས་དང་། ཁོར་ཡུག་སྣ་ཚོགས། ཡིད་ཡུལ་སྣ་ཚོགས། བསམ་བློའི་ཆགས་སྡང་སྣ་ཚོགས། དོན་རྐྱེན་སྣ་ཚོགས་སོགས་ཡིན། དེ་མིན་ལྡེབས་རིས་དང་ལྡེར་བཟོ་སོགས་ནི་ལྟ་མཁན་གྱི་ཐོག་མར་མཐོང་བ་ནི་རོལ་སྒྱུར་བྱ་ཡུལ་གྱི་གཟུགས་བརྙན་རྟེན་པོ་དེ་ཡིན་ལ། རིམ་བཞིན་གཟུགས་བརྙན་རྟེན་པོ་ནས་བྱེ་བྲག་དང་། སླར་ཡང་བྱེ་བྲག་ནས་རྟེན་པོའི་བར་གཞི་གཅིག་ལ་བཞག་ནས་རོལ་སྒྱུར་བྱེད་དགོས་པ་དང་། རྩོམ་རིག་རོལ་སྒྱུར་ལ་མཚོན་ན་གཟུགས་བརྙན་བྱེ་བྲག་པ་རེ་རེ་ལ་རོལ་སྒྱུར་བྱེད་པ་བརྒྱུད་ནས། གཟུགས་བརྙན་བྱེ་བྲག་པ་ནས་རྟེན་པོའི་བར་གཞི་གཅིག་ལ་བཞག་ནས་རོལ་སྒྱུར་བྱེད་དགོས་སོ།

2. རྩོམ་རིག་རོལ་སྒྱུར་བྱེད་པའི་རྩ་བའི་ཁྱད་ཆོས་སྐོར།

རྩོམ་རིག་རོལ་སྒྱུར་ཟེར་བ་ནི་མི་རྣམས་ཀྱི་བསམ་བློའི་བྱ་འགུལ་ཞིག་ཡིན་ལ། ཤེས་ཚོར་དང་བརྩེ་དུང་། སྒྱུར་ཚོར་སོགས་ཀྱི་བསམ་བློའི་བྱ་འགུལ་སྣ་ཚོགས་ཕན་ཚུན་འདྲེས་མར་འཕེལ་རྒྱས་འགྲོ་བའི་གོ་རིམ་ཞིག་ཡིན་ལ། གོ་རིམ་འདིའི་ནང་དུ་ཡང་སྤྱིར་སློག་པ་པོའི་སེམས་ཁམས་ཀྱི་གོ་རིམ་ལ་སྣང་ཚུལ་མི་འདྲ་བ་གསུམ་ཡོད་པ་སྟེ། གཅིག བརྩམས་ཆོས་ལྷ་སློག་མ་བྱས་གོང་གི་སེམས་ཁམས་ཀྱི་གྲ་སྒྲིག་ལ་ཟེར། རྩོམ་རིག་རོལ་སྒྱུར་ཞེས་པའི་བྱ་འགུལ་དེ་ཡང་མི་རྣམས་ཀྱི་རང་འགུལ་དང་རང་རྟོགས་ཀྱི་བྱ་སྤྱོད་ཅིག་ཡིན་སྟེ་སློག་པ་པོར་མཚོན་ན། བརྩམས་ཆོས་ཚད་ལྡན་རྣམས་ཀྱི་རོལ་སྒྱུར་བྱ་འགུལ་ལས་རང་ཉིད་ལ་མཛེས་དཔྱོད་ཀྱི་ཚོར་བ་ཞིག་ཉམས་སུ་སྒྱུར་འདོད་པ་ཡིན་ལ། འགའ་

རེས་ནི་ཐྲེལ་འཚུབ་ཀྱི་ལས་ཀའི་ཁུར་པོ་ལྗི་བའི་ངལ་དུབ་སེལ་ཆེད་དུ་ལག་ཏུ་གང་སོན་གྱི་བརྩམས་ཆོས་ཤིག་བླངས་ནས་ལྟ་ཀློག་བྱེད་པ་དང་དེ་ནི་གཙོ་བོ་སེམས་པ་གཡེང་བའི་ཆེད་དུ་ཡིན། དེས་ན་ཀློག་པ་པོའི་སེམས་ཁམས་ཀྱི་རེ་འདོད་དང་ རོལ་ སྤྱོད་ བྱ་ ཡུལ་ གཉིས་ ཡུར་ ལམ་ གཅིག་ ཏུ་ འདྲེས་ ཐུབ་ ཚེ། དམིགས་ཡུལ་གསལ་བའི་རྩོམ་རིག་རོལ་སྤྱོད་གི་བྱ་འགུལ་དུ་འགྱུར་ཐུབ་ལ་དོན་དངོས་ཐོག་དེ་ནི་རྩོམ་རིག་རོལ་སྤྱོད་བྱ་འགུལ་ལ་ཀློག་པ་པོ་དངོས་སུ་ཞུགས་ཐུབ་པ་ཙམ་ཡིན། གཉིས་ནི་ཀློག་པ་པོའི་སེམས་ཁམས་ཀྱི་ཚོར་བ་སྣ་ཚོགས་གཞི་གཅིག་ཏུ་སྡུད་ནས་བརྩམས་ཆོས་ལ་རོལ་སྤྱོད་བྱེད་པའི་གོ་རིམ་དེ་ཡིན། ཀློག་པ་པོ་བློ་སེམས་གཅིག་ཏུ་སྒྲིམ་ཏེ་ལྟ་ཀློག་བྱས་པའི་དབང་གིས་ཡིད་ལ་ཚོར་སྣང་འདྲ་མིན་བྱུང་བ་མ་ཟད། བརྩམས་ཆོས་ཀྱི་གོ་དོན་རྟོགས་པ་འདི་ནི་རྩོམ་རིག་རོལ་སྤྱོད་བྱེད་པའི་འཕེལ་རྒྱས་ཀྱི་རྣམ་པ་དེ་ཡིན། གསུམ་ནི་རྩོམ་རིག་གིས་ཀློག་པ་པོའི་སེམས་ཁམས་སུ་ནུས་པ་ཐོན་པའི་གོ་རིམ་ཞིག་ཡིན་ལ། རྩོམ་རིག་གིས་དགོངས་དོན་ཅིག་ཅར་དུ་རྟོགས་པའི་ཚོར་བ་འབྱུང་ལ། བརྗོད་ཀྱིས་མི་ལང་བའི་སྒྱུ་རྩལ་གྱི་རོ་དང་བྲོ་བ་སྤྱོང་བའི་མཛེས་དཔྱོད་ཀྱི་ཚོར་བ་ཞིག་འབྱུང་བ་དེ་ཡིན།

རྩོམ་རིག་དཔྱད་སྤྱོད་ནི་རང་དབང་དང་གསར་བསྐྲུན་གྱི་རང་བཞིན་ལྡན་པའི་བསམ་བློའི་བྱ་འགུལ་ཞིག་ཡིན་ཏེ། ཀློག་པ་པོ་ལ་མཚོན་ན་ཐོག་མར་བརྗོད་བྱའི་དོན་གྱི་ཆ་ནས་གོ་ལེན་བྱེད་པ་དང་། དེ་ནས་རིམ་བཞིན་གོ་དོན་ཇེ་ཟབ་ཏུ་སོང་བའི་སྐབས་ལ། སེམས་ཁམས་ཀྱི་བྱ་འགུལ་དེ་གཞན་དབང་ནས་རང་དབང་ཅན་དུ་གྱུར་ཏེ། གསར་རྩོམ་རང་བཞིན་གྱི་སེམས་ཁམས་ཀྱི་གོ་རིམ་ཞིག་ཏུ་ཆགས་ངེས་ཡིན་པ་སྟེ། གཅིག་ནས་རོལ་སྤྱོད་བྱ་ཡུལ་ལ་མཚོན་ན། བརྩམས་ཆོས་ཁྲོད་ཀྱི་མཛེས་དཔྱོད་དོན་སྙིང་ལ་ཀློག་པ་པོས་ཡང་བསྐྱར་གསར་བསྐྲུན་གྱི་ནུས་པ་འདོན་སྤེལ་བྱེད་རྒྱུ་དེ་ཡིན། རྒྱུ་མཚན་ནི་བརྩམས་ཆོས་རང་ངོས་ལ་ཡང་ཡལ་འདབ་སམ་འཕྲེལ་བའི་གྲུབ་སྟངས་བར་ལ་སྟོང་ཆ་མང་པོ་ཡོད་

པས། དེ་དག་ནི་སློག་པ་པོའི་ཚོར་སྣང་ལ་བརྟེན་ནས་དེ་དག་ལ་དགོས་ངེས་ཀྱིས་ཁ་སྐོང་དང་གསར་རྩོམ་བྱེད་དགོས། མཛེས་དཔྱོད་རིག་པ་སློབ་པ་རྣམས་ཀྱི་ལྟ་ཚུལ་ལྟར་ན། མཛེས་དཔྱོད་ཅེས་པ་ཡུལ་རང་ངོས་ན་ཡོད་པ་ཞིག་དང་། ཡུལ་ཅན་གྱི་སྒྲུང་གོམས་བག་ཆགས་ལ་ལྟོས་ནས་བཞག་པའི་ཕྱོགས་གཉིས་ཡོད་ཅེས་གསུངས་པ་བཞིན། སློག་པ་པོའི་མཛེས་འཛིན་ལྟ་བའི་ངོས་ནས་ཀྱང་གནས་ལུགས་གོང་དང་འདྲ་བ་ཞིག་ཡིན་པས། རྒྱུན་གཏན་ངག་རྒྱུན་དུ"སློག་པ་པོ་སྟོང་ཚོ་གཅིག་ལ་ཧ་མི་ལེ་ཐེ་སྟོང་ཚོ་གཅིག་སྣང"ཞེས་ཟེར་སྲོལ་ཡོད།

ཕྱོགས་གཞན་ཞིག་ནས་སློག་པ་པོའི་རོལ་སྒྱུང་གི་སེམས་ཁམས་གྲུབ་སྟངས་ལ་ཡང་ནང་དོན་གསར་པ་འཕར་སྣོན་བྱེད་ཐུབ་པ་ཡིན། བརྩམས་ཆོས་རོལ་སྒྱུང་བྱེད་མཁན་རྣམས་ཀྱིས་རང་རང་གནས་པའི་ཡུལ་དང་དུས་རབས་མི་གཅིག་པའི་ཆ་རྐྱེན་འོག སེམས་ཁམས་སུ་ཐོན་པའི་མཛེས་དཔྱོད་ཀྱི་ནུས་པ་གཅིག་མཚུངས་མེད་པའམ་ཡང་ན་སོ་སོ་བ་ཞིག་ཏུ་སྣང་། དེ་ནི་གཙོ་བོ་སློག་པ་པོའི་བརྩམས་ཆོས་རོལ་སྒྱུང་བྱེད་པའི་སེམས་ཁམས་ཀྱི་གྲུབ་སྟངས་ལ་རགས་ལས་པ་ཡིན། འོན་ཏེ། རོལ་སྒྱུང་སེམས་ཁམས་ཀྱི་གྲུབ་སྟངས་དེ་ནམ་ཡང་འགྱུར་བ་མེད་པ་ཞིག་མ་ཡིན། དུས་རབས་གསར་པས་སྤྱི་ཚོགས་ཀྱི་འདུ་ཤེས་གསར་པ་བསྐྲུན་པ་དང་། མི་རྣམས་ཀྱི་ཤེས་ཡོན་གྱི་ཚད་མཐོ་རུ་སོང་བ། ཚན་རྩལ་ཁྱབ་གདལ་དུ་ཕྱིན་པ། དངོས་པོ་དང་བསམ་བློའི་འཚོ་བར་འཕེལ་རྒྱས་ཆེན་པོ་བྱུང་བ་དང་བསྟུན། སྤྱི་ཚོགས་རྟེན་པོའི་རིག་གནས་ཀྱི་སྒྲིག་གཞི་དང་། འཇིག་རྟེན་ལྟ་ཚུལ་ལ་འགྱུར་ལྡོག་ཕྱིན་པ་དང་ཆབས་ཅིག་མི་རྣམས་ཀྱི་བསམ་བློའི་འཁྱེར་སོ་དང་རིན་ཐང་ལྟ་བ། མཛེས་འཛིན་གྱི་འདུ་ཤེས། ཀུན་སྤྱོད་ཀྱི་ཚད་གཞི། མི་ཚེའི་ལྟ་སྟངས། གཉེན་སྒྲིག་དང་ཚོར་འདུ་སོགས་འདུ་ཤེས་ཁྱབ་ཁོངས་ཡོངས་སུ་ཚད་མི་འདྲ་བའི་སྒོ་ནས་འགྱུར་ལྡོག་ངེས་ཅན་ཞིག་བྱུང་དང་འབྱུང་བཞིན་པ་འདིས་སློག་པ་པོའི་རོལ་སྒྱུང་གི་སེམས་ཁམས་ལ་ཡང་འགྱུར་བ་འགྲོ་བཞིན་ཡོད། དེར་བརྟེན། སློག་པ་པོས་རྩོམ་རིག་ལ་རོལ་སྒྱུང་

བྱེད་ཐེངས་རེ་རེ་བཞིན་དུ་བརྗོད་དོན་གང་མང་ཞིག་རྟོགས་ཐུབ་ལ་རང་གི་སྔོན་ཆད་ཀྱི་ཉམས་མྱོང་ལ་བཅོས་བསྒྱུར་བྱས་ནས་མཛེས་དཔྱོད་ཀྱི་ཉམས་མྱོང་གསར་པ་འགའ་རེས་ཁ་སྣོན་བྱེད་ཀྱི་ཡོད་པ་རེད།

གཉིས་པ། རྩོམ་རིག་རོལ་སྒྱུར་སྐབས་ཀྱི་རྟོག་མཐུན།

"མཉམ་གྲགས་དང་ཡང་ན་མཉམ་སྐྱེས"ཞེས་པའི་ཐ་སྙད་འདི་རྒྱ་སྐད་ལས་བྱུང་བ་དང་། དེའི་གོ་དོན་ནི་དངོས་པོ་གཉིས་སོ་སོ་ལས་ཐོན་པའི་སྒྲ་གཉིས་ཕན་ཚུན་ཕྲད་པ་ལས་བྱུང་བའི་སྒྲ་ཐུན་མོང་བ་ཞིག་ལ་ཟེར། རྩོམ་རིག་རོལ་སྒྱུར་གི་སྐབས་སུ་འདིའི་གོ་དོན་ནི། ཀློག་པ་པོ་དེ་རྩོམ་རིག་ཁྲོད་ཀྱི་གཟུགས་བརྙན་གྱིས་རང་ཉིད་སེམས་འགུལ་ཟབ་མོ་ཐེབས་ནས། བརྩམས་ཆོས་ཁྲོད་ཀྱི་མི་སྣ་དང་འདྲ་མཚུངས་སམ་ཡང་ན་ཉུང་ཉེ་བའི་ཚོར་སྣང་བྱུང་ནས། རྩོམ་པ་པོས་བསྟོད་པའི་ཆ་ལ་ཀློག་པ་པོའང་དགའ་བར་འགྱུར་བ་དང་། རྩོམ་པ་པོས་སྨད་པའི་ཆ་ལ་ཀློག་པ་པོའང་སྡང་བར་འགྱུར་བ་སོགས་གཅིག་མཐུན་གྱི་ཚོར་སྣང་ཞིག་འབྱུང་བ་དེ་ལ་རོལ་སྒྱུར་ཁྲོད་ཀྱི་རྟོག་མཐུན་གྱི་རྣམ་པ་ཟེར། ཀློག་པ་པོའི་སེམས་ཁམས་སུ་ཉམས་མྱོང་དང་ཚོར་ཤེས་གང་མང་གསོག་འཇོག་བྱས་ཡོད་པ་དེ་ནི་རྩོམ་རིག་རོལ་སྒྱུར་ཁྲོད་ཀྱི་རྟོག་མཐུན་འབྱུང་བའི་སྔོན་འགྲོའི་ཆ་རྐྱེན་གལ་ཆེ་བ་ཞིག་ཡིན། ཨུ་རུ་སུའི་མཁས་པ་ཐོ་འར་སི་ཐ་ནས"ཀློག་པ་པོའི་སྣང་ངོར། སྒྱུ་རྩལ་གྱི་བརྩམས་ཆོས་དེ་མི་གང་རུང་ཞིག་གི་གསར་རྩོམ་གྱི་བྱ་འགུལ་ལས་བྱུང་བ་ཞིག་མ་ཡིན་པའམ། བརྩམས་ཆོས་ལས་མཚོན་པ་མཐའ་དག་རང་གི་སྔ་ས་ནས་བརྗོད་པར་འདོད་པའི་བློ་ཡིན་པ་ལྟ་བུའི་ཚོར་བ་འབྱུང་"ཞེས་གསུངས། སྣང་ཚུལ་འདི་ནི་བརྩམས་ཆོས་ལས་མཚོན་པའི་ཚོར་ཤེས་ཀྱི་རྣམ་པ་དང་ཀློག་པ་པོའི་མཛེས་དཔྱོད་ཀྱི་སེམས་ཁམས་སུ་གནས་པའི་ཚོར་ཤེས་གཉིས་རོ་དང་བྲོ་བ་གཅིག་ཏུ་འདྲེས་པའི་མཚོན་ཚུལ་

ཞིག་ཡིན། དེ་ལྟ་བུའི་སྐྱོང་ཚོར་བྱུང་ན་ད་གཟོད་ སློག་པ་པོ་དེ་རང་དབང་མེད་པར་སྨྲ་རྩལ་རྟོག་མཐུན་གྱི་ཞིང་ཁམས་སུ་འདྲེན་ཐུབ་པོ།

དེ་མིན་བརྩམས་ཆོས་རོལ་སྐྱོང་ཁྲིད་ཀྱི་རྟོག་མཐུན་རང་བཞིན་ལ་དུས་རབས་ཀྱི་རང་བཞིན་དང་། ལོ་རྒྱུས་ཀྱི་རང་བཞིན་ལྡན་ཡོད་པ་སྟེ། དུས་རབས་རང་བཞིན་ཅན་གྱི་རྟོག་མཐུན་ནི། བརྩམས་ཆོས་བྱུང་མ་ཐག་དུས་རབས་གཅིག་པའི་སློག་པ་པོ་རྣམས་ལ་རྟོག་མཐུན་གྱི་སྣང་ཚུལ་བྱུང་བ་དེར་ཟེར། རྒྱུ་མཚན་ནི་རྩོམ་རིག་གིས་དུས་ཐོག་ཏུ་གསར་དུ་བྱུང་བའི་དོན་རྐྱེན་དང་འཚོ་བའི་རྣམ་པ། མི་རྣམས་ཀྱི་ཆེས་དོ་ཁུར་བྱེད་བཞིན་པའི་གནད་དོན་གལ་ཆེན་རྣམས་མཚོན་པར་བྱས་ཡོད་རྐྱེན། བརྩམས་ཆོས་ལས་མཚོན་པའི་ཚོར་འདུ་དང་དུས་རབས་དེའི་མི་རྣམས་ཀྱི་ཚོར་འདུའི་ངོ་བོའི་ཕྱོགས་མཚུངས་པས་རྟོགས་མཐུན་བྱུང་སླ་བ་ཡིན། ལོ་རྒྱུས་རང་བཞིན་ཅན་གྱི་རྟོག་མཐུན་ནི། གནའ་རབས་ཀྱི་བརྩམས་ཆོས་ལ་དེང་རབས་ཀྱི་སློག་པ་པོའི་རྟོག་མཐུན་གྱི་ཚོར་བ་བྱུང་བ་དེར་ཟེར། རྒྱུ་མཚན་ནི་སྤྱི་ཚོགས་དེ་གཉིས་ཀྱི་འགལ་བ་རིགས་མཐུན་ཡིན་པ་དང་འཚོ་བའི་གནས་ཚོད་འདྲ་མཚུངས་ཡིན་པ། འཚོ་བའི་ཉམས་སྨྱོང་དང་སྨྱོང་བརྒྱུད་འདྲ་མཚུངས་ཡིན་པ་ལས་བྱུང་ལ། ལྷག་པར་དུ་ལོ་རྒྱུས་དང་མི་རིགས་སོ་སོའི་ཐུན་མོང་མིན་པའི་འཚོ་བའི་སྤྱོད་སྟངས་དང་བསམ་བློའི་འཛིན་སྟངས། ཡུལ་སྲོལ་གོམས་གཤིས། སེམས་ཁམས་དང་མཛེས་འཛིན་ལྟ་བ་སོགས་ཐ་ན་ས་བབ་དང་གནམ་གཤིས་སོགས་མི་རིགས་རྩིས་པོའི་རིག་གནས་སེམས་ཁམས་ཀྱི་བག་ཆགས་དང་འབྲེལ་བ་དམ་ཟབ་ཡོད་པ་ཞིག་ཡིན། རྟོག་མཐུན་ནི་བརྩམས་ཆོས་ལས་མཚོན་པའི་བརྗོད་དུང་དང་སློག་པ་པོའི་བརྗོད་དུང་ལ་མཚུངས་ཆོས་ཡོད་པ་དང་ཞེན་ཕྱོགས་མཐུན་པ་ལས་བྱུང་བ་ཞིག་ཡིན་ནོ།

གསུམ་པ། ཟློས་གར་རིག་རྩལ་སྒྱུ་ཅན་ལ་བྱམ་བ་ཉམས་པའི་སྐོར།

ཟློས་རིག་གི་སྤྱི་ཚོགས་ནུས་པ་དེ་ནི་ཟློས་རིག་རྩལ་སྒྱུང་བྱེད་རྒྱུ་དེ་བརྒྱུད་ནས་མངོན་འགྱུར་བྱེད་ཀྱི་ཡོད་པ་རེད་ལ། སློག་པ་པོ་རྣམས་ཀྱི་མཛེས་དཔྱོད་ཀྱི་ནུས་པ་མཐོར་འདེགས་དང་། ཟློས་པ་པོས་གསར་འཕྲིན་ཚུར་ལེན་བྱེད་རྒྱུར་དོན་སྙིང་ཆེན་པོ་ལྡན་ཡོད། དེས་ན་ཟློས་རིག་རྩལ་སྒྱུང་ནི་སྤྱི་ཚོགས་ཀྱི་བྱེད་ནུས་ཤིག་ཏུ་འགྱུར་བའི་འགག་གནད་དེ་ཡིན། མར་ཁེ་སིས《ཆབ་སྲིད་དཔལ་འབྱོར་རིག་པའི་དགག་ཡིག》ཟེར་བའི་གླེང་གཞིའི་ནང་དུ“འཇོད་སྤྱོད་བྱེད་བཞིན་པའི་གོ་རིམ་ནང་གི་ཐོན་རྫས་མ་གཏོགས་དངོས་ཡོད་ཀྱི་ཐོན་རྫས་སུ་བརྩི་མི་ཐུབ་”ཞེས་གསུངས་པ་དང་། ཐོན་རྫས་དང་འཇོད་སྤྱོད་བར་གྱི་རིགས་པའི་གཞུང་ལུགས་འདིས་ཐོན་རྫས་དེ་དངོས་ཡོད་ཀྱི་ཐོན་རྫས་ཤིག་ཏུ་འགྱུར་དགོས་ན་ངེས་པར་དུ་འཇོད་སྤྱོད་བྱེད་བཞིན་པའི་ཐོན་རྫས་ཤིག་ཡིན་དགོས་པའི་གལ་ཆེའི་རང་བཞིན་བསྟན་ཡོད་པ་དང་ཟློས་རིག་རྩལ་སྒྱུང་འདི་ཟློས་རིག་གི་འཇོད་སྤྱོད་བྱ་འགུལ་ཡིན་པའི་ཆ་ནས་གཅིག་མཐུན་གྱི་དོན་སྙིང་ལྡན་ཡོད། བཙམས་ཆོས་ཅི་འདྲ་ཞིག་ཡིན་ཐུང་ལྟ་སློག་དང་རྩལ་སྒྱུང་བྱེད་པའི་བྱ་འགུལ་ཞིག་ཏུ་མ་གྱུར་ན་དེ་ནི་ས་འོག་ཏུ་གནས་པའི་གནའ་རྫས་ཇི་བཞིན་རང་ངོས་སུ་གནས་པའི་མཛེས་དཔྱོད་ཀྱི་རིན་ཐང་དང་སྤྱི་ཚོགས་ཀྱི་བྱེད་ནུས་མངོན་འགྱུར་བྱེད་མི་ཐུབ་ལ་དེ་དངོས་ཡོད་ཀྱི་བཙམས་ཆོས་སུ་བརྩི་མི་ཐུབ། ལྟ་སློག་དང་སྒྱུང་ཚོར་བྱེད་པའི་བྱ་འགུལ་ཁྲོད་དུ་གནས་པའི་བཙམས་ཆོས་ལ་མཚོན་ན་དེ་གཟོད་དེའི་ཤུགས་རྐྱེན་དང་བྱེད་ནུས་ཐོན་ཐུབ་ལ། དེ་སྤྱི་ཚོགས་ཐོག་གནས་པ་མཚོན་ཐུབ། 《རྒྱལ་པོར་ནཱ་མ་ནའི་གཏམ་རྒྱུད》ལ་མཚོན་ན། སློག་པ་པོས་ལྟ་སློག་གི་སྒྱུང་ཚོར་ལ་བརྟེན་ནས་རང་ཉིད་ཀྱི་སྣང་ངོར་ར་མ་ན་དགའ་བྱེད་དང་སི་ཏའི་གཟུགས་བརྙན་དང་ཕོ་བྲང་ནང་གི་འཁྲུག་རྩོད་དང་སྤྲེའུ་དང་སྲིན་པོའི་དམག་

དཔྱང་བར་གྱི་གཡུལ་འགྱེད་སྣ་ཚོགས་མི་ལོང་ལ་གཟུགས་བརྙན་ཤར་བ་ཇི་བཞིན་ཐོན་ཐུབ་པ་དེ་ནི་བརྩམས་ཆོས་དེ་དངོས་ཡོད་ཀྱི་འཇོད་སྒྲོད་ཅིག་ཏུ་གྱུར་ཏེ་མཛེས་དཔྱོད་ཀྱི་རིན་ཐང་མངོན་འགྱུར་བྱེད་ཐུབ་པ་བྱུང་ཡོད་པ་དེ་རེད། མཛེས་དཔྱོད་བྱ་ཡུལ་དུ་མ་གྱུར་ཚེ་སྙན་ངག་པ་ཧེ་ཧྲི་ཡིས་གསུངས་པ་ལྟར་"ངའི་སྙན་ངག་ཕྱོགས་བསྒྲིགས་འདི་ཡིག་རྫོང་ཁན་མོ་ཞིག་གི་ལག་ཏུ་སོན་ཚེ། དུ་བ་དཀྲིས་སྦྱུད་ཀྱི་ཤོག་བུ་ཞིག་ལས་མ་འདས"ཞེས་གསུངས་པ་བཞིན་ནོ།

བརྩམས་ཆོས་དེ་ཀློག་པ་པོ་རྣམས་ཀྱི་ཀློག་འདོན་གྱི་བྱ་འགུལ་དུ་འགྱུར་ཐུབ་ཚེ། དེས་མི་རྣམས་ལ་འཚོ་བའི་ཉམས་མྱོང་དང་། འཇིག་རྟེན་དང་མིའི་འཚོ་བར་ངེས་ཤེས་གསར་པ་སྟེར་ཐུབ་པ་མ་ཟད། སྤྱི་ཚོགས་ལ་ཕན་ཡོད་ཀྱི་བྱེད་ནུས་འདོན་སྤེལ་བྱེད་ཀྱི་ཡོད་པ་རེད། རྩོམ་རིག་རོལ་མྱོང་ནི་བརྩམས་ཆོས་ཀྱིས་ སྟབས་པའི་ནུས་པ་དེ་སྤྱི་ཚོགས་ཀྱི་བྱེད་ནུས་སུ་འགྱུར་བར་བྱེད་པའི་རྩ་གནད་གལ་ཆེ་བ་ཞིག་ཡིན།

ཕྱོགས་གཞན་ཞིག་ནས་གླེང་ན། རྩོམ་པ་པོ་རྣམས་བརྩམས་ཆོས་གསར་རྩོམ་ལ་འཇུག་པའི་དམིགས་ཡུལ་མཐར་གཏུགས་ན་དེ་ནི་རོལ་མྱོང་བྱེད་མཁན་རྣམས་ཀྱི་འདོད་པ་བསྐང་བའི་ཆེད་དུ་ཡིན། གལ་སྲིད་རྩོམ་རིག་རོལ་མྱོང་གི་དགོས་མཁོ་མེད་ན་རྩོམ་པ་པོ་རྣམས་ཀྱིས་བརྩམས་ཆོས་གསར་རྩོམ་བྱེད་པའི་ལས་ཀ་དེ་ལའང་སྙིང་པོ་ཅི་ཡང་མེད། རྩོམ་པ་པོས་རྩོམ་འབྲི་བྱས་པའི་བརྩམས་ཆོས་ཤིག་སྤྱི་ཚོགས་ཐོག་ཏུ་ཐོན་མ་ཐག་དེ་ནི་རྒྱ་ཆེའི་ཀློག་པ་པོ་རྣམས་ཀྱིས་ལྟ་ཀློག་དང་དཔྱད་མྱོང་བྱེད་ཡུལ་ཡིན་ལ། ཀློག་པ་པོ་རྣམས་ཀྱི་སེམས་ཁམས་སུ་བག་ཆགས་ཤུགས་ཆེར་འཇོག་གི་ཡོད་པ་རེད། དེ་ལྟར་རྩོམ་པ་པོ་རང་ངོས་ཡང་རྩོམ་རིག་གསར་རྩོམ་བྱེད་མཁན་ཞིག་ཡིན་པ་མ་ཟད། རང་ཉིད་བརྩམས་ཆོས་ལ་རོལ་མྱོང་བྱེད་མཁན་ཞིག་ཡིན་དགོས། རྩོམ་པ་པོ་སུ་འདྲ་ཞིག་ཡིན་རུང་། རང་ཉིད་རྩོམ་གྱི་རྣམ་གཞག་ལ་མཁས་པར་འགྱུར་བའི་གོ་རིམ་ནང་མི་གཞན་གྱི་བྲིས་པའི་བརྩམས་ཆོས་རྒྱ་ཆེར་མཇལ་ནས་གཞན་གྱི་དགེ་

མཚན་ལ་རོལ་སྤྱོད་གང་ལེགས་བྱས་ཏེ། དེ་ལས་སྒྱུ་རྩལ་གྱི་བླང་བྱ་གང་མང་ལེན་པ་དང་ཆབས་ཅིག་རང་ཉིད་ཀྱི་དཔྱད་སྤྱོད་གི་ནུས་པ་ཇེ་མཐོར་དང་གསར་རྩོམ་གྱི་ནུས་པ་མཐོར་འདེགས་བྱེད་ཀྱི་ཡོད་པ་རེད།

དུས་རབས་གཅིག་གི་རྩོམ་རིག་ལས་འགུལ་ལ་མཚོན་ན་ཀློག་པ་པོའི་རྩོམ་རིག་ཐད་ཀྱི་མཛེས་དཔྱོད་ཀྱི་འདོད་བློ་དང་། སྤྱི་ཚོགས་ཀྱི་དཔྱད་བརྗོད་དེས་རྩོམ་རིག་གསར་རྩོམ་གྱི་བྱ་གཞག་འཕེལ་རྒྱས་སུ་འགྲོ་རྒྱུར་ཤུགས་རྐྱེན་གཏིང་ཟབ་ཡོད་པ་སྟེ། རྩོམ་རིག་རོལ་སྤྱོད་དང་དཔྱད་བརྗོད་བྱེད་པའི་བརྒྱུད་རིམ་ནང་བྱུང་བའི་ལྟ་སྣང་གསར་པ་རྣམས་ཀྱིས་རྩོམ་པ་པོ་བརྩམས་ཆོས་གསར་རྩོམ་བྱེད་སྐབས་དེ་ལ་རོགས་རམ་དང་སྐུལ་འདེད་ཀྱི་ནུས་པ་ཤུགས་ཆེར་ཐོན་གྱི་ཡོད་པ་རེད།

1. རྩོམ་རིག་རོལ་སྤྱོད་བྱེད་པའི་རྩ་བའི་ཁྱད་ཆོས་ཅི་ཡིན་ནམ།
2. རྩོམ་རིག་རོལ་སྤྱོད་བྱེད་སྐབས་ཀྱི་རྟོག་མཐུན་ཞེས་པའི་གོ་དོན་ཅི་ཡིན།
3. རྩོམ་རིག་རོལ་སྤྱོད་གི་ནུས་པར་གོ་བ་ཅི་འདྲ་ལེན་དགོས་སམ།

ས་བཅད་གཉིས་པ། རྩོམ་རིག་གི་སྐྱོན་ཡོན་བརྗོད་རྒྱུའི་སྐོར།

བོད་ཁ་བ་ཅན་གྱི་ལྗོངས་འདིར་སྔོན་ཐོན་མཁས་དབང་དམ་པ་རྣམས་ཀྱིས་དུས་རབས་རིམ་བྱུང་དུ་སྐབས་དེའི་སྤྱི་ཚོགས་ཀྱི་རྣམ་པ་དང་། མི་རྣམས་ཀྱི་བསམ་བློའི་གནས་ཚད་དང་འདུ་ཤེས། དགའ་སྐྱོ་འཛུམས་ཁྲལ། དཔལ་འབྱོར་གྱི་འཕེལ་འགྲིབ། ཡུལ་གོམས་གཤིས་ལུགས་སོགས་མཚོན་པར་བྱས་ཡོད་ཅིང་། བརྩམས་ཆོས་དེ་དག་ལ་བརྗོད་བྱ་དང་རྗོད་བྱེད། སྒྱུ་རྩལ་གྱི་ཉམས་འགྱུར་སོགས་ལ་འཐུས་བུ་ཡང་དག་ཅིག་སྨིན་ཡོད་པ་མ་ཟད། ད་ལྟའང་མི་རྣམས་ཀྱི་མིག་ལམ་དུ་རང་འདོད་ཀྱིས་ལོངས་སྤྱོད་ཅི་དགར་རོལ་རྒྱུ་ཡོད། འོན་ཏེ་རྩོམ་རིག་གི་སྐྱོན་ཡོན་བརྗོད་པའི་རིག་པ་དེའི་ཐད་ཞན་ཆ་མངོན་གསལ་མཆིས་ལ་རྩོམ་རིག་ལ་སྐྱོན་ཡོན་བརྗོད་པའི་ཆེད་རྩོམ་ཡང་ཤིན་ཏུ་མཐོང་དཀོན་པས་ན་རྩོམ་རིག་གི་སྐྱོན་ཡོན་བརྗོད་པའི་བྱ་གཞག་དེ་ཡར་རྒྱས་གོང་འཕེལ་གཏོང་དགོས་པ་རེད།

གནའ་དུས་ནས་བརྩམས་པའི་བརྩམས་ཆོས་བརྗོད་ཀྱིས་མི་ལང་བ་ཞིག་ཡོད་པ་དེ་དག་དུས་རབས་འདིའི་ནང་མི་རྣམས་ཀྱིས་ཡོངས་གྲགས་སུ་ཁས་ལེན་པའི་བརྩམས་ཆོས་འདི་དང་དེ་ཞེས་པ་དང་། ཡང་དུས་རབས་རིམ་བྱུང་དུ་བརྩམས་ཆོས་དེར་མཁས་པ་རྣམས་ཀྱིས་ཞིབ་དཔྱད་བྱས་པའི་ཆེད་རྩོམ་འདི་དང་འདི་ཞེས་པ། དུས་རབས་འདིའི་རིང་གི་བརྩམས་ཆོས་ཀྱི་ནང་ནས་སྐབས་དེའི་རྩོམ་རིག་གི་ཕྱོགས་ལྷུང་དང་སྒྱུ་རྩལ་གྱི་ཉམས་འགྱུར་སོགས་ཚབ་མཚོན་གྱི་རང་བཞིན་ལྡན་པའི་བརྩམས་ཆོས་འདི་དང་རྩོམ་པ་པོ་འདི་ཡིན་ཞེས་པའི་དཔྱད་རྩོམ་ཞིག་མཐོང་ཐོས་དཀོན་པ་མ་ཟད། ལོ་རྒྱུས་ཀྱི་དུས་སྐབས་དེའི་ནང་དུ་བརྩམས་ཆོས་ལ་དགེ་སྐྱོན་ཚད་འཛལ་བྱེད་པའི་ཚད་གཞི་ཅི་འདྲ་ཞིག་བཟུང་

གི་ཡོད་མེད་ཀྱང་རྟོགས་དཀའ་བ་ཞིག་ཏུ་གྱུར། མ་གཞི་དཔྱད་རྩོམ་འགའ་རེ་ཡོད་སྲིད་ཀྱང་ཁྱོན་ཡོངས་ནས་དུས་རབས་དེའི་རིང་གི་རྩོམ་རིག་ལ་ཞིབ་དཔྱད་དང་གསར་རྩོམ་གྱི་ཉམས་མྱོང་ཕྱོགས་བསྡོམས་བྱས་པའི་ཆེད་རྩོམ་ཞིག་ནི་མ་རིག་གོ། དཔེར་ན། མི་མང་ཆེ་བས་ཁས་ལེན་བྱེད་པའི་གྲགས་རྩོམ《མི་དབང་རྟོགས་བརྗོད》ལྟ་བུར་མཚོན་ན། དེ་སྔོན་མཁས་པ་རྣམས་ཀྱི་རྟོགས་བརྗོད་དེའི་སྒྱུ་རྩལ་གྱི་རིན་ཐང་དང་བསམ་བློའི་ཕྱོགས་ལྷུང་སོགས་ལ་དགེ་སྐྱོན་ཚད་འཇལ་བྱས་པའི་ཆེད་རྩོམ་ཞིག་ཀྱང་མཐོང་ཐོས་དཀོན་པས་རྩོམ་རིག་གི་སྙན་ཡོན་བརྗོད་པའི་རིག་པ་དེ་ངེས་པར་དུ་ཁ་སྣོན་དང་དར་སྤེལ་བཏང་སྟེ་གནའ་དུས་ཀྱི་བརྩམས་ཆོས་དེ་དག་གི་ནང་ནས་ཆེས་མངོན་གསལ་དོད་པའི་ཕུལ་བྱུང་གི་བརྩམས་ཆོས་སྙོག་འདོན་དང་ཞིབ་དཔྱད་བྱས་ཏེ་རྒྱ་ཆེའི་ཀློག་པ་པོ་རྣམས་ལ་བརྩམས་ཆོས་དེ་དག་གི་རིན་ཐང་མཚམས་སྦྱོར་བྱེད་རྒྱུ་ནི་ཤིན་ཏུ་གལ་ཆེ་བའི་འགན་ཁྲི་ཞིག་ཡིན།

རྩོམ་རིག་གསར་རྩོམ་གྱི་ཉམས་མྱོང་ཕྱོགས་བསྡོམས་དང་རྩོམ་པ་པོས་རྩོམ་རིག་གསར་རྩོམ་བྱེད་རྒྱུར་སྐུལ་འདེད་དང་རྩོམ་རིག་གི་བྱ་གཞག་དེ་ཡར་ངོའི་ཟླ་བཞིན་འཕེལ་རྒྱས་འགྲོ་བ་དང་། ཕུན་སུམ་ཚོགས་སུ་གཏོང་རྒྱུར་རྩོམ་རིག་གི་སྙན་ཡོན་བརྗོད་རྒྱུ་ནི་མེད་དུ་མི་རུང་བའི་གལ་ཆེའི་རིག་པ་ཞིག་ཡིན།

རྩོམ་རིག་ལ་ཞིབ་འཇུག་དང་དཔྱད་བརྗོད་བྱ་རྒྱུ་དེ་ནི་དེང་སྐབས་ཀྱི་རྩོམ་པ་པོ་དང་རྒྱ་ཆེའི་ཀློག་པ་པོ་རྣམས་ལ་ཕན་ཡོད་དང་དོན་སྙིང་ལྡན་པའི་བྱ་བ་གལ་ཆེན་ཞིག་ཡིན། རྒྱལ་ཁབ་གང་ཞིག་གི་ལོ་རྒྱུས་དང་མི་རིགས་ཀྱི་ལས་དབང་དང་མདུན་ལམ་ཤེས་རྟོགས་བྱེད་པ་དང་། དུས་རབས་དེའི་རིང་གི་མི་རྣམས་ཀྱི་བསམ་པའི་གནས་ཚུལ་དང་། མི་རྣམས་ཀྱི་དགའ་སྐྱོ་དང་རེ་འདུན། བློ་གཏད་ཡིད་སྨོན། དེ་མིན་བསམ་པའི་ཡུལ་ཁམས་ཀྱི་འཐབ་རྩོད་སོགས་དང་། མི་རིགས་གང་ཞིག་གི་རྩོམ་རིག་གི་ད་ཡོད་གནས་ཚུལ་དང་ཚུ་ཚད། བསམ་

པའི་ནྲབས་རྒྱུན། སྒྱུ་རྩལ་གྱི་ཁྱད་ཉམས་དང་གྲུབ་འབྲས། གྲུབ་མཐའ་ཁག་དང་ད་ཡོད་ཀྱི་རྩོམ་པ་པོའི་དཔུང་ཁག་དང་འཚར་ལོངས་ཀྱི་བརྒྱུད་རིམ་ཤེས་རྟོགས་བྱེད་པ་དང་། གནའ་དུས་དང་དེང་སྐབས་ཀྱི་གནས་ཚུལ་ཇི་སྙེད་ཅིག་ཤེས་རྟོགས་བྱེད་སྐམ་ན་དེ་ནི་རྩོམ་རིག་ཡིན་ལ། རྩོམ་རིག་ནི་གནས་གནས་ཚུལ་དེ་དག་ཤེས་རྟོགས་བྱེད་པའི་མེ་ལོང་ལྟ་བུ་ཞིག་ཡིན།

རྩོམ་རིག་སྒྱུ་རྩལ་གྱི་བརྩམས་ཆོས་ཤིག་བྱུང་རྗེང་དེ་ནི་ཀློག་ཆེའི་ཀློག་པ་པོ་རྣམས་ཀྱིས་ལྟ་ཀློག་བྱེད་ཡུལ་ཡིན་ལ། ཀློག་པ་པོ་རྣམས་ཀྱིས་ཞིབ་འཇུག་དང་དཔྱད་བརྗོད་བྱེད་ཡུལ་ཞིག་ཀྱང་ཡིན། དེར་བརྟེན་ལྟ་ཀློག་བྱེད་པའི་བརྒྱུད་རིམ་ནང་དུ་མི་རྣམས་ལ་ཚོར་སྣང་འདྲ་མིན་སྣ་ཚོགས་བྱུང་སྲིད་གླིང་སོལ་བྱེད་ཀྱི་ཡོད་པ་མ་ཟད། རྣམ་པ་འདྲ་མིན་སྣ་ཚོགས་ཀྱི་ཐོག་ནས་བརྩམས་ཆོས་དེར་དཔྱད་གཏམ་ཡང་སྤེལ་གྱི་ཡོད། བརྩམས་ཆོས་གཅིག་ཡོད་ན་དེར་ལྟ་ཀློག་བྱེད་མཁན་ཡོད་ལ། སྐྱོན་ཡོན་བརྗོད་མཁན་ཡང་ཡོད་པས་རྩོམ་རིག་གི་སྣང་ཚུལ་དང་རྩོམ་པ་པོ། རྩོམ་རིག་གི་བརྩམས་ཆོས་ལ་ཞིབ་འཇུག་དང་དབྱེ་འབྱེད། དཔྱད་གཏམ་བརྗོད་པའི་ཤེས་ཡོན་ཞིག་འབྱུང་བ་སྟེ། རྩོམ་རིག་ལ་སྐྱོན་ཡོན་བརྗོད་རྒྱུ་དེ་ཡིན་ཞིང་། རྩོམ་རིག་ལ་སྐྱོན་ཡོན་བརྗོད་རྒྱུ་དེ་ནི་བརྩམས་ཆོས་ལ་ལྟ་ཀློག་དང་སྤྱོང་ཚོར་གྱི་རྨང་གཞིའི་ཐོག་འབྱུང་བ་ཞིག་ཡིན་ལ། ཡང་ཀློག་པ་པོས་ཡང་དག་པའི་སྒོ་ནས་བརྩམས་ཆོས་ལྟ་ཀློག་དང་ཞིབ་དཔྱད་བྱེད་རྒྱུར་མཛུབ་ཁྲིད་ཀྱི་ནུས་པ་ཐོན་ཐུབ་པ་མ་ཟད། དེ་དང་ཆབས་ཅིག་རྩོམ་རིག་གསར་རྩོམ་བྱེད་པ་དང་། འཕེལ་རྒྱས་གཏོང་བ། ཕུན་སུམ་ཚོགས་སུ་འགྲོ་རྒྱུར་སྐུལ་འདེད་ཀྱང་བྱེད་ཐུབ་ཀྱི་རེད།

དང་པོ། རྩོམ་རིག་གི་སྐྱོན་ཡོན་བརྗོད་པའི་ངོ་བོ་དང་ནུས་པའི་སྐོར།

1. རྩོམ་རིག་གི་སྐྱོན་ཡོན་བརྗོད་པའི་ངོ་བོའི་སྐོར།

རྩོམ་རིག་གི་སྐྱོན་ཡོན་བརྗོད་རྒྱུ་དེ་ནི་འཇིག་རྟེན་ལྟ་ཚུལ་དང་སྒྱུ་རྩལ་གྱི་ལྟ་ཚུལ་ངེས་ཅན་ཞིག་གི་མཇུབ་ཁྲིད་འོག་ཏུ་རྩོམ་རིག་གི་སྣང་ཚུལ་དང་ཕྱོགས་ལྷུང་འཚོལ་ཞིབ། དཔྱེ་འབྱེད། གདེང་འཇོག་བཅས་བྱེད་ཀྱི་ཡོད། རྩོམ་རིག་ལྟ་ཀློག་ཅེས་པ་ནི་བརྩམས་ཆོས་བྱེ་བྲག་པ་ཞིག་བལྟ་རྒྱུ་དེ་ཡིན་པ་དང་། རྩོམ་རིག་གི་སྐྱོན་ཡོན་བརྗོད་རྒྱུ་ཞེས་པ་ནི་རྩོམ་རིག་གི་སྤྱིའི་སྣང་ཚུལ་དང་ཆོས་ཉིད་ལ་དམིགས་པ་ཞིག་ཡིན་ཞིང་། དེའི་ནང་དུ་བརྩམས་ཆོས་བྱེ་བྲག་པ་ཞིག་ལ་ཞིབ་དཔྱད་དང་གདེང་འཇོག་བྱ་རྒྱུ་དེ་ཚུད་ཡོད་པ་མ་ཟད། རྩོམ་པ་པོའི་བསམ་བློ་དང་། འཚོ་བ་དང་གསར་རྩོམ་གྱི་འབྲེལ་བར་ཞིབ་འཇུག་བྱ་རྒྱུ་དང་། དེ་མིན་རྩོམ་རིག་གི་བསམ་པའི་རླབས་རྒྱུན་དང་། ཕྱི་རྒྱལ་དང་རང་རྒྱལ་གྱི་རྩོམ་རིག་གི་ཤུལ་རྒྱུན་ལ་ཞིབ་འཇུག་བྱ་རྒྱུ་སོགས་ཡིན་ལ། དེ་དག་གི་ནང་ནས་གཙོ་བོའི་ཞིབ་འཇུག་དང་དཔྱད་བརྗོད་བྱ་ཡུལ་ནི་རྩོམ་པ་པོའི་བརྩམས་ཆོས་ལ་སྐྱོན་ཡོན་བརྗོད་རྒྱུ་དེ་ཡིན།

རྩོམ་རིག་གསར་རྩོམ་བྱ་རྒྱུ་དེ་ནི་བརྩམས་ཆོས་ཀྱི་རྩ་བའི་ལག་ལེན་གྱི་རྣམ་པ་ཞིག་ཡིན་པས་རྩོམ་རིག་གི་སྐྱོན་ཡོན་བརྗོད་རྒྱུ་དེ་ཡང་བརྩམས་ཆོས་གསར་རྩོམ་དང་འབྲེལ་བ་དམ་ཟབ་ཡོད་ཅིང་། དུས་རབས་གང་ཞིག་དང་མི་རིགས་གང་ཞིག་གི་རྩོམ་རིག་གི་བྱ་དངོས་འཕེལ་རྒྱས་དང་གསར་གཏོད་བྱེད་པའི་ནང་ངེས་པར་དུ་དེ་དང་མཚུངས་པར་རྩོམ་རིག་ལ་སྐྱོན་ཡོན་བརྗོད་པའི་རིགས་རམ་ཡང་ཡོད་དགོས་པ་རེད། རྩོམ་རིག་གི་སྐྱོན་ཡོན་བརྗོད་རྒྱུ་དེ་ནི་དོན་དངོས་ཐོག་རྩོམ་རིག་གི་རིགས་པའི་གཞུང་ལུགས་ཞིབ་ཕྲའི་སྒོ་ནས་བེད་སྤྱོད་བྱེད་པ་ཞིག་ཡིན་ཞིང་། རྩོམ་རིག་གི་རིགས་པའི་གཞུང་ལུགས་ཀྱིས་རྩོམ་རིག་གསར་རྩོམ་དང་ལྟ་ཀློག་བྱ་རྒྱུར་མཇུབ་ཁྲིད་བྱེད་ལ། ཡང་བརྩམས་ཆོས་ལ་སྐྱོན་ཡོན་བརྗོད་རྒྱུ་དེ་བརྒྱུད་ནས་དམིགས་ཡུལ་འགྲུབ་པར་བྱེད་ཀྱི་ཡོད། རྩོམ་རིག་གི་སྐྱོན་ཡོན་བརྗོད་རྒྱུ་དེས་རྩོམ་པ་པོའི་རྩོམ་བྱེ་བྲག་པ་ཞིག་ལ་དབྱེ་འབྱེད་དང་གདེངས་འཇོག་བྱས་པ་བརྒྱུད་དེ་སྒྱུ་རྩལ་གསར་གཏོད་དང་འཕེལ་རྒྱས་ཀྱི་སྤྱིའི་

ཆོས་ཉིད་འཚོལ་ཞིབ་དང་ཕྱོགས་བསྡོམས་བཅས་བྱེད་ཐུབ་པ་མ་ཟད། རྩོམ་རིག་གི་རིགས་པའི་གཞུང་ལུགས་ཀྱི་ལྟ་ཚུལ་དེ་ཡང་དག་མིན་ལ་ཞིབ་བཤེར་བྱེད་ཐུབ་ལ། སྔ་མཐུད་རྩོམ་རིག་གི་ལག་ལེན་དངོས་ནས་ཐོབ་པའི་ཉམས་མྱོང་ཕྱོགས་བསྡུས་བྱས་ཏེ་རྩོམ་རིག་གི་རིགས་པའི་གཞུང་ལུགས་འཕེལ་རྒྱས་དང་ཕུན་སུམ་ཚོགས་སུ་ཡང་གཏོང་ཐུབ་ཀྱི་རེད།

རྩོམ་རིག་གི་སྐྱོན་ཡོན་བརྗོད་རྒྱུའི་ཐད་སྤྱི་ཚོགས་ཀྱི་རང་བཞིན་མངོན་གསལ་དོད་པོ་ཞིག་ཡོད་པ་དང་། རྩོམ་རིག་གི་སྐྱོན་ཡོན་བརྗོད་མཁན་སུ་འདྲ་ཞིག་ཡིན་རུང་དེ་ནི་རྩོམ་པ་པོ་གང་ཞིག་དང་འདྲ་བ་སྟེ། སྤྱི་ཚོགས་ཀྱི་འཚོ་བ་ངེས་ཅན་ཞིག་དང་སྤྱི་ཚོགས་ཀྱི་གནས་བབ་ངེས་ཅན་ཞིག་ལ་བརྟེན་ནས་འཚོ་གནས་བྱེད་ཀྱི་ཡོད་སྟབས་ཁོ་ཚོའི་འཛིག་རྟེན་ལྟ་ཚུལ་དང་། སྒྱུ་རྩལ་གྱི་ལྟ་ཚུལ། བསམ་བློའི་བརྩེ་དུང་དང་སྒྱུ་རྩལ་གྱི་དགའ་ཞེན་བཅས་ཚང་མར་སྤྱི་ཚོགས་ཀྱི་རང་བཞིན་ལྡན་པ་ནི་གཡོལ་ཐབས་མེད་པ་ཞིག་ཡིན། ཁོ་ཚོས་རྩོམ་རིག་གི་སྣང་ཚུལ་ཅི་འདྲ་ཞིག་ལ་དཔྱད་བརྗོད་བྱེད་པའི་ཚེ་སྤྱི་ཚོགས་ཀྱི་ལངས་ཕྱོགས་དང་ཁ་ཕྱལ་གྱི་མེད་པ་མ་ཟད། རིམ་གྲས་དེ་གའི་ཁེ་ཕན་གྱིས་ཚོད་འཛིན་ཡང་བྱེད་ཀྱི་ཡོད། རྩོམ་རིག་གི་སྐྱོན་ཡོན་བརྗོད་རྒྱུ་ནི་བརྩམས་ཆོས་ལ་དབྱེ་ཞིབ་དང་གདེང་འཇོག་བྱས་པ་བརྒྱུད་དེ་སྤྱི་ཚོགས་ཀྱི་འཚོ་བ་དངོས་ལ་དཔྱད་བརྗོད་བྱེད་ཀྱི་ཡོད་པས། དེར་རང་བཞིན་དུ་སྤྱི་ཚོགས་ལ་སྐྱོན་བརྗོད་བྱེད་པའི་ངོ་བོ་ལྡན་ཡོད། ལོ་རྒྱུས་ཐོག་ཏུ་སྐྱོན་ཡོན་བརྗོད་མཁན་མཁས་པ་རྣམས་ཀྱིས་རྩོམ་རིག་ལ་སྐྱོན་ཡོན་བརྗོད་རྒྱུར་བརྟེན་ནས་ཐད་ཀར་སྤྱི་ཚོགས་ཀྱི་འཚོ་བའི་སྣང་ཚུལ་འགའ་རེ་དང་། ལུགས་དང་མི་མཐུན་པའི་སྤྱི་ཚོགས་ཀྱི་ལམ་ལུགས་ཐེར་འདོན་དང་སྐྱོན་བརྗོད་བྱེད་ཀྱི་ཡོད་པ་རེད།

རྩོམ་རིག་ནི་མིའི་རིགས་ཀྱི་སྤྱི་ཚོགས་ཀྱི་འཚོ་བ་ངེས་ཅན་ཞིག་རྩོམ་པ་པོའི་བློ་ཡུལ་དུ་འཆར་བའི་འབྲས་བུ་ཡིན་ཞིང་། བློ་ཡུལ་དུ་འཆར་བ་ཞིག་ཡིན་ཕྱིན་རྩོམ་པ་པོས་སྤྱི་ཚོགས་ཀྱི་འཚོ་བར་རང་ངོས་ཀྱི་ངོས་འཛིན་དང་ ཉམས་ལེན་

བཅས་ཚུད་ཡོད་པ་མ་ཟད། རྩོམ་པ་པོས་སྤྱི་ཚོགས་ཀྱི་འཚོ་བར་གདེང་འཇོག་དང་མ་འོངས་པའི་ཕྱོགས་བསམ་བཅས་མཚོན་ཡོད། དེས་ན་རྩོམ་པ་པོའི་བརྩམས་ཆོས་དེའི་ནང་སྤྱི་ཚོགས་ཀྱི་འཚོ་བ་དངོས་མཚོན་པར་བྱས་ཡོད་མེད་དང་སྤྱི་ཚོགས་ཀྱི་འཚོ་བར་ངོས་འཛིན་དང་གདེང་འཇོག་བྱས་པ་དེ་དག་ཡང་དག་མིན་དང་། སྤྱི་ཚོགས་ཀྱི་འགལ་བ་སྣ་ཚོགས་ཤིག་བརྟན་པ་དེ་དག་ཐག་གཅོད་ཇི་ལྟར་བྱས་ཡོད་པ་དང་། སྤྱི་ཚོགས་ཀྱི་མ་འོངས་པའི་ཕྱོགས་བསམ་ཐད་ལོ་རྒྱུས་འཕེལ་ཕྱོགས་ཀྱི་ལྟོག་མེད་རང་བཞིན་དང་ཆོས་ཉིད་རང་བཞིན་དང་ཏག་ཏག་གཅིག་གནས་ཡོད་མེད་ནི་རྩོམ་པ་པོ་སོ་སོས་བརྗོད་པ་ཙམ་གྱིས་འགྲིག་པ་ཞིག་མ་ཡིན་པར་སྤྱི་ཚོགས་ཀྱི་ལག་ལེན་དངོས་ཀྱི་ཞིབ་བཤེར་བྱེད་རྒྱུ་དེ་དང་དུ་ལེན་དགོས་པ་རེད། གདེང་འཇོག་བྱ་རྒྱུ་ནི་སྤྱི་ཚོགས་ཀྱིས་བརྩམས་ཆོས་ལ་ཞིབ་བཤེར་བྱེད་པའི་གཙོ་བོའི་བྱ་བ་ཞིག་ཡིན་ཞིང་། གྲལ་རིམ་སོ་སོའི་བློག་པ་པོ་ཡིས་བརྩམས་ཆོས་ལ་སྐྱོན་ཡོན་བརྗོད་པའི་སྐབས་སུ་རང་སོ་སོའི་གྲལ་རིམ་གྱི་འདུ་ཤེས་དེ་ཁྲིལ་བསྒྲགས་གང་ཐུབ་བྱེད་ཀྱི་ཡོད་པ་དེ་ཡང་ཆབ་སྲིད་དང་། མཚན་ཉིད་རིག་པ། ཀུན་སྤྱོད། མཛེས་རྩལ་རིག་པ། ཆོས་ལུགས་སོགས་ཀྱི་ལྟ་ཚུལ་ཐད་ནས་འདུ་ཤེས་གཞན་ཞིག་ལ་ངོ་རྒོལ་བྱེད་ཀྱི་ཡོད་པས། རྩོམ་རིག་གི་སྐྱོན་ཡོན་བརྗོད་རྒྱུ་དེ་ནི་རྩོམ་རིག་གསར་རྩོམ་གྱི་བྱ་བར་སྐུལ་འདེད་གཏོང་བའི་བྱེད་ཐབས་གལ་ཆེ་བ་ཞིག་ཡིན་པ་མ་ཟད། རྩོམ་རིག་དང་སྒྱུ་རྩལ་གྱི་ཁྱབ་ཁོངས་ནང་བསམ་བློའི་འཐབ་རྩོད་དང་ཆབ་སྲིད་ཀྱི་འཐབ་རྩོད་བྱེད་པའི་གལ་ཆེའི་བྱེད་ཐབས་ཤིག་ཀྱང་རེད།

2. རྩོམ་རིག་གི་སྐྱོན་ཡོན་བརྗོད་པའི་ནུས་པའི་སྐོར།

རྩོམ་རིག་གི་སྐྱོན་ཡོན་བརྗོད་ཡུལ་ནི་རྩོམ་པ་པོའི་བརྩམས་ཆོས་ཡིན་ལ་རྒྱ་ཆེའི་ཀློག་པ་པོ་རྣམས་ཀྱང་ཡིན། རྩོམ་པ་པོའི་ངོས་ནས་བཤད་ན་རྩོམ་རིག་གི་སྐྱོན་ཡོན་བརྗོད་རྒྱུ་དེ་བརྒྱུད་ནས་རྩོམ་རིག་གསར་རྩོམ་བྱེད་པའི་ཉམས་མྱོང་ཕྱོགས་བསྡོམས་དང་། བརྩམས་ཆོས་དེ་ལེགས་སྒྲུབ་བྱུང་མིན་དང་དགེ་སྐྱོན་ལ

ཞིབ་འཇུག་བྱས་ཏེ་རྩོམ་རིག་གསར་རྩོམ་བྱེད་པའི་ཆོས་ཉིད་རྟོགས་ཐུབ་ལ། རང་གི་བརྩམས་ཆོས་དེས་སྤྱི་ཚོགས་ལ་ཐོན་པའི་ནུས་པར་ངེས་འཛིན་དང་གོ་བ་ལེན་རྒྱུའི་ཐད་རྟོགས་རམ་གྱི་ནུས་པ་ཐོན་ཐུབ་པ་མ་ཟད། གོམ་གང་མདུན་སྤོས་ཀྱིས་རྩོམ་རིག་གི་ཁྱད་ཆོས་དང་ཆོས་ཉིད་རྟོགས་ཏེ་བསམ་བློ་དང་སྒྱུ་རྩལ་གྱི་ཆུ་ཚད་གོང་མཐོར་བཏང་ནས་གསར་རྩོམ་གྱི་རྩོམ་རྩལ་དེ་བས་ཡར་རྒྱས་གོང་འཕེལ་གཏོང་ཐུབ་ཀྱི་རེད། རྒྱ་ཆེའི་ཀློག་པ་པོ་རྣམས་ཀྱི་ངོས་ནས་བཤད་ན། རྩོམ་རིག་གི་སྐྱོན་ཡོན་བརྗོད་རྒྱུ་དེས་རྩོམ་པ་པོ་དང་ཀློག་པ་པོའི་བར་འབྲེལ་བ་འཛུགས་པའི་ཟམ་པ་ལྟར་གྱི་ནུས་པ་ཞིག་ཐོན་གྱི་ཡོད། གནའ་རྩོམ་དང་དེང་རྩོམ། ཕྱི་རྒྱལ་དང་རང་རྒྱལ་གྱི་རྩོམ་པ་པོའི་བརྩམས་ཆོས་ལ་དཔྱད་བརྗོད་བྱེད་རྒྱུ་དེ་བརྒྱུད་ནས་ཀློག་པ་པོ་རྣམས་ཀྱི་རྩོམ་པ་པོའི་དགའ་སྤྱོད་ལ་གོ་བ་ལེན་ཐུབ་པ་མ་ཟད། བརྩམས་ཆོས་ཀྱི་བསམ་བློ་དང་སྒྱུ་རྩལ་གྱི་རིན་ཐང་ལ་ཡང་དག་པའི་ངོས་འཛིན་བྱས་ཏེ་རྩོམ་རིག་སྒྱུ་རྩལ་ལ་དཔྱེ་ཞིབ་བྱེད་པའི་ནུས་པ་མཐོ་རུ་གཏོང་ཐུབ་ཀྱི་རེད།

རྩོམ་རིག་གི་སྐྱོན་ཡོན་བརྗོད་རྒྱུའི་ཐད་ཡར་ཐོན་གྱི་ནུས་པ་ལྡན་པ་ཞིག་ཡིན་ཕྱིན་དེས་རྩོམ་རིག་གསར་རྩོམ་དང་ཕུན་སུམ་ཛེ་ཚོགས་སུ་འགྲོ་རྒྱུར་སྐུལ་འདེད་བྱེད་ཐུབ་ལ། ཡང་ནོར་འཁྲུལ་གྱི་ཐོག་ནས་སྐྱོན་ཡོན་བརྗོད་པ་ཞིག་ཡིན་ན་དེས་རྩོམ་རིག་གི་བྱ་གཞག་འཕེལ་རྒྱས་འགྲོ་རྒྱུར་འགོག་རྐྱེན་གྱི་ནུས་པ་ཐོན་གྱི་ཡོད། གལ་སྲིད་“མི་བཞི་ངན་རེངས་”པའི་བྱེད་ཚུལ་ལྟར་རྩོམ་རིག་གི་སྐྱོན་ཡོན་བརྗོད་རྒྱུ་དེ་ཞྭ་མོ་དང་རྟུང་བརྡེག་གཏོང་བའི་དབྱུག་པ་ཞིག་ཏུ་འགྱུར་ན་དེས་གསར་རྩོམ་སྐྲེད་སྲིང་བྱེད་པའི་དཔལ་ཡོན་དེ་བ་མོས་བཙོམ་པའི་སྨྱུ་གུ་བཞིན་གཏོར་བ་ལས་ཕན་ཡོད་ཀྱི་འབྲས་བུ་ཐོན་མི་ཐུབ་པོ།

3. རྩོམ་རིག་གི་སྐྱོན་ཡོན་བརྗོད་རྒྱུ་དེ་ཚན་རིག་ཅིག་ཡིན་དགོས།

ཨུ་རུ་སུའི་མཁས་པ་ཕུ་ཞི་ཅིན་གྱིས་“སྐྱོན་ཡོན་བརྗོད་རྒྱུ་དེ་ནི་རྩོམ་རིག་སྒྱུ་རྩལ་གྱི་ལེགས་ཞན་གསལ་སྟོན་བྱེད་པའི་ཚན་རིག་ཅིག་ཡིན།”ཞེས་གསུངས་པ་

དང་། རྩོམ་རིག་གི་སྐྱོན་ཡོན་བརྗོད་རྒྱུ་ནི་ལག་ལེན་གྱི་ཚན་རིག་ཅིག་ཡིན་པ་དང་། ལག་ལེན་གྱི་རང་བཞིན་དང་དེང་རབས་ཀྱི་རང་བཞིན་ནི་དེའི་ཁྱད་ཆོས་གཙོ་བོ་ཞིག་ཡིན། རྒྱུ་མཚན་ནི། སྐྱོན་ཡོན་བརྗོད་མཁན་རྣམས་ཀྱིས་དེང་རབས་ཀྱི་རྩོམ་རིག་གི་སྣང་ཚུལ་ལ་གཙིགས་ཆེན་བྱེད་ཀྱི་ཡོད་པ་མ་ཟད། དུས་ཐོག་ཏུ་དེ་ར་དཔྱད་གཏམ་བྱེད་ཀྱི་ཡོད། གལ་སྲིད་དེང་རབས་རྩོམ་རིག་གི་ལག་ལེན་ལ་མཐོང་ཆེན་མ་བྱས་ན་སྐྱོན་ཡོན་བརྗོད་པའི་ཡུལ་མེད་ལ་ནུས་པ་ཆེན་པོ་ཞིག་ཐོན་རྒྱུ་ནི་དེ་བས་ཁག་པོ་ཞིག་ཡིན། རྩོམ་རིག་གི་སྐྱོན་ཡོན་བརྗོད་པའི་ཡུལ་ནི་ཤིན་ཏུ་རྒྱ་ཆེ་བ་ཞིག་ཡིན། དེའི་ནང་རྩོམ་པ་པོ་གཅིག་དང་བརྩམས་ཆོས་གཅིག་ལ་སྐྱོན་ཡོན་བརྗོད་ན་འགྲིག་ལ། ཡང་རྩོམ་པ་པོ་ཁག་གཅིག་དང་བརྩམས་ཆོས་ཁག་གཅིག་ལ་ཕྱོགས་བསྡུས་ཀྱིས་སྐྱོན་ཡོན་བརྗོད་ན་འགྲིག་པ་མ་ཟད། རྩོམ་རིག་གི་གྲུབ་མཐའ་འགའ་རེ་དང་། ཡང་ན་རྩོམ་རིག་གི་བསམ་པའི་རྣབས་རྒྱུན་ལ་སྐྱོན་ཡོན་བརྗོད་ཆོག་ལ། རྩོམ་རིག་གི་སྐྱོན་ཡོན་བརྗོད་པའི་ལས་འགུལ་ཁོ་ནར་ཡང་རྩ་དོན་གྱི་རང་བཞིན་ཐད་རྩོད་གླེང་བྱས་ཆོག་གོ།

རྩོམ་རིག་གི་དཔྱད་བརྗོད་བྱ་རྒྱུ་འགོ་ཚུགས་པ་ནས་བཟུང་དེའི་ལས་འགན་གཙོ་བོ་ནི་རྩོམ་པ་པོ་དང་རྩོམ་པ་པོའི་བརྩམས་ཆོས། རྩོམ་རིག་གི་བསམ་པའི་རྣབས་རྒྱུན་སོགས་ལ་ཞིབ་འཇུག་བྱ་རྒྱུ་དེ་ཡིན་ཞིང་དེའི་སྤྱིའི་ལས་འགན་ནི་རྩོམ་རིག་གི་རིགས་པའི་གཞུང་ལུགས་ཀྱི་མཇུབ་ཁྲིད་འོག་ཏུ་ཚད་གཞི་ངེས་ཅན་ཞིག་ལ་གཞིགས་ཏེ་བརྩམས་ཆོས་ལ་ཞིབ་དཔྱད་དང་གདེང་འཇོག་བཅས་བྱེད་ཀྱི་ཡོད། རྩོམ་རིག་ལ་དཔྱད་བརྗོད་བྱ་རྒྱུ་དེ་ཡང་སྙིང་གང་ཞིག་ཡིན་སྙམ་ན་དེ་ནི་ཆབ་སྲིད་འཐབ་རྩོད་ཀྱི་ལག་ཆ་ཞིག་མ་ཡིན་པར་བརྩམས་ཆོས་ལ་ཞིབ་འཇུག་དང་རྩོམ་རིག་གསར་རྩོམ་དང་སྒྱུ་རྩལ་གྱི་སྤྱིའི་ཆོས་ཉིད་འཚོལ་ཞིབ་བྱེད་པའི་ཚན་རིག་ཅིག་ཡིན། གལ་ཏེ་རྩོམ་རིག་ལ་དཔྱད་གཏམ་བརྗོད་རྒྱུ་དེ་ཆབ་སྲིད་འཐབ་རྩོད་ཀྱི་འགན་ནུས་ཤིག་ཏུ་འགྱུར་བ་དང་དེ་ཁོ་ན་དང་ལེན་བྱེད་རྒྱུ་གཙོར་བཟུང་བྱས་ན་ཚན་རིག་གི་རང་བཞིན་ལྡན་པ་ཞེས་པའི་

འདོད་ཚུལ་དེ་དང་མི་མཐུན་པ་མ་ཟད། དཔྱད་གཏམ་བརྗོད་པའི་ལས་འགན་གཙོ་བོ་དེ་དང་ལྡོག་ཕྱོགས་སུ་འགྲོ་ཉེན་ཡོད་པ་རེད།

དཔྱད་བརྗོད་བྱ་རྒྱུ་དེ་བཙམས་ཆོས་ཀྱི་བསམ་བློའི་རང་བཞིན་ལ་དབྱེ་ཞིབ་བྱས་པ་དང་དུས་མཚུངས་སྒྱུ་རྩལ་ལ་ཡང་དབྱེ་ཞིབ་བྱེད་དགོས་རྐྱེན་ཕྱོགས་དེ་གཉིས་དབྱེ་འབྱེད་དང་མཉམ་དུ་ཞིབ་དཔྱད་བྱེད་དགོས། རྩོམ་རིག་གི་ལོ་རྒྱུས་ཐོག་དང་རྒྱ་ཆེའི་མང་ཚོགས་ཀྱི་ཁྲོད་དུ་གྲགས་སྙན་ངེས་ཅན་ཞིག་ཡོད་པའི་བཙམས་ཆོས་ཕུལ་བྱུང་ཞིག་ཡིན་ན། དེར་གཟུགས་བརྙན་གྱི་རང་བཞིན་དང་། དཔེར་འོས་པ། ཕུགས་བསམ་དང་མཐུན་ཆེ་བ། གཅིག་སྡུད་ཀྱི་རང་བཞིན་ཆེ་བ། ཡིད་དབང་འཕྲོག་པ། མཛེས་སྣང་ཤར་བ་བཅས་པའི་དམིགས་བསལ་གྱི་ཁྱད་ནུས་ལྡན་པ་ཞིག་ཡིན། དེ་ལྟར་བཙམས་ཆོས་ལ་དཔྱད་གཏམ་བརྗོད་རྒྱུ་དེ་སྒྱུ་རྩལ་གྱི་ཆོས་ཉིད་དམ་གནས་ལུགས་ལས་འགལ་ཞིང་། རྩོམ་རིག་གི་དམིགས་བསལ་གྱི་རང་བཞིན་ལ་མཐོང་ཆུང་བྱས་ཏེ་ཆབ་སྲིད་ཀྱི་ལུང་ཚིག་ལ་བརྟེན་པ་དང་། ཡང་ན་ཆབ་སྲིད་ཀྱི་རྣམ་པའི་རླུང་ཕྱོགས་དང་བསྟུན་ཏེ་བཙམས་ཆོས་ལ་བསྒྱིར་གནོན་བྱས་ན། ཚན་རིག་གི་སྒོ་ནས་བཙམས་ཆོས་ལ་དཔྱད་གཏམ་བརྗོད་རྒྱུ་དེ་དོན་དངོས་ཐོག་ཆབ་སྲིད་ཀྱི་ཟུར་གཏོགས་སུ་འགྱུར་ཏེ་རྩོམ་རིག་གི་སྐྱོན་ཡོན་བརྗོད་པའི་སྤྱུས་ཚད་དོར་འགྲོ་བ་ནི་སྨོས་ཅི་དགོས།

རྩོམ་རིག་ལ་དཔྱད་བརྗོད་བྱ་ཡུལ་གཙོ་བོ་ནི་རྩོམ་རིག་གི་སྣང་ཚུལ་དང་། བཙམས་ཆོས་ཡིན་པ་དང་། བཙམས་ཆོས་ཀྱི་ཁྱད་ཆོས་དང་ཆོས་ཉིད་ལ་གཞིགས་ཏེ་ལས་འགུལ་སྤེལ་བའི་ཚན་རིག་ཅིག་ཡིན་ཞིང་། དེས་རྩོམ་རིག་ནང་གི་མཛེས་སྡུག་དང་ལེགས་ཉེས་འཚོལ་ཞིབ་དང་གསལ་སྟོན་བྱས་ནས་རྩོམ་རིག་གསར་རྩོམ་ལ་མཛུབ་ཁྲིད་དང་སྐུལ་འདེད་ཀྱིས་ཕུན་སུམ་ཇེ་ཚོགས་སུ་གཏོང་ཐུབ་པ་མ་ཟད། རྒྱ་ཆེའི་ཀློག་པ་པོ་རྣམས་ཀྱིས་བཙམས་ཆོས་ལྟ་ཀློག་དང་དཔྱད་ཞིབ་བྱ་རྒྱུའི་ནུས་པ་གོང་མཐོར་གཏོང་ཐུབ་ཀྱི་རེད།

གང་ཞིག་ལ་རྩོམ་རིག་དཔྱད་གཏམ་མམ་སྐྱོན་ཡོན་ཞེས་པའི་གནད་དོན

དེ་ར་དེ་སྔོན་ལྟ་ཚུལ་སྣ་ཚོགས་ཤིག་བྱུང་སྟེ། རྩོམ་རིག་གི་དཔྱད་བརྗོད་བྱེད་པའི་ཚན་རིག་གི་ངོ་བོའི་རང་བཞིན་ལ་མཐོང་ཆུང་བྱེད་པའི་ལྟ་ཚུལ་བཟུང་བ་དང་། ཕྱོགས་རེ་བའི་སྒོ་ནས་རྩོམ་རིག་གི་སྐྱོན་ཡོན་བརྗོད་རྒྱུ་དེ་ནི་བསམ་བློའི་འཐབ་ཕྱོགས་ནང་དུ་གྲལ་རིམ་འཐབ་རྩོད་ཀྱི་ལག་ཆ་ཞིག་ཡིན་པར་ངོས་འཛིན་བྱས་ཡོད། དེ་ར་བརྟེན་རྩོམ་རིག་དང་གྲལ་རིམ་འཐབ་རྩོད་མཉམ་བསྲེས་ཀྱིས་རྩོམ་རིག་གི་དཔྱད་བརྗོད་དེ་ར་"གྲལ་རིམ་འཐབ་རྩོད་ཀྱི་ལག་ཆ"ཞེས་པའི་འགན་ནུས་ཤིག་ཐྲད་ཡོད་རྐྱེན་རྩོམ་རིག་གི་དཔྱད་བརྗོད་བྱེད་པའི་ཚེ་ཚན་རིག་གི་ཐོག་ནས་བརྩམས་ཆོས་ལ་ཞིབ་དཔྱད་བྱ་རྒྱུ་དེ་དང་བྲལ་ཏེ་ཆབ་སྲིད་ཀྱི་ཐོག་ནས་གྲལ་རིམ་འཐབ་རྩོད་དམ་འཛིན་བྱེད་པའི་ལམ་ཡན་དུ་ཕྱིན་པ་རེད། མའོ་ཙེ་ཏུང་གིས"ང་ཚོའི་རིག་རྩལ་སྐོར་གྱི་སྐྱོན་ཡོན་བརྗོད་རྒྱུར་ཕྱོགས་རེས་རིང་ལུགས་བཟུང་རྒྱུ་མེད། མཐུན་སྒྲིལ་བྱས་ནས་རི་པིན་འགོག་རྒྱུའི་རྩ་དོན་ཆེན་པོའི་འོག་ང་ཚོས་ཆབ་སྲིད་ཀྱི་སྤྱོད་ཚུལ་རྣམ་པ་སྣ་ཚོགས་ཡོད་པའི་རིག་རྩལ་གྱི་རྩོམ་རིག་ཡོད་ཚོག་པ་བྱེད་དགོས……ང་ཚོས་སྐྱོན་ཡོན་བརྗོད་སྐབས་ལའང་སྒྱུ་རྩལ་གྱི་རྩོམ་རིག་འདྲ་མིན་སྣ་ཚོགས་རང་དབང་གི་སྒོ་ནས་འགྲན་བསྡུར་བྱས་ཚོག་པ་བྱེད་དགོས་ཀྱི་རེད"ཅེས་གསུངས། དེས་ན་རྩོམ་རིག་གི་དམིགས་བསལ་གྱི་ཁྱད་ཆོས་རིགས་ཤིག་ནི་གཟུགས་བརྙན་ལ་བརྟེན་ནས་བསམ་བློ་མཚོན་པར་བྱེད་རྒྱུ་དེ་ཡིན། དེ་ར་ཚན་རིག་གི་རང་བཞིན་མངོན་གསལ་དོད་པོ་ཞིག་ཡོད་པས་བརྩམས་ཆོས་ཀྱི་སྐྱོན་ཡོན་བརྗོད་པའི་ཚེ་རྩོམ་རིག་སྒྱུ་རྩལ་གྱི་དམིགས་བསལ་ཆོས་ཉིད་ལ་སྣང་ཆུང་བྱེད་རྒྱུ་མེད་པར་ཡང་དག་པའི་སྒོ་ནས་བརྩམས་ཆོས་དེའི་རིན་ཐང་ལ་གདེང་འཇོག་བྱེད་དགོས་པ་མ་ཟད། རིག་རྩལ་གྱི་གནད་དོན་ཐད་ལ་སྲིད་འཛིན་ཐོག་གི་བཀའ་འབེབས་བྱེད་པའི་ཐབས་ཤེས་སྤྱོད་རྒྱུ་མེད་ལ། མང་ཚོགས་ཀྱི་འཐབ་རྩོད་བྱེད་པའི་ཐབས་ཤེས་ཀྱང་སྤྱོད་རྒྱུ་མེད་པར་རྒྱུ་མཚན་བཤད་རེས་དང་། དངོས་ཐོག་བདེན་འཚོལ། རང་མོས་ཀྱི་ཐོག་ནས་གླེང་མོལ་བྱེད་པའི་ཐབས་ཤེས་ཁོ་ན་ལག་ལེན་བྱ་རྒྱུ་དེ་རེད།

4. རྩོམ་རིག་གི་སྐྱོན་ཡོན་བརྗོད་པའི་རྩ་བའི་ལས་འགན་གྱི་སྐོར།

རྩོམ་རིག་གི་སྐྱོན་ཡོན་བརྗོད་རྒྱུ་ནི་ཚན་རིག་ཅིག་ཡིན་ལ། དེའི་རྩ་བའི་ལས་འགན་ནི་རྩོམ་རིག་བྱ་གཞག་ཡར་རྒྱས་གོང་འཕེལ་དང་ཕུན་སུམ་ཚོགས་སུ་འགྲོ་རྒྱུར་སྐུལ་འདེད་བྱ་རྒྱུ་དེ་ཡིན། ཐོག་མར་འཆར་ཅན་གྱི་རྩ་བའི་ལས་ཀ་ནི་ཚན་རིག་དང་མཐུན་པའི་སྒོ་ནས་རྩོམ་རིག་གི་བརྩམས་ཆོས་ལ་སྐྱོན་ཡོན་བརྗོད་རྒྱུ་དེ་ཡིན། དཔྱད་གཏམ་མཁན་གྱིས་རྩོམ་པ་པོའི་ཕུལ་བྱུང་གི་བརྩམས་ཆོས་ལེགས་པ་དང་ཅུང་ལེགས་པའི་གསར་བསྐྲུན་གྱི་འབྲས་བུ་མཐོང་ཐུབ་པ་དང་གསལ་བཤད་བཅས་བྱས་ཏེ་དེ་ལ་རྒྱབ་སྐྱོར་དང་སྲུང་སྐྱོབ་བྱེད་དགོས་པ་མ་ཟད། ཁོ་ཚོས་རྩོམ་རིག་གསར་རྩོམ་བྱ་རྒྱུར་སྐུལ་ལྕག་དང་དཔའ་སྟོབས་སྐྱེ་རུ་འཇུག་རྒྱུ་དེ་ནི་སྐྱོན་ཡོན་བརྗོད་མཁན་རྣམས་ལ་འཁྲི་བའི་གཡོལ་ཐབས་མེད་པའི་ལས་འགན་ཞིག་ཡིན། རྩོམ་པ་པོ་སུ་འདྲ་ཞིག་ཡིན་རུང་གང་ལྷར་ནན་པོ་ཞིག་ཡིན་ཁྱིན་དེས་བརྟན་པའི་རྩོམ་དེབ་བམ་བརྩམས་ཆོས་གཅིག་ཡིན་ན་རྩོམ་པ་པོས་དེའི་སླད་དུ་རྩོལ་ནག་འབོར་ཆེན་ཞིག་བཏོན་ཡོད་པ་མ་ཟད། སེམས་ཤུགས་ཆེར་སྐྱེད་དང་འབད་བརྩོན་ཞེད་མེད་བྱས་པའི་དཀའ་སྤྱད་ཀྱི་ངལ་རྩོལ་ལས་བྱུང་བ་ཞིག་ཡིན་པས་སྐྱོན་ཡོན་བརྗོད་མཁན་གྱིས་རྩོམ་པ་པོའི་དཀའ་སྤྱད་ཀྱི་རང་བཞིན་དང་རིན་ཐང་གསལ་རྟོགས་བྱེད་པ་དང་དུས་མཚུངས་སྤྱི་ཚོགས་ཀྱི་ཐོག་བརྩམས་ཆོས་དེ་དག་མཚམས་སྦྱོར་བྱ་རྒྱུ་ནི་ཚད་མཐོའི་འགན་འཁྲི་ཡིན་པའི་འདུ་ཤེས་ཤིག་ཡོད་དགོས། དེ་ནི་རྩོམ་པ་པོའི་ངལ་རྩོལ་གྱི་འབྲས་བུར་གོང་བཀུར་ཞུ་བ་ཙམ་ཁོ་ན་མ་ཡིན་པར་སྤྱི་ཚོགས་ཀྱི་བསམ་པའི་ལོངས་སྤྱོད་ལ་གཅེས་སྐྱོང་བྱེད་པ་ཞིག་ཀྱང་ཡིན།

སྐྱོན་ཡོན་བརྗོད་མཁན་གྱིས་ངེས་པར་དུ་རྩོམ་པ་པོས་སྤྱི་ཚོགས་ལ་བསམ་པའི་རྒྱུགས་ཕྱེ་ཅི་འདྲ་ཞིག་འདོན་སྤྲོད་བྱས་ཡོད་མེད་གསལ་རྟོགས་བྱས་ཏེ་སྤྱིར་ཙང་ལེགས་པའི་བརྩམས་ཆོས་ཁས་ལེན་བྱ་རྒྱུ་དེ་ནི་རྩོམ་པ་པོར་གཟེངས་བསྟོད་བྱེད་པ་ཞིག་ཡིན་ལ། མིའི་རིགས་ཀྱི་ཆེད་དུ་འོས་འགན་བསྒྲུབ་པ་ཞིག་ཀྱང་

ཡིན། འོན་ཀྱང་རྩོམ་རིག་གི་ལོ་རྒྱུས་ཐོག་གནས་ཚུལ་འདི་ལྟ་བུ་འགའ་ཞིག་རྟག་ཏུ་ཡོང་གི་ཡོད་པ་སྟེ། ཕར་སྒྲོལ་ས་མཚམས་ཀྱི་ས་ཁྱིག་ལས་འགལ་བའམ་སྒྲོལ་རྒྱུན་སྟོབས་ཤུགས་ཀྱི་འཆིང་རྒྱའི་བཀག་སྡོམ་དང་ཆ་རྐྱེན་གྱི་ཚད་ལས་བརྒལ་ཞིང་བསམ་བློ་དང་སྒྱུ་རྩལ་གང་ཅིར་ཕྱིར་བཏང་མ་ཡིན་པའི་བརྩམས་ཆོས་དང་། ཡང་ན་ཕྱོགས་འགའ་རེའི་ཐད་ཐུན་མོང་མ་ཡིན་པར་གསར་སྐྲུན་གྱི་རང་བཞིན་ལྡན་པའི་བརྩམས་ཆོས་ཤིག་ཐོན་ཚེ་དེར་དྲང་པོ་དྲང་བཞག་དང་དངོས་ཐོག་བདེན་འཚོལ་མ་ཡིན་པར་རྩུབ་སྤྱོད་ཀྱི་སྐྱུན་བརྗོད་དྲག་པོ་ཐོག་རྒྱ་ལས་གཡོལ་དཀའ་བ་དང་། ཚན་རིག་ལས་ཐོབ་པའི་སྤྱི་འགྲོས་དེ་ཏན་ཏན་ཏིག་ཏིག་གི་སྒོ་ནས་དངོས་སུ་སྤྱད་དེ་ཉིན་བཞིན་ཐོན་པའི་དོན་དངོས་གསར་པ་དང་སྣང་ཚུལ་གསར་པ་རྣམས་ལ་འགྲེལ་བཤད་བྱེད་མི་འདོད་པར་སྤྱི་འགྲོས་འདྲ་བཤུ་ཁོ་ན་བྱས་ནས་ཞྭ་དཔེ་ལྷམ་འགེབས་ཀྱིས་དོན་དངོས་ཚང་མ་འགེབས་པ་དང་། གསར་བསྐྲུན་གྱི་རང་བཞིན་མཐོང་མ་ཐག། དུག་སྦྲུལ་ལྟ་བུར་རྩིས་ཏེ་དེ་ནི་རང་རིགས་ཀྱི་རིག་གནས་ཉམས་ཞན་དུ་གཏོང་བའི་རྒྱུ་ཡིན་པར་ངོས་འཛིན་བྱེད་ཅིང་། དེ་དག་ཁས་ལེན་མི་བྱེད་པར་འཕྱ་སྨོད་དང་ཟུར་ཟ་བྱེད་ཀྱི་ཡོད། གལ་སྲིད་སྐྱུན་བརྗོད་དེ་རིགས་ཀྱིས་སྤྱི་ཚོགས་གླིང་ཕྱོགས་ཀྱི་ཁ་ལོ་བསྒྱུར་ཚེ་བརྩམས་ཆོས་དེ་སྤྱི་ཚོགས་ཐོག་གནས་པར་ཚབ་ཆེའི་ཉེན་ཁ་ཡོད་ལ། ནུས་པ་ཐོག་མར་མངོན་པའི་ལས་དང་པོ་བའི་རྩོམ་པ་པོ་ཞིག་གི་ངོས་ནས་བཤད་ན་མ་འོངས་པའི་མདུན་ལམ་ལ་གནོད་འཚེ་ཐོག་གི་ཡོད་པ་མ་ཟད། དུས་རབས་འདིའི་རྩོམ་རིག་གསར་རྩོམ་གྱི་རྣམ་པ་བཟང་པོ་དེར་བཀག་འགོག་དང་གསར་རྩོམ་གྱི་སྤྱིའི་འཕེལ་ཕྱོགས་ལེགས་གྲུབ་དང་དར་རྒྱས་ཡོང་རྒྱུར་བཀག་རྒྱའི་ནུས་པ་ཐོན་གྱི་ཡོད་པས། དེའི་དུས་ན་སྐྱུན་ཡོན་བརྗོད་མཁན་གྱིས་དཔའ་ངར་ཆེར་སྐྱེད་དང་ཕྱིར་ཐོན་ཏེ་ནན་ཏན་གྱི་སྒོ་ནས་དྲང་བདེན་མ་ཡིན་པའི་སྐྱུན་འཛུགས་དེ་རིགས་ལ་དགག་ལན་ཚ་ཐག་ཆོད་སློག་ཏེ་རྩོམ་པ་པོ་དང་དེའི་བརྩམས་ཆོས་ལ་སྲུང་སྐྱོབ་བྱ་རྒྱུ་དེ་ནི་གླན་མེད་པའི་འགན་འཁྲི་ཞིག་ཡིན་ནོ།

རྩོམ་རིག་གི་སྐྱོན་ཡོན་བརྗོད་རྒྱུ་དེ་སྤྱིར་དམའ་རིམ་དང་མཐོ་རིམ་ཁག་གཉིས་སུ་དབྱེ་ཆོག་པ་སྟེ། དམའ་རིམ་གྱི་སྐྱོན་ཡོན་བརྗོད་རྒྱུ་ནི་སྤྱིར་བཏང་གི་དཔྱད་ཞིབ་སྟེ་ལྟ་ཀློག་བྱེད་འོས་པའི་བརྩམས་ཆོས་ག་གེ་མོ་ཞིག་ཀློག་པ་པོར་མཚམས་སྦྱོར་བྱ་རྒྱུ་དེ་ཡིན། དེ་ནི་སྤྱི་ཚོགས་གླིང་ཕྱོགས་ཀྱི་ཚ་ཤས་ཤིག་ཡིན་པ་མ་ཟད། རྩོམ་པ་པོ་དང་ལྟ་ཀློག་བྱེད་མཁན་ཕྱོགས་གང་ཐད་ལ་ཡང་ཕན་ཡོད་ཀྱི་བྱ་བ་ཞིག་ཡིན་པས་སོ། མཐོ་རིམ་གྱི་སྐྱོན་ཡོན་བརྗོད་རྒྱུ་དེ་ནི་དུས་རབས་དང་སྲོལ་རྒྱུན་གྱི་ཡང་རྩེར་འཛེགས་ནས་ཕུལ་བྱུང་གི་བརྩམས་ཆོས་བྱེ་བྲག་པ་ཞིག་དང་དུས་རབས་གཅིག་གི་རྩོམ་རིག་གི་འཕེལ་ཕྱོགས་ལ་ཞིབ་དཔྱད་བྱས་ཏེ་ལོ་རྒྱུས་ཀྱི་ཆོས་ཉིད་དང་། ཚན་རིག་དང་མཐུན་པའི་སྒོ་ནས་བརྡར་ཤ་གཅོད་རྒྱུ་དེ་ཡིན། ཚད་མཐོའི་སྒོ་ནས་བརྩམས་ཆོས་ཀྱི་སྐྱོན་ཡོན་བརྗོད་མཁན་དེ་མེད་ན། རྩོམ་རིག་གི་བྱ་གཞག་ནང་དུ་དེ་ནི་ཞན་ཆའམ་སྐྱོན་ཆ་ཆེས་ཆེ་བ་ཞིག་ཡིན་པ་དང་། སྐྱོན་ཡོན་བརྗོད་མཁན་ལེགས་པའམ་ཡང་དག་ཅིག་མེད་ཚེ་བསམ་པའི་དཔལ་ཡོན་དར་བར་ཕན་ཡོད་ཀྱི་ཕུལ་བྱུང་གི་བརྩམས་ཆོས་མང་པོ་ཞིག་མི་རྣམས་ཀྱི་གསལ་རྟོགས་གང་ཡང་བྱེད་མ་ཐུབ་པར་ལོ་རྒྱུས་ཀྱི་ཆུ་རྒྱུན་ཆེན་པོའི་ནང་དུ་རང་བཞིན་གྱིས་ནུབ་འགྲོ་ཡི་ཡོད་པ་རེད། སྐྱོན་ཡོན་བརྗོད་མཁན་རྣམས་ཀྱིས་རྒྱ་ཆེའི་མང་ཚོགས་ཀྱི་ཚབ་བྱེད་ཀྱི་ཡོད་ཙང་། ཁོ་ཚོའི་བསམ་བློའི་གནས་ཚད་དམ་རིགས་པའི་གཞུང་ལུགས་ཀྱི་བྱང་ཚད་དང་། སྒྱུ་རྩལ་ལ་དབྱེ་ཞིབ་བྱེད་པའི་ནུས་པ་ནི་རྒྱ་ཆེའི་མང་ཚོགས་ཀྱི་ཚད་ལས་མཐོ་བ་ཞིག་ཡིན་པས་ན། ཁོ་ཚོར་མི་རྣམས་ཀྱིས་གསལ་རྟོགས་མ་བྱུང་བའམ་མི་རྣམས་ཀྱིས་དོ་སྣང་མི་བྱེད་པའི་ཕུལ་བྱུང་གི་བརྩམས་ཆོས་མང་པོའི་མཐིལ་རྟོགས་བྱེད་པའི་ནུས་པ་ལྡན་ཡོད་པ་མ་ཟད། མི་རྣམས་ཀྱིས་གོ་ལེན་དང་དབྱེ་ཞིབ་བྱེད་མི་ཐུབ་པར་ལུས་པའི་བརྩམས་ཆོས་དེ་དག་གི་སྤྱི་ཚོགས་ཀྱི་དོན་སྙིང་དང་སྒྱུ་རྩལ་གྱི་རིན་ཐང་འཚོལ་ཞིབ་དང་སྤྲོག་འདོན་བཅས་བྱས་ཏེ། རྩོམ་པ་པོ་དང་བརྩམས་ཆོས་དེར་རྩོམ་རིག་གི་ནང་དུ་ཐོབ་འོས་པའི་གོ་འཕང་བརྟན་འཛུག་བྱ་རྒྱུར་ཞིབ་

དཔྱད་ཀྱིས་གནད་འཁེལ་བྱེད་ཀྱི་ཡོད། སྒྱུན་ཡོན་བརྗོད་པ་དེ་རིགས་ཀྱིས་དུས་རབས་གཅིག་གི་རྩོམ་རིག་འཕེལ་རྒྱས་ཀྱི་གནས་ཚུལ་དང་འཕེལ་ཕྱོགས་ལ་ཞིབ་དཔྱད་ཀྱིས་གསལ་སྟོན་བྱེད་ཐུབ་པ་མ་ཟད། གོམ་གང་མདུན་སྤོས་ཀྱིས་དུས་རབས་དེའི་རྩོམ་རིག་འཕེལ་རྒྱས་ལ་སྐུལ་འདེད་བྱ་རྒྱུར་དོན་སྙིང་གཏིང་ཟབ་ལྡན་ཡོད།

བརྩམས་ཆོས་ལ་དཔྱད་གཏམ་བརྗོད་པའི་ཚེ་བསྔགས་བརྗོད་ཁོ་ནར་ངེས་པ་ཞིག་མ་ཡིན་པར་སྐྱོན་ཆ་དང་ནོར་འཁྲུལ་སོགས་ཀྱང་ཐེ་ཚོམ་མེད་པར་བརྗོད་དགོས་པ་སྟེ། ཚན་རིག་དང་མཐུན་པའི་སྒོ་ནས་ལེགས་པར་བསྔགས་བརྗོད་དང་ནོར་འཁྲུལ་ལ་སྐྱོན་བརྗོད་བྱེད་དགོས་པ་ལས་རྩ་དོན་གང་ཡང་མེད་པར་བཏང་སྙོམས་དང་ཡོངས་རྫོགས་ལ་བསྔགས་བརྗོད་བྱེད་པ་དེ་ནི་ཐ་ཤལ་པའི་ཁུད་བསྟོད་བྱེད་པ་ཁོ་ནར་ཟད་རྐྱེན་དཔྱད་གཏམ་བརྗོད་སྐབས་དགག་བསྒྲུབ་ཀྱི་ལྟ་ཚུལ་བཟུང་དགོས་པ་རེད།

གསར་རྩོམ་གྱི་ཉམས་མྱོང་ཕྱོགས་བསྡོམས་དང་རྩོམ་རིག་གི་ཆོས་ཉིད་འཚོལ་ཞིབ་བྱ་རྒྱུ་དེ་ནི་རྩོམ་རིག་གི་སྒྱུན་ཡོན་བརྗོད་པའི་འཐབ་རྩལ་གྱི་དོན་སྙིང་ཟབ་མོ་ལྡན་པའི་བྱ་བ་ཞིག་ཡིན། དུས་རབས་གཅིག་གི་རྩོམ་རིག་གི་འཕེལ་རྒྱས་ལ་ཕྱི་རོལ་ཡུལ་གྱི་སྤྱི་ཚོགས་ཀྱི་དཔལ་འབྱོར་དང་། ཆབ་སྲིད་ཀྱི་རྣམ་པ་སོགས་ཀྱི་ཚོད་འཛིན་དང་ཤུགས་རྐྱེན་ཡོད་ལ། ཡང་དུས་རབས་དེའི་རིང་གི་རྩོམ་རིག་གསར་རྩོམ་གྱི་ཉམས་མྱོང་ཕྱོགས་བསྡོམས་བྱས་པའི་ཚད་གཞི་དང་། དེ་མིན་རྩོམ་རིག་གི་སྤྱིའི་ཆོས་ཉིད་ལ་ངོས་འཛིན་ཇི་ལྟར་བྱེད་པའི་ཚད་གཞི་ལའང་རག་ལུས་པ་ཞིག་ཡིན། དེས་ན་རྩོམ་རིག་གི་སྒྱུན་ཡོན་བརྗོད་རྒྱུ་དེ་རིགས་པའི་གཞུང་ལུགས་ཀྱི་ཐོག་ནས་གསར་རྩོམ་གྱི་ཉམས་མྱོང་དང་ཆོས་ཉིད་ལ་གསལ་བཤད་བྱས་ན་རྩོམ་རིག་གསར་རྩོམ་གྱི་བྱ་གཞག་ལ་སློབ་སྟོན་གྱི་ནུས་པ་ཡང་ཐོན་གྱི་ཡོད། རྩོམ་རིག་གི་སྒྱུན་ཡོན་བརྗོད་པའི་བྱ་གཞག་དེར་མཐོང་ཆེན་བྱས་ཏེ་མི་རྣམས་ཀྱིས་ཚན་རིག་གི་བྱ་གཞག་འདིར་ཞུགས་ནས་བརྩམས་

ཚོས་ལ་དབྱེ་ཞིབ་བྱེད་པ་དང་། གསར་རྩོམ་གྱི་ཉམས་མྱོང་ཕྱོགས་བསྡོམས། རྩོམ་རིག་གི་ཚོས་ཉིད་འཚོལ་ཞིབ་བྱ་རྒྱུ་བཅས་རིགས་པའི་གཞུང་ལུགས་ཀྱི་ཐོག་ཏུ་བྱས་རྗེས་འཇོག་གི་ཡོད། སྐྱོན་ཡོན་བརྗོད་རྒྱུ་དེ་རིགས་ནི་རྩོམ་དེབ་འགའ་རེ་དང་བརྩམས་ཚོས་བྱེ་བྲག་པ་ཞིག་དང་། རྩོམ་པ་པོ་འགའ་རེ་ལ་ཤུགས་རྐྱེན་ཡོད་པ་ཙམ་གྱིས་མི་ཚད་པར་དུས་རབས་གཅིག་དང་ཡང་ན་དུས་རབས་འགའ་ཤས་ཀྱི་རིང་ལ་ཤུགས་རྐྱེན་གཏིང་ཟབ་ཅིག་ཐེབས་ཀྱི་ཡོད། དཔེར་ན། ཡ་ལི་སྟེ་ཧྲ་ཐ་ཡིས་མཛད་པའི་《སྙན་ངག་རིག་པ་》ཞེས་པ་དེ་ནུབ་ཕྱོགས་རྒྱལ་ཁབ་དུ་དུས་ཡུན་རིང་པོའི་ནང་ཤུགས་རྐྱེན་གཏིང་ཟབ་བཞག་ཡོད་པ་དང་། ཕྱིས་སུ་མཁས་པ་རྣམས་ཀྱིས"ཁོང་གི་ལྟ་བ་དེས་བརྗོད་ཉམས་ལྡན་པའི་ངང་ལོ་ངོ་ཉིས་སྟོང་ལྷག་ཙམ་གྱི་རིང་བཙན་བཟུང་བྱས་ཡོད་"ཅེས་དཔྱད་གཏམ་བརྗོད་ཡོད་པ་ལྟ་བུའོ།

རྩོམ་རིག་གི་བརྩམས་ཚོས་ལ་དཔྱད་གཏམ་བརྗོད་རྒྱུ་དང་། གསར་རྩོམ་གྱི་ཉམས་མྱོང་ཕྱོགས་བསྡོམས་དང་སྒྱུ་རྩལ་གྱི་ཚོས་ཉིད་འཚོལ་ཞིབ་བྱ་རྒྱུ་བཅས་ནི་རྩོམ་རིག་གི་སྐྱོན་ཡོན་བརྗོད་པའི་རྩ་བའི་ལས་འགན་ཡིན་ལ། དེ་མིན་རྩོམ་རིག་འཐབ་ཕྱོགས་ནང་གི་བསམ་བློའི་འཐབ་རྩོད་བྱེད་པའི་འགན་འཁུར་དགོས་པ་མ་ཟད། ཕྱི་རྒྱལ་དང་རང་རྒྱལ་གྱི་རྩོམ་རིག་གི་ཤུལ་རྒྱུན་ལ་ཞིབ་འཇུག་ཀྱང་བྱེད་དགོས་པ་ཡིན།

རྩོམ་རིག་གི་སྐྱོན་ཡོན་བརྗོད་པའི་རྩ་བའི་ལས་འགན་མདོར་བསྡུས་ན།

①རྩོམ་པ་པོའི་བརྩམས་ཚོས་ལ་གདེང་འཇོག་བྱས་ནས་གསར་རྩོམ་ཕྱུན་སུམ་ཚོགས་སུ་གཏོང་དགོས།

དེང་རབས་ཀྱི་རྩོམ་པ་པོ་དང་བརྩམས་ཚོས་ལ་གདེང་འཇོག་བྱ་རྒྱུ་དེ་ནི་རྩོམ་རིག་གི་སྐྱོན་ཡོན་བརྗོད་པའི་རྩ་བའི་ལས་འགན་ཞིག་ཡིན་ལ། ཕར་ནས་བཟུང་དེ་ནི་རྩོམ་པ་པོ་དང་ཀློག་པ་པོའི་བར་འབྲེལ་མཐུད་བྱེད་པའི་ཟམ་པ་ལྟ་བུ་ཞིག་ཡིན། རྩོམ་རིག་གི་སྐྱོན་ཡོན་བརྗོད་པ་དེ་བརྒྱུད་ནས་སྤྱི་ཚོགས་ལ

ཤུགས་རྐྱེན་དང་ཕྲོག་པ་པོར་ཡང་དག་པའི་སྒོ་ནས་རྩོམ་རིག་ལྟ་ཕྲོག་དང་རྩོམ་རིག་སྒྱུ་རྩལ་གྱི་གཟུགས་བརྙན་རིན་ཐང་དང་དོན་སྙིང་ལ་གོ་ལེན་བྱ་རྒྱུ་དང་། སྒྱུ་རྩལ་གྱི་རོལ་སྤྱོད་བྱེད་པའི་ནུས་པ་མཐོར་འདེགས་བྱེད་རྒྱུར་རོགས་རམ་གྱི་ནུས་པ་ཐོན་ཐུབ་པོ།

②རྩོམ་རིག་གསར་རྩོམ་གྱི་ཉམས་མྱོང་ཕྱོགས་བསྡོམས་བྱས་ནས་རྩོམ་རིག་གི་ལས་འགུལ་ལ་སྐུལ་འདེད་གཏོང་དགོས།

རྩོམ་པ་པོའི་རྩོམ་རིག་གསར་རྩོམ་གྱི་ཉམས་མྱོང་དུས་ཐོག་ཏུ་ཕྱོགས་བསྡོམས་བྱས་ཏེ་དགོས་ངེས་ཀྱི་གདེང་འཇོག་བྱ་དགོས་པ་དང་། ལྷག་པར་དུ་སྤྱི་ཚོགས་རིང་ལུགས་དུས་སྐབས་ཀྱི་རྩོམ་རིག་གི་ཁྱད་ཆོས་དང་འཕེལ་རྒྱས་འགྲོ་བའི་ཆོས་ཉིད་དང་། གྲུབ་མཐའ་ཁག་གི་ཆགས་གྲུབ་དང་འཕོ་འགྱུར། མི་རིགས་ཀྱི་ཁྱད་ཆོས་མཚོན་ཚུལ། ཕྱི་ཕྱོགས་ཀྱི་རྩོམ་རིག་ནང་འདྲེན་བྱེད་པའི་དོན་སྙིང་སོགས་ལ་ཞིབ་འཇུག་བྱ་རྒྱུ་ནི་རྩོམ་རིག་གི་སྐྱོན་ཡོན་བརྗོད་པའི་ལས་འགན་ཡིན།

③རྩོམ་རིག་གི་རིགས་པའི་གཞུང་ལུགས་དེ་ཡང་རྩོམ་རིག་དཔྱད་བརྗོད་བྱེད་པའི་འཕེལ་རྒྱས་ཀྱི་འགྲོས་དང་བསྟུན་ནས་འཕེལ་རྒྱས་དང་ཕུན་སུམ་ཚོགས་སུ་འགྲོ་བ་ཞིག་ཡིན་ལ། རྩོམ་རིག་གི་རིགས་པའི་གཞུང་ལུགས་ངེས་ཅན་ཞིག་གྲུབ་རྗེས་རྩོམ་རིག་དཔྱད་བརྗོད་ཀྱི་ལག་ལེན་ལ་མཇུབ་སྟོན་བྱེད་ཐུབ་པ་མ་ཟད། རྩོམ་རིག་གི་དཔྱད་བརྗོད་བརྒྱུད་ནས་རྩོམ་རིག་གསར་རྩོམ་དང་རྩོམ་རིག་གི་ལས་འགུལ་སྐུལ་འདེད་བྱེད་དགོས།

གཉིས་པ། རྩོམ་རིག་གི་སྐྱོན་ཡོན་བརྗོད་པའི་ཚད་གཞིའི་སྐོར།

1. ལོ་རྒྱུས་ཀྱི་དུས་རབས་མི་འདྲ་བ་དང་། མི་རིགས་མི་འདྲ་བར་རྩོམ་རིག་གི་སྐྱོན་ཡོན་བརྗོད་པའི་ཚད་གཞི་ཡང་མི་འདྲ་བ་རེ་ཡོད།

རྩོམ་རིག་གི་སྐྱོན་ཡོན་བརྗོད་པའི་ཚད་གཞི་ཞེས་པ་ནི་བརྩམས་ཆོས་ཀྱི་ སྤྱུས་ཚད་བཟང་ངན་དང་སྒྱུ་རྩལ་གྱི་ལེགས་ཉེས་དབྱེ་བ་འབྱེད་པའི་རྩ་བའི་ཚད་ ཁྲིམས་གཅིག་ཡིན་ལ། རྩོམ་རིག་གི་སྐྱོན་ཡོན་བརྗོད་པའི་ཚད་གཞི་དེ་ཡང་རྩོམ་ རིག་དཔྱད་བརྗོད་ཀྱི་ལག་ལེན་ནང་རིམ་བཞིན་གྲུབ་པ་ཞིག་ཡིན་པས། དུས་ རབས་མི་གཅིག་པ་དང་། མི་རིགས་མི་འདྲ་བ། གྲལ་རིམ་མི་གཅིག་པར་ཆ་ བཞག་ན་རྩོམ་རིག་གི་ངོས་འཛིན་དང་རེ་འདུན་སོགས་གཅིག་གྱུར་ཞིག་མེད་ རྐྱེན་སོ་སོ་རང་རང་ལ་ཚད་གཞི་མི་འདྲ་བ་རེ་ཡོད་པ་མ་ཟད། དེ་དག་ལ་ཡང་ སྔོན་བོན་དང་རྗེས་ལུས་ཀྱི་ཁྱད་པར་རེ་ཡོད་སྲིད་མོད་གང་ལྟར་རྩོམ་རིག་ལ་ ཚད་གཞི་མེད་པའི་དཔྱད་བརྗོད་ཅིག་གཏན་ནས་ཡོད་མི་སྲིད། དེས་ན་རྩོམ་ རིག་གི་སྐྱོན་ཡོན་བརྗོད་པའི་ཚད་གཞི་ནི་འཕེལ་རྒྱས་འགྲོ་བཞིན་པའི་ཐ་སྙད་ ཅིག་ཡིན་པ་མ་ཟད། རྩོམ་རིག་གི་ལོ་རྒྱུས་ཐོག་ཏུ་ཡང་འགྱུར་མེད་སོར་གནས་ ཀྱི་ཚད་གཞི་ནི་གཏན་ནས་མེད་ལ། དེར་འགྱུར་བའི་རང་བཞིན་དང་། བསྟོས་བཅས་ཀྱི་རང་བཞིན། གྲལ་རིམ་དང་ལོ་རྒྱུས་ཀྱི་ཚོད་འཛིན་རང་བཞིན་ མངོན་གསལ་དོད་པོ་ཡོད་པ་ཞིག་ཡིན། ཕྱོགས་གཅིག་ནས་རྩོམ་རིག་གི་སྐྱོན་ ཡོན་བརྗོད་མཁན་རྣམས་ཀྱི་འཚོ་བའི་བརྒྱུད་རིམ་མི་འདྲ་བ་དང་སྤྱི་ཚོགས་ཀྱི་ ཐོབ་ཐང་དང་། རིག་གནས་ཀྱི་ཐུབ་ཚད་དང་སྒྱུ་རྩལ་གྱི་ལྟ་ཚུལ་སོགས་མི་འདྲ་ བར་བརྟེན་རྩོམ་རིག་གི་སྐྱོན་ཡོན་བརྗོད་པའི་ཚད་གཞིར་ཡང་མངོན་གསལ་ དོད་པོའི་ཁྱད་པར་ཡོད་པ་ཞིག་ཡིན། གཉིས་ནས་སྤྱི་ཚོགས་ཀྱི་ལམ་ལུགས་མི་ འདྲ་བ་དང་། དུས་རབས་མི་འདྲ་བ། མི་རིགས་མི་འདྲ་བའི་རྩོམ་རིག་གི་སྐྱོན་ ཡོན་བརྗོད་མཁན་རྣམས་ལ་ཡང་སྐྱོན་ཡོན་བརྗོད་པའི་ཚད་གཞི་མི་འདྲ་བ་རེ་ ཡོད་པ་རེད། དཔེར་ན《རྣམ་བཤད་རིག་པ》ལས

“ཉོན་མོངས་དགྲ་རྣམས་མ་ལུས་འཚོས་པ་དང་།

ངན་འགྲོའི་སྲིད་ལས་སྐྱོབ་པ་གང་ཡིན་པ།

འཚོས་སྐྱོབ་ཡོན་ཏན་ཕྱིར་ན་བསྟན་བཅོས་ཏེ།

གཉིས་པོ་འདི་དག་གཞན་གྱི་ལུགས་ལ་མེད་”ཅེས་པ་དང་

“དོན་མེད་དོན་ལོག་དོན་དང་ལྡན།

ཐོས་རྩོད་སྒྲུབ་པ་ལྟར་ལེན་པ།

ངན་གཡོ་བརྫེ་བྲལ་སྡུག་བསྔལ་སྤོང་།

བསྟན་བཅོས་དྲུག་བྲལ་གསུམ་དུ་འདོད་”ཅེས་གསུངས་པ་དགུ་སྟེ། གསུམ་ཚན་གསུམ་གྱི་དང་པོ་གཉིས་གཉིས་ནི་བསྟན་བཅོས་ལྟར་སྣང་དང་ཕྱི་མ་རེ་རེ་ནི། བསྟན་བཅོས་ཡང་དག་གོ་ཞེས་པའང་དུས་སྐབས་དེའི་རིང་གི་རྩོམ་རིག་གི་སྙན་ཡོན་བརྗོད་པའི་ཚད་གཞི་ཞིག་ཡིན། དེ་མིན་བོད་རིགས་ཀྱི་རྩོམ་རིག་ལོ་རྒྱུས་ཐོག་ཏུ་སྔོན་བྱོན་མཁས་དབང་དམ་པ་རྣམས་ཀྱིས་བརྩམས་ཆོས་འབྲི་བའི་ལག་ལེན་དངོས་ཀྱི་ནང་ནས་ཉམས་མྱོང་ཕྱོགས་བསྡོམས་གནང་ཏེ་བརྩམས་ཆོས་འབྲི་སྐབས་དོ་སྣང་བྱེད་དགོས་པའི་སྐྱོན་ནི་ཤུ་ཙ་གསུམ་བཏོན་ཡོད་པ་དེ་དག་ཡང་དུས་སྐབས་དེའི་རིང་གི་རྩོམ་རིག་གི་སྙན་ཡོན་བརྗོད་པའི་ཚད་གཞིའི་གྲས་ཤིག་ཀྱང་ཡིན། བརྩམས་ཆོས་ཅི་འདྲ་ཞིག་བྲིས་ཀྱང་བརྗོད་བྱའི་དོན་ཡང་དག་པ་དང་། ལྷ་བ་སྦ་སྒྲུག་མེད་པ། སྙིང་དོན་ཁ་གསལ་བ། དེ་མཚུངས་བརྗོད་གཞི་འགོ་རྩ་འགྲིག་པོ། ཚིག་སྦྱོར་འབྲེལ་ཆགས་པ་ཞིག་ཡོང་བ་བྱེད་རྒྱུ་ནི་བརྩམས་ཆོས་སྤྱིའི་ཆོས་ཉིད་དེ་རེད།

རྩོམ་འབྲིའི་སྐྱོན་ཉི་ཤུ་ཙ་གསུམ་ཞེས་པ་ནི་འདི་ལྟར་སྟེ།

①མ་བཤད་པའི་སྐྱོན།

②ལེགས་པར་མ་བཤད་པའི་སྐྱོན།

བརྩམས་ཆོས་ནང་བརྗོད་པར་བྱ་བའི་དོན་རྣམས་ཁ་གསལ་མེད་པ་དང་། ལོ་རྒྱུས་དུས་སྐབས་གང་ཞིག་གི་སྤྱི་ཚོགས་ཀྱི་ལམ་ལུགས་དང་། ཆབ་སྲིད་ཀྱི་འགྱུར་བ། མི་དང་མིའི་དབར་གྱི་འབྲེལ་བ་དང་འདུ་ཤེས། དཔལ་འབྱོར་གྱི་འཕེལ་ཚུལ་སོགས་གསལ་པོ་བྲིས་མེད་རྐྱེན་གློག་པ་པོ་རྣམས་ཀྱིས་གསལ་པོར་རྟོགས་མི་ཐུབ་པ་དང་། ཡང་བརྩམས་ཆོས་ནང་ཕྱོགས་འགའ་རེ་བརྗོད་ཡོད་

ཀྱང་ཡང་དག་པ་དང་ལེགས་པོ་ཞིག་བརྗོད་མེད་རྐྱེན་གཟུགས་བརྙན་ལ་བརྟེན་ནས་བསམ་བློ་མཚོན་པར་བྱེད་པའི་རྩོམ་རིག་གི་དམིགས་བསལ་ཁྱད་ཆོས་གསལ་པོ་མེད་པ་དང་། རྩོམ་བརྗོད་ཧྲིལ་པོའི་ནང་དུ་མི་སྣ་དང་བྱ་བ། དུས་ཚོད། ས་གནས། བྱ་བའི་འབྱུང་རྐྱེན། བརྒྱུད་རིམ། མཐའ་འབྲས་བཅས་བརྗོད་བྱའི་རྟེན་གཞི་གསལ་པོར་བྲིས་མེད་པ་དེ་རེད།

③ཕྱིན་ཅི་ལོག་སུ་བཤད་པ།

བརྩམས་ཆོས་ནང་བརྗོད་པར་བྱེད་པའི་དོན་རྣམས་ཆེད་མངགས་ཀྱིས་ཕྱིན་ཅི་ལོག་སྟེ་བཤད་པ་དང་ཡང་ན་ཡང་དག་པ་མ་ཡིན་པའམ་ནོར་འཁྲུལ་གྱི་བརྗོད་དོན་མི་ཡོང་བ་བྱེད་དགོས།

④ཐེ་ཚོམ་དང་བཅས་ཏེ་བཤད་པ།

རང་ཉིད་བྱ་དངོས་དེ་དག་ལ་རྒྱུས་མངའ་ཆེན་པོ་མེད་རྐྱེན་གདེང་ཚོད་ལེགས་པོ་ཞིག་མེད་པར་ཐམ་ཐོམ་དུ་བཤད་པ་དང་། ལྟ་ཚུལ་གསལ་པོ་མེད་པ་སྟེ། ཕྲུ་གུ་ཐང་ལ་སླེབས་པ་ལྟ་བུའི་དཔེ་བཞིན་ལྟ་བ་གསལ་པོ་ཞིག་མེད་རྐྱེན་རྩོམ་པ་པོ་རང་ངོས་ཀྱི་ཆགས་སྡང་ཞེ་འཛིན་གང་ཡིན་གསལ་སྟོན་བྱས་མེད་པར་རྩོམ་བརྗོད་ནང་དུ་གནད་དོན་མང་དག་ཞིག་བཏོན་ཡོད་ཀྱང་རྒྱུས་བཤད་གནད་དུ་འཕིགས་པ་ཞིག་བྱུང་མེད་པ་དེ་རེད།

⑤དཀའ་ས་བཞག་ནས་སླ་སར་སྤྲོས་བཤད་བྱེད་པ་སྟེ་ཀན་པོ་སོ་མེད་ཀྱིས་ཟས་ཟ་བ་ལྟ་བུ།

བརྩམས་ཆོས་ནང་དཀའ་ངལ་ཆེ་བའི་གནད་རྣམས་ལ་འགྲེལ་བཤད་དང་ཡང་ན་དཔྱད་བརྗོད་སོགས་མི་བྱེད་པར་ལས་སླ་བའི་ཕྱོགས་ཁོ་ནར་མང་བཤད་བྱེད་པ་དེ་རེད། གཙོ་བོའི་འགལ་འཐབ་ལས་གཡོལ་གང་ཐུབ་བྱས་ཏེ་ཕྱིར་བཏང་གི་བརྗོད་བྱ་ཐལ་པའི་རིགས་རྩོམ་འབྲི་ཁོ་ན་བྱེད་པའོ།

⑥གོ་རིམ་མེད་པར་འབྲི་བ།

བརྩམས་ཆོས་ནང་བརྗོད་པར་བྱེད་པའི་མི་དང་མིའི་དབར་གྱི་འབྲེལ་བ་

རྙོག་འཛིང་ཆེ་ཞིང་། དོན་གྱི་འགྱུར་བ་དང་འཕེལ་རིམ་ཀུག་ཀྱོག་མང་བ། དུས་དང་ཡུལ་གྱི་འཕོ་འགྱུར་ཆེ་བ་ཞིག་ཡིན་རྐྱེན་བརྩམས་བྱར་གྱུར་པའི་གནས་ཚུལ་རྙོག་འཛིང་ཅན་དེ་རྣམས་ཆ་ལག་སོ་སོར་ཕྲལ་ཅིང་བཀླས་ཕྱེ་ལ་དེ་དག་རེ་རེ་ཡང་སྐབས་དང་སྦྱར་ནས་སྔ་རྗེས་རྒྱུས་བསྟུས་སོགས་གང་འཚམས་པ་ཞིག་གཏན་ལ་ཕབ་པ་དང་ཆབས་ཅིག་ཆ་ལག་དང་ཆ་ལག་དེ་རྣམས་སྒྲིག་སྦྱོར་ལེགས་པར་བྱ་ཤེས་པ་བྱས་ཏེ་མིའི་བྱུང་བ་སུ་དང་སུ། དོན་རྐྱེན་གྱི་འཕེལ་རིམ་གང་དང་གང་། དུས་དང་ཡུལ་གྱི་འཕེལ་འགྱུར་ཅི་དང་ཅི་སོགས་བརྗོད་དོན་དེ་དག་གོ་རིམ་མི་འཁྲུག་པར་གསལ་བར་བཀོད་དེ་བརྩམས་ཆོས་ཀྱི་གོ་རིམ་གསར་ལ་དོན་སྙིང་མཐོང་བདེ་བ་ཞིག་ཡོང་བར་བྱེད་རྒྱུ་དེ་རེད། གལ་ཏེ་གོ་རིམ་ལྡོག་ནས་མཐའ་འབྲས་དེ་སྔོན་ལ་བཀོད་པ་དང་། དོན་གྱི་འབྱུང་རྐྱེན་དང་། མི་སྣ་ངོ་སྤྲོད་སོགས་མཇུག་ཏུ་བཀོད་ན་ལྡོག་པ་པོས་བརྗོད་བྱའི་འབྱུང་རྐྱེན་མཐའ་འབྲས་བཅས་གང་ཡིན་གོ་དོན་མི་གསལ་སྐབས་གོ་བར་འཁྲུལ་གཞི་བཟོ་སྲིད་པས་དོན་རིམ་དང་དུས་རིམ་སོགས་ཕན་ཚུན་མ་འཁྲུག་པ་བྱེད་རྒྱུ་དེ་རེད།

⑦སྐབས་སུ་མ་བབ་པར་བཤད་པ།

རྩོམ་རིག་ནང་བརྗོད་པར་བྱེད་པའི་དོན་རྣམས་དུམ་མཚམས་འགའ་ཞིག་ལ་བགོས་ནས་བརྗོད་དགོས་ལ། དུམ་མཚམས་གཅིག་ནང་བརྗོད་མི་ཚར་བའི་དོན་རྣམས་དུམ་མཚམས་གཞན་ཞིག་འབྲི་བའམ་ལྟ་ཚུལ་ལམ་བརྗོད་དོན་གསལ་པོ་ཞིག་བརྗོད་མེད་པར་ལྟ་ཚུལ་གཞན་ཞིག་འདོན་པ་དང་། ཡང་ན་བརྗོད་དོན་མཚམས་པོ་མེད་པ་དེ་རེད།

⑧འབྲེལ་མི་ཆགས་པ།

རྩོམ་གྱི་ནང་དོན་གོང་མཐུད་འོག་འདྲེན་གྱི་ཕན་ཚུན་འབྲེལ་ཆགས་པ་བྱེད་རྒྱུ་སྟེ་ཟམ་པས་ཆུ་ཁ་ཕན་ཚུན་སྦྲེལ་བ་ལྟར་མི་སྣའི་རང་གཤིས་དང་ཁྱད་ཆོས་ལ་གཞིགས་ཏེ་དོན་སྔ་ཕྱི་མུ་སྦྲེལ་བ་དང་། བྱ་བའི་འཕེལ་རིམ་ལ་གཞིགས་ནས་བརྗོད་དོན་གྱི་རིམ་པ་ཆགས་པ་དང་ཕན་ཚུན་མུ་སྦྲེལ་དགོས་པ་རེད།

⑨ཚིག་དང་དོན་ སྤྱི་ཕྱིའི་བར་ལ་འགལ་བ་ཡོད་པ།

ཚིག་དང་དོན་གྱི་ཐད་ངའི་མ་མོ་གཤམ་ཡིན་ཟེར་བ་ལྟ་བུའི་བརྗོད་དོན་གོང་འོག་འགལ་བ་དང་ཚིག་སྦྱོར་ཐད་སུམ་རྟགས་དང་དག་ཡིག་ཁྲངས་མ་རྣམས་ཀྱི་རེ་བ་ལས་འགལ་བའི་རིགས་མི་ཡོང་བ་བྱ་རྒྱུ།

⑩ཚིག་དང་དོན་ལ་སྐྱར་ཟློས་མང་བ།

དགོས་པ་མེད་པར་ཨ་ལོང་གི་ཚུལ་དུ་ལྷུབ་བཤད་བྱེད་པ།

⑪ སྦྲ་ཉམས་ཀྱི་སྐྱོན་ཏེ་སུམ་རྟགས་ཀྱི་འགྲོ་ལུགས་དང་མི་མཐུན་པ།

⑫ གཅོད་མཚམས་ཉམས་པའི་སྐྱོན།

ཚིགས་བཅད་ཀྱི་ཚིག་རྐང་སྤྱི་ཕྱིའི་བར་ངལ་གསོ་ཐོབ་པའི་གནས་སུ་གཅོད་མཚམས་མ་བྱས་པར་སྤྱི་ཕྱི་སྦྲེལ་བའམ། ཚིག་རྐང་གི་དབུས་དང་མཐའི་མིང་དང་རྣམ་དབྱེ་བར་གཅོད་མཚམས་བྱས་པ་དང་། མིང་གི་དབུས་སུ་གཅོད་མཚམས་བྱས་པ།

⑬ རྣེབ་སྦྱོར་ཉམས་པའི་སྐྱོན།

ཚིགས་བཅད་ལྟ་བུར་རྐང་པ་རིང་ཐུང་ཞེར་བའམ་རྐང་པ་དེར་ཡང་ཚིག་བར་རིང་ཐུང་མ་སྙོམ་པ་ཚིགས་བཅད་ཀྱི་ཡིག་འབྲུའི་གྲངས་མང་ཉུང་མི་མཉམ་པར་ཆད་ལྷག་ཤོར་བ།

⑭ མཚམས་སྦྱོར་ཉམས་པ།

ཚིག་སྦྱོར་གྱི་ནང་དུ་རྣམ་དབྱེ་ལས་གཞན་པའི་ཚིག་ཕྲད་སྦྱོར་ཚུལ་སུམ་རྟགས་དག་གསུམ་གྱི་གཞུང་དང་མི་མཐུན་པ་དང་། ཡང་སྒྲའི་བསྟན་བཅོས་ནས་བཤད་པའི་མཚམས་སྦྱོར་མ་བྱས་པ།

⑮ དགོས་པ་མེད་པའི་ཚིག་མང་བ།

བརྗོད་བྱའི་དོན་དང་འབྲེལ་བ་མེད་པའི་ཚིག་དོན་མང་པོར་བཀོད་པ།

⑯ གྲོང་ཚིག་གིས་བསླད་པ།

ངོ་ཚ་བྱེད་དགོས་པའི་ཚིག་དང་ཙིག་གཏམ་སོགས་ཡིན་ན་དེ་དག་ཐད་ཀར་དུ་འབྲི་རྒྱུ་མེད་པར་མངོན་བརྗོད་རྒྱག་དགོས་པ།

⑰ མངོན་སུམ་དང་འགལ་བ།

དངོས་ཡོད་གནས་ཚུལ་དང་འགལ་བ་སྟེ། སྦྲུལ་བྲིས་ཏེ་རྐང་པ་སྟོན་པའི་དཔེ་བཞིན་བྱས་ན་མི་འགྲིག གཟུགས་མེད་གྲིབ་བཟོ་བྱེད་པ་ནི་སྒྱུ་རྩལ་མཁན་ཚོས་གསར་སྐྲུན་བྱེད་སྐབས་མེད་དུ་མི་རུང་བའི་བྱེད་ཐབས་ཤིག་ཡིན་རུང་རབ་བཏགས་བྱེད་རྒྱུ་དེ་ཡང་འཚོ་བ་དངོས་དང་མཐུན་པ་ཞིག་ཅི་ནས་ཀྱང་བྱེད་དགོས་པ་ལས་སྦྲུལ་བྲིས་ཏེ་རྐང་པ་སྟོན་པ་ལྟ་བུ་བྱེད་རྒྱུ་མེད།

⑱ རིག་པའི་གཞུང་ལུགས་དང་འགལ་བ།

རང་དང་གཞན་གྱི་ལུགས་སོ་སོའི་གཏན་ཚིགས་རིགས་པ་དང་མི་མཐུན་པར་བརྗོད་པ་དང་། ཡང་ན་རང་རང་སོ་སོའི་གཏན་ཚིགས་རིགས་པའི་སྤྱི་འགྲོས་དང་འགལ་བ།

⑲ ལུང་དང་འགལ་བ།

ལུང་ཞེས་པ་སངས་རྒྱས་ཀྱི་གསུང་རབ་དང་། མཁས་པ་སྔ་མ་ཚོས་མཛད་པའི་བསྟན་བཅོས་ཀྱི་ཚིག་སོགས་ལ་གོ་དགོས་ཀྱང་འདིར་གཙོ་བོ་ཚིག་སྦྱོར་གང་དུ་རང་རང་སོ་སོའི་ཁུངས་ལྡན་གྱི་གཞུང་ནས་བཤད་པའི་ཚིག་ཟིན་གྱི་དོན་དང་། མི་མཐུན་པར་གང་བྱུང་དུ་བརྗོད་པ།

⑳ བརྗོད་དོན་གཙོ་ཕལ་མཉམ་དུ་འདྲེས་པ།

རྩོམ་རིག་གི་བརྗོད་དོན་གཙོ་ཕལ་དབྱེ་འབྱེད་མེད་པར་ར་མགོ་ལའང་ཚོ་གསུམ་ལུག་མགོ་ལའང་ཚོ་གསུམ་ཞེས་པའི་དཔེ་ལྟར་དུ་བྲིས་ན་རྒྱུས་བསྡུས་ཀྱི་དགོས་པ་གནད་ལ་མི་འཁེལ་བའམ་གོ་ལྡོག་པར་གྱུར་གྱི་རེད། དེར་བརྟེན། གཙོ་ཕལ་དབྱེ་བ་ཕྱེ་ཞིང་བརྩམས་ཆོས་ནང་བརྗོད་རྒྱུའི་སྙིང་དོན་དེ་གཏུབ་བྲིག་

གི་ཚད་བཟུང་སའི་ཐིག་ཤིང་ལྟ་བུ་ཡིན་པས་སྙིང་དོན་དེ་ཉིད་གཙོ་བོར་བཟུང་སྟེ་ཅུང་ཞིབ་ཙམ་དང་རྒྱས་ཙམ་འབྲི་དགོས་པ་དང་། གལ་ཆུང་སར་ཅུང་བསྡུས་ཙམ་འབྲི་དགོས་པ་རེད། བརྩམས་ཆོས་ཀྱི་ནང་རྒྱས་བསྡུས་ཀྱི་དབྱེ་བ་མེད་པར་བརྗོད་བྱ་མཐའ་དག་ཁྱབ་མཉམ་དུ་འབྲི་གང་ཐུབ་བྱས་ན་རྩོམ་རྫོབ་ཆེ་བ་ལས་ཕན་པ་གང་ཡང་མེད།

㉑ ཡུལ་བསྡུས་གཞན་གྱི་མིང་བོད་ཡིག་ནང་དུ་འབྲི་བ།

ཡུལ་གཞན་གྱི་མིང་བསྡུས་ཏེ་འབྲི་རྒྱུ་མེད་པར་ཁ་གསལ་པོ་འབྲི་དགོས་པའི་དོན་བསྟན་ཡོད་པ་རེད།

㉒ མངོན་བརྗོད་དང་གབ་ཚིག་འབྲི་བ།

བརྩམས་ཆོས་ནང་གོ་དོན་གསལ་ཤེས་ཐུབ་པའི་རྒྱང་གཞིའི་ཐོག་འབྲི་བ་ལས་མངོན་བརྗོད་དང་བརྡ་རྙིང་སོགས་བེད་སྤྱོད་གང་ཐུབ་ཐུབ་དང་། རང་གི་མ་གཏོགས་གཞན་སུས་ཀྱང་མི་ཤེས་པའི་གབ་ཚིག་སོགས་འབྲི་རྒྱུ་མེད།

㉓ རྩོམ་པ་པོའི་མིང་གསལ་པོ་མེད་པ།

གོང་སྨོས་དེ་དག་ནས་བརྩམས་ཆོས་ཀྱི་བརྗོད་དོན་དང་དགོས་པར་གཞིགས་ནས་བཀོད་པ་ལས་གང་འགོད་གདམ་གསེས་མེད་པར་བྲིས་ན་མི་འགྲིག་པ་དང་། དེ་ལྟར་བྱས་ནས་བྲིས་ན་ཚིག་གི་ལོ་མས་དོན་གྱི་འབྲས་བུ་སྒྲིབ་ཀྱི་ཡོད་རྐྱེན་བརྩམས་ཆོས་འབྲི་སྐབས་བརྗོད་དོན་གཙོ་བོ་སྟོན་རྒྱུའི་དགོས་པ་དང་བསྟུན་དགོས་པ་ལས་རང་བློར་གང་འདོད་ཀྱིས་བཀོད་སྒྲིག་བྱེད་རྒྱུ་མེད་པ་དང་། བརྩམས་ཆོས་ཀྱི་ཁྱད་ཆོས་མངོན་གསལ་དོད་པ་དང་། བརྗོད་དོན་གསལ་ཆ་དོད་ལ་གསོན་ཉམས་ལྡན་པ་ཞིག་ཡོང་ཕྱིར་གོང་གསལ་གྱི་རྩོམ་འབྲིའི་སྐྱོན་དེ་དག་ལ་རྩོམ་པ་པོས་དོ་སྣང་ཆེན་པོ་བྱེད་དགོས་པ་ཞིག་རེད།

《སྙན་ངག་མེ་ལོང་》གི་ནང་དུ་བསྟན་པའི་སྙན་ངག་གི་སྐྱོན་བཅུ་ནི།

"དོན་ཉམས་དོན་འགལ་དོན་གཅིག་པ།

ཐེ་ཚོམས་ཅན་དང་རིམ་པ་ཉམས།

སྒྲ་ཉམས་གཅོད་མཚམས་ཉམས་པ་དང་།

སྡེབ་སྦྱོར་ཉམས་དང་མཚམས་སྦྱོར་བྲལ།

ཡུལ་དུས་སྒྲུ་རྩལ་འཇིག་རྟེན་དང་། ལུང་རིགས་དག་དང་འགལ་བ་སྟེ།

སྐྱོན་བཅུ་དེ་དག་སྙན་ངག་ལ།

སྙན་ངག་མཁན་གྱིས་སྤང་བར་བྱ།” ཞེས་པ་ཡང་སྙན་ངག་གི་རིགས་ལ་དགེ་སྐྱོན་ཚད་འཇལ་དང་། གདེང་འཇོག་བྱེད་པའི་ཚད་གཞིའི་གྲས་ཤིག་ཡིན་དགོས། གོང་སྨོས་དེ་དག་ལས་མི་རིགས་སོ་སོ་དང་དུས་རབས་མི་འདྲ་བར་རྩོམ་རིག་གི་སྐྱོན་ཡོན་བརྗོད་པའི་ཚད་གཞི་ཡང་མི་འདྲ་བ་རེ་ཡོད་པ་ཡིན་ནོ།

2. རྩོམ་རིག་གི་སྐྱོན་ཡོན་བརྗོད་པའི་ཚད་གཞི་གྲུབ་ཚུལ་དང་འགྱུར་བའི་སྐོར།

རྩོམ་རིག་གི་སྐྱོན་ཡོན་བརྗོད་པར་ཚང་མར་ཚད་གཞི་ངེས་ཅན་རེ་ཡོད། སྐྱོན་ཡོན་བརྗོད་མཁན་གྱིས་ཆབ་སྲིད་ཀྱི་ལྟ་ཚུལ་འགའ་རེ་དང་མཛེས་སྡུག་གི་ཕྱོགས་བསམ་ལ་གཞིགས་ཏེ་བརྩམས་ཆོས་ལ་ཞིབ་དཔྱད་བྱས་ཏེ་གཏན་འབེབས་བྱེད་ཀྱི་ཡོད་པ་རེད།

རྩོམ་རིག་གི་བརྩམས་ཆོས་ཅི་འདྲ་ཞིག་ཡིན་ཀྱང་དེར་རྒྱུ་རྐྱེན་གཉིས་འཛོམས་ཡོད་པ་སྟེ། ཕྱོགས་ལྷུང་གི་རང་བཞིན་དང་སྒྲུ་རྩལ་གྱི་རང་བཞིན་ཡོད་རྐྱེན་རྩོམ་རིག་གི་བརྩམས་ཆོས་ལ་གདེང་འཇོག་བྱེད་པའི་ཚད་གཞི་ཞིག་ཀྱང་ཡོད་དགོས་པ་རེད།

སྤྱིར་བརྩམས་ཆོས་ཞེས་པའི་ཡིག་འབྲུ་ལ་གྲལ་རིམ་གྱི་རང་བཞིན་མི་ལྡན་ནའང་རྩོམ་རིག་གྲུབ་བྱེད་ཀྱི་བརྩམས་བྱས་གྲལ་རིམ་གྱི་རང་བཞིན་ངེས་ཅན་ཞིག་མཚོན་གྱི་ཡོད་པར་རྒྱུ་རྐྱེན་གཉིས་མཆིས་ཏེ། དང་པོ་རྩོམ་རིག་ནི་སྤྱི་ཚོགས་འཚོ་བའི་ཚུར་སྣང་ཞིག་ཡིན་པ་དང་སྤྱི་ཚོགས་ཀྱི་འཚོ་བ་དེ་གྲལ་རིམ་གྱི་རང་བཞིན་ལྡན་པ་ཞིག་ཡིན། གཉིས་པ། རྩོམ་རིག་ནི་ཕྱི་རོལ་ཡུལ་གྱི་རང་

བཞིན་དང་རང་སྣང་རང་བཞིན་ཟུང་དུ་འབྲེལ་བའི་ཐུན་མོང་གི་གྲུབ་ཆ་ཞིག་ཡིན་པ་དང་། རྩོམ་པ་པོ་ཡང་གྲལ་རིམ་ངེས་ཅན་ཞིག་གི་ཁོངས་སུ་འཚོ་གནས་བྱེད་ཀྱི་ཡོད་ལ། རྩོམ་པ་པོས་ཀྱང་གསར་རྩོམ་བྱེད་པའི་སྐབས་སུ་གྲལ་རིམ་དེ་རང་གི་ལངས་ཕྱོགས་དང་། ལྟ་ཚུལ། དགོས་འདུན། རེ་དོན་བཅས་དང་མཐུན་པར་བརྩམ་གཞི་འདེམས་པ་དང་། བརྩམ་བྱའི་མི་ཡི་གནས་ལུགས་འགོད་པ། བརྗོད་དོན་གཙོ་བོ་གཏན་ལ་འབེབས་པ། འཚོ་བར་དཔྱད་ཞིབ་དང་གདེང་འཛུག་བྱེད་པ་སོགས་ཀྱི་ལམ་ནས་གྲལ་རིམ་དེ་རང་གི་ཁེ་ཕན་སྒྲུབ་ཐབས་བྱེད་ཀྱི་ཡོད། དེ་ལྟར་གྲལ་རིམ་ཡོད་པའི་སྤྱི་ཚོགས་ཀྱི་ནང་དུ་གྲལ་རིམ་སོ་སོའི་ཆབ་སྲིད་ཀྱི་ཕྱོགས་ལྷུང་དང་སྒྲུ་རྩལ་གྱི་ལྟ་ཚུལ་ནས་རྩོམ་རིག་གི་སྐྱོན་ཡོན་བརྗོད་ཀྱི་ཡོད། རྩོམ་རིག་གི་སྐྱོན་ཡོན་བརྗོད་པའི་ལོ་རྒྱུས་ཐོག་གནའ་དུས་ནས་མཁས་པ་སུ་འདྲ་ཞིག་གིས་ཀྱང་སྐྱོན་ཡོན་བརྗོད་པའི་ཚད་གཞི་དེ་རིགས་མངོན་གསལ་དོད་པོ་ཞིག་གསུངས་མེད་ཅུང་རྩོམ་རིག་གི་སྐྱོན་ཡོན་བརྗོད་པའི་ལས་འགུལ་སྤྱིལ་སྐབས་གང་ལྟར་ཚད་གཞི་དེ་གཉིས་ལ་གཞིགས་ཏེ་གདེང་འཇོག་བྱེད་ཀྱི་ཡོད། ཕྱིས་སུ་མྲོ་མཐུན་མའོ་ཙེ་ཏུང་གིས“རིག་རྩལ་སྐོར་གྱི་སྐྱོན་ཡོན་བརྗོད་རྒྱུར་ཚད་གཞི་གཉིས་ཡོད། གཅིག་ནི་ཆབ་སྲིད་ཀྱི་ཚད་གཞི་རེད། གཅིག་ནི་སྒྲུ་རྩལ་གྱི་ཚད་གཞི་རེད་”ཅེས་གསལ་སྟོན་གནང་ཡོད་པ་རེད།

རྩོམ་རིག་གི་སྐྱོན་ཡོན་བརྗོད་པའི་ཚད་གཞི་དེ་ཡང་ལག་ལེན་དངོས་ཀྱི་ནང་ནས་རིམ་བཞིན་གྲུབ་པ་ཞིག་ཡིན་ལ། རྒྱུན་ཆད་མེད་པར་འགྱུར་ལྡོག་ཀྱང་འགྲོ་བཞིན་ཡོད། དེར་གཤམ་གསལ་གྱི་རྒྱུ་རྐྱེན་འདི་འདྲ་འགའ་ཤས་ཀྱིས་ཚོད་འཛིན་ཐེབས་པ་སྟེ།

①རྩོམ་རིག་འཕེལ་རྒྱས་ཀྱི་གནས་ཚུལ་དེས་ཚོད་འཛིན་བྱེད་ཅིང་དུས་རབས་གཅིག་གི་རྩོམ་རིག་གི་ཆུ་ཚད་དེ་ཚད་གཞི་ཅི་འདྲ་ཞིག་ལ་སླེབས་ཡོད་པ་ནི་དུས་རབས་དེའི་རྩོམ་རིག་གི་འཕེལ་ཕྱོགས་དང་ཕྱོགས་ལྷུང་གི་ངོ་བོ་ག་འདྲ་ཞིག་མངོན་ཐུབ་པ་དེ་དག་འདྲ་མིན་སྣ་ཚོགས་ཀྱི་ཕྱོགས་ནས་རྩོམ་རིག་གི་སྐྱོན་

ཡོན་བརྗོད་པའི་ཚད་གཞི་འཛུགས་རྒྱུར་ཤུགས་རྐྱེན་ངེས་ཅན་ཞིག་ཡོད།

②དབང་བསྒྱུར་གྲལ་རིམ་དང་ཕྱོགས་ཁག་སོ་སོའི་ཆབ་སྲིད་ཀྱི་ལྟ་ཚུལ་དང་། མཛེས་རིག་གི་དགའ་སྣང་སོགས་ཀྱི་ཚོད་འཛིན་ཐེབས་པ་སྟེ། དུས་རབས་སོ་སོའི་དབང་བསྒྱུར་གྲལ་རིམ་དང་ཚོགས་ཁག་སོ་སོས་ས་ཆ་དེ་དང་ཡང་ན་དུས་སྐབས་དེའི་ཆབ་སྲིད་ཀྱི་དགོས་མཁོར་གཞིགས་ཏེ་ཁོ་ཚོའི་བསམ་བློའི་ལྟ་ཚུལ་དང་། བརྩེ་དུང་། བསམ་པའི་འཆར་སྒོ། གྲུབ་སེམས། དགའ་ཞེན་སོགས་བཙམས་ཆོས་ཀྱི་ནང་འཐིམས་པར་བྱས་ཡོད་པས་རྩོམ་རིག་གི་སྐྱོན་ཡོན་བརྗོད་པའི་ནང་དུ་ཡང་མངོན་ཡོད་པ་རེད།

③མི་དམངས་མང་ཚོགས་ཀྱི་སྤྱི་ཚོགས་དང་མཛེས་རིག་གི་ཕྱུགས་བསམ་དང་། ཚད་གཞི་མི་འདྲ་བའི་ཡར་ཐོན་གྱི་ལངས་ཕྱོགས་དང་། དེ་མིན་མང་ཚོགས་ཀྱི་རེ་འདོད་གསལ་སྟོན་བྱེད་ཅིང་། ཡང་དག་པའི་གསར་རྩོམ་གྱི་ཕྱོགས་ཕྱོགས་ལྷུང་རྒྱུན་འཚོལ་བྱེད་མཁན་གྱི་རྩོམ་པ་པོ་དང་། རྩོམ་རིག་གི་སྐྱོན་ཡོན་རྗོད་མཁན་གྱི་སྤྱི་ཚོགས་ཀྱི་ལྟ་ཚུལ་དང་། མཛེས་རིག་གི་ལྟ་ཚུལ་གྱིས་ཚོད་འཛིན་བྱེད་ཀྱི་ཡོད།

གོང་སྨོས་ཀྱི་རྒྱུ་རྐྱེན་གསུམ་པོ་དེ་ལོ་རྒྱུས་ཀྱི་ཆུ་རྒྱུན་རིང་པོའི་ནང་དུ་རྒྱུན་ཆད་མེད་པར་འགྱུར་ལྡོག་འགྲོ་ཞིང་། དུས་རབས་སོ་སོ་དང་གྲལ་རིམ་སོ་སོའི་སྐྱོན་ཡོན་བརྗོད་པའི་ཚད་གཞི་དེར་དུས་རབས་ཀྱི་རང་བཞིན་དང་གྲལ་རིམ་གྱི་རང་བཞིན་ཡོད་པ་ཞིག་ཡིན། བློ་མཐུན་མའོ་ཙེ་ཏུང་གིས"ང་ཚོས་སྤྱིར་ཚིག་དང་གཏན་ནས་འགྱུར་བ་མེད་པའི་ཆབ་སྲིད་ཀྱི་ཚད་གཞི་དེ་ཁས་ལེན་གྱི་མེད་ལ། སྤྱིར་ཚིག་དང་གཏན་ནས་འགྱུར་བ་མེད་པའི་སྒྱུ་རྩལ་གྱི་ཚད་གཞི་དེ་ཡང་ཁས་ལེན་གྱི་མེད། གྲལ་རིམ་ཡོད་པའི་སྤྱི་ཚོགས་སོ་སོར་ཆབ་སྲིད་ཀྱི་ཚད་གཞི་མི་འདྲ་བ་རེ་དང་། སྒྱུ་རྩལ་གྱི་ཚད་གཞི་མི་འདྲ་བ་རེ་ཡོད་པ་རེད།"ཅེས་གསུངས། ཚན་རིག་དང་མཐུན་པའི་རྩོམ་རིག་གི་སྐྱོན་ཡོན་བརྗོད་པའི་ཚད་གཞི་དེར་ཕྱི་རོལ་ཡུལ་གྱི་རང་བཞིན་དང་ལག་ལེན་གྱི་རང་བཞིན་ལྡན་ཡོད་པ་

མ་ཟད། མང་ཚོགས་ཀྱི་རེ་འདོད་དང་། སྤྱི་ཚོགས་ཀྱི་གླིང་ཕྱོགས་མང་ཆེ་བའི་ཚབ་བྱེད་ལ། མང་ཚོགས་ཀྱིས་དངོས་འབྲེལ་ཞིབ་བཤེར་བྱེད་པ་ཞིག་ཡིན། དེས་ན་མི་དམངས་མང་ཚོགས་ཀྱི་སྤྱི་ཚོགས་ཀྱི་ཕྱུགས་བསམ་དང་མཛེས་རིག་གི་ཕྱུགས་བསམ་དེ་ནི་རྩོམ་རིག་གི་སྐྱོན་ཡོན་བརྗོད་པའི་ཚད་གཞི་དེ་གྲུབ་པ་དང་འགྱུར་བ་འགྲོ་རྒྱུའི་ཐད་ཐག་གཅོད་ཀྱི་རང་བཞིན་ལྡན་པའི་རྒྱུ་རྐྱེན་ཞིག་ཡིན་ནོ།

3. བསམ་བློའི་ཚད་གཞིའི་སྐོར།

ཐོག་མར་ཆབ་སྲིད་ཀྱི་ཚད་གཞི་ཞེས་པའི་སྐོར་གསལ་བཤད་རགས་ཙམ་བྱ་དགོས་པ་སྟེ། མའོ་ཙེ་ཏུང་གིས་བརྟན་པའི་ཆབ་སྲིད་ཀྱི་ཚད་གཞི་ཞེས་པ་ནི་འཕྱོར་མེད་གྲལ་རིམ་གྱི་ཆབ་སྲིད་རེ་བ་དང་རྒྱ་ཆེའི་མང་ཚོགས་ཀྱི་ཁེ་ཕན་ལ་གཞིགས་ཏེ་རྩོམ་རིག་བརྩམས་ཆོས་ཀྱི་བསམ་བློའི་ནང་དོན་དང་སྤྱི་ཚོགས་ཀྱི་དོན་སྙིང་ལ་བརྟག་དཔྱད་བྱེད་རྒྱུ་དེ་ཡིན་དགོས། འོན་ཏེ་འདིར་བརྗོད་པའི་ཆབ་སྲིད་ཅེས་པ་ནི་གཅིག་ནས་གྲལ་རིམ་གྱི་ཆབ་སྲིད་དང་། མི་དམངས་མང་ཚོགས་ཀྱི་ཆབ་སྲིད། གཉིས་ནས་འཕྱོར་མེད་གྲལ་རིམ་གྱི་རྩ་བའི་ཆབ་སྲིད་དང་། མི་དམངས་མང་ཚོགས་ཀྱི་ཆབ་སྲིད། གསུམ་ནས་འཕྱོར་མེད་གྲལ་རིམ་གྱི་རྩ་བའི་ཆབ་སྲིད་ཀྱི་ཁེ་ཕན་དེ་ཡིན་པ་ལས། དུས་སྐབས་གཅིག་རིང་གི་ཆབ་སྲིད་ཀྱི་ལས་འགན་དང་བྱེ་བྲག་གི་སྲིད་ཇུས་དོན་ཙམ་ཞིག་ནི་མ་ཡིན། ཆབ་སྲིད་ནི་མིའི་རིགས་ཀྱི་སྤྱི་ཚོགས་ཀྱི་འཚོ་བའི་ཆ་ཤས་ཤིག་ཡིན་མོད། གང་ལྟར་ཡོངས་རྫོགས་ནི་མ་ཡིན་ཞིང་མི་ལ་ད་དུང་སྤྱི་ཚོགས་ཀྱི་འཚོ་བའི་ནང་དོན་གཞན་ཡང་ཡོད། རྩོམ་རིག་གིས་ཆབ་སྲིད་མཚོན་པར་བྱས་ཚོག་ལ་བྱེད་དགོས་ངེས་ཀྱང་ཡིན། འོན་ཀྱང་མིའི་རིགས་ཀྱི་ལོ་རྒྱུས་ནི་དུས་རིམ་དུ་དབྱེ་བ་ཞིག་ཡིན་པ་དང་། དུས་རིམ་རེར་དུས་རིམ་དེའི་ལོ་རྒྱུས་ཀྱི་དམིགས་བསལ་ཁྱད་ཆོས་ལྡན་ཡོད།

ལོ་རྒྱུས་ཀྱི་དུས་རིམ་ཡོད་ཚད་ཀྱི་ནང་དུ་མི་ཡོད་ཚད་ཚང་མའི་འཚོ་བ་ཆབ་སྲིད་ཀྱིས་ཁེངས་པ་ཞིག་མ་ཡིན། དེར་བརྟེན་རྩོམ་རིག་དེ་ལོ་རྒྱུས་ཀྱི་དུས་

སྐབས་གང་དང་གང་གི་ནང་དུའང་ཞིབ་ཕྲའི་ཆབ་སྲིད་ཀྱི་དྲིལ་བསྒྲགས་ཡོ་བྱད་དང་སྐད་དུང་དུ་འགྱུར་དགོས་པའི་བླང་བྱ་འདོན་རྒྱུ་མེད། མི་རྣམས་ཀྱིས་ཚགས་པར་ལྟ་ཀློག་དང་གསར་འགྱུར་དང་སྐབས་དོན་གྱི་རྒྱང་བསྒྲགས་ཉན་པས་མ་ཚད། རྩོམ་རིག་བརྩམས་ཆོས་ཀྱང་ལྟ་བ་དེའི་ཐོག་ནས་མི་རྣམས་ཀྱིས་རྩོམ་རིག་ལ་ཚགས་པར་ལྟ་ཀློག་དང་། གསར་འགྱུར་དང་སྐབས་དོན་གྱི་རྒྱང་བསྒྲགས་ཉན་པ་དང་། མི་འདྲ་བས་དགོས་འདུན་བཅངས་ཡོད་པ་གསལ་བཤད་བྱས་ཡོད། དགོས་འདུན་དེ་རིགས་ནི་སྤྲོ་སྣང་དང་ལྟ་བའི་རང་བཞིན་ལྡན་པ་ཞིག་ཡིན་ཞིང་། མི་རྣམས་ཀྱིས་རྩོམ་རིག་ལ་སྤྲོ་སྣང་ལྡན་པའི་ངང་ལྟ་བའི་རང་བཞིན་གྱི་དགོས་འདུན་བཅངས་པ་དེ་ནི་ཕྱོགས་མང་པོའི་ཐད་ཀྱི་འབྲེལ་བ་ཡོད་པ་ཞིག་ཡིན། འཛམ་གླིང་ཐོག་སྒྱུ་རྩལ་གྱི་བརྩམས་ཆོས་གྲགས་ཅན་དག་ནི་རེ་རེ་བཞིན་ཚང་མར་ཆབ་སྲིད་ཀྱི་རྟགས་མཚན་ཤུགས་ཆེར་ལྡན་པ་ཞིག་མ་ཡིན། བརྩམས་ཆོས་ཀྱི་ཕྱོགས་ལྷུང་རང་བཞིན་ལ་ཞིབ་དཔྱད་བྱེད་པའི་ཚེ་ངེས་པར་དུ་རྩོམ་རིག་དང་སྙིང་གི་བཀོད་པའི་འདུ་ཤེས་འཛིན་སྟངས་གཞན་གྱིས་བཅོ་སྒྱུར་བྱེད་པའི་སྤྱིའི་ཆོས་ཉིད་ལ་བསམ་གཞིགས་བྱེད་དགོས་པ་མ་ཟད། ད་དུང་འདུ་ཤེས་འཛིན་སྟངས་གཞན་དང་མི་འདྲ་བའི་རྩོམ་རིག་གི་དམིགས་བསལ་གྱི་ཆོས་ཉིད་ལ་ཡང་བསམ་བློ་གཏོང་དགོས། ལེ་ཉིན་གྱིས“རྩོམ་རིག་བྱ་གཞག་གིས་དེ་བས་ཀྱང་འགྱུར་མེད་ཀྱི་སྒོ་ནས་ཆ་སྙོམས་དང་། འདྲ་མཚུངས། ཉུང་བས་མང་བར་བཅོ་བཀུར་བྱེད་པ་བཅས་གཏན་ནས་བྱེད་མི་རུང་བ་ནི་རྩོད་བྲལ་རེད། རྩོམ་རིག་བྱ་གཞག་དེས་ངེས་པར་དུ་རང་སོ་སོའི་གསར་རྩོམ་རང་བཞིན་དང་རང་གི་དགའ་ཞེན་བྱེད་ཡུལ་ཡངས་ཤིང་རྒྱ་ཆེ་བ་ཞིག་ཡོང་བ་དང་། བསམ་བློ་དང་འཆར་སྒོ། རྣམ་པ་དང་ནང་དོན་བཅས་ཀྱི་ཐད་འགྲོ་ལམ་ཡངས་ཤིང་རྒྱ་ཆེ་བ་ཞིག་ཡོང་བའི་འགན་ལེན་བྱེད་དགོས”ཞེས་གསུངས། ལེ་ཉིན་གྱིས་རྩོམ་རིག་དེ་ངེས་པར་དུ་ཏང་གི་བྱ་གཞག་གི་ཆ་ཤས་ཤིག་ཏུ་འགྱུར་བ་བྱེད་རྒྱུའི་རྩ་དོན་འདོན་པ་གནང་བ་དང་དུས་མཚུངས། ང་ཚོར་ངེས་པར་དུ་རྩོམ་

རིག་གི་དམིགས་བསལ་རང་བཞིན་ལ་དོ་སྣང་གང་གཟབ་བྱེད་དགོས་པའི་བསླབ་བྱ་ནན་ཏན་གནང་བ་རེད། ཏིང་ཞའོ་ཕིང་གིས“རྩོམ་རིག་སྒྱུ་རྩལ་གྱི་རྩོམ་རིག་ཕྱུལ་བྱུང་དང་འཁྲབ་སྟོན་སྒྱུ་རྩལ་གྱི་གྲུབ་འབྲས་ཕྱུལ་བྱུང་གསར་བསྐྲུན་བྱེད་ཐུབ་པ་ཞིག་ཡོང་བ་བྱེད་དགོས་པ་ལས། བཀའ་འབེབས་བཀོད་འདོམས་བྱེད་རྒྱུ་མེད་པ་དང་། རྩོམ་རིག་སྒྱུ་རྩལ་དེ་གནས་སྐབས་དང་། ཞིབ་ཕྲ་ཐད་ཀ་བཅས་ཀྱི་ཆབ་སྲིད་ཀྱི་ལས་འགན་ལ་བསྟུན་དགོས་རྒྱུའི་བླང་བྱ་འདོན་རྒྱུ་མེད”ཅེས་དང་ཡང་ཁོང་གིས“རིག་རྩལ་གསར་རྩོམ་དང་རིག་རྩལ་སྐོར་གྱི་སྐྱོན་ཡོན་བརྗོད་པའི་ཁྲབ་ཁོངས་ནང་སྲིད་འཛིན་ཐོག་ནས་བཀའ་འབེབས་པའི་རིགས་ငེས་པར་དུ་མེད་པ་བཟོ་དགོས། གལ་ཏེ་བྱེད་སྟངས་དེ་ཏང་གི་འགོ་ཁྲིད་རྒྱུན་འཁྱོངས་བྱེད་པ་ཞིག་ཏུ་བརྩིས་ན་དེའི་འབྲས་བུར་བྱ་བའི་ལྟོག་ཕྱོགས་ལ་འགྲོ་བ་ལས་འོས་མེད”ཅེས་གསུངས། བརྩམས་ཆོས་ཀྱི་བསམ་བློའི་ཕྱོགས་ལྷུང་ལ་སྐྱོན་ཡོན་བརྗོད་པའི་སྐབས་སུ་ངེས་པར་དུ་བརྩམས་ཆོས་དེས་སྒྱུ་རྩལ་གྱི་གཟུགས་བརྙན་བརྒྱུད་དེ་མཚོན་པར་བྱས་ཡོད་པའི་ནང་དོན་དང་སྤྱི་ཚོགས་ཀྱི་དོན་སྙིང་ལ་དབྱེ་འབྱེད་དང་ཞིབ་འཇུག་བཅས་བྱས་ཏེ་ལེགས་ཆ་དང་ཉེན་ཆ། བླང་དོར་གྱི་ཕྱོགས་ཅི་ཡོད་ཤེས་རྟོགས་བྱེད་དགོས་པ་མ་ཟད། སྤྱི་ཚོགས་ཀྱི་འཚོ་བ་དངོས་དང་མཐུན་ཞིང་། གསོན་ཉམས་ལྡན་པ་དང་ཡིད་དབང་འཕྲོག་པའི་སྒྱུ་རྩལ་གྱི་ཐོག་ནས་འཚོ་བ་སྙིང་བསྡུས་བྱས་ཏེ་སྤྱི་ཚོགས་ཀྱི་འཚོ་བ་ཕྱུན་སུམ་ཚོགས་པོ་དེའི་དཔེ་རིས་དང་། ཡང་ན་འཚོ་བའི་ངོ་བོའི་ཕྱོགས་འགའ་ཤས་ཐེར་འདོན་བྱས་ཡོད་མེད་ལ་ལྟ་དགོས་པ་ལ། ཡང་མི་དམངས་མང་ཚོགས་ཀྱི་རེ་འདོད་དང་ཕུགས་བསམ། མི་དམངས་ཀྱི་བསམ་པའི་དགོས་མཁོ་སྐོང་ཐུབ་ཐབས་བྱས་ཡོད་མེད་ལ་ཡང་ཞིབ་དཔྱད་བྱེད་དགོས།

རྩོམ་རིག་གི་ཐོག་ནས་མཚོན་པའི་སྤྱི་ཚོགས་ཀྱི་འཚོ་བ་དེ་རྒྱ་ཆེ་ཞིང་གཏིང་ཟབ་པ་དང་། ལོ་རྒྱུས་དུས་རིམ་སོ་སོའི་ནང་འགྱུར་ལྡོག་མང་བ། སྐྱེས་སྟོབས་ཀྱི་དཔལ་འབར་བའི་བྱ་དངོས་སྣ་ཚོགས་ཡོད་པ་ཞིག་ཡིན་ལ། ཚད་མཐོའི་

དངོས་པོའི་དཔལ་ཡོན་དང་བསམ་པའི་དཔལ་ཡོན། དེ་མིན་གཞན་་རབས་ཀྱི་སྤྱི་ཚོགས་འཚོ་བ་དང་། ཡང་ན་ད་ལྟའི་ཆབ་སྲིད་ཀྱི་འཚོ་བ་དང་འབྲེལ་བ་དམ་ཟབ་ཡོད་པའི་ཕྱོགས་སྣ་ཚོགས་པ་ཞིག་ཁྲིས་ཡོད་རྐྱེན། བརྩམས་ཆོས་དེ་དག་གི་བསམ་བློའི་ཕྱོགས་ལྷུང་ནི་ཤིན་ཏུ་རྙོག་དྲ་ཆེ་བ་ཞིག་ཡིན་ཞིང་། བརྩམས་ཆོས་འགའ་རེས་འཚོ་བའི་དཔེ་རིས་འབྲི་བ་དེ་དག་ད་ལྟའི་ཆབ་སྲིད་དང་ཡང་ན་ཆབ་སྲིད་དང་ཐད་ཀའི་འབྲེལ་བ་དམ་པོ་ཡོད་ཅིང་། རྩོམ་པ་པོས་ད་ལྟའི་ཆབ་སྲིད་ལ་འཛིན་པའི་རྣམ་འགྱུར་དང་གདེང་འཇོག་གསལ་མཚོན་བྱས་ཡོད་པ་དང་། ཡང་འགའ་རེས་བརྩམས་ཆོས་ནང་དུ་ད་ལྟའི་ཆབ་སྲིད་ལས་བརྗོད་དོན་རྒྱང་རིང་ཙམ་གནས་པ་དང་། འགའ་རེས་གཞན་་རབས་ཀྱི་འཚོ་བ་འབྲི་བ་བརྒྱུད་དེ་ད་ལྟའི་གནས་ཚུལ་ལ་ཟུར་ཟ་དང་ཤུགས་བསྟན་བྱེད་ཀྱི་ཡོད། འོན་ཏེ་དེ་དག་ཚང་མར་བསམ་བློའི་ཕྱོགས་ལྷུང་མེད་པ་ཞིག་གཏན་ནས་མ་ཡིན་པར་བསམ་བློའི་ཕྱོགས་ལྷུང་དེ་མི་ཚེ་དང་། ལོ་རྒྱུས། མཛའ་མཐུན། མཛའ་སེམས་དང་མི་གཤིས། ཀུན་སྤྱོད་སོགས་ཀྱི་གནད་དོན་ཐད་འཛིན་པའི་ལྟ་ཚུལ་ནས་མཚོན་པར་བྱས་ཡོད་པ་རེད། དེར་བརྟེན་བརྩམས་ཆོས་ཀྱི་བསམ་བློའི་ཕྱོགས་ལྷུང་ལ་དབྱེ་ཞིབ་བྱེད་སྐབས་ངེས་པར་དུ་བརྩམས་ཆོས་དེ་ལས་འདོན་སྤྲོད་བྱས་པའི་འཚོ་བའི་བརྗོད་དོན་ལ་གཞིགས་ཏེ་ཞིབ་ཕྲའི་དབྱེ་ཞིབ་བྱེད་དགོས་ལ། ཕྱི་རོལ་ཡུལ་གྱི་རང་བཞིན་ཆབ་སྲིད་ཀྱི་ཚད་གཞི་རྒྱུན་འཁྱོངས་བྱས་ཏེ་རྩོམ་རིག་སྣ་ཚོགས་ཀྱི་བསམ་བློའི་ཕྱོགས་ལྷུང་ཆེས་རྙོག་འཛིང་ཆེ་བ་དེ་དག་ལའང་ཞིབ་དཔྱད་བྱེད་དགོས་པ་རེད། མའོ་ཙེ་ཏུང་གིས“ང་ཚོའི་རེ་འདུན་ནི་ཆབ་སྲིད་དང་སྒྱུ་རྩལ་གཅིག་གྱུར་ཡོང་བ་དང་ནང་དོན་དང་རྣམ་པ་གཅིག་གྱུར་ཡོང་བ། གསར་བརྗེའི་ཆབ་སྲིད་ཀྱི་ནང་དོན་དང་ཕུན་སུམ་ཚོགས་གང་ཐུབ་བྱེད་དགོས་པའི་སྒྱུ་རྩལ་གྱི་རྣམ་པ་གཅིག་གྱུར་ཡོང་བ། གསར་བརྗེའི་ཆབ་སྲིད་ཀྱི་ནང་དོན་དང་ཕུན་སུམ་ཚོགས་གང་ཐུབ་བྱེད་དགོས་པའི་སྒྱུ་རྩལ་གྱི་རྣམ་པ་གཅིག་གྱུར་ཡོང་བ་བཅས་བྱེད་རྒྱུ་དེ་རེད།”ཅེས་གསུངས། ང་ཚོའི་རྩོམ་རིག་ནི་

སྤྱི་ཚོགས་རིང་ལུགས་ཀྱི་རྩོམ་རིག་ཡིན་པ་དེས་རྩོམ་རིག་གི་ངོ་བོ་ཐག་གཅོད་བྱས་ཡོད་པས་བརྩམས་ཆོས་ཀྱི་བརྗོད་བྱའི་ཐད་གསར་བརྗེའི་ཁེ་ཕན་རང་བཞིན་གསལ་མཚོན་བྱེད་དགོས་པ་དང་། བརྩམས་ཆོས་ཀྱི་བསམ་བློའི་ཕྱོགས་ཚུར་ལ་དཔྱད་ཞིབ་བྱེད་པའི་སྐབས་སུ་བརྩམས་ཆོས་ཀྱི་བརྗོད་དོན་གྱི་དངོས་ཡོད་རང་བཞིན་མཐོང་དགོས་པ་མ་ཟད། དུས་མཚུངས"གཞི་རྩའི་རྩ་དོན་བཞི"དང་མཐུན་ཡོད་མེད་ལ་ཞིབ་བཤེར་ཡང་བྱེད་དགོས་པ་ཞིག་ཡིན། མདོར་བསྡུས་ན། བརྩམས་ཆོས་ཁྲོད་ཀྱི་ཕྱིར་མཚོན་པའི་བསམ་བློའི་དོན་སྙིང་དང་ཚོར་འདུའི་རྣམ་འགྱུར་ལ་ཟེར། བརྩམས་ཆོས་ཀྱི་བསམ་བློའི་ནང་རྩོམ་པ་པོའི་ལྟ་བ་དང་། བརྩམས་ཆོས་ཁྲོད་ཀྱི་བསམ་བློ་གཉིས་འདུས་ཡོད་པ་དང་རྩོམ་པ་པོའི་ལྟ་བ་ནི་གཟུགས་བརྙན་ལ་བརྟེན་ནས་འཚོ་བར་ཤེས་རྟོགས་དང་དཔྱད་བརྗོད་བྱེད་པའི་སྐབས་སུ་ངམ་ངམ་ཤུགས་ནས་བསྟན་པའི་བསམ་བློའི་ཕྱོགས་ཞེན་ལ་ཟེར་བ་དང་། བརྩམས་ཆོས་ལས་མཚོན་པའི་དགོངས་དོན་ནི་བརྩམས་ཆོས་ཀྱི་གཟུགས་བརྙན་མ་ལག་ལས་དངོས་སུ་མཚོན་པའི་བསམ་བློ་ལ་ཟེར། ཀློག་པ་པོར་མཚོན་ན། བརྩམས་ཆོས་ཀྱི་བསམ་བློའི་རང་བཞིན་ཞེས་པ་ནི་བརྩམས་ཆོས་ཀྱི་བསམ་བློའི་སློབ་གསོའི་ནུས་པ་ལ་ཟེར།

རྩོམ་རིག་གི་བསམ་བློའི་ཕྱོགས་ཞེན་དང་ཚོར་འདུའི་རྣམ་འགྱུར་དེ་སྤྱི་མཚན་གྱི་རྣམ་པ་ལ་བརྟེན་ནས་ཐད་ཀར་བརྗོད་པ་ཞིག་མ་ཡིན་པར། གཟུགས་བརྙན་དང་བྱུང་རིམ། ཁོར་ཡུག་དང་མི་སྣ་བཅས་ཞིབ་འབྲི་བྱས་པ་བརྒྱུད་ནས་ངང་གིས་མཚོན་པ་ཞིག་ཡིན་པས་དེར་གཟུགས་བརྙན་གྱི་བསམ་བློ་ཞིག་དང་སྒྱུ་རྩལ་གྱི་བསམ་བློ་ཞིག་ཡོད་པར་བལྟ་དགོས་ལ། བསམ་བློའི་ཚད་གཞིའི་སྙིང་དཔྱད་བརྗོད་བྱེད་སྐབས་བརྩམས་ཆོས་དེས་སྤྱི་ཚོགས་དང་ལོ་རྒྱུས་ཀྱི་འཕེལ་རྒྱུས་ལ་སྐུལ་འདེད་ཀྱི་ནུས་པ་ཅི་འདྲ་ཞིག་ཐོན་ཡོད་པ་དང་། མི་དམངས་ཀྱི་ཁེ་ཕན་དང་མཐུན་མི་མཐུན། མི་དམངས་ཀྱི་འདོད་བློ་མཚོན་ཡོད་མེད་ཀྱི་ཚད་གཞི་ལ་བརྟག་དཔྱད་བྱེད་དགོས། དེ་ཡང་བྱེ་བྲག་ཏུ་དབྱེ་ན།

①འཚོ་བའི་དངོས་ཡོད་རང་བཞིན་མཚོན་པར་བྱེད་དགོས།

རྩོམ་པ་པོས་ད་ལྟའི་དངོས་ཡོད་འཚོ་བར་འཛིན་པའི་རྣམ་འགྱུར་ལ་ལྟ་དགོས་པ་སྟེ། དུས་རབས་ཀྱི་འཚོ་བ་དངོས་དེ་ཇི་མ་ཇི་བཞིན་ཕྱིས་ཤིང་འཚོ་བའི་ངོ་བོ་གསལ་མཚོན་ཐུབ་ཡོད་དམ། ཡང་ན་འཚོ་བའི་ངོ་བོ་དེ་རྫུན་བཟོ་དང་འཁྱོག་བཤད་བྱས་ཡོད། དུས་རབས་ཀྱི་འཚོ་བའི་ནང་གནས་པའི་འགལ་བའི་དངོས་གཞི་མཐོང་བར་བྱས་ཡོད་དམ། ཡང་ན་འགལ་བ་དེ་དག་ལས་གང་ཐབ་ཀྱིས་གཡོལ་ཐབས་བྱས་ཡོད་པའི་གནད་དོན་དེ་དག་ནས་མངོན་ཚུལ་མི་འདྲ་བ་གཉིས་མཐོང་ཐུབ་པ་སྟེ། འཛིག་རྟེན་གྱི་ལྟ་ཚུལ་དང་སྒྱུ་རྩལ་གྱི་ལྟ་ཚུལ་ཡིན་ཞིང་། དེས་རྩོམ་པ་པོའི་བསམ་བློའི་མཐོ་ཚད་མངོན་ཐུབ་པ་མ་ཟད། བརྩམས་ཆོས་དེའི་བླ་སྲོག་ཀྱང་ཐག་གཅོད་བྱེད་ཀྱི་ཡོད།

སྤྱི་ཚོགས་རིང་ལུགས་ཀྱི་དེང་རབས་ཅན་བཞི་འཛུགས་བསྐྲུན་བྱེད་པའི་ལོ་རྒྱུས་ཀྱི་དུས་རབས་གསར་པའི་ནང་དུ་དཔོན་ཉམས་རིང་ལུགས་དང་། བཀས་བཀོད་རྒྱུད་འཛིན་གྱི་སྲིད་དབང་སྣེར་གཅོད་བྱེད་པའི་ལམ་ལུགས་ཀྱི་ལྷག་འཕྲོ་དང་། ཁྱད་དབང་གི་བསམ་བློ་རིངས་པོར་གྱུར་བའི་སྣང་ཚུལ་དང་། བཤུ་གཞོག་གྲལ་རིམ་གྱི་བསམ་བློ་དང་ཐོན་སྐྱེད་ཆུང་བ་བྱེད་མཁན་གྱི་རྙིང་ཞེན་གུ་དོག་གི་བསམ་པའི་ཤུགས་རྐྱེན། སྲིད་གཞུང་མེད་པའི་རིང་ལུགས་དང་། རང་དོན་རིང་ལུགས་མཐར་སོན་པའི་བཀག་རྒྱ་སོགས་གནས་ཡོད་ལ། འགལ་རྐྱེན་དེ་དག་ནི་ཕྱི་རོལ་ཡུལ་གྱི་སྤྱི་ཚོགས་ཀྱི་སྣང་ཚུལ་ཞིག་ཡིན། གལ་ཏེ་རྩོམ་པ་པོས་ཚོར་བ་སྐྱེན་པོས་འགལ་རྐྱེན་དེ་དག་ཤེས་རྟོགས་བྱུང་ཏེ་དཔའ་ངར་ཆེ་སྐྱེད་དང་བློ་ཁོག་ཆེན་པོས་སྤྱི་ཚོགས་ཀྱི་འགལ་བ་དེ་དག་གི་དངོས་གཞི་རྩོམ་འབྲི་བྱས་ཏེ་མི་དམངས་མང་ཚོགས་ཀྱིས་སྤྱིད་ལུག་གི་སྣང་ཚུལ་དེ་རིགས་ལ་འཐབ་རྩོད་བྱེད་པའི་དུས་རབས་ཀྱི་སྙིང་སྟོབས་མངོན་ཡོད་ཚེ་བརྩམས་ཆོས་དེའི་བསམ་བློའི་ཕྱོགས་ལྷུང་ནི་བསྟུ་ལེན་བྱེད་འོས་པ་ཞིག་ཡིན།

འདི་ར་ད་དུང་བསྔགས་བརྗོད་དང་ཐེར་འདོན་གྱི་གནད་དོན་ཞིག་ཡོད།

སྤྱི་ཚོགས་ཀྱི་དངོས་ཡོད་འབྲེལ་བ་དང་། འགལ་ཟླའི་རྣམ་པ་ཇི་བཞིན་དུ་འབྲི་བ་དང་། བརྗོད་བྱའི་ཐད་བསྟུགས་བརྗོད་གཙོ་བོར་བྱས་ན་འགྲིག་ལ། ཞེར་འདོན་བྱ་རྒྱུ་གཙོ་བོར་བྱས་ནའང་འགྲིག་པ་མ་ཟད། བསྟུགས་བརྗོད་དང་ཞེར་འདོན་མཉམ་བསྲེས་བྱས་ཏེ་འབྲི་ནའང་ཆོག་པ་ཞིག་ཡིན་མོད། བསྟུགས་བརྗོད་དང་ཞེར་འདོན་ནི་བརྩམས་ཆོས་ཀྱི་བསམ་བློའི་ཕྱོགས་ལྷུང་ལ་བརྟར་ཤ་གཅོད་པའི་གཞི་འཛིན་ས་ཞིག་མ་ཡིན་པར་ཆེས་གལ་ཆེ་བ་ཞིག་ནི་རྩོམ་པ་པོས་ཡངས་ཕྱོགས་དང་རྣམ་འགྱུར་ཅི་འདྲ་ཞིག་གི་ཐོག་ནས་བསྟུགས་བརྗོད་དང་ཞེར་འདོན་བྱས་ཡོད་དང་། བསྟུགས་བརྗོད་དང་ཞེར་འདོན་བྱས་པའི་བྱ་དངོས་དེ་དག་སྤྱི་ཚོགས་ཀྱི་གནས་ཚུལ་དངོས་དག་དག་ཅིག་མཚོན་ཡོད་མེད་ལ་ལྟ་དགོས་ལ་ཕྱོགས་ལྷུང་རང་བཞིན་གྱི་རེ་དོན་དང་དངོས་ཡོད་རང་བཞིན་གྱི་རེ་དོན་དང་ཐད་དེ་གཅིག་གྱུར་བྱུང་ཡོད་མེད་ལ་ཡང་བལྟ་དགོས་པ་ཞིག་ཡིན།

②རྩོམ་རིག་གི་བསམ་བློའི་ཕྱོགས་ལྷུང་ལ་ཡར་ཐོན་གྱི་དོན་སྙིང་ལྡན་ཡོད་མེད་ལ་ལྟ་དགོས།

བརྩམས་ཆོས་ནི་དུས་རབས་ཀྱི་དུང་སྒྲ་དང་མི་དམངས་ཀྱི་སྙིང་གཏམ་ཡིན་སྟབས་མི་དམངས་ཀྱི་ཐུགས་བསམ་དང་རེ་དོན་མཚོན་དགོས་པ་དང་། དམིགས་ཡུལ་དེ་མངོན་འགྱུར་ཆེད་རྩོམ་པ་པོ་ངེས་པར་དུ་འཚོ་བ་དངོས་ཀྱི་ནང་དུ་ཞུགས་ནས། ལྟ་སྤྱོད་ཞིབ་མོ་དང་ཞིབ་འཇུག་གང་ལེགས་བྱས་ཏེ་མང་ཚོགས་ཀྱིས་ཐུགས་འཁུར་གནང་བའི་གནད་དོན་རྣམས་འདོན་ཐོད་པ་དང་། མི་དམངས་རྣམས་ཀྱི་སེམས་གཉིང་གི་སྐད་ཆ་སྨོད་ཐོད་པ་ཞིག་བྱེད་དགོས།

དེར་བརྟེན་བརྩམས་ཆོས་དེས་མི་དམངས་མང་ཚོགས་ལ་སྤྱོད་ཚུལ་ཅི་འདྲ་ཞིག་བཟུང་ཡོད་པ་དང་། མི་དམངས་ཀྱི་ཁེ་ཕན་དང་རེ་དོན་མཚོན་ཡོད་མེད་ལ་ཞིབ་བཤེར་བྱ་རྒྱུ་དང་ལྟ་རྟོགས་བྱེད་དགོས་པ་རེད། ཀློ་མཐུན་མའོ་ཙེ་ཏུང་གིས"འགྱུར་མེད་ཀྲལ་རིམ་གྱིས་སྔ་དུས་ཀྱི་རྩོམ་རིག་དང་སྒྱུ་རྩལ་གྱི་རྩོམ་རིག་རྣམས་ལ་ལྟ་དུས་ཐོག་མར་ངེས་པར་དུ་དེ་ཚོས་མི་དམངས་ལ་སྤྱོད་ཚུལ

གང་འདྲ་ཞིག་བཟུང་ཡོད་པ་དང་། ལོ་རྒྱུས་ཐོག་ལ་ཡར་ཐོན་གྱི་དོན་སྙིང་ཐོན་ཡོད་མེད་ལ་བལྟས་ནས་སོ་སོར་སྤྱོད་ཚུལ་མི་འདྲ་བ་རེ་བཟུང་དགོས་ཀྱི་རེད་”ཅེས་གསུངས། དེས་ན་དེང་རབས་ཀྱི་བརྩམས་ཆོས་ལ་ཡང་སྔར་བཞིན་རྩ་དོན་དེ་གཞིར་བཟུང་དགོས་པ་རེད།

བརྩམས་ཆོས་ཀྱིས་མི་དམངས་མང་ཚོགས་ཀྱི་ཁེ་ཕན་དང་རེ་དོན་མཚོན་པར་བྱས་ཡོད་ཕྱིན་དེས་རང་བཞིན་དུ་སྤྱི་ཚོགས་ལ་ཡང་དགེ་མཚན་ལྡན་པའི་ཕན་ནུས་ཆེན་པོ་ཞིག་ཐོན་གྱི་ཡོད། དེར་བརྟེན་བརྩམས་ཆོས་ཀྱིས་མ་མཐར་ཡང་ཕན་ནུས་རང་བཞིན་འདི་འདྲ་འགའ་ཤས་ཐོན་གྱི་ཡོད་པ་སྟེ་མང་ཚོགས་ཀྱི་དཔའ་ངར་ལ་སྐུལ་སློང་བྱེད་ཐུབ་པ་དང་། མི་དམངས་མང་ཚོགས་ཀྱི་སྙིང་སྟོབས་འཕེལ་ཐུབ་པ། མཐུན་སྒྲིལ་དང་བློ་གཅིག་སེམས་གཅིག་གི་སྒོ་ནས་དེང་རབས་ཅན་བཞི་མངོན་འགྱུར་བྱེད་པ་དང་། སྤྱི་ཚོགས་རིང་ལུགས་ཀྱི་ཚད་མཐོའི་དངོས་པོའི་དཔལ་ཡོན་དང་བསམ་པའི་དཔལ་ཡོན་འཛུགས་བསྐྲུན་བྱ་རྒྱུའི་ཐད་ཡར་སྐུལ་བ་ཞིག་བྱེད་ཐུབ་པ་དང་གཅིག མང་ཚོགས་རྣམས་ཀྱི་ཡང་དག་པའི་སྒོ་ནས་སྤྱི་ཚོགས་དང་མི་ཚེ་སྐྱིལ་ཚུལ་ལ་ངོས་འཛིན་དབྱེ་འབྱེད་བྱེད་པའི་གོ་རྟོགས་གོང་མཐོར་གཏོང་བ་དང་། རྗེས་ལུས་དང་སྙིད་ལུག་བག་འཁྲུམ་གྱི་སྤྱི་ཚོགས་སྣང་ཚུལ་ལ་འཐབ་རྩོད་བྱེད་ཐུབ་པ་དང་གཉིས། མི་དམངས་ཀྱི་བསམ་པའི་ཡུལ་ཁམས་དང་ཀུན་སྤྱོད་མཐོར་འདེགས་དང་བསམ་པའི་འཚོ་བ་ཕུན་སུམ་ཚོགས་སུ་བཏང་སྟེ་ཁོ་ཚོ་ལུས་སེམས་གཉིས་བདེ་ཡོང་བར་ཡར་སྐུལ་བྱེད་རྒྱུ་དང་གསུམ་བཅས་ཡིན།

བརྩམས་ཆོས་ཀྱི་ཕྱོགས་ཞུང་རང་བཞིན་དང་སྒྱུ་རྩལ་གྱི་རྣམ་པར་དཔྱད་ཞིབ་བྱེད་པའི་སྐབས་སུ་ཐུའོ་ལུའུ་ཚེ་ཅེས་བརྗོད་པའི་“ཆབ་སྲིད་ནི་མར་ཁེ་སི་རིང་ལུགས་ཀྱི་ཆབ་སྲིད་རེད། སྒྱུ་རྩལ་ནི་འགྱུར་ལྡན་གྲལ་རིམ་གྱི་སྒྱུ་རྩལ་རེད་”ཅེས་པའི་ལྟ་ཚུལ་དེ་འདྲ་ཞིག་མི་འཛིན་པར་ཆབ་སྲིད་དང་སྒྱུ་རྩལ་གཅིག་གྱུར་ཡོང་བ་དང་། ནང་དོན་དང་རྣམ་པ་གཅིག་གྱུར་ཡོང་བའི་ངོས་འཛིན་ཡང་

དགག་པ་ཞིག་བྱེད་དགོས། དེ་མིན་བརྩམས་ཆོས་ཀྱི་མཛེས་དཔྱོད་ནུས་པ་དེ་བརྩམས་ཆོས་ཀྱི་བསམ་བློར་གདེང་འཛོག་བྱེད་པའི་ཚད་གཞི་ཞིག་ཡིན་དགོས། བརྩམས་ཆོས་དེར་ཡར་ཐོན་གྱི་བློ་དང་སྔོན་ཐོན་གྱི་དོན་སྙིང་ལྡན་ཡོད་མེད། ཀློག་པ་པོར་ཡར་ཐོན་དང་མཛེས་ཆོར་བསྐྱེར་ཐུབ་མིན་ནི་བརྩམས་ཆོས་ཀྱི་བསམ་བློའི་རིན་ཐང་གཞལ་བྱེད་ཀྱི་ཚད་གཞི་གལ་ཆེན་ཞིག་ཡིན། མ་ཁེ་སི་རིང་ལུགས་ཀྱི་རིག་པའི་ལྟ་བ་ལྟར་ན། རྩོམ་རིག་ནི་མི་རྣམས་ཀྱིས་འཚོ་བར་ངོས་འཛིན་དང་འཚོ་བ་ལེགས་བཅོས་བྱེད་པར་རམ་འདེགས་བྱེད་པའི་ཐབས་ཤེས་གལ་ཆེ་བ་ཞིག་ཏུ་བརྩིས་ཡོད་པ་རེད།

4. སྒྱུ་རྩལ་གྱི་ཚད་གཞིའི་སྐོར།

སྒྱུ་རྩལ་གྱི་ཚད་གཞི་ནི་དུས་རབས་རིམ་བྱུང་དུ་རྩོམ་རིག་གསར་རྩོམ་གྱི་ཉམས་མྱོང་ནང་ནས་བསྡིགས་བཅད་བརྟར་གསུམ་དང་དྭངས་སྙིགས་ཕྱེ་སྟེ་བྱུང་བ་ཞིག་ཡིན་པས། དེར་རྒྱུན་འཛིན་གྱི་རང་བཞིན་དང་ཡོངས་ཁྱབ་ཀྱི་རང་བཞིན་ལྡན་ཡོད། རྩོམ་རིག་གི་དམིགས་བསལ་ཆོས་ཉིད་ལ་གཞིགས་ཏེ་བརྩམས་ཆོས་ཀྱི་སྒྱུ་རྩལ་རང་བཞིན་ལ་གཤམ་གསལ་གྱི་དོན་འགའ་ཞིག་གི་ཐོག་ནས་དཔྱད་ཞིབ་བྱས་ན་འདི་ལྟར་སྟེ།

①སྒྱུ་རྩལ་གྱི་གཟུགས་བརྙན་བསྐྲུན་པ་དེ་དག་གསོན་ཉམས་ལྡན་ཞིང་རྣམ་པ་མི་འདྲ་བ་མ་ཟད། དཔེ་མཚོན་གྱི་རང་བཞིན་ལྡན་ཡོད་མེད་ལ་ལྟ་དགོས། སྤྱི་ཚོགས་ཀྱི་འཚོ་བའི་རང་བཞིན་ནི་རྒྱ་ཆེ་ཞིང་ཕུན་སུམ་ཚོགས་པ་དང་། མི་དང་མིའི་དབར་གྱི་འབྲེལ་བ་རྙོག་འཛིང་ཆེ་བ། མི་སྣ་སྣ་ཚོགས་པ་ཞིག་ཡིན་པས་གཤིས་རྒྱུད་གཅིག་མཚུངས་སུ་གནས་པ་ཞིག་མེད་རྐྱེན་སྒྱུ་རྩལ་གྱི་ཐོག་ནས་གཟུགས་བརྙན་གཅིག་སྟུད་དང་རྣམ་པ་མི་འདྲ་བའི་ཐོག་ནས་དེ་དག་གི་ཁྱད་ཆོས་མངོན་གསལ་དོད་པོ་ཞིག་བྱུང་ཡོད་མེད་ལ་དོ་སྣང་བྱེད་དགོས། རྩོམ་རིག་ནང་མི་སྣའི་གཟུགས་བརྙན་ཅི་འདྲ་ཞིག་བསྐྲུན་ཡོད་མེད་དེ་ནི་ཆེས་གལ་ཆེ་བ་ཞིག་ཡིན་ཞིང་། མཁས་པ་མང་པོས་འདི་ལྟར་གསུངས་སྒྲོང་བ་སྟེ།

རྩོམ་པ་པོས་བརྩམས་ཆོས་ག་ཚོད་ བྲིས་ཡོད་མེད་དེ་གྲུབ་འབྲས་ཀྱི་ཚད་བཟུང་ས་ཞིག་མ་ཡིན་པར། དེ་བས་ཆེས་གལ་ཆེ་བ་ནི་མི་སྣ་ཅི་ཙམ་བྲིས་ཡོད་པ་དེ་ཡིན།

ཨ་Qཡིས་ཀྱང་གོའི་དེང་རབས་རྩོམ་རིག་གི་ལོ་རྒྱུས་ཐོག་ཏུ་ལུའུ་ཧྲུན་གྱི་གནས་བབ་གཏིང་ཡོད་པ་ལྟ་བུ་རེད། ནུབ་ཕྱོགས་ཀྱི་གྲགས་ཅན་རྩོམ་པ་པོ་ཞིག་གིས་“གལ་ཏེ་སྙིང་དོན་ཞེས་པ་དེས་ངས་མི་སྣ་བསྐྲུན་རྒྱུར་ཤུགས་རྐྱེན་ཐེབས་ཚེ་ངས་སྙིང་དོན་ཞེས་པ་དེ་གང་ཞིག་ཡིན་པར་བསམ་བློ་རྩ་བ་ནས་གཏོང་གི་མེད་”ཅེས་གསུངས་པ་དེས་རྩོམ་པ་པོས་མི་སྣ་བསྐྲུན་རྒྱུ་དེ་གསར་རྩོམ་བྱེད་པའི་དམིགས་ཡུལ་གཙོ་བོར་འཛིན་དགོས་ལུགས་བསྟན་པ་དང་། དེ་ལྟར་མི་སྣའི་གཤིས་ཀ་ནི་རང་ཚུགས་རང་བཞིན་དུ་སྐྱེས་སྟོབས་ཀྱི་ནུས་པ་ལྡན་ཞིང་རང་ཉིད་ཀྱི་གཤིས་ཀ་ལྟར་གཏམ་སྤྱོད་དང་། ཁོ་ཚོའི་ལས་དབང་དེ་རང་ཉིད་ཀྱི་གཤིས་ཀར་གཞིགས་ནས་འཕེལ་རྒྱས་བཏང་ཡོད་མེད་ལ་ལྟ་དགོས་པ་མ་ཟད། མི་སྣ་རྟོག་ཞིབ་བྱེད་སྐབས་མིག་བཙུམ་ནའང་དེ་ཡི་སྐད་སྒྲ་ཐོས་ཐུབ་པ་དང་དེའི་བྱད་བཞིན་དང་།གཟུགས་དབྱིབས། ཁང་པའི་འདེགས་འཛུགས། བཀོད་སྒྲིག་སྟངས། སྐད་ཆ་ཤོད་སྐབས་ཀྱི་ཡ་མཚན་ཅན་གྱི་བྱེད་སྟངས་སོགས་མིག་ལམ་དུ་མཐོང་ཐུབ་པ་ལྟར་གྱི་རེ་འདུན་འདོན་དགོས་པ་རེད།

②རྩོམ་རིག་གི་བརྩམས་ཆོས་ནི་ངེས་པར་དུ་མི་རྣམས་ཀྱི་བརྩེ་དུང་གི་ཡུལ་ཁམས་རྩོམ་འབྲི་བྱས་ཏེ་རྩོམ་པ་པོའི་དགའ་སྡུང་དང་སྐྱོ་སྤྲོ་བརྒྱུད་བསྒྲགས་བྱེད་ཀྱི་ཡོད་པར་བརྟེན་ཡིད་འགུགས་པའི་ནུས་ཤུགས་ལྡན་དགོས། ཕ་རན་སིའི་སྐད་གྲགས་ལྡན་པའི་དངོས་ཡོད་རིང་ལུགས་ཀྱི་སྒྱུ་རྩལ་མཁས་དབང་ལོ་ཏན་གྱིས“སྒྱུ་རྩལ་ནི་ཆགས་སྡང་གི་བསམ་ཚུལ་དེ་རང་རེད”ཅེས་དང་། “གལ་ཆེ་བའི་གནད་དོན་ནི་སེམས་འགུལ་ཐེབས་པ་དང་། དགའ་ཞེན། རེ་བ། བློ་འདར་བ་བཅས་ཡིན”ཞེས་གསུངས་ལ། སྐུ་ཞབས་ལུའུ་ཧྲུན་གྱིས་ཀྱང་ “དགའ་བའི་དགོད་སྒྲ་དང་ཁྲོ་བའི་ངན་སྨྲས་ལས་བརྩམས་ཆོས་གྲུབ་པ་ཡིན”ཞེས་གསུངས་པ་དང་། རང་རྒྱལ་གནའ་དུས་ཀྱི་རྩོམ་རིག་གཞུང་ལུགས་དཔྱད

བརྗོད་མཁས་ཅན་ལེའུ་ཞོའུ་ཡིས་“དགའ་སྣང་གླིང་དུས་དགོད་སྒྲ་ལྡན་དུ་ཞུགས། སེམས་སྡུག་སྔོད་དུས་ངུ་སྒྲ་འབྲལ་མེད་སྔོར”ཞེས་གསུངས་པ་དང་། ཨིན་ཀེ་སིས་“རྣམ་པ་དང་བྱུང་རིམ་ལས་ངམ་ངམ་ཤུགས་ཀྱིས་ཕྱིར་མཚོན་པ་ཞིག་ཡིན་དགོས་པ་ལས་དེ་དམིགས་སུ་བཀར་ནས་སྟོན་དགོས་པ་ཞིག་མ་ཡིན”ཞེས་གསུངས་པ་དེ་དག་ལས་བརྩམས་ཆོས་ནང་མི་སྣའི་བརྩེ་དུང་གི་ཡུལ་ཁམས་དང་ཆགས་སྡང་སོགས་གསལ་སྟོན་བྱེད་རྒྱུ་ནི་ཆེས་གལ་ཆེ་བའི་གྲུབ་ཆ་ཞིག་ཡིན་པ་གསལ་བཤད་གནང་ཡོད།

③སྒྱུ་རྩལ་གྱི་ཁྱད་ཉམས་དང་བརྗོད་དོན་རྣམ་པ་གཉིས་གཅིག་གྱུར་ཡོང་བ་བྱ་རྒྱུ་དེ་ནི་བརྩམས་ཆོས་ཀྱི་སྐྱོན་ཡོན་བརྗོད་པའི་ཚད་གཞི་གལ་ཆེ་བ་ཞིག་ཡིན་དགོས། ཕུལ་བྱུང་གི་བརྩམས་ཆོས་ཤིག་ཡིན་ཕྱིན་ཐོག་མར་བརྗོད་བྱའི་ཐད་ཆ་ལག་ཆ་ཚང་ཞིག་ཡོང་བ་བྱེད་དགོས་པ་སྟེ། ལྟེ་བའི་བསམ་པ་དང་། མི་སྣའི་གཟུགས་བརྙན། ཁོར་ར་ཁོར་ཡུག་སོགས་འབྲི་དགོས་པ་མ་ཟད། བརྗོད་དོན་དེ་དག་ཀུང་སྒྱུ་རྩལ་གྱི་ཉམས་འགྱུར་ལ་བརྟེན་ནས་གསལ་སྟོན་བྱེད་དགོས་པ་རེད། དེས་ན་མིའི་སྣང་ཚུལ་དང་བྱ་བའི་གནས་ཚུལ། ཐོག་མའི་འགོ་འཛུགས་དང་བར་གྱི་འཕེལ་རིམ། མཇུག་གི་མཐའ་འབྲས། གོང་འོག་མཐུད་སྦྱོར་དང་ཚིག་སྦྱོར་སོགས་ཆ་ལག་ཡོངས་སུ་རྫོགས་པ་བྱས་ཏེ་རྒྱུ་ཆ་བདམས་གསེས་དང་། ཕྲོགས་བསྡུས། བསྐྱར་བ། མཐུད་སྦྱོར། གསར་སྟོན། བསྒྱུར་བཅོས། སྙིགས་དོར་བཅུད་ལེན། རྫུན་སྤོང་བདེན་འཛིན། འདི་ནས་དེ་ཤེས། ཕྱི་ནས་ནང་ཤེས་པ་བཅས་ཀྱི་ལས་ཀ་བརྒྱུད་དེ་འཚོ་བའི་དཔེ་རིས་དེ་ཁ་གསལ་བ་དང་། ཆ་ཚང་བ། གཅིག་སྡུད་བཅས་དང་ལེགས་བསྒྲིགས་ཀྱི་གོ་རིམ་ငེས་ཅན་ཞིག་ལྡན་དགོས་པ་དང་། བརྗོད་དོན་འབྲེལ་ཆགས་ཤེང་རྒྱས་བཤད་གནང་ལ་འཕགས་པ་དང་། ཚིག་སྦྱོར་སྙན་ཞིང་འཇེབས་པ་བཅས་ལེགས་འཛོམས་ཡོང་བ་བྱ་རྒྱུ་དེ་རེད།

④རྩོམ་རིག་ནི་རྗོད་བྱེད་ཚིག་གི་སྒྱུ་རྩལ་ཞིག་ཡིན་རྐྱེན་སྐད་ཆ་ནི་རྩོམ་

རིག་གི་རྩ་བའི་གྲུབ་ཆ་ཞིག་ཡིན་ཞིང་། རྩོམ་པ་པོས་བརྩམས་ཆོས་ནང་དུ་སྐད་ཆ་བེད་སྤྱོད་བྱེད་པའི་ནུས་པ་དང་བྱང་རྩལ་ཇི་ལྟར་ཡོད་མེད་ལ་དཔྱད་ཞིབ་བྱ་རྒྱུ་དེ་ནི་བརྩམས་ཆོས་ཀྱི་སྒྱུ་རྩལ་ལ་གདེང་འཇོག་བྱེད་པའི་ཚད་གཞིའི་གྲས་ཤིག་ཡིན་དགོས།

ཀོར་ཀིས"རྩོམ་རིག་གི་ཐོག་མའི་རྒྱུ་ཆ་ནི་སྐད་ཆ་ཡིན། སྐད་ཆ་ནི་རྩོམ་རིག་གི་གཙོ་བོའི་ཡོ་བྱད་ཡིན་ལ། ཡང་དོན་དངོས་སྣ་ཚོགས་དང་འཚོ་བའི་སྣང་ཚུལ་བཅས་མཉམ་འབྲེལ་གྱིས་རྩོམ་རིག་གི་དཔྱད་གཞི་ཞིག་ཆགས་ཐུབ་ཀྱི་རེད་"ཅེས་གསུངས་པ་དང་། མའོ་ཙེ་ཏུང་གིས་ཀྱང་"སྐད་ཆ་ཟེར་བ་དེ་ལས་སླ་པོ་ཞིག་ལ་ཡག་པོ་ཤེས་མི་ཐུབ་པས་སྟུག་རུས་བྱས་ནས་སྦྱང་ན་མ་གཏོགས་མི་འགྲིག་པ་ཞིག་རེད། མི་དམངས་ཀྱི་མིང་ཚིག་ནི་ཧ་ཅང་ཕུན་སུམ་ཚོགས་པ་དང་། སྐྱེས་སྟོབས་ཀྱི་དཔལ་འབར་བ། འཚོ་བ་དངོས་མཚོན་ཐུབ་པ་བཅས་ཤིག་རེད་"ཅེས་གསུངས། དེས་ན་རྩོམ་རིག་གི་སྐད་ཆར་གདེང་འཇོག་དང་ཞིབ་དཔྱད་བྱེད་སྐབས་ཐོག་མར་རྩོམ་པ་པོས་སྐད་ཆ་དེ་དག་གསལ་བསྡུས་དང་གསོན་ཉམས་ལྡན་ཞིང་གོ་བདེ་འཕྲོད་པ་མ་ཟད། སྐད་ཆ་དེ་དག་ཏག་ཏག་གནད་དུ་འཁེལ་ཞིང་ཚིག་སྦྱོར་སྙན་ཞིང་འཇེབས་པ་ཞིག་བྱུང་ཡོད་མེད་ལ་བལྟ་དགོས་པ་རེད། གལ་སྲིད་སྐད་བརྡ་མི་འཕྲོད་པ་དང་སྐད་ཆར་ཐྲོ་བ་མེད་པ། ཟང་ཟིང་ཆེ་བའམ་ཡང་ན་འབྲི་སྟངས་རེངས་པོར་གྱུར་པ་དང་། གོ་དཀའ་བ། སྙན་འཇེབས་ཀྱི་རོ་ནུས་ལྡན་མེད་པ་བཅས་ཡིན་ན། བརྩམས་ཆོས་དེས་ནུས་པ་ཆེན་པོ་ཞིག་ཐོན་མི་ཐུབ་ལ་རྩོམ་པ་པོ་དེར་སྐད་ཆ་བེད་སྤྱོད་བྱེད་པའི་ནུས་རྩལ་མེད་པ་དེ་ཡང་གསལ་པོ་མཐོང་ཐུབ་ཀྱི་རེད།

⑤སྒྱུ་རྩལ་རྣམ་པའི་ཐད་ཀྱི་མཛེས་པའི་རང་བཞིན་དང་གསར་གཏོད་ཀྱི་རང་བཞིན་ལ་བལྟ་དགོས། བརྩམས་ཆོས་ཀྱི་བསམ་བློའི་དགོངས་དོན་ནི་སྒྱུ་རྩལ་གྱི་རྣམ་པ་ངེས་ཅན་ཞིག་ལ་བརྟེན་ནས་མཚོན་དགོས་ལ། སྒྱུ་རྩལ་གྱི་རྣམ་པ་དེ་ཡང་བསམ་བློའི་དགོངས་དོན་མཚོན་ཕྱིར་གནས་དགོས་པ་ཞིག་ཡིན་རྐྱེན་

རྩོམ་རིག་དཔྱད་བརྗོད་ཀྱི་སྒྲུ་རྩལ་ཚད་གཞི་གླིང་སྐབས་སྒྲུ་རྩལ་གྱི་རྣམ་པའི་ཐད་ཀྱི་ཚད་གཞི་མི་བརྗོད་ཐབས་མེད་ཡིན། སྒྲུ་རྩལ་རྣམ་པའི་ཐད་ཀྱི་མཛེས་པའི་ཆ་ལ་ནང་དོན་གཉིས་བསྟུས་ཡོད་པ་སྟེ། གཅིག་སྒྲུ་རྩལ་གྱི་རྣམ་པས་ནང་དོན་གྱི་ཆ་ཡོང་རྫོགས་མཚོན་པའི་མཛེས་པའི་རང་བཞིན་ལ་ཟེར་བ་དང་ཕྱིའི་རྣམ་པའི་ཆ་ཡག་པོ་མི་བྱུང་ན། ནང་དོན་གྱི་ཆ་ཡང་ཡག་པོ་འབྱུང་མི་ཐུབ་པ་དང་། གཉིས་ནི་སྒྲུ་རྩལ་རྣམ་པའི་ཐད་ཀྱི་གྲུབ་ཆ་སོ་སོ་གཞི་གཅིག་ཏུ་དྲིལ་བའི་མཛེས་པའི་རང་བཞིན་ཏེ། སྐད་བརྡ། སྒྲིག་གཞི། སྒྲུ་རྩལ་མཚོན་སྟངས། རྩོམ་ལུས་སོགས་གཅིག་གྱུར་གྱི་ཕུང་པོ་ཞིག་ཏུ་དྲིལ་ནས་བརྩམས་ཆོས་ཀྱི་བརྗོད་དོན་མངོན་པར་མཚོན་དགོས་ལ། དེ་དག་ཀྱང་རྩོམ་པ་པོའི་གསར་གཏོད་རང་བཞིན་དང་ཐུན་མོང་མ་ཡིན་པའི་ཁྱད་ཆོས་ཡོད་དགོས་པ་ཞིག་ཡིན།

གསུམ་པ། རྩོམ་རིག་གི་སྐྱོན་ཡོན་བརྗོད་པའི་ཐབས་ཤེས་སྐོར།

སྐྱོན་ཡོན་བརྗོད་པའི་ཐབས་ཤེས་ཞེས་པ་ནི་རྩོམ་རིག་གི་རིགས་པའི་གཞུང་ལུགས་དང་སྐྱོན་ཡོན་བརྗོད་པའི་ཚད་གཞི་ཞིབ་ཕྲའི་བེད་སྤྱོད་བྱ་རྒྱུ་དེ་ཡིན་ཞིང་། རིགས་པའི་གཞུང་ལུགས་དང་ཚད་གཞི་ལེགས་པོ་ཞིག་ཡོད་རུང་ཐབས་ཤེས་འོས་ཤིང་འཚམས་པ་ཞིག་མེད་ན་སྐྱོན་ཡོན་བརྗོད་པའི་སྐབས་སུ་དགོས་ངེས་ཀྱི་ཕན་འབྲས་བཟང་པོ་ཞིག་ཐོན་ཐུབ་ཀྱི་མེད། དེར་བརྟེན་དངོས་ཐོག་བདེན་འཚོལ་དང་ལག་ལེན་གཉིས་ཟུང་འབྲེལ་བྱས་ཐོག་རྩོམ་རིག་གི་སྣང་ཚུལ་དང་བརྩམས་ཆོས་ལ་དཔྱད་བརྗོད་བྱེད་དགོས་པ་དང་། ཐོག་མར་རྩོམ་པ་པོ་དང་བརྩམས་ཆོས་དེ་སྤྱི་ཚོགས་ཀྱི་སྣང་ཚུལ་ཞིག་ཏུ་རྩིས་ཏེ་རྟོག་ཞིབ་དང་ངོས་འཛིན་བྱེད་དགོས། རྩོམ་པ་པོ་སུ་འདྲ་ཞིག་ཡིན་རུང་དེ་ནི་སྤྱི་ཚོགས་ཀྱི་འཚོ་བ་ངེས་ཅན་ཞིག་དང་དུས་རབས་ཀྱི་ཁོར་ཡུག་ངེས་ཅན་ཞིག་གི་ནང་དུ་འཚོ་གནས་བྱེད་ཀྱི་ཡོད་སྟབས། ཁོང་གིས་གསར་གཏོད་བྱས་པའི་བསམ་པའི་

ཐོན་རྫས་དེ་དག་ལ་སྤྱི་ཚོགས་དེ་དང་དུས་རབས་དེའི་རྟགས་ཐམ་གཏིང་ཟབ་རེ་འཁེལ་ཡོད་པ་མ་ཟད། རྩོམ་པ་པོ་རང་ཉིད་ཀྱི་ཐུན་མོང་མིན་པའི་འཚོ་བའི་སྤྱོད་གོམས་ཀྱི་རྟགས་ཐམ་རེ་ཡང་མི་འཁེལ་ཀ་མེད་ཡིན། ལྷ་རྩལ་དེ་འདྲ་ཞིག་བཟུང་སྟེ་རྩོམ་པ་པོ་དང་གསར་རྩོམ་ལ་ལྷ་རྒྱུ་དེ་ནི་རྩོམ་པ་པོ་ཁོ་ན་དང་། ཡང་ན་བརྩམས་ཆོས་ཁོ་ན་ཁེར་རྐྱང་དུ་ཞིབ་དཔྱད་བྱེད་རྒྱུ་མ་ཡིན་པར་ངེས་པར་དུ་སྤྱི་ཚོགས་ལ་ཞིབ་འཇུག་དང་དུས་རབས་ལ་ཞིབ་འཇུག་བྱས་པ་བརྒྱུད་དེ་རྩོམ་པ་པོ་གནས་པའི་དུས་རབས་དང་སྤྱི་ཚོགས་ཟུང་འབྲེལ་བྱས་ཏེ། རྩོམ་པ་པོས་གསར་རྩོམ་བྱས་ཡོད་པ་དེའི་སྤྱི་ཚོགས་ཀྱི་ནུས་པ་དང་དོན་སྙིང་ལ་དབྱེ་ཞིབ་བྱེད་དགོས།

རྩོམ་པ་པོའི་ཐུན་མོང་མ་ཡིན་པའི་འཚོ་བའི་སྤྱོད་གོམས་དེས་རྩོམ་རིག་གསར་རྩོམ་བྱེད་པའི་འགྲོ་ལམ་དང་བྱ་བར་ཤུགས་རྐྱེན་གཏིང་ཟབ་རེ་ཐེབས་ཡོད་རྐྱེན་སྐྱོན་ཡོན་བརྗོད་སྐབས་རྩོམ་པ་པོའི་འཚོ་བའི་སྤྱོད་ཚ་ངོས་འཛིན་དང་ཉེས་རྟོགས་སམ་རྒྱུས་ལོན་པ་བྱ་རྒྱུ་ནི་ཚན་རིག་དང་མཐུན་ཞིང་ཡང་དག་པའི་སྒོ་ནས་གསར་རྩོམ་དེ་དག་གི་ཁྱད་ཆོས་དང་དོན་སྙིང་ལ་གདེང་འཇོག་དང་ཞིབ་དཔྱད་བྱེད་པའི་སྔོན་འགྲོའི་ཆ་རྐྱེན་ནམ་གཞི་འཛིན་ས་ཞིག་ཡིན། སྒྲུ་ཞབས་ལུའུ་ཤུན་གྱིས“རྩོད་གླེང་སྐོར་གྱི་དཔྱད་བརྗོད་ཅིག་འབྲི་བའི་ཚེ་ལེགས་ཉེས་ནི་རྩོམ་ཁྲིན་ཡོངས་ཀྱི་ལྟ་བར་བསམ་ཞིག་བྱེད་དགོས་པ་མ་ཟད། རྩོམ་པ་པོ་གནས་པའི་སྤྱི་ཚོགས་ཀྱི་དུས་བབ་རྣམ་པ་དང་། རྩོམ་པ་པོའི་ལོ་རྒྱུས་རྫིལ་པོར་བསམ་བློ་གཏོང་བ་བཅས་བྱས་ན་གཞི་ནས་ཅུང་ཁུངས་བཙན་པ་དང་ཡང་དག་པ་ཞིག་ཡོང་ཐུབ་ཀྱི་རེད། གལ་ཏེ་དེ་ལྟར་མ་བྱས་ན་ལས་སླ་པོའི་སྒོ་ནས་གཉིད་ལབ་བརྒྱབ་པ་དང་མཚུངས་པ་ཞིག་ཏུ་འགྱུར་འགྲོ་ཡི་རེད”ཅེས་ནན་བཤད་གནང་ཡོད།

རྩོམ་རིག་གི་སྐྱོན་ཡོན་བརྗོད་སྐབས་བརྩམས་ཆོས་དེའི་བསམ་བློའི་ཕྱོགས་ལྷུང་ལ་དཔྱད་ཞིབ་བྱེད་པའི་ཚེ་འཇོལ་མེད་སྐྱོན་ཐལ་ཡོང་རེ་བྱེད་པ་དང་།

ཡང་ན་རང་གཤེད་ཀྱིས་ཐག་གཅོད་པའི་སྤྱོད་ཚུལ་མངོན་འགོག་བྱེད་ཕྱིར་ངེས་པ་དུ་རྩོམ་རིག་གི་སྤྱིའི་ཕྱོགས་ལྷུང་ཁོང་དུ་ཆུད་པ་བྱ་རྒྱུར་དོ་སྣང་བྱེད་དགོས་པ་ཡིན། དེས་ན་བཙམས་ཆོས་ཀྱི་སྤྱིའི་ཕྱོགས་ལྷུང་དེ་རྩ་བའི་ཆ་ནས་ལེགས་པོ་ཞིག་ཡིན་ཙེ་དེར་ཞན་ཆ་འགའ་རེ་ཡོད་ཀྱང་དེ་ཁས་ལེན་དགོས་པ་དང་། སྤྱིའི་ཕྱོགས་ལྷུང་དེ་རྩ་བའི་ཆ་ནས་སྡུག་པོ་ཞིག་ཡིན་ན་དེར་གཟབ་ནན་གྱི་སྒོ་ནས་སྐྱོན་བརྗོད་བྱེད་དགོས། རྒྱུ་མཚན་ནི་འཛམ་གླིང་ཐོག་སྐྱོན་དང་བྲལ་ཞིང་ཡོན་ཏན་གྱིས་ཕྱུག་པའི་རྩོམ་པ་པོ་ཞིག་མེད་ལ། ལེགས་ཆ་ཀུན་འཛོམས་ཀྱི་བཙམས་ཆོས་ཤིག་ཀྱང་མེད་པས་སོ། དེར་བརྟེན་བཙམས་ཆོས་ལ་གདེང་འཇོག་དང་ཞིབ་དཔྱད་བྱེད་སྐབས་སྐྱོན་ཆ་གཏན་ནས་མེད་པའི་རེ་བ་བྱ་རྒྱུ་མེད་པ་དེ་རེད།

བཙམས་ཆོས་ཀྱི་སྤྱིའི་ཕྱོགས་ལྷུང་ཁོང་དུ་ཆུད་པ་བྱེད་རྒྱུ་དེ་ནི་སྤྱི་ཚོགས་ཀྱི་སྣང་ཚུལ་ཅི་འདྲ་ཞིག་མཚོན་པར་བྱས་ཡོད་པ་དང་། རྩོམ་པ་པོས་སྤྱི་ཚོགས་ཀྱི་སྣང་ཚུལ་དེ་དག་ལ་ལྟ་ཚུལ་ཇི་འདྲ་ཞིག་བཟུང་ཡོད་མེད་ལ་ཞིབ་ཕྲའི་ཞིབ་འཇུག་བྱེད་དགོས།

རྩོམ་རིག་གི་སྐྱོན་ཡོན་བརྗོད་པའི་ཐབས་ཤེས་ཁྲབ་ཆེ་ཙམ་ནས་སྙིང་བསྡུས་ཙིག་བྱས་ན་རིགས་ཆེན་པོ་གསུམ་དུ་འདུས་ཏེ། སྤྱི་ཚོགས་རིག་པའི་དཔྱད་བརྗོད་དང་། སེམས་ཁམས་རིག་པའི་དཔྱད་བརྗོད། སྐད་བརྡ་རིག་པའི་དཔྱད་བརྗོད་བཅས་གསུམ་དུ་སྣང་ལ། སྤྱི་ཚོགས་རིག་པའི་དཔྱད་བརྗོད་ཀྱི་སྤྱིའི་ཁྱད་ཆོས་ནི་རྩོམ་རིག་དེ་ངོ་བོའི་སྙིང་སྤྱི་ཚོགས་དང་ལོ་རྒྱུས་ཀྱི་སྣང་ཚུལ་ཞིག་ཡིན་པར་འདོད་པ་དང་། སྤྱི་ཚོགས་འཕེལ་རྒྱུས་ཀྱི་ལོ་རྒྱུས་ཐོག་ནས་རྩོམ་རིག་ལ་ཞིབ་འཇུག་བྱེད་དགོས་པའི་གླང་བྱ་བཏོན་ཡོད་ལ། རྩོམ་རིག་གི་སྐྱོན་ཡོན་བརྗོད་པའི་ཐབས་ཤེས་འདི་ནི་དུས་རབས་བཅུ་དགུ་པའི་ནང་དར་ཞིང་དཔའི་བར་དུ་གོ་གནས་གཙོ་ཆེ་བ་ཞིག་བཟུང་ཡོད།

སེམས་ཁམས་རིག་པའི་དཔྱད་བརྗོད་ནི་དུས་རབས་བཅུ་དགུ་དང་ཉི་ཤུའི་མཚམས་སུ་དར་བ་དང་དེ་ནི་དེང་རབས་སེམས་ཁམས་རིག་པ་གསར་དར

བྱུང་བ་དེ་དང་འབྲེལ་བ་ཆེན་པོ་ཡོད་པ་མ་ཟད། དཔྱད་བརྗོད་བྱ་ཐབས་འདི་གཙོ་བོ་སེམས་ཁམས་རིག་པའི་ལྟ་བའི་ཕྱོགས་ནས་རྩོམ་རིག་གི་སྣང་ཚུལ་ལ་ཞིབ་འཇུག་བྱེད་ཀྱི་ཡོད།

སྐད་བརྡ་རིག་པའི་བྱེད་ཐབས་དེས་བརྩམས་ཆོས་རང་ངོས་ལ་ཞིབ་འཇུག་བྱེད་པ་དེ་རིགས་པའི་གཞུང་ལུགས་དཔྱད་བརྗོད་ཀྱི་ རྨང་གཞིར་འཛིན་པ་ཡིན་ལ། དེ་ནི་དུས་རབས་ཉི་ཤུའི་ནང་ཤུགས་རྐྱེན་ཏ་ཅང་ཆེ་བའི་དཔྱད་བརྗོད་ཀྱི་ཕྱོགས་ཁག་ཅིག་ཡིན། དེ་ཡང་དབྱིན་ཇི་དང་ཨ་རིའི་དཔྱད་བརྗོད་གྲུབ་མཐའ་གསར་པ་དང་། ཕ་རན་སིའི་སྒྲིག་གཞིའི་རིང་ལུགས་སྨྲ་བའི་གྲུབ་མཐའ་སོགས་ཀྱི་འདོད་ཚུལ་ཞིག་ཡིན།

བརྩམས་ཆོས་ཆ་ཚང་ཞིག་ལ་མཚོན་ན་དེ་ཉིད་སྒྱུ་རྩལ་མ་ལག་གཅིག་ཏུ་གྲུབ་ཟིན་པས། བརྩམས་ཆོས་ནང་དུ་ཁྲིས་ཟིན་པའི་སྒྲི་ཚོགས་འཚོ་བ་དང་། རྩོམ་པ་པོས་སྤྱི་ཚོགས་ཀྱི་འཚོ་བར་ངོས་འཛིན་དང་གདེང་འཇོག་བྱས་པ། རྩོམ་པ་པོའི་མཛེས་དཔྱོད་ཀྱི་ལྟ་བ་དང་། མཛེས་དཔྱོད་ཀྱི་འདུ་ཤེས་དང་། བརྩམས་ཆོས་ཀྱི་བསམ་བློའི་ཕྱོགས་ཞེན། སྒྱུ་རྩལ་གྱི་མཚོན་སྟངས། སྒྱུ་རྩལ་གྱི་མཛད་རྗེས་སོགས་གཟུགས་བརྙན་ལ་བརྟེན་ནས་ཚུར་སྣང་བྱས་པ་ཞིག་ཡིན། དེར་བརྟེན་བརྩམས་ཆོས་ཀྱི་སྐྱོན་ཡོན་བརྗོད་སྐབས་ཐོག་མར་སྒྱུ་རྩལ་གྱི་གཟུགས་བརྙན་ལ་དཔྱད་བརྗོད་བྱ་རྒྱུ་ནས་འགོ་བཙུགས་དགོས་པ་ནི་ཆེས་གལ་ཆེ་བའི་གནད་ཅིག་ཡིན། ཐོག་མར་སྒྱུ་རྩལ་གྱི་གཟུགས་བརྙན་ལ་དཔྱད་བརྗོད་བྱེད་མི་ཐུབ་ཚེ་བརྩམས་ཆོས་རྩིལ་པོའི་དོན་སྙིང་ལ་འགྲེལ་བཤད་བྱེད་མི་ཐུབ་ལ། གལ་ཏེ་གཟུགས་བརྙན་དང་ཁ་བྲལ་ཚེ་ཡང་དག་པའི་གདེང་འཇོག་ཅིག་བྱེད་མི་ཐུབ་བོ།

1. བརྩམས་ཆོས་ཀྱི་སྒྱུ་རྩལ་གྱི་གཟུགས་བརྙན་ལ་དབྱེ་ཞིབ་བྱ་རྒྱུ་ནས་འགོ་བཙུགས་དགོས། བརྩམས་ཆོས་ནི་གཟུགས་བརྙན་ལ་བརྟེན་ནས་སྤྱི་ཚོགས་ཀྱི་འཚོ་བ་མཚོན་པར་བྱེད་པ་དང་། གཟུགས་བརྙན་ལ་དབྱེ་ཞིབ་བྱ་རྒྱུ་ནས་འགོ

བརྩུགས་དགོས་ཞེས་པའི་རྒྱུ་མཚན་ནི་སྐྱོན་ཡོན་བརྗོད་པའི་རྩ་བའི་ལས་འགན་ནི་བརྩམས་ཆོས་ཀྱི་བསམ་བློའི་རང་བཞིན་དང་སྒྱུ་རྩལ་གྱི་རང་བཞིན་ལ་ཡང་དག་པའི་སྒོ་ནས་གདེང་འཇོག་བྱ་རྒྱུ་དེ་ཡིན་ལ། བསམ་བློའི་རང་བཞིན་དང་སྒྱུ་རྩལ་གྱི་རང་བཞིན་ནི་གཟུགས་བརྙན་གྱི་ནང་དུ་འཐིམས་པར་བྱས་ཡོད་རྐྱེན། སྐྱོན་ཡོན་བརྗོད་མཁན་གྱིས་ངེས་པར་དུ་ཐོག་མར་གཟུགས་བརྙན་ལ་ལྟ་ཞིབ་དང་ཁོང་དུ་ཆུད་པ་བྱེད་དགོས། དེ་འདྲ་བྱས་ན་ཡང་དག་པའི་སྒོ་ནས་བརྩམས་ཆོས་དེའི་བསམ་བློའི་རང་བཞིན་དང་སྒྱུ་རྩལ་གྱི་རང་བཞིན་ལ་གདེང་འཇོག་བྱེད་ཐུབ་པོ།

2. དངོས་ཐོག་བདེན་འཚོལ་གྱིས་བརྩམས་ཆོས་ཀྱི་བརྗོད་བྱ་ཁྱོན་ཡོངས་ཤེས་རྟོགས་བྱེད་དགོས། དེ་ཡང་རྩོམ་པ་པོ་དང་བརྩམས་ཆོས་ཀྱི་ཆ་སོ་སོར་ཤེས་རྟོགས་བྱེད་དགོས་པ་ནི་འཇིག་རྟེན་ཐོག་གི་བྱ་དངོས་མཐའ་དག་ཕན་ཚུན་འབྲེལ་བ་ཡོད་ཅིང་། ཕན་ཚུན་ཚོད་འཛིན་བྱེད་ཀྱི་ཡོད། དེར་བརྟེན་ང་ཚོས་གནད་དོན་ལ་ཞིབ་འཇུག་བྱེད་སྐབས་ཁྱོན་ཡོངས་ལ་བལྟ་དགོས་པ་ལས་ཕྱོགས་རེ་བ་དང་། ཅི་ཐག་པ་ཞིག་གཞིར་བཟུང་ནས་དཔྱད་བརྗོད་བྱེད་རྒྱུ་མེད་པར་ཁྱབ་ཁོངས་ཆེན་པོ་ཞིག་གི་ཁྲོད་དུ་བཞག་ནས་དཔྱད་བརྗོད་བྱ་དགོས་པ་སྟེ། བརྩམས་ཆོས་དང་རྩོམ་པ་པོ། མི་སྣ་ཡོངས། རྩོམ་པ་པོ་གནས་པའི་སྤྱི་ཚོགས་ཀྱི་ཁོར་ཡུག་ ལོ་རྒྱུས་ཀྱི་དུས་རབས་དང་རྩོམ་པ་པོའི་འཚོ་བའི་གནས་བབ་སོགས་ཕྱོགས་གང་ཐད་ལ་དཔྱད་བརྗོད་བྱེད་རྒྱུ་དེ་ཡིན། འདིར་བརྩམས་ཆོས་ཀྱི་ཆ་ཡོངས་ལ་རྟོག་དཔྱོད་བྱེད་དགོས་ཟེར་བ་ནི་གཙོ་བོ་བརྩམས་ཆོས་ལས་ཐོན་པའི་གཟུགས་བརྙན་རྟིལ་པོ་དང་སྤྱིའི་ཕྱོགས་ལྷུང་ལ་ངོས་འཛིན་ཡང་དག་པ་ཞིག་ཡོད་དགོས་པ་ལས་གཡག་ཞར་རས་རྟ་ཟ་བ་བཞིན་སྣང་ཚུལ་ཅི་ཐག་པ་ཞིག་ལ་གཞིར་བཞག་ནས་གོ་བ་ལོག་པར་ལེན་རྒྱུ་མེད་པ་དེ་ཡིན། རྩོམ་པ་པོ་སུ་འདྲ་ཞིག་ཡིན་ནའང་དེ་ཉིད་དུས་རབས་ངེས་ཅན་ཞིག་གི་སྤྱི་ཚོགས་ཀྱི་ཁོར་ཡུག་ཁྲོད་དུ་འཚོ་བ་རོལ་བཞིན་ཡོད་པས་དེ་ལ་འཚོ་བའི་ཁོར་ཡུག་ངེས་ཅན་ཞིག་གི་

ཤུགས་རྐྱེན་དང་ཚོད་འཛིན་ཐེབས་ཡོད་པ་མ་ཟད། བརྩམས་ཆོས་དེ་ལས་དུས་རབས་དང་རྩོམ་པ་པོའི་ཐུན་མོང་མ་ཡིན་པའི་འཚོ་བའི་སྤྱོད་གོམས་ཀྱི་རྟགས་ཐམ་གསལ་པོར་མཐོང་ཐུབ་པ་ཞིག་ཡིན། དེས་ན་བརྩམས་ཆོས་ཤིག་ལ་སྐྱོན་ཡོན་བརྗོད་སྐབས་ངེས་པར་དུ་བརྩམས་ཆོས་དེ་བྱུང་བའི་སྤྱི་ཚོགས་དང་དུས་རབས། རྩོམ་པ་པོ་སོགས་གཞི་གཅིག་ཏུ་འབྲེལ་ནས་ཞིབ་འཇུག་བྱེད་དགོས།

3. མཚུངས་ཆོས་དང་ཁྱད་ཆོས་གཤིབ་བསྡུར་བྱས་པ་བརྒྱུད་ནས་ལེགས་ཉེས་ཀྱི་དབྱེ་བ་འབྱེད་པ་དང་ཐུན་མོང་མ་ཡིན་པའི་ཁྱད་ཆོས་མཚོན་པར་བྱེད་དགོས། གཤིབ་བསྡུར་བྱེད་པའི་ཐབས་ཤེས་འདི་ནི་མིའི་རིགས་ཀྱི་འཇིག་རྟེན་བྱ་དངོས་ལ་ངོས་འཛིན་བྱེད་པའི་བསམ་གཞིགས་བྱེད་སྟངས་གཙོ་བོ་ཞིག་ཡིན་ལ། བྱ་དངོས་སོ་སོའི་ཁྱད་ཆོས་དེ་ཕན་ཚུན་གཤིབ་བསྡུར་བྱས་ཚེ་གཞི་ནས་ཁྱད་པར་གསལ་ཐུབ་པ་ཞིག་ཡིན། དེ་ལྟར་བརྩམས་ཆོས་དང་བརྩམས་ཆོས་ཀྱི་བར། རྩོམ་པ་པོ་དང་རྩོམ་པ་པོའི་བར་ཕན་ཚུན་གཤིབ་བསྡུར་བྱས་ན་དེའི་ཁྱད་ཆོས་གསལ་པོར་རྟོགས་ཐུབ་ངེས་ཡིན། དེས་ན་མཚུངས་ཆོས་དང་ཁྱད་ཆོས་གཤིབ་བསྡུར་བྱེད་པ་དེ་རྩོམ་རིག་དཔྱད་བརྗོད་ཀྱི་ཁྲོད་རྒྱུན་དུ་བེད་སྤྱོད་བྱེད་པའི་ཐབས་ཤེས་ཤིག་ཡིན་པ་མ་ཟད། ཐབས་ཤེས་འདི་སྤྱད་ཚེ་རྩོམ་པ་པོ་དང་བརྩམས་ཆོས་གསར་རྩོམ་གྱི་ཁྱད་ཆོས་ལ་རྒྱུས་མངའ་གཏིང་ཟབ་བྱུང་ཏེ། ཞན་ཆ་སྤང་ནས་བཟང་ཆ་འདོན་སྤེལ་དང་རང་གི་ཚད་གོང་མཐོར་གཏོང་རྒྱུར་དགེ་མཚན་མི་ཆུང་བ་ཞིག་ཐོན་གྱི་ཡོད་པ་རེད།

4. བརྩམས་ཆོས་དེས་སྤྱི་ཚོགས་ཀྱི་འཚོ་བའི་ངོ་བོའི་ཕྱོགས་འགའ་ཤས་མཚོན་པར་བྱས་ཡོད་མེད་ལ་ཞིབ་དཔྱད་བྱེད་དགོས།

5. བརྩམས་ཆོས་དེས་གང་ཞིག་ལ་བསྔགས་བརྗོད་བྱས་ཡོད་དང་། གང་ཞིག་ཐེར་འདོན་བྱས་ཡོད་པ། བསྟོད་བསྔགས་བྱེད་འོས་པའི་སྤྱི་ཚོགས་ཀྱི་སྣང་ཚུལ་ལ་བསྔགས་བརྗོད་བྱས་ཡོད་མེད་དང་། མཚང་འདོན་བྱེད་དགོས་ངེས་ཀྱི་སྤྱི་ཚོགས་ཀྱི་སྣང་ཚུལ་དེ་དག་ཐེར་འདོན་བྱས་ཡོད་དང་མེད། སྤྱི་ཚོགས་ཀྱི་

སྣང་ཚུལ་ལ་བརྟགས་བརྗོད་དང་ཐེར་འདོན་བྱས་ཡོད་པ་དེ་ཚོར་རྩོམ་པ་པོ་རང་ཉིད་ཀྱིས་སྤྱོད་ཚུལ་ཅི་འདྲ་ཞིག་བཟུང་ཡོད་མེད་བཅས་ལ་རྟོག་ཞིབ་བྱེད་དགོས།

6. བརྩམས་ཆོས་ནང་གསལ་བའི་བསམ་བློ་དང་། ཆབ་སྲིད་ཀྱི་ལྟ་ཚུལ། དང་། མཚན་ཉིད་རིག་པའི་ལྟ་ཚུལ། མི་ཆོས་ཀྱི་ལྟ་ཚུལ། སྒྱུ་རྩལ་གྱི་ལྟ་ཚུལ་སོགས་ལ་དབྱེ་འབྱེད་བྱེད་དགོས།

7. རྩོམ་པ་པོས་གསར་རྩོམ་བྱེད་པའི་དགོངས་དོན་ཁོང་དུ་ཆུད་པ་བྱས་ཏེ་དགོངས་དོན་དེ་བརྩམས་ཆོས་ཀྱི་ནང་ནས་མངོན་པར་མཚོན་ཐུབ་མིན་དང་ཚད་གཞི་གང་ཞིག་ཏུ་སླེབས་ཡོད་མེད་དང་། བརྩམས་ཆོས་དེས་སྤྱི་ཚོགས་ལ་ཐོན་པའི་ནུས་པར་ཞིབ་འཇུག་བྱེད་དགོས།

8. མི་སྣའི་གཟུགས་བརྙན་རྒྱས་འབྲི་དང་། ཡུལ་ལྗོངས་འབྲི་བ། དཔྱད་གཞིའི་རྒྱུ་ཆ་འདོར་ལེན། རྩོམ་པའི་གོ་རིམ་ལེགས་བསྒྲིགས། བརྩམས་ཆོས་ཀྱི་ཚིག་སྦྱོར་སོགས་ལ་ཞིབ་འཇུག་བྱེད་དགོས་པ་རེད།

རྩོམ་རིག་དཔྱད་བརྗོད་བྱེད་པའི་ཁྱད་ཆོས་དང་ནུས་པར་གཞིགས་ཏེ་དཔྱད་རྩོམ་འབྲི་སྐབས་གནད་དོན་འདི་གཉིས་ལ་དོ་སྣང་བྱེད་དགོས་པ་སྟེ།

①ལྟ་ཚུལ་ཡང་དག་ཅིང་མངོན་གསལ་དོད་པོ་ཞིག་ཡོད་དགོས། ལྟ་ཚུལ་ཡང་དག་ཅིང་མངོན་གསལ་དོད་པོ་ཞིག་ཡོད་དགོས་པ་ནི། དཔྱད་བརྗོད་མཁན་གྱི་ཕྱི་རོལ་ཡུལ་དུ་གནས་པའི་བྱ་བ་དངོས་ཀྱི་ངོ་བོ་མཚོན་ཐུབ་པ་དང་། མ་ལེ་རིང་ལུགས་ཀྱི་རྩ་བའི་ལྟ་ཚུལ་དང་མཐུན་ཞིང་ཕྱི་རོལ་ཡུལ་གྱི་བྱ་བ་དངོས་ཀྱི་གནས་ཚུལ་རྣམ་དག་གཅིག་གནས་ཐུབ་པ་མ་ཟད། གང་ལ་བརྟགས་བརྗོད་དང་། གང་ལ་ངོ་རྒོལ་བྱེད་རྒྱུའི་ཐད་རང་ཉིད་ཀྱི་ལྟ་ཚུལ་གསལ་འདོན་བྱེད་དགོས་པ་ལས། ཐམ་ཐོམ་གྱི་སྣ་ནས་ལོ་མས་སྟོང་སྒྲིབ་མི་ཡོང་བ་བྱ་རྒྱུ་དེ་ཡིན། མའོ་ཙེ་ཏུང་གིས “རྩོམ་ཡིག་ཅིག་དང་ཡང་ན་གཏམ་བཤད་ཅིག་གལ་ཏེ་གལ་གནད་ཆེ་ཞིང་སློབ་སྟོན་གྱི་རང་བཞིན་ཡོད་པ་ཞིག་ཡིན་ན་གང་ལྟར་དེའི་ནང་ལ་གནད་དོན་ཞིག་བཏོན་ནས་དབྱེ་ཞིབ་དང་། དེ་ནས་ཕྱོགས་བསྡུས་བྱས་ཏེ་

གནད་དོན་གྱི་ངོ་བོ་ག་རེ་ཡིན་པ་གསལ་པོ་བསྟན་ཐོག་ཐག་གཅོད་བྱེད་ཐབས་ཤིག་ཀྱང་འདོན་དགོས་ཀྱི་རེད། དེ་ལྟར་བྱེད་པར་ཕྱི་ཚུལ་རིང་ལུགས་ཀྱི་ཐབས་ཤེས་ཀྱིས་གོ་ཆོད་ཀྱི་མ་རེད།" ཅེས་གསུངས་པ་བཞིན་དཔྱད་རྩོམ་ནང་གནད་དོན་འདོན་ཤེས་པ་དང་། གནད་དོན་ལ་དབྱེ་ཞིབ་བྱེད་ཤེས་པ། གནད་དོན་དེ་དག་ཐག་གཅོད་བྱེད་ཤེས་པ་བཅས་བྱེད་དགོས།

དཔྱད་བརྗོད་བྱེད་པའི་ལས་འགན་གཙོ་བོ་ནི་ལས་ཀ་དང་འཚོ་བ། བསམ་བློ། རྩོམ་རིག་སྒྱུ་རྩལ་སོགས་ཀྱི་གནད་དོན་གསར་པ་རྣམས་ལ་དུས་ཐོག་ཏུ་དཔྱད་པ་བྱེད་དགོས་པར་བརྟེན་དཔྱད་བརྗོད་རྩོམ་ཡིག་གི་ནང་དོན་གཙོ་བོ་ནི་དུས་རབས་དེ་གའི་ནང་ཉིན་བཞིན་འཕེལ་རྒྱས་དང་འགྱུར་ལྡོག་འགྲོ་བཞིན་པའི་དངོས་ཡོད་ཀྱི་གནད་དོན་རྣམས་མཚོན་ཐུབ་པར་བྱེད་པ་དེ་ཡིན་ཅིང་། གང་ཐུབ་ཅི་ཐུབ་ཀྱིས་སློག་པ་པོའི་བློ་སྒོ་འབྱེད་པ་དང་ངོས་འཛིན་གོང་མཐོར་གཏོང་ཐུབ་པའི་གནད་དོན་གསར་པ་དེ་དག་ལ་དཔྱད་བརྗོད་བྱེད་དགོས་པ་ལས། དཔྱད་བརྗོད་རྩོམ་ཡིག་གི་ནང་དུ་ལྟ་ཚུལ་སྙིང་པ་དང་ངོས་འཛིན་གསལ་པོ་མེད་པ་གཞན་བཤད་རྗེས་ཟློས་བྱེད་པའམ་ཟེར་སྒྲོས་སུ་འཐང་བ་སོགས་མི་ཡོང་བའི་སྐྱོན་འགོག་བྱེད་དགོས། དཔྱད་བརྗོད་བྱ་ཡུལ་ནང་དུ་རྟག་པར་གནད་དོན་མང་དག་ཅིག་འཕྲད་ཀྱི་ཡོད་རྐྱེན་དཔྱད་བརྗོད་བྱེད་མཁན་གྱིས་བརྩམས་ཆོས་དེའི་བརྗོད་བྱ་གཙོ་བོའམ་གནད་དོན་གཙོ་བོ་དེར་དཔྱད་བརྗོད་བྱས་ཏེ་གནད་དོན་གསལ་སྟོན་ཡོང་བ་བྱེད་དགོས།

②དཔྱད་བརྗོད་བྱས་པ་དེ་དག་བདེན་ཡོད་ཁུངས་ལྡན་དང་དབྱེ་ཞིབ་ནུས་ལྡན་བྱེད་དགོས།

ལྟ་ཚུལ་ཡང་དག་པ་ཞིག་ཡིན་ཕྱིན་དེར་ཁུངས་ལུང་ངེས་ཅན་ཞིག་ལྡན་དགོས་པས་དཔྱད་བརྗོད་རྩོམ་ཡིག་གི་ནང་དུ་ཡང་ལྟ་ཚུལ་ཡང་དག་ཅིག་འདོན་དགོས་པ་མ་ཟད། ལྟ་ཚུལ་དེ་དག་ལ་ཞིབ་ཕྲའི་རྣམ་བཤད་བྱེད་དགོས་པ་དང་། རང་སོ་སོའི་ལྟ་ཚུལ་འདོན་པའི་ཚེ་ངེས་པར་དུ་རིག་པས་ཁུངས་སྐྱེལ་བྱས་ཏེ་

རྒྱས་བཤད་བྱེད་དགོས། དེ་ལྟར་བྱུང་ན་མི་རྣམས་ཀྱིས་དེར་ངོས་འཛིན་དང་ཡིད་ངོར་འཐད་པའམ་བློ་མོས་ཡིད་ཆེས་སྐྱེ་བ་ཞིག་ཡོང་ཐུབ་ཀྱི་རེད།

དཔྱད་བརྗོད་རྩོམ་ཡིག་འབྲི་བའི་ཚེ་ལྟ་ཚུལ་དང་དཔྱད་གཞི་གཅིག་གྱུར་མེད་པའི་ཉམས་འགྱུར་རིགས་སྟོན་འགོག་བྱེད་དགོས་པ་སྟེ། ལྟ་ཚུལ་ཡོད་པ་ཙམ་ལས་དཔྱད་གཞི་མེད་པའམ་ཡང་ན་ནུས་ལྡན་གྱི་དཔྱད་གཞི་ཕུན་སུམ་ཚོགས་པོ་ཞིག་མེད་པ་དང་། ལྟ་ཚུལ་ལ་དགོས་ངེས་ཀྱི་བདེན་དཔང་དང་ཁུངས་ལུང་མེད་ཅིང་བརྗོད་དོན་སྟོང་བཤད་བྱེད་པ། ཡང་ན་དཔྱད་གཞི་ཁོ་ན་བསྡུ་རུབ་བྱས་ཏེ་སྤྲུངས་པ་ཙམ་ལས་རང་ཉིད་ཀྱི་ལྟ་ཚུལ་མེད་པའམ་ལྟ་ཚུལ་གསལ་འདོན་བྱས་མེད་པ། དཔྱད་གཞི་དང་ལྟ་ཚུལ་ཕྱོགས་ཕྱོགས་སུ་གྱུར་པ་སོགས་ཀྱི་སྐྱོན་སྤངས་ཏེ་ངེས་པར་དུ་དཔྱད་གཞིའི་ཡིག་རིགས་མང་ཙམ་ཞིག་ལ་གཟིགས་ཞིབ་དང་ཁོང་དུ་ཆུད་པ་བྱེད་དགོས་པ་མ་ཟད། ཧུར་བརྩོན་ཆེན་པོས་བསམ་བློའི་གོ་རྟོགས་དང་རིགས་པའི་གཞུང་ལུགས་ཀྱི་ཆུ་ཚད་གོང་མཐོར་བཏང་ནས་བརྗོད་དོན་ལ་རྒྱུ་མཚན་ལྡན་ཞིང་དངོས་ཐོག་བདེན་འཚོལ་དང་རྒྱུ་མཚན་སྒྲོད་པ་བརྒྱུད་ཚན་རིག་དང་མཐུན་པའི་སྒོ་ནས་དབྱེ་ཞིབ་བྱས་ཏེ་བརྗོད་བྱ་གཏིང་ཟབ་ཅིང་གསལ་ཆ་དོད་པ་ཞིག་ཡོང་བ་བྱེད་དགོས།

བློ་མཐུན་མའོ་ཙེ་ཏུང་གིས“སྒྱུ་རྩལ་གྱི་རང་བཞིན་ཞན་པའི་སྒྱུ་རྩལ་གྱི་བརྩམས་ཆོས་ཤིག་ཡིན་ཕྱིན་དེ་ཆབ་སྲིད་ཀྱི་ཐོག་ལ་ཡར་ཐོན་ཅི་འདྲ་ཆེ་ནའང་ནུས་ཤུགས་མེད། དེར་བརྟེན་ང་ཚོས་ཆབ་སྲིད་ཀྱི་ལྟ་ཚུལ་ཐོག་ནོར་འཁྲུལ་ཡོད་པའི་སྒྱུ་རྩལ་གྱི་བརྩམས་ཆོས་ལ་ངོ་རྒོལ་བྱེད་དགོས་པ་མ་ཟད། ཆབ་སྲིད་ཀྱི་ལྟ་ཚུལ་ཡང་དག་པ་ཙམ་ལས་སྒྱུ་རྩལ་གྱི་ནུས་ཤུགས་མེད་པའི་“སྦྱར་ཡིག་དང་འབོད་ཚིག་རྣམ་པ་ཙམ”ཟེར་བའི་ཕྱོགས་ལྷུང་ལའང་ངོ་རྒོལ་བྱེད་དགོས་ཀྱི་རེད།”ཅེས་གསུངས་པའི་དགོངས་དོན་དང་། ཏིང་ཞའོ་ཕིང་གིས“མི་ཏོག་མཉམ་བཞད་དང་། རྙིང་འབུད་གསར་འདོན། ཕྱི་བཟང་ཀུན་སྤྱོད། གནའ་བཟང་དེང་སྤྱོད་བཅས་ཀྱི་བྱེད་ཕྱོགས་མཐའ་འཁྱོངས་བྱས་ནས་སྒྱུ་རྩལ་གསར་

རྩོམ་གྱི་ཐད་རྣམ་པ་དང་། ཉམས་འགྱུར་མི་འདྲ་བ་རྣམས་ཀྱི་བར་དུ་རང་དབང་གི་སྒོ་ནས་གྲོས་བསྡུར་བྱས་ཚོག་རྒྱུ་དར་སྤེལ་བྱེད་དགོས”ཞེས་གསུངས་པ་བཞིན་རྩོམ་རིག་གི་སྐྱོན་ཡོན་བརྗོད་པའི་ལས་འགུལ་རྒྱ་ཆེར་སྤེལ་ཏེ་རྩོམ་རིག་གསར་རྩོམ་གྱི་ཉམས་སྦྱོང་ཕྱོགས་བསྡོམས་དང་རྩོམ་རིག་གསར་རྩོམ་བྱ་རྒྱུར་སྐུལ་འདེད་བཅས་བྱས་ཏེ་ཐུན་མོང་མ་ཡིན་པའི་གསར་རྩོམ་ཡར་ཇོའི་ཟླ་བཞིན་འཕེལ་བ་དང་། ཐོ་མེད་ཚོ་མེད་དང་། འགྱུར་མེད་གཅིག་ལྟར་བཟོ་བའི་སྣང་ཚུལ་ལ་བཅོས་བསྒྱུར་བྱས་ནས་བཙམས་ཆོས་ཕུན་སུམ་ཚོགས་པོ་ཞིག་ཡོང་རྒྱུར་བརྩོན་ལེན་བྱེད་དགོས།

བཞི་པ། རྩོམ་རིག་གི་སྐྱོན་ཡོན་བརྗོད་མཁན་ལ་ངེས་པར་དུ་ཡོད་དགོས་པའི་ཆ་རྐྱེན།

1. རྩོམ་རིག་དཔྱད་སྒྲུང་ནི་རྩོམ་རིག་དཔྱད་བརྗོད་ཀྱི་རྨང་གཞི་ཡིན།

རྩོམ་རིག་གི་བྱ་འགུལ་ཁྲོད་དུ་དཔྱད་སྒྲུང་ལ་ཞུགས་པའི་སློག་པ་པོ་ཡོད་ཚད་དཔྱད་བརྗོད་པ་ཞིག་ཡིན་དགོས་པའི་ངེས་པ་མེད། ཡིན་ནའང་དཔྱད་བརྗོད་པ་ཞིག་ལ་མཚོན་ན་ཐོག་མར་ངེས་པར་དུ་དཔྱད་སྒྲུང་བ་ཞིག་ཡིན་དགོས། རྩོམ་རིག་དཔྱད་བརྗོད་ཀྱི་བྱ་བ་དེ་ཐོག་མར་དཔྱད་སྒྲུང་གི་བྱ་བ་བརྒྱུད་དེ་སྒྱུ་རྩལ་གྱི་གཟུགས་བརྙན་ལ་སྒྲུང་ཚོར་དང་སྒྱུ་རྩལ་གྱི་བརྩམས་ཆོས་ཧྲིལ་པོར་ངོས་འཛིན་བྱས་ཏེ། དེའི་རྨང་གཞིའི་སྟེང་ཞིབ་དཔྱད་ཀྱི་བློ་ཚད་མས་དཔྱད་བརྗོད་བྱ་འགུལ་སྤེལ་དགོས། རྩོམ་རིག་གི་དཔྱད་སྒྲུང་ནི་རྩོམ་རིག་དཔྱད་བརྗོད་ཀྱི་གོམ་པ་དང་པོ་དེ་ཡིན་པས། རྩོམ་རིག་དཔྱད་བརྗོད་ཀྱི་བྱ་བ་ཚང་མ་དཔྱད་སྒྲུང་གི་རྨང་གཞིའི་སྟེང་བྱས་ན་མ་གཏོགས་སྒྱུ་རྩལ་གཟུགས་བརྙན་ཁྲོད་ཀྱི་དགོངས་དོན་ཟབ་མོ་དེར་གོ་བ་ལེན་མི་ཐུབ་ལ། བཙམས་ཆོས་དེར་ཡང་དག

པའི་སྒྲ་ནས་གདེང་འཛོག་བྱེད་ཐུབ་པ་ཞིག་མ་ཡིན། དེར་བརྟེན་རྩོམ་རིག་གི་སྒྲུན་ཡོན་བརྗོད་མཁན་ཞིག་ལ་མཚོན་ན་ཐོག་མར་དཔྱད་སྒྲོང་བ་རྣམ་དག་ཅིག་ཡིན་དགོས། གལ་སྲིད་སྒྱུ་རྩལ་གྱི་རོ་སྨྱོང་བྱེད་པའི་ནུས་པ་དང་མཛེས་དཔྱོད་ཀྱི་བརྡར་ཤ་གཅོད་པའི་ནུས་པ་ཞན་པའི་མི་ཞིག་ལ་མཚོན་ན་དེ་ནི་རྩོམ་རིག་གི་དཔྱད་བརྗོད་པ་བཟང་པོ་ཞིག་ཏུ་གྱུར་མི་སྲིད་དོ།

2. འཚོ་བའི་ཉམས་མྱོང་དང་ལོ་རྒྱུས་ཀྱི་ཤེས་ཡོན་ཕུན་སུམ་ཚོགས་པོ་ཞིག་ཡོད་དགོས།

རྩོམ་པ་པོའི་བརྩམས་ཆོས་ནི་འཚོ་བར་བསྡིགས་བཅད་བརྡར་གསུམ་བྱས་ཏེ་བྱུང་བ་ཞིག་ཡིན་རྗེན་ཕུལ་བྱུང་བརྩམས་ཆོས་ཤིག་གི་ནང་དུ་འཚོ་བའི་ཉམས་མྱོང་དང་ལོ་རྒྱུས་ཀྱི་ཤེས་ཡོན་ཕུན་སུམ་ཚོགས་པོ་ཞིག་མཚོན་པར་བྱས་ཡོད། གལ་ཏེ་སྒྲུན་ཡོན་བརྗོད་མཁན་རང་ཉིད་ལ་འཚོ་བའི་ཉམས་མྱོང་དང་ལོ་རྒྱུས་ཀྱི་ཤེས་ཡོན་ཕུན་སུམ་ཚོགས་པོ་ཞིག་མེད་ཚེ་བརྩམས་ཆོས་དེར་གོ་ལེན་དབྱེ་ཞིབ་བྱེད་མི་ཐུབ་ལ་སྒྲུན་ཡོན་བརྗོད་རྒྱུ་ནི་དེ་བས་ཀྱང་ཡོང་ཐབས་མེད་པ་ཞིག་ཡིན། སྒྲུན་ཡོན་བརྗོད་པའི་དབང་དུ་བཏང་ནའང་དེ་ནི་ཐོར་འར་སི་ཐ་ཡིས་སྒྲུན་ཡོན་བརྗོད་མཁན་འགའ་ཤས་ལ་ཟུར་ཟ་བྱས་པ་བཞིན་“སླུག་པས་སྤྱང་པོར་དཔྱད་གཏམ་བྱས་པ་”ཞེས་གསུངས་པ་བཞིན་ནོ།

3. རིག་པའི་གཞུང་ལུགས་ཀྱི་བྱང་ཚད་ངེས་ཅན་ཞིག་ཡོད་དགོས།

སྤྱིར་བཏང་ནས་བརྗོད་ཚེ་སྒྲུན་ཡོན་བརྗོད་མཁན་ནི་རྩོམ་པ་པོ་རྣམས་ལས་རྒྱང་རིང་གི་མ་འོངས་པའི་གནས་ཚུལ་ལ་བལྟ་ཐུབ་མཁན་ཞིག་ཡིན་དགོས་པ་དང་། དམིགས་ཡུལ་དེ་ལྟར་ཞིག་འགྲུབ་པར་རང་ཉིད་ལ་རིགས་པའི་གཞུང་ལུགས་ཀྱི་བྱང་ཚད་དེ་ཚད་གཞི་མཐོ་ཙམ་ཞིག་ཡོད་དགོས་པ་དེ་ཡིན་ནོ།

4. སྒྱུ་རྩལ་གྱི་བྱང་ཚད་ངེས་ཅན་ཞིག་ཡོད་དགོས་ལ་སྒྲུན་ཡོན་བརྗོད་པའི་ཆོས་ཉིད་ཡང་རྟོགས་དགོས།

སྒྱུ་རྩལ་གྱི་བྱང་ཚད་ཅེས་པ་ནི་མི་གཅིག་གི་ངོས་ནས་ཞུས་ན་དེ་ནི་སྒྱུ་རྩལ་

གྱི་ཆོས་ཉིད་ཁོང་དུ་ཆུད་པ་དང་གོ་ལེན་བྱེད་པའི་ཚད་གཞིར་དམིགས་པ་ཞིག་ཡིན་རྒྱེན། སྐྱོན་ཡོན་བརྗོད་པའི་ངོ་བོ་དང་། ཚད་གཞི། ཐབས་ཤེས་སོགས་ཁོང་དུ་ཆུད་པར་བྱེད་དགོས།

5. གཟབ་ནན་དང་རང་སྐྱོན་རང་བརྗོད་བྱེད་པའི་སྙིང་སྟོབས་དང་ནམ་འགྱུར་ལྡན་དགོས་པ།

6. རྩོམ་རིག་སྒྱུ་རྩལ་གྱི་གསར་འཕྲིན་ཤེས་རྟོགས་བྱེད་ཐུབ་པའི་ནུས་པ་ཡོད་དགོས།

མདོར་བསྡུས་ན། བརྩམས་ཆོས་ཤིག་ཡིན་ཕྱིན་དེར་བསམ་བློའི་ནང་དོན་དང་སྒྱུ་རྩལ་གྱི་ཉམས་འགྱུར་སོགས་ཕྱོགས་གཉིས་ནས་གདེང་འཇོག་བྱེད་དགོས་པ་རེད། སྤྱི་ཡོངས་ནས་བཤད་ན་རྩོམ་རིག་སྒྱུ་རྩལ་གྱི་བསམ་པའི་ནང་དོན་ནི་ཕྱོགས་མང་པོ་དང་འབྲེལ་བ་ཡོད་པ་ཞིག་སྟེ། ཆབ་སྲིད་ཀྱི་ལྟ་ཚུལ་དང་། ཀུན་སྤྱོད་ཀྱི་ལྟ་ཚུལ། སྒྱུ་རྩལ་གྱི་ལྟ་ཚུལ་སོགས་ཚུད་ཡོད་པ་མ་ཟད། ལྟ་ཚུལ་དེ་རིགས་བརྩམས་ཆོས་ནང་དུ་ཚང་མ་ངོས་འཛིན་རྒྱུ་མེད་པ་ཞིག་མ་ཡིན་པར་སྒྱུ་རྩལ་གྱི་གཟུགས་བརྙན་དང་། བརྗོད་བྱ། བསམ་གཞིགས་བྱེད་སྟངས་དང་སྒྱུ་རྩལ་གྱི་ཐོག་ནས་འཚོ་བ་དངོས་གསལ་སྟོན་བྱེད་པ་བཅས་ཟུང་འབྲེལ་བྱས་ཡོད། དེས་ན་ང་ཚོས་བརྩམས་ཆོས་ལ་དཔྱད་ཞིབ་བྱེད་པ་དང་། བརྩམས་ཆོས་ཀྱི་བསམ་བློའི་ནང་དོན་ལ་གདེང་འཇོག་བྱེད་སྐབས་ཆབ་སྲིད་ཀྱི་ལྟ་ཚུལ་དང་། ཆབ་སྲིད་ཀྱི་ཕྱོགས་ལྷུང་རང་བཞིན་ལ་དབྱེ་འབྱེད་བྱེད་དགོས་པ་ཕུད། ད་དུང་ངེས་པར་དུ་བརྩམས་ཆོས་དེའི་ཕྲག་འགྱུར་གྱི་བསམ་བློ་དང་། འཚོ་བར་ངོས་འཛིན་བྱེད་པའི་རིན་ཐང་སོགས་ལ་ཡང་དབྱེ་ཞིབ་བྱས་ན། གཞི་ནས་བརྩམས་ཆོས་ཁྲིན་ཡོངས་ཀྱི་བསམ་བློའི་དོན་སྙིང་ལ་གདེང་འཇོག་བྱེད་ཐུབ་པ་ཞིག་ཡོང་གི་རེད། རྩོམ་རིག་བརྩམས་ཆོས་ཀྱི་བསམ་བློའི་ནང་དོན་དེ་མཐར་གཏུགས་ན་ཆབ་སྲིད་ཀྱི་ལྟ་ཚུལ་དང་། ཆབ་སྲིད་ཀྱི་ཕྱོགས་ལྷུང་རང་བཞིན་ཁོ་ན་ཡིན་སྙམ་པ་དང་། དེ་ནི་རྩོམ་རིག་ལ་སྐྱོན་ཡོན་བརྗོད་པའི་ཚད་གཞི་ཐུན་མོང་མ་ཡིན་པ

ཞིག་ཏུ་རྩིས་ཏེ་རྩོམ་རིག་བརྩམས་འབྲས་ཀྱི་མཚོན་ཚུལ་རྙོག་དྲ་ཆེན་པོ་དེ་དག་ལ་དོ་སྣང་མ་བྱས་ཚེ་སྟབས་བདེར་འགྱུར་བའི་ཉོར་འཁྲུལ་འབྱུང་སྲིད་ལ། དེས་རྩོམ་རིག་གསར་རྩོམ་དང་རྩོམ་རིག་གི་སྐྱོན་ཡོན་བརྗོད་པའི་བྱ་བ་དེ་སྐྱོན་བྲལ་གྱི་ངང་ནས་ཡར་རྒྱས་གོང་འཕེལ་འགྲོ་རྒྱུར་གནོད་འཚེ་ངེས་ཅན་ཞིག་ཡོད།

དེ་སྔོན་རྩོམ་རིག་དཔྱད་བརྗོད་བྱེད་སྐབས་བརྩམས་ཆོས་ཀྱི་སྙིང་དོན་དེ་སྐབས་དེའི་ཆབ་སྲིད་དང་སྲིད་ཇུས་མཉམ་དུ་འབྲེལ་ཏེ་དགེ་སྐྱོན་ཚད་འཛལ་བྱས་ཤིང་། དེའི་འབྲས་བུར་བརྩམས་ཆོས་ཀྱི་ལེགས་ཉེས་གང་ཡིན་པ་ནི་དེས་ཆབ་སྲིད་ལ་གནོད་འདེགས་དམ་ཟབ་བྱས་ཡོད་མེད་ལ་ལྟ་བའི་ཕྱོགས་ལྷུང་ཞིག་ཏུ་གྱུར་པ་དེས་རྩོམ་རིག་གོང་འཕེལ་དང་ཕུན་སུམ་ཚོགས་པོ་ཡོང་རྒྱུར་ཐན་ཐོགས་མེད་པར་གནོད་འཚེའི་ནུས་པ་ངེས་ཅན་ཞིག་ཐོན་ཡོད། རྩོམ་རིག་དེ་ལོ་རྒྱུས་ཀྱི་དུས་སྐབས་གང་གི་ནང་དུའང་ཞིབ་ཕྲའི་ཆབ་སྲིད་ཀྱི་དྲིལ་བསྒྲགས་ཡོ་བྱད་དང་སྐད་དུང་དུ་འགྱུར་དགོས་པའི་ཚད་དུ་འཛོག་རྒྱུ་མེད་ལ། བརྩམས་ཆོས་འགའ་རེ་ནི་མི་སྣ་ཞིག་དང་གཟུགས་བརྙན་ཞིག་བསྐྲུན་པའི་ཆེད་དུ་ཡིན་པ་ལས། སྐབས་དེའི་ཆབ་སྲིད་གཅིག་མཚོན་ཕྱིར་མ་བྲིས་པ་ཞིག་ཡིན་ཚེ་སྐྱོན་ཡོན་བརྗོད་སྐབས་དེ་བརྩམས་ཆོས་ཡག་པོ་མིན་པར་ཚིག་ཐག་བཅད་ན་གཏན་ནས་མི་འགྲིག་པར་བརྩམས་ཆོས་ལ་ཡང་དག་པའི་སྒོ་ནས་བརྟར་ཤ་གཅོད་དགོས། མའོ་ཙེ་ཏུང་གིས"མི་རྟོག་མཉམ་བཞད་དང་མཁས་བརྒྱ་འགྲན་གླེང་གི་བྱེད་ཕྱོགས་དེ་ནི་སྒྱུ་རྩལ་འཕེལ་རྒྱས་དང་། ཚན་རིག་ཡར་རྒྱས་ཡོང་བར་སྐུལ་འདེད་བྱ་རྒྱུའི་བྱེད་ཕྱོགས་དང་། རང་རྒྱལ་གྱི་ཚོགས་རིང་ལུགས་ཀྱི་རིག་གནས་དར་རྒྱས་ཡོང་བར་སྐུལ་འདེད་བྱ་རྒྱུའི་བྱེད་ཕྱོགས་རེད། སྒྱུ་རྩལ་ཐོག་གི་རྣམ་པ་དང་ཉམས་འགྱུར་མི་འདྲ་བ་རྣམས་རང་དབང་གི་སྒོ་ནས་རྩོད་པ་བརྒྱབ་ཆོག་གི་རེད། ང་ཚོའི་སེམས་ལ་སྲིད་འཛིན་གྱི་སྟོབས་ཤུགས་ལ་བརྟེན་ནས་བཙན་ཤེད་ཀྱིས་ཉམས་འགྱུར་གཅིག་དང་གྲུབ་མཐའ་གཅིག་སྤེལ་བ་དང་། ཉམས་འགྱུར་གཞན་དང་གྲུབ་མཐའ་གཞན་བཀག་འགོག་བྱེད་པ་དེས་སྒྱུ་རྩལ་དང་

ཚན་རིག་གོང་འཕེལ་གཏོང་རྒྱུར་གནོད་ཀྱི་རེད་བསམ་གྱི་འདུག སྒྱུ་རྩལ་དང་ཚན་རིག་ཐད་ཀྱི་ཡིན་མིན་གྱི་གནད་དོན་དེ་སྒྱུ་རྩལ་གྱི་ལས་རིགས་པ་དང་ཚན་རིག་གི་ལས་རིགས་པ་རྣམས་ཀྱིས་རང་དབང་གི་སྒོ་ནས་གྲོས་བསྡུར་བྱས་ཏེ་ཐག་གཅོད་བྱེད་དགོས་པ་ལས། ཐབས་ཤེས་སྟབས་བདེ་པོ་ལ་བརྟེན་ནས་ཐག་གཅོད་བྱེད་མི་རུང་། ཡང་དག་པའི་རིགས་དང་ནོར་འཁྲུལ་གྱི་རིགས་བརྡར་ཤ་གཅོད་རྒྱུར་རྟག་པར་ཉམས་ཚོད་ལེན་རྒྱུའི་དུས་ཚོད་ཅིག་དགོས་ཀྱི་རེད། ལོ་རྒྱུས་ཐོག་གསར་པ་དང་ཡང་དག་པའི་རིགས་ཐོག་མར་བྱུང་བའི་དུས་སུ་རྟག་པར་མི་མང་ཆེ་བས་ཁས་ལེན་གྱི་མེད་སྟབས་འཐབ་རྩོད་ཀྱི་ནང་དུ་ཀྱག་ཀྱོག་གི་ངང་ནས་མ་གཏོགས་འཕེལ་རྒྱས་ཡོང་ཐུབ་ཀྱི་མ་རེད། ཡང་དག་པའི་རིགས་དང་ལེགས་པའི་རིགས་ཐོག་མར་བྱུང་སྐབས་མི་རྣམས་ཀྱིས་དེ་ཚོ་དྲི་ཞིམ་མེ་ཏོག་ཡིན་པ་ཁས་ལེན་རྒྱུ་ཕར་ཞོག ད་དུང་དེ་ཚོ་དུག་རྩར་བརྩི་བ་ཞིག་རྟག་པར་ཡོང་གི་རེད། དཔེར་ན། ཀོ་པེ་ནི་ཡིས་ཉི་མའི་ཁྱིམ་རྒྱུད་སྐོར་གྱི་གཞུང་ལུགས་དང་། དར་ཝུན་གྱི་འཕེལ་འགྱུར་སྨྲ་བ་དེ་གཉིས་ཀ་དེ་སྔ་ནོར་འཁྲུལ་གྱི་རིགས་སུ་བཞག་པར་བརྟེན་དེ་གཉིས་ཀས་དཀའ་ངལ་ཆེ་བའི་འཐབ་རྩོད་བྱེད་དགོས་བྱུང་ཡོད་”ཅེས་གསུངས་པ་འདི་ནི་ཤིན་ཏུ་གཏིང་ཟབ་པའི་དགོངས་དོན་ཞིག་ཡིན་པས་རྩོམ་རིག་གི་སྐྱོན་ཡོན་བརྗོད་སྐབས་ངེས་པར་དུ་རྩ་དོན་འདི་དག་པེད་སྤྱོད་དང་ངོས་འཛིན་གསལ་པོ་ཡོང་བ་བྱེད་དགོས།

---

1. རྩོམ་རིག་གི་སྐྱོན་ཡོན་བརྗོད་པའི་ངོ་བོ་ཅི་ཡིན།

2. རྩོམ་རིག་གི་སྐྱོན་ཡོན་བརྗོད་པའི་རྩ་བའི་ལས་འགན་གང་ཡིན་ནམ།

3. རྩོམ་རིག་གི་སྐྱོན་ཡོན་བརྗོད་པའི་ཚད་གཞི་དེར་དུས་རབས་མི་འདྲ་བ་དང་མི་རིགས་མི་འདྲ་བར་སྐྱོན་ཡོན་བརྗོད་པའི་ཚད་གཞི་མི་འདྲ་བ་རེ་ཡོད་ཅེས་པའི་རྒྱུ་མཚན་ཅི་ཡིན།

4. བསམ་བློའི་ཚད་གཞི་ཞེས་པའི་གོ་དོན་གང་ཡིན་ནམ།

5. སྒྱུ་རྩལ་གྱི་ཚད་གཞི་ཞེས་པའི་གོ་དོན་གང་ཡིན་ནམ།

6. རྩོམ་རིག་གི་སྐྱོན་ཡོན་བརྗོད་པའི་ཐབས་ཤེས་ཞེས་པའི་གོ་དོན་གང་ཡིན།

7. སྐྱོན་ཡོན་བརྗོད་མཁན་ལ་ཡོད་དགོས་པའི་ཆ་རྐྱེན་གང་དང་གང་ཡིན།

8. རྩོམ་རིག་གི་སྐྱོན་ཡོན་བརྗོད་པའི་ཐབས་ཤེས་ཁྱབ་ཆེ་ཙམ་ནས་དབྱེ་ན་གང་དང་གང་ཡོད།

9. སྤྱི་ཚོགས་རིག་པའི་དཔྱད་བརྗོད་ཅེས་པའི་གོ་དོན་གང་ཡིན།

ལེའུ་ལྔ་པ། ཚོམ་རིག་གི་འཕེལ་རྒྱས་དང་རྒྱུན་འཛིན་གསར་གཏོད་ཀྱི་སྐོར།

སབཅད་དང་པོ། ཚོམ་རིག་གི་འཕེལ་རྒྱས་སྐོར།

མིའི་རིགས་ཀྱི་ལོ་རྒྱུས་ཐོག་ཏུ་གདོད་མའི་སྤྱི་ཚོགས་འཐོར་ཞིག་ཕྱིན་ཏེ་གྲལ་རིམ་ཡོད་པའི་བྲན་གཡོག་སྤྱི་ཚོགས་སུ་འཕོ་འགྱུར་ཕྱིན་པ་དང་། གྲལ་རིམ་ཡོད་པའི་རྐྱེན་གྱིས་སྤྱི་ཚོགས་ཀྱི་ལས་གནས་ཐོག་བསམ་བློའི་ངལ་རྩོལ་དང་ལུས་པོའི་ངལ་རྩོལ་བྱེད་མཁན་གྱི་དབྱེ་བ་བྱུང་བ་མ་ཟད། མིའི་རིགས་ཀྱི་ལོ་རྒྱུས་ཐོག་ཏུ་ཐོག་མའི་འགྱུར་ལྡོག་ཆེན་པོ་ཞིག་བྱུང་བ་དང་། ཐོན་སྐྱེད་ཀྱི་འཐབ་རྩོད་དང་མང་ཚོགས་ཀྱི་འཐབ་རྩོད་གཉིས་པོ་ནི་སྤྱི་ཚོགས་འཕེལ་རྒྱས་འགྲོ་བའི་སྐུལ་ཤུགས་ཆེན་པོ་གཉིས་ཡིན།

དང་པོ། དཔལ་འབྱོར་གྱི་རྨང་གཞི་ནི་ཚོམ་རིག་འཕེལ་རྒྱས་འགྲོ་རྒྱུར་ཐག་གཅོད་ཀྱི་རང་བཞིན་ལྡན་པའི་རྒྱུ་རྐྱེན་ཞིག་ཡིན།

ཐོན་སྐྱེད་འཐབ་རྩོད་ཟེར་བ་ནི་མི་རྣམས་ཀྱིས་རང་བྱུང་ཁམས་ལ་འཐབ་རྩོད་བྱེད་པ་དང་ཡང་ན་ཚན་རིག་གི་ཚོད་ལྟ་འགའ་ཞིག་ལ་དམིགས་པ་ཞིག་ཡིན། དེ་ནི་ཐོན་སྐྱེད་ངལ་རྩོལ་གྱི་ནུས་པ་གོང་མཐོར་གཏོང་བ་དང་། ཐོན་སྐྱེད་ཀྱི་སྤྱི་ཚོགས་ནུས་ཤུགས་གོང་འཕེལ་གཏོང་བའི་ཕྱིར་བཏང་གི་འཐབ་རྩོད་

རྣམ་པ་ཞིག་ཡིན། གདོད་མའི་དུས་སུ་མི་རྣམས་ཀྱིས་ལག་ལེན་གྱི་ལས་འགུལ་ཚང་མ་ནི་ཐོན་སྐྱེད་ངལ་རྩོལ་དང་རང་བྱུང་ཁམས་ལ་འཐབ་རྩོད་བྱ་རྒྱུ་དེ་རེད། དེར་བརྟེན། མིའི་རིགས་ཀྱི་སྤྱི་ཚོགས་དེ་ཡང་ཐོག་མར་རང་བྱུང་ཁམས་ལ་འཐབ་རྩོད་བྱེད་པའི་ནང་ནས་འཕེལ་རྒྱས་བྱུང་བ་ཞིག་རེད། ཨེན་ཁེ་སིས་"མི་རྣམས་ཀྱིས་ཐོག་མར་བཟའ་འཐུང་དང་། གོས་རྒྱུ། སྡོད་ཁང་བཅས་ཐག་གཅོད་བྱུང་རྗེང་དེ་ནས་ཆབ་སྲིད་དང་། ཚན་རིག སྒྱུ་རྩལ། ཆོས་ལུགས་སོགས་བྱེད་ཀྱི་ཡོད་པ་རེད་"ཅེས་གསུངས་པ་ལྟར། ཐོན་སྐྱེད་འཐབ་རྩོད་བྱས་པ་བརྒྱུད་དེ་ལོ་རྒྱུས་ཀྱི་འཕེལ་རྒྱས་ངེས་ཅན་ཞིག་གི་ནང་དུ་རང་བྱུང་ཁམས་ལ་བསྒྱུར་བཅོད་བྱེད་པ་དང་ཆབས་ཅིག་མི་དང་རང་བྱུང་ཁམས་བར་གྱི་འབྲེལ་བ་དེར་འགྱུར་ལྡོག་འགྲོ་བ་དང་། མི་རྣམས་ཀྱི་སྤྱི་ཚོགས་ཀྱི་བྱ་འགུལ་མཐའ་དག་ལ་དགོས་ངེས་ཀྱིས་དངོས་པོའི་རྨང་གཞི་གཏིང་བ་མ་ཟད། རྩོམ་རིག་གི་འཕེལ་རྒྱས་ལ་ཆ་རྐྱེན་བསྐྲུན་ཡོད་པ་རེད། བོད་ཀྱི་རྒྱལ་པོ་གྲི་གུམ་བཙན་པོ་དང་སྤུ་དེ་གུང་རྒྱལ་གཉིས་ཀྱི་དུས་སུ་སྤྱི་ཚོགས་ཀྱི་ཐོན་སྐྱེད་ལ་འཕེལ་རྒྱས་ངེས་ཅན་ཞིག་བྱུང་ཡོད་པ་སྟེ། དཔེར་ན་《མཁས་པའི་དགའ་སྟོན་》ལས"དེ་ཡིས་རྡོ་བཞུ་གསེར་དངུལ་ཟངས་ལྕགས་ཕྱུང་། རྨོས་པའི་ལོ་ཏོག་ཐོག་མ་འདི་ནས་བྱུང་"ཞེས་གསུངས་པ་ལྟར་ཟངས་ལྕགས་སྦྱོད་པ་དང་། ཞིང་ལས་ཐོན་སྐྱེད་བྱེད་པའི་ཐོག་མའི་སྦྱུ་གུ་འབུས་པ། ལོ་རྒྱུས་ཀྱི་འཕེལ་རིམ་ཁྲིད་ཐོན་སྐྱེད་ངལ་རྩོལ་གྱི་ཆུ་ཚད་མི་འདྲ་བ། སྤྱི་ཚོགས་ཀྱི་འཚོ་བའི་སྣང་ཚུལ་དང་མིའི་འདུ་ཤེས་མཚོན་པའི་ལྗང་སྒྲུང་དེ་དག་ཡང་སྐབས་དེའི་དཔལ་འབྱོར་གྱི་རྨང་གཞིར་རགས་ལས་པ་ཞིག་ཡིན།

དུས་ཚོད་ངེས་ཅན་ཞིག་གི་རྩོམ་རིག་གི་འཕེལ་རྒྱས་དེ་དུས་སྐབས་དེའི་དཔལ་འབྱོར་ མཐོ་ རླབས་ ཀྱི་ འབྲས་ བུ་ ཡིན། སློ་ མཐུན་ མའོ་ ཙེ་ ཏུང་ གིས་ "དཔལ་ འབྱོར་ འཛུགས་ བསྐྲུན་ གྱི་ མཐོ་ རླབས་ དང་ བསྟུན་ ཏེ་ རིག་ གནས་ འཛུགས་བསྐྲུན་གྱི་མཐོ་རླབས་ཤིག་ཡོང་གི་ཡོད་"ཅེས་གསུངས་པ་དང་། ལོ་

རྒྱུས་དུས་སྐབས་གང་གི་ནང་དུ་ཡང་དུས་སྐབས་དེའི་དཔལ་འབྱོར་གྱི་རྨང་གཞི་དང་འཕེལ་རྒྱས་ཀྱིས་རྩོམ་རིག་འཕེལ་རྒྱས་ལ་ནུས་པ་མི་ཆུང་བ་ཞིག་ཐོན་གྱི་ཡོད། སྤྱི་ཚོགས་ཀྱི་འཕེལ་རྒྱས་དེ་རྣམ་པ་གསར་པ་ཞིག་ལ་སླེབས་པ་དང་རྨང་གཞིའི་དཔལ་འབྱོར་ལ་འཕོ་འགྱུར་ཅི་འདྲ་ཞིག་བྱུང་ན་སྤྱི་ཚོགས་འཚོ་བའི་ཕྱོགས་སོ་སོ་ནས་དེའི་གོམ་འགྲོས་དང་མཐུན་པའི་འགྱུར་ལྡོག་འོས་མཚམས་ཤིག་བྱུང་ཞིང་དེ་ཡིས་རྩོམ་རིག་གསར་རྩོམ་ལ་བརྗོད་བྱ་གསར་པ་འདོན་སྤྲོད་བྱས་ནས་རྩོམ་རིག་འཕེལ་རྒྱས་ལ་སྐུལ་མ་གཏོང་གི་ཡོད། རྩོམ་རིག་འཕེལ་རྒྱས་ཀྱི་ཁྲོད་དུ་རྩོམ་རིག་གི་ནང་དོན་ཆ་ནས་དངོས་པོའི་འཚོ་བའི་འཕོ་འགྱུར་གྱི་ཤན་ཞུགས་པ་མངོན་པར་གསལ་བ་ཡིན། རྩོམ་རིག་གི་རྣམ་པའི་ཆ་ལ་མཚོན་ན་རང་ངོས་ཀྱི་འཕེལ་རྒྱས་ཀྱི་ཆོས་ཉིད་ཡོད་ལ་ཕྱི་ནས་འོངས་པའི་རིག་གནས་ཀྱི་མཐུན་རྐྱེན་དང་སྒྱུ་རྩལ་གྱི་ཤན་ཞུགས་པའང་ཡོད། འོན་ཀྱང་མཐར་གཏུགས་ན་དངོས་པོའི་འཚོ་བའི་རྒྱུ་རྐྱེན་ནི་ཐག་གཅོད་ཀྱི་རང་བཞིན་ལྡན་པ་ཞིག་ཡིན། རྨང་གཞིའི་དཔལ་འབྱོར་ལ་འཕོ་འགྱུར་བྱུང་བ་དེས་སྤྱི་ཚོགས་ཀྱི་འཚོ་བར་འགྱུར་ལྡོག་བྱུང་ངེས་ལ། སྤྱི་ཚོགས་འཚོ་བར་འགྱུར་ལྡོག་བྱུང་བ་དེས་རྩོམ་རིག་གི་ནང་དོན་ཆ་ལ་ཡང་འགྱུར་ལྡོག་དང་འཕེལ་རྒྱས་འགྲོ་གི་ཡོད་པ་རེད།

གཉིས་པ། ཆབ་སྲིད་ཀྱིས་རྩོམ་རིག་འཕེལ་རྒྱས་ལ་ཐོན་པའི་ཤུགས་རྐྱེན་སྐོར།

ཆབ་སྲིད་དང་རྩོམ་རིག་སྒྱུ་རྩལ་གཉིས་ནི་སྟེང་གི་བཀོད་པ་ཞིག་ཡིན་པ་དང་། དེ་གཉིས་པོ་དཔལ་འབྱོར་གྱི་རྨང་གཞིས་ཐག་གཅོད་བྱེད་པ་དང་ཆབས་ཅིག་དཔལ་འབྱོར་གྱི་རྨང་གཞི་ལ་ཞབས་འདེགས་ཞུ་ཡི་ཡོད་པར་བརྟེན་ཐན་

ཚུན་ཤུགས་རྐྱེན་ཐེབས་རེས་ཀྱི་འབྲེལ་བ་ཞིག་ཡིན། "ཆབ་སྲིད་ནི་དཔལ་འབྱོར་གཅིག་སྡུད་ཀྱིས་མཚོན་པར་བྱས་པ་ཞིག་ཡིན་"པ་དང་། སྙིང་གི་བཀོད་པའི་ནང་གཙོ་བོའི་གནས་བབ་ཅིག་བཟུང་ཡོད་པ་མ་ཟད། ནུས་པ་ཆེ་ཤོས་འདོན་མཁན་ཞིག་ཡིན། དེས་ན་སྙིང་གི་བཀོད་པའི་ནང་ཆབ་སྲིད་ཀྱིས་མཚམས་སྦྱོར་གྱི་ནུས་པ་ཆེ་ཤོས་ཐོན་གྱི་ཡོད་པར་བརྟེན། རྩོམ་རིག་གི་འཕེལ་རྒྱས་ལ་ཤུགས་རྐྱེན་ཆེན་པོ་ཡོད་པ་ཞིག་ཡིན། རྒྱུ་མཚན་ནི་ཆབ་སྲིད་ཀྱིས་སྙིང་གི་བཀོད་པའི་ནང་གཙོ་ཁྲིད་ཀྱི་གོ་གནས་ཤིག་བཟུང་ཡོད་པ་དང་། དེ་ནི་གྲལ་རིམ་གྱི་ཁེ་ཕན་གཅིག་སྡུད་ཀྱིས་མཚོན་པར་བྱས་ཡོད་རྐྱེན་རྩོམ་རིག་སྒྱུ་རྩལ་ལ་ཚོད་འཛིན་གྱི་ནུས་པ་ཞིག་ཐོན་གྱི་ཡོད། གཅིག་ནས་རྩོམ་རིག་འཕེལ་རྒྱས་འགྲོ་རྒྱུར་སྐུལ་འདེད་ཀྱི་ནུས་པ་ཆེན་པོ་ཞིག་ཐོན་ཏེ་རྩོམ་རིག་འཕེལ་རྒྱས་དང་ཕུན་སུམ་ཚོགས་སུ་འགྲོ་གི་ཡོད་པ་དང་། གཉིས་ནས། རྩོམ་རིག་ལ་བཀག་རྒྱ་ཆེན་པོ་ཞིག་སྲིད་དེ་རྩོམ་རིག་ཉམས་རྒུད་དང་འཐོར་ཞིག་གཏོང་གི་ཡོད། དཔེར་ན་"མི་བཞི་ངན་རིངས"ཀྱིས་ཆབ་སྲིད་ཀྱི་གནོན་ཤུགས་འོག་ཏུ་རྩོམ་རིག་སྒྱུ་རྩལ་དེ་སྟོང་ལ་ཉེ་བའི་དུས་ཅིག་ཏུ་སླེབས་པ་དང་། ཧ་ལམ་རྩོམ་རིག་མིང་ཙམ་ལས་དོན་དངོས་མའི་རྩོལ་རིག་མེད་པར་གྱུར་བ་རེད། སྐབས་དེའི་གཡོན་ཐལ་གྱི་བསམ་བློའི་མཛུབ་ཁྲིད་དང་ལུང་འཛིན་རིང་ལུགས་ཀྱི་བསམ་བློའི་མ་ལག་དེས་རྩོམ་རིག་འཕེལ་རྒྱས་འགྲོ་རྒྱུར་གནོད་འཚེ་ཚབས་ཆེན་བཟོས་ཡོད། ལོ་བཅུའི་དུས་རྗེང་ནང་ཤེས་ཡོན་ལ་མཐོང་ཆུང་དང་ལྷག་པར་དུ་གྲངས་ཉུང་མི་རིགས་ཀྱི་སྐད་ཡིག་ལ་མཐོང་ཆུང་བྱས་ཏེ་ཐ་ན་རྩ་བ་ནས་རྩ་མེད་གཏོང་རྒྱུའི་སྣང་ཚུལ་དེ་ཡོད་རྐྱེན་བོད་ཀྱི་རྩོམ་རིག་ཐད་ལ་ཡང་སྔོན་བྱོན་མཁས་དབང་དམ་པ་རྣམས་ཀྱིས་མཛད་པའི་བཀའ་རྩོམ་ཧ་སླད་མཆིས་པ་དག་ལ་ལ་རྩ་བརླག་ཤུལ་མེད་བཟོས་པ་དང་ལ་ལ་བཙན་གྱི་ཁྲང་བུར་ཚུད་པ་སོགས་གོད་ཆག་ཆེན་པོ་བྱུང་བ་དང་། མི་རྣམས་ཀྱི་སེམས་ལ་སྐྱོ་ཤས་ཀྱི་སྣང་བའམ་ཁོང་ཁྲོ་སྐྱེ་དགོས་པ་ཞིག་བྱུང་ཡོད།

གསུམ་པ། མཚན་ཉིད་རིག་པས་རྩོམ་རིག་འཕེལ་རྒྱས་ལ་ཤུགས་རྐྱེན་ཆེན་པོ་ཡོད་པ་ཞིག་ཡིན།

མཚན་ཉིད་རིག་པ་ནི་སྤྱི་ཚོགས་ཀྱི་འདུ་ཤེས་འཛིན་སྟངས་གྲས་ཤིག་ཡིན་པ་དང་། དེ་ནི་མི་རྣམས་ཀྱི་འཛིག་རྟེན་ཧྲིལ་པོར་འཛིན་པའི་རྩ་བའི་སྙུ་རྩལ་དེ་ཡིན་པ་མ་ཟད། མི་རྣམས་ཀྱི་གོ་རིམ་ལྡན་པ་དང་རིག་པའི་གཞུང་ལུགས་ཅན་དུ་འགྱུར་བའི་ལྟ་ཚུལ་དེ་ཡིན། དེར་བརྟེན་མཚན་ཉིད་རིག་པས་རྩོམ་རིག་ལ་ཤུགས་རྐྱེན་དེ་གཏིང་ཟབ་པོ་ཡོད་པ་ཞིག་ཡིན། སྤྱིར་བཏང་ནས་བཤད་ན་མཚན་ཉིད་རིག་པའི་ཤུགས་རྐྱེན་ནི་རྩོམ་པ་པོ་འགའ་རེ་དང་། བརྩམས་ཆོས་འགའ་རེ་ལ་ཡོད་པ་ཞིག་མ་ཡིན་པར་རྟག་པར་རྩོམ་རིག་གི་བསམ་པའི་རླབས་རྒྱུན་དང་། གསར་རྩོམ་གྱི་ཕྱོགས་ལྷུང་། གསར་རྩོམ་གྱི་ཐབས་ཤེས། ཉམས་འགྱུར་དང་། གྲུབ་མཐའ་སོགས་ཚང་མར་ཤུགས་རྐྱེན་གཏིང་ཟབ་ཅིག་ཡོད་པ་རེད།

བཞི་པ། ཆོས་ལུགས་ཀྱིས་རྩོམ་རིག་འཕེལ་རྒྱས་འགྲོ་རྒྱར་ཤུགས་རྐྱེན་ཆེན་པོ་ཐུང་ཡོད།

ཆོས་ལུགས་དང་རྩོམ་རིག་གཉིས་ལ་འདྲ་བའི་ཕྱོགས་ཡོད་ལ་མི་འདྲ་བའི་ཕྱོགས་ཀྱང་ཡོད། འདྲ་བའི་ཕྱོགས་ནི་དེ་གཉིས་པོ་འདུ་ཤེས་འཛིན་སྟངས་གཅིག་ཡིན་པ་དང་། དེ་ནི་མི་རྣམས་ཀྱིས་འཛིག་རྟེན་ངོས་འཛིན་དང་ཁོང་དུ་ཆུད་པར་བྱེད་པའི་བྱེད་ཐབས་ཤིག་ཡིན་པ་མ་ཟད། གཟུགས་བརྙན་དང་བསམ་པའི་འཆར་སྣང་དེ་ཡིན། རྩོམ་རིག་དང་ཆོས་ལུགས་གཉིས་ནི་ཕན་ཚུན་

འབྲེལ་བ་དམ་ཞིང་ཤུགས་རྐྱེན་ཆེན་པོ་ཡོད་པ་ཞིག་ཡིན། དུས་རབས་ངེས་ཅན་ཞིག་གི་ནང་དུ་དར་ཁྱབ་ཏུ་སོང་བའི་ཆོས་ལུགས་དེས་མི་རྣམས་ཀྱི་སེམས་ཁམས་སུ་བག་ཆགས་ངེས་ཅན་ཞིག་ཡོད་པ་དང་ཆབས་ཅིག་དུས་རབས་དེའི་ནང་དུ་གནས་པའི་རྩོམ་རིག་སྒྱུ་རྩལ་གྱི་ནང་དོན་དང་རྣམ་པར་ཤུགས་རྐྱེན་ཆེན་པོ་ཡོད་པ་མ་ཟད། རྩོམ་རིག་འཕེལ་རྒྱས་ལ་སྐུལ་འདེད་ཀྱི་ནུས་པ་ངེས་ཅན་ཞིག་ཐོན་གྱི་ཡོད། 1988ལོར་པཎ་ཆེན་སྐུ་ཕྲེང་བཅུ་པ་མཆོག་ནས"བོད་ཀྱི་རིག་པ་ཞེས་པ་ནི། ཆོས་དང་འབྲེལ་བ་ཡོད་པ་ཞིག་ཡིན་པ་དང་། དེ་ཡང་བོད་མི་རིགས་དེ་ཉིད་རིག་ལྡན་གྱི་མི་རིགས་ཤིག་ཏུ་གྱུར་བ་དང་ཆབས་ཅིག་ཆོས་དང་རིག་གནས་གཉིས་ཟུང་དུ་འབྲེལ་ནས་འཕེལ་རྒྱས་ཕྱིན་པ་རེད། མི་རིགས་དེའི་བསམ་བློ་གཏོང་སྟངས་དང་རིན་ཐང་གི་ལྟ་བ། ལེགས་ཉེས་དང་བདེན་རྫུན་དབྱེ་འབྱེད་ཀྱི་བསམ་བློ་སོགས་མང་པོ་ནང་པའི་ཆོས་ལུགས་ནས་བྱུང་ཡོད། དེ་ནི་དཔེར་ན། རྒྱ་མི་རིགས་ཀྱི་རིག་གནས་འབྱུང་གཞི་ཚང་མ་གུང་ཙེ་དང་། མུང་ཙེ་ལས་བྱུང་བ་དང་འདྲ་བ་ཡིན། ང་ཚོའི་དེ་དག་ཀུང་ཤཀྱ་ཐུབ་པའི་ནང་བསྟན་གྱི་རིག་པ་ལས་བྱུང་བ་ཞིག་ཡིན་པས། མདོར་ན་ནང་བསྟན་དང་ཁ་བྲལ་ནས་བོད་ཀྱི་རིག་གནས་ཀྱི་ལེའུ་ཁེར་རྐྱང་ཞིག་འོད་རྒྱུ་དེ་ཧ་ཅང་ཁག་པོ་ཡིན་ལ། དེའི་ཐོག་ཏུ་ནང་བསྟན་ཞེས་པ་ནི་ཆོས་ལུགས་སྟབས་བདེ་ཞིག་མིན་པ་དེའི་གཞུང་རྒྱ་ཆེ་ལ་གཏིང་ཟབ་པ་བཅས་ཡིན"ཞེས་གསུངས་ཡོད་པ་རེད། མི་རིགས་ཤིག་གི་རིག་གནས་དང་རྩོམ་རིག་འཕེལ་རྒྱས་འགྲོ་བའི་བརྒྱུད་རིམ་ནང་ཆོས་ལུགས་ཀྱི་ཤན་ཞུགས་ཟབ་མོ་ཐེབས་ཡོད་པ་མ་ཟད། སྐུལ་འདེད་ཀྱི་ནུས་པ་ཆེན་པོ་ཐོན་ཡོད། དཔེར་ན། བོད་རིགས་ཀྱི་རྩོམ་རིག་འཕེལ་རྒྱས་དང་ཕུན་སུམ་ཚོགས་སུ་འགྲོ་རྒྱུར་སངས་རྒྱས་ཆོས་ལུགས་ཀྱི་ཤུགས་རྐྱེན་ཆེན་པོ་བྱུང་ཡོད། དགེ་སྡིག་ཅེས་པའི་ཐ་སྙད་འདི་གཉིས་མིའི་རིགས་ཀྱི་ཀུན་སྤྱོད་ལ་ཞིབ་འཇུག་བྱེད་པའི་ཚན་རིག་སྟེ་མི་ཆོས་རིག་པའི་ཁོངས་སུ་གཏོགས་པ་ཞིག་ཡིན། བོད་ཀྱི་གནའ་རབས་རྩོམ་རིག་ཁྲོད་ན་དགེ་སྡིག་གཉིས་ནི་ཆེས་རྒྱུན་བཀོལ་གྱི་ཐ་

སྐད་ཟུང་དུ་སྣང་བར་མ་ཟད། དགེ་ཕྱིག་གི་བསམ་བློ་ངེས་ཅན་ཞིག་མཚོན་པའང་རྩོམ་རིག་སྤྱི་ལ་ཁྱབ་པའི་བརྗོད་བྱའི་སྙིང་པོ་ཞིག་ཏུ་གྱུར་ཡོད་པ་རེད། འཛམ་གླིང་མི་རིགས་གང་གི་རྩོམ་རིག་ཡིན་ཡང་དེའི་ཁྲོད་ན་རང་མི་རིགས་ཀྱི་ཐུན་མོང་གི་ཁྱད་ཆོས་མཚོན་པའི་དགེ་ཕྱིག་གི་འདུ་ཤེས་ངེས་ཅན་རེ་ཚུར་སྣང་བྱུང་མེད་པ་མི་སྲིད་ལ། དེ་ནི་ཡོངས་གྲགས་ཀྱི་གནས་ལུགས་ཤིག་རེད།

བོན་དང་སངས་རྒྱས་ཆོས་ལུགས་བར་གྱི་འཐབ་རྩོད་དང་། གྲུབ་མཐའི་དབར་གྱི་འཐབ་རྩོད་དེས་རྩོམ་རིག་འཕེལ་རྒྱས་འགྲོ་རྒྱུར་ནུས་པ་ཆེན་པོ་ཐོན་ཡོད་ལ། གནའ་རབས་ཀྱི་རྩོམ་པ་པོ་ཕལ་ཆེ་བ་དགོན་སྡེ་ཁག་ནས་གསོ་སྐྱོང་བྱས་ཡོད་པ་ཞིག་ཡིན། བོད་ཀྱི་མི་རིགས་དར་ནས་དུས་ཡུན་རིང་པོ་ཞིག་གདོད་མའི་སྤྱི་ཚོགས་ཀྱི་འཕེལ་རིམ་དེ་བརྒྱུད་སྦྱོང་བ་རེད། ལོ་རྒྱུས་ཀྱི་དུས་སྐབས་རིང་པོ་དེའི་ནང་དུ་རང་རེའི་མེས་པོ་རྣམས་ཀྱིས་གནས་འདིར་ངལ་རྩོལ་ལ་བརྟེན་ནས་རང་ཉིད་གསར་བསྐྲུན་དང་། ངལ་རྩོལ་ལ་བརྟེན་ནས་དངོས་པོ་དང་བསམ་བློའི་རྒྱུ་ནོར་གསར་བསྐྲུན་བྱས་ཡོད་རྐྱེན་རང་རེའི་གདོད་མའི་དུས་ཀྱི་རྩོམ་རིག་ཡོད་པ་ནི་སྨོས་མ་དགོས། གདོད་མའི་སྤྱི་ཚོགས་ཀྱི་འཚོ་བའི་སྣང་ཚུལ་དང་མིའི་འདུ་ཤེས་མཚོན་པའི་ལྷ་སྲུང་དེ་དག་ནི་བོད་ཀྱི་སྲུང་གཏམ་གྱི་རྒྱུ་འགོ་དེ་ཡིན། ལྷ་སྲུང་ནི་གནའ་དུས་མི་རྣམས་ཀྱིས་འཆར་ཡན་ལ་བརྟེན་ནས་རང་ཉིད་ཀྱི་ནུས་ཤུགས་དབང་དུ་བསྡུ་བ་དང་། རང་བྱུང་གི་ནུས་ཤུགས་ལ་ཁ་ལོ་བསྒྱུར་བ། རང་བྱུང་གི་ནུས་ཤུགས་མངོན་ཅན་དུ་འགྱུར་བར་བྱེད་པ་དེ་ནི་གདོད་མའི་ངག་རྒྱུན་བཟོ་བསྐྲུན་བྱེད་པའི་འབྲས་བུ་རེད། དེ་དུས་བྱུང་བའི་ལྷ་སྲུང་གཙོ་བོ་རང་བྱུང་ཁམས་དང་མིའི་རིགས་ཀྱིས་ཐད་ཀར་མཐོང་བའི་ཐོན་སྐྱེད་དང་འཚོ་བའི་ཡུལ། སྐྱེ་དངོས་དང་། སྲོག་ཆགས་བཅས་ཡིན། ལྷ་སྲུང་ནང་ཡ་མཚན་གྱི་རང་བཞིན་ཅུང་བ། སྐྱེ་དངོས་དང་སྲོག་ཆགས་ལ་གང་ཟག་མིའི་རང་བཞིན་ལྡན་པ། སྒྲིག་སྟངས་ཀྱི་རྣམ་པ་ནི་གདོད་མའི་མི་རྣམས་རང་རང་འཚོ་བ་དང་འབྲེལ་ནས་གཏམ་རྒྱུད་དྲི་བ་དྲིས་ལན་དང་རབ་བཏགས་ཀྱི་

ཚུལ་དུ་ངག་རྒྱུན་དེ་རྣམས་སྒྱུར་དྲངས་ནས་བརྗོད་དོ། དཔེར་ན《སྲིད་པ་ཆགས་སྒྲུ》དང་བོན་པོའི་སྲིད་པ་སྐྱོང་གི་སྔོ་ང་ལས་མིའི་འགྲོ་བ་དར་ཚུལ་གྱི་ལྷ་སྒྲུང་སོགས་ཡོད།

བོད་གདོད་མའི་དུས་ཀྱི་ཆོས་ལུགས་བོན་གྱིས་འཇིག་རྟེན་ཁམས་ཀྱི་དངོས་པོ་ཡོད་དོ་ཅོག་ལ་ལྷ་འདྲེ་ཞུགས་ཡོད་པའི་ལྟ་བ་དེས་བོད་ཀྱི་རིག་གནས་ཁྲོད་དུ་ཆེས་གལ་ཆེ་བའི་གནས་བབ་ཅིག་བཟུང་ཡོད། སྤྱི་ཚོགས་འཕེལ་རྒྱས་ཀྱི་དུས་རིམ་དང་པོ་སྔེ་བསྐལ་པ་ཡ་ཐོག་གི་སྤྱི་ཚོགས་དེ་བརྒྱུད་སྐྱོང་ལ། དུས་དེར་གདོད་མའི་ཆོས་ལུགས་ཤིག་དར་ཡོད་པ་ནི་ཆབ་མདོ་ཁ་རུབ་ནས་ཐོན་པའི་གནའ་རྫས་མང་པོའི་ཐོག་ནས་ར་འཕྲོད་ཐུབ་ཡོད་པ་རེད། དེ་དུས་བྱུང་བའི་ལྷ་སྒྲུང་ནང་གནའ་རབས་བོད་མིས་མཐོ་སྒང་ཡུལ་ལྗོངས་ཀྱི་མཛེས་སྡུག་ལ་ངོས་འཛིན་དང་ངལ་རྩོལ་བཙོ་བསྐྱུན་ལ་བསྟོད་ར་དང་རང་བྱུང་ཁམས་དང་འཐབ་རྩོད་བྱས་ནས་རྒྱལ་ཁ་ཐོབ་པར་སྒྲུ་དབྱངས་ལེན་པ། ཆུ་ཚད་ངེས་ཅན་སྔེང་ནས་མི་རིགས་རང་གི་མཛེས་དཔྱོད་ལྟ་བ་དང་ལོ་རྒྱུས་ཀྱི་འཕེལ་རིམ། བསམ་པའི་འཁྱེར་བཟོ། ཀུན་སྤྱོད་སྙེར་གྱི་འདུ་ཤེས། ཡུལ་སྲོལ་གོམས་འདྲིས་ལ་སོགས་ཀྱི་ཁྱད་ཆོས་མཚོན་ཡོད།

སྲོང་བཙན་སྒམ་པོའི་རིང་ལ་བོད་ཁམས་གཅིག་གྱུར་བྱས་པ་དང་། སངས་རྒྱས་ཆོས་ལུགས་ཀྱི་ཆོས་དཔེ་སྣ་ཁ་ཤེ་ཤ་ཙ་གཅིག་བོད་སྐད་དུ་བསྒྱུར་ཏེ་སངས་རྒྱས་ཆོས་ལུགས་དེ་བོད་ཀྱི་སྤྱི་ཚོགས་ནང་དར་འགོ་ཚུགས། 《ཆོས་སྲིད་ཟུང་འབྲེལ་》ལས“རྒྱལ་པོ་སྲོང་བཙན་སྒམ་པོའི་སྐབས་བོད་ལ་སངས་རྒྱས་ཆོས་ལུགས་ཐོག་མར་དར་འགོ་ཚུགས་པ་དེ་ནི། སྐབས་དེའི་བོད་ཀྱི་སྤྱི་ཚོགས་དཔལ་འབྱོར་འཕེལ་རྒྱས་ཀྱི་འགྱུར་ལྡོག་གསར་པའི་འོག་དབང་སྒྱུར་གྲལ་རིམ་གྱི་ཆབ་སྲིད་ལམ་ལུགས་ཐད་ལ་ཆོས་ལུགས་ཀྱི་བསམ་བློ་གསར་པའི་དགོས་མཁོ་བྱུང་བ་དང་བསྟུན་ནས་དར་སྤེལ་གཏོང་ཐུབ་པ་ཞིག་བྱུང་བ་ཡིན་པ་མ་གཏོགས་སངས་རྒྱས་ཆོས་ལུགས་རང་ཉིད་ཀྱི་རང་ཚུགས་སྟོབས་ཤུགས་ལ་བརྟེན་ནས་གློ་བུར་དུ

དར་སྤེལ་བྱུང་བ་ཞིག་མ་ཡིན”(ཤོག་གྲངས་13)ཞེས་གསུངས། སངས་རྒྱས་ཆོས་ལུགས་ཀྱིས་མིའི་འདུ་ཤེས་ལ་ངོ་བོའི་ཐོག་ནས་འགྱུར་བ་བཏང་བ་མ་ཟད། རྩོམ་རིག་སྒྱུ་རྩལ་ལ་ཡང་ཤན་ཤུགས་ཆེན་པོ་བྱུང་ཡོད། སྤྱི་ཚོགས་གོང་འཕེལ་འགྲོ་བ་དང་ཆབས་ཅིག་རྩོམ་རིག་སྒྱུ་རྩལ་གྱི་ཐད་རིན་ཐང་ལྡན་པའི་སྔོན་ཐོན་མི་རིགས་གཞན་པའི་སྒྱུར་རྩོམ་དང་རང་རྩོམ་མང་པོ་ཞིག་བྱུང་ལ། དུས་སྐབས་དེའི་ནང་སངས་རྒྱས་ཀྱི་འབྲུངས་རབས་དང་བཀའ་བསྟན་སོགས་བོད་སྐད་དུ་བསྒྱུར་བ་དང་དེས་བོད་རིགས་ཀྱི་རྩོམ་རིག་གི་ནང་དོན་དང་རྣམ་པ་གཉིས་ཀའི་ཐད་ཕུན་སུམ་ཚོགས་སུ་ཕྱིན་ཡོད། ལྷག་པར་དུ་ཐུབ་པའི་བཀའ་བསྟན་ནང་གི་གཏམ་རྒྱུད་ཅེས་པ་ནི་སྟོན་པ་ཤཱཀྱ་ཐུབ་པའི་བཀའ་དང་དེར་མཁས་གྲུབ་ཚད་ལྡན་རྣམས་ཀྱི་འགྲེལ་པ་མང་པོ་ཡོད་པ་དེ་དག་ཁྲོད་ཀྱི་རྩོམ་རིག་སྐོར་གྱི་ཆ་ཤས་ཤིག་ལ་ཟེར་བ་དང་། ཐུབ་པའི་བཀའ་བསྟན་ཁྲོད་དུ་རྩོམ་རིག་གི་སྐོར་ཐོན་ཆེན་པོ་བཞུགས་ཡོད་དེ་རྣམ་པའི་ཆ་ནས་སྙན་ངག་དང་གཏམ་རྒྱུད། དོན་གྱི་ཆ་ནས་གཙོ་བོ་ཐུབ་བསྟན་པའི་གྲུབ་མཐའ་འབའ་ཞིག་གོ། དེའི་ནང་གི་གཏམ་རྒྱུད་མང་ཆེ་ཤོས་ནི་ལོ་ཉི་སྟོང་ལྷག་གི་སྔོན་ལ་རྒྱ་གར་དང་ཡ་གླིང་ཤར་ལྷོའི་ཕྱོགས་སུ་དར་ཆེ་བའི་དམངས་ཁྲོད་ཀྱི་གཏམ་རྒྱུད་ཡིན་ཞིང་སྟོན་པ་ཤཱཀྱ་ཐུབ་པས་ཁོང་གི་དགོངས་དོན་ངེས་ཅན་རེ་གསལ་བཤད་བྱེད་པའི་ཆེད་དུ་གཏམ་རྒྱུད་དེ་དག་གང་ལ་གང་འཚམས་སུ་བཀོད་པ་རེད། སྟོན་པས་ཆོས་གསུངས་པའི་ཚེ་ནའང་ཉན་མཁན་རྣམས་ཀྱི་ཆོས་དོན་གོ་ཞིང་རྟོགས་སླ་བ་དང་ཀུན་ལ་ཁྱབ་ཅིང་འཕེལ་བའི་ཕྱིར་དུ་སྐབས་དེར་དམངས་ཁྲོད་དུ་དར་ཁྱབ་ཆེ་བ་དང་ངོ་མཚར་ཡིད་འགུག་པའི་གཏམ་རྒྱུད་ལ་སྦྱར་ནས་བཤད་པ་ཡིན། ཆོས་ལུགས་ཀྱི་ དྲིལ་བསྒྲགས་མཁན་སྲུ་ཞིག་ཡིན་རུང་གོ་སླ་ཞིང་གསོན་ཉམས་ལྡན་པའི་གཏམ་རྒྱུད་རྣམས་ལ་བཟོ་བཅོས་བྱས་ནས་རྟོགས་དཀའ་བའི་ཆོས་ལུགས་ཀྱི་ནང་དོན་གསལ་བཤད་བྱེད་རྒྱུ་ནི་ཁོ་ཚོའི་ཐུན་མོང་གི་ཡོན་ཏན་རེད། ཡེ་ཤུའི་ཆོས་ལུགས་ཀྱི་《དམ་པའི་གསུང་རབ》དང་དབྱིན་སི་ལན་ཆོས་ལུགས་ཀྱི་《ཁོ་

རན་གསུང་རབ་》དེ་ལྟར་ཡིན་ལ། ཐུབ་པའི་བཀའ་བསྟན་དུ་བཞུགས་པའི་གཏམ་རྒྱུད་རྣམས་ཀྱང་དེ་ལས་མ་འདས་པ་ལགས། ཐུབ་པའི་བཀའ་བསྟན་དུ་བཞུགས་པའི་གཏམ་རྒྱུད་རྣམས་ལ་སོ་སོར་སྙིར་ཚུགས་ཐུབ་པ་དང་། སྐད་ཆར་གསོན་ཉམས་ལྡན་པ། བྱུང་རིམ་གྱིས་མི་སེམས་འགུགས་པ་དང་གཟུགས་བརྙན་རྣམས་རང་གཤིས་གསལ་བ། སྤྱི་ཚོགས་འཚོ་བའི་དོན་དང་མཐུན་པ་སོགས་ཀྱི་དགེ་མཚན་ལྡན་པས། དམངས་ཁྲོད་དུ་རྒྱ་ཆེན་པོ་དར་ཡོད་པ་མ་ཟད། ཐུབ་པའི་བསྟན་པ་དར་ཡོད་སའི་མི་རིགས་ཀྱི་རྩོམ་རིག་དང་སྒྱུ་རྩལ་ལའང་ཤན་ཤུགས་ཆེན་པོ་ཐེབས་ཡོད། བོད་ཀྱི་རྩོམ་རིག་ལ་དེ་བཞིན་ཡིན། བཀའ་བསྟན་མང་པོ་ཞིག་བོད་ལ་གདན་དྲངས་པ་དེས་རྒྱུན་སྲོལ་རྩོམ་རིག་ལ་བློ་ཁམས་གསར་པ་དང་། རྩོམ་སྲོལ་གསར་པ། མིང་ཚིག་སྡེབ་སྦྱོར་བྱ་ཐབས་གསར་པ་འཕྲིན་ནས་ཕྱོགས་གང་སར་ཤུགས་རྐྱེན་ཆེན་པོ་ཐེབས་པ་རེད།

རྒྱལ་པོ་གླང་དར་མས་སངས་རྒྱས་ཆོས་ལུགས་བསྣུབས་རྗེས་བོད་སིལ་བུར་སོང་བའི་དུས་མཇུག་ནས་བོད་མིས་རང་འགུལ་དང་སླར་ཡང་སངས་རྒྱས་ཆོས་ལུགས་བསྐྱར་དར་ཡོང་རྒྱུའི་འབད་བརྩོན་དང་བོད་ཀྱི་སྤྱི་ཚོགས་ཀྱི་འགལ་བར་འགྱུར་ལྡོག་ཆེན་པོ་བྱུང་བ་དང་། རྒྱ་གར་སོགས་མི་རིགས་གཞན་གྱི་རིག་གནས་བསྡུ་ལེན་བྱེད་རྒྱུ་མང་ཞིང་ཆོས་ལུགས་ཀྱི་གྲུབ་མཐའ་མང་དུ་བྱུང་བར་བརྟེན་རང་རང་སོ་སོའི་གྲུབ་མཐའ་འཛིན་སྐྱོང་སྤེལ་གསུམ་གྱི་ཆེད་དུ་འཆད་རྩོད་རྩོམ་དང་མཁས་བརྒྱ་འགྲན་གླིང་གི་རྣམ་པ་གསར་པ་ཤར་བས་བསྐལ་བཟང་དུས་སྟོན་འདི་དང་བསྟུན་ནས་རྩོམ་པ་པོ་རྣམ་པས་རང་ཉིད་ཀྱི་བློ་གྲོས་རྩལ་ལ་བརྟེན་ནས་རྩོམ་རིག་སྒྱུ་རྩལ་གྱི་རྣམ་པ་སྤྲོད་དེ་ཆོས་ལུགས་ཀྱི་ལྟ་བ་དྲིལ་བསྒྲགས་བྱེད་ཕྱིར་བརྩམས་ཆོས་འབོར་ཆེན་བརྩམས། དེའི་སྟབས་ཀྱིས་བོད་ཀྱི་རྩོམ་རིག་ལ་སྔར་གྱི་རྨང་གཞིའི་སྟེང་ལ་གོང་འཕེལ་ཆེན་པོ་བྱུང་ཡོད་པ་རེད། དུས་རིམ་འདིའི་ནང་སྔར་ལས་གཞི་རྒྱ་ཆེ་བའི་སྒོ་ནས་རྒྱ་གར་གྱི་གཏམ་རྒྱུད་དང་སྐྱེ་རབས་མང་པོ་བོད་སྐད་དུ་བསྒྱུར་བ《དཔག་བསམ་འཁྲི་ཤིང་》དང《སྐྱེ་

རབས་སོ་བཞི་》སོགས་ཡོད་ལ། ཕྱོགས་གཞན་ཞིག་ནས་བོད་རིགས་ཀྱི་རྩོམ་པ་པོས་བོད་སྐད་ཐོག་ནས་བསྒྲུན་བཙོས་མང་པོ་རྩོམ་པའི་འགོ་ཚུགས། རྗེ་འབྲོམ་ཡབ་སྲས་ཀྱི་《བཀའ་གདམས་གླེགས་བམ་》དང་དགེ་ཤེས་པོ་ཏོ་བའི་《དཔེ་ཆོས་རིན་ཆེན་སྤེང་བ་》སོགས་ཡོད་པ་དང་ལྷག་པར་དུ་དུས་རབས་བཅུ་གསུམ་པའི་ནང་ཤོང་ལོ་ཙཱ་བས《སྙན་ངག་མེ་ལོང་》གི་རྩ་བ་ཆ་ཚང་བོད་སྐད་དུ་འགྱུར་བ་དང་རྒྱུན་ཆད་མེད་པར་འཛིན་སྐྱོང་སྤེལ་གསུམ་བྱས་པ་དེས་བོད་རིགས་ཀྱི་སྙན་ངག་དང་རྩོམ་རིག་འཕེལ་རྒྱས་འགྲོ་རྒྱུར་སྐུལ་འདེད་ཀྱི་ནུས་པ་ཆེན་པོ་ཐོན་ཡོད་པ་རེད།

ལྔ་པ། རྩོམ་པ་པོ་གྲགས་ཅན་རྣམས་ཀྱིས་རྩོམ་རིག་འཕེལ་རྒྱས་ལ་ཐོན་པའི་ནུས་པའི་སྐོར།

སྤྱི་ཚོགས་ཀྱི་འཚོ་བའི་འབྱུང་ཁུངས་དེ་མི་སུ་ཞིག་གི་མདུན་དུའང་ཡོད་མོད། རྩོམ་པ་པོའི་གསར་བསྐྲུན་གྱི་རང་བཞིན་ལྡན་པའི་མཛེས་དཔྱོད་ཀྱི་ལག་ལེན་ལ་མ་བརྟེན་ན་རྩོམ་རིག་ཏུ་ནམ་ཡང་འགྲུབ་མི་ཐུབ་པས་དེས་ན་རྩོམ་རིག་གི་འཕེལ་རྒྱས་དང་འགྱུར་ལྡོག་ལ་ཆེས་ཐད་ཀར་དང་ཆེས་དམ་ཟབ་ཡིན་པའི་རྒྱུ་རྐྱེན་གཙོ་བོ་ནི་རྩོམ་པ་པོའི་མཛེས་དཔྱོད་ཀྱི་བྱ་འགུལ་ཁོ་ན་ཡིན། དེར་བརྟེན་བརྩམས་ཆོས་དེ་དག་གིས་ཕྱོགས་གཅིག་ནས་མི་རྣམས་ཀྱི་བསམ་བློའི་དགོས་མཁོ་སྐོང་ཐུབ་ལ། གཉིས་ནས་རྩོམ་པ་པོ་རང་གི་ནང་དོན་གྱི་ཆ་དང་རྣམ་པའི་ཆ་གཉིས་ཀྱི་ཐུན་མོང་མ་ཡིན་པའི་ཁྱད་ཆོས་དེས་བརྩམས་ཆོས་འཕེལ་རྒྱས་ལ་སྐུལ་འདེད་བྱེད་ཀྱི་ཡོད་པ་རེད། སྒྲེ་ལིན་སི་ཅིས "རྩོམ་རིག་གི་ངོ་བོ་དང་བསམ་བློ་དེ་ཁོའི་བརྩམས་ཆོས་ཡོད་ཚད་ལས་ཕྱིར་མཆོན་པའི་ངེས་པ་མེད་དེ། གཙོ་བོ་ཁོའི་ཚད་ལྡན་གྱི་ཕྲུག་རྩོམ་ལས་མཆོན་ཐུབ" ཅེས་གསུངས་པ་ལྟར་རྩོམ་

རིག་གི་འཕེལ་རྒྱས་ལ་མཚོན་ན་འང་། དུས་རབས་མི་འདྲ་བའི་ནང་འཕོ་འགྱུར་གལ་ཆེན་བྱུང་བ་ཚང་མ་ནི་རྩོམ་པ་པོ་གྲགས་ཅན་དང་ཁ་ཚོའི་ཚད་ལྡན་གྱི་བརྩམས་ཆོས་དེ་དག་ཚད་གཞིར་བཟུང་བ་ཡིན། དཔེར་ན། “སྒྲ་དང་སྙན་ངག་སྡེབ་སྦྱོར་མངོན་བརྗོད། བློས་གར་རྣམས་ལ་རིག་གནས་ཆུང་ངུའམ། ཐ་སྙད་རིག་པའི་གནས་ལྔར་གྲགས་པ་རྣམས། ཆོས་རྗེ་ས་པཎ་ཡན་ལ་མ་དར་ཞིང་”ཞེས་དང་“ཕྱི་མ་རྣམས་ནི་ས་པཎ་ཡན་ལ་མེད། གང་དེས་དོན་བསྡུས་བསྟན་བཅོས་རྣམས་གསུམ་མཛད། དེ་དག་ཤོང་དཔང་འཕགས་པའི་དྲིན་ལས་བྱུང་”ཞེས་གསུངས་པ་ལྟར་བོད་ཀྱི་རིག་གནས་སྤྱི་དང་སྒོས་སུ་རྩོམ་རིག་སྒྱུ་རྩལ་གྱི་རྣམ་གཞག་ལ་འཕོ་འགྱུར་བསམ་ཡུལ་ལས་འདས་པ་བྱུང་ཞིང་། དེས་རྩོམ་རིག་འཕེལ་རྒྱས་ལ་སྐུལ་མ་ཆེན་པོ་ཐེབས་པ་དང་། ཕྱིས་སུ་རྗེ་ཡབ་སྲས་སོགས་ཀྱི་བརྩམས་ཆོས་རྣམས་དུས་རབས་སོ་སོའི་ནང་ཚད་མར་གྱུར་པའི་མིག་དཔེ་ལྟ་བུར་སོང་ཞིང་རྩོམ་རིག་འཕེལ་རྒྱས་ལ་ཤུགས་རྐྱེན་ཆེན་པོ་བྱུང་ཡོད་པ་རེད།

རྩོམ་པ་པོ་གྲགས་ཅན་གང་མང་བྱུང་བ་དེ་དག་ཡང་སྐྱེས་དབང་དུ་བྱུང་བ་ཞིག་མ་ཡིན་པར་ལོ་རྒྱུས་དུས་རབས་ངེས་ཅན་ཞིག་གི་དགོས་མཁོ་དང་། རྩོམ་པ་པོ་དེ་དུས་རབས་ངེས་ཅན་ཞིག་གི་ཆ་རྐྱེན་འོག་ཏུ་བྱུང་བའི་སྒྲོང་རྒྱུད་དང་། དུས་རབས་རིམ་བྱུང་དུ་རྩོམ་པ་པོ་རྣམས་ཀྱི་བསགས་པའི་ཉམས་མྱོང་དང་དམངས་ཁྲོད་རྩོམ་རིག་གི་ཞིང་ས་སོགས་ཀྱིས་རྩོམ་པ་པོར་མེད་དུ་མི་རུང་བའི་མཐུན་རྐྱེན་འདོན་སྤྲོད་བྱས་ཡོད་པ་རེད། འདི་ལྟ་བུའི་མཐུན་རྐྱེན་ལ་མ་བརྟེན་ན་རྩོམ་རིག་གསར་རྩོམ་ལ་ངོ་བོའི་ཐོག་ནས་འགྱུར་བ་བྱུང་མི་སྲིད་ལ་རྩོམ་པ་པོ་ཕུལ་བྱུང་ཡང་འབྱུང་མི་ཐུབ་པ་དེ་ཡིན།

1. དཔལ་འབྱོར་གྱི་རྨང་གཞི་ནི་རྩོམ་རིག་འཕེལ་རྒྱས་འགྲོ་རྒྱུར་ཐག་གཅོད་ཀྱི་རང་བཞིན་ལྡན་པའི་རྒྱུ་རྐྱེན་ཞིག་ཡིན་ཞེས་པའི་རྒྱུ་མཚན་ཅི་ཡིན།

3. ཆབ་སྲིད་ཀྱིས་རྩོམ་རིག་འཕེལ་རྒྱས་ལ་ཕན་པའི་ནུས་པ་ཅི་ཡིན་ནམ།

4. ཆོས་ལུགས་ཀྱིས་རྩོམ་རིག་འཕེལ་རྒྱས་ལ་ཕན་པའི་ནུས་པ་ཅི་ཡིན་ནམ།

5. མཚན་ཉིད་རིག་པས་རྩོམ་རིག་འཕེལ་རྒྱས་ལ་ཕན་པའི་ནུས་པ་གང་ཡིན།

ས་བཅད་གཉིས་པ། རྩོམ་རིག་གི་རྒྱུན་འཛིན་དང་གསར་གཏོད་སྐོར།

དང་པོ། རྩོམ་རིག་འཕེལ་རྒྱས་ཀྱི་ལོ་རྒྱུས་ཀྱི་རྒྱུན་འཛིན་གྱི་རང་བཞིན་དང་མི་རིགས་ཡན་ཚུན་དབར་གྱི་ཤུགས་རྐྱེན་གྱི་སྐོར།

1. རྩོམ་རིག་འཕེལ་རྒྱས་ཀྱི་ལོ་རྒྱུས་ཀྱི་རྒྱུན་འཛིན་སྐོར།

རྩོམ་རིག་སྤྱི་ལ་མཚོན་ན་དེ་འཕེལ་རྒྱས་སུ་འགྲོ་བར་ཆབ་སྲིད་དཔལ་འབྱོར་དང་འདུ་ཤེས་འཛིན་སྟངས་སོགས་ཀྱི་ཚོད་འཛིན་ནམ་སྐུལ་འདེད་ཐེབས་སྲིད་ལ། དེ་མིན་རང་རྒྱུད་ཀྱི་སྔོན་སོང་རྨང་གཞི་ཞིག་ཀྱང་ཡོད་སྲིད་པ་དེ་ལ་རྩོམ་རིག་གི་སྲོལ་རྒྱུན་ཟེར། བྱ་དངོས་གང་ཞིག་ཡིན་རུང་གལ་ཏེ་ལོ་རྒྱུས་ཀྱི་སྲོལ་རྒྱུན་དང་ཐད་དེ་ཁ་བྲལ་ན་འཕེལ་རྒྱས་ཟེར་བ་ཡོད་མི་སྲིད་པས། རྩོམ་རིག་ལའང་དེ་བཞིན་དུ་རྩོམ་རིག་གསར་པ་གང་ཞིག་ཡིན་རུང་མེད་པར་གསར་དུ་བྱུང་བ་ཞིག་མིན་པར་ཚང་མར་ལོ་རྒྱུས་འཕེལ་རྒྱས་ཀྱི་གོ་རིམ་ངེས་ཅན་ཞིག་ཡོད་པ་ཡིན། ནུབ་གླིང་རྩོམ་རིག་བསྐྱར་དར་ལ་མཚོན་ན་རྒྱུ་རྐྱེན་མང་པོ་ཞིག་ཡོད་ཀྱང་། གཙོ་བོ་ནི་གནའ་བོའི་ཞི་ལ་དང་ལོ་མའི་རྩོམ་རིག་ཤུལ་བཞག་ལ་བསྐྱར་བཅོས་དང་དར་སྤེལ་བྱས་པའི་རྨང་གཞི་ལས་བྱུང་བ་ཡིན་ལ། རྒྱ་མི་རིགས་ཀྱི་"ལྔ་བཞི"ལས་འགུལ་ཚུན་གྱི་རྩོམ་རིག་གསར་པ་སོགས་ཚང་མར་མཚོན་ན་ཕྱི་མ་ཕྱི་མས་སྔ་མ་སྔ་མ་རྨང་གཞིར་བྱས་པའམ་རྒྱུན་འཛིན་བྱས་པའི་རྨང་གཞིའི་སྟེང་འཕེལ་རྒྱས་གསར་པ་བཏང་དེ་བྱུང་བ་ཡིན་གྱི་ལྟོས་མེད་དུ་བྱུང་བའི་རྩོམ་རིག་ཐོལ་བྱུང་བ་ཞིག་ནི་ད་ལྟའི་བར་འཛམ་གླིང་རྩོམ་རིག་གི་ལོ་རྒྱུས་

ཐོག་ཏུ་བྱུང་སྲོང་མེད། མར་ཁེ་སིས“མི་རྣམས་ཀྱིས་རང་ཉིད་ཀྱི་ལོ་རྒྱུས་རང་གིས་གསར་བསྐྲུན་བྱས་པ་ཡིན་ནའང་དེ་རང་སྣང་གང་ཤར་དང་། རང་ཉིད་ཀྱི་གདམ་གསེས་བྱས་པའི་ཆ་རྐྱེན་ཞིག་གི་འོག་ནས་གསར་བསྐྲུན་བྱས་པ་ཞིག་གཏན་ནས་མིན་པར་ཐད་ཀར་ཕྲད་པའམ། ཐག་བཅད་ཟིན་པའི་སྔ་མ་ལས་རྒྱུན་འཛིན་བྱས་ཡོང་བའི་ཆ་རྐྱེན་ཞིག་གི་འོག་ནས་གསར་བསྐྲུན་བྱས་པ་ཞིག་ཡིན།”ཞེས་དང་། ལེ་ཉིན་གྱིས“མཛེས་སྡུག་ཅན་གྱི་གནའ་རབས་སྒྱུ་རྩལ་དེ་ མུ་མཐུད་ནས་འཕེལ་རྒྱས་སུ་གཏོང་བའི་གཞི་འཛིན་ས་བྱེད་དགོས་”ཞེས་གསུངས་ཡོད་པ་རེད་《མ་ཁེ་སིའི་གསུང་འབུམ་》དེབ་བརྒྱད་པའི་ཤོག་གྲངས་121《ལེ་ཉིན་གྱིས་རྩོམ་རིག་དང་སྒྱུ་རྩལ་སྐོར་གསུངས་པ་》ཤོག་གྲངས་911ལ་གསལ།)

རང་རེའི་བོད་ཀྱི་རྩོམ་རིག་སྤྱི་དང་ཁྱད་པར་སྙན་ངག་འཕེལ་རྒྱས་ཐད་ལ་མཚོན་ནའང་ཕལ་ཆེར་བོད་གདོད་མའི་སྙན་ངག་བྱུང་བ་ནས་ཕྱུར་རྒྱལ་རྒྱལ་རབས་སྔ་ཕྱིའི་དུས་ཀྱི་སྙན་ངག་དང་། བོད་སིལ་བུར་ཐོར་བའི་དུས་ཀྱི་སྙན་ངག《སྙན་ངག་མེ་ལོང་》དར་ཚུན་གྱི་སྙན་ངག་སོགས་འཕེལ་རིམ་དུ་མ་ཞིག་བྱུང་ཡོད་པ་དེ་དག་ཀུང་སྔ་མ་སྔ་མ་དག་རྨང་གཞིར་བྱས་ནས་བྱུང་བ་ཤ་སྟག་ཡིན།

སྤྱི་ཚོགས་རིང་ལུགས་ཀྱི་རྩོམ་རིག་ལ་མཚོན་ནའང་རྩོམ་རིག་གི་ཤུལ་རྒྱུན་རྒྱུན་འཛིན་བྱས་པའི་རྨང་གཞིའི་ཐོག་འཕེལ་རྒྱས་བྱུང་བའི་རྩོམ་རིག་གསར་པ་ཞིག་ཡིན། ཨུ་རུ་སུ་ལ་འགྱུར་མེད་གྲལ་རིམ་གྱི་རིག་གནས་ཚོགས་པ་ཞེས་པ་ཞིག་བྱུང་ཞིང་དེས་རྩོམ་རིག་ཤུལ་བཞག་མཐའ་དག་ཁས་མི་ལེན་ཞིང་“འགྱུར་མེད་གྲལ་རིམ་གྱི་རིག་གནས་”རྣམ་དག་ཅིག་གསར་བསྐྲུན་བྱེད་དགོས་ཟེར། དེ་ནི་རྩོམ་རིག་འཕེལ་རྒྱས་ཀྱིས་ཆོས་ཉིད་དང་འགལ་བ་ཞིག་ཡིན་པས་ལེ་ཉིན་གྱིས་འགྱུར་མེད་གྲལ་རིམ་གྱི་རིག་གནས་ཚོགས་པ་ཞེས་པར་སྐྱོན་བརྗོད་གནང་དོན“འགྱུར་མེད་གྲལ་རིམ་གྱི་རིག་གནས་ཟེར་བ་དེ་གནམ་ནས་བྱུང་བ་ཞིག་མིན་ལ་རང་ཉིད་”འགྱུར་མེད་གྲལ་རིམ་རིག་གནས་ཀྱི་ཁྱད་མཁས་མི་སྣ་ཡིན་

པར་སློམ་ན་གཏམ་འཆལ་ཁོ་ནར་ཟད། འགྱུར་མེད་གྲོལ་རིམ་གྱི་རིག་གནས་ཟེར་བ་དེ་མིའི་རིགས་ཀྱི་མ་རྩ་རིང་ལུགས་ཀྱི་སྤྱི་ཚོགས་དང་ས་བདག་གྲོལ་རིམ་གྱི་སྤྱི་ཚོགས། དཔོན་ཆེན་དང་སྐུ་དྲག་གི་གཉའ་གནོན་འོག་གསར་བསྐྲུན་བྱས་པའི་ཆོས་ཉིད་དང་མཐུན་པར་འཕེལ་རྒྱས་སུ་འགྲོ་བའི་ཤེས་རིག་ཡོད་ཚད་ལ་ཟེར་”（《ལེ་ཉིན་གསུང་རྩོམ་གཅེས་བཏུས་》དེབ་བཞི་པའི་ཤོག་གྲངས་348ལ་གསལ་）ཞེས་གསུངས་ཡོད། དཔེར་ན། ཀོར་ཀིས་བརྩམས་པའི་བརྩམས་སྒྲུང་རིང་གྲས《སྐྱེས་མ་》ཞེས་པ་ནི་སྤྱི་ཚོགས་རིང་ལུགས་དངོས་ཡོད་རིང་ལུགས་ཀྱི་ཤིང་རྟའི་སྲོལ་འབྱེད་ལྟ་བུའི་བརྩམས་ཆོས་ཤིག་ཡིན། དེས་ཀྱང་དུས་རབས་བཅུ་དགུའི་ནང་བྱུང་བའི་དངོས་ཡོད་རིང་ལུགས་ཀྱི་སྲོལ་རྒྱུན་རྒྱུན་འཛིན་བྱས་པའི་རྨང་གཞིའི་ཐོག་འགྱུར་མེད་གྲོལ་རིམ་གྱི་གསར་བརྗེའི་ལག་ལེན་དངོས་ལ་གཞིར་བཟུང་ནས་གསར་རྩོམ་བྱས་ཡོད་པ་ལྟ་བུའོ།

2. རྩོམ་རིག་གི་ལོ་རྒྱུས་རྒྱུན་འཛིན་གྱི་མཚོན་ཚུལ།

རྩོམ་རིག་འཕེལ་རྒྱས་ཀྱི་ལོ་རྒྱུས་རྒྱུན་འཛིན་རང་བཞིན་དེ་ཐོག་མར་རྩོམ་རིག་བརྩམས་ཆོས་ཀྱི་བསམ་བློའི་ནང་དོན་ཆ་ནས་མཚོན་པར་བྱས་པ་ཞིག་ཡིན། བརྩམས་ཆོས་ཕྱུལ་དུ་བྱུང་བ་ཞིག་ཡིན་ཕྱིན་དེས་ང་ཚོར་སྐྱུ་རྩལ་གྱི་གཟུགས་བརྙན་ལ་བརྟེན་ནས་འཚོ་བའི་བདེན་དོན་ངེས་ཅན་ཞིག་འདོན་སྤྲོད་བྱེད་ཐུབ་པ་དང་། ཚད་མི་འདྲ་བའི་ངང་ནས་སྤྱི་ཚོགས་འཚོ་བའི་ངོ་བོའི་ཕྱོགས་རྣམས་མཚོན་པར་བྱེད་ཀྱི་ཡོད། རྩོམ་རིག་གི་ཤུལ་གཞག་ལ་མཚོན་ན། ལོ་རྒྱུས་དང་སྤྱི་ཚོགས་ཀྱི་འཚོ་བར་ངོས་འཛིན་བྱེད་རྒྱུར་ཕན་ཐོག་ཡོད་པ་དང་། རྒྱ་ཆེའི་མི་དམངས་ཀྱི་བསམ་བློའི་བཅོ་དུང་དང་འཐབ་རྩོད་ཀྱི་སྙིང་སྟོབས་ལྡན་པའི་བརྗོད་བྱ། ཡར་ཐོན་དང་དགེ་སེམས། སྔོན་ཐོན་གྱི་དོན་སྙིང་ལྡན་པའི་རྩོམ་རིག་མཐའ་དག་ང་ཚོས་རྒྱུན་འཛིན་བྱ་དགོས་པ་ཞིག་ཡིན། ཕྱོགས་གཞན་ཞིག་ནི་རྩོམ་རིག་འཕེལ་རྒྱས་ཀྱི་རྒྱུན་འཛིན་རང་བཞིན་དེ་བརྩམས་ཆོས་ཀྱི་རྣམ་པའི་ཐད་ནས་མཚོན་ཡོད་པ་ཞིག་ཡིན། བརྩམས་ཆོས་ཕུལ་དུ་བྱུང་བ་དག་ལོ་རྒྱུས

ཀྱི་དུས་རབས་རིམ་བྱུང་དུ་མི་ཉམས་ཡུན་རིང་གནས་ཡོད་པ་དེ་དག་ལ་ཡར་ཐོན་གྱི་བསམ་བློའི་དོན་སྙིང་ཡོད་པ་མ་ཟད། དེ་མིན་མི་རྣམས་ཀྱི་ཡིད་འཕྲོག་ཐུབ་པའི་སྒྱུ་རྩལ་གྱི་རྣམ་པ་ཞིག་ཡོད་པ་དང་། དེ་དག་ནི་དུས་རབས་མི་འདྲ་བའི་ནང་གི་རྩོམ་པ་པོ་རྣམས་ཀྱིས་ཡུན་རིང་སྒྱུ་རྩལ་གྱི་ལག་ལེན་ཁྲིད་རིམ་བཞིན་གྲུབ་པའི་གསར་རྩོམ་གྱི་སྙིང་བཅུད་ཡིན་ལ། ཕྱི་རབས་པ་རྣམས་ཀྱིས་སློབ་སྦྱོང་དང་རྒྱུན་འཛིན་བྱེད་པའི་སྒྱུ་རྩལ་གྱི་ནོར་བུ་ཞིག་ཡིན།

3. མི་རིགས་ཕན་ཚུན་དབར་གྱི་རྩོམ་རིག་གི་ཤུགས་རྐྱེན་སྐོར།

མི་རིགས་སོ་སོས་རང་རང་གི་ས་ནས་འཛམ་གླིང་རྩོམ་རིག་ཐིལ་པོའི་འབབ་རྒྱུན་ལ་ཐུན་མོང་མིན་པའི་ལག་རྗེས་ཀྱི་ཆུ་ཐྲན་རེ་བསྣན་ཡོད་ནའང་སྤྱི་ཚོགས་དང་དཔལ་འབྱོར་རིག་གནས་སོགས་ཀྱི་འཕེལ་ཚད་མི་འདྲ་བའི་དབང་གིས་སྤྱི་ཚོགས་དང་མི་རིགས་སྔོན་ཐོན་ཅན་གྱི་རྩོམ་རིག་གིས་གཞན་ལ་ཤུགས་རྐྱེན་དང་ནུས་པ་ཆེ་ཙམ་ཐོན་གྱི་ཡོད་ལ། དེ་བཞིན་དུ་མི་རིགས་སོ་སོའི་རྩོམ་རིག་བར་འབྲེལ་བ་ཆགས་ནས་ཕན་ཚུན་ལ་ཤན་ཞུགས་པ་ནི་ཞྭོག་མེད་ཀྱི་ཆོས་ཉིད་ཅིག་ཡིན། འཛམ་གླིང་རྩོམ་རིག་གི་ལོ་རྒྱུས་སྟེང་དཔེར་ན། ནུབ་བྱང་རྒྱལ་ཁབ་ཀྱི་གནའ་བོའི་ཞི་ལའི་རྩོམ་རིག་དང་། ཤར་ཕྱོགས་གྲུང་གོའི་རྩོམ་རིག་དང་། རྒྱ་གར་རྩོམ་རིག་སོགས་དུས་རབས་ངེས་ཅན་ཞིག་དང་ཁོར་ཡུག་ངེས་ཅན་ཞིག་གི་ནང་དུ་མི་རིགས་སོ་སོའི་རྩོམ་རིག་ལ་ཚད་མི་འདྲ་བའི་ཤུགས་རྐྱེན་ཐེབས་ཡོད་ལ། ཁྱད་པར་དུ་རང་རེའི་བོད་རིགས་ལ་མཚོན་ན་འདུ་ཤེས་འཛིན་སྟངས་དང་སྙན་ངག་གི་རྩོམ་རིག་སྒྱུ་རྩལ་གྱི་བརྗོད་དོན་དང་རྣམ་པ་སོགས་ལ་ཁྱེན་ཡོངས་ནས་ཤུགས་རྐྱེན་ཆེན་པོ་བྱུང་ཡོད་པ་རེད། མིའི་རིགས་ཀྱི་སྤྱི་ཚོགས་འཕེལ་རིམ་དེ་མ་རྩ་རིང་ལུགས་ཀྱི་སྤྱི་ཚོགས་སུ་སླེབས་པ་དང་། འཛམ་གླིང་མི་རིགས་སོ་སོའི་འགྲོ་འོང་དང་འབྲེལ་འདྲིས་ཇེ་ཟབ་ཏུ་འགྲོ་བ་དང་བསྟུན་ནས་མི་རིགས་རྩོམ་རིག་གི་ཕན་ཚུན་ཤུགས་རྐྱེན་དེ་སྔར་ལས་ལྷག་པའི་རྣམ་པ་ཞིག་ཏུ་ཆགས་བཞིན་ཡོད་དེ། མ་ཁེ་སིས《གུང་ཁྲན་ཏང་གི་བསྒྲགས་གཏམ་》ནང་དུ་

མ་རྩ་རིང་ལུགས་ཀྱི་སྤྱི་ཚོགས་སུ་སླེབས་པ་ནས་བཟུང་རིམ་གྱིས་“མི་རིགས་ཀྱི་ཕྱོགས་རེ་བའི་རང་བཞིན་དང་བཀག་རྒྱའི་རང་བཞིན་དེ་ཉིན་རེ་བཞིན་ཇེ་ཆུང་དུ་སོང་བར་བརྟེན་མི་རིགས་མང་པོ་ཞིག་གི་ས་གནས་རྩོམ་རིག་དེ་འཛམ་གླིང་རང་བཞིན་གྱི་རྩོམ་རིག་ཅིག་ཏུ་གྱུར་པ་རེད་”ཅེས་གསུངས་ཡོད་པ་རེད།

མི་རིགས་སོ་སོའི་རང་རང་གི་ཁྱད་ཆོས་ལྡན་པའི་རྩོམ་རིག་གི་སྲོལ་རྒྱུན་དེས་མིའི་རིགས་ཀྱི་རྩོམ་རིག་གི་ཕུན་སུམ་རང་བཞིན་དང་སྣ་མང་རང་བཞིན་དེ་མཚོན་ཡོད་ལ། མི་རིགས་སོ་སོར་རྩོམ་རིག་བར་འགྲོ་འོང་བྱེད་པའི་མཐུན་རྐྱེན་ཡང་འདོན་སྤྲོད་བྱས་ཡོད་པ་སྟེ། མི་རིགས་མི་གཅིག་པའི་བར་དུ་ལོ་རྒྱུས་ཀྱི་ཆ་རྐྱེན་དང་སྤྱི་ཚོགས་ཀྱི་འབྲེལ་བ་ཅི་ལྟར་འདྲ་མཚུངས་ཡིན་ན་རྩོམ་རིག་བར་གྱི་འགྲོ་འོང་དང་འབྲེལ་བ་ཡང་ཇེ་མང་དུ་འགྲོ་ངེས་ཡིན། ཕུའུ་ལི་ཧང་ནོ་ཕུ་ཡིས“རྒྱལ་ཁབ་གཅིག་གི་རྩོམ་རིག་གིས་རྒྱལ་ཁབ་གཞན་ཞིག་གི་རྩོམ་རིག་ལ་ཤན་ཤུགས་གཏོང་དགོས་ན། ཐོག་མར་རྒྱལ་ཁབ་དེ་གཉིས་ཀའི་སྤྱི་ཚོགས་ཀྱི་འབྲེལ་བ་འདྲ་ མཚུངས་ ཡིན་ པར་ རགས་ ལས་ ཡོད། སྤྱི་ ཚོགས་ འབྲེལ་ བའི་ ཐད་མཚུངས་ཆོས་གང་ཡང་མེད་ན་ཕན་ཚུན་ཤན་ཤུགས་ཟེར་བ་གཏན་ནས་མེད་དོ། མཚན་གཞི་ལ། ཕེ་ཀྲོའུ་གླིང་དུ་གནས་པའི་མི་ནག་གིས་ད་ལྟའི་བར་དུ་ཨོ་གླིང་རྩོམ་རིག་གི་ཤན་ཤུགས་ལ་ཚོར་སྣང་ཅི་ཡང་ཡོད་པ་མིན་”ཅེས་གསུངས་པ་ལྟར་མི་རིགས་སོ་སོའི་ བར་སྤྱི་ ཚོགས་ ཀྱི་ འབྲེལ་ བ་ འདྲ་ མཚུངས་ ཡིན་ པ་ དེ་ ནི་ མི་རིགས་ཕན་ཚུན་བར་ལ་རྩོམ་རིག་འགྲོ་འོང་བྱེད་པའི་ཐོག་མའི་ཆ་རྐྱེན་དེ་ཡིན།

དེ་མིན་ སྐད་ བརྡ་ དང་ ཡུལ་ ཁམས། དཔལ་འབྱོར་ དང་ འཚོ་ བ་ སོགས་ཕན་ཚུན་ཐག་ཉེ་ན་མི་རིགས་མི་འདྲ་བའི་བར་གྱི་རྩོམ་རིག་འགྲོ་འོང་ལ་དེ་བས་སྐུལ་འདེད་བྱེད་ངེས་ཡིན། གནའ་བོའི་ཀྲུང་གོ་ལ་མཚོན་ན། ཁྲོའོ་ཞན་དང་། འཇར་པན། གཡོད་ནན། རྒྱ་གར་སོགས་མི་རིགས་ཕན་ཚུན་དབར་འགྲོ་འོང་མང་པོ་བྱུང་ཡོད། བོད་ལ་མཚོན་ན་སྲོང་བཙན་སྒམ་པོ་ནས་བཟུང་ནང་བསྟན་བོད་ལ་དར་བ་དང་བཀའ་ཆོས་ཀྱི་གཙུག་ལག་བསྒྱུར་བ་ནས་བཟུང་བོད་ཀྱི་རྩོམ

རིག་འཕེལ་རྒྱས་ལ་ཤན་ཞུགས་ཟབ་མོ་ཐེབས་ཡོད་པ་འདི་དག་ནི་མི་རིགས་འདི་གཉིས་ཀྱི་བར་ཡུལ་ཁམས་ཙུང་ཉེ་བ་དང་དཔལ་འབྱོར་དང་ཆབ་སྲིད་ཀྱི་ཐད་འགྲོ་འོང་མང་བའི་རྐྱེན་གྱིས་ཡིན། དེ་ལས་གནའ་བོའི་གྲུང་གོ་དང་ཨོའུ་གླིང་གཉིས་ཀྱི་བར་ཡུལ་ཁམས་ཐག་རིང་ཞིང་དཔལ་འབྱོར་དང་ཆབ་སྲིད་ཐད་ནས་འགྲོ་འོང་ཉུང་བས་ཚོམ་རིག་ཐད་ཀྱི་འབྲེལ་བའང་དེ་འདྲ་མ་བྱུང་། ད་ལམ་དེང་རབས་ཅན་གྱི་འགྲིམ་འགྲུལ་ཡོ་བྱད་ཡོད་པ་དང་། འཕྲིན་གསར་བརྗེ་རེས་ཀྱི་ཐབས་ཤེས་འཕེལ་རྒྱས་ཆེ་བའི་རྐྱེན་གྱིས་ཡུལ་ཁམས་བར་གྱི་བཀག་རྒྱ་རིམ་བཞིན་མེད་པར་གྱུར་ནས། དཔལ་འབྱོར་དང་ཆབ་སྲིད་ཐད་ཀྱི་འགྲོ་འོང་ཇེ་མང་དུ་འགྲོ་བ་དང་ཆབས་ཅིག་གྲུང་གོ་དང་ཨོ་མེའི་རྒྱལ་ཁབ་སོ་སོའི་བར་གྱི་ཚོམ་རིག་གི་འབྲེལ་བ་ཡང་སྔར་ལས་ལྷག་པའི་འཕེལ་རྒྱས་འགྲོ་བཞིན་ཡོད་པ་རེད།

གཉིས་པ། ཚོམ་རིག་གི་བྲུལ་དངོས་ལ་མཐའ་དཔྱོད་བྱས་ཏེ་རྒྱུན་འཛིན་བྱེད་པའི་རྩ་དོན་སྐོར།

1. བྲུལ་དངོས་རྒྱུན་འཛིན་དང་གསར་གཏོད་ཀྱི་འབྲེལ་བའི་སྐོར།

ཚོམ་རིག་འཕེལ་རྒྱས་ཀྱི་གོ་རིམ་ནང་རྒྱུན་འཛིན་དང་གསར་གཏོད་གཉིས་ནི་རྟེན་དང་བརྟེན་པའི་ཚུལ་དུ་གནས་ཤིང་ཚོད་སྒྲུབ་གཅིག་གྱུར་གྱི་འབྲེལ་བ་ཞིག་ཡིན་ལ། སྲོལ་རྒྱུན་ནི་གསར་གཏོད་ཀྱི་རྨང་གཞི་ཡིན་པ་དང་། སྲོལ་རྒྱུན་རྒྱུན་འཛིན་བྱེད་པའི་དམིགས་ཡུལ་ནི་གསར་གཏོད་དང་འཕེལ་རྒྱས་གཏོང་རྒྱུ་དེ་ཡིན། ფ ཕྱུལ་དུ་བྱུང་བའི་སྲོལ་རྒྱུན་གྱི་ཚོམ་རིག་ནི་ཚོམ་རིག་གསར་པ་འཕེལ་རྒྱས་གཏོང་བའི་རྨང་གཞི་ཡིན་ལ། སྲོལ་རྒྱུན་རྒྱུན་འཛིན་བྱེད་པའི་དམིགས་ཡུལ་ནི་གསར་གཏོད་དང་འཕེལ་རྒྱས་གཏོང་རྒྱུ་དེ་ཡིན། ཕྱུལ་དུ་བྱུང་

བའི་སློབ་གསོ་ཀྱི་རྩོམ་རིག་ནི་རྩོམ་རིག་གསར་པ་འཕེལ་རྒྱས་གཏོང་བའི་རྨང་གཞི་ཡིན་ལ། སློབ་གསོ་ཀྱི་རྩོམ་རིག་ལ་སློབ་སྦྱོང་བྱས་ཏེ། དེ་ནང་བྱུན་ཆུད་པར་བྱས་ཐོག་དེའི་ལེགས་ཆ་དང་སྙིང་བཅུད་རྒྱུན་འཛིན་བྱས་ན་ད་གཟོད་མི་རིགས་རང་གི་ཐུན་མོང་མ་ཡིན་པའི་ཁྱད་ཆོས་ལྡན་པའི་རྩོམ་རིག་གསར་པ་གསར་གཏོད་བྱེད་ཐུབ། འོན་ཀྱང་གསར་གཏོད་ཅེས་པ་ནི་སུས་ཀྱང་མ་མཐོང་ཞིང་ཀུན་ལ་མ་གྲགས་པའི་རྩོམ་གཞུང་དང་རྩོམ་རིག་གི་མ་ལག་ཆ་ཚང་བ་ཞིག་ཐོལ་བྱུང་དུ་རྙེད་དགོས་ཞེས་པའི་དོན་མིན་ལ། དེ་འདྲ་བ་ནི་འབྱུང་ཡང་མི་སྲིད། འོ་ན་ཅི་འདྲ་ཞིག་ཡིན་ཞེ་ན་དེའི་རྩ་བའི་དོན་ནི་སློབ་གསོ་བསྐྱར་ཟློས་བྱས་པ་མིན་ལ། གཞན་ལུགས་ལད་ཟློས་བྱས་པའང་མིན་པའི་རྩོམ་ལེགས་པོ་ཞིག་ལ་ངོས་འཛིན་བྱེད་དགོས། རྒྱའི་ཉེ་རབས་ཀྱི་རྩོམ་གཞུང་མཁས་པ་དང་སྙན་ངག་མཁན་པོ་ལྷིན་དབྱི་ཧྲོ་ཡིས“རྒྱ་རྩལ་གྱི་མཚོན་སྟངས་ཐད་ནུབ་གླིང་པར་སློབ་རུང་ལ། ཐ་ན་ནུབ་གླིང་ཅན་དུ་སྒྱུར་ཅི་ཐུབ་བྱས་ཀྱང་ཚིག་མོད་གཞི་རྩའི་རྨང་གཞི་དང་ངོ་བོ་ནི་རང་ཉིད་ཀྱི་ཡིན་དགོས”ཞེས་གསུངས་ལ། རྒྱའི་མཁས་པ་མང་པོས་ཀྱང་སྙན་ངག་གསར་པ་གསར་གཏོད་བྱེད་པར་ཕྱི་གླིང་པའི་སྙན་ངག་ལ་སློབ་སྦྱོང་བྱེད་དགོས་ལ། ཡོ་ཪོ་ལྤ་སྟོང་ལྷག་གི་སློབ་གསོ་ལ་དེ་བས་ཀྱང་སློབ་སྦྱོང་བྱེད་དགོས་ཞེས་གསུངས་ཡོད། དཔེར་ན། 《སྙན་ངག་མེ་ལོང་》ལ་མཚོན་ན། ལེའུ་དང་པོ་ནི་ཐུན་མིན་གྱི་རྒྱན་ཡིན་པས་རྒྱ་གར་གྱི་ལེགས་སྦྱར་དབྱངས་གསལ་དང་སྐད་བཟའི་ང་རོ་སོགས་སྲོག་ཆེ་ཆུང་གི་ཁྱད་ཆོས་གཞིར་བཟུང་ནས་བརྩམས་པས་རང་རེ་ལ་ངོ་སྤྲོད་ཙམ་བྱེད་པ་ལས་དུས་རྒྱུན་གྱི་ལག་ལེན་ཁྲིད་འགྲོ་རྒྱུགས་ཆུང་བ་དང་། ལེའུ་གཉིས་པ་དང་གསུམ་པ་གཉིས་ཐུན་མོང་གི་རྒྱན་ཡིན་པས་ཡིག་རིགས་མི་གཅིག་པའི་དབྱངས་གསལ་གྱི་བཀག་རྒྱ་མེད་པས་ན་བོད་སྐྱོད་གང་ལེགས་བྱུང་བ་དང་ཆབས་ཅིག་རང་རེའི་བོད་ཡིག་གི་དབྱངས་གསལ་གཞིར་བཟུང་ནས་ཀ་ཕྲེང་གི་རྒྱན་ཞིག་གསར་དུ་བྱུང་བ་དང་དེ་ནི་མི་རིགས་གཞན་ལ་མེད་པའི་གསར་གཏོད་དང་སློབ་གསོ་ཞིག

ཆགས་ཡོད་ལ་དེ་ནི་སློབ་དཔོན་དབྱུག་པ་ཅན་གྱིས་མི་མཐོང་བའི་བོད་ཀྱི་གསར་གཏོད་བྱས་པ་ཞིག་ཡིན། གཞན་ལྟོག་ཕྱོགས་ནས་བཤད་ནའང་། ཨུ་རྒྱ་སྤུའི་སྙན་ངག་པ་སྐད་གྲགས་ཅན་མ་ཡ་ཁ་ཕུ་སི་ཅི་ནས་ཀྱང་དང་པོ་སྔོན་ཕྱིན་སྙན་ངག་པ་ཕྲལ་བས་ཆེ་བ་ཕུ་ཞི་ཅིན་སོགས་ལ"དེ་དག་དེང་རབས་ཀྱི་གྲུ་གཟིངས་ལས་མཚོ་ནང་དུ་སྐྱུར་ཅིག"ཅེས་པ་དང"ཕུ་ཞི་ཅིན་སོགས་གནའ་བོའི་དམག་སྤྱི་ལ། ད་དུང་གོལ་བར་མི་བྱེད་ཅི་ཞིག་སྒུག"ཅེས་སོགས་བརྩི་མེད་དུ་ངོ་རྒོལ་བྱས་ཤིང་"ཡོངས་སུ་ཕྱི་གླིང་ཅན་དུ་སྐྱུར་བ་བྱ"སོགས་ཤུགས་ཆེར་བསྒྲགས་པ་དང་། ཕྱིས་སུ"ཀ་ཡེ་ཕུ་ཞི་ཅིན། ཁོ་བོ་ཁྱེད་ལ་དད། ད་ལྟ་འཚོ་བའི་མི་རྣམས་འདི་དག་ཁྲེད། གང་ཁྱོད་མེད་པས་ཁོ་བོ་སྙིང་ནས་གདུང"ཞེས་སོགས་འགྱོད་བཤགས་ཚུལ་གྱིས་སྙན་ངག་བྲིས་ཤིང་། ཁོང་གི་སྙན་ངག་དེ་དག་ཀྱང་ཨུ་རྒྱ་སྤུའུ་སྲོལ་རྒྱུན་སྙན་ངག་དང་བསྟུན་ནས་བྲིས་ཡོད་པ་ལྟ་བུ་རེད།

སྲོལ་རྒྱུན་རྒྱུན་འཛིན་བྱེད་རྒྱུ་དེ་ནི་སྲོལ་རྒྱུན་ལས་ཚུ་ཚད་མཐོ་བར་གོང་འཕེལ་དུ་གཏོང་བའི་དམིགས་ཡུལ་དུ་གོ་ལེན་བྱེད་དགོས་པ་ལས་གནའ་མིའི་རྗེས་སུ་འབྲངས་ཏེ་ལད་ཟློས་དང་བཤུ་འབྲི་བྱེད་པ་ཞིག་ཏུ་གོ་ལེན་བྱས་ནའང་མི་འགྲིག ཨ་རིའི་མཁས་པ་ལུ་དབྱི་སིས《སྙན་ངག་གི་བསྐྱར་ཟློས་དང་གསར་བརྗེ་》ཞེས་པར"དབྱངས་ཅན་ལྷ་མོའི་ཕོ་བྲང་གི་བང་རིམ་ངོས་སུ་སྙན་ངག་སྨྲ་བ་མང་པོ་འཚང་ག་བཤིག་བཤིག་བྱེད་བཞིན་ཡོད་ནའང་ཕལ་མོ་ཆེ་ནི་སྔོན་གྱི་སྙན་ངག་སྨྲ་བ་སྐྱེས་ཐོབ་ཀྱི་ཤེས་རབ་དང་ལྡན་པ་དག་གིས་བོར་བའི་ལ་བ་དེ་སླར་བླངས་ནས་གྱོན་དང་གྱོན་བཞིན་མཆིས་སོ"ཞེས་ཟུར་ཟ་མཛད་པ་ལྟར་གནའ་མིའི་རྗེས་སུ་འབྲངས་ཏེ་ལད་ཟློས་དང་བཤུ་འབྲི་ཁོ་ན་བྱས་ཚེ་རྩོམ་རིག་འཕེལ་རྒྱས་གཏོང་མི་ཐུབ་ལ་དེ་ལས་ལྡོག་ཏེ་བཀག་རྒྱ་དང་ཕྱི་ནུར་བྱེད་ངེས་ཡིན། ཡུས་གོ་ཡིས་གསུངས་དོན"མཐའ་གཅིག་ཏུ་གནའ་མི་ལ་ལད་ཟློས་བྱས་ན་སྐྱུ་རྩལ་ལ་ཉེན་ཆགས་ཡོང་ངེས་ཡིན། ཁྱེད་ཉིད་ལྟ་ཞིན་གྱི་བྲག་ཙ་ཡིན་པའམ། ཧྲ་ཧྲི་སྲི་ཡི་གྲིབ་གཟུགས་ཡིན་ཡང་རུང་དེ་ཉིད་བྲག་ཙ་དང་གྲིབ་

གཟུགས་ལས་མ་འདས་ན་མི་སུ་ཡི་སྐྱེས་སྟོབས་ཀྱི་ཤེས་རབ་ཅན་ལ་ལྷད་ཟློས་ཅི་འདྲ་བྱས་ནའང་དེ་ལ་གསར་གཏོད་ཀྱི་སྙིང་སྟོབས་ཡོད་པ་མ་ཡིན། གསར་གཏོད་ཀྱི་སྙིང་སྟོབས་ནི་དེའི་སྐྱེས་སྟོབས་ཀྱི་ཤེས་རབ་ཡིན། ང་ཚོས་ཤེང་ཧྲའི་སྒྲོལ་འབྱེད་རྣམས་ལ་བསྟུགས་བརྗོད་བྱེད་འོས་མེད་དེ་དག་ལ་ལྷད་ཟློས་བྱེད་མི་རུང་། རང་གིས་རང་ལ་ལམ་གསར་པ་ཞིག་གསར་གཏོད་བྱེད་པ་ནི་གལ་ཆེ་བའི་གནད་ཅིག་ཡིན་ཞེས་གསུངས་ཡོད་པ་ལྟར་རོ།

མདོར་ན། རྒྱུན་འཛིན་བྱེད་པའི་དམིགས་ཡུལ་ནི་འཕེལ་རྒྱས་དང་། གསར་གཏོད་བྱེད་རྒྱུ་དེ་ཡིན་པ་དང་། གསར་གཏོད་བྱེད་དགོས་ན་ངེས་པར་དུ་རྒྱུན་འཛིན་བྱེད་རྒྱུ་དེ་རྨང་གཞིར་འཛིན་དགོས་ལ། གསར་པ་ཞེས་པ་དེ་ཡང་ཕྱོགས་གཅིག་ནས་སྒྱུ་རྩལ་དང་སྒྱུ་རྩལ་གྱི་ཐབས་རྩལ་གསར་པ་ལ་གོ་དགོས་ཏེ་སྤྱིར་ཕུལ་བྱུང་གི་སྲོལ་རྒྱུན་སྒྱུ་རྩལ་དང་སྔོན་ཐོན་གྱི་དེང་རབས་སྒྱུ་རྩལ་གཉིས་ཟུང་འབྲེལ་ལེགས་པོ་བྱུང་བ་ནི་གསར་པའི་ཆ་ཡིན་ལ། དུས་མཚུངས་སུ་བོད་རིགས་ཀྱི་སྲོལ་རྒྱུན་རྩོམ་རིག་གི་སྒྱུ་རྩལ་མཚོན་ཐབས་དང་གཞན་རིགས་ཀྱི་སྒྱུ་རྩལ་མཚོན་ཐབས་ཟུང་དུ་འབྲེལ་བའི་ཆ་རྣམས་ཀྱང་གསར་པ་ཞིག་ཏུ་གོ་དགོས་སོ།

2. གནའ་རབས་ཀྱི་རྗེས་ཤུལ་དངོས་པོར་གདེང་འཛོག་བྱས་ཏེ་སྙིགས་རོ་ཕྱིར་འབུད་དང་ཉིང་ཁུ་བསྡུ་ལེན་བྱེད་དགོས།

སྲོལ་རྒྱུན་རྩོམ་རིག་ནི་དུས་རབས་སྔ་མ་དག་གིས་ཐོན་དངོས་ཤིག་ཡིན་སྟེ། སྐབས་དེའི་མི་རྣམས་ཀྱི་རང་ངོས་ལྟ་བ་དང་ཕྱི་རོལ་ཡུལ་གྱི་འཚོ་བ་གཉིས་གཅིག་ཏུ་འདྲེས་པའི་ཐོན་དངོས་ཤིག་ཡིན་པས་ཅིས་ཀྱང་དུས་རབས་དང་སྤྱི་ཚོགས་སོགས་ཀྱི་རྟགས་ཐམ་ཁེལ་ཡོད་ཅིང་ཁྱད་དུ་འཕགས་པའམ་ཡར་ཐོན་རང་བཞིན་གྱི་ངོ་བོ་ལྡན་པའི་རྩོམ་རིག་ལའང་ཡང་མ་དག་པ་དང་སྙིགས་རོའི་ཆ་ངེས་ཅན་ཞིག་ཡོད་པར་གདོན་མི་ཟ། དེས་ན་སྲོལ་རྒྱུན་རྒྱུན་འཛིན་ཞེས་པའང་དོན་དངོས་ཐོག་ལོ་རྒྱུས་འཕེལ་རྒྱས་ཀྱི་རྩོད་སྒྲུབ་རང་བཞིན་ལ་བརྩི

འཛོག་བྱས་ཏེ། ལོ་རྒྱུས་སྟེང་གི་དགེ་མཚན་ལྡན་ཞིང་བླ་སྲོག་མ་འགག་པའི་ཆ་དག་རྒྱུན་འཛིན་བྱེད་པ་སྟེ་གནའ་བཟང་དེང་སྤྱོད་བྱེད་རྒྱུ་ལས་གནའ་འཛིན་དེང་དོར་བྱེད་རྒྱུ་གཏན་ནས་མ་ཡིན། དེའི་ཕྱིར་ང་ཚོས་འདས་པའི་དུས་ཀྱི་ནང་བྱུང་བའི་རྩོམ་རིག་ཕྱུལ་བྱུང་དག་ལོ་རྒྱུས་འཕེལ་རྒྱས་ཀྱི་ཁོར་ཡུག་ངེས་ཅན་ཞིག་གི་ཁྲོད་དུ་བཞག་ནས་གདེང་འཇོག་བྱས་ཏེ་སྐབས་དེའི་ལོ་རྒྱུས་ཀྱི་ཆ་རྐྱེན་འོག་དེ་དག་གི་བྱེད་ནུས་ཁས་ལེན་དང་གཏན་འབེབས་བྱེད་དགོས་ཤིང་། དུས་མཚུངས་ད་ལྟའི་དུས་དང་འབྲེལ་ནས་ད་ཡོད་དོན་སྙིང་ཅི་ཞིག་ཡོད་པར་བསམ་གཞིགས་ཞིབ་པར་བྱས་ཏེ་ཡར་ཐོན་དང་དགེ་མཚན་ལྡན་པའི་བསམ་བློ་དང་སྒྱུ་རྩལ་གྱི་ཆ་རྣམས་རྒྱུན་འཛིན་དང་དེའི་ལོག་ཕྱོགས་སུ་གྱུར་པ་རྣམས་འདོར་བར་བྱེད་པ་སྟེ་སྙིགས་དོར་བཅུད་ལེན་དང་སྐྱོན་འདོར་དགེ་འཛིན་བྱེད་དགོས། "གནའ་བཟང་དེང་སྤྱོད་དང་། སྙིགས་དོར་བཅུད་ལེན"གྱི་རྩ་དོན་ནི་རྒྱུན་འཛིན་དང་གསར་གཏོད་ཀྱི་འབྲེལ་བ་དེ་རྩོད་སྒྲུབ་ཀྱིས་ཐག་གཅོད་བྱེད་པའི་སྟོམ་ཚིག་ཅིག་ཡིན། གནའ་བཟང་དེང་སྤྱོད་ནི་གནའ་བོའི་ཤུལ་བཞག་རྩོམ་རིག་བེད་སྤྱོད་བྱས་ནས་མི་དམངས་ལ་ཞབས་འདེགས་ཞུ་བ་དང་། སྤྱི་ཚོགས་རིང་ལུགས་ཀྱི་རྩོམ་རིག་གསར་པ་གསར་གཏོད་དང་འཕེལ་རྒྱས་གཏོང་བར་ཞབས་འདེགས་ཞུ་དགོས། སྙིགས་དོར་བཅུད་ལེན་ནི་རྩོམ་རིག་ཤུལ་བཞག་ལ་ཞིབ་འཇུག་ཞིབ་ཕྲ་བྱས་ཏེ་སྙིགས་མ་དོར་ནས་གཟུངས་བཅུད་བླངས་ཤིང་དེའི་རྨང་གཞིའི་ཐོག་ནས་སྤྱི་ཚོགས་རིང་ལུགས་ཀྱི་རྩོམ་རིག་གསར་པ་གསར་གཏོད་བྱེད་དགོས། ཐོག་མཐའ་བར་གསུམ་དུ་སྔོན་ཐོན་རིག་གནས་མདུན་བསྐྱོད་ཀྱི་ཁ་ཕྱོགས་མཚོན་པར་བྱེད་དགོས་པ་ནི་མ་ཁེ་སི་རིང་ལུགས་ཀྱི་རིག་གནས་ལྟ་བ་བཙུགས་ཏེ་གཏོར་འཛུགས་ཟུང་འབྲེལ་མཐའ་འཁྱོངས་ཀྱིས"སྦྱོངས་བཅོས"བྱེད་པ་དང་། "སྙིགས་དོར་བཅུད་ལེན"གྱི་བྱེད་ཕྱོགས་ལྟར་ཚན་རིག་དང་ལྡན་པའི་སྒོ་ནས་མི་རིགས་ཀྱི་རིག་གནས་བཤུལ་འཛིན་དང་། གསར་གཏོད་ཀྱི་འབྲེལ་བ་ཐག་གཅོད་བྱེད་དགོས། མི་རིགས་ཕན་ཚུན་དབར་གྱི་རིག་གནས་

སྤྱིལ་རེས་ལ་ཤུགས་སྐྱོན་དང་མིའི་རིགས་ཀྱི་ཤེས་དཔལ་གྱི་གྲུབ་འབྲས་མཐའ་དག་བསྡུ་ལེན་གྱིས་མི་རིགས་ཀྱི་ཚན་རིག་རིག་གནས་ཀྱི་ཕྱུང་ཚད་གོང་མཐོར་གཏོང་དགོས། གསར་གཏོད་བྱ་དགོས་ན། རྒྱུན་མི་ཆད་པར་བསམ་བློར་བཅིངས་འགྲོལ་དང་། དངོས་ཐོག་བདེན་འཚོལ། དུས་བསྟུན་མདུན་བསྐྱོད་བཅས་བྱ་དགོས། ལག་ལེན་ནི་རྫོགས་མཐའ་མེད་ལ་གསར་གཏོད་ཀྱང་རྫོགས་མཐའ་མེད། ང་ཚོས་སྔོན་ཅན་པ་ཚོ་ལས་ལྷག་པ་བྱ་དགོས་ལ། ཕྱི་རབས་པ་ཚོས་ཀྱང་ང་ཚོ་ལས་ལྷག་པ་བྱེད་ངེས་ཡིན་པ་དེ་ནི་སྤྱི་ཚོགས་གོང་འཕེལ་འགྲོ་བའི་ལྡོག་མེད་ཀྱི་ཆོས་ཉིད་ཡིན། མ་ཁེ་སི་ལེ་ནིན་རིང་ལུགས་དང་མའོ་ཙེ་ཏུང་གི་དགོངས་པ། ཏེང་ཞའོ་ཕིང་གི་རིགས་པའི་གཞུང་ལུགས་ཀྱི་གཞི་རྩའི་རྩ་བའི་རིག་པ་མཐའ་འཁྱོངས་བྱ་དགོས་པ་ཞིག་ཡིན།

1. རྩོམ་རིག་གི་རྒྱུན་འཛིན་རང་བཞིན་ཞེས་པའི་གོ་དོན་གང་ཡིན་ནམ།

2. ཤུལ་དངོས་རྒྱུན་འཛིན་དང་གསར་གཏོད་ཀྱི་འབྲེལ་བར་གོ་བ་ཅི་འདྲ་ལེན་དགོས་སམ།

3. སྙིགས་རོ་ཕྱིར་འབུད་དང་ཉིང་ཁུ་བསྡུ་ལེན་ཞེས་པའི་གོ་དོན་ཅི་ཡིན་ནམ།

ས་བཅད་གསུམ་པ། རྩོམ་རིག་སྒྱུ་རྩལ་གྱི་གསར་འཕྲིན་སྐོར།

"རྩོམ་རིག་སྒྱུ་རྩལ་གྱི་གསར་འཕྲིན"ཞེས་པའི་ཐ་སྙད་དེ་ནི་སྤྱི་ཚོགས་འཕེལ་རྒྱས་ཀྱི་འཕོ་འགྱུར་དང་རླུང་རླབས་དེའི་ནང་ནས་རིམ་བཞིན་བྱུང་བ་ཞིག་ཡིན་པ་མ་ཟད། དེ་ནི་རྩོམ་རིག་སྒྱུ་རྩལ་འཕེལ་རྒྱས་འགྲོ་བའི་དགོས་མཁོ་དང་དུས་རབས་ཀྱིས་མི་རྣམས་ལ་བཏོན་པའི་བླང་བྱ་ཞིག་ཡིན། འོན་ཏེ་ད་ལམ་བོད་རིགས་ཀྱི་རྩོམ་རིག་སྒྱུ་རྩལ་ཁྱབ་ཁོངས་ནང་དུ་མི་རྣམས་ཀྱིས་རྩོམ་རིག་སྒྱུ་རྩལ་གྱི་གསར་འཕྲིན་ལ་དགོས་ངེས་ཀྱི་ཁོར་ཡུག་ལེགས་པོ་ཞིག་གསར་བསྐྲུན་བྱས་མེད་ལ་དེའི་གལ་ཆེའི་རང་བཞིན་ལ་ངོས་འཛིན་བྱེད་རྒྱུ་ཡང་ཉུང་ཉུང་། ལྷག་པར་དུ་གང་འདྲ་ཞིག་ལ་རྩོམ་རིག་སྒྱུ་རྩལ་གྱི་གསར་འཕྲིན་ཞེས་བརྗོད་པ་དང་། རྩོམ་རིག་སྒྱུ་རྩལ་གྱི་གསར་འཕྲིན་ཞེས་པར་དོན་སྙིང་ཅི་འདྲ་ཞིག་ལྡན་ཡོད་པ། རྩོམ་རིག་སྒྱུ་རྩལ་གྱི་གསར་འཕྲིན་དང་རྩོམ་རིག་གསར་རྩོམ་བྱེད་པའི་འབྲེལ་བ་ཇི་ལྟར་ཡིན། རྩོམ་རིག་ལ་སྐྱོན་ཡོན་བརྗོད་རྒྱུ་དང་། རྩོམ་རིག་ལ་ཞིབ་འཇུག་བྱ་རྒྱུ་སོགས་དང་འབྲེལ་བ་ཇི་ལྟར་ཡོད་མིན་གྱི་གནད་དོན་ལ་དེ་སྔོན་མི་མང་པོས་གཙིགས་ཆེན་བྱས་མེད་ལ་དེ་དག་གི་འབྲེལ་བར་ཞིབ་དཔྱད་བྱེད་རྒྱུ་དེ་ཡང་ཤིན་ཏུ་ཞན་པ་ཞིག་ཡིན། བོད་རིགས་ཀྱི་རྩོམ་རིག་སྒྱུ་རྩལ་དེ་ཡར་ངོའི་ཟླ་བཞིན་འཕེལ་རྒྱས་གཏོང་བ་དང་ཕུན་སུམ་ཇེ་ཚོགས་སུ་གཏོང་བ། དཔེ་དེབ་ཀྱི་བསྡམས་བཀྱིགས་དང་གཏན་འཁེལ་བའི་སྲིད་ཇུས་ཀྱི་འཆིང་རྒྱ་ལས་གྲོལ་ཡོད་པ། ད་ལྟའི་རྗེས་ལུས་ཀྱི་རྣམ་པར་འཕོ་འགྱུར་ཆེ་ཙམ་ཞིག་ཡོང་དགོས་ན་ངེས་པར་དུ་རྩོམ་རིག་སྒྱུ་རྩལ་གྱི་གསར་འཕྲིན་ལ་གཙིགས་ཆེན་བྱས་ཏེ་དགོས་ངེས་ཀྱི་ཆ་རྐྱེན་ཅུང་ལེགས་ཙམ་ཞིག་གསར་བསྐྲུན་བྱེད་དགོས་ལ་རྩོམ་རིག་སྒྱུ་རྩལ་གྱི་གསར་འཕྲིན་གྱི་མ་ལག་སྐོར་ལ་ཞིབ་འཇུག་ཡང་བྱེད་དགོས།

དེར་བརྟེན་སློབ་གྲྭ་ཆེ་ཁག་གི་རྩོམ་རིག་རིགས་པའི་གཞུང་ལུགས་སློབ་ཁྲིད་བྱེད་པའི་ནང་དུ་རྩོམ་རིག་གི་གསར་འཕྲིན་གྱི་ནང་དོན་གསར་སྣོན་བྱས་ཏེ་དེའི་མ་ལག་སྐོར་ལ་ཞིབ་འཇུག་མ་བྱེད་རང་བྱེད་ཅིག་ཏུ་གྱུར་ཡོད།

དང་པོ། ཅི་འདྲ་ཞིག་ལ་རྩོམ་རིག་སྒྱུ་རྩལ་གྱི་གསར་འཕྲིན་ཟེར།

རྩོམ་རིག་སྒྱུ་རྩལ་གྱི་གསར་འཕྲིན་ཞེས་པ་དེ་ནི་གནས་གསར་བརྡ་འཕྲིན་ཁྲོན་ཡོངས་ནང་གི་ཆེས་གལ་ཆེ་བའི་རིགས་ཤིག་ཡིན། དེ་ནི་རྩོམ་རིག་སྒྱུ་རྩལ་གྱི་གནས་ཚུལ་ཤེས་རྟོགས་དང་ངོས་འཛིན་བྱེད་རྒྱུར་འབྲེལ་བ་ཤིན་ཏུ་ཆེན་པོ་ཡོད་པའི་མཐོང་ཐོས་དང་། གསར་འགྱུར། གསར་འཕྲིན་སོགས་ཀྱི་ཤེས་ཡོན་གྱི་སྤྱི་བསྡོམས་དེར་བརྗོད་པ་ཞིག་ཡིན། རྩོམ་རིག་གི་སྤྱིའི་དོན་སྙིང་ནས་བརྗོད་ཚེ། རྩོམ་རིག་གི་བརྩམས་ཆོས་ཤིག་ཡིན་ཕྱིན་དེ་དག་ཚང་མ་རྩོམ་རིག་གི་གསར་འཕྲིན་ཞིག་ཏུ་རྩིས་ཆོག་པ་ཞིག་ཡིན། རྩོམ་རིག་བརྩམས་ཆོས་མཐའ་དག་ནི་སྒྱུ་རྩལ་གྱི་ཐོག་ནས་རྣམ་པ་མི་འདྲ་བའི་མཚོན་རྟགས་སྣ་ཚོགས་ལ་ལས་སྣོན་བྱས་ཏེ་བྱུང་བའི་རང་བྱུང་ཁམས་ཀྱི་གསར་འཕྲིན་དེ་ཡིན་པའི་རྐྱེན་གྱི་རེད། ང་ཚོས་རྒྱུན་གཏན་དུ་བརྗོད་པའི་རྩོམ་རིག་སྒྱུ་རྩལ་གྱི་གསར་འཕྲིན་ཞེས་པ་དེ་ནི་མི་རྣམས་ཕན་ཚུན་དབར་རྒྱུན་གཏན་རྩོམ་རིག་སྒྱུ་རྩལ་གྱི་གནས་ཚུལ་སྐོར་ལ་ཕན་ཚུན་བརྡ་སྤྲོད་པ་དང་མཚམས་སྦྱོར་བྱས་པ་དེ་ཡིན། དེས་ན་གོང་སྨོས་དེར་སྤྱིར་ཁྱབ་ཆེ་བའི་རྩོམ་རིག་སྒྱུ་རྩལ་གྱི་གསར་འཕྲིན་དང་རྗེས་མ་ནི་སྤྱིར་ཁྱབ་ཆུང་བའི་རྩོམ་རིག་སྒྱུ་རྩལ་གྱི་གསར་འཕྲིན་དེ་ཡིན་ཞིང་གནད་དོན་དེ་གཉིས་ཕན་ཚུན་འབྲེལ་བ་ཡོད་པ་མ་ཟད། ད་དུང་ཁྱད་པར་ཡང་ཡོད་པ་ཞིག་ཡིན་ནོ། དེང་རབས་ཚན་རིག་གིས་གསལ་སྟོན་བྱས་པར་གཞིགས་ན་མིའི་སྐད་པ་ནི་དབང་རྩའི་ཕྲ་ཕུང་དུང་ཕྱུར་བརྒྱ（ཁ་ཤས་ཀྱི་དུང་ཕྱུར་བརྒྱ་དང་བཞི་བཅུ་）ཡི་རིམ་པ་ལས་གྲིག་འཛུགས་བྱས་ཡོད་པ་ཞིག་ཡིན་ལ། མི་རྣམས་ཀྱི་

གཟུགས་དང་། སྒྲ། དྲི། རོ་བཅས་ཀྱི་ཚོར་ནུས་ལ་བརྟེན་ཏེ་རང་བྱུང་ཁམས་དང་སྤྱི་ཚོགས་ཀྱི་ནང་ནས་བྱུང་བའི་གནས་གསར་གྱི་བརྡ་འཕྲིན་རྣམས་ཚུར་དང་ལེན་བྱེད་པ་དང་དེ་རང་ཉིད་ཀྱི་ཀླད་པའི་ནང་དུ་ཡང་སྐོར་བསྐྱར་སྐོར་དུ་“སྤུབས་བདེ་”དང་“རྟོག་འཛིང་”ཕྲ་ཕུང་གི་རིམ་པ་ལས་བརྒྱུད་དེ་མགྱོགས་མྱུར་དུ་ཕྱི་རོལ་ཡུལ་གྱི་འཇིག་རྟེན་གྱི་སྣང་འཆར་དང་པར་རིས་ཤིག་རང་ཉིད་ཀྱི་ཀླད་པའི་ནང་དུ་སྣང་བར་བྱེད་ཀྱི་ཡོད་པ་རེད། མིའི་ཀླད་པ་ནི་གཞན་སྐྱུལ་གྱི་ཐོག་ནས་ཕྱི་རོལ་ཡུལ་གྱི་འཇིག་རྟེན་ཁམས་ནས་ཡོང་བའི་གསར་འཕྲིན་རྣམས་དང་ལེན་བྱེད་རྒྱུ་དེ་ཁོ་ན་མ་ཡིན་པར་དེས་རང་འགུལ་གྱི་སྒོ་ནས་གསར་འཕྲིན་རྣམས་དང་ལེན་བྱེད་ཐུབ་པ་དང་ཆབས་ཅིག་གསར་འཕྲིན་དེ་དག་ལ་ལས་སྒྲོན་བྱས་ཏེ་རང་ཉིད་ཀྱིས་གསར་བསྐྲུན་ཡང་བྱེད་ཀྱི་ཡོད་པ་རེད། མི་རྣམས་ཀྱི་དེ་ལྟར་དང་ལེན་བྱེད་པ་དང་ལས་སྒྲོན་བྱེད་པའི་བརྒྱུད་རིམ་དེ་ནི་དོན་དངོས་ཐོག་མི་རྣམས་ཀྱིས་འཇིག་རྟེན་ཁམས་ཤེས་རྟོགས་བྱེད་པའི་བརྒྱུད་རིམ་ཞིག་ཡིན། མ་ཁེ་སིས་ཞིབ་འཇུག་བྱས་པར་གཞིགས་ན་མི་རྣམས་ཀྱི་བྱེད་ཚུལ་མི་འདྲ་བ་བཞི་ཡི་ཐོག་ནས་འཇིག་རྟེན་ཁམས་རྟོགས་ཐབས་བྱེད་ཀྱི་ཡོད་ཅེས་གསུངས་པ་སྟེ། རྟོག་བསམ་རིག་པའི་གཞུང་ལུགས་ཀྱི་བྱེད་ཐབས་དང་གཅིག སྒྱུ་རྩལ་གྱི་བྱེད་ཐབས་དང་གཉིས། ཆོས་ལུགས་ཀྱི་བྱེད་ཐབས་དང་གསུམ། ལག་ལེན་དང་བསམ་པའི་བྱེད་ཐབས་དང་བཞི་བཅས་ཡིན་ཞེས་བརྗོད་ལ་དེ་དག་ཡང་མི་སོ་སོའི་གཟུགས་ཁམས་ཀྱི་སྐྱེ་སྟོབས་མི་འདྲ་བ་དང་། གཤིས་རྒྱུད་མི་འདྲ་བ། སློབ་གསོ་ལེན་ཚད་དང་སློབ་སྦྱོང་བྱེད་ཐབས་མི་འདྲ་བའི་རྒྱུ་མཚན་གྱིས་མི་རྣམས་ཀྱིས་འཇིག་རྟེན་ཁམས་ཤེས་རྟོགས་སམ་ཁོང་དུ་ཆུད་པར་བྱེད་པའི་བྱེད་ཐབས་ཡང་མི་འདྲ་བ་རེ་ཡོད་ཅིང་། འགའ་རེས་ཕྱོགས་འདི་ནས་རྟོགས་ཐབས་བྱེད་པ་དང་། འགའ་རེས་ཕྱོགས་གཞན་ཞིག་ནས་རྟོགས་ཐབས་བྱེད་ཀྱི་ཡོད། སྒྱུ་རྩལ་གྱིས་འཇིག་རྟེན་ཁམས་ཤེས་རྟོགས་བྱེད་པའི་ཐབས་ནི་སྒྱུ་རྩལ་གྱི་ཐོག་ནས་འཇིག་རྟེན་ལ་ངོས་འཛིན་དང་གོ་ལེན་

བསྒྱུར་བཅོས་བྱེད་རྒྱུ་དེ་ཡིན། མ་ཁེ་སི་དང་ཨེན་ཁེ་སིའི་གསུང་རྩོམ་ཁག་མི་འདྲ་བའི་ནང་ནས་ང་ཚོས་ཤེས་རྟོགས་བྱེད་ཐུབ་པར་སྒྱུ་རྩལ་གྱིས་འཛིག་རྟེན་ཁམས་ཤེས་རྟོགས་སམ་ཁོང་ཆུད་བྱེད་ཐབས་ནི་བསམ་ཡན་དང་རྣམ་རྟོག་བྱེད་པའི་ནང་དུ་འཛིག་རྟེན་ལ་ངོས་འཛིན་དང་གོ་ལེན་བསྒྱུར་བཅོས་བྱེད་ཀྱི་ཡོད་ཅེས་གསལ་སྟོན་བྱས་ཡོད་པ་དང་། དེ་ལྟར་མི་རྣམས་ཀྱི་བསམ་ཡན་དང་རྣམ་རྟོག་གི་ནང་དུ་འཛིག་རྟེན་ལ་ངོས་འཛིན་དང་བསྒྱུར་བཅོས་དང་གོ་ལེན་བཅས་བྱེད་ཀྱི་ཡོད་པས་དེ་ནི་སྒྱུ་རྩལ་གྱིས་འཛིག་རྟེན་ཁམས་ཤེས་རྟོགས་སམ་ཁོང་དུ་ཆུད་པར་བྱེད་པའི་བྱེད་ཐབས་དེ་ཡིན། ཕྲུ་གུ་ལོ་ཆུང་དུས་ནས་རང་ཉིད་ཀྱི་སེམས་ཁམས་ནང་དུ་ཕྱི་རོལ་ཡུལ་གྱི་འཛིག་རྟེན་ཁམས་ལ་བསམ་ཡན་དང་རྣམ་རྟོག་འདྲ་མིན་སྣ་ཚོགས་ཤིག་ཡོང་གི་ཡོད་རུང་། དེས་སྒྱུ་རྩལ་གྱི་ཐོག་ནས་གསར་བསྐྲུན་བྱེད་ཐུབ་པ་ཞིག་མ་ཡིན། རྒྱུ་མཚན་ནི་འཛིག་རྟེན་ཁམས་ནས་བྱུང་བའི་གསར་འཕྲིན་དེ་དག་ཚུར་ལེན་པ་དང་། གསོག་འཇོག་ ལས་སྣོན་བཅས་བྱས་ཏེ་རང་འབྱུང་ཁམས་དང་སྤྱི་ཚོགས་ཀྱི་གསར་ཕྲིན་དེ་དག་སྒྱུ་རྩལ་གྱི་མཚན་མ་ལ་བརྟེན་ནས་མངོན་པར་བྱེད་མི་ཐུབ་པས་བྱས་པ་རེད། སྒྱུ་རྩལ་མཁན་གྱིས་སྒྱུ་རྩལ་གྱི་བྱེད་ཐབས་ལ་བརྟེན་ནས་འཛིག་རྟེན་ཁམས་ཤེས་རྟོགས་བྱེད་པ་དང་རང་བྱུང་ཁམས་དང་སྤྱི་ཚོགས་ཀྱི་གསར་འཕྲིན་རྣམས་དང་ལེན་བསྒྱུར་བཅོས་བྱེད་པའི་ཚེ་བསམ་ཡན་དང་འཆར་སྒོ་བྱེད་མཁས་པ་མ་ཟད། ཞིབ་ཕྲའི་ངང་ནས་སྐད་ཆ་དང་ཡི་གེ། རི་མོ་དང་གཟུགས་བརྙན་སོགས་ཀྱི་མཚོན་རྟགས་བརྒྱུད་དེ་རང་བྱུང་ཁམས་ཀྱི་གསར་འཕྲིན་དང་སྤྱི་ཚོགས་ཀྱི་གསར་འཕྲིན་དེ་དག་བསྐྱར་དུ་ཐོན་པ་དང་། མངོན་པར་བྱས་ཏེ་རྩོམ་རིག་སྒྱུ་རྩལ་གྱི་བརྩམས་ཆོས་དེ་དག་བྱུང་བ་ཞིག་ཡིན། དེར་བརྟེན་རྩོམ་རིག་སྒྱུ་རྩལ་གྱི་བརྩམས་ཆོས་མཐའ་དག་ནི་རྩོམ་རིག་སྒྱུ་རྩལ་གྱི་གསར་འཕྲིན་ཞིག་ཡིན་ཞེས་པའི་རྒྱུ་མཚན་དེ་ཡིན་ནོ།

གཉིས་པ། རྩོམ་རིག་སྒྱུ་རྩལ་གསར་འཕྲིན་གྱི་དོན་སྙིང་སྐོར།

རྩོམ་རིག་སྒྱུ་རྩལ་གྱི་གསར་འཕྲིན་ནི་རྩོམ་རིག་གསར་བསྐྲུན་དང་། རྩོམ་རིག་ཞིབ་འཇུག་བྱེད་རྒྱུའི་ཐད་ལ་དོན་སྙིང་ཆེན་པོ་ལྡན་ཡོད།

1. གསར་བསྐྲུན་གྱི་རང་བཞིན་ལྡན་པའི་རྩོམ་རིག་སྒྱུ་རྩལ་གྱི་ཤེས་ལྡན་མི་སྣ་སྐྱེད་བསྲིང་བྱེད་རྒྱུར་དོན་སྙིང་ཆེན་པོ་ལྡན་ཡོད་པ་ཞིག་ཡིན། སྔོན་བྱོན་མཁས་དབང་རྣམས་ཀྱི་ལྟ་ཚུལ་ལ་གཞིགས་ན་གསར་བསྐྲུན་གྱི་རང་བཞིན་ལྡན་པའི་ཤེས་ལྡན་མི་སྣ་ཞེས་པ་ནི་མི་སོ་སོར་ནུས་སྟོབས་མི་འདྲ་བ་རེ་ལྡན་ཡོད་པ་སྟེ་①ཞིབ་འཇུག་བྱེད་པའི་ནུས་སྟོབས་ཡོད་པའི་མི་སྣ་སྟེ་གནད་དོན་ལ་ཞིབ་འཇུག་བྱེད་ཐུབ་པ་དང་ཞིབ་འཇུག་གི་ལས་དོན་སྒྲུབ་ཐུབ་པ། ②གསར་གཏོད་དང་གསར་བསྐྲུན་བྱེད་པའི་ནུས་པ་ལྡན་པ། ③སྒྲིག་འཛུགས་དང་དོ་དམ་བྱེད་པའི་ནུས་པ་ལྡན་པ། ④གསར་འཕྲིན་གྱི་གནས་ཚུལ་ཐོབ་ཐུབ་པའི་ནུས་པ་ལྡན་པ། ⑤གཏམ་བཤད་བྱེད་པའི་ནུས་པ་ལྡན་པ། ⑥རྩོམ་འབྲི་བའི་ནུས་པ་ལྡན་པ། ⑦སྤྱི་ཚོགས་ཀྱི་བྱེད་སྒོར་ཞུགས་ཐུབ་པའི་ནུས་པ་ལྡན་པ་བཅས་ཡིན་ཞིང་དེ་དག་ལ་གསར་བསྐྲུན་གྱི་རང་བཞིན་ལྡན་པའི་མི་སྣ་ཡིན་ཞེས་བརྗོད། ལྷག་པར་དུ་རྩོམ་རིག་སྒྱུ་རྩལ་གྱི་ཁྱབ་ཁོངས་ནང་དུ་མི་སྣ་དེ་དག་ནི་དེ་བས་དགོས་མཁོ་ཡོད་པ་ཞིག་ཡིན། ནུས་སྟོབས་དེ་ལྟར་ལྡན་ཡོད་པའི་མི་སྣ་ཞིག་སྐྱེད་བསྲིང་བྱེད་པའི་སྐབས་སུ་དེ་དག་ནི་གསར་འཕྲིན་དང་ཁ་བྲལ་མི་ཐུབ་པ་ཞིག་ཡིན་པ་མ་ཟད། རྩོམ་རིག་སྒྱུ་རྩལ་གྱི་ཁྱབ་ཁོངས་ནང་དུ་ནུས་སྟོབས་དེ་ལྟར་ལྡན་པའི་རྩོམ་རིག་སྒྱུ་རྩལ་གྱི་མི་སྣ་ཞིག་གསོ་སྐྱོང་བྱེད་པའི་སྐབས་སུ་དེ་བས་ཀྱང་རྩོམ་རིག་སྒྱུ་རྩལ་གྱི་གསར་འཕྲིན་དང་ཁ་བྲལ་མི་ཐུབ་པ་ཞིག་ཡིན་ནོ།

2. རྩོམ་རིག་སྒྱུ་རྩལ་དེ་ཞབས་འདེགས་ཀྱི་ལས་རིགས་སུ་འཛུགས་བསྐྲུན་བྱེད་རྒྱུར་གལ་ཆེའི་དོན་སྙིང་ལྡན་ཡོད་པ་ཞིག་ཡིན། དེ་ལྟར་ཅི་འདྲ་བྱས་ཏེ་

རྩོམ་རིག་སྒྱུ་རྩལ་དེ་ཡང་ཞབས་འདེགས་ཀྱི་ལས་རིགས་སུ་འཛུགས་བསྐྲུན་བྱ་དགོས་རྒྱུའི་ཐད་ད་ལམ་ལྟ་ཚུལ་མི་འདྲ་བ་སྣ་ཚོགས་པ་ཞིག་མཆིས། འགའ་རེས་རྩོམ་རིག་སྒྱུ་རྩལ་གྱི་ཁྱབ་ཁོངས་ནང་དུ་གཡོན་ཐལ་གྱི་བསམ་བློར་ངོ་རྒོལ་དང་གཡོན་ཐལ་གྱི་བསམ་བློའི་དུག་རྐྱེན་གཙང་སེལ་བྱེད་རྒྱུ་དེ་ཡིན་ཞེས་དང་། འགའ་རེས་རང་སོས་ཀྱིས་རྩོམ་རིག་གསར་རྩོམ་བྱས་ཚོག་པ་དང་། ཡང་འགའ་རེས་འགྲན་རྩོད་བྱེད་རྒྱུ་ལག་ལེན་བྱེད་དགོས་ཞེས་བརྗོད་ལ། འགའ་རེས་རྩོམ་རིག་སྒྱུ་རྩལ་དེ་ཁེ་ལས་ཅན་དུ་འགྱུར་བ་བྱེད་དགོས་ཞེས་དང་། འགའ་རེས་གཟིགས་བཟོས་དང་ཉེས་ཆད་ཀྱི་ལམ་ལུགས་གཏན་འབེབས་བྱེད་དགོས་ཞེས་བརྗོད། གོང་སྨོས་ཀྱི་བརྗོད་དོན་དེ་དག་རྒྱུ་མཚན་ལྡན་པ་ཞིག་ཡིན་པ་སྨོས་ཅི་དགོས། འོན་ཏེ། རྩོམ་རིག་སྒྱུ་རྩལ་དེ་དངོས་འབྲེལ་ཞབས་ཞུའི་ལས་རིགས་སུ་འཛུགས་སྐྲུན་བྱ་དགོས་ཚེ། དེ་དག་གི་ནང་ནས་ཤིན་ཏུ་གལ་ཆེ་བ་དང་ཐོག་མར་བྱ་དགོས་པའི་ལས་ཀ་དེ་ནི་རྩོམ་རིག་སྒྱུ་རྩལ་གྱི་གསར་འཕྲིན་གྱི་ལས་ཀ་ལེགས་པོ་ཡོང་བ་བྱ་རྒྱུ་དེ་རང་ཡིན། དཔེར་ན། གློག་བརྙན་དང་བརྙན་འཕྲིན། འཁྲབ་གཞུང་སོགས་ཀྱི་ངོས་ནས་བརྗོད་ན་ཉེ་ལམ་གཟིགས་མོ་བ་རིམ་བཞིན་ཉུང་དུ་འགྲོ་ཡི་ཡོད་པ་དང་། ཕྱིའི་རྒྱལ་ཁབ་ནས་ཡོང་བའི་གློག་བརྙན་ལ་གཟིགས་མོ་བ་མང་ཞིང་། རྒྱལ་ནང་ནས་བརྩོན་པའི་གློག་བརྙན་ལ་གཟིགས་མོ་བ་ཉུང་དུ་འགྲོ་ཡི་ཡོད་པ་རེད། གནས་ཚུལ་དེ་འདྲ་ཞིག་ཏུ་འགྱུར་བའི་རྒྱུ་མཚན་ནི་ཕྱོགས་མང་པོའི་ཐད་ཀྱི་གནད་དོན་དང་འབྲེལ་བ་ཡོད་པ་ཞིག་ཡིན་རུང་། གང་ལྟར་ཤིན་ཏུ་གལ་ཆེ་བའི་གནད་དོན་ཞིག་ནི་རྩོམ་རིག་སྒྱུ་རྩལ་གྱི་གསར་འཕྲིན་ལ་གཙོགས་ཆེན་བྱས་མེད་པ་མ་ཟད། གསར་འཕྲིན་ཤེས་རྟོགས་ཀྱང་མ་བྱས་པ་དེ་རང་ཡིན། ཉེ་ལམ་རྒྱལ་ཡོངས་ཀྱི་ཁྱོན་དུ་བོད་རིགས་ཀྱི་འཚོ་བའི་བརྗོད་གཞི་ལྡན་པའི་འཁྲབ་གཞུང་ཅི་ཙམ་ཡོད་པ་དང་། རྩོམ་པ་པོ་དེ་དག་གིས་བརྗོད་དོན་ཅི་ཞིག་གསར་རྩོམ་བྱེད་བཞིན་ཡོད་པ། གཟིགས་མོ་བ་རྣམས་ཀྱིས་ད་ལམ་གློག་བརྙན་ཅི་འདྲ་ཞིག་ལྟ་འདོད་པ་དང་། ཁོ་ཚོའི་རོལ་

སྤྱོད་བྱེད་པའི་ཚུ་ཚད་ཅི་འདྲ་ཞིག་གི་ཚད་དུ་སླེབས་ཡོད་མེད། གཟིགས་མོ་བ་རིམ་བཞིན་ཉུང་དུ་འགྲོ་བའི་རྒྱུ་མཚན་གཙོ་བོ་ཅི་ཞིག་ཡིན་མིན་སོགས་ཀྱི་གསར་འཕྲིན་དེ་དག་ང་ཚོས་ཤེས་རྟོགས་བྱུས་མེད་ལ། གནས་ཚུལ་དེ་དག་ལ་གཞིགས་ཏེ་རྩོམ་རིག་སྒྱུ་རྩལ་གསར་བསྒྲུབ་བྱུས་མེད་པའི་རྐྱེན་གྱིས་རེད། དེར་བརྟེན་རྩོམ་རིག་སྒྱུ་རྩལ་གྱི་གསར་འཕྲིན་དེ་ནི་ང་ཚོས་རྩོམ་རིག་སྒྱུ་རྩལ་གྱིས་སྤྱི་ཚོགས་ལ་ཞབས་འདེགས་ཞུ་ཐུབ་མིན་དང་ཐད་ཀར་འབྲེལ་བ་ཡོད་པའི་གནད་དོན་ཤིན་ཏུ་གལ་ཆེ་བ་ཞིག་ཡིན།

3. རྩོམ་རིག་སྒྱུ་རྩལ་བཙོས་བསྒྱུར་བྱེད་རྒྱུར་ཡང་དོན་སྙིང་ཆེན་པོ་ལྡན་ཡོད་པ་ཞིག་ཡིན། 1984ལོ་ནས་བཟུང་རྒྱལ་ཡོངས་ཁུལ་དུ་གཞི་རྒྱ་ཆེ་བ་དང་གཏིང་ཟབ་པའི་སྒོ་ནས་བཙོས་སྒྱུར་གྱི་ལས་འགུལ་འགོ་ཚུགས་པ་དང་། བཙོས་སྒྱུར་བྱེད་པའི་ལས་འགུལ་ནང་གི་རིག་ཚན་གཞན་དང་བསྡུར་ཞིབ་ཅིག་བྱུས་ཚེ་རྩོམ་རིག་སྒྱུ་རྩལ་ཁྱབ་ཁོངས་ནང་དུ་བཙོས་བསྒྱུར་གྱི་ལས་འགུལ་དེ་འཕེལ་རྒྱས་འགྲོ་འགོར་བ་མ་ཟད། གྲུབ་འབྲས་ཀྱང་མངོན་གསལ་དོད་པོ་ཞིག་ཐོབ་མེད་པ་རེད། མ་གཞི་རྩོམ་རིག་སྒྱུ་རྩལ་གྱི་ཁྱབ་ཁོངས་དེ་ནི་གནས་ཚུལ་རྙོག་འཛིང་ཆེ་ལ། ཕྱོགས་མང་པོའི་གནད་དོན་དང་འབྲེལ་བ་ཡོད་པ་དེས་རིག་རྩལ་གྱི་ཁྱབ་ཁོངས་ནང་དུ་བཙོས་བསྒྱུར་ཅུང་འགོར་བའི་རྒྱུ་མཚན་ཞིག་ཡིན་སྲིད། འོན་ཏེ་ཤིན་ཏུ་གལ་འགངས་ཆེ་བའི་རྒྱུ་མཚན་གཙོ་བོ་ཞིག་ནི་རྩོམ་རིག་སྒྱུ་རྩལ་གྱི་གསར་འཕྲིན་གྱི་ལས་ཀ་བྱེད་རྒྱུ་དེ་ནི་ཤིན་ཏུ་ཞན་པའི་རྐྱེན་གྱིས་རེད། དཔེར་ན། རྩོམ་རིག་ཁྱབ་ཁོངས་ནང་དུ་དོན་དམ་གནད་དོན་ཅི་འདྲ་ཞིག་ལྷག་ཡོད་པ་དང་། འཕེལ་རྒྱས་འགྲོ་འགོར་བའི་རྒྱུ་མཚན་གཙོ་བོ་ཅི་ཞིག་ཡིན་ནམ། ཐོག་མར་གནད་དོན་ཅི་ཞིག་ལ་བཙོས་བསྒྱུར་བྱེད་དགོས་པ། བཙོས་བསྒྱུར་བྱེད་རྒྱུར་གཙོ་བོའི་བཀག་རྒྱ་ཅི་ཞིག་གནས་ཡོད་པ། རིག་རྩལ་ལས་རིགས་ཐོག་གི་མི་རྣམས་ཀྱི་གསར་འཕྲིན་གྱི་ལས་ཀ་བྱེད་རྒྱུ་དེ་བས་ཀྱང་ཞན་པ་ཞིག་ཡིན། དོན་དངོས་ཐོག་གནད་དོན་དེ་དག་ཤེས་རྟོགས་ལེགས་པོ་ཞིག་བྱུས་མེད་ཚེ་རིག

རྩལ་ལ་བཙོས་བསྒྱུར་བྱེད་དགོས་ཞེས་པ་དེ་ཡང་སྐད་ཆ་སྟོང་བཤད་ཙམ་དུ་ཟད། གལ་སྲིད་རིག་རྩལ་གྱི་གསར་འཕྲིན་གྱི་ལས་ཀ་ལེགས་པོ་ཞིག་མི་བྱེད་པ་དང་། གསར་འཕྲིན་བེད་སྤྱོད་དང་ཤེས་རྟོགས་ལེགས་པོ་ཞིག་བྱེད་མི་ཐུབ་ཚེ། གྲུབ་འབྲས་ཆེན་པོ་ཞིག་ནི་དེ་བས་ཀྱང་ཐོབ་མི་ཐུབ།

4. རྩོམ་རིག་སྒྱུ་རྩལ་ལ་དགའ་ཞེན་ཆེ་བའི་མི་རྣམས་ལ་ཡང་དོན་སྙིང་ཆེན་པོ་ལྡན་ཡོད་པ་ཞིག་ཡིན། ད་ལམ་ནི་ཤེས་བྱའི་སྒྲོང་རྡོལ་བའི་དུས་རབས་ཤིག་ཡིན་ཞིང་། དཔེ་དེབ་གསར་པ་དང་དུས་དེབ་གསར་པ། གློག་བརྙན་གསར་པ་སོགས་རིམ་བྱུང་དུ་ཐོན་ཏེ་བལྟས་ན་བལྟས་ཚར་ཐབས་མེད་ལ་དུས་ཚོད་མང་པོ་དེ་འདྲ་ཡང་ཡོང་ཁག་པོ་ཞིག་ཡིན། དེ་ལྟར་ཡུལ་བྱུང་དང་སྲུས་ཚད་ལ་གཞིགས་ཏེ་ལྟ་ཀློག་དང་དགོས་མཁོར་གཞིགས་ཏེ་གཟིགས་ཞིབ་བྱེད་པའི་དགོས་པ་བྱུང་ལ་“ཡུལ་བྱུང་”དང་“དགོས་མཁོར”གཞིགས་ཏེ་ལྟ་ཀློག་བྱེད་དགོས་ན་ངེས་པར་དུ་གསར་འཕྲིན་བེད་སྤྱོད་བྱེད་ཤེས་པ་བྱས་ཏེ་དཀར་ཆག་དང་ཟུར་བཀོལ་དཀར་ཆག ནང་དོན་བསྡུས་བརྗོད། འདེམས་བསྒྲིགས་བྱས་པའི་ནང་དོན་སོགས་ནས་རང་ཉིད་ཀྱི་དགོས་མཁོ་ཐོབ་ཐབས་བྱེད་དགོས། རྩོམ་རིག་སྒྱུ་རྩལ་ལ་དགའ་བའི་མི་ཞིག་གིས་གལ་སྲིད་གསར་འཕྲིན་ཤེས་རྟོགས་དང་བེད་སྤྱོད་བྱེད་མི་ཤེས་ཚེ། དེའི་རིག་རྩལ་གྱི་ཤེས་རྒྱ་ཆུང་བ་ཞིག་ཡོང་རྒྱུ་ཡིན་རྐྱེན་ངེས་པར་དུ་དེང་རབས་ཀྱི་ལག་ཆར་བརྟེན་ཏེ་སློབ་སྦྱོང་བྱེད་དགོས། དེ་མིན་རིག་རྩལ་གྱི་གསར་འཕྲིན་ཁོང་ཆུད་དང་སློབ་སྦྱོང་བྱས་ཚེ་རིག་རྩལ་ལས་དོན་པས་རང་ཉིད་ཀྱི་རིག་རྩལ་བྱང་ཚད་གོང་མཐོར་གཏོང་རྒྱུའི་ཐད་རྒྱགས་རམ་གྱི་ནུས་པ་ཐོན་ཐུབ་པ་ཞིག་ཡིན། དེ་སྔོན་རིག་རྩལ་གྱི་བྱང་ཚད་གོང་མཐོར་གཏོང་དགོས་པ་པ་དང་གཅིག འཚོ་བའི་ལག་ལེན་ཕྱུན་སུམ་ཚོགས་སུ་གཏོང་དགོས་པ་དང་གཉིས། སྒྱུ་རྩལ་གྱི་བྱང་ཚད་ལ་ཤུགས་སྣོན་རྒྱག་དགོས་པ་དང་གསུམ་བཅས་ཡིན། འོན་ཀྱང་ང་ཚོས་ཤིན་ཏུ་གལ་འགངས་ཆེ་བའི་ཆ་རྐྱེན་ཞིག་ལ་གཙིགས་ཆེན་བྱས་མེད་པ་སྟེ་རྩོམ་རིག་སྒྱུ་

རྩལ་གྱི་གསར་འཕྲིན་ཁོར་ཡུག་ལེགས་པོ་ཞིག་ཡོད་དགོས་པ་མ་ཟད། ད་དུང་ཕྱོགས་མང་པོའི་ཐད་ཀྱི་གསར་འཕྲིན་ཤེས་རྟོགས་དང་ཁོང་དུ་ཆུད་པ་བྱེད་དགོས། དེ་ལྟར་ཉེ་ལམ་གྱི་གནས་ཚུལ་འོག་ཏུ་རིག་རྩལ་ལས་དོན་པ་ཚོས་རིག་རྩལ་གྱི་གསར་འཕྲིན་སློབ་སྦྱོང་དང་ཤེས་རྟོགས་བེད་སྤྱོད་བྱེད་རྒྱུ་ནི་མེད་ན་མི་འགྲིག་པའི་ཆ་རྐྱེན་གལ་ཆེ་བ་ཞིག་དང་། རིག་རྩལ་པ་ཞིག་ལ་ངེས་པར་དུ་ཡོད་དགོས་པའི་ཤེས་བྱ་ཞིག་ཏུ་རྩིས་དགོས་པ་ཞིག་ཡིན་ནོ།

གསུམ་པ། བོད་རིགས་ཀྱི་རྩོམ་རིག་སྒྱུ་རྩལ་གསར་བསྐྲུན་དང་ གསར་འཕྲིན་གྱི་འབྲེལ་བའི་སྐོར།

རང་བྱུང་ཁམས་སུ་གནས་པའི་སྐྱེ་ལྡན་གྱི་ཀྱི་དངོས་པོ་དང་སྐྱེ་མེད་ཀྱི་དངོས་རྫས། སྲོག་ལྡན་དང་སྲོག་མེད་མཐའ་དག་གིས་བརྡ་ཕྲིན་རྒྱུན་ཆད་མེད་པར་མངོན་ཡོང་གི་ཡོད་པ་དང་། ང་ཚོས་གསར་འཕྲིན་དེ་དག་ལ་རང་བྱུང་ཁམས་ཀྱི་གསར་འཕྲིན་ཞེས་བརྗོད་ཆོག་ལ། ཡང་མིའི་རིགས་ཀྱི་སྤྱི་ཚོགས་ནང་དུ་ཕན་ཚུན་འགྲོ་འོང་དང་འབྲེལ་གཏུགས་བྱེད་པའི་ནང་དུ་རྒྱུན་མི་ཆད་པར་དུས་དང་རྣམ་པ་ཀུན་དུ་གསར་འཕྲིན་ཇི་སྙེད་ཅིག་གཏོང་ལེན་བྱེད་ཀྱི་ཡོད་པ་དེ་རང་ཚོས་སྤྱི་ཚོགས་ཀྱི་གསར་འཕྲིན་ཞེས་བརྗོད་ཆོག གསར་འཕྲིན་དེ་གཉིས་ནི་སྤྱད་ན་ཟད་མཐའ་མེད་པ་དང་ བླངས་ན་སུ་མཐའ་མི་མངོན་པའི་གསར་འཕྲིན་གྱི་འབྱུང་ཁུངས་དང་བང་མཛོད་གཅིག་ཡིན་ལ་མི་ཚང་མ་སྐྱེས་མ་ཐག་ནས་བཟུང་རང་ཉིད་ཀྱིས་གསར་འཕྲིན་གྱི་བང་མཛོད་དེའི་ནང་ནས་རྒྱུན་ཆད་མེད་པར་གསར་འཕྲིན་དང་ལེན་བྱེད་ཀྱི་ཡོད་པ་མ་ཟད། རང་ཉིད་ནས་འདོན་སྤྲོད་བྱས་པའི་གསར་འཕྲིན་དེ་དག་ཡང་གསར་འཕྲིན་གྱི་བང་མཛོད་དེ་དག་དང་འདྲེས་པར་བྱེད་པ་དང་། ཕན་ཚུན་བརྗེ་རེས་བཅས་བྱེད་ཀྱི་ཡོད།

དཔེར་ན། ཕྲུ་གུ་བཙས་མ་ཐག་ཏུ་ངུ་སྒྲ་དང་པོ་བཏོན་པ་དེ་ནི་ཕྱི་རོལ་ཡུལ་གྱི་གསར་འཕྲིན་དང་ལེན་བྱས་རྗེས་ཀྱི་གསར་འཕྲིན་དང་པོ་དེ་ཡིན་ཞེས་བརྗོད་ཆོག་ལ་མི་རྣམས་དང་གསར་འཕྲིན་བརྗེ་རེས་ཐོག་མ་བྱས་པ་ཡང་ཡིན། མི་རྣམས་རིམ་བཞིན་ན་ར་སོན་པའི་དུས་རིམ་གྱི་ནང་དུ་རང་བྱུང་ཁམས་དང་སྤྱི་ཚོགས་ཀྱི་གསར་འཕྲིན་དང་ལེན་བྱེད་རྒྱུ་དེ་རིམ་བཞིན་མང་དུ་འགྲོ་ཡི་ཡོད་ལ། རང་ཉིད་ཀྱི་ཀླད་པའི་ནང་དུ་ཡང་གསར་འཕྲིན་གྱི་བང་མཛོད་ཆུང་ངུ་ཞིག་རིམ་བཞིན་གྲུབ་ཀྱི་ཡོད། གོང་སྨོས་དེ་དག་ནི་མི་རྣམས་ཀྱི་ཐུན་མོང་བའི་སྤྱིའི་སྣང་ཚུལ་དེ་ཡིན། རྩོམ་པ་པོ་དང་སྒྱུ་རྩལ་པ་རྣམས་སྤྱིའི་མི་དང་མི་འདྲ་བའི་ཁྱད་ཆོས་ཤིག་ནི་ཁོ་ཚོས་རྟག་པར་གསར་འཕྲིན་དེ་དག་གི་ནང་ནས་གཟུགས་སྣང་ཅུང་ཆེ་བའི་གསར་འཕྲིན་དེ་དག་དང་ལེན་བྱེད་ཀྱི་ཡོད་རྐྱེན་ཁོ་ཚོའི་བསམ་བློའི་ནང་དུ་གསོག་འཇོག་བྱས་པའི་གཟུགས་སྣང་གི་གསར་འཕྲིན་དེ་དག་མི་གཞན་ལས་མང་བ་ཡོད། འོན་ཏེ་དེ་དག་སྒྱུ་རྩལ་གྱི་རྩོམ་རིག་ཅིག་མ་ཡིན། བརྩམས་ཆོས་ཤིག་གྲུབ་པར་བྱེད་པའི་ནང་དུ་རྩོམ་པ་པོས་སྒྱུ་རྩལ་གྱི་ཐོག་ནས་རང་ཉིད་ཀྱི་མཐོང་ཐོས་དེ་དག་ལ་བསྒྱུར་ཞིབ་དང་གདམ་གསེས་འདོར་ལེན། བཙུ་སྦྱང་། དྲང་ཟྲོལ་ཟུང་འབྲེལ་བཅས་བྱེད་ཀྱི་ཡོད་པ་མ་ཟད། རང་གི་བསམ་བློའི་ནང་གསོག་འཇོག་བྱས་པའི་གསར་འཕྲིན་ཡོད་ཚད་ལ་ཞིབ་ཕྲའི་དཔྱད་བསྒྱུར་ཡང་བྱེད་ཀྱི་ཡོད། དཔེར་ན། སྐད་ཆ་གསོག་འཇོག་བྱེད་རྒྱུ་ཁོ་ནར་མཚོན་ན་ཡང་གྲགས་ཅན་གྱི་རྩོམ་པ་པོ་མང་པོས་ཐོག་མར་སྐད་ཆ་ཇི་སྙེད་ཅིག་གསོག་འཇོག་བྱེད་ཀྱི་ཡོད་པ་རེད། སྐུ་ཞབས་ལུའུ་ཞུན་གྱིས"ངས་བལྟས་ན་ཐོག་མར་རྩོམ་མཁན་གྱིས་ཤེས་ལ་མི་ཤེས་པའི་ཡི་གེ་རྣམས་དོར་ཞིང་མི་གསོན་པོའི་ཁ་ནང་ནས་སྐྱེས་སྟོབས་ཡོད་པའི་མིང་ཚིག་བསྡུས་ཏེ་ཤོག་སྟེང་དུ་འགོད་དགོས(《ཡི་གེ་སློབ་ཚེ་ཐམ་ཐོམ་ངང་ནས་རྩོམ་》)ཞེས་གསུངས་ལ། ལའོ་ཧྲེས"འཚོ་བའི་ནང་ནས་སྐད་ཆ་བཙལ་ན་སྐད་ཆ་ལ་རྩ་བ་ཡོད་པར་འགྱུར། ཡིག་ཐོག་ནས་སྐད་ཆ་བཙལ་ན་སྐད་ཆ་དེ་རྒྱུན་ཁོ་ན་ཙམ་དུ་ཟད་ཅིང་རྣག་ཐོག་གཅིག་འཁེལ་

ཀྱི་ཚུལ་བཞིན་རྩ་བ་འཛིན་མི་ཐུབ་པོ”（《ངས་སྐད་ཆ་ཇི་ལྟར་སྦྱངས་པ་ཡིན་》）ཞེས་གསུངས་ཡོད། རྩོམ་པ་པོ་རྣམས་ཀྱིས་སྐད་ཆ་གསོག་འཇོག་བྱེད་པའི་སྤྱིའི་ཉམས་མྱོང་ལ་བལྟས་ཚེ་ནམ་ཡིན་ཡང་སྒྲུང་གཏམ་སྐད་ཆའི་རྒྱུ་ཆ་འཚོལ་སྒྲིག་བྱེད་ཀྱི་ཡོད་པ་དང་གཅིག་ རྒྱལ་ཁབ་ཕྱི་ནང་དུ་བྱུང་བའི་གནའ་དེང་གཉིས་ཀྱི་རྩོམ་རིག་བརྩམས་ཆོས་ཕུལ་བྱུང་ཅན་དང་ཚན་རིག་ཆེད་རྩོམ་དག་ནན་ཏན་གྱིས་ལྟ་ཀློག་བྱེད་ཀྱི་ཡོད་པ་དང་གཉིས། མང་ཚོགས་དང་འཚོ་བར་འདྲིས་པ་བྱེད་རྒྱུ་དང་གསུམ་བཅས་ཡིན་པ་མ་ཟད། ཁོ་ཚོས་སྐད་ཆ་གསོག་འཇོག་དང་སློབ་སྦྱོང་བྱས་ནས་སྐད་ཆ་དེ་དག་བཞུ་སྤྱོད་ཡང་བྱེད་ཀྱི་ཡོད། གནའ་མིའི་གཏམ་ལ“ཚིག་རྐང་གཉིས་ཙམ་ལོ་ངོ་གསུམ་གྱིས་གྲུབ། ཀློག་བཞིན་གདོང་ལ་དགའ་བའི་མཆི་མ་ཁེངས”ཞེས་པའི་དཔེ་ལྟར་སྙིང་རུས་ཆེན་པོས་མིང་ཚིག་འདེམས་བསྒྲིས་དང་བདར་ཤ་གཅོད་པ། ཡང་ཡང་ཀློག་འདོན་བྱེད་པ། གཞན་ལ་ཀློག་འདོན་དང་བཀའ་འདྲི་ཞུ་བ་བཅས་བྱས་ཏེ་བརྩམས་སྒྲུང་གི་སྐད་ཆ་དེ་དག་གིས་མི་སྣའི་བརྗེ་དུང་མངོན་པར་སྟོན་ཐུབ་པ་དང་། བྱུང་རིམ་ཐར་ཆགས་སུ་འགྲིམ་ཐུབ་པ། བརྗོད་དོན་གསལ་བར་མཚོན་ཐུབ་པ་བྱས་ཏེ་ཕལ་པ་ཡིན་ཡང་ངོ་མཚར་ཆེ་ལ་རྒྱུན་མཐོང་ཡིན་ཡང་གཟི་དཔལ་ངོམས་པ་དང་སྙིང་ཤུགས་ཆེ་ཡང་སྐྱེས་སྟོབས་རྒྱས་པ། བབ་ཆགས་ཡིན་ཡང་ཁྱད་ཆོས་སྟོན་ཐུབ་པའི་ཚད་དུ་སླེབས་པ་བྱེད་ཀྱི་ཡོད་པ་རེད། གནའ་བོའི་དུས་སུ་རྩོམ་པ་པོ་ཞིག་གིས་སྒོ་བརྒྱབ་སྟེ་རང་ཉིད་ཀྱི་ལོ་རྒྱུས་དང་མྱོང་ཚོར་རྩོམ་འབྲི་བྱེད་ཀྱི་ཡོད་པ་མ་ཟད། སྤྱི་ཚོགས་ཁྱོན་ཡོངས་ཀྱི་གསར་འཕྲིན་ཤེས་རྟོགས་མ་བྱས་ཀྱང་དགོས་པ་དེ་ཙམ་མེད་པ་ཞིག་ཡིན། འོན་ཀྱང་དེང་རབས་སྤྱི་ཚོགས་ཀྱི་ནང་དུ་རྩོམ་པ་པོ་དང་སྒྱུ་རྩལ་པ་ཚོས་གསར་འཕྲིན་དེ་དག་ཤེས་རྟོགས་མ་བྱེད་རང་བྱེད་ཀྱི་གནས་སུ་གྱུར་ཡོད། རྩོམ་པ་པོ་ཞིག་གིས་སྒོ་བརྒྱབ་སྟེ་བརྩམས་ཆོས་འགའ་རེས་གྲུབ་ཡོད་པའི་དབང་དུ་བཏང་ཡོད་ནའང་བརྩམས་ཆོས་དེ་དག་གིས་མི་རྣམས་ཀྱི་བསམ་པའི་དགོས་མཁོ་བསྐང་མི་ཐུབ་ལ་ཉེན་བཞིན་འཕེལ་རྒྱས་འགྲོ་བཞིན་པའི་དུས་

རབས་ཀྱི་སྙིང་སྟོབས་དང་། རྩོམ་རིག་སྒྱུ་རྩལ་གྱི་བསམ་བློའི་ནུས་ཤུགས་དང་། སློབ་མ་ཆ་གྲུབ་ཅན་དུ་སྒྱུར་བ་དང་ཁ་བྲལ་ན་སྤྱི་ཚོགས་ཀྱི་ཐོག་ཏུ་དགའ་བསུ་ཐོབ་མི་ཐུབ་པོ། འོ་ན་རྩོམ་རིག་གསར་རྩོམ་བྱེད་རྒྱུར་ངེས་པར་དུ་གསར་འཕྲིན་ཤེས་རྟོགས་བྱེད་པའི་དགོས་པ་དང་ཕན་ཡོན་ཅི་ཞིག་ཡོད་ཅེ་ན།

1. རྩོམ་པ་པོས་ངེས་པར་དུ་རྩོམ་རིག་གསར་རྩོམ་གྱི་ཁྱབ་ཁོངས་ནང་དུ་བརྗོད་བྱའི་བསྟན་དོན་གྱི་འཕེལ་རྒྱས་དང་ནང་དོན་འཕེལ་རྒྱས་ཀྱི་གསར་འཕྲིན་དེ་དག་ངེས་པར་དུ་ཤེས་རྟོགས་བྱེད་དགོས། ཉེ་ལམ་བོད་རིགས་ཀྱི་རྩོམ་རིག་གསར་རྩོམ་བྱེད་པའི་ནང་དུ་རྟག་པར་བརྩམས་ཆོས་འགའ་ཤས་ཀྱི་བརྗོད་དོན་དང་མི་སྣའི་སེམས་ཁམས། བརྩམས་སྒྲུང་གི་བྱུང་རིམ་དང་སྒྲིག་བཀོད་བྱེད་སྟངས་སོགས་ཕན་ཚུན་ཤིན་ཏུ་འདྲ་བ་ཞིག་ཡོད། དེའི་རྒྱུ་མཚན་ནི་རྩོམ་པ་པོ་རང་ཉིད་ལ་ཐུན་མོང་མ་ཡིན་པའི་གསར་རྩོམ་གྱི་རང་གཤིས་དེ་ཙམ་མེད་པ་མ་ཟད། ཤིན་ཏུ་གལ་ཆེ་བའི་རྒྱུ་རྐྱེན་ཞིག་ནི་རྩོམ་རིག་གསར་རྩོམ་བྱེད་པའི་ཁྱབ་ཁོངས་ནང་གི་བརྗོད་བྱའི་བསྟན་དོན་འཕེལ་རྒྱས་སྐོར་གྱི་གསར་འཕྲིན་དེ་དག་ཤེས་རྟོགས་བྱས་མེད་པ་རང་ཡིན། རྩོམ་རིག་ལོ་རྒྱུས་ཀྱི་དེབ་ཐེར་ཞིག་ལ་མཚོན་ན་དོན་སྙིང་ངེས་ཅན་ཞིག་གི་ཐོག་ནས་དེ་ནི་རྩོམ་རིག་གི་བརྗོད་བྱའི་བསྟན་དོན་གྱི་ལོ་རྒྱུས་ཤིག་ཡིན་ཞེས་བརྗོད་ན་མི་འགྲིག་པ་མེད། རྩོམ་རིག་འཕེལ་རྒྱས་ཀྱི་ལོ་རྒྱུས་ཐོག་ཏུ་སྤྱི་ཚོགས་འཕེལ་རྒྱས་ལ་གཞིགས་ཏེ་བརྗོད་བྱ་གསར་པ་ཇི་སྙེད་ཅིག་ཐོན་གྱི་ཡོད་པ་མ་ཟད། དེ་དག་གིས་སློབ་པ་པོའི་སྤྲོ་སྣང་འཕེལ་ཐུབ་པ་ཞིག་ཡོང་གི་ཡོད། "མི་བཞི་ངན་རངས" གཏོར་རྗེས་བོད་རིགས་ཀྱི་རྩོམ་རིག་སྒྱུ་རྩལ་དེ་འཕེལ་རྒྱས་གསར་པ་ཞིག་ཏུ་འགོ་ཚུགས་པ་དང་སྐབས་དེར་མི་རྣམས་ཀྱིས་ལྟ་འདོད་ཅིང་ཉན་སྤྲོ་བ་ནི་གཏམ་རྒྱུད་དང་དམངས་ཁྲོད་ཀྱི་གཏམ་རྒྱུད་དག་ཡིན་ཞིང་། དུས་སྐབས་དེའི་ཆ་རྐྱེན་འོག་ཏུ"རྒྱལ་པོ་དང་བློན་པོ" "རི་བོང་དང་སེང་གེ" སོགས་ཀྱི་བརྗོད་བྱ་ལྡན་པའི་བརྩམས་ཆོས་ཇི་སྙེད་ཅིག་ཐོན་ཡོད་པ་རེད། ཕྱོགས་གཅིག་ནས་བོད་རིགས་ཀྱི་སྲོལ་རྒྱུན་

རྩོམ་རིག་སྐད་གསོ་དང་སྒྱུར་སྐྱོབ། རྒྱུན་འཛིན་བཅས་བྱེད་རྒྱུར་ཁ་ཚ་དགོས་གཏུགས་ཀྱི་ཕན་ཡོན་ལྡན་ལ། ཕྱོགས་གཞན་ཞིག་ནས་མི་རིགས་རེ་རེའི་བསམ་པའི་མོས་པ་དང་དགའ་ཕྱོགས་ནི་མི་རིགས་དེའི་རྒྱུན་རིང་གི་ལག་ལེན་ཁྲོད་ནས་རིམ་བཞིན་སྲོལ་ཆགས་ཤིང་མི་རྣམས་ཀྱི་ཡིད་ཁམས་སུ་མཛེས་དཔྱོད་ཀྱི་ལོངས་སྤྱོད་བྱེད་ཐུབ་པ་དེ་རེད། ཐོ་ཅིན་གྱིས་"མི་རིགས་རེ་རེ་ལ་རང་ཉིད་ཀྱི་སྲོལ་རྒྱུན་དུ་གྱུར་པའི་སྒྱུ་རྩལ་གྱི་དགའ་ཁ་འཁྱེར་ཕྱོགས་ཤིག་ཡོད་པ་རེད། རང་རེའི་གྲུང་པོའི་ལྷྭད་མོ་བ་རྣམས་ལ་མཚོན་ན་ཕལ་ཆེར་མགོ་འཇུག་ལྡན་ཞིང་ཆགས་སྟང་གསལ་བ། བརྩེ་དུང་ཤུགས་དྲག་པ། གོ་རིམ་གསལ་བ། འགལ་བཟ་དྲག་པ། ཚིག་དོན་གཉིས་ཀ་ལྡན་པའི་བརྩམས་ཆོས་ལ་དགའ་ཞིང་དད་པས་ང་ཚོས་རང་ཉིད་ཀྱི་ཁྱད་ཆོས་དེ་ཉིད་འཛིན་སྲོལ་ལེགས་པོ་བྱེད་པར་རིགས་སོ"ཞེས་གསུངས་པ་ལྟར། སྐབས་དེར་བོད་རིགས་ཀྱི་རྩོམ་རིག་སྒྱུ་རྩལ་དེ་སྟོང་ལ་ཉེ་བའི་དུས་ཤིག་ཏུ་སླེབས་ཡོད་རྗེན་གཏམ་རྒྱུད་དེ་དག་གིས་མི་རྣམས་ཀྱི་སྒྲོ་བ་འཕེལ་ཐུབ་པ་ཞིག་བྱུང་ཡོད། མི་རིགས་གང་དང་གང་ལའང་རང་ལ་རིམ་པར་བརྒྱུད་ཅིང་བརྟན་ཆགས་སུ་གྱུར་པའི་དགའ་ཁ་འཁྱེར་ཕྱོགས་དང་མོས་པ་ངེས་ཅན་ཞིག་ཡོད་རུང་། དེ་དག་ནི་སྔར་ནས་ད་བར་དུ་འགྱུར་མེད་རྟག་པ་ཞིག་མ་ཡིན་པར་སྤྱི་ཚོགས་འཕེལ་རྒྱས་ལ་གཞིགས་ཏེ་འགྱུར་ལྡོག་འགྲོ་བཞིན་ཡོད། དེར་བརྟེན་ད་ལམ་རྩོམ་རིག་གི་བརྩམས་ཆོས་ཅུང་ཕུན་སུམ་ཚོགས་པའི་གནས་ཚུལ་འོག་ཏུ་བརྗོད་དོན་དེ་ཁོ་ན་རྩོམ་འབྲི་མཛད་ཚེ་མི་རྣམས་ཀྱི་སྤྲོ་བ་འཕེལ་ཐུབ་པ་ཞིག་མ་ཡིན།རྒྱུ་མཚན་དེ་དག་ལ་བརྟེན་ནས་རྩོམ་པ་པོས་དུས་ཚོད་ངེས་ཅན་ཞིག་གི་ནང་དུ་རྩོམ་རིག་ཁྱབ་ཁོངས་ནང་དུ་བརྗོད་བྱའི་བསྟན་དོན་འཕེལ་རྒྱས་ཀྱི་གསར་འཕྲིན་དེ་དག་ངེས་པར་དུ་ཤེས་རྟོགས་བྱ་དགོས་པ་ཞིག་ཡིན་ནོ།

2. རྩོམ་པ་པོ་དང་སྒྱུ་རྩལ་པ་རྣམས་ཀྱིས་རྩོམ་རིག་གི་བསམ་པའི་རླབས་རྒྱུན་གྱི་གསར་འཕྲིན་དེ་དག་ངེས་པར་དུ་ཤེས་རྟོགས་བྱེད་དགོས། རྩོམ་རིག་སྒྱུ་

རྩལ་གྱི་བསམ་པའི་རླབས་རྒྱུན་དེ་སྤྱི་ཚོགས་ཁྲོད་ཡོངས་ཀྱི་བསམ་པའི་རླབས་རྒྱུན་གྱི་ཆ་ཤས་ཤིག་ཡིན་རུང་། རྩོམ་རིག་སྒྱུ་རྩལ་གྱི་བསམ་པའི་རླབས་རྒྱུན་ལ་ཡང་དམིགས་བསལ་གྱི་རང་བཞིན་ལྡན་ཡོད་པ་མ་ཟད། དེའི་ནང་དུ་སློག་པ་པོ་དང་། གཟིགས་མོ་བ། རྩོམ་པ་པོའི་སྤྱི་ཚོགས་ཀྱི་སེམས་ཁམས་མཚོན་ཡོད་པ་ཞིག་ཡིན། ལོ་རྒྱུས་ཐོག་ཏུ་ཤིན་ཏུ་གྲགས་ཆེ་བའི་རྩོམ་པ་པོ་དེ་དག་གིས་རྟག་པར་ཡར་ཐོན་གྱི་རྩོམ་རིག་སྒྱུ་རྩལ་གྱི་བསམ་པའི་རླབས་རྒྱུན་དང་མཉམ་དུ་འདྲིས་པར་བྱས་ཏེ་སྐབས་དེའི་སྤྱི་ཚོགས་ཀྱི་འཕེལ་རྒྱས་དང་ཡར་ཐོན་གྱི་བསམ་པ་དེ་དག་མཚོན་པར་བྱས་ཡོད་རྐྱེན། རྩོམ་རིག་གི་ལོ་རྒྱུས་ཐོག་ཏུ་ཁོ་ཚོའི་མཛད་རྗེས་དང་རྩོམ་རིག་དེ་དག་མཐོང་རྒྱུ་ཡོད་པ་ཞིག་ཡིན། དེར་བརྟེན་རྩོམ་པ་པོ་ཞིག་ལ་མཚོན་ན། ངེས་པར་དུ་ཉེ་ལམ་རྩོམ་རིག་སྒྱུ་རྩལ་གྱི་ཁྱབ་ཁོངས་ནང་དུ་བསམ་པའི་རླབས་རྒྱུན་ཅི་འདྲ་ཞིག་གསར་ཐོན་བྱས་ཡོད་པ་དང་། དེ་དག་གི་ནང་ནས་ཡར་ཐོན་གྱི་བསམ་པའི་རླབས་རྒྱུན་ཅི་འདྲ་ཞིག་ཡིན་དང་། ཅི་འདྲ་ཞིག་རྗེས་ལུས་དང་རྙིང་ཞེན་བག་ཁྲུམས་ཡིན་སོགས་ཀྱི་གནས་ཚུལ་ཤེས་རྟོགས་བྱས་ཏེ་རང་ཉིད་ཀྱིས་ག་རེར་བསྟེ་སྤྱུང་བྱེད་དང་ག་རེར་འགོག་རྒོལ་བྱ་རྒྱུའི་རྣམ་འགྱུར་ཐག་གཅོད་བྱ་དགོས། དེ་ལྟར་བྱས་ཚེ་གཞི་ནས་དུས་རབས་ཀྱི་རྗེས་སུ་མི་ལུས་པ་དང་རྗེས་ལུས་ཀྱི་བསམ་པའི་རླབས་རྒྱུན་གྱིས་རང་ཉིད་མགོ་བོ་རྨོངས་པ་ཞིག་ཡོང་མི་ཐུབ་པ་དེ་ཡིན། རྩོམ་རིག་གི་བསམ་པའི་རླབས་རྒྱུན་གསར་པ་ཞིག་འབྱུང་སྐབས་གང་ལྟར་དེ་དང་མཚུངས་པར་གསར་འཕྲིན་ཡང་ཡོང་གི་ཡོད་པ་དང་གནད་དོན་ནི་རྩོམ་པ་པོ་འགའ་རེས་གསར་འཕྲིན་དེ་དག་ལ་དོ་ནན་བྱེད་ཀྱི་ཡོད་པ་དང་འགའ་རེས་དོ་ནན་བྱེད་ཀྱི་མེད་པ་དེ་རེད།

3. རྩོམ་པ་པོ་དང་སྒྱུ་རྩལ་པ་རྣམས་ཀྱིས་ངེས་པར་དུ་རྩོམ་རིག་གི་ཡིད་ཤེས་གསར་པ་དང་། སྒྱུ་རྩལ་གྱི་རྣམ་པ་གསར་པ། མཚོན་བྱེད་ཀྱི་ཐབས་ཤེས་གསར་པ་སོགས་ཀྱི་གསར་འཕྲིན་དེ་དག་ཤེས་རྟོགས་བྱེད་དགོས་པ་ཞིག་ཡིན། བྱ་འཕུར་བ་བཞིན་དུ་འཕེལ་རྒྱས་འགྲོ་བཞིན་པའི་དུས་རབས་ཀྱི་ནང་དུ་རྩོམ་

རིག་གི་ལྟ་ཚུལ་དང་ཡིད་ཤེས་ལ་འཕོ་འགྱུར་འགྲོ་རྒྱུ་དེ་ཡང་ཤིན་ཏུ་མགྱོགས་པོ་ཞིག་ཡིན། དེ་ལྟར་རྩོམ་པ་པོ་དང་སྒྱུ་རྩལ་པས་ངེས་པར་དུ་རྩོམ་རིག་སྒྱུ་རྩལ་གྱི་ཡིད་ཤེས་སམ་ལྟ་ཚུལ་འཕོ་འགྱུར་འགྲོ་བའི་གསར་འཕྲིན་དེ་དག་ཤེས་རྟོགས་དང་གཙིགས་ཆེན་བྱེད་དགོས་པ་ཞིག་ཡིན།

4. རྩོམ་པ་པོ་དང་སྒྱུ་རྩལ་པ་རྣམས་ཀྱིས་ངེས་པར་དུ་ཀློག་པ་པོ་དང་གཟིགས་མོ་བ་རྣམས་ཀྱི་ནང་ནས་ཡོང་བའི་རྩོམ་རིག་སྒྱུ་རྩལ་གྱི་གསར་འཕྲིན་དེ་དག་ཤེས་རྟོགས་བྱེད་དགོས། ཀློག་པ་པོ་དང་གཟིགས་མོ་བ་རྣམས་ཀྱིས་མཛེས་དཔྱོད་ཀྱི་བློ་སྣང་དང་། མཛེས་དཔྱོད་ཀྱི་ཕུགས་བསམ། བློ་ཁ་ཕྱིར་ཕྱོགས་སོགས་དུས་རབས་མི་འདྲ་བ་དང་དུས་ཚོད་མི་འདྲ་བའི་ནང་དུ་རྟག་པར་འཕེལ་རྒྱས་དང་འགྱུར་ལྡོག་འགྲོ་བཞིན་ཡོད། "མི་བཞི་ངན་རེངས"གཏོར་རྫེས་ཀྱི་གནས་ཚུལ་ཁོ་ནར་བལྟས་ཚེ་ཀློག་པ་པོ་དང་གཟིགས་མོ་བ་རྣམས་ཀྱི་མཛེས་དཔྱོད་ཀྱི་སེམས་ཁམས་དང་། མཛེས་དཔྱོད་ཀྱི་བློ་སྣང་། མཛེས་དཔྱོད་ཀྱི་ཕུགས་བསམ་ལ་འགྱུར་བ་ངེས་ཅན་ཞིག་བྱུང་ཡོད་པས། རྩོམ་པ་པོ་དང་སྒྱུ་རྩལ་པ་རྣམས་ཀྱིས་ཀློག་པ་པོ་དང་གཟིགས་མོ་བ་རྣམས་ཀྱི་ཁྲོད་ནས་ཡོང་བའི་རྩོམ་རིག་སྒྱུ་རྩལ་གྱི་གསར་འཕྲིན་ལ་གཙིགས་ཆེན་བྱེད་རྒྱུ་དེ་ནི་ཤིན་ཏུ་གལ་ཆེ་བའི་གནད་དོན་ཞིག་ཡིན།

5. རྩོམ་པ་པོ་དང་སྒྱུ་རྩལ་པ་རྣམས་ཀྱིས་ངེས་པར་དུ་དཔྱད་བརྗོད་པ་རྣམས་ཤེས་རྟོགས་བྱེད་དགོས་པ་ཞིག་ཡིན། རྩོམ་རིག་ལ་དཔྱད་བརྗོད་བྱེད་མཁན་རྣམས་ཀྱིས་རྩོམ་རིག་སྒྱུ་རྩལ་ནང་དུ་ལྷགས་པའི་གནད་དོན་ལ་ཞིབ་དཔྱད་བྱས་ཏེ་རྟག་པར་གནད་དོན་མང་པོ་ཞིག་འདོན་གྱི་ཡོད་རྐྱེན་རྩོམ་པ་པོས་ཁོ་ཚོས་བཏོན་གནང་བའི་གསར་འཕྲིན་དེ་དག་ལ་དོ་སྣང་དང་ཤེས་རྟོགས་བྱེད་དགོས་པ་ཞིག་ཡིན། རྩོམ་རིག་གི་དཔྱད་བརྗོད་བྱ་ཡུལ་ནི་རྩོམ་རིག་གི་སྣང་ཚུལ་དང་བརྩམས་ཆོས་ཡིན་པ་དང་། བརྩམས་ཆོས་ཀྱི་ཁྱད་ཆོས་དང་ཆོས་ཉིད་ལ་གཞིགས་ཏེ་ལས་འགུལ་སྤེལ་བའི་ཚན་རིག་ཅིག་ཡིན་ཞིང་། དེས་རྩོམ་རིག

ནང་གི་མཛེས་སྡུག་དང་ལེགས་ཞན་འཚོལ་ཞིབ་དང་གསལ་སྟོན་བྱས་ནས་རྩོམ་རིག་གསར་རྩོམ་ལ་མཛུབ་ཁྲིད་དང་སྐུལ་འདེད་ཀྱི་ནུས་པ་ཐོན་ཐུབ་པ་མ་ཟད། ཁོ་ཚོའི་བསམ་བློའི་གནས་ཚད་དམ་རིགས་པའི་གཞུང་ལུགས་ཀྱི་བྱང་ཚད་དང་སྒྱུ་རྩལ་ལ་དབྱེ་ཞིབ་བྱེད་པའི་ནུས་ཚད་མཐོ་ལ་མི་རྣམས་ཀྱིས་གསལ་རྟོགས་མི་བྱུང་བའམ་མི་རྣམས་ཀྱི་དོ་སྣང་མི་བྱེད་པའི་ཕྱུལ་བྱུང་བརྩམས་ཆོས་མཐིལ་རྟོགས་བྱེད་མི་ཐུབ་པའི་གནད་དོན་མི་ཉུང་བ་ཞིག་གསལ་སྟོན་བྱེད་ཀྱི་ཡོད། དེར་བརྟེན་རྩོམ་པ་པོ་དང་སྒྱུ་རྩལ་པ་རྣམས་ཀྱིས་ངེས་པར་དུ་དཔྱད་བརྗོད་མཁན་རྣམས་ཀྱི་ནང་ནས་ཡོང་བའི་གསར་འཕྲིན་དེ་དག་ཤེས་རྟོགས་བྱེད་དགོས་པ་ཞིག་ཡིན་ནོ།

བཞི་པ། རྩོམ་རིག་སྒྱུ་རྩལ་གྱི་གསར་འཕྲིན་དང་རྩོམ་རིག་ལ་དཔྱད་བརྗོད་བྱ་རྒྱུའི་སྐོར།

རྩོམ་རིག་སྒྱུ་རྩལ་གྱི་བརྩམས་ཆོས་ཤིག་བྱུང་རྗེས་དེ་ནི་རྒྱ་ཆེའི་ཀློག་པ་པོ་རྣམས་ཀྱིས་ལྟ་ཀློག་བྱེད་ཡུལ་ཡིན་ལ་ཀློག་པ་པོ་རྣམས་ཀྱིས་ཞིབ་འཇུག་དང་དཔྱད་བརྗོད་བྱེད་ཡུལ་ཞིག་ཀྱང་ཡིན། རྩོམ་རིག་ལྟ་ཀློག་བྱེད་པའི་བརྒྱུད་རིམ་ནང་དུ་མི་རྣམས་ལ་ཚོར་སྣང་འདྲ་མིན་སྣ་ཚོགས་བྱུང་སྲིད་སྤྲོད་ཀྱི་ཡོད་པ་མ་ཟད། རྣམ་པ་འདྲ་མིན་སྣ་ཚོགས་ཀྱི་ཐོག་ནས་བརྩམས་ཆོས་དེར་དཔྱད་གཏམ་ཡང་སྤེལ་གྱི་ཡོད། བརྩམས་ཆོས་གཅིག་ཡོད་ན་དེར་ལྟ་ཀློག་བྱེད་མཁན་ཡོད་ལ་སྐྱོན་ཡོན་བརྗོད་མཁན་ཡང་ཡོད་པ་མ་ཟད། རྩོམ་རིག་གི་སྣང་ཚུལ་དང་རྩོམ་པ་པོ། རྩོམ་རིག་གི་བརྩམས་ཆོས་ལ་ཞིབ་འཇུག་དང་དབྱེ་འབྱེད། དཔྱད་གཏམ་བརྗོད་མཁན་གྱི་དཔུང་ཁག་ཅིག་ཀྱང་གྲུབ་ཡོད་པ་རེད། རྩོམ་རིག་ལ་དཔྱད་བརྗོད་བྱེད་མཁན་ཞིག་ཡིན་ཚེ་ཐོག་མར་དེ་ནི་ཀློག་པ་པོ་ཞིག

ཡིན་དགོས་ལ་བརྩམས་ཆོས་ལ་དཔྱད་བརྗོད་མ་བྱས་གོང་དུ་དཔྱད་བརྗོད་པ་དེ་ཡང་རྩོམ་པ་པོ་རྣམས་དང་མཚུངས་པའི་ཕྱོགས་ཡོད་པ་སྟེ། དཔྱད་བརྗོད་བྱེད་མཁན་ཡང་རང་བྱུང་ཁམས་དང་སྤྱི་ཚོགས་ཀྱི་སྣ་མཐའ་མི་མཚོན་པའི་གསར་འཕྲིན་གྱི་བང་མཛོད་དེའི་ནང་ནས་རྣམ་པ་འདྲ་མིན་གྱི་གསར་འཕྲིན་སྣ་ཚོགས་ཚུར་ལེན་བྱེད་ཀྱི་ཡོད་པ་མ་ཟད། རང་ཉིད་ཀྱི་བསམ་བློའི་ནང་དུ་ཡང་གསར་འཕྲིན་གྱི་བང་མཛོད་ཆུང་དུ་ཞིག་གསོག་འཇོག་བྱས་ཡོད་པ་རེད། རྩོམ་པ་པོ་དང་སྒྱུ་རྩལ་པ་ཡིས་རང་ཉིད་ཀྱི་བསམ་བློའི་ནང་དུ་གསོག་འཇོག་བྱས་པའི་གསར་འཕྲིན་གྱི་བང་མཛོད་ཕལ་ཆེ་བ་ནི་ལས་སྔོན་ཕྱེད་ཙམ་བྱས་ཤིང་བརྗོ་གདུང་གི་བཀྲག་མདངས་ལྡན་ལ་གཟུགས་བརྙན་གྱི་སྣང་ཚུལ་ལྡན་པའི་གསར་འཕྲིན་དག་ཡིན་པ་དང་། ཡང་དཔྱད་བརྗོད་མཁན་གྱིས་རང་ཉིད་ཀྱི་ཀླད་པའི་ནང་དུ་གསོག་འཇོག་བྱས་པའི་གསར་འཕྲིན་ཕལ་ཆེ་བ་ནི། བསམ་བློ་དང་ཐ་སྙད། གཏན་ཚིགས་རིག་པ་དང་འབྲེལ་བ་ཡོད་པའི་གསར་འཕྲིན་དག་ཡིན། འོན་ཏེ་དཔྱད་བརྗོད་མཁན་གྱི་ཀླད་པའི་ནང་དུ་ཞིབ་ཕྲའི་གཟུགས་སྣང་གི་གསར་འཕྲིན་གཏན་ནས་གསོག་འཇོག་བྱས་མེད་པ་ཞིག་མ་ཡིན་རུང་། རྩོམ་པ་པོ་དང་སྒྱུ་རྩལ་པ་རྣམས་དང་བསྡུར་ན་ཅུང་ཉུང་བ་ཞིག་ཡིན། དཔྱད་བརྗོད་མཁན་གྱིས་ཧྲག་པར་བརྩམས་ཆོས་ནང་ནས་ཡོང་བའི་གསར་འཕྲིན་དང་རང་ཉིད་བསམ་བློའི་ནང་ཡོད་པའི་གསར་འཕྲིན་དེ་དག་ཕན་ཚུན་བསྡུར་ཞིབ་བྱས་ཏེ་བརྩམས་ཆོས་དེའི་ནང་ནས་གསལ་བའི་དགེ་སྐྱོན་ལ་ཚད་འཇལ་དང་དཔྱད་བརྗོད་བཅས་བྱེད་ཀྱི་ཡོད་པ་རེད། ང་ཚོས་མཐོང་ཐུབ་པར་རྩོམ་རིག་གི་བརྩམས་ཆོས་ཀྱི་ནང་ནས་སྤྱིར་གསར་འཕྲིན་མི་འདྲ་བ་གསུམ་འདོན་སྤྲོད་བྱེད་ཀྱི་ཡོད་ལ། དེ་དག་ལ་ཡང་མ་ལག་གསུམ་འདུས་ཡོད་པ་སྟེ། ཐ་སྙད་ཀྱི་གཏན་ཚིགས་རིག་པའི་མ་ལག་དང་གཅིག སྒྱུ་རྩལ་གྱི་གཟུགས་བརྙན་མ་ལག་དང་གཉིས། མཚོན་བྱེད་ཀྱི་རྣམ་ཚུལ་མ་ལག་དང་གསུམ་བཅས་ཡིན་ལ། དེ་དག་གིས་ཀློག་པ་པོ་དང་དཔྱད་བརྗོད་མཁན་རྣམས་ལ་རིགས་སྐྱེས་མི་འདྲ་བ་གསུམ

ཀྱི་གསར་འཕྲིན་བརྒྱུད་སྤྲོད་བྱེད་ཀྱི་ཡོད་པ་སྟེ། ཚིག་དོན་གྱི་གསར་འཕྲིན་དང་། གཟུགས་བརྙན་གྱི་གསར་འཕྲིན་དང་། རྣམ་པའི་གསར་འཕྲིན་བཅས་ཡིན་པ་མ་ཟད། རྩོམ་རིག་བརྩམས་ཆོས་ཀྱིས་ཐད་བརྗོད་དང་། མཚོན་རྟགས། སྙིག་སྒྱུར་བཅས་ཀྱི་བྱེད་ཐབས་གསུམ་བརྒྱུད་དེ་ཐུན་མོང་ཐོག་བརྒྱུད་བསྒྲགས་བྱེད་པའི་ལས་འགན་དེ་ལེགས་སྒྲུབ་བྱེད་ཀྱི་ཡོད། རྩོམ་རིག་ནི་མིའི་རིགས་ཀྱི་འཚོ་བ་ངེས་ཅན་ཞིག་རྩོམ་པ་པོའི་བློ་ཡུལ་དུ་འཆར་བའི་འབྲས་བུ་ཡིན་ཞིང་བརྩམས་ཆོས་དེའི་ནང་དུ་རྩོམ་པ་པོས་འཚོ་བའི་ལེགས་བཤད་ཀྱི་གནས་ལུགས་ཕྱོགས་བསྡུས་དང་། ལོ་རྒྱུས་ལ་ཕྱི་བལྟས་དྲན་གསོ། འབྱུང་འགྱུར་གྱི་འཚོ་བའི་ལྟ་སྣང་སོགས་ཚུད་ཡོད་པ་ཞིག་ཡིན་རྐྱེན་དཔྱད་བརྗོད་མཁན་གྱི་དེ་དག་གི་གསར་འཕྲིན་ལ་ཞིབ་དཔྱད་བྱེད་དགོས་པ་ཞིག་ཡིན། དེང་རབས་ཀྱི་རྩོམ་རིག་ལ་ཞིབ་འཇུག་དང་དཔྱད་བརྗོད་བྱེད་མཁན་ཞིག་ཡིན་ཚེ་རྩོམ་པ་པོ་དང་སྒྱུ་རྩལ་པ་རྣམས་ཤེས་རྟོགས་དང་གོ་ལེན་ཁོང་ཆུད་བྱེད་དགོས་པའི་གསར་འཕྲིན་དེ་དག་ཕུད་ད་དུང་ངེས་པར་དུ་གནད་དོན་འདི་འདྲ་འགའ་ཞིག་གི་གསར་འཕྲིན་ཤེས་རྟོགས་བྱེད་དགོས་པ་སྟེ།

1. རྩོམ་པ་པོ་དང་སྒྱུ་རྩལ་པ་རྣམས་ཀྱིས་ཉེ་ལམ་གྱི་སྤྱི་ཚོགས་འཚོ་བ་དང་སྤྱི་ཚོགས་ཀྱི་བསམ་པའི་རླབས་རྒྱུན། རྩོམ་རིག་གི་བསམ་པའི་རླབས་རྒྱུན་ལ་བསམ་ཚུལ་ཇི་ལྟར་བཅངས་ཀྱི་ཡོད་པ་དང་། ཁོ་ཚོས་རྣམ་འགྱུར་ཅི་འདྲ་ཞིག་འཛིན་གྱི་ཡོད་མེད་ཀྱི་གསར་འཕྲིན་ཤེས་རྟོགས་བྱེད་དགོས། ཉེ་ལམ་གྱི་རྩོམ་རིག་ནི་དེང་རབས་སྤྱི་ཚོགས་ཀྱི་འཚོ་བ་དེ་རྩོམ་པ་པོའི་བསམ་བློའི་ནང་དུ་འཆར་ཏེ་བྱུང་བ་ཞིག་ཡིན་པ་དང་། བརྩམས་ཆོས་དེ་དག་གི་ནང་དུ་རྩོམ་པ་པོས་ད་ལྟའི་སྤྱི་ཚོགས་ལ་གདེང་འཇོག་དང་ངོས་འཛིན། དགའ་ཁ་འཁྲིད་ཕྱོགས་སོགས་མཚོན་པར་བྱས་ཡོད་པ་མ་ཟད། བརྩམས་ཆོས་ཀྱི་ཕྱོགས་ལྷུང་རང་བཞིན་དང་དངོས་ཡོད་རང་བཞིན། སྒྱུ་རྩལ་གྱི་རང་བཞིན་སོགས་ནི་རྩོམ་པ་པོའི་རྣམ་འགྱུར་ལས་ཐག་གཅོད་བྱས་ཡོད་པ་ཞིག་ཡིན། དེ་ལྟར་རྩོམ་པ་པོ་

རེ་གཉིས་ཀྱིས་ད་ལྟའི་སྤྱི་ཚོགས་ཀྱི་འཚོ་བར་འཛིན་པའི་རྣམ་འགྱུར་ཅི་འདྲ་ཡིན་མིན་ཤེས་རྟོགས་བྱེད་རྒྱུ་དེ་ཁོ་ན་མ་ཡིན་པར་ཁྱོན་ཡོངས་ནས་རྩོམ་པ་པོས་ད་ལྟའི་སྤྱི་ཚོགས་ཀྱི་འཚོ་བ་དང་བསམ་བློའི་རྣབས་རྒྱུན། རྩོམ་རིག་གི་བསམ་པའི་རྣབས་རྒྱུན་སོགས་ལ་བསམ་ཚུལ་ཅི་འདྲ་ཡོད་པ་དང་རྣམ་འགྱུར་ཅི་འདྲ་འཛིན་གྱིན་ཡོད་མེད་སོགས་ཤེས་རྟོགས་བྱས་ཏེ་དུས་སྐབས་དེའི་རིང་གི་རྩོམ་རིག་གི་སྤྱིའི་ཕྱོགས་ལྷུང་ལ་དབྱེ་ཞིབ་དང་བརྟར་ཤ་གཅོད་དགོས་པ་དེ་ཡིན།

2. བརྩམས་ཆོས་ནང་ནས་ཉེ་ལམ་གྱི་སྤྱི་ཚོགས་ཀྱི་བསམ་པའི་རྣབས་རྒྱུན་སོགས་ཇི་ལྟར་མཚོན་པར་བྱས་པའི་གསར་འཕྲིན་རྣམས་ཤེས་རྟོགས་བྱེད་དགོས་པ་ཞིག་ཡིན། འདིར་དོ་སྣང་བྱེད་དགོས་པའི་སྣང་ཚུལ་གསུམ་ཡོད་པ་སྟེ། ①རྩོམ་རིག་གི་བརྩམས་ཆོས་དེ་དག་ད་ལྟའི་སྤྱི་ཚོགས་ཀྱི་འཚོ་བ་དང་སྔོན་ཐོན་གྱི་བསམ་པའི་རྣབས་རྒྱུན་སོགས་དང་གོམ་པ་མཉམ་བགྲོད་བྱས་ཏེ་བརྩམས་ཆོས་དེས་སྤྱི་ཚོགས་མདུན་བསྐྱོད་བྱེད་རྒྱུར་སྐུལ་འདེད་བྱས་ཡོད་པ། ② ད་ལྟའི་སྤྱི་ཚོགས་ཀྱི་འཕེལ་རྒྱས་ཀྱི་གོམ་འགྲོས་དང་རྒྱང་རིང་ཙམ་གནས་ཡོད་ཀྱང་བརྩམས་ཆོས་དེ་གའི་ནང་ནས་སྤྱི་ཚོགས་ཀྱི་བསམ་པའི་རྣབས་རྒྱུན་ཕྱོགས་ག་གེ་མོ་ཞིག་མཚོན་པར་བྱས་ཡོད་པ་མ་ཟད། དེར་མཛེས་དཔྱོད་དང་ངོས་འཛིན་གྱི་དོན་སྙིང་ངེས་ཅན་ཞིག་ལྡན་ཡོད་པ། ③ད་ལྟའི་སྤྱི་ཚོགས་ཀྱི་འཕེལ་རྒྱས་དང་རྒྱབ་འགལ་བྱས་ཤིང་ཡར་ཐོན་གྱི་བསམ་པའི་རྣབས་རྒྱུན་ལ་འགོག་རྐོལ་བྱས་ཡོད་པ་བཅས་ཡིན། དེས་ན་དཔྱད་བརྗོད་བྱེད་མཁན་རྣམས་ཀྱིས་གནས་ཚུལ་དེ་དག་གི་གསར་འཕྲིན་ལ་གཙིགས་ཆེན་བྱས་ཏེ་ངེས་པར་དུ་ཤེས་རྟོགས་བྱེད་དགོས་པ་ཞིག་ཡིན།

3. ཀློག་པ་པོ་རྣམས་ཀྱིས་རྩོམ་རིག་དེ་དག་ལ་བཤད་ཚུལ་དང་ལྟ་ཚུལ་ཅི་ཞིག་ཡོད་པ་དང་། ཁོ་ཚོས་སེམས་པ་དང་རེ་འདོད་ག་རེ་བྱེད་ཀྱི་ཡོད་མེད་ཀྱི་གསར་འཕྲིན་ཤེས་རྟོགས་བྱེད་དགོས་པ་ཞིག་ཡིན། བརྩམས་ཆོས་འབྲི་བའི་དམིགས་ཡུལ་ནི་མི་གཞན་གྱིས་ལྟ་ཕྱིར་བྲིས་པ་ཞིག་ཡིན་པ་མ་ཟད། བརྩམས

ཆོས་དེ་ས་ངེས་པར་དུ་སློག་པ་པོ་རྣམས་ལ་ནུས་པ་ཐོན་པ་ཞིག་བྱེད་རྒྱུ་དེ་ཡིན། དེར་བརྟེན་སློག་པ་པོས་དུས་སྐབས་ཅི་འདྲ་ཞིག་གི་ནང་དུ་བརྩམས་ཆོས་ག་རེར་དགའ་པོ་བྱེད་ཀྱི་ཡོད་པ་དང་གང་རེར་དགའ་པོ་བྱེད་ཀྱི་མེད་པ། ཁོ་ཚོའི་གཟིགས་ཞིབ་ཀྱི་ཆུ་ཚད་ཅི་འདྲ་ཞིག་ཡིན་དང་མཛེས་དཔྱོད་ཀྱི་སེམས་ཁམས་ཅི་འདྲ་ཞིག་ཡིན་པའི་གསར་འཕྲིན་དེ་དག་ངེས་པར་དུ་ཤེས་རྟོགས་དང་ཁོང་ཆུད་བྱེད་དགོས་པ་ཞིག་ཡིན།

4. རྩོམ་རིག་དཔྱད་བརྗོད་བྱེད་མཁན་ནང་ཁུལ་གྱི་གསར་འཕྲིན་ལ་དོ་སྣང་བྱེད་དགོས། ཉེ་ལམ་གྱི་རྩོམ་རིག་ནང་ནས་ཞིབ་འཇུག་བྱེད་པའི་གནད་དོན་གཙོ་བོ་ཅི་ཞིག་ཡིན་དང་། རྩོམ་པ་པོ་སུ་འདྲ་ཞིག་དང་། བརྩམས་ཆོས་ཅི་འདྲ་ཞིག་ལ་ཞིབ་འཇུག་བྱེད་ཀྱི་ཡོད་པ་དང་། འཕེལ་ཕྱོགས་གསར་པ་གང་ཡིན་དང་སྟོང་ཆ་རེ་ཡིན་པ། ཞིབ་འཇུག་གི་སྤྱིའི་ཕྱོགས་ལྷུང་ཅི་ཞིག་ཡིན་པ་སོགས་ཤེས་རྟོགས་བྱེད་དགོས།

དེ་མིན་རྩོམ་རིག་སྒྱུ་རྩལ་ནང་ཁུལ་གྱི་གསར་འཕྲིན་ལ་དོ་སྣང་བྱེད་དགོས་པ་སྟེ་གློག་བརྙན་དང་ཟློས་གར། རོལ་མོ། མཛེས་རིས། པར་ལེན། བཟོ་རྩལ་སོགས་ཀྱི་བརྡ་འཕྲིན་ཡང་ཤེས་རྟོགས་བྱེད་དགོས།

མདོར་ན། བོད་རིགས་ཀྱི་རྩོམ་རིག་ཕུན་སུམ་ཚོགས་སུ་གཏོང་བ་དང་རྩོམ་རིག་ཞིབ་འཇུག་གི་གྲུབ་འབྲས་བཟང་པོ་ཞིག་ཐོབ་པར་ཁྲིན་ཞབས་ཀྱི་སྟོབས་པས་ནམ་མཁར་ལྡ་བ་ལྡ་བུའི་ཐར་བྱུང་གི་བསམ་སློལ་ལ་ཆགས་པའི་འཆིང་རྒྱ་ལས་གྲོལ་ཐོད་པ་བྱེད་རྒྱུར་རྩོམ་པ་པོ་དང་སྒྱུ་རྩལ་པ། ཞིབ་དཔྱོད་མཁན་རྣམས་ཀྱིས་ངེས་པར་དུ་རྩོམ་རིག་སྒྱུ་རྩལ་གྱི་གསར་འཕྲིན་ལ་གཙིགས་ཆེན་དང་ཤེས་རྟོགས། བེད་སྤྱོད་བཅས་བྱེད་ཐུབ་པ་བྱེད་རྒྱུ་དེ་ནི་ད་ལམ་མེད་ན་མི་འགྲིག་པའི་ཤེས་བྱ་གལ་ཆེ་བ་ཞིག་ཡིན་པར་ངེས་འཛིན་བྱེད་དགོས་སོ།

1. རྩོམ་རིག་སྒྱུ་རྩལ་གྱི་གསར་འཕྲིན་ཞེས་པའི་གོ་དོན་གང་ཡིན་ནམ།
2. རྩོམ་རིག་གསར་རྩོམ་དང་གསར་འཕྲིན་གྱི་འབྲེལ་བ་ཅི་ཞིག་ཡིན་ནམ།
3. གསར་འཕྲིན་ཤེས་རྟོགས་བྱེད་པའི་དགོས་པ་དང་ཕན་ཡོན་ཅི་ཞིག་ཡོད་དམ།
4. གསར་འཕྲིན་དང་རྩོམ་རིག་དཔྱད་བརྗོད་ཀྱི་འབྲེལ་བ་ཅི་ཡིན་ནམ།

མཆན་འགྲེལ།

1.《མའོ་ཙེ་ཏུང་གི་གསུངས་རྩོམ་གཅེས་བསྡུས་》དེབ་དང་པོ་ནས་བཞི་པ་བར།

2.《ཏིང་ཞའོ་ཕིང་གི་གསུང་རྩོམ་གཅེས་བསྡུས་》(1975－1982ལོའི་བར་)

3.《མ་ཁེ་སི་དང་ཨེན་ཁེ་སིའི་གསུང་འབུམ་》བམ་པོ་གཉིས་པ་དང་གསུམ་པ།

4.《ལེ་ཉིན་གྱི་གསུང་རྩོམ་གཅེས་བསྡུས་》དེབ་དང་པོ།

5.《སི་ཏ་ལིན་གྱི་གསུང་འབུམ་》བམ་པོ་གཉིས་པ།

6.《རྩོམ་རིག་སྒྱུ་རྩལ་སྐོར་གྱི་དཔྱད་རྩོམ་འདེམ་བསྒྲིགས་》ཀོར་ཀི།

7.《ལུའུ་ཤུན་གྱི་གསུང་འབུམ་》

8.《མཁས་པར་འཇུག་པའི་སྒོ་》ཀུན་དགའ་རྒྱལ་མཚན།

9.《སྙན་ངག་ལ་འཇུག་ཚུལ་ཚིག་རྒྱན་རིག་པའི་སྒོ་འབྱེད་》དུང་དཀར་བློ་བཟང་འཕྲིན་ལས།

10.《སྙན་ངག་རིག་པ་》ཡ་ལི་ཧྲི་ཧོ་ཐྲ།

11.《མཛེས་རྩལ་རིག་པ་》ཧེ་ཀོར།

12.《བབ་ཆགས་ཀྱི་ཇི་བཞིན་བརྗོད་པའི་སྙན་ཚིག་དང་ཡིད་འབྱུང་བའི་སྙན་ཚིག་ལ་དཔྱད་པ་》ཞི་ལྷའོ།

13.《སྦི་ལིན་སི་ཅི་ཡི་གསུང་འབུམ་》དེབ་དང་པོ།

14.《སེམས་ཁམས་དབྱེ་ཞིབ་རིག་པ་》ཧྥོ་ལོ་དབྱི་ཏྲ།

15.《གཞི་གྲུབ་དང་དོན་སྟོང་》ས་ཐྲ།

16.《རྩོམ་རིག་གི་རྣམ་བཤད་བློ་གསར་འཇུག་ངོགས་》བསོད་ནམས་དབང་ལྡན་དང་བུ་བཞི།

17.《གླིང་གེ་སར་རྒྱལ་པོའི་སྒྲུང་ལ་དཔྱད་པ་ཀུན་གསལ་འཕྲུལ་གྱི་མེ་ལོང་》གཙོད་པ་དོན་གྲུབ་དང་ཆབ་འགག་རྟ་མགྲིན།

18.《བོད་ཀྱི་སྙན་ངག་གི་རྒྱུན་འཛིན་དང་འཕེལ་རྒྱས་སྐོར་རགས་ཙམ་གླེང་བ་གཟུར་གནས་རིག་པའི་འཇུག་ངོགས་》འཇུ་སྐལ་བཟང་།

19.《བོད་ཀྱི་ཆོས་སྲིད་ཟུང་འབྲེལ་སྐོར་བཤད་པ་》དུང་དཀར་བློ་བཟང་འཕྲིན་ལས།

20.《མཁས་པའི་དགའ་སྟོན་》

21.《ཐང་ཡིག་སྡེ་ལྔ་》

22.《སྦ་བཞེད་》

23.《མེ་ལོང་དང་སྒྲོན་མེ་》ཨ་ཕོ་ལ་མུ་སི།

24.《སྙན་ངག་གི་སྒྱུ་རྩལ་》ཕུ་འ་ལོ།

25.《ཟློས་གར་ཐོག་ཏུ་ཡོད་པའི་རང་བྱུང་རིང་ལུགས་ཀྱི་སྐོར་》ཛོ་ལ།

26.《གླིང་གེ་སར་རྒྱལ་པོའི་སྒྲུང་》

27.《ཛ་ཙིག་གི་གཏམ་རྒྱུད་》བློ་བཟང་ཚུལ་ཁྲིམས།

28.《ལྷ་ས་དྲན་གླུ་》མི་འགྱུར་ལྷུན་གྲུབ།

29.《ཆར་ཤུལ་གྱི་ནགས་ཚལ་》རྣམ་གྲོལ།

30.《མི་ལའི་ལོ་རྒྱུས་དང་མགུར་འབུམ་》སངས་རྒྱས་རྒྱལ་མཚན།

31.《གཙུག་གཡུ་》དཔལ་འབྱོར།

32.《ཁང་ཆེན་དམར་པོའི་རྨི་ལམ་》ཚའོ་ཞོའི་ཆིང་།

33.《Qཡི་རྣམ་ཐར་》ལུའུ་ཤུན།

34.《ཕྱི་གོས་》གོ་ཁ་ལི།

35.《སླར་སོས་》ཐོ་འར་སི་ཐ།

36.《ཆུ་ཛོགས་གཏམ་རྒྱུད་》ཧྲི་ནའི་ཨན།

37.《གཞོན་ནུ་ཟླ་མེད་ཀྱི་གཏམ་རྒྱུད་》མདོ་མཁར་ཞབས་དྲུང་ཚེ་རིང་དབང་རྒྱལ།

38.《ཚངས་དབྱངས་རྒྱ་མཚོའི་མགུར་》

39.《ས་སྐྱ་ལེགས་བཤད་》ས་པཎ་ཀུན་དགའ་རྒྱལ་མཚན།

40.《མི་སྣ་དང་སྐད་ཆ་》ལའོ་ཧྲེ།

41.《རིག་རྩལ་གསར་རྩོམ་སྐོར་གླེང་བ་》མའོ་ཏུན།

42.《དགེ་འདུན་ཆོས་འཕེལ་གྱི་གསུང་འབུམ་》དེབ་གཉིས་པ་དང་གསུམ་པ།

རྩོམ་སྒྲིག་འགན་འཁུར་པ།　　ངག་དབང་ཕུན་ཚོགས།
责　任　编　辑：　　　阿　旺　平　措

༄༅། །རྩོམ་རིག་རྣམ་བཤད།

རྩོམ་པ་པོ།	སྟོབས་རྒྱལ།
དཔེ་སྐྲུན་མཁན།	མི་རིགས་དཔེ་སྐྲུན་ཁང་།
འགྲེམས་སྤེལ་མཁན།	མི་རིགས་དཔེ་སྐྲུན་ཁང་གི་བོད་ཡིག་རྩོམ་སྒྲིག་ཁང་།
གནས་ཡུལ།	པེ་ཅིན་ཧོ་ཕིང་ལི་བྱང་ལམ་ཨང་14པ།
སྦྲག་སྲིད་ཨང་གྲངས།	100013
ཁ་པར་ཨང་གྲངས།	010 – 64227665
པར་འདེབས་མཁན།	སན་ཧོ་གྲོང་ཁྱེར་ཧྭ་ཧྥུང་པར་འདེབས་ཚད་ཡོད་ཀུང་སི།
བཀྲམ་འཚོང་མཁན།	རྒྱལ་ཡོངས་ས་གནས་སོ་སོའི་ཞིན་ཧྭ་དཔེ་ཚོང་ཁང་།
དེབ་ཚད།	850mm × 1168mm　1/32
པར་ཤོག	18.875
པར་གཞིའི་སྒྲིག་ཐེངས།	2005ལོའི་ཟླ10པར་པར་གཞི་དང་པོ་བསྒྲིགས།
དཔར་ཐེངས།	2022ལོའི་ཟླ7པར་པེ་ཅིན་དུ་པར་ཐེངས6པ་བརྒྱབ།
དཔར་གྲངས།	14001 – 16000
རིན་གོང་།	སྒོར56.00

ISBN　978 – 7 – 105 – 07278 – 1/I · 1564 (བོད 169)

图书在版编目(CIP)数据

文学概论/多布杰著. --北京:民族出版社,
2005.10(2022.7 重印)
lSBN 978-7-105-07278-1

Ⅰ.文… Ⅱ.多… Ⅲ.文学概论-藏语 Ⅳ.10

中国版本图书馆 CIP 数据核字(2005)第 115889 号

民族出版社出版发行
(北京市和平里北街 14 号 邮编 100013)
http://www.mzpub.com
三河市华东印刷有限公司印刷
各地新华书店经销
2005 年 10 月第 1 版 2022 年 7 月北京第 6 次印刷
开本:850 毫米×1168 毫米 1/32 印张:18.875
印数:14001-16000 册 定价:56.00 元
lSBN 978-7-105-07278-1/I·1564(藏 169)

(藏编室电话:010-58130509 藏文发行科电话:010-64227665)